MINGUO TONGSU XIAOSHUO
DIANCANG WENKU

民国通俗小说典藏文库·刘云若卷

情海归帆

刘云若◎著

（上 册）

中国文史出版社

直面人性的“小说大宗师”——刘云若

（代序）

张元卿

1950年刘云若去世后，作家招司发文悼念，竟招来一些非议，认为不必为刘云若这样一位旧文人树碑立传。半个多世纪后，刘云若已“走进”中国现代文学馆，成了经典作家。现在中国文史出版社即将规模推出《民国通俗小说典藏文库·刘云若卷》，这说明刘云若这个“旧文人”的小说还是有价值的，至少可以提供更多的原始文本，读者可以从量到质做出自己的评价。

关于刘云若的生平资料，百度上已有一些，关注刘云若的读者多已熟悉，此处不再赘述。本文着重写我为什么认为刘云若是直面人性的“小说大宗师”。

20世纪40年代，上官筝在《小说的内容形式问题》中写道：“我虽然是不大赞成写章回小说的人，可是对于刘云若先生的天才和修养也着实敬佩。”郑振铎认为刘云若的造诣之深远出张恨水之上。这里所说的“天才”和“造诣”，指的应是作为“小说大宗师”的“天才”与“造诣”。

刘云若的小说虽在上世纪三十年代就风行沽上了，但那也只是“风行沽上”，影响还有限。1937年平津沦陷后，张恨水南下，刘云若困守天津，京津一带出现“水流云在”的局面，北京的一些报刊便盯住了刘云若，后来东北的报刊也向他“招手”，于是刘云若便成了北方沦陷区炙手可热的小说家，影响开始扩展到平津以外的地区，盗用其名的伪作也随之出现，而他竟在这种混乱的局面中从通俗小说家变成了“小说大宗师”。

1937年9月，《歌舞江山》开始在天津《民鸣》月刊（后改名《民治》月刊）连载，至1939年5月连载至第十七回，同月由天津书局出版了单行本，这是天津沦陷后刘云若创作的第一部小说。此后，因沦陷而停载的小说《旧巷斜阳》《情海归帆》开始在《新天津画报》连载，卖文为生的生活得以继续。沦陷期间，他在天津连载的小说还有《画梁归燕记》（连载于《妇女新都会画报》）、《酒眼灯唇录》《燕子人家》（连载于《庸报》）、《海誓山盟》（连载于《天津商报画刊》）、《粉黛江湖》（连载于《新天津画报》）等。在天津连载小说的同时，北京的报刊也在连载刘云若的小说，先后连载的小说有《金缕残歌》（连载于《戏剧周刊》）、《江湖红豆记》（连载于《戏剧报》）、《冰弦弹月记》（连载于《新民报半月刊》）、《湖海香盟》（连载于《新北京报》）、《云霞出海记》《紫陌红尘》（连载于《369 画报》）、《翠袖黄衫》《鼙鼓霓裳》（连载于《新民报》）、《银汉红墙》（连载于《立言画刊》）、《姽婳英雄》（连载于《新光》）等。从数量上看，在北京连载的小说超过了天津。张恨水离开北京后的空白是被刘云若补上了，因此读者才有"水流云在"之感。在沦陷时期，刘云若在东北的影响逐渐扩大，沈阳、长春的出版社开始大量出版刘云若的小说，东北的报刊也开始集中刊载刘云若的小说，《麒麟》杂志就先后连载了刘云若的《回风舞柳记》和《落花门巷》。与此同时，随着 1941 年刘汇臣在上海成立励力出版社分社，刘云若的小说开始成系列地进入上海市场，在抗战结束前先后出版了《换巢鸾凤》《红杏出墙记》《碧海青天》《春风回梦记》《云霞出海记》《海誓山盟》等小说。由此可见，沦陷时期刘云若小说的影响范围远超从前，几乎覆盖了整个东部沦陷区。这说明当时的读者是非常认可他的小说的。

那么，当时的读者为何认可他的小说呢？刘云若的小说素以人物生动、情节诡奇著称，沦陷之后的小说也延续了这种特色，但刘云若令读者佩服之处实在于每部小说程式类似，情节人物却不雷同，因而能一直吊着读者的胃口。情节人物的歧异处理虽然可增加这种类型化小说的阅读趣味，但立意毕竟难有突破，因而多数小说也还是停留在供人消遣的层面。如《歌舞江山》主要写督军"吕启龙"和他的姨太太们的种种事迹，书中写道：帅府"简直是一座专演喜剧和武剧的双层舞台，前面是一群政客官僚、武夫嬖幸，在钩心斗角争夺权利，后面是一班娇妾宠姬，各自妒宠负恃，争妍乞怜。外面赳赳桓桓之士，时常仿效内庭妾妇之道，在宦海中固位保身；里面莺莺燕燕之俦，也时常学着外间的政治手腕，来在房帷间纵横捭阖"。此书之奇在于写出了"帅府"的黑幕空间，讽刺意味自然亦有，但除此之外，读者欣赏的还是情节人物之新颖。再如《旎孋英雄》，小说写汪剑平从南京回天津，从公司分部调回总部，并准备与未婚妻举行婚礼。回到天津后，未访到未婚妻棠君，却意外地在舞场看到她同一贵公子在一起。回到旅馆后，才看到未婚妻留言，说要解除婚约。后汪结识暗娼姚有华，适公司要开宴会，汪便请姚扮作他的太太参加宴会。汪这样做是因为公司老板不喜欢未婚男士，这样一来就可以使老板认为自己结婚，不会因未婚而丢了工作。此后，汪经朋友张慰苍介绍同苑女士结婚。姚有华自参加宴会后，力图上进，恰见汪陷入命案，便思营救。她住到接近歹人的地方，想办法救汪，慢慢发现汪的朋友张慰苍夫妇竟是匪党，而与其一伙的文则予就是陷害汪的人。就在此时，张氏夫妇设计灌醉有华，文则予趁机将有华侮辱。后有华被卖作暗娼，又利用文则予对自己的感情逃出。在路过警察局时，有华大喊捉贼，文被捉进警局，供出自己就是谋害汪的罪犯。至此，真相大白，汪出狱，有华却不再准备嫁人。苑女士在汪入狱后生活贫苦，继续做起舞女，却被一客人侮辱，受其摆弄，不得与汪重圆旧梦。有华看到汪和苑女士这种景况，又请人撮合，欲挽回他们的夫妻情缘。小说结尾写有华“宛如一个‘杀身成仁’的英雄，情场中有这样伟大的心胸，而且出于一个风尘中的弱女子，称她为‘旎孋英雄’，谁曰不宜？至于剑平出狱后，理宜对有华感恩入骨，能否善处知己，报答深情，以及苑娟能否摆脱季尔康的羁绊，和剑平重偕白首，只可让读者们细细咀嚼，作为本书未尽的余波了”。小说命意如此，读者亦甘愿在此多角情爱中享受“过山车”般之沉醉。不可否认沦陷时期的读者需要这种“过山车”般的沉醉，而刘云若的小说最能满足他们的这种阅读需求，因此风行一时，也毫不奇怪。然而，令人奇怪的是刘云若在写作这类小说时竟能写出《旧巷斜阳》这样引起社会轰动的小说。

《旧巷斜阳》主要写下层贫苦妇女谢璞玉人海浮沉的故事。璞玉的丈夫是个瞎眼残废，有两个未成年的孩子。为了生活，她只好去餐馆做女招待。其间，偶遇王小二，一见倾情，几欲以身相许，但她苦于已为人妇、人母，痛苦地徘徊在丈夫和情人间，“几把芳心碾碎，柔肠转断”。此后，丈夫发现她的隐情，为成全她和王小二，独自出走。王小二为此深怀自责，忍痛南下。璞玉此时贫苦无依，只好移往贫民窟。在失身地痞过铁后，被卖作暗娼，又为张月坡侮辱，几番沉沦。后经搭救才跳出火坑。其时，王小二回津做官，两人再度相逢，经柳塘说项，遂成眷属。可惜不久督军下台，王小二身受牵连，亡命天涯。璞玉只好依附老名士柳塘过活。柳塘晚年因发现妻子与人私通，而更加厌恶尘世生活，遂南下寻见王小二，相携出家。柳塘老宅日渐荒芜，璞玉和柳塘夫人相依为命、孤苦度日。在刘云若的小说中，《旧巷斜阳》的情节并不算太繁复，论奇诡还比不上《娥嫿英雄》，但在刻画人物上，特别是对璞玉的刻画却极为成功，在连载期间《新天津画报》头版头条就常刊发评说璞玉命运的文章，最后竟转化为探讨妇女命运的大讨论，以至于1940年8月天津文华出版社出版单行本时，在“作者自序”和正文之间加印了“《旧巷斜阳》引起的批评讨论文字选录”，这在现代通俗小说出版史上是不多见的。加印的讨论文章共九篇，分别是榕孙的《谈谢璞玉》、彝曾的《再谈谢璞玉》、榕孙的《答彝曾先生——代王小二呼冤　替谢璞玉叫屈》、趾的《与云若表同情——璞玉所遭愈苦 愈足以警惕人心》、葛暗的《关于璞玉问题的平议》、摩公的《云若的公敌 为璞玉请命》、丁太玄的《响应宗兄丁二羊》、聊止的《关于璞玉获救的感想》、一迷的《关心妇女生活者应大批营救璞玉》。

这九篇文章大都发表于连载《旧巷斜阳》的《新天津画报》，大致能反映当时读者的看法。榕孙《谈谢璞玉》写道：“谢出身微贱，居然出污泥而不染，能不为利欲所动，洵不失为女侍中典型人物。……深盼刘君能兜转笔锋，俾谢氏母子得早日出诸水火，则璞玉固未必知感，而一般替他人担忧之读者实感盛情也。”这说明璞玉在小说中的处境引起了读者的怜悯，他们不忍见“出污泥而不染”之人继续遭罪。而彝曾《再谈谢璞玉》表达的是另一派读者的意见：“日前榕孙君《谈谢璞玉》一文，请作者鉴佳人之惨劫，怜稚子之无辜，早转笔锋，登之衽席，实为蔼然仁者之言，先获我心，倾慕曷已。不佞所不敢请者，因璞玉以一念之差，叛夫背子，再蹈前辙，沉溺尤深，作者非必欲置之于万劫不复之地。但揆诸人情天理，设不严惩苛责，何以对其恝然舍家之盲目夫婿，更何以点出一班将步璞玉后尘之芸芸众生。是则璞玉之遭垢，有为人情所必至，而天道所欲昭者矣！”显然这派读者觉得璞玉“叛夫背子”应受严惩。趾《与云若表同情——璞玉所遭愈苦 愈足以警惕人心》和《再谈谢璞玉》观点相近，他觉得虽然“在报上发表文字，一再向云若警告，或请求设法把璞玉救了出来”，但作者不必就将璞玉救出，他的理由是：“但鄙人看来，现社会中像她这样堕落的女子，不知凡几。虽然堕落的途径不同，其原因无非误解自由，妄谈交际，以致身陷危境，无法摆脱，遂演出背叛尊亲，脱弃家庭，夫妇离异，以及淫奔私会奸杀拐卖种种不幸的惨剧。她们所受的痛苦，往往比璞玉还要来得厉害。所以著者正好拿假设的璞玉来做牺牲品，把她形容得愈苦，愈足以警惕人心，使那些醉心文明、误解自由、意志薄弱的青年女子，以璞玉做一前车之鉴，以收惩一警百之效，其有功于世道人心。正风移俗，自非浅鲜。”一迷的文章更是直接喊出了“应大批营救璞玉”的呼声：“我们知道《旧巷斜阳》里所描写的低级娼寮，是真有那个去处。在娼寮里受着非人生活的女人，其痛苦情形或许十倍于作者之所描写，但是无人想到她们，只知关心璞玉，这是多么不合理。”又说：“这里我们应该谈到文学了。譬如一则新闻，记载璞玉的故事，便不会如《旧巷斜阳》所写可以感人。假若关心妇女生活的当局（如新民妇女会）由璞玉想到那些在地狱里受罪的女子，而设法大批营救，则《旧巷斜阳》不是一部泛泛的小说了。”由对小说人物命运的关注，逐渐转到营救当时像璞玉“在地狱里受罪的女子”，一部小说能有这样的社会影响，首先说明它触及了当时黑暗的现实，起到了为时代立言、代无告之人控诉的作用。能产生这样的社会效果的作品，在号称文学为人生的新文学作品中也很少见，因此有研究者认为“作为一个旧时代的通俗小说作家，且在日伪高压政策的钳制下，能够写出如此惨烈之书，引发出如此严肃的社会问题，我们今天怎能用一个‘鸳鸯蝴蝶派’的概念去解释他”。我想刘云若之高明，就在于能活用社会言情小说程式，他可以依照程式写很“鸳鸯蝴蝶”的通俗小说，也能利用程式写出超越“鸳鸯蝴蝶”味的小说人物，最终用经典的人物形象超越了程式，也就脱“俗”入“雅”了。当时有评论者认为“刘云若可称得起中国南北唯一小说大宗师”，这显然没有把他当作鸳鸯蝴蝶派，而直接说是“小说大宗师”。刘云若是否称得起是“小说大宗师”，暂且不论，但这称号是在《旧巷斜阳》发表之后，而且是针对这部小说而提出的，这至少可以说明在当时读者眼中，能写出《旧巷斜阳》就称得起是“小说大宗师”。

那《旧巷斜阳》何以能体现出“小说大宗师”的功力呢？

《关心妇女生活者应大批营救璞玉》发表于1940年3月16日的《新天津画报》。此后，《新天津画报》又陆续发表了一批评论《旧巷斜阳》的文章，读者的讨论一直持续至年末。8月22日，作家夏冰在《读〈旧巷斜阳〉有感》中坦言《旧巷斜阳》是现在最受欢迎的小说。8月23日，报人魏病侠在《读〈旧巷斜阳〉之后》中认为刘云若小说之所以能特受欢迎，除了“设想用笔”等处外，还有两点：“一、其所描写者，均为现代人物，以及现代社会上各方面之事态；二、其所叙述各社会上之情事，每多其亲身经历，或随时留心调查之所得。有此两种原因，自能使读者均感其亲切有味，与寻常小说家言，大相径庭矣。”“设想”，主要指情节，璞玉落水的情节自然是精心营造的，但璞玉被救之后的情节却并不出彩，柳塘和王小二一起出家的结局也很老套，因此魏病侠没有多谈“设想”。至于“用笔”，白羽和周骥良的观点最有代表性。白羽认为刘云若“写情沁人心脾，状物各具面目”。周骥良认为：“刘云若笔下的那些被侮辱与被损害的女性，个个血肉丰满、呼之欲出。单是一部《旧巷斜阳》，揭露那些被欺压的女性挣扎在毁灭的深渊中，就足以和影响颇大的日本电影《望乡》相提并论。读作品读的是作家的文字功夫，有如看戏看的是演员演技，看球赛看的是球员球技。刘云若的文字流畅如行云流水，读起来既自然又舒服，不掺半点洋味，有中国传统文字之美。”他们二位的评论相隔近六十年，这说明刘云若的“用笔”不仅被时人称颂，也为后人所赞赏。以《旧巷斜阳》为例，我以为刘云若描写胡同环境和璞玉心理的“用笔”确实具有“小说大宗师”的功力。

魏病侠认为刘云若受欢迎的地方是所描写者为“现代人物”，所叙故事“每多其亲身经历”，这其实是强调作品的写实性。鸳鸯蝴蝶派小说的兴起很大程度上靠的就是写实，《玉梨魂》《北里婴儿》能引起读者关注，也是因为所写是“现代人物”，故事“每多其亲身经历”，而后来之逐渐式微，关键不在章回体的束缚，而在作家背离了写实的原则，人物无现实依据，故事少真情投入，一味以情节和色欲迎合读者。说刘云若是鸳鸯蝴蝶派，也不是没有道理，但要说明他继承的是早期鸳鸯蝴蝶派的衣钵。而称他为“小说大宗师”，超越鸳鸯蝴蝶派，则是因为刘云若的写实虽继承了《北里婴儿》《倡门红泪》的传统，却不局限于展示“北里”、“倡门”中的不幸，而是在更为广阔的社会生活中描摹不幸人生的种种人情世态，不仅让读者吃惊，有时也能令读者发笑。平凡人生因此而变得立体可感，成为蕴蓄时代情绪的历史画面，小说因此有了史诗的意味。人情世态的核心是人性，能让平凡人生立体可感，关键在于能否写活平凡人生的人性。夏冰在《情海归帆·序》中写道：“盖云若之笔，善能曲尽事情，尤详于市井鄙俚之事，如禹鼎燃犀，无微不至。”所谓“曲尽事情”、“无微不至”，其实就是表彰刘云若能让平凡人生立体可感。张聊止称刘云若为中国的莫泊桑，也是在表彰刘云若能让平凡人生立体可感。姚灵犀认为刘云若“应与兰陵笑笑生、曹雪芹相颉颃”，还是表彰刘云若能让平凡人生立体可感。这些评论者都没能明确地从刻画人性的角度来肯定刘云若，而真正认识到刘云若人性书写价值的还是当代的一些研究者。

毛敏在《津门社会言情小说家刘云若论》中写道：

> 刘云若遵循艺术美丑皆露的原则，对人性的复杂性做了深刻的挖掘，他十分注意人物恶极偶善的可信性，以及本性难移的必然性，力图展现人物性格的多面性和复杂性。他对人性阴暗面的揭露又是不遗余力的，《旧巷斜阳》中大杂院里刘三家妓女出身、后来做了官姨太太的外甥女雅琴来探亲时，各家各户像迎接贵宾那样恭候她的到来，那种奴颜婢膝的神态将其劣根性展现无遗。刘云若批判穷人只羡慕富人，对同类穷人没有同情，譬如车夫，“一个人穷到拉车，也就够苦了……做车夫的应该可以同病相怜了，然而不然，个中强凌弱，众暴寡，以及拉包车的欺侮拉散车的，拉新车的鄙视拉旧车的，能巴结上巡警的，就狐假虎威，欺压同行，能拉上阔座的，就趾高气扬，鄙夷同伙，诸如此类，直成风气。我们看着以为一个人穷到拉车，也就够苦了，竟还有这等现象，实在可鄙可怜！然而这正是整个社会的缩影啊”。这种对国民劣根性的批判是对二十年代鲁迅小说改造国民性主题的继续，并且把鲁迅小说的题材从农民扩展到市民，不过刘云若不同于鲁迅以启蒙精神战士的姿态来审视他笔下的对象，他没有过启蒙者的经历，他是以与对象同一的眼光来体察他笔下的对象，在批判他们的精神病态的同时，又充满了默默的温情，从而表现出不同于鲁迅小说的深沉冷竣的另一种温婉幽默的风格。他将触角伸向繁华大都市中为人所遗忘、平日蜷缩在肮脏灰暗角落中的贫苦市民，挖掘褴褛衣衫下熠熠生辉的人性。《旧巷斜阳》中底层妇女谢璞玉因生活的逼迫而沦入娼门，出卖肉体和灵魂，过着悲惨不堪的生活。同样生活悲苦，却因一笔小小的意外之财而得以第一次嫖妓的人力车夫丁二羊对她产生了深切的同情。刘云若用洗练生动的文笔勾画出了丁二羊那衣不蔽体、食不果腹的艰苦生活境况，衬托出他第一次嫖妓的机会得之不易。谢璞玉因难以忍受他的污浊不堪而对他婉言相拒，丁花了“巨资”而未完成心愿不但没有恼怒反而对谢流露出极大的同情。他说道：

“可怜，可怜！我原先只道世上最可怜的，数我们车夫了，为奔两顿饭，不管冬天夏天，都得舍命地跑。热天跑得火气攻心，一个跟头栽倒，就算小命玩儿完；冷天呢，没座儿的时候，在街上能冻成银鱼，有了座儿，拉起一跑，又暖和过了头，通身大汗直流，到地方一歇立刻衣服都成了冰片，冰得难受，还须上僻静地，把冰片挫下来，你想这是什么罪过儿？可是若有两天进项不错，就可以歇天工，玩玩乐乐谁也不能管，你们……”

生活的悲苦令人发指，令人忍不住要控诉社会的不公，可下层娼妓的生活比车夫更苦，自身生活都难以确保的丁二羊费尽心思要把璞玉从火坑里拯救出来，虽然璞玉因此掉入更深的火坑。刘云若在这里深刻地写出了劳动者对妓女的同情，表现了底层人民内心的美好品质以及他们之间的惺惺相惜，揭示出人性的美好的一面。既批判又认同于小市民，这包含着他对小民百姓卑微和平庸生活的深深理解和同情，也是对人生的正视，正视人生的凡俗性质。

我认为刘云若能用小说“挖掘褴褛衣衫下熠熠生辉的人性”，就足以说明他已具有“小说大宗师”的功力，而他“挖掘褴褛衣衫下熠熠生辉的人性”时所呈现出的“温婉幽默的风格”，就是“小说大宗师”的气派。

钱理群等在《中国现代文学三十年》中对刘云若《红杏出墙记》的通俗性和现代性都做了分析，认为它对人性的表现，“也是超乎以往任何一部通俗小说（包括张恨水）的”。这还是在通俗小说范围评论刘云若，但这部论著至少注意到刘云若很早就开始写人性了。可是刘云若写人性的变化，这部论著没能指出。《红杏出墙记》写人性基本是在“揖让情场”上做文章，立意还不深刻，人性刻画还从属于情节，而不是写作的中心，因此也只是“超乎以往任何一部通俗小说”，还不足以与新文学阵营的小说一较高下。可《旧巷斜阳》一出，它前半部写璞玉，已是情节从属于人物，人性刻画已是写作中心，褴褛衣衫下的人性被刻画得熠熠生辉，其价值早已经超过了以消遣为主旨的通俗小说，而具备了严肃小说的艺术特征，足可与新文学名作一较高下了。刘云若能在沦陷时期写出《旧巷斜阳》，自然得力于他长期关注人性问题，但家园沦陷的现实刺激无疑加深了他对人性的思考。而面对现实的无可奈何，让他的“用笔”于温婉幽默中更加平静质朴，这便贴近了莫泊桑的风格。因此，家园沦陷的现实无疑是促使刘云若从通俗小说家转化为“小说大宗师”的历史契机。

尽管沦陷时期刘云若的小说整体上还属于通俗小说，卖文为生的生活不允许他只做“小说大宗师”，但他在写作《旧巷斜阳》时所积累的艺术感受并不曾因此而泯灭。抗战胜利后，刘云若写出了又一部能代表其“小说大宗师”水准的小说《粉墨筝琶》。孙玉芳认为刘云若塑造了一系列女性群像，“其中以女招待璞玉（《旧巷斜阳》）和伶人陆凤云这一形象（《粉墨筝琶》）最为复杂生动。抗争与妥协，自尊与虚荣，生命的悲哀与人性的弱点，全都彰显无遗”。陆凤云的形象塑造之所以复杂生动，除了伶人这一角色赋予的特定内涵外，也得益于璞玉这一角色提供的营养。作为伶人，陆凤云自有多情妩媚的一面，但作为普通人，她又有软弱犹豫、随波逐流的一面。刘云若写陆凤云作为普通人的一面时，就借鉴了璞玉身上软弱犹豫、随波逐流的特征。但作为在江湖上闯荡的伶人，陆凤云在多情妩媚和软弱犹豫之外，还有刚烈正直的一面。《粉墨筝琶》中出城一节，就显示了陆凤云作为乱世佳人刚烈正直一面。孟子曰：“人性之善也，犹水之就下也。人无有不善，水无有不下。今夫水，搏而跃之，可使过颡；激而行之，可使在山。是岂水之性哉？其势则然也。”然而势终不能变其性，才见人性之光辉。陆凤云处乱世而不失刚烈正直之性，正是刘云若在沦陷时期就用心刻画“熠熠生辉的人性”的延续与升华。璞玉是顺势而不失其良知，凤云是逆势而卓显其刚烈，均能势变而不失其性，可谓乱世两佳人。佳人不朽，云若亦不朽。

刘云若在《粉墨筝琶·作者赘语》中写道：“作小说的应该领导青年，指示人生的正鹄，我很想努力为之，但恐在这方面成就不能很大，我或者能给人们竖一只木牌，写着‘前有虎阱，行人止步’，但我也不愿作陈腐的劝惩，至多有些深刻的鉴戒。……至于我爱写下等社会，就因为下等社会的人，人性较多，未被虚伪湮没。天津《民国日报》主笔张柱石先生说我善于写不解情的人的情，这是我承认的，因为不解情的人的情，才是真情，不够人物的人，才是真人。”幸而刘云若没有积极的“领导青年”的意识，也“不愿作陈腐的劝惩”，才使得他既不同于新文学作家，也不同于通俗小说家，对雅俗均能保持清醒的距离，内心却别有期许：“比肩曹（雪芹）施（耐庵），而与狄（查尔斯·狄更斯）华（华盛顿·欧文）共争短长。”

天津作家招司和石英都曾用“淋漓尽致”来称赞刘云若刻画人物的功夫，

不知他们在称赞之时，是否意识到与他们“插肩而过”的是一位混迹于市井的“小说大宗师”？如今，读者面对刘云若的这些小说作品，是否会觉得“小说大宗师”迎面而来呢？

一切交给读者，交给历史，我想刘云若有这样的自信。

2016年10月19日晚于南秀村

目　录

序一

沙大风

天津桥上，有怪杰焉，刘子云若是也。云若抱不世之才华，聪明绝顶，文章犹其余事。而乃不慕利禄，不求闻达，日处斗室，挥生花笔，写人间世。举凡脂粉地狱可悲可泣之事迹，尽入其腕底毫尖。使魑魅无所遁形，有情终成眷属。其文章之绮丽哀感，叙事之婉转曲折，使人雒诵回环，不知个中人之是真是幻，其下笔有如神助。十九年春，余创天风报，云若以春风回梦记小说投刊天风，读者先睹为快。天风因春风而风行，春风以天风而益彰。十载以还，吾二人之文字因缘，曾无一日间断。春风回梦记既已刊印问世，云若复续著情海归帆，刊之吾报，亦已三年于兹。读者咸以情海归帆之布局命意，较春风回梦尤为发人深省。盖此二种说部，皆为社会人情写照，盖著者少年裘马，风流自赏，为情场中过来人物。前者为著者春风一梦之回忆，后者乃其在情海中一帆归去之余波。余深知云若，盖欲借此二书，以志警惕猛省，为跳出情海春梦留一深刻之纪念。故世人既读云若之春风回梦者，不可不一读云若之情海归帆，否则有如入宝山而空回，徒呼负负。余与云若相交既久，相知弥深，此种臆测，其亦许为知言乎。

民国二十八年四月大风序于沽上天风楼

序二

夏　水

去年李智灵兄来云："云若之情海归帆，所写人物，何其逼真。予固亦有秦云其人，唯予不忍负之，渠写秦云之境遇，又何其惨酷也，予憾焉，愿与云若结杯酒之欢，求其掉转笔锋何如？"予曰："公仁人也，拯人于苦海，在公或不难，独此种人之身世，其不类秦云者盖少。云若乃花界之董狐，其笔甚直，或不能为公曲耳。"智灵兄卒与予及云若共饮酒肆中，半酣，仍以是言为请。情海之秦云，境遇遂得转凶为吉，智灵之力也。智灵又力任印此书，予曰："印书非公之长，当商之天津书局柯君。"此书于是告成。盖云若之笔，善能曲尽事情，尤详于市井鄙俚之事，如禹鼎燃犀，无微不至。更能写极卑极苦之人，历下级社会之恶境，卒能力自振拔，出水火而升茵席。盖宅心忠厚，雅有风人之旨，非独以小说家自许者也。青莲华，生火宅，或可为云若小说之借照欤？情海归帆出版期近，柯刘二兄责序于予，聊写胸中所欲言者，愧不能文耳。

第一回

银灯绣幕闲歌舞人面认桃花
梦雨灵风试姓名天涯聚劳燕

话说在一个奇热的夏季黄昏，天津法租界大马路上，跻跻跄跄，满便道上都拥满了散步乘凉的人。红男绿女，黄童白叟，好似全热得在家中坐不住了，不约而同地出来吸受天气。于是马路上突添了大批人口，接踵摩肩。天气喷薄过浓，又加没有微风调剂，一道长街，变成蒸笼一样。行人连扇子都不摇了，个个都在狂喘拭汗。马路东面一家冷食馆，营业大为兴隆，做着三个阶段的生意。楼上雅座容纳一班有钱的摩登士女，在电扇吹拂下调冰雪藕，促膝谈心。卖着廉价的冰激凌和刨冰，中等人进去，费五分钱便可小饮一杯，暂憩片刻。门外却售卖大碗的梅汤，被许多贩夫工人层层围住抢着购买，看外面儿竟好似施舍一样。这冷食馆的一旁是家中级银海电影院，门外灯火辉煌，装潢得十分华丽。中间横排着五个大纱灯，每个上面写着大红色的字，是“本院大贡献”；下面竖着小电灯围绕的木牌，写着两行大字，左面是“西洋梅兰芳，表演中国戏剧”；右面一行是“东方黛丽娥，表演最新歌舞”。左面还有较小的牌子，写着“梦雨灵风影片照旧加演”，右面又是一个牌子，写着“票价完全照常一律不加”。

这时已在八点三刻了，可怜影院门首，竟不见有多少人进去，冷冷清清的，和隔壁冷食馆相形之下，分外觉得冷落可怜。影院的经理贾凤池正立在门首，向那冷食馆怔怔地看着。他本是个出色的胖子，身上的肉比常人特别多，在道理上自然应该比常人特别热，但他却是不然，头上连微汗也没有。额际的肉纹一层层紧折叠着，心里盘算影院房租已拖欠半年，房东在法院告下来，下星期一还得预备过堂。目前夏季又值电影业的淡月，院中营业入不敷出，自已独出心裁，约了西洋梅兰芳东方黛丽娥来，今晚初次登台，原想可以号召些观众，弄点儿额外收入维持现状，却怎么快到开场还不上座？本地这些容易受骗的观众，都上哪里去了？倘或这两场外加的玩意儿没有功效，岂不又是一笔损失？自己和西洋梅兰芳东方黛丽娥都约定三天期限，只西洋梅兰芳一人就得大洋十元呢。想着又瞧瞧那冷食馆，暗自叹气道："倘若吃冰激凌的人都来这里就好了，这种年头儿，真没理讲。人们怎都爱吃一角钱一杯的刨冰，倒不肯花这两角钱看这又是电影又是歌舞的玩意儿？"说着就用了句妈的叹词，结束了他的感慨，转身进了影院。

向迎面售票柜上一看，见卖票的王先生正在无精打采地看晚报上的小说，就走过去问道："怎么样？"

王先生知道他是问售票成绩如何，忙立起道："前排卖了十一张，后排两张，楼上没卖。"

贾凤池听了，沉下脸道："你是干什么的？放着公事不办，倒看起报来。万一有座儿进来，瞧见你这份大爷派头儿，一气走了呢？这对营业有多大关系？我瞧见不是一回，今天得给你惩戒，罚薪三天。"

王先生立刻面色变了，颤声道："经理，我的眼盯着门呢，有座儿进来……"

贾凤池道："放屁，你有几只眼，又看门，又看报？少说废话，罚薪三天。"

说完就曳肥躯又进到楼下场内，看了看，前排十几个座儿，列成不规则的散兵线，罗罗清疏，人头可数。后排却只有一对少年男女，在那儿喁喁情话。贾凤池一阵惨目，转头一瞧，见不远处立着茶房，正倚着椅背打盹儿，便蹑步走进去，冷不防一个嘴巴，打得那茶房蒙眬中惊跳起来，把臂间所挟的电筒也跌在地下摔破。

贾凤池气恨恨指着他道："什么规矩，在这时候打盹儿！混账，你的工钱我本打算今天支给你，现在犯了这样过错，你下月再支吧。"

说着不容那茶房央求，忙又翻身走出，回到楼上经理办公室里。进门先看见桌上所放的法院传票和电灯房催电费的严重警告书，心中好似吃了热药，翻腾难过，再坐不住，忙又走出到楼上客座间散步。这楼上因为没有座客，电灯未开，只借楼顶中心的大灯照映着。贾凤池低着头，倒背手儿，走了几步，忽听有粗重而不准确的声音叫了声贾先生，贾凤池抬头一看，原来是西洋梅兰芳，正坐在楼角椅上，手里擎支纸烟，臂上却挂着个破烂的蓝布包。原来这西洋梅兰芳是个三十多岁的白俄，真名叫梭洛夫司基，生得身材甚短，又是满脸连鬓胡子，却说得很好的中国话。贾凤池并没答声，慢慢地走过去，鼻中闻得一阵奇异的气味，知道他又在吸那俗名白面儿的海洛因了。便远远地立住，点点头儿。

西洋梅兰芳走过来道："贾先生，我来了，什么时候演呢？"

贾凤池道："在电影休息时间。"

西洋梅兰芳指着自己的脸道："我的化妆品没有，你给我。"

贾凤池满心不高兴道："没有化妆品，等会儿我向黛丽娥替你借点儿用。"

西洋梅兰芳听了，并不嫌侮辱，又伸手道："贾先生借给我两块钱。"

贾凤池大怒道："你还要钱，下去瞧瞧，卖的票还不够两块。借钱没有，你不唱随便。"

西洋梅兰芳红着脸，咕噜了两声，自走到楼栏边，向下望望，回头说道："你看看，很多人，不借钱，我不唱。"

贾凤池以为他说谎，忙走过一瞧，说也奇怪，楼下竟在这几分钟间，上了许多座客。后排虽仍疏疏落落，前排却有了七成满了。不由心中大喜，连忙掏出两块钱，递给西洋梅兰芳。自跑下楼去，到票柜问问，竟已售出前排票一百余张，外面还不断有人进来。贾凤池立着数进门的恩主，进来个买前排的人，就暗自叨念道："又进两角。"进了两个买后排票的人，又叨念八角了。这样又过了一刻钟，场内电影已开，贾凤池总计已有百余元的收入，打破入夏以来的营业纪录，心中狂喜。瞧着王先生在柜台内，愁眉苦脸，向他道："你的薪水，只罚一天好了，以后可不要再……"

话未说完，忽听背后有革履声音，回头看时，竟是东方黛丽娥到了。这黛丽娥是个年近花信的女郎，丰容盛鬋，长身玉立，面色不甚白皙，还带着风尘憔悴之容，但一双水灵灵的眼儿，配着眉宇间明爽之气，却颇觉风韵动人。身上穿着件薄黑纱的旗袍，脚下着一双白皮透花的高跟鞋，袅袅婷婷地走入。后面跟了个四十多岁的男子，手里也提着个小帆布箱子。贾凤池一见，连忙含笑迎接，叫道："孟小姐，您来了，快请楼上坐。"

那黛丽娥便随他上楼，且走且问道："贾经理，座儿上得还好吗？"

贾凤池一挑大拇指道："东方黛丽娥，名不虚传，差不多满堂坐儿了。"

那黛丽娥忸怩着道："什么东方黛丽娥？您只给我乱起国号，怪不好意思。"

贾凤池哈哈笑道："什么不好意思，咱们是鱼帮水，水帮鱼，这年头儿，只要把大洋钱赚到腰里就好。”

黛丽娥道：“我这是从天津一过儿，谁也不认得我，招人笑话我也不怕。若在别处，我可不敢这么挨骂。”

说着到了楼上，贾凤池就将她延入经理室，化装换衣，又向黛丽娥讨了些胭粉之类，送出来交给西洋梅兰芳。这时楼上也已有了座客，西洋梅兰芳只可躲到台上银幕后面，自行上装。

按下这后台的事，再说前台。后排最初买票的一双少年男女，这时正在瞧着电影。他俩原是未婚情侣，因为看见报上广告，为的西洋梅兰芳东方黛丽娥大名，抱着好奇心而来。对幕上所映电影，不起兴趣，只在黑影中悄悄谈心。

那女郎向少年低语道：“在梧，你怎这样爱我？我真不明白自己有什么好处，值得你爱。”

那少年道：“倩宜妹，我因为读旧书比新书在先，所以先入为主，脑筋多少有些陈旧，幸而你也不是太新的人，或者我这道理说出来，不致惹你生气。”

倩宜道：“梧哥，你说，我怎会生气？”

在梧道：“我先问你，你原是嫁过人的，因为丈夫和你感情不好，而且他又在结婚后半年死了，你当然要另寻终身伴侣。但是在旧社会和你那旧家庭里，都使你大受打击，并且很多亲友对你十分瞧不起，是为什么？”

倩宜作叹声道：“自然是因为我已经做了寡妇，还不肯有守节的表示。”

在梧道：“是啊，我所爱你的，就是一般人所轻鄙你的。”

倩宜道：“这话我不明白。”

在梧道：“我们两人性情相投，感情相洽，这是爱情发生的原因，自然不必提了。至于我特别爱你的缘故，就因为你特别受一般人轻鄙，这里面当然有怜惜的意思，你可莫当作侮辱。”

倩宜道：“我没新女子那么高的思想，对你的意思只有感激，并且你当初的心理，我也明白了。”

在梧道：“明白什么？”

倩宜道：“你当日不是跟我的同学张碧如很接近吗？很多人认为你俩有结合的希望，但是后来你遇到我，就和碧如疏远了。这并不是我比碧如有什么长处，你是瞧着我所处的地位较碧如可怜，所以拯救我。”

在梧点头道："这话你不提起，我一世也不会谈的。诚然是这种心理，我看碧如和你，原分不出轻重，不过想到碧如名义上说是位小姐，要嫁个如意郎君，很是容易，你却带着旧社会所轻视的缺点，所以我就……而且我还存着私心，因为你是受过折磨的，不像小姐们那样浮躁，定然能够给我幸福。"

倩宜正在暗中拭泪，却作笑声道："未必，倒是你给我的幸福太大了。"

在梧笑道："现在不必客气，向后看吧，反正我自知我是个自私的人，而且眼光不弱，日后定能比那般追求新女性的男子多得庸福。"

倩宜忽低叫道："喂……"只说出一个字，便自咽住。

在梧问道："你要说什么？"

倩宜道："咱们几时才可以结婚呢？"

在梧道："我自然希望越快越好，不过有层小难题，也是我平常太不知节俭了，每月收入，虽然不少，却没有半文积蓄。我想从此节省起来，有半年便能存一笔钱，也把婚礼弄得像样儿。"

倩宜道："据我想，只要有个仪式就成，不必破费。"

在梧道："这道理也对的，不过旁人可以草率，咱们却非隆重不可。"

倩宜道："为什么？"

在梧道："倘若太简率了，叫那般旧脑筋的人猜测起来，又是给你侮辱，仿佛和你结婚，天然不必郑重似的。"

倩宜道："你想得太周到了，但是用钱何必要你积蓄？我还可以想法。"

在梧笑道："我如何叫你担负这种责任？一定该由我筹划。"

倩宜道："你真固执，我也没法，这一来又得半年。"说着一声叹息。

在梧方要安慰她，忽然满院电灯大明，已到了休息时间，观众们倒兴奋起来，倩宜伸伸腰儿，笑道："咱们且看看西洋梅兰芳和东方黛丽娥是什么样儿。"

在梧也笑道："倒是应该聚精会神地看看，别辜负咱们冒暑而来的盛意。"

说着台上摆出来一张木牌，上写特请西洋梅兰芳表演欧式《天女散花》。接着垂幕向两旁一分，里面先是一阵皮鞋跳动声响，随即鬼号的一声外国小嗓，从里跳出个不易形容的怪人来。身穿绿色绸衣，上绣白鹤，好像出殡抬棺材的人，头上盖着十八世纪西洋女子的假发，脸上满涂胭粉，比紫茄还加难看。脚下一双破皮鞋，赤着精瘦毛腿，左手里拿着个小脸盆儿，右手提着条蓝布包袱皮儿，当作手巾，扭扭摆摆地在台上乱走乱跳，口里乱唱乱叫。

观众起初看着诧异，继而都笑得弯了腰。那西洋梅兰芳还露了两下特别技艺，用口衔着脸盆，向旁弯腰，颇有效中国梅兰芳演《贵妃醉酒》卧鱼的姿势，可惜只学了一半，竟自翻身跌倒，又连忙爬起，张开两臂，跑了回圆场，就从衣服里面，掏出许多碎纸，撒向空中，在纸屑下落之际，他又在白雾中来了回团团转。忽然摘下假发，露出秃头，向台下一鞠躬，便跑入后台。台下一阵笑骂，都叫着说把我们的梅博士骂苦了，还有的拍掌起哄。西洋梅兰芳尚以为是受人欢迎，竟跑出台来作揖致谢，大家又是一阵哄笑。便有许多人说西洋梅兰芳如此，东方黛丽娥，更不知是何等怪物，看了枉自生气，不如早走。于是后排人就走了一半。

在梧道："这真是无理取闹，有什么看头？咱们也走吧。"

倩宜道："再坐会儿，看看黛丽娥就走。"

迟了须臾，台上又出了东方黛丽娥跳舞的牌子，大家都用讥笑的眼光等待着。及至垂幕再开，钢琴在幕旁奏起，只见后台里翩然飞出一片白光，瞥眼已到台前。这东方黛丽娥，竟是面貌美丽、身材健美的一个少女。身穿白纱舞衣，下御素履，面上微带笑容，妙目一转，似两道明星的光，射到人人身上。大家都出于意外的一怔，接着她便轻转柔腰、斜伸玉腿地舞将起来。台下观客虽然多数不解舞技，但也看得出她腰肢的柔软，步履的轻盈，立时掌声如雷。

在梧瞧着竟直了眼，倩宜叫他一声，竟未听见，倩宜笑着道："你怎么了？她舞得好吗？"

在梧猛一敛神儿才道："舞得是有功夫，我瞧这女子还怪面熟的，好像哪儿见过。"

倩宜笑道："自然在银幕上见过她，不是黛丽娥吗？我只不明白很好的一个女子，什么事不能做，便是到舞场去当舞女，也比陪着西洋梅兰芳一块儿挨骂强得多。"

在梧仍注目向台上望着，答道："我以为这女子虽不极美，也还对得住黛丽娥，不像那穷白俄骂苦了梅兰芳，这又是一件小小的国耻。不过……我瞧着这黛丽娥真太面熟了。"

倩宜笑道："莫非是你前几年荒唐时代的情人吧？"

在梧摇头道："不会的，我的眼力还好，三五年里见过的人，总不会不认识。"

说着又转脸向倩宜道：“我从那次对你忏悔以后，已经说过，以前种种譬如昨日死了，你干吗又提我旧时的事？”

倩宜笑道：“我是顺口一说，你别介意。”

在梧也笑了笑，紧握住她的手，表示并无芥蒂。这时台上的黛丽娥正舞到妙处，胸前高乳共秀发齐摇，腿上玉肤映灯光更白。台下人眼花缭乱，喝彩鼓掌之声，纷然四起。

倩宜忽笑道：“这台下大约数你最注意这黛丽娥，她也不住向咱们这儿瞧，别是精神感应的缘故吧。”

在梧知道自己一直注视台上，惹倩宜生发妒意。方自一笑要安慰她，台上的黛丽娥已舞罢了，娇躯如乳燕翻花，一扭腰肢，便到了进后台的门口。又连上两步，一足微向前弯，一足直向后拖，用个极风流美妙的姿势，向台下一鞠躬，接着前足直退向后，后足一个胡旋，看不出她身体怎样移动，只觉灯光下一片白影飞摇，再瞧时黛丽娥已又回走后台门口。脸儿仍自向外，再鞠了一个浅躬，立时瞥然隐去。台下鼓掌声，竟如雷震。

在梧才笑向倩宜道：“我有个毛病，对一件事偶然记忆不起，就更要思索出个所以然来。方才我瞧着这黛丽娥实在面熟，可是想不起哪里见过，还是像哪个熟识的人，所以才仔细端详她，什么叫精神感应？你又冤枉我呢。”

倩宜方要答话，忽然用肩儿一撞在梧道：“瞧，黛丽娥又出来了。”

在梧忙抬头一看，原来那黛丽娥出来致谢观众，只一鞠躬便又翩然而入。随即铃声锵鸣，屋顶上和台前的大电灯已先熄了。

倩宜道：“又开电影了，时候不早，我得回家，你自己看吧。”

在梧听她要走，面上突露出凄恋之色，低声道：“你别走，等散场咱们一块儿……”

倩宜摇头道：“不成，你还不知道我所处的环境，母家婆家，都是旧家庭。虽然我母亲怎样疼我，婆家也不十分管束，可是两边儿人多口杂，我现是居孀的名儿，和你又在不明不白的时候，怎能不自己检点？今天我因为和你约会，在婆家假说回母家去，看看就回，怎能耽搁太晚？”

在梧道：“你怎这样没有勇气？”

倩宜道：“你也要说那种什么奋斗的话吗？若是人家对我压制，我可以起来奋斗抵抗，现在婆家对我那样客气，便是真做出什么不好的事，人家公婆也未必说话。我就因为这个，更不能错了格儿，在人家做一天媳妇，就该给人家守一天的规矩。只盼你能早早筹备好了，我对婆家正式声明改嫁，那时咱们结婚，永远不再离开，便没什么顾忌了。现在我在外面多留一时，就不安一时，你原谅我吧。”

这时灯已全熄，幕上已映着下期广告的样片，在梧凄惶半晌才道：“那么几时再见呢？”

倩宜道：“你说。”

在梧道：“我愿意明天就见。”

倩宜将脸儿偎着他的肩际道：“我也知道你恋着我，我离开你又何尝不难过？只是咱们日子长着，你要把几天分别和一世比较，咱们是终身的伴侣啊，这次我最早得下星期四才能抽身出门。”

在梧咽着声音道：“这又是八九天，早些不成吗？”

倩宜道：“但凡能早，我还……”

在梧微微顿足道：“你别说了，走，我送你回去。”

倩宜又按住他道：“千万不要，我万不能同你在街上走，他们常有人出来，遇见了多没意思。你依着我，下星期四下午三点，还是照上回的办法，在那个地方见面。”

说着又将耳上的一副白银嵌珠的长耳环摘下，递给在梧道：“你常说我的脸儿配上这副长耳环，更显得好看。你带回去吧，没事眼看着这耳环，心里想着我，也许能稍解这几天的相思了。”

在梧接了道：“你从家里戴着耳环出来，回去没有了，不怕别人疑惑吗？”

倩宜道：“自从你屡次说我戴着耳环分外美丽，我就把它收起来，只等见你的时才戴。白天我从家里出来，放在手袋里，半路现戴上耳朵的。现在交给你，下次见面的时候，你再亲手给我……”

说到这里，底下的话竟咽下去，因为她这时已把在梧的手举向唇边，亲了一下，又说了句“你别理我，让我走”，说罢便放了在梧的手，立起很快地走了出去。

在梧情知她也是不忍便行，才这样硬着心肠别去，不由心中凄怆万状，好像觉得离下星期四，尚有极悠久的距离，心里阵阵发酸。身体靠着倩宜的一面，原本因偎倚而热得汗湿，此际却觉突然发冷，仿佛这炎暑中竟有了秋风，直向臂上吹拂，凉到心坎儿。手里只紧握着那两只耳环，怔了半晌，才渐渐神志清明。立刻又感到无聊，眼前黑洞洞的，虽然幕上映着影片，无奈眼和心竟已断绝关系，眼睛明明注视幕上，心却不能觉察上面映着什么东西，欲待走开，又想到回家仍是凄凉寂寞，还不如在这黑暗中多度片刻。便竭力凝注心神，想要把精神注向影片，暂时忘却这乍别的苦味。哪知才把心神收敛，目光一望到幕上，女郎和情人缠绵的情态，不觉魂儿又立时飞越到倩宜身上了。

这样过了一会儿，在梧正在昏沉中神游别境，忽听身后突有喀喀的声音，细听方是革履高跟，轻触地板作声。心想这定是女子的动作，但在公共场所，未免有些讨厌。想着声音倏止，接着似有人低声呼唤，声音非常娇细，尾音似乎是个梧字，在梧初不介意，继而后面又唤了两声，在梧倾耳再听，才听出是唤巢在梧，不由大吃一惊，暗想莫非倩宜还没有走，坐在后面叫我？但是向来她叫只是一个梧字，现在为何连姓都加上了？便立起回头问道："谁？谁叫我？"后面寂无应声，在梧怔了怔，以为自己心神恍惚，耳官生出错觉，误把旁人说话当作呼唤，自己倒觉过于鲁莽，忙悄然坐下。须臾后面革履声又动，似向自己这边走过来，但到近处忽又停住。身后一排的座椅随着一响，同时一阵香风扑过来，在梧知道有人坐下了，心中不胜疑惑，方欲回头去看，身后低唤巢在梧的声音，又传入耳中，这一回可听真切了，连忙回头去看，只见自己身后果然坐着一个人，黑影中虽看不真切，但用银幕闪光做背影，看其轮廓，已瞧出是个长身量的女人，待要问她，又怕万一呼声不是她所发，只可从旁面询问道："哪位叫巢在梧？"

这句话方才说出，后排坐的女子已开口道："先生贵姓？"

在梧道："我姓巢，您……"

那女子很快地又道："大名是在梧吗？"

在梧愕然，方说出一声不错，那女子已盈盈立起，走到在梧身旁，坐在倩宜坐过的椅上。

在梧惊疑着向她注视，黑暗中又瞧不清面目。那女子已微作叹声道："巢先生，当初在保定住过吗？"

在梧更惊道："是，我，年前在保定住过。"

那女子道："那么我向您打听一个人，姓孟，名叫小樱，外号小白蛇的，您可认得？"

在梧听了，猛觉十年旧梦，好似狂潮似的一齐涌上心头，不禁悚然跳起，张皇四顾了一下，才重复坐下，叫道："我明白了，你就是……"

那女子忙推他道："你低声些，叫人听着不像……"

在梧已握住她的手道："你就是小樱妹妹？方才台上的黛丽娥，就是你呀。"

那女子叹道："在梧，你居然还没忘了我。"

在梧一阵伤感，不自知地流下泪来道："我怎能忘你？这些年你在哪儿了？"

孟小樱悲声道："一言难尽，现在没法细说。想起旧事，我太对不住你，以为你早把我忘了。这几年的光阴，你倒没变样儿，还是小时候的容貌。我方才在台上瞧见你，头一眼就认识了，心里说不出地难过，腿都软了，进后台时几乎跌倒。下台以后，就坐在最后排瞧着你，看见你那位女伴走了，才敢过来。还打算你一听我的名字，定然吐口唾沫就走，想不到你还真有故人情分。"

在梧道："旧事不必提了，我在那时自然有恨你的意思，可是以后明白过来，早觉悟你的堕落，完全是我害的。倘然那时我把你看重，就应该向家庭竭力恳求，或者能落到好结果。你若跟我成了婚姻，爱情有所归着，又何至倒行逆施，弄到那步田地呢？"

孟小樱听着握着在梧的臂儿，感情激动地问道："你这句话正说到我的心里，我并不是怨你害我，可是当日你若能如我的愿，我万不致受坏人的欺骗，到如今落到风尘里啊。咳，说来真伤心……现在你老爷子呢？"

在梧道："前年就故去了，家里只有母亲和妹妹。"

孟小樱道："你的妹妹颖葆，是在保定和我同学的，咱们认识还是她介绍，她出嫁了吗？"

在梧叹道："颖葆在保定就死了。"

孟小樱道："什么时候？我怎不知道？"

在梧道："那时候你自然不会知道，就是你和姓郭的私逃以后。如今只剩下二妹颖芊了。"

孟小樱沉了沉，忽又问道："你已经娶太太了吧？"

在梧道："没有。"

小樱道："是吗？方才那女子是你的什么？女朋友吗？"

在梧听她已说出女朋友三字，自己不便再更正说出是未婚妻，就点头道："是的。你现在是什么情形？怎起名叫东方黛丽娥，在电影院跳舞了？"

小樱道："你不必问，世上最苦的人，也没我苦。我几年来，唱过戏，做过妓女，近年才改行当舞女。你知道我还不是自由身体，是有领家的啊。"

在梧大惊道："你真的这样……"

话未说完，这时影片业已映完，幕上晚安二字一现即隐。观众纷纷外出，电灯随即大明。

小樱仍拉住在梧道："我不知道你的心怎样，我可实在没一天不想着你。因为你是叫我第一次懂得爱情的人，直到而今，我心里还只你一个，虽然我身体已经太污秽了，不配再做你的妻，但望能同你常在一处，做个朋友也好。今天遇见真是我的神气，你要念着旧时情义，别拒绝我。"

在梧还未答话，猛听楼上有南方口音的男子，高呼二小姐。小樱面色倏变，在梧向下一望，座客已走尽了，抬头见楼上有个尖嘴猴腮的中年男子正探身向下望着，叉着手向小樱叫了一声，便缩身回去。

小樱面色惨白，微颤着道："那人是我女领家的姘夫，现在瞧见我你的情形，明天一定跟得更紧，恐怕再没有机会跟你说话。我在这戏院演完三天，就回上海。这一次没法脱身，只可跟他们回去，再想法赎身或是逃跑。你快把住址告诉我，将来我回来好寻你。"

在梧此际不暇思索，连忙说道："我住在法租界明远里三号。"

小樱听了，随口把他所说的住址，重述了一遍。这时那个四十多岁的男子，已下了楼直奔小樱过来。小樱浑身震动着，把心情全注到两眼上，射出火样的光，口里斩钉截铁，说出几个字道："别忘了等我。"

说完退后两步，面上露出笑容，向在梧鞠躬高声说道："再见。"便一反身走去，迎着那男子一同向外走。那男子似乎向小樱有所诘问，小樱竟很从容地回头指指在梧，似乎告诉他什么，两人随说随走转出去便不见。

在梧怔在那里，满怀惆怅，正在胸中也张起一片银幕，映起昔年的哀艳前尘，凄怆往事。忽觉院中灯全灭了，只剩了进门处尚有微光，方自冷然一惊，连忙举步匆匆出了影院，向街头雇了洋车，一直回家。

他住的本是小楼一角，楼下是他和老母所居，楼上却是妹妹颖芊的卧房和他的书室。他唤开了门，问仆妇知道母妹皆已入睡，便轻轻地上楼，进了书室，开了书台上的绿罩台灯，立觉幽光爽目，凉意满襟。便脱了外衣，唤仆妇拿了一瓶冰镇的蒸馏水，才开了南面临河的窗子，披襟当着微风，默然立了一会儿。这时四围却是静悄悄的，只远处有人家开留声机，唱着程砚秋骂殿的唱片，音韵幽咽，使在梧心境中，更添悲凉。他今日感到的是两层伤心，第一是与倩宜已分别经旬，好容易得到暂时的相聚，便又匆匆分手。大凡少年人，在热恋中，当觉欢娱的时光，快如闪电，瞥眼即过。期约的日月长如万古，迟迟难来。在梧在别倩宜时，已然凄悬难堪，哪禁得又遇见落在风尘中的少时旧侣，草草数言，把极深的情愫纳入他怀中，竟又翩然飞去。这一晚间他虽得到两个女子挚爱的表示，但是只赠予他极伤感的礼物，而转眼间都成了咫尺天涯，人儿不见，空给他留下夜灯下的过后思量。

他坐在睡椅上，燃了支纸烟，默默沉思，回想小樱临行促急的言语，谆谆地叫自己等她，颇有倦羽归来，重寻故林旧侣之意。但是当时竟没容自己说出一句话，问她当日所随的王厨子是否还在，她又何以成了江湖艺人，到天津以这东方黛丽娥的名儿卖唱，以及我是否可以设法救她。这些问题都没得明白，她便被逼走了。看当时情形，她似乎久处那男子积威之下，畏惧至极。但是在这个时代，那男子便是她的养父或者所谓领家，她既有决心脱离火坑，也很可以反抗，却怎的那样怯懦呢？想着又回忆到少年在保定时，和孟小樱一番冤孽遇合，自己对她未曾发生丝毫关系，反因为无情的缘故，害她堕落至此，真非当时所能料及。

在梧叹息着，忽又顿足自语道："这个时候，这种境地，这样心情，我真除去痛哭一阵，没法自遣了。爽性我拼着这颗心，叫它伤透了吧。"

一面说便立起来，去开了一架旧式书橱的门，从里面翻了半晌，才取出一本毛边纸装订的旧钞本来，用手拍拍，见积尘下落甚多，不禁叹道："从写这本无聊东西的时候算起，到如今已经二年多了。本想让这本东西永远尘封，再不入眼，省得叫颖芊妹妹又骂我好玩烂调腐语，不合潮流。哪知今日竟遇见旧人，叫我不得不再温一番旧梦。"

说着瞧瞧那封皮上"忏往忆语"四字已经残破，翻开第一面见上面题着两首诗：尊前重检旧销魂，入定初禅火尚温。此是蛾眉丛葬地，他年开卷认春痕。佛说多情恨有无，鬼怜相舍梦揶揄。纵叫解意朝云似，可奈东坡戟样须。

看了不由又笑又叹道："我二十多岁，竟作这样东西，把自己说成古董，怪不得挨骂，但是这丛葬的蛾眉，竟有一个复活重见了。"便接着再看下去，原来这一卷忏往忆语，是在梧二年前遣情之作，把自束发读书以后，本身所有经历的，凡是一城一地，一花一木，以及好友情侣，都一一用带感情的笔调，文言体裁，写了出来。他翻到中间，寻着一段，看了几句，就过去移那台灯，连带瞧见窗外，天上的明月已然转了过来，但只有流光一线，射到窗沿上，照得瓶内所插的晚香玉越发洁白，绿纱灯却越发幽暗了。在梧望了一下，便倚在沙发上，举着那本儿低声读道：

余自十四岁随父客保定，历四年乃归。将归之一岁，余方十七，肄业城西中学。校中功课，多不及格，而国文恒得百分，称第一。固由性情所定，亦因吾祖父为前清科名中人，以举人为县令者十余载，至民国始退隐客居。晚年余力尽消磨于闭门课孙，余乃于文字少得根底。然伊时致力学问，不过偶然。恒于上午赴校受课，下午则逃学随健仆臂鹰鹞出城，逐雀兔田野间，归来未晚，复伴诸同学蹴鞠街衢。邻女小樱，日立路旁阶上，时睨余而笑。余初无觉，既屡相见，亦遂通语。盖樱父孟毅忱与余父同事于督署，樱复与余妹颖葆共校读，固通家也。樱貌甚美，颀然玉立，原籍在黑山白水间，言语丰概，饶英爽之气。对余意甚相亲，每相值辄要遮少语。余虽感其意，然一片童心，天空海阔，固不解所谓情爱，更无动于女子痴心，相遇不数言，即绝袂而去，任樱怅惘嗔怨，不顾也。

如此者经月，樱忽访余妹于家，登堂拜母，尽礼而交欢。余母初甚喜之，家中乃多一小宾客矣。一日樱屏人语余母，自请为媳，且要倩媒执柯。母怒讽之绝迹，且告余父。父教子素严，以为余与樱有所约也，大遭捶挞。余百口莫诉其枉，甚怨樱。自是恒与避面。逾一月，秋老风高，禾热雀肥，复与仆野适作小猎。出南关，过护城河，田野弥望尽黄，谷壮乃倒垂其首，作老人盹睡状，群雀倏起倏落，状如饱食而嬉。余择雀丛集处，投石惊之使起，仆即纵鹞得雀，兴正酣，忽闻后有微呼余名者，回视则樱正立河滨柳下，展笑相招。余缓步以赴，樱掖余共坐浅草间，低语曰："我抵死爱君，可怜君不解也。前面请君母，竟遭大辱，我固无怨，倘念缠绵之情，请自动哀恳堂上，缔为婚姻。倘复落寞如前，妾将憔悴死矣。"余曰："庭训綦严，无论我不敢言，即言之，余母亦不愿以异乡人为妇也。"樱凄然良久，叹曰："姻眷固不谐矣，然我爱君至，万难自解，愿得一遂私情，更图长久。"余又拒之，盖年少天真未凿，以为推襟送抱，良不如放鹞蹴球之意味隽永。樱复欲有言，余已奔迅而去。回望樱愁蛾惨黛，尚临水痴立，背后绿树清波，备衬托美人倩影，心亦微为惆怅。及见仆得雀多，布囊中累累然，即此微动之心，亦荡如散云，不留余滓。自后樱仍不能忘情，相遇必有温语，意若以柔相感。一日午自校归，遇樱巷口，要遮问今日校中何课，余答以作文，樱索稿，余曰撕毁矣，樱不信，必欲搜余书橐。正相持间，陡闻车铃作响，则余父适自外归。见状大怒，叱余返，扃户受大杖，因之一病经旬。乃痛恨樱，相逢仅赠白眼。樱似亦自歉，不复相扰。余父令余宿校中，星期始一宁家，与樱见时更少，乃淡焉若忘。

逾岁，春三月，里巷间突传樱随少年私逃。少年氏郭，与余同学，特班次相差，其人亦俊雅不凡。余乃知女子善怀，情丝必有所着，樱所不能得于我者，竟补偿于郭。鱼脱鸿罹，幸与不幸，两难断定。唯祝此一对情侣，永永平安，至于白首。然所祝竟不能验。二月后，余以暑假离校家居，忽有余父旧友，来求佽助，言欲得川资返乡，父如所望济之。越数日此君复来，诡词求贷，自是足迹不绝于门，唯得钱排日而减，元至于分，银至于铜。然此君乐天，善自排遣，每自余家握钱出，即坐巷口小肆中，沽酒自酌，微醉辄为市井江湖之语，余乐闻之，恒遥立旁听。

一日乃以欠酒债与债主诟谇，方纵号呶，乃有女子哭声遥遥入巷，似与相和，余回首骤睹奇状，几不信眼之所见为真。盖孟氏私弁二人（孟毅忱为军校职员，例得蓄弁，当时武人风气如此），挟一布衣女郎，如系重囚，颠顿而过，竟为私逃之小樱。啼痕界面，秀发蓬飞，盖已不胜憔悴。樱侧目见余，切齿顿足，似蕴深恨。转瞬间已拥入孟氏宅中，抵门犹以泪眼回盼，小肆中战事立罢，议者嗡然，语语及樱。余此际方寸乃隐隐作痛，自念此固爱我之人，今遘难矣。其父武人，母又继母，岂能谅此逃女？捣麝拗莲，或即不出今夕。唯樱随逃者郭姓，捉归者父母，与余何关？而乃切齿示恨？怅惘良久，归家乃终夜失眠。自后孟氏门户深扃，沉沉莫得消息。余疑樱已死，前情乃潮上于心，凄恻中忽有所悟，知樱实怨我深拒其爱，致误趋歧途，结此恶果。倘当日得如其愿，彼或能红闺静守，待做贤妻，乃不胜伯仁由我之感。盖樱经此五毒千灾，得启逮余解识情滋味矣。于是过孟氏之门，望见重关深掩，辄怆然念伊人死乎！抑卧病也，而终无所问讯。暑假既满，余复入校，校中具亭台花木心胜，风景幽茜，池莲岸柳，当秋尤凄艳动人。余课余独寻幽径，凭栏望远，甚忆小樱，若忘其已失身于人，而只觉厉阶自我，悔恨幽忧，不能自已。余初不解为诗，至是忽若天才暴发，积思所至，一一泄之于吟咏。至于如何发端，亦不自知。

一日，余父忽来校谒校长，为余求修业证书，云将退学，盖父所业已失，早定归计。余乃收拾与同学别，随父同返，车抵吾家巷口，瞥见二车自巷内出，首车赫然小樱，虽妙目蛾眉，无改故状。而玉肌半销，瘦骨一把，所余仅有旧日丰神，至活泼热烈之态，都已黯然销尽。神情惨淡，低首如待决之囚。次车则为孟氏厨师王麻，其人年可五十余，瘦如枯木，面色绝奇，淡红而鲜，若乍剥其皮，嫩肉外露者。唯满面加圈，圈中则纯白色，脑后留短辫，尾曲成钩，衣服油污，望之欲哕。两车上皆置包裹，余乍见大惊，以为樱父恶女不贞，发遣还乡，唯护送何以不遣弁而用厨？正骇疑间，车将相错而过，樱举目见余，似欲腾踔而起，大呼余名，呼声与热泪齐出。余方发语问其何往，余父忽在后车咄曰："车速行，蠢子勿声。"余惊绝，语咽于喉，樱亦斗垂其首，疾如颈折。飘瞥之间，相去已远，尚闻王厨喃喃似有所呵也。追入家门，父竟未加责备，唯对吾母曰："孟毅忱真忍人，果以女赐厨师矣。吾固闻其语此，初未料真于骨肉行此狠心辣手，虽然，孟毅忱后必大贵，此人腕铁而心石也。"母亦潸然久之，曰："倘非继母，或不至是，若在我者则宁视其死，万不忍其沉落，然小樱亦殊可怜。"余闻此，知美人已归厮养，心痛如剜，立奔至己室大哭，父闻声亦未怒，余唯饬戒行事。

又二日全家乃归津门。起行时方拂晓，残月在天，清光铺地如水，着体如冰，西风徐吹，人影乱摇于门外，羸马架薄笨之车，为载行装，后继以人力车四五，辚辚萧萧，还乡情味，乃如去国。及车过孟氏门外，见白垩垣壁及白石层阶，受月晶莹如玉，中间朱门静掩，铜环皎然作光。乃悚然忆前三日有薄命一女，出此朱门，挟其厄运，流转江湖，此时不知投止何所。而其父母当仍安卧于绣幄锦衾之内，不审有梦及其女否？余含泪盈眶，仍以目光穿此泪液，凝注道旁。以此街道久经小樱践踏，曾于何处临风小立，何处展笑相要，何处低语致其愫款，皆一一识之。行过巷口，吾泪更如泉而落。盖小樱一度为恶弁提归，一次为蠢厨挟去，皆于此处见其婉转哀啼之状，而余曾无一语报其缠绵固结之情，今亦仅能倾热泪报之。遂侧身向车外，冀吾泪能浇小樱昔曾溅泪之土，然亦自痴吾痴，伊人已不能见吾忏悔，且将怨吾薄幸，至于地老天荒，此恨尚不绝也。

在梧看罢凄然半晌，叹道："万想不到的旧人，竟会遇见，但是见面说不上几句又被逼分别，成了咫尺天涯。她临别叫我等她，不知是什么意思，明天该再到银海影院一走，向她问个明白。"

说着又顿足叹道："我真糊涂，还问什么，她定是要补当年的缺陷，和我重圆旧好，我真不忍拒绝她。可是现放着未婚妻倩宜，又怎能接受她这约会？我当时怎不直告她说业已订婚，倘这样含糊下去，将来她千里迢迢地投奔了来，我怎样处置？为今之计，只有明天再到影院，径直说明，请她断念。若只现在需我帮助逃出羁束，日后需我维持生活，当然全能应允。如其有少年时的希望，我只可狠心辜负了。"

在梧想着觉得十分酸恸，但小樱在他心里虽能勾动旧情，却不能摇动他的定力。在梧根本没把小樱和倩宜联想而稍有犹疑，因为倩宜在他心中，业已根深蒂固。在梧所想的只是结婚同居，更无旁念。不过十年影事，潮上心头，因而触起自己身世之感。回忆当年在保定时，受着老父荫庇，无忧无虑，度着快乐时光。如今父亡妹死，全家茕茕相依，只有母亲和颖芊二人。生活重担全落到自己头上，虽然在大众出版公司里做着经理的私人秘书，每月能有百八十元进益，但这公司并非正当营业。表面上固然也买一些作品，印书售卖，实际经理胡百甫是极混账的市侩，不特偷着翻印流行书籍，犯法图刑，而且还有私运毒品的副业，真是奸狡卑鄙，无所不为。自己年来受他的气，直是无可告诉，若不为老母甘旨家人生活，早已赌气不干。如今又加上预备结婚，更得低头忍气耐下去了。想着见几上小钟已指四点，因为早晨还须上班，才熄灯下楼，带着满腹牢愁，一心怅触，自去安寝。

正是：万物共艰难，唯人为极；一情成世界，得正斯安。

后事如何，下回分解。

第二回

穷途同病怜黄发仗义纳畸人
苦海无边望碧波伤情追旧侣

话说次日上午十点多钟，在梧正在大众公司办公室中和经理胡百甫对坐。把外间所来信件，一一拆阅念给他听，这本是在梧每天早晨第一堂功课。胡百甫是个奇丑的胖人，上帝造的时候，似乎有些疏忽，竟把二百磅的肥肉，附着在仅能支持百磅容量的骨架上。于是胡百甫的肉无法恪守范围，只可随意驰突。头上的皮肤太紧，腹部以上，不容扩张势力，便全挤到下半截脸儿上。颊上的肉，先把鼻子埋没，只给留了一个鼻尖，好似海中的小岛一样，叫人看着知道原先是一座高山。两边嘴巴突出一个肉球，累累下垂，下颏因之暴缩，把全个脸儿造成等边钝三角形。眼儿更凹成深谷，细如一线，但眼珠却能射出灼灼的凶光。这道理就似有人游山，到了两条峰对峙的一线天，仰望苍穹，觉得天光比在平原处分外明亮。他的皮肤呈紫黑色，而且驳杂不纯，深浅各异，只有嘴儿在五官中最为阔大，大约这是他永远张着狂喘的缘故。肚子前面，有极厚的肉岗一道，垫在颔下，替他支持着头颅的重量。但这肉岗转到颈后，便分成三叠，汗水流下时便不致一泄无余，可以造成三折瀑的奇视。身体几乎是方形，两臂的距离，较肩足的距离，最多短不到二寸。下部肥臀，约占体重的一半，大得怕人，生在妇人身上，自然是宜男之相；生在他身上，据说也曾经过许多大相士赏识。相书上说十个胖子九个富，只怕胖子没屁股。他既是胖人而且屁股大莫与京，想见终身富贵不可言说。胡百甫知道屁股帮助了他的命运，向来万分珍重，这时坐在特为保养尊臀的大皮椅上，将桌上电扇紧对着胸膛，手里拿着大扇，还嘘嘘地狂喘着，眯缝着眼儿望着在梧。

在梧平心静气地拆着信，因为胡百甫的喘声和电扇声十分嘈杂，就大声说道：“经理，这封信是一个名叫李慕白来的。”

胡百甫喘声骤停，睁开眼道："李慕白是我的盟兄，他在江苏做县长，多年不通信，想不到他还惦记我。信里说什么？"

在梧忍笑道："信里说他已经赋闲二年，当净卖光，向您借三五十元。"

胡百甫听了，好似害了暴病，哎哟一声，立刻闭上眼，半晌才道："写回信告诉他，我也快穷死了，一文钱进项没有，把什么借人？"

在梧道："我就写您债主逼门，饔餮不继，好吗？"

胡百甫呻吟着道："那太丧气，简直不理他好了。三年清知府，十万雪花银。县长也差不了什么，怎会丢了官就没饭吃？像他这样出息的人，我日后万用不着他，他来的是快信吗？下次再来就原班退回不收。"

在梧应了一声，又拿起一封没拆的信，方要说话，忽有个仆人走进来，向胡百甫禀道："经理，我打电话向马公馆王公馆李四太太家，凡是姨奶奶常去的地方，都问到了，他们全说没见着咱们姨奶奶。"

胡百甫眉头一皱，脸上肉都收缩起来，半晌才又展开，开口发出像闷在瓮里的语声道："南马路吴宅，你打电话问了吗？"

仆人道："没问。"

胡百甫拍桌骂道："混蛋，怎么不问？"

仆人道："我想姨奶奶不会去，上回经理不是说吴宅一家都不是好人，不许姨奶奶去吗？"

胡百甫顿足道："混账王八蛋，放屁！快去问。"

仆人连忙抱头鼠窜地出去，胡百甫还低头念念有词，却听不出是什么。在梧等他抬头，才又道："经理，这封信您自己看吧，是家信。"

胡百甫没好气地道："你还要拆开念，管什么家信野信？"

在梧只得开封念道：

百甫夫君大人见字台览：

自夫前年回家一次，卖去家中河滩二十亩地，至今未见一信。妾带着一男一女，苦熬苦修，身下三亩多地，除去上官税，还得上村里叫不上名儿的捐，剩下不够打发短工。今年地又潦了，颗粒无收。小拴子给村里王老戛家放牛，一年还赚二斗粮食，不想月初把腿摔折，整天鬼号。家中又无分文，孩子眼看就要死。望夫跟紧回家，救小拴子一命，也是胡家一条根苗。如若不能回来莫忘捎钱为要。此请万福金安。

妾小拴子娘上禀，朱先生代笔

胡百甫听了，忽地发恨道：“死，死，该死，全死了才好，又妈的麻烦我。”说着张目向桌上找寻。

在梧道：“你要什么?”

胡百甫道：“火柴，火柴，烧，烧。”

在梧明白他是怕姨太太看见这封信，又要和他吵闹，故而急急焚毁，便划火柴将信烧了。心中却万分痛恨，胡百甫灭绝天理人情，自己天天和这样豺狼共处，真是天下最苦的事。随即又拆开一封道：“这是绅士高绍轩谢寿的信。”

胡百甫叫道：“咦，高大爷这可太周到了，我巴结着送了份寿礼，还吃了一顿，人家居然巴巴地写信来谢，这可太瞧得起我，我得快到高府上说声不敢当。”

在梧暗笑这谢启本是印刷品，凡曾送礼拜寿的人，照例都有一份，只是虚套而已，却不道他竟如此受宠若惊，但也不好说破减他的兴致。

这时忽然仆人走入道：“电话打了，吴宅也说姨奶奶没去。”

胡百甫又骂起来，仆人不理他，自将手中拿着一个厚纸本儿，递给在梧道：“这信是送来的，您给签字吧。”

在梧见本中夹着一个大信封，上写送呈胡百甫先生手启，下款是印好的大律师毛玉珂事务所缄。在梧先在纸本上签了字，交给仆人去了。

胡百甫问道：“哪儿来的信？是有人来送钱吗?”

在梧道：“不是，是毛玉珂律师来的。”

胡百甫一怔道：“毛玉珂，不认识呀。快打开看看，有什么事?”

在梧拆开看时，立刻大惊。原来是胡百甫的姨太太已延请了毛玉珂，向胡百甫提出离婚，并且要求赡养费。理由第一是久受虐待；第二是胡百甫身同残废，不能人道。限他三日答复。

胡百甫见在梧怔了神儿，又连声催问，在梧这次却把信推到他面前道：“这又是您的家事，我不好念。”

胡百甫瞪了在梧一眼，才低头去看，看了一半，只听哧啦一声，原来他猛然跳起，因为身体太重，汗液太多，衣服和皮椅黏结，突然离开，自然声如裂帛。他立起不住跺脚，手拍着屁股，浑身抖战，说不上话来。忽然又踉踉跄跄，奔了出去。

在梧惊心稍定，方想胡百甫算得着报应了。待家中发妻那样冷酷无情，却用全部财力、全副精神侍奉这位小姨太太。如今这姨太太竟叛离了他，和他抛弃发妻一样狠毒，难道这不是上天有眼？想着见胡百甫已然回来，身上好似才洗完了土耳其浴，通体全湿，脸上汗泪交流，涔涔下滴，顿足作哭声道："好好，首饰……首饰，全带走，好毒的娘儿们，我哪点儿亏了她？这……这一下我可活不了。"

说着已软瘫在椅上，呜呜哭了几声。等到哭声停止，抬起头来。在梧和他相处二三年，第一次看见他的眼睁到如此之大，凶气满面，张着大口，好似将要吃人。胡百甫直瞪着在梧，沉静半晌，似乎心神已定，忽然开口问道："你看该怎么办？"

在梧对他向来特别谨慎，知道若代出主意，办好了连谢字也落不着，办坏了却得独尸其咎，便嗫嚅道："这个，经理家事，我不敢参与。再说我对于这种法律问题，没有一点儿经验。"

胡百甫大怒，冲口骂道："你混蛋。"

在梧受了辱骂，气愤难过，欲待还口，猛想他平日尚未敢如此相待，今天想是受刺激过重，脑筋昏乱，故而口不择言，自己又何必单在这时怄气？便隐忍缄默不语。

胡百甫又叫道："按铃。"

在梧把唤人铃按了一下，胡百甫喊道："叫门房进来。"

在梧只可又重按了两下，少时便听院中有人呛呛咳嗽，随又有个老人轻轻走入。这老人约有五十多岁，却衰弱得像年过花甲的人，骨瘦如柴，腰弯肩耸，脸上被皱纹布满，一道道都是光阴和困苦的痕迹。因为害过风疾，左边脸儿的皮肤，却已拘挛。皱纹似网状聚在左眼下，于是左眼不能张开。而且肌肉长时颤动，头上苍白头发，垂在脑后。从前面看似留着辫子，其实是在颈后剪断，看样儿好像还预备有一日重把头发留起。最奇怪的是他口上带着防疫的黑纱嘴套，进得房门，颤颤微微地望望胡百甫又看看在梧，神情茫然无主。在梧知道这看门的老人赵顺今天要遭到劫运，不由心中恻然，倒忘了自己的愤怒。

胡百甫拍案叫道：“赵顺，姨太太什么时候出去的？”

赵顺吃吃地从纱套中发声道：“夜里两点多钟，我早睡了，姨奶奶叫醒我，开门出去的。”

胡百甫喊道：“你管什么？姨太太出去不告诉我？”

赵顺一时不知所答，慢慢从口中迸出几个字道：“姨奶奶天天出门，永也没……”

胡百甫一口浓唾沫喷过去，正落在赵顺肩上，骂道：“放屁，白天出去不告诉我，半夜出去……你跟她通同作弊呀。”

赵顺吓得战兢兢地道：“小的不敢，也不知道……”

胡百甫立起道：“好老王八蛋，花钱雇你，你全不管，你给我滚蛋，立刻卷铺盖，滚蛋。”

又向在梧道：“算算他的工钱。”

话未说完，赵顺已扑地跪在地下，哀声道：“老爷，小的还不知道犯了什么错儿，老爷你打我，骂我，千万别辞我，可怜我的孙女……”

说着就哭起来，右眼的泪一直落下，左眼的泪却循着网状皱纹，分成许多支流。胡百甫大喝道：“少说废话，趁早滚蛋。巢先生，你听见没有？快给他算账。”

在梧这时见赵顺泪水狂涌，却仍眼巴巴地望着胡百甫，似在希望他开恩，又不住把乞怜的眼光向着自己，似在恳求代为缓颊。在梧素知这赵顺是个忠诚的老人，因为他儿子投军，死在他乡，儿媳不安于室，丢下一个没满周岁的女孩儿，随人私逃。赵顺受了这重大刺激，一病几乎丧命，痊愈后差些成了废人。不特面貌改变，而且肺病甚重，每做些用力的事，就喘嗽不已。但是他将老年的爱情，全寄托在小孙女身上，仍自拼命支持去谋生活，抚养孤雏。现在他的孙女已经十岁了，自从前年他才谋得胡百甫家的司阍职务，生活较前安定。但他还照旧克勤克俭，把所得工钱，都供给了孙女，使她入了附近的小学，衣服食饮，全得到普通儿童的享受。然而赵顺本身连一个铜板也不敢枉费。更有一件事可以看出他爱孙女无微不至，便是他知道肺病容易传染，又苦于祖孙同住门房，无法隔离，就买了这防疫口套永远戴着。在梧来公司一二年，只能识他上半截脸儿，至于嘴上是否有胡子，根本没机会看到。

在梧对他慈爱情形，早受感动，所以平时不断赠给他孙女衣物。此际见这情状，心中万分不忍，便鞠躬说道："经理，您宽谅赵顺一次，他真是可怜。再说这错处并不在他，姨太太向来出入自由，他怎敢单在这一次拦挡呢？"

胡百甫听了瞪起眼道："你不配说话，滚开。"

在梧实在忍不住了，变色说道："请你注意，对职员说话应当客气些。"

胡百甫这时本又坐到椅上，似乎要跳将进来，因为身体沉重，只能做要跳的姿势，两臂一动一动地好像鸟儿张翅，口里骂道："什么职员？讨饭吃的东西，你敢跟我顶嘴？想同赵顺一块儿滚蛋是怎样？"

在梧道："你嘴里少不干净，要知道我也是会骂。赵顺犯了什么错处，你就赶他？我在这里受气也够了，叫我滚蛋正好。"

说着就走回办公桌前，拣出一本账簿揭开了看着道："赵顺……怎么……赵顺本月的薪工都支完了，你的薪水也已支了半月，还该给我四十元。"

胡百甫喘吁吁地道："好，你别忘了今年二月为你母亲害病，向我借了一百六十元，说明每月从薪水扣二十元，十月为满。到现在才扣了四个月，下余还欠我一百二十，除去该给你的四十薪水，还得找回我八十。"说着一伸手道："拿来。"

在梧在方才负气决裂时，并没想起这笔债务，这时被他提醒，不由心中乱跳，怔了怔才搔头说道："现时我哪里有钱？当日既言明分月偿还，我以后自然按月还你。"

胡百甫撇着大嘴冷笑："当日你是给我做事的人，有薪水担保，自然可以分月。现在你失了职业，就变成穷小子，有什么还钱的保障？再说借给你钱，是由于感情，如今两下分手，以后谁不认识谁，我凭什么借钱给你？"

在梧忍气道："经理先生，请别谈感情两个字。当日先生若不为着利息，也不会借钱给我。现在立逼着还，我万没办法，你缓个三五日，一定全数送来。"

胡百甫哼了一声道："三五日，你要跑了呢？我放宽一步，许你明天还钱，再晚不成。"

在梧顿足道："好吧，就是明天。现在我想没有什么交代的，可以走了吧？"

胡百甫点点头，伸手拿起桌上电话耳机，去拨号码。在梧一面去穿外衣，听胡百甫是打电话，托他在警区做事的朋友，告诉了在梧住的里名门牌，托人代为监视，不要迁移。在梧又笑又气，低头见赵顺仍跪在原处，把手掩着眼儿，心想要唤他起来，不要再向这恶人乞怜。但转想他或者能由哀求生出效果，仍留在这里苟且图活。自己离此之后，尚不知来日如何，既没有余力救济他，又怎能叫他一同负气？想着便对胡百甫鞠躬道：“经理，再见。凡是我经手的信件、账簿，都很清楚地放在桌上和抽屉内，好在经理常常过目，这也无须乎再交代。若有不明白的地方，明天我送钱来再仔细奉告吧。”

胡百甫倒保持得君子绝交不出恶声的道理，一摆手道：“不送，别忘至明天下午。”

在梧无言，悄然走了出去，一出门，立刻听赵顺连哭带说地又央告起来，在梧不忍入耳，紧行几步，自叹道：“我真不暇可怜赵顺了，虽然他一月赚八元，我一月八十多元，但是今天一同失业，明天一样受穷。何况我的家累比他还重，真是后顾茫茫，不堪设想。只悔自己素日手头太松，毫无积蓄，如今竟要累老母和弱妹受苦了。”

他一面走一面叹气，将要走出大门，忽听后有细碎的皮鞋声音，接着娇脆的喉咙叫巢先生。在梧回头见是赵顺的孙女小莲，手里拿着一本书，满面含着天真的笑，跳跳蹦蹦地从门房中追出来。这小莲生得面貌十分美秀，最可爱的一双大眼，漆黑的眼珠，配着极长的睫毛，满面的活泼伶俐。身上衣服也很清洁，脚上居然穿着崭新的小皮鞋儿。在梧平日见她，总要抱起来说笑半晌，此际却因为忽然情不自禁地鼻头酸了，不愿叫她看见泪痕，忙用袖子挡住眼。

小莲跑过来道：“巢先生我问你一个字……哟，你迷了眼吗？”

在梧借着她的话因，才放手道：“对了，我迷了眼。”

小莲一拉他大褂的底襟道：“蹲下。”

在梧依言，两人一蹲一立，高矮恰恰相等。小莲将书丢在地下，伸出小手，一手按住他的头，一手剥开他的眼皮，努着小嘴，把左右两眼都嘘气吹了，问道：“好了吗？”

在梧装着把眼开合数次道：“好了，小宝宝，谢谢你。”

小莲摇头笑道：“打你。”

在梧道：“为什么？”

小莲道：“上回送给我那好看的小墨盒，我说谢谢，你说不许谢，再说谢就打我，这时你为吗又谢我呢？”

在梧不觉开颜笑道："好孩子，你算问住了我。"

说着忽又惨然在喉咙中自语道："可怜这样的聪明女孩儿，竟落到悲惨境地，只怕我不易再帮助她了。"

小莲这时正拾起书翻着仍要问那生字，在梧却望着她含悲无语。忽听院中嚓嚓作响，回头见赵顺已从里面走出，好似痴了似的，直着眼儿，举着双手，一步步地向前挪，身段摇摇，如将倾倒。

在梧大惊，忙赶过扶住他，问道："老赵你怎么了？"

赵顺看见在梧，才缓过气来，长叹一声道："完了死了，任凭怎样央求他，只不肯恩典。我这一把年纪，还能去别处赚饭吃？小莲非跟我饿死不可了。"

在梧知道他悲苦已极，只可权且安慰道："你着急没用，先回门房歇歇，慢慢想法。"就扶他向门房走。

小莲还在那里低头翻书，抬头看见赵顺，跳过去抱着大腿道："爷爷怎的，又咳嗽了吗？"

赵顺低头也抱住小莲的小脸儿，大哭道："孩子，咱爷儿俩眼看要受罪了，爷爷可真对不过你……"

小莲听着不知何故，只瞪小眼儿发怔，随即哇地哭起来。在梧拉着赵顺顿足道："你真老糊涂，这种话怎么对小孩子说？"

赵顺望着小莲，似乎想哄她又没话说，忽向在梧作揖道："巢先生您想法救救我们，我为交小莲的学费，把本月的工金全支了。这一出去，一老一小准得饿死。巢先生您行好，您素常又爱小莲……"

在梧叹道："我若是能有力量，不待你说，早叫你祖孙随我走了。可怜我也是以身为业，散事以后，所剩的只有债务，哪能救你呢？"

在梧说完，见赵顺通身抖战，小莲似已听明情形，松开她爷爷，转来抱住在梧的腿，在梧鼻头一酸，也再承受不住，就一手揽着小莲，一手拍赵顺的肩头，叫道："走吧，跟我走，我虽不能救你们到底，或者能叫你们多活几天。"

赵顺听了，趴下就要叩头。在梧拉着他道："你且莫闹闲文，快去收拾跟我同走。只是日后受了罪，不要怨我。"

赵顺愁容尽去，合掌说道："阿弥陀佛，巢先生是念过书的人，将来没个不发迹。我跟您就不愁了，可是您得养两个废物。"

在梧推着他进门房去，自携小莲站在门外。小莲用袖子拭着泪道："爷爷又叫胖经理骂了吗？"

在梧道："经理不用你爷爷了，现在你爷爷带你上我家去。"

小莲喜欢得颊上酒窝儿现露出来，道："巢先生，你要我爷爷去看门？这可好，爷爷离开胖经理，就不咳声叹气了，我们可是永远在你家住吗？"

在梧道："只要你愿意，就永远住着。"

小莲又道："巢先生你的妹妹她也爱我吗？"

在梧道："她一定比我还爱你。"

说着赵顺已提着铺盖卷出来，在梧就唤了两辆洋车坐着，径直回家。路上自思今日不特失业，还加了两个累赘。只母妹尚不知如何供养，女仆也未必再有力雇用，如今凭空又多了两口，倘将来落魄下去，弄到无力维持，那可如何是好？但赵顺可怜，小莲可爱，自己既出于恻隐，允许收留，以后的事，也只可听天由命了。想着车子已到家门，在梧打发了车资，才叮嘱赵顺见了家中人万勿说破自己失业的事，赵顺唯唯答应。

及至唤开门进去，在梧令赵顺在客室等候，自己进到母亲房中。见里面空寂无人，忙问女仆老太太哪里去了。女仆回答说老太太去看舅奶奶。在梧想到这位舅母，家贫无子，素日仰仗自己资助生活，日后也是不堪设想，心中更觉愁烦。便举步上楼，耳中已听得书室中有人轻轻按着小钢琴，谱着《璇宫艳史》的歌，便知是妹妹颖芊在房里。不由暗叹颖芊的琴恐怕未能长久保存，将来不定落到哪一家叫卖行里。忙定了定心，走了进去。

见颖芊穿着素白纱的短旗袍，头上短发，编成两个小辫儿，垂在左右肩头，正怡然自乐地按着钢琴曼声低唱。在梧一见更觉心酸，想到这快乐的家庭，将被经济压成粉碎，聪明俊秀的小妹妹，也要尝受人世难苦，不能长久保持这样活泼天真。自己的事必须瞒着母亲，却不能不和妹妹商议。但是一告诉她，就算把个愁苦帽子罩在她头上，再想如此悠闲，只怕不易了。想着就悄悄立在口，不敢作声，好似希望她这乐境多延长几秒钟也是好的。

颖芊唱着，猛又回头，那清莹朗澈的目光，正射到在梧立处，立刻绽开意大利美人石像般小嘴儿，哧的一笑，叫道："哥哥这么早就回来，是公司派你办事，顺便到家歇歇吗？"

在梧点点头坐在沙发上，颖芊盖上钢琴，盈盈立起，从桌上拿起一瓶打开的汽水，倒在杯内，递给在梧道："瞧你这身汗，还不脱了外衣。"

在梧先将汽水喝了，然后脱衣裳，颖芊笑道：“哥哥，我知道你夜里睡得很晚，坐在这屋里想一个人。”

在梧道：“你又算计我了。”

颖芊将脚下趿着的蓝缎拖鞋点着地道：“昨夜我睡时已十二点过了，你还没回来。今早我看见这地上满是纸烟灰，就知道你回来以后，又在这屋坐了很大时候，睡觉必定很晚。又见你那本受病的忆语放在桌上，瞧瞧正翻着的那篇儿，我又知道你想起孟小樱了。”

在梧道：“你倒是很精明的侦探，明儿到公安局投效去吧。不瞒你说，昨天我遇见小樱了。”

颖芊正两手交插在头后，倚儿而立，闻言愕然道：“真的吗？”

在梧便将电影院的经过诉说一遍，颖芊凝视着他道：“在保定的时候，我还很小，不记得小樱是什么模样，可是她的事我全知道。那人也怪可怜的，何况如今又落到风尘里，你自然应该救她。不过现在你已有了倩宜，这倒是难题了。”

在梧又把自己打定今夜到电影院对小樱实诉的主意说了，颖芊点头道：“这样才是正路。实告诉你，我固然也很怜惜小樱，可是倘然你因为小樱对倩宜变心，我就不承认你这哥哥。”

在梧笑道：“你倒是倩宜的保障，和她这样要好。”

颖芊道：“你既知道我和她好，就应该早早结婚，叫母亲和我一同快乐。那时咱们家里，不更有趣吗？”

在梧凄然道：“你这希望很难实现，我和倩宜昨天还相离很近，今天情形大变，好像隔开千万里了。”

颖芊愕然道：“怎么？你和倩宜莫非……”

在梧摇头道：“你不必乱猜，倩宜的事容以后再说，现在要告诉你的……”

说到这里，略一嗫嚅，先立起关了房门，然后回到颖芊的面前道：“妹妹，现在咱们遇到重大困难，我的职业丢了。”

颖芊颜色突变惨白，失声叫道：“是吗？”

在梧忙把早晨和胡百甫决裂的情形说了一遍，颖芊牙儿咬着下唇，且听且思，等他说完，便道：“也好，离开胡百甫那混账人，也省得你天天受闷气。”

说着脚下拖鞋尖儿向地板一蹴，似乎脚下有胡百甫伏着，借这一蹴出气。

在梧苦笑道："你不要说得这样洒脱，以前我受气，全家都可以丰衣足食。现在只顾我舒服了，家中可怎样呢？母亲那样身体，只要听见失业的信儿，就得急出病来。倩宜你只差一年就可以在中学毕业，如今断了供给你的来源……更不必想日后的生活用度，只这明天要还的八十元急债，就没法筹措。"

颖芊一面听着，一面来回乱踱，忽握住在梧的手道："哥哥，你不要着急，这种困难，随便哪个人都难免遇着。我们只要咬定牙根，拼命向前奋斗，不论如何总有活路可走。我这一节，你不必忧虑。即使从此废学，也对付着算有独立能力。合起咱哥妹的力量，难道还供养不了母亲？"

在梧叹道："若只母亲一人，咱们责任还轻。谁叫我不知进退，竟又添了赵顺祖孙两个累赘。"

说着忽一仰首道："若不然，我现在抓凑几元钱，打发他祖孙走可好？"

颖芊摇头道："那万万使不得，既应许收留人家，若再反复，岂不叫老头儿失望死了？反正我们只要有饭吃，就不争多一两口人。现在只说办法吧。母亲那里千万不要告诉这烦恼消息，瞒到几时是几时。你自然要另谋职业，我也得出去挣钱。倘然遇到什么好运，我们的家庭不是又美满了？哥哥千万不要灰心，我们的希望大着呢。"

在梧听着眼泪汪汪，紧握着颖芊的手道："妹妹，我早知道你比男子还有担当，所以才同你商量。果然你能鼓励我，帮助我，我这做哥哥的，真是没出息，好像笨牛似的，时时得你在后面督策。以后更要我二人努力，支持这垂败的家庭了。只是叫你半途丢了学业，我怎么忍呢！"

颖芊微笑道："我不在乎文凭那张废纸，再说事情应看轻重，这时要紧的事，是帮你奉养母亲，自己的学业已不成问题了。"

在梧心中又是感激，又是凄惶，便紧握着她的手，低头无语。

颖芊道："你且歇一会儿，我下楼看看，给赵顺饭吃，还要出门寻人想法。"

在梧道："你去寻谁？"

颖芊道："我的同学有位沈凤华，你可记得？她前者曾给我来过一封信，问我是否有意做事，她可以替我介绍个好位置。我已经回信辞了，今日只可再寻她去商量。"

在梧道：“我劝你不要去，你辍学是经济所限，无可如何。至于你去做事，却大可不必，还是我自己设法的好。再说那沈凤华虚荣心太盛，并不是什么可靠的人。记得那年暑假，你们同学多半去北戴河避暑，都晒得皮肤黑紫回来，成为时髦风气。沈凤华因为家里寒苦，不能前去，居然在暑假里，天天在家中裸体晒日头，也把皮肤弄黑了，开学后向同学假说到青岛避暑去了。你当时曾因这事很轻视她，现在怎又去求她呢？”

颖芊微叹道：“我何曾愿意求她？无奈我只这一条路啊。”

在梧道：“妹妹，你依我，千万别去。”

颖芊没有回答，半晌又道：“明天你还胡百甫的钱怎样筹措呢？”

在梧扶头以不答表示无法，颖芊转身出去半晌，拿进一个包裹和一个小锦盒儿，向在梧道：“这盒是你历年给我的生日礼物，包裹是我穿不着的衣服，你拿去或当或卖，先闯过这一关去。”

在梧方要说话，颖芊已正色道：“你痛快拿去，哥哥若对妹妹客气，那就岂有此理了。再说我知道你一点儿积蓄没有，连衣服也只每季一身，偶然得些富裕，也都尽供给了我。你若不拿走，我可哭了。”说着眼圈一红，似将哭泣。

在梧顿足道：“好，我拿，我拿。”

颖芊才开颜道：“那么你先去，弄来钱好松心吃饭。”

在梧此际恨不得放声痛哭一阵，强忍着伤心，去穿长衫，颖芊便出去了。在梧怔了半晌，才提着包裹下楼，见楼下堂屋中，小莲正小鸟依人似的，偎在颖芊怀里，大声说笑。颖芊也满面欢容地哄着她，好像方才的悲苦，已然全忘。赵顺立在旁边，皱纹的脸儿，也充满喜气，把感激的眼光望着颖芊。在梧看着这幅天真欢愉的图画，知道颖芊正发挥着慈爱的本性，掬愁于心，强欢在面地接待这新来的宾客，不由更觉凄惨。

小莲望见在梧，将小脸儿倚在颖芊胸前，招手笑道：“巢先生，你说对了，姐姐真爱我。”

赵顺在旁呵斥道：“小莲，别胡说，叫小姐不许叫姐姐。”

颖芊笑道：“老头儿别管我们的事，我爱小莲，要她做妹妹。”

又一指在梧道：“以后小莲也随着叫他大哥哥。”

赵顺道：“那可不成，折受死了。”

在梧却向小莲道：“小妹妹，跟着姐姐好生玩，我去给你买糖。”

说完便急趋出门，赵顺突然瞥见在梧手中的包裹，忽地便是一怔叫道：“巢先生，你哪里去？”

在梧漫应一声，匆匆走出巷口。向东转了个弯儿，眼前便是一家当铺。低着头直走进去。看见里面阴气森森，一人多高的黑色柜台上，露着三两个惨白如鬼的人头，把那没有天理人情的眼光望着门外。柜台之下，立着个不满六十岁白发苍苍的老婆儿，腰弯得虾米一样，还没有柜台一半儿高，正合掌低首，喃喃说话，旁边地上却丢着一幅污秽不堪的旧棉被。在梧不知何故，忙将手中包裹和匣儿递到柜台上。柜台内距离最近的一个伙计，好像怨恨这突来的主顾给他添了麻烦，先恶狠狠瞪了在梧一眼，才抬起那类乎左有鱼口，右有便毒，中有横痃，后有腰痈，下有痔漏的尊臀，用每分钟一寸的速度慢腾腾立起，移动那久寒未愈的腿一步步地挪过来，伸手摸着包裹。却又赶上他头皮上落了个苍蝇，忙又抬手上去，将二寸长的指甲，去搔光亮的秃头，运用手指极有矩度，必须拇指的指甲和中指的指甲，相触做个微响，才重复伸开，头皮上也发出蝎子爬苇席的沙沙声音。如此许久，又回头唾了口吐沫，才正式打开包裹。

在梧这时候一面看着伙计的傲慢神情，一面听着旁边老婆儿的哀声，直如教徒念祈祷文，要把极低的语声上达天听一样，只听她念道：“老爷们，积德行善，可怜我老头子六七十岁了，病在床上要死，求人家开了个药方，药铺要三角钱，可怜我家里什么都没有，只可拿破被来当。老爷们别不收呀，东西不值钱，你老只当修好，舍给我三角钱，救一条老命吧。我有了钱准赎，我敢赌誓，不赎就叫我那在外当兵的独生儿子，死在外乡。老爷，我赌这么重的誓，还不成吗？积积德当了吧。”

在梧听着，已明白这老婆是拿破被子来当，铺中不收，故而哀求。不觉脑中涌起自己白发老母的影子，立刻又生了恻隐之心。正想等当钱到手，周济她一些，忽听头上有腔有韵地唱道：“首饰三件，衣服九件，当多少？”

在梧忙仰首道：“你说吧。”

那伙计绷着那万世不能做电影明星的没表情脸儿道：“你说，我们不能说。”

在梧犹疑一下，才道：“当一百块，成吗？”

那伙计听了，脸上虽仍似无机物的橡皮，眼中却射出鄙夷的光，鼻中哼了一声，唱道：“差得多，差得多。”说着，就折叠那已经打开的衣服，似要原件发还。

在梧忙道："你说能值多少？"

那伙计又唱道："顶多十五块，多了不要。"

在梧听着气得发抖，因为首饰中一件嵌珠戒指，便是用四十元买来，其余衣服也是上好材料，自己费尽筹划买给颖芊的，合计总值三百。如今当起来不够一件制价，岂不把人气死？看起来当铺哪是什么两益，只解剥削穷人，以求有益于他自己罢了。在梧这里气得干瞪着眼儿，说不出话，那伙计更是痛快，把原物都包好，推到柜台边儿，再不理睬。在梧赌气拿到手中，转向向外就走，也忘了周济那老婆儿。大凡人的愤怒最能消蚀善念，在梧此际虽在窘迫，但是三角钱总还拿得出来，只为被当铺伙计激怒，就顾不得怜惜人了。

他出了当铺的门，立定想了想，本待去到别家再试一试，又寻思此中人都是一样的市侩，哪里也不会优待穷人。便能多得几文，也是杯水车薪，无济于事。只可挟着包裹，垂头丧气地向回下走。将到巷口，忽见赵顺正蹲在墙根，向自己望着，不由脸上一红，恐怕被他看出是出去当当，丢脸还是小事，更怕惹他心里不安。便一直走入巷内，赵顺也只招呼了一声，并未询问。

在梧进到家中，颖芊还在堂屋和小莲谈笑，一见在梧将包裹原封带回，也自一怔。在梧也没谈话，径直上楼，到画室中将包裹一丢，坐在沙发上气闷。

须臾颖芊悄然进来，低声问道："怎样，没弄钱来吗？"

在梧发恨道："当铺真是混账，这些物件才给十五元，我一气就拿回来了。"

颖芊听着，花容失色地道："何致这样不值钱，等我再去寻寻，添几件儿，你再去换个地方试试。"

在梧立起拦住她叹道："妹妹，你的东西，全在这里了，还有什么？难道把现在穿的也脱下来给我？你别管了，容我另想法子。"

颖芊扑地坐在椅上道："你有什么法子可想？胡百甫的债，明天就得还……"

说着忽一扬脸儿道："哦，我想起来了，去和倩宜商量吧。她手里多少有些体己，当然愿意帮助你。"

在梧摇手道："万不能寻她，你快断了这种想头。"

颖芊一翻妙目，望着在梧道："怎么，倩宜……"

在梧很快地接说道："我也知道倩宜情义深厚，一定愿意帮我。不过我不能在这时候受她的帮助。"

颖芊纳闷道："你们是未婚夫妇，等于是一个人，为什么不能受她的帮助？这并不是求外人啊。"

在梧摇头道："实告诉你吧，比如我不能得职业，有落魄下去的危险，倩宜的婚约就要作废。我不能叫心爱的人跟着受穷受苦，所以现在万不可受她的恩惠，再生日后的牵缠。"

颖芊听了，沉默半晌，才撇着嘴儿道："这倒是男子的说话，只是把倩宜骂苦了。难道她只能随你享福，不能随你受苦？她若听见这话，准得气个八成死。可惜你枉是倩宜的未婚夫，竟不是她的真知己。"

在梧惨白着颜色道："只为我深知她相爱的真诚，所以越发不忍害她，跟我挨饿。"

颖芊冷笑道："这你算白说了。我深知道倩宜为人，莫看她第一次盲婚丈夫死后，不能守节，那可不能怨她，谁能为一个没爱情的人牺牲终身呢？至于对你，却是心意极固，希望极深。这就是豫让所谓'众人待我，众人报之；国士待我，国士报之'的道理。倩宜有时背地对我谈起你来，常常感激得流泪。你方才那种无理的言语，若当面说出，准可以送了倩宜的命。要知道幸福只在爱情，爱情却不关贫富，你莫把倩宜的人格看低了。"

在梧道："你说得全在情理，可是我也有个偏理儿。倩宜那样才貌，就似一朵好花，只为所适非人，已然将要憔悴。我既然爱她，就该设法使这朵花儿重新放葩吐艳，怎能再把贫困折磨她，使花儿更憔悴呢？"

颖芊笑着唾道："呸，又惹我骂你了。你是千变万化，总脱不开旧日所受的书毒，真得打一针血清治治。何况又是什么花儿朵儿，侮辱我们女子？别胡说了，随我下楼吃饭去，小莲和他爷都等着呢。"

说着就拉着在梧一同下楼，见堂屋中女仆已然开好了饭。颖芊抱小莲坐在身边，又叫赵顺坐下同吃。赵顺抵死不肯，在梧道："老赵，你既到我家，就不要客气，这样起起欠欠倒叫大家都不安生。我们都把你当一家人，你老自己见外，就不对了。"

赵顺见在梧情意恳挚，才一起坐下，但每逢添菜添汤，还要起来代女仆执役，经颖芊几次拦阻，方才罢了。吃饭时颖芊是欢欢喜喜的，哄着小莲，就要她同室居住，教她读书，又许她做新衣服新被褥。小莲喜得只张着小嘴笑。在梧心里愁烦，除了和小莲搭讪以外不多说话。赵顺却不知怎的，不似方才那样高兴，满面皱纹重复紧缩，吃饭时眼中含着泪珠，看看在梧，看看颖芊，再一低头，泪珠落在碗里，就和饭吃了。

饭后颖芊带小莲进卧室去，在梧叫女仆将楼下耳房收拾干净，安排一张木板床，给赵顺休息，才自回到书室。闷坐许久，只想不着出路。忽见颖芊领着小莲进来，颖芊已略加修饰，换了衣履，小莲也换了件花纱小旗袍，新洗的小脸儿，还薄施了脂粉，更加美丽，好像个小公主似的，手里提着一柄小洋伞。

在梧一见问道："你们要出门吗？"

颖芊先看着小莲道："我七八年前的小衣服，寻出几件来，给小莲试试，竟都可体。你瞧，不是很好看吗？昨天我见中原公司里的小女帽，只卖七角钱，想去买一顶给她，好凑成个小安琪儿。我们去一去就回来，你不要出门，老实在家等我。"

在梧心里颇怪颖芊的一冲性儿，现在正当窘迫之际，有东西还愁换不出钱，怎又拿钱去买东西？但拦阻又怕扫了妹妹的高兴，便笑道："去吧，再给小莲买些糖吃。"

小莲摸摸在梧的手，就随着颖芊，得意扬扬，跳跳蹦蹦地走了。

在梧坐立不安，便也下了楼，踱到赵顺房里。见赵顺倒在床上，面向着墙，双手掩面，肩头不住耸动，似在暗泣。就叫道："老赵，睡了吗？"

赵顺悚然一惊，坐起来，望着在梧道："我……没睡……没睡。"

在梧见他眼眶犹湿，便安慰道："你干吗又这样愁眉不展的？"

赵顺拭着眼叹道："不是，我瞧见小姐带着小莲出去，给她换了好衣裳，小莲又说小姐要给她买帽子，我拦也拦不住。您一家待我太好了，我带累您散了事，又带着两张嘴儿来吃您，自己想想，怎不亏心？"

在梧道："你不许这样多想，胡百甫那东西过于混账，我早就要辞职。便没有今天的事，我这几天内也必离开公司。"

赵顺听着连唏嘘两声道："您这是体贴我，才这么说，咳，我明白，我明白，其实今天也赶巧了，若不是胡百甫的姨太太跑了，他也不至于真叫您走。"

在梧一怔道："怎么？"

赵顺道："这事您不知道？我也没告诉您过。胡百甫的姨太太，最看重您。去年年底，您加薪水，还是姨太太争出来的。我那天送茶到上房去，看见她亲手在您的薪水单上把七十改成八十，她还给我争出五块赏钱呢。再有今年二月，您老太太闹病跟胡百甫借钱，姨太太就劝他送给您二百，说您功劳不小，送些钱也是该的。这话也叫我听见了，可是胡百甫当时答应了她，背地仍旧叫您写借字。只看这两档子事，倘或姨太太在着，绝不叫胡胖子辞您，也许连我都保住了。"

在梧听了，不禁心中一动，回想胡百甫的姨太太陆秦云虽是妓女出身，但是仪态大方，丰神娟妙。她自嫁胡百甫，就住在公司后院，和自己常常见面，虽有时看出眉目含情，似相爱慕，但自始至终，绝无越礼行动。自己虽可惜她彩凤随鸦，却永未生过非分之想。今日经赵顺一说，方知她曾经深心回护，这恩义倒着实可感了，便问道："老赵，你为什么早不告诉我呢？"

赵顺半睁着眼儿，慢慢地道："您不要怪我，我有我的糊涂想头。您也是年轻人，那姨太太自然是一片好心，可是她的好心，要叫您知道了，这里面……只怕反倒不好，您素日待我恩厚，我不能害您，所以宁可把话烂到肚里，也没敢往外说。"

在梧忍不住笑道："好好，我明白，想不到你有这份儿深心，到底是上年纪人的阅历。"

赵顺道："我本知道您不是荒唐人，无奈我活了偌大年岁，看见年轻人被女人毁的太多，就留了心眼儿。"

在梧道："我很感激你这点爱惜的意思，不过胡百甫那位姨太太，也并非坏人。"

赵顺点头道："是啊，我怎能说她坏？只是你要明白，一个好男子，一个好女人，分开了都是好的，若合到一处，常常可以办出比坏人还坏的事来，我见得多了。"

在梧听他言语中居然含着很深的哲理，就笑道："看不出你还有这么大学问，这几句话真是念书人说不出的。"

赵顺摇头道："您别骂我吧，我这一世只认识自家的姓，新近跟小莲又学了几个字儿，哪儿来的学问？"

在梧道："只凭你的阅历，就比念十年书的大学生通达多了。"

说着二人又谈了会儿胡百甫的事，不觉过了两点多钟，忽听外面叩门，在梧出去开了，原来是颖芊带着小莲回来。小莲头上果然多了一顶马尾织的小凉帽儿，手里还拿着两匣糖果，赵顺见了嘬着牙缝道："小姐干吗花这些钱？"

颖芊笑道："老头儿太絮叨，小莲，先同你爷爷玩会儿，我就下来。"

说着就拉了在梧，一同上楼。进了书室，便憨憨地向在梧笑道："哥哥快给我道喜，一切都不用愁了。"

在梧愕然忙问何事，颖芊道："头一样儿，我先寻着职业，在法租界一家洪公馆做夜馆教师。沈凤华带我到洪公馆一接洽，没费什么口舌，就商议妥了。"

在梧道："我不是劝你不要求沈凤华吗？"

颖芊道："咱们处在这种境地，怎么还能固执？但求得到适宜的职业，何必管介绍的人？再说沈凤华人很热肠，除了爱慕虚荣，也没别的坏处。"

在梧沉吟道："可是这洪公馆的学生，怎半夜才上学呢？"

颖芊略一迟疑，才答道："我瞧那学生家长，都像吸鸦片烟的人，大约全家都有以昼作夜的习惯。何况现在盛暑，夜里读书或是因为凉爽，于我也没甚不便啊，反正有了这四十元的进项，家用暂且可以敷衍，不致饿着母亲了。还有你那笔急债，我也有了办法。"

说着，就从手皮夹里取出一叠钞票，递与在梧道："这是一百。"

在梧大惊，张口叫道："你……从哪儿弄来的？"

颖芊悄然低语道："你不问成不成？"

在梧道："我若不知道钱的来源，万不能用。"

颖芊走了两步，坐在沙发上道："告诉你吧，我向倩宜借来的。"

在梧搔着头道："咳，妹妹，我的话你怎一句不听呢？"

颖芊正色道："哥哥，你不要再固执着偏见，倘若我听你的话，胡百甫的债绝对没法可还，难道眼瞧着逼死你吗？何况这笔钱，还是我出名向倩宜借的，并没提到你，你还有什么可说？"

在梧仍自摇头不以为然，颖芊道："我劝你现在就跑一趟，还清胡百甫的债，早些和那小人分割清楚。"

在梧被她怂恿不过，才拿了八十元出门直奔大众公司。恰巧胡百甫家居未出，在梧便将钱交纳，索回了借据。见胡百甫焦烦欲死，不便多谈，就仍回到家中。

进门一上楼，就见小莲正在楼梯边痴立，噘着小嘴儿发愁。在梧就蹲下抚着她的头道："小宝宝怎么不高兴？爷爷说你了吗？"

小莲摇头，回手向颖芊卧室门儿一指道："姐姐哭了。"随说着眼泪也滚下来。

在梧大惊，高叫道："颖芊颖芊。"

半晌才听颖芊在房内答应，似尚带着酸鼻之声。接着即见她掀帘走出，面上带着笑容，眼圈儿却是红红的，在梧道："你伤心了吗？小莲说你哭来。"

颖芊强笑道："不错，小莲诉说爷爷爱她的情形，我一阵感动就流了泪，谁真哭来。"

小莲听着小嘴一动，似要有所分辩，颖芊却暗地捏了她肩头一下，就拉着在梧进了书室。先询问到公司还债的事，又道："我方才想了个主意，母亲今日若回家来，就难免知道你失业的事。不如我趁早到舅母家去一趟，叫母亲在那里住上十天八天，咱们趁母亲离家时候，赶着想出办法。等母亲回来，再知道也不怕了。"

在梧想了想，认为这主意极好，就叫她带十块钱给母亲零用。说话不要露出破绽，早去早回。颖芊便出门到舅母家去了。

在梧呆了半晌，唤小莲时，业已不在楼上。便下楼去寻她，到了耳房门外，见门儿关着，听赵顺和小莲低声私语，又连声叹息。在梧不知他祖孙说些什么，只可退回楼上。心中自想，这家庭中昨日尚满含愉乐之气，今日竟完全变成愁惨。第一不能叫母亲回来，已显得万分寂寞，颖芊方才分明曾哭泣过，在这种环境中，她那样心重的人，既要替母亲愁，又要替我愁，再加上她自己的心事，已经难禁悲哀，而且那样强颜欢笑地安慰我，更可惨了。还有赵顺，在上午来时尚欢天喜地，似乎自庆得了栖身之地，哪知转瞬间竟变了态度，愁眉不展咳声叹气起来。连小莲也不那样活泼，一门之内，气象如此暗淡，这日子如何过得下去？为今之计，自己只可急速谋求职业，倘或上天见怜，有所成就，不特可以恢复当日的笑声，而且添了赵顺祖孙，比以前更要热闹。

在梧默默沉思，独坐至晚，颖芊回来，报告母亲很乐意在母舅家住着斗小牌儿，并且说过了月半才回。在梧心中略安。须臾大家又同坐吃晚饭，赵顺始终没有抬头，只有时偷望着颖芊，低头流泪，吃了小半碗饭，便推说头疼，回耳房睡觉去了。在梧因为九点已过，惦着吃过了饭，到银海影院去见孟小樱，也没注意。饭后小莲困得睁不开眼，颖芊带她同回卧房安寝。

在梧穿了衣服，带着仅存着的十多元钱，出门便奔了银海影院。匆匆进门，买了个最前排的票，进去已然开映电影，便寻个位子坐下。好容易熬到休息时间，电灯大明之后，第一场出来的仍是那位西洋梅兰芳，哄了半天，方才下场。在梧睁着眼儿，只等小樱出台。不料半晌听不到钢琴声响，却从后台走了出来影院经理贾凤池，立在台上，对观众作揖道歉，言说东方黛丽娥因为别有缘故，要当夜返回上海，所以不能登台。本院方才接到她的电话，业已无可措手，只有请众位原谅，现在再请西洋梅兰芳先生表演一场最得意的胡拉胡拉舞。

话未说完，台下已自哄声四起，贾凤池见势不佳，鼠窜而逃。那可怜的西洋梅兰芳，却裸体穿了草裙，顶着雷声，重行出来。座客连骂带哄，散了一半。在梧更大为失望，随众挤出院外。心想小樱本来预定表演三天，怎今日竟不出台？便是要回上海，也不致这样匆促。自己无论如何，定要访知她的住址，去见一面，说明苦衷，心免将来遗憾无穷。

想着便等影院门内略静，重又进去，仗着自己常来看电影，和卖票人是熟脸儿，走向柜台前向他点头道："今天生意不错吧？"

卖票人看看在梧，才答道："还好，比昨天多卖了百十张票。"

在梧道："这大约都为瞧东方黛丽娥来的，可是她为什么今天不上台呢？"

卖票人笑道："这是我们经理不走运，他还想约这东方黛丽娥多演十天半月，赚笔大钱，补补夏天背月亏空。哪知头天上台，就出了岔儿。"

在梧道："昨天我也来看，没见出岔儿啊？"

卖票人道："出岔儿不在台上。那东方黛丽娥是有领家的，昨天她演完了，趁着开电影的时候，跑到台下，跟一个少年男子鬼鬼祟祟地说私话，被她领家的姘夫看见了。恐怕出什么毛病，丢了摇钱树，就不敢再叫她出来上台，听说就要回上海呢。"

在梧听了心中一跳，暗想小樱今日不能上台，原来还是自己种的祸根，便又问道："那东方黛丽娥住在什么地方，您知道吗？"

卖票人正低头数着剩的票，随口答道："听说住在江南栈……"说着似乎感觉在梧问得突兀，抬头很诧异地瞧他。

那在梧问得住址，再不停留，翻身跑出影院，雇洋车直奔江南客栈。到了地方，就打发车钱，一直进去，先看客牌，见上面从头至尾，并没有孟小樱的名字。忽一转想，小樱随着领家，当然不会用她的真名落店，这只可打听客栈里人了。

便走进账房，向账桌上坐的先生问道："借问有位在银海影院上台的女子，住在多少号？"

那管账先生摇头道："我们这里的客人，没有什么上台的，您寻人请看客牌就知道了。"

在梧以为受了影院卖票人的骗，方在一怔，忽然旁边立着一个伙计道："我知道，楼上二十七号不是住着个俏眉大眼的女子，还有两个四十多岁的一男一女同住，前天来个姓贾的寻她，自称是银海戏院经理，昨天和今天银海戏院还不断打电话来……"

在梧不等他说完，已大喜道："我寻的正是他们，劳驾你……"

那伙计也不等他说完，便答道："您来得不巧，他们已经乘六点钟的火车走了。"

在梧立刻直了眼儿，半晌才道："他们上哪里了？"

伙计道："他们上了塘沽，赶明天开的轮船回上海。"

在梧痴立无语，那伙计道："您寻他们有要紧事吗，这样着急？"

在梧怔了一会儿才答道："我也是银海影院的人，因为我们经理还要他们上台表演几天，派我来接洽。只怨我来晚，把事耽误了，请问轮船明天几点由塘沽开？"

那伙计道："早晨五点。"

在梧道："夜里还有上塘沽的火车吗？"

伙计道："夜里两点还有一趟慢车，三点钟以前就到，还能在开船以前赶上。"

在梧听了又大生希望，忙谢了客栈中人，转身走出，又雇车奔了车站。这时还只十一点方过。在梧问知果然两点有东开来的车，便买了票立在站台上等候。心中又后悔早知离开车尚有余裕时间，怎不回家告诉一下，免得颖芊等悬念。如今既已到了车站，就不必再劳往返了。又想到小樱的领家，见她与自己只说了几句话，尚如此小心躲避，这次赶到塘沽船上，也必受小樱领家的阻碍，不易得到谈话的机会。但是自己职业已失，后望渺茫，日后哪还有帮助小樱的能力？不如及早叫她断念，到了船上即使当着她领家的面儿，也可以直说自己早已有妻，新近失业，叫她断了对我的指望，这种话当然是她领家所爱听的。小樱虽一时难免失望怨恨，但以后可以另作他图，免得一心倚赖着我，误了终身。

在梧主意打定，看站上的大钟，尚不到十二点。由北京来的东行车尚无消息，倒是由东边开来的兵车络绎不绝。在梧在站上看了两点多钟，竟见了来回有十多列兵车，并不见客车踪影。好似中国铁路专为军用而设，至于客运货运，不过是可有可无的副业而已。耗到一点以后，才听客人中谈说今日东西两面的客车，全都误点，在梧不胜焦急。果然过了两点，尚自渺无消息。

又等三十分钟，东行车才缓缓入站，在梧挤上车去，只待开行，不知为什么缘故，又停了近半点钟，方才蠕蠕而动。在梧才喘了口大气，想起由天津到塘沽只四五十分钟路程，到那里还有一点多钟可以办理此事。哪知火车到了第一站，虽然照慢车的规则停住，却不依慢车应停时刻开行，因为要让前站开来的兵车过去，第一站误了一列，第二站加倍，让了两列。在梧以为这总该开了，不料临时又发生意外事情，因为后面有某要人的专车要先开过去，慢车仍得效法龟兔竞走的龟，退到一旁岔道上稳睡。直等到四点三刻，在梧急得暗中顿足，才见那后来居上的要人专车，像凭虚御风似的在晨光熹微中开驶过去。此后仍又停了十分钟，这慢车才如梦初醒，没精打采地前行，幸而上天加护，前途再没遇见阻碍，稳稳当当痛痛快快地到了塘沽，但是已经五点二十分钟了。

在梧跳下火车，怀着万一的希望，直奔轮船码头。远远望见一只轮船，已驶在海天渺茫中，只剩了径尺大小的黑影。码头上送客的人和贩卖零物的小贩，还未散尽。在梧眼望开行的轮船，知道这无情之物，已载着小樱遥遥去远，但仍奔到水边，痴立一会儿，才望着远处青天，近前碧水，流泪叹道："我实是走了死运，没一件如意的事。自己败落也罢了，昨天又无意中害了小樱。她这次带着希望一走，到上海不知要如何奋斗，逃出苦海。等将来回到天津，得知我的景况，不叫她伤心死吗?"

悲叹许久，还不自信，又寻了个小贩询问，闻知赴上海的轮船确已开了，方才含着满怀怅惘，踽踽独归。

正是：遥看秋水蒹葭，伊人云远；回顾洋场风月，之子如何。

后事如何，下回分解。

第三回

人间世是鬼趣图闺媛遭小劫
掌上珠成风里絮槁叟报深恩

话说天津南市在十年前有人建了一家小戏园。因为地运不佳，从筑成后只演唱一月，便告歇业。房子一闲三年，房主无法，只得改成栈房，租给商家存货。没过一月，那商家也倒闭了，又空闲二年，房主再改建浴堂。开幕以后，便有人传说里面水太污秽，无病的人，洗了生疥，有疥的人，洗了要升格长毒疮。中国人虽不讲卫生，但也没人愿意生疮疥消遣，于是浴堂也只可关门。以后直又空闲三年多，房主忽又大兴土木，把原来的两层通楼，都隔成很小的房间，当作民宅出赁。房租特别低廉，每间每月只收一元五角，并且管一盏五烛光电灯，这一来居然生意兴隆，一洗先前的衰败气象，许多肩挑负贩的人，以及戏园的龙套五行，妓院的乌师伙计老妈，三不管卖膏药说评书拉洋片唱时调的江湖男女，都贪图便宜，到这楼中赁居一室。因之这五六十间房子的大楼，就成了下流社会的大本营。有人替这里面造过统计，据说平均每点钟要有群殴一次，每半点钟有奸情的争斗一次，每十分钟有夫妇或姘头的勃谿一次，每五分钟有人为丢失物件大骂一次，每一分钟有醉汉酗闹一次，每十秒钟有儿童哭啼一次，综其大要还有一刻钟要劳动警察一次。由此观之，这楼可以算是世界最杂乱最污秽的地方了。

但是读者定要疑惑，这种下流地方，怎会有高明的人来代作统计，哪知孔子说过："十室之邑，必有忠信。"这五六十室之楼，岂无高明？原来这统计是出于一位大学生之手，而这大学生就住在楼中，此公姓萧，名度之，原是北京东边三合县人氏。据说他的令堂曾在北京某官宦人家做女仆，一直十年没有回家。到回家时，却带了一个大肚子和四个大箱笼。隔了几月，箱笼变成二顷好田地，肚子养下一个肥儿子，便是这位萧度之先生。度之生而颖异，绝不似乡农子弟。他父母特别钟爱，竭力供给上学，居然在北平某中学毕业，又转到天津考入东方大学。但只正式上了半年，就受了一个损友姜伯朗的引诱，走入歧途。每日不是妓馆，便是舞场。到了这年的上半年，竟把学费改作嫖资，花天酒地，根本没入学校的门。起初为向妓女舞女显耀，住在国民饭店，以后日感竭蹶，就渐次由饭店而旅馆，而客栈，而公寓，一直每天一角的小店都住不起了，才来住这杂院式的楼房。他房间在楼上，左邻是一家串妓馆卖水果鲜花的，大小七口，全住在一室。右邻是贩卖鸟兽的，只一个单身汉。但是人少畜类却多，镇日价画眉百灵黄雀玉鸟，啁啾不已，再加上狗号猴叫，简直像万牲园一样。好在萧度之把这里作为睡眠之所，每日起床后，就出去游荡，深夜方归去，归后又睡。

但是这一日，他因为囊无分文，不能出去，大白天坐在房里发愁。他房中只有一张板床，一张小几，几上放着笔墨，床上却没有被褥，夜里如何睡眠，恐怕只有他的脊背知道苦楚。但是他身上竟穿着不难看的西服，头发也梳得光亮，脸儿想是勤加修理，也宛然有小白脸儿风范。只是美中不足，长了许多粉刺和小疮。

这时他正在床上滚着光板，咬牙切齿地自语道："又快到晚饭时候了，我连早饭还没吃。爹妈这一对老王八蛋，真狠心，不给我寄钱，活活想饿死我。妈的饿死我也好，叫老王八蛋们绝后。去了三封信了，还不理我，真该死呀。"

正说着，忽听隔室的狗叫，又叹道："我直不如那卖鸟的老高，昨天一对鹦哥，就卖了五十块钱。我跟他借两毛，他都不借。看哪天我弄点儿化学药，把鸟儿都给他弄死。"

话未说完，忽然有个瘦小枯干獐头鼠目的人推门进来，笑道："你想弄死谁呀?"

萧度之一见来人，便翻身坐起，叫道："姜伯朗，你怎么好几日不见，看我穷就躲了?"

姜伯朗缩着腮笑道："没有的事，咱们好朋友，怎能躲你？这几天我家里有事，不得出门。"说着向房中四顾道："怎么你这房里像新遭抢似的，东西都哪里去了?"

萧度之指着自己肚子道："在这里，都叫我吃了。好几件东西，卖给打鼓的，本想弄一块钱，好上舞场跟沈凤华那宝贝儿搂一会儿。哪知打鼓儿的混账，只给九毛钱，我一气就上馆子全吃了。这是昨晚的事，今天我还没见着饭先生，伯朗你请客吧。”

姜伯朗道：“请客可以，只是我已经吃过了，少时给你几个铜子儿，买两个烧饼还不成？”

萧度之道：“别玩笑，说真的，你有钱借我几块，等家里汇款来加倍奉还。”

姜伯朗道：“你不是早已写信向家里要钱了吗，怎还没来？我还等着向你还六十元的账呢。”

萧度之道：“我借你二十元，怎么是六十元？”

姜伯朗道：“你借的时候，说十天内加倍还我。如今已过了日期，自然要加利息。我这还是看着朋友情面，只照原本再加一倍，并没照复利算，很对得住你了。”

萧度之苦着脸道：“是是，你对我自然特别厚道，六十就六十。现在你再给我十块，成不成？”

姜伯朗道：“我先问你，你家为什么不寄钱？”

萧度之道：“那一对老东西，定是吃多秤砣跟我铁了心。去了三封信，还没回音。他们的钱都穿在肋条上，非等土匪上脑箍，才肯往外拿呢。”

姜伯朗道：“你去的三封信，都是怎么样写的？”

萧度之道：“家里已经知道我在天津胡乱花钱，上月来信，就说叫我立刻回家，否则断绝接济。我很生气，所以去的信也犯不上跟老东西说好话，只叫他们寄钱。如若不寄，我就永不回家。”

姜伯朗道：“你这办法错了，你家里料定你穷极时自然回去，你怄气是不对的。现在我给你出个主意，有信纸吗？”

萧度之道：“有有，我曾买下十封信纸，预备写信要钱，还存着很多。”

说着就从小几下拿出一叠，放在几上，姜伯朗又叫用茶碗弄清水来，才道：“我说着，你写。”

萧度之道：“你真有拿手吗？”

姜伯朗道：“准灵，你听着。”就念道：“父母亲大人膝下，敬禀者，男近来大病，卧床难起，唯乞大人勿念。男之病乃不孝之报，应该自作自受，男前日似乎受神人点化，悔悟前非，想到二老一生劳苦，成立家业，且使男上进，以求耀祖光宗，男竟甘心下流，挥霍父母血汗金钱，真乃不如畜类……”念到这里，就将手指蘸水向信纸上滴落。

萧度之道："这做什么？把信纸都湿了。"

姜伯朗道："这算是你因悔恨流出的痛泪，叫你爹娘看着感动。"

萧度之挑着大指道："好主意，可是写完时一总洒水不好吗？"

姜伯朗道："那就不像了，这样能使墨迹沾濡，瞧着才像随写着随落泪的样儿。"

随又念道："中夜自思，愧恨欲死，每欲自杀以谢二老……"

念到这里，又蘸水向纸上滴了两滴，接着道："唯思父母只有一儿，男死更伤二老之心，且以后膝下无人承欢，更增不孝之罪……"

随说又滴了几点水，道："再四思维，唯有即日束装归里，请罪于二老之前，即使将男活埋，亦所甘心……"

到这里又滴了水，接着道："无奈男有万分难于禀告者，在男悔过之先，既为魔鬼引诱，误入歧途，竟欠外债四百六十余元。债主监视，不准离津，且将与讼。男恐二老焦烦，不敢禀告，又日受债主诟詈，如处牢狱，日夜愁思，以致大病，几乎一命归阴，永别我慈爱之双亲。幸赖祖宗保佑，朋友救护，渐得痊愈，但医药等费又已拖欠一百余元，更形困苦。男每夜皆梦见二老慈颜，大哭而醒。孺慕之私，无可言喻。想二老念儿，更甚于儿之思二老……"

念到这里，又大洒其水，自笑道："情文并茂，真是好文章，我明天要创立一种职业，专替外乡学生写请款家信，准能赚大钱。"

萧度之道："你快念，我等着写呢。"

姜伯朗才又念道："当不忍令男饿死异乡，乞即日汇赐七百元，男偿清债务，万不再逗留于天津罪恶渊薮，当如飞还家，以慰亲心。此男最末次向二老恳求，款朝来则夕见男在膝下矣。倘有迟延，恐为债主控告，结果男不忍言，唯二老爱儿如命，当不忍杀儿于觉悟之后也……"

念到这里，照例又洒完水，才道："正文完了，你家里还有什么人？"

萧度之道："还有八十多岁的瞎祖母和一位守节的老舅母。"

姜伯朗道："那你就都问候一下，这样显得你真是想念家庭，还可以叫被问候的人高兴，替你说好话。"

萧度之拍手叫妙，如言写完，这回不劳姜伯朗动手，自洒了自来水的假泪痕。姜伯朗叫他趁湿叠起，写好信封装入。

萧度之封了口，忽然叫道："我还忘了，这封信字句太文，怕家里看不懂。”

姜伯朗道：“着呀，反正你爹得求人替看。你们村儿里自然有书呆子的教读先生，把这信翻成白话，一字一字地解释，那就更有感人的力量了。”

萧度之大喜，握住姜伯朗的手唱了一句道：“你真是孤的好先生。”又说白道，“倘若孤家有朝坐了龙廷，一定要封你九千岁之职。”

姜伯朗道：“少说废话，你知道我念这信的润喉费得值多少？”

萧度之道：“我请客。”

姜伯朗道：“我没胃口，不图你浪酒闲茶。痛快说吧，我得分加二小账。倘然你家里寄来七百，就给我一百四，再加旧欠六十元老账，一共该是二百。”

萧度之伸舌头：“好家伙你真……”

姜伯朗道：“你不愿意就作为罢论。”

说着一指萧度之手里信道：“我已经知道你家乡的地址，很能写一封信给你令尊，报告你现在真实状况，着他给你汇钱。”

萧度之怔了怔道：“依你，依你，就是二百，但是现在得先借给我十块钱应急。”

姜伯朗笑道：“何必说借，我送你十块好了。”

说着就从衣袋皮夹里取出一张崭新的交通钞票，萧度之正待伸手去接，姜伯朗一缩手道：“可有一样，你既许下给我二百，得先写张借据，要不然日后你后悔了，有什么把握？”

萧度之愁眉苦脸地道：“我给你写借据，万一家里不寄钱呢？”

姜伯朗道：“好糊涂人，你家里不寄钱来，你手无分文，难道我还逼你？借据当然作废。”

萧度之明知受他劫持，万分不安。但看着他手里十元钞票，似乎现着舞女的柔腰，娼妓的笑靥，西餐的美味，以及繁华境中种种幻影。想到眼前享乐，但忘了日后受害。立刻用信纸写了二百元的借据，又盖了一向领取家中汇款的专用图章，交给姜伯朗，才换得那十元钞票入手。猛觉身体轻松，心肝跳跃，飘飘然似将羽化登仙。连忙整衣修面，收拾成浊世翩翩的样儿，把二角钱一玻璃管的香水精，洒满衣上，刺鼻生香。才和姜伯朗一同出门，先到邮局寄了双挂号的家信，姜伯朗似乎忘了方才曾说用过晚餐，竟要求萧度之请客。萧度之慷慨应允，随他到了一家有女招待的饭馆，吃了一顿。姜伯朗和女招待纠缠不休，大享艳福，饭后暗示给萧度之，叫他代付小账一元，才高视阔步地出来，时候已在十点多钟。

萧度之询问怎样消遣这可怜之夜，姜伯朗却计划怎样破费他仅有之钱，便提议到甜心舞场去跳舞。萧度之道：“我也想到那里去，不过要躲着那舞女领班沈凤华。”

姜伯朗道：“为什么?”

萧度之道：“那沈凤华太厉害，一和她跳，就要求开香槟，我今天哪有许多钱捧她?”

姜伯朗道：“没关系，你另寻别的舞女好了。”

萧度之点头，便和他坐车奔到甜心舞场，一进门儿便闻乐声悠扬，全场灯光都作淡碧，只四面壁上另有十多盏葡萄色小灯，颜色调和，令人感到满目温柔，不由得心神陶醉。场中间人影幢幢，一双双的舞客舞女，正在互相拥抱着徐徐旋转。因为天气暑热，一阵阵地被电扇吹着舞女身上的肉味脂香，氤氲四散。萧度之看了看，便和姜伯朗寻个座位坐下，要了两瓶冰啤酒喝着，向场中瞧望。舞女在幽暗的灯光中，都把水冷冷的眼儿，注着怀抱中的舞客，似乎要由目中射出爱克斯光线，透视舞客袋中金钱多少，以定擒纵之计。并且细碎的舞步声中，偶然夹杂一两声很奇怪的媚笑，听着好像舞女身体受了触犯，但是人人明白绝非被舞客误踏玉足，因为那样可以光明正大地说话，而这媚笑中却含着娇嗔与忍耐等等意味，至于真相如何，那恐怕只有局中人自己晓得了。

萧度之看着，忽低声向姜伯朗道：“你瞧，沈凤华和那矮子跳呢。那矮子手头很敞，沈凤华缠住他，可以不注意我了。”

姜伯朗这时正凝视场中，半晌才道：“喂，又来了新舞女，咦，身段真好看。”

萧度之只注目沈凤华，并未顾及余人，忙问道：“在哪里?”

姜伯朗道：“你看，就是和那大胖子跳的，瞧，转过这边来了。”

萧度之定睛一看，果然那胖子怀中拥着个亭亭玉立的苗条女郎，穿着淡灰色周身密缀小蓝星的纱衣，微低着头儿，态度似尚羞涩，舞步也不甚娴熟。只被那胖子轻抚香肩，微拈玉腕，身体却躲得很远，不能依附。瞧着已转到近前，萧度之立觉目前一亮，才看清这女郎面貌美到不可逼视。灯光幽暗，更显得肤色洁白如玉，天然地似有清光四映，因为头儿稍低，只看见黑白分明的前额和眉，衬着下面猩红的小嘴儿，已觉神光闪灼，方欲再加注视，女郎已转到胖子后面，只瞧到衣角微飘。

萧度之怔着神儿道：“这个人儿怎这样漂亮，以前没见过啊？”

姜伯朗道：“这不是外埠新来，就是方才下海。我对舞场极熟，无处不到，没见过这个人。”

萧度之咂着嘴道：“啧啧，我虽没看真，魂儿已经附在她身上了。好俊人儿，只后影儿就是上帝的杰作。我敢赌誓，等家里的七百元寄来，一定全报效给她。”

姜伯朗道：“你别发昏，七百里有我二百，请你把我应得的份儿提出来，别算在账上。”

萧度之道：“是是，就是五百也足能带她出去乐两夜。”

说着不由得抬手去摸脸上的糟疙瘩，寻思自己这样风流年少，定然能博美人垂青，只是这脸子不能洁白如玉，却是难补的缺憾。好在以先所认的女子，并没一个嫌弃我的，料思这漂亮舞女，也不能例外。

想着乐声乍停，灯光骤亮，众舞侣都停住舞步，离开怀抱，各归原座。萧度之眼光直追着那舞女的后影儿，回到对面，她转过身儿，坐在沈凤华旁边，这才瞧真她的容貌，更自目瞪神痴。原来萧度之以前很迷恋沈凤华，认为极美，如今被这新来的舞女在旁衬托，只觉沈凤华容貌身材，突添许多疵病，美点多半变成丑态。这新舞女好似通身飘着一种清幽绝欲的风韵，五官位置的美妙，直觉难以形容，场中的电灯好似特别向她身上照射，反映出一种珠气宝光，把其余舞女比得更黯然无色。但她面上绝未稍施脂粉，清水脸儿，还现着稚气，年纪不过十七八，在清秀中蕴着闺秀风范。只眉心微锁，隐隐含愁，而且低头时多，抬头时少。

萧度之看直了眼儿，那新舞女旁边的沈凤华，一眼瞥见，以为萧度之看她，就酬了个媚笑。萧度之却没注意，只惊异地向姜伯朗道：“这新鲜舞女真像个大家小姐，我在马路上看见许多坐汽车的女子，也没有这样美得带仙气儿的，只有在美术杂志上，看见拿破仑皇后约瑟芬少年时的画像，倒和她有点儿仿佛。”

姜伯朗道：“你说对了，这女子一团清气，我觉着对她真不能生邪心。”

萧度之道：“你只懂得洋钱，哪懂女子的好处？不生邪心，要女子做什么？”

说着一个侍役走过，姜伯朗叫住他问道：“新来的舞女叫什么？”

侍役答道：“听说姓曹，还不知是什么名字。”

萧度之道：“从哪来的？新下海吗？”

侍役道：“我摸不清，只知道领班沈凤华荐来，今天头天上场。”

侍役说完自去，这时灯光又暗，乐声再起，舞客纷纷离座，各自走向意中的舞女面前邀请。萧度之急忙立起也要奔那新来舞女之前，不料起立太急，竟被桌角撞着肋骨，疼得倒吸冷气，桌上的瓶杯也都翻倒。他忍疼收拾完毕，再看场中，新舞女又被那胖子捷足先登地得去，翩翩地在队中跳起来。萧度之只得重复坐下，眼望着场中舞侣，倚翠偎红，推襟送抱，觉得神仙不必天上，奇福都在此中。

云若曾有一首自由韵的长歌，描写舞场情形，歌曰：

暑近除兮秋欲凉，不夜城中夜未央。
掉头不管兴亡事，放眼来看跳舞场。
跳舞场开月宫近，清吹细乐冷然韵。
珠箔银灯欺月华，明珰翠羽穿花阵。
妙侣瞻从未舞前，琼台高处坐群仙。
粉白黛绿纷成列，眉侧腰欹斗可怜。
斜盼轻颦还巧笑，未必承恩不在貌。
生疏乍见尚矜持，婉转随欢入怀抱。
缓拍急弦故故催，回红转碧幻灯开。
满堂多士鞠躬请，结队仙姝下界来。
相逢不必通名姓，相望已是肌肤并。
芳息全叫韩寿闻，细腰任与秦宫弄。
一双两好此时情，娇喘还疑细语声。
雀儿思动飘飘举，狐步轻移缓缓行。
柔音绮靡琴微响，香风荡漾人来往。
翩翩初如莺织梭，回旋宛成蛛缀网。
娇弱偏能耐暴狂，幼童也解拥徐娘。
初惊木屐随珠履，又笑梨花压海棠。
自古欢娱苦时少，舞兴未阑天欲晓。

为因欲买美人心，还应多费洋钱票。

含情低谢爱花人，长瓶美酒满杯斟。

噫嘻乎！

果然有“肉”皆生“感”，可惜无“香”不是“宾”。

当时萧度之不得入伍，居在旁观地位，急得抓耳挠腮，觉着这十分钟几乎有加倍的长。又希望那新舞女转到面前时，和她对对眼光，暂解焦灼。不料人家目光只射着自己肩头，连当面的舞伴都不加顾盼，无论他人。

萧度之低语道：“这小雌儿，真要命，我越瞧越觉得美。”

姜伯朗摇头道：“美是美，可惜神情太冷。”

萧度之道：“任她冷到零度，我也可以用洋钱把她化到沸点。”

姜伯朗冷笑无语，这时忽听得身后有人咳嗽一声，萧度之回头，见后面一张桌上，坐着一个五十多岁的老人。面色鲜红，额上没一条皱纹，两目灼灼作光，却透着慈祥之光，油亮的秃头没一根毛儿，直欲和电灯争辉，身上的西服却穿得整齐严肃，好像英国绅士的派头，口里衔支雪茄，很萧闲地坐着。萧度之一看他，他也看萧度之，面上微露鄙薄之色。萧度之知道方才所说搞乱，被他听见，也觉惭沮，就仍回过头儿，猛见灯又亮了，舞侣重又归座。萧度之精神倍长，擦掌磨拳，预备誓死力争，得那美人儿一舞。好容易等得灯暗琴鸣，他再顾不得矫揉造作地从容雅步，就直跑过去。恰巧领班沈凤华仍在那新舞女旁边，她见萧度之奔来，以为是来请自己，正伸双臂迎接，哪知萧度之睬也不睬，竟转到新舞女面前，浅浅地鞠了一躬。那新舞女缓步下台，被萧度之接臂揽腰，徐徐转入人丛。沈凤华怫然不悦，又加这次另外竟没人邀她，一个人坐在那里生气。萧度之将新来舞女抢到怀抱中，十分志得意满，一面随队旋转，一面睁圆双眼，端详着她。但那舞女仍自侧首低眸，神情冷淡，萧度之只觉以前接触过许多舞女，都不曾这样动心，此际好似这舞女特有一种处女情味，令他魂摇魄荡。而且手臂所接之处，都感玉软香温，半身都像受了电气，就矜持着用文雅声调低问道：“密司，新来的吗?”

那舞女从鼻中哼了一下，萧度之又问道：“贵姓?”

那舞女似乎很讨厌他的询问，半晌才答出一个字道：“巢。”

萧度之道：“哦，孔曹颜华的曹啊。”

那舞女冷冷地道：“不，有巢氏的巢。”

萧度之暗想这舞女定是女学生出身，居然知道古帝王的尊号，便笑道：“这姓不大多见，住鸟儿的巢啊？”

那舞女听了面色一变，再不开口，把头更扭得远些。萧度之瞧着她那滴粉搓酥玉颈，恨不得立刻吻一下。一时情不自禁，就将身向前一倾，想要挨近她的胸部，那舞女急忙向后一闪，因为夏衣单薄，似已有所接触。萧度之更觉狂热难制，用手一揽她的臂儿，想拥进怀中，口中说道：“你姓巢，巢里有鸟儿吗？”

话方说完，猛见那舞女弯眉直竖，身体向后一退，萧度之方要再向前凑去，不提防那舞女已举起纤掌，打在他脸上，很清脆的一声。

萧度之嘴巴热得冒火，叫道：“哎哟，你打人？”

众舞侣闻声全都大愕止步，那舞女退了几步，已气得玉容惨白，樱口缩得更小，指着萧度之道：“你不能这样侮辱女子人格，要知道我们伴舞也是一种职业，你那种下贱行为，无耻言语，请自己想想，惭愧不惭愧。”

萧度之此际将手掩着左边脸儿，欲待发作，又被欲念止住，怔怔地道：“你……你怎么动手打人？”

姜伯朗在座上见萧度之被辱，竟代为呼吁，大叫道：“岂有此理！叫她们经理，找她们领班，问问什么道理，舞女敢打人？”

众人都已围到舞场中心，沈凤华也赶过问道：“怎么回事？”

萧度之因在众人面前，不能不说个道理，就指着那舞女道：“她打我嘴巴。”

沈凤华用眼向萧度之一望，表示怨望和怜惜之意，似乎说你抛了我邀她，到底受着报应，被她打了。又向那舞女问道：“颖芊，你可是打了他？”

颖芊珠泪莹莹欲落，却仍不屈不挠地道：“不错，我打了他，他太侮辱我。”

说着就把萧度之的行为说了一遍，沈凤华虽是颖芊昔日的旧同学，现在的引荐人，但因萧度之邀颖芊伴舞，给她难堪，她不恨萧度之反恨颖芊夺她分内的舞客，竟不代为回护，反呵责道：“这也不算什么，何致动手打人？你这脾气太暴了。”

颖芊气得身体乱颤，恰巧这时舞场经理钻了进来，正听见沈凤华这几句话，也随着高声道：“咱们这是买卖，和气生财，怎能得罪客人？这太不成事体……”

颖芊气极，不答经理，只问沈凤华道："姐姐，你以为这样不算侮辱？"

沈凤华道："本来说句笑话，有什么关系？"

颖芊眶中的泪，猛然似断线珍珠流下，顿足道："我可不能受这……"

沈凤华忽然面上现出冷笑，拉着颖芊，在她耳际低声道："你想想再说，别忘了已经向场里先借了一百块钱……"

颖芊听了，猛然身上一抖，头儿立刻低下，埋到臂弯之间。

沈凤华笑了笑，向萧度之道："萧先生，瞧着我，她是新来的不懂规矩。"

经理也随着说好话，萧度之道："她太野蛮了，我也不想同她计较，不过这太难看……"

姜伯朗在旁喊道："老萧，咱们不能吃这种亏，起码也得打人的亲口道歉。"

萧度之道："对了，非得给我道歉。"

沈凤华还装着道："萧先生，多看一步，揭过去吧，我替她道歉。"

萧度之道："不成，谁也不成，非她不可。"

沈凤华又凑到颖芊耳边道："你就去说句客气话，谁叫惹了祸呢，要不然怎么是了？"

颖芊咬着银牙摇头道："我宁死也不能道歉……"

经理见颖芊倔强，就叫道："这是成心搅我的生意，若不道歉，你就……"

话未说完，忽觉有人拍他肩头，经理住了口，回头一看，见是一个穿西服的秃头老人，那老人也不理他，径由他身旁走入人丛，口里还衔着雪茄烟杆。到萧度之跟前，也拍拍他的肩头，才从口里取下雪茄，说着江南口音的北方话道："老弟，这件事我从头至尾，看得明明白白，你并没有不是。"

萧度之以为老人偏向他，忙道："老先生，你真是旁观者清。"

那老人又把雪茄衔在口里，微笑道："只为你向来所遇的舞女，都可以随便侮辱。今天遇见这不能侮辱的人，难怪你生气。不过我以为老弟也可退让一步，无须逼她道歉，本是来寻快乐，何必过为已甚？"

萧度之见老人目光炯炯，望着自己，言语带着讥讽，又因他气魄甚大，必非常人，心中有些惧怯。方在踌躇，老人从衣袋中取出一张名片，递给他道："她不肯道歉，你非要她道歉，这倒难解决了。不过是非没有判明以先，强逼人道歉，是不合理。鄙人可以帮助老弟提起诉讼，在法庭叫她道歉好了。

现在无须多说，倘然老弟以为不值得，就罢了吧。”

萧度之瞧着名片上，悚然如惧，没有言语。老人扬手向经理道：“生意要紧，快接着跳舞。”

说完便走向颖芊身边，也一拍她肩头道：“随我来。”

颖芊已听明他解围的好意，又见是位老人，便低语道：“谢谢您。”

老人拉着她的臂儿，直归原座。这时场中继续起舞，萧度之自然和沈风华重行配了对儿。

老人拉颖芊到座上，自己先坐下，然后一指身旁的椅子，颖芊悄然就座，才拿出手帕拭泪。老人上下端详着她，忽然自语道：“好，好。”

说完用火柴把本来燃着的雪茄，重点一下，又道：“你很好，可是为什么来做舞女，受这种流氓的侮辱？”

颖芊满腹冤苦，低声叹道：“我们女子真难，这姓萧的若知道我家里年老的母亲需要奉养，失业的哥哥需要帮助，也许不忍侮辱我。”

那老人听了，眼光一亮，举起夹着雪茄的手，猛向秃头上一拍，雪茄上的火星热灰受了震动，都落在头顶，烫得他不住缩头闭眼。颖芊见了忙用拭泪的手帕，向他头上拂拭，老人却不理会，仍向她问道：“你说什么？说什么？”

颖芊道：“老先生，你不必问吧。”

老人道：“方才你说什么母亲哥哥需要帮助？告诉我。”

颖芊心中不肯将自己家事向外人讲说，就道：“老先生，我不能说。”

老人怔了怔又道：“你姓什么？”

颖芊道：“姓巢。”

老人又道：“你家在哪里住？”

颖芊摇首不答，老人又问她的家世一切，说了许多，颖芊只是不答，最末才恳切说道：“老先生，您今天的帮忙，我永远感激。不过我在一刻钟以前，还以为舞女是一种正经职业，现在却自知已经堕落了。我的家庭很是清白，所以我不能答您的话。”

老人大瞪两眼，望着颖芊道：“我的眼力不错，果然，果然。巢小姐，你是高尚的女子，不能做这种事。必是因为特别缘故，才落到这里。我能给你帮忙，离开……”

颖芊没待他说完已惨然一笑，立起鞠躬道：“谢谢老先生的好意，我不能受您的帮助。”

老人似乎微怒，发出教训子弟的语声道：“你知道人类应该互助吗？”

颖芊又坐下道：“是是，不过不能无故受人的帮助，何况我是舞女，你来在这里就是舞客……”

老人一翻眼儿，将手拍得秃头作响，长声道：“哦，我也在形迹可疑之列？哈哈哈。”

笑着猛低头问颖芊道：“你父亲呢？去世了吗？活到现在多大年纪？”

颖芊不知他是什么意思，就答道：“五十四岁。”

老人指着自己鼻尖道：“我五十五，你父亲若还活着，得叫我老大哥。你想想，方才的话是不是该打？”

颖芊已明白这老人似有侠肠，但仍摇头道：“我受人帮助的滋味，已尝够了。”

说着回头看看正舞着的沈凤华，又道：“立誓不再受人恩惠。”

老人听了，把嘴儿闭得没些须缝儿，将气充满口内，两颊立刻凸起，他本来顶上无发，嘴上无须，头儿又圆，已很像个皮球，这一来更似皮球新打了气一样。但略一凝思，便嘬唇作声道：“你是新受打击，就觉得世上没有好人，难道我这样年纪，还不能得你的信任？”

颖芊忙道：“我实在信您是好意，不过我不能接受您的好意罢了。老先生，请您原谅我是清白人家的女子，不能随便受人帮助。您不必再说，你愿意跳舞，我就陪您跳几次，恕我不能久坐，怕经理要说话呢。”

说完立起，又鞠躬道声再见，便退回舞女席中。少时沈凤华舞罢，还不住埋怨颖芊，说颖芊使性得罪客人，害她这引荐人对不住经理。颖芊只默坐如痴，再不分辩。到下一次起舞，萧度之受了姜伯朗怂恿，又跑过去邀颖芊，想做第二次的调戏。不料那西装老人好似早已看透萧度之的意思，竟先行一步，和颖芊同舞。萧度之也不敢争夺，只可再与沈凤华搭伴。

颖芊和老人舞着，见他舞步娴熟，态度自然，深为佩服，就问道：“老先生，您跳得真好。”

老人微笑道：“你这话不算夸奖，我这老留学生，在外国读书十年，做事十年，如今老了，事事不如人，若连跳舞都不像样，那就太没出息了。”

颖芊暗想：“怪不得他这样年纪，还如此态度庄严，衣服整洁，原来在外国多年，习染了西洋的绅士派头。”就问道：“老先生，贵姓？”

老人摇头道：“你不能问我，方才我问你的话，一句没得到答复，现在再说一句，您若信我是上流人，就……”

颖芊接口道：“我知道您底下要说什么，请您住口吧。”

老人怔了一怔道：“你太固执，你太固执……那么你今天且受我一点儿小帮忙，回头陪我坐台子吧，省得那姓萧的又欺侮你。”

颖芊眼珠一转，牙咬着下唇道：“我还是谢谢，一来我不能叫您破费这意外的金钱，二来我做舞女是长久职业，姓萧的欺侮我，未必只限今天，只可随他好了。”

老人闻听，两颊又凸起来，似乎不悦。这时乐声骤停，舞侣同时住步，颖芊趁老人给乐师鼓掌的当儿，便翩然走回舞女席上，老人才惘惘归座。

颖芊此日适逢天幸，因为萧度之带钱很少，又被沈凤华缠住，有所需索，他便失去再跳的财力，以后竟没下场，归为旁观。老人见萧度之已为不舞之鹤，就也安稳坐吸雪茄，不再劳动腿脚。颖芊以后陪生人跳了几次，时已夜深，舞客渐散。萧度之派茶役给颖芊送过三张舞票，颖芊不受，仍叫茶役退回，萧度之说了几句闲话，便把所买的舞票，一股脑儿给了沈凤华，方与姜伯朗出场而去。那老人临走时，也派茶役送过十张舞票给颖芊，纤芊见老人已走，只得收受。沈凤华散场后，又得便宜卖乖地把颖芊教训一顿，颖芊只含泪听着，惨默不声。及至到账房算账时，经理也大加申斥，并且说日后倘再有开罪舞客行为，一定辞退。颖芊冤苦难言，只为要替哥哥支持家庭，筹还债务，才托沈凤华引荐，投到舞场，并且先用了百元聘金。这聘金就等于妓女的押账，在舞场做事，便可以无息无利地长期借用，一旦若离开舞场，立刻便得清还。颖芊虽然心里有万分委屈，只为顾全家庭，有眼泪只得向肚里咽，忍气吞声听了许多闲话，受了许多白眼，才出了舞场。因为舞场距家中不远，并未坐车，步行而归。

她只顾且行且思，却梦想不到后面有人相随。在她身后丈许远近，是那位不知姓名的西装老人，老人身后还有个瘦小的人，鬼影似的追蹑着，却是姜伯朗。萧度之被打之后，他那癞蛤蟆想吃天鹅肉的念头，更加狂热，谋划着在舞场外追求，或者可以事半功倍，就托姜伯朗代为侦探颖芊的居处。那老人在前，直随颖芊到了巷口，看她进了门儿，方才自去。姜伯朗却要避着那老人，未得近前，只看清颖芊居里的位置，便悄悄走了。颖芊心中有事，哪能觉察背后有人？

进了巷口，忙用手帕拭干泪痕，又定了定心，先做出一脸笑容，方才敲门。只敲了一声门已开了，赵顺立在门内接着道：“小姐才回来。”

颖芊走进去道：“你还没睡，专为给我等门吗？快歇着去，我关好了。”

赵顺道：“我上几岁年纪，常常半夜不睡，小姐进去吧。”

颖芊道：“我哥哥呢？”

赵顺道：“已经睡了半天。”

颖芊便进到堂屋，经过在梧卧室门外，见窗中尚有灯火，知道他未必睡着，但因自己心绪不宁，恐被他看出破绽，就没敢作声。一直上楼，进到自己房中，见几上还亮着睡时所用的五烛小台灯，瞧见小莲正在临窗小床上，仰面而睡，身穿自己新给她做的薄绸小睡衣，下面赤裸双足。再看自己床上，已收拾得干净非常，凉席似乎新经拭过，发着清凉气味，床栏上挂着两朵白兰花，枕头摆得方方正正，上面放着折叠的睡衣，一双拖鞋，搁在床下，床角地下还燃着一支熏蚊香，业已燃过半。颖芊一见便知全是小莲替自己细心收拾，就脱了衣服，想要打水洗脸净身，回头向墙隅一看，脸盆中已有了半盆凉水，手巾洗得雪白，放在盆边，几上暖瓶有新换的热水，连胰子盒的盖儿都已代为揭开。颖芊猛感到小莲对自己太细意熨帖了，不由举步走到她床前，见小莲睡意正酣，满面天真流露，口辅间显出天然的笑容，比醒时更觉俊美。颖芊瞧着心中一阵伤感，暗想自己家庭本来极为美满，有慈祥的老母，友爱的长兄，只姐姐颖葆早丧，是美中不足。如今来了小莲，虽然是异姓外人，自己从一见就当作亲妹妹一样，几乎把对亡姐的爱情，全移到她身上。只可惜在梧遭了变故，自己又落在地狱之中，日后还不知有什么意外波折，一家人尚难自保，这可爱的小莲，更未必能长久相守。想着把头一俯，吻着小莲玉雪的颊儿，不自知地泪珠也落下来。

小莲睡着突然惊醒，打个呵欠，伸手抱住颖芊的头儿，蒙眬着笑叫道：“姐姐回来，你洗脸了没有？”

颖芊道：“我这就洗。”

小莲道：“我还给你买了一盒点心，在柜顶上，你洗完脸吃些再睡。”

颖芊道：“哟，小妹妹，你哪儿来的钱给我买点心？”

小莲揉揉眼，笑道：“姐姐你忘了？前天你给我一块钱，昨儿大哥一夜没回家，回来时把袋里零钱都给了我，我没多花，还剩一半儿呢。”

颖芊听着更觉感动，就抚着她道：“妹妹你睡吧。”

小莲道："不，我瞧着你洗脸……"说着忽惊讶道，"姐姐你怎么眼睫毛都湿了？哟，你哭……"

说时已一翻身坐起来，颖芊忙别转脸儿躲避，小莲却攀着她的肩儿，定要看她的脸，颖芊先举手将泪拭去，才坐在床边。

小莲端详着她道："姐姐，你还哭，为什么？好姐姐，告诉我。"

颖芊没法，只得骗她道："我为你哭。"

小莲大惊道："怎么，我气你了？"

颖芊强笑道："不是，我方才回来，看见你把应用东西，都给我收拾得舒舒帖帖，心里更觉爱你。可是想起当初我姐姐活着时候，也是这样待我，不自觉地就流下泪来。"

小莲听了，跪起抱住颖芊道："姐姐别哭，再哭我也……"说着，眼眶也红起来。

颖芊忙吻着她笑道："小妹妹，你看，我这不是笑了吗？"

小莲将睡衣袖子替她拭净泪痕，才道："姐姐，你告诉我，洪公馆的学生都是什么样儿？念几册国文？"

颖芊只得又撰了谎话哄她，心中却十分惭愧，不忘对小孩儿说谎。这样敷衍了半天，才哄得小莲重复睡着，颖芊自去净面拭身，然后上床就寝。但是想着舞场受辱的事，芳心辗转，愁恨交深，自思我为救哥哥的困难，误信伴舞是一种女子职业，竟上了沈凤华的贼船，如今只到舞场做事两夜，已瞧出舞客直把舞女当娼妓看待，而且又受了萧的重大侮辱和经理与沈凤华的许多气恼，再干下去，不特有伤清白，更恐难禁蹂躏。但是辞职也苦不易，舞场的百元聘金，哪有力量偿还？家庭的开支，尤其不堪设想。现在哥哥尚以为我得了家庭老师职业，是天无绝人之路，因而稍得宽心。倘若我中道辞职，断了经济来源，他又一时没有办法，岂不活活急死？为今之计，只有自己忍辱负重，苦干下去，等哥哥有了职业，再做道理。只是舞场中的龌龊情形，如何能再踏足进去？自己一个弱女子，又有什么能力应付那些恶魔呢？

颖芊这样往复思维，柔肠欲断，泪珠把枕函都湿透，尚自不觉。辗转到天明，方才睡去。次日近午方醒，便觉头目昏眩，通体作烧，竟自病倒。小莲看见颖芊神色大异，忙告知在梧，进房一看，立刻慌了，就去请来医生诊视。据医生说是外受暑热，内藏郁火，开了个方子，在梧打来药煎好，给颖芊吃下，小莲在床前伺候，一步也不离开。赵顺也似热锅上蚂蚁，直在房外打转，每见在梧或小莲走出，便拦住低声询问。

颖芊从天夕吃下药，便自睡着，在梧还担心着她的学馆，便出去到邻居借电话要向那洪公馆替颖芊请假。但电话簿上虽查出有两家在租界住的洪公馆，及全打通了一说，那两家却不承认家中请有教师。在梧因记得颖芊说过沈凤华与洪公馆通电话，不由十分纳闷，但也没法询问颖芊，只好听其自然。

颖芊睡到次日清晨，方才清醒；小莲却终夜未睡，坐在床边守着。在梧屡次劝她去睡，她只不肯。因为精神不能支持，双眼时时欲闭，就用茶碗盛了冷水，每逢双目蒙眬，便将水抹在眼上。赵顺也在楼梯边低声咳嗽了一夜，到颖芊醒时，小莲忙将早已预备好的可口热水，喂着她，低语问道："姐姐好些吗？"

颖芊娇呻一声，蒙蒙眬眬地道："我怎么了……现在几点……"

小莲道："姐姐你病了两天，这时觉着怎样？昨天晚上你正在床上睡。"

颖芊哎哟了一声道："我……舞场没有去……这可……"

小莲听着，忙问道："姐姐你说什么？"

颖芊猛一清醒，又闭上眼，喘吁吁地道："我没说什么。"

小莲未介意，回头见在梧未在，就走过掀帘喊他，却见自己的爷爷正立在门外，侧耳倾听，面上似有疑骇之状，就叫道："爷爷，你不用着急，姐姐好了。"接着又喊在梧。

在梧进到房内，见颖芊已醒，就上前抚问，颖芊强支着抬起头儿道："我只是受暑，并没有大病，千万别告诉咱娘。"

在梧道："昨天你乍病的时候，我本要接娘回来，以后想了想就没有去。"

颖芊道："现在我全好了，更不必惊动娘。"

在梧点头，又问了几句，便要再请医生来看，颖芊竭力拦阻，言说除了身体尚软，心里已然爽畅，想吃东西。其实她是不愿多费医金，故而挣扎着做病好的样儿。小莲闻听大喜，便出去叫仆妇买来莲子给颖芊熬粥，颖芊吃了半碗，大家才都安心。颖芊听在梧说小莲终夜未眠，便逼着她去睡，小莲还说一点儿不困，颖芊定要叫她倒在床上，小莲头一着枕，眼已迷离，还强张着向颖芊笑，但没过一分钟，便把头儿歪到枕下，呼呼地睡去。颖芊瞧着她又怜又爱，反迸出一声叹息。这时已近正午，颖芊知道在梧也已困乏，便请他下楼休息。

在梧出房，见赵顺仍在楼梯边立着发怔，便道："老赵，你也一夜没睡，快歇着去。”

赵顺眼望在梧，似将说话，忽又闭住嘴儿，哼了一声，缓缓随着下楼。过了一会儿，这楼上下全入睡乡，直到四点多钟，才有两个人睡醒。颖芊正倚在枕上，口渴想要喝水，见茶壶放在桌上，身上软得无力移动，对面小床上小莲睡得正酣，又不忍唤醒她。

正在这时，忽听门外赵顺咳嗽一声，颖芊道：“赵爷爷，你进来给我点水喝。”

赵顺应声走入，斟了杯水递给颖芊道：“小姐，有人来瞧您。”

颖芊一怔道：“谁啊？”

赵顺道：“也是位小姐，她自说姓沈。我回说您病了，她说正为来瞧您的病。”

颖芊听了手儿一颤，杯中水洒到床上，半晌才道：“你……请她进来。”

赵顺应声下楼，须臾革履橐橐地走了上来，赵顺一掀帘儿，沈凤华扭着腰儿走入房中。颖芊一见她，立刻颜色变白，颤声道：“凤华姐，你从哪儿来？请坐请坐。”

沈凤华先瞧瞧颖芊，叫道：“哟，你真病了。”说完这句，才接着话茬儿答道，“我从家里来，大热的天，专为你跑这一趟。”

颖芊一听，明白她此来必为舞场的事，只怕赵顺在外听见，就先叫道：“赵爷爷，你下楼去吧。”

赵顺懒懒地应道：“小姐没事吗？”

颖芊道：“没事，你去吧。”

说完听赵顺脚步声下了楼，才向沈凤华道：“凤华姐你喝水自己斟，恕我不能下床。”

沈凤华扬着脸儿道：“不客气，你这是什么病？”

颖芊道：“受暑。”

沈凤华道：“你病得太巧了，头天在舞场出了那件事，第二天你就来个不见面儿，经理跟我在发脾气，说你太岂有此理，使了舞场的钱，惹祸不算，居然敢端架子，闹别扭不去上班，定要开除你。又逼着我立刻来向你讨还那一百元的聘金，我费了许多好话，替你央告，说你或者病了。经理说世上没有这样巧事，一定不信，害得我这荐举人中间受烧，所以现在特意来瞧你。请你说句痛快话，若是不愿意干下去，趁早把聘金还给舞场；若是想干，那就别再旷工，急忙到舞场当面见经理求情。虽然人家还用你不用，并没准儿，总可以脱了我的干系。”

颖芊双手握着脸儿，悲声道：“凤华姐，你瞧我病得这个样儿，绝不是故意旷工，而且只一天没去……”

沈凤华寒着脸儿道：“我不是经理，你对我说这话没用。现在只问你能上班不能?”

颖芊道：“我身上软得不能动弹，一坐起就头晕眼花，恐怕最少也要将养三两天。”

沈凤华道：“这样只怕舞场不能等你。经理的火儿大了，我起初举荐你，已费了许多口舌，你倒给我丢脸惹祸，我受经理的埋怨都没处诉冤，如今万没能力再替你说好话。现在据我看，最好……”说着沉了一沉才道，“你把那一百元交出来，我带回去。”

颖芊闻听，颜色越发惨白，哑声叫道：“凤华姐，我把钱已经……用了，这时哪能……”

沈凤华接口道：“我的小姐，你真是大手笔，两三天就花了这许多。你拿不出不要紧，我可以向令兄要去。”

颖芊大惊，哭叫道：“你可别这样办，若叫我哥哥知道，简直是杀了他。”

沈凤华立起道：“那我顾不得许多，这笔钱若落空了，经理也不答应我。”

说着就要向外走，颖芊急得手足乱动，想要下床拉她，苦于无力，喊叫更怕楼下在梧听见，又值天气大热，急得一阵头昏，不觉晕过去，身体后仰，头儿仍歪在枕上。沈凤华看见大吃一惊，急忙转身走回，到床前瞧颖芊，只见双目紧合，气息仅属。不由吓得心跳脚软，恐怕颖芊出什么意外自己难免连累，正要抽身下楼逃走，忽听身后有娇嫩的声音叫道：“你来了为什么气我姐?”

沈凤华转脸一看，见对面小床上坐着个美貌的小女，正斜欠着身儿，将双目直瞪着自己。认得是前数日颖芊带着到自己家去过的小莲，当时一怔，便停住脚步。

小莲又道：“我早醒了，听见你逼我姐姐要钱，我姐姐气得都不理你了。上回我同姐姐上你家去，你领她到旁处说话，不叫我听见。以后我姐姐回来，就像哭过似的，准是受你的气。今天你又跑来气她，还不快走。”

沈凤华听了，立刻得计，装着从容的态度道：“你姐姐欠我的钱，我来向她要，你瞧她倒装睡不理我，我也没工夫和她搅嘴。回头你告诉她，那笔钱限她三天给我送去，晚一天可莫怨我不留情面。”

小莲这时已跳下床道：“你快走，快走。”

沈凤华便悄悄下楼，溜出大门而去。这里小莲跳到颖芊床前，她不知颖芊晕倒，只见颖芊说着话忽然停止，仰倒枕上，还以为生气不理沈凤华。此际近前才瞧出神情变异，吓得双举小手，推摇颖芊的头儿，口里乱叫姐姐。恰值这时颖芊已悠悠醒转，被她连推带唤，神志渐清，呻吟着叫道：“凤华姐，凤华姐，你……你……”

小莲抱住她道：“姐姐，她早走了。”

颖芊睁开眼四顾着，又瞧瞧小莲道：“她几时走的？”

小莲道：“她对我说那笔钱限三天还她，说完就出去了。”

颖芊叹了一声，又将手掩住脸儿，小莲拉着她的手道：“她跟你要什么钱？”

颖芊低语道：“小妹妹，我头晕，你别问了。”

小莲道：“我早听见，是什么跳舞场的钱。”

颖芊大惊道：“你听谁说？”

小莲道：“方才那红嘴巴的女人一进门，我就醒了，全听明白，她说你不到舞场上班，是怎么回事？姐姐你不是在洪公馆教学生吗？”

颖芊怔了半晌，才道：“那是姓沈的胡说，你不要信她。”

说着见小莲翻着小眼儿，似乎半信半疑，忙又道：“小妹妹，我嘱咐你，方才沈凤华来说的话，你千万别叫在梧知道，若是告诉了他，我就不爱你了。”

小莲道：“沈凤华欺负你，不该叫大哥哥出来拦她吗？”

颖芊道：“小妹妹，你年纪还小，不明白的事多呢。沈凤华并没欺负我，你只记住别告诉哥哥吧。”

小莲点点头，并未言语，只劝颖芊睡一会儿歇息。颖芊虽自知不能入睡，但因心乱如麻，头疼欲裂，不愿叫小莲看出苦态，就翻身向里闭目假寐。小莲立在床前怔了会儿神儿，见颖芊半晌不动，认为她已然入睡，就蹑着脚儿悄悄走出。到了楼下，掀开在梧卧室的门帘，见在梧也睡得正酣，就又悄悄退出，溜到耳房，把方才所见沈凤华对待颖芊的情形和所说的话，都告诉了她爷爷赵顺。

按下小莲不提，再说在梧因为夜中看护颖芊的病，通宵未眠。到午后困乏已极，着枕便行入梦，直到黄昏后才醒，对沈凤华前来逼迫颖芊的事，一无所知。起床后去看颖芊，见她仍在沉睡，小莲在旁无精打采地坐着，便向小莲问颖芊病状，知道大为见好，才放心走出。

吃过晚饭，赵顺说要出去散逛一会儿，在梧知道他手头窘乏，便给了几角儿，赵顺接着，便出门去了，到夜半方才回来，在梧也没介意。到了次日，颖芊仍未下床，在梧以为她病后需要休养，只在食物上替她注意。赵顺却又清早出门，午饭时方回。在梧见他面色十分难看，好似在一夜中增老十年，便问道："老赵，你也不舒服吗?"

赵顺低着头道："我这两天又犯老病，夜里喘得睡不着。"

在梧要领他到大夫处诊视，赵顺却说老病无须急治，坚辞不肯。在梧午后出去寻朋友谋求职业，仍无结果。天夕回家，遇见赵顺也正由外面进门，在梧问他到哪里去了，赵顺回答到郊外空旷处散步，在梧还很佩服他善于保养身体。晚饭后大家全未出门，到十点后，在梧在卧室听颖芊呼唤小莲，见小莲从赵顺房中跑出来上楼；过了一会儿，颖芊又唤小莲，小莲仍从耳房应声跑上去。在梧才有些诧异，因为小莲从初来的一日，便与颖芊时刻相依，近两日更是寸步不离，伺候颖芊的病。今天不知为何屡次抛开颖芊，去伴她的祖父。但这也许是偶然的事，就未甚入心。

又过一日，恰到在梧和倩宜约会之期，午后小莲收拾得清洁漂亮，穿上颖芊给她的绸衫，提着小花伞，到在梧房里，说要随爷爷到外面逛逛。在梧抱起她吻了吻，瞧着她跳跳跃跃地走出去，便吩咐女仆照应颖芊，也自穿衣出门去，赴倩宜之约。在梧本因自己前途吉凶未定，不愿以贫困累及爱人，所以在初失业时，便有退避之意。及至经颖芊一番劝告解释，已明白所见错误，所以这次要依时赴约，预备对倩宜诉说近况，希望得到爱人安慰，稍解愁烦，并且申谢借钱的事，便直奔向三马路的何氏废园。

这何氏废园境极幽僻，在梧上学时，便常与同窗朋友跑去玩耍，当时已荒废得不成样子，四面围墙多半颓坏，亭台也仅存基址，只中间一带小楼，似乎是后来添筑，故而巍然独存。在梧常和同学取楼檐的雏燕，钓池中的游鱼，对这儿时嬉游旧地，印象甚深。及至和倩宜发生友谊，渐入爱情之途，倩宜因自己尚在孀居，身未分明，怕有污母家和婆家的名誉，不愿同在梧到娱乐场公园等等惹人注目的地方，更不肯像一般少男少女，将爱情特别快车开进旅馆，于是二人会面的地址，便成为问题。在梧忽然想到何氏废园，就在春间约着倩宜同去，但这时何氏废园已经了沧桑小变，最前临街的一面，已改作小商人豢养金鱼的池子和鱼把式的住房。以小楼为界，楼后仍旧荒废。遍地杂生蔓草，乱开野花，颓墙角几根瘦得可怜的竹子，随风摇曳，两三株榆或梅，开着没人理会的粉红花，楼边春水一泓，被髡柳环绕，水波镜平，倒映着天上的云彩，景况虽然荒凉，却是幽静可爱。最好是楼后一角的石阶，左右有假山和断墙遮蔽，不会被外面行人看见，坐在那里谈心，既隐秘而又干爽。倩宜一来，便深为惬意，于是便把这何氏废园当作唯一期会之所。在梧童年跳踉的旧地，竟又成为培植爱情的新田，在这楼廊之畔，小池之前，石阶之上，总共不逾方丈的地方，二人曾走过人生过程最重要的一步。枝头小鸟听见过他们的情话；池中碧水曾溶化过他俩的泪珠；楼角夕阳，曾摄过他俩偎依的俪影；天上白云，曾做过他俩同心密誓的证人；阶头平石，更印过在梧长跪求婚时双膝的痕迹。二人爱情的成功，几乎和这废园的一草一树，都留着可记忆的关系。一晃时光已过半年，他俩才偶然放大胆量，同去吃西餐看电影，但是约会仍不离何氏废园，每次都是先到这里坐到夕阳西下，方才到别处去。

今日在梧坐车到了三马路何氏废园墙边，便下车踱进一条僻巷，由围墙缺处走入。见满地蓬蒿，比前星期更长高许多，一种青草和湿土气味，随风扑鼻。就拨着高草，走近小池之旁，猛听一阵扑咚声音，知道池边蛤蟆都被脚步声惊起，潜入水中。树上的蝉却不理会，仍在纵声高吟。在梧走上楼廊，抚栏怅立，感觉似乎离开人境的寂寞，低头看看栏外屡经揩拭的石阶，是自己和倩宜并肩同坐的地方，还像那样洁净，心想倩宜或者也快来了，她此际必正在坐车途中，最近半点钟内便可相见，互解几日积蓄的相思。早日没有什么要事，从见面直到分手，说得不尽不休，还觉没把心中事诉出万分之一；今天怀着许多衷曲，可要珍惜时光，但盼她早些到来，想着便在廊下来回徐踱。

过了一会儿，倩宜还不见影儿，心中只觉空虚虚的无所附着，不由自语道：“等人滋味，真是难堪，有约不来过夜半，闲敲棋子落灯花，这时的心境……”

话未说完，猛听近处有人笑道：“这滋味不好过吧，你也尝尝。”

在梧这时踱到楼廊尽头处，闻听是倩宜说话声音，忙抬头一看，面前是并没有人，再探身向栏外瞧，才见倩宜穿着一件黑纱旗袍，正微笑着立在楼侧面阶旁一株垂柳之下，左手攀着柳条，右手握着小提包，拄在腰际，那神情好似一张极好的美术照相，风韵妩媚欲绝。

在梧一见，满心说不出地欢喜，举手指了指她，就从栏缺跃身下去，将倩宜擒在怀中，发恨道："你真该打，为什么躲着我？"

倩宜紧紧握住他的臂儿，笑道："哟，这是报应你，上次我早来，你蹭了我半点钟，今天又是一刻，我只叫你着几分钟急，尝尝这等人的滋味，就该打啊？那么你该打多少？"

在梧低头吻着她的头发道："我该打，我该打，倘然我不怕你心疼，早自己打了。"

说着便拥着倩宜坐到阶上，倩宜也不说话，只将头儿深埋到在梧胸际，手儿用力抓住他的肩头，在梧也弯着腰将头儿贴在她颈后，这样互相听着心中的声音，沉默半晌，倩宜才缓缓地抬起脸儿，双眸凝着泪光，满面含着凄怨，直望在梧，似乎瞳仁在诉说别后相思的苦况。在梧知道倩宜每次别后相见，都是这样情形，就将她的头儿向上一擎，立刻两唇相接，又沉寂地长吻许久。

倩宜的手悄悄地从下面伸过，按着在梧下颏，轻轻推开，端详着道："你瘦了。"

在梧听着心中一阵发惨，欲把自己近日遭遇说出，又不忍破坏眼前甜美的梦，只可强忍着道："我有苦夏的毛病，每到暑天必瘦。"

倩宜摇头，似叹非叹地道："未必，也许是为我瘦了。梧哥，你不要这样傻，我明白，你离开我几天就苦几天。可恨我的环境，又不容天天跟你做伴。梧哥，你想开些，咱们日后可以终身相守，何必……"

说着沉了沉又道："你瞧我，我怕瘦了害你心疼，所以只向宽处想，瞧，我不是比前半年胖了吗？"

在梧无语，只可抱住她吻着玉额，借以躲藏自己愁惨之容，直到心神稍为宁帖，才开口道："妹妹，你那天从电影院回去，到家不太晚吗？"

倩宜道："不晚，说起真惭愧，我近来撒谎太多了，婆母对我并不严厉，我竟没实话对她。那天你在影院，到散场才走吗？"

在梧听着，立刻忆起小樱的事，本欲将实话全告诉她，但又怕倩宜发生误会，因而添了心病，便隐忍不言，只哼着答应一声。倩宜笑道："你那天说看着东方黛丽娥面善，以后想起是谁了吗？”

在梧摇了摇头，但心上又如受一针刺，就想要用话岔开，使倩宜改谈别事，便看着她道：“妹妹，你真是淡妆浓抹两相宜，今天换这件黑纱衣服，更显得美了。”

倩宜笑道：“你赞美我，我不客气，你既是我的情人，我就是你眼里的西施了。”

说着忽又哦了一声，似乎想起了什么，倒着脸儿，唇吻微动，向在梧微笑欲语，却半晌不开口。

在梧拍着她的背道：“妹妹，又做这憨样儿做什么？”

倩宜摇摇头，将手指指耳朵，在梧恍然大悟，忙向衣袋中取出她那天所给的银耳环，慢慢替她戴在耳上，道：“妹妹，你太美了，你的容貌，越端详美点越多。”

倩宜悄然道：“我自己知道绝不算美，你看着当然是美的，不然你也不会爱我了。”

在梧正色道：“难道我只为容貌爱你吗？”

倩宜道：“我另外还有什么可取的地方？你知道，我是庸庸碌碌没有一点儿能力的人，所以常常自己担心，恐怕将来叫你失望。”

在梧摇头道：“我还是不爱过于精明强干的女子，何况你也并非没有能力。”

倩宜道：“不能这样说，到底人要精明的好。就像你妹妹颖芊，我一见她就自觉惭愧，世上女子的好处全被她一人占了，我常想能赶上她一半儿就知足……”

说着见在梧将要辩驳，忙又接着道：“真格的，颖芊怎许多日不去瞧我？我很想她。”

在梧道：“颖芊现在病着，你前几日不是才和她见过吗？”

倩宜摇头道：“没有的话，从上月到现在，一晃儿二十多天，谁曾见她的影儿？”

在梧翻着眼儿道：“你的记性真坏，在咱们上次约会的第二天，颖芊不是到你那里去，还借了你一百元钱，怎几天里的事就全忘了？哦，明白，这一定颖芊叮嘱你不要叫我知道，所以装糊涂，其实颖芊早已对我说明，你还隐瞒什么？”

倩宜听着大愕道：“你说的简直梦话，我一句也不懂。颖芊近来绝没到我家去过，更没有借钱的事，你真把我闹糊涂了。”

在梧双眼直瞪着她，见倩宜正颜厉色，想起她向来对自己不作戏言，方大惊道：“你这话真……真吗？”

倩宜道：“我曾骗过你几次？到底是怎么件事？你先说说。”

在梧满腹惊疑，便把自己数日来发生的事故一一说了，又道：“那天颖芊见我被债务逼得着急，就说要找你设法，我曾切实拦阻。她午后带着小莲出去很大工夫，回家就给我一百元钱，又说已经得了职业。我当时询问钱的来源，她先不说，以后才道是和你借的。我听了很相信，因为她除了跟你要好，另外并没有亲近朋友啊。”

倩宜也纳闷道：“这倒怪了，颖芊的确没向我借钱，可是她也不会撒谎骗你……这定是她向旁人借的，不愿叫你知道，所以假说……”

在梧没等她说完，忽将手向额上一拍，叫道：“这里面有问题，有问题！颖芊借钱，撒谎问题尚小，她另外还做着事，每天要出去，这里面恐怕更有说处。”

说着就立起来，一会儿摩手顿足，一会儿搔头发怔。倩宜也随着立起，手攀他的肩头道：“你何必这样着急？颖芊是极明白的人，难道还能做出错事？”

在梧叹道：“我并非疑她做什么错事，只是怕她为我太委屈了自己。你不知道，她原说是到一家洪公馆做家庭教师，前天她害病，我要替她向东家请假，查遍了电话簿，也没寻着她做事的那家洪公馆。咳，看起来她为帮助我，不知去做什么事了。”

说着一转身，拉下倩宜攀着的手，紧握了握道：“我这时心乱如麻，要立刻回去问个水落石出，实不能陪你，你原谅我。”

倩宜听他要走，立时目眶儿一红，泪眼莹莹地望着他道：“你有正事，我也不能拦你。不过颖芊现在病着，不会出门，你就晚回去一会儿，也……”

说到这里，忽又咽住，把头儿低将下去，香肩却紧偎在在梧胸前，露出万分凄恋的情态。在梧也情知她旬日来正积蓄着无限相思，今朝见面，方得匆匆数语，便又分离，她那脆弱的心灵，当然承受不住，便是自己也何尝不是一样？其实便是厮守到一天半夜，说尽了万语千言，到临别时，也免不了这一场凄酸情味。自己虽然可以再伴她一会儿，无奈心里被颖芊的事搅乱，神不守舍，如坐针毡，又哪能和她缠绵？不如仍自狠心回去，约她改日再会的好。想着便道："倩妹实在对不起，我若不回去问个明白，恐怕再有几点钟就要发狂了。你原谅我，三两日内我必有信给你。"

说完转身要走，倩宜一把拉住道："梧哥，你等等。我求你……事到如今，别再那么固执，少叫我着点儿急。你用钱就对我说吧，你明明为难受窄，却只许我看着，不许帮助一点儿，你替我想想……"

在梧听了猛生知己之感，眼泪汪在眶里，再不敢瞧她，只很快地抱住她接了个急吻，随即离开，口中含糊应了句你听信儿，就如飞跳下石阶，走出几步，才扬手向上，连叫再见再见，却头也不回地直奔墙缺，走出园外，把个柔肠欲断的倩宜丢在园内不提。

只说在梧坐上了人力车，一直奔回家中，路上躁急难安，恨不得飞进家门，立时问明了颖芊那一百元的来源和她这几日确实到何处做事，心想倘然颖芊一时不辨轻重，只顾助我支持家庭，偿还债务，竟把自己的身体看轻，做了什么可怕的事，我这做哥哥的怎能对得起她。想着心里更怕将起来，转而暗自祷告，希望自己所料的完全不确。他从别了倩宜，本一心要回家见颖芊追问，走到半路，竟只剩了畏怯，倒想要迟延些时，使自己所怕的事稍缓发现。无奈人力车夫毫不体谅坐车人的心，仍一直地飞跑，转瞬间已把在梧送到家门之外。在梧只得下车，打发了钱，自己趑趄地向里走。

方一进楼下堂屋，就听楼上叽叽喳喳有女人吵嘴的声音，在梧一愣，就叫小莲，却不闻答应，又叫赵顺，仍不见应声。只女仆闻声从后面跑过，在梧便问赵顺祖孙哪里去了，女仆回答从饭后出去，尚未回家。在梧又问谁在楼上，女仆说方才来了女客，坐了半天，还没走呢。说着只闻楼上吵嚷声更厉。在梧满腹狐疑，连忙举步上楼。

方上到半截，已听明声音出于颖芊房内，一个很生疏的女子语声，正大声盛气地嚷着道："不成，不成，你央告我到明天也是不成，识时务的趁早把那一百块钱还我，别叫我这管闲事的受烧。我就不信，你三两天就把一百块钱全都花完，明是成心坑人哪。要是真不肯还，你就跟我到舞场见经理，我把你交给他，也算卸了责任……"

说到这里，只听颖芊有气无力地插口叫了声姐姐，那女子似不容颖芊说话，又口似翻花地道："少来这套，什么姐姐？狗屁姐姐，当初为你一口一个姐姐，央告得我把你荐进舞场，如今你算把我害苦了，大热的天，跟着你受暑。你说什么也没用，今天到了限期，你有钱钱去，没钱人去，别的全是放屁。我可怜你，谁可怜我呀？”

颖芊带着哭声道：“姐姐，我不是成心坑人家舞场的钱。你也瞧得明白，我实在病着不能动弹。只求你对经理说几句好话，再缓我三五天，我病好一定到舞场做事，把每天赚得的钱，补还欠款。你念着姐妹情分，再救我一回……”

那女子道：“你真是歪缠，我方才不是说过，舞场已经把你革退，像你这犯脾气打舞客的小姐，人家哪还敢用？现在只有还钱，没别的商量。”

颖芊忽失声大哭道：“姐姐，你就忍心逼死我吗？”

那女子道：“眼见人家洋钱交到你手里，不逼你逼谁？”

在梧听到这里，业已明白大概，哪还忍耐得住？就三脚两步奔到楼上，一掀颖芊住室的门帘，闯然走入。只见房中立着个高身量女子，穿着很摩登的粉色纱衣，两个嘴巴擦得像猢狲屁股似的，正横眉竖目，双手叉腰，向着颖芊发威。颖芊却歪在床上，素面焦黄，泪痕狼藉，样儿说不出的可怜。

在梧瞧着心比刀扎还痛，颖芊一见在梧走入，惊急得几乎晕去，张着两手乱挥，颤声叫道：“哥哥，你出去……我……我……求你……不要管我的事。”

在梧痛泪狂涌，奔过去就把颖芊抱住，叫道：“妹妹，你不要着急，万事有我。”

说完回头瞧那女子，因为昔年见过，认得是沈凤华，就点点头道：“沈小姐，久违了。”

沈凤华望着在梧做了个不自然的媚笑，从鼻中哼出声音道：“您好。”

在梧这时心中的气已压制不住，就冷笑道：“沈小姐，舍妹年轻，求您多照应点儿。”

沈凤华听了，把脸儿一沉道：“巢先生，您别说这话，我正想跟您谈谈。令妹使了舞场的钱，不好生做事，如今被人家辞退，舞场把欠款着落在我这荐举人身上，令妹一死儿不肯还。您来了正好，请问这事该怎么办？”

在梧道：“哦，我明白了，舍妹到舞场，是您荐的。你既引她做那种事，怎这时又狠命逼她？她正病着，难道一点儿情分没有吗？”

沈凤华听了大怒道：“你一家真没一个讲理的人，当初我并没来拉她，是她自己去求我的。我向舞场说了多少好话，才算供给了一百块钱。如今你们把钱都花完了，反说我引诱她。念完经打和尚吗？当初颖芊收舞场的钱，曾给立下手续，这是有凭有据的事，你们想赖不成？”

在梧听了，回头向颖芊道：“那一百块钱可是向舞场借的？”

颖芊点点头，泪如雨下。沈凤华嘻嘻冷笑道：“怎样，不是我赖你们吧？巢先生，你是男子汉，既这样护着妹妹，就能替令妹还钱。凭您这样人物，百儿八十的事，还难得住？”

说着一伸手道：“您拿钱来，我交了字据就走。”

在梧听颖芊已承认了这笔债务，沈凤华又逼勒得紧，自己一个男子，怎能说丢脸的话？无奈袋内空虚，没法立刻还她，不禁窘得满面通紫，僵在那里，干瞪着眼说不出话。

颖芊在焦悚之中，更怕急坏了哥哥，忙推着他道：“你去，我的事不用你管。去去，好哥哥，别叫我着急。”

在梧才顿足说出一句话道：“不不，我不能走。”

又向沈凤华道：“沈小姐，你多厚道，缓一天，明天取成……不成？”

沈凤华撇着嘴道：“我没这些厚道，已经缓了三天，今儿就是今儿，不给钱就叫颖芊跟我上舞场去，和经理面说面讲。”

在梧跳起道：“你不用逼颖芊，我随你去。”

沈凤华把眼光一斜，做出轻鄙的样儿，咂着嘴道：“啧啧，你倒想去，可得成啊？人家认得尊驾是赶哪一辆车的？”

在梧气得红了眼道：“沈小姐，你真没一点儿情面。有我在这里，瞧你敢把我妹妹怎样？”

沈凤华哼了一声道：“不怎样，就是要钱。我们冤有头，债有主，颖芊借钱的字据，在我身上，我出去唤巡警来，叫带案打官司，看巡警牵她走不？”

在梧这时几乎把肺气炸，直恨不得揪她过来痛殴一顿。无奈把柄在她手里，倘若闹僵，恐怕更与颖芊不利。但又知道央告没用，正急得没法。沈凤华又发话道：“你们尽自装傻，安心不还钱了。好，你们等着，我去叫巡警来。”

说着举步就向外走，在梧干瞪着眼，想去拦她，又不服气。颖芊不能下床，只哀声叫凤华姐姐，沈凤华更不理会，直向外走。方才走到门边，猛见门帘一启，从外面走进一人，把沈凤华拦住，高声叫道：“沈小姐，你别走，我们还钱还钱。”

沈凤华一看，见进来的是前天来时领自己上楼的那个老仆，正自一怔，在梧和颖芊已瞧见赵顺遮住沈凤华的去路，都望着他说不出话来。

赵顺已向沈凤华道："沈小姐，你先请坐，等一等，我们给钱。"

说完就奔到在梧跟前，低声道："你别着急，方才我遇见一个老亲戚，送给我三百块钱，您先用着。"

在梧一面听他说话，只觉他手里递过一个纸包儿。赵顺说着，又向旁努努嘴，暗示他快把钱还给沈凤华，随即向屋外退出。在梧心内好生迷惑，实不信事情如此凑巧，自己正被逼得要死，赵顺竟会遇见亲戚，得到这许多钱，不由怔怔地叫道："赵顺，你这是……"

赵顺此际已退到门边，向在梧摆了摆手，就退出门帘之外。他的影子隐去。在梧就只见沈凤华立在门旁，愤然作色。在梧在这当儿，实已顾不得再唤进赵顺询问，忙低头去看纸包，见约有寸许厚薄，四四方方的好像真是包着钞票。当时急忙打开，果然里面一色的中国银行五元钞票，分作三叠，看样儿似是每叠百元。沈凤华同时瞥见，已走过来道："原来你们有钱，这不是成心要我？快拿过来，别耽误工夫。"

在梧有钱在手，立刻气壮起来，检了一叠丢在桌上道："拿去，不必废话。"

沈凤华拿起钞票，还细数了一遍，才冷笑道："巢先生，这回算你人物了，可是以后你做哥哥的，请把令妹看管好了，不要再像我一样去当舞女给人家搂抱。"

在梧顿足道："你快给我出去，我对你没有可说的话。你敢再侮辱颖芊，颖芊纯洁的心，你万不配明白。"

说着又挥手道："快请，快请。"

沈凤华嘻嘻笑着，下楼走了。这房里在梧直望着她出去，才回过头来，兄妹对望了一眼，颖芊忽挣扎坐起，投到在梧怀里，痛哭道："哥哥，我太对不过你，给你丢大脸了，我……我……"说着已哭得哽咽难言。

在梧更悲痛不胜，抓住她臂儿，叫道："妹妹，你不许说这话。我全明白，你是为着咱娘，为着我，为着咱们的家，才受了这样的苦。我但能有力量，又何致……"

接着又哭道："妹妹，你若再说，我就没脸儿活了。妹妹，你体谅我，从现在起，都把这件事忘记了吧。"

颖芊见在梧刺激过甚，不敢再哭，含悲点头道："哥哥，你别伤心，我不说了……可是你得明白，我是太没有阅历，把舞女当作正经职业，才上了这次大当。"

在梧道："我难道还不明白你的心？好妹妹，你只当疼我，别难过了。以后咱们两人，遇事都要互相商议一下，不要再莽撞吧。你哪知道现在的世道人心？莫说年轻女子，就是我们男人，在外面做事，稍不留神，就会落到陷阱里。不过方才沈凤华说你打舞客得罪经理，是怎么回事？"

颖芊叹息着，把第一夜进舞场的情形说了，在梧发恨道："那个混账舞客，固然该死，沈凤华尤其不够人味。我若早知道这事，方才拼着打官司也得臭骂她一顿。"

颖芊悄然道："何必呢？这不怨她，只怨我错认了人。何况她并没来勾引我，是我去求她的啊。"

在梧长叹了一口气，又道："那个给你解围的秃顶老人，你怎连姓名也没问？论理咱们该谢谢人家。"

颖芊道："那个人很怪，他因为我不肯受他帮助，似乎很恼……"

颖芊提起老人，不由连带想起赵顺，又瞧到床上放着用剩的钞票，忽地叫道："哥哥，这钱是哪儿来的？我还不知道呢。"

在梧听了，也猛地想起，就立起道："这真凑巧，赵顺说是他的亲戚赠给的，我们可向没听说他在本地有什么亲眷。"

颖芊也一怔道："这真怪了，你快叫他进来问问，这用剩的也该还他。"

在梧就走到门边，高喊赵顺，叫了半天，不闻答应，又跑到楼下去叫，仍见那女仆由后面跑过来，在梧便问赵顺在哪里，女仆道："方才您回来以后，老赵爷也跟着到了，他在堂屋站了一会儿，就悄不声地上了楼，我也到后面去洗衣服，您在楼上没看见他吗？"

在梧道："看见了，他已下来半天，又上哪里去了？"

女仆摇头说没见，在梧想了想，又问赵顺方才回来，可带着小莲，女仆道："只他一个人回来，没见小莲姑娘。"

在梧十分纳闷，又叫女仆到巷外去瞧，仍自不见踪迹。在梧无奈，只得上楼，将赵顺来而复去的情形告诉了颖芊，颖芊怔了半晌，寻思着道："赵顺也是穷人，哪会有钱？莫非他原来有积蓄，不忍我被沈凤华羞辱，就拿出来？"

在梧道："万不会的，赵顺尝对我说，最讨厌他自己的肺病恐怕传染小莲。倘若有一点儿力量，也要想去医治，或是送小莲到学校寄宿，和他离开。你也知道他是把小莲当性命的，但是有些许积蓄，早已实行了。"

颖芊又道："莫非他在外面拾得这些钱，假托你的名儿送我？"

在梧道："世界上有这种巧事？"

颖芊道："那么是什么道理呢？"

在梧道："这事定然有特别情形，等赵顺回来问吧。不过他这两天好像神不守舍似的，常常出门，我瞧着很是诧异，今天又把小莲带出去。"

颖芊接口道："真个的，方才赵顺回来，没有见小莲。"

在梧道："我方才问王妈，小莲并没跟他爷爷回来。"颖芊道："赵顺必是得到这笔钱，匆匆先送了来，随后又出去接小莲了。"

在梧也以为似是如此，就又和颖芊说了一会儿，在梧恐怕颖芊疲乏，就自己回书室去，让她休息。

天到垂暮，还不见赵顺祖孙回家，在梧到门外张望了许久，由黄昏等至夜分，仍不见影儿。颖芊在楼上询问数次，十分焦急，只可唤在梧上楼，一同用饭。兄妹二人疑虑悬望，连饭也吃不下，相对胡乱猜测，无奈想不出是什么缘由。最后还是颖芊寻思出一种道理，以为赵顺必已看出家中窘迫情形，不尽相累，又因在梧失业是由他身上所起，故而设法弄了这笔钱，作为良心的酬取，才带着小莲，不辞而别。在梧却认为赵顺无论如何抱歉，为着小莲，万不肯离开这安身之处，而且他也绝无筹这巨款的能力。兄妹二人这样各自猜测，互相驳诘，到底得不到结论。直等待夜深，依然不见赵顺祖孙归来。在梧恐颖芊病体难支，只可劝她且自安寝，自己也下楼歇息。但颖芊近日和小莲相处已惯，情感极深，这时望着小莲所睡的空床，思念不能自已，心中悬系，长开着眼儿，再难入睡。楼下的在梧，除了挂念赵顺祖孙以外，再多一份心思，想到颖芊为帮助自己，竟将闺中高洁之身，投入龌龊的场合，遭受如许苦难，想起来真觉愧不欲生。而且颖芊做教师的谜既已打破，自己的职业又在渺茫，前途更可忧虑。在梧愁思萦回，一夜未曾合眼。

次日早晨尚未起床，女仆便来敲门，说小姐请他上楼说话。在梧着了衣服，匆匆来进颖芊房中，见她面色比昨日又加苍白，知道定是夜中失眠。便道："妹妹，夜里没睡好吗？"

颖芊瞧着在梧道："你别说我，大概你也一夜没睡。"

在梧尚未回答，颖芊已含悲说道：“小莲怎么还不回来，莫不是出了什么事吧？我心里真着急，若不是病着，还可以出去找寻。”

在梧忙道：“何必你去，方才我已打定主意，就要出去寻他们了。”

颖芊道：“可见你还没睡好觉呢。”

在梧道：“没关系，出去走走，吸点儿新鲜空气，倒可以长些精神。”

说着就叫女仆弄些点心，草草吃完，便自出门。向各处跑了半天，也没见赵顺祖孙的影儿。近午回家，吃过了饭，又行出门，专向小旅馆小客栈打听，也得不着头绪。跑到黄昏以后，方自步行而归。

一进家门，先奔楼上，颖芊听得脚步声，从房中迎出，向在梧叫道：“哥哥，赵顺有了。”

在梧大喜道：“在哪里？”

颖芊道：“不知道。”

在梧着急道：“什么话，既说有了，怎又不知道？”

颖芊道：“所以奇怪呀，方才太阳刚落的时候，王妈出去买晚饭材料，回来在巷外看见赵顺蹲在墙角，神情鬼鬼祟祟，好像在等什么。王妈喊了声赵顺，赵顺回头瞧见她，竟掩着脸儿一溜烟跑了。王妈又是两只小脚，不能赶他，才回来告诉我。你看这是怎么回事，赵顺为什么躲躲藏藏，蹲在巷外不肯进来，反而见人就跑？小莲又怎的不在他身边，到哪儿去了呢？”

在梧听完，不顾答言，将身下楼就向外奔，他以为赵顺虽走不远，或者还在左近，就向街南巷北，遍处寻觅。这一来，又跑了两点多钟，仍然徒劳无功。在梧身体实在疲乏得支持不住，才慢慢踱回家中，又和颖芊猜疑了半夜，照样想不出一点儿道理。

再到转天，在梧还是一早起床，便出门寻访，午前在近处走了个遍，比警察巡逻更加仔细。午后又到三不管等处走动，天夕才意懒心灰地回家。才进巷口，便见颖芊和女仆王妈同立在大门首向外张望。在梧忙紧走几步，到门口问颖芊道：“你的病还没好，怎么出来？快进去。”

颖芊没有回答，只退后一步，让在梧走入门内，忽怔怔地道：“方才王妈又看见赵顺了。”

在梧大惊道：“又在哪儿？”

王妈接口道：“他还跟我对面说话来着，就在北面街口一家小杂货铺旁边，他好像成心在那儿等我。我去买青菜，还没到那杂货铺门首，忽然听有人叫王奶奶，我抬头就见赵顺立在面前，我直有些不认识他了。他脸上好像挂了鬼脸儿，说不出地难看，嘴上那猪八戒样儿的套子也没有了。两眼发直，问我说小莲回来没有。我听着好生纳闷，就说我们少爷小姐，正遍处找你们祖孙爷儿俩，你为什么不回去？小莲是跟你出去的，你怎么倒问我？赵顺听了我的话，嗷的叫了一声，跳着脚又往北跑了，我想拉他已来不及。看他那样儿，准是着了疯魔，眼神发直，跑得飞快，一点儿不像平常那样痨病鬼似的。”

在梧听了，看看颖芊，二人相顾愕然无语。半晌颖芊才挽着在梧一同上楼，二人万分惊异之下，又苦心研究，只猜不透赵顺既带着小莲出去，何以反向王妈询问小莲已否回来，看情形小莲必已失踪，赵顺才急得像王妈所说的样儿。但是他何以不来家诉说情形，求大家协同设法，反而不敢见面，只在左近藏躲呢？二人把脑筋都用疲了，仍旧探讨不出原因，琢磨不出办法。在梧只可勉尽人力，次日照样出去寻觅，结果仍归徒劳。

一晃已到了赵顺祖孙失踪的第四日，上午九点多钟，在梧正和颖芊含愁相对，商量着要接母亲回家。因为老太太在舅母家已住得日子不少，又为难怕母亲知道拂意的事。家中虽有赵顺所送那一笔钱，除还沈凤华以外，尚余二百，但在未寻得赵顺询问来源以前，又不敢动用。

正在说着，忽听外面有人叩门，须臾王妈走上楼来，惊异失色地道：“少爷不好，外面来了两个穿黄衣服的巡捕，指名儿要见你。”

在梧大吃一惊，想了想自己并没做犯法的事，就立起向颖芊道：“我去看看。”

颖芊也玉容如土，紧随着他下楼，到了门外，见两个身躯高大的巡捕正立在那里。在梧点头问道：“二位有什么事？”

巡捕道：“你是巢在梧吗？”

在梧道：“是我。”

巡捕道：“有个六十多岁的老头儿名叫赵顺的，你可认得？”

在梧忙道认得，巡捕道：“是你什么人？”

在梧道：“是朋友。”

巡捕道：“这赵顺昨天晚间在墙子河跳了水了，被我们值岗的弟兄救起，带到局里一问，他好像有神经病似的，只说因为老病缠身，没法活命，所以寻死。后来又问他在哪儿居住，他先不说，以后才说在巢在梧家里闲住。再问他为什么离开巢宅，他说不忍长久骚扰朋友。我们问了半天，只这几句，这赵顺果然在这里住过吗？”

在梧道：“不错，他以前在大众公司做门房，前些日被辞，无处可归，所以在我家闲住。在四天前忽然失踪，我正在着急找寻，他怎么跳了河呢？”

巡捕道：“那么你到局里去一趟，对我们上头说说这情形。”

在梧连说好好，便回头叮嘱颖芊两句，颖芊听明巡捕的话，才放下了心，自回房去等候不提。

在梧随巡捕到了工部局，先被带入一间空房，等了一会儿，巡捕才领他到一个类乎公堂的大房间里，上面坐着一个所谓师爷的中国人。先循例问了在梧姓名籍贯住址，然后问到赵顺一节，在梧从实说了，那师爷便吩咐带赵顺上来。在梧一见赵顺，果然像王妈所说一样，瘦得不成人形，精神委顿不堪，周身尽是泥污，蹒蹒跚跚，被巡捕架了进来。他瞧见在梧，立刻双泪交流，哀声叫着巢先生大哭起来。巡捕连喝不许哭，赵顺方才住声。

在梧这时已忍耐不住，顿足叫道：“老赵，你怎么不知会我就走？小莲呢？你为什么跳河？”

赵顺呜咽道：“我不忍打搅你，所以偷着走。出来又没活路儿，只可寻死。”

在梧道：“你的孙女呢？”

赵顺怔了怔道：“我把她托给人了。”

在梧方要再问，堂上师爷已开始讯问。赵顺所供，也与在梧相同，证明果是因途穷自杀，并无他故。那师爷就向赵顺开导数语，又向在梧道：“你对他既有一番怜恤的心，何不全始全终行善到底，再把他收留？”

在梧道：“我本极愿意留他同住，这次他是不辞而别。我事前若是知道，总不能放他走，现在我当然带他回去。”

那师爷点头道：“你这样很好，要不然，我们就要把他送到中国公安局安插。现在你具个结来，担保他以后不再有自杀行为，就领他回去好了。”

在梧听了，觉得这倒是一个难题，自己真有些不敢担这重大干系，就望着赵顺怔了一怔，赵顺道：“你就具结，不相干的，我再糊涂也不能害你。”

在梧才答应具结，下堂又费了许多手续，才算把事办完。和赵顺出了工部局，径行坐洋车回家。在梧想要仔细问他，路上并不说话，进到巷口，见颖芊又在倚门而望，在梧正叫车夫停住。赵顺那里已望着颖芊，抽抽搭搭地哭起来，颖芊忙迎过去扶他下车，叫道："老赵，你别难过，我的小莲呢？"

赵顺闻听这话，更哭得通身抖战，直要下不了车，在梧忙架着赵顺，向颖芊道："先别问他，有话进去说。"

兄妹就扶着赵顺进门，到在梧寝室中，放他坐在床上。颖芊叫女仆去开付车钱，自斟了一杯热茶给赵顺，又要开口。在梧向她摆了摆手道："等他缓缓气儿。"说着自点支纸烟，坐在椅上。

迟了一会儿，赵顺把茶喝完，双手抱茶杯，把泪眼望望在梧又看看颖芊，神情茫然无主，忽又老泪狂涌，叹着气自语道："我只恨那巡捕多管闲事，由着在河里淹死罢了。偏偏要救我，白给别人添麻烦，我照样活不了呀。"

在梧见他精神已定，才开口问道："老赵，我也不必问你，你自己说，为什么离开我家？出去都做了什么事？把小莲又弄到哪里去了？你沉住了气，慢慢说，不必着急。"

颖芊这时立在桌旁，瞪着妙目，直瞧赵顺的嘴儿，赵顺怔了一会儿，忽然双膝一屈，跪在地下，哭着道："我是老悖晦了，做出天大的错事，本想自己死个干净，如今老天不许我死，我……我活着就不能不顾小莲，只可又求巢先生……"

在梧、颖芊忙扶他起来，重坐到原处，同声抚慰道："你别伤心，什么事都有办法，你慢慢说。"

赵顺喘了喘气，乃厉声道："我把小莲卖了。"

在梧闻听不由跳脚蹿起，颖芊却腿儿一软，伏到桌上，叫道："老赵，你……你……真的吗？"

赵顺瞪目咬牙，好似要吃人的样子，惨笑道："怎么不真，我把她卖到娼窑里，得了三百块钱。"

在梧听到三百块钱四字，立刻抓住赵顺，发狂地叫道："你说什么？你卖了小莲……"

颖芊此际已悟这事问题甚大，非只着急所能解决，忙拉住在梧，推他坐回椅上道："你也沉住气，别发急，叫赵顺把细情说完，再大家商量。"

在梧红着眼，手指赵顺道："你说，你说。"

赵顺被在梧这一作闹，好似吓得发了糊涂，只向颖芊眨眼儿，颖芊心里万分难过，仍强忍着安慰他道："老赵，你就算把小莲卖了，我也有法救她回来。你快说，是什么缘故？"

赵顺竟拉着颖芊的手道："小姐，你别问是什么缘故，反正是我不好，安心坑人，倒坑了自己。从前四五天，我就打好主意，先跟小莲商量法子，我才到一家娼窑里，去见掌班，假说因为日月艰难，要把孙女出卖。掌班的答应肯买，不过要先看人儿，再说价钱。到前天我就把小莲领到那娼窑里，掌班一见便中了意，一口价先就给了二百，我争了半天，才定规三百块钱。当时那掌班还请了一位放账的毛先生做中保人，立了字据，我还按上手模脚模，把小莲留在那里，我带着三百块钱出来。"

颖芊听到这里，大叫道："这就是你给送来的三百块钱吗？老赵，你真该死，该死，白活了这么大年纪。"

在梧这时面色惨白如纸，双目瞪得滚圆，但态度倒沉静了，叫住颖芊道："妹妹，你坐下，这里面问题很大了，咱们却别打岔，听他说。"

赵顺道："对对，先听我说。我卖小莲，并不是真的，这是好几天不睡，想空了心，要坑人的方法。预先跟小莲商量好了，我把她卖给娼窑，得到了钱，小莲在娼窑一面哄着掌班，一面想法，瞅冷子跑回来。我想小莲那样伶俐，一定能办得到，岂不是白白落一笔钱？哪知我想错了，小莲落到娼窑，我送钱回来一趟，就又跑出去，一来怕你们问我小莲到哪里去，没法回答；二来也不放心小莲，只可躲在娼窑左近窥探。等了一夜，也不见她的影儿。次日又等了一天，我可急疯了，只怕小莲已经偷跑回来，所以又到这门口儿等王妈，问她小莲回来没有。王妈一摇头，我就像喝了血酒，立时跑到那娼窑，向他们说要见小莲一面。心想小莲出来，我抱起就跑，他们若不肯放，我就拼了这条老命。不想我走了死运，步步都错，娼窑里的人说，掌班已带着小莲到上海去了。我当时不信，他们居然叫我走进里面去挨屋找寻，果然连掌班带小莲全都没有，我想拼命都寻不着主儿，只得出来。越寻思越难过，就跳了墙子河。偏巧又被巡捕救上来，带到局子里盘问，我一口咬定穷极寻死，局里师爷定要追问我原来住的地方，我只好把巢先生说出来，算又给你添了麻烦。现在我回过味儿，知道不该寻死，还是救我的小莲要紧，若把孩子这么糟蹋了，我死也不……"说着又痛哭起来，重复跪下。

在梧猛然跳起，也不知哪里生出的神力，像提小鸡似的把赵顺从地下抓起，恶狠狠地叫道："赵顺，我问你，为什么卖小莲？"

赵顺摇头不答，颖芊用手推着他道："你快说，不说我也有点儿影子。你卖了小莲，把钱给我，还这么隐瞒着不说，成心要急死我，我不活了。"说完就将头儿对准墙壁要向前撞，倒把赵顺吓得拉住她道：“小姐别……别急，我说……说……”

颖芊这样做作，本出于一时急智，要逼赵顺诉说真相，见赵顺害了怕，就道：“你说吧。”

赵顺低头沉吟半晌，才叹道：“我说了你们可不要难过，只为巢先生素日待我恩厚，既为我丢了大众公司的事，还带我祖孙来家居住。我起初觉着你们家里，一定很宽裕的，多养一两口人不算什么。哪知头天就看见巢先生亲身上当铺，接着小姐领小莲出去，找那沈凤华商议做舞女的事，背地叮嘱小莲回家不许说，小莲却暗暗告诉我了。以后我听见小姐对巢先生假说上什么洪宅教夜馆，就知道小姐要屈尊自己身份，去做下贱的事，替哥哥养家。我心里难过得要死，想到小姐去当舞女，是因为巢先生丢了饭碗，巢先生的饭碗，却是为我弄破的。如今我把巢府全家害得不成样儿，自己还带孙女在这里叨扰，真太对不住天理良心了。但是我还安着一片私心，为怕小莲受罪，既不敢对巢先生说破，也不愿走开，又忍了两天。见小姐待小莲那样情义，比同胞姐妹还强百倍，这更像有刀扎我的心。直到小姐害病，我知道是在跳舞场受累受气的缘故，急得我整夜地祷告老天。好容易盼得小姐好了，过一日沈凤华又来，恰巧小莲在小姐房里睡觉，听见了问答的言语，下楼告诉我说，沈凤华来讨舞场的债，只限三天。我知道小姐从舞场借来的钱，已经给哥哥还胡百甫了，一时哪里能摘借这笔大款，岂不要把小姐逼死？我寻思你兄妹受这艰难，全由我一人所起，越寻思越亏心，越亏心越着急。什么方法都想到了，恨不得手里有个手枪，出去抢一票儿，救你们的急。顶到末了贼起飞智，想起常听说寡妇放鹰的事，觉得若把小莲卖给娼窑，把钱拿到，就教她偷跑回来，岂不解了小姐的围？再说坑害开娼窑的钱，也不算缺德。小莲年岁又小，进娼窑打个转儿，也不怕吃亏。我打了这如意算盘，自觉比诸葛亮计策还高，和小莲商量。小莲为爱小姐，更万分愿意。我那两天常常出门，就是上娼窑去，为要不误沈凤华三天的限期，还得赶忙快办，居然到日子办成了。我从娼窑拿回钱来，正赶上沈凤华在楼上逼勒小姐……”

说到这里，方才稍停。在梧和颖芊听得鼻酸心痛，哽咽难言，奔上去抱住赵顺，只管切齿顿足，说不出是感激，是悲恨。在梧改口叫道：“老伯，老伯，你太糊涂，只顾你好心可害了小莲，毁了我们，你你……你……”

颖芊望着赵顺，只觉他的侠义心肠，自己叩头无数也表不尽钦仰之心，但是他的荒谬行为，自己便打他嘴巴十万个，也解不了愤恨之气。一时感情勃发，竟抱住赵顺的脖子，将头儿向他脸上挨撞不已，也不自知要想怎样。

赵顺这时好似木雕泥塑，被他兄妹推撼得东摇西晃，忽然叫道："小姐，小姐，你离远些，我嘴上没戴纱套，若传上你病……"

颖芊顿足道："我死了也不怕，你这该死的……的老伯伯，做的什么事？真要把人气死。"

说着向在梧道："哥哥，这可怎么好呢？"

在梧松开赵顺扶头不语，半晌才道："现在只有想法子快把小莲弄出来，小莲是卖在哪一家班子里？"

赵顺迟迟未答，颖芊已叫道："老赵……我的糊涂老爷子，你快说吧。"

赵顺才发着怔答道："那班子叫什么惊鸿馆。"

在梧点头道："我认得，不必说了。你把小莲卖了，给班子写了字据，把柄在人家手里，当初本是你情愿卖的，如今要把人领回，自然算你反复，班子拿出字据，要占十分的理。何况干班子的，都是光棍流氓，无论经官私斗，咱们都未必惹得起，而且现在说不定她们真个把小莲带到外埠去了。咱们再寻了去，班子可以不认账，咬定没有买过你的孩子，你手里又没有凭据，这可难了。"

赵顺听了大哭，在梧向颖芊低声道："真是要命，即使万一有法叫班子把小莲退回，可是原来身价已被用去一百，把什么还人家呢？"

颖芊道："事到如今，且不必愁得那么远，只可先探听小莲踪迹，去和班子交涉。等有了希望，再想钱的办法不迟。"

在梧一想，也只好如此，就嘱咐颖芊照顾赵顺，自穿好衣服，下楼出门。

在梧这一去，竟又生出意外风波。眼见那：风流孽冤，燕支坡倏而遘面；烟花旧债，鸳鸯棒打不回头。

后事如何，下回分解。

第四回

再度落风尘话相思满天明月
七夕邀牛女怅修阻一道银河

话说在梧出了家门，便雇车直奔向平康聚处的兴裕里。路上寻思，自己当年虽常寻花问柳，走遍章台，但是这惊鸿馆只去过寥寥两次，内中既无相识，更不知掌班是何等样人。现在为赎取小莲而去，只可善言商恳，宁愿多破费些钱财，万不可抓破面皮，滋生事端，否则自己先要吃眼前亏，小莲还怕更难救出。想着打定主意，车子已进了兴裕里，只见惊鸿馆门首，悬灯结彩，气象一新。门外列着三四个小灶，贴墙处放着十多辆崭新的包月车，楼上打牌的声音噼啪震耳，情形非常热闹。在梧暗诧惊鸿馆今日如此火炽，却是何故？近一二年来，街面萧条，银根紧涩，花街柳巷首先被不景气的潮流打击，衰败不堪。无论哪家班子，能有客人常去品茗清谈，生意得以维持，便算上等运气。偶然得着一个阔客，肯花几十元钱捧场打牌，已是百年难遇的盛事，比中头彩一样地难得。如今惊鸿馆竟有这样势派，看情形定有三四拨儿牌饭局，乍见几疑是恢复了前十多年的繁华景象，大约是近来第一等的红姑娘了。

忽一转想，又念到小莲身上。她年纪虽小，面貌却是极美，莫是被什么阔客看中，竟要做不人道的行为，给她梳拢，因而大请客热闹吗？在梧这样一想，立刻脊背出了冷汗，忙令车夫停住，开发了钱，就自踱到惊鸿馆门外。见大门左首墙上，贴着一张五尺多长罩过油的红纸，上面写着三个大字，约如斗大，是“花又春”，底下横着四个小字，是“今日进班”。在梧心里方一块石头落地，知道是一个名叫花又春的妓女，今天移进惊鸿馆搭住，有客人捧场闹热，与小莲并无关系。接着又自笑虑得太过，小莲无论如何貌美，娼窑无论如何万恶，十岁的小孩儿，也不会有卖淫的资格。

当时站在门外，略一踌躇，便举步走入。见堂屋中挤满龟奴女仆，来往奔走，神情紧张，态度兴奋，似乎班中出了全队人马，拿出全副精神，伺候那一般捧场的豪客。在梧进去竟没人理会，立了半晌，才有个女仆看见，连喊让人。随有伙计瞧瞧在梧，见他面生，便问道："你和那位老爷是一事？"

在梧知道他们错认自己是来捧花又春的一分子了，就摇了摇头。那伙计见不是财神一派，就没精打采地道："楼下没屋子，您上楼吧。"

在梧悄然拾级到了楼上，才由另一个伙计引导，到后楼转角的一间小屋里，屋中小得仅可容膝，只有一桌二椅，四壁空空。在梧也不理会，就坐在椅上，那伙计在门外问道："您有熟人儿吗？请提拔一声。"

在梧摇头道："我不挑人儿，有事来见你们掌班，你给说一声。"

伙计一怔道："您贵姓？"

在梧道："我姓巢。"

伙计道："我们掌班的出门到上海去了。"

在梧听他和赵顺所说相同，不由大吃一惊，暗想倘若小莲真被带到上海，那可如何是好。想着便又问道："真的吗？"

伙计见他神情可疑，就道："走了两天了，您有什么事找我们掌班？"

在梧因为这事不能对伙计说，略一迟疑才道："掌班不在家，有谁管事，就请过来谈谈。"

伙计道："只有舅爷管事，现在又不在这儿。您有事留个话儿，等回头告诉吧。"

在梧道："你们这舅爷什么时候回来？"

伙计道："晚上准来看账。"

在梧立起道："那么我晚上再来。"说着就出了小屋，径奔楼梯。

耳中听两旁房间笑语喧哗，夹着打牌声音，嘈乱聒耳，伙计在后还要在梧留个名片。在梧满心懊丧，也不理他，低头走下楼梯。才下了两三级，忽听下面有革履细碎之声，迎面走上来，鼻中立时嗅到浓厚的茉莉花香味，知道有妓女上楼，也没高兴去看，就靠在一边，仍向下走。倏时那妓女已然走近，在梧因低着头在一晃之际，只瞧见她穿着银色薄纱旗袍的下身和脚下的雪白透花小高跟鞋。两人肩头相错，即将交臂而过，在梧猛听耳旁唤了一声，接着极娇脆的语声叫道："这不是巢……"

在梧起初还以为不是对自己说话，但觉声音入耳很熟，才一转脸，瞧见那妓女身量颇高，体态健美，头发剪作男式，有曲线的身体，配合着大脸庞儿。一双很像西洋影星琼克罗发的大眼，发着明媚的水光，蕴着热烈的感情。鼻梁高突，嘴儿比较的甚小，从两边嘴角，显出一种醉人的媚气，分明没有发笑，但下半截脸儿却总带着笑容。皮肤微带黄色，但似在肌里含着宝光，隐隐照人。她一瞧见在梧，便自怔着，扶着楼梯，樱口微张，好像痴了一样，在梧也陪着她瞠目呆立，寸步难移。在梧所以如此，多半由于诧异，心想她怎会到这里？那妓女因何这样神情，却不得而知。

两人对视了半晌，那妓女忽把黑亮的大眼珠儿一转，并不说话，竟拉住在梧的手，向楼下高声问道："后面大房间里有人吗？"

楼下伙计应道："没有人。"

那妓女叫道："打帘子让客。"

说着就转身挽了在梧，一同下楼。由楼梯后转入小院，进到一间很宽敞的房中。在梧见房内家具考究，陈设富丽，绝不是娼窑的派头，倒好像富家的款式，方自诧异，那妓女已拉他到铜床边坐下，在梧忍不住问道："胡太太，您怎么到了这里，我真想不到……"

话未说完，已有伙计送茶进来，那妓女便自立起，仍自痴视在梧，低声道："你且坐着，我出去看看。等伙计忙活完了，我就进来，有好些话跟你说呢。"

在梧明白她是因为此际房中有伙计出入，不便说话，故而先去应酬客人，便点了点头，忽又想起一事，问道："你就是又春吧。"

那妓女抿嘴儿一笑，表示承认，接着眼角向上一吊，眼波向在梧一溜，腰儿一摆，做了个很美的姿势，向外走去，到门首又回眸一笑，举手示意，才掀帘出去了。

在梧这里独坐，先受着种种承应，伙计打手巾，老妈递纸烟倒茶，过一会儿才得清静，心中暗想：这事真个怪了，花又春分明是胡百甫姨太太陆秦云，曾闻她当日原是烟花出身，如今重落风尘，原不足奇。只是自己脱离大众公司那一天，陆秦云才私逃出去，请律师与胡百甫交涉，至今仅只数日，她竟会到这里悬牌应客，这交涉未免办得太快了。莫非其中另有缘故吗？而且陆秦云在胡百甫家时，举止尚还矜庄，衣饰也很朴素，很像个坐家太太的样儿，怎今朝在此相遇，竟好似变了个人？那飞扬荡逸的风神，真有勾魂动魄的魔力了呢。

在梧正在纳闷，就见门帘一启，陆秦云飘然走入，面上浮着浅笑，纤纤玉指夹了支刚点上吸几口的纸烟，走到在梧身边坐下。将纸烟顺手递过来，在梧还不好意思接，而且要起立为礼，陆秦云拉住他笑道："巢先生，你少客气，别当这儿是胡公馆，这是姚（窑）公馆啊。"

说着又用肩膀一挨他道："我在胡胖子家的时候，听说你很规矩的，怎么也到这地方来？胡胖子那小子假正经，他若知道你好嫖准得教训一顿。"

在梧苦笑道："胡太太，你不知……"

陆秦云插口道："别再这样称呼，我已经不姓胡了。我本名儿叫陆秦云，现在的花名叫花又春，排行是老二，你随便叫……简直就叫我老二吧。"

在梧道："那怎好意思？"

陆秦云道："在班子里称呼太太，我就好意思了？"

在梧也觉好笑，便道："我从命吧，你以为我还在大众公司吗？"

陆秦云妙目一转道："怎么，你也不干了？"

在梧道："不瞒你说，我和胡胖子分手，就在你走后第二天。"

陆秦云忙问什么缘故，在梧便把胡百甫接到她委托律师所寄的信，迁怒赵顺，自己为替赵顺不平，两下翻脸，一同辞职的经过，都说出来。

陆秦云听了，皱着眉头，顿着脚儿道："好混账的胡胖子，这一说，巢先生你竟是受了我的牵延。"

在梧摇头道："没有的话，我早已想脱离大众公司，那天不过借梯儿下台罢了。只是你和胡百甫的交涉怎样？我看他那神气，好像不肯干休，想必得打官司吧。"

陆秦云呸了一声道："凭他那脑袋，敢跟我打官司？实告诉你，我托律师寄出信去，没过三天，他就托出许多朋友，央告我仍旧回去。我不但驳了，还叫他当天给我立个情愿离婚永断葛藤的字据，并且送我二千元赡养费。他没敢哼气儿，乖乖地都依了。"

在梧诧异道："他就这样老实？再者……"说着把声音低下去道，"听他说你还带出很多值钱东西，他难道不追究吗？"

陆秦云撇嘴儿道："有人再借给他个胆子，他也不敢。他当初的臭底儿和近二年所做的私弊事，全在我肚里装着。我若抖落出来，起码送他十年监禁。"

在梧点头道："这就是了，不过你手里既有了钱，何苦又干这个营生？"

陆秦云听了，将一双汪着水儿的眼凝注着在梧，微笑道："你不必问，我有我的心思。”

说到这里，忽听外面迭声喊二姑娘，陆秦云高声问什么事，外面伙计答道：“王大人来了。”

秦云道：“先叫吴妈照应着，我有事，得等会儿。”

在梧不肯耽搁她的正事，忙道：“你应酬客人要紧，不必客气。”

秦云笑道：“没关系，说咱们的。我现在是玩儿票，就把客人全得罪了，也不算回事。你且说为什么到这儿来？班子里有相好吗？”

在梧本预备把小莲的事求她，正等机会开口，这时见她一问，便叹了口气，把赵顺将孙女小莲卖到这班子的细情，说了一遍，又道：“赵顺祖孙，也伺候过你许多日子，你也很爱小莲，并且赵顺的饭碗，还是为你丢的。既然在班中搭住，必然和掌柜的很熟，请你给说句好话，容我还钱把小莲赎出去，不止在他祖孙身上积德，就是我一家也要感激万分了。因为赵顺做了错事，原为救我们兄妹的艰难。倘然小莲从此沦落下去，我这一世也不能心安了。”

秦云听着，面上露出惊讶的颜色，望望在梧，又将牙咬着下唇，仰面向天花板转转眼珠，半晌才道：“竟有这事，那赵顺也太糊涂了。我素日极爱小莲，怎能不救她？只是这里掌班儿和我虽然熟识，可没听她说过小莲的事。我从胡胖子家出来，就住到一个干姐妹家里，恰巧这惊鸿馆的掌班去瞧我那干姐妹，听说我才从人家出来，没有着落，就劝我到她班子里，再混二年。我因一时没处投奔，就答应了。约定今天进班，为着风光热闹，还预先请下我没嫁胡胖子以前的老客人，来捧场打牌。等到今天我午后来了，竟没见掌班的面儿，好像听说是出门了，可不知是不是真带小莲去了上海。”

说着见在梧嗒然若丧，便又接着道：“你也不用着急，我敢说句大话，只要这里掌班的真买了小莲，即使带到上海，我也有法办。倘若没离开天津，有一句话就可以叫小莲出去。”

在梧道：“果然这样，你真是功德无量，劳驾快给问问。”

秦云想了想，摇头道：“现在不成。你瞧，这会儿多么乱，只咱们说话的工夫，外面就喊我七八回了。再说管事人又没在家，我向谁去问？依我说，你先请回，等夜里清静再来。我打听明白了，那时告诉你，也得说话。”

在梧暗自感谢她的热心，不住称谢，就立起要走。但在梧本是风月场中过来人，知道这娼窑的不成文宪法，只一进门，就须破钞，否则便觉丢脸。现在坐了好久，虽然非客非友，但已蒙了照例的款待，势不能拍拍屁股就走。

当时一斟酌，就从袋中取出两元，放在桌上。在梧的意思，是表示自己仅为朋友的资格，所以照行赏钱给伙计女仆，希望秦云喊伙计进来谢一下，便算完成朋友应行的规矩。哪知秦云见在梧掏钱，既不谦让，也不呼唤伙计，只笑着道："你夜里几时来?"

在梧道："随你说吧。"

秦云手搔鬓发，寻思着道："夜里一点以后，两点以前，成吗?"

在梧点头就向外走，将到门口，秦云在后轻拍他的肩头，低声一笑。在梧未及回顾，已走到门外，就匆匆出了惊鸿馆。心中略觉舒畅，以为意外遇见秦云，有她相助，小莲得救有望。但想到秦云的情形，又觉茬儿有些不对，娼窑规矩，朋友赏钱，照例必叫伙计道谢，只有正式客人的开发，才可以不声不响地任其放下。方才自己赏钱，秦云竟无表示，这样岂不被班中误认自己是客吗？又想或者秦云一时疏忽，也未可知。好在自己只为拯救小莲而去，即使误认为客，不过每去一次破费两元，也不成问题。本来自己不愿平白叨扰，这面子上钱必要花的。想着也不介意，就坐车回到家中。

见颖芊仍在抚慰赵顺，在梧便把到惊鸿馆巧遇秦云、得了好希望的话，一五一十地说了。颖芊和赵顺听到秦云大包大揽的言语，全都大喜，说了一会儿，才同吃了午晚两餐合并的一顿饭。

饭后颖芊叫赵顺仍到耳房安睡，才对在梧说，在他出门以后倩宜来了。在梧愕然，问她来做什么，颖芊道："她一来看我的病；二来因前天你和她匆匆分手，她放心不下，直焦急到今天，方得空儿出来。方才问明了咱们的事，还对我落了半天泪。"

在梧叹道："咳，我真惭愧，没给她一点儿幸福，反叫她跟着烦心。"

颖芊道："她还不只替咱们烦心，大概也为她自己。本来她对你的感情，太浓厚了，恨不得早早结婚，落个心安身稳。如今咱们家起了这种波折，她所希望的越发遥遥无期，怎会不难过呢？她方才还对我叹息自己命苦，连累你遭这拂意的事。"

在梧顿足道："扯不上，她怎说这傻话?"

颖芊道："你替她设身处地想想，希望越深，失望越甚。处在她的地位，不怨自己的命，怨什么呢？她还求我劝你看开些儿，不要那样固执，她手中体己总有几千块钱，想要拿来给你，暂且补助咱家的用度……"

说着稍停，又道："其实她还另有意思，不说我也明白。"

在梧接口道："我更明白，她是希望提早结婚。我虽万分感激她的好意，无奈她手中的钱，不是婆家便是娘家的，我凭什么使用？若真用她的钱结了婚，我岂不要一世羞惭？这万万使不得。"

颖芋原是受了倩宜托付，想乘机婉劝在梧，闻言便道："哥哥，你的思想也太偏了。有志气的男人，原不该使用妻子的钱，可也要看个情势，通权达变才好。现在咱们落在患难中，正需要有人帮助，倩宜的好意，原可以接受的。再说倩宜一心盼望的是什么？她所重只是你的人，把身外物看得极轻，以为无论用谁的财力，只求早日结成眷属。同心共命的人，又何必计较你我？偏这道理对你竟说不通。你平常自负感情最重，难道就忍心耽误倩宜，叫人家永久受冷雨凄风的苦楚吗？"

在梧听着，心也有些软了，但口中仍强说道："我就因为不忍害她再受凄凉，所以想……"

颖芋不等他说出下文，已顿足道："又是退婚吗？呸，你那是屁话。"

在梧听颖芋大有怒意，忙赔笑道："是啊，我也知道不可，但是不退婚就得耽误她，这不是两难吗？"

颖芋瞪了他个白眼道："你向来心思很够玲珑，可惜只这一窍未开，现在我也不和你搅嘴，等办完小莲的事再说吧。"

说着拉开抽屉道："你瞧，这儿有一笔钱，是倩宜留下的。我曾拼命推辞，她丢下就走了。现在请你的示下，该留就留，若是还安着退婚的心呢，那就赶快给人家送回去。"

在梧情知今日颖芋深受倩宜感动，业已成为倩宜的保护人兼义务律师了，便不敢再固执己见，忙道："这当然可以留的，不特家中日用需要，而且赎小莲也正用款。"

颖芋冷笑一声，又道："在你卧室里还有一个包裹，是倩宜替你做的两件毛葛和哔叽的长衫，预备天凉时穿的。你受不受？不受也可以退回。"

在梧听着，心中感到一阵狂热，倏又由狂热转成悲凉，不自觉地眼圈儿红了，并没回答。颖芋不要他回答，便又重复提起小莲的事。过一会儿在梧回到卧室，打开了床上的包裹，取出倩宜所赠的衣服，见都是自己素日最喜的雅素颜色，穿上试试，竟非常可体。脱下时无意中瞧见衣领的背面，正中绣着一个鸡心形，心上并排着梧倩两字。在梧注视半晌，不觉痴了，忽地跌坐床上，微叹道："她是居孀的人，做这两件男子衣服，绝不敢叫家里人看见，定在夜里偷做。在这大热的暑天，不知费了多夜的工夫，真真难为她了。可怜她这样蜜意柔情，我竟不能体贴她一点儿。颖芋的话，确是有理，我也该通权达变，别叫她伤心了。”

在梧痴思着，又歇息一会儿，见已到十点多钟，就去到耳房，和赵顺说了半天话，安慰他不要焦急，又上楼和颖芋坐到将近夜午，才穿上外衣，出门坐车，直奔惊鸿馆。路上暗自祈祷上帝保佑，叫惊鸿馆掌班不去上海，陆秦云真心相助，把小莲即时赎回。但又怕小莲真个已去上海，即使陆秦云能设法弄回来，那就仍要担心许多日子，何况还未必把握。想着一喜一忧，忐忑难安，及到车子进了平康曲巷，里面已是黑黢黢的。原来娼窑规矩，天一过十二点，便落门灯，意思是给客人一种划时代的暗示，打茶围者已到终局，住夜厢的将入佳境。巷中由分外的光明乍变黑暗，倒显得电杆上的路灯阴阴有如鬼火，只见黑暗中人影幢幢，络绎不绝，偶然听得些花真钱买去假药的得意媳笑，和抱着热忱而求受着冷淡而去的叹气咒骂，在梧也不暇注意，到惊鸿门外下了车，直走进去。脚下踏进堂屋，眼中情景竟与白天大不相同，里面有四五个伙计，正坐着说笑，一见在梧走入，立刻呼啦一声，全立起来，个个满面春风，一迭声喊二爷。

在梧方自一怔，伙计们又同声喊道：“巢二爷过来了。”接着又都猫腰撅臀地向在梧道：“请二爷上楼。”

在梧原是老在行，深知此中情事。瞧他们这个阵仗，心中直糊涂得要死，暗想只伙计给自己虚张的这点儿声势，竟好像是花过大钱的阔老官。但是自己白天只破费过两元大武，连普通客人的资格还不够，怎会受到这样欢迎呢？心中虽然纳闷，但绝没有拉过伙计问个明白之理，只得举步向楼上走。才上到扶梯一半，猛然见楼上灯火大明，好似所有的电灯全开了，上面的伙计老妈，也都迎着喊二爷，又喊四姑娘屋里打帘子。在梧到了楼上，只是里面一个房间，门外站着伙计，打起雪白的门帘，口里喊着二爷这屋里请。在梧向房中一看只觉光辉夺目，原来房内对着门的墙上，有一面大玻璃砖的壁镜，镜前又悬了一架垂珠葡萄式的吊灯，均有十多盏，被镜子反映生出加倍的光。在梧似做梦地走进去，伙计在外面便把门帘放下，倏时又鸦雀无声。在梧到屋中，立了一立，举目四望，见房中爽洁得似雪洞儿一样，墙壁都是浅湖水色，配着一堂极摩登的牛奶色家具。除去座椅以外，多是亮钢骨架玻璃墙面儿，又加灯光安设合宜，瞧着真好似水晶宫殿，表里通明。在梧暗赞好讲究的房屋，自己走马章台虽然颇有几年，见过许多名妓的富丽妆阁，却向未瞻仰过如此绝俗的佳境。但是房中并无人影，伙计老妈也没一个进来，心中更觉诧异，自坐到椅上向左面一望，才瞧见那边并非素壁，而是由天花板直垂到地的大帐幔，颜色和墙壁相同，只是多了些褶纹。在梧明白这是三间通连的大房间，左面一间用帐幔隔开，又瞧房内并无床榻，暗想自己坐的这一边，定是让客之处，帐幔的另一边，才是秦云的寝室。在梧坐在迎面的沙发上，斜倚凝思，方才进门时，伙计老妈招待那样热烈，如今进到房中，突然冷落起来。秦云便不见面儿，也该有她的贴身女仆，前来敷衍一下，怎能把客人丢在空房不管，这是什么道理？

想着就有些坐不住，立起想喊进人来问。正在这时，耳中猛听啪啪两声，眼前突变黑暗，原来房中电灯尽已熄灭。在梧因听着关电门的声音，知道电灯绝非无因自灭，心中更觉惊疑。凝眸四顾，见四面都黑沉沉的，只有房外的亮光由帘际射入，在梧方在茫然无主，忽又听得啪的一响，眼前忽闪出一片红光，转脸一瞧，只见左面浅湖色帐幔之后，现出极美丽的景色，三盏紫葡萄色的灯，并排着发出温韵幽艳的光。透过湖色纱帐，融成一片妖冶动人的画幅，并且在灯影摇摇之间，似有人在吸着纸烟，烟缕袅袅的影儿，也映到纱帐之上。在梧目睹奇景，心内一阵迷离，直似入了梦境。就在这时，忽听隔帐呖呖莺声哧的一笑，接着又叫了声在梧，在梧听出是秦云声音，才明白她早在隔帐隐藏，故意和自己逗趣。但不解白天她还口口称呼巢先生，这时何以竟不客气地唤我名字？就应了一声。隔帐陆秦云又道：“对不起，你等得生气了吧。”

在梧忙道：“没有，没有，不客气。”

秦云娇笑道：“请过这边儿来。”

在梧虽知在这娼窑之中，无须以礼自范，但因自己以前和陆秦云在胡家的宾东关系，觉得不好放肆进入她寝处之所，就答道：“我在外边很好，您可以……出来谈谈好吗？”

秦云笑道：“叫你进来就进来，干吗费话？”

在梧不能再谦，只要向帐幔走去，他知道这娼门中做分隔用的帐幔，照例都是由靠门的一边拉开的，便向墙边去伸手，想拉开帐子，不料竟拉不动？秦云在那一面看见帐幔动摇，就笑道：“你怎不走正路，倒溜了边儿？这帐子是中间开缝的。”

在梧听了，才走向中间，掀帐而入，还未看清里面，只觉眼前猛又一黑，随即亮了，这才瞧见里面同屋顶垂着的三盏葡萄色灯，又已熄灭，在近后壁的一张小几上，却另亮了一盏小台灯，也是紫色，不过颜色较浅了些，这潋滟的光，照得里面幽幽沉沉，含蓄着深切的春意。小几后一张极华丽的米色铜床，床头坐着秦云，正斜倚一叠软枕，一手支颐，一手夹着个约四寸多长的碧玉烟嘴儿，上面半段纸烟，还冒着烟儿。她身体在床边倾斜着，穿着黑色纱旗袍，因为底襟未系纽扣，下半段都拖在床下，露着雪白粉腻的玉腿，肤光致致，现着极美的曲线。脚下穿着素白色丝袜，也已褪到胫际。在梧瞧到这样动人的光景，不禁心旌摇摇，走进一步，手还扶着帐幔边沿，竟立住了，进退不知所可。秦云见他进来，动也不动，把手里的长烟嘴儿向在梧指着，笑道："你今儿怎像傻了似的，嘀嘀咕咕的什么毛病？还不过来。"

在梧鞠躬道："您要安歇了吧？夜里来打搅，实在……"

秦云不等他说完，已一沉脸儿，一凸嘴儿，似乎娇嗔道："这不是废话一句？谁不知这里面黑夜是白日，你又打搅我了？"

说着把玉腿向后一蜷，匀出床边的空儿，招手道："你还不坐下？我不用你站班。"

在梧见她态度全改，在脱略中透出亲密，便知此中大有原因，但仍回顾寻觅坐处，秦云已坐起伸手拉住他道："你干吗客气？坐下，听我说话。"

在梧被她拉得身不自主，就坐到床边，却和她隔开尺余。心想当日赵顺所说秦云颇对自己有情的话，或者将要证实，今夜想有许多缠扰，不过自己已是过来人，又有了个不可辜负的倩宜，怎能再结这相思之债？与其造孽于将来，不如决断于今日。想着便正色对她谈正经道："胡太太，我专程为小莲事而来，您打听得有影儿吗？"

秦云明眸一转，哼了一声道："胡太太吗？这儿没有胡太太，只有个陆秦云老二。"

在梧忙道："是是，我说错了，您告诉我小莲怎样了吧。"

秦云抿嘴儿笑道："小莲的事靠后，先说我的。"

说到这里，忽然向在梧背上拍了一掌，提高了声音道："姓巢的，你知道我为什么二番投唐，又下窑子？"

在梧听她问得离奇，就嗫嚅道："您……您……总是胡先生和您不投脾气。"

秦云一耸肩儿，眯缝着眼点头道："这是有的，不过还有别的缘故，请你再猜。"

在梧心想我又不是唱《四郎探母》，和你猜心事来了，但又不好不敷衍着，便道："我到胡宅日子太浅，实不明白了。"

秦云撇嘴儿，一手握着在梧臂膀道："姓巢的，别装明白糊涂，我这次出来，就是为你。"

在梧听了这句，惊得几乎跳起，直了眼儿，瞪着秦云说不出一句话。秦云忽地一整脸儿，双眸莹莹，潸然欲涕地道："我说这话，你大约未必信，因为我在胡家时候，没对你露过一点儿意思。其实我自从初次见你，就……咳，不说你也明白吧，我那时从赵顺口里，听说你指身为业，还没有成家。我当时不敢分你的心，更怕坏你的事，所以不敢叫你知道我的心思，只暗地里先替你帮忙。大约你不晓得，在这一年多时候，胡胖子有一次要辞退你，有两回要减你的薪水，都是我拦住了，还有去年给你加了点月钱，今年春天您母亲害病，胡胖子送给你两百块钱治病，也是我费尽了唇舌对他说的。"

在梧听了，忍不住道："这些事我早知道，很感激您的感情。"

秦云凝眸问道："你怎知道？这此事都是我和胡胖子背地办成，没外人知道。"

在梧道："是赵顺告诉我。"

秦云点了点头，叹道："我并不是要你感激，只于叫你明白，我早已对你有心，不是现在顺口拣好听的说。当初也怪，世上的女子，只一爱上了谁，就算迷了心窍，一时也不容缓，一点儿也不顾虑，所以常常闹出事来。我本是混世的出身，和别人也没什么两样，自从遇见了你，我的心就只被你一个人占住，再也容不下别的东西，恨不得立刻和你到一处才好。可是不知怎的，我心里越热，外面儿越冷，只向长处里想，看着你的……你可别听讹了，我并不是爱脸子，只瞧你的行动坐卧，都大方漂亮，处处合我的心，我万舍不得胡闹，凑合个三天两早晌的，枉毁了你也救不了我。才拿定主意，暂时不露一丝儿形迹，只暗地想法，预备和你长久，我也得个终身的依靠。当初我嫁胡胖子，并不是本心，他用洋钱和手段，播弄我的领家，动强把我娶了去。不瞒你说，胡胖子肉多油厚，完全是个废人，我在他家里，如到尼姑庵一样，清修了一二年，才把我虚弱的身子，养得这样壮实。胡胖子心又不好，变着方儿做害人的事，我自从爱上了你，就时刻留心，把胡胖子犯法的把柄，都抓在手里。直到如今，我才带着上万块钱的细软东西出来，寻律师和他交涉离婚。胡胖子有苦说不出，又怕告他，立时就答应了。”

说到这里，娇喘了一声，见在梧痴痴地听着，就微笑道：“你在这节骨眼儿，必然疑惑我既然为你出来，怎不先知会你一声，还有出来怎不一直寻你去，倒又下了窑子。可是你要明白我这片深心，倘若在胡家我告诉了你，你就是万分有拿手，也免不了挂出样儿，被胡胖子看出来。他一疑惑，即使不知我的走和你有关联，也要把你煞气，你就吃大亏了。至于我这次下窑子，因为想到将来我嫁你的风声，一传到胡胖子耳朵里，便不害你，也准辞退你。在这人多路窄的年头儿，我虽然手里有点儿体己，暂时不致叫你挨饿，可是你还有一家老小，不够过三年两载，就得光了。将来若为了难，我更对不住你。所以一从胡家出来，这班子去邀我，我就赶着答应，因为我在没跟胡胖子的时节，有很多迷瞪鬼儿的客，想着我没有到手。如今我又出来，准保红上一气，叫这些有钱的癞蛤蟆纳点贡献，我再混上半年，积攒个三头两万的，那时就收场寻你去，说明我的心意。咱俩正式一结婚，把钱存到银行里，每月只取利息，足够一家浇裹。你也就可以离开胡胖子，不再受他的气。以后想做事，也只当解闷儿。我得着你这样一个知心可意的人，也可以快乐一世，不算白托生了。”

说完娇喘着手指靠近窗下的冰箱道：“说了这些话，我嘴都干了，你开冰箱给我兑一杯橘子汁来。”

在梧听着正在感情激动，想不到奉着差遣，只得暂抑心中的热，便走去开了冰箱的门，向内瞧时，只见上层藏着许多鲜果，下层近冰地方，有几瓶各色果露和冰开水，另外有洁净杯子放着。在梧就把橘子露和冷开水，兑了一杯，送到她面前。秦云接过，忽地抛着苏州腔含笑说了句谢谢侬，以下又转回本来清脆的北京语音道：“你不嫌我装大样儿，混支使你吗？”

在梧道：“这算什么，何必客气，只你待我的这番情意，我便为你死……”才说出这个死字，猛觉太言重了，忙改口道，“伺候你还不是应该？”

秦云的樱唇正抿着玻璃杯的口儿徐吸凉液，闻言明眸一转道：“我可不敢当。这本是我们做姑娘的坏习惯，总爱看心爱的热客替自己装烟倒茶，捶腰砸腿，心里才觉着美。可是咱们不是那种意思，我既已安心嫁你，你就是我的丈夫，我这做妻子的，应该照着世上女人一样尽我的责任。你莫嫌我来得太莽撞突兀，我是混世的姑娘，现在又在窑子里，还得按步儿走，白天你来，开了两块钱，我连让也没让，就为叫你成个正式的客，方才我支使你，就算咱俩要好，有了掰不开的交情，这时就算我已经跟你从良，成了你的太太……天到这时候，您不能走了，明天我收拾收拾，咱们就一块儿归家，你看好不好？”

在梧听她越逼越紧，愈来愈快，最后竟归结到立刻从良，知道这已到了紧要关头，自己这风尘知己的深情，直已铭心刻骨。若在前几年遇着，当然求之不得。但自己自有了倩宜，野心久已收束，拈花惹草，尚且不忍，何况秦云用这样终身敌体的大题目，来相纠缠？自己早已立定志愿，宁可负尽天下人，也不能稍负倩宜。如今最正当简洁的办法，是拒绝秦云，洁身速退，可是人非草木，孰能无情？难道就忍心将冷酷的言语，酬答她热烈的情愫吗？

在梧想到这里，已预备暂抛思虑和她做一番缠绵。但还未及开口，猛觉脑中一动，就似在暗红的灯影里，闪出倩宜的亭亭玉影，对着自己的面儿，仍像平常那样地蔼然展笑。在梧心里直如着了针刺，再坐不住，不自觉地便要立起。无奈秦云弯着的腿儿不知在什么时候已压到在梧膝上，在梧一欠身儿，方才觉察，只可仍旧坐下。

秦云正不错眼珠瞧着在梧，见他沉吟不语，便叫道：“你怎么徐庶进曹营，一语不发了？”

在梧抬起头来，才嗫嚅地将要说话，秦云摆手道：“我知道你正犹疑不定，这可不是事。关着你的身家、我的性命，你爽性想够了再说。”

在梧哪还能再想，就握住她的手叹道：“我很明白你的心，你是太把我看重了，我一个极平常的人，居然遇到你这样的知己，我怎能不感激？何况你又替我想得这么周到，我真不知道怎么报答你才好。”

秦云插口道：“这又是废话，我用不着你报答，你只……”

在梧也抢着道：“我明白，只要顺着你的心，就……”

秦云又啊了一声，接着他的话茬儿道：“那就不枉我一年多的苦心，更算成全了我这个人。”

在梧这时忽地闭上了眼，不敢看她，然后暗自用尽气力，才迸出一句话道：“秦云，我实在对不起，你白费心了。”

秦云听了这话，猛然娇呻一声，随即听得当的一响，床也震得微微摇动。在梧向她面上一瞧，只见眼珠儿上翻，注着屋顶，牙咬着下唇，齿尖陷于肉内很深，朱唇却变白色。知道她失望已极，伤心过度，不由心内也一阵凄惶。

忙攀着她的肩头，想扶她坐起，再行安慰。不料秦云突然双臂上伸，仰天咯咯的笑起来。

在梧更加难过，叫道："秦云，你不要……我知道太伤了你的心，可是你……听我说啊。"

秦云这时仍笑个不住，在梧只有怔怔瞧着她，只见她眼中满汪着珠泪，因为面部仰平，所以尚未流下。秦云笑完，尾音却变成一声叹息，同时猛一低头，那眼中所汪的泪珠，不知怎的，竟抛落到在梧嘴角之上，在梧只觉泪水由唇角浸入口中，尝到一种微酸的滋味。普通情人之间，常有在女子哭泣以后，男子用舌尖舔干她的泪痕，珠泪咽到心中，便等于深情融入骨髓。这时秦云虽当失望之时，无意中使在梧尝到她的酸泪，但秦云毫无所觉，将手帕向眼上一揾，立时泪渍全干，只眼圈上晕红犹在，她虽竭力禁制，但发出语声仍是酸梗的鼻音，向在梧道："你的话真吗?"

在梧道："我不敢瞒你，说的确是实话，可是……"

话未说完，秦云已频频摆手，叫他不要再说下去，自将手支颐，深思半晌，才悄然低语道："既然是真话……那么你已经有了人，我还……"

说着将头一扭，面对素壁，却挥手向门道："你走吧。"

三字才说出口，忽似全身骨节突然松弛，扑地伏到枕上，头儿埋在臂弯的空隙里，再不动弹。

在梧此际已变成木雕泥塑，惨默无声，只瞪眼望着她，心内却充满悲酸怜惜感激种种滋味。神经禁不住这样剧烈激动，通身俱软，两眼也不自觉地流下泪来。心想秦云真是对自己异样钟情，从年前初次相见，便已立志相从，经过多日的相思，才得到今日的相逢，无怪乎她如此缠绵不解，她为我千回百转，费尽心机，结果竟落了个失望，更无怪她如此地心伤肠断，自己若安慰她，只有全盘接受她的要求，并非空言敷衍所可了事。但既为着倩宜，不能允她，倘此际姑且虚与委蛇，岂非把假意报答她的真情，良心如何能安?而且更恐从此缠绵难解，后顾尤其可怕。为今之计，最好斩钉截铁，和她决断，她伤心不过一时，过后便可心另寻归宿，不致耽误青春。自己也得及早解脱，免致藕断丝连，将来形成两败之局。想着便一狠心肠，转过身，从衣架上取下外衣，便想趁她垂头饮泣的当儿，暗溜出去。

但还未举步，秦云已突地坐起，哭着叫道："在梧，你走……你真走……"

在梧闻言方一回头，只见秦云蓬松着秀发，颊上腮边都被泪痕流满，紧咬银牙，圆睁泪眼，似乎带着无限气愤，由床上跳下，也不顾穿鞋，光着袜底，直向在梧扑来。在梧见她好像要和自己拼命，大惊之下，也不敢躲闪，秦云奔到近前，拉住在梧的衣袖，跳着脚儿道："好好，你走，你就这么走……"且叫且把在梧摇撼。

在梧这时神志全昏，又怕外面的人听见不像样儿，只可说道："你别哭，我不走，我不走，咱们慢慢地说……"

秦云好似没有听见他的话，忽而用力抓住在梧的脊背，向外一推，叫道："姓巢的，你算在我身上有德。好好，死活由我，您巢大爷请，请，咱们来世再见。"

说完了又退回倒在床上，打着滚儿哽咽起来。在梧被推得跄跄踉踉，扶住墙壁，回头望着秦云，只有甩手，想不到意外地遇到这样纠缠，论理在梧此际仍可脱身自行，因为秦云方才实是舍不得在梧，但看他不顾而去的薄情态度，心中又不免气恼，于是在狂恋和负气的两层矛盾心境中，才起来拉住在梧，初似挽之使留，继又推之令去，但这时在梧若仍自走去，她就要负气到底，再不肯作声了。

但是在梧此际也发生了矛盾心理，在起初本知不易走开，竟毅然要走，这时可以脱然而去，他倒不忍走了。心中已被感情充满，走回坐在床边，低声央告半晌，秦云方才止哭，但仍揾泪无语。在梧觉得自己的苦衷，不能不对她表白了，便低语道："秦云，不怪你恼我，我自己这时心里比你还要难过。只是我现在的景况，实在不容再和别人要好，因为我已经有了未婚妻。"

秦云听到这里，好似突然生出希望，情不自禁地说道："哦，你还没结婚吗？"

在梧点头，秦云又道："你这未婚妻，是位大家小姐吧？"

在梧道："也不能算大家，只于平常人罢了。"

秦云妙目一转，绷着脸儿道："这可不是胡搅，你这未婚妻并未过门，和你又有什么感情？你若真可怜我，不可以打退堂鼓吗？"

在梧想不到她有此提议，方自一怔，秦云道："你别觉着奇怪，听我说个理儿。你这未婚妻是位小姐，不过经媒说合，才和你定的亲，现在你就是退婚，对她也未必怎样难舍。她照样还可以另嫁别人，所嫁的还许比你强，你更不算亏心。至于我可是为你出了胡家，下了窑子，到了如今，你肯要我，我为你活，你不肯要我，我为你死。反正除了你没第二条路儿，你自己斟酌。”

在梧叹道：“你的话本来有理，我这未婚妻若真和你说的一样，我一定依着你办。无奈我这未婚妻，境遇比你还可怜，我若抛闪了她，她比你还死得快。实告诉你，她是个孀妇，在这种年头儿，虽未必除了我没人娶她，可是她除我绝不能嫁到再好的人，并且她已经和我……说实话，她已经把身体交给我了。我若对她负心，请问变成什么样人？再说我现在若能为你抛她，将来未必不能为别人再抛你，你想着不害怕吗？”

秦云道：“你少说这些道理，我全不管。任凭你比曹操还坏，我也认命。即使嫁你一天，你就把我害了，我也不枉费了这片苦心。”

在梧听她满不在乎，颇有舍命不舍人之意，知道不易应付，就叹息无语。秦云也沉思半晌，又道：“在梧，你不必为难，我还有个主意，落在烟花里，俱是命薄人。我也别心高妄想，当什么一品夫人，还得走我们当窑姐儿的路，老老实实地给人家做小。在梧，我情愿做小伏低，去伺候你那位好太太，这总行了吧？”

在梧听着，更倒吸了一口凉气，觉得这难题比以前还加倍厉害，就沉吟道：“这个……”

秦云勃然道：“怎样？这也不成？我明白你是压根儿没把我当人，我何必白巴结？”说着又流泪冷笑起来。

在梧此际自知若再推托，不特过于寡情，而且不近人情了，便和声说道：“秦云，你别误会我的意思，可是话也不必再絮烦，我该说的全说过了。你既甘心为我受屈，去做二房，我怎忍再拒绝？不过我的身份，连成家都不配，莫说娶妾，而且我向来抱着一夫一妻的主意……”

说到这里，忽见秦云面色惨变，似将开口，忙接着道：“现在你既然这样爱我，我也不能再固执了，这些就算全没问题，我真心实意地想娶你，无奈我实没法对那面说这纳妾的话。”

秦云道：“你以前曾和她约定过永不纳妾吗？”

在梧摇头道：“这真是笑话，世上男女两下有了爱情，由朋友结成夫妇，中间无论如何海誓山盟，只有表明永不相负，至于纳妾的话，根本提不到。譬如说现在咱俩到了这等地步，我能和你约定永不偷人吗？”

秦云听了，也觉自己问得无理，不禁由啼痕中微生笑意道：“你不要挑我的楞缝儿，反正你既没和她约定不纳妾就可以先娶我进家。”

在梧道：“什么，先娶……那可……本来娶你没什么难题，只是叫我对她去声明这事，我宁死也不敢，而且……”

秦云接口道：“哦，你就这样怕她？”

在梧道：“不是怕，是亏心，我和她订婚以后，本该及早迎娶。只为运气不佳，常遇逆事，把人家耽误到今天，还自不算，这一年来我还受她许多恩惠，如今便平安无事，我已经有很多抱愧的地方，倘若再向她说我又把爱情分给另一个人，还得叫她忍些委屈，在我纳妾以后，再行结婚，请想这事若放在你身上，应该如何？不气死也要伤心死吧？我就是天下第一等大奸大恶，也未必忍于行这狠毒的事。秦云，秦云，你是爱我的，难道愿意我坏良心吗？”

秦云听着，把手捶着床上铜栏道：“你这嘴儿真会翻花，翻来覆去，只把理儿绕我，我怎能说得过你这读书识字的人？我明白，你是一心向着你那位宝贝太太，只怕为我耽误了你们的好情义，所以绕着弯儿，抬出这些天理良心的大题目来压我，左不过要逼我死了心。”

说着又冷笑道：“好好，强就不是买卖，硬凑不是姻缘，我也别害你巢二爷丧良心，你请回，快操持去结婚吧。日后你还可以把我当作米汤，灌灌你那宝贝太太，就提当日有个陆秦云，那娘儿们怎样不要脸，拼死儿要嫁我，我怎样为你不肯答应，把她抛开。你那宝贝太太，还会不知恩感德吗？”

在梧道：“你又误会，我敢赌咒不是这样心思，只于说没脸儿对那面声明。现在归总儿一句，我本身绝没有问题，只要那一面也肯答应，咱们的事就算顺理成章。可是我不能亲自去说这使她伤心的话。”

秦云道：“这样还是没办法呀，要不咱们就先瞒着她办，等日后再设法托位亲友，向她央说。”

在梧摇头道：“这更不好，人家一心爱我，我怎忍瞒着人家？再说若依你的话办了，她未必信咱们的结合，是在和她订婚以后，定然疑我先有了你，随后又用假话骗她嫁我，那岂不更恨死了？”

秦云道：“这也不行，那也不成，请问怎样才成呢？”

在梧心想本来没有可能的办法，你要强拗着行事，自然随处面壁，怎能怪我故意推托？想着就沉吟不语。

秦云明眸四转，似乎要向房中桌椅床榻上觅取主意，忽然哦了一声，由床上跳下，在地下踱了几步，突然一转身，向在梧微笑点头。在梧见她神情倏变，好似转眼间已得了主张，不由诧异。秦云拍着他肩头道：“现在且问倘若你宝贝太太那面没有问题，你本心愿意娶我不？”

在梧道：“你对我这样深情，我但有人心，怎能不愿娶你？”

秦云道：“是吗？你给我赌个誓。”

在梧不知其意何居，只可正色说道：“我若有丝毫虚假，叫我死……”

这死字方一出口，秦云猛一低头，樱唇恰触到在梧的嘴上，随着死字发出热吻的声响。在梧错愕之间，秦云头儿已然离开，但手还挽着他的颈儿，一侧身就坐在旁边，笑道：“好，你不用愁了，我自有法儿办得圆满，既不害你受烧，也不叫你那宝贝太太生气，我更可以称心如意进你巢家做如夫人。”

在梧愕然道：“你这……”

秦云道：“你就不必问了，现在天已不早，咱们吃些点心，也该睡了。”

说着见在梧将要说话，就一沉脸儿道：“我这时心里才好些，不许你再开口，老老实实依着我，不要胡闹。我因为外面的东西不干净，就自己弄了些素净点心，给你留着，在冰箱上层呢。”

说罢就去开了冰箱，取出四个瓷盘，上面放的满是夏日应时的细点，如豆条栗粉之类，做得十分精致，就放在桌上，另取出一瓶薄荷酒，和两个杯子，酒瓶映着灯光，晶莹如同碧玉，便是不会饮酒的人，瞧着也得垂涎。秦云斟了两杯，叫在梧坐在床边，自拉个竹凳，坐在对面劝饮。在梧心里只想着秦云的态度可疑，不知她打了什么主意，倘若做出越轨行为，那便如何是好？于是暗怀鬼胎，忐忑不宁。秦云却很高兴地劝酒道：“你喝几杯，这酒是凉性，并不叫人难过。我向来嫌这里面的窑派，伙计老妈往房里混跑，在白天有客人来往，也没法儿。在你没来以先，我就吩咐下边人不准进房，咱们好清清静静地说话，你嫌不方便吗？”

在梧摇头道：“这样最好，叫人忘了在窑子里，心里才舒服呢。”

秦云笑道：“不错，这样不像在家里过日子吗？少时我还得替你铺床叠被呢。”

在梧听了大惊，心想今日我竟要遭劫在数，在数难逃了，这场比方才还难应付。自己若胡乱住在这里，以后怎样去见倩宜的面儿？若要决心脱去，秦云这样拼命的情形，恐怕不闹到反目的地步，是绝无离开的希望。于是越想越发委决不下，辜负了秦云的细意熨帖，空替他备下精美的酒点，在梧竟是食而不知其味。秦云使出无限风情，对他目听眉语，在梧也自听而不闻，视如不见。本来人的智谋，非到窘极时不易发出，在梧此际知道转瞬吃过点心，便要安排就寝，若等她抱枕理衾，亲做了妾妇的事，自己就算实行拘留，万无脱身之望。如今唯有趁着这饮食中间极短的晷刻，想出有效的两全办法。

在梧急得头脑发昏，通身汗出，秦云瞧着道："房里很阴凉，你还出汗。"

说着嗤然笑道："你大概也占三时辰，申子戌，同你那位宝贝太太不知多么亲热，还跟我装好人呢？"随说就立起把室隅衣橱上所放小电扇开了，立刻房中凉风习习。在梧被风吹得襟怀略爽，又被电扇嗡嗡的声音，震得脑筋一动，忽然想起了秦云言语中的一点儿破绽，便笑着闲闲说道："这房里真好，走遍天津妓馆，也寻不出这等清凉所在。人们在热天都看着这里面像蒸笼，不敢进来，只有我前几年上北京，和朋友进了韩家潭一家班子，里面宽宅大院，树老风多，真是安乐窝。你这儿虽不及那里，可是也能舒服地过夏天了。"

秦云撇嘴儿道："这里便是皇宫内院，也不和我相干，明后天我就跟你搬出去住了。"

在梧装作一惊道："怎么……你不是说还要混个一年半载吗？"

秦云摇头道："那是我没见你的话。如今天缘凑巧，老天爷把你给我送了来，要叫我再离开你就不能了。难道你不愿意咱们早到一处吗？"

在梧一听，心想自己想借她的话茬儿，向远处推托，哪知她竟正式把前言作废，抵死相缠，自己可真没法再推了。现在若说请她话应前言，继续卖笑，以储日后家庭生计，这虽是权辞，也觉不忍出口，只可低头闷饮。

秦云凑到他身边，端起他面前的残酒，一饮而尽，又替他斟满，笑道："咱们每人再喝一杯半，吃些点心，就歇着吧。"

在梧漫应道："怎么单得喝一杯半呢？"

秦云道："每斟一杯，你我各喝一半儿，共合三杯，不是每人一杯半吗？"

说着手擎酒杯道："喂，你……你今年有二十没有？"

在梧道："我已经二十三了。"

秦云道："生日呢？"

在梧道："我生日正在登高的那天。"

秦云道："九月九吗？"

在梧方一点头，秦云已把酒杯递到他唇边，道："弟弟，在姐姐手里喝一口。”

在梧知道她问自己年岁生辰，就为得说这句情话。心想她这人不特容貌光艳，感情热烈，而且别有一种情趣，介乎妇人和少女闺阁娼妓之间。自己只因有倩宜存在心坎儿，以致她的甜如蜂蜜的风情，进到自己心中，和倩宜的影像一相化合，便成了涩如黄连的苦酒，所以不敢深尝，辜负了她许多巧言媚态。倘以前未遇倩宜，今日和她安心适意地享受这温柔乡中的滋味，也足令人乐而忘死呢。想着不由自主地呷了半杯，随又向秦云脸上一望，只见她还带着方才的啼后颦眉，愁余俏眼。只朱唇浅绽，双颊浮着一层浅笑，瞧着不由心里微动。

就在此时，秦云本来紧挨着在梧的大腿，竟渐渐侵略过来，微一欠身，半个身子已移到在梧怀里，在梧猛觉通体乍凉，忽又烘的发热，神思一阵昏迷，自知已到了不能自持的地步。世人遇着患难，全叫唤救苦救难的观世音。在梧此际，不知怎的，竟也有他自己心里的观世音出现。秦云丰肥的玉股只隔了一件绸子中衣紧压在他身上，在这大暑天里人的肌肉，都有黏性，而且向外散热，突然接触起来，在梧隔着衣服，就已感到她肥满肉体的滑腻，而且在梧的腿部较细，秦云的大腿根儿上连臀部，非常粗大，更加较为柔软，把在梧的嵌入腿底。在梧想唤观世音已来不及，便搂住她的腰儿，情不自禁地也说出真话道：“秦云，你真漂亮。我不瞒你，从在胡家时候，每次和你见面，我虽然没有邪心，可是总嫉妒胡胖子的艳福，很抱怨老天不公，怎叫花朵般的人儿嫁到那样蠢猪。”

秦云笑道：“你嫉妒他吗？世上凡是自己弄不到手的，方才嫉妒别人，你敢说没想着我吗？”

在梧道：“我那样身份，怎敢妄想？”

秦云道：“就算不敢吧，难道你心里没一点儿惦着我的意思？”

在梧道：“那怎能说没有？”

秦云道：“这样说，你从早就想着，倘若我能得到胡胖子的太太，是多么快乐，是吗？”

在梧此际怎能辩白自己并无此意，就笑着点头，秦云道：“现在我嫁了你，可合了你的意了。”

秦云说着，就侧了脸儿，将左臂搭在他肩上，笑眯眯地星眼微睇，柔情似水，在梧瞧着她正在迷离，秦云说完又一凸樱唇，在梧忍不住就迎上去，接了一吻。秦云将粉软偎着他脸儿道：“你这可实心实意地爱我了吗？”

在梧听了这句话，似乎很是耳熟，忽然心里的观世音出现，倩宜影儿像在眼前一晃，立刻悟到以前倩宜也曾对自己说过同样的话，立刻悚然自警，但表面上还得点头承认。秦云似已喜不可支，拿起业已斟满的酒杯，自己抿了一口，忽然呸的一声，将一口香唾吐到杯里，向在梧道：“你真爱我，就喝了这杯，可是酒已被我弄脏了。”

在梧原是荡子出身，风情目意，久已惯经，在粉黛丛中，也是个识趣的人儿。见秦云这样，明白是试探自己是否真心爱她，就将手托着秦云的玉腕，一饮而尽。秦云的秀眼向他面上溜了个圈儿，就又斟了一杯，自饮入口，然后凸着腮儿，鼻中微作哼声，在梧忙又一仰头，将她口中的酒度到自己口内，秦云咯的一笑，就扶着在梧的肩儿，轻轻立起，把摆着酒肴的桌子，推出帐幔外，回身推着在梧道：“请起，我要收拾了。”

在梧此际知道已到最紧要关头，今日一结孽缘，便算注定日后的无穷冤业。但已落入迷魂阵里，万万无法摆脱，而且也已深受秦云迷惑，连薄情的话都不敢再说，更莫论做薄情的事。只可暗地叹息着说了句倩宜你原谅我，便立起坐到旁边软榻之上。秦云将床头软枕搬开，原铺的凉席也卷起放在一边，另换了一铺新席，然后用毛巾蘸着冰箱底冰化的水，将席面拭了一过，又放低电扇吹干，由衣橱内取出一幅浅碧色绸子夹被，打开散铺在床上，才拍着枕头道：“你先上去歇着，我还洗脸呢。”

在梧道：“不必，我坐着瞧你洗。”

秦云笑道：“我不叫你瞧。”

在梧道：“怎么？”

秦云道：“你这么聪明的人儿，难道还不明白我们女人的事？我们女人能得男子的爱，就因为男子只看着我们好看，却不明白我们为什么这样好看，这是个闷儿。倘若我们上妆的秘密都被你们男子看见，明白我们柳叶眉是软木灰描的，樱桃口是唇膏抹的，脸上黑斑是脂粉遮盖的，这就像吃酒席的进了厨房，瞧见那些不干不净材料，谁还愿意吃啊？”

在梧道：“你既明白这道理，怎还对我明说。”

秦云道：“我不怕，人家都好捯扯，我只觍着这张天然的脸儿。化妆品的钱，我花得最少，除了喜欢香水以外，胭脂粉和我都没甚缘分，所以你看我在灯花时候是这样儿，到明天早晨也不会变。”

在梧道：“那你何必在睡前洗脸呢？”

秦云笑着呸了声道：“你好糊涂。”

在梧才明白，她所谓洗脸，里面还包括着许多别的事儿，不过把洗脸这个名词代表一切，为得说着好听罢了。这就和当代文学家，出一本小说集子，内容包含着十多篇，却把一篇内容最为得意、名字较为漂亮的，当作全书的题名，这虽然起于模仿外国人的皮毛，却不料竟与妓女半夜洗脸暗中巧合，真是一桩妙事。

这时秦云又道：“大热的天，洗洗脸不凉快吗？”

在梧道：“你得了凉快，我呢？”

秦云道：“我不管你，我们伺候人的，怕人厌恶，所以要干净；你们大爷，请随尊便。我若说叫你洗脸，你该猜我嫌你脸脏，若叫你洗脚，自然猜我嫌你脚臭。”

在梧不等她说完，便道：“你这是和谁说话？把我当作花钱客人了吗？”

秦云听了，吃吃笑着，扑到在梧怀里，低语道：“我发昏了，哥哥，你打我个顺嘴胡说。”

在梧道：“这话倘若出在我嘴里，你该气哭了吧？”

秦云道：“是呀，所以你该打我，警戒下次。”

在梧轻轻拧了她粉颊一下道：“好，我打了。”

秦云道：“干吗蝎蝎蜇蜇的？你着实地打，叫我记心。”

在梧摇头笑道：“我怎舍得真打？等会儿罚你。”

秦云道：“怎么罚？”

在梧向床上一指，秦云听了，好似触了痒筋似的，浑身肉动，嘤咛一声，眼儿眯成一缝，口里骂着损德的，手儿却向在梧肋边一伸。在梧忙一闪避，秦云已然离开，按了一下床头的唤人铃，随闻窗外有人叫二姑娘，秦云便吩咐几句。少时便闻帐外有两三人脚步，似乎抬进一个大浴盆，随着有注水之声，因为妓馆中照例没有浴室的设备，像秦云这样排场，还算很讲究的。须臾帐外人声已渺，秦云才掀帐出去，须臾端进一只脸盆，内盛温水，有雪白的毛巾搭在盆边，秦云放在屋隅小几上，向在梧道：“你自己洗脸吧，我不陪了。”

说完嫣然一笑，又出到帐外。在梧也因天气闷热，身体汗黏，就脱了上衣裳，稍稍洗涤。这时秦云离开面前，没有美貌和风情压迫，心神稍清，不由把倩宜又涌上心头。自思与倩宜相爱经年，一直发情止礼，除去谈心握手以外，没有做过丝毫越礼行为。有时自己情不自禁，对她做幽会的请求，她却正色拒绝，只求我把她看作终身伴侣，加以尊重。这固然是她小心，恐怕万一春风无心，桃花有意，弄成五更结子，定要春光泄露。她一个居孀的人儿，如何禁得这恶名？虽然由于这个缘故，却也看出她终是大家闺秀，能够以礼自范，并非荡妇淫娃的行径。但她虽然守身如玉，但绝非冷淡，每次相聚，那种种足以令人铭心刻骨的蜜意柔情，每每别后经旬，尚自回味不尽。由此可知她的重情轻欲，对我宁许终身，不许一时。自己敬她品格，感她情义，才立志洗心革面，将荡子变作端人，预备将纯洁的身体，和她结婚。哪知半途竟遇到这等陷阱，自己一经失足，业已无法振拔，当初所立的心愿，苦守年余，如今竟守不住了，想着不由叹息出声。

偏巧帐外随着他的叹声，出起了一阵淅沥的微响。在梧知道是秦云在外边入浴，弄出作声，立时心神便移到帐外，因为夜深籁寂，距离又近，所以听得十分清楚。连秦云用手搓着腿际腻肤和擦抹香皂的声音，都可以分辨出来。帐外虽然未曾亮灯，在梧望着帐幔，心中虚拟着外面秦云玉体无遮，横陈盆内，带着脂香粉腻的水，轻漾着玉润花娇的腰身，真是一幅迷人的图画。而且想到就浴的原因，更觉神思缭乱。寻思少时这出水莲花，就要到了自己怀抱之内，不由神魂飘荡，忘了身在何所，就举步踱到帐边。他并没想掀帐窥视，但因手里擎着毛巾，正在擦拭臂膊，那影儿照到帐上，被帐外的秦云看见，就只当他要掀帐子，忽地嘤咛一声，叫道："你干吗探头探脑，看我撩水泼你。"

在梧忙道："我没看你啊。"

秦云道："那么你君子自重，请往里站。"

在梧闻言，就向后退，把影儿离开帐上，外面也寂静无声。在梧独坐床边，隐隐听得远处度来丝竹之声，心想当着这凉宵静夜，想不到在这里重享这繁华境中的趣味。人生最得意的时光，便是这佳境将临未临，心里虚摹佳境中的趣味。古人据说美酒饮来微醉，好花看待半开，就是这个意思。

正想着忽听秦云低声唱道："小冤家千万你挑上了我，今夜晚由着你性儿乐……"

底下声音渐低，听不清了，在梧原是此中的风流随何、浪子陆贾，闻声便知她唱的是时调《留热客》。这几句淫艳的词儿，更使人荡魄销魂。外面歌声才止，便闻拖鞋踢踏作响，随着帐儿向两下一分，秦云穿着件银灰色的纱睡衣，飘然走入。如云的秀发，已用银卡拢在头后，那出浴的玉容，更在洁白中添了一层红晕。纱衣薄如蝉翼，软若云罗，灯光射入衣内，把玉雪的肤肉都给反映出来。

在梧瞧着她似乎变了一种风韵，方自一怔，秦云走进点头笑道："受等，受等，你还不歇着吗?"

在梧还未答出话，秦云手仍拉着帐沿，似将后退，道："你真不听说，招我生气，你不上床，我就躲开你。"

在梧唯唯，连忙脱鞋上床，招手道："你还等什么？上来吧。"

秦云笑着走近床前道："好弟弟，老实躺下等着，我还得收拾呢。"

在梧道："还收拾什么?"

秦云道："你瞧啊。"

说着就把房里的红色灯全熄了，另开了床顶上一盏碧色的十烛光小灯，随手又把电扇关上。在梧心想她真是考究，在这暑夜之中，灯光一变为幽暗，虽然把电扇止了，依然似有凉风习习，而且使人心中别生一种静意。又在碧光中瞧秦云时，见她也一变方才的光艳而为幽秀，隐然带着一种仙气。这时秦云又移小几到床边，放了两只暖瓶杯子和纸烟之类。

在梧道："你何必受这累？几时渴了，冰箱里有的是汽水嘛。"

秦云呸了声道："你是三岁孩子，不懂人事啊？半夜里还吃凉东西，成心坑我吗?"

在梧方自一笑，秦云伸着纤手，好像要打他嘴巴，在梧吓得一闭眼儿，秦云已一扭娇躯，坐到床上。在梧忙向后躲，要匀出地方给她，秦云已侧着身儿，倒在床上，将在梧的腿作枕，伸手取了支纸烟燃着。自吸了两口，递给在梧。

在梧吸着正要说话，忽见她双目尽合，樱唇紧闭，只鼻中香息微微，似乎将要入睡，就叫道："喂，秦云，你困了吗？躺好了睡，这样多不舒服?"

秦云却理也不理，动也不动，在梧明知道她是假装，就颤着腿儿扰她。秦云仍不睁眼，却举起手摇了两下，似乎叫他少安毋躁。在梧只可静静低头，瞧着她海棠春睡的妙态，只见秦云的樱唇越闭越紧，口辅微动，颊上渐渐浮起一层笑意，随见唇角向两边扩大，随又闭拢，如此数次。

在梧已看出她忍不住要笑，就自语道："哟，一个蚊虫落在她肚子上，要咬着可怎么挠痒啊?”说着就伸手向她脸上一晃。

秦云忽然扑哧一声笑了,睁开眼瞧着在梧,一张嘴儿露出瓠犀玉齿,作势说道:“你敢抓我的痒,我咬疼你的手可别叫唤。”

在梧笑道:“你一醒就得,我干吗还抓你?”

秦云指着在梧道:“你真猴儿拉稀,小人儿坏了肠子。”

在梧道:“我不逗你,你要睡到几时,敢情枕在我腿上舒服,我多么没趣儿呢?”

秦云连连咂嘴儿道:“哟哟,瞧你这不厚道,人家躺一会儿,你就不上算了,亏你还爱我。记得也不是谁说过:当初有个皇上,他的爱妃一天睡在床上,头儿正压着皇上的袍袖,皇上只怕惊醒她,直坐了一天,连吃喝大小便都得忍着,那份儿难过,自然不必说了。最末后大臣催皇上上朝,皇上实在没法,可是还不忍把爱妃吵醒,就拔出宝剑,把袍袖割断,才得离开。现在我睡了还没有十分钟,你就不厚道了。”

在梧听她说的是汉哀帝和董贤的典故,不由笑将起来。

秦云问他笑什么,在梧忍着笑道:“我笑的是你说得有枝添叶,但不知那位皇上一整天水米不入,便溺不通,得了病没有?”

秦云道:“你不要不信,这是在书本见上的。”

在梧笑道:“不错,书本上倒有,只是比你说的差点儿,那个睡觉的不是爱妃。”

秦云道:“是什么?”

在梧附耳低言了一句,秦云听着频泛红云,却白了他一眼道:“你别没影儿胡诌,皇上有三宫六院,七十二妃,一百单八个才人,还会做那没品的事?”

在梧笑道:“你还没细打听,从古来就是皇上不做好事。现在别提皇上,只说咱们,你愿意学学那个叫我把袖子也割断了吗?”

秦云翻身坐起,指着在梧道:“瞧你挺局面的,敢情也不是个好人。”

在梧抚着她肩头道:“好妹妹,你告诉我,为什么不同我说话,反倒打起盹儿来?”

秦云摇头道:“什么……妹妹,姐姐还没露面儿,就有妹妹了。再说你直跟我冒坏,就是不告诉你。”

在梧道:“我错了,姐姐,你说吧。”

秦云正色道："我说你可老实听着，我方才一闭眼儿，好像这身子原本在半空飘着似的，这时才落了实地，心里也觉着得了准儿，别提多么舒服，你偏偏不叫我多舒服一会儿。"

在梧听着，心里明白她身世孤飘，忽然托身得所，自然有此感想，由此可见她对于自己素日的倾心了。想着不由心中起了风尘知己之感，就拥着她叹道："秦云，秦云，我很明白你的意思，可惜……"

说到这里，猛然醒悟，他本因一时感慨忘形，几乎又把倩宜提起，所以急忙住口，秦云已听出问道："可惜什么？"

在梧仓促掩饰道："我只可惜咱们相遇太晚了。"

秦云听了这话，挽住在梧脖颈叹道："只要咱们同心合意，白头到老，也不算晚。不过我的年岁大了些，眼看青春就要过去了。"

在梧道："咱们一样岁数，你的青春过去，我的青春也不会停留。"

秦云道："不对，你们男子一世都是青春，我们女子青春就是红颜，颜色一不红了，青春就告了辞。"

在梧道："男女中间，只要有了爱情，就不在乎什么青春。你看世上常有年岁不般配的夫妻，也照样感情很好。"

秦云道："你说的那是老夫少妻，可见过老妻少夫还亲亲热热地白头到老吗？"

在梧道："你说的那是寻常人，难道咱们的姻缘，也和寻常人一样？何况你我年岁相同，怎能分出老少？"

秦云道："可是时光专欺负我们女子，男人到四十岁还算正当年，女子一过三十，就是老太婆了。"

在梧道："你不必虑得这么远，就是过了今天，明日你就白了头发，我也照样爱你，绝不变心。"

秦云听着，偎到在梧怀中道："但盼你心口如一，我就没白来这一世。"

说完二人相视无语，只眼中脉脉传情。他们在这美景良宵，所以不惜辜负时光，说了这许多的空话，并非要竟夜清谈，却因双方全都早已情不自禁，恨不得急成好事，反而耽误了。在这等于洞房花烛的初夜，两人却不免有些矜持。虽然各把私衷吐净尽，再无隔阂，但对于这第一次的相亲，却全不愿露出急相。在梧处于被动地位，他只望节节应战，秦云若不相迫，他也不愿转为主动。秦云固然对在梧热烈追求，迫他答应了嫁娶之约，久远的局面既已决定，对眼前的欢爱，便不敢过于激进，恐怕在梧疑她是淫荡之人。于是只自暗弄风情，要勾惹在梧反客为主，向她发生暴动。两人这样矜持，自然动作少而言语多了。最后还是秦云听得帐外的钟响了四下，外面天色微现曙光，她心想再一俄延，这美满的良宵，就将虚度，便假装打了个呵欠，道：“我有些困了，咱们躺好歇着吧。”

在梧自然不持异议，二人就双双共枕而卧。秦云头方着枕，便已闭目合眸，悄然而睡。

在梧大出意料，心想她居然能够平静无事，度过这一夜，可真难得。由此可以看出她强迫挽留，并非贪图欢乐，而是为着和我商议终身大事。如今大局已定，便自宁帖睡去。她真是出淤泥而不染的莲花，只看她先前热烈的情形，自己料着此夜还不知如何疲于奔命，哪知结果竟然过了个清如水静似禅的良宵。可见她所说二年来暗地倾心，表面不露形迹的话，是千真万确。她若非注重终身归宿，岂能看轻了眼前欢爱呢？自己今夜脱过这一关，虽然暂时保全身体的清洁，不致立时负了倩宜，但秦云这样行为，就更使自己对她敬重，对她迷恋，万万不易割舍了。

在梧想着，也不敢去撩拨她，正待静静向梦乡深入，但旁边的秦云，却不像在梧所想的那样高尚，她因为在梧毫无狎媟之意，她自己又不好意思在灯光照耀之下，公然做出冶荡之态，才想出这个方法，熄灯睡下，预备借黑暗遮蔽了羞耻，假装睡梦中转侧，向在梧做肉感的侵略，使在梧渐渐不能容忍，起而抵抗，就算进了她的圈套。秦云主意决定，过了一会儿，听在梧悄无声息，又怕他真睡着了，竟假作娇呻一声，翻转娇躯，脸儿已挨到在梧颊上，随把一条粉腿扬起，向在梧腿上压了下去。

哪知也是老天故弄狡猾，好似为着要他们履行注定的孽缘，不愿破了在梧爱重她的迷梦，就在秦云腿儿已起未落之际，猛听楼下有极暴厉的叩门声，同时有人高叫开门。秦云听着心中一惊，不由把腿缩了回去，就慢慢坐了起来。心想天已将亮，难道这时还有客人到来？而且听这粗暴的行径，更不像是嫖客。想着忽听楼下似有伙计和门外问答，随闻大门轰隆一声开了，接着便有很杂沓的步声，似乎进了楼下堂屋，便行上楼。有人高喊：“你们新进店的花又春在哪间屋子？”

秦云一听是来寻自己，立刻大惊失色，暗想听这声息绝非好事，必是什么人来要对我有所不利。但我头一日进班，并没得罪过任何客友，怎会出这岔儿？又想或者是从良前的老客，忽然听到我二次出山，就急不能待地在夜里来过访？只是花钱客人，怎会像打群架似的来打茶围？秦云想着，忙一凝神，想到事已至此，也不管来者好意歹意，反正总得和他们见面，随机应变好了。

正在这时，就听来人已到楼上，似乎有五六个人声音，乱问花又春在哪屋里。楼上伙计问他们找谁，随听一个人大声道："你妈的耳朵聋了？我们就找的是花又春，叫她出来。"

另一个插口道："花又春屋里的住客姓吕的，快出来跟爷们打个照面。"

秦云听外面的人初说来寻自己，继而又说寻姓吕的，立时心中有些明白。因为秦云在未嫁胡百甫之前，曾和一个姓吕的颇为要好。那姓吕的名叫斐章，是一家颜料庄的少东，年在三十多岁，人品很是不错。秦云和他感情甚好，但吕斐章家规既严，正室又凶，秦云深知其详，所以二人只做成风尘中的腻友，并没有久长的希望。无奈外人竟疑他二人情意固结，不可分离，尤其是胡百甫，那时正对秦云大发狂热，只恐被吕斐章捷手先得，就用金钱运动老鸨，声言要娶秦云为妾。初以为吕斐章必然争夺，哪知他竟拱手相让。秦云也因眼前无可嫁之人，又知道胡百甫一半残废，以为乐得借他做自由的阶梯，暂在他家度些清静时光，以后再徐图出路，也未为不好，因此才嫁了胡百甫。以后秦云在胡家二年多，完全度着清闲日月，以息往时风尘中的劳苦，所以十分规矩。但是胡百甫却把吕斐章这人印入脑筋，只恐秦云仍和他暗中来往，监察甚严。因为秦云和一位女友吴四太太感情甚好，过从颇勤。胡百甫打听出吴宅和吕斐章是旧亲眷，疑心秦云和吕斐章借吴宅幽会，大为犯酸，就禁止秦云再到吴家，夫妇曾为此屡次龃龉。其实秦云自从良后，一直未与吕斐章见面。这次秦云由胡家出来，到惊鸿馆悬帜。吕斐章却仍顾念旧交，在白天便邀集了十几位朋友，替秦云打了三桌牌。秦云见吕斐章身着布衣，像是穿孝，就问他二年来状况如何，吕斐章言说别后数月，父亲先故，妻室随亡，现今正在鳏居，而且他没了管束，言中颇向秦云暗示着今非昔比、夙愿可酬之意。秦云虽感激故人多情，但因一心想着在梧，不敢接他的话茬儿。吕斐章也因来日正长，并未细谈。就在这个时候，秦云到旁的牌客房间里酬应，在楼梯上遇见在梧，定约分别以后，她就心神外骛，再没精神对付客人。到晚饭后牌局散场，论理吕斐章的资格情感，以及报效的优厚，却应该被秦云留作入幕之宾，无奈秦云心中只想着在梧夜中之约，不特没加挽留，反而借一个题目，把吕斐章和朋友们，全在十二点前打发走了。吕斐章念旧情深，毫无芥蒂，但秦云本心却有些抱愧，而且今日所来的捧场客人，全是旧友，他们也全知道在先秦云和吕斐章的关系，于是很多向秦云戏谑，说她这次重入烟花的初夜权，当然要归吕斐章享受。秦云听着颇为刺心，但为赶走众人计，只得假意承认吕斐章今夜住在这里，各屋客人听了，都觉不好再坐，就陆续走了。秦云才得清理房间，安排下迷魂阵式，静静等待在梧。至于外人，连本班中的男女，除去一两个被秦云叮嘱接待在梧的伙计以外，也全不知有巢在梧这个人。都以为今夜花又春有宿客，必是吕斐章。

所以这时秦云听得来人寻吕斐章，便在心中有了些蘸料。自思虽然吕斐章并不在此，来人失了目的，或者可以无事。但房里有个在梧，恐怕来人胡乱作闹，也自可虞。想着立刻把心一横，整了整睡衣，将衣上腰带系紧，一开门便走出去，随手又把门儿带上，挺身当门而立。

只见来人约有五六个，都是三四十岁的壮汉，横眉竖目，气势赳赳。为首的一人身量特别高大，面似紫茄，一双凸起的龙睛鱼眼，虽然向人平视，但瞧着总像眼光上翻，去看他自己的梆子头。因为头额和眼都太凸了，于是鼻子特别低洼，以资调剂，除了鼻头突起，以容纳两个鼻孔外，上面直寻不出丝毫痕迹，好像上唇之上，平地生出一座火山，上有两个巨大的喷火孔，但这火山想已死了，并不见有火喷出，倒只向外喷着奇臭的气味。尤妙的是鼻下的嘴，左嘴角似曾生过恶疮，所以肉上聚成一朵纹缕显明的菊花，把持住肌肉的活动，使口的开合不能向左发展，只可向右侵略，因之他的嘴竟歪到右面腮边，那朵肉菊花却占了正中地位。这一颗大好头颅，已然奇怪可怕，再加他身上竟穿了一件颜色极娇嫩的浅湖色云纱长衫，但领襟两处的纽子，全都散而未扣，露出里面小衣袋上所挂的金表链。

秦云一见，便知这人是流氓首领，看样儿出身必然极穷，架上这身行头，最多也不过几月，因为他处处显露暴发之态，俗语所谓吃不得味儿，穿不得样儿，就指的是这等人。秦云瞧着，心中一打转，那大汉也已瞧见她，不愿和伙计纠缠，就转脸指着秦云道：“这是花又春吧？”

秦云不等伙计答言，就从容答道：“不错，我叫花又春，没领教先生贵姓，找我做什么。”

那大汉初见秦云，已被她美色所炫，此际又见她态度大方，语言清脆，毫无惧意，不由把气焰减了好些。就拍着胸膛道：“问我吗？我名叫张三海，有个小小外号，你去打听打听，谁不知道……”

他说到这里，后面的喽啰已同声答腔，替头儿报名道：“谁不知道赫赫扬名的狗阎王张三海……”

原来这张三海本是乞丐出身，久在大街小巷，偷人家的狗，剥皮售卖为生。但狗类却多抵抗的英雄，偷取大非易事，弄得不好，既然难逃狗吻，还要被人发觉，所以偷狗也必得有特殊的技术。张三海就专长此道，无论何种的狗，只要被他瞧上，性命就算交代，因此才得了狗阎王的绰号。而且他本来名叫四海，只为由乞丐归入流氓队伍以后，仗着心狠手黑，渐渐有了声势，被举为数十流氓的首领，俨然成了街头一霸。从此也交结同道中名人，大长见识。他听人说南海是观音菩萨管辖之地，不敢与神仙争衡，便减去南海，改名三海。

这张三海听喽啰呼喝，觉得这样对待女子太不英雄，就挥手骂道：“后站，别鸡毛喊叫，这是干饭炖肉吃多了的毛病。”说着才向秦云道，“你是花又春，我们找的也是你。你房中住客姓吕的，叫他出来，就没你的事。”

秦云笑微微地道：“您和吕二爷是朋友吗？找他有什么事？”

张三海答道：“就算是朋友也好，你快叫他出来。”

说着又高喊道：“吕斐章，小子，你缩在妈的口里，不敢探头儿呀？还等爷们进去抓你，识时务的，快连胳膊带腿滚出来。”

秦云将手一叉腰儿，仰面向张三海道：“张先生，你这就不对了。我这儿是生意，房里留的住客，你准知道是吕斐章不是？干吗这样吵，成心搅我吗？”

张三海道：“搅你又怎样？小娘儿们别着急，我搅了吕斐章的局，今儿反正还你一个住客，不能叫你守空房，完了事我张三爷住你。”

秦云红了脸，才想骂他，张三海已把秦云推在一旁，举脚将门踢开，回头吩咐喽啰道：“哥儿们，随我进去，把那小子抓出来。”后面那群小流氓，闻言一哄而入。

秦云担心在梧，怕他们错认了人，把在梧打坏，就拼命向房中奔去，想要保护在梧，无奈流氓正向内涌入，挡住门口，秦云急得泪流身颤，喊叫声嘶，等众人全行进去，才得奔将进去。但耳中并没听见呼声，众流氓也没有动作，散在房中。

只闻张三海做诧异声道：“咦，人到哪里去了，怎没影儿？”

秦云倚在门边，向床上一看，果然没有在梧。就见张三海已拉开帐幔，向那边儿观望。他手下一个流氓，也把电门捻开。秦云提着颗跳动的心，料着在梧必在那边藏躲。及至全室通明，秦云把眼光放过张三海身边一看，只见帐外也没在梧的影儿。张三海望着手下的人，连声诧异，秦云却一块石头落地。再向衣架上一看，在梧外衣已然不见，立刻明白当自己和张三海支吾之际，在梧已然由帐外另一个门儿暗地溜走。秦云方才所以那样胆怯，只为着在梧在内，如今见在梧已走，便放心大胆起来。走到张三海面前，大声说道："你寻着姓吕的没有？这通共巴掌大的地方，还藏得住活人？我们混世的也上花捐，奉明文干的，不是犯私的事。干吗大黑夜里往房里乱闯？我这儿便是藏着贼赃私货，还是窝着大盗小偷，也自有官府来管，你们是哪儿来的，这样胡乱搅和，欺负我是女人啊？咱们有地方说理去。"

说着就要抓张三海的衣领，张三海进房扑了个空，已然泄气不少，这时见秦云吵闹，就向旁一闪，随即装出嬉皮笑脸的样儿，自行下台道："哟，姑娘，干吗这样生气？房里没姓吕的，你就横了？"

秦云道："我不管有谁没谁，这是我的房间，就不许混账东西进来搅闹。"

张三海一缩脖儿，挥手道："弟兄们出去，你们浑身汗腥气，别熏坏二姑娘的屋子。"

他手下喽啰们也明白张三海急待寻梯儿下台，就都应了声是，纷纷退出。张三海把手里的大折扇一撒，哗然作声，做出戏台上高登的亮相，抬起右腿，向秦云一抱拳道："对不起，二姑娘，我走了，你安歇。"

秦云见他要走，知道一天云雾已散，但心中对他此来原因尚在纳闷，想要套问一下，就道："张先生，我瞧您也是位外面儿的好朋友，今天这事定然有个缘故。要不然凭您这样人物，还能搅我们吗？您别忙走，坐喝碗茶，我也明白明白您和吕斐章是什么岔儿。若能了呢，我就约两位出头露脸的给你们两下了了。"

张三海瞧着秦云，摇头道："不瞒你说，吕斐章的鼻子眼怎么长着，我都不知道。"

秦云接口道："哦，这样说是有人托您出来。"

张三海哼了一声，再不答言，就要向外走。秦云心中更加明白，忙走上一步，拉住他道："张先生，你这一走，可把我太看小了，好朋友到了这里，难道我连杯淡茶也不张罗？你若真的不扰，叫人瞧着，我们混世的简直没了味儿。张先生，不论如何你也得坐坐。”

说着就拉他坐在椅上，张三海想不到受她这样优待，笑着嘴更歪了，正中的一朵肉菊花，也加倍凸起，不住颤动地道：“我并非一定不扰，弟兄们都在外边等着。”

秦云本来对张三海十分厌恶，只为想从他口中探听消息，以明今夜之局，是真的来寻吕斐章争殴，抑是以寻吕斐章为由，实际要对在梧有所不利。所以才捺着气儿，和他敷衍。如今听他提到弟兄，秦云可再不愿叫那些人进来胡闹，便高声叫着外面伙计道：“叫他们几位在堂屋坐着，开一打汽水，拿进两瓶来，剩下的请他们几位喝。”

说完秦云又向张三海一笑道：“你这可以坐会儿了吧？”

张三海此际见秦云情意殷殷，不由生了误会，只当她爱上了自己，涎着脸儿笑道：“二姑娘的美意，我怎敢不识抬举？不过方才惹你生了回气，哪有脸儿再打搅啊？”

张三海这几句话，由他粗鲁的心肠、拙笨的口齿中，不知费了多大的斟酌和气力，才一字一顿吃吃地说了出来。秦云听着好笑，心想若在这时米汤他一下，不难探得实情，只是恐怕这混虫万一认了真，以后横生缠扰，反为可虞。但一转想自己和在梧终身之约已定，最晚三数日内便能离开此间，现在便把张三海拨弄一下，料也无妨。任凭他日后来相纠缠，自己已远走高飞，怕他怎的？

想着随将秋波一转道：“张先生，我在二年头里，还没从良的当儿，就常听说有你这么一位外场好朋友。别看我混世，可不像别的姐妹专爱俊头，我这人天生爽快，只作兴够样儿的。张先生，你不嫌我们这小地方，常来坐坐，就给我增光了。”

张三海听了这句，更认定秦云不但打算交他，而且还想借用他的流氓势力。因为一般年岁较大的妓女，无不性情特别，有的为着避免班主流氓和姐妹们的欺负，有的进一步想压倒一切，横行花街柳巷，施展女混混儿的威风。这两种希望的实现，必须姘靠上个名高势大的流氓，方能保障一切。但从此也就被流氓缠在身上，坚如附骨之疽。把皮肉之资，都须供给他们。妓女自身落到万劫不复，还算小事，最可惨是想求脱他人欺辱的，虽然如了志愿，但所交结流氓的欺侮，却是避免不开。另一种想借势力欺侮人的，虽也得横行霸道，欺虐他人，但她所交的流氓，就是报应，时时刻刻，承受喜则人怒则兽的待遇，如此代代相传，人人受害。而妓女们很少有人醒悟，所以流氓终成为莺燕丛中的骄子。这时秦云一透出爱慕的口气，张三海以前本常见同类们春风得意，久存做得神仙梦也甜的奢望。此际见这样一个如花似玉的人儿，提着俏生生的脸儿，送着媚死人的秋波，再发出娇滴滴的声音，说出具有绝大诱惑性的话，他怎会不天旋地转，魄荡魂摇？就伸手去拉秦云的玉腕，秦云并不退缩，反把自己手儿举得稍高。张三海的手方伸过来，秦云四个并拢的指尖，已轻轻打在他手背上，发出很清脆的微响。

秦云同时笑呸道："你放尊重些，摆个大气样儿，日子比树叶还长，干吗叫我瞧不起你？"

张三海见秦云这样打情骂俏，心中更觉承受不住，直想依照他素日在下等妓寮的做法，动手把秦云搂抱起来，施以武力的温存。但是他已被秦云高贵的气派镇压住了，不特不敢现露本色，反而竭力装作文雅，想由小意殷勤上面博取秦云欢心。于是急忙垂下手去，丑态百出地笑道："是是，二姑娘你可别瞧不起我，说什么我都依着。"

秦云点头道："这才是漂亮人儿，往后咱们还不定交到哪里去，现在你且安静地和我说话儿。"

张三海应了两声是是，随又使出在低级妓馆中巴结姑娘的手段，立起狗颠屁股似的，递给秦云一支烟，又替她点上。秦云忍着满心的厌恶和鄙笑，接过道了声谢。张三海还觉得只点纸烟，不成其为整套招数，于是还张望着要寻茶壶，替她斟茶，无奈这房里根本就没有那些东西。

秦云见他头儿像拨浪鼓似的，左右乱晃，问他要什么，张三海道："我怕你口渴，想给弄碗儿酽酽的茶喝。"

秦云摇头道："谢谢你，我不渴。张先生，你这人真好，往常我听见你的英雄名气，只疑惑不知多么豪横，想不到竟是这样好脾气的人儿。"

张三海涎着脸儿道："我天生就是秉性温柔，最不喜欢跟人发横。"

秦云暗骂方才是哪个王八蛋和我发横来，就笑了笑道："是啊，所以我今天特别痛快，遇见你这投心思的人。这真是鬼使神差，把你送到我跟前，我若知道是谁把你架挑出来的，不但不恨他，还得知他老大人情呢。"

秦云这几句稠得不能下箸的热米汤，生生灌入张三海心里，他心里本已欲火熊熊，燃烧极烈，米汤遇热而涨，生了化学作用，立刻又想动手动脚。

秦云微把脸儿一沉，道："真个的，你也叫我明白明白，到底哪个有德行的人，请你出头和吕斐章闹事?”

张三海笑嘻嘻地道：“这倒不是人，是洋钱，我压根儿不认识那个姓胡的。若不是他托出朋友，许给我钱，我犯得上给生人卖力气吗?”

秦云一听他说出胡字，立刻把全局领悟，便道：“哦，原来是一个姓胡的烦你来，这就对了，你可见过姓胡的本人?”

张三海道：“我全告诉你吧，这件事来得挺怪，连我还不大明白。今儿天夕，我正在同福落子馆听玩意儿，忽然有个贩烟土的朋友高洪泰去寻我，见面就强拉强拽，请我到鸿宴楼吃饭。本来他们烟土客儿用我们的地方太多，常要请客抹抹嘴头，我也没介意。只想啃他顿便宜饭，来个吃孙不谢孙。哪知到了饭馆，那儿还有个大胖子等着，高洪泰给引见，说那胖子姓胡，素日慕我的名，想要交交，做东的还是他。我想反正是吃饭，管他谁请客，也得喂饱我的肚子。当时他们一让点菜，我也不客气，先要了解饿的大扒肉，又要了个红烧狮子头，他们又虚让叫我再点，我就添上个米粉肉。高洪泰更有狠劲，点了个什么鱼翅四丝，听说这一样就得上块。那胡胖子心痛得顺脸流油，我也不管那些，只顾把好东西往嘴里扔。正吃着不解恨，讨厌鬼高洪泰发了话，说那胡胖子受了别人的气，要托我给他挺腰，他的仇人叫吕斐章，怎样混账，不够朋友。我听着心里有气，原来把肉喂我，是为着叫我替你去咬人，把爷们儿太看贱了，当时若不是一块肥肉正嚼得香，匀不出嘴来，定得骂他们一顿。再说桌上还有若干的好菜，引住了我，要不然，真就站起来甩手走了。”

秦云听着，暗骂你这没见过饭的穷小子，还把狗屎当雪花膏往脸上擦，说给我听，真不害臊，就道：“底下怎么样呢?”

张三海道：“那高洪泰看我脸上难看，又不答腔儿，就不敢再絮叨，把那胡胖子拉在一旁，咬了半天耳朵，才又跟我商量，若把吕斐章打了，情愿谢我五十块钱。我一听有钱，就答应了。可是他们又说办完了交钱，我不认头，还是高洪泰说合，算先给了我一半，约定那一半明天就交。我和他们分手，就寻了几个弟兄，到一家赌局里去耍了会儿。我本为着耗时候，哪知道倒了妈的大霉，一下子输了毛二十块，后半夜奔到这儿，又没遇见吕斐章，这一来打草惊蛇，以后更莫指望找着他，那一半儿也算完了。我实走着背运，一出一进，五十块大洋钱满凉。腰里剩的这几块，我也不留着。”

说着眼望秦云道：“二姑娘，前儿我在市场里一家鞋铺，看见窗上摆着各式各样的高底鞋，才两块多钱一双，你比个样儿，明天我买一双来送你，穿上在马路上一走，那风头大了去咧。”

秦云抿嘴笑道：“谢谢你，我还没穿过剔庄的东西。”张三海道：“人家明明写着鞋庄，怎么剔……剔庄是什么铺子？我还没听说过。”

秦云道：“管他什么庄，反正用不着你费心。”随说用脚向沙发下一指道，“我这些破鞋，还不知道送给谁呢。”

张三海向沙发下一看，见那儿平摆着七八双高底鞋，俱是十分精美之物，不由暗地吐吐舌头，心想果然班子里姑娘吃尽穿绝、经多见广，自己这点慷慨意思，若是对待下三等的姑娘，管保可以弄几十条鱼，当时留住夜不算，还许从这双鞋上弄热了，说不定就变成小亲家儿。去年那个卖零布头的兔子小吴三，不是用两双德国缎鞋面、一双粉红丝袜子，靠上了豆子地红宝堂的小脚老三吗？现在这花又春偌大派头，自己便出去上金店抢两副金镯子来，也未必能动她的心，简直莫打算把财物买好儿了。好在她已经瞧上我这个人，也许以后一个大钱不费，弄个人钱两得呢。

想着又听秦云说道：“我还不明白，那胡胖子托你和吕斐章闹事，你又怎猜吕斐章今夜住在这里，就赶了来呢？”

张三海道：“我也不知道，是胡胖子告诉我，说这德余里的惊鸿馆有个姑娘花又春，从人家出来，今儿头天下车。吕斐章是花又春没从良以前的老客，今儿必去捧场，十有九成要住在那里。叫我到惊鸿馆，就打听花又春房里有没有住客，若有时必是吕斐章，揪出去就打，绝没错儿。我方才到来，在楼下依着他的话一问伙计，伙计说有住客，我才奔了上来。哪知你房里竟没个男人的影儿，这分明是楼下伙计赚了我。现在若不是咱们已然说开了，我一定找那伙计揍一顿。”

秦云这才完全明白就里，自思张三海既已把实供全招出来，应该急速打发他走，自己好下楼去看在梧藏在哪儿，好叫他进来睡觉。想着就打了个呵欠道：“得了，张先生，大人不把人小怪，伙计忙了一天，睡得死狗似的，乍一惊醒，还会不顺嘴乱说？莫说他们，就是我熬到这大天亮，心里直难过，脑袋也大了。”

说着又一个呵欠，伸手向背后捶腰，皱着眉儿，表示浑身酸懒，难以支持。

张三海向窗外一看，果然天光大亮，隔巷楼尖，已上日影，自知不好再坐，但又因这番意外的艳遇，既未得着些微实惠，而且还没有下文，若匆匆便走，实觉心有未甘，就仍赖着不动道：“你乏了，咱们没分拘，躺着歇着吧。”

秦云看他有意缠磨，知道没法不正式下逐客令了，便含笑向张三海招手，张三海一见，就立起走到她面前，秦云低声道：“天不早了，外面还有好些人等着，你回去吧。”

张三海听了，颇觉不快，方一打沉儿，秦云又道：“这里面的事，你还不懂吗？伙计老妈，人多口杂，我既对你有心，绝不能把你当花钱的客。你体谅我就该避讳些儿，别叫班子里看出情形，说出闲话来，你说是不是？”

张三海听秦云已把他当作情人看待，大凡女子，越是对某人特别要好，越是怕人知道，即使无所畏惧，可以公开，也照样要做成偷偷摸摸的行径。好像必得如此，才有趣味。而且流氓和妓女的结合，照例不能堂堂正正。因为流氓并非花钱的人，而且要受妓女的供养，但供给妓女财源的瘟生大头，若知道妓女背后有流氓，绝不肯再花冤钱，间接孝敬她的姘头，做双层冤桶，势必跳槽而去。风声一播，这妓女立刻便要门前冷落车马稀，背后的流氓，也要随着失其倚恃。

张三海现在既有大望于秦云，又深明这两层道理，自然很信从秦云的言语，就点头道：“你的话对，我走我走。可是什么时候来呢？”

秦云道：“你不要来了，告诉我你住的地方，我自会去寻你，可不定哪一天。我才进班，这几天忙极了，总得把头一阵应酬下来，你可别着急。弄点儿钱，咱们富裕富裕，你可别着急，日子长着呢。”

张三道听着，觉得后望无穷，不由喜心翻倒，当下唯唯答应，但他的居处是和几个在娼窑旁鲜花水里的小生意人合租一间房子，污秽得和狗窟一样，怕秦云去时耻笑，就道：“我的家太远，你若寻我，顶好到南市大兴里门外的长兴茶楼，到那儿一打听张三爷，是人全知道，我每日常在楼上听山东班唱梨花片儿。”

秦云道：“好，我都记住了，你快去吧。半月以后，听我的信儿。”

张三海似乎惊诧她所定期限遥远，才露出失望之色，秦云已然瞧出，忙沉着脸儿说道：“你可不许再跟这班狐群狗党们再去乱嫖，别看我不见你的面儿，耳朵可长，若听说你在外面认识别的娘儿们，咱们就算一刀两断，你再跪门来也莫指望我理你。”

张三海听秦云把飞醋吃出了圈儿，在未发生关系之前，竟实行把自己当作情夫，加以管束，不特毫未因来得突兀而生疑惑，反而认为秦云爱他到了极点，也不想自己有何可爱之处，就迷迷糊糊地敬谨领命告辞。

秦云也不起身，看着他出到门外，又听脚步杂沓蜂拥下楼走了，立刻变了颜色，皱眉切齿地拣解恨的名词儿骂了几声，就也走出房门。一看见堂屋中只有方才应付张三海的那个伙计，在迎面大镜子前坐着，口中念念有词，似也在骂张三海那一群。秦云便问他可曾看见屋里的客人，那伙计怔了怔，回说从张三海上楼，他才惊醒。以后张三海进到房里，他便在堂屋招待那群喽啰，始终没离开地方，也未见房里客人几时出去。秦云也明白在梧必是由帐后那个门儿出去，这伙计却一直守在这边房门之外，应付张三海一班人，在梧出来时，他若能看见，连自己和张三海也全看见了。想着便楼下去，唤打更人询问。原来这娼窑中的打更人，并不打更，只于守夜，一到半夜落灯之后，就要负起重大责任，严守门户，直到次日正午为止。因为娼窑是特别组织，内部常有问题发生。大之如本班养女，生外心和恩客逃跑，搭班姑娘生意不佳，被债逼得潜逃；小之如不敦品的客人，云收雨散得其所哉之后，又吝惜钱财，不开局资，伺隙溜走。或者另有一种窃匪，以住夜为名，把妓女哄得欲死欲仙，昏昏大睡，他却开箱箧，搜罗细软，藏在身上，然后托故而逃。这些事都是娼窑中的重大损失，为要尽力防备，打更人的职权自然扩大。能够严厉限制一切人的自由，不得他的许可，莫想出入一步。人们在繁灯乍上的时候，出进娼窑的门，直如蜂蝶飞舞花丛，无拘无束。而且里面的人也似乎优游自在，欢乐未央，真是好一个温柔之乡。但是哪里知道，午夜一过，万灯齐落，表面上由光明转入黑暗，实际上更从温柔变为凶惨。在这时候有许多的养女，苦挨残虐的毒打，许多肉体遭受照例蹂躏以外，尤其住在此中的人，立时受了监禁。打更人用铁将军把住门口，入者要受盘查，出者更得拦阻，禁令森严，大有一夫当关，万夫莫开之势。所以秦云要知道在梧踪迹，必得向打更人询问。

这打更人名叫王大，正在前边小院里檐下的一条长板凳上坐着，那板凳上还铺着件旧红布棉被，想见就是他夜中的卧床了。秦云昨日进班，牌酒占满了全班的房屋，盛况为近数年衰落的花丛所未有，每个伙计都分了十元以上的零钱。这更夫正自心神怡悦，打算着这笔巨款的用途。忽见秦云由楼下来，世上最炎凉的地方，莫过于娼窑，不特对于客人，便是对于妓女，也是照样。常见有一个鸨母管领下的雏妓，老大较红，老二较黑，吃饭时老大便享受四菜一汤的例饭，老二虽同桌而食，但是下箸不能逾她面前咸菜馒首的界限，空望姐妹独享佳肴流涎而已。下面的伙计老妈，也随此风气而为炎凉，倘然某姑娘多上了两拨客，某姑娘的客多给了几元赏钱，某姑娘几天没有开张，这期间他们的颜色言语，都能由很微细的小动作中，分别出谄媚和怠慢的程度。使身受的人，快活得三万六千毛孔，孔孔舒服，反之则欺侮得一日二十四个小时，时时苦恼，真是利害不过。

这时更夫一见秦云，立刻从板凳上跳下，光着袜底的脚，一只踏在鞋上，一只踏着砖地，也顾不得沾污泥土，肩垂手直，恭恭敬敬地道："二姑娘，您还没安歇，昨儿可累着您了，我只当您……"

秦云不耐烦听他再说下去，忙道："我问你，我房里那位巢二爷，现在哪里？"

那更夫怔了怔道："您说的是那位年轻细高挑儿……"

秦云点头道："不错，他在哪里，后面空房里吗？"

伙计摇头道："没有，那位走了。"

秦云愕然，心想在这娼窑中的早晨，等于平常人家的半夜，打更人职守所在，怎能放客人擅自出门？而且在梧昨日未曾做过场面，上下人等，全不认识，更不会知道自己和他的关系。在梧又是十二点后来的，打更人和楼下伙计，还未必晓得他是我的客人，绝无任其自由出入之理，想着便道："他什么会走……你怎么放他走？"

更夫一听，触动他卑鄙的见识，以为秦云内房里的住客，方才趁嘈乱中走去，未曾开发夜度之资，故而下来察问，就表功似的笑道："二姑娘，我这不是正要上楼回禀您去，又怕您已经歇着，所以打算过晌午再说，没想您下来了。方才那几个杂霸地上楼不大会儿，我正在楼梯底下听着，就见有位年轻的……那就是巢二爷吧，他老挟着件大褂，慌慌忙忙地下来，就要往外闯。我还不知道是您屋里的客，只怕有什么毛病，急忙拦住了问。他老战战兢兢，央我放他出去，我就说半夜不能往外放人，您是哪位姑娘的客，倘若非走不可，得等我上去问问。他听了我的话，才说出是二姑娘的客，恐怕那几个杂霸地是来和他吃醋，才忙着要溜出去，躲避是非，叫我快给开门。我那时担心他万一是个荒唐鬼儿，要趁乱偷跑，马虎局钱了。"

说着见秦云面色不悦，急忙改口道："我若准知道是您的客，就开门让他老走了。无奈一点儿也不认识，怕他是别位姑娘的客人，冒着名唬我。”

说着又低声道：“您不知道，三楼小屋里有位搭住的六姑娘，出名的没出息，从挪进来半年多，没挂过一拨儿真花钱的好客，可专爱热不三不四的血料。招呼她的，什么样没品的人全有。上月挂上个澡塘子捏脚的，热得要了连台，欠下四个住局，末后来了个小白脸不见面。还有一回，她上了个生客，当天招呼，当天留住，半夜里那客人偷了她一只手表不算，又溜进我们掌班的房里，弄走好些细软东西。没等天亮，开了十块钱假票子，大摇大摆走了。后来一打听，敢情是个白钱，从那时掌班就叫门上加紧，凡是六姑娘的客，更得特别小心。我们打更的可为了难，六姑娘不单客人杂乱，连那不花钱只扰茶水的朋友，一天都要来十几拨儿。就是神眼计全，也没法认得清。只可拼着劳神，只要是楼上下来的客人，便暗地多加仔细，从这上还惹恼过好几位。谁想今儿又失了眼，我把巢二爷当了六姑娘的客，拦住不放。那位巢二爷着了急，问我为什么不放他走，我说这半夜走了客人，怕落包涵。巢二爷真是机灵，一听就拿出两张十元票子，叫我回头交给二姑娘放他先走。我才知道是您的客，急忙把钱退给他，他再也不收，只催着开了门，他就走出去了。”

说着又从被子底下，取出钞票，举着问道：“这个交您，还是交柜上？”

秦云自听这更夫说在梧已走，就脑中轰然一响，似乎自己和在梧原来同居于一个与世隔绝但极温暖华丽的境界，如今在梧忽然破空飞去，把自己一个丢下，眼前景况也一变为冷落荒凉，四顾茫茫，此身无主，直说不出是什么滋味，早已木立如痴。打更人空刺刺地说了许多话，她多半没有入耳，及至心中稍为清明，听到更夫逼勒在梧出钱，方才放他走去，不由切齿痛恨，直欲打他几个嘴巴。暗骂你这混蛋，既知不该私放客人出入，怎么让他出门？即使他惧怕流氓，定要躲避，你也该把他藏到后面空房里去，那样等张三海去后，我还能对他解释安慰。如今放他走，在梧那样文弱的人，受过这番惊恐，就许不敢再来。何况你又在他危急之际，拦门恶索，逼他拿出二十块钱，我对他正不知如何温存，你竟替我这样得罪，真正该死。而且在梧近日失了职业，又担着一家生活，境况定然极窘。这二十块钱，还许是度日之资。他本为小莲的事而来，并非有意来嫖姑娘，只因被我强留方才住下。竟事逢恰巧地受了惊吓，赔了钱财，说不定他因伤心而厌恶了我。即或不然，也因为在头一天见面，便遇到这样岔事，认为我这人太不吉利。或者嫁娶之约，从这上面要成为虚话。想着不由心中好似长了草一样，再站不住，也没理更夫最后请示的话，只哼了一声，就转身上楼，关上房门，倒在床上，直闷睡了一天。反正这时芳心痛苦，只有自知，班中人还以为她是因为受人搅扰，自己纳闷呢。

到了天夕，秦云方才起床，闷恹恹地也没吃饭，只叫伙计向附近饭庄唤来一客杏仁豆腐，吃了一半，就吩咐撤将下去。外面已来了几拨客人，都让在旁人房里，吕斐章也在其中。秦云对别人都未应酬，只叫贴身女仆去说姑娘今天有病，还睡在床上，很对不住的话，那些客人便都走了，秦云才叫把吕斐章让进本屋。吕斐章这人虽是商业根底，阔少出身，但举止很为大方，性情也极温雅，算得是个很好的男子。秦云也深知他的佳处，无奈始终不能发生爱心，这也是缘法的关系。

这时吕斐章进门，见秦云颜色憔悴，比昨日大不相同，很惊异地问她怎样了。秦云就拉他坐在身旁，悄悄把早晨张三海来寻的事说明，吕斐章大惊之下，急忙追问详情。

秦云道："这事我全明白，咱们当初的交情，只有胡百甫知道。而且我在他家的时候，常听他说些对你吃醋的话，每逢我一出门，总疑我是和你有约会。这一次我从他家里出来，他大约误会是受你勾引，又料着我头天进班，一定留你住夜，所以约出流氓来闹事。幸亏我房里没有住客，那流氓扑了个空，才败兴走了。倘若我昨天留了客，万没有别人，一定是你，那可就不得了了。"

吕斐章听了，非常畏惧地问秦云这该怎样办，秦云道："胡百甫真是混账，居然敢无事生非，我手里有制他死命的把柄，不怕他啰唣。不过你是规矩买卖人，倘若一时不防备，吃了他的眼前亏，太不合算。所以我想你最好躲避几天，暂时不必到我这儿来，我这儿自会托人和那班流氓讲说明白，再给胡胖子一点儿颜色看，以后可以平安无事。我办完了，就派人去请你。"

吕斐章自闻秦云的话，吓得心惊胆战，就在秦云诉说情形的这点工夫，他已如坐针毡，频频外顾，只怕那班流氓在这时又掩进来。及至听秦云叫他暂避，急忙应了一声，站起便向外走道："好好，我听你的信儿，再见，再见。"

秦云本来因为一心注在在梧身上，无意应酬他人，平常客友，尚可暂不理会，愿来时就多纳些贡献，几时嫌怠慢不来，那也听其自然。只有吕斐章，秦云自始就觉对不住他，这时既不愿直接明快地将与在梧已定终身的事说明，叫他勿再相念，又不忍因循敷衍，和其他客人一样玩弄，落到凶终隙来的结果。于是才借着题目，把已经了结的问题，竟说成风雷火急，使吕斐章惊惧而不再来。她预料在最近便可正式嫁给在梧，对吕斐章就不断自断，不了自了。及至吕斐章听了她的话吓得颜色更变，坐立不安，似乎恨不能插翅逃开这危险区域，秦云看着知道自己吓得他太凶了，心中也觉抱愧，忙道："你再坐会儿，现在那班人万不会来。即使来了，有我在眼前，也不能叫你吃亏。"

吕斐章听了，仍然摇头，只说还有要事待办，失神落魄地，连照例应付的钱也忘记开发，就匆匆走了。秦云到门首，望着他又一阵难过，心想吕斐章这样规矩的人，自从相识以来，称得起一步俩脚印儿，而且花钱有板有眼，今日若非实在吓昏了头，万不致把这照例的节目忘了。不由深悔自己作剧太恶，有负故交。就先从牌桌抽屉里，取出五元钞票，放在茶盘之内，才叫伙计进来收拾。随后又来几拨客人，也都令女仆给挡走了。

等到将近夜半，秦云才对镜理妆，又换了件纱旗袍，自己一人出离班子。众人都以为她和哪个客人有约，到屋顶花园纳凉，也不介意。其实秦云出了巷口，就在附近街上来回闲踱，一则消遣心头郁闷，二则还痴心妄想等候在梧重来。这样立了两三点工夫，直到夜深雾重，翠袖生寒，方才懊丧归去，进房就寝。又辗转反侧地思量昨宵情事，眼看与在梧好事将成，想不到竟来了个张三海搅局，倘若更夫懂得人事，把在梧藏起来，又何致害得我这样咫尺天涯，相思无落？偏偏这些混蛋竟把他放走，想着不禁切齿痛恨这两人。但转念之间，又想张三海和更夫并非祸首，根本全在胡百甫从中作祟，若不是他架出张三海来，此际在梧还在这床上和我脸对脸儿说心思呢。于是把怨毒又全聚到胡百甫身上，思索直至黎明，打算出多少报复的主意。但胡百甫的贩毒作恶，虽有许多把柄在她手里，若一宣布，定可使之身败名裂，但是如何宣布却是难题，倘若进一步向官厅告发，又必须自己出首。当此解决终身的紧要关头，又哪有余力闲心惹这种麻烦？结果想来想去，仍应了夜晚千条计晓来都是空的俗语。她不再想报复胡百甫的远图，只求寻觅在梧的要着。思索到市声大起之时，仍未想出个办法，但身心都已疲乏过度，便自昏昏入睡。

下午四时后起床，草草梳洗，吃了点心，就又有客人陆续到来。这本是娼窑中一种风气，妓女无论姿色佳劣，但总有两个生意兴旺的时期，第一是清倌经过梳拢，变成红倌人以后，素日爱惜她而不肯做五丁力士的人，自然趁此良机，随着哥伦布脚迹，来探这新开的殖民地。另有一班贪图便宜的登徒子，也因此朵娇花，乍经攀折，鲜气尚未全退，乐得出平常的代价，尝上一尝。因此由清而红的姑娘，照例有此一期佳运。第二便是从良后重复落水的妓女，更有无限风光，其中原因，比较复杂。大凡人若认识一个妓女，颇有迷恋之心，但常因为走马看花，俯拾即是，未曾加以重视，把到手良缘，轻轻放过。及至这妓女一旦突然从良，他才后悔当日领略太疏，自失机会，再欲追攀，而昔日呼来挥去的贱娼，如今已成远隔云端的美人，怎会不惆怅无端，自怨自艾？所谓繁华过眼轻消遣，过后思量总可怜，就是这个意思。倘然数载以后，突又听得这妓女重落风尘，有主名花，复变了无根飞絮，自然勾起前情，立刻飞上妆台，补偿遗憾。这是一种最上等的。另外还有花丛蠹贼，风月罪人，素日游手好闲，却只倚仗俊俏面貌，华丽衣冠，温柔言语，狡猾手段，去乞食歌姬，谋生行院。只要听得某一妓女手头富裕，就千方百计，竭力钻营，只求以媚术博其欢心，取得姘夫头衔，便可吃着不尽。而富贵人家纳妓女为妾，倘遇丈夫身亡，大妻悍妒，或是妓女不安于室，色弛宠衰，结果就要驱逐出来。当开阁纵扬之时，必要给以巨量金钱，名为打发，实则希望妓女得到此种养身之资，另图归宿，不要重理故业，为夫家稍保颜面。但在妓女方面，下堂后既对夫家并无好感，又岂肯代保令名？于是仍须落水营生。这一班无耻之徒，探得妓女挟重资而玩儿票，以为大有可图，自然趋之若鹜。这是一种最下等的。此外便是一些久惯走马章台的花间旧侣，迷途将返，绮梦初醒，只剩了逢场作戏。每喜聚三五良朋，再合一二艳侣，在雨夕灯宵，寻赋友清谈之乐。所以对不通世故的雏稚，和只解胡调的淫妓，绝对不敢领教。但若闻某处新来重行落水的大家遗妾，便要前去访识。因为这种人一则换过很大差别的环境，富贵荣华，烦恼磨折，都曾阅历，已非不更人事的风尘中人可比；二则她新从人家出来，虽然羁缚尽去，难免故态复萌，但在发语行事之间，多少总还带着旧家仪范。有这两种好处，相对深谈，必然别有风味，抱此意念去的，算是中间的超然派，常是适可而止，不事深求。于妓女虽无大利，却也不生祸患。

秦云这次出山以前，本只把第一种人列在预算之中，已经大有应接不暇之势，不料进班后事实超过预算，第二、第三两种人，竟也有许多闻风而至。秦云眼光既好，手段又稳，再加心里存着个在梧，每见有油头粉面，半男半女，或是甜言蜜语，不尴不尬的人，就毫无客气地以冰桶相赠。至于走马看花，不重野心的人，她也只行云流水地应酬，没工夫殷勤招待。所以二日之间，已有很多人知难而退，但来者仍然踊跃。秦云这时听女仆说楼上下已有七帮客人坐候，其中除了旧识，便是第一天新挂的回头客人，不但本班中的空房都已占满，连同院姐妹的本屋，也给借用了几间。秦云寻思，照例嫖客不见姑娘，可以免开盘资。自已若再装病，这许多客人，全都拍拍屁股走了，莫说班中要不高兴，便是伙计老妈，空忙了半天，到头落不着丝毫好处，也得背地埋怨。自己既寻不着在梧，一时没法出去，身在此中，只好暂依班中规矩，敷衍几天。想着便草草梳掠，出去到各房应酬。这一来可就不能再行规避，一直由白天忙到晚上。客人中有野心家带了朋友，自告奋勇拉桌子打牌，秦云因盼着在梧万一能来，把本屋留着，不叫让人。但打牌的客，照规矩该进本屋。秦云撒个谎话，假说本屋中昨天有熟客预约下了，这帮客人只得在空房中暂屈。哪知这屋里牌声一响，对面房里一帮自称银行界的，也当仁不让，立起捧场，须臾便成立了三桌牌局。其余无力作阔，或是不肯浪费的客人，听得旁室中牌声噼啪，笑语喧腾，好似敌人有意相逼，用飞机大炮来示威，立觉坐立不安，欲求保全实力，不敢轻言牺牲，只可做有计划的退却。不大工夫，就走了五六帮。

内有吃醉了的一位本地人，出门就短着舌头，发出土音道："这娘儿们好阔家伙，一拉就好几大桌，洋钱简直像水儿了，让人家行长局长洋行钢面斗乐吧。想花一块钱坐四个钟头，找一块六毛钱乐子的，趁早另投门路。咱哥们儿这份色儿，老老实实给她个河北关，吓，把洋钱存着，给老伴儿买副镀金大白银镯子，你瞧老伴儿在炕上怎么上劲，外带还不要住局钱……"

他同行的朋友怕人听见，急忙掩住他的嘴，推着急走，那人还喃喃不休。

也有身穿白花丝葛而搔首弄姿的黑大汉，满脸连鬓胡子，剃得青里透光，出门撇唇咂嘴向朋友道："咱上会道二三十年，别看脸子黑，专有一套特别功夫，什么样掉歪娘儿们，也禁不住咱逗弄。撂下远的说近的，三仙班的大紫卿，咱不是一招呼就当天留住，第二天就给咱制了一件双丝葛夹袍，以后打连台，没花过一块现钱，她还得垫零花。这不是咱吹，你也见过，今天这个茶围，可太叫咱有气，怎么着？花又春只进屋打个转儿，就不见面。临走咱要条鱼，她竟一扭头出去。妈的这叫穿洋服裤的吃了育享宾，算咱自找挨窝。好好，明儿要不托人搅她才怪。"骂骂咧咧地走了。

还有几个搔首弄姿的荷花大少，身上穿的是人造丝或是起码夏布长衣，较阔的也有白哔叽洋服，但出门就互相埋怨。

这个说：“我把家里交给买洋麦的钱都花了，怕回去老头子闹饥荒，昨天就没敢回家，在马路上转了一夜，到这时还饿着肚子。你们硬说昨儿来打茶围，这花又春跟我有形儿，撺掇着回头，叫她把咱甩到南墙上，这真倒了万世的霉，我想着就得自杀。你们看哈哈可不成，得给我凑钱吃饭，再打回家的主意。”

另一个道：“别说了，你受甩我也照样用字加尾巴，再说这次来我还贴给你三毛钱，不是白跟着喝边儿啊？你不说自己没手段哄娘儿们，害我坐了半天冰桶，还有脸儿撒赖？说真了我就叫你退彩钱。”二人呶呶不已地走去，过半天巷中方才清静。

秦云见客人渐散，稍觉心安。强打精神熬到牌局将完，她再耐不住性儿，便叫女仆使了个手法，暗派一个伙计出去，到对门借电话打回这边来。铃声一响，女仆拿下耳机，高声说话，大嚷着王师长在南洋饭店请二姑娘串门。秦云就到客人房内告假，言说去去就来，主客们还都以为自己尽过义务，今夜当有权利可享。看着时候尚早，局散之后再休息些时，秦云归来，便可同圆好梦。此际她出去串门，于大局似无妨碍，就都大方慷慨地说声请便，看她走了。哪知结局竟不能使他们慷慨到底，过一会儿牌局散了，这三房客人，自然各有黑籍朋友，借题又腻了许久，仍不见姑娘回来。有性急的，就问女仆，女仆预受了秦云密令，这时便回说那位住在南洋饭店的王师长，脾气极大，动不动拿出手枪打人，或者我们姑娘被他强留住了。客人听了，觉得今夜好梦已有多半做不成，自然扫兴。又过些时，天已十二点多，有位自称久走花街柳巷，善讲场面过节的朋友，竟大抱不平，对女仆发表意见。言说：“我们耗财买脸，做完场面，你们姑娘便是没把花钱的看到眼，不想留客主住夜，也该照个面儿，把我们应酬走了，怎能生撂在这里？无论多么红的唱手，没这样规矩。”说着又喊掌班的来，女仆也是个中能手，仍沉稳大样地回说：“我们姑娘并没错了规矩，不是跟您几位告过假才走的吗？她去了被不讲理的强留住，我们也没法儿。您老爷们久惯花钱，天天买乐，还在乎这一天？二姑娘报答您的日子不是多了？”客人听女仆言下竟已表示今日无望，大有逐客之意，也大怒说道：“世上哪有姑娘串门，许被强留的理？要是人人这样，姑娘一串门就不回来，窑子不全空了？你们怎不派人接去？”

女仆答道："二爷，您可不知道。昨儿白天二姑娘被这位王师长请去，也是够了时候，我们叫人去接。那位王师长恼了，拿出手枪就对伙计瞄准儿，吓得伙计屁滚尿流地跑回来，谁敢再接去呀？"

客人听闻，气得大骂一阵，有朋友们穿了衣服，愤愤而去。其余两屋客人，稍为和气，但也等得不耐烦，随后陆续走了。女仆因吃着秦云的饭，不能不听她命令，但是心中也觉得这位姑娘过于胡调，若如此不正经做生意，日久必要衰落下去。而且看她两日间失神落魄，每夜借词出去许久，必是外面有一个花不起钱的恩客，或是早已结识的姘头，在什么地方相候，所以她一到时候，就匆匆赶去相会，料着此际定和心爱的人，在锦帐香衾中快活。哪知秦云并不如其所料，此际却正自踽踽凉凉地，在街头散步呢。

秦云所以出去固为等候在梧，但她也明白，在梧若来，自会进到班中相见，若是不来，自己在街头等候，也是毫无用处。不过她虽然明白，却仍是想不开，好似她若出去等候，就许默默中感动鬼神，把在梧送来。而且在梧倘然来了，自己在街上能早见面几分钟，也是好的。于是她从十一点钟出门，在街上踱着，见有客人出来，她就躲远些，直过了十二点后，她料着客人已经走净，在梧来的希望，也已渺然，待要回去，但又想到空室孤灯的凄寂景光，相思滋味，实在难以消受，还不如在街上多立些时，一来乘凉，二来使身体倦乏，回去或者容易入睡。及至遛到夜已深了，街上人迹更稀，秦云仰望着街灯，心里不自主地凄凉万状，由在梧的不见，想起自己的前途，由前途又回想飘蓬身世的可怜。从小儿受尽寒苦，到如今年将花信，转瞬红颜欲老，虽然暂时美食鲜衣裳，享受快乐，但日久天长，如何是了？自己在娼窑长大，所见年长姐妹，结果最好的只有嫁人一途，其次便是甘心老于风尘，存钱买几个养女，自为班主。最多的是醉生梦死，只图眼下繁华，到了年老色衰，债台高筑，便要按等下降，直落到地狱最深一层，磨折死了为止。自己瞧着这等人，早已害怕，又不肯学那没志气的，终身干这皮肉生涯，所以唯有立志嫁人，寻个好的着落。当日嫁胡胖子，原出于骑马找马的念头，想不到在他家竟遇着如心可意的巢在梧，直费了经年心思，才得到今日的结果。哪知好事多磨，在梧无意中投我而来，又无意中抛我而去，自己又不知他的住址，无法找寻。固然天下无难事，只怕有心人，天津地方虽大，只要用心访寻，终不愁没有相见之日。但自己天生脾气，若不动心，还可忍耐，只要此心一动，使自无法禁锢。当初从胡家出来，本打算进班子先混半年，多攒些钱，然后去寻在梧，同谋偕老之计，照先时的打算，很能看得久远，不计眼前。哪知和在梧这一见面，竟把自己的心都搅乱了，自前日欢情未终，乍成离别，自己这颗心，竟好似被在梧拴了去，一刻不能安静。莫说日期久远，便再有三五天不见他，恐怕就将憔悴死了。这两日合起来，也没吃了半顿饱饭，没睡得过半宵好觉，从有生以来，这还是第一次知道相思滋味如此厉害。

她越想越觉凄苦，直茫茫然不知身在何所。忽然身上一阵微凉，抬头看时，原来是下了小雨，在路灯光中，蒙蒙如雾。秦云好似未觉，立着不动，须臾方举步前行。她本该向南走，方可回到巷口，只因她一直向北遥望，不知不觉地竟往北走去。走出很远，她才醒悟，便又转身而南。这时雨渐渐大了，她身上旗袍全已沾湿，紧贴皮肤，寒气由体外侵入心中，不由一阵发噤。她加快了脚步，急急前行，及至进了巷口，已走得娇喘微微，因为风向关系，巷口内的西面，为雨脚所不及，竟还干燥。秦云心中惘惘，又加身体劳乏，并不直回班中，倒躲在那块干的地方，倚墙小立。望着街上平滑的道路，在路灯光照耀之下，薄薄的积水映成数道金蛇，又加落下的雨滴，溅玉跳珠，景色甚美，而且雨气混濛，挟着土味扑入鼻中，使人觉着疏爽。秦云此际却领略不到这种意趣，连她自己心里也不知想着什么，更不知并欲何为。过了不大时候，雨忽然又大了些，风向也似稍转，秦云所立之处，渐渐也受了侵略，几个巨大雨滴，打到颊上，使她悚然吃惊，凛乎不可再留。正想转身归班，不料就在这时，忽见街上有人走过，由北而南。秦云初未注意，继见那人徐徐走近，将近巷口，竟然足下趑趄，迟迟其行。秦云猛然心中一动，不由扑了过去。

正是：前日门中，人面不知何处；今朝渡口，桃花作意引来。

后事如何，下回分解。

第五回

相思药饵同心结翻作返魂香
有限情缘白头吟催起还巢梦

且说秦云正欲归去，忽然看见有人走来，不知怎的，突起了一种奇异感觉，心头狂跳，身体发软。正在扶墙将欲转身之际，那人已走过巷口，但仍自迟徊瞻顾。秦云方自诧异，那人在行过巷口之时，因秦云立处较暗，又被墙角遮掩，所以没有看见，这时走过回顾，才发现了她，随即立住一怔，似有惊疑之态。秦云这时又如得了精神上的暗示，仿佛那人身上有什么吸引力，不自觉地向前进了一步，那人忽地张臂叫了声“咦”，这声音入到秦云耳里，立时大悟，竟直向前奔走，拉住那人雨衣的袖，叫道：“你……你……在梧……你……怎……到底来了。”

在梧痴立无语，半晌才叹了一声。秦云好似怕他跑了，紧紧拉住，道：“你怎不说话……你怎么了?”

在梧摘下雨帽，任雨点洒到头上，却把雨帽击着自己腿际，颤声说道：“秦云，我问你，这时候你站在雨地里做什么?”

秦云悄然道：“我也不知道，狠心的你自己想去吧。”

在梧一听，立刻明白她忍受雨虐风欺，完全为着自己。不由感动得热泪涌出，和脸上冰冷的雨渍交流，拉住秦云的手，顿足道：“好好，你好，我太……太对不住你，走走，咱们快回去。”

秦云低语道：“回哪儿?”

在梧道：“自然回你的班子。”

秦云无语，便挽着在梧，一同入巷。到惊鸿馆门首，见班子门已掩上，却由门缝中看得见里面灯火，秦云知道并未锁闭，将手一推，门已开了，二人走入。楼下的伙计老妈，看秦云身如落汤之鸡，秀发成绺地粘到脸上，还领着一个面生的客人进来，都大为惊异。秦云也不理会，和在梧一直上楼，到了她自己房中，她随身的女仆已跟入张罗。秦云只叫她收拾茶水一切应备东西，都给放在幔外的桌上，便可去睡觉，不必伺候。说完就和在梧同入幔后寝室的一边，她替在梧把雨衣脱下，连雨帽都掷到幔外，推在梧坐到椅上，自立在对面，注目端详，好像看生人似的，但眼圈和鼻尖同时发红，猛一低头，把狂涌的泪珠很快掉落地下。在梧并没瞧出她流泪，只见她抬起头时，在那黑而长的睫毛上挂满了小水珠。在梧情知她这几日思恋自己，不知如何万转千回，故而此际见面，并无一句话言诉说别绪，只将双行热泪表出相思，不由也心中难过。方拉住她要温存慰藉，不料手儿触到她的衣袖，觉得既湿且凉，才想起她的湿衣尚未脱去，忙道："你怎还不换衣服，寒气侵到体内，就要病了。"

秦云摇摇头道："我不怕病，你这是来了，倘若还像昨儿一直不来，我就死在雨里，你也不知道啊。"

在梧推着她道："好……好姐姐，你有话回头再说，先去换衣服要紧。"

秦云悄然转身，向衣橱中取出干衣，然后坐到床上，将纱帐放下，在梧心绪麻乱，坐不安稳，便立起踱了两步，重又坐下，忽见秦云从帐中探出头儿，叫道："你怎么坐立不安？今天万不会有人来搅闹了，你放心吧。"

说完又缩入帐中，过了半晌，纱帐向两边一分，秦云下来，已重换了件青色纱旗袍，映着那方经风吹雨洗的脸儿，显着越发憔悴可怜，大有翠袖单寒之概。在梧忍不住，就一揽她的纤腰，坐到膝上，凄然道："秦云，你怎比前天变了个样儿，好像瘦……我知道太对不住你了。"

秦云幽怨不胜地道："我这两天当作两年过的，冤家，你就这么狠心，一直不来。再有几日，秦云的小命儿就交给你了。亏你走到巷口，竟犹疑着不进来，若非我在那儿，你还许迈门过呢。"

说着双眉一皱，忽然摇头自语道："我真糊涂了，一点儿不讲理，怎该迎头儿埋怨人家……"

又向在梧低语道："你别生气，我只因这两天想疯了心，也没顾寻思，就对你发作抱怨，其实从前天那群流氓一闹，你吓跑了怎敢再来？方才你在巷口张望，必是心里想我，又怕那群流氓，所以在那儿发怔，我实在错怪你了。"

在梧听到如此原谅，自己不由内愧起来，一阵感情激动，也没顾思索便说道："你没有错怪我，我实在对你太狠心了，你说的话只叫我惭愧，我不配你这样原谅。你想，这两天我便是害怕不敢来，难道连电话也不敢通吗？”

秦云以前并没想到这一层，闻言才恍然道：“哟，可不是，真的你怎不给我来个电话？”

在梧道：“我……”只说出一个字，底下便吃吃不能出口。

原来他方才的话出于一时感动，说完已自后悔，这时被秦云跟着一问，才想到这缘故实不能说，但对方才所发的言语，又没法收拾，只窘得期期艾艾，把脸都憋红了。

秦云瞧着大疑，忙拍着他肩头道：“这是怎了？干吗急到这样儿？”

在梧立起掩面半晌，才发出恨声道：“秦云，你把心白用了，我不是你意想中那样有情的人。我实在没把你放到心上，请你把爱我的心消减，恨我，越恨越好……实告诉你，我今天来不是为着你，只是来打听小莲的消息，要不然这惊鸿馆永不会有我的足迹……”

在梧说着，身体已在打战，说到这里，似乎脚下失了支持的力量，向后一退，又跌坐到椅上。他的肘角恰撞到秦云臂上，秦云身体一歪，觉得非常疼痛，她紧咬银牙强忍，眼儿注定在梧，怔了一下，随轻轻坐到他身旁，低语道：“你说的我全不明白，莫非遇了什么事，把你气坏了？好人，你静坐会儿，沉住心，咱们慢慢地说。”

在梧把掩面的手垂下，拍得膝部发出巨响，凄然摇头道：“还有什么可说？你别傻了，我凭良心不忍对你说谎。你这时越待我好，越是刺我的心，我若还敷衍你，简直没人味儿了。秦云，我实说吧，前天我住在这儿，就不是本意。我和你说过已经有了未婚妻，并且有很多原因，宁死不能负她。我本心并非不爱你的人，不知你的情。且因恐怕和你有了关系，日后没法解决。在我的身份上说，已不能纳妾；在我对未婚妻的感情上说，更不能有第二个人。所以将来挤到不了的时候，势必仍得抛弃了你，到那时你必致苦到极处，我也落个薄情的名儿。与其那样，怎如起始不生关系，我的罪孽倒可以减轻呢。”

秦云听着，颜色惨变，半晌才颤声道：“你说的都是真心话吗？”

在梧道：“怎么不真？我句句是良心话。”

秦云道：“那么你就预备这么办了？”

在梧悲声道：“我岂止预备……早已办了。”

秦云哦了一声，道：“不错，你从前天一走，就决定不再来，今天遇见我，还是出于意外吧。”

在梧道：“倒不是这样，我……我……咳，我也不必瞒你了，从前天我走了，回到家里，直寻思了一天，就是方才所说的那些话。最后我才咬牙拿定主意，想不负我的未婚妻，也不害你，只有这个办法。但是我心里实在舍不得你，只怕一时把持不住，再来和你发生关系，自己愁得没法。被我妹妹看出神情不对，追问起来，我只可把细情告诉她。她听了刻不停留，就去把我的未婚妻倩宜请了来。”

秦云听到这里，大惊失声道：“呀……请她……做什么……”

在梧看了看她，凄然叹道：“我也不必细说了，当时我妹妹把我告诉她的话，原原本本都给报告了……结果，自然费了很多话，倩宜居然原谅了我。我妹妹又把我母亲接回，主张着叫我和倩宜提早结婚，我也不能反对，婚期就在明天了。”

秦云闻听，立刻颜色惨变，瞪目如痴，身体一歪，踉跄跄倒在床上。心中一阵麻乱，似乎心肝五脏，都消归乌有，空空茫茫，思想无所运用，只觉自己无论什么都完了。这时既不知悲恸，也不知怨恨，神经全已麻木。过了半晌，忽咯咯的笑了起来。在梧瞧着心中发惨，深悔自己过于莽撞，对着秦云手足无措，不知怎样是好，最后才伸手轻轻推她。秦云精神稍为清醒，悠悠地叹出口气，痛泪随着流下，方觉自己已从美丽的梦境中落到失望的深渊了。虽知道在梧在旁边推撼，她倒闭目切齿，不加理睬。明白这事已到了尽头，对在梧无须多费口舌，受他几句安慰，更惹伤心，自己希望终身魂思梦想的人，竟这样狠心抛弃自己，依自己的性气，恨将起来，就该恶恶地骂他一顿，赶出门去，明天就寻吕斐章，当日从良，叫在梧看看，我陆秦云不是没人要的，并非废物烂货，寻不着主儿，定要赖着他。但想着似见在梧的影儿，在脑中一晃，不由心中又软化。想到在梧这样英俊人物，自己不是容易访寻得的，而且这二年又为他费尽心思，如今眼睁睁瞧着他飞出自己怀里，不但万不忍舍，更是于心不甘。固然他先已有未婚妻，不忍弃旧怜新，对我决绝，是正当的办法，并且看出他有良心。只是我怎能赞成他这有良心的办法，撒手把心上人放去，断送一世的指望呢?

秦云想到这里，忽听在梧在旁低声说道：“秦云，这实在太苦了你。求你原谅我的苦衷，咱们但盼上天怜恤，再结来世姻缘吧，今世算我对不住你了。不过夫妻虽然没望，朋友还可相交，从今天我就认你作亲姐姐。我母亲是极慈祥的人，我妹妹也极和蔼，至于我那未婚妻，更敢保不是嫉妒的人。咱们永远结成亲戚，时常可以见面，你以后嫁了人，我家就是你的娘家。”

秦云翻身坐起，望着在梧道：“你的意思真好，我先谢谢。可是你前天已经许了我了，我也明白，那是受我迷惑，只是怎样变得这么快呢，你先给我说说。”

在梧略一沉吟，道：“我不是和你说了吗？”

秦云道：“我问的不是事，是你的心。”

在梧道：“我的心啊，也愿意这样快法，若不赶着结婚，只恐终归要……害了你。”

秦云冷笑道：“难得你只关心着我，好吧，在梧，我以前只想嫁你，才那样上紧，现在实明白自己没有那种好命，再不敢妄想了。事到如今，也只好依你的话，咱们断绝了吧，不过你方才的话，我可不能答应。你我只留个姐弟的名儿，就算罢了？以后我甘心认命，依照我们窑姐儿的本等，去嫁个老头儿当小老婆，更不想和你再见。任凭你家老太太和小姐怎样和气，也和我没有关系，我不自寻伤心。这一分手，永远你东我西了。”

在梧含悲道：“你何必……这样说，你还是恨我。”

秦云摇头道：“我一点儿也不恨，不过我为你费了多少心思？如今只见了两面，就要永远分手，我真太难过了。只说你这一出门，不像摘了我的心去吗？”

说着又叹道：“完了，我虽落了场空，前天咱们还同床了半夜，总算结了一世缘分，也够我以后忆念的了。现在咱们临别，我置一点儿酒菜，你和我痛饮一回，等我醉了你再走，别叫我清醒着眼睁睁看你出去，就算你疼我了。明天我醒了也再不停留，不出当日就离开这烟花巷，另寻自己的路儿。”

在梧听了不由怔了一怔，情知秦云把心伤透，才出此决绝之语，最是后面数言，令人惨痛，大似古诗所谓“便斟烈酒叫奴醉，图得不知郎去时”的意味。但那还是幽欢幽约，小儿女的贪恋情肠。如今她和自己直是生离死别，说出这样惨语，实比刀挖心腑还为凶厉。在梧直有些忍受不住，不自知泪满襟袖。秦云瞧着他倒笑将起来，拍拍他的肩头道：“你倒儿女情长了，这是咱们前生造定，今世无缘。我倒想得开，没什么难过，并且永远记住你是不得已才抛了我的，以后对你只有感激，绝没怨恨。弟弟，你更不必伤心，且领姐姐这一席别离酒吧。”

在梧听着她解脱而又谅解的话，更觉刺心竟呜咽有声，拉住她要说话，又吃吃无语。秦云握住他的手，轻轻放下，自转身出去，直过了半点钟，还没进来。在梧既悲且闷，也便倚着椅背，闭目欲睡。忽觉有一阵微风拂面，似房中静止的空气被人行步所带动，睁眼看时，原来秦云撩开垂幔，蹑步向自己面前走呢。

秦云见在梧倦目初张，便低声道："你很闷吧？酒菜这就来了。"

说着外面有人叫二姑娘，秦云忙叫在梧移坐床上，自去将幔旁的房门开了，就见有两个伙计，抬着圆桌进来，放在床前，就仍行退出。秦云又把门关好，在梧见这圆桌摆着八个荤素菜盘，甚是精美，另外放着两个酒杯，却没有酒壶。秦云向在梧道："你看这菜还可口吗？天已太晚，饭庄材料已不甚全，包涵着吃吧。"

在梧这时哪有心意评品肴烹优劣，闻言只可点首。秦云便向冰箱上层，取出一瓶碧色的薄荷酒，和一瓶浅紫色的葡萄酒，放在桌上，开了瓶塞，向在梧道："你喝什么？"

在梧此际才真是醉翁之意不在酒，漫应道："随便哪样都成。"

秦云双手各执一瓶，摇动着道："你说，我好斟。"

在梧向来不饮薄荷酒，却素知葡萄酒味甘性柔，就指着葡萄酒瓶道："就这个吧。"

秦云微微一笑，就给他斟上，又自斟了薄荷酒，道："我向来喝这个，两杯就头晕，今天加倍喝四杯，足可以醉了。"

说着又把当顶上的电灯开亮，举起杯子，向在梧面前一递，在梧只可举杯相迎，两杯相碰发出清脆的响声，才各自饮干。这时在此香巢绣户之中，锦帐在前，华灯在上，一对璧人并肩偎坐，酒在杯中映着灯光，分外潋滟，碧如春水晴波，紫似暮霞流彩。及至饮入腹中，二人惨白的颊上，同时晕上醉红，若有局外人由窗隙偷窥，瞧到这旖旎风光，定以为他俩在花摇双影，酒作合欢，人间艳福，一时占尽，正不知要代为魂销几许，又哪知竟是一席别筵，个中正在搅碎柔肠，把酒和眼泪同向肚内吞呢。

在梧本来有些酒量，但此际一杯下肚，好似由喉咙开了条火胡同，热辣辣地直入腹中，头部也涔涔加重。自思这真是酒入愁肠偏易醉，怎心内贮满牢愁，便不受酒了。想着听杯子当的一响，秦云替他又满上一杯道："弟弟，喝吧，你陪我这第二杯。"

在梧叹了一声，碰杯后又一饮而尽，他这时心内茫然，只听秦云掇弄，低头闷坐，叫饮便饮，却不忍再看秦云。一会儿两人都喝过四杯，秦云娇躯乱晃，倚到在梧身上，舌尖似已发直，模糊断续地道："这回该……该……你替……姐姐斟了……再一杯……我我……我就……死了……不不……醉了……你就就……走……走了……"

在梧这时已觉头重如铅，心里翻腾难过，只强忍静坐不动，闻听秦云的话，猛觉腹中似有物跳动，随着又向上涌，知道将要醉呕，忙用力抑气下行，方觉好些。秦云在旁，又把香肩撞着在梧，催他快斟酒。在梧经了这阵摇撼，酒又上涌，只得强耐着抬起头，颤微微地斟满两杯酒。秦云半睁着星眼，手也抖个不住，把酒泼出许多，却仍要和在梧碰杯饮满。在梧心已昏迷，也不管饮下如何结果，就举起仰首饮尽，在这俯仰之间，酒力已占据了他的全体，方把酒杯放在桌上，迷离中只见秦云娇躯乱晃，杯中的酒仍未饮下，杯子歪到一边，几乎全泼出了。在梧顾不得看她，哎哟一声叫道："不好，我要……"叫声未止，秦云那里的杯子已然跌落地下，当啷碎裂，随又闻铜床栏杆震得作响，似已倾倒床上。在梧叫完一声，觉天旋地转，也后仰卧倒，好在他俩在未饮前选择了这保险坐处，若不是坐在床上管保都跌个不轻。此际房中景象，桌上酒菜一样未动，连预备的牙箸，都未沾唇，只两个酒瓶中的流质都消失了一半，一个杯子倒在桌上，紫色滓沥染红了桌布，一个都碎在地上。秦云斜倚着床栏，闭目而睡，一手握着床柱，身体赖以不致倾倒。在梧仰卧床上，伸一臂做枕，一手揉着胸际，眼虽闭着，但皱眉切齿，口中微作呻吟，似乎忍着无限苦痛。这情景继续了五六分钟，在梧才停了呻吟，发出浓重的鼾声，已由醉成眠。

就在这时，秦云突然睁开了眼，瞧瞧在梧，忽低语道："哎哟，难过死了，在梧你不起来走吗？"

在梧已沉醉如死，哪能答应？秦云连唤上几声，就盈盈起立，星眸一转，微笑着耸耸香肩，走到在梧脚下，点首低语道："你当着我真放你走吗？亲爱的你上当了，就安心陪着我吧，后天的喜事只怕要改期呢。"

又回顾摆酒菜的圆桌笑道："傻人，你怎单选葡萄酒？若尝尝这薄荷酒，管保明白这是细甜的果子露，岂不有趣儿？"

就自撩开帐幔，将圆桌推到外面，打开前面窗帘，出出酒气，随又放落，再熄了室顶的灯，只留床心一盏，才替在梧脱去鞋子，慢慢移到床里躺顺，用冷毛巾拭净他头上的汗。秦云自饮了一瓶汽水，稍作沉思，忽向在梧嫣然一笑，就悄然上床，捻熄了灯，立刻房中漆黑，以下的事，就不可究诘了。

在梧在醉中不知自己做了什么事情，直到次日早晨，他才第二次地醒来，至于第一次醒时的情景，已随着酒意一同消散，只剩了模糊影像。他蒙眬中似由梦境出来，微一张眼，只觉被强光刺激得难过，急忙闭上。心里昏昏忽忽，不知现在哪里，似觉仍在自己家中，但立刻又悟到不是。因为鼻中闻着一种紫兰香水和鲜花混合的香味，微微明白是在秦云房中，因而忆起方才经过的梦境，那梦是自己和秦云中间的情景，艳丽非常，虽遗忘得只能记起零碎的片段，但残影映上脑中，仍使他觉得销魂。正在这时，他又觉得身体微微震动，耳中又听得似有极低的喘息声，几乎疑是重复入梦，及至略一沉心，感觉身体的震动非常轻微，好似睡在软床上，被人轻轻摇撼，那喘息声也近在耳边。在梧强忍着睁开眼，先望见床顶，才明白果在秦云房中，随悟方才的梦是实事而非幻境，自己在此过了一夜，并且已和秦云定情了。不由大吃一惊，急待坐起，无奈身体酸疼。转脸看时，只见秦云正并卧身边，伏在席上，屈肱做枕，却将脸儿埋到臂弯之下，双肩不住耸动，发出很低的呜咽之声。在梧惊疑万状，就挣扎着欠身而起，伸手一推秦云的香肩，露着面部，只见她满面啼痕，目眶红肿，已变作带雨梨花。在梧瞧着几乎发了糊涂，想要问她，才开口便觉喉咙已然被酒力灼干，哑涩得不能发声。回顾见床旁小几上放着一杯热水，摸了摸已然冰冷，便端起来要喝。哪知方送到口边，猛见由身后伸过一只雪白的手，一打他的手腕，那茶杯立由手中落下，从床沿直滚下地板。在梧心中一怔，回头见秦云正跪到自己身后，手儿仍在举着。秦云见在梧回头，立刻扑倒床上，重新继续她的哭泣，呜咽声更加高了。在梧猛然醒悟，证实了方才艳美的迷离之梦，确确是真非幻，并且醒中的梦，是和秦云合作的。所以此际自己要饮冷水，被她看见，自然要以特别情由给打翻杯子。但是昨夜本来预备别离，自己因为吃醉，留在此间，弄出了这样既成事实，秦云本该欢喜，为什么倒哭起来？而且从自己初醒时，只闻她哽咽的声音，还不知已哭了多少时候呢。在梧想着心中发急，只得竭力把唾津咽下，润湿喉咙，拉住秦云玉臂，发出枯涩声音道：“秦云，这是怎么回事，我糊里糊涂住在这里，不知道夜里……你怎无故地哭起来？”

秦云经他一问，似乎更触起伤心，哭得更痛，但像怕外面听见，没有再提高调门儿。在梧茫然无计，怔了一会儿，就伏到她身边，切切慰问，秦云才止住哭泣，摸着手帕，拭拭面上泪痕，又伸手向小几上拿起水壶，就吻欲饮。在梧一阵机灵，急忙摸摸水壶，也是冷的，就拉住她的手道："这个你也不能喝。"

秦云向他望了一眼，目光中似尚蕴着隔宵的泥夜风情，但飘瞥之间，又变成鄙恨的白眼，冷冷地摇头，随将水饮了一口。在梧方在吃惊，秦云却只把水在口中漱了漱，便喷到地下，坐定指着在梧发恨道："你很不必管我，我已经承够你的情了，害人死不算，还得临死先剁两刀，这样才解恨吗?"

在梧大愕道："我怎……怎……"

秦云道："你不要装明白糊涂，自己才做的事，又不是隔了十天八天，难道就忘了?"

在梧搔首如痴，半晌才道："秦云，你说明白了，我倒是做了什么事，只当我真在你身上犯了死罪，应该在你面前自杀，也得先明白自己的罪状，死也落个明白鬼啊。"

秦云面寒如水地笑道："你真不知道?那么昨天说走，怎现在倒睡在我床上?"

在梧瞪着眼道："我……我不是醉了?"

秦云道："你醉了?别说昧心话吧，只怕倒是我醉了。"

在梧这时如坠入五里雾中，央告道："好姐姐，你痛快说说，我要闷死了。"

秦云恨恨地道："我说就说，昨天本约定永远分别，等我醉后，你就自己出去。可是我真醉了，你……你可走了吗?"说着瞧瞧在梧，接着道，"你这万恶的人，把我抛弃了，还不够受，何必又缺这么一回大德?姓巢的，但分有点儿人心，就想想昨天你说了分离的话，我苦到什么样儿?但是那时咱们还干干净净，没有一点儿沾染，我忍个心疼，还能活得下去。到如今你已经在我身上造了孽，请想我两年来朝思暮想的人，又和我同床共枕，结成实在的夫妻，可是到头儿你还得抛了我。天哪，我这可万不能活，非死不可了，姓巢的你何苦来呀。"

在梧听她把罪孽都加到自己身上，更觉迷惘。虽知秦云昨夜未必较自己先醉，但今晨确是比自己先醒，夜中便有实演梦境的事，自己似不会立在主动地位。但看秦云悲苦如此，好似自己实是欺侮了她，闹得心里更不得准儿，对自己夜中是否真被酒力鼓动，做了如她所说的行动，也没有把握了，而且莫说在梧此际还信不住自己，即使把这场艳梦记得十二分清楚，也不敢对秦云有所狡驳，这本是当然的情势，迫在梧到了不能不认罪的地步。急忙低声说道：“秦云，你不要难过，夜里我醉得像死了一样，真不知道做了什么事，你应该原谅我，不是出于本心。”

秦云一推他，霍地坐起道：“你醉了就许随便害人？这时上下唇一碰，轻易地说个原谅，就算没你的事了？你本来看得我太贱，和窑姐儿睡一夜，还不是稀松平常。窑姐儿又不是大姑娘，黄花女儿，本是供大爷们玩耍的。世上没听说窑姐会失贞节，嫖客也没听说犯过强奸窑姐的罪，所以你才满不当回事地拿我开心。你巢二爷是个体面人，文墨人，自然不会办错事。我一个下贱窑姐儿，像畜类一样，应该由人作践，原来就对你没有真情，受了抛弃也不会真伤心，这本不值你一想。可惜陆秦云只一个身体，已被你尝过新了，倘然我还有第二个身体，也许还能供你再做一回损事。现在你巢二爷对着一个玩够了的败兴人儿，自然没的留恋，可以放心回家，明天好和小太太结婚。可是你别把太太像我这样看待，人家可是金子样的人品，公主似的身份，不比窑姐容易欺侮啊。”

在梧当秦云数落之际，听得耳赤面涨，几次要插口和她分辩，无奈秦云口中好似已燃的一挂爆竹，若不从头至尾炸完，声音绝不中断。等她数落完了，竟又一头倒在床上，重新哭将起来。在梧望着她只剩了搓手搔头，知道自己落到困境之中，她咬定被自己侮弄，哭得要死要活，自己既无法分辩，也不能分辩，只除了低首承认，更无他途。但是承认了，就能了结吗？恐怕事情不会那样容易，自己一认做了错事，必然要自己补过，否则仍是始乱终弃的罪人。她现在虽然口口声声叫自己走，其实正是不许自己擅离此间。若贸然走了，她负气之下，不知要弄成什么惨剧，到那时不特未必脱得干系，而且我虽不杀伯仁，伯仁由我而死，问心也实不忍啊。但是现在若允许了她的要求，固然可以把险恶风波，化为平静，又愁孽因一造，挽回万难，将来不特无以对倩宜，也没法安置她。为今之计，只有暂时好言抚慰，将她哄好，明天方能平安地去行婚礼。只要倩宜位置一定，自己已为有妇之夫，对秦云的交涉，也许容易办理，而且自己有恃无恐，不致为秦云而影响正式婚姻。即使秦云仍闹得不可开交，倩宜是床头人，无须如以前避忌，可以直诉心腑，请她出头拒绝，总比自己直接较易收效。或者倩宜能慨发善心，收纳秦云，那是出于倩宜的自愿，免得自己担受爱情不专的罪名。

在梧这时心里仍是念着倩宜，没有大许秦云之意，只虚与委蛇，希望得机会脱身。无奈秦云这时情景，并非空言所能敷衍，若不说出个所以然来，仍难以结束。在梧踌躇许久，仍没说出话来。秦云本是要逼在梧屈服，伏着哭了半天，仍得不到回响，心中一怒，忽又坐起，将右手向左手中指上一掠，在梧还没看明白，秦云已把掠下的一个戒指，掷到口内。这一掷在梧可看见了，吓得魂飞天外，扑过去想向她口内抓出，但秦云口已紧闭，又别过头去。在梧真个吓得发了糊涂，抓住她的肩头，倒摇撼起来，哪知秦云的戒指已吞入腹中，越摇越会下坠。

他且摇且哭道："秦云，你这……我全依……全依你……说谎天诛地灭……好秦云，你可别吞金啊。"

秦云这时已把戒指咽下，闻言咯的一笑，转脸向他张开樱口，遂把舌尖卷起，顶着上腭发出个清脆的声音。在梧瞧得清清楚楚，她口中空空如也，明是戒指已入腹中。就在一瞬之间，脑中由吞金足以死人，想到秦云转瞬便得玉碎珠沉，横尸床上。再由秦云的死，想到自己少时便要被班中人抓住，当凶手般地送入当官。随又想到自己的白头老母，妙龄弱妹，全要因无人供养，流落颠连。想着几乎通身软瘫，心里直想倘若此次祸事能够消减，自己就永做秦云奴隶，也自甘心。但秦云明明将戒指咽入腹中，祸事已成，不能挽救，就急得抖战着哭道："秦云，秦云……咱们没有……冤仇……你何苦……你若真死……我也跟着你死……秦云……你告诉我……真吞下去了吗?"

秦云仍然微笑道："谁知道呢？等着看吧。"

在梧颤声道："姐姐你还有救没有？只要你能活，说什么我依什么……好秦云，你可怜我……快活吧……"

秦云见他吓得神昏意乱，语无伦次，不由笑了笑，倒做出极安闲的神情，凝眸侧首，手托香腮，徐徐地道："你不必指望我，只顾自己吧，少时我肚里东西发作起来，你再走可就脱不开了。你家里还有老娘妹妹，再说新娘虽没过门，也算是你的人，若打了人命官司，一家人可就都毁了。我虽然为你死的，可不能再叫你为我死，真个的临死还不留个遗念？你快走，脱开这是非地方……"

说着略一沉吟，又指着床下道："我现在没了气力，你快把床底下的皮箱拉出来，里面有个小铁匣，存着几件值钱首饰和银行存折。你拿了去，留着防备马高镫短，总比我死后便宜外人的好……你快着，没工夫了。”

在梧初听她提到自己家庭，自觉心酸肠断，恨不得立刻夺门而逃，保住残躯，侍奉老母余年。及至听秦云催他速去，并以财物相贻，代谋善后，猛觉她对自己太仁至义尽，在这香魂欲断之时，并无一语相怨、一念相累，倒似忘了她自己性命将终，只替自己打算。不由感激得也自忘其身，紧抱住她哭道：“秦云，我不是人，我太混账，害你到死。你还顾着我吗？天呀，我真愧死了……秦云，我没法救你，也没法报答你，只可……陪你死吧。”说着伸手向秦云手上去掠另一个戒指。

秦云紧紧握住拳道：“我不能叫你死，你别傻了，男子汉为一个窑姐是值不得的。”

在梧已红了眼睛，不由分说，仍拼命夺她手指，一面叫道：“少说废话，给我。”

秦云见在梧甘与自己同死，并非由于惧怕祸事，确是受自己情义感动，明白这一只情场猛虎，已被自己用法术制得服服帖帖，以后定能死心塌地地相从，南人不复反矣。自己应该趁风转舵，莫再矜持了。就拉住在梧的手厉声叫道：“你住手，听我说，你同我死，我很愿意，可是你想到家里老小没有？”

在梧听了猛如当心刺了一针，怔了怔，抱头哭道：“天哪，我怎么好？”说着眼珠一转，忽又瞪圆了眼道，“我杀了人，应该偿命，就是现在逃开，以后良心受不住，也照样得死。我妹妹是有韬略的，一定能养我娘，不过苦了她们，我也顾不得。你叫我死吧，我不多想了。”说着仍抢秦云手中戒指，又左右乱看，似要寻觅自杀的器具。

秦云见已到了山穷水尽的地步，在梧对自己的归心，业已万分坚实，必须替他开路，忙抱住在梧也哭道：“我的弟弟，你真要同我死呀，我怎忍舍得你……害你一家老小……天啊，我真后悔了。你先别闹，咱们撞一回大运，叫医生给我救救，倘然能好，是你我福气。若没法救，我口眼一闭，也就不管你了。”

在梧一听霍然跃起道：“对对，我去请医生……可是哪个医生会……”

秦云道：“你不必问医生了，若把医生请来，治不活我，你还能出得去这个门儿吗？现在只可到医院去，你快收拾，我就……”

说着跳下床喊外面伙计，叫打电话叫近处汽车行立刻开辆车来。外面伙计答应自去，这里秦云已觉肚内有些坠得难过，但还强忍着穿好衣服，对镜整整容颜，在梧也穿上外衣，秦云叫点上两支纸烟，每人吸着一支，又叮嘱道：“你沉住气，不要露出样儿，只装作出去……”

说着略一沉吟道：“这大早晨有什么好玩儿的地方呢?”

在梧猛然想起道：“就说上八里台看荷花，带着买些花和莲蓬。”

秦云道：“对，正应景儿。”

说着又从抽屉中取出个手皮夹，外面伙计报说车已开来，秦云应了一声，和在梧携手同出。外面伙计瞧着都露诧异眼光，秦云笑着说道：“你真是大爷脾气，想起什么是什么，睁开眼就要上八里台，是洋钱折腾的呀?”

在梧也勉强笑道：“我想出去透透空气，玩够了上起士林吃顿早饭再回来。”

说时已到门外，二人上车，车夫关门时，问上哪里，秦云很快地说了声南强医院。车夫上去开出巷外，秦云忽地哎哟了一声，倒入在梧怀里，面色如纸，身体乱抖，把牙咬得咯咯的响。在梧大惊，忙问她觉得怎样，秦云呻吟道：“我肚里……可忍不住了……哎哟好像五脏都要掉下，疼死了……到医院你对大夫实说，不怕花钱，这皮夹里有五百多块……倘若我真死……你千万逃开，别死心眼儿，也不用伤心，只常记着个秦云是爱你的……”

说到这里，脸上汗珠儿已如黄豆大小，只剩了咬牙屏气地强忍。在梧既惧且痛，也只剩了紧抱着她哆嗦。幸而车已开到了南强医院门首停住，在梧推开车门，秦云已不能起立，只可唤汽车夫一同扶她走下。车夫见这位姑娘上车时还好人一样，下车竟突变至此，不胜惊异，扶秦云将入医院门内。已有院中门房，闻声出来，见病人如此沉重，才要拒绝入内，哪知秦云在这忍死之际，心内还惦记着怕汽车夫回去向班中人泄露此事，竟呻吟着说出话道：“别叫车走。”

在梧听了，忙关照车夫。医院门房见她还能说话，知道尚非将死的人，就替代着车夫同在梧扶秦云进到里面。

在梧一手摇着皮夹，高叫道：“我要一间头等病房，立刻请大夫来治，情愿加倍出钱，万莫给我耽误。”

说着见边旁立有三四个穿白衣的执事人，就把皮夹丢过去道：“这是五百多块钱，你们先收下，快治快治。”

这时有人把皮夹拾起，打开见果满盛钞票。医院本是营业性质，当然欢迎这样豪爽的就诊者，就不待进入房内，立刻有人过来问是什么病，在梧才说明是吞了金戒指。执事人听了，一阵纷乱，便有两人把秦云搭入手术室，放在手术台上。未到半分钟，来了三个大夫，匆匆诊察一下，有的给施手术，有的代灌药品，忙过一阵，才恢复静态。一个年纪最老的大夫，又仔细诊察了，便吩咐着让把秦云抬下，放在活动床上，推至第九号头等病房。在梧在旁，看得目瞪口呆，这时才上前问大夫，秦云是否已保住性命，大夫告诉他，现在已有了八成把握，所以送她到病房静养。在三点钟内，必能把戒指由大便中排下，若到时有了大便，而不能把戒指带下来，那就怕不好了。

在梧听了，只可随着秦云到了病房。看护把秦云移至软榻之上，留下一个三十多岁的女看护，守在旁边。秦云这时倒不像方才那样折腾，已能安静躺着。看护把身后软枕垫高，叫她斜倚而坐。秦云微张开眼瞧见在梧像痴了似的，立在床旁，就向他摆摆手道："不要怕，药力很有效验，这时候心里已不大难过，只肚里发胀，看样儿也许能好。你别愁，坐下歇会儿。"说着又招手叫在梧坐在身旁。

在梧坐下握住她的手，觉得其冷如冰，知道她还在很痛苦，只于尚能强忍，不禁又心酸起来，但碍着看护在旁，不便说话。其实看护早已明白，因为世上服毒的，原因虽然很多，但吞戒指的却大半是出于房帏间的纠纷。因为戒指多是女人所御，一遇气恼，便取下吞之，非常爽利。男子却大半不带戒指，而且很少做如此死法。又见在梧惶急的情形，更明白是小夫妇斗气，猜测起因，必是男子在外折花惹草，掀起醋海波澜，女子饮恨自杀，发觉之后，男子自悔前非，不知怎样央求，才劝得女子前来救治呢。

看护这样想着，就含笑说道："这位太太，怎这样窄心眼儿，少年夫妻，那免不了抬杠拌嘴，何至于此呢？瞧把你们先生吓得可怜样儿，一进门就乱嚷不怕多花钱，又乱抛钱包，差点儿要给大夫磕头，看起来还是夫妻情义，到紧要时候就显出来。这位太太，你这时也后悔自己太莽撞了吧。"

在梧听她错把自己和秦云当作夫妻，不觉心中一跳，再见秦云，她竟怔怔地流下眼泪，好像真被看护的言语感动了。其实秦云听着，一半感激在梧不避患难，拼死相守的热情；一半却因看护的误会，想到自己身世飘零，哪有给人家做太太的福分。如今虽死去活来，拼着性命博得在梧见怜，但结果也未必夺得倩宜的地位呢。

在梧虽不知秦云因何而哭，但也陪着她泛澜不已。知趣的看护，以为这是他夫妇讲和的紧要关头，不便碍眼，就悄悄溜了出去。

在梧见看护走了，立刻偎到秦云身旁，悲声说道："现在你定然没危险了，阿弥陀佛！咱们都得谢谢老天。"

秦云发着低哑声音道："但盼我没有危险，你就可以脱清静身儿了。"

在梧听了，似怒似怨地道："你真可恨，到这时还说这话。"

秦云悄然道："那么该说什么？"

在梧道："你该说，现在的情形就是我们以后的影子。"

秦云道："这是什么意思？"

在梧猛一低头吻住她的樱唇，把一字一字都吐入她口内道："我们从此生死永在一处，万不离开了。"

秦云微启樱唇笑了笑，将手握着他的肩头，悄然道："你这话可是从心里发出来的？"

在梧万声道："你敢情还不信我？"

秦云似乎怕他着急，连声说道："我信，我信。"说着又叹道，"咳，我也不易啊。"

在梧无言，只和她紧紧抱住。秦云此际心意酣畅，直忘了肝腑翻腾，闭着眼儿享受可儿夫婿的温存，过了一会儿，忽然把在梧一推，叫道："哎哟，肚子疼，我要……"

话未说完，只听外面有人应了一声，便推门而入，在梧回顾，见是女看护，手里还提着一具白色烧瓷马桶。秦云也已瞧见，知道她一直在门外守候，自己和在梧的言语，定然全被听见。但也顾不得羞涩，忙要下床，女看护扶住她，秦云觉得对她太不过意，还挣扎着说可以到厕所去，女看护道："没关系，一定要用这个马桶，才能验那东西是不是下来。"

在梧听着，知道自己不能再留，就退出屋外，在甬道上来回踱着。等了一会儿，才见女看护提着马桶走出。在梧拦住询问，女看护笑道："我拿去给外边检查，回来才能知道。你且不要进去，随我来。"

在梧只得随她走到一间应接室门外，女看护叫他进去看报消遣，便自去了。在梧在室内空取了份报纸，无奈心慌意乱，看不下去。等了好久，才见看护由门外经过，将一个很小的白纸包抛了给他，又道："你再等等儿，不要进去。"说完匆匆自行，随她身后还有那主任的大夫，但已换了便服。

在梧怔了一怔，看那小纸包只有寸许见方，在手中分量很重，打开看时，原来是黄澄澄的戒指，才明白秦云腹中之患，业已消除。不由大喜，心中急于去见秦云，又顾忌着看护的吩咐，不敢造次。闷了约有半点多钟，才见女看护在门外含笑招手，在梧忙赶过去，女看护道："你太太睡着了，你可不要吵醒她，去吧。"

在梧闻言，急忙回至房中，见秦云果已安静入睡，哪里敢惊醒她？只可坐在椅上，悄然守着。心中思潮起伏，想到昨夜未曾归家，颖芊不知如何惦念。而且明日即是喜期，秦云闹到这般光景，方才保得性命，自己怎能立时抛下她走？但是家中尚有许多要事待办，又实不能陪她再留下去，处此两难之际，真觉无法可施。寻思半晌，方才拿定主意，要等秦云醒来，向她婉转商量，得她的同意，放自己回去办事。待吉期过后，再定娶她进门的办法。料想秦云见自己佳礼将成，不会无理取闹，横加阻挠。而且她既信自己业已倾心相向，她的地位总算取得，更不会缠绕不放，自己稳能安然归家，预备明日去做新郎。所愁者，只有将来对倩宜无法启齿，但无论如何，自己总要任劳任怨，成全秦云之志，以报她舍死之情。在梧想得真是头头是道，哪知事实和他的希望，完全背道而驰。

秦云这一觉，睡得十分长久，大约因为夜中劳顿，加以清早折腾，这时方得安息，自然睡得香甜。在梧久待她不醒，也自伏几睡去。直到下午，他醒觉睁眼，见秦云仍在香梦沉酣，自觉通身酸疼，就立起踱了几步，又想看看时候，恰巧秦云的玉臂拖在床沿，腕上带着手表，但正压在下面，在梧上前轻轻抬起她的玉腕，见天还不晚，十二点三刻才过。这时秦云已被惊醒，妙目惺忪，瞧着在梧，低声问现在什么时候，在梧告诉了，又问她觉得如何，秦云道："我觉得好些了，方才看护说戒指已经下来。"

在梧忙从衣袋取出戒指道："这不是那戒指？"

秦云道："阿弥陀佛！真是上天加护，只怨我一时莽撞，害了自己，不算什么，若连累你，我死也不得安心了。"

在梧道："过去的不必再提，咱们只想后来的乐事吧，现在看你已全好了，今天……"

在梧本想说今天可以出院，哪知只说出两字，秦云忽哎呀一声，双手抚胸，仰倒枕上。在梧瞧她面色突变青白，神气全异，不禁大惊问道："你怎么了……"

秦云强支着道："哎哟，胸口又疼，心里也发慌不得准儿，你快按铃叫看护。”

在梧忙按了铃，秦云又喘着微语道：“方才我大解以后，那主任吴大夫来诊察了一回，也说我身体太弱，怕勾起另外毛病，现在好像应了……”

话未说完，外面门敲响两下，女看护跟着走入，秦云说了声请吴主任，那看护并未多话，就转身出去。在梧也劝秦云不要再说，免得伤气，但他这时心里已暗暗叫苦，因为看秦云又生变化，自己所预定的办法，恐怕不能实行，若耽延一日，明天的婚礼就要破坏。在梧虽急得直出冷汗，但还得打起全副精神，照料秦云。

须臾那主任吴大夫随着看护进来，先问了几句，在梧忙把秦云突起变化的情形说明。吴大夫摇头咂嘴先已表示出问题的严重，又似自矜不幸而料中。当时取了听诊器，由看护解开秦云衣襟，聚精会神地诊察。在梧既关心秦云，更关心着因秦云病体所关系的大事，不由瞪直了眼，随着大夫的头颅，在秦云胸际移动。过了一会儿，大夫摘下了听诊器，喘了口大气，摇头无语。在梧此际，一颗心已提到喉咙口，空望着大夫，不敢询问，恐怕得到坏消息。但他以病人丈夫的资格，在势不能不问，只得强涨胆子，问道：“大夫，您看怎样?”

照习惯说，医院中的大夫，是每日要看世人害病，和火车轮船久看世人别离，伍伯刑官久看世人死灭，是一样的见惯司空，感情麻木，永不会替人伤心的。但这吴大夫却好似特别热肠，竟十二分关切地望着在梧，面部表情，更像他的亲丁骨肉遇了灾难一样，愁眉苦脸的，先叹息两声，然后答道：“我从方才就担着心，因为这位太太原本有心脏病，不过隐藏在内，没有发现。在她泻下戒指以后，我来诊脉，就诊出有这种征象，当时问她以前曾害过心脏病没有，她说并不晓得，只平常有心跳的根儿，每一受惊受气，就由心跳传染得脑昏身颤，常常一两天不断，这就是心脏病的正式状态。她这次为气恼，才吞下戒指，虽然救治过来，可是内部已受极大搅动，很容易使心脏生变态的。倘然真的发作起来，恐怕治起来很要费手，而且要留下极重的病根。哪知她经过睡眠以后，竟而如了我的所料，这个……”

说着不住咂嘴，把“这个”二字连说了十多次，但并没有下文。在梧听着，只有扼腕暗唤奈何，又恨这大夫过于不通世故，当着病人面前，说出这不祥的消息，但仍勉强赔笑问道：“大夫，您看应该怎样治法，才能叫她急速好呢?”

大夫耸肩摇头，立起身将两手都插入臂部上面的裤袋里，来往踱了半晌，才转到在梧面前，把手一摆，道：“这病固然没有显明的危险，但若听其自然，将来总有一日突然发作，很快地伤了性命。不过这一日的到来，也许今天明天，也许十年二十年以后。运气好呢，或者到老时因别病而死，根本和心脏没有关系。”

在梧忙道：“我们决不能听其自然，请你赶快设法。”

吴大夫略一沉吟，才道：“治法是有的，无奈功效很少。这和肺病差不多相同，并没有可靠的药品。譬如医生叫害肺病的人吃鱼肝油，只能说鱼肝油对肺病者有益，却不能说鱼肝油是治肺病的专门药品。至于心脏病，也是如此，要我现在开出药方，担保把她治好，那是绝不可能。不但我一个，全中国全世界的医生，也没有治心脏病的把握，因为这种药还没发明呢。”

秦云正在闭眼忍疼，听大夫这样绝望的说法，竟吓得嘤的一声哭起来。在梧听大夫黏黏缠缠地说了许多无聊的话，而没有一句着到边际，反惊坏了秦云，不由怫然说道：“大夫请你简洁说吧，凡是一种病，总有个最好的治法，你多费心，我们多花些钱也无妨的。”

说着一面使了个眼色，暗示大夫快改口给病人宽心，一面抚慰秦云。大夫听了在梧的话，忽然笑道：“我才说了一半，这位太太来不及听下文，就害怕了。其实我所谓没有把握，只指着专治这种病的药品尚未发明，想象着普通病症完全用药品治愈，是不成的。但是另外却有自然的缓治法，最有效力，就是转地疗养。这种病比肺病省事多多，肺病有的需要三年五年，这种病只要转到较好的环境，心地能够宽舒，有上半年足可除根，不过药品也得常服一些。”

在梧听着，一半因秦云有救，稍为放心，但想到这转地两字，立刻又把心揪起来，秦云似忍着痛苦，低声问在梧：“什么叫转地疗养？”

在梧尚未答言，大夫已听见代答道：“转地疗养，就是离开天津，到别的山水区域去住着调养。最好是青岛、北戴河等海边，若图近便，就到北京西山去也可。现在正当暑天，这几个地方旅客很多，你们两夫妇正好做伴前去，一面避暑，一面养病，生活一定很快乐的。”

秦云听了，望着在梧悄然无言，在梧却心中暗恨他代为筹划的多事。世上医生，多是惜语如金，只怕多说一句话便伤了气，任病家恳切询问，当学金人缄口，好似表示山人自有妙算，尔等不必哓哓。偏偏这位吴大夫竟大为变格，也不怕买倒了名医行市，从长篇大论问一答十之外，竟连养病的随员，也代病人派定了。只顾你随口一说，可知道我明天是什么日子，这不是故意和我为难吗？

在梧这样深恨那位大夫，又怎知大夫也自有其难言的苦衷。因为他在秦云小睡之前，曾被秦云请来诊察，当时他说明危险已过，并致贺意。秦云趁着看护外出，对他说了一套谎话，自称和在梧是结婚数年的夫妇，只因在梧近日在外有了外遇故而负气自杀，现在虽然得救，但回到家去，在梧仍要自由行动，去和那女人私会，夫妇感情恐怕仍得破裂，或者不久照样演这样一场惨剧，也难预料，所以求大夫设法救她到底。大夫听了，就问怎能救她。秦云说在梧并非无情的人，只为被荡妇迷惑，失了理性，方才如此。倘能设法叫他和荡妇隔离，没了引诱的人，他便可渐渐改邪归正，夫妇的前途，也可日即光明了。所以我此生的幸福，只在大夫手里。吴大夫更为惊愕，秦云就解释说：自己原想和在梧出门旅行，但在梧恋着那人，支吾不肯，如今可正是机会。你是大夫，这时若断定我有什么危险的病根，必须出门将养，不然就有性命之忧，一定可以叫他相信。不瞒你大夫说，他虽然现在有些荒唐，但对我仍非常关心，我家又没有亲人，出门养病，他势必陪同前去，不会推诿的，大夫你帮帮我的忙吧。吴大夫听着，方一犹疑，似要说名誉所关，不便淆乱黑白，而且假断病症，更是医家的大忌等语。秦云不等他开口，已接着道："大夫，这是积德的事，你对一个可怜女人的请求，总不忍叫我失望吧？我也不敢说报答，方才交给院中的五百多块钱，除了费用以外，全捐助给医院做补助费，表表我一点儿意思……"

吴大夫听了，立刻心中涌出贪心，把原来要说的话都消化了。本来这医院是他一人经营所成，前几年生意甚佳，将余利都供了建设，才立下规模，创下名誉。近二年却因不景气关系，好似人类无力害病，营业大为清减，勉强支持，仅能敷衍门面。吴大夫的私人生活，自然随之入了窘境。恰巧他太太的女侄出阁，将有事于母家，要他置备衣饰，吴大夫张罗不出，家庭已起了数次风波。至今期限已迫，他太太下了哀的美敦书，限于三日内交卷。他又素性惧内，不敢驳回，正急得走投无路，想不到遇见这个机会。俗话说，一文钱难倒英雄汉，不在数目多少，而在赶的时间凑巧。吴大夫听到秦云的话，宛如得了救星，当时就随着秦云的意思，婉转答应。秦云又告诉了办法，所以到这时候，秦云一假装发病，吴大夫就来和在梧唱了这样一出趣剧。在梧心内焦急，秦云却眯缝着眼儿，暗暗瞧他的神色。大夫以为职任已尽，五百元安然到手，就又足了一句道："我看这事不能迟缓，最好今明天就起身，现在我且给注射一针，暂止疼痛。少时再送过一种常服的药，带到外面，每天服两次，过两星期就可以停止服药，完全静养。"

说着就吩咐看护，打开用具，取针在秦云臂上注射。秦云最怕针刀等一切治疗器具，这时见医生要在自己身上做不必要的工作，暗骂你既知我装病，怎真的动起手来？但当着在梧，又不能拒绝，只得忍受。哪知大夫并没真的流血，只要了一个手彩，在梧倒看得皱眉咧嘴，秦云呻吟着暗笑。大夫收针入匣，看着表道："你们小家庭，想没甚累赘，现在只两点钟，若赶紧收拾，还赶得上四点钟的火车，固然耽搁一半天，也没要紧，不过病人能早换环境，心境就早些开豁，对于病是有莫大好处的。"说完鞠了一躬，便和看护出去。

秦云见在梧仍在发怔，想了想，知道此际不能对他再做要求，就坐起来，按铃唤进看护，言说立时出院。在梧忙道："你再歇一会儿好不好？"

秦云不语，下床穿了外衣，并不招呼在梧，出了病房，就直奔大门。在梧倒弄得手忙脚乱，急急追随。到了外面，见汽车仍在等候，秦云自开车门，走将上去，就吩咐开回惊鸿馆，那神情好似忘了还有在梧。在梧见她突然大变，不知怎样得罪了她，急待询问，只可跟上坐在她身旁，向秦云说了许多话，问她为什么这样匆忙。秦云整着脸儿，一语不发，在梧问得急了，她才说了句："你不必问，少时自然知道。"

在梧正然无计奈何，汽车已然停住，二人下车。秦云吩咐车夫不要回去，少时还要出门，就自进巷，入了惊鸿馆。在梧这时只可大模大样，和她同入房中。秦云倒在床上歇息，伙计老妈踧来报往地张罗茶水，半晌方才清静。在梧心想这可到问她的时候了，就走到床边，才叫了一声秦云，秦云忽向他摆摆手，悄然起立，就走将出去。在梧没法，只得痴坐许久，猜测秦云何以变态如此，却想不出所以然来。直过了半点多钟，秦云方才走入，后面跟着一个五十多岁老鸨样儿的妇人和两个伙计，秦云吩咐拉出床下的皮箱，打了开来，将外面的随身物件，装了进去，然后锁好，连另两个原封未动的箱子，都由伙计搭了出去。秦云又拉开垂幔，指点三间房中的家具和零星陈设，向那老妇说道："这些东西，都请你费心，给送到我盟姐家去，烦她照管。并且告诉她，我已经嫁了人，要到北京去结婚。日期太紧，来不及辞行，等回来再去瞧她吧。"

在梧听着，只觉头上轰的一声，通身出了冷汗。哪知秦云说着，又由床头的随身小箱，取出二百五十元钞票，递给那妇人道："这院里伙计老妈，伺候了我一场，如今我随人走了，别叫他们白替我欢喜，这二百块钱，算我点小意思，再有口上的车夫，因为我只进班几天，还没有熟的，用不着多给，只把五十块钱免免臊罢了。"

书中代言，原来妓女从良的规矩，自由身体除比领家的少出一笔身价外，其余花销，并无两样。第一全得赏犒全班的用人，意为久日受他们伺候，一旦出水从良，对旧日仆人似应留此遗念。第二样却有些不在理，凡娼窑的胡同口上，都有一班车夫盘踞，结成死党，不许外人溷入。在平日贪图妓女手头洒脱，嫖客挥霍不计细资，便有吝啬的，也要装些门面，所以不用镇日奔驰，只有几次生意，就能得到丰厚的代价。而且遇有妓女从良，照例要赏口上车夫，数百数十，全归一班车夫均分。这习惯不知如何起源，但已成为定例，凡是嫖客要娶妓女，就得承认这笔花销，否则必被奇辱。记得有一次某妓女钟情一个穷苦大学生，誓以终身相托，但是双方张罗，只勉强缴足身价，二人只得暗地溜出，瞒着这群变相债权人，投向旅馆中暂居。哪知口上车夫因失了这笔照例的收入，愤慨非常，打听着二人住处，就寄了封挂号信去。那对新夫妇接着开看，封内竟是一副小挽联和一些纸钱，二人见了，却气得发昏。其后女的因此病了一场，男的却在外面被不识面的流氓打了一顿，由此可见这由恶劣习俗所成的规例，是多么利害。

当时那老妇接了秦云的钱，赔笑说道："干吗还花姑娘这些钱，总共您才进来几天哪?"

秦云笑道："花多少也只这一回。再说我们先生按这数儿给的，我只得依他办。"

说着指指在梧，那老妇忙哟了一声，连骂自己发昏，立刻又是贺喜，又是道谢，闹了个一团和气，随着出去唤齐全院伙计老妈，进门给巢二爷和二姑娘叩喜。在梧这时好似身在半空，和秦云一同唱戏似的，觍然受贺。下人致礼已毕，陆续出去，秦云就向老妇告辞，言说将到开车钟点，不能再留，所托的事，都望尽力帮忙。老妇应着，秦云便提了小箱，和在梧一同走出。院中伙计老妈左右伺立，同院姐妹也全由房中探头窥望。因秦云才进班几日，真是命运太好，不知几生修到。因而想到本身，红颜将老，金屋犹虚，不由从惭愧而生凄凉。二则见秦云的可儿夫婿，华贵雍容，英姿飒爽，并肩同行，直如玉树芝兰，临风并倚，叫人看着眼热。觉得秦云迁乔一去，无异登仙。于是有的啧啧称羡，有的默默有思。秦云将到院门，又见有十几个口上车夫，蜂拥而入，向秦云叩喜，原来班中已把分例缴了出去，故而他们起来谢赏。秦云微一颔首，便走了出门。只听这班粗人纷纷议论，这个说二姑娘待穷人真是厚道，还没坐过我们的车，就赏了好些钱，这才是讲板眼够资格的阔唱手。叫那些从良开小差，只为刻苦我们穷人，不怕挨骂的，看看人家，还不羞死？那个又说，所以人家二姑娘手笔大、福气大，才嫁了这样一位漂亮阔少。就瞧这份人才，站在鼓楼底下，三个月也寻不出第二个来。秦云听着心里颇为受用，在梧却忐忑不安。出门见汽车依停在巷口，方才搬出的皮箱，已放到汽车顶上，两个伙计在车旁伺候。秦云愈忙向那老妇告别，叫她们不要再送，和在梧自出巷外。这时别家班子，都已知道这个消息，莺莺燕燕，男男女女，各门口都站满了人。那情形和普通民家看嫁女的风光一样，而且有夫婿在侧，更像新婚后的双回门。若郎君出色，众目睽睽之下，正是女子最得意的时光；若是夫婿老丑，也便是女子最窘苦的磨难。秦云此际颇有这样感觉，心想妓女不比闺阁，能享受花烛荣幸。只有这从良是终身第一大事，自己初次嫁胡百甫时，年岁尚小，所事又非惬意之人，所以感情麻木，毫不挂怀。如今嫁得在梧，才感到女人出嫁的特殊意味。当此一刹那的工夫，直忘却自己是久历风尘的妓女，而成为瓜字含瓤的新嫁娘胎，凭空生出异样娇羞和不同寻常的得意。尤其是把美秀风流的新婿摆在身旁，给大众展览，这骄傲含在心中，直似气球中的轻气。

两人走出巷外，秦云仍是洋洋不睬地上了汽车，在梧真可以说是心中失了主宰，茫茫然也随她上去。车门既闭，秦云扬手向送至巷口的班中人致别，车便开行。在梧突然心中自警，以为秦云从医院出来，不与自己说话，必是有所恼怒，看这样儿，她或者要独自赴北京静养，不许自己跟去，但又想到方才在班中对那老妇说是已经嫁我，即到北平去度蜜月，又不像恼恨自己的情形，何况她要死要活地拼命，才得到我的允许，又怎能轻易舍弃？她的心思，真是莫名其妙。不过转瞬到了车站，她若不许我相随，我如何放心她带病孤身远去？但若跟了她去，自己明日又是婚期，这可如何是好？

在梧想着望望秦云，见她惨黛愁蛾，一反方才的欣喜之态，似乎有所悲苦，不由问道："你怎么……方才不是好些了？"

秦云摇摇头，低声答道："我方才是强忍着，办完这件事，好出班子门儿。其实心里还一阵阵地疼，现在又重起来了。”

在梧道：“那大夫方才不是给了药，你吃点儿好吗？”

秦云点头，就叫在梧打开小箱，取出大夫所给的一匣白色药饼，其实是一种甜味的开胃药，毫无力量，可以当作糖吃的。秦云心中明白，在梧却看作仙草灵丹，等她吃下，又问如何，秦云呻吟着叫他替揉胸口，在梧一面举行这温柔职务，一面瞧着她那憔悴的脸儿，不但满心要说的话全都不能发表，而且只想她受此颠运，忍此痛苦，完全是为着自己，唯有殷勤怜惜，缓抚轻摩。

不多时已到了车站之外，二人下车，就有脚夫前来代搬箱笼。秦云似乎好些，和在梧徐步入站，脚夫说去北平的车就停在第一月台，还有五分钟便要开行。秦云取出一张十元钞票，递给在梧，叫他去买二等车票，却没说买几张。在梧接过走到票房窗口，将钞票递进去，说了声北平二等。里面售票员问一张两张，在梧觉怔了，先答道一张，随又改口道两张，售票员的手把钞票拈了进去，便闻轧票响了两声，他猛又吃吃地道：“一……二张。”

售票员已把两张票丢到窗外，道：“你这人是什么毛病，连数儿都弄不清？现在两张票都轧了字，怎么办？”

在梧昏昏沉沉接了票道：“好好，就是两张。”

说完转身便走，售票员叫道：“等着，还有找钱。”

在梧回去抓了钱，匆匆走到栅门，秦云正在等着。见他把票递给验票员，是一色的两张，不由心中暗喜，知道自己完全胜利了，就随脚夫，进月台到了车上，才寻着座位，把箱笼放好，便闻汽笛一声，脚夫讨了钱下去，车已蠕蠕开动。在梧悚然一惊，似将有声，秦云并不看他，只把眼儿望着窗外。在梧好似木雕泥塑，立在那里，眼看车已开出站台之外，不由颓然坐到秦云身旁，心中自思：我莫非在做梦，怎么竟上了火车，这岂不真的要到北京去了？明日的婚事可怎么好呢？又想自己从医院出来，就想和她诉说苦衷，急图脱身之策，但不知怎的，不是被她的怒容愁色所阻，就是被她呻吟所误，始终一句话也没的说。如今竟随她登车远去，在动身之前，自己还不敢做分离之请。这时走在路上，若再要求回去，好像中途反悔，有意弃她，恐怕徒费口舌，难得同意。何况她正在病中，一受刺激，必然加重，自己已害她生病，何忍再给她痛苦呢？想着几乎要抛开一切，由命听天，将此身交与秦云，以报知己。但再一深思，明白举行婚礼，新郎失踪，倩宜当然凄苦万状，但那还是较小的问题，最可怕的是颖芊妹妹，她这次固然主张急速成礼，以保全我和倩宜，但因事出仓促，恐怕母亲不肯赞成，所以决定且不使老人家知道。预备稍缓一二月，用倩宜的私蓄，重新举行一次仪式，邀请亲友，风光一下，以博老人欢心。这样瞒着母亲，对于自己现在的罪孽，稍为减轻，因为明日婚礼不能举行，母亲并不知道，免得气恼。但在另一方面，责任全在颖芊一人身上，自己这一躲避，她将何颜以对倩宜，岂不要窘怒死了？再说自己和颖芊，直在兄妹以外，另有一层肝胆相照，过失相规，患难相助的友谊，笼罩在骨肉亲情之上，此次若伤了她的心，日后又把什么脸相见？难道自己把美满家庭，从此抛弃了吗？

在梧想着，心中惶急，忽听秦云叫自己名字，在梧连忙转脸答应，见秦云正颜厉色，似将做郑重表示，就问道："什么，你好些吗？"

秦云道："我瞧你好像神不守舍，莫非心里惦着家吗？"

在梧听她问到这里，以为正是机会，忙恪恭恪敬地说道："我倒不是惦着……不过明天的事，实在……为难，已经定规了，若是临期没有了人，那……"

秦云不待他说完，已悄然道："是啊，不但你惦着，我也记着呢。明天的婚礼，不但关系你一个，那位倩宜小姐，眼巴巴盼到这好日子，突然把新郎丢了，不知要多么难过，何况还有你家里人呢？"

在梧一听，她居然顺情顺理，说起体贴自己的话，真是万分难得，趁此时央告她，或者有依照新刑律恩准假释的希望，忙赔笑道："你真是明白人，我处在这种境地，正万分为难，你居然……"

话未说完，秦云接口道："居然什么？敢情你还是一心惦着那位心上人，随我来是无计奈何的？我一露这口气，你就要趁坡儿下。"

在梧想不到她是借词在套问自己真话，不由心中一惊，吃吃说道："我并不是……你不要误会……不过……"

秦云道："你别说了，我明白你是有道理的，可是我也有个理儿，先问你，把我和倩宜看得谁轻谁重？"

在梧听到这个难题，觉得若说重她而轻倩宜，未免良心有愧；若直说把倩宜比她看重，只怕当时又生纠纷。正在嗫嚅未语，秦云已笑着替他解围道："我知道你是没法说的，我猜一句，你看我和倩宜一样轻重，没有偏向，是不是呢？"

在梧只可点头，秦云道："若是这样，可就好说了。现在有两个一样的人，在你心里不分谁轻谁重，那么这一个眼看要死，你一离开她就不得活；那一个平安无事，你离开了只于叫她伤心几天。你自己打主意，以为该顾全哪一边呢?"

在梧木木然半晌，才答道："这样，我自然先顾……你……"

秦云点头道："哦，多谢你的好心，不过你固然可怜我了，可是人家那边，也不可太过冷淡。既然明天不能回去，也该寄封信叫人家安心，要这样悄不声地来个没影儿，就不近情理了。"

秦云已经把在梧制得服服帖帖，一心无二，倒假装大量的样儿，叫他写信通知倩宜，以免悬念。表面看好似大仁大义，其实她明知道在梧此时若不给倩宜通信，即使明日失期，日后相见时尚可谎言遮掩。若寄了信去，无论做何说辞，明日倩宜接着，定想他既能写信，必然身体自由，意志清楚。人生的事，莫大于终身，竟而躲开不理，定是别有居心，万万不肯原谅，这封信直等于绝交之书。倩宜因此着恼，也许一怒和他断绝，那时自己的地位，岂不更稳固了?

秦云想得固然聪明，但也忘了一样，在梧向与母妹相依为命，而倩宜这件婚事，又是他老母所允许，妹妹所主张，即使在梧甘愿抛弃倩宜，与秦云成为夫妇，只恐这件婚事，绝不为他家庭所承认。而秦云本人，更要因为诱惑在梧倒行逆施的口实，而受到他母妹的极端反对。在梧为人，虽然多情易感，但若叫他连骨带肉一并割断，却是万万办不到的。

在梧听了秦云的话，却是另有想法，以为明日既误婚期，倩宜不知苦到何等，颖芊也必疑虑难安。自己能去信安慰倩宜，兼向颖芊说明一切，或者因此稍减罪状，自己也稍得安心，总比不告而逃有如规避的好。想着就道："你说得对，我写信寄去好了。"

秦云点头笑了笑，开了小箱，取出一支翡翠杆的自来水笔，式样非常美丽玲珑，举着抖了两下，由笔尖滴下数滴墨水，就笑道："我这箱子是百宝箱，什么都有。这笔正是去年我和吴奶奶一同买的，说好念书练字，到了儿谁也没练过一天，想不到里面墨水还没干呢，你写吧。"

在梧道："也没纸啊。"

秦云道："纸更现成。"

说着由地下拾起一张旅馆的传单道："在反面写就成。"

在梧道："还有信封呢。"

秦云道："你写好了，带到北平，就在站上买信封贴邮票，寄快信，明早准到天津，不会误的。"

在梧只可接过纸笔，就着上窗前浮板低头要写，哪知在未写之时，以为这信只于诉说不能归去苦衷，很容易措辞。及至提起笔来，才觉得无法下笔。譬如含糊着说，因什么赴了北京，不能归去，特将婚礼暂做罢论，这样绝不能得倩宜原谅。她知道自己没有正业，岂能遇到比婚礼还加重大的事。何况秦云对自己的一切，颖芊已告诉了倩宜，她接到这信，必要疑到自己为秦云所迷，预备背弃原订婚约，故而先期逃避。但若实言相告，说明现受秦云挟制，无法脱身，固然现时也惹倩宜气恼，但日后却易于解释，这样虽较为妥善。无奈当着秦云面前，她虽程度不高，但总认识眼前的字，若写时被她看破，岂不又弄成僵局？即使她看不明白，写完也终要叫我念的，那时可不要窘死吗？在梧怔了半晌，只把笔杆擦着鼻洼，眼瞪着纸，不能落笔。

秦云道："趁着这时车正到站停住，还不快写，等车一开就晃得不好写了。"

在梧漫应道："等我想想，这会儿心乱得很，不知道怎么起头儿。"

秦云情知他为难，并不说破，只笑道："难为你这有才学的人儿，写封信还挠头呢？"

说着汽笛长鸣，车已开动。在梧向窗外一望，瞧见月台上的站名牌，写着廊坊，心想怎这样快，竟走出一半路程，向北京步步走近，就和倩宜步步相远了。不由更为焦悚，急要把信写成，以便到北平付邮，明日早寄到倩宜手里，免得她临时兴冲冲到礼堂，眼看新郎失踪的悲剧。但是心中愈急，脑筋越乱，又加同车客人往来纷杂，笔杆把鼻洼都擦红了，仍是一字不出。秦云只抿着嘴儿，瞧着他一语不发。忽觉在旅客往来杂沓中，有革履声由背后走近，她以为是同车女客，在停车时下到站台散步，这时车开才上车归座的，也不介意。但是履声走到背后，竟然停住，却又不闻落座之声。秦云心中诧异，便回头去瞧，猛见身后尺许以外的走道上，立着两个女子，一个将近廿，容貌在端整中别有一种娟秀之气。尤其一双妙目，既黑且亮，含着渺深如海的情思。最可爱的是身上只穿着件素纱旗袍，脚下一双没有花纹的白皮鞋，并无动人装饰。但是不知怎的，只觉她通身弥漫着清气，好像尘土都不敢向她身上飞扬，直称得起玉质冰姿，不同俗艳。秦云瞧着有些自惭形秽，及至再看到第二人，更吓了一跳，心想怎今日这车上美人特多。这第二人只有十七八岁，玉立亭亭，身段非常苗条，一张瓜子脸儿，眉目位置，直堪入画，双瞳点漆，朗如秋水，玉柱似的鼻梁，配着不闭自拢的樱口，好像天生来美丽的顶点，使人一见，就知这人哭笑喜怒，都非赏好看。头发垂在颈后，并无烫卷痕迹，额上的发，立起寸许之高，向后卷去，有如日本妇人的蓬髻，但是出于天然，颇有密发虚鬟之致。身上穿着一件红色旗袍，剪裁可体，更显出腰身叶叶，曲线楚盈。脚下着一双银色高跟鞋子。秦云初瞧这二人，为容光所炫，心里只想这两个一是少妇，一是妙女，面貌不似姐妹，却何以生得都如此美丽？内中以年少的长得最好，但那年长的却更有动人之处，好像她特有一派温柔明朗的气氛，足以起人敬爱。

秦云正在出神，猛然醒悟这二人何以走到自己身旁，竟而立住，向窗外眺望风景呢？抬头再一细瞧，原来她们的眼光，正注着伏在窗前写信的在梧。年长的柳眉微蹙，似做叹息；年少的却抿着嘴儿微笑，点了点头，又回首向那年长的耸肩示意。秦云瞧着二人形迹离奇，方自有些醒悟。在梧那里写了几句套头“倩宜妹妆次，别来……”如何如何，底下就接不下去。无意中一回顾，恰和秦云对了目光。秦云想将眼光领导，叫他看那两个女子是谁。但还没容得在梧会意，猛见那个年幼较少的女子，一步踏进两椅之间，伸手就将在梧写信的纸拿起，用两指拈着，略一摇晃，便发出银铃似的笑声道：“哥哥，你何必写信，倩宜不就在这儿吗?”

秦云闻言大惊之下，立刻抬头去瞧那年少的女子。却见在梧立起身来，呀了一声，就奔到年长的女子跟前，握住了手叫道：“倩宜……倩宜……你怎么来了?”

倩宜很安详地说道：“我是跟颖芊妹妹来的。”

在梧本已瞧见颖芊，这时听倩宜一说，急忙回头，见颖芊正立在身后，正色相视，把无限责问之意，都由目光中射出。在梧不胜惶恐，再看秦云，却已颜色惨白，两眼直勾勾的，似在静观自己的动作。但世事终是邪不侵正，秦云无论对在梧如何有情，终吃亏是个妓女，被人看作专以诱惑男子为业的人。何况她又是明知在梧业经订婚，偏要夺取到手。倩宜却是在梧名正言顺的未婚妻，一向温柔淑静，在梧平日就觉对不住她。今日和秦云同做远行，已受良心谴责，这时突然见倩宜出现，心里直要愧死。更无须倩宜开口问罪，他良心上已自不堪承受，何况倩宜态度仍如平时，更无一丝怒容怨气，这一下比较严酷的刑法还觉厉害。在梧好似腹中突生出无数只小手，一齐抓搔心腑。当时并无话说，只默念着“我的倩宜，你太好，你太可怜，我该死，太亏对你了”。两手握住倩宜玉腕，发呆半晌，才吃吃地道：“你你……你那儿……怎么……同谁……哦……颖芊同你来的……你坐坐……”

说着似要让倩宜坐下，但回顾只有秦云身旁一个座位，在势不能让倩宜坐过去。何况秦云神色已经改变，大有风雨欲来之势。又有颖芊同在，一个座子也绝不能容纳两人。但当众人过往之途、众目睽睽之下，实又不能立谈，正在为难。颖芊已走过拉着他道：“这儿没地方坐，哥哥，跟我们到前一节车去吧。”

在梧唯唯，道：“你们……在……在哪里……”

颖芊道：“我们在前面头等车包房里。”

在梧无语，于是倩宜在前，颖芊在后，把在梧夹在中间，鱼贯走去。秦云眼睁睁瞧着在梧走了，好似把心肝被人挖去。这时若只倩宜一人，秦云或者还不甘让步，只为倩宜之外，又多了一位颖芊。她深知在梧和倩宜的婚姻，全由颖芊促成，此际倩宜跟踪而来，必是颖芊所怂恿。颖芊虽是在梧妹妹，但立在倩宜方面，无异于媒保双兼，前日的主张提早成礼，现在伴同远路相追，都是她负责的表示。可知她万不肯让在梧背负倩宜，自己这时若强夺在梧，必对倩宜争竞，颖芊是要挺身出来助她，自己绝无胜利之望，何必枉讨没趣？而且自己既决心嫁与在梧，颖芊便是小姑，日后相见之日正长，相需之处更多，这时若和她闹出芥蒂，恐怕一人作梗，全局皆输。听在梧所谈情形，老太太对这女儿，非常疼爱，在梧对这妹妹，万分敬重，隐然成为家庭中心。今日若鲁莽得罪，将来自己便有嫁在梧之望，小姑只一摇头，婆母也必反对，在梧那样孝母爱妹的人，还肯要我吗？秦云想着，心中异常为难，但瞧着在梧生生抛闪而去，又觉心有未甘，情实难舍。一阵刀扎肺腑，突然想到自己薄命，落在风尘，就如此忒低忒贱。在梧本陪自己同来，一霎遇到人家大家闺阁的未婚妻，就飞也似的扑过去，不知怎样捧护是好，再不把正眼对我瞧瞧。可见还是人家正式夫妇，我天生是影射的，使碎了心也不被看重啊。秦云想到酸心极处，就伏在浮板上，暗自饮泣不提。

只说在梧被颖芊押解到了前一节车上，因为这列车是由南来的联运通车，所以挂着有头等睡房。颖芊在上车时，预知必有秘谈的需要，故而占了一间。这时三人进去，把门关上，颖芊叫在梧和倩宜同据一榻，自己坐在对面，先正色对在梧注视。在梧这时直不敢和她的目光接触，但向旁边闪避，又看到倩宜面上，简直跼蹐得无地自容。倩宜却明白颖芊代自己向在梧问罪，但芳心有所不忍，以为在梧已窘得够了，何必再逼他过甚。万一把他急出个好歹来，怎么好呢？想着就低叫颖妹，预备向她使个眼色，令其留情。哪知颖芊并不理会，竟立起向在梧道："哥哥，请你站起来。"

在梧不知何事，只得应声起立，颖芊道："哥哥，你可把人家委屈死了。你莫说上北京，就是要飞到天边，人家也犯不上这么自轻自贱，追踪儿追你。这可是我怕你弄成一失足成千古恨，拼命拉着人家，一同赶来救你。只是明天的新娘子，今天知道新娘随别的女人逃出几百里地，这气苦还不够死个人的，又被我强拉硬曳，忍着气来追你，请问人家心里是什么滋味？你自己想想，若觉得良心有点儿不安，就赶紧给人家赔罪，别的话以后再说。若自觉理直气壮呢，那你还是请便……"

在梧本来对倩宜满心抱愧，正不知如何谢过，论本心便磕一万响头，也自情愿。这时颖芊一给开路，哪还顾得什么害羞，竟扑地跪在倩宜跟前。

倩宜大惊，伸手乱拉道："这……这算什么？你快起来，别听颖芊……"

在梧已仰首说道："倩宜，我真不是人，求你……我实没脸再求你原谅……可是你还得原谅我。"说着泪如雨下。

倩宜仍用力拉他，急急说道："我并没有生气，你何必这样？快快起来。"

颖芊在旁道："你起来吧，尽跪着没用，我还有话说呢。"

说着将在梧扶起，使他就座，自己也坐下道："哥哥，你在车上遇见我们，别怪纳闷的吧？我先给你解释一下。在前次你和这陆秦云的事，虽然说得牙清口白，可是我察看情形，从你那为难的神色，就料到陆秦云绝不肯轻易放松了你。昨夜你出门时，说是打听小莲消息，我很不放心。明知你一到惊鸿馆，必要见着陆秦云。你的为人，我自然十分清楚，绝不至于有意做坏事。但有种最大毛病，就是面嫩心软，一受别人感动，立刻失了主张。所以我怙惙着你和秦云见面，很是危险。无奈我一则惦着小莲，若拦你到惊鸿馆去，无异于把小莲抛开不管，谁忍受得赵顺半夜的啼哭呢？二则又想到，你也许是因为明日结婚的缘故，顺便去见陆秦云，用正言打断她的妄想……"

在梧听到这里，不禁冲口说道："可不是，我本来预备这样办，谁知……"

颖芊摆手道："不必说吧，下文我很明白。你和三国关夫子一样，本来去攻打曹操，结果倒被曹操给拢了去。这情形在今天早晨，你还没有回家，我已经全断定了。当时我知道事情不好，就赶紧把倩宜请到家里，和她商量。倩宜自然只有难过，没有话说。这地方你必怨我不该叫倩宜知道，可是我既为你对倩宜负着全部责任，又加她向日对待咱们兄妹的情义，凭良心不忍瞒她。何况我本来打算到惊鸿馆去，替你把陆秦云打断的，但是我一个年青女子，又是你的妹妹，怎能出头做这种事？母亲倒是可以，我却怕气着老人家，不敢告诉。所以只有倩宜出头，无论是和你交涉，或是和陆秦云辩理，都是名正言顺。"

颖芊说着，微微喘息，又道："哥哥，你莫怪我小题大做，要知道咱们巢姓门衰祚薄，并没第二个男子。一家命运，全在你一人身上。我为着母亲，为着死去的爹爹，万不能看你堕落下去，更莫说还关着倩宜的终身。我当日给你介绍，对人家把我这哥哥说得天下少有。如今你一失足，就算把她毁了，我死也对不住她啊。"说着也流下泪来。

在梧战兢兢说道："妹妹，你全对，做得全对，我实在罪大恶极。你别难过，好妹妹，你责罚我。"

颖芊摆手道："哥哥，你错了，我责罚你做什么？能责罚你的另外有人，只怕人家没耐性责罚了。现在我接着说，倩宜到了咱家，我就和她商议，一同到惊鸿馆，把你从罪恶里救出来。可是倩宜哪里肯担着和妓女争风的丑名儿，到那种坏地方挑头露面？我只可把咱们巢氏全家的题目求她，几乎说破了嘴唇，倩宜实实推不开我的情面，方才答应。我们二人出门，雇汽车直奔惊鸿馆。莫说倩宜，就是我也万分心怵，谁又知道娼窑是什么样儿？我们都是软弱的女子，去了该怎样交涉呢？幸亏老天加佑，并没真的叫我们去，才走到租界的马路口，正遇着你和陆秦云，也坐着汽车从巷内出来。我的眼快，把你和陆秦云的情形，瞧得清清楚楚，心里直替你害臊。可就叫汽车转过头，跟在你们后面，送到那家医院门口，才知陆秦云是病了，你那时正全神贯注，自然不会回头。依倩宜就要回家，还是我好央歹央，把汽车停在远处等着。好在医院斜对过，有一家小咖啡馆，我们就进去喝了顿茶。正午过后，你还不见出来，我们又用了午餐。直到将近三点，才瞧见你和陆秦云出医院的门，我们忙也出咖啡馆，上汽车又送你们回到惊鸿巷外。我就要照着原定办法，直入惊鸿馆寻你。但是倩宜瞧着你和陆秦云的模样，已然寒透了心，再不愿见你的面。我又重新向她央告，耽搁了半天，忽然有几个男子，从惊鸿馆扛出四五个皮箱，放到你们原来坐的汽车上。倩宜望着一笑，说颖芊你何必再麻烦我，看人家都要出门度蜜月了。我一见心里也有些明白，就不敢对倩宜再说，只可绊住她掩在车里，等看下文。少时你和陆秦云手拉手儿，得意扬扬地走出巷来，那份儿喜气，真比被选作大总统，头天上任，还要高兴。我这做妹妹的，也怪替你开心……”

在梧窘得合掌叫道：“好妹妹，你不要再挖苦了，饶我吧。”

颖芊撇了撇嘴，又接着道：“那时我们车前围满了人，你自然瞧不见，而且你便是瞧见了，也未必认识我们啊。等你们上汽车走了，倩宜向我说：‘你这时还不放我，难道还有好事在后面吗？’我听着真惭愧，但还强她跟着看个究竟，倩宜说颖妹若要我再跟着，我就要和在梧见面说几句话。我一听自然明白她的意思，只可答应着。于是我们跟到车站，又跟着买票上车，就在这包房里，我劝解倩宜，直由天津劝过了廊坊，倩宜总是一语不发，我可实没了法儿，才同她前去见你。事到如今，我凭良心，再不能委屈倩宜来偏向你了。现在我替她说句话，哥哥，请你把订婚戒指交换过来吧。”

颖芊话方出口，倩宜已将在梧所赠的戒指，由纤纤玉葱上褪将下来，用两指拈着，递给颖芊。在梧心如刀挖，痛泪直涌地叫道：“这万不能，倩宜，我情愿死在你面前，我混账，我该死，我实在不配娶你，可是万万不能……天呀，我真没话可说……”

说着悔恨交攻，竟自左右开弓，向自己颊上打了几个嘴巴。颖芊起初那样挖苦刻薄，本不是故意磨折哥哥，只为避免倩宜和在梧直接冲突，所以自己先将倩宜的气愤代为发挥，使她心中积郁尽消，以后才容易转圜。这时见在梧这般光景，也深恐把他急坏，忙又在旁说道：“哥哥，你现在只凭空口一说，怎么后悔，怎么难过，哪抵得过人家这一天受的委屈？说痛快的，你若舍不得陆秦云，就老实和倩宜把戒指各自换回，不必再软刀子杀人了。若真的今天是被陆秦云逼迫，现在已确实愧悔了呢，那可得你自己向倩宜说个真章儿。她原谅你，自然万幸，她若不原谅，那也是人情，反正我不愿再夹在里面，生气着急担不是了。”

说着就暗对倩宜使个眼色，叫她不要柔和对待，务必深深给他儆戒。倩宜自见颖芊大肆发挥，把在梧窘了个不轻，心中气恼，早已消失。反觉颖芊做得太过，在梧有些可怜。这时又听颖芊把责任推到自己身上，不由暗自为难，但也不好意思径行抚慰在梧，恐怕日后被颖芊取笑。只可整着脸儿，仍将戒指拈在指上，似乎等在梧取回。

在梧知道对倩宜不能分辩，不可央求，除了认罪赔礼以外，别无他法。就又对她扑地跪下，叫道：“倩宜，现在我没有可以分辩的，即使说受别人诱惑，难道我一个男子自己就没一点儿主意？倘然我还有些微足以求你原谅的理由，也只可等到以后再说。现在我承认实在做了对不住你的事，论理应该自己跳河去死，万没脸儿见你。不过我知道你一直是爱我的，虽然我年岁比你大，可是你天然是姐姐身份，可以责骂我，管教我，万不忍就这么抛开我不管。所以我厚着脸儿求你再饶我一次。好倩宜，你快把戒指套上吧。”

倩宜听着在梧悲诉哀求，语无伦次，知道他内心愧悔已达极点，立刻一阵心软，几乎也要陪着他哭，但又怕这样快的表示，好像和方才颖芊所虚张的声势，大不相符。她不但嗤笑，还要抱怨，但若再磨折在梧，又万分不忍。心中暗叫：“在梧，你今日真是遭劫，若没颖芊在旁，我怎忍叫你跪在冰硬的车板上，狠着心不拉起来呀？”

又想自己再不开言，僵持的工夫更要加久，不如抱怨数语，就趁势饶了他吧。想着颤声说道：“你也太糊涂，只顾你在外面不回家，叫我们多么着急……”

就说到这里，底下的话就接不下去。颖芊听着忍笑暗下了四字评语，是“好没劲儿”。但在倩宜已经是咬牙发狠而说出来的了。在梧却听倩宜言语柔和，更觉自己惭愧，倒盼她能重重地骂上一顿。倩宜说着，手已拉到在梧臂上，预备他一开口，就拉他起来。

哪知就在这个时候，忽见车门向旁一开，似乎有人将要进来。倩宜以为是车童了，恐怕在梧跪着不便，就顾不得再说，急忙伸手拉起他道：“快起，快起，有人来了。”

在梧闻听急忙立起，三人正在相顾发怔，但那车门只开了一道缝儿，竟又徐徐关严，好似外面的人已瞧见里面情景，不好意思进来，竟又退去。在梧心跳稍止，才要去开门看看，方才推门的果是何人。哪知在这当儿门又动了，先从缝里看见一件华丽衣服，继而车门大开，一个女子走入，又随手把门拉严。房中三人见来者竟是问题中心的陆秦云，全都大吃一惊，不知所措。内中只有在梧立着，这时也茫然坐下，暗叫不好，秦云此来定要惹起冲突，倩宜还在其次，第一是颖芊，准是竭力反对，自己处在中间，真要难死。若依方才对倩宜所表示的言语，就应该迎头把秦云叱骂出去，方足以取信于倩宜，但自己又怎忍呢？在梧心里鬼胎乱动，倩宜仍保持原来的淡泊态度，倒转脸去看窗外风景。颖芊却冷眼望着秦云，看她将欲何为，倘若再引诱在梧，就预备代表倩宜，斥辱她一下，给个不留情面，于是房中空气变成十分寂静。不料秦云进门之后，一点儿也不露轻佻嚣张之态，半低着头儿，举止非常沉稳，好像新嫁娘初见姑嫜似的，盈盈地走到窗下浮几之前，几上放着一副茶具，想是她们方才用的，就先斟了一杯，双手递到倩宜近前，鞠躬和声地道："姐姐，您好，给您请安。"

倩宜天性柔婉，向不会给人难堪，即使是她痛恨的人，也没有疾言遽色。这时闻秦云说话，虽不愿过于客气，但仍转脸欠身说道："不敢当，您……"

倩宜方说出这四字，已被颖芊的眼光逼住，不能向下再说，只得仍转面去看窗外。秦云吃了个没趣，但她好像准备碰钉子来的，毫无羞怒之意，又斟了杯茶，双手递到颖芊面前，在声音中显着恭敬而又亲热地才叫出一个"妹"字，猛瞧见颖芊整着脸儿，毫无笑意，急忙改口叫了声小姐，颖芊好像把头点了，但那点的程度，直叫人瞧不出来。秦云虽然硬着头皮，但心中却有些受不住，猛然鼻头一酸，就又转过身去，由自己带的皮夹中，取出一匣纸烟，打开拿出两支，把一支递到倩宜托着香腮的手边，低叫"姐姐，请吸烟"。倩宜仍是不好意思绝人太甚，先说了句"我不吸……"继而瞧秦云态度非常诚敬，只可接过说声谢谢。秦云忙取起浮几上的火柴，替她燃着，随又转身来敬颖芊。哪知颖芊正在严阵以待，见她过来，就迎头说道："谢谢，我不会吸烟。"

秦云微一发怔，悄然对颖芊鞠个浅躬，似乎表示恭敬不如从命，随即走到门边较空阔处，垂肩小立。房中三人，颖芊是为着自己家庭，为着自己哥哥，为着倩宜，认定只有竭力把秦云得罪到底，使其绝望，才是大家之福，就变往日温柔淑婉之态，而做出严冷无情的样儿。倩宜本知道自己和秦云处在不能并立的地位，但看着秦云自卑自下、无依无靠的情形，竟大为不忍，心想她也是个女子，何致这样遭受轻贱？我们在正事上固然不能对她客气，但在礼貌上也可以稍假词色，这样冷淡，她如何受得了呢？倩宜虽想得明白，但因今日之事，自己只处在被动地位，一切都听从颖芊做主。并且自己深爱在梧，婚姻已定，而在梧竟有被旁人夺去的危险，自己实没能力像别的女人那样争夺男子，所以毕生幸福，全要倚仗颖芊的维护。如今颖芊为我责备她的哥哥，又这样待承陆秦云，做尽恶人，我这局中的，怎能倒做好人呢？倩宜这样一想，就和颖芊一样地不理秦云了。在梧那里瞧着秦云，虽是心疼万分，不敢轻通一语，只有把眼瞧着地下。

秦云可受尽了委屈，立了半晌，才又向倩宜和颖芊恭敬说道："姐姐，小姐，你们没事吩咐吗?"

颖芊面向车窗，冷然不答，倩宜却只摇了摇头。秦云又强忍着说道："那么你们歇着，我跟你告假。"说完又鞠躬告别，拉门退出房外。一到外面，她的眼泪再忍不住，簌簌地落下来，幸而甬道中没人来往，她拭湿半条手帕，颜面才得稍干，凄然自归原座去了。

这包房里三人，见秦云出去，空气格外寂静。在梧只有扶头掩面，好像神经都已麻木。倩宜也感觉自己做了一件过分的事，心下好生不安。这颖芊也想不到秦云这样突然而来，悄然而退，把原来所预备的对付方法，完全归于无用。不由自思，倘知秦云只为伺候、致礼而来，又何必那样盛气相待?现在人家很客气很规矩地退去了，我们方才的情形，不是有些无味吗?想着举首去瞧倩宜，两人面上一样地现出无聊之色，眼中射着忸怩的光，好像秦云这番自卑自贱的行动，竟得了胜利，使颖芊和倩宜都在精神上感觉失败了。

半晌倩宜才低声道："咳，我们似乎对她太过了。"

颖芊方恻然欲语，猛见在梧那嗒然的情形，急忙咽住了，向倩宜摆了摆手道："这就是她们妓女的特别能力，必得叫别人的心软了，她们才得到便宜。现在不管她，我们且商议到北京以后，得赶着今天晚上回到天津，好不误明天的喜期，但不知晚上还有车吗?"

倩宜道："我也不知道。"

颖芊叫道："哥哥，你知道吗?"

在梧如梦初醒地抬头道："什么?什么?"

颖芊道："我问今天还有没有回天津的车。"

在梧怔怔地道："有……大概有的。是八点十分从天津开，咱们这趟车到北京不过七点二十分，足赶得上。"

颖芊听在梧言语颠倒错乱，就笑道："哥哥，你满说错了，是八点十分从北京开，怎会倒从天津开呢?"

在梧点头道："哦哦，不错，是从北京开，咱们还可以赶得上吃顿晚饭呢。"

倩宜这时却深深地感到在梧对秦云的关心，好似秦云一去，在梧的魂儿也随她走了，所以如此地精神迷惘。不由生出一种心理，以为在梧今日和秦云同车远走，分明是二人发生恋爱，若说是完全由秦云的诱惑，只怕她没有这种力量，而且在梧是一个心地清明的男子，如何能因旁人诱惑，而做出他所不愿的事？这总可以断定，此行即不出于在梧提议，也定得他同意，要不然，秦云并没拿着手枪逼迫，在梧也没被灌下什么迷药，如何肯服服帖帖地上火车远行呢？再研究在梧在这婚期前夕远行，任凭如何分辩，也难免逃婚的嫌疑，自己只想在梧当日的情义，认定他并非无良的人，又加颖芊从旁维持的好意，自己只有一味原谅，别无可说。但看在梧的情形，却又十分不对。他自被颖芊弄到这包房来，对我虽竭力悔过服罪，但那样儿，好似我已正名定分为他的未婚妻，在用权力对他压制，故而他言语中充满了惧怕的成分。但自秦云进来，在梧虽表面不加理睬，但那掩面不忍的神情，直表示他已为秦云心碎肠断了。这时他心中的我，大约已变成一个冰冷无情的阻碍物，横梗中间，以致害得他们一对情侣，不能如愿。我又何必做这恶人，叫他们同生恨不相逢未嫁之叹？固然我对在梧这样猜测，有些过于武断，但他倘真是受秦云逼迫，或是诱惑，无计奈何地做此错事，现在得我和颖芊赶到解围，使人悬崖勒马，未致失足，他应该分外欢喜才是，怎倒惆怅如有所失呢？

倩宜想着，心中难过，但也只把这疑念藏在心中，不愿形诸辞色。这时车已将开到丰台，颖芊忽地想起，自己不该久溷房中，应该给他俩一点儿说话的机会，就悄悄拉门走出，踱到前面甬路角上，临窗眺望。见外面暮色苍茫，远处地面涌起暮霭，先由低处黑起，渐上渐明，直接到西方天上残留净隐的一片残霞，那霞也已变作深紫色了，近处路弯林杪，袅袅地起了几缕炊烟，但被暗淡的背影衬托，不能瞧得清楚。颖芊女儿心境，尚未为情爱所扰，一片通明，不着尘滓，对此茫茫，自不会勾起什么浓重的感慨，但她终是个富于感情的人，竟也不自觉地芳心悱恻，似有所思，虽不自知因为何故，但脊背隐隐生凉，忍不住眼圈红了，她忙别转头不去再看。

须臾已到丰台，站上有了灯火，才又向外纵目，但火车到站未停，一直开过，颖芊重又转身，这时甬道中灯已亮了，听近处包房内都已纷嘈起来，知道人们已预备到站下车。颖芊正想回至房中，忽见由二等车那边车门走过一个女子，影绰绰地好像秦云，及至走近丈许以内，颖芊看准确是秦云，不由大惊，暗想她又做什么来，莫非回去想着不甘让步，竟拿稳了铁心重来演瑶光夺婿的故事？便把眼光直盯住她，秦云却精神恹恹，脚步软软地向前走着，面向着包门那一面，并未瞧到颖芊，走到倩宜所居的包房门外，才立住了。忽地扬起手来。颖芊暗叫不好，她要推门进去了。哪知秦云扬手，只做了个向人道别的姿势，随即徐徐落下，痴立移时，忽见肩头一耸，微微摇首，那情形似乎悲恸至极，最后举手掩面，转身回去。颖芊虽对于男女中间情事，没有阅历，但秦云这种有诗意的举动，却能深深了解，明白她已甘心退让，预备从此劳燕分飞，下站到了北京，就要各走各路，故此趁着极短时间，再来看看在梧所居的包房，与他隔门告别。这真是到了无可奈何的境地，并不要在梧知道，只要自已寻一点儿最后的安慰罢了。想不到她一个妓女，居然懂得精神上的寄托，实是难得，怪不得在梧这样受她诱惑，并且由此看出她对在梧真的有情了。颖芊想着，看着秦云懒洋洋的，似乎脚步难抬，慢慢蹭到车门之外，猛见她身体一栽，好像被什么绊了一下，立脚不稳，随着一声低叫，影儿摇了两摇，就隐没不见。颖芊立刻大吃一惊，忍不住叫声哎呀。

正是：一失足便成千古恨，惊煞旁观万行泪。莫补百年心，何堪自忏？

后事如何，下回分解。

第六回

无主路旁花翠袖单寒东皇不作
怀人窗外月朱楼喧逐逋客忽来

颖芊见秦云忽然不见，知道车门外即是两车衔接之处，非常危险，失足堕落，便将碎骨粉身。而且秦云在此时候，说不定就因失望过甚，一时的心窄，而竟行了拙志。颖芊这样一想，不由立刻大惊，直想向前奔，无奈腿已有些发软，好容易跑到车门之外，外面甚为黑暗，她又乍由明处出来，一时茫然无视。只闻火车挟着风声，刚硬而又凄厉，不由通身乱战。心想秦云必已落到车下，香躯破碎，碧血都已染在黑的铁轨黄的泥土之上，肢体更不知丢落到几百丈外。方才还对面说话的活跳跳美人，顷刻间，竟已玉碎珠沉，变作情场怨鬼，一缕芳魂，漂流在这郊野间了。回想她那自居婢妾殷勤的情形，真已说明了她并没夺嫡之心，任如何做小伏低，都不嫌屈辱，只求能随在梧，于愿足矣。倩宜尚无什么表示，唯有自己生着崭新的死脑筋，认定了一夫一妻的家庭制度，拼命替倩宜主张权利，竭力为在梧保全人格，严拒第三人侵犯。以致秦云大窘而退，逼出这等惨剧。推原祸始，虽是秦云自趋歧途，但若没有我这样严重打击，结果还未必坏到如此。现在我凭空地担了一条人命，良心从此莫想安定，怎样活下去呢？咳，错了，真大错了，倘然秦云能够不死，我情愿打破原来的主义，替秦云向倩宜央说，给在梧成全，怎奈已经晚了。

颖芊方由悔惧发出这点念头，忽觉腿上被甚物件所触，吓得忙一后退。甬道的微弱的灯光，从她身旁射出，又加她面对黑暗，已有十几秒钟，目光恢复视力。立见车外门旁的狭小望台之上，靠右边有个黑的人影，正在蠕蠕欲起。颖芊很快地明白这是秦云，只于跌倒，并未坠落车下，猛把一颗悬荡的心，松了下来。恰在这时，车已行距前门站不远，轨道循城墙而转，路旁已有灯光。颖芊随又瞥见望台右边的小铁栏门，幸在关闭，秦云身体正挨近那铁栏。颖芊不由暗念阿弥陀佛，因为这时供人上下的走道，并没人管理启闭，而且向例是开着的时候多，却不知这边铁栏竟恰巧关着，否则秦云便无自尽之意，只失足向旁倾倒，准得坠落车下，不轧死也跌死了。

颖芊一面暗谢天地，一面伸出抖战的手拉起秦云。秦云颤微微地立起，颖芊又后退一步，使秦云立到车门之下，二人借着由甬道射出和道旁斜掠过的灯光，互相观望，双方都惊讶对方面色的惨白。秦云更在惨白上罩了一层失望的灰色，瞧见扶起自己的正是颖芊，竟直着眼说不出话。颖芊怔怔地望着，心中对秦云十分怜恤，已把鄙夷之念完全失去，倒有些爱敬了。但因为秦云未死，竟把方才由悔惧而发的愿心，打了很大折扣。这就是人的一种习性，常常犯着而不自知。譬如有个家产万金的人，失足落到河里，立刻想到淹死之后，家产都要抛下，归别人享受，于是望救之心极切，希望有个人前来相救，就把家财十分之九作为酬谢，也自情愿。因为自己尚可享用那十分之一，总比全便宜别人较为合算。但经人搭救上岸以后，他就把危险时的念头忘了，只想来救自己这人，不过费了一点儿力气，弄湿一身衣服，并没有什么大不了的事，只从丰酬劳几十块钱，已经很可观了。至于此人若不来救，自己便得丧命，连带财产全归破灭，这些事根本再不想了。凡是人类，都有这贪吝的天性，临难之时和危机过后，思想是完全不同的。颖芊虽然并非为着自己，但因对倩宜太亲切了，此际见秦云未死，立时心情大为更改。自思秦云固然可怜，但倩宜的处境也够凄苦，她和在梧的婚姻，既全由自己主持，怎可以给他们插入第三个人，使倩宜的幸福遭受损失？何况秦云是风尘中人，对待男子具有特别魔力，只看在梧只和她相识数日，就被迷得意智昏惑，连素日心心在念的未婚妻，都抛下不顾，同她逃奔他乡。倩宜那样温柔端淑的女子，如何是她的对手？倘给她树下这个硬敌，倩宜可就苦了。自己怎可因一时的小不忍，而乱倩宜一世的大谋？颖芊这样一想，立刻就把对秦云的恻隐，改变为对倩宜的顾虑，将到喉咙的话，竟自缩了回去。

这时秦云才怔怔地说了句多谢小姐，颖芊就趁势接腔说道：“我方才走出包房的门，就听见这边响了一声，忙赶过来看，想不到是你跌倒了，没跌重吗？”

秦云道：“多谢小姐，还好，没有跌着。”

颖芊说着，听汽笛呜呜作响，左右灯火增明，知道车已将要入站。只怕在梧闯了出来，瞧见自己立在这里，凑将过来要和秦云相见，意外生出是非，便道："车也快到站了，请进里面照看东西吧，若走不动我扶着你。"

秦云悄然说了声："不敢劳动，我很能走。"说着就点了点头，转身进对面二等车门而去。

颖芊瞧着她的背影，猛觉心内火辣辣的好生难过。自思我自有解事以来，只把热心眼儿待人，自问没做过刻毒的事。哪知今日竟挤住了，弄得左右做难人，只为把热心对待倩宜，就不得不把冷酷的心对付秦云，为倩宜热到十分，对秦云就冷到十分，处在这等境地，我实没有两全之计，仍旧欺了这可怜的人。天啊，你太捉弄我了。想着猛听后面倩宜的声音叫唤自己，转面一看，原来车已进了站台，连忙跑了进去。见倩宜都已出了包房，在梧立在她后面，各房旅客，也都涌出来。

倩宜迎头埋怨道："你闯到哪里去了？我开门看不见你，真好着急。"

颖芊笑道："我嫌房里闷得慌，就到外面过过风儿。"

在梧一惊道："外面挺黑，车又走着，多么险啊？你真胡闹。"

颖芊心想：你只知我险，又哪知你那位意中人，方才几乎真的做了轮下相思鬼呢。倩宜却才明白颖芊所以离开房中道理，就催促着他俩一同下车。好在都是空身，没有行李，很觉轻松自在。在梧随着人流，走出几步，心中又惦记秦云，剩了孤身一人，带着几个箱笼，还不知如何累赘。就偷眼回头去望，只见罩棚灯光之下，照着秦云的亭亭倩影，在车前抱肩独立，身前数尺，放着她的箱子。却有三四脚夫，站在旁边，似乎已肯定替她搬运，但又有所等待，不即起行。在梧立刻明白她是不愿赶着大溜行走，怕和自己这一群人挤在一处，面对面地难以为情，所以唤住脚夫，稍停再走。想着心内更觉酸痛，但碍着倩宜和颖芊在侧，莫说向秦云打甚招呼，连偷望也不敢露出形迹。走到将进站门转角的木栅时，故意留在后面，回头再望，见秦云仍然立在那里，纹丝不动，只衣襟被风吹得飘飘扬扬，大有遗世独立之概。在梧望着似醉如痴，知道这次算把秦云的心伤透了，从此一别，她若不水流花谢，痊恨埋愁，便要高飞远走，海阔天空。否则也许含悲负气，另求立命安身。这旧日王谢堂前的燕子，不知将飞入哪个寻常百姓之家，日后未必再有重逢之日。即使重逢，自己这负心李甲，已变作陌路萧郎，更把什么脸儿和她相见？总而言之，今朝一别，实在等于永诀，自己竟为情势所迫，不能对她一诉衷肠，空望着她的倩影，中间几步路儿，恍如关山万里，真个伊人在望，咫尺天涯了。

颖芊在在梧身旁，瞧得明明白白，也觉满心凄楚。但瞧倩宜走出丈许，在那里挥手相招，就拍着在梧肩儿道："哥哥，快走吧，咱们出去好寻地方歇会儿。"

在梧只得把牙一咬，把脚一顿，忍着将流的热泪，回身便走。但他不走是不走，但一走竟像赛跑似的，很快地奔到站外。倩宜在后面笑叫："你跑什么？等我们啊。"在梧走着拭干了眼泪，方才又迎回来，再走出去。到了站外，看看那个大钟，已将到七点四十分，眼见只剩下半点钟工夫，来不及吃饭了。这就是中国人浪费时间的象征，每吃一顿饭，莫说酒肴丰盈的盛宴，便只简单的家常便饭，好似也得吃个点把钟，方能舒适。尤其到饭肆吃饭的时候，每叫上一桌菜，等上个几十分钟，很是平常。进去就得什么张公百忍的忍心，果珍李耐的耐性，全用尽了。若一焦躁，不特被堂倌轻视，连旁人都要看你不登大雅之堂，难入大饭之庄。看这等急法，必是久惯与人力车夫一样生活，饿极了在街边也抓起食物摊的大饼油条，便能立时果腹。人家富豪大老，哪天吃饭不是先以雍容揖让，继以谈今说古，一顿饭吃上五七点钟，何尝着急过来？因为这等心理，这等习惯，所以要进饭馆弄饱肚子，便非咄嗟可了的事。这半点钟，若放在爱惜时间主张做事效率的外国人身上，足足够吃两顿饭的。但颖芊等见只剩了这些微时候，可就大为其难。知道若去饭肆，半点钟只够等候工夫，他们把菜端上来，开车钟点已到了。那时等要吃罢，就得耽误一夜；不吃而看看就走，岂不和过屠门大嚼一样地自开玩笑？

她踌躇着就把这意思说了，倩宜道："我们不要吃，何必为嘴误事。"

在梧却莫说不饿，此际便有万种珍馐，也引不起他的食欲，就漫应道："咱们不吃饭，也得寻个地方歇歇，不能立在露天地啊。"

颖芊心里另有想头，只惦记秦云也快出站来了，若立在这冲要路口，恐怕又和她遇上，就道："我们闷坐了一路，这时遛遛马路吧。少时上去回头的车，若挂着饭车更好，没有饭车，就随便买些点心泡壶茶，也足将就了。"

倩宜听了，自然赞成，颖芊也不管在梧愿意与否，就挽着他一同离开车站。走了不远，已见正阳门的门洞。这时正是中旬天气，天空皓月已然升起。三人立在门洞中，向南看一片市廛，红尘十丈，灯火千家；向北看却是重门通道，白石作路，碧树如墙，映着皎洁月色，更显得空明澄澈，虚窈幽深。两边对比，直有仙凡之隔。颖芊久居尘俗的天津，初到帝王故都，不特探奇觅胜，只看到这故宫边界的平常风景，已自欢喜赞叹。就首先跑进去，在碧树白石间，和在梧、倩宜步月闲谈，消磨时光去了。

按下他们不提，再说那可怜的秦云，自被颖芊扶起，回到二等车中，方一落座，车已停住，随即拥上许多脚夫，争运客人行李。秦云虽然难过，但仍得强打精神，照顾脚夫把箱笼运到车下。方待随众人入站，秦云猛见前面在梧已由头等车上下来，忙唤脚夫稍停，脚夫只得在旁等候。秦云待旅客都走净了，才向脚夫问开回天津的车是否还有，脚夫很诧异地回答："八点十分还有次由北京开奉天的大通车。"

秦云看表已然七点三十五分，心中略一犹疑，就问："这大通车是不是八点进站？"

脚夫一笑说："这北京是京奉路的起点，从哪儿进站哪？"

秦云不禁苦笑道："我说错了，那么这列车就在站上停着吗？"

脚夫举手一指道："您瞧，那边第一二股道岔上停着的就是，这就倒过这面站台来了。"

秦云闻言举目瞧瞧，便道："我不出去了，还趁大通车回天津去，你们等着再替我运一下行李吧。"

脚夫应着，却把诧异的眼光望着她，说："你老虽没有出站进站，我们可得按规矩要两份钱。"

秦云一笑说："这个多给你们几文都可以的。"

说完一低头，瞧见了箱笼，心中一动，暗想我孤身一人，连这点养命家私，都已带在身边。天津那边既无亲故，又何必巴巴地再行回去，难道我还有什么眷恋不成？没的还去自讨伤心。如今眼见在梧心存故剑，不恋新知，我已经没了指望，这二年的心思算白费了。在梧把我抛在旱岸之上，自和未婚妻安然归去，预备明日的洞房花烛。只是我以前为他从胡家下堂，今日又在班子鸣锣响鼓地声明随他从良，不想转瞬之间，竟变到这般地步。自己自然不能也不愿再回胡家，而且今日从良的事，办得十分突兀，料想此际各娼窑都已轰动了。真要传说花又春怎样只进班子三天，便随人从良，从良时又怎样爽利，行事又怎样大方，旁的不谈，反正人人都知我嫁人了，现在即使再回天津，也绝不能重操旧业。再说在此番二次落水，原非为着图谋衣食，不过一则受人怂恿，暂时玩儿票；一则为借个地方住着，顺便弄几个钱，留作嫁在梧的预备。哪知在梧未得嫁成，反倒受了无限气恼。意中人既已抛我而去，我便欲另寻归宿，又哪容易遇着合适的人？何况当此灰心之际，已无此望了呢？如今总想起来，既不能回天津重张艳帜，又不愿跟着在梧再行缠磨，更不必定在天津求自己的安身立命之处，那又何必回去，叫旧日姐妹耻笑、惹在梧家人担心？想着就自语道："罢罢，俗话说何处黄土不埋人。我这飘荡的命，又哪里有准的家乡？天津虽好，又有我的什么？现在我也累够人，且在此地住上数日，再定行止吧。"

想着就吩咐脚夫仍把行李送出站外，脚夫见这位堂客一时一个主意，暗自好笑，但也只得掮起箱笼向外走去。这时在梧等已去踏月散步，故而未曾遇见。站外的揽客车辆，都上来抢座儿，秦云就雇定一辆汽车。上去之后，车夫问上哪里，秦云猛被问住，幸而脑筋中记得瀛宾饭店的名儿。这饭店本来很小，也不出名，只因为当初胡百甫每到北京，就住在那里，所以秦云脑中隐约记得这个名字，就告诉了车夫。由车夫口中，才得知饭店坐落在灯市口，距离尚非甚远，走了不过十多分钟，已到瀛宾饭店门首住下。汽笛一响，便有饭店伙计接了出来，将箱笼取入。

秦云打发了车钱，进去一看，才知道是个很小的饭店，却妙在地方僻静，旅客不多，问了问原来最高等房间，也不过每日四元之谱。秦云就不卑不亢地要了间四元半打八折的房间，住了进去。见里面倒还清洁爽敞，只家具不甚考究，倒也将就能住。秦云打开个盛杂物箱笼，把随手用具拿了出来。茶役沏茶送入，秦云尝了尝其味苦涩，看一看其色鲜红，不由皱皱眉头。暗想《红楼梦》上宝玉探晴雯的病，看见晴雯所饮的那碗茶，大约也不过如此。就吩咐拿了出去，自取出五元钱，叫茶役去买一斤好茶叶，和一听炮台纸烟。茶役见这位客人出手阔绰，自然分外敬谨伺候。秦云等把东西买了回来，稍为饮茶吸烟，就用了晚饭。过一会儿收拾睡觉，这一夜她如何地柔肠百转，珠泪偷弹，那就有她自己知道了。但由次日的过午起床，可以断定她终夜未能安睡。

秦云起身将要洗漱，才发现这房中并无凉热水的设备，只可唤茶房另行用盆打水。修饰已毕，自己拉开窗帘，迎着阳光而坐，茶役又收拾房间，询问要用什么早点。秦云就问什么时候了，茶役回说快到一点。秦云猛觉心中一刺，立刻摆手道："我还不饿，少停一会儿吃午饭吧。"茶役应声又倒过一杯茶，方才退出。

秦云眼望窗外鳞次栉比的人家，似乎茫无所见，只瞧着像一片白光，在白光徐徐现出在梧的脸儿，却似昨晚在火车上被颖芊挟走的惨淡形容，继而渐渐面涌出喜笑，好似电影由近而远的变化，倏地向后退去。退到相当程度，便自止住，已由半身变为全身，身上似已换了礼服，襟头带了碗大的红花。再细看时，这花并未带在他襟上，而是在他身旁又现出倩宜的亭亭俏影，头蒙花纱，手握花束，那娇艳的花朵，直伸到在梧胸前。二人并肩偎倚，好像正在礼堂听证婚人致辞。秦云因心生相，仿佛身入境中，直忘却此际在于何处，忽觉眼中有物下坠，落在颔下，似乎冰凉，眼前幻象，随着一齐消灭，重看见窗外的人家屋顶。原来她眼中含着一汪热泪，遮在瞳孔，以致视界茫茫，成为一片白色的垂幕，却把心中隐蓄的悲酸影像，一一印在上面。及至泪珠落下，眼光清明，看到当前的实物，幻象一灭，才恍然明白自己已被人隔离到另一世界，孤身只影，举目无亲了。因而又想到在梧和倩宜的婚姻，确已成就，自己再无希望，昨日在车中，虽曾降志自卑，甘心为妾，才到他们包房中，做小伏低，想得倩宜的怜悯，哪知作梗最力的竟是颖芊小姐，好像把我看成天然的敌人，在梧和我中间的一缕赤绳，就算生生地被她剪断。料想昨夜他们必乘夜车回去，休息一夜，今日当然举行婚礼。论起结婚的习惯，多把时间定在下午三四点钟，现在倩宜不知如何喜气洋洋，预备消受那可儿夫婿，在梧也一定满心得意，预备领略那妙女风情。再细想起来他们在洞房中的鱼水相欢，双心一裱，都是修成蝴蝶方同梦，做得鸳鸯不羡仙。自己昨日本打算把在梧带到这里，就逼他写了婚书，以为永久把握，任凭事后如何变化，自己只拼着性命，拿定情根死不松。料在梧的母亲，必不忍儿子遭受折磨，颖芊更没力量重翻已定之局，倩宜也必负气允许退婚，那时自己便可安稳地得偿所愿，等大局既定，再拿出金钱为在梧主持家庭，打起精神，为在梧孝养母妹，来一个逆取顺守，岂不美满至极？那倩宜如今所得的一切，完全要归自己享受，又何至挨受这异地凄凉，孤衾况味，想着人家眼热心酸呢？

秦云这样一想，好似由三十三天以上，跌到十八层地狱以下，神经上的刺激，真是莫可名状，直把个人傻了，眼泪长流，却不自知其哭。以前还能思前想后地悲恸，渐渐变成麻木，心如槁木死灰，身似木雕泥塑，坐在那里动也不动。过了很大工夫，茶役又敲门走入，秦云闻声方才心神凝聚，如梦初醒，却不知在什么时候，已倒在床上。茶役此来，仍是献殷勤问预备什么午饭。秦云本来胸腹被悲愁填满，已没有容纳饭食的地方，但怕茶役看着不像，只得草草要了几样，等端上来吃了些许，便吩咐撤去。饭后更自无聊，心想在旅舍枯守，只有愁叹，还不如出去稍作游览，借以开心。就修饰了一下，又开箱取出衣服，拣了半天，却拣出一件印度红色的珠光旗袍，和浅碧色手套，在腕上挂了件镶钻的长方小手表，左臂又套了件玻璃地通身绿的翡翠镯子，脚下换了双亮银的高底鞋。据西洋风俗，这银色鞋子只有夜间宴会时能穿，别的时候穿出去便是笑话，但中国人倒很能变通，不拘定制。莫说女子，就是男人中的绅士也常只顾漂亮，把西服穿得五光十色，像个外国小流氓一样，何况只趋时髦的女子呢？秦云打扮完毕，取了手提的小皮夹，夹在肋下，对着衣橱上的大镜，顾影端详。世上女子以美丽为第二生命，实是不假，无论在什么时候，总是忘不了修饰。秦云当此失意之际，悦已之人已失，尚复为谁而容？凭良心说，她绝非有心打扮得漂亮出去引诱对象，只不过出于爱好的天性，修饰于不自觉而已。譬如一个人死了亲丁骨肉，定该极度悲惨，无心求美了吧？但是俗语那句要得俏一身孝的话，仍可证明女子是悲哀不忘美丽的，所以秦云此举在理无可非议了。

她对镜照着，忽想起自己今日无端地换上这样衣履，好像有个缘故。再一细想，不由呸了一声。原来昨日看见倩宜这样打扮，自己在飘瞥之间，觉得她在淡雅之中，更有明艳之致，不知怎的印入脑筋，今日就照样效颦起来，不由就心中有些犯恶。但因已经穿上，也不愿更换了。当下叫茶役锁了房门，自己出去。

这灯市口附近，可以游览的地方自然是东安市场。秦云也不坐车子，缓步徐行，不大工夫，便到了市场。在里面转了一遭，见果是商号众多，人烟稠密，有一派繁华景象。但不知怎的，只觉不及天津市场的整齐富丽，好似多少带些土气。秦云颇为后悔，不如出门径直奔中央公园或者北海，还可以做半日清游，比埋在这红尘十丈中较为有趣，但既来之也只好安之。当时走到场外吉祥戏院门外，见贴着程砚秋的《红拂传》，里面锣鼓喧天。秦云看表将过三点，心想进去正赶上压轴的戏，这样消磨一日，倒也不错。哪知到门内向售票处一问，票子早已售罄，只剩下楼上最后排三两张。秦云只可出来，又踅进场内。忽觉口内干渴，心想上哪里弄茶喝才好。这时正走一个转角之处，有歌唱声起于头上，秦云暗思莫不成这儿还有个戏院，就抬头去看，是在两间洋货店中间，夹着一个狭窄的门，门内便是楼梯，门外横楣上悬着块兴昌茶楼的匾，却是用红纸糊在木板上面，又写了黑字，门旁挂了块竖的牌子，正中写着“本楼特邀四城子弟爷台随意消遣”，左边写着较小的字，是

“男女票友，西皮二黄”，右边也同样地配上“风雨无阻仅收茶资”。秦云因为正在口渴，看见茶楼的茶字，就有些被吸引住了，竟忘记场内还有很多小咖啡馆售卖冷食。又听从上面楼窗发出的歌声，像是女子喉咙，在唱《摘樱会》的小嗓，还有个老生配着。秦云心想楼上既有女人在唱，当然是男女可以同坐的地方，而且秦云最初落水之时，领家曾给请师傅教习唱歌，所以她对皮黄颇能唱两口儿。大约会唱的人，都好像有一种莫名其妙的瘾，一闻弦索之声，便觉喉咙作痒，等于百战将军，闻鼓声而动色，悲秋嫠妇，见衾枕而伤心。更加秦云当此失意之际，有些颓然自放，不思检束，一被歌声诱惑，便进了那个狭门，抠衣上楼。

到楼上一看，几乎疑是一家藤器铺子，一座四方的楼厅，全被藤桌藤椅摆满，但座上客人却是寥寥可数，最多不过廿人，而且多是中年以上的男人，个个满面露着萧闲气象，好似世界上的事，完全与他们无关，只把清茶一喝，向藤椅一倒，就算得其所哉，连台上的歌唱，也似懒得倾耳细听，以免扰乱他们的闲情逸致。至于他们若不为听歌，何以单单跑到这个楼上来，那就莫名其妙了。当时秦云还没顾得寻觅歌唱的人坐落何方，先已瞧到这些异性，像散兵线似的分据四隅，不由后悔来得鲁莽。正要转身退下，已有茶役迎上前来，加说请进。秦云略一沉吟，见楼中座客都把眼光放射过来，倒更不好意思后退了，只可大模大样地走入，在近门处寻了张桌儿坐下。茶役忙问声小姐用什么，秦云说了龙井二字，他才应声而去。秦云坐定，方才瞧见靠左墙是一溜儿隔扇，上面裱糊着许多小幅山水字画，正中搭了个小小的木台，周围五六尺见方，离地约有一尺半高，台上四面都是矮栏，只留一个缺口，以便上下。前面是一张方桌，桌后坐着两个精瘦的男妇，一拉胡琴，一掌鼓板，二人身后还有一人弹着南弦子，最后靠隔扇处，又立一个老头儿，一脚蹬在矮栏之上，上身几乎探到台外，一手提锣，一手把锣锤伸到头后搔脊骨上的痒。他旁边是一面大鼓，一个十四五岁小孩子，斜欠身坐在鼓边，鼓上放着唢呐横笛等物。前方桌子东旁，坐着一个二十多岁面目黝黑的少年，却修饰得非常漂亮，分发光亮，脸上雪花膏厚如铜钱，因为唇短嘴凸，把金牙的光芒，完全射出。身上穿着件葡萄紫色的绸衫，短袖高领，比女子旗袍更剪裁得曲线明显。这时正张口唱着，却把手帕掩了下颊，做出一种难看的媚态，原来他是配唱老生的。在他对面又是一个女子，穿着青纱旗袍，长发垂肩，用银卡拢成一束，正唱着正角的青衣，因为她正背面坐着所以瞧不见面目。以这两个人的打扮看来，简直分不出谁男谁女，倘若全背着身儿，便很容易认颠倒了。近在台侧的一张桌上，又纵横坐着五六个人，男女老少都有。中间也有个油头粉面的少年男子，生得弯眉长眼，颇有女气，正脱了长衫，露出里面的短衣。上身是一件汗衫，外罩浅色小坎肩，却通体沿着水绿色滚边，左右上下，安了四个小口袋，中间是一行和滚边同色的小纽襻，约有四五十个，比戏台中武丑所穿夜行衣上的还多。下身是紫灰色旧官纱的长腿裤，有水白色绣三蓝花朵的汗巾，垂到膝盖以下。脚也生得周正细瘦，穿着双蓝色透风纱的鞋子。这人好像天生带着女气，比台上那位嘴露金光的先生，较为不讨人厌。旁边还有个五十多岁的老人，衣饰十分阔绰，和这美少年形影相随，十分亲密。桌前靠台栏的，是个三十多岁的胖大妇人，身长总有五尺，腰阔如水缸，一张油粉的圆脸，配着四鬓刀裁的头发，直如后台所见打好了脸尚未戴上头巾的曹操，但是浓眉大眼，高鼻阔口，五官全是大的，配合着竟不难看，并且分外有一种明朗之气，好像她若能全部平均地缩小几成，竟有些美人胎子。衣服也只白绸旗袍，黑漆皮鞋，并无妖异之态。以外就是几个不起眼儿的中年人，不过看样儿全是票友。秦云明白这茶楼并没预备后台，所以把这桌子当作票友的休息室了。秦云向来没看过这种阵式，就把好奇的眼光，望了半晌，最妙的台下听客既然不多，又都很稳重地不肯鼓掌喝彩，显出北京人的听歌雅趣，倒是礼从内来。那台旁桌上的票友，不断地给台上捧场，那位唱老生的金牙票友，每听本票里的彩声，便歪嘴挤眼地做个丑脸。那背面而坐唱青衣的女票，却只擎着一柄黑色羽扇，放在面前，看着那扇子唱，也不知她是把歌词写在扇上，还是不愿看对面人的丑态，用扇遮住脸儿。

少时这出《摘樱会》唱完，锣鼓煞住，那一男一女的票友相随下台。那位女票转身的当儿，秦云才看清她的面目，觉得有些厮熟，但她下台仍向里坐了。立刻便有一个枯瘦的短衣人，像是这茶楼的主持者，过去递给每人一条热腾腾的毛巾，随即跑到台前，向桌边放了一张纸条，垂在桌围上面。秦云这才知道，每唱一出，便有一个报告，这纸条上写着《牧虎关》三字，秦云知道这是黑头的戏，但瞧着那桌上的人，看不出是哪一个带着黑头的气氛。正自纳闷，忽听台上家伙一响，原来是那胖大妇人走上台去，随后那穿米色坎肩的美少年票友，也罩上了件蛋青祥云纱长衫，跟着上去。秦云心想这胖大妇人唱黑头，倒是天造地设，但不知这好像旦行的小人儿唱什么呢。及至那胖大妇人，张口唱起，居然嗓大声洪，高震屋瓦，而且字正腔圆，非常挂味。若非落腔处，常带一些雌音，简直可以说八成儿像李桂仙。唱到后半，才知那位米色坎肩的票友，竟是虚为配角，唱那番邦的公主。在翁媳儿见面的当儿，那女性高旺和这男性儿媳，还大耍了一阵骨头。在坐客哄笑之际，那胖妇人好似忘了自己是女子，以讨得对方的便宜为得意，那米色坎肩的假女性，倒有娇羞不胜，举帕掩口，斜睇着台侧桌上那衣饰阔绰的人，好似对那人表示，说调戏我的是个女子，请你不要吃醋。秦云虽是妓女，但多少还有些正气，瞧着这等情景，颇觉刺目，但又有些好笑。暗想怪不得在在人人都喜欢唱几句，弄个票友头衔，以为荣显，原来这团体中，竟是男女无分，嬉笑不忌，真是管弦中别有乐境了。

想着忽听楼梯一阵脚步声响，腾腾砰砰，好似有人用手杖点着楼梯而上。秦云回头一望，就见上来一个五十多岁的老头儿，脸面是紫棠色，却在表面挂了一层灰气。秃着光亮的头顶，红着鲜烂的眼边，新剃的连鬓胡子，使半截脸都发青。身穿一件夏布大褂，手持很粗的手杖，却执着尖端的，把有钩的一端摇动着，像要当作挠钩使用。进门两眼直勾勾，只向那小台上寻觅，继而看到台侧的桌上，立刻变了颜色。将手杖钩向楼板上一顿，高骂了一声兔崽子，就奔了过去。众茶客看见，轰的声都立起来。台上唱的女性高旺，也看得吃惊，立刻唱岔了音，走了板。那台侧桌上的人，有的立起，有的吓怔了，只有那位方才唱《摘缨会》老生的金牙票友，惊得面如土色，似乎迷了方向，站起在原立处转了个圈子，重复坐下。那秃顶的老头儿从秦云身边掠过，推倒了几把藤椅，到了台侧，用执手杖的手把那金牙票友抓住，口里骂道："小杂种，看你还往哪儿跑?"随用另一手打了他两个嘴巴，那金牙票友立刻辅颊红肿起来，鲜艳有如成熟苹果，和口内金牙相映成美丽的颜色。他却只将手支拒，口内发生含糊语声，却仍带有媚气地道："你这是干什么，叫人瞧着多难看？有话咱回家说去。"

那秃顶老人瞪着镶红烂的眼道："干什么？我就是看着你这没良心的兔崽子，不必家去，就在这儿吧，我是叫你气疯了。"说着又打，并且撕他的衣服，向脸上喷唾沫。

那金牙票友似乎对行头比皮肤还加爱惜，小声儿道："哟，照你这没完没结的，人家叫你打了也没哼气儿，干吗糟践我的衣裳?"

那秃顶老人顿足道："衣裳全是爷们制的，都撕碎了也不叫你这小杂种在外面摇摆。"

言未了，只听哧的一声，这金牙票友的绸衫，已由领口直撕到腰下。那金牙票友跟着呜的声哭起来，扑地坐倒凳上，将身向桌边一伏，委委屈屈地道：“你……打死我吧，我也没脸儿活了。”

那秃顶老人竟依了他的话，叫着：“打死你就打死你，俗语话：恩婊子，打兔子。打你还不是在本儿的呀？”随说那手杖如雨点落将下去。

那金牙票友大约素日人缘欠佳，旁坐的男女同行，都袖手旁观，不加劝解。只有那精瘦的茶楼主人，想是怕搅扰营业，过去拦住了那秃顶老人，叫道：“窦四爷，这是怎了，不会好生说吗？得得，您瞧我，先坐下歇歇。”

那秃顶老人道：“我不歇，咱们都是外场人，不犯搅你的生意。今天你这楼上多少挑费，我姓窦的全包了。”

茶楼主人道：“四爷，咱们不过说这个，您只瞧我这小脸儿，少生点气。大热的天儿，气着哪儿可不是玩儿的。”

窦四爷道：“你不用劝我，我就为借这地方，给小杂种抖落抖落，叫他小子以后少在外面装人。”

说着手指那金牙票友，提名道姓地道：“崇小松，你也不过是缝穷的儿子，后来你妈发迹，在石头胡同乐泉茶室当大了，你才混上裤子。跟窑子乌师学会两口唱，就混充你妈的票友，四城子弟爷台也有你一份儿？前年你妈死了，把你又丢在旱岸上，东四牌楼的街上，你也讨过小钱儿。我不该在当初逛茶室的时候，认识了你妈，在路上瞧你可怜儿的，才把你带到家里，铜锅饭铁锅菜地养着，中国绸外国缎地裹着。我为着什么？不为着积德行好吗？哪知你这黑了良心的兔崽子，竟起了贼心，一得手儿就偷，三番两次，我也都忍下了。妈的这回你小子竟把我姑娘的镯子也偷出来，一连十多天不回去。我到处把你都寻遍了，今天遇见，不活剥你小子的皮，算我姓窦的没见过黄三太。”

说到这里，白眼睛和红眼睛几乎变成同色，举手杖又打，打着还把这套话反复地说。那金牙票友崇小松，起初不敢作声，似乎理屈心亏，拚着被他打几下出气，省得越闹越凶。不料窦四爷越打越没完，越说越得理，也似乎受不住了。那窦四爷又骂道：“妈的，你兔崽子肛门大，把心掉了，竟敢偷我？我养你这些日，关门养贼，世上还有好人走的道儿？”

崇小松忽跳起叫道：“窦四，你别自觉得理不饶人，干吗你白养我，挤罗哑巴说话呀？自从我到你家，哪天不叫你欺侮，倒算你白养我了？”

窦四爷听了，气得哇哇乱叫，大骂小子的“不要脸，不要脸……”骂了半天，只是这两句，手杖却落得更快，逼得崇小松不得不做困兽之斗，一把抓住窦四爷的手杖，叫道：“姓窦的，你若不把我打死，算你从小儿少吃了维他命，没长骨头。干什么这样不依不饶？咱们万人迷打灯虎儿，心里分吧。我欠天欠地，就是不欠你的人情。说我偷你，更不怨我，谁叫你那样啬刻，不给我钱花了？”

窦四爷跳脚道：“好你个没良心的小子，大卷的洋钱票都填进去了，倒说我不给钱花？”

崇小松道：“给什么？上次我同人上松林阁打茶园，腰里没带钱，叫人向你要去，你就咬牙不理，几乎被窑子把我剥了。就这一档子，我就记你一世，你还跟我充大爷呀？”

窦四爷好似料得崇小松只有屈服，并不抵抗，想不到他居然横了起来，也自悔不该过追穷寇，如今弄得骑虎难下，他拼了命，自己也照样没了法儿。想着就有些气馁，但同着众人面前，不便泄气，只得仍喊着道：“你还有脸先说，我管吃管喝，还管你逛窑子？”

崇小松道：“咱们爽性都说了吧，我可不是平白无故地讹你，你少说得嘴响。当初你哄我的时候，不是说好了替我娶家小吗？只为你说完了不算，就许我逛窑子，就许跟你要这份儿钱。”

窦四爷老脸一红，骂道：“放屁，我没许过你这个，妈的给你娶家小，还给你出大殡哪。”

崇小松道：“你拉下屎又坐回去，许完了又赖呀？”

窦四爷气得乱说道：“拉屎坐回去？我没那么大的后门，错非你不离了。”

崇小松道：“你别打哇哇，说人话。”

窦四爷倒被他逼得理屈词遁，只得避开这个题目，另拣自己得理的说道：“说人话，这全不提，算我欠你的，难道我家里人也欠你的？这回偷的镯子，非得还我不可。若不然我当时叫巡警，把你当小贼儿办。”

崇小松道：“窦四，你先别提这个偷字，镯子的事，你回去问问。”

窦四爷道：“不是偷的，还是奉赠你的？”

崇小松道：“巧了，你就这么说吧，那镯子确实是你的女儿送给我的。”

窦四爷听了，脸上烘的变成熟柿子一样，咬牙切齿地望着崇小松，口内期期艾艾，竟变成了口吃，半晌没说出一个字。这时众人都听明白了，知道这是应了聊斋蒲留仙那句尔喜其娄猪，彼将受尔艾豭的话，无异给看了一出报应循环的喜剧。就更没有劝了，只听他俩愈出愈奇的新闻吧。那窦四爷似知崇小松拼出一张脸面，就算占了上风。自己再闹下去，恐怕粪坑越掏越深，越搅越臭。他除了把本业由秘密转为公开，自认为寅辰中间人物以外，别无顾忌。自己的种种丑事，却要全被抖落出来。在大庭广众之下，可真不好出这门儿。

想着眉头一皱，计上心来，就接着崇小松的话茬儿道："你那是胡说，我们阿格从早就讨厌你，三番五次要撵你滚蛋，还会把值钱东西给你？这不是瞪大两眼说梦话？"

崇小松闻言真的就大瞪两眼说道："对了，她倒是撵过我，叫我离开你家，她同我一块儿过日子去，你不信回去问你们阿格呀。"

窦四爷一把拉住他道："好，走，你同我问去。若真是她送你的，我把她活埋了，还绝不连累你。若是你说瞎话，今儿我算把老命跟你拼了。"

崇小松似乎久已摸准了窦四的脾气，又深知他家庭中的情形，虽听说将要肇成人命关天的祸事，竟而毫不畏惧，拍着胸膛道："走啊，别说回去质对，就是把你们阿格叫到这里，来个六部大审，我也不含糊。"

窦四爷道："少说废话，走。"

崇小松这才想起长衫已破，就叫着："这样我可不能去。"

窦四爷倒是个妙人，把自己身上夏布大褂儿脱下，掷给他道："你穿这件，反正得给我走。"

崇小松还似忍着老大委屈，把夏布大褂穿上，低拉摔挂的，短而且肥，好像小上坟戏里丑角的那件官衣。窦四爷替他拿着撕破的长衫，二人就向外走。

那茶楼主人叫道："窦四爷，你不是说包赔我的损失？别这么甩手走哇!"

窦四回头道："一个座儿也没动，你有什么损失？相好别讹人。"说着打了个哈哈，就拉着崇小松下楼走了。

茶楼主人气得扬声说道："好，窦四爷，我还得谢谢你。特意把这样好戏，到我们楼上唱来，我倒忘了替你敛回钱，带回去给阿格贴补零花儿。下回府上再有新闻，可别偏了我们啊。"

说完就把手一摆，叫台上重起锣鼓，女高旺响起喉咙，使众人精神一振。这方法确是极好，使坐客的注意，立时由笑剧转入歌剧之中，不暇再纷纷议论。只有台侧那一桌票友，却是司空见惯，并不理会台上如何，倒大家谈论起来。茶楼主人也搅在里面，似乎夹叙夹议，又笑又骂，好在借着乐器纷嘈歌喉高亮，并不觉扰乱秩序。秦云自思真个天下之大，无奇不有，自己若不是放浪形骸，跑上这茶楼来，又怎能瞻仰这种奇事？这位金牙票友的人格，直还不如我们妓女，不晓怎会披人皮托生到世界上来。想着摸了摸所斟的一碗茶，已然温凉可口，就举起一饮而尽。虽觉滋味欠佳，但因温极易为饮，竟又斟了一碗。她决定不管台上唱的是什么，自己只为解渴而来，饮过三碗，便可付账下楼，另寻消遣。

哪知正在这时，那位方才唱《摘缨会》的票友，忽从座上立起，招手把那茶楼主人叫到近前，附耳说了句话。那茶楼主人立刻变成愁眉苦脸，伸手向衣袋中摸了又摸，半天才摸出一张很小的钱票，好像是一两角钱，塞到女票友手里。那女票友似乎嫌少，又低声向他缠磨。茶楼主人沉下脸儿，把手向外一指，随又摇了摇头，似说今天上座甚少，收入定少，哪有多钱给你？秦云瞧着诧异，心想票友本是消遣性质，而且看这女子好像大家小姐似的，怎向茶楼主人讨起钱来？想着就见那女票友似乎非常懊恼，也不招呼同人，就自低头外走。因为秦云所据桌子恰正冲要之区，那女票友由台旁过来，必须经过秦云的身边，方能达到楼门。秦云挟着好奇的心，想等那女票友走近，看看是什么样儿。偏巧那女票友也因秦云容貌衣饰都极漂亮，想走近端详一下，这是女子的普通心理。及至她走近秦云桌前，注目一望，秦云也对她仰面凝眸，二人竟同时怔了神儿。都看出对方熟识儿，却不能立时想起是谁，就都竭力思索。大约是秦云历年养尊处优，容貌只加艳丽，并无变化，那女票友却多经折磨复自残毁，已然青春暗蚀，红颜渐销，往日丰神，所存无几，所以秦云认出她较难，她认出秦云却是甚易。

当时一瞥之间，那女子就叫道："唉，这不是秦……"

秦云这时也已想起她是何人，忙立起叫道："你是凤……"

那女子立刻点了点头，又摆了摆手，自走到秦云身边，拉开了椅子坐下，低声道："不错，我是凤铃，二姑娘居然还认得我。"

秦云微叹道："你若不先叫我，我竟有点儿不敢认。总共三四年的工夫，你好像把模样改了。"

那凤铃面现凄惨之色道："二姑娘，您知道这二年我受的什么罪过？就是天天……"

说着叹了口气，把底下的话咽了下去，又瞧着秦云道："二姑娘，您倒比当初更年轻了，一见就知道正享着福儿。"

秦云惨笑着摇摇头道："我且问你，现在你就住在北京吗？你嫁的那个人现在做吗事？你怎这样高兴跑到茶楼玩儿票来？"

凤铃正欲答言，但觉锣鼓震耳，说话须要高声，她的私事又不是可以狂呼大喊的，就皱眉道："这儿不能说话，咱们下去吧。"

秦云点头立起，就要取钱付账。凤铃将她拦住，自招手叫那精瘦的茶楼主人过来，向他说明秦云是她的朋友，以下虽没说出所以然，但言外已表示出请免费之意。茶楼主人闻言，真是狗脸飞六月之霜，说不出地难看，从嘴缝迸出悲恨混合而成的声音道："倪小姐，你也不瞧瞧这儿天上的座儿，我家里的裤子还在当铺里，你就这么不可怜人哪？"

凤铃听了，当着秦云的面儿，大有窘色。秦云很替她难堪，忙丢下两角钱，向凤铃道："咱们走吧。"

凤铃竟望着桌上两角钱道："干什么？有五分钱足够，你别都收下了，多的给我找回来。"

秦云拉她就走，那茶楼主人好像怕凤铃以后倒账，竟追着秦云喊了句费心，似乎这两字出口，便可保证把茶资外的余钱，统归为小费了。秦云也不理他，和凤铃下楼，在市场中走着。秦云这才回想当日凤铃的情形，原来秦云未嫁胡百甫以前，在娼窑有个跟妈姓梁，凤铃就是梁妈的亲女儿。她母亲因羡慕烟花生涯，就把凤铃带在身边，央求秦云认凤铃做名义上的妹妹，就在房内作为跑茶客的小清倌。她来时已十三岁，经过秦云调理了二年，出落得很像样儿。梁妈就留意客人给她梳拢，居然遇着个做皮货庄的山西老客，出一百元现洋、一对金戒指的代价，将凤铃的童贞购去。这一场过了，凤铃就成了章台路旁杨柳，可以任人攀折。几月之后，她忽然相与上一个年轻客人，名字不传，人人都唤他作小张，是市场中一家古玩铺内学生意的，只为被坏人引诱，每夜乘肆中人睡后，他就偷一点儿钱，跳墙出来，到凤铃处去嫖。也是前世冤缘，凤铃只因听他自称是古玩铺少东，不管他容貌俊俏，竟发生了不可遏制的爱情，决意以身相许。那小张本身还不知哪时犯案入狱，哪有能力娶她？就百般腾挪，无奈凤铃意不可回，预备投入济良所，再由小张领出，但这也是小张办不到的。秦云却从旁早已看出情形，知道小张是穷孩子，而且赋性荒唐，深恐凤铃受骗，暗地对她劝告。凤铃也深知秦云立在超然地位，不会告诉她妈，就常和秦云商量。但凤铃着迷已深，明知小张并非可靠之人，竟自抱着且乐目前，不计日后主意，一定逼着小张点头，她便去投济良所。哪知在这时候，小张的亏款事已被发觉，铺中人正预备把他送入警局，他竟先期偷跑出来，到班子向凤铃诉说真情，并且说预备投河自杀。凤铃这时虽知道他不是什么少东，但仍割舍不下，当时就和小张定计，叫他先到车站去等，凤铃随后带了点细软东西，些少钱财，跟寻了去。从此鸿飞冥冥，再无影踪。后来那梁妈还跟那古玩铺打了一场官司，又牵连小张的家人，闹了半年，也没有什么结果。凤铃到底有如泥牛入海，渺无消息。梁妈因失去摇钱树，摘去心头肉，悲愤交加，成了一场重病，连跟妈也干不成，就回家养病去了，从此她母女全无音讯。

秦云今日意外地在北京茶楼遇见凤铃，不由前尘旧事顿上心头。但又纳闷，凤铃当日跟了那小张逃跑，应该被称为张太太，怎奈茶楼主人唤她作倪小姐呢？而且当日凤铃在妓院时，并没学过歌唱，怎今日竟成为女票友，又落得这样凄惨情形呢？秦云走着，就向凤铃道："你怎么成了倪小姐？并且以前我记得你也不会唱啊。"

凤铃漫应道："等找个地方坐定再说，话长着呢。"

秦云抬头，恰见旁边有一家小咖啡馆，字号是味春园，就拉着凤铃道："咱们就这里吧。"

凤铃不知因何，竟忸怩道："这里不好，咱们上东边那家玲玲食堂。"

秦云误会她有意请客，就仍拉住道："何必再走，就这家好了。"

凤铃还似不肯进去，不意这味春园门内正出来一个女招待，看见凤铃，竟招手去唤里面的人，随后又走出两个女招待和一个管账先生模样的人。秦云并未着意，凤铃却是心里有病，看得清楚，倒不再走了，低着头儿，由秦云挽手同进里面。里面的人，都把一种奇异眼光望着她俩，请上楼去。秦云寻了个小单间坐定，随有女招待进来，递了手巾，问要什么食物，秦云就问凤铃，凤铃低头只瞧桌上所放的食品单子，口里却说不想吃。秦云又让了一句，她又改口说你吃什么我都随着，秦云只得叫了两客大豆刨冰和两客糕点，女招待瞧了瞧凤铃，方才慢腾腾出去。秦云方要与凤铃说话，不料她也悄悄掀帘而出，秦云还以为她是去如厕，只得静坐相待。哪知过了半晌，不特所要的食品未曾送到，连凤铃也不见回来。秦云纳闷，就按铃要唤人询问，连按数下，也无人进来。秦云诧异，掀帘向外看时，只见楼上并无人影，倒是楼下一阵嘈杂的人声，直从楼梯口涌了上来。秦云侧耳细听，竟是女人声音，而且好像凤铃，内中还夹着几个男女说话。秦云心想凤铃怎跑下去和餐馆吵起嘴来了，就走出房门，到楼梯口向下一望，却因楼梯是转折式，看不到下面，但已把下面声音听得清楚。先是凤铃的语声，颤微微地道："你们干吗这样不厚道？总共几块钱的事，值得……"

一个女招待接口道："几块钱你就还不了，还说什么人物话？今儿你不给钱，就是不成。"

凤铃道："不成怎样，你们剥了我？"

女招待作啧啧声道："剥你，倒便宜你了。通身上下不值五角钱，今天咱们找地方说理去。"

有一个男子插口道："倪小姐，你听我说，并不是我们做买卖没面儿。你要知道，我们这是有本钱有挑费的生意，将本图利，不是容易。你去年常到我们铺子吃东西，赊了多少次，总不还账，那也罢了。最不该您要去一桶冰激凌，从那回就来个不见面儿，不但把钱票了，连盛冰激凌的桶子，都卖给打鼓儿的，后来还是我们出钱上小市买回来。到如今对头儿一年，我们也寻不着你。现在你走过这门口儿，若不是被我们的人看见，你还不进来呢。倪小姐，没别的，你还钱算完，一共是三块六角九。"

凤铃忽变了央告口气道："咱们是老主顾，你何必逼我？今儿是赶巧了，我没有带钱，明天一定送来。我敢赌誓，若不送来，凡是这市场里走的人，都是我的……我的祖宗，这成不成？你们也该看见我同着朋友，让一面都不成吗？"凤铃说到后来，已带哭声，可见是窘极了。

秦云听得明白，觉得自己竟把凤铃掀入这债阵之中，此际若不给她解纷，恐怕没个完结。也顾不得凤铃难堪，就高喊来人，楼下的人听见，似乎一阵乱哄，随有一个女招待走将上来，秦云就向她问楼下是什么事，那女招待怔了一怔道："您不必问吧，是您同来的那位朋友，和我们柜上一点儿闲事。"

秦云道："她欠你们钱吧？我已经听明白了。"

那女招待道："您既听见，我也不必瞒了。那位倪小姐从去年欠下我们几块钱，一直不照面儿，直到今天方才遇上，她还不肯还……"

秦云道："多少钱呢？"

女招待道："大约三块多钱。"

秦云就取出一张钞票，递与她道："你拿去交给柜上，等吃完一总算吧。"

那女招待瞧瞧秦云，才接过去，又犹疑了一下，说道：“我有句话，可不该问。您和那倪小姐是什么交情？早熟识吗？”

秦云道：“我和她并没交情，不过是熟人而已。”

女招待道：“若是这样，我说句该打的话，您趁早少和她亲近。她在这东城南城，都臭出名儿了。顶着女票友的官衔，坑绷拐骗，胡作非为，外号儿叫飞天热烙铁，没人敢沾。您是圣明人，我的话大概不至于落包涵。”

秦云点点头，说：“谢谢你的好意，请快下去叫她上来吧。”

女招待应声下楼，秦云才退入房中。须臾凤铃回来，进门并无愧色，倒装出一脸怒容，骂铺中人不讲理，胡乱讹人：“我当初虽欠过几个钱，早已还了，他们今天居然说还有几块小零儿没清，我真吃不了这样亏。你也太好说话，就给拿下五块钱去。”

秦云摆手道：“得得，咱们犯不上和小人怄气，好在钱不多，就讹去也罢。”

凤铃道：“今天他们收了钱，也是白替咱们存着，明儿我托出个有势力的，他们得老老实实吐出来。”

秦云只得点头道：“那明天再说，现在且谈咱们的。你这二年倒是怎样了呢？”

说到这里，女招待送食品进来，凤铃等她出去，才道：“咱们吃着说，先告诉你，我早和那小张散了。”

秦云愕然道：“是吗？你和他那样好法怎会……”

凤铃很爽快地答道：“那穷小子，养不起我，不散没的跟他受罪。”

秦云暗自叹惜，由此可见男欢女爱，多是虚伪。看当时凤铃对小张的热烈情形，好似死也不惧，何况穷苦。如今竟下了穷小子三字批评，轻轻地散伙了，便道：“那么现在呢，你大约又嫁了个姓倪的，可怎么又是倪小姐？”

凤铃道：“不错，现在我是跟着个姓倪的，不过不算是嫁，胡乱凑合着罢了。”

秦云道：“这样你也该是倪太太，怎是小姐？”

凤铃道：“我不能称太太啊，你要知道，我干的这行当儿，凡是唱戏演电影的女子，都不能嫁人，嫁就没人捧了。我自从跟了这姓倪的，他是梨园行人，教我学了几出戏，想下海还办不到，只可先在票友堆儿里混着，等认识几个阔人，得他们一捧，再下海就可以红了。你莫小瞧那间茶楼，这些年出了好些名角儿呢。”

秦云一听，这才明白，她哪里还是当日天真未凿的凤铃？如今竟染了无限的浮嚣气质，狡诈恶习，变成女流氓一个，简直不堪向迩了。想着就不愿和她再行叙旧，但念着故人之情，打算给她几个钱，就此分手，日后也不必再见，以免牵缠。既然打定主意，便不想再询她的行止了。哪知凤铃却是他乡遇故，热烈非常，说完了自己的事，又问秦云别后遭逢、近来情况。秦云预有戒心，抱定逢人且说三分话的主旨，因为当日胡百甫和她来往，是凤铃知道的，就只说嫁到胡百甫家，过了年余，现又下堂。此来北京，原是随便游览，并无所事。

凤铃听了就问："那胖子好像很阔，你从他家出来，总有点儿落儿吧？"

秦云不敢吐实，假说胡百甫是空心大老官，家中日月非常艰难，自己此番嫁他，不特毫无所得，连本分一点儿体己，都赔了进去，竟空着身儿出来。

凤铃道："那么你还想再混吗？"

秦云道："这没准儿，我也混得够了，但凡有路，绝不再跳火坑。现在正和个旧日老客人商量，他若肯娶我，我就认命了。"

凤铃瞧着秦云道："啧啧，姐姐，你怎只想嫁人哪？像我是把容貌作残坏了，只得跟个人胡乱混着，你这一等一的漂亮人，据我看现在比当初更俏皮了，干什么都能哄喝一气。现在女子发迹的道儿多咧，唱戏玩儿票当舞女，都可以发财，又没拘没管，完全自由。只要红了，成千论万的男子，都趴在你脚底下巴结，想什么有什么，高兴谁就是谁，比嫁一个男人，过无聊日月，不强得多吗？"

秦云此际虽然因在梧的打击，而大伤其心，但在梧的影子，在她脑中还浓厚，心理尚深浸在寻求归宿的氛围中，所以听了凤铃的话，更觉不以为然，就冷笑说道："我可办不了这档儿，在班子里每人应酬有数的客人，还把我闹怕了。像你说，这样成千论万，这不把人闹昏了吗？"

凤铃正色道："你别当取笑，我说的是真话。错非咱们老姐妹，我也不出这好道儿，这年头错非傻子，才想嫁人呢。女子在没准主儿的时候，能受大家供养；到有了主儿，就要受一个人的欺负。再说趁着年轻，能抓下俩钱儿，放在手里，那时想要男人，都可以用鞭成群地赶，何必早早地受制去呢？这就好比一个鸽子，到晚上自然要归窝，可是正在晌午天儿，别人都漫天飞着快活，你为什么忙着早早扎进黑窝去？莫非从嫁胡胖子那次，嫁出瘾来了？

那你又怎和他散了呢?”

秦云抿嘴笑道:“你怄我咧,若是世上男人都像胡胖子,我就立刻剃头发当尼姑去。”

凤铃道:“那么你现在已经有人了吗?”

秦云摇头,凤铃道:“你现在没有对式的,可又闹着嫁人,这不是笑话?再说这年头儿,嫁人就容易了?跟个穷小子,受罪还不算数,碰巧了还得咱们养他,有资格的又不把咱们当人。你是没经受过,去年我认识了个大学学生,人样脾气,没一样不好。他一和我亲热,我就又着了迷,安心要跟他过日子。哪知把意思一透出来,人家竟吓跑了,以后老躲着不见面儿,我还痴心妄想地满世界找寻呢。直到听他的朋友传来了话,说他本来只想我凑着玩玩的,想不到我认真谈起终身事来,他才又笑又怕地闪开。因为人家原本有个富贵的情人,也是在大学念书,毕业后就要结婚,跟我这下贱人还动什么真心哪?从那回我一伤心,就宁可搭姘头也不想嫁人了。”

秦云以前听她的话,都不入耳,及听至那一段议论,忽地有动于中,觉得她所言不错。嫁人实在真难,下等人我看不上,够格的又不要我。在梧的事,不是已明摆在前面了?何况自己在胡家初对在梧生心之时,他只是个月薪数十元的小书记,受着很不堪的待遇,过着很清苦的生活,又哪能算是够格的人?自己满打算着他家庭寒苦,身世孤单,自己这一下嫁,使他凭空地得了外财,有了美妻,不啻接得财神,进来玉女,自然全家喜出望外,自己也永久得占上风。哪知实际,竟尔大大不然,人家已经妻财俱备,福慧双修,自己倒成为强颜攀附,到底被人家一脚踢出来。由此看来,凤铃虽然品德不好,这句话还是出于阅历,我不可以为废言呢。秦云这样一想,立刻把原来的意思销去许多,由颓废而生出放纵之意,自思我也没什么指望了,爱了在梧二年,落了这个结果。现在人家已经完成大礼,今夜便是洞房花烛,和着倩宜鱼水相欢之时,哪还记得在北平还有个凄凉孤苦的被弃人呢?如今我既不能再去寻她,而且去寻也只有受辱,在梧这一面算是完了。天津有几个旧客人,也不对心思。如今空想嫁人,又有何人可嫁?难道我还像穷家孀妇,只为求活,胡乱嫁个阿猫阿狗吗?何况我既爱过在梧,那样人物,如今向哪里去寻和他一样的人?罢,罢,罢,我把这条肠子断了吧,不如且依凤铃主意,趁着年纪,到外面风流几时。倘若天可怜我,使我能与在梧重圆,自然收心学好;倘若此世终虚,我又何必把身体看得过重,把眼光放得过远?就这样且顾目前，随乡入乡，胡乱混下去，乐一日是一日吧。将来即便落到妓女自叹那段曲儿的下场，也只好认命。人家看不起我，我自尊自贵也没用啊。

秦云这些思想，完全是有激而发，凤铃不过做个引火线而已。在凤铃也不知自己的话生出如许效力，见秦云先是沉思，继而拧眉切齿，嘘气微叹，最后耸耸肩儿，面色一沉，似乎有所决断，随向凤铃微笑说道："我有心长住在北京，你看做什么好呢？反正我是不愿进班子了。"

凤铃想不到秦云心情突变，以此相问，就道："我记得你唱得很好的青衣，还上过落子馆的，演整出的戏，不过……你可会跳舞不会？现在做舞女也很兴时呢。"

秦云道："我在班子时候，天津还没有舞场，到胡胖子家以后，外面才兴起跳舞来，我和一位女朋友吴四奶奶曾练过数日，舞场也去过几次，胡胖子知道了，只怕我跳出毛病，不叫我再到吴四奶奶家去，我赌气也不跳了，所以我跳舞实在有限，做舞女是不成的。"

凤铃道："那么你就干女票友这一行吧。"

秦云撇嘴道："得了，像你们跑到这破茶楼号丧，听的人还没唱的人多，把肉麻当有趣，多么无味，我可不干。"

凤铃道："我不是劝你这样，不瞒你说，茶楼上的票友，有的是瘾头太大，可是唱得太坏，除了坐在自己家里，唱给老婆孩子听，别处绝没人领教。难得茶楼去请，就算俊了他了，到底下面有几十人听，可以露露能耐呀。有的就是我这样的，本来没高兴唱，只因太穷，贪着茶楼送给的一两角车钱，偶尔还可以多借几个，才天天来受罪，明面儿是玩儿票，实在我真等这个钱买米下锅呢。"

秦云愕然道："你怎么就混得这么苦，我真想不到……"

凤铃叹道："错了老姐妹，我实没脸儿说。一则我跟的这个倪三，虽是梨园行的人，无奈红运都在当年走过了，现在简直栽到地下，你知道当初有唱花旦的小凤凰，就是他啊。"

秦云隐约记得数年前有个小凤凰，曾以色艺轰动南北，虽不是京朝派名伶，但在外江派中的声誉，也足与梨园正宗的四大名旦颃颉，不过这一渐渐消沉，久已不闻音讯。却不料如今沦落京华，凤铃竟姘上了他，便道："哦，你倒不枉了。当初在班子里时候，你不是常磨我请你听戏？听回来就像迷着似的，夸说哪个青衣脸子好，哪个武生漂亮，爱得什么似的，如今居然偿了愿，跟唱戏的过日子了。”

凤铃忸怩道：“那是小时候的糊涂心思，提他做什么？如今我可明白了，唱戏的有什么特别？不过装扮上好看，下了装还不如常人呢。再说那种别拗习气，更叫人受不了。我当日和倪三凑合，就上了迷唱戏的当，又知道他是有名的小凤凰，还抱着老大的指望，哪知他已经三十多岁，因为当初占便宜太多，身体亏损，嗓子早坏了。一个字儿也唱不出来，只能教几个徒弟，赚俩钱过活，无奈他还有吸白面儿的瘾……”

说着打了个哈欠，从衣袋中取出个小小的纸包，指着道：“把我也染上了，如今每日睁开了眼，不管有饭没饭，俩人先得吸一块钱这个。”

说着把纸包儿打开，向秦云讨了支纸烟，看了看是很名贵的三五牌，摇头道：“这烟很好，却不合用，只得将就着啦。”

她且说且把纸烟的一端捻松，弄掉一些烟丝，射进一点儿白面儿，将纸烟含在口内，装白面儿一端，仰起向天，然后划火柴燃着，拼命用力吸了两下，随着唏唏两声，才把纸烟放下。秦云瞧着暗笑，怪不得人们都称吸白面儿为放高射炮，原来是这样儿，就道：“这就是白面儿啊？吸着有什么舒服呢？”

凤铃叹道：“咳，别提啦，这种断命东西，吸了觉不出半点儿舒服，可是不吸就要大不舒服。”

秦云道：“既这样，你又何必上这种瘾呢？”

凤铃摇头道：“连我也莫名其妙，自从和倪三同住以后，见他吸这个，我觉着好玩儿，常常弄一口试试，他也竭力劝我抽，不知不觉地就上瘾了。我也很明白他的意思，恐怕自己吸这东西，要受我的抱怨，而且也怕我弄来钱不愿供他，所以拉我下水，这样每天就不怕我不供他了。”

秦云听了一笑道：“我也瞧出来，你的景况窘得可以，居然还养着个汉子，这一定非常爱他了。”

凤铃道：“什么叫爱，爱是有钱人办的事。像我们天天过大除夕，有了抽的，没了吃的，一天不定为钱吵几回，夜里白面儿抽不足，连话都懒得说，谁还想到爱字身上去呀。”

秦云道：“既如此，为什么还凑在一处？早早散了不好吗？”

凤铃道：“你又哪知我的苦处？我丢开倪三，和抛去一只破鞋一样，没有丝毫牵挂。不过那份破家，当初是我和他两个人共立的，如今谁想散伙，就给他个不回去得了，用不着费一点儿手续。但是谁想把谁赶出去可不成，我现在虽想和他散蛋，无奈暂时寻不出收留我的人，自己新立份家，也不容易。而且倪三近来越混越糟，把徒弟全教跑了，只剩下一个不给钱的。有时出来向同行打点秋风，也不够一壶醋钱，差不多全仗我养活。所以他虽有时吵架，可是顺着我的时候多，闹得我也不好意思太狠，只可暂且对付着吧。”

秦云听她这话，觉得倒是肺腑中的实话，不好意思再怄她了，就道：“照你方才的说法，好像做票友还有两样儿。不做你这样的票友，还有什么别样儿的呢?”

凤铃道：“你若愿意的话，当然还有好道儿。可是得自己下点本儿，头一样要赁个公馆，装成阔家模样。对外最好假说是某大家守寡的小姐，或是哪个阔人儿的姨太太。然后一面请个师傅，在家里习学玩意儿，一面出去应酬，拉拢些个有来历的朋友。最好另认识干报馆的傻小子，素常给点好处，养活着他，留待日后用。等你溜熟了几出戏，也交上了不少朋友，那时就露出自己好唱的意思，叫大家知道。这北京城里花样是多的，短不了有人凑堂会戏或者义务戏，遇机会一定有人邀你上台，你稍微端点儿架子，半推半就地答应了。私下里使出那干报馆的竭力一捧，再叫朋友出面替请一回客。到上台时，弄身新行头，唱出有俏头的戏，就凭你这人样儿，我敢保不待上两回合，就有无数的冤大头，变法儿托人介绍去认识你。你再拿出些手段，拨弄他们，准保能够上几个财神。那时就看你的主意了，若是想真唱戏呢，就借着这班人的钱力人力，慢慢地练能为，挣名气。不出一二年，你就是女名伶，单挑一班，像雪艳琴、章遏云那样名利双收。若是不打算下海，就永远打着女票友贵夫人的大旗，悠游自在地过活，既不必出功，也不用受累。端稳了架子，在阔人队里交际，自然常川地有人头顶着洋钱求你收用。可以混得八路进财，还不担坏声气。你若想要嫁人，到那时自有多少美貌郎君，有钱人物，挤在面前由你挑啊。”

秦云听她说得条条是道，虽不彻底赞成，但觉得照这计划试办一下，未尝没有趣味。而且凤铃所说，还是不知自己手中有钱，所以注重在利，其实自己囊中富有，并不急急图利，这更可以得心应手了。想着就道：“你说的确是个道儿，不过这是聪明人做的事，像我这心拙口笨的人，只怕未必能得成功。再说阔太太小姐，也不是随便能冒充的，必得天然够那派头，咱们是班子出身，无论怎样装作，日久也怕露马脚啊。”

凤铃道：“你同我还客气，要说你这派头儿，从早就有人说你像阔太太，至于心里玲珑剔透，又谁比得了你呢？我就有自知之明，照照镜子，就知道自己不够材料。”

秦云听着，再看看她那枯瘦面容，颓唐神色，几乎要笑出来，便道：“你不要捧我吧，我倒想照你说的办回试试，不过这点本钱，很是难题。没奈何只得变点儿首饰，先垫着用，以后还得找常川供钱花的。”

凤铃接口道：“像我愁寻不着主儿，你怕什么？上中央公园溜一趟，起码能吊回几个来。”

秦云呸了声道：“你叫我去打野鸡吗？真说话不怕缺德。”

说着两人已经吃完，秦云按铃唤进女招待，把所付的钱，除去代凤铃还债和两杯冷饮的代价，余钱找了回来，秦云要付小费，凤铃竭力拦阻，秦云不好过于拂她的意，也就罢了。二人下楼，出了这小餐馆，凤铃问秦云上哪里去，秦云这时虽已被她言语所动，但仍不愿与她过于亲密，因为瞧透凤铃的行为恶劣、气质嚣浮，只怕走动常了，要受她的牵累，不愿把住址告诉她。但秦云对北京地方不熟，一时假造不出谎话，只得仍说住在灯市口一个朋友家里，凤铃还细问门牌号数，秦云只可说道：“告诉你也不能去，因为那地儿不方便，连我自己都不能常住，过几日就要搬出来呢，改日我上茶楼寻你好了。”

凤铃又道：“你若真的学唱，我可以给你荐个教戏的。”

秦云道：“好吧，等我回去寻思寻思，明天再定规，不过你有教戏的好师傅吗？”

凤铃道：“怎么没有？这北京城里好师傅可多了，内行有的红得发财，有的黑得要饭，可是红的未必真有能为，黑的就许是大好老。这就应那句十分能为，不跟一分运气的话了。上台唱戏，仗着一张脸儿，一副嗓子，这两样儿一坏，天大能为也得改行教戏。这北京出产戏子的地方，要多少好师傅没有啊？”

秦云道：“好，那么明天你听我的信儿，若是一定走这条路，就烦你给找一位吧。”

说着已到市场门口，秦云想要和她分别，又问她到哪里去，凤铃却不肯离她，只说我没有事，再陪你几步。秦云只怕她要送自己回去，认明所住的门儿，但又没法挥之使去。正在发窘，幸而未走几步，凤铃真意已然显露，拉住她袖子，低语道：“我真不好意思说，你带钱借给我几块，今天一点儿落儿没有，回家还看不见晚饭呢。”

秦云听了方才恍然大悟于她流连不舍的真意，心头虽有鄙薄之意，但因昔日感情不错，而且自己现在颇有余力，可以助人，就打算给她十元。但一转想，又念到方才自己曾说过景况不佳的话，怎好自证谎言？尤其恐怕凤铃见自己出手阔绰，认为富厚，从此把自己当作靠山，长做无厌之求，将来无法应付。想着就装作为难神气道：“你要多少呢？”

凤铃道：“多少不拘，多了更好。”

秦云听了这句，更觉她是只要便宜，不顾脸面。便打开手包，想取出一张五元票给她，无奈包内钞票，都对折地叠到一起，不能恰巧地只捏出一张。她仓促中用两个指甲，掐住一张边条，向外一拉，用力稍猛，竟有五六张跟着落下。凤铃看了，竟不接她手里的一张，自弯腰低头去捡地下的，秦云干看着也没法拦阻。凤铃把地下的钞票，完全拾起，数了数共是三十五元，秦云以为她总要交还自己，再行缠磨多讨。哪知凤铃竟那样地大方慷慨，而又廉洁知足，自作主张，把一张十元票递回秦云手里道：“姐姐，我用不了这么多，有二十五块足够了，明儿花完了再和你要，不是一样？你把这十块仍收起来吧。”

凤铃这种说法，就好似秦云定要把多数的钱给她，她还不肯全领，只收少数，不特显着非常客气，而且把下次的买卖还预约下了，旁边若有个人听见，定觉她很够味儿呢。秦云可气得目瞪口呆，既不能和她抢夺，又不好说你拿回来，我并没想给你这么多，而且说也没用，凤铃早已钱入了腰柜，神气扬扬，若无其事了。秦云只得一声不哼地把皮夹关好，将要转身自去，凤铃还殷殷叮嘱，明天务必再去茶楼，将尽地主之谊，请秦云吃丰泽园，并且玩耍一天。秦云漫应着，回头扬了扬手，就自走去。

回到旅馆，觉得心头郁郁不乐。晚饭之后，也不高兴出去了，坐定了细想，自己来到北京，举目无亲，难道就这样在旅馆中把岁月消磨下去？今日意外遇见凤铃，好算是他乡遇故知，但她竟是那样品行，叫人不敢招惹，尤其她今天所出的道儿，固然可办，无奈没法实行。因为现在除了凤铃，没有帮助自己的人，而她那样浮诈不实，即如介绍教师的小事，自己也不敢烦她，如此地孤立无靠，怎能出得了风头，成得了事业？这简直是没指望的。所以如今若想在此住下去，只有凭间小房，像孤鬼儿似的独居，安分守己地吃这点儿体己。但这样无论体己几年就要花完，不足养老，就这寂寞岁月，自己也恐不能长久忍受。除此以外，就得重拾起老营生，此地也无熟人介绍，除非自己到班子来个登门自荐，但自己既不肯如此屈辱，而且从那天一出惊鸿馆，已发誓和烟花永远断绝了。依情势看来，还不如回天津去，纵不做其他奢想，但总还有一些熟识姐妹，可以常相过从，比这样离群索居，总能得些安慰。秦云想着，几已推翻昨日所定的主意，大生归欤之念了。但又转想自己解事以来，许多伤心遗迹，都在天津，何必再回去重寻苦恼？还是拿稳主张，忍受凄清，也要移居新地，再竖起脊梁，忘却旧事，努力从今日做起，另寻新生命吧。可是说着容易，只怕日久天长，做起来十分艰难呢。

秦云这样芳心辗转，反复思量，到底拿不定主意。因为守在房里，躺着的时候多，工夫大了，有些头昏脑涨，天不到十一点，便自睡下。这一种静夜萧寥、孤灯独对的作客滋味，她虽自幼无家，但在繁华境中生长，尚未受过这极度的凄凉。在昨夜她因为郁勃之气，充满中心，只顾伤己怨人，就不甚注意眼前境地。今日已对旁人的气愤消减许多，事过境迁，痛定思痛，只剩下冰冷的一颗芳心，守着这清寂的旅舍青灯，真有些承受不住。于是早早地睡下，但睡下也不能入梦，转侧许久，忽听楼下似起了嘈杂的人声和步履声。秦云看了看表，见已过十二点，心想必是来了旅客，现在正是由天津开来夜车到站的时候，大约这伙客人还不少呢。想着也不着急。

哪知就在这时，外面有人敲门。秦云不觉一怔，心想自己在一点钟以前，就叫茶房弄好了茶水，并且吩咐不要再来惊动，料想茶房不会来了，但除了茶房还有谁呢？这时又听那敲门声音，既低且速，好似意思十分急遽，而又有所顾忌。就坐起高声问谁，只听外面有人低声叫道："谢谢你，快开门，有要紧事。"

秦云一听，说话的是男子声音，更觉诧异，便披上旗袍，下床走到门前，问道："你是茶房吗？这半夜里有什么事？"

外面的人只答她一句道："我是茶房，请太太快开门，有要紧事。"

秦云听着，心想茶房都称呼自己作小姐，怎这人竟改叫太太，听他这样惶急，也许出了什么意外，不如放他进来问问。这就是风尘中人和良家妇女不同之处。此际房中倘是个真的太太小姐，无论如何，也不敢放来人走入，但秦云竟不在乎地开了房门。哪知门方开了一道缝儿，外面的人已经伸进一条腿，随把身体塞入门隙，挤入房中。秦云正大惊倒退之际，只见那人已把门关上，随即上锁，才转过身来。秦云见这人约莫二十多岁，身材甚高，面似银盆，鼻凸口阔，眼大眉浓，生得非常英挺，但毫不显粗鲁，眉目间于英贵中显出一种秀气，身上只穿着西服短裤和衬衫，双足赤裸，趿着一双拖鞋，像是已经就寝，重复起来的样儿。分头梳得很光，但已有些蓬乱，并且当顶有一簇壮发挺立，大有不肯贴下之势。想见这人体壮血足，故而发根挺硬。

秦云在一瞥间，已把这人端详明白，知道不是茶房，又见他面上带有惊惧之色，态度却不过于张皇，就倚着桌子问道："你这人是做什么的？半夜闯进我房里来，快快出去，我是单身女客，你不走我可喊了。"

那少年眼望着秦云，耳朵却似听着外面，闻言向她鞠躬道："密司，别喊，我有话说。"

秦云虽不懂得英文，但这密司一字，她自多年前早已耳熟能详，明白这少年定是个摩登的人物，就道："你瞧瞧身上是什么样儿？有话也该穿整齐再来。"

那少年道："密司你不要怪我，我就住在隔壁，性命极危险，楼下有很多军警前来捉我，求密司容我藏躲一下，我——"

话未说完，只听外面声音杂沓，有许多穿皮靴的人走上楼来。秦云心里也有些抖战，忙向那少年道："你犯了什么事？"

那少年道："一言难尽，我并没犯罪，不过被他们捉去，就得枪毙。"

秦云方愕然欲语，已闻隔壁房门被人踢开，接着有很粗暴的河南人口音骂道："日娘，这男子怎没有了？"

说着又高声问道："这九十四号住的林国材在哪里？你们快说，要不然他跑了，你们旅馆可脱不了干系。"

这时有个似是旅馆账房的人答道："副爷，我们旅馆客人出进自由，我们哪知道呢？"

话未说完，只听很清脆的一声，那说话的已挨了嘴巴，似乎负痛说道："你老别打，我坐在楼下，不知楼上的事，你问茶房。"

那河南口音的就喊道："茶房，你这个舅子，快说林国材在哪里？"

这时听茶房战战兢兢地答道："老爷，我只看见那姓林的回来，可不知道他怎的不在房里，你老瞧他的衣服都脱在床上，脸盆水还是热的。"

那河南口音的道："这样说他明明在这里，怎的不见？他有隐身法儿，还是你们把他藏起来了？"

那挨打的账房忙应道："副爷，别这样说，我们可不敢藏人。"

河南口音的骂道："舅子，龟孙，俺不这样说怎样说？林国材一个活人，会没了影儿?"

账房道："副爷，您多圣明，他是带腿儿的活人，也许做贼胆虚，瞧见有这些穿军装的老爷进旅馆来，他吓得溜了。"

河南口音的道："废话，他从哪儿溜的?"

账房道："从后楼下去，还有后门哪。"

河南口音的道："俺就不信他溜得这么快，一定还在你们旅馆里，我得搜搜看。"

账房道："副爷要搜，我们也不敢拦，可是房间都住满了客人，全睡下了，这一搜我们生意……"

河南口音的顿足道："日娘的扯淡，俺办的公事，管你娘的生意。"

说着皮靴橐橐，似从隔壁门内退了出来，走到这边秦云的门口，河南口音的叫道："这九十三号住的何人？就从这房里搜起。"

秦云和那少年都在听着隔壁说话，相对凝神，这时听来人已到门外，就要进来搜索。那少年面色突变惨白，却把双眉竖起，腰儿猛地挺直，那神情好似自知入了绝境，无可逃躲，眼前这位女客，便想救他，也已措手无及，而且要受连累，何况秦云根本还未允他藏躲，事机已到了间不容发的时候。他明白徒费口舌无益，只有挺身就缚了。

这时又听外面茶房说道："这房里是位单身堂客，和那林国材绝不认识，人家早睡下了，你老免——"

说到这里，又听清脆的一声，想是茶房也吃了嘴巴。那少年听着，知道事已迫急，忽向秦云鞠了一躬，转身就要向外走。秦云这时不知对这少年生了爱慕之心，抑是出于怜恤之念，突地伸手将他拉住，低声道："你要怎……"

那少年道："我藏不住了，很快出去，要不然准连累……"

他说到末一句话，已被外面的叩门声所乱，那河南口音的大喊开门。秦云猛一横心，把那少年拉到身后，随向床下一指，那少年见状会意，忙俯身爬入床下，幸而那床前面有帏，帐下有幔，恰可把他遮掩。秦云看了看，见没有什么痕迹，就蹑步走上床去，本来那帐幔是全都垂下的，她顺手撩起一边，挂在钩上，然后装作睡中惊醒，含糊着声音问道："谁呀?"

外面那河南口音的说了句查店，随有本旅馆的茶房说道：“陆小姐，您开门吧，是官面来查店。”

秦云作不耐烦声道：“我早睡下了，一个女子有什么可查?”

外面河南口音的道：“非查不可。”

茶房似怕秦云不知军官之尊，再执拗下去，将受侮辱，忙又说道：“小姐，您是多受累，快开门吧，不叫查是不行的。”

秦云心中乱跳，口中却作愤恨声道：“开，开，这旅馆真乱死人，早知这样，住六国饭店去，何致受这种气?”

说着又提高声音道：“你们等等儿，得容我起来，要等不了，就劈开门进来。”

秦云这样说话，好似个官太太的气派，并没有把官人放在眼里，外面的军人倒老实了，既不斗口，也未作声，静悄悄等着。秦云下床，故意穿上皮鞋，踏得楼板乱响，又穿上旗袍，就过去把锁扭开。用尽平生气力，把房门向里一带，又向墙上一掩，震得发出巨响。梁尘大落，电灯乱摇。她在众人惊顾中间，已闯出门外，低着头似不屑于看他们，走到对面墙下，才反身立住，大声说道：“你们进去，我房里尽藏着军火烟土，全是犯私东西，别连累了你们旅馆，快进去搜呀。”

秦云这几句话是故意把旅馆人怨着里面，似乎恨旅馆中人不替她拦阻来着，有惊高卧。一面也发挥阔太太小姐的脾气，叫那军人们看样。其实她表面虽然凶横，心里却打着鼓呢，所以走出去不把脸儿对着那军人们，只装着生气去看甬道的一端。自己想着为一个陌生的人，担这等危险，未免不值。但既已莽撞做将出来，也只好听天由命。倘然那林国材被他们搜出，自己就拼着打人命官司吧。想着才偷眼观看动静，只见军人约有五六个，为首军官，身材高大，面貌凶狞，想来就是那河南口音的。他的身后立着旅馆账房先生和两个茶房，大家都拥在门口，向里张望。本来旅馆的房间，都是照例的陈设，罗罗清疏，并无可以搜查的秘密地方。不过秦云房中多了几只自带的箱子，也不够藏人的尺寸。此外就只床下一个地方，容得一个藏伏，而且又是遮掩着的，情知那军官不进去搜查则已，只一进去，势必先看床下，那就大事去矣。秦云偷眼瞧着，正暗自祷告老天。那军官自见秦云出房的气势，已有些怔了，这时瞧瞧房内，又瞧同来的弟兄，好似自觉受了侮辱。但对方是个年轻貌美的女子，又露出那等气派，俗语说当兵三年，见了母猪当神仙。

他们正应了这句典，一见是个小娘儿们，气焰便消减多半。而且看秦云情形，若非有大来头的巨官眷属，怎能见军爷而不惧，复反口以讽讥。因此他们又有些胆怯，不敢接作威风了。那军官本已探明林国材是个亡命孤客，没有熟识之人。又见这女客衣饰富丽，气概豪奢，天然是个养尊处优的贵妇，万不会也是危险分子。而且她理直气壮的举动，更表明无所惧怯。此际她对我们军爷毫不买账，给了个没面子，在旅馆人旁观之下，未免太伤金箍帽的尊严，论理就该照对付普通老百姓的办法，加以斥辱，但看她的气派绝不甘心承受，倘若真的吵闹起来，便不能轻易了结。万一她真是什么长字号的眷属，恐怕要把自己的小官儿弄掉，那不是倒运还加丢人吗？军人这样一想，不由心中有些发馁，但面上并不示弱，只得哼了一声说出句无聊的话解嘲道："这算啥，把门摔散了得赔人家。"说着就转脸去看秦云脸色。

秦云闻言猛一抬头，露出满面怒容，却不言语，只把眼光看那军官的肩章领章。这本是秦云昔日在妓馆时，因常有浑人搅闹，她见得惯了，既不畏惧，还学得对付方法。此际故意做出这个样儿，似乎着恼至极，却因自己身份所关，不犯与下级人斗口，故而不发一言，只观察对方所带标记，过后好向他的长官说话。那军官一瞧，心里更发了毛，立刻盛气尽消，决心退却，知道这堂客绝非易惹的人，惊动她起来，已然如此不依不饶，倘再进去搜查，白白地出来，还不知要听她什么闲话，那时更不好下台了，不如及早撤兵，保全面目吧。那军官想到这里，就向后退了一步，离开门口，但也不好对秦云直接乞和，只得反向旅馆人说道："这又何必呢？我们办的是公事，并非无故搅扰，说闲话当了啥？"说完就把手一摆道，"查隔壁九十二号去。"

他手下兵士闻言，全部离开了门口，走向隔壁房门。茶房忙对秦云道："小姐，请进去安歇，查过了。"

秦云这才心中一块石头落地，暗叫侥幸，在方才莫卜吉凶的时候，还能恃着一团虚矫之气，做拼命赌采的打算，尚还不觉甚怕。此际危机过去，倒从脊梁上冒出一股凉气，几乎要颤抖起来。大约《空城计》里诸葛亮骗退司马懿，下楼时的大抹冷汗，和秦云这时心情差不多少。她听了茶房的话，还装作怒气不息，寒着脸儿，慢腾腾走了进去。方要顺手关门，忽然想到不妥，就向桌上取了支纸烟吸着，又走到门际，任那房门开着，自倚在门旁，很安闲瞧那军官搜查别房。这时附近房中客人，在那军官叩打秦云房门时，多已惊醒，有的也开门张望，所以那军官无须再费口舌，便可如意搜索。秦云瞧着，只见那军官查过五六个房间，似乎不耐烦了，又对旅馆中人大发咆哮地吵了一阵，竟不再向下搜查，一行人反身走回，又经过秦云门外。秦云听那军官言语，似说那乱党必已逃走，徒搜无益，他回去不好交代，要旅馆去人做个实证。账房先生苦苦哀告着，且说且行，那军官走过门前，还望了秦云一眼，秦云也怒目相报。看他们下楼去后，各房客人于纷纷议论声中，陆续归室掩门。秦云才转身也入室，锁上房门，不由长嘘一声，颓然倒在椅上。她虽没费很大力气，但是心头的思索，神经的震动，和表面的支持，都使她如经过一场重大的事故，感到精疲力尽，娇喘难胜。

就在这个当儿，林国材已从床下帏间探出头儿，爬离床下，到了秦云跟前，向上一长身形，就直挺挺跪着说道："密司，我直没话说了，你冒着大险，救了我的性命，和我又素不相识……"

秦云此际想要立起，无奈力不能支，只可摆手说道："你请起来，小声些，留神外面听见。"

林国材果然放低了声音，却已感极欲泣，红着眼圈，泪汪汪地道："密司，错非你这样胆量，这样智慧，今天绝救不了我。可是你为着陌生人，担这……咳，倘若我从这房里出去，你的性命也要危险，你总已听见他们口口声声叫我作乱党了。密司，你莫非是天上的神仙，特意来救我的……"

说着举手张皇，似乎感激得不知所以。忽然一伏腰就叩下头去，叩了一下，又似乎想到那样恩意，并非行这俗礼所能报答，忙又停止，只把泪眼望着秦云。这林国材本是崭新的人物，忽这样屈膝行腐化之礼，开口作神仙之称，恐怕自他有生以来，还是第一次。不过人的感情，若激动过甚，行事便难免失却常度，所以把素日所不屑说的，不肯做的，故说出做出了。秦云在他叩头时，早已立起，躲到椅旁道："林先生，你这是做什么？不值得这样，快起来吧。"

林国材仰首道："请密司告诉我姓名。"

秦云说了句请起来谈，就伸手去拉他。林国材立起，自顾身上衣冠不整，忙道："请密司原谅，我太不恭敬了。"

秦云道："不必客气，在这时候哪有许多讲究？"

林国材又说："还得求你允许我在这里再藏躲几时，现在没有出去的机会……"

说着又沉吟道："可是太不便了，这个……"

秦云摆手道：“我既救你，当然要救到底。这也没什么不便，你请坐吧。”

林国材闻言，将要坐在床边，忽回顾见床上被子还散放着，自觉不好侵犯主人寝息之地，匆忙躲开，逡巡坐到旁边椅上，才道：“我还得请问密司的大名。”

秦云道：“我姓陆，你不必再说客气话吧。方才那军官拿你是为什么事情，你可以告诉我吗？”

林国材叹道：“我的事，该严守秘密，不过密司是救我性命的恩人，万不能隐瞒。”

秦云插口道：“若不便说，就别提吧。我只于随口一问，并不是定要知道。”

林国材摇头道：“实告诉密司，我是现在被官府严拿的民主党人。”

秦云的知识并不能了解民主党是什么，只脑中对于党人二字，有过印象，好似就是造反的恶徒。所以闻言哦了一声，张大了眼，望着林国材，表示十分惊异。

林国材忙道：“密司不要惊恐，容我细说。我固然是个党人，只为早先在学校受人劝诱，掷出许多大题目激我，我那时血气方刚，没细思索，就加入党中。以后同党的人在外面发生了几件暴动的事，官府缉拿很紧，就把秘密机关查获，搜出党员人名簿子，所以我虽只挂了一个名儿，并没做过一件工作，竟也落到通缉的罪名。只可逃跑到汉口暂居，在那边因受同党众人包围，不能不随同工作，倒经过几次危险，但是我渐渐有些灰心。因为一则瞧着同党的人，很多品行太坏，打着救国救民的旗号，暗地弄钱狂嫖滥赌。而且自己处在安稳地位，叫我们一群没阅历的少年去拼性命。这样受人利用，未免不值。二来我的家庭非常孤单，只有一位老父，向来在外交部做事，年前就派到驻意大利公使馆去做参赞去，寄款供我上学，我弄到这样景境，很伤老人的心，自觉十分惭愧。恰恰在前两月，我父亲从外国回来，住在天津，屡次给我来信，据说他可以在天津方面，替我设法取消通缉。但必须我亲身回来，由他出面向官府出一张悔过书，便可了事。不过当此纷乱时候，沿途要我小心，恐怕被人捉住，再挽救便要费手。我接信就偷着赶回，路上全都平安，到了北京，特意投到这僻静地方的旅馆来住，想暂留一夜，明日就回到天津，和我父亲见面。不料我在晚饭后，出去买东西，在路上遇见个旧同学，这同学当初也是一党的人，不过他早已转变，把同人还卖了不少，现在投到一个军事机关里做事，我遇见他便知危险，急忙躲避，在外面转了许多圈子，方才回来。哪知仍然被他踩着踪迹，叫人来抓我了，方才幸而我一时灵机，在房中已然睡下，猛听下面声音有异，我心中一动，恰值茶房送茶进房，我忙叫他出去探视，这茶房因受过我的赏钱，就跑出去看了，回报是几个军人，正与柜房交涉。我一听知道不好，急忙取出几十块钱，塞进茶房手里，告诉他说军官必是前来拿我，求他设法放我逃跑。茶房当时也张皇失措，没有主意，我只可出了房间，正不知向哪里藏躲，却听楼梯已有响动，我才仓促叩你的门，想暂躲一下。以为那军人们见我不在房中，认作已在逃跑，便可自行回去，绝不致再搜查邻近房间，哪知他们竟这样死心眼儿。害密司你受惊，这几乎受连累呢。”

秦云道：“哦，这样说，有个茶房知道你房里来？”

林国材道：“不错，就是那个收我几十元钱的茶房。”

秦云道：“方才搜查时候，那茶房在旁边吗？”

林国材道：“他就在门外，还好像被那军官打了一下呢。”

秦云长吁道：“好险哪，这真太万幸了。”

林国材忙问怎么，秦云道：“方才有两层危险。一层是恐怕那茶房已知道你在床下，他倘然若一时转了主意，对那军官举发出来，你我全跑不了；二层茶房是没知识的人，即使他一心卫护你，但看那军官们声势汹汹，也许惊吓过度，露出可疑的形色，被那军官看破，一定要进房，绝不肯那样轻易走吧。”

林国材听着连连点头说道：“密司说得不错，我们太侥幸了。尤其我本人特别侥幸，虽然遭受惊恐，居然能认识密司这样的人，真是梦想不到。就是方才他们真把我捉去，我也自觉值得。凭良心说莫论密司待我有救命恩德，就是毫无关系，像密司这样的侠骨热心和应付他们的智谋态度，我真佩服到不可言说。何况你今日不但救我性命，家父只我一个儿子，我倘有个长短，老人家晚景不但可怜，还怕要发生意外，所以密司实在救了我林氏全家。现在我既然没法报答也不敢说报答，只可向密司做个冒昧要求……咱们可以发生点关系吗？”

秦云以先听他说着，还暗赞这人虽然外面似乎粗豪，却很会说话。及至听到最末一句，不由惊诧起来，以为他发生邪心，将要调戏自己，方自愕然欲起。林国材这时似已明白自己把话说坏了，明明是番好意，竟因感激过度，失口用了可疑的字眼儿，急忙接着说道：“我……我是希望和密司结成永远的交谊，像骨肉一样。”

秦云这才明白，就点头道：“你何必这样挂心？这不过遇巧了，世上哪有见死不救的？譬如别人有那危险，你遇见也不好不管，又何必谈到报答？现在你的危险还没过去，请打正经主意，脱开这里，不必说闲话吧。”

林国材吃吃地道：“不、不，我希望你认我做个弟弟，并且希望你能和家父见面，再者你府上还有什么人请告诉我。”

秦云微笑道：“我是孤鬼儿，一身以外只黑夜有影子随着，白天还是没有。林先生，咱们抛开这件事不谈，你要和我结成兄弟，像一家人似的来来往往，我有什么不愿意？不过你若说报恩报德的话，我就不敢应了。”

林国材忙应道：“是是，就先抛开这件事，密司陆……姐姐，你肯认我这兄弟了？”

说着就向秦云鞠了三躬，秦云起立还礼不迭地摆手道：“你慢着，这不能硬派我是姐姐，也得排排岁数啊。”

林国材道：“那无须乎，您即便比我小，也算姐姐，要不然我怎么孝敬您呢？”

秦云见他诚恳，只可点头。大凡好认干亲，好结义兄弟者，大半是较为畸零的人，像那家庭复杂，和地位高尚的，似乎不好弄这种事。唯有身世孤零身份低下的人，既因没有亲丁骨肉，而感觉凄凉，又因结交不到知己的人，而自伤寥落，一旦得机会结识个朋友，情合意合，便因感激知己，想到自己的孤寂无侣，常要把异姓人勉强成为骨肉之亲，聊以自慰。试看富家纨绔，自家兄弟尚还阋墙，当然想不到和外人拜盟结义。而寒素之士，羁旅之人，常有许多要好的伴侣。而光棍集团的军队，盟兄弟特别多；孤女集团的娼家里，干姐妹特别多，就是这缘故了。当时秦云认了这个义弟，心中一则以喜，一则以惧。喜的是自己在遭人摈弃之时，竟无意中做了一件好事，救了一条性命，从此在世界算多了一个关心自己的人；惧的是林国材留在房中尚有危险，倘再有人来搜查，那将如何是好？就问道：“林先生，你安心歇会儿吧。现在咱们已是家人一样，再没有不方便了，你喝茶吸烟，累了就躺下歇歇，不要客气。”

林国材道：“姐姐我绝不客气，只是您这称呼请改了吧。”

秦云笑道：“这没关系，那么我叫你名字好了。国材，我想你在这里终是危险，只要溜出这旅馆，住到别处，就平安了。你有出去的主意吗?”

林国材道：“我已打算了，等天将亮，我暗地溜出房去，从后楼出后门，大约不致被人看见。”

秦云道：“话是这样说，譬如你出去时被同寓客人看见，虽也不会拦你，只怕旅馆里还埋伏着官面上人，你出去危险了。”

说着忽把眼珠一转道：“有了，那个受过你钱的茶房，一定能帮咱们。你告诉我那人相貌，少时我出去寻着他，好和他想法放你出去。”

林国材把那茶房的相貌说了，秦云一听，原来正是巴结自己的那个茶房，就点头道：“你放心吧，这茶房总可以听我使命。最多再给他几个钱，反正得叫他把你救出去。”

林国材愁眉苦脸地道：“可是我不但没有钱，而且连衣服都没有。存在旁边房里的东西，一定拿不出来了。”

秦云道：“钱你不要愁，衣服也可以想法，好在现时天热，你就这样短衣出去，也可以的。逃到平安地方，再买好了，不过隔壁房里有要紧东西吗?”

林国材道：“只有一箱书，一箱行李，丢了毫无关系。”

秦云点点头，看着手表道：“现在才一点多钟，人还没静，你安心歇着吧。”

林国材叹道：“姐姐好意，我怎能推辞？不过这样搅扰姐姐，太不安了。”

秦云方欲答言，忽听门外有人轻轻敲门。秦云一惊立起，忙摆手向林国材做式，叫他仍旧藏入床下，才装作慵懒声问道：“又是谁呀?”

但不知来者何人。

正是：红装出肝胆，缇骑初回；白刃惊心魂，飞符又至。

后事如何，下回分解。

第七回

情生陌路订金兰珍重美人恩
义结通家入朱门差池游子意

话说秦云听得叩门，大惊失色，急忙叫林国材藏入床下，才向外询问。原来外面是那茶房，秦云就叫他进来。那茶房两目直勾勾向四面乱看，又怔怔地问道："在床下吗?"

秦云还慎重问道："你说什么?"

茶房低声道："我问隔壁那位先生，不是在这房里?"

秦云道："你看见了吗?"

茶房还未说话，林国材已从床下探头出来道："谢谢你，外面怎样了?"

茶房吸了口气道："我的先生，你真命大，也亏这位陆小姐能说。"

秦云忙道："你快说吧，外面怎样?"

那茶房道："陆小姐，这件事我担着大干系，旅馆里一点儿不知道林先生在里不在。起头儿我往先生房里送茶，正赶上那大兵们进旅馆来，林先生听见声音，叫我去看了回报，一听说是大兵，忙从床上跳起，把钱塞到我手里，就跑出来敲这房间的门。我惊得不知怎样是好，急忙跑回我们住的下房，转了一转，再走出来，就见那大兵们已到了上面，正喊叫寻人盘问呢。那时我情知林先生已藏到这边房里，只可跟他们装傻。可是林先生衣服全脱在床上，不能说没回来，就推说只看见回来，没瞧见出去。这楼上百十个房间，一共只我们三个茶役当班伺候，哪能把客人行动都看清了？那大兵们听着直发脾气，我们账房先生还挨了窝心脚。等到后来，他们要搜邻近房间，我头上差点儿走了真魂。陆小姐开门以后，那一套做派，我瞧着一面哆嗦，一面挑大拇指，真把那老粗儿赚了个闷对，莫说眼瞧着那床窝人的地方，未曾过来搜查，就连门限也没敢踏进一步，老老实实地走了。要没有陆小姐这一举，便是林先生不藏在这房里，那大兵们也得把整个旅馆给翻过儿，只为陆小姐拦头给了他们个大没趣，扫了兴头，也减了威风，才只搜了几间，就打住了。”

秦云听他啰啰唆唆，只对自己歌功颂德，没说出一句有用的话，不由着急道：“过去的不劳你说，到底外面怎样？他们走了没走？还有危险没有？”

茶房道：“现在他们走了，可是把账房先生也带走了。”

林国材一听，忙道：“那么我趁机会走吧。”

茶房摇首道：“先生，你走不得，我说了半天，就是要说我的苦处。实在的话，这种事旅馆里是常遇着的，照例有差事被拿了去，旅馆担不着罪名。这生意就是安寓四方客商，犯罪的人又没在脑门儿上印着记号，谁看得出来？可是旅馆若落着窝藏隐瞒的点子，那就吃不了要兜着走了。”

林国材道：“你这话是什么意思？莫非还要把我献出去吗？”

茶房忙摆手道：“不是，先生别错想了。我是说旅馆里只我一人知道林先生藏在这房里，倘若泄露了，不但林先生受险，我也要吃挂落儿。莫论官面上，旅馆里先不饶我。林先生你圣明……”

秦云听着更不耐烦，插口道：“你到底是什么意思，快说，这不是闲谈的时候。”

茶房道：“我是想叫林先生想主意离开这里，可是不能冒失，得避着人们的眼……”

话未说完，林国材已顿足道：“闹了半天，你的话都算白说，我也和你一样的意思呀。现在你从外面进来，一定知道情形；二来你又是这旅馆的人，更能明白出入的道路。请你主张我该什么时候走，从哪里走吧。”

茶房道：“我就是为告诉这个来的，现时楼下账房里正乱着，掌柜的也临时从家里请来了，还有好些管事的人，都在商议，眼目太多，只怕不容易出去。”

秦云道：“方才我听那账房先生说，后面还有个后门，不可以走吗？”

茶房道：“后门一过夜里一点就上锁，明天六点，厨房师傅上街时才开呢。”

秦云道：“要这样说，就没法走了。”

茶房道：“除非等少时楼下人们散了，或是过六点以后门开了的时候再走。我只怕林先生不管不顾，在这时候往外闯。万一走到楼下，被柜上人看破，他们一拦住报官，好把账房换回来，那就糟了。”

秦云道：“后门非得六点不开，在这夏天，六点日头老高，出入人已很多，只怕不大妥当，现在只问楼下的人几时可以散呢？”

茶房道：“这个我也不敢说定，大约总快不了。”

林国材道：“这样说，你此来并没有法子，只于来告诉我现时不能出去，是不是啊？”

茶房还未答话，秦云沉吟着说道：“你等我想想，这样耽误着实在不妙，你是越早离开这旅馆越好，若再待上四五个钟头，还怕睡多了梦长。不过茶房的话，也极有理，现在贸然出去，危险更多。所以我们只可细想一下，能不能变个法儿，早些出去，还得保险不出意外。”

茶房插口道：“那可没法想啊。”

秦云明眸一转，忽然立起道：“有了，我且问你，你们这旅馆可许外面的饭馆送饭菜进来？”

茶房道：“可以的。”

秦云道：“邻近有哪家馆子还卖夜宵？”

茶房道：“就是一家南方馆子百花台，卖到夜里三点。”

秦云道：“那百花台是不是就在市场的北边？”

茶房应道不错，秦云道：“我见那里面的堂倌全穿白大褂，那么出去送饭的也一样吗？”

说着见茶房点头，就又道：“你能不能给寻一件白大褂？和林先生一样身量的。”

茶房沉吟未答，秦云已说道：“无论如何，你得想法去寻，只要叫林先生逃出这座旅馆，一定再送你一百块钱。”

茶房闻听眼光一亮，便道：“我去寻寻看，也许能有，可是大褂寻了来，又怎么办呢？”

秦云就把所想的办法说了出来，林国材觉得很为妥当，不由感激钦佩之念交并心头，但又无可言说，只有怔怔望着她。茶房却因秦云还派他负有些微责任，初尚迟疑，继而想到洋钱，也就答应了。于是他先行出去，寻来一件白大褂，交给林国材，穿上试试，大致可体，只多身量短些。好在这种衣服自始就非按身体做的，照例参差不齐。那茶房送来大褂，就去打电话给百花台饭庄，叫立刻送两客点心来。

按下他不提，且说房内，秦云安排停妥，就取出一叠钞票，递给林国材，叫他带在身上。林国材凄然道：“姐姐恩义，我也不能说了。您想我出去以后，该奔哪里呢？”

秦云道：“我的意思，你最好快奔天津，去和你令尊见面，不必再在北京流连了。”

林国材怔怔地道：“可是姐姐呢？”

秦云笑道：“我又没有危险，自然还住在这里。”

林国材道：“我也明白姐姐是……不过我实舍不得这样自己走，希望姐姐能随我同到天津，和我家父见个面儿。家父听得我所遇的事，更不知怎样感激，一定希望见姐姐呢。”

秦云点头道：“这当然可以的，你回到天津，必然常和我通信。好在京津相离不远，我日后随时可以到天津给老人家请安。”

林国材吃吃地道：“您说……说的是以后啊，我希望您同我一起走。”

秦云笑道：“这倒不必，实告诉你，我是从天津才来了几天，现在不能回，而且为别的缘故，也不愿意回去。”

林国材面现失望之色，沉吟一下，才又说道：“姐姐，我不敢勉强你，可是我……这时心里好像……说着真惭愧，我奔走南北，经过许多危险，都是一个人独来独往，并没发生像今天这心理。今天实有些奇怪，自从被姐姐救了以后，我自觉着好像年岁变小了，胆量也变怯了，好似一切都得仰仗姐姐。在这房里，我心里很安稳，但怕出了旅馆，就要没有主意。而且我心中好像有个预兆，觉得到天津的路上，一定不大平安，总得有姐姐照护，这……我也不明白是什么道理。”

秦云听他说话颇有稚气，和他的魁梧身材、轩昂气概不相仿佛，就截住话头问道：“我且问你，你多大岁数了？”

林国材道：“我因为身体发育很早，又喜欢运动，所以显得岁数很大。平常朋友都猜我有二十五岁上下，我也就自称是二十六七，其实我的真年岁只有二十，还是小生日呢。”

秦云心想怪不得他说话稚气，原来真个年岁不大，算起来自己竟真是个姐姐，他称呼得没有错呢。想着不由生出卫顾之心，自觉应该对他做进一步的保护，既不负他纯挚的希望，也算自己救人救到底。就道：“你也不必害怕，我可以送你回去，不过今夜恐怕不能和你同出这旅馆，你出去要暂住在一个地方，等我明天前去寻你，再做伴回天津去。好在京津相隔不远，我把你送到平安地方，当日还得赶回来。”

林国材大喜道：“这样可太好了，我现在还说不出要到什么地方去住，只可出去寻着临时住处以后，再给您通电话。”

秦云道：“好，就这样吧，现在那饭馆也快送菜来了，你也得预备一下。”

说着拿起那茶房送来的白大褂，见大襟头钉着红退的五字号码，也是用布缝的，就道：“记住了，穿这衣服出去以后，千万别忘了把这号码揪掉。要不然到别处投宿，定要被人看出形迹可疑。”

林国材应着，秦云又瞧着他脚上没有袜子，就打开自己的箱笼，取出一双白色丝袜，递给他道：“这是我的，你穿着当然极小，不过只要穿进一半，盖住脚面，就可以免得叫人瞧着扎眼。现在虽是夏天，男子光脚满街跑的，除了车夫苦力，还没有呢。”

林国材接过，挣了半天，才算把袜子穿进，不过将袜筒儿当作袜脚，袜脚却折叠起来，压在脚下。方才收拾完毕，已听外面敲门，林国材忙又回到床下。秦云问谁，外面答是百花台。秦云开门放他走入，见是一个穿白大褂的堂倌，提着食盒进来，凑巧身量也很高壮，秦云暗喜，就问送的都是什么，那堂倌回答两客点心，秦云道：“糟糕，大约是茶房弄错了，我们还有两三个朋友要吃酒呢，你再给辛苦一趟，回柜上给我要几样东西，回头多给小账。”

说着就点了四个很昂贵的小菜，和二斤最高的绍酒，那堂倌要把点心取出，带着食盒回去，秦云拦住道：“不必，取出来就要凉了，还是放在这里吧。”

那堂倌因秦云派头阔绰，而且所要的菜也极贵重，自然不敢得罪，就诺诺而去。秦云见他走了，急忙把林国材叫出，林国材急忙穿上那件白大褂，又提了提那食盒，才向秦云道：“姐姐，你可要记住，接着电话，一定前去寻找。”

秦云点头道：“你放心，快去吧。”

林国材道：“您替瞧瞧，外面有人没有，我好出去。”

秦云忍不住笑道：“你真糊涂了，现在你是饭庄堂倌，又怕谁看见？”

林国材也惨然而笑，随向秦云深鞠一躬，以示叮咛之意，便开门走出，直奔楼梯下去。到了楼下，就见柜房内聚有很多的人，纷纷谈论，柜房外出站着几个闲人旁听，林国材知道正在谈论自己的事，不敢张望，只提着食盒，往向外走。幸而未被他们注意，就走出门外，向两旁略一寻觅，已见那个茶房立在一家小街之前，向他招手。这原是秦云原定计划，叫茶房等在外面接应。林国材奔了过去，那茶房接过食盒，低声道："您快走吧。"林国材说声再见，便自寻归宿去了。

那茶房提了食盒，直奔百花台饭庄，进门到了柜上，声言旅馆某号中所叫的菜，因为客人现有急事出门，取消不要，连原送去的两样点心，也退回来。饭庄的人一听，自然大为不满，正要提出抗议，那茶房已掏出大洋一元，放在柜上，作为赔偿损失。饭庄人见他行事尚有道理，又念是对门邻居，而且菜蔬尚未下锅，只可转怒为喜，倒客气不肯收钱，让了几句，那茶房把钱收起，扬长而出。其实秦云已付给他十元，作为赔偿饭庄之用，他居然全数中饱，涓滴归私了。茶房回到旅馆，自然去向秦云报信，秦云闻知林国材业已出险，才算心中一块石头落地，就取出一百元钞票，赏给茶房，以符原约。茶房这一夜中，居然得到比一年工资还多的收入，真乃横财大降，欢喜得可想而知。

秦云等他去后，自倚在床上，寻思方才所遇的事。担了偌大危险，费了若干心思，破费许多钱财，算救了这陌路相逢的林国材一条性命，细想起自己平白无故地为什么做这种傻事呢。当时一瞥之间，绝没有考虑的余地，自己若一时心怯，就许把他推出去，或者喊嚷起来，叫外面知道，以脱自己干系。然而自己并没那样做，反而甘心冒险，拼着犯罪，对于素无一面的陌生人，竟像最亲近的家人骨肉一样救护，这是什么原因，真连自己也想他不出。继而方有些领悟，自语道："是了，大约我平日看大戏听说书太多，所以脑中存着种济困扶危的念头，所以临时遇事，不知不觉地竟做出来。而且林国材人品轩昂，自己看到他就生出怜惜的心，不忍任他叫那丘八们捆缚而去，才让他藏入床下。他藏下之后，我那样竭力尽心地遮盖保护，那就不止为他，有多半为我，因为我不藏他，他的生死和我没有关系，只一藏下，便算跟他成了一条线拴两条蚂蚱，飞不了他，逃不了我。他若被搜着，我就得担窝藏的罪名啊。可是闹了半天他是逃出去了，我是担够惊、受够怕了。自己凭良心说起，实在除了对他怜惜以外，并没有丝毫别的心，像他样容貌举止，虽然很够男子气派，只是自己向来不爱这样的人。我所爱仍是巢在梧那种温柔漂亮的小伙儿，这林国材和在梧正相反啊。但是我既不爱他，方才的事，还可以说是事情所迫，只是以后怎又认他做兄弟，而且还允许送他回天津去？当时竟糊里糊涂地点头了。现在回想，真连自己也不明白呢？"

秦云这样思想，其实她是不自觉地对林国材发生莫名其妙的情感，不过因为神经的作用，不肯向那上面想罢了。倘若林国材是个极猥琐丑陋的人物，大约秦云绝不肯做这蠢事。照例男女交际，第一先由面貌上一见倾心，再由言语上发生爱意，这原则是很固定的，很少例外。秦云又是妓女出身，虽然比平常的眼光稍高，情感较富，但终脱不出姐儿爱俏的圈子。不过她向来所接近的，多是油头粉面的惨绿少年，前者遇见在梧，就觉得清雅绝俗，以致生出那样深情，像林国材这种模型的人，却是她向所未见过的。常到妓馆走动的，虽也有时髦的分子，穿西装而携手杖，但那终是表面的时髦，精神上仍是腐败。林国材却是向未经历风月之场，全身是学生气质，使人心醉。秦云瞧着虽然暗有倾心之意，但因有些眼生，心里也跟着生疏起来，就自觉对他未生爱情了。

想着又过了一会儿，觉得身体倦乏，待上床安寝，又知林国材少时必来电话，只可吸着纸烟，枯坐以待。立刻钟敲四下，夏季里夜短，已然天光大亮。秦云正在支持不住，忽听外面敲门，秦云一问，仍是那个茶房，报告有电话来。秦云走出到了电话房里，接过耳机一听，果然是林国材来的，报告现住在西河沿中间的一家长升店六十号房里，请秦云就去。秦云看看外面无人来往，就答道："你一夜没睡，也该歇会儿，我若在这时算账出去，怕叫人看着起疑，还许有……这个你明白吧。"

那边林国材嗫嚅着似乎仍希望秦云即去，秦云道："这样吧，你且安心歇着，我不过正午十二点，准到你那里去。就是当天起身，也不致耽误，现在去是不便的，回头见吧。"

说完就放下耳机，回到房内，上床安睡，直到次日午后十点，方才醒来。起床梳洗之后，吃过点心，方要叫账房算账，忽然想到自己并非要回天津去住，只不过送林国材一行而已，若算清账目，退了房间，这几个笨重的箱笼，难道也随着自己来一次往返游历？而不如仍旧留着房间，省事多多。秦云这样一想，就不动声色，只带了个装着随身用具的小旅行箱出门，对茶房说到城外看一家亲戚，也许今天不能回来，吩咐照料行李，就自出了旅馆。雇洋车坐上，直奔至西河沿，寻着那长升店。原来是一家下等客店，极敝旧的老式平房，地势可是不小，从大门外向里看，四五层院落，直望到底。原来是一条龙的格式，因为这房建筑已久，门内一成不变，门外道路却已日见增高，所以进门就似跳坑一样，要比外面较低二尺，倒下台阶，门内却放着一条大长矮凳，有四五个上身赤裸的人，正消受着门洞中的凉风，高谈阔论。秦云一见便皱了眉头，心想林国材怎单寻这样一家旅馆居住，大约这里向来没有女客，伙伴才这样不懂规矩，但也只得进去。门内就是账房，秦云侧着脸儿，不看那些裸背的野人，一直去掀那账房的旧竹帘，想叫人领自己到六十号去。哪知帘子一启，立见房内近面就是一张木板床，床上铺着凉席，席上睡着个胖大汉子，比外边的人更不像样，身上只穿一件短裤，别无所有。而且短裤衬到胯骨以下，露着肚子长着好些黑毛，好生难看。秦云恨得直要骂街，连忙驳头退出，这时已有个长瘦的中年人，瞎着一只右眼，嘴角上长了个大红痣，痣上偏生着一丛黄毛，长约半尺，还非常坚硬，每一说话，那丛毛随着嘴的张合而上下动弹，身上比旁人多了件黄葛巾小坎肩，迎着秦云问道："你老找谁呀？"

秦云满心气恼，只说了六十号三字，就向院里走。那说话的人，正是掌柜，忙赶到她前面引导着道："你是找陆先生啊？陆先生今儿早晨才来的，就在前面院里。"

秦云听着，明白林国材在此处改称姓陆，但他为什么单取这个字，必是借用自己的姓了。秦云想着心中一动，好似觉得他借用陆姓，定然存有深意，但还没容细想，已走入第二道院中，东面第二间小房，门上就标有六十号。那掌柜倒很殷勤，打开帘，说声陆先生有客来，语声未止，猛见林国材探出头来，一见秦云，连忙让入。那掌柜本来很轻视林国材这位起码穷客人，身上穿着件洗成浅灰色的白大褂，随身连一点儿行李也没有。若不是进门先交了五元钱，真可以挥诸门外。这时忽见有阔女客来访，才把白眼立刻变青，张罗伙计照顾茶水。林国材却放下门帘，不去理他。秦云进去，就见房内真称得起屋小如舟，四面墙只三面还有熏成黄色的粉墙皮，另一面已露着破烂的砖泥。地下好像原来是砖铺的，因为年深日久，砖已粉碎，似乎曾翻起重铺了一下，碎砖和土再加上石灰，也成为另一种三合土，无奈毫不平坦，大有和足底对抗之势。一张破木床，放在墙角，上面铺着一幅红花布的小褥，只盖住中心，四面都露着木板。近床的墙上，尽满了好像竹叶或兰草的紫黑道儿，乍看以为是不成章法的图画，细瞧原来是臭虫血抹成的，出于积年累月旅客们的合作，这真是有生命的伟大作品，而且不知有多少生命在上面呢。近门处放了一张半圆形黑茶儿，几旁一把特别宽大的太师椅，桌上一壶一碗，除此以外，再也寻不出别的物件。

秦云因这房子太窄，没法回旋，好在也不必客气，就坐在床上，向林国材道："你睡过了吗？"

林国材道："我睡了一会儿，姐姐夜里很乏了吧？"

秦云回顾床上道："你就在这床上睡的吗？"

林国材点头道："我赁了这间房，怎会不在这床上睡？"

秦云咂着嘴儿道："啧啧，这床上只有件褥子，滚钉板似的，可怎能睡呢？"

林国材道："我来的时候，床还是光的，这小褥是外赁的，每天两角钱呢。"

秦云一耸肩儿道："这小店真凶，你怎单寻到这里来？"

林国材道："我从旅馆出来，因为身上的衣服不像样儿，没敢向大地方去。想着西河沿小店很多，就坐车来随便撞进这一家，当时匆促，忘了姐姐还要来，这可太屈尊了。"

秦云道："我倒没有关系，不过你太苦了。这床上连枕头都没有，难为你能睡。"

林国材道："遇到这事，有什么法儿？好在我是学生出身，很受过苦，比这再简陋些也能将就。"

秦云道："你现在预备怎样呢？"

林国材道："我自然依姐姐的话，回天津去。"

秦云道："那么你预备几时走？"

林国材道："这个得问姐姐，您什么时候能动身？"

秦云一听，他是着实认准自己跟他去了，但也不好意思失信，就道："要走就快走，我并没有累赘，现在已预备妥了，说走就走。"

林国材望着她放在床上的小箱道："昨夜我见您房里有几个箱笼，不还得去取吗？"

秦云道："不用，我已存在旅馆了，送你到天津，并没什么耽误，最晚明天可以回来，何必带好些东西呢？"

林国材听了，面上仍现失望之色，嘴角动了几动，却没说出话来。秦云瞧瞧表道："现在过了两点，上天津的快车得三点五十分才开。你应该趁这时候去买一身像样儿衣履，要不然咱们在车上坐到一处，叫人看着不仿佛，没的又闹成形迹可疑。"

林国材点头，忽又问道："姐姐，你吃过饭没有？在这里叫点什么好吗？"

秦云摇头道："我吃过了，你呢?"

林国材道："我也胡乱吃了点儿，您可以在这里等着我出去买衣服。"

秦云道："好吧，你可要快些回来。"

林国材闻言，替秦云倒了杯茶，就匆匆跑出来，到前门大街南端的估衣铺，买了一件不甚可体的白绸长衫，和一身白纱短衣裤，又到鞋铺买了双白帆布皮靴和袜子，购齐以后，又匆匆跑回，已费了半点来钟的工夫。他本想把衣服换上，但恐当着秦云不便，颇觉为难。秦云也瞧出来，就道："你先算账吧，算完了我先出去等你。"

林国材想了想，觉得也只可如此，就唤茶房算账。哪知进来的竟是掌柜，林国材对他说明要走，那掌柜胁肩谄笑说："大热的天，您等下凉儿再走不好吗?"

林国材并不理他，只摇摇头，那掌柜出去，须臾进来，赔着笑脸说着："一共六元三角八分七，您扰我吧。"

林国材听到这意想不到的高价，不由一怔，他倒并非痛钱，而是觉得太离奇了些，就问道："怎这样多? 我只住了一天还不到，你这房子又早说过四角钱一天，这不是加了十几倍?"

那掌柜只管赔着奸猾的笑脸道："先生，没有的话，我们哪能多算? 您是夜里三点来的，到六点是一天，从六点到这会儿又是一天，再加上饭钱，还有您住的这中院，搭着天棚，每天也得多加二毛钱。"

林国材听着，更觉气恼，就道："你怎样算也到不了六块多，再说你墙上写着的牌子，是房饭四角，饭钱就在房钱之内，怎又说还有饭钱?"

掌柜说道："我的先生，要照你这样说，我们该赔死了。房饭的饭，只是大米干饭，白吃不算钱，您另外要菜，可得另算啊。"

林国材道："我并没吃什么，只一碟包子，还有碗高汤卧果，能算多少钱?"

掌柜说道："那包子是三鲜馅儿，现在蟹黄四块钱一斤，一碟包子就用了六两，鸡蛋一角钱一个，那高汤是肥鸡肥鸭现熬成的，便宜也得算您八角钱，再说油盐酱醋，哪样不是贵的? 伙计伺候半天，不得算个加一吗?"

林国材气得顿足道："好，不用算了，再算连当初盖房的工钱，也得落到这篇账上，你们这店是真厉害，简直黑店。若不是有法律，还许把人害了呢。"

那掌柜也不着急，仍笑道："你不要说这个，我们是长升老店，从清朝就有，康熙年间杨香武进北京来盗九龙杯，就住在我们后跨院里。"

林国材点头道："好，你这店从几百年前就是贼窝子，这就怪不得了。不过当初你们康熙年间的掌柜，未必敢跟杨香武这样算账吧？"

秦云听着也笑了道："别搅嘴吧，该多少钱给他就是。"

掌柜说道："已经给了五元，还差……"

话未说完，秦云已取出两元钞票，丢了给他。那掌柜似乎还嫌所给太少，努嘴道："还有厨房大师傅，大早晨给您拢火做菜，不该赏个块儿八七的吗？"

林国材听了气急，把眼瞪圆，想要打他几个嘴巴，秦云连忙拦住，那掌柜也就适可而止，退了出去。秦云就也走出在街上等候，林国材匆匆换了衣服，本想把替换下的送与店家，但因心中愤怒至极，竟卷起夹在肋下，提起秦云小箱，出到店外，就要和秦云一同雇车直奔车站。秦云因还有三十分钟余暇，就主张先寻个凉食店吃些冰水，林国材当然无可无不可。两人也没坐车，就出了西河沿西口，到前门大街，在鲜鱼口街外的一家小冷食店，寻个座位，饮了两客橘汁，又歇息一会儿，看已将到开车钟点，二人才付账出门，奔了车站。秦云买了两张二等车票，上得车去。在这暑天之中，客人多乘凉坐夜车，日间行旅较少，所以车上并不拥挤，寻着很宽舒的位子坐下，须臾车已开行。

这一路上，二人只安适地谈些闲事，林国材尚不知秦云根底，由外面看还以为她是个受过教育的大家闺秀，有时就谈到关于学问上的事情。秦云当然不知所答，幸而秦云态度上占了便宜，每逢遇到自己不知道的问题，或颔首漫应，或辗然一笑，不加可否，倒把林国材弄得莫测高深。除此以外，称得起一路无话。到夕阳平西时，车已开入天津东站，二人随着旅客行阵，下得车去。到了站外，林国材叫来一部接客汽车，告诉开到英租界六十号路。坐下不大工夫，已开在一条很敞洁的街道之上，由林国材的指点，停在一座小楼门外。

秦云看那小楼，高不过三层，宽不过两幢，但是格式非常精雅，尤其门内尚有一块不小的草地和花畦。从铁门纵隙看进去，红绿缤纷，十分爽眼。不由心中暗想：林国材的老翁，孤身一人，居然住这样讲究的房子，可见生活甚为丰裕。想着林国材已跳出车门，把秦云扶下，随即打发了汽车，才自己上前按门铃，随见门内露出个仆人模样的脸儿，问林国材找谁。秦云听着一怔，不解他以大少爷资格回到自己家中，这仆人竟不认识，而且像对生客似的盘问起来。这时林国材也笑了，向那仆人道："这里不是姓林吗？"

仆人点头道："不错，您找哪位？"

林国材笑道："我知道这里没有第二位主人，我就是来见我父亲。"

那仆人闻听面色一变，继而忙赔笑道："呀，您是少爷吧？老爷在前几天就说少爷在这几天回来。"

说完忙开了门，代提起秦云所带的小箱，等二人走入门内，仆人先向林国材请安，又望着秦云问林国材道："这是我们少奶奶吧？"随说就要请下安去。

秦云立时烘地把脸儿红了，林国材喝道："不要胡说，这是大小姐。"

仆人听说，知道唐突不浅，也惊得面红耳赤，忙又请安问小姐好，秦云也不理他，随林国材向里走去。经过草地花畦之中间的甬路，进了楼门，就是一间大厅，仆人因方说错了话，又是少爷小姐回家，无须他去通报，就跟在后面。这时林国材已高叫起爹爹来，立闻旁室内有人问谁，跟着也叫道："是国材回来了吗？"

林国材闻声，就奔了那房门去，还未走到，已见有个秃顶的老者，身穿白绸短衣裤，手里夹着雪茄烟，掀帘走出。林国材猛然跪到他跟前，将两手抱住大腿，叫着爹爹就痛哭起来。那老者茫然把手中雪茄掉落，抚着儿子的头顶，也忍不住老泪婆娑。秦云瞧着他父子相见的真情流露，不由怆然生感，一半替他们难过，一面也为着想到自己身世凄凉。这世上竟没有一个容自己抱着痛哭的人，反觉林国材是极可羡慕的了。她想着又仔细端详林国材的父亲，只见他身材不高，却颇为健壮，腰儿直挺，像是爱好运动的人，头儿滚圆，顶上秃得不留一毛，其圆有如皮球，肤色鲜红，是十足的健康颜色。最可惊的是面上善气弥沦，虽在悲伤之际，似仍隐着一种慈祥的笑意。秦云瞧着，只觉这位老翁是自己向未见过的，好像世界的慈善之气，都集在他一人身上，而且是自然流露，毫无虚矫，直可以成为仁人善士的真实模型。秦云看得直了眼儿，心想林国材真是好福气，有这样的慈爱老父，莫怪他提起来便那样敬爱，大约世间少年人，见着这样老翁，谁也愿意做他的儿女。秦云昨夜和林国材认作姐弟，本是随口一说，没有多少诚意，现在却一变初心，很愿意实行原约，借此和老人亲近，做他的义女了。

这时老翁拭了拭眼，拉林国材直立，才问出一句："你才到的……"话未说完，猛瞧见秦云，不由一怔，向林国材问道：“这是……”

林国材一转身，对秦云露出无限抱歉之色，惶恐说道：“姐姐，太对不住，我只顾见了父亲……竟忘了给你引见。”

说着就向父亲道：“爹爹，这位陆小姐，是我的救命恩人，也是我新认的姐姐。”

说到这里，略一踌躇，想了想才斟酌出一句介绍的话，向秦云道：“这是父亲。”

他起初本想说是我的父亲，但觉太为疏远，想说是咱们父亲，又嫌有些唐突，最后才说这句没有冠词的言语，秦云听了，已涕涕地鞠了躬去。老翁还礼之下，脸上不由露出诧异颜色。

林国材忙道：“爹爹，咱们上里屋去，我有好些话对您说呢。”

老翁点头，就转身掀起门帘，让秦云道：“陆小姐，请里面坐。”

秦云此际不知怎的，竟似为老翁的善气所感，死心塌地地想认这位义父，不敢以客礼自居，但要随着林国材称呼爹爹，又有些赧于出口，只于鞠躬说道：“您干吗跟小辈儿客气？就先请吧。”林国材这时也请老父先行，于是三人鱼贯走入。

里面是一大间起居室，陈设甚为精雅。靠北面窗下，一色碧绒的沙发，环成半圆形，中间放着一张长方形矮几，几上放了四五匣贵价的上等雪茄烟，盛烟灰的盘内，堆着很多的吸余烟尾，由此可见老翁对雪茄的吸量。这时林国材先让秦云在侧面坐下，随又像小孩儿似的推着父亲坐到中间，自倚在他身旁，手还抱着老人的脖颈。看那情形，好似不胜孺慕之私。秦云越发感动，这时林国材因本身的事，早已在函信中对父亲说得明白，此际无须重述，就由归途说起，把到北平泄露踪迹，被军警搜捕，幸而逃入秦云房中，得她救护，并且将秦云慧心侠肠的举措、仗义挥金的盛情，都绘影绘声形容尽致地细说了一遍，说到他离了旅馆，穿着茶房衣服，去另寻宿处，才略为停住，缓了缓气。老爷已霍地立起，掬着满面感激之色，向秦云深鞠一躬道：“陆小姐，我真不知怎样谢你。我林氏门衰祚薄，只有我父子二人。我虽然不像那般思想太旧的人，讲究什么后代香烟，不过只在人情上论，国材倘有什么意外，我的老境可太苦了，想国材也和你说过，我在北方还有些微势力和人情，能够保护我的儿子，无奈现在北平这个当局是个不通人性的强盗，若捉住国材，定然立时杀他。等我知道消息，再营救就晚了。陆小姐这件事，对我父子恩德太大，我得代表林姓全家，向你致谢。”说着又满面精诚地鞠了一躬。

秦云和林国材早已随老翁立起，老翁鞠躬时，秦云更躲得老远，不知如何是好。待说不敢当，又觉此语更不恭敬，只得侧身摆手，连叫老爷子。林国材扶住父亲道：“爹爹，您多礼了，我不是已经告诉您，早认她他姐姐了吗?”

秦云这时竟冲口接说道：“是啊，爹爹您不要折受死我，哪有对小辈这样的?”

老翁招手道：“好好，姑娘，你先坐下，我依实了，既然国材和你已是姐弟，我只得妄自尊大，当你做义女了。”

秦云闻言一阵机灵，竟转到老翁面前，低头叫道：“爹爹请上，女儿给您行礼。”说着就盈盈地在地毯上拜了下去。

老翁还要嚷嚷去拉，不料此际林国材已投降了秦云，替她把老翁扶住，老翁只得受了全礼，才道：“国材，你在外面逃难似的，大约还没给你姐姐行礼吧?”

林国材才应了一声，老翁已摆手道：“你还不快正式拜姐姐。”

林国材闻言，就也顾不得男儿膝下有黄金，忙依着父亲的命令，对秦云拜了下去。本来他这学生出身的摩登人物，向不行跪拜之礼。但是他对秦云感激已久，正复不得机会一展敬爱之忱。又当秦云才拜见老翁，是用的旧礼，他自不好独自立异，当时拜罢，秦云既不好拉他，又不好和他对拜，只得避在一旁，躬身张臂虚做扶拽之势。等林国材立起，她方鞠躬还礼。

老翁令两人全都坐在身旁，左右顾盼，忽地哈哈笑道：“姑娘，我今天儿太高兴了，不但多年分离的儿子，经过千艰万险，回到我的身边，还又得了一个女儿。姑娘，不瞒你说，我从中年就有种偏心，觉着女孩子比男孩子可爱。国材他母亲在世时节，我夫妇常盼望能生个女儿，这志愿始终未酬。老妻去世，我也老了，可是至今看见你们这样年轻姑娘，我从心里就喜欢，恨不得拉过来当作自己女儿。就像前者我看见一位很好的姑娘，在舞场伴舞，我瞧准她是好人家的女儿，不知因何落魄，就打算救她。哪知人家错会了意，当我没安好心，竟把我驳了，哈哈，我这年纪，真可笑了……”

说着忽用手拍着自己的秃顶道：“我又把话扯远了，现在提那些做什么?”就正色对秦云道，“姑娘，我是久干外交界的，久住外国，今年才回国养老。现在我用外交的口头语对你说，我抱住一万分的热诚，欢迎我这个义女。姑娘，你从此不许有一丝见外的心，叫我这飘荡半世的残年老叟，享些意外得来的家庭幸福吧。还有姑娘得告诉我你家中是什么景况，你的父母，我也得前去拜望，从此来往成了一家人，姑娘，我希望……”

秦云没待他说完，已凄然说道：“爹爹，可怜我哪有父母啊？”

老翁一听，大愕道：“你父母全不在……那么家中还有什么人？你跟谁同住呢？”

秦云道：“咳，我只孤身一人，并没有家庭。”

老翁听罢，立刻直了眼儿，满面现出迷惑颜色。秦云明白他听到自己一个青年女子，没有家庭，孤身在外流荡，必然疑到生活上的种种问题，这是人情难免的。论秦云本心，向来不愿在端人正士之前，露出自己旧日行藏，何况当着新认的义父义弟？又知道他们是宦家门第，若知自己是风尘出身，就许引为羞辱，把自己驱逐门外，岂不自讨没趣？而且以秦云的心路和口才原不难巧言遮说，提高自己的身份，使他们深信不疑。但秦云这时，已不知怎的被林家父子真挚之情感动，而且老翁慈爱的意思，和蔼的态度，更逼得她不忍说谎，当时并未犹疑，就冲口说道：“我的事是不堪说的，但是我不敢瞒哄你老人家。现在我先叫一声爹爹再说，也许这是最末一声了。”

老翁听着，更张大了眼，但已似有所悟，就努嘴向林国材道：“你且出去，把门带上，我同你姐姐有话说。”

林国材也明白父亲之意，忙应声立起，走出门外，把门带好，自在外闲坐着不提。

这里老翁挪身凑到秦云近前，低声道：“姑娘，你有话尽管说，不必顾虑，反正你已是我的女儿，无论如何，不会变动，你再想不认我这爹爹是不成的。好姑娘，我明白你这样没有父母的人，心里总含着许多酸苦，因为是无人可以诉说，就觉得好像世上人都和你疏远似的。现在最好你把我当作你生身的父亲，可是女儿对亲父也有许多不便说的，那么你就当我作母亲，女儿对母亲没有挡口的话，你安心说吧。莫说你还救过我儿子，就只凭你这样一个人，我也愿意尽力帮助你。”

说着又拍拍秦云的肩头，秦云听老翁说得这样体贴，更自感激难言。她自有生以来，也未受过这样家庭骨肉意味的抚爱，眼泪含在眶里，说道：“爹爹，我是极没品的人，从小儿就被拐落在娼窑，不知有生身父母。直到前年，才出水嫁了一个人，因为所嫁的人心地太坏，我在上月又离婚出来，所以我不但是个妓女，而且是下过堂的妾，真不配做您的女儿啊。”

老翁听了，忽握住她的手道：“小孩子，不要乱说。你再提这种话，我要生气了。姑娘，这是你的命运低，不是你品行坏。我更敬重你，更怜惜你，那么……”说着自抚秃头，仰望天花板，想了想又道，“现在你是不是自由身体？有什么累赘没有？”

秦云道：“我嫁过人又出来，自然是自由身体，也并没有债务。”

老翁点头道：“那么眼前算没有问题，以前是在哪里的娼窑呢？”

秦云道：“在天津。”

老翁道：“那么嫁人后才到北京的？”

秦云道：“嫁人后也住天津。”

老翁道：“这样又为何在北京旅馆和国材遇见？”

秦云一听，不由触起伤心，眼泪忍不住落下，她在以前本已把在梧的事，稍扬下了些。但此际自见老翁和国材的诚挚情形，不由又勾起身世之感，想到倘然自己和在梧成为事实，也早已是人家太太，又何致对人自愧微贱？而且自己也早享受了家庭之乐，又何致对人兴羡呢？因为感慨丛生，就忍不住把自己怎样相识一个客人，将要下嫁，但为对方所迫，竟在路途之中，受了抛弃，自己心灰意冷，不愿再回天津这伤心旧地，又加一身无累，就预备长住北京。但因暂时寻不着栖身之处，所以住在旅馆，才和国材相遇，都草草说了。

老翁听了点头无言，半晌才道：“姑娘，我明白了，现在我以义父的资格，对你郑重地说，你既一身漂泊，无家可归，从此这就是你的家了，你可不许有丝毫客气，自己忖量着，譬如你还活着生身父亲，应该怎样对他，就怎样对我。我呢，现在国材做榜样，怎样待他，就怎样待你。这话只说一回，姑娘你是聪明人，料想以后不会叫我难堪。”

秦云听老翁如此心热情厚，倒为难起来。等答应吧，好像自己居救林国材之功，妄受人家过分的酬报；要辞谢吧，又觉不忍辜负老人盛意。嗫嚅说道：“爹爹，您吩咐我不许客气，我也不敢客气，可是我怎好……”

老翁听到这里，猛一沉脸儿，用力拍着秦云肩头道：“你住口，再说下去，我可要使用做父亲的权力了。”

说着就按铃叫仆人进来，吩咐急速打电话到摩登家具装饰公司，叫个精明的同事来，就向秦云道：“你从此就是这宅子主人了，因为我久居外国，所以这里布置，全照西洋格式，楼上预备有三四间留客人居住的卧室，你可以挑一间暂住两天，等家具公司的人来了，你再和他研究，随便在楼上挑几间房子，随便用什么家具陈设，你打好主意，公司自会代办。大约有三几天就停当了。”

秦云此际当然不能再行推却，只得说在北京旅馆存有箱笼，要前去取回。老翁听了一笑，说道：“是很小的事，你不必挂心，我就派人去取，最晚明日准可回来。”

说着就携秦云走出，和林国材一同上楼，先给秦云寻了一间卧室，叫她暂且休息，他父子就下楼去了。好在那卧室本为接待宾客小住之用，设备也很齐整舒适，只于不甚华丽，秦云自洗了洗脸，推开窗子，迎风小坐，外面是一带凉棚，遮住日光，阴阴凉凉，很是清爽。秦云回想方才一段遇合，又有些百感苍茫，无端交集，又想老翁这样慈爱，林国材这样真挚，而且他们又是世家，或是这里便是自己安身立命之处。我自小困顿风尘，近日又连遭打击，自觉身心俱倦，能得在这样个地方，稍为休养，当然求之不得。不过自己一个女子，守在他们一老一少中间，虽然名为义女姐弟，但终和亲的隔膜一层，日久天长，终觉不大好啊。但既事已至此，他们的盛意，虽然受之有愧，但又却之不恭，只可暂且住着，以后再见机行事罢了。

秦云思到这里，才把心安了许多。过了不大工夫，老翁上楼叫唤，原来家具公司的人到了，老翁叫秦云择两间通连的宽大房子，和公司中人设计陈设。秦云虽然是极时髦的人，但对于这种洋式生活，尚未经历，说不出所以然来，还是老翁和公司中人商量，何处设床榻，何处垂帐，何处安灯，以及家具什么式样，墙壁用什么颜色，帐帘有什么材料，都研究尽致。秦云听着，颇为惊心，觉得老翁只要华美富丽，并不做钱上的打算，恐怕破费太多，就用言语拦阻，老翁笑着，拍拍她的肩头，似乎表示花钱不成问题，叫她不必挂怀，秦云只得听其自然。及至老翁和家具公司中人计议停妥，一切都画了图样，却没有提到价目一层。

公司人走后，天已入暮，大家到饭厅吃饭，肴馔颇为精美，老翁坐在中间，左顾历劫归来的爱儿，右盼意外得来的义女，十分高兴，居然连饮了三杯白兰地，笑着问秦云道：“姑娘，现在你新来劳苦，我不好派你差使，过几天你这大小姐，可要负一点儿家庭责任。你看，这家中只我一个老翁，本来不成局面，国材回来，也不过添了一个不懂事的少爷。对于琐屑家事，我们全不成，只可叫你偏劳了。你稍为留心一些，一星期后，我就把这管理家庭的担子，交付给你。”

秦云一听，忙摇头道：“爹爹，我可没有这种能力，再说……”

老翁不等她接下去，已把酒杯蹾在桌上道：“你又闹客气，再说什么？你是外人，不能参与我的家事，是不是这意思？”

秦云惶恐道：“我倒不是……这意思……实在没这能力……”

老翁接口道：“你把这话去对旁人说，对我说可太无理。女子没有管家能力，难道男子倒有吗？”

林国材也在边说道：“姐姐，别推辞吧，爸爸的心，我很明白。他半世在海外漂流，过的直是旅馆生活。现在好容易回国来养老，有了正式的家庭，又得儿女同居伺候，他老人家恨不得立刻像一般老封翁似的，享那种逍遥自在的快乐。姐姐，你体贴爹爹的心，答应他吧。”

秦云听他父子言辞恳切，只得默允，老翁哈哈大笑道：“这样我的晚景倒有福享了，以后给国材设法取消通缉，出去做点事情。加上我近年积蓄，还有外交部的退职养老金，凑起来很可以过舒服日子。我每日高兴出去逛逛，俱乐部打打球，舞场跳跳舞，回家再和你们谈谈说说，想不到我林止鸿居然有这步老运，日后见着旧友，大可以向他们骄傲一下子。”

说着高兴非常，又饮了几杯，已有些醺然欲醉。吃了一碗饭，便立起来把留声机开了放上音乐片子，就要婆娑起舞，自跳了几步，向秦云道：“姑娘，你学过跳舞，可以陪我跳一会儿吗？”

秦云虽然曾学过几日跳舞，勉强可以敷衍。但是风尘出身的人，脑筋反而照例陈旧，并不如所谓闺秀名媛那样开通。此际听了老翁的请求，也明白他是久居外国，染上了西洋习俗，认为父母子女相拥而舞，是极小平常而正当的事，内中并无轻薄之意。但是自觉以女儿身份，和父亲同舞，身体相亲，肌肤相接，未免精神不大安稳。当时脸儿一红，摇头回说不会。老翁一看她的情形，也有些明白，就不勉强，转而拉着儿子狂跳起来。秦云瞧着，知道老翁真是高兴万分，故而狂欢如此。又知他的喜悦，是一半因为自己，不由又生感激，瞧着他父子狂跳，面上虽然笑着，但眼中却注了泪痕，莹莹欲坠。及见唱片将要转完，就替他们把唱片换了两次，最后因为一时失察，竟错换了一张罗小宝的《空城计》。老翁跳着，忽听留声机唱出“我本是卧龙岗……”才大笑停住。

大家都笑了一会儿，才归入起居室，散坐闲谈。老翁原想到秦云一人寂寞，言说要给她聘请一位女伴，这也是外国富贵人家的派头。秦云听了茫然莫解，倒是林国材久居国内，所受洋毒不深，从旁拦阻说：“这种事与中国习俗不同，很难得合宜的人。不如替姐姐雇两个女仆伺候，出稍优的工资，还可以寻着年轻伶俐的少妇。”

老翁认为有理，又提说这宅子是新近购置，一切还是原样，楼前楼后两片小园，花木不少，只缺人管理，明日还得寻个园丁，说完向秦云笑道：“姑娘，家里添许多人，你的责任更重，要多受累了。”

秦云也笑道：“这是女儿分内的事，有什么劳苦可说？”

老翁听她直认不辞，方乐得抚着秃头而笑，秦云又问道：“可是我这责任，要担到什么时候呢？”

老翁一怔，随又笑道：“大约最早也得到你出嫁的时候，那就实不能管了。或者等国材娶亲，你也就可以把责任推给弟媳。”

秦云听着，倒没觉怎的，只想老翁给自己的期限，真是悠久，知道国材何日结婚，我才能卸责呢？想着忽瞧见林国材望着自己，面上现很奇异的神色，似乎听了老翁的话，而感觉有所不快。及至见秦云瞧他，他又面上一红，随即低下头去。秦云这才心中一动，似因林国材的神情，触动了灵感，又由灵感上婚约生出悟会，似乎林国材已在暗地爱上自己了，所以听见老翁把他的结婚和自己的出嫁，分为两事，显然有所失望，但还不敢认以为真，不过心中留下了个模糊印象，也就罢了。

大家坐了一会儿，天将到十一点，老翁因恐秦云倦乏，就叫她上楼去睡，秦云就自上楼回卧室睡下。但因乍换了生疏地方，又加思前想后，心绪潮涌，很久不能成眠。直到夜半两点以后，听得大门外汽车声响和仆人开门，老翁对仆人说话的声音，秦云本认定老翁在自己上楼之后，也就入寝，却万想不到他在半夜之后，竟从外面回来，不晓是做什么去了。想着就模模糊糊地睡着。次晨十时，被叩门声惊醒，下床开门，便见有两个年轻貌秀而又敏捷伶俐的女仆，走了进来。一见秦云，就行礼口呼小姐，秦云料着必是新雇来伺候自己的，问了问果然不错，当时两女仆侍奉她梳洗，十分殷勤周到，秦云甚为快乐。又听隔室声音纷杂，似有人工作，走过去一看，原来是家具公司已派工匠着手动工了。

须臾就有男仆上来，传老翁的话，问大小姐起来了没有，老爷和少爷等小姐一同吃饭。秦云忙走下楼去，到了起居室，见他父子正在对坐闲谈，老翁让秦云坐下，问她夜里睡得可好，秦云笑答睡过了头，太起晚了。忽想夜里的事，就问："爹爹夜里还出门了吧，我好像听见您……"

老翁不等她说完，已哈哈大笑，向林国材道："你知道我夜里出门吗？"

林国材摇头道："我上床就睡着，什么也没听见。"

老翁笑道："还是姑娘厉害，我想偷着做一回贼，竟被你查着。你以后当上家，我们想作弊可难了。我也太没出息，昨儿忽然发了跳舞的瘾，等你们睡了，我就溜出去，上白鹅舞场跳了半夜，快天亮才回来，还打算没人知道，又谁知被姑娘查出来呢。"说完又哈哈大笑。

说着就一同用过午饭，老翁唤二人同入起居室坐定，向林国材道："你昨日匆匆回来，也没的谈正经事。现在我有两件事要告诉你，一件是你的官事，已经完了，我在前星期就和驻本地的王省长说好，把你的通缉令正式取消，并且已见了公事，这一层总放心了。另有一件小事，得你替我去办，好在你正清闲无事，可以替我帮忙，不知你可愿意吗？"

林国材到底是习于这新式家庭的门风，对父亲的温音询问，并不觉得惶恐，答道："您说什么事，我能办当然办。"

老翁道："这件事昨日我曾说了个头儿。就是在前十多天的时候，我自己到一家甜心舞场去玩。看见一个新来的舞女，不但生得容貌极好，而且态度大方，像是大家闺秀。我一瞧她就很注意，不想有个流氓式的舞客，挑她同跳，因为流氓调戏，那舞女一气，打了流氓一个嘴巴。这流氓不依不饶，舞场经理也大加责备。我瞧着气不平，过去调解完了，就邀那舞女同跳，跳完又邀她坐台子，问她姓名，她好似极惭愧，不愿明说。我想帮助她，她也不受。我一勉强，她反似疑我有坏心，立起走了。我更觉得敬重她，到散场以后，我悄悄跟随，访着她住在法租界明远里一号。看房舍的情形，好像不是很贫寒人家，回来我就把这事存在心里，寻思这女子必有难言的隐痛，决定常到舞场，访查她的底细，好设法帮助。哪知她从第二天竟不再到舞场，我明知是因为头一日的缘故，若非舞场辞退了她，就是她自己辞职了，但询问舞场中人，大家都说不知细情，我除了知道这舞女姓巢和她在法租界的住址，另外得不到一点儿消息。不过我自从看见她，就爱慕得不了，暗地许下一个心愿，至于这心愿是什么，只可等以后再说。就因为这心愿，叫我白跑了若干次甜心舞场，又几次到她的住宅附近闲走。无奈一次也没有遇着，更苦在我这样年纪，不能常常出去奔走，正在为难，国材你回来，就替我访查这件事吧。”

老翁说完，秦云甚为诧异，心想老翁真是古怪，他爱好跳舞，还可以说是为西洋习俗所染，怎竟迷起舞女来？他虽说得好听，但心中恐怕别有所为，看他不过五六十岁，身体又很健壮，或者难耐孤单，想要娶个老伴儿也未可知，何况他又明说有了心愿，这大约是看中某个舞女，动了好逑之心，却不好意思直说，才故意借题叫国材替他访查，实际是暗示给儿子，叫他仰体亲心呢。国材这人性情粗率，未尝有这等细心，看透爹爹的心事，自己是他义女，应该体恤老人，等将来国材探明了那舞女的一切状况，我就把事情揭破，叫国材出头为老人纳宠好了。

秦云这样想着，林国材却似毫无疑惑，着重问道：“您叫我怎么访查呢？”

老翁道：“我且试试你的聪明，不必说出什么办法，你既知道那舞女的姓和住址，就可以便宜行事。设法把她的家庭门第，和现在的一切状况，都要访查明白，报告给我，那时我再定帮助她的步骤，但不知你几时可以办到呢？”

林国材沉吟着道：“这我可不敢预定，只尽力办着瞧吧。”

老翁哈哈大笑：“我限你三天，要完全替我打听明白。”

林国材方一犹疑，老翁已笑道：“青年人不要畏难，你去办着看，就是误了事，我也不会责罚你的。现在我还有件闲事，要出去一趟。”说完穿了衣服，就出门去了。

这里秦云暗笑老翁情急，却把苦差放在儿子头上，看着林国材迷茫的神情，几乎要把自己所想到的告诉给他，但又觉自己新来乍到，不该乱掉口舌，就又咽住了。

林国材深思有顷，对秦云道：“爹爹就是这种脾气，向来好管闲事。要说堕落的女子遍地都是，便用全国的力量，恐怕也帮助不过来，何必为一个不相干的人费这心思呢？”

秦云听着，不由扑哧一笑，林国材就问：“姐姐笑什么？”

秦云本来是笑林国材太欠聪明，看不透老翁的微意，被他一问，只可说道：“我笑爹爹派你这件差使，三天工夫，够你这侦探忙的。”

林国材道：“姐姐，你是知道，我出门很久，新近回来，和外乡人直差不多。再说我向来没进过舞场，有什么法子打听这舞女的事？姐姐你帮帮我吧。”

秦云笑道：“爹爹派的是你，不要拉我。”

林国材央告道：“好姐姐，你瞧，爹爹一团高兴，我们为什么不叫他喜欢？你不帮我，也该体贴他老人家。”

秦云被他缠得没法，只得说道：“你听爹爹的话，各舞场他都去走动，若是那舞女还干着旧营生，一定逃不过爹爹的耳目。现在既然各舞场都不见她，可见必在家里。好在你知道她的住址，只可先到那法租界明远里访察……”

秦云说到这里，猛觉脑中一动，好似这地名曾经听人说过，但一时想不出个头绪。这时林国材已接说道：“也只可这样，现在闲着没事，外面天气又好，姐姐陪我走一趟可好？”

秦云摇头道：“我不去，楼上正收拾房间，我还得照顾呢。”

林国材不由分说，就叫女仆把秦云外衣取来，给她披上，定要拉她同行。秦云不能固却，就笑着随他出门。到外面一看，果然天气薄阴，甚为凉爽，并不觉得燥热。秦云甚为高兴，就主张不必坐车，散步前往。好在不甚忙，道路也不甚远，还在中间打了回腰站，进冷食馆吃了些冷饮，才将入法租界。

将到明远里附近，林国材只见街道整齐，那一带的房屋，虽然规模不大，却很洁净齐整，一望便知是中等人家或薪水阶级的聚处，毫不似藏垢纳污的地方。秦云的阅历，较国材为深，她很知道风尘中女子的秘密，虽然外表非常富丽，但内部生活却多贫寒可怜，舞女里面便比妓女高尚一些，实际一样是可怜虫。妓女良房秦云眼里是见得多了，料想舞女的家，也未必不是那样，瞧这里的房舍每所总得百八十元租金一月，老翁所赏识的舞女，并不很红，哪有资格住在此处呢？想着便疑惑是走错了地方，及至到巷口一看，见坊上写着明远里三个大字，才知道不错。和林国材互相观望，两人都似互相问着：现在到了地方，应该怎样办吧？

林国材看看巷内，向秦云低声道：“这巷里只有十多家，很容易寻找，咱们进去看看。”

秦云点头，就和他并肩同行，进入巷内。这巷中是对面的小楼房，一色整齐，只中间有一个大门，门旁贴着大红喜字，纸色崭新，好似正办完喜事不久，那红色特别引人注目。二人且走且看各门上的门牌号数，到了那贴红喜字的门前，恰见门牌上印着三字，秦云还向那关闭的门上仔细看看，并没有某姓的标识，但料着老翁所指必是这一家了。但不知那舞女家中有何喜事，莫非她这不上舞场的缘故，是因为已经择人而事，最近才行婚礼？果然如此，老翁可白费心机了。二人在三号门外，略行流连，稍作窥视，自觉不便在人家门外尽自停留，正要走开，忽听背后几声呜呜，回顾却是一辆崭新的汽车，正当巷外停住。一个仆役模样的中年男子和一个中年的仆妇，都穿得齐齐整整，并且身上十字披红，陆续由车上下来，走入巷内。秦云一见便明白这是到三号来的，林国材更怕这是本宅的人，就拉着秦云，一直向前走，装作过路的样儿，躲开那门首直巷的另一出口，才止步回顾。见那一对披红绸的男女，已然不见，便知是进三号门内去了。

林国材低声道："这三号定是爸爸说的那舞女的住宅，可是里面正办着喜事，不知是舞女的什么人结婚。"

秦云笑道："你怎只猜别人结婚，不许是舞女本身出嫁吗？"

林国材一怔道："若是她出了嫁，我们不白来了吗？"

秦云道："我不过随口一说，哪能猜对了呀？再说爸爸只想要帮助她，你的负责是探问她的状况，回去报告，嫁不嫁且别管她。"

林国材点了点头，深以秦云所说为是。秦云此际却正想入非非，自思倘若这舞女真已出嫁，看这派头所嫁定是很阔的人家，多半还是做正室，世上娶妾的又哪有这样势派？而且母家高贴喜联，又是正式嫁女的象征，由此一看，这舞女定已托身得所，不劳老翁惦记了。秦云因脑中印上了老翁对这舞女别有用心，就只向舞女身上着想，把喜事推在她身上。林国材却无甚先入为主的成见，所以尚能扩展思路，猜疑到舞女家人，但也诧异老翁说得舞女那样落魄，何以她家庭颇为富丽，办事也似乎铺张？就向秦云道："姐姐，咱们也该打听打听，这舞女确是什么景况。否则我回去只说舞女家里正办喜事，以外别无所知，不要惹爸爸笑我没出息吗？"

秦云笑道："这话不错，你可打听去啊。"

林国材道："我打听谁去？这里一个熟人没有。"

秦云道："依你的心思，就该这里有几个知趣的人，不等你问，先向你报告个清清楚楚？难为你还走南闯北，经过些事，倘若官府办案，照你这样，还不得愁死吗？"

林国材被秦云奚落得不好意思，看见巷外街上，立着个警察，就道："那么我先去问问警察。"

秦云拉住道："你好糊涂，问不出什么，反倒闹得形迹可疑，快回来吧。"

林国材道：“要不然可怎样呢？”

秦云见他急得可怜，就笑道：“你且莫急，等我来想想。”

说着就立在巷口，向四外张望，忽见巷口旁壁上挂了个木牌，上写空房招租，不由心中一动，但自知识字不多，就向林国材道：“你瞧瞧这招租牌子，上面怎样说法。”

林国材就草草一看道：“没有什么，就是有两所房子招租，要租的请到经租处接洽。”

秦云道：“经租处在哪儿？”

林国材又看了道：“就在巷外左面。”

秦云略一沉思，猛拍手道：“有了，你随我来。”

说着就向前走，果然在紧贴巷口有临街一间小屋，门首写着明远里经租处。秦云也不和林国材商议，就推门进去。见房中陈设简陋，还设着床榻，床上坐着个五十多岁的老人，正吸着烟看报，秦云就问道：“请问这里有空房出租吗？”

老人立起应道：“有两所儿，是四号和十九号，小姐你要看吗？”

秦云道：“每所有几间房子？多少价钱？”

老人道：“两楼两底，每月租六十八元，小租在外。”

秦云道：“请你带我们去瞧瞧。”

那老人便陪她走出，进入巷内。林国材不知秦云葫芦里卖的什么药，但当着那老人面儿，不好询问，只得随她同走。

老人走着问道：“你是看哪一所？那边临街的是十九号，巷内这一所是四号。”

秦云道：“我好清净，就先看四号吧。”

林国材这才稍微明白秦云之意，当时到了四号门首，秦云见隔壁正是三号，那边的红帖，还侵占到这边门框之旁。老人取出钥匙开了大门进去，里面也是普通二楼二底的格式，不过建筑尚还清雅。秦云的意思，还希望这楼上能有和三号遥遥相望的窗子，哪知却是不然，两所房子，只有一壁之隔，中间无有夹道小衢，虽然距离更近，实际一面墙便成蓬山万重了。好在楼后面另有小院一道，容纳厨房，和仆人住房，站在那小院中，倒可以仰望到三号的后面楼窗。秦云本意，只想和老翁小作恶剧，一面也是体贴他的痴心，想赁下这所房子，叫老翁常来小坐，或者能与那舞女相逢，稍解相思之苦。

即使老翁不来，也不过虚掷一点儿房租，使林国材成为这明远里的住户，便容易打听了舞女的底细，向老翁报命。

当时便和那经租老人，商议租价，大致说妥，方要交付定金，秦云忽闲闲地问道："我还忘了一件事。这租房子最要注意邻居，若遇上不正经的邻人，受吵还是小事，还怕被连累呢。"

那老人答道："小姐，你放心吧，在我们这里住的，都是局面的人，差样儿的我们也不赁。你看，六号是张督军的兄弟住着，五号是在邮局做事的，只有夫妇两人。那边三号也是在一家公司做事，是兄妹俩和一位老太太。"

秦云道："那三号不是新办喜事吗？"

老人道："是啊，那院里少爷新近成家。"

秦云又道："听说他家小姐好像是做舞女的，有这话吗？"

老人闻言，翻起眼道："什么？人家很规矩的大姑娘，还正上着学，怎会当了舞女？说句不怕您过意的话，莫说这房里没有那等杂乱人家，就是有我们公司也早给赶了。"

秦云无言，就交了五元定钱，约定明后搬来，便辞别那老人，和林国材一同走出。

到了巷外，林国材且走且说道："姐姐，你租这房子，是不是为就近打听那舞女的事呢？"

秦云点头道："不错，这样不只你便于打听，而且爹爹若是高兴，还可以亲身前来坐坐。他所想知道的，不但可以耳闻，还能目见呢。"

林国材道："可是那经租处的老人，说三号的小姐是女学生，并没伴过舞啊？"

秦云道："那只可等以后再探听了。也许爹爹记错了地方，也许那经租人不知内情。好在既做了邻居，还怕有什么难知道的？"

林国材道："人家关着大门度日，又不和咱们来往，便成了邻居，有什么法儿探听呢？"

秦云笑道："你是学生，对这种闲白事儿，差得远咧。我若是在明天就搬过来住，最多一个礼拜，准保可以连那舞女外祖母穿多少尺码的鞋子，都可以知道。"

林国材笑道："你说着玩罢咧，哪有这么容易？"

秦云道："你不信就试试看，我也不用什么特别办法，只雇上一两个女仆，就可以借她们的来往串舌，把一切事都知道了。世界最灵敏的侦探，也不及女仆那样善会探人家私事。”

林国材道：“这个我倒不明白，女仆能有这样能力吗？”

秦云道：“自然能够，不过她们并非只能探听别人，倘若我们家里有什么背人的事，她们也会给传扬出去的。”

二人说着，就又到马路上游散一会儿，买了些东西，才一同回家。见老翁早已回来，正在起居室坐着，一见秦云就告诉她楼上房间已经安置得差不多，只等明天把家具送来，后天就可搬进去住。又问：“你们姐弟到哪里去了？”

秦云就道：“国材邀我去替您办事去来，那舞女的底细，快探出来了。”

老翁听了，眉轩肩耸地道：“是吗？怎样？”

秦云见老翁注意的神情，更觉自己所料不差，便笑道：“我们一进那明远里，吓了一跳，只看那三号门上，贴着喜字，只当是那舞女出嫁了。后来一打听，敢情不是，原来是她的哥哥才娶了亲。”

说完就停住不语，老翁望着她，只把手抚摩秃顶，过一会儿竟忍不住道：“只知道这点事吗？你说啊。”

秦云道：“她家大门紧闭，没人出入，我们不能看见什么。我一想，照这样访察，只怕十天半月，也难得头绪。恰巧见隔壁四号空着招租，我就找了经租处去，把那房子定下，打算明后搬一点儿家具去，雇个仆人有暇过去坐坐，有几日就能探听出那舞女的底细了。”

秦云说时，料着老翁必要假意埋怨自己小题大做，已预备下言语应付他。却不料老翁听了，竟拍手道：“对，这样很好，大约是姑娘你的主意，国材万做不出这漂亮事来。”

秦云笑了笑道：“这是我们商议的，不过在定妥房子以后，听那经租人说，三号的小姐是女学生，并没做过舞女呢。他说得牙清口白，我倒发了疑惑，您没有记错了地名吧？”

老翁将手一拍肥胖的后头，立起叫道：“这更对了茬儿，本来我就看出那舞女是大家闺秀的样儿，绝非久操那种营生的。必然有不得已的苦衷，方才下海伴舞，又只做了两天，外人如何会晓得啊？”

说着又向秦云道：“你赁下那四号房子，预备如何办法呢？”

秦云道：“我想赁一个月，明后天就派人去收拾。咱们家的富余家具，送过几件去，稍微布置得像个样儿。再雇两个男女仆人，咱们爷儿三个，常去坐坐。叫外人瞧着，像真住户似的。以后就好从邻居或仆人口里，探听那个舞女的消息，而且说不定就许和那舞女认识，互相来往了呢。”

秦云说着，两眼注定老翁面上，见他听到最末几句，欣然色喜，肥硕之身躯在椅上摇动不已地说道：“好，就是这个主意，姑娘你真聪明。现在天还不晚，就叫听差先过去收拾一下，明天早晨把家具送几件去，暂且从门房里拨一个人伺候，明天下午我自己也去看看。”

秦云听了暗笑，好性急的老爷子，大概你是被舞女迷昏了，恨不得立时到手。记得自己当初在妓院营生时，常见有白发盈额的老头儿，狠命狂嫖，那样别名为老开花，比少年人荒唐更难救药呢。想着见林国材听了老翁的话，抢着跑出吩咐仆人到明远里去，不由更暗笑，你这懵懂人，真是可怜，居然还如此高兴，说不定在最近的将来，就要有个小母亲进门，那饥荒看你怎么打呀？当下三人又谈了一会儿，将近晚饭时，听差的回来，报告说那边新房业已扫除清楚，并且和电灯房接洽妥帖，明晚就可以通电开灯了。老翁听了大乐，本来也就是个乐天派的人，此际再加高兴，越发返老还童起来。秦云越瞧越信自己所料不差，觉得好生有趣，只预备观看下文。

一夜过去，到次日这林宅可显得有些天下大乱，一面秦云房间所定的家具，由外面搬运进来；一面家中的家具，搬到明远里去。老翁黎明即起，站在楼门之外，发着铜镜般的声音，摇着光葫芦似的秃顶，指挥一切。又跑上跑下，脚步不停。秦云老早就被他吵醒，心想这预备做老新郎的真好高兴，幸而此事八字还没有一撇儿，他就闹成这样，倘若真到了那一天，说不定要乐出什么毛病来呢。秦云想着，老翁已在外面敲门，狂喊：“姑娘快起，天不早了，家具全送了来了，等你瞧着安排哪。”

秦云只得应声起床，草草梳洗一过。出去到新房一看，见那三间房子，收拾得像雪洞儿一般，全部约设了四五挂垂幔，把房间遮隔得幽深，别有意趣，但光线却十分充足。一切家具，都是未见过的最摩登式，美丽而兼淡雅。一张铜床，秦云只以前在西洋影片里的皇宫布景中，看过相类的式样，真不知要多大价钱。因为时当夏季，两台电扇按最适当的距离摆着，电灯也有差不多十盏，吊在屋顶、安在墙角和摆在台上的，各式具有，都是极新巧的式样，而且安置的态度也颇见匠心。只是桌面东边的，陈设还一件没有。老翁在秦云身后问道：“姑娘，你看怎样？”

秦云回顾，望着他唇吻微动，像是要说话又咽住了。老翁哈哈大笑道："太破费了，你想要这样说，对不对？"

秦云也笑了道："我才不这样说呢，干吗惹您教训哪？"

老翁点头道："你倒聪明，现在快去吃点心，少时咱们一同到南洋百货公司，去买你房里的陈设。下午咱们还要到明远里新房去看看。"

秦云听老翁念念不忘明远里，就故意怄他道："咱们午前上明远里，午后再买东西好吗？"

老翁居然容纳了她的意见道："那也成，不过东西是要快买的，安排妥了，今夜你好搬进来。咱们还是先到南洋公司，把东西定下，他们自会送来，咱们就往那里奔明远里转一下，回来还好吃饭。"

秦云应着，就下楼去草草用过早点，换了件衣服。老翁已戴上帽子等候，把手杖挂在臂弯，在楼门外等候。秦云问国材是不是同去，老翁说国材已先到那边去了，秦云便明白一定是老翁派了去的。当下二人一同出门坐汽车直到南洋公司，老翁回国后新立家室，一切用具完全照顾这家公司，所以一进门就受到全体的巴结，连经理都出来招待。秦云选择了几十件，老翁又替她挑了许多。凡是较高贵的物件，秦云心爱而不好意思开口说买的，只要眼光看一下，老翁便暗示给公司中人，一律定下。耽搁约有一点多钟，所购之物大致齐备，老翁吩咐即行送至家中，就和秦云出了公司坐上车奔明远里。

到了地方，老翁下车望见巷口，便已欢喜不胜，指着巷口对面的门，便低声说道："就在那一夜，我暗地跟随那舞女回家的时候，眼见她进门去了，我还在这便道路灯下站了一会儿，吸完半支雪茄才走的。"

秦云暗笑你老人家真是多情多义，居然在半夜里冒风犯露，痴立街头，如此之久，也大足比美于《红楼梦》里龄官画蔷，不知落雨了。说不定哪夜你还会进巷来，对人家的楼窗发痴呢？说着二人进到巷中，老翁看见三号门外的喜字，点头道："我那夜在巷外没看清楚，原来这巷里房子竟还很好，不像是贫寒人的住处。这更可以看出那位小姐，身份高贵，绝非常做舞女的人了。"

秦云听老翁竟改口称那舞女为小姐，大有恐怕唐突玉人之意，就笑道："对了，这位曹小姐，当然是位名门千金。您的眼力真好，她若知道有人暗地对她这样关心，还不知多么感激呢？"

老翁听了，只笑了笑。就到了四号门首，二人进去，见里面已布置得大致就绪，仆人见主人到来，就忙着预备茶水。秦云问少爷哪里去了，仆人回答少爷在这里停了许久，方才回家去了。老翁无言，就和秦云又上了楼，见上面两间正房，都布置成寝室模样。老翁笑道："这里可以算我们的别墅，偶然来住一天，也很有趣。"

秦云心想：那只可等你老人家和那舞女恋爱成功，将这里暂作藏娇之窟，我却犯不上抛下家中那样高楼绣闼，来住这冷落地方。就笑道："人家别墅，多是避暑用的。咱们这别墅，正是窄巷里头，房间既小，又没院落，还不如正墅来得舒服，只可等冬天再来避寒吧。"

老人哈哈大笑，就脱下帽子，放下手杖，坐在椅子上，和秦云闲谈。所说又是关于那舞女怎样美丽，怎样大方，秦云只得顺着他说。二人说了一会儿，渐渐感到无聊，本来起首煞有介事匆匆赶来，到了以后，却只能看看房子，谈谈闲话，此外别无他事可为，自然都觉得寂寞。老翁立起负手来回地踱，沉重身躯压得楼板乱响，秦云望着他，想着老翁此际已住到意中人隔壁，略偿相思之愿。但这一堵砖墙，值似蓬山万里，遮隔得声不能闻，影不可见，咫尺天涯的滋味，恐怕更难承当。自己既受老人恩育，正该趁此时候，仰体亲心，替他想个办法，和那舞女见面。倘然得着机会，自己就先设法和那舞女认识，然后给他介绍，替他撮合，也未为不可。但一转想，又觉万万不可，自己已是二十岁的人，那舞女说不定比我还小，倘若我和她结为朋友，爹爹就得取老伯资格，更没有了成功之望。而且在那舞女眼中，见我这女儿已如此年龄，更要衬出爹爹年老，如何肯揄心下嫁？由此一想，不特自露不得面，连国材也该暂且躲避，让爹爹自己使出老少年的魄力，进行最好。但是老翁应该怎样才能跟那舞女亲近呢？想着忽然得了主张，就向老翁道："爹爹我想起来了，咱们初搬到这里，在礼不是该拜邻居吗？"

老翁瞿然有顷，拍手道："对对，还是姑娘你想得周到，我得叫人回家去取名片。"

秦云道："干吗还用人取名片，您身上连一张都没有吗？"

老翁道："我皮夹里只有三两张，那如何够？"

秦云笑道："我看您就先拜三号，旁的人家改日再去。"

老翁想了想道："对，就先拜三号，你同我去。"

秦云暗想自己去怕于老人大有妨碍，但若推却不去，爹爹必问缘故，自己所替他顾虑的事怎能说明？这该另托个什么词儿才好。想着就假装皱眉道：

“我这一阵好生头晕，想要回家歇一会儿，您自己去吧。”

老翁道：“这可怨我，早晨不该吵你，大概是睡少了，现在我送你回家去吧。”

秦云道：“我并没什么大不舒服，只有夏天常犯这毛病，只是头晕心跳，躺下睡一两点钟准好。您不必管我，我自己坐车回去，到家去再放回车来接您。”说完不待老翁回话，就自举步下楼。

老翁也好似欲见那舞女的心太切，并没拦她，只说姑娘慢些走，到家吃此凉的，安静着睡。秦云应着一直出门，到了巷外上了汽车，就奔家中去了。进门上楼，到了房内，也没睡觉就脱了衣服，小作沐浴，然后到新房去看。见百货公司的物件已经送到，国材便在里面代为整理。一见秦云就叫道；“姐姐，你到哪里去了？”

秦云道：“我和爹爹到明远里那边去了一趟，进门听说你才走。”

国材道：“爹爹呢。”

秦云道：“还在那边拜新邻居呢。”

国材笑道：“爹爹真不辞辛苦，还……哦，他别是拜三号去了吧？”

秦云笑道：“谁说不是，这回你倒聪明，居然猜着。”

国材道：“爹爹真是高兴，方才还嘱咐我，叫快把这房内安排停妥，叫你在今天搬过来。你原住的两间，也要照样收拾，明天美术公司就来人给设计了。”

秦云一听，心想老翁这必是为那舞女预备洞房，但也太性急了些，世上哪有新娘尚无踪影，倒先办起喜事来了？倘若费尽千方百计，那舞女毕竟不肯允婚，你老人家不要悔恨死吗？但这念头不能对林国材直说，就笑道：“这可奇怪，还收拾房间做什么用，给谁住呢？”

林国材道：“我也纳闷，论理说既收拾出这三间房，无论怎样也够用了，何必再……”

说到这里，忽似想起了什么，连忙咽住，脸上也无端地发红起来。秦云瞧着，不解他何以如此，继而细味言中之意，觉得所说无论怎样也够用那一句，似乎可疑。略一深思，猛然悟到他的微意，不由心中一动，就故作没有理会，漫应道：“谁知道爹爹怎样打算？或者要陆续把房子都收拾一下，也未可定。”

二人说着，秦云就帮林国材整理陈设，都弄好了，才叫仆人进来，重新把全室拂拭一遍。国材下楼歇息，秦云也自回房。思索方才林国材所说的茬儿，觉得大有疑问。自己曾对他有过救命之恩，他自动地要认我为姐，才同行回家，以经过情形而言，难保他对自己没有爱慕之心。在前老翁说的话，要叫我代管家事，直到国材娶婚之后，方许交代，那时国材面上，已有过奇异的表情，曾惹自己疑心，但以后瞧他恭敬守礼，毫无轨外行为，自己的疑心，已然消减，哪知今日他偏又说出这样有罅隙的话。老翁另外收拾房间，本来可异，在自己想，或者是为藏娇之用，林国材却说既然给我收拾了一间，无论怎样都能足用，这话深可研究。就他的意思想来，必然疑惑老翁在给我收拾房间毕后，另外又收拾两间，无须再占一间；第二若是为他预备，他一个男子，楼下厢房已足安身，更无须特别布置精室，连老翁的住室，都很朴素，绝不会给儿子过于享受奢华。由此看来，或者是为他娶妇用的，老翁收拾两套房间，一备为义女居住，一备儿子娶亲，这不很恰当的吗？不过他自外归来，尚无结婚之议，若突然谈到娶亲，多半要以我为对象，因为他设想及此，才说出那话，以为我和他合而为一，有原来收拾的房间就够了，何必还另外收拾。他定有这种想头，否则绝不致说出这没来由的话。现在既已看出他包藏野心，自己应该怎样对付呢？论起自己和他的遇合，真好像千里姻缘一线牵，本难怪他有此妄想，而且自己受老翁厚恩，竟把我这样一个风尘中人，认为义女，几乎是从地狱之中，抬举到天堂以上，自己实是无法报答，如今林国材有了追求之心，自己看在他父子情义上面，已是不好拒绝。何况就势论事，把自己这一个妓女，抬举成为宦家正室，又有什么亏待我的地方？我又有什么可以推却的道理？但是自己认识巢在梧之后，就一心归附于他，好像除了此人，世界别无可嫁的男子，以后虽屡遭打击，结果完全失望，不特眼看在梧被别人抢去，而且巢家的人，几乎全体对我排斥。我自来北京，对在梧是心冰意冷了，但不知怎的，这方寸之中，仍是忘不下他，好像他在我心中盘踞得已结实，现在我便因绝望而想把他从心内排除，终不能够。及至遇到国材，我也曾略为动心，不料结果国材竟不能遁入我的心中，驱逐在梧而占据他的地位，似乎在梧在我心坎儿中太根深蒂固，不能再容纳第二人，所以一向我虽承认国材可爱，而自觉并无爱他的心，缘故就在这里了。

想着过了一会儿，忽听楼梯山响，接着老翁的声音狂喊姑娘，秦云立起就迎出去，老翁喜笑颜开地道：“我瞧见那位小姐了。”

秦云道：“是吗？您快房里坐。”

老翁入室坐到沙发上，满面生光，仍乎乐不可支地道："姑娘你的主意真好，我到三号一去，恰巧就遇见那位小姐。"

秦云道："她家不是还有男子吗，怎单叫小姐会客？"

老翁道："这也恰巧，他的哥哥不是新结婚吗，今日恰是六天，新夫妇一同上岳家回门去了。家里还有位老太太，大约是年纪老了，不能见人，所以那小姐亲自出来。"

秦云一听，觉得老翁所说的这家人口，似在自己记忆之中，在梧曾有一母一妹，而今又新娶了亲，岂不正相符合？而且这一家也是姓巢，但不知是在梧姓的那个巢不是。但又一转想，这一定是恰巧相同，在梧那样顾体面的人，如何能叫他妹妹去做舞女？再说那位颖芊小姐的一派正气，更不像是做过舞女的人。自己大约是思念在梧过度，所以听见稍为仿佛的，就想到他身上。世上姓曹的多了，一家四口而新办喜事的更到处皆是，何必胡乱猜疑。天津偌大地方，自己就竭力寻觅在梧，恐怕一年半载也未必遇到，哪能这么容易遇上呢？

她在想着，老翁那里已滔滔不断地说道："你听我从头儿说，我去到三号，一叩门，有女仆出来，我就说新邻居来拜，女仆说他家少爷没在家，请我改日再去。我大失所望，才要退回，忽见门内有人走来，恰巧就是我想见的那位小姐。她原来还认得我，羞了个大红脸，我忙说明是新移进这里来住，特意来拜邻居。她怔了怔神儿，就让我到里边坐。进了一间很简雅的客厅，女仆递过茶出去，我和她对怔了半晌，我想提当日在舞场认识的事，很怕羞了她。哪知她倒先说出来，问我道：'我们是见过的，老先生怎也住到这巷里来？'她言外好像是疑我是阔人，不应到这里来住，有些发生疑心。我连忙说这里虽是我赁的却是小儿来住。她听了就问是您少爷的小家庭吗，我回答不是，小儿尚未结婚，她听了又似疑我儿子既未结婚，何以单身赁房居住，但也没有询问。"

秦云听着也觉诧异，暗想你老人家自己的事，把儿子拉上做什么？就笑道："本来单身男子租房，是不大合理的，您说得有些离乎的。"

老翁道："不离乎，我本该这么说的。接着她又羞羞惭惭、嗫嗫嚅嚅地向我说，她当日到舞场伴舞，是出于万不得已。求我保守秘密，不要对人张扬。我很着重地答应了她，就说自那日在舞场遇面，已看出你是大家闺秀，绝不是伴舞为生的人，才那样向你询问。她听了就很悲感地说，当日因为受了坏人的气，所以跟一切男子都生了恶感，对老先生太不恭敬，很抱歉的，今天您又问到这里，我可不得不说了。我本来在中学还没毕业，我的家庭也是很安乐的，只为前者突然出了一点儿事，眼看生活要有问题。我才瞒着家人，求一位旧同学引荐，到甜心舞场去伴舞。起初还以为那是女子职业，没甚不名誉。及至进去几分钟，就知道满不是我意料中的那回事，但是已经迟了。而且我的环境，还叫我踌躇不敢立刻告退，到底遭了那场侮辱。若没有老先生，我更不知要被他们作践到什么样儿。事后想起，我很觉对老先生不住。当时因为感情作用，太失礼了，现在多求老先生原谅，并且替我秘密。本来不怕什么，只是家母家兄，若知道我曾去过舞女，他们难免要伤心的。"

老翁说到这里，把嘴闭得凹凹的，随将手向头后一击，啪然作响，同时嘴也吧的声张开，挑起大指道："原来果有这样一段隐情，我的眼力真可佩服。在那样淫靡地方，居然一眼就认出那样一位贤女。"

秦云暗想你老人家尽管捧吧，几时捧到家里，叫我给这贤女叩头，认作小娘，也就是了，便道："底下怎样，您说什么呢?"

老翁道："我当时很受她的感动，就说当日在舞场你不肯对我说实话，所以我也没法对你表示真意，现在我先把姓名住址和旧日地位，都告诉你，教你知道我是不是可疑的人，然后再表出我的真心。我自从在舞场看出你是大家闺秀，就想帮助你，无奈你不肯受。现在我重复见你，还是那样意思，求你把我做个老辈看待，不要客气。倘然你的困难还未解决，有什么需要人帮忙的地方，无妨对我实说。"

秦云听到这里，猛然心中一跳，暗诧你老人家怎对她先自居长辈起来，倘然她叫过你一声老伯，以后的事，可就难办了。就沉吟着道："她怎样回答呢?"

老翁道："她两眼望着我，好像已明白我的好意。半晌，忽然站起来，说：'老先生你移到这巷里，不是无意吧。'我听了哈哈大笑，也不瞒她。就把当日曾随她归来认清了住址，现在因子女由外回津，派他们至此寻访，恰见四号有空房，就行租下，今天行借拜邻为名，特意相访的话说了。她听了对我连鞠三躬，叫我作老伯，说了许多感激的话，最后又说她的家庭，现在已逃出惊涛骇浪之中，不像前半月那样危急，暂时可以支持，无须老伯挂念。但若老伯有力量的话，最好替家兄荐个职业，以后好独立生活，免得依赖他人……"

说着稍停喘了口气，问秦云道：“你听，这位姑娘真有志气，叫人可服啊。”

秦云暗想：你老人家且慢夸奖，她果然叫出老伯来了，正文可怎么办呢？就笑道：“果然够味儿，还是您的眼力好，您答应给她哥哥荐事没有呢？”

老翁道：“我自然答应了，并且许她在三两天内成功。”

秦云愕然道：“替人荐事，哪有这样容易？您别太大意了。”

老翁笑道：“姑娘，你不知道，莫看我是个退职的老外交官，毫无势力。可是论起这点老人缘儿，若向当地的官府讨几只小饭碗，他们还未必好意思驳我。再说我在银行里存款很多，空存着没用，早想弄点事业干干，归国材替我主持，也叫他历练历练。干起来不得用些人吗？我对那位小姐的允许，怎样也不会落空啊。”

秦云听着，心中一转，忽然起了个不好的念头。自思老人对这舞女小姐，大约也自知年岁悬殊，故而使出手段，表面很热心地为她令兄引荐职业，其实，一则施恩使其全家感激，二则握住她家的生活命脉，将来好挟制人家用女儿报恩。倘果如此，用心可太毒了。但老翁不像是能做出这种事的阴险人，自己不要错疑了他。只是他这样热心过度，又叫人不能无疑，只能向后看吧。

想着，老翁又接说道：“我后来告辞，她还说等她哥哥回来，定将我这番盛意告知，明天还要同到四号回拜。我就说四号并非常用有人，不必劳步。她定要带她哥哥谢我，谆谆地问我什么时候在四号。我想了想，就变通办法，约她兄妹明天到这边来，时候定在上午十一点，为得留他们午饭，姑娘，明天你可要做主人，招待这位贤德小姐，我保你一见她定能投机。”

秦云暗想自己本因怕叫爹爹变成老伯，所以不愿出面，现在你既已被她这样称呼了，我又何必避她呢？就点头道：“好吧，明天我给您招待。不过人家是女学生，我怕不会说话，惹人家笑。”

老翁道：“没有的事，那位小姐非常厚道，没一点儿摩登女子的习气，你一见就知道了。”

说着又问楼上房间收拾得如何，秦云道：“我的已收拾好，今夜就搬过去，方才听国材说，您又要另收拾两间，做什么用呢？”

老翁笑了笑，一耸肩道：“我这是一阵心血来潮，想把房间都收拾像个样儿。你想，本来这家里只我一个老头儿，孤零零地住着。如今国材回来，又添了姑娘你，从冷寂转成热闹，很像兴旺的兆头，我怎会不高兴啊？看这情形，也许咱们家还要再进人口，也未可知，我预备下到时候自然有用。”说完哈哈大笑，就下楼去了。

秦云见老翁兴致甚高，也觉欣悦，自思，老人虽然年近五十，但精健有如少年，而且一腔热情，比少年还为炽烈。也莫怪他有续弦之想，大约自见了这位舞女，就爱慕不能自已，才如此急进地追求。自己念着老人恩义，应该竭力替他成全。倘或成功，虽然委屈那舞女一些，但在老翁方面，从此房内有人侍奉，外面有亲子假女承欢，也足能娱其老境了。不过老人言语中惝恍迷离，我还不敢确定他是否真想以对那曹家施恩为手段，以求达到娶那舞女的目的。等明天那舞女兄妹来时，自己在旁察言观色，探明老人真意所在，就运用自己的智力，着手给他进行。秦云打定主意，也不动声色，仍如常态地度过了一日。

次日早晨，她在八点后便行起床，先到浴室去洗澡。经过甬路，见地板上摆了鲜花，也有盆景，也有折枝，林国材正指挥花匠，向各室中陈设。秦云不知老翁的习惯，就笑问道：“今天弄这些花做什么？要开花厂啊？”

林国材道：“爹爹说今天午间，要请一位贵客，所以预备鲜花。你不知道，爹爹在外国久了，一有宴会就这样捧场。”

秦云听国材说请贵客，不由一怔问道：“请哪个贵客啊？”

林国材道：“我不晓得，爹爹只吩咐我在家候着，还叫剪发修面，换上最讲究的西装，预备和贵客见面，我想请的必是本地的大官吧。”

秦云听了要笑，忙又忍住，心想老翁大约是不好意思先告诉儿子，所以含糊其词，只说宴会贵客，我又何必揭破呢？想着就笑道：“我也只听爹爹说请客，却不知是请谁。爹爹心里一定有喜事，这两天真乐得像小孩儿似的。”

说完方才要走，林国材又叫住她问道：“姐姐你房里要什么花儿，挑几样我好送过去。”

秦云随意拣了几样，就自进了浴室。在回身关门的时候，无意中瞥见林国材望着自己后影嬉笑不已，暗想他父子何以都如此欢悦，这真是个快乐家庭。少时那舞女到来，也许被这一团祥和之气笼罩住了，或者有益于老人的前途，也在意中。想着就自己解衣沐浴，耽搁了很大工夫。这浴室中设备很为齐全，她洗毕吹干了头发，用火剪将发略微烫了几道浅纹，又对镜理妆，着意把素面修理得容光艳发，才出离浴室，回自己房内去换衣服。只见房中窗间几上，鲜花摆得楚楚有致，而且女仆已洒扫清洁。三面文窗，俱都敞开，明窗净儿，配着绣帐锦帏，再加一片花光，真瞧着心神怡旷。秦云欣然观赏，正想这些花定是国材亲手调理，仆妇绝不会摆得这样位置疏密有致，颜色淡浓得宜。忽听旁边啁啾数声，似有鸟语，转脸一见，只见窗上挂着个极精致的西洋式鸟笼，笼内有一对小珍珠鸟，正在上下飞鸣，似乎歌咏这房内的无限春光。秦云喜得奔了过去，只见那对鸟儿娇小美丽，非常可爱，但因新买来不久，见人近前，还吓得向笼边飞扑。

秦云拍手自语道："这鸟儿真好，不知是谁买的。"说着忽见笼下垂着一条半寸宽三寸长的红绸上，写几个小字，仔细一看，原来是"云姐纪念"四字，底下也没下款。秦云一见这云姐的称谓，就明白是国材所送，但对纪念二字，有些不解，心想你送我好鸟儿，有什么可以纪念的。而且无缘无故为什么送纪念的东西呢？秦云看了会儿鸟儿，又见窗下的几上，放着一只碧绿的瓷缸，缸中茁出几茎莲花，不知是何处来的异种，叶子如碗口大小，圆得好看，花儿也只有二寸直径，颜色是浅红色，鲜艳异常。秦云暗想这一盆小莲花，定是很稀罕的名种，不过方才自己并未看见这盆，大约是国材以后从楼下取来的。这时一阵凉风，由窗外吹入，那莲花被吹得微微摇颤，缸中的水面，也漾出波纹，瞧着颇有清波涟漪之态。秦云痴痴瞧着，见一朵花的背后，露着些深红颜色，竟又是一条红绸，在花茎上系着，扯过一看，原来上面也写着"雪姐纪念"四字。秦云更为诧异，正自思国材今日弄这些玄虚，是什么意思，忽听门外腾腾脚步声音，随听国材的声音在外面高叫："姐姐，爹爹请你下去。"秦云这时直想唤国材进来，问问他写这纪念二字是何用意，但忆到以前林国材对自己两次可疑情形，恐怕反倒勾起了意外的纠纷，就不敢唤他入室，只答应了声我就下去，随闻林国材又腾腾下去了。秦云看看钟，已将到十点半，料着老翁所约的贵客也快来了，自己下去未必再有闲暇上楼，就匆匆换了件最心爱的衣服，方才缓步下楼。

进了老翁的起居室，见老翁正坐在沙发上吸着雪茄，林国材侍坐于侧，似在等待自己。就叫了声爹爹，老翁笑着招手，叫她坐在旁边。秦云坐处正和林国材相对，老翁叫林国材关上房门，忽正色向秦云道："现在咱们开回家庭会议，我来主席。你们知道我是性急的，今天我提议一件事，你们也许觉得我太操切，太浮躁。可是在我却已忍耐了好几天，到今天说出来，还算沉得住气呢。"

说着对国材道："你知道我今日请的客是谁？"

林国材道："我只听您说是贵客。"

老翁哈哈大笑道："不错，确是贵客，只这贵客另有个讲法。"

说时又回顾秦云，突把颜色变成郑重，立起说道："我今日要先说一段旧事，你们都要敬听。"

秦云、国材闻言，不由肃然起立，但不知林翁要说什么。

正是：白发婆娑低回诉梦，红颜憔悴仿佛钟情。

后事如何，下回分解。

第八回

无可奈何人去远涕泪沥车前
似曾相识燕归来枝忽生节外

且说秦云和国材见林翁说得郑重，急忙随同立起，老翁接着道：“我本是个头脑很新的人，现在却要办一件旧头脑的事，所以得先把原因说给你们。我幼时是个极贫苦的孤儿，两岁就死了父亲，随我母亲，也就是国材的祖母长大。家中并无丝毫财产，困苦情形直非人所能承受，只仗着母亲做些活计。我十岁上下，就到一家富户去做书童，那主人是个开通最早的人，在那时就和洋商做交易，赚了不少的钱，外国朋友很多，他全家都入了耶稣教，待我很是慈祥。有位法国牧师，常到他家，见我聪明，就和主人商议，要收进教会，供我读书成人。我自当欢喜，就脱离主家，到教会学校读书。那法国牧师对待我极好，还常周济我的母亲。后来到我十七岁，牧师定要我到法国去留学，我为着前途起见，又得教会供给安家费用，后顾无忧，就到西洋去留学了六年。那牧师真是爱我，并没叫我进专门研究神学的学校，只进普通大学读政治经济。后来我学成回国，才知道我留学费用多半出于牧师的私囊，若由教会供给不特我不能自由读书，连学成后也不能自由做事，必须终身给教会做事。这是因为牧师是位老鳏，晚年把爱情都寄托到我这异国孤儿身上，才那样为我前途着想。可是我回国三四年，老牧师就死了，在他死前，又给我成就了婚事，因为教会中还收留着一位女子，和我年岁相仿，也读书到大学程度。牧师见我们性情学问全都合宜，就代为撮合成了夫妇，这便是国材的母亲。老牧师替我们主持过婚礼，不多日就死了。我既然有了家室，那时留学生出路很宽，我先被人荐到邮传部当差，地位还好，进益也多。夫妇侍奉着老母，算逃出贫苦境遇，享受人生乐趣。

“无奈家庭中却不十分融洽，我的老母是烧香念佛的旧脑筋，儿媳却是受过欧化洗礼的新人物，常常因为家庭琐事，发生暗潮，虽然明面没有什么痕迹，可是暗地很费我苦心调停。因为我的母亲从中年守志抚孤，苦熬儿子成人长大，晚年才稍得舒心，又怎忍叫她有丝毫烦恼？但对国材母亲一面，我因纪念老牧师的深恩，也不忍使她难过。于是夹在中间，很为痛苦。幸而国材母亲能体谅我的苦衷，对婆母还能委曲从全。在结婚一年后，就生了国材，我老母因得着孙子，欢喜万分，对儿媳也不甚苛求了。及至前清逊位，民国成立，就又转入外交部当差，历次升迁，很为得意。

“一晃儿五六年，从国材三四岁的时候，我老母想着给孙子定媳妇。但是国材母亲却抱定宗旨，认为幼小订婚，是最恶劣的风俗，许多怨偶，都是从这原因而成，儿子即使不能照欧西自由结婚办法，也得等到二十岁以后，再议此事。于是婆媳的意见又继续隔膜了好几年。到我母亲六十九岁的时候，国材也十几了。忽然有个朋友家的女孩子，随父母到我家来应酬，被我母亲爱上了，又提起给国材定亲的事，国材母亲仍然反对。可是我母亲那时正在病中，忽然说出了很凄惨的话，言说自己劳苦半生，到晚年才稍得安乐，眼见儿子成人，娶了媳妇，又为抱孙子，就是这时死去，也能瞑目。但是我一向还贪心不足，只希望再早早替孙子娶了媳妇，再见一辈人，无奈老病越重，自知熬不到那时候了，只可退一步想，就着我在世，给孙子说妥亲事，眼看着办了换帖大礼，算完了一半心事，这是我一点儿糊涂想头，你们依了我吧。我当时听老人家说得凄惨，十分难过，就劝国材母亲不要坚持，国材母亲也答应了。正想托媒人到朋友家提亲，不料我母亲却竟等不得突然去世，临死时还抱憾地说这件事。出殡以后，我还想本着老人遗志，接着办理，国材母亲却以为老母在时，委曲求全，尚是为着仰体亲心，如今老母已逝，又何必还把儿子终身幸福，做无谓的牺牲？我那时说实话有些惧内，只得依她放下不提。

“又过了四五年，国材母亲也得了重病，将死时把国材重托给我，又谆嘱着意儿子婚事，我就说咱们向来谈论一直主张婚姻自主，将来国材的婚事，我只能做个顾问，怕不能摆出家长面目，强迫主持。国材母亲叹气说：‘我到临死，才觉悟以前太对不住婆母了，大凡一个人对于最亲爱的人，因为关心太切，就容易生出偏见，只觉旁人都不及自己爱得深切，虑得周到，所以不信他人，只要自己做主。婆母太爱国材，才信不及我们夫妇，认为我们爱儿子，不及她爱孙子来得心切，我们的见识也不及她老到，所以必要亲身给孙子定亲。当时我抱着自以为是的道理，忘了人情，才不听婆母的话，以致她抱恨而死。到如今我将死了，才尝到一样的滋味。因为国材是我最爱的独子，你只觉得你虽然也爱他，可是不及我做事慎重，国材更是年轻，没有阅历，所以我抱憾不能多活几年，完了他的亲事再死。又恨未就着我未死以前，替他张罗出眉眼儿，由此知道人情全是如此，我太对不住婆母了。现在只把这责任重托给你，咱们只有这一个儿子，国材的前途关系非轻，你务必多多上心，把孩儿成全好了，到二十岁以后，再替他选一个贤内助。咱们虽然全是维新人物，可是新的弊病也都深知。倘然国材受了时髦少年常有的病，走入邪途，再娶一个误解自由，放纵太过的妻子，恐怕都要堕落得不可收拾了。你必须拿严父权威，把这事完全办到，一来使婆母和我在泉下都得以瞑目，二来你也替我补了当年的过。'"

老翁说到这里，停住喘了口气，秦云听他说话绕了这样大弯儿，虽也微悟他的寓意，但还不知他所指目的是谁，就只怔怔地听着，林国材却直了双眼，望着父亲，满面露出希望之色，似乎已知老翁要说什么，而盼着他急速说出来。

这时老翁接着说道："国材母亲死后，我因为被派到国外做使馆参赞，只得把国材留在国内，托朋友照料。中间虽也回来过一次，但也没耽搁多少日期，对国材并没尽教育的责任，这是我对亡母亡妻最抱愧的。现在好容易我回国养老，家庭团聚，我身安神闲，觉得对死者的期望，可不能辜负了。况且国材已然够了结婚年龄，我不单为死者，就为自己，也想得遂娶媳抱孙之愿，早享几年老福。"说着对国材道，"你要原谅我，并且要明白我是爱你的，不要误会我是摆顽固父亲的面目，强制儿子的婚姻。现在我将介绍一位极好的姑娘给你，希望你和她先做朋友，然后慢慢向婚姻路上走。倘得成功，我这做父亲的就安慰。"

林国材闻言，忽向秦云望了一眼，才赧然立起说道："爹爹是爱儿子的，何况还为我祖母和母亲的遗命，我的婚事当然由您主张。不过我可以不可以先问一声，您要介绍的姑娘是谁呢?"

老翁哈哈笑道："你太性急了，只一会儿就忍不住吗？现在已十点五十分，再过十分钟，你就可以看见了。我替你介绍的，就是明远里住的那位巢小姐，今天我请的客也就是她。"

秦云听了，心中又是惭愧，又是宁帖，惭愧的是自己以小人之心度君子，以前所料太差。竟把老人爱子之心，认作自私之念，因而对他生过轻鄙的意思。如今老人把本意说破，自己良心上多么难堪？幸而以前没有对别人露过讥讽之意，否则真要惭愧死了。宁帖的是当老人说到中间，她恐怕老人要把自己这义女，介绍给他亲儿。那时自己若不答应，就要形成僵局，以后恐怕不能再留下去。若是答应，自己对林国材本无爱情，如何能够轻许终身？固然料着老翁不致如此地鲁莽，但看他那行云流水的性情，不拘小节的脾气，只怕万一说出口来，可就大费周章，所以担心不浅。及至听老翁说出舞女，心中才一块石头落地。忙转脸去瞧林国材，见他受了意外打击似的，面色不特惨白如纸，而且面形加长，像下颏和颊都失了关联，向下坠落，因之口张如痴，额上却拥起皱纹，好像老了五岁年纪。他唇吻微动，双肩频耸，又似乎要开口要起立，但已失了活动的力量。秦云瞧着，猛然想到一件危险的事，心跳不已。

老翁看见儿子神色，似也诧异，但仍接着说道："国材，你不要觉得老父做事荒谬，单给你选个舞女为妻。要知道那巢小姐的人品学问以及种种样样，都是绝顶的。老父我是走遍世界，这是第一个打动我眼的人。你莫以为她做过舞女，就看低她的品格，实在她因为奉养老母，安慰长兄，才肯这样牺牲。并且她在舞场中英烈的行为，直叫人佩服到极点。后来我想帮助她，她对我这样年纪的人，都认为居心可疑，正言拒绝，可知品格高到什么地步。你试想我若不是看出十全十美，能把儿子的终身幸福、家庭的前途安危，给鲁莽断送了吗？不过我也不是强迫，那巢小姐少时就来，你自己可以观察，若是不像我所说那样绝伦，或是实不能合你的意，那也可作为罢论。"

老翁说着嘘了口气，又对秦云道："姑娘，我为你弟弟这件事，真费尽了心。那巢小姐实在太好，少时你就可以看见。你也许疑惑我怎这样操切，我可以告诉你，这是我的一种阴谋，要图谋人家小姐做儿媳，不得不处心积虑。要知道那小姐昨日曾求我替他令兄介绍职业，我想倘先替她办成了，就算我对她家有了恩惠，以后再替国材提亲，怕她疑惑我是有挟而求，好意反成了恶意。所以我想急速把国材给巢小姐介绍了，叫他俩一面由友谊上进行婚事，我一面替巢小姐令兄营谋职业，结果两下都成了功，还可不落什么痕迹。这是我的一片私心，你们觉着有些老奸巨猾吗？"

说着哈哈大笑，在笑中忽听国材低哑的声音叫道："爹爹！"

老翁止住笑望着他，国材似费了无限勇气，才立起接着道："爹爹，你误会了，我不是因为那巢小姐做过舞女，我是对这婚事不……不……"

老翁愕然道："怎么……你对婚事不愿意？可是方才你并没反对。"

国材吃吃地道："方才我以为……我以为……您……"说到这里，似觉实在说不下去，忽然很快地向秦云瞥了一眼，接着道，"爹爹，您真不明白？"说完这句，猛一转身就走将出去。

老翁望着他的后影儿，直着眼张着嘴，变成了木雕泥塑。秦云由国材的言语神情上面，看出自己所怕的事竟而发生了，他定是早已爱上了自己，但因兄妹名分已成，多日来不知如何强制着感情。虽也有时不免稍微流露，却不敢明显表示。今日老翁突提起他的婚事，他大约以为除了把我做对象外，绝无他人，才那样欣然听着。及至老翁谈到头儿，却提出个毫不相干的巢小姐，他自然大失所望，但因当着我的面儿，又不敢直说，才微微示意，自行躲开。爹爹定然已看出这情形，不知他怎样想法，倘若以为我和国材原本有情，那可冤枉死了，即使不做此想，也难免要曲从他儿子的意思，变计向我提起婚事，那又怎么好呢？看起来这安乐之家，怕不容久居，要逼我离开了。

秦云想着心中正在不安，这时老翁僵挺的身体，似被什么东西由身下把他弹得立起，膝部把面前的小几几乎撞翻，他看了秦云一眼，重又颓然坐下，将拳头敲着前额自语道："我真老悖了，这么浅显的事，竟一点儿没看出来？"说着又低声喃喃地诅咒，似在骂着自己，但声音渐低到听不见。秦云这时也似瘫在椅中，思索自己的前途。无奈心乱如麻，思想不能连续到一秒钟。等要离开，又怕被老翁误会自己和国材一样地失望而去。正自为难，老翁忽似由梦中醒来，将迷茫的眼光，望着秦云，没有气力地说道："姑娘，你看这事该怎样办呢？"

秦云觉得这话太叫自己难答，斟酌半晌才道："谁知道国材是什么意思？我听您说那巢小姐的情形，也觉着是最合适的亲事，可是国材却不愿意，什么缘故呢？"

老翁这时似乎看出她是故作懵懂，也陪声道："什么缘故呢？"

秦云此际忽然灵机一动，想出个最有力的一句话，淡淡说道："您做父亲的不明白，我这姐姐更不明白了。"

老翁听了，突然张大了眼，似又领会她这话是故意申明自己的地位，在名分上绝无和国材发生爱情的可能，因而更为惊愕。正在这时，忽见房门开启之处，一个男仆走入，垂手禀道："外面有两位客人来拜，这就请吗？"

老翁闻听，顿足说道："好，来得真是时候，今天必是十三号，又是星期五，要不然怎把好事都变了坏事？咳，请进来吧。”

秦云知是那舞女兄妹来了，自己本是预备招待他们的，但当此受过刺激之后，自觉心绪麻乱，态度不能自如，打算先回楼上稍作休息，待精神恢复，再行下来，就叫仆人道：“等等儿再请，我要先回楼上歇歇。”

老翁闻言，向秦云道：“你……不能陪我招待……哦，这时候你倒是需要安静一下，去吧，你得佩服我这老外交家，无论在什么情形下，我还能强打精神假装高兴地对付。”

秦云这时急于走出，也顾不得答他的话，走到门际，向仆人道：“你请客人进来吧。”

秦云本想说完这话，就出起居室向后走上楼梯。那客人正在大门口等候，仆人去请，来回还得一会儿工夫，绝不致撞见。哪知仆人本已受过老翁吩咐，先把客人让到楼门口，才进起居室通报，这时一得秦云吩咐，出来一拉楼门，说出请字，客人已进了甬道。秦云恰正出了起居室，方踏上一级楼梯，听得革履声响，才知道客人已然进来，她因脑中印着老翁夸赞那舞女的话，此际不由得回过了头，想看看那舞女的品貌。这一看真是非同小可，飘瞥间把那一男一女的青年来宾的影像，才接入目中，立觉一阵天旋地转，足软体摇，几乎跌下楼梯。原来来者并非生人，前面走的是颖芊，身穿一件崭新翠蓝色地子、银色小图案花纹的纱旗袍，脚下素白皮鞋，头上斜戴着流行的小草帽。后面随着的是在梧，今日打扮得特别漂亮。秦云向来只看过他穿长袍短褂的中装，这还是第一次见他着西装，颜色是浅灰绿，剪裁非常，显得比往日更添了一种英挺之气。西服衣袋露着艳色的手帕角儿，和颔下飘的红色领巾，相映尤为动目。

秦云瞧着，只觉身体似要坠入深渊，拼命攀住楼梯，支持摇摇欲倒的身体。心里想要逃上楼去，无奈动一步也没有力气，只怔着直眼呆望。幸而在梧兄妹全神只注着仆人，在梧正把草帽递过，颖芊却似从日光中进到较暗处，目光失了效用，虽也向甬道前面看了看，但似没看见什么。这时仆人已推开起居室的门，延他们进去。秦云自己和自己挣扎了半晌，神志方才稍为清楚。先回想到方才一刹那的印象，觉得在梧的仪表经这一修饰比昔日更为雍容华贵，这样玉貌郎君，竟是闻声对影，恍成咫尺天涯，回忆旧情，芳心中说不出是什么滋味。再由在梧兄妹的新衣丽服上面，想到他俩家境不丰，今日所穿必是办喜事所制的喜服，因而眼前又浮起倩宜的影子。秦云此际直如大将出阵，受了重伤，在被敌人的兵刃刺到身上时，并不觉疼，直到勒马回营，才觉伤处疼得难忍。

她瞥见在梧，神经一阵麻木，只有昏昏欲倒的感觉。眼看在梧兄妹的影子消失在起居室门里，她竭力恢复了神志，回身一步步地往楼上走。这时才觉出世人竟有如此的痛苦，实是自己向未经受，也是不能想象的。心里一阵阵地发慌，身体簌簌地颤如秋叶，好容易挣命似的奔到楼上，进到自己房中看见了床，就扑过去伏在上面，哀声叫道："天啊，你太狠了！这罪孽我受不住，你叫我死吧。"

叫着珠泪直涌，哀泣了半晌，忽动身坐起，一切齿发恨道："我真该死，怎这么糊涂，早就该想到是他了。爹爹昨天回来，明明说他一家三口，又新近结婚。哼，还是姓巢，我这发昏的脑子，只认定没这么巧，如今竟撞上了。天啊，我若早醒悟了还可以躲避，咳，这是什么罪孽，叫我又遇见他？"说着发狂似的撕着床帐，悲呼道，"他已往不要我了，偏叫我还看见他，方才怎么我不死呢？倘然当时倒在地下就断了气，叫他也明白我的心，叫那狠心的颖芊，也明白是她害了我的命。可是我偏不死，这可怎么了呢？"

她这时眼泪汪汪，望着壁上大圆镜中自己惨白的面孔，觉得现在的处境地万分艰难，而且纷乱，应该仔细想一想自己的前途，打个正经主意了。就过去把门关了，自坐在近门的沙发上，悄然深思。老翁的计划，虽因国材的反对而暂告破裂，但老人的古道热肠，绝不致因此冷淡，而且在梧那样人才，老翁一见必然爱惜。这林巢两家，当然越交越密，我若住在这里，必和他兄妹常常见面，这该是什么情形？我如何受得了那样刑法？何况根本不能见面呢？再说方才国材的表示，已明露出目的在我，以后他父子定要并力向我进攻，无论我不爱国材，即使真的对他有心，经过这番打击，我也万不能再做他林家少奶奶。我怎能叫在梧兄妹误认我是成心嫁给富家，对他们做无形的报复呢？而且我今日和在梧狭路相逢，已把这颗心捣碎了，谁也不能再给我补好，我也不会自梦这残破的心，再对谁发生爱情。国材情意恳切，可怜我已无法符他的愿望，这一生只能永远可是姐弟了。但看现在情形，恐怕连姐弟关系也难维持久远，以后他父子必对我提起婚事，我既万无应允之理，那么拒绝之后，又该如何？爹爹虽然厚道，不致有甚芥蒂，可是我再住下去，还有什么意味？

想着忽听外面敲得门响，就问了声谁，外面是仆人声音说道："老太爷请小姐下去陪客人。”

秦云不由嘘了口长气，心想这是一道催命符，那催命的冤家，还等着看林家小姐呢。就答应道：“你告诉老太爷，我还有点儿事儿，稍迟一会儿下去。”

说完听仆人脚步声下楼去了，秦云立起，在楼心来回踱了两趟，走到那开着的窗子前面，立住了向外呆着，忽悄然叹道：“走吧，此间虽好，可怜不容我久恋了。”

话未说完，猛听头上一阵扑棱的微声，仰头一看，原来是林国材所送的小鸟儿，因新买来尚还性生，一见秦云的头儿太挨近了笼子，吓得向笼边乱扑。就指着苦笑道：“你也是逼我走的一份儿。”

说着那鸟，看见纪念的红绸条儿随风摇晃，秦云就用手指拈着细瞧，牙咬着嘴唇儿，点了点头，随将笼门开放，那鸟儿钻了出来，先在房内，乱撞一阵，才从窗中飞出，转瞬便失了踪迹。秦云叹道：“国材，我对不住你。当时你就知道，鸟儿已飞，没有什么可纪可念的了。”

她又转到中间桌前，向四外看了看，觉得自己的大箱笼若要带着，定被人看破形迹，便不能走了。就由衣橱内取出个扁平的大旅行箱，打开两个紧要箱子，把自己的珍饰和现款及银行存折等细软之物，都移入旅行箱中，其余的衣服和较笨重的用具，全都抛下不要。她收拾完毕，又立住向四下观望。这宅子她只住过不到十日，这间新收拾的房子，她只住过一天，但此际临行，竟好像是自己出生长养的家庭，又好似屋中真有自己骨肉之亲，一种不可言传的祥和的气氛、浓厚的情绪，在周围弥漫，使她心头恋恋难舍。

正在这时忽听房门又响，这次却是国材的声响，在外面高叫：“姐姐，爹爹等你下去呢。”

秦云心想国材居然上来唤我，定是在自己上楼之后，老翁重把他唤进起居室，和巢氏兄妹见过面了。想着就答道：“我因为天热，又洗了洗脸，这就要下去呢。”

国材应着走了，秦云自思不能再做迟留，凄然合掌向空中悲声叫道：“爹爹，我走了，虽然我只做了你几天女儿，这一世也忘不了爹爹。今天我走，并不是你逼迫的，也不怨国材，只是我没有这样的好命。您别骂我忘恩负义吧。只盼将来有朝一日，我还能回来做你的女儿。”

说着又虔诚地向墙鞠了三躬，便提起旅行箱，出了房门。由后面的楼梯下去，经过厨房窗外，瞧见厨师正在里面忙着预备肴馔。秦云忽想起仆役等侍候多日，临行应该犒赏，就走到窗前，将旅行箱隐住，由手皮夹内取出一百元钱，叫厨师近前，递给他道："这笔钱是前面来的客人赏的，你和门房里人们分吧。"

厨师虽知主人今午请客，但想不到客人没吃饭就赏下钱，而且赏这许多。尤其是小姐亲身送到厨房，也不成个排场。但也不敢询问，方谢了声，秦云已走出后门去了。这可怜人此去流落何所，留待下回分解。

且说在梧今日来访林翁，因为昨日颖芊和林翁相见之后，既领会老人是一片侠肠，毫无他意，又因老人盛意殷殷，极思相助，才想起在梧的出路，就拜了他。那一日恰是在梧结婚的第六日，和倩宜双双回门。及至日暮归家，颖芊就对他说起自己旧识一位林老先生，搬进隔壁居住，今天来拜邻居，无意中遇见谈起家庭情形，那林先生言说愿意给我们帮忙。我就求他替哥哥介绍职业，他已答应了，并且约我们明天到他家见面。在梧向未听颖芊有过男朋友，闻言不胜疑惑，又听颖芊说明天不是到本巷四号，而是到另一个地方，更觉莫名其妙。等倩宜不在面前，才向颖芊问起细情。颖芊因在沈凤华讨债之时，在梧已知她做过舞女，不过以后怕在梧回忆伤心，竭力避免重提旧事，今日却因关系重要，不能现含混隐瞒。就把当日在舞场被流氓欺侮，经理责备，林老翁如何出头解围，又竭力要仗义相助，自己竭力拒绝，今日意外相逢，他说话如何恳挚可感，并且叫我以父执待他，我才应允明日和哥哥去拜访的话，仔细说了。

在梧听着，才明白妹妹还曾受过这样一场委屈，自然惹起伤痛。又对那林老翁感激非常，心想当此世道衰微，人心狡诈的时候，居然还有这样的好人，真是难得。但自己却要留神，舞场那宗地方，藏垢纳污，颖芊又品貌出众，易惹奸人觊觎，万一有匪类故做圈套，假装好人，来施行诈术，也许有的。这样看来，明天倒要和颖芊同去一趟，看个真假。倘然那林翁真是正士，应该郑重谢谢人家。并且我若由他得到什么机缘，岂不胜似仰食倩宜妆奁？倘看出那林翁是别有用心，也好告诫颖芊，和他断绝交谊，以免上当。在梧想到这里，就答应明日和颖芊同往，但吩咐她且不必告知母亲，颖芊答应不提。

在梧自和倩宜结婚之后，合家喜气融融，第一倩宜入门，便奠定了家庭的基础，第二倩宜的奁资，更安定了家庭的经济。老母看着佳儿佳妇，自然喜笑颜开。颖芊把兄嫂的姻缘成全到底，也觉凭空去了担负，减了心事。只有在梧一人，在新婚燕尔中，虽然玉软香温、月圆花好，但想到情深义重的秦云，时时怃然动念，又抱歉这场急就章的婚礼，太委屈了倩宜。再加那可怜的赵顺，近日张罗喜事，虽也强作欢颜，但看人家娶进新人，更苦忆他遗失的孙女，日来病得越发沉重。不过老头儿是有心人，恐怕在梧烦恼，讳病强支罢了。在梧因此数种原因，在美满环境中，仍不免背人愁叹。至于倩宜，却是由冷雨凄风，转入好天良夜，当日她乍失所天，已分此生已矣。却不料家有明理的父母，能容她跳出旧礼教的束缚，环境一变，反嫁得如意郎君。她知足之余，越发守分尽力，把婆母侍奉得无微不至。她和颖芊原是旧友，和好更不待说。只是倩宜看在梧时常怅惘，知道他仍不忘情于秦云，也曾暗地里向颖芊商议，要和她想个弥补缺憾的办法。颖芊素知倩宜过于柔厚，若依她自己主张，真许因为爱在梧之故，不惜收容秦云。但在颖芊目中，认为那样办法，不特无益于在梧，且恐扰乱了家庭的安靖，就劝她不要多事，在梧日久自然淡忘，倩宜因此也不敢说了。

且说次日在梧兄妹一同到了林宅，看见楼厦华英，甚为惊异。按铃后，仆人出来，一问姓名，便将二人引入院中，及至通报后，延入起居室。在梧一进房门，便看一位喜气弥满的秃顶老人，含笑相迎，立刻就被林翁的祥和态度把心中初来疑虑消减，而且在敬慕中生出诧异，觉得这老人是自己向来未见过的世上专门为善的人。如什么大牧师大善士等等，都好似戴着一层看不透的面具，唯有这老翁好似表里通明，把肺腑都深露在面目之上，而且有一种说不出的感动力，令人一见就想到自己的父亲。倘或有人要建设一间伦理的博物院，要用一副最慈祥的面目作为世间慈父的模型，大约以这老翁为最适宜了。在梧出神望着，几乎忘了礼节。林翁已进到面前，哈哈笑道："巢小姐，这就是你令兄吧？真是英俊绝伦，君家兄妹不可当。请坐，请坐。"

在梧这时不自主地深深鞠躬，老翁拉住他的手，大家入座以后，并不做俗套寒暄，就先笑道："我昨天听令妹说过你的情形，你定然也听令妹谈到我。请你不要怪我放肆，我有个儿子，有个女儿，和你们年纪都差不多。我所以对令妹那样关心，完全是因为我也有儿女，我爱我的儿女。这话不是多说，令妹第一次见我，她还不肯谅解，我这老外交官竟当场失败了。"说着哈哈大笑。

在梧不自知地冲口叫出老伯，道："老伯，舍妹太年轻，没有阅历。老伯至诚至厚的盛意，任凭谁都要感动的。”

林翁道：“你太捧我了，我不敢当，实在令妹的一团正气，先感动了我。要不然，萍水相逢，谁愿意多事呢？”

说着忽忍不住放肆起来，举手要拍颖芊肩头，手将伸到地方，忽又觉得不可，忙掣回把自己光滑的后脑打了一下，道：“巢小姐真是好姑娘，在这种时代，简直少有。看见妹妹，就可以知道老兄。哈哈，你们堂上还有老太太吗？她可真有福气，改天我得再到府上，拜拜这位生好儿女的老太太。”

在梧、颖芊闻言，全立起鞠躬，林翁忙道：“坐下，坐下，没这些礼法。实和你们说，我这老头儿非常自私，现在虽在家养老了，可不能像别的老人甘受寂寞，也不愿和一班年纪的老人那样慢腾腾地生活，我还得和年轻人打混，你们年轻人可不许嫌我老。我有一双儿女，是心爱的，巢小姐也是我爱的……我放肆叫你们名字了，我从一见了颖芊就爱，见她受屈，就好像我自己女儿受屈似的，才那样冒失，反倒闹成情迹可疑。哈哈，在梧，你这精明文雅的少年，更合我的心，我的儿子虽是好孩子，不过他太朴实笨拙。你们从此都要变成好朋友，常常在我眼前，那就是我的老来福气。”

在梧被他夹七夹八地一阵狂笑，倒弄得不知所答，只可连应是是。林翁又拍着他的肩头道：“像你这样好少年，竟没有事做，这是国家社会的罪过。你不必愁，我一定替你想法。”

又向颖芊道：“听说你是新近才废学的，我现在想帮助你，恐怕你又不受，给我脸上难堪。那只可等你令兄有了职业，再令他供你上学吧。”

在梧道：“本来我近日有点儿余力，能供她继续上学。无奈她原来上的学校章程太严厉，因为开学过了半月，竟不许再随班上课，只可耽误半年，等下学期考入别的学校了。”

老翁听完，想了想道：“颖芊这半年闲在家里，也许闷得慌，给我做个家庭老师好吗？”

颖芊谦逊道：“我的学问哪配做教师？”

老翁道：“不然，要你教的学生，和初开蒙差不多，是我的小女。”

颖芊道：“哦，是您的小姐，几岁了？怎不上学校？”

林翁笑道：“论年纪，大约学生比你这先生还大。”

说着就按铃唤进仆人，去请小姐下楼，并且把少爷寻来。过了须臾，只有国材和仆人来了，仆人说小姐少待就到，林翁只得先给国材介绍。国材因有老翁论婚之言存在心中，此际竟好似羞涩非常，不敢对颖芊平视，只一鞠躬，就转过脸儿，和在梧寒暄。这一对少年，互相爱重，谈得非常投机。大凡性情不同的人，比性情相类的反容易发生友谊，这道理和电力一样，同性同拒，异性相引。其实是因为每一个人，对于自己的特性和缺点，常为自知过深而抱缺憾，反则爱羡和自己相异的人。譬如矮子羡慕长人，胖人喜欢瘦子，愚鲁的时常忍受揶揄而愿和精明者为友，有高深学问的常能忍受伧俗而和负贩交游，这道理是很微妙的。此际在梧和国材，一见之下，都发现对方的特长，正是自己的缺点，于是在梧爱国材的朴厚壮硕，国材爱在梧的风流儒雅，无形中已生出很深的交谊。林翁见二人倾谈，深恐颖芊寂寞，又看到了午饭时刻，就叫国材上楼请姐姐快下来，一面吩咐预备开饭。颖芊事先对在梧只说造访，未言邀宴，在梧闻听备饭，自觉不好叨扰，就要起辞，林翁笑道："你现在和国材是朋友了，我这老伯已有权力限制你的行动，老实坐着，不许多说。"在梧只才含笑诺诺。

随见国材入室，报说姐姐说这就来。林翁看着国材，又瞧瞧颖芊，想起方才的事，搔着秃头，怔了一怔，心想这局面和自己原来希望，大相反背。倘然国材未曾先爱上秦云，少时这餐桌就有我一儿一女，和一个未婚儿媳，一同陪我欢笑，无形中先留下一幅家庭小影。只为这一变化，颖芊算和我没了关系，秦云将来变成儿媳，我就失去一个女儿。何况秦云方才表示，并未钟情国材，这段姻缘，或者不能成就，日后秦云再离我而去，这家庭依旧还是冷清，眼前可爱的人，都不能长伴着我了。想着愀然不乐，只抚摩秃顶出神。

这时仆人请赴餐室，林翁立起，向国材道："你姐姐还不来？咱们到饭厅去等她吧。"

说着就延在梧兄妹出室，一同进了餐室。国材由甬道经过，听厨役在后楼门和仆人喁喁小语，又似问客人姓什么，当时也没注意。宾主既已入座，林翁正要叫仆人上楼再请秦云，忽见房门大开，家中三个仆人和大小厨了，一同走入，在桌前打千，同声说谢巢老爷巢小姐赏钱。在梧兄妹闻言大愕，林家父子也瞪了眼儿，那厨师和仆人，见主人和贵宾这般状态，不由都站着发起怔来。林翁虽知在梧兄妹并未赏钱，但不好当面询问。在梧兄妹面面相觑，更不知是何道理。

半晌颖芊才低声问在梧道："你可……"

在梧只听了两个字，便摇头道："我并没有……"

林翁看他兄妹情形，料着决无赏钱之事，立刻又想到这或是仆人刁诈，故意向客人讨赏，但又无此情理，就开口道："客人几时赏过钱，你们来谢？"

那大厨子怔怔地道："方才赏下去的，我们怎敢越了规矩？"

在梧兄妹听了，同时咦了一声，林翁向颖芊道："你太客气，赏他们钱，何必瞒我呢？"

颖芊满面迷茫地道："没有的话，您想，我们进门就和您见面，几时赏过钱来？"

林翁抚着那秃头顶一样光滑的下颏道："这倒怪了。"

又向厨师道："赏你们多少？"

大厨子伸手由衣袋取出钞票，跟着道："赏了一百，我们还没分呢。"

这时国材指着在梧兄妹，插口道："他们两位，谁亲手给的？"

大厨子摇头道："不是他二位亲手，是小姐送到厨房去的。"

林翁听了，和国材都哦了声立起，相视同声说道："她怎么……"说出三字，又同时住口。

林翁撮唇嘘气道："好怪，叫她她不下楼，倒跑到厨房去。"说着高声道，"国材，你去找秦云来。"

林翁把秦云二字方说出口，座中又惊怔了一对客人。在梧和颖芊立时张大了嘴对看，当时国材应了一声，才要出去，那大厨子已说道："少爷，小姐没在家，出门去了。"

国材立定椅身问道："你怎么知道？"

厨子道："小姐到厨房给了我钱，就出后门走了，手里好像还拿着个小箱。"

话未说完，林翁已然跳到桌前，拉住厨子叫道："是真的吗？"

厨子道："我看着小姐出去，还叫二师傅去关后门呢。"

说着向小厨子一指，林翁向小厨子一看，小厨子连忙点头，表明大厨子的话不错，林翁猛然举手把秃头拍得叭地发出巨响，顿足道："不好，这里面有事，国材，快随我上楼去看。"

原来林翁听秦云悄然出去，心内猜疑因为方才国材表示有心娶她，若非认为侮辱，愤怨而行，便是她是自己要聘颖芊为媳，不愿国材因爱她而伤老父之心，故而避去。不过虽然想到这里，但心中还盼望所料不中，也顾不得有客在座，急忙和国材奔上楼去。进入秦云房里，就见衣柜的门大开，地上有两个大箱，也敞着盖儿，翻腾得甚为杂乱。

林翁顿足道："坏了，坏了，果然没出我所料。"

国材直着眼儿，张皇四顾地问道："您说这话是什么意思？"

林翁摆手，叫他不要再问，就奔向各桌案前举目寻觅，叫道："你看看，可有什么留下的字儿。"

国材闻言，向各处翻了一阵，才道："您说的是谁写的字儿？没有啊。"

老翁立在窗前，半晌才凄然道："咳，国材，她走了。"

国材一听，好似中了炮弹，身体失去支持的力量，向后退了两步，倚到沙发背上，才瞪目叫道："您……说什么……"

林翁摇头道："少停再说，且下楼去陪客人吧。"

国材怔怔地道："她无故地怎会走？这里还有箱笼。"

林翁道："傻人，你不明白，她要走何在乎箱中这点衣服？不见这两个箱子都已翻乱？她把要紧东西带走就够了。"

国材叫道："这样……她真走……我去追。"

林翁道："你不知她向哪里去，追也没用，而且你追着也未必能叫她回来。就强拉她回来，也挡不住她以后再走。现在你且同我下楼，去陪客人，等以后再想法寻她吧。"说着就拉国材下楼。

国材方迟迟欲出，忽见窗上所挂鸟笼，笼门大开，里面鸟儿已然没了踪影。国材瞧着似有所悟，猛举手掩住脸儿，凄然而出。

且说楼下的巢家兄妹，第一次至此做客，便遇到意外之事。先见厨役说小姐冒名赏钱，又由后门出去，林翁竟那样惊慌，说出秦云的名字，就跑上楼去。在梧兄妹面面相觑，茫然莫解其故。

半晌，颖芊才说道："这可真怪，他家小姐也许偶然出门走走，何必闹得这样凶？"

在梧道："这里面定有缘故，没听见那小姐还冒咱们的名赏给仆人钱？真叫人想不出是什么道理。"

颖芊道："还有方才那老翁叫他女儿名字，竟是秦云……"

在梧望着她摇头道："也许你听错了，也许林翁女儿恰巧是这二字，那个人怎能是这宅里的小姐？"

颖芊方要再说，林翁父子已经回来，虽都竭力矜持，勉尽宾主之礼，但仍掩不住神色的张皇，举止的失措。入座之后，林翁强笑说道："对不住，小女太放肆，竟在这时候出去了，咱们不管她，且用饭吧。"

在梧兄妹明知他父子的仓皇，绝不是出于这样平常的缘故，但事关人家秘密，更无询问之理。二人只得各抱满腹疑团，唯唯诺诺。而且初次到陌生人家做客，即使遇到这莫名其妙的事，任主人怎样竭力应酬，那貌合神离的样儿，照样看得出来。尤其国材，不像乃翁能有涵养，他口中虽然让客人食用，自己却把牙箸当作小手杖，只管玩弄，并不入口。在这等局面之下，谁还能沉得住气？无奈在梧兄妹深知主人是临时生变，并非有心慢客，只得盼望厨司及早把菜上齐，便算全领盛意，可以托个缘故，急速告辞，离开这个窘境。林翁这时还运用外交家的辞令，和他兄妹说闲话，他的意思也是希望饭后客行，再和国材计议寻觅秦云之计。哪知座中的国材见父亲和客人还是静气长谈不已，实有些忍不住了，望着父亲，嗫嗫半晌，才道："爹爹，你看她是真走了吗？她又为什么走？"

林翁摆手道："何必忙着问我？等等再说吧。"

国材碰了个钉子，失望而且没趣，搭讪着道："我真想不出秦云会这么走了，谁也没待错了她……"说着又叹道，"爹爹，我便是天涯海角，也得寻她回来。她救过我的性命，我们只供养她这么几天，这一世永远对不住良心了。"

林翁听他刺刺说个不住，只怕怠慢客人，含怒说道："你先住口，少时再说，成不成？这时一会儿也等不得，方才你若不说惹祸的话，秦云还未必走呢。"

国材听了这句，立刻直了眼儿，面色惨白，唇吻频动地道："怎……怎……"

林翁对他摆手，坚决表示现时不能答复。在梧兄妹见他父子发生龃龉，觉得实不能再流连了，在梧向颖芊使个眼色，颖芊立起，向林翁道："老伯，我们已经吃饱，现在家中还有点儿闲事待办，要跟您告辞了。"

老翁闻言瞧了国材一眼道："怎样？都是你。"

在梧怕老翁再责备儿子，把局面越发弄僵，忙又接口说了些实在有事，不能久留的话。林翁想了想，才勉作笑容道："好吧，我也不必强留你们，只求你们能原谅我，明天下午我定要到府上道歉。"

在梧兄妹同声说老伯言重，我们万不敢当。林翁道："我还有话和你们谈呢。”说着就燃起支雪茄，才送他兄妹出去。

仆人在穿堂里，伺候着把在梧的草帽和颖芊的小伞递过，颖芊看他们恭维的样儿，又触起方才赏钱的疑案。及至出楼门，下台阶，走在通临街铁门的甬道上，忍不住向林翁问道：“老伯，今天没见您的小姐，很觉失望。我不明白您小姐怎这样周到，替我们赏管家这许多钱，我们更不安得很。”

林翁听了，看看颖芊，摇头道：“你们无须不安，这对你们毫无关系，她只是要赏犒仆人，得不着题目。恰赶上你们来，就借用你们的名义了。”

颖芊听了，更觉莫名其妙，做主人的要赏仆人，怎谈到题目不题目？又何必借用他人名义？这真太怪了？想着满腹疑云，又不好向下追问，不由面上露出迷茫之色。林翁本是胸无宿物的性格，瞧着眼她的神情，立觉满心的话，跃跃欲吐，又见在梧和国材已走近街门，相距丈许，就道：“我告诉你吧，免得你回去为方才的事不安。我的女儿秦云，并不是亲的，只是我的义女，而且到我家不过几日。因为国材这孩子，以前有点儿少年气盛，在北京上学，入了什么党籍。后来北京站不住，又跑到湖北混了两年，这是我在外国时的事。等我今年回国，住在天津，才唤他回来同住。哪知回来经过北京，竟被当地官人看见，竟到旅馆去捉他，当时无路可逃，就躲到隔壁房间，那房间正是秦云住的。秦云真不含糊，竭力遮盖，才把国材救下。第二日国材邀她同回天津，我感她恩德，又问知她孤身漂泊，并无亲眷，就认她做义女，留在一处长住。这不过才几天的事。今儿……今儿真是应该出事，在你未来以前，我父子无意中闲谈，国材说出了……”

林翁说到这里，猛然心中一动，暗想自己原要向颖芊身上盘算的，如今秦云已行，能否重归，还自难定。自己以后，尚可婉劝国材，重提旧议，把这可爱的颖芊娶作儿媳。现在若只顾向她解释此事，把国材爱上秦云的话说出，不是关闭了将来国材向她未婚的门吗？老翁想着，口中不由吃吃地把“国材说出了……说出了……”重复了好几遍。幸而颖芊这时听他诉说秦云在北京和国材相遇的日期，以及情形上想来，已料着他这义女秦云，九成便是在梧那位恋人的秦云，不由心中乱跳，暗想世上竟有这等巧事，秦云居然落到此处，我兄妹不凑巧到此处来，她又更凑巧地在我们来时走了，若不然，她和在梧真的对面相逢，那该生出什么可怕的事？我又该怎么办法呢？但转想到秦云假用在梧和自己的名义赏赐仆人，那就无异告诉我们，她是知道我们到来，并且为我们走的。颖芊想着，直像侥幸逃过一场很大灾难，尚自惊魂未定似的，心里阵阵发悖，面上颜色变得惨白。

及至听林老语锋停顿，只疑自己神情引起他的惊异，急忙敛神定心，想要恢复常态。正在这时，忽听前面在梧声音叫道："妹妹走吧，别尽叫老伯陪你站着了。"

在梧这一声，才算给二人解开僵局，林翁不待颖芊回答，已先扬手向门际叫道："请你少候，我同令妹再说句话。"就又转向颖芊道，"就为国材言语不检点，才惹得秦云生气，就这么不辞而别了。至于她赏钱的事，自然是怕下人疑心，才假托客人的名，咳，我真伤心，天知道我是个重女轻男的，看这干女儿，和亲儿子实没两样，可是她竟抛下我走了。颖芊，你是极通人情的，该明白老年人和小孩童一样，处处需要安慰，儿子的孝顺，怎样也不及女儿来得熨帖，可是一定，咳……希望你常来瞧瞧我。"

颖芊这时心里只想着秦云的事，对林翁最末数语，并未入耳。见他说完，就又问道："秦云她原来姓什么？"

林翁道："她姓陆，你问这……"

颖芊道："我问问，倘若以后能遇着，好劝她回来。"

林翁道："只怕她这一走就不留在天津，再说你没见过，遇见也不认识啊。"

颖芊听了，只得笑道："可不是，我想糊涂了，您快请回，明天见吧。"

林翁还要送到门口，颖芊只怕他对在梧直说起这事，力请留步。老翁才立住看她走出，国材在门口陪着在梧，已站得不耐烦，颖芊向他客气数语，便同在梧走着回家。在梧在途上问林翁留住她说什么，颖芊只得借他事遮饰过去。

再说他们走后，林家父子自然开了一次会议，经老翁把他所想到的情形一说，国材方恍然大悟，不由愧悔万分。几乎放声痛哭起来，深悔自己不该对秦云妄生爱情，她已正名定分，成为自己的姐姐，怎能再嫁给弟弟？莫怪自己一露此意，她则愤然而去，救命之恩，丝毫未报，反弄成这样结果，真足以抱恨终天。

想着忽然跳起叫道："爹爹这可怎么好呢？我得去寻她回来，无论上哪里。"

林翁摇头道："她孤身一人，此去哪有踪迹可寻？她那人虽没学问，可是我看出她心意很坚，既然走了，就不会被你寻着。再说你就寻着她，又该怎样?”

国材道：“我对她认罪，承认是一时糊涂，请她回来永远做我的姐姐。”

老翁又摇头道：“你这是对她把思想发为言语，更叫她证明自己走得不错，还会回这难堪的境地来，过没趣的日子吗?”

国材道：“那么我见着她不提这事，只求她回来。”

老翁道：“这也不是办法，你且不必性急，等我仔细想想再说。”

国材无语，只默默然想着。这样局面直继续了一天，父子都没什么说话。到了次日，林翁果然去访颖芊，问知在梧以前职业是在出版公司做事，就说他早已有志愿要做一点儿营业，现在想拿出笔钱，开一家小规模的图书公司。一半做普通书肆营业；一半设置印机，收买文稿，自行出版书籍。这件事交给在梧经理，叫国材做副手，帮助在梧。颖芊听林翁以重任相托，颇出意料，就和在梧商议，在梧虽自知才力足以担承，但终不免有些临事而惧，尤其想到和林翁并无深交，他竟如此看重，托以巨任，自己今日鲁莽应承，日后倘若把事弄坏将要何以对人？考虑之下，只得向林翁深致谢意，然后说明不敢应承的苦衷。

林翁听了笑道：“你这样一说，我更不能放松你了。你抱着这种心理，做什么都能成功。现在我以老伯的资格，命令你一定答应。从明天起，你和国材就着手筹办，国材现在也该有些正事做，免得他闲出毛病，这就算定规了。你该知道我是有钱的人，可不是看财奴，拿出几万，成全两个好少年，这是乐事，何况还有我自己的儿子?”

在梧听林翁这样说，不好再辞，于是又商量些详细办法。林翁走后，颖芊将此事告知老母和倩宜，自然举家欢喜，从此在梧就每日到林宅筹备公司的事，颖芊也常去瞧看林翁，感情越发融洽。一月以后，公司已在大马路上赁妥房舍，备齐货物，正式开幕。在梧因为着自己前途和念着林翁恩义，竭力经营，加以国材相助，生意居然十分兴隆。国材屡次和林翁提起秦云的事，林翁只叫他努力职业。国材不敢违老父之意，只有暗地悲苦。林翁也曾费尽方法寻觅，无奈秦云一走，直如泥牛入海，渺无消息。

在梧家中自重得新业以后，居然欢乐无愁。但内中只有一个赵顺为想他的孙女，老病发得甚重。幸而在梧不惜金钱，给他延医调治。倩宜、颖芊又待他甚厚，时常劝慰，老头儿病体才渐渐痊愈。就在这安乐时光中度过约有四月，时节已入深秋。

这一天清早，因为夜中刮过大风，天气特别寒冷。在梧早晨起床，吃过点心，穿上倩宜替他新备的呢大衣，出门到公司中办公。他虽然已是经理身份，但还没有自备一辆包车，每日只雇散车到公司去。一出巷口，忽见对面墙根有个女子，正倚墙而立，头上戴着丝绳织的帽子，直盖到耳朵，身上穿着件旧棕色夹大衣，想是为冷的缘故，把短领翻上去，遮住下颏。她又尽力缩头，所以脸儿露得很少，只看见冻得通红的鼻尖儿。在梧看了看，心想怪冷的天，又在早晨，这女人立在街上做什么？她这衣服，原是初秋所用，如今已将入冬，还穿这个，不要冻坏了吗？想着正将双手插入衣袋，要扬长自去，忽见那女子移动身躯，离开墙下，跟着走将过来。在梧心中一动，暗想这女子也许是流落之人，要向自己有所乞讨，就立住了等她。哪知那女子还未到面前，已发声叫道："在梧，你不认识我了吗？"

在梧大惊叫道："你是……"

那女子举手将帽子托上了些，又把衣领放下，在梧立刻目瞪口张，知道自己又落到困境中了，半晌才颤声道："你……你……小樱……你啊……"

这时小樱仰着冻得青红的脸儿，珠泪莹莹地道："你怎这样惊讶？我不是和你约会，早晚必来的吗？"

在梧听了，脑中立时映现夏天在银光电影院中相逢，和自己赶到塘沽码头追舟未及的情景，只觉满腔言语，一句也没法说出来，只凄然叹道："你终于来了，怎落到这样儿？"

小樱摇头道："我的话很长，你先给我找个暖和的地方，我冷得很。"

在梧心中惨然，忙拥住她问道："你住在哪儿？"

小樱摇头道："我没住处，今天夜里一点才到的天津，我就赶到这儿来等你。"

在梧咬牙道："你从哪儿来呢？"

小樱道："哈尔滨。"

在梧道："你……你怎……咳咳，不必说了，随我走吧。"

小樱道："上哪儿去？"

在梧道："咱们先到旅馆坐坐。"

小樱道："你家……好，上旅馆吧，我这样儿也不能见你家人。"

在梧心如刀刺，再不说话，就喊了两辆洋车，和小樱坐上，一同到了一家中等旅馆，开了个房间。茶房送了茶来，小樱先倒了一杯，不管热得烫嘴，就喝下去。

在梧忙问她可要吃东西，小樱道：“我上次饭还是昨天早晨在火车上吃的烧饭油条，可是现在还不觉饿。”

在梧无语，忙按铃叫茶房来，叫立刻预备几样可口的饭菜，茶房应声出去，在梧才道：“你可以把情形告诉我了。”

小樱闻言，未语先垂下泪道：“我真苦死了，今年夏天，在银光戏院遇见的时候，你总已知道了我的景况，以前的事不必说了。那时我正在一个领家手里，他们夫妇都仗我生活。在上海的当儿，有时做生意，有时做舞女，有时也跑进电影界混混。到今年春天，因为上海生意不好，弄得遍地是债，领家才领我出码头，到处卖野人头玩意儿，到天津才遇见你。偏偏咱们说话的时候，被我那男领家看见，他们只怕我在外乡遇见熟人，生甚外心，他们人生地不熟，没有办法，所以吓得连银光戏院三天期都没唱满，就挟着我上船走了。到关外又串了许多码头。我因为和你有了约会，哪有心思再混？时刻想机会逃跑。无奈他看守太严，只跑不脱。后来走到哈尔滨，有个做俄国生意发财的老财主，看中了我。想要把我娶去做妾，我的领家也看出我不稳，只怕将来弄得人财两空，就答应把我卖了。我到那财主家，也被管得很紧，我勉强忍耐，攒积了几块钱，恰巧得着机会，那大太太害病，一家人惊惊惶惶，顾不到我。我趁空儿溜出来，身上只穿着夹衣服，对付着奔到沈阳，腰里连一文钱也不剩。你是知道我父亲的，敢情这时候我父亲在奉天做了顶大官儿，比巡阅使小不了多少。可怜他在那里做大官，他的女儿到了沈阳，想讨饭都不敢上门儿，咳，不要提多么可怜了。”

说着茶房送进饭来，在梧摆在桌上，唤茶房出去，才道：“你先吃点儿，慢慢地说。”

小樱苦笑道：“你不要笑我，我实在饿极了，你陪我吃些好吗？”

在梧道：“我才在家里用过早点，实不能再吃，你别客气，自己吃吧。”

说着就走出房去，到电话间给公司通话，假托家中有事，请假半天。回到房中，小樱已然吃完，正在漱口。见在梧进门，就问他上哪里去了，在梧道：“我向公司告假，好陪你说话啊。”

小樱道：“你现在做的事很好吗？”

在梧道：“还算有出息。”

小樱又问是什么位置，在梧把实在情形说了，小樱喜动颜色地道：“阿弥陀佛，你居然这样好了？真算我的命不错。”

在梧听着身上好似泼了冷水，直不敢听她再说下去，忙打岔道：“你还没说完呢，到了沈阳怎样？”

小樱道：“到了沈阳，我既没处投奔，身上又没有钱，论我跟着领家时做的行业，走到天边也不会挨饿的。可是我既然安心来寻你，自觉是你姓巢的人了，怎能再做给你丢脸的事？”

在梧听到这里，暗地又打了个冷战，含糊应道：“那么怎样呢？”

小樱道：“幸而赶上那地方时兴女招待，我就投到一家小饭馆，情愿照普通工钱少讨一半，才算得着个吃饭的地方。我苦熬苦修，只想存够到天津的车票就走。哪知饭馆掌柜混账，欺负我外乡人没有依靠，变着方儿克扣，一天落不下三两角钱。好容易攒下了十来块钱，我本想再做几天，对付个富余盘川，再制两件衣服，省得来到了丢你面子。哪知前天晚上，有两个马弁来吃饭，一阵胡乱调戏，我忍不住和他们吵起来，那马弁恼了，把饭馆给砸成稀烂，掌柜怪我惹祸，定要我白做三月工，包赔他的损失，还把我随身包裹扣住了，幸而我身上的钱没被弄去，我看实不能再忍，才空身儿跑出，奔到车站。可怜买完车票，身上还只剩一角多钱，在车上就花完了，还饿了半天，夜里下火车连洋车也没钱坐，就那么一步步挪到你家门外，又冻了一早晨……”说着似乎想起所受困苦，不禁眼泪直流，扑到在梧怀里道，“我不枉……到底看见你了。”

在梧情知她远道奔波，受尽千辛万苦，满腔悲痛，极需要自己温存抚慰。此际虽然非常感动，恨不得紧抱她狂吻一阵，痛哭一阵。但不知怎的，竟似暗中有什么东西拦阻着他，任小樱倒入怀里，仅能把臂弯虚拢着她的颈儿，不敢抱紧。喉咙中也似有什么东西塞着，只觉着心里虽有许多话，无奈是两种念头，互相交战。一种说出来对不住自己爱妻，一种说出来又怕小樱承受不住，倒弄得一语不发，只有落泪。这泪一半为小樱悲痛，一半却因非常为难逼出的急泪。

小樱呜咽一阵，抬头见在梧满面泪痕，就挣扎坐起，手儿仍抱住他的肩头，取出小手帕，替在梧拭着泪道：“你不必替我难过，我无论受什么苦楚，现在既到了你跟前，总算熬出来了。你如今又混得很好，还怕没我的好日子过？”说着自将面上拭干，又道，“你母亲现在享儿子的福，一定很康健的。当初在保定的时候，我年轻不守规矩，老人家很不喜欢我，你总记得我挨打的事。老太太曾不许我进你家门，大概到如今对我还没什么好批评，所以我宁可冻着，没敢上门寻你。可是你明白的，我从十八层地狱里爬出来，世上滋味都尝过了，绝不会再像以前那样，你得把我这种苦情，对老太太说说。老太太那样慈祥的人，定肯收留我，旧事不能提了，当初在保定时候，我父亲还没大阔，和你家门当户对，倘然你家能答应我们的亲事，如了我的心愿，我一定能给老太太做个好儿媳的，又何致逼得我倒行逆施，受了这些折磨啊?如今还是老天可怜，叫我又遇见你，把你还留给我，真是姻缘棒打不回，不过小樱已不是当初的小樱了。”

说着见在梧怔着不语，就道：“你觉着对老太太不好开口吗?你无论如何为难，也得去说，我除了进你巢家，就是跳河，没有第三条路儿，你总得救我。”说着又叹道，“可惜你的大妹妹颖葆死了，倘然有她在着，念着我们小时同学的情义，总能帮我。”

在梧听着她的话，只觉句句刺心，立起说道：“你现在可以随我出去吗?”

小樱道：“是不是到你家去?你不要先对老太太说一声，还是径直带我去呢?”

在梧摇头道：“我想给你买几件衣服，你身上太冷啊。”

小樱叹口气道：“我也只可累你了。”

在梧道：“何必客气?走吧。”

说着就唤茶房锁门，和小樱出离旅馆，坐车到法租界马路一家大新衣庄，买了一件毛绒大衣，两件旗袍，两身内衣，虽然不甚可体，穿着尚不难看，另外又量尺寸定制了两套。从新衣庄出来，又进市场买了鞋袜化妆品等类。小樱因一心想拜见未来的婆母，又和在梧商议，要去理发，在梧也不好拦阻，只得把她送到一家理发馆里。在梧料着理发需要很大工夫，想趁此到公司看看，小樱却拦住不放，定要他坐在一旁陪着。等到理完了发，小樱面上风尘尽去，容光焕发，虽仍带些憔悴，但因心中喜悦，满面春风，竟把旧时丰韵，重新显现，一颦一笑，都使在梧忆起当年竹马青梅的情景，不由心中更为难过。

小樱出了理发馆，向在梧道：“咱们快回旅馆，我换衣服，就到你家去吧。”

在梧不敢多话，只得漫应着，坐车回至旅馆，小樱进房，就抱着衣包爬上床去，把床帐放下，换好衣服，跳下又对镜重施脂粉，口中说道：“在梧，你料着怎样？老太太可容易说话吗？”

在梧觉得这可该对她说实话，不能再忍了。但料着这炮弹发出去，不知把小樱创伤到什么程度，又嗫嗫不敢出口，只嘘了口气，摇了摇头。小樱从镜中看见他为难的神色，把柳眉一皱，发出坚决声音道：“我也知道老太太不能向我，可是我已经把心狠了，这回来活是巢家人，死是巢家鬼。好在对老辈也没什么害羞，我去了把细情对老太太说完，就跪在她跟前。她不答应，我到死也不起来，即便她还不能信我，那也好办，我从此循规蹈矩，伺候老人家二年，再请老人家做主，那时若还不成，我也就认命了，哪块黄土不埋人？哪里的尼姑庵不许人修行啊？”说着就取起在梧外衣，替他披上道，“走吧，可是你也得帮着我说。”

在梧这时悄然说道：“你先坐下，我有话说，我……我怕对……对不住你了。”

小樱听了一怔道：“怎么……你这是什么意思？”

在梧立起，在房里踱了几步，立在窗前，不敢和小樱对面，鼓了半天勇气，才颤声说道：“你听了我的话，可别难过，咱们在银光戏院遇见的时候，因为时间仓促，我有很要紧的话，正要对你说，恰巧你被那男子唤走了。我回家细想，因为你约定来投奔我，更觉非把我的情形告诉你不可。第二天就又跑到银光戏院，没见你上台，我打听院中的人，知道你和戏院已然解约，就要出码头去。忙又赶到你住的客栈，你已上了塘沽，我连夜赶到塘沽，因为火车耽搁，到码头只看见你坐的轮船的影儿。我没奈何只可回家，直担心这些日，怕你赶来扑空了，哪知……”

小樱没等他说完，已着急插口道：“我现在可是已经见着你，怎么扑空？再说你那时着急追我，是为着什么？你现在这些话，我全不懂。”

在梧凄然半晌，才苦笑道：“咳，我不能不说了。”说完这句，仍然停住了，举手搔头。

小樱直瞪着眼儿道：“你可说啊。”

在梧才暗地顿着足道：“我要告诉你的，就是……我已经结婚了。”

小樱闻言，好似头颅从中炸裂，轰的声似觉身体飘空飞起，一阵天旋地转，随又坠入深渊。凝聚的目光渐变散漫，腿也失了支持身体的力量，徐徐软瘫下去。幸而身后便是沙发，扑地坐到上面。在梧瞧着，知道她受得太重了。千里迢迢，怀着火热的心情而来，如今迎头撞到了失望，谁又承受得住？

忙奔过扶住她道："小樱，你的心意，我全明白。无奈这事太巧了，倘然你我早一年见面，我绝对不会叫你失望。实在从小时候我已很爱你，别后这些年，我也没忘了你，你不信改日我给你看一个本子，我把咱们的事全记着呢。今年夏天，咱们在银光戏院遇见的时候，我才订婚不久，所以我赶到塘沽，就为告诉你这事，你投奔我来，无论要怎样帮助，都可以的，只是别怀着旧日的希望，我就怕的有这一天啊。你且不要难过，我总能把你当作妹妹看待，你的生活一切，全都归我担承。"

小樱这时才流下泪来，推开在梧的手，向他望望，酸着鼻子说道："这样说算完了，你几时结婚的？"

在梧道："不过十天。"

小樱拍着膝头道："我好糊涂，你家门口还贴着喜字，我就没想到。"说着又叹道，"完了，完了，我千辛万苦，到底成空。早知这样，哪里死不了啊？"

在梧忙道："你别伤心，我敢立誓，从此以长兄资格保护你，成全你，定要叫你得到顶好的结果。现在我多少有些力量，你放心吧。"

小樱听着，泪眼转道："我明白，你是打算先养着我，以后再给寻个主儿嫁出去，算成全我到底吗？"

在梧听了，没有说话，但态度已默认了。小樱咬着牙点头道："好，我明白。你觉着我这些年在外飘荡，经得人多了，已经没有真情。这次寻你来只为赖衣图食，由你随便把我打发给谁，我都愿意，是不是？"

在梧忙道："没有的话，你误会我了。我只是因为处在这无可奈何的境地，既不娶你，就得替你想……"

小樱接口道："想什么？你只是怕我连累你罢了。"

在梧听了这句，可觉有些扎心，着急说道："我若有这种意思，天诛地灭。"

小樱顿足道："你干吗赌誓？真不容人说话。"

在梧道："不是我着急，实在你太屈人心。我正觉着对不住你，你倒说我怕你连累。现在我的话完全作废，你想该怎样办呢？"

小樱立起，走了两步，到床边侧身躺倒，将手掩住脸儿。在梧忙凑到床前，低声慰藉。小樱哑着喉咙道："且不要理我，容我静静地想一会儿。"

在梧只得坐在她身旁，燃了支纸烟吸着，苏息麻木的脑筋，但仍怔怔地痴想。过了约一刻钟，小樱突然翻身坐起，拉住在梧的手臂，掬着满面泪痕，悲声叫道："在梧我想到头儿了，我也不死，我也不做尼姑，你也别认我做妹妹，也别向外赶我，我宁死也不离开你了。反正我这一个人，放在你面前，由你处治。做小婆也好，做丫环也好，就到你家去做粗活儿当老妈也好，无论怎样，只要不离开你就成。我就说到这儿，从此再不开口，以后全听你的。"说着把樱唇一闭，妙目大张，好似一个罪犯，正在法庭之上，将命运交给问官，静待判决。

在梧听了这番话，更闹得没了主意，大瞪两眼，不知所答。小樱等了半晌，忽地冷笑道："这样你再为难，我倒好办了。咱们从此分手，你不必再管我。"

在梧这时听着她万分凄恻的言语，感情上实已忍受不住。觉得小樱处境的可怜，对自己的深情，已然背之不祥，何况势逼处此，自己若再给她打击，说不定就许断送她的性命。而且人情恋旧，在梧这些年来，对这儿时情侣，原本念念不忘。今日看小樱如此颠连困苦，一心望着他收留，两行热泪，直如烈火，烘热了在梧的心肠，炙昏了在梧的理智，一时感情冲动，只觉非得安慰小樱不可，竟不顾仔细思想，就抱住她说道："你说这话，难道看我是没有心肝的人？现在我答应你了。只要你配着我已经结婚的人，除了不能和我女人离婚，重来娶你，以外你想怎样，我都可以答应。莫说你不会连累我，就是真害了我什么，我为你牺牲也觉值得。"

小樱见在梧说话时满面涨红，胸部鼓动，知道他是真情发动，并非妄许之言。就搂住他脖颈，流泪道："我知道你是爱我的，不过我的命苦，千盼万盼，紧赶慢赶，到底落到人家后头。可怜我只你一条指望，若再落空，我这一世就算完了。所以方才那样着急，倒像挤难你似的，其实我也明白你的难处。咳，你也别太走心，现在你既答应了我，我也不能定要怎样，就算这一世有了着落。"

在梧点头道："就这样吧，你且在这旅馆住着，等我慢慢打算。"

小樱道："可是这里费用太大，不是久计，你还得想法把我接回家去。"

在梧心想：我有什么法儿接你回家？只能在外面另住，多费钱财也说不得了。但这话不好对小樱说，只得漫应着。小樱才收泪转笑，和在梧谈了些别后数年中遭遇的详情，又问在梧结婚经过，和倩宜的性情一切。在梧听她提到倩宜，心中又打起鼓来。自己只顾现在答应了小樱，这恶因不知要结出什么恶果。小樱虽然甘心为婢，但自己绝不能那样待她，必然成为外室，这事既不能明告倩宜，诚实上已有缺欠。何况有了小樱，总要分去自己对倩宜的爱情，更觉愧对端庄淑婉的爱妻。再说那可怜的秦云，自己毫无迁就地把她抛弃，虽是颖芊从中阻隔，但仍由自己不愿为她损坏倩宜的爱情，才那样忍决绝。如今自己意志到底不能坚持，又收留了小樱，对倩宜仍做了亏心的事。小樱和秦云处在一样地位，待我一样情深，我竟然厚此薄彼，良心上又怎能自安？想着不由身上出了冷汗，但口中仍把倩宜的好处，都凭着良心说将出来。

小樱听了，面上渐现惨淡之色，低声说道："你真是幸福，得着这样好太太，她又有这样的帮夫运，一过门就催得你做了经理，和我一比，真是天上地下了。"

在梧情知小樱因听了自己和倩宜的情形，心里未免不大受用，才说出这酸溜溜的言语，倒觉难以回答，忙用别话岔开。又谈了一会儿，天到正午，二人一同吃过了饭，在梧见时候不早，把身上所余的钱，都给小樱留下，就告辞回公司办事。小樱听他要走，拉住恋恋不舍地问他公司几时下班。在梧自结婚后就新职以来，每日早出晚归，都有定时，早晨倩宜伺候他出门，日暮一到下班时候，倩宜又准预备茶水点心，等他归去。在梧生活在爱情的氛围中，无事绝不在外流连，公事一了，就赶回家中，去享受爱妻温存，补偿终日辛苦，更无一次迟归。这时听小樱询问下班钟点，就明白她是要求自己再来，自思今晨所作所为，已经万分愧对倩宜，晚上若再迟迟不归，累她在家悬望，更觉自己都不能原谅自己了，想着就沉吟答道："我六点下班，可是得回家去。"

小樱立刻红了眼圈，戚然说道："你回家以后，还能出来吗？"

在梧摇了摇头，小樱随着把头一低，半晌无言。在梧也觉对她不住，用手拍拍她的肩儿，方要软语相慰，小樱忽抬起头来，很爽快地说道："你去吧。"

在梧忙道："我明天午前一定来，咱们还一同吃饭。你自己若嫌寂寞，随便出去走走，看看电影听听戏都可以。"说着就指出几家影院戏场的名儿。

小樱听了摇头道："我哪儿也不去，自个儿歇着倒好。"随即替在梧扣上了衣钮，又把帽子弹净了递给他。

在梧虽知自己这时扬长一走，未免寡情，但又想倘和她缠绵下去，更没法走了。就狠了狠心，拥住小樱吻了她玉颊一下，道声明天见，转身就推门而出。走到楼梯切近，忍不住回头望望，猛见小樱由房中露出半身，向着自己的后影儿痴视，面色惨白，更显得眼圈和鼻尖分外地红。在梧便知在这一刹那，定有不少的热泪，从她面上拭去，不由心中抖生凄恋，几乎想重行回去，但终于狠住心肠，下楼走了。出旅馆到了公司，虽然照常办着公事，无奈心中异常纷乱，小樱的影子，时时涌现于字台之上、账簿之中。而且每一念到小樱，就同时现出倩宜的影像，互相映对，连秦云泪眼愁眉的模样也常摆摇于迷离惝恍之间。他渐渐公事办不下去了，只管扶头痴想，心内好像一个国家的议会似的，倩宜、小樱、秦云三党，互相搏战。起初势均力敌，以后想到秦云既去，自己薄幸之罪已成，何必再想到她徒乱人意？于是只剩了倩宜、小樱两个多数党，互为盛衰。他想以情而论，倩宜是自己爱妻，厚爱柔情，绝对不可辜负。小樱千里来投，受尽艰苦，已然令人感激，何况她此来是误会自己尚未结婚，意在自寻归宿，并非是图谋有妇之夫，诱我作恶，而且她知道我的实情，毫未相逼，竟不惜忍辱自卑，甘为婢妾，这叫我还有什么办法？倘仍坚意拒绝，便不致把她逼死，只在现时看着痛哭而去，恐怕终身要受良心责备，这遗恨永难补偿了。但只看在这一面，应许了她，倩宜那一面又将如何？倩宜把一腔热血全倒给我，过门第二日，把她的积蓄完全献给母亲，母亲不受，她反说了些子妇无私财无私蓄的圣人大道理，逼得母亲无法推让。其实还不是她看出家境窘迫，对母亲和我特别体贴。此外理家辛苦，奉母孝顺，事夫熨帖，和颖芊更好得情如胶漆。总而言之，我那行将败落、愁云惨雾的家庭，自得她嫁过来，平添了无限祥和之气、喜笑之声。她对我是何等恩惠？如今我竟在外偷营外室，报以欺诈，自问良心，还有丝毫人味吗？

这样想来，哪一面也不可辜负，但事势又绝对不能两全。当秦云问题发生，虽也难免惹倩宜伤心，但她还能原谅自己那意外的遭遇，是被秦云缠绕，处于被动地位，并非有意去拈惹邪魔。如今秦云的事才过去不久，突然又来了个小樱。若被倩宜知道，她定疑惑我当年荡子行径，丝毫未改，现在仍背着她在外拈花惹草，当然再难原谅，不定气成什么样儿。我无论怎样分辩，也难把这凑巧的冤家事儿，叫她相信。何况即使她相信了，也无法处置呢？如此一想，对小樱既必须收留，对倩宜又不能明告，除了隐密着把小樱养在外面，再无别法。问心也自知不该欺骗倩宜，不过斟酌缓急轻重，自己这样办法，固然使倩宜大受委屈，但若做得严密，绝对不漏风声，则除了自己良心痛苦以外，倩宜仍可在不知不觉中过她的幸福日月，毫无所损。若此际拒绝小樱，恐怕立时害她丧了性命，以受欺和丧命互相比较，再以一个已得地位，安乐度日的人，和一个沉沦苦海，急待救援的人，互相比较，就更觉得自己这不得已的行为，实在是处在这种境地中的唯一办法。即使换一位圣贤来应付此局，恐怕也没有别路可走。在梧这样对自己一加原谅，立觉心中安稳许多，但无形中把小樱的前途也算给决定了。

以后昏昏沉沉地办过了几件公事，到下班钟点，国材跑来说今晚银光戏院正演一部最著名的美国影片，名叫什么“天长地久”，看过的人都是赞不绝口。所以他想约在梧一同到外面去吃晚餐，再看电影。在梧听得银光戏院四字，不由心神一震，但这时自己的切身事还应付不来，正在愁绕萦心，怎还顾得娱乐？就辞谢了国材，走出公司。走在马路便道之上，脑中一直映着小樱临别时泪眼愁眉的影像，心里自然随而犹疑不定，不知是立时回家，还是上旅馆去。过路车夫见他这衣冠楚楚的少年，在道上徘徊，都上前儿揽生意。在梧因没有决定目的，沿路有车夫相问，都挥去不顾。

走了很大工夫，到了法界大马路，已是三岔路口，回家应该向东，到旅馆应该向西，这可到紧要关头，不容徘徊瞻顾了。他仍是没打定主意，立定再想，忽念小樱今日初来，自己把她抛在旅馆，虚室孤灯，凄然独守，未免太已寡情。现在总应该去坐一坐，只要不多流连，仍赶回家中去吃晚饭，也就两面俱圆，心中可以少安。想着恰值一辆人力车走过，就唤住了，说了旅馆地址，坐上去车夫拉起就走。在梧此际思想真太繁复，车子只转过一条路口，忽然又转念头，自思这是危险的预兆，自己本心原偏重倩宜，曾立誓直到地老天荒，也不能改变对她的爱情。今日收留小樱，本出于无可奈何，但小樱第一日来，自己就如此迷恋，早晨已说过不去旅馆，现在竟把持不住，又要去了。这样日久天长，自己岂不将小樱迷恋过度，对倩宜难免就要负心。凡事该慎之于始，今日不能自制，以后随波逐流，更不知将要伊于胡底。想至此，不由又把心一狠，顿足踏着脚板，唤车夫回头叫他不要拉到旅馆去了，随即吩咐转到回家的路，在路上强忍着不想小樱。

到了家门，跳下车付过钱，就直跑进去。先到母亲房中，见倩宜和颖芊都在陪母亲说笑，颖芊一见在梧，就笑着说哥哥今天回来晚了，比往日差了半点钟。在梧心中有病，不由悚然一惊，看了看墙上的大钟，已然到了六点三刻，就搭讪笑道："今天我下了班陪国材去买点儿东西，才耽误了时候。国材还约我去银光戏院看电影，我辞了他。"

倩宜插口道："你为什么不陪他去开开心呢？"

在梧还未答言，颖芊已望着倩宜一笑，似乎说你何必问他为什么，他还不是为你才忙着回来。倩宜瞧见不禁面色绯红，忙转过头去，问老太太要不要开饭，随手斟了杯茶递给在梧。老太太就说在梧才进门儿，等他歇一会儿喝杯茶再吃。倩宜点头，又暗对在梧使了个眼色，似乎叫他到新房去。颖芊虽然和倩宜非常和美，但姑嫂间时常互相调笑。天下做嫂嫂的，除了受小姑的虐待的一部外，即使双方感情极好，嫂嫂也逃不开小姑的啰唣，何况处在新妇地位，更是无可避免。

当时在梧正想起身，不料这情形又被颖芊看见，就笑着向倩宜道："你怎这么心急？晚吃一会儿，就算委屈着他了？"又叫道，"哥哥，你得先谢谢我，她把我的东西送人情可不成。"

在梧莫名其妙，就问是什么事。倩宜笑道："白天颖芊出门，买了一盒朱古力糖，给你分去一半，现在怕你回到房里，白吃了她的东西，所以先要你谢谢呢。"

在梧笑道："那么我先谢谢妹妹，糖等饭后再吃吧。"

于是大家谈笑一会儿，同吃过晚饭，在梧见人人面有欢容，满室喜气洋溢，不由又念到旅馆中孤灯独夜的小樱，心中一阵凄然，就溜回自己房中，倒在床上沉思。须臾倩宜走了过来，原来她是在堂屋中才擦过脸，来向妆台镜中重施粉泽，回顾在梧笑道："你困了吗？怎今天好像不大高兴似的。"

在梧仍倒着不动摇头道："我有什么不高兴？"

倩宜走到床前道："没不高兴，怎无精打采的？也许白天办事太累了，快起来，跟我吃糖。"

在梧道："我不吃，劳驾你把拖鞋拿出来，我换上。"

倩宜应了一声，原本在梧每日回家之后，倩宜总说他累了，不许他自己做一点儿事，连脱换鞋子，都照例代劳。但此际倩宜低头由床下取出拖鞋，方握住在梧的脚，要替他把皮鞋脱下，忽又住了手道："你不要换鞋。林国材不是约你看影片？现在八点半才过，你到影院去寻他恰好，何必在家里闷着呢？"

在梧想不到倩宜忽然提议叫自己出门，猛然起了个念头，暗想趁此机会去看小樱岂不正好，但立刻被良心把这念头压了下去，仍摇头道：“我不愿去。”

倩宜拉他起身道：“你去吧，没很大工夫。十一点半就可回来，我铺好床，你回家进门就睡，绝误不了明早上班。你怕一个人没趣，叫妹妹陪你去。”

说着就叫颖芊，颖芊闻呼走过，问什么事，倩宜道：“你哥哥要请你看电影，快换衣服去。”

颖芊听了，心中一转念头，自思夜里不能全行出门，把母亲一人抛在家里，自己若同在梧去，倩宜势必留守，论理他们夫妇新婚燕尔，正该一同出去稍寻乐趣，自己何必煞风景？但自己若说不去，叫他夫妇同行，倩宜也必不肯。想至此就使了个手段，笑道：“嫂嫂呢，你去不去？”

倩宜道：“你陪在梧去吧，我看家。”

颖芊道：“那可不成，你不去我也不去。”

倩宜此际和颖芊是一样思想，知道不能三人同去，但颖芊又这样要求，就骗她道：“好吧，你快去收拾，我也去看看，好在工夫不大。”颖芊闻言才欣然出去。

在梧向倩宜道：“你也快去收拾啊。”

倩宜抿嘴笑道：“我骗她呢，都去了谁给娘做伴？等颖芊换了衣服过来，我就赶她和你一块儿走。”说着替在梧穿上外衣，袋里装上手帕，等候颖芊。

哪知颖芊也是在骗倩宜，故意答应同去，叫倩宜自己收拾，她只回卧室躲了一会儿，随即过来，想造个必不能去的理由，倩宜自然不得不随在梧同往。颖芊打定主意，这时听倩宜一叫，就慢腾腾走过来，在门外先皱好了眉，才掀帘进去，哪知倩宜也打的是一样主意，听着颖芊革履声走近，就把手抚住胸口，做出痛苦的样儿。两人这一对面，直好像照着镜子，里外都是愁眉苦脸，又一样地没有修饰换衣。两人相望，都一转眼珠，全明白弄成英雄所见皆同，自己是失败了，好比猜拳，双方伸同样的手指，全喊对手，谁也不能赢谁，只可对饮一杯。但两人还都希望最后胜利，心里虽充满了笑意，但全忍耐不发。

倩宜先哎呀了一声道：“你怎还不换衣服？再耽误就晚了。”

颖芊坐到椅上，娇怯怯地道：“我忽然头疼，想早睡觉，你跟哥哥去吧。”

倩宜道：“头疼怕什么？出去得些空气就好了，我这不是也犯了……”话未说完，颖芊早见她手抚胸口，就抢着道："你准是犯了胸口疼，这病我会治，我一走你就开胸顺气，立刻好了。"

倩宜本来爱笑，这时再忍不住，扑哧笑出声来，指着颖芊道："别装着玩，你的病我也会治呀。"

颖芊闻言也矜持不住，咯咯的笑起来，两人互相望着，都想怎这样巧法，谁让都说到一条路上去，迎头倒撞钉子，越想越笑个不住。

半晌倩宜才又说道："妹妹别笑了，快收拾吧。说实话，咱们不能全走，你就跟在梧去，我在家里陪娘。"

颖芊道："那为什么单得你陪娘？我还愿意在家纳福呢。"

二人这一推让，更弄成僵局，谁也不能去了。在梧这时把帽子掷在床上道："你们尽这样搅，我也不去了。"

倩宜本为叫丈夫出去开心，忙道："为什么呢？你还是同妹妹去。"

颖芊也早看出倩宜的意思，就道："我说痛快话吧，我们俩今儿谁也不去了。少奶奶一上妆台，起码一个钟点，没的跑到电影院看晚安二个字去。"

倩宜插口道："你少挖苦我，姑奶奶上妆台，打一道眉，还不得半点钟？"

颖芊道："随你说吧，反正都不去了，哥哥你快自个儿走，够时候了。"

在梧道："我也不想去。"

颖芊道："你非去不可，我还要嫂嫂替我做枕头面儿。你一在家，她就脱懒了，快走吧。"说着就替在梧戴上帽子，不容分说，推他出门。

在梧想不到因她姑嫂戏逗，倒闹得自己被逼出门。只可任颖芊送到门外，颖芊关上街门，自进去了。在梧昏昏沉沉，走到巷外，不禁又把这个去看小樱好机会的念头，又提起来，但他方自倩宜热爱弥漫的环境中走出来，似乎身上温香尚在，心头甜味犹存，立刻自责不该做此昧心之想，决意不到旅馆。又走了几步，自思这时回去最为稳妥，但又怕给姑嫂不悦，转念不如规规矩矩到银光去看一场电影吧，国材必在那里，和他同座谈谈也好。想着就叫来车子坐上，直到银光影院，一进门见迎门的钟已到九点二十分，知道里面已然开演，就依素日习惯，买了张前排票子，走入场内。由茶役引导，坐到合于目力的地位。坐了下去，见幕上还映着新闻片，什么国政党首领的竞选演说，好似颇有宣传意味，不怕冗长，把全部演说情景，都给映现出来。这在他们本国，或者被认为有意义的事，但到了国外，就变成了对观众的一种虐待了。

在梧看着觉得没趣，就燃了支纸烟吸着，举目向左右张望。见座客拥挤，总有六七成座儿。不由回想自己夏天和倩宜同来看西洋梅兰芳和东方黛丽娥时，院中的特殊情状，随又忆起小樱在黑影中呼名相试，叙旧未终，匆匆而散，和次日自己重来寻访，曲终不见的怅惘情形。这一思想，不由又神游旧梦中了。幸而隔了不久，正片已开。因为这天长地久的影片，情节婉折、意致哀艳，和主角们的表演神化，竟引诱在梧的全副精神注到银幕之上，直到映出休息二字，满院灯光俱明，在梧才想起要寻觅国材。素知国材观影常坐后排，就不暇他顾，坐着转过头儿，向后张望，却不见国材的影儿，心想他或者因为无人做伴竟未前来，如今自己反而到了，未免对不住他，明日该向他道歉。正在想着，这时观客已纷纷离座走动，或入厕所或向茶点部，在梧因转身向后自然把一只腿伸得很远，阻碍了过往人的交通，忽听身后有很低的声音，说道借光。在梧忙回身见有个女客，立在身旁，低首视他，连忙坐好，将腿缩回，那女客就走了过去，在梧无意中一望她的后影，不由大吃一惊。

正是：孽缘牵惹，无所逃于天地之间；苦恼侵寻，何莫非因果之报。

后事如何，下回分解。

第九回

夙业都因情伤心难辨三岔路
绮怀无可忏销魂忽得一封信

话说在梧在影院中看见的这个女客，原来正是小樱。在梧心里跳着，暗想自己竭力抵制，不到旅馆，竟而在这里又和她遇上了。她白天曾说不肯出门，怎这时又到了影院？我早晨才陪她理发，为她购衣，万万不会认错。只是她既从我身旁经过，又曾开口说话，总已看见了我，却怎又匆匆过去，不相招呼呢？想着正在惊疑不定，只见小樱又低着头，从原路回来。看情形她必是坐在在梧身旁不远的位上，休息时前去更衣，故而匆匆往返，现在回来，仍得经过在梧之前，方能归座。在梧见她将到近前，仍不抬头，只把眼看着地下，就有些忍不住了，把腿仍伸直了，拦住她的去路。小樱到他身旁，自然看见这阻路之物，却仍不抬头看这腿的主人，只低声又道了句借光。在梧才明白她是早看见了自己，故意往返经过，并不瞅睬自己，只要自己看见她，这里面或者隐有调逗或负气的意思，就仍把腿伸着，也不开口，试看她下文如何。小樱接着又道了句借光，见那腿纹丝不动，似乎打算把交通阻碍到底，居然也不和他怄气，转过身又走回去。这时旁的座客却把在梧当作流氓，以为他是有意调戏女子，全愤愤地瞪着他。但同时又觉得这女子太柔懦了，居然忍气吃亏，若据理和他交涉，大家都要起而相助，给这流氓一点儿惩罚。哪知小樱转头一走，在梧也随着站起来，跟在她后面，小樱听得身后脚步声，立刻明白是在梧跟来，就向前排角上座客稀少的地方走去。在梧抢上几步，和她并行，伸手挽住她的玉臂，仍向前行。小樱侧面白了他一眼，一语不发。

在梧也没开口，拉她到角落上，一同坐下，才道："你怎么也来了？"

小樱低着头道："许你来就许我来。"

在梧一听腔儿不亮，忙道："你不是说不想出门吗？"

小樱道："我说话本不算话，您巢老爷又是晚上绝不能出门的，我就不在旅馆，也误不了官差。”

在梧情知她是因为自己曾说晚间不能出门，如今竟在电影院发现，当然埋怨自己既能来看电影，怎不能到旅馆去看她。在梧今日直是到处亏心，方才守着倩宜，既对倩宜抱歉，这时见着小樱，又对小樱怀惭。一听她说道负气而又委屈的话，不由满面通红，自觉无心对她，只得说谎道：“你不要怪我，我实在是因为被公司中一位同事从家中强约了来，若是我自己出门，怎能不到旅馆瞧你?”

小樱哼了一声道：“你的同事在哪儿呢？别骗我。方才你来的时候，正从我身旁挤过。你才从亮处进来，两眼一抹儿黑，什么也瞧不见，我在暗里见了，看你可清清楚楚。你进来直向里闯，又哪像寻人的?”

在梧忙道：“我知道黑影里看不见，只得先寻个地方坐好，等休息时再寻人啊。”

小樱呸了声道：“好，你的理儿对，只怪你的同事，从家里把你强邀出来看电影，他可又躲开了，害你乱找，只怕今天未必见得着吧?”

在梧听了，更觉刺着心坎儿，虽料林国材多分在这院中，可以把他寻来做证，心平小樱之怒，但又恐林国材近来常与家人来往，他见着小樱，万一看出情形，以后传到颖芊或倩宜耳里，更是麻烦，就不敢多说。只低头认罪道：“你别生气，我今晚到这里来，实在是和我内人、妹妹约定的，只为她们都梳洗没完，叫我先来。我来了就得老实等着，她们到这时候还没影儿，八成不来了。这话你一定不信，可是我敢赌誓，绝不骗你。”

小樱沉着脸儿道：“我怎敢不信？不过你的变化太多，一会儿就是两套词儿，叫我信哪一套啊?”

在梧被她问得闭口无言。这时忽然灯光尽灭，影片继续开映。在梧向她耳边说了许多告罪的话，小樱只是不理，在梧无奈，便去握她的手，想再竭力慰藉，哪知手方相触，只觉一件湿漉漉的物件，挨着指端。小樱急待把手躲开，在梧急忙握住，才知她手中是一条手帕，已然半湿，不问可知她已哭了半天。在梧心中凄惶万状，忙又轻轻推着她的肩儿道：“好妹妹，你不要难过，千错万错，都是我的错，我……我……”在梧说到这里，猛想到在此际小樱已认定自己待她没有真情，故而如此悲痛。自己只空口说白话，求她原谅，没有一点儿事实表现，她定还当是巧语花言，绝不相信。但在这大庭广众中间，自己说话已苦不便，更没法做进一步的慰藉。为今之计，只有立时陪她回旅馆去，破釜沉舟地加以解说，或能使她意转。但又恐同她一到旅馆，便难抽身出来，可是又一转想，此际便不陪她同去，少时散场，也不能抛下她不管，恝然自行。小樱这人虽然情意缠绵，但性近刚烈，又善负气，现在已受了很深激刺，若再冷淡下去，不加温存，恐怕她就要伤心绝望，回去不定闹出什么事情。飘然而去，还算好的，生了短见也说不定。

在梧想到此处，又觉得小樱身体微微颤动之间，随有一滴泪珠落到自己手背之上。这滴泪似比电力还大，催得在梧霍然立起，方要拉小樱起行，忽又坐下，取出自己手帕，扳起小樱的头儿，替她拭净了泪，低声说道："咱们回去，快弄干了脸，看出去被风吹坏了。"

小樱半晌才道："你回你的家吧，咱们不是一路，何必拉我？"

在梧忙道："咱们为什么不是一路？我送你回旅馆去。"

小樱道："不敢劳动，你自己请吧。"

在梧道："好人，你多看一步，有话回去再说，在这儿叫我怎样呢？"说着拉她便向外走。

小樱道："你等会儿，我也得擦干了眼哪。"

在梧等了一会儿，小樱在暗中取出粉盒，重匀了脸，才同他走出。到影院门外，就雇车子直回旅馆。进到房中，小樱自有一番悲怨，在梧只得一味软央，说实在是和颖芊、倩宜约定同赴影院，她们定是因耽搁太晚，所以没去。自己第一次说是被朋友所约，虽是说谎，却是一片苦心，恐怕对你提起倩宜，要惹起伤心，故而如此。小樱听了，仍是不信，但已止住哭泣。

世上最可怜的，莫过于男子处在家鸡野鹜之间，还要两边瞒哄，都不能说真话。即使最有道德的人，也不能保守自己良心上的信用，而且一步错，步步错。第一次说了谎话，第二次就仍得重造妄言，以圆第一次之谎。如此下去，可以使一个人长久落到妄语的罪恶里，不能自拔，把聪明才力，都虚耗在空惚楼阁之中，苦恼万分。等到习与性成，这个人一切言动，都不会有一点儿真实成分，就算整个道德破产，堕落下去了。在梧是初落到这种境地，只觉自己几乎成了说谎专家，随时随地都不能说真话。倩宜是自己最亲的人，对小樱也不能说不爱，但自己竟必须昧着良心，欺骗她们，以维持局面平安，否则恐怕便要发生变故。这样日久天长，不特精神上太已痛苦，自问良心，又成个什么人？而且如此左遮右掩，终究春光有泄露，闹到不了的日子。

但在梧这样想着，但为维持现状，仍得继续向小樱说着谎话，但小樱总是惨黛愁眉，芳心郁结。时候却已到了十一点过，在梧又把心悬起来，觉到已至电影散场时候，应该回家了，但小樱这里尚未告一段落，怎能便走？在梧希望在最短时间，能够把她哄好，赶着回家，即使稍为晚些，也可托词同国材宵夜小饮，对倩宜掩饰过去。小樱那里见在梧精神恍惚，又不住看表，知道他急待回家，心中更气，就倒在床上，闭目装睡，任在梧说尽千言万语，只不作声。就在这时，忽听外面甬道上的大钟，当当地敲了十二点，在梧心更焦灼，说话声音都变了，似乎喉咙津液都被急火烧干，语声涩中带颤。小樱突然咯的一声，翻身坐起道："傻人，我逗你呢，瞧把你急得这样，我哪有这么大气？得得，天气不早，你该回去了。"

在梧见她态度变得太快，反而生疑，瞠目望着她道："我……我不忙……你可真能原谅我吗？"

小樱说了句"咱们是谁和谁，哪说得到原谅"，就立起到镜台前，拭面扑粉。在梧凑到身旁，低声说道："你应该明白我对你的心，咱们从儿童时代，就互相恋爱，你为我受过无穷苦楚，我当时不觉，过后很自己亏心，你不信明天我把那本记事册子带给你瞧。现在上天见怜，居然叫我们到了一处，得偿多年的心愿，凭良心说，我是快乐极了，不过这事阴错阳差，你只来晚了些时，我竟先结了婚，因为倩宜是我母亲承认的媳妇，又是颖芊做的媒人，家庭中……这情形你总想得出来。倘若我在这结婚不久的时候，有了意外心事，倒不只怯着倩宜一人，我母亲和妹妹，怕都要对我不依。那么不止把家中闹得天翻地覆，而且事情弄僵，你的希望，更不易实现了，所以我不得不避讳些。"

小樱道："谢谢你的好意，我不敢再耽误你的工夫，快回家吧。"

在梧一听她的腔儿还是不亮，就道："你还不能原谅我吗？"

小樱道："你是越说越远了，年轻轻的人，脾气这么黏缠。我说这事过去就算过去，你何必还剌剌不休？我也很知道，咱们的事不能着急，往后日子长了，有话明天说吧。"

在梧听她居然又说得很豁达，又看着时候太晚，再说下去，到明日也无了局，只得狠了狠心，暗想这一局今天总不能了结，只可就此告一段落，等明日来时，再对她仔细解释吧。当时就抚着小樱道："我走了，你也睡吧，我还有好些话，等明天午间再来和你谈吧。"

小樱又叫道："你回来。"

在梧回来到她面前，小樱面含浅笑，举手道："瞧你慌地把围巾都落下了，外面起风很大，出去不冻着吗?"

说着将围巾拿起，替在梧缠在项上，弄得熨熨帖帖。这时两人正脸对脸儿，小樱对在梧脸上仔细端详，忽地眼圈一红，眼珠一亮，冷孤丁地抱住在梧的头，把朱唇挨到他的颊上，连接了两个吻，那情形热烈非常。本来她一直在冷静之中，突然有这种反常情形，在梧自感觉十分奇怪，又见她接过吻后随即低下头儿，摆手叫他走。

在梧怔了一怔，猛然心中似得一种预兆，由小樱的离奇举动，倒觉她此际必然隐藏着一种念头。对自己的走，并不视为暂时离别，或者她认定自己对她没有诚意，决无善果，所以伤心负气，预备从此相离，或者灰心绝望，将要腾讯五浊世界，一了百了，才含而不露地做出这小说意味的举动，暗示将要永别。偏巧在梧也是个有小说意味的人，所以很敏锐地感觉出来，料着今夜是不易平安回家的了。本来看这情形，实应该留在这里，与小樱鱼水成欢，以整住她的心，免得生出意外，日后追悔不及。但转想愁着家中无法交代，于是辗转为难。又盼望自己是神经过敏，小樱并无那样不好念头，自己好得回家，无奈这时既不能向小樱询问是否有此，那样她即便存着求死的心，也不会对自己说实话，而且更不能等待证明。因为若想知道自己所猜的是否属实，必须明日方见分晓。可是明日小樱走也走了，死也死了，想挽回也来不及了。在梧在这一霎间，真可以愁白了头发，几秒钟内就寻思了十多个来回。回家去呢，怕小樱这里出事；不回去呢，对倩宜既苦心亏，又无话讲。最后才在那相对的两难题中间，得了一条消极的道路，就装作对小樱的情形没有看出，仍然矜持着，还了她一吻，又叮嘱了两句早睡的话，就匆匆走出。小樱也没有送他，他到了门际，回头看看，小樱好似知道他必仍回头，预备下一副很喜悦的脸儿等他目光。

在梧出门，把门儿带上，就下楼出了旅馆。他此际头脑已然昏了，打的主意十分可笑。他看钟将到一点，心中打算，倘再过两点再回家去，对倩宜还有词可托，而且只算归迟，不算在外过夜，良心上可以少安。恐怕就难免弄到情不自禁，和她由缠绵而绸缪，只一投怀入抱，共枕同衾，就要应了欢娱夜短的古语，必然停眠整宿，无论自己未必舍得再走，即使能够忍心，在欢情正浓的时候遽然起别，在小樱恐怕伤心更苦，倒不及不停留了。所以宁可在外面等候这两点钟，到三点再进旅馆来，悄悄看看小樱。倘然她已然安眠，并无动作，可知今夜不致有什么意外，自己就赶回家去，对倩宜假说公司有什么紧要公事发生，不但夜里忙了半夜，早晨还得早去料理，这样明晨便可在六点前离家到旅馆，拼着再告半天假，去温存小樱于起床之前，再陪到中午以后。有这长时间里，也足可浓释今宵怨憾，研讨以后行藏了。在梧如此打算，也觉这是很笨的办法，但因脑筋已乱，不能深思，只得拼着自己受苦。出了旅馆，就在大街上巡游。先只在旅馆楼前徘徊，仰望楼窗，只见二层楼上有五六个窗子，尚在灯光明亮，却指不出哪一个窗内是小樱所居。仰望半晌，心中忽起一种奇想，自思小樱会不会以真因绝望而图自尽，她倘然真有求死之心，会不会开窗跳下，学做坠楼的绿珠？这样一想，就好像见中间一个窗户向外推开，不自主地张手向空，似乎要接抱坠下的人。再细看那窗子，仍关得好好的，也不见有人影，才哑然自笑神经过敏，目光也随而迷离了。又踱了一会儿，这夜里秋风甚峭，寒似初冬，在此乍冷时候，似乎比三九的酷寒还有威力，使街上好像军阀时代大帅出行一样地断绝行人。大约有钱的人，此际已是锦帐香衾、佳肴美酒，享受饱暖之福。没钱的穷人，大半棉衣还存在质库之中，仓促未及赎出，自然早早躲在房里，不敢出门，所以街上分外清冷。

在梧徘徊着，只顾全神上注，并没注意这街上除了偶有汽车来往以外，只有他一人和站岗巡警遥遥相对。时候稍久，那巡警竟不感激他伴守的盛意，反倒认为形迹可疑。但因看他身穿西装，气宇轩昂，不敢上前干涉，就把活动的范围，渐渐向在梧立处移动。在梧听得革履声响，才看出这位警士大有亲近之意，知道自己已被他注意，不敢再留，就徐徐走开，转入岔路。在路灯下看了看表，原来才过了十几分钟，心想在小樱房里，时光那么快，就是两点钟。现在风寒夜静的街上，光阴又过得这样慢，觉自己立得腿酸，仰得头痛，满以为耗去不少时候，哪知竟连一刻钟还不到。不由又意马心猿，几乎要回旅馆去，又想要回家去，继而觉得到哪里去都不安，只可仍在街上走着。在寒风中直吹了两点钟，才又回到旅馆，上楼到小樱房外一看，见房门关得紧紧的。在梧才爽然若失，知道自己打算得没道理，现在小樱关在房中，她有什么动作，如何能够看见？如其敲门进去，又怕不能出来，这样不是来和未来一样吗？只可退一步想，溜到茶房所居的小室内，说出小樱所居的房号，问房内客人几时睡的，并且有什么动静。

这一来竟撞了钉子，茶房向他说道：“客人不叫我们，我们不能进去，哪知客人几时睡的？”

在梧道：“我只是随便问问，因为那位女客是有病的，我不放心。”说着取出一块钱来，递给那值夜班的茶房。

那茶房立刻改了笑脸，似乎误会在梧是别有用心，要对那女客做暗地考察，就问道：“您既来了怎不……是不愿意自己进去吗？”

在梧听了一怔，不解他何以猜透自己心事，就点了点头。茶房道：“您可是要知道那位女客睡了没睡，在房里不在？”

在梧更觉吃惊，只疑他的眼睛里有爱克司光，看穿了自己的隐意。其实茶房常常遇到这种事情，不是老翁来捉爱妾的奸，就是丈夫来访妻子的秘密，连女人来考察男子的也有，只于像在梧这等特殊情事，倒是他们所料不到的罢了。这时在梧满怀惊诧，又点点头。茶房拿着手里的洋钱，眼望在梧道：“您自己进去看看，不就明白了？”

在梧知道他这是表示可以代自己去探视，却要讨更重的酬谢，就又将手插入袋内道：“你去替我看看，我再给你两块钱。”

茶房含笑道：“我可只能在外面问一声，客人在里边不在，睡了没睡，别的可不能管。没人家吩咐，我不敢进去啊。”

在梧点头道：“好，你就去吧。”

茶房道：“您可得跟着，到门外听听，要不只凭我空口白话，怕您不信。”

在梧道：“你怎样问呢？我不愿被她看见。”

茶房道：“我们还有什么出手儿的？只能在门外问茶水，您就跟着，听里面说话好了。”

在梧听了，挥手叫他快去，自己跟在后面，走未几步，已到了小樱住房门外。茶房看看在梧，就举手弹门，立刻听里面小樱问道：“谁呀？”

茶房道：“我是茶房，您要茶不要？”

小樱道：“我没叫人啊？半夜三更的，怎么回事？”

在梧听小樱语气，知道她孤宵长夜，还自无眠，料到百转柔肠，幽思正苦，不觉心下凄然。那茶房瞧了瞧在梧，皱皱眉头，似乎说向来对客人这样额外殷勤，总可博得欢喜，却不料遇见这位女客，竟撞了钉子，就答道：“我瞧着您房里灯还亮着，又赶上锅炉正开，就要添水，所以来问一问，再过一会儿您要开水就没有了。”

在梧见茶房答复得甚好，又加自己所要知道的已然满足，忙对他使眼色，叫他快行退却。哪知就在这时，只听房中说道：“这样你就再给沏壶茶来吧。”说着就听革履声向门际走来。

在梧知道小樱要来开门，恐怕她要一向外张望，看见自己，急待躲闪，但在微一怔神儿，脚步趑趄之间，门已开了。茶房这时却很聪明，急忙走入，不料小樱却已探出半身，将手中茶壶递了给他，在梧在这时忙要溜走，但已来不及了。只听小樱唉了一声，似乎自地道：“你……啊。”

在梧忍不住一回头，正和小樱的目光相接，这时她探着的脸儿，正向着在梧，满面露着惊诧之色。及至在梧回头看她，她已看准确是在梧无疑，立时脸儿一沉，霍地缩回身子。在梧因自己被她看见，事已弄巧成拙，若再溜走，那就给她万分难堪。原来可以无事的，由此也必生绝大波澜了。就再顾不得许多，急忙飞步赶去。正值小樱向里面关门，在梧叫道：“你别关，我进去。”

小樱不答，只竭力推门，在梧挤开一点儿门缝，将脚伸入。小樱力弱，到底被他挤了进去。在梧到了房内，随手把门关上，就见小樱向桌前奔去，在梧眼光由她肩际射到桌上，看见桌上放着笔墨，还散放着几张纸，已写满了字。小樱正伸手忙着拾取，在梧立时就明白了，小樱安的什么心意，纸上写的什么言辞。就伸臂去抓那几张纸，但小樱到桌前，已抓起两张。在梧身体较高，手臂较长，在她身后要抢她手里的纸。小樱急忙把手向下躲避，在梧倒收了声东击西的结果，把桌上所余的两张纸，抢到手里。

小樱将身一转，满面唯罩了一层霜气，恨恨地道：“你巢大爷回府安歇，半夜三更又来察考我做什么？我头一天住到这里，就想当野鸡拉客人，也没这么快呀？”

在梧顿足道：“真糟透了，我会引起你这样的误会。”

小樱咂着嘴道：“啧啧，你别说了，我才明白你是这样心眼儿。”

在梧急得痛骂自己：“你全是误会，我简直混蛋一个，绕着弯儿把自己弄成八面不够人，这不是倒了大霉？你先别生气，等我慢慢地说，现在我都真要发昏。”

小樱道：“不管你说什么，先把抢去的纸还我。”

在梧情知那纸中必有重要言语，自己由那纸上便可知道她现在的心意，自然不肯还她，就道：“你给我看看，又怕什么？”

小樱道：“你要讲道德，不要看我的私信，我告诉，那是我给别人的情书。”

在梧这时满没把她的话听到耳里，只想着怎样能先看了纸上的文作，然后同她说话。正在这时，茶房在外面敲门，说送茶来了。在梧忙跑过去，把门开了道缝儿，探出半身，叫茶房把茶壶放在地下，随手向袋中一抓，就把那两张纸儿抓了出来，还带有几张钞票，忙把钞票给了茶房，挥他快去。就把一手扳住门边，一手擎着那纸儿，草草一看，原来他抢得的竟是小樱所写的信的第一张，此际不能逐句细读，只把眼光上下一溜，见虽然是写给自己的，上面说我对你很能原谅，并非你不爱我，实在是你这人情有独钟，把爱情已全副给了夫人。我倘能早来，一样也能得到你夫人的同样幸福。如今万事都已完了，我看你对太太那样好法，实不忍再扰乱你的家庭，所以明天便要走了。第一张写到此处为止。再看第二张，竟是白纸。

这时小樱在房内，已看见在梧探身到外面看她的信，就在里面竭力地拉他臂膊，但被在梧把门扯紧，直到看完，方才把手松开，拾起茶壶进去，关好了门。小樱将牙咬着唇儿，斜着白眼，表示无限恨意。在梧看了看她，先把茶壶放下，把信纸递到小樱手里，才拉她一同坐到床上，凄然说道：“小樱，我看过你的信了，你不错，对我这样的荒唐人，是应该绝望的，我太叫你伤心了。”

小樱冷笑道：“我本没什么伤心，现在你这一来，更叫我心里好过了。”

在梧按住她肩头道：“亲爱的，你且听我说。今天实在我太糊涂，还自觉着是聪明，才闹到这等地步，真恨不得自己打一顿嘴巴。现在我先罚誓，我心中若不爱你，叫我死无葬身之地。”

小樱顿足道：“我不爱听这话，你少说。”

在梧不理她的茬儿，仍旧接着道：“我还得把细情告诉你，就是从今天咱们一见面，直到现在，我所转的念头，所做的事情。你听了也许更怨恨我，也许能原谅我，那就全在乎你，我也顾不得许多了。从现在开口，敢说没有一字虚假，我已经受了说谎的报应，若再骗你，也一样地中誓。”

说着就把当日一切经过，都直说出来。连他怎样因不愿辜负倩宜，已拼着今夜决不出门，怎样被颖芊硬推出来，他怎样仍决意不到旅馆，以后影院相遇，送小樱同回，仍不肯在外停留，才忍心告别，但又怕小樱因怨愤出什意外变故，才在外面游行到夜中三点，打算进旅馆探探，若见小樱安睡，便自回家，到明早再来相聚，一切一切的都直说出，毫无隐讳。

说完又道："你听了，也许怨我太偏向倩宜，太冷淡了你。但是你替我设身处地想，我结婚不得半月，就忍心把夫人抛下不理，在外和别人停眠整宿……"

小樱听到这里，忙插口道："谁留你停眠整宿，别说这不要脸的话吧？你既然怕对不住你的太太，早就该回家，干吗这时还在外面飘荡着，叫你那宝宝贝贝的倩宜，不是更担心吗？"

在梧听了，勾起心中的委屈和所受的艰难，又想到这时倩宜此际不知如何悬望，小樱这里还得不着谅解，不由一阵心酸，潸然泪下。小樱此际双眼注着在梧，见他流泪，忽把目光转至下面，瞧着自己的鞋尖，默然不语。她的鞋子，本是黑色高底革履，凝视许久，似觉鞋尖变作红色，初以为是目光迷离，细看方知是自己的鼻头也已红了，随觉心中一阵动荡，不由肩头一耸，轻轻嘘出一口长气，向在梧瞥了一眼，就一转身，面向床里躺倒。在梧正在怔着，看见她的神情，似乎稍有见谅之意，又见她那亭亭的身躯，这一卧倒，更显出丰满的曲线，不觉心中一动，回想到十年前在保定和她初识时节，两小无猜，形迹亲昵，时常在偎倚之间，感到她身上有一种迷人的气息。当时不知所以，过后方晓那是处女所独有的热烈而含蓄的春情，及至她和别人逃走，被捉归来，自己在巷口遇见她，就觉得小樱似乎比以前变了，但变到什么样儿，也只能空存想象，不能实际领略。如今又隔了十年，她已是花信年华，少妇风韵，又到了我面前，并且已死心塌地地归属于我了。在此暗室深夜，一灯双影，我对着十年前的情侣，如何还能忍受她这愁眉泪眼，幽怨春情？这时在梧几乎要不顾一切，灭灯登床，且了今宵公案，把千灾万苦，都付明朝。但是在立起去锁门灭灯的当儿，猛又在眼前映出一幅图画，似瞧见倩宜穿着紧身梅红小袄，坐在床沿，正低头侧耳听着外面，一灯沉沉。瞧着她的倩景，又好似瞧见她正开着临街窗户，探头向外在夜凉风峭中，正凝伫巷外来车，立时把心又移回家中。但回头看看小樱，见她声息俱无，悄然如睡，深知她表面虽然极静，内心不知如何沸腾。看方才的情态，似乎已对我有几成原谅，只待我抚肤温存，就可以言归于好，此际她的心灵，也许正在望我去交感，她的身体正等待我去拥抱，但只和她一相接触，就算决定不能回家了。

想到这里，暗自切齿，骂道："我又回到循环小数的阵里了，这样来回寻思，只要她不理我，我可以犹疑明天晚上，还是不能解决，那更加倍地两面不够人，更加倍地冤枉了。现在我不管怎样，快打定主意吧，但是这主意向哪一面打呢。”在梧虽然痛恨自己犹疑不断，闹个归齐，还是停留在这个阶段，只瞪着墙壁发怔，心里烦闷得似将迸裂，觉得房中好像空气都变成固体无法呼吸。茫茫然地走到窗前，把窗开了，方要把头儿探出去清爽一下，不料窗户开处，一阵寒风，吹送几丝雨滴，落到他面上，身上悚然觉寒，急忙把窗子关上。回顾见电灯经过风吹，尚在微摇，灯儿也和方才两样，分外白得凄冷。在梧猛想起雨落天留客的话，又想到这几点雨也可成为不归家的口实，立刻把牙一咬，暗地顿了顿足，就回过身去，到门前咯的声把锁簧扭上，随即捻灭电灯，趁着勇气未退，就扑到床边，想要先来个软玉温香抱满怀，然后再及余事。

哪知张臂一抱竟然扑了个空，在梧不禁咦了一声，伏在床边，向里再行摸索，仍是空空如也。这时就料着小樱必是自己去锁门灭灯时，躲到床边附近地方，但不解她何以如此快法。就转身向床旁采觅，立闻身旁有脚步细碎，衣声窸窣，似乎小樱从床和墙中间的缝隙跑开，向房中另一隅避去。在梧只觉她身体带动的风，还拂到自己面上，伸手一抓，并未抓着，方欲重新去捻亮灯，使小樱无所遁形，但一转念，又觉这样暗中摸索，分外意味深长，若一亮灯，就仍面面相观，使小樱又有许多做作。好在这房中方丈之地，还怕捉不着她？想着就闭目定了定神，这房中的墙壁家具，多是浅色，小樱又穿着深棕色旗袍，在梧在黑暗中凝视须臾，便已瞧出左面墙角，有黑影立着。便也故意戏逗对小樱报复一下，装作并没看出她在那里，先向别的地方摸索，渐渐凑到她近前，只停在二三尺外，使她不敢移动，但盘马弯弓故不发的，将两臂乱挥着，一分一寸地向前逼近。小樱这时等于儿童捉迷藏的心理，明智就被他捉着也不是坏事，却只免不掉一种恐怖的感觉，散布全身。见他近前一些，精神就紧张一点儿，把两臂高举着，似乎想要缩入墙内，及至在梧的手指，将触着她的衣服，竟忍不住呀的声叫起来，随又咯的一笑。在梧所希望的就是她这一笑，知道一天云雾，已经散去半边，入到最有利阶段了，就扑向前很鲁莽地将她抱住，挟着那笑得酥软的身躯，放到床上，自伏到她身旁边，重重接了个长吻。在梧这时觉得小樱业已百体松弛，似乎感觉震动到了极点，毫无自支之力，料着此后全是自己的天下，可以把小樱完全控制，方才艰难交涉的苦酒，业已饮尽，从此就算举起快乐之杯，享受今宵的浓情蜜意了。

哪知事情大出意外，小樱被他吻着，其软如绵，两人的嘴儿互相闭塞，全都不得说话，乃至在梧觉得应该和她谈心了，把嘴才离开她的唇儿，小樱突然把腰儿一挺，坐将起来，同时举手，把在梧拦胸一推，推出老远。在梧猛吃一惊，想不到自己的嘴唇，竟有火一般的效用，小樱好像一块钢，被火烘着，成为绕指般柔，火一离开，立时又成顽铁，坚硬如故。不由吃吃地道："你怎么……"

小樱发出极响脆的声音道："姓巢的，你先离我远些。找良心说话，先打定主意，往后怎样安排我，再挨我的身儿。我不瞒心昧己，从咱们在保定分别以后，这几年，我说干净些也经过几十男子，现在就是再和张三李四睡上几夜，也不过在墨汁里再加点墨水，算不了什么。可是对你不成，说句不怕呕吐的话，我这些年对别人只拼着身体，今天被人污辱，明天洗了澡就算没有那回事。我对你可是动着真心，这些年朝思梦想，又受了千辛万苦，才得和你见面，你若跟我有一个错字儿，比别人拿刀杀了我还厉害。在先我是抱着老大野心来的，你也明白，今儿早晨一听你结了婚，就凉了半截，可是我也认命了。哪知到现在一天的工夫，我又看出你太犹疑不定，又对家里太太太恩爱了。只怕我这苦命的，到底还被你打到肚皮以外。现在顶好你说句痛快话，到底把我怎样交代。若是你真为难呢，就明说此处不留人，我自己好做个打算，也许立刻就走，也许把这残花败柳的身体，再陪你几天，了咱们当初的缘分。你可别只给我个热火罐儿抱着，像真爱我似的那么热火，到明儿再叫我知道火罐里是块冷冰，那你小小的人儿可就缺大德了。你不用绕弯儿长篇大论，只痛快一句。"

在梧这时已然心动，又明白她这尖刻的言语里，仍隐着无限热情，希望逼出自己一句切实的话，以为终身之券，不由冲口答道："小樱，你放心吧，我立誓永远爱你，除了我的母亲妹妹以外，第一个爱倩宜，第二个就是你，从此和你永不离开，这样你可满意吗?"

小樱听了，悄然说道："我现在希望的就是这样，你若说出第一个最爱我，或是为我厌恶了倩宜的话，我还是不信。即便是真的，倒显出你这人靠不住了。我虽是没有学问的女子，可是已在风尘中滚了许多年，难道连这浅的道理都看不出来？世上最糊涂的就是逼男子们抛弃正式妻子，来爱自己，还好像打胜仗似的得意，又哪知那男子就为你抛弃妻子，将来也会为别人抛弃你呀。所以我绝没有从倩宜手里抢你的心，像你这样看重倩宜的意思，我倒瞧着爱看。并且从良心上讲，我这次来赶紧强赖上你的。本来你已经把全部爱情都付给倩宜了，我却硬向倩宜身上强分过一份儿来。我多得一点儿她就损失一点儿，已经很对不起她了。倘然以后真能照你的话，我终身得了倚靠，那更是倩宜赐给我的恩惠，我该怎样感激，若有心破坏你和她的爱情，那还是个人吗？总而言之，你方才许给我的，实在就是我指望的。我也知道这年头儿，男人不许纳妾，女子也全不肯做妾。可是挤到这步田地，在我说不到委屈两字，能够终身随你，就是福分。你却要为我受些磨难，倩宜更得大发慈悲，把我弄进你家去。这就如了我的心愿，再没别的妄想。你方才问我满意不满意，还是不知道我的心呢。”

在梧听小樱说得这样守分，不由更动了怜惜之意，就道：“我一定照你的心愿办到，你应该信我。”

小樱道：“我怎会不信你？只是你的思虑太多，现在许了我，明天一寻思，又恐怕委屈了太太，再两下掂掂轻重，又把我当扔货丢了。”

在梧道：“你不要记着今天的事，我以后万没犹疑，你不信我再赌誓。”

小樱在黑暗中探过手儿，捏住在梧的嘴唇道：“够了，我又不是番邦公主，用不着你发誓。咱们的事，只有凭心。”

在梧趁势拉住她的玉臂，向怀中一带，小樱嘤咛一声，已扑到他身上，在梧一侧身，将臂弯承住她的头颈，小樱的玉体便横陈在怀抱之中，吃吃笑道：“你这是怎了？冷不防吓我一跳。”

在梧柔声道：“亲爱的，我们在这黑影里，谁也看不见谁。现在都忘了过去的这十年岁月，只当还在保定的成就了咱们的美满姻缘吧。”

小樱凄然道：“你还说呢，那时你若有真心，我何致遭这场劫数？到如今我也许儿女满堂，很幸福地被人家称作巢夫人了。”

在梧道：“不必想过去的了，我那时只错在年岁太小，不知人事，辜负你的深情。到后来明白，咱们已然天南地北了。明天我把写的记事本儿，带来你看，你知道我对那件事怎样忏悔，对你怎样纪念。”

说着又喁喁小语数言，以下便寂无声息。小樱也低回婉转，领受他的缠绵。真是寂寞更长，欢娱夜短，只觉不大工夫，已然天色转明，晓光射入窗中，把电灯欺得暗黄无色。

在梧由蒙眬中醒来，见窗上全明，心中一惊，便要坐起。忽觉臂上非常酥麻，而且沉重难移，看时才见小樱枕在自己臂上，睡得正甜。眉痕舒展，辅颊隐露梨窝，似含笑意，料着她此际胸怀畅遂，在美睡之中，定还做着什么好梦。在梧瞧着有些凄然，又见腕上手表，才指到六点，就想再静卧片刻，免惊小樱的好梦。但他这一转侧，小樱已然惊醒，一转身儿，头儿移到在梧腕际，脸儿仍对着他，睡眼惺忪地道："你醒了，要起吗？"

在梧道："不忙，现在才六点，我还可以耽搁一点钟。"

小樱闻言，就一骨碌坐起来，在梧道："你再睡会儿，忙什么？"

小樱道："我舍不得把这一点钟在睡梦里过去，再说还得打发你洗脸吃点心啊。"

在梧见她对自己的温存体贴，颇似倩宜，不由又是一阵凄惶。暗想你们都这样情深意厚，更要了我的好看，直还不如都对我冷淡，倒可以叫我心上好过些。想着就和她一同整衣下床，洗漱已毕，小樱叫厨房弄来可口点心，陪在梧吃过。在梧很诧异地看着她，心想自己说定七点便走，现在已将到时候了，她却除了殷勤伺候以外，绝没有问到何时回来的话，偶然开口，也只说些眼前闲事，不知她心里隐着什么念头。最后在梧已穿上衣服，预备走了，小樱还不问他几时再来。在梧忍不住说道："你今天态度变了，和昨天很不一样。"

小樱正替在梧扣着衣纽，闻言仰首道："怎么呢？"

在梧道："我要走了，你怎不问我几时来呢？"

小樱耸耸肩儿，微然一笑道："我用不着问啊，你当然一定要来的。我若问你，你必许我一个时候，可是你既做着事，更有家里的牵缠，到时候万一不能来，你既着急，我也悬念。倒不如不问，省得你为难。我呢，反正是在房里坐着，不和你定时候，到你来时，反倒意外地欢喜呢。"

在梧听了她这几句明理的话，更为动心，就低声叫了她一声道："亲爱的，我对你真说不出什么，你这才是真的爱我。我但凡能得半点钟闲暇，也要来陪你一会儿。"

小樱道："你倒不必尽惦记我，我这时只向长久里想，并不在乎一时。再说现在有吃有喝，舒舒服服，我这些年还没享受过呢。你今晚若没工夫，就不必来，别慌慌张张的，把我那位倩宜姐惹恼了，倒更绝了我的路。"

在梧道："好吧，我看情形就是，不来也可以打电话和你谈谈。"

小樱微笑点头道："你去吧，回到家里，可把谎说圆些儿。夜里没睡好，晌午千万打个盹儿。"

在梧应着，走出下楼，到了旅馆门外，心里才打了鼓，自思此际回哪里好呢。论理已到了上班时候，即时上公司去，可以暂避和倩宜见面，徐思对答之法。但转念倩宜这一夜不知如何惦念，自己早一分钟回去，就可使她早一分钟松心。至于这一夜的着落，只可向林国材身上打算，假说被他邀到一个什么地方，喝得大醉，以致淹留达晓。但又想到国材为人谨厚，为倩宜所素知，这样说怕她不信。而且近日国材和颖芊感情甚好，看林翁意中也颇爱重颖芊，说不定将要成就良缘，自己若无端造此谣言，就等于诬赖国材行止不检，倘若因此引起误会，岂不亏心？只有推到林翁身上，就假说昨夜在影院遇见国材，国材传林翁之命，叫我到他家磋商公司事务，畅谈终夜，下榻未归。倩宜若问为何不差人回家送信，自己就随便推到林家仆人身上，谅倩宜不致亲去查问。

想着主意已定，就雇洋车坐上，一直回家。但不知怎的，虽已将应付言辞打点停妥，心里仍自扑扑乱跳，走得离家越近，心里越跳得凶。到了家门，下车付过车资，徘徊不敢即入。怔了半晌，才硬着头皮，举手敲门，哪知手还未触到门上，只听头上有人叫了一声，声音很是含糊。在梧大惊，抬头看时，只见倩宜由楼窗中伸出头儿，手里擎着牙刷，正在刷牙，牙膏还沾满朱唇，所以声音不能清楚。

在梧只得向她招了招手，叫道：“你这么早就起来了？”

倩宜也摆了摆手，头儿随缩入窗内不见，立刻就听脚步声由楼梯直到门前，在梧正打算着谎话，预备迎头说出，哪知门儿开处，倩宜露出半身，先已叫道：“我的爷，你上哪里去了？家里都反了天，娘和颖芊才睡下不大会儿。”

在梧瞪目道：“怎么，只我和……”

倩宜没理他的茬儿，又接着道：“人家林先生来过两趟，说林老爷子有要紧事请你去，偏偏你就整夜没回家。”

在梧一路上带来唯一挡箭牌的林国材，本打算暗地说谎的，想不到迎头就被倩宜射穿，自然只剩了发怔。

倩宜又道：“你倒是上哪里去了，还不快进来歇歇？若是还没见着林家爷儿俩，得赶紧去啊。”

在梧听了才忽然被她提醒，自思林翁相唤，必有要事。我趁此急速快去，问个明白，既免心中悬系，也可暂避倩宜的诘问，想着便道：“那么我先去一趟，你进去吧。”

倩宜柳眉深锁，似怜似怨地道：“你……你这就……倒是在哪儿待了一夜？吃过点心没有？”

在梧忙道：“吃过了，你快进去歇着，我很快就回来。”

说完转头就走，连头也不敢回。直到巷外，才暗捏了一把汗，自思幸而倩宜迎头先说了国材来访的事，倘若自己贸然把预备的谎话吐出，那就不可收拾了。但公司中一直平安无事，偏偏昨夜国材竟来找我两次，怎这样巧法？他又传是林翁之命，林翁又有什么事情，如此风烈火急？真是猜测不出。自己方才又不敢细问倩宜，只到林宅再说吧。当时就叫洋车坐上，吩咐快走。

到了林宅，隔着铁栅门，见里边静悄悄，并没丝毫异状，心中更疑。把门铃按了几次，才见门房里有仆人带着睡意，一溜歪斜地出来，看见在梧，立时挺直了腰，瞪圆了眼，奔过叫道：“巢二爷，您才来啊？我们老爷直等您半夜，到现在还许没睡呢。”

说着开了门，在梧走入问道：“你知道老爷子叫我有什么事？”

仆人摇头说：“我不知道。”

在梧只得自向里走，心中感觉并非吉兆，必是公司里出了什么祸事，否则林翁不致这样着急寻我。但自问良心，从做了公司经理，兢兢业业，竭智尽忠，连一文钱也不敢虚糜，更莫说有什么私弊，若竟直出了意外祸端，那就得付之天命了。

在梧在林宅来往极熟，好似自己家中一样，不须通报，就直入了林翁卧室。一推房门，就见林翁仰坐在一张沙发上，将脚踏着绵墩，身上盖一条大毛巾，正闭目如睡。但口中所衔雪茄，还冒着烟，顶上烟灰已有二寸长，瞧着不知他是否睡着，但他这姿势定已维持很大工夫了。在平日因为林翁老有童心，又是外国派头，在梧对他很是脱略形迹，不拘礼节。但这时不知怎的，从进门就心里发怯，竟放慢了脚步，没敢作声。正在这时，林翁忽然张眼，瞧见在梧，猛然将眼一瞪，身体也随而坐直了。在梧见他面色甚冷，又这样急遽动作，以为将要跳进来对自己有所责斥，正吓得心中乱跳，不料林翁坐起向他端详一下，就低头去吹毛巾上所落的雪茄烟灰，随又俯身椅背，闭上眼儿，连一声也没哼。

在梧心里更怀上鬼胎，等够半晌，才忍不住低声问道：“老伯，听说您叫我。”

林翁才微微开眼吐出三个字道："你坐下。"

在梧闻言，才觉自己站了许久，腿有些酸，就坐在旁边小凳上。林翁把雪茄掷入几上铁盘之内，才转面向在梧看着，忽又微微摇头，似有叹息之意，接着又仰面瞧着屋顶，举手扶摩秃颅，长叹一声。

在梧这时心里闷得透不过气，吃吃地道："老伯您……有事吗?"

林翁大声道："不特有事，还是大事。我这里都要愁死了。"

在梧听了，又疑到林翁本身出了什么事故，不由霍然立起道："老伯，您有什么为难，请告诉我，我情愿替您拼命去办。"

林翁瞧瞧在梧，点点头道："好的，但愿困难在我身上，倒好解决，可惜不是我……"说着坐起，拉住在梧的手叹道，"老贤侄，你是顶聪明的人，怎么也办出极糊涂的事?咳，我一夜没有睡觉，替你想法，到现在还是一筹莫展。我一世替国家办外交，都没受过这样的窘。"

在梧听得轰的一声，好似顶上鸣雷，直着眼道："我……我，老伯，是什么事呀?"

林翁摸抚着精光的下颏道："咳，老贤侄，大约你还不知道我是基督徒。我向来对于宗教，最不注重形式，只把精神接近上帝，所以很少人知道。现在我用《圣经》的道理对你说，一个人固然最好不要犯罪，但犯了罪能够悔改，也能得上帝的原谅，把你和没犯罪的人一样看待。我这一夜，就在替你想悔罪的办法，无奈……咳，老贤侄，你犯的罪太重了，竟叫我想不出一点儿办法。"

在梧听他这样说法，更加目瞪口呆，想不出自己犯了什么罪，吃吃地道："老伯，莫非我在公司做了错事?"

林翁苦笑道："老贤侄，你好浅见。我对你的心，和对国材并没两样，莫说公司这点小资本，弄关了门也不值一笑，就是你把我的家产全毁灭了，凭我老头子这点涵养，也不致这么着急。"说着长叹一声道，"老贤侄，你先沉住气，不要害怕，我给你看一样东西。"

随立起开了小几上的抽屉，取出一张信纸，递给在梧，又道："我再告诉你，这件事我一直替你保守秘密，连国材也不知道细情。"

在梧急忙展开信纸，见上面歪歪斜斜几行字，而且多是商人常用的简体，纸质也薄劣非常，好像是从小杂货铺所买，托人写的，上面写着：

义父老大人万福金安：

女儿正落在苦海，不叙套言。前者蒙义父恩德，万分感念，后来不辞而别，惭愧之极。想义父至今还不知女儿偷走缘故，也许恨着女儿。只因在那天女儿看见巢在梧同他的妹妹来了，不愿见他们的面，又料以后万躲不开，才狠心偷走了。女儿在初进义父家，曾草草说过本身的事，巢在梧就是我的情人，因为他要跟未婚妻结婚，把我抛了。我一人住在北京旅馆里，才遇见国材的。这段事我本想永远藏在心里，到死也不说出，无奈实忍不住了。因为女儿近日害病，请医生来看，才发现了已有三四个月的身孕，我听了几乎哭死，寻思了两天，才给义父写信，求您告诉在梧，孩子是他的，问他要怎样主张。女儿很知道，和他只同居过两夜，这孩子是他的，他也许不承认。可是我凭良心说，从胡百甫家出来，只有过他一个人。这话很丑，只可以对义父说。您老告诉在梧，我绝不强赖他，只要他一摇头，就算没这回事。他更不必怕我负气，将来孩子生下来被我毁了。我虽是妓女出身，绝不会叫我的骨血落到下贱，无论生下是男是女，我都望上巴结。等将来教养成人，再叫他去认父亲。我知道在梧他并不是狠心人，只为现在景况太难，或者不敢承认，我原谅他。不过义父总要来一趟，女儿病着，没有亲人照管，只盼着义父能来。再此事千万不可叫国材知道。

女儿秦云拜禀

底下又写她现在的住址，是西城棕刷胡同四号。

在梧看到半段，两只手就抖战起来，望着心中好似乱刃交攒。但只不解秦云与林翁是何渊源，竟称他为义父，而且这样重要而秘密的事，竟不直接给自己来信，反请林翁转达，又是什么道理？原来在梧在初次和颖芊来拜会林翁那一天，秦云看见他兄妹，方才走的。走时还假托他兄妹的名义，赏赐仆人。在梧适在当场，自然记得清楚。但他并不知林翁的小姐，就是秦云。事后林翁既永不提起，国材又引为是一件伤心的事，对人是绝口不谈，在梧更没有打听人家里事的道理。颖芊虽然曾听林翁相告，也疑到林翁这位义女，颇似秦云，却始终没敢向林翁询问细情，对在梧更谈不及此，所以在梧一直蒙在鼓里。这时见信，更如坠五里云雾中。欲待向林翁问明来由，又想到秦云书信一来，自己情真罪当，虽然和她只有两夜相聚，而两夜中又只有一度欢娱，居然天缘凑巧，就种下孽根。固然妓女身孕来源，常是靠不住的，但秦云的为人，绝非普通妓女可比，万无诬赖我的道理。何况她手中颇有积蓄，和我比较，她还算是富人，更不会有甚金钱上的图谋。再说她由胡百甫家出来，就在惊鸿馆和我相遇，所说怀孕的日期，也十分恰合，看来这事绝无疑惑余地。我自己造的恶因，今天算食到恶果了。如今无论有林翁在中间做公正人，我不能诡辩自遁。即使没有林翁，我凭良心，也不能对秦云再行薄幸，不忍把自己骨肉置之不理，只有急忙接回秦云……可是家里的倩宜，怎样打点？而且还有小樱，这万难的事，都攒凑在一时，直将要我的命了。林翁所说，他踌躇了一夜，还未替我想出个善法，实在情理之内，但他还不知另有个要命的小樱呢？我的事是太难解决了。现今尽着正题，尚无自救之方，又哪顾得研究林翁和秦云是什么关系？这就好比一个贼人被捕入官，既然真赃实犯，无可抵赖，只可等着判刑，岂能问官府用什么方法想救自己？

在梧这样想着，俯首如痴。半天林翁才道："秦云这封信，虽然写得很简单，但是我已经能明白前后情节。她曾和我说自从那姓胡家出来的事，但只没提起你的名字。在你兄妹第一次到我家来那天，定是被她在楼上看见了，她不愿和你兄妹见面，才那么不辞而别。事后呢，我因中还有一点儿情节，不愿再提起她，国材也是如此，所以你根本就不知道秦云在这里住过，是吗？"

在梧听见，只木木然点头。林翁又道："老贤侄，我要正式地发问了，你得郑重地回答我，不许说模棱的话。你当日和秦云相识，而且发生关系，在是什么地方？"

在梧道："在一家名叫惊鸿馆的班子里。"

林翁道："那么你只是一时逢场作戏，花钱买笑。她现在有了身孕，竟来和你纠缠，未免太岂有此理了。"

在梧听他说得刺心，忙道："不是的，秦云和我的关系，并不这么简单。她对我的爱情，从一年前就发生了。由胡百甫家出来是为我，投娼窑也是为我。"说着就把旧事大致说了一遍。

林翁听了道："她对你这样热烈，你怎不径直娶了她？"

在梧道："我在胡百甫家做事的时候，并不知道她对我有那种意思。及至我离开胡家，因为小莲的事，到惊鸿馆打听，遇见秦云，她才把心事对我说出来，可是那时我已经……”

在梧说到这里，那林翁正划火柴燃着一支新雪茄，骤然说道：“我明白，那时你已经订婚了。”

在梧点头道：“不错。”

林翁突地目射精光，直瞪着在梧道：“你既订了婚，当然明白绝没娶秦云的可能，那为什么又和她发生关系？”

在梧低着头，握拳切齿地道：“老伯，我那时实在该死。只为年轻，胸无主宰，禁不住感情冲动，才造出这种大孽，你就不必问为什么了。”

林翁道：“你要明白，这事不是用年轻两字就能卸责的。当时你既已经订婚，若只抱逢场作戏的心理去嫖娼，那就对你的未婚妻太不诚实，罪过已不算小。再说秦云在先固然是妓女出身，但既经嫁过人，就算良家。她二次下水，又是完全为你。旁人可以认她是妓女，你却应该看她作情人。这就等于一个正经女子，有愿嫁你的表示，你能应允自没问题，若不能应允，就该正式拒绝。若明知日后不能娶她，却只顾一时欢乐，和人家发生关系，那么请问是安着什么心？能说不是起始发生关系的时候，就打定日后抛弃的主意吗？”

在梧听着实受不住，立起说道：“老伯，这可冤枉了我。我当时只是抑制不住感情，做了错事，敢立誓没有预备欺骗她的意思。”

林翁道：“哦，你没有预备欺骗秦云的意思，这么说，你有长久欺骗你这位未婚妻的意思了？”

在梧被林翁用话两面拦截，堵得说不出话来，只吃吃地道：“我，我……”

林翁道：“你怎样？我说的两条路，你必然得占一条，能说还有第三条路吗？”

在梧这时头脑已昏，心肠欲碎，不禁流下两行痛泪，叫道：“老伯，你不论怎样说，我都承认。反正我是罪大恶极，枪毙也不冤枉。凭良心应该自己死了，以谢被我欺骗的人。无奈我上有老母，责任极重，咳，老伯只得可怜我，替我想个法子吧。”

林翁叹了口气，抚着在梧肩头道：“老贤侄，你先坐下，我并不是责备你，只是替你着急。这件事若放在几十年前，很好解决，莫说一个秦云，就是十个秦云，也没问题。哪个男子不纳几房妾呢？现在可有些难说，我很知道你现在的太太非常贤惠，身世又十分可怜。人家嫁你以前，大约认为你是极可靠的，做梦也没想到你会有第二人，才把一腔热血全倒给你。如今你忍心向她提起纳妾的话吗？不过这是我这局外人随便说的话，或者实在情形并不这样，你也许可以对你太太要求纳妾，你太太也许并不和你争吵，欣然同意，那就省事了。”

在梧凄然道：“老伯，您这侄妇，实在太对得住我，我却没一点儿地方对得住她。我凭良心，宁死也不忍纳妾。而且我深知她的脾气，倘然她知道这事，一定要把秦云接回家去，不但不和争吵，还许对我安慰，对秦云更许十分优待，永远没有风波。”

林翁道：“这样不是解决了吗？”

在梧痴然地道：“可是我敢断定，不出一年，她必因积郁丧了命啊。”

林翁听了两眼直望着他，好像相面似的，半天才点头道：“我这才明白你了，你倒不是没良心的人，只是胸无主宰，容易发昏。现在我也不必再问了，你是这头儿怕气坏了你太太，那头又不忍负了秦云，说到明天，也未必得个正经主意。我是更没有主意，一个基督教徒，万没有劝人纳妾的道理。何况我以老伯的身份，若劝你纳妾，以后有什么脸儿去见你的女人？可是秦云是我的义女，我应该替她想法。她既然那样爱你，又已怀了身孕，我怎能灭着人情天理，叫她另投别路，害她肚里的一块肉，终身担着私生子的丑名啊？从昨夜九点钟，我接着秦云的信，一面派国材去找你，一面苦心寻思，直寻思到早晨你来，也得不着一个两全的办法。现在我说句不客气的话，顾不得你了。我既是秦云的义父，她在我跟前孝顺过几天，叫了回爹爹，我就应该对得住她，尽做爹爹的责任。少时我就上北京去，把她接回来，养在家中，先容她安静地生产，别的事以后再说。我所以叫你来，就为听听你的意思，你既承认她肚中的孩子是你的，她听见一定很安慰。”说着看看壁上的钟道，“我就要上车站了，你也回去吧。”说着将手一挥，便要收拾起程。

在梧心中惭愧难堪，不由说出一番话来。

正是：玉楼残梦，可怜回首何堪；金屋旧盟，自觉扪心难问。

后事如何，下回分解。

第十回

憔悴京华薄幸人负荆遭白眼
纷纭事局好事客掉舌说红颜

话说林翁要自赴北京，在梧心中内愧，怎忍自居事外，倒叫老人独受奔波？就拉着林翁道："您就走吗，我也去？"

林翁道："那又何必？我去最多耽搁一天，也许当日就回来，你等着吧。倘然你急于见秦云的面，我回来就派人去叫你。"

在梧这时也顾不得许多，自己横了心，想着这样乱的头绪，若各方面全都顾虑，简直就没路可走。如今只有凭着自己真心做去，走到哪里是哪里。自己既辜负了秦云，已自梦寐难安，如今既知道她流落北京，又是怀孕，自己若不急速赶去，莫说问心有愧，就被林翁瞧着，也太寡情了。想着就道："老伯，我一定要去，请您不要拦我。而且您也无须受这辛苦，我自己去接她回来吧。"

林翁冷笑道："老贤侄，你自己去，能有叫她回来的把握吗？"

在梧听了说不出话，林翁道："若没我去，她大概宁死也不肯随你来。而且你这一随我去，她见了恐怕就得犯犟，得害我多费好些口舌？所以我劝你不必去。"

在梧痴思半晌，才凄然说道："老伯，您千万带我去。即使我去倒不能立刻见她，在她住的门外等着也成。您若叫我留在天津，有一天我就发狂了。"

林翁道："你离她许多日子，也没见发狂，今天只这短短工夫，又何至于呢？"说着忽哈哈大笑道，"我也太偏向干女儿，只顾替她负气，就忘了过于刻薄老贤侄了。咳，现在什么也别说，你回家去说一声，就随我走吧。可是到北京得听我的，就有委屈你的地方，也得受着，秦云可不能再受气恼了。"

在梧唯唯答应，转身出去，心想此际倘若回家，倩宜必要诘问夜中的踪迹，自己已落到十八层地狱，站在油锅边上，哪还有撰造谎语的心思？只好暂且托人给家中送个信儿，自己先随林翁去接回秦云，等回来再一总打饥荒吧。想着就想上门房烦仆人辛苦一趟，哪知一出门儿，正见国材由楼上下来，忙向他点了点头，略做招呼，仍向外走。国材却已瞧见在梧，高声叫道："二哥，你夜里上哪儿去了，叫我白跑了两趟？你现在是从家里来吗？"

在梧还未答言，就听林翁在房内叫着他的名字，急忙抛下国材，翻身回去。国材也要随入房中，林翁见他一露头儿，就挥手道："你且出去，我只叫在梧。"

国材闻言，只得退出。在梧进到室中，林翁唤他近前，低声说道："秦云的事，你千万不要对国材提起，千万千万。"

在梧想不到他特意唤回自己，只为这一句不相干的话，略一发怔才点头答应。林翁见状，以为他有所疑惑，就又说道："我是因为国材性情太直，肚里存不住隔夜的话。他又常到你家去，万一给说出来，岂不要惹事吗？我叫你就为嘱咐这个，你快走吧，半点钟内就得回来，别误了时候。"

在梧才重又退出，心中暗想林翁真是多虑，我何致这样糊涂，把自己的丑事向国材那口没遮拦的人诉说，给自己找麻烦呢？但在梧哪里知道，林翁所虑，在彼而不在此，他只是恐怕国材晓得秦云的消息，万一勾起旧情，也跑到北京去寻她，这事就更加纠纷。所以虽料着在梧不致对国材提起，但为慎重起见，又叫回他叮嘱一番，在梧做梦也想不到还有这么一层公案啊。

当时他出到院中，国材仍在花畦边闲踱着相候，见在梧出来，就赶过说道："你到公司去吗？一路走吧。"

在梧道："不成，我有要紧的事，今天要上北京去一趟。你还得偏劳，给我代理一天。"

国材一听在梧客气，就使出他素日的鲁莽习惯，也可说是近于银幕上明星的动作，向在梧背上打了一拳，作为对他那偏劳二字的回答，随着说道："你有什么事，这么忙啊？"

在梧道："现在且不能告诉你，等回来再说。"

国材才磁咕着眼儿，自己走了。在梧看他出了门，才自走到门房，叫出年老仆人，托他立刻到自己家去，就提林翁有要事上北京，要在梧陪伴同去，至晚明日便可回来。因时候迫近，就要到车站，来不及回家，所以派人送信，请转告老太太放心。又叮嘱仆人除了说这句话以外，家人若问到别事，就一概不知。仆人答应，出门去了。在梧痴立须臾，又回到林翁房中。林翁惊讶他回来太快，在梧告诉是托仆人送信，林翁点头道：“这也好，你既没回家，随身应用东西若有用的，就到国材房里去借他的带着吧。”

在梧道：“我空身去成了，好在没有耽搁。”

林翁无言，又过了约一刻钟，二人就一同出离家门，坐汽车直奔车站。在道上林翁看看手表，问在梧道：“你记得到北京的快车，是八点二十分，还是三十分？”

在梧道：“我向日很少出门，不注意火车时刻。”

林翁一拍秃顶叫道：“我这一夜失眠，直把脑筋弄昏了。本是三十分开车，我却记成二十分，现在来得早了，离开车还有二十多分钟，岂不冤枉？”

在梧道：“早去等会儿也没关系。”

林翁道：“你可不知我的习惯，向来和洋人一样，非到车子快动的时候，我不会进站门的。今儿为秦云着急，已然早来了十分钟，其实是糊涂，火车必到时候才开，早来有什么用处？哪知又记错了钟点，来个早上加早。”

说着汽车已驶到站门外驻下，二人下车，林翁买了两张头等票，进到站内。好在由津开京的火车，是由这一站起点，一列崭新的车，停在最前的站台上。二人就上了车，占了一间包房，在靠窗的位上坐下。车上茶役送来茶水，殷勤伺候，林翁吩咐他代买几份报纸，预备在路上消遣。那茶役看出林翁是大老官派头，就去买了十多份报，约有两寸多厚，放在座位旁边。林翁也不问价，只等到北京站时，一并赏赐。在梧却是满腹心事，将手搭在窗沿，向外望着站台过往的人，其实心中一会儿飘到北京的秦云身旁，一会儿归到家中的倩宜面前，一会儿又飞到旅馆的小樱枕畔，对窗外来来往往、追名逐利的人们，真是视而不见。过半晌，林翁拿出来雪茄烟递一支给他，在梧茫茫然接过，燃火柴自吸，并没燃着，就吸起来。雪茄没一点烟儿，他还很样儿的嘘吸不已。林翁看着笑道：“你这是怎的，想和美国电影明星韦勒的雪茄凑一对儿吗？”

在梧听了，看看雪茄，苦笑一下，也不再点，就放在小几之上。就在这一回头的当儿，前面机车响了汽笛，长长的一声，林翁嘘了口气道：“只有两分钟，车就开了。”

在梧还未答言，忽听窗外有人相唤，回头去看，几乎跳将起来，失声喊道：“呀，你怎么……来了？”

林翁闻声向外一瞧，就见车窗之外，亭亭立着的，正是在梧的夫人倩宜，正双手擎着个小而扁的皮箱，搭在窗沿上。林翁虽然镇定，此际也不禁心内凄然，替这一双夫妇难过不已，在梧更自心慌意乱，好像遇见了最怕见的人，觉得无地自容。倩宜先望着林翁含笑叫了声老伯，才向在梧道：“方才林宅下人到家里送信，我担心你身上衣服太单，又怕天气变冷，或者你在北京耽搁，所以赶着到车站来。这箱子里有毛线衫裤和随身用的零碎东西，我来得匆忙，也许没想周全，好在你到北京可以买得出来。”

在梧听她说出一个买字，心内就似针刺一下，吃吃地道：“你何必大清早地跑这一趟？我到北京缺什么都能买，再说当天就能回来。”

倩宜笑着低语道：“我明白，不过你那含糊脾气，倘若没衣服带在手下，就是变了天挨冻也未必想到买衣服穿。”接着又道，“你随老伯上北京干什么去这样忙啊？”

林翁听到这里，觉得在梧苦得已够可怜，就替他说道：“是因为我的事，在梧是随我去帮忙。”

说着汽笛又鸣，在梧接过小箱，茫然扬扬手说道：“你回去吧。”说着车已开动。

倩宜仍攀着窗沿说道：“你脸上气色不太好，自己留神，别……”

说到这里，车已走快，倩宜离开窗口，向后退去。在梧没听见底下的话，但已明白她的意思，探首出窗，见倩宜还立着挥手，面上虽还含笑，但是黯然之色已现于眉宇。在梧情知和她正在燕尔新婚，就只这不多时的小别，她已难于禁受。但是自己此去，竟是去访她的一个情敌，哪受得住她这送别凄恋之情？就痴痴望着她，直到火车出站，站台的景物，都离开视线之外，才怆然缩身坐下。举目向林翁看时，林翁手里擎着一份尚未摊开的报纸，也正望着在梧。在梧觉得禁不住老人讽刺的眼光，急忙低下头去。又自觉得无话可说，就伸手也拿了张报要看。忽听林翁自言自语地道：“咳，这才叫自作孽呢。”

在梧悚然，一仰脸儿，见林翁正对着自己，耸肩摇首地兴叹，不由冲口说道：“老伯说得不错，我很是自作孽不可活。”

林翁撇着嘴儿，将手扶着下颏，来往摩擦，好似理发匠剃须以后，摸摸是否干净的手势，苦笑道：“老贤侄，你别介意，我现在实在很恨你，倘若你是国材，我起码得给你一顿手杖。”

在梧道：“您看我和国材还分远近，难道我就打不得吗？”

林翁紧闭嘴儿，从鼻中喷出口气，哼了声道："倘若打你能够解恨，我就真打，现在我恨你还不全为秦云？你看看，你这太太对你是何等情义？你想想现时要做的又是什么事情？我真被她感动了，方才直想把你推下去，不许你去北京。可是想到秦云，又不能办，叫我这老头子心里好难过。而且方才无端地逼我这做老伯的，对你女人说了一套谎话，多么亏心？这都是你害得我，你这件事，很能摇动我的宗教信仰。若说上帝不是万物的主宰，自然不是教徒应说的话；若说万物全归上帝主宰，我就得问问上帝，为什么叫你这荒唐少年，偏偏遇到两个最有情义的女子，弄到这万难的局面？便是牧师常说上帝爱惜罪人是希望悔过，这道理对你也讲不通你所作所为，根本没有悔过的途径啊。不但你自己，就连我也犯着不可饶恕的罪，对于秦云和你，我固然还没什么大亏心，从你太太那面看来，我现在带着你去做什么事呢？"

在梧听着，面色惨白，不能答话。林翁又叹息半晌，才道："我总是这样脾气，说起话来就不给人留余地。老贤侄，你别难过，现在我好像比你还想不开，只埋怨过去的事，其实过去的事，还有什么可说咱们只可且顾眼前，走一步是一步，也不必想得太远，但盼上天怜见，给我们一条正路。"说着似乎触起什么念头，凝眸自语道，"这倒是个最好的办法，可是未必……"

在梧听了这话，急忙问道："您说有什么好办法呢？"

林翁在这一刹那，好像思想沉入极深处，经在梧连问两回，才如梦初醒地啊啊两声，摇头道："没有什么，没有什么。"

在梧在这万难之中，猛听他说有办法，急想问个底细，不料林翁竟而语遁词支，不做答复，在梧因希望太切，仍追问道："您方才不是说有最好办法吗？"

林翁怔了怔道："我的心跑到别处去了，说是另一件事。"

在梧不信他会在此际别有所思，料着必是想到什么，只不愿对自己说出，但已没法再问，只得默尔而息。

原来林翁这人思想极为清新，绝对反对纳妾，所以对在梧的事，也根本没想到通融办法使秦云到巢家去做旁妻。倒想万一山穷水尽，宁可使在梧和秦云分离，如以成全在梧的前途，和保障倩宜的权利。至于秦云的归宿，若能着落到国材身上，便可把这危局解决。虽然办法歪曲了些，但比较还是最稳妥的路程。不过国材对于秦云，早有爱的表示；秦云对于国材，却是毫无意思。上次她所以不辞而别，固然大部症结由于在梧，而国材的示意，也未必不是迫她走的小小原因。倘若在秦云对在梧失意之后，再对她重提国材的旧事，不但必遭拒绝，还怕她认为侮辱，而且也没法和她说起。何况近日国材常到巢家走动，与颖芊情感日密，或者能走上恋爱途径，如了我最初的愿望。当日我原极爱重颖芊，想要娶她为媳，国材是妄想着秦云，自走错步的啊。如今他能回头和颖芊要好，正是可喜的事，我怎能为秦云又出尔反尔呢？林翁在方才是这样思想，所以先说有了办法，继又觉其不可，故而经在梧一问，反而不能回答。在梧做梦也想不到他腹内这些弯转啊。

当时二人默然相对，过了半晌，先后拿起报看着。看了一份放在旁边，再换一份，林翁看完自己身边的，向在梧身边去拿，在梧也是照样。但二人都把眼光互相躲避，好像全知道在此际没有什么话可说，说不相干的闲话，又没那样心情，提起正事，必然一面难堪、一面没趣，于是全守着缄默态度。林翁看着报，心中暗思：自己本和在梧、秦云都无关系，只为意外的遇合，生了如许纠缠。今日的局面，自己竟和在梧弄得很僵。直好似秦云真是我的亲女儿，嫁给在梧，受了他什么虐待，一面为女儿负气，一面对女婿还在责备之中，带一点儿敷衍。这份老岳父可真有些当得冤枉。而且在这局中，虽然在梧是主体，但自己比他处境还难，他一个人做了错事，旁人还可以原谅他出于年轻，自己若指使他走了错路，这样年轻就算罪不可逭了。在梧心里，却很感激林翁，明白他对自己的责备，完全有如家人父子之情。若不是真心关切自己，又怎肯生这样的气、着这样的急呢？但是自己所造的孽，林翁只知道秦云一面，就已看得万分严重，他认为没法挽救，又哪知即使把秦云这一面解决，我身后还有个小樱，依然难得了局。林翁所信仰的那位上帝，不知何以对我特别残酷，我固然是罪大恶极，应该受报，也该怜恤我些，叫报应一件一件地来，我还容易应付。如今首日才与小樱得赋同居之爱，次日就得到秦云怀孕之函，五毒千灾，全都聚在一处，这可真够要命。我倘然没有老母、没有妹妹，这时实是死了比较干净。既不能死，也只有拼着受罪，慢慢地饮这苦酒。林翁既然以秦云义父和我的老伯资格，屡次对我责问，想必他肯担当解决这件事情。我最好抱定宗旨，始终对他表示一切听命，实际就是把责任都软在他身上。等这面办完，再慢慢研究处置小樱的办法。

在梧想到这里，心中倒开豁了些，渐渐和林翁提起秦云旧事，说自己当时怎样出于不得已，事后又如何懊悔。此去北京，请林翁向秦云代为解释，无论有何等责罚，自己都甘愿领受；无论林翁做如何处置，自己都绝对听从。

末后又说："我和您的儿子一样，秦云又是您的女儿，如今我们都落在苦海里边，您若不救，我们就完了。我现在已经头脑昏乱，一筹莫展，只有求老伯可怜吧。"

林翁听了，大笑道："老贤侄，你真聪明，这好像把烧红了的铁帽子给我戴在头上，还说是替我加冕呢。我干了一辈子外交界，还上你的套儿？那真可笑了。"

在梧听了，方欲分辩，林翁已又说道："罢了，不管你怎样，反正我已上了夹板，想解脱是不能了。咱们走着瞧吧，我很明白是我的劫数。"说着又换了支雪茄道，"我现在就算跟你立在一条线上，以后造福造罪，全要倚仗上帝，看他给道儿走不给。我觉着用你的能力，是没法把这件事解决妥当的。"

在梧无言，只有点头。二人又说了些无关紧要的话，熬得车到北京正阳门外，二人下车。林翁问在梧是径直去访秦云，还是先寻旅馆住下。在梧此际心里虽盼望早见秦云，但又怯着见她以后的责备，本心想先寻旅馆，稍息身心，再去领受当头的千灾百苦。但窥伺林翁意旨，又深恐他误会自己是对秦云没有热情，只得说天还很早，我们何必先寻住处，去见过秦云再说吧。林翁望着他笑了笑道："好吧，就依你，若不然怕把你急坏了。"

说着二人出了站门，雇了汽车，直奔秦云函上所写的住址而去。在车上在梧心里只觉汽车走得太快，因为车子前进一步，他心中慌乱的程度，就增加一些。一会儿悬拟秦云现在变成什么样儿，一会儿又寻思秦云见了自己将做如何情态，一会儿又想到她腹中一块肉，前思后想，又觉好像此去见了秦云，不但是一道难关，而且等于到法庭上听候宣判，惧怯得不了。只希望车子稍走慢些，容自己在这渺茫的境中再做须臾流连。哪知舟车一类东西，最好和人反对，你有万急的事，希望它快到，它反而好似故意迟慢，惹人着急；你若是有所顾忌，希望它慢走，它反似故意飞驰，不容抑勒。此际在梧虽对北京地理不熟，也不认识秦云所住的地方，坐在车里，并不能知道距离尚有多少远近，只望着窗外，看见一个巷口，就以为到了，心里就一跳。因为注意太深，及至车子真的停住，反倒茫然不觉。

前面的车夫，下来开了车门，林翁推在梧先下，在梧怔怔地道："到了吗？还未进胡同儿呢。"

林翁指着街旁小巷道："这就到了，你看这窄道儿，可能进去汽车？"

在梧这才看见那巷口，不禁爽然自失，和林翁走下车去，打发了车夫，走入巷口，寻着门牌号数。只是一个小小的旧式街门，大门开着，门内又是一道木屏门，俱已颓旧不堪。而且是倒下台阶，门外街道比门内的地高了许多，踏进门限，便如跳坑一样，想见这房子年代很古了。林翁望着在梧，点首嗟叹，似乎一见这居住之地，便生怜恤之心，低语道："先得委屈你在门外站会儿，等我进去见过秦云，再来请你。"

在梧无可如何，只好答应。林翁转过屏门，走了进去。在梧就听他高喊秦云，接着似有人答应，又听林翁的革履橐橐，像走入房中去了，再听就不闻声息。在梧既已到了这里，和秦云相离咫尺，倒把惧怯都行消失，急欲一见秦云的面。但在门前等着半天，仍不见林翁出来相唤，手里又提着自己和林翁两个小皮箱，十分累赘，只得立在门口，倚着门框，向里面观望。无奈有影壁遮住，什么也看不见。过了一会儿将身向外浏览巷中景物，见东邻西舍俱是荜户蓬门，一望而知是穷民的聚处，不由心中暗想，秦云手里原有很丰厚的私囊，她本人素日又养尊处优惯了，何致住到这种地方？倘若她自别后生活遭遇什么样变化，受了贫苦，可真是自己害了她。而且自己当日在离她以后，尚能稍为自慰，就因想到她身有余资，不致困苦。如今她竟败落到这步田地，自己便是铁石心肠，也不忍再抛闪她了。

想着正在凄然动念，猛听背后有很低涩而又凄酸的声音，隐约似叫出个"你"字。在梧忙一回头，就见在屏门之旁，立着个形容憔悴的秦云，面貌既不似以前丰腴，神态也已萧索多多。身上穿着件青色哔叽旗袍，衬着不施脂粉的淡黄清水脸儿，显得病后愁容，人淡如菊，但另外却别添一种说不出的风韵。在梧回头的当儿，见她面上阴沉似水，眉端凝着无限幽怨，小嘴儿闭得紧紧的，好似方才她并没开口相唤，而且她直立屏门之侧，身儿挺直，凝眸不瞬，又好似她久已立在那里，并非才走出来。

在梧一见，立如万箭攒心，忍不住双泪直涌，叫道："秦云，你怎……"以下的话再说不出来，丢下箱子，直扑过去，握住她的手儿，悲声切切地道，"苦煞你了，我真该死，该死……"

秦云瞪着一双因为面上肌肉减瘦而愈觉扩大的妙目，直望着在梧，面上没一点儿表情。忽而回过头去，把头儿微摇两下，再转过脸儿，颊上已添了两行泪痕，低声说道："进去吧，老爷子在房里等你呢。"

在梧惘惘地提了箱子，随着她走入院中。见房式十分特别，是个长条儿的院落，一面是邻家的后墙，一面接连着七八间小房。院子最多四尺宽窄，房中住的人一出门便像要撞到墙上，不知多么闷气。所好院中尚还整齐，没有大杂院中照例的锅灶等类陈设。秦云领着在梧，到了第二间房门口进去，见里面还是明暗两间，陈设家具，甚为离奇，有很好的镜台和很美的打牌用小桌，壁上还有缂丝的镜屏。但另外有些东西，却太不调和，两个白茬儿的凳子，和一个破旧的小橱，里间的床，也是用木板搭的，上面铺着薄薄的旧褥，但在床上还有一幅闪缎的棉被。由房中光景，就可见主人的生活是经过很大变化，从家具上就可知她富丽和困窘两种期间，中间相距不远。

林翁正坐在木板床上，手抚下颊，头儿来回地动，这是他惯常的动作，不知道的还以为是摇头呢。他见在梧走入就招手叫坐到身边，秦云把两箱给挪到墙角，就倚桌而立，悄无一言。在梧这时心中装着满腹悲酸，万千言语，恨不得全都喷出来。但觉着自己的话，得抱着秦云痛哭而诉，若正襟危坐，慢条斯理，一字也说不出来。但苦于当着林翁的面，不免足下趑趄，口中嗫嚅，只有眼含泪滴对她凝望。秦云也似只把哀怨现于面上，惨然无声。

林翁看着他们二人，忽而摇头，忽而叹气，半晌才向在梧道："老贤侄，我对不住，方才很想叫你在门外多站会儿。可是秦云一听你来了，好似忍耐不住，和我说没两句话，就溜了出去，我还当是给我弄茶去呢，原来把你请进来了，看起来还是……"说到这里，摇了摇头，叹了口气，又向秦云道，"姑娘，自从你不告而别，几乎把我难过死了。虽然你拜了我没有几天，可是我已经预备享着有女儿的福分了，你一走叫我多伤心哪。"

秦云鞠躬道："爹爹，我太有罪了。"

林翁道："那也不怨你，若不是在梧，你又何致离开我呢？"

秦云闻听，横了在梧一眼，在梧凄然道："秦云，我是太对不住你。你怨恨我，厌弃我，都是应该，可是我很盼望你能容我说一说心里的苦衷。即使你还不原谅，我把话说出，死在你面前也甘心了。"

秦云听着，忽然把身儿一扭，向林翁道："爹爹，您喝茶吗？我得上外面泡去。"

林翁道："姑娘，我不渴，先说咱们事吧。我接到你的信，忙着赶来，就为接你回去，现在看见你的情形，更不忍叫你再留一刻了。你这儿也没什么值钱东西，我看全可以抛下，立刻跟我走。"

秦云眼圈儿一红道："爹爹，您叫我上哪儿去？"

林翁道："自然是随我回天津。"

秦云道："到天津我又投奔哪里？"

林翁道："自然住在我家。"

秦云摇头道："这话我不该说，爹爹，您想，我还能在您那儿住吗？"

林翁听了，明白她这中含意，是指着和国材不便同居。怕她再说下去被在梧听明白了，妨碍他小兄弟有交谊，就急忙接口道："你就不愿意家去，到天津也可另寻住处。"

秦云道："到天津另寻住处，和在北京住着，又有什么分别？"说着又正色道，"爹爹，我给您写信，并不是想您接我回去，只是求您来解决我身上的罪孽。不瞒您说，我原本手里有几个钱，可以不愁生活。只因到北京以后，被同住的一个女骗子把我的现钱首饰全给偷去，我才落到这个份儿。在以前两月，我还可以出去做舞女混饭吃，到近日因为害病，发现怀了身孕，就不能再出去了。困在房里，又不能等着饿死，才写信给您，向巢先生讨主意……"

在梧听她唤自己作先生，心中好生难忍，但又不好插口，只得听秦云说下去道："我若是还能对付支持，连老爷子也不敢惊动，只自己静看着等孩子生下来。也许过十年八年，再和你巢先生说话，也许永不相扰，叫你巢先生到老也不知道有这么个孩子。因为我很明白你和尊夫人的感情，好像一幅素白缎子似的，不愿有一点儿玷儿。若是把孩子的事被你尊夫人知道，那就在白缎上落上苍蝇屎了，我何必做这损人不利己的事呢？可是现在说不起了，我赤手空拳，没一点儿就着吃的。在家里忍一天，就得饿一天。莫说当时病后虚弱，不能出去赚钱，就是能够出去，每日在舞场里一跳半夜，对身体有多险哪。我给老爷子信上说过，肚里的这块肉，你便是不承认，我绝没一点儿抱怨。本来我同你只一两天，可是分离却将半年，就打到法院去，谁也不能强派是你的。可是在我良心上说，既然知道肚里怀的是你的骨肉，马马虎虎，不自保重，把孩子糟蹋了，那就得算我亏心，而且我身上的肉也连着心哪。所以我寻思两天，到头儿还是写信儿给老爷子。不过我没指望你来，只想等老爷子来了，说明细情，求他跟你交涉。第一层问你承认不承认这孩子；你承认呢，再问你要这孩子不要；你若要呢，我就得要求你点事。"

说到这里，微撇着嘴儿，冷笑道："你不用害怕，我没什么出圈儿的要求。你只给我一点儿款子，够我活到孩子落蓐的时候就成。容我把孩子生下来，交还给你，脱清了身上的担子。以后我仍去做我的舞女，绝不再麻烦你一点儿。这事你听着也许觉着大题小做，疑惑是借着孩子和你勾搭，另外还有别的指望，那你就太小看我秦云了。秦云虽是贱娼，不懂羞耻，可还好口气儿，不至于被人一脚踢开，我还抱着大腿不放。我只是为孩子打算，才这样不怕讨厌。起初我也想不惊动你，只向老爷子要几百块钱，做生产前后的费用，他一定会寄给我。但我又想到孩子以后的着落，还是难题。我秦云敢夸句大口，任凭我本身怎样低贱，生下的孩子，无论男女，总要拼着死力向上巴结，何况还是你们书香人家的骨血。我现在虽跟你各自东西，当初总曾好过，我若把你的后代毁了，玷污你巢家的门庭，岂不亏心？再说我对自己的孩子，也不忍哪。可是一样儿，我现在落到这步田地，心思是坏极了，身体自不会好，往后苦受折磨，知道能活几年？倘若半路死了，留下孩子，还会有好结果？到那时我再寻你，那就更显着事情渺茫，不能得你相信了。”

在梧听到这里，忍不住霍然起立，奔到秦云面前，想要握她的手。猛想起林翁在侧，忽又缩回，凄然叫道：“秦云，你这些话都算白说了。我已然亏负你到了头儿，在林宅那次，我并没看见你，所以没得见面，可是这许久我想你也够苦了。今日既然见着，你还想离开我吗？方才那些话，都作为你没说。只依老爷子主意，快快收拾，随我们走吧。”

秦云闻听，微笑着看了在梧一眼，耸肩笑道：“多谢你的好意，可是我不忍害你为难。你叫我回天津去，又有什么道儿，不是自寻烦恼吗？”

在梧听了略一沉吟，猛想到自己在这时若再犹疑，将更使秦云负气，但当时又说不了安置她的具体办法，只得血脉兴奋地说起新名词，道：“我求你不要太多顾虑，咱们只抱定爱情至上主义，竭力奋斗，终究能达到目的。”

秦云一沉脸儿道：“你的话我不大懂，什么爱情至上？什么奋斗？我只问你一句，能叫我回去做太太吗？”

在梧听了这句，可觉得太已着实，没法答复，吃吃地半晌无语。秦云笑道：“不能啊？那就不必往下说了。”

在梧这才迸出话道：“可是我们能从长计议，你若怜恤我，也得委曲求全。再说有林老伯在中间，总不致没办法啊。”

在梧说着眼望林翁，似乎求他解围，林翁这才开口叫道：“姑娘，你也不必固执，在梧的道理倒是对的。第一抛你一人住在这里，我和在梧都不放心；第二你身上现怀着孕，追论本源，看着没下生的孩子面上，你和在梧也不能再离开了。固然以后的事还像乱麻一样，很难定准，可是你总得先同我们回去，再慢慢商量。”

秦云摇头道：“爹爹，这件事您得原谅我。您替我想，现在就回天津去，也不过给您添些麻烦，给人家添块新病，又有什么意味？现在我说句归总儿的吧，看这情形，巢先生承认这孩子是他的了，我所指望的算有了着落。他的景况，想还不大好，我也不必累他，爹爹您疼女儿，破费一笔钱，把我立时送到医院去，一来养病，二来等候生产。这半年工夫，总得不少的钱，好在爹爹还不在乎，我就赖上您了。办完了您和巢先生就请回天津，等我生产，可得再来一趟。因为一则我在那和阎王爷只隔一层纸儿的时候，总望着旁边有个亲人；二来也预备着万一我这糟透的身子，在生产时候死去，孩子还保住了，那就得巢先生把他带回去。”

在梧不等她说完，已经流泪叫道：“秦云，你难道真就恨我到这样，一点儿不肯就全吗？我自知道对你太薄情，可是我敢立誓，本心是真爱你，只为和倩宜先已订婚，中间又关着我妹妹，所以那天在火车上，委屈了你。只怨我太懦弱了，当时任她们给你难堪，可是我心里比死还难过。”

秦云摆手道：“得了，你最好别提旧事。要想起那天在火车上的情形，我能立时得了脑充血，死在这儿。我秦云本没有过分的指望，为你连脸都不顾了，只求当个小老婆，眼泪往肚子里咽。在你被太太和小姐拉到头等车厢去以后，我肚里的肠子，绞得一寸寸地断了，还强忍把它接上，赶到你们那车厢里，厚着脸皮，瞧着人家高仰着的脸子，忍气吞声地先干起小老婆小丫头的差使，给小姐太太递烟点火。那时候人家都不理我，还则罢了，你巢先生难得也看得下、忍得住，就任着她们冷成一块冰似的，也不肯从旁呵口热气。可倒好，属金鱼的值钱，都是朝天眼，把我生生地木出来。走到车门外头，我的脚一软，跌倒了，差点儿掉下去，那时就该顺溜儿往下滚，省得活着丢人。偏偏没钢没火，又自己爬起来。不瞒你说，从那天以后，我的后槽牙都咬碎了，你打算我心里还有一丝一毫记挂你吗？我莫说白天一想起你，就好像吃了苍蝇似的，从心眼儿里呕吐。便在黑夜做个看见你的梦，醒来也得忙着把床换个方向。我说到这里，你就可以明白，我是吃过秤锤，铁了心了。若再费话，那算你对不起自己舌头。”

在梧听到这里，心中冷了半截，但还未十分绝望，因为听她的言语，虽然冷涩至极，但内中还含着一丝温热。就是她表示深恶痛绝，才说连梦见了自己，也得把床换个方向，但在另方面讲，她不啻是招认时常梦见自己，可见是尚未忘情。想着便向她恳切地说道：“你责备得全对，我真没有话可以分辩。现在能够对你说的，只有两句：我以前罪大恶极，万分对不住你；如今我后悔了，求你原谅我。一则我无论如何混账，你既然和我有好在先，现在又有了咱俩共有的孩子。你为着可怜我，可怜没出世的孩子，总得多看一步，给我一条悔过的道路。若只按道理看，像林老伯所讲的，我是自己对倩宜是不忠实，一面对你是欺骗，如今挤到这步田地，若抱定法律和人情说，不该有第二个配偶，那可怎样对得住你呢？倘若不管什么法律人情，径直娶你做姨太太，那样不特委屈了你，而且又对不住倩宜……”

说到这里，见秦云面色更转为难看，忙解释道：“你听得明白，并非我自己说的话，只是猜测林老伯所主张的正理。要像这样想法，你怎样做也不应该，怎样做也是加重罪恶，左右没有路儿，除非立刻死了，才对得起自己良心，才消灭了罪恶。可是你得知道我的情形，母老家贫，肩上担着全副重担，能够容我死吗？而且现在又加上咱们没出世的孩子，我的责任更重，更不许我死了。既不能死，就得活着；既要活着，就得从权对付，不能事事讲正理了。你是极明白的人，对我多少得看开些。我不敢说咱们旧日的情义，因为那样倒更惹你伤心，只求你把我当个不相干的陌生人，我遇到患难，必得你搭救，才能活命。你就是委屈了自己，也该做这件善事啊。”

秦云听着他说话，一直把眼光望着屋顶，这时才一耸肩儿，说道：“这才叫扯不上。你现在合家欢乐，满门吉庆，有什么患难？若说为着我肚里这个孩子，我根本没给你为难啊。”

在梧道：“不是这个意思，凭良心说，当初我许过娶你的，以后是我失信，把你害到这种样儿。如今我悔过了，孩子倒是小问题，最要紧是你本身。我若不能话应前言，把亏了的心补上，莫说以后要永远受良心责备，早晚要得神经病死了。就是活着，终身背着罪孽，精神长受痛苦，还有什么生趣？我所说的患难在此，求你挽回我的一生幸福吧。”

秦云冷笑道：“这还是废话，我并非定要和你断绝，方才不是问题，你真能叫我回家去做巢太太，我立刻就死心塌地地随你走。有老爷子在这儿，我敢立誓说，从此做你母亲的孝媳，你的贤妻，孩子的慈母，差一点儿样儿，叫天雷劈我，就是从此跟你讨饭挨饿，我也甘心。可是你一定办不到，任有千言万语，不是白说吗？”

在梧听她又坚执太太二字，觉得是故意作难，不由焦急说道：“你怎又说……当初你不是自愿低倩宜一头，方才也……”

秦云接口道：“不错，当初我说过，情情愿愿做小老婆。可是现在我变卦了，可有一样，这变卦不是从我兴的，你当初怎样许的我，以后你那位太太一露面儿，你大约寻思着不是味儿，就对我变卦了。我也是一样，当初曾应过做你的小老婆，现在孩子一露面儿，我又寻思着不够本儿，所以也变卦了。再说我当日若是顺情顺理进你家去，便做小老婆也没什么委屈，正经人家的小姐，还给有财有势的做妾呢，更莫说我这烟花出身的了。可是事到如今，我气也受了，苦也受了，再转回头去，低声下气，进你家去做不如人的人，那可真显着蹊跷。谁又是母亲怀了五个月生的，应该特别地轻贱呢?”

在梧听到这里，觉得秦云还是出于负气。恐怕自己再有万语千言，也说不进去了，只得转脸望着林翁，希望他在此时能帮助自己，说服秦云。哪知林翁还未掺言，只旁听他们说话，已把老头儿窘坏了。他从来时，就没有一定主意，只暗地虔祷上帝，给在梧和秦云一条自然解决的道路，自己好免得进入这罪孽的漩涡，使风烛余年，良心永远杌陧，死后也难对上帝。及至在梧和秦云见面之后，说来说去，竟直接谈到为妻为妾的问题。他不知秦云真意何在，只就她的言语中参详，以为既是争做正妻，而在梧势不能有两个正妻，倩宜又不能退而为妾，可见秦云有逼在梧和倩宜离异的心。至于在梧所言，好似秦云只一答应做妾，此事便可解决，认为他已不做他计，决意要犯双娶的罪恶了。这样自己立在中间，若赞同秦云意思，逼在梧停妻再娶，自是绝大罪恶，若顺着在梧，劝秦云嫁他做妾，也是罪无可逭。只要他们走入这两条途径，自己即使不赞一言，但身在局中，也难说避良心上的责任。正急得不知如何是好，忽见在梧望着自己，似有请求转圜之意，不由更加窘迫。这时直恨不得跳出这是非圈外。但是对着在梧秦云两个晚辈，势又不能洁身引退，袖手旁观，只急得顿足道：“你们俩是要我的老命了，秦云还不知道，在梧是听我说过的，我就是怕挤到这步田地，如今终是挤到这步田地。我可不是多藏心眼儿，你们对我这样年纪的人，还好意思逼我做睡不着觉的事吗?现在我说句归总儿的话，在梧是我的老侄，秦云是我的义女，我对你们打也打得，骂也骂得，你们也都敬爱我，现在你们遇到为难的事，僵在这儿，我论理论情，都应该说句解纠的话，无奈你们题目来得太难了，我老头儿无论是帮着义女，帮着老贤侄，或者谁也不帮，爽快叫你们永断葛藤，这三条路都是罪恶，我实在当不起。所以只可拼着受你们埋怨，简直不赞一词。你们要仔细想想，就明白我的苦衷了。可是除了这件事以外，我准有个老辈的样儿，在钱力人力上，只要你们说出口来，我准办到。”

林翁说着气息短促，身体颤抖，想见他内心是如何焦灼。秦云、在梧看着，情知老人本心极想尽父伯的责任，只因事势困难，使他无可尽心，又怕被他们疑惑藏奸，才急得这样。秦云只恐老人肥胖身体，一时急得过度，弄成脑充血，忙赶过去扶着老人道：“爹爹，你别着急，我们真是该死，惹您这样焦心。您先别理我们这段，吸支烟，喝点茶吧。”

在梧听秦云在这逼迫之际，竟把自己和她联为一体，说出我们二字，立又由寒气感到一丝热意。正要上前帮她安慰林翁，哪知秦云方说出请林翁吸烟饮水，但回顾几上壶碗空空，才想起并未预备茶水，心中着急，见在梧走将过来，沉着脸儿向他道：“你先别跟这里乱，替我去办点事，成不成?”

在梧道：“成，成，干什么，你说吧。”

秦云道：“屈尊你跑一趟给老爷子弄壶茶来。”

在梧应了一声，伸手向几上提起那茶壶，又张皇四觅，秦云问他找什么。在梧道：“茶叶呢?”

秦云冷笑道：“你看我穷到这样，家里还会预备龙井香片？劳驾你就在水铺买一包泡上吧。”

在梧听了，想到当日她在胡家时候，自己给胡百甫做私人书记，代管家庭账目。记得秦云饮茶最为考究，最贱也得每斤十元以上，方肯入口。每月只她这笔费用，就得三四十元。如今竟落得用水铺中所售的劣品了。水铺中的茶叶，论包出卖，最贵不过几个铜板，多是把茶楼戏院或是大户人家饮剩的茶叶，收去重新晒干，再加些颜色，卖给贫民。不特品质恶劣，而且十分污秽。秦云的樱唇香口，竟接受这种东西，岂不太可惨了。在梧想着，几乎有贾宝玉探晴雯时，看见那怡红院中所没有的茶，一样凄楚，鼻头一阵发酸，几乎落泪。秦云看着，好似明白他的意思，也凄然欲泪。但终不肯对在梧露出心软的神色，忙将牙儿咬住下唇，强硬着柔肠，挥手叫他快去，在梧方才低着头走了。

这里秦云向林翁道：“爹爹，您看我该怎么好呢?”

林翁挥手道：“你饶我，饶我。我已经说过了，实在不敢参与。”

秦云方才虽也听明林翁的话，但她终是女人见识，既不了解老人崇高的见地，是把纳妾看作不道德的，更不知道老人是位教徒，时时恐怕犯罪。听他同着在梧的话，还以为他是偏向自己，故意要使在梧受窘。这时见他对自己也这样说，才觉诧异。本来她有满腹心事，要对老人吐诉的，老人这一推托，也就不能出口。不禁不由犯起僵来，就道："爹爹，您不参与也罢。本来我们的事太不成话，莫说旁人，就是我自己也没两全的路，只于和他干净分开。"

秦云本心实在仍恋恋于在梧，但因受的委屈太大，存的冤苦太多，所以这次见面，竭力矜持，想使在梧受尽磨折，再行转圜，以稍洗面上之羞，略平心中之气。又倚仗有林翁在一旁，可恃为最后斡旋的人，才对在梧说得那样决裂。及至听林翁竟要置身事外，不由大为失望，但还不甚明白老人的真意，故而又说和在梧决定分离的话，借以试探。倘若老人出言相劝，露出撮合之意，便仍可把希望寄在他身上。哪知老人长叹一声，接着滔滔不断地把在家时和在梧所讲的婚姻道德和他本身的困难，又重述了一遍。秦云听他说到在法律道德宗教各方面，纳妾都是罪恶，已觉心中难堪，继而又听到倩宜追送在梧到车站的情形，不由更为心灰意冷。知道老人本意是不赞成自己扰乱在梧的美满家庭，不特对自己的想做夫人十分反对，就连嫁在梧为妾，他也以为不可。自己原意请老人来，是望他从中助力，哪知反而成为阻碍。失望之下，不由暗自发生气愤，自想我可真是不如人的贱货了，昔日在胡百甫家，对在梧就害了两年单相思，以后处心积虑，瞒心昧理，从胡家弄得钱财，下堂自去。在惊鸿馆和在梧意外相遇，满以为天缘巧合，可以如愿以偿了。哪知经过许多波折，受了无限气恼，竟眼看着在梧娶了他人，自己奔波流离，反落到这般光景。自林宅来北京之后，我思索在梧业已成婚，他家人又全和我反对，已经负气不再做嫁他之想，拼着守着一点儿积蓄，再做一点儿事情，补助生活，永远不和人发生爱情，甘在凄风苦雨中度过残生。哪知造化弄人，先使我遭了女伴坑骗，落得一贫如洗，日不聊生，接着又发现了身孕，才重新勾起我对在梧的旧情。这次写信给老人，虽然明说不盼在梧来，实际却料着他一知道信息，非来不可。等他来后，一面由我身孕的关系，一面希望老人从中做主，稍为给得顺顺气儿，我就仍旧依从原约，低心下气进他巢家去做小老婆。这样一来使我本身得所归宿，二来也使腹中这块肉，不致流落无归。这在我已觉是忍受屈辱，十二分的没奈何，哪知老人家竟还认为无理，不肯援手。可是我已对在梧说得那样决裂，自己也没法转圜了，这可怎么好呢？

想着不由对林翁稍生怨望，就正色道：“爹爹的意思，我很明白。我也像你是一样的心，所以托死不肯答应在梧一同回去。不过一样，我肚里的孩子，很有难题。我方才说生下来交在梧带去，自是正理。可是我呢，我虽然是天生贱人，死了也没人怜惜，无奈我总还是个人，心肠也和别人一样，并不是铁打的，自己身上掉下的肉，一落蓐就惨生生地分开，自然在梧是孩子的亲爹，凭他的心术，孩子万受不了苦，我放心是一百二十个放心，只是眼看着孩子离开怀抱，从此要叫别人作娘，再不容我近前。好像当初人娶妾生子，又留子卖妾一样。你是最讲理的，请替我想想，这能算公平吗，我不也太惨了些吗？”

秦云这段话，实因逼到分际，再不能矜持了，有些图穷匕见，露出自己的原意了。而且抱怨林翁只拘执正理，不念父女之情，不援助自己，反而偏袒他人，所以把交涉的目标，转向老人，提出这绵里藏针的质问。

林翁听了，肥面涨得通红，连摆手道：“这话不能问我，我声明过，始终不敢参与你们的事。”

秦云冷笑道：“爹爹，我不是叫你参与，只求您评评理儿。”

林翁摇头道：“理儿我也不敢……”

秦云不等他说完，已咯的声笑道：“什么话呢，爹爹？怎单提到我的苦处，您就徐庶进曹营，一语不发了？方才是您亲口说的，在梧太太怎样可敬，又什么宗教法律道德都不许双娶，也不许纳妾，这些话您替在梧太太想得多周到，保得多结实？那您也不是凭证，只于评理儿呀。现在我才把本身苦处提了一句，您就恨不得掩上耳朵，爹爹，您怎不疼女儿了呢？”

林翁被她噎得张口结舌，面色紫了又青，青了又紫，身体不住发颤，半晌没答出话来。秦云原本对老人情感极深，只为历来的打击，在她心中已暗伏下一股暴戾之气，今日又受着很大刺激，神经不由发生变态，勾起平日的积郁，同时爆发。只顾说得快意，也没想老人是否禁受得住。及至见老人如此僵窘，方后悔自己词锋太利，正待自行把话拉回来。不料老人这时猛一顿足，大叫道：“姑娘，你说得对，你问得对。我真是老悖晦了，太对不住女儿你，我……我……”

说着气喘吁吁举起手，似要自击其颊。秦云瞧着可有些吓坏了，幸而伸手甚快，把老人手腕揪住，颤声叫道：“爹爹，您这是为什么……女儿说话不对，您也该担待我个年轻糊涂呀。”

林翁仍喘吁吁地道："我该死，老而不死。姑娘你没有不对，你说话还留情了，我可不能再瞒心昧己，国材的性命是你救的，那不单对林家做了大德，连我这条老命，也多亏你保住。现在你遇到这种事，我还沾沾地怕什么造罪，只想躲在一旁图清静，不肯给你助一点儿力，这多么亏心哪。现在我把方才的话都算取消，再重说一句，姑娘你对在梧确是什么打算，实说给我，无论怎样，我拼着老命也给你办成，你快说吧。"

秦云想不到老人竟会扯到自己救国材的事，他言中好似说自己抱怨他欠着这样重情，竟不肯一言相助，才发出怨望之词。其实自己心中绝未设想及此，老人实是因神经过敏而误会了。正待向他解释，但又转想，老人这一拄倒劲，当然要不计是非曲直，替我出力，以求补报旧情，岂不是这绝好机会？固然父女之间，这样斤斤计较定要情谊大损，日后相处还有什么意味？但是自己终身所关者大。父女的情谊，固然不忍损伤，可是能因此而成全自己终身，就也无妨从权一下。因为自己和在梧的关系，已在不绝如缕，倘不及此时力争，便要成为终身遗憾。至于对老人的情谊，却能有回旋余地，现在就使得罪了他，只要自己能如愿以偿，日后用些心思，还不难恢复感情。再竭力行孝，也就可以补上今日的缺欠了。

秦云这样一想，就决定不向老人解释，反而要利用这机会了，但还顾着情面，婉转其词地说道："爹爹，您这话可太重了，那些旧事，谁又记在心里？"

林翁接口道："许你忘，可不许我忘啊？现在姑娘你不必叫我着急，趁早说你的希望，我好给你办。"

秦云到这时候，本想把本意婉转说明，但她还不肯落逼迫老人的痕迹，想转弯儿叫老人自认是出于本心的行为，就凄恻恻地道："爹爹，我有话也不能说，你方才的话太伤女儿的心了，好像您欠我的情，急忙补上了愿，我现在求您做主，也好像仗着救过国材，强迫您一还一报似的，这还是父女的情义吗？再说爹爹的意思，也仿佛只想补我的情，以后就不要这女儿，叫我好怕。"

林翁听了摇头道："你这是多想，也许我的话太不好听，可是我心里绝没把你看远了。国材的话，并不是从你口里说出的，是我自己忽然想起，你对我有偌大好处，我现在对你的事却袖手旁观，一时良心发现，觉着惭愧，才说出自怨自艾的话，这绝碍不着咱们爷儿俩的感情啊。"

秦云道："话虽这样说，但是我想着爹爹这次帮我，只因为我救过国材，并不是为着我的苦楚，这叫我好难过，实不敢承受您的好意了。"

林翁不暇思索，随口答道："我也并不是全为国材的事，你本身的苦楚，也该我替你解决。方才我是只想了一面，几乎不把公道待你，你不要记恨我啊。"

秦云听老人说出这话，觉得自己的脚步站住了，才道："爹爹，您怎只说这种话？女儿若记恨您，不该天打雷劈吗？"

林翁点头道："好，我也知道你不会记恨我，那么你就快说吧，别等在梧回来，反倒碍口。"

秦云还不肯直说，只含蕴着道："这也不用女儿说，您只当处在女儿的地位，替女儿的将来想一想，您觉得应该怎样办就怎样办。"

林翁道："这事关系甚大，不能含糊。倘若我不问明白，万一办得不是你的心思，不又要受你一世埋怨？你就痛快说吧。"

秦云此际也听出老人口气不大好听，但因自己大处已得胜利，也就不介意这等小节，便道："我现在为死为活，只为腹中这个孩子，我本身若不得正经着落，孩子这一世也就不如人了。"

老人听到这里，就接口道："我明白了，你是定要做在梧的正妻，这可……"

他才说了一句，只听院内有脚步声，秦云知道是在梧泡茶回来，急忙说道："我可不敢做这样指望，人家好好儿的夫妻，怎能拆散？"

林翁听了，抬头对她一望，似乎还不明她真意所在，秦云忙又说了一句"只可我自己甘受委屈吧"。林翁恍然大悟之下，在梧已提着茶壶走入，秦云忙接过壶去，因几上只有一只茶碗，就斟了递与林翁，向在梧道："对不住，我这儿太穷了，连碗也没个富裕，你等等吧。"

在梧忙道："我本不渴，你不要客气。"

秦云抿着嘴儿，似笑非笑地向他看了一眼，也未答言。这时林翁把茶呷了两口，觉得好不是味儿，不由又对秦云生了同情之心。方才原有些生气，喝了这带着土气息泥滋味的茶，立刻转念秦云处此苦境，真难为她忍受至今。世上除了圣贤能够逆来顺受，普通人谁能保得性情不由环境所变？更莫说秦云这样没有学问的女子。以前曾经享受，如今骤变穷苦，自易把脾气变坏，何况她心中又藏着许多愁怨呢？林翁真是忠厚人，这样一想，不但芥蒂全然冰释，而且又联想到秦云的要求，也从恕字上生了同情。他以为纳妾一事，固然和自己的主张大相抵触，但在秦云方面，却是合理的要求。她在娼门日久，熏陶渐染，把女子的身份看得低了，觉得与人做妾是分内的事，所以如今对在梧提出此议，也自觉于理甚至。再看她方才当着在梧的面，说得那样凶法，背地和我说出真实希望，却是不过如此。可见此人并非泼悍阴险，很能自守本分，虽然行为不合正道，但又怎能深责一个妓女出身的人？她本是在特别环境长大的啊。

林翁想着，把茶一口一口地呷，在梧却因方才的谈判情势不佳，未敢贸然开口，只希望在自己出门泡茶之际，林翁和秦云有什么意见交换，或使局势有新的开展，就痴望着林翁，等他发言。哪知林翁只顾喝茶，理也不理。在梧正在着急，林翁放下茶杯，立起说道："好吧，我很乏了，在梧先同我走，寻个旅馆去歇一歇，等晚上或者明天，咱们接着再谈。"

秦云听了，知道林翁要避开自己，和在梧谈判。在梧倒有些莫名其妙，以为在这毫无头绪之际，竟要走开，不知是何心理，欲想拦阻。但老人又已说个乏字，若必留他，又恐显着太不体贴。方自为难，秦云已发话道："老爷子，这儿太脏，也不敢留您歇着。您就走吧，哪时来我都在家里等候。"又向在梧道，"我这样儿实在不能出门，劳驾你陪老爷子去吧。"

在梧听她也这样说，更觉不能开口，只可答应着扶起林翁。秦云又把两个小箱都递给他，在梧实在没法，才回向秦云问道："那么我就稍迟再同老伯前来，你可有什么用的吗？"

在梧这话，是看着秦云穷到这般光景，恐她有什么迫急的需要，故而动问。秦云只抿着嘴儿，摇了摇头，表示无须。在梧只可随着林翁，一同出去。秦云送到外面，看他们雇上了洋车，方才进来。

林翁和在梧两人坐车到了一家长安饭店，这是林翁昔日常住的，十分厮熟。茶房迎接进去，住到上等房间，方才洗了脸，休息喝茶。林翁安坐吸烟，并没提起秦云的事。在梧以为他将要休息，也不忍扰乱。但林翁却没有疲倦的样儿，过了半晌，忽地问在梧道："你可知道秦云是我的干女儿吗？"

在梧闻言一怔，不知所答，林翁接着说道："你对于我干女儿，始乱终弃，害得她这样凄惨，如今发现她怀了身孕，你还想装作没事人儿吗？在先秦云只孤身一人，没依没靠，可以受你欺负。现在有我在这里，你是知趣的，趁早打正经主意。"

在梧想不到他说出这话，不由大为惊异，说道："我并没欺负她，方才不是竭力央求她一同回去，她只不答应。您也听见，若依她的意思，我得先和倩宜离婚，老伯您想，那能办吗？"

林翁这时主意，是决意代秦云做主了，但想既然成全秦云和在梧的畸形姻缘，乐得向好处办，所以对在梧不露秦云本意，只作为自己在中间替在梧转圜，取得在梧知道秦云本意仍欲做妾，而偏做许多张致，影响日后对秦云的感情，这是老人一份忠厚之心。当时听在梧说完，就点头道："当然你有很大困难，倩宜那样贤惠的人，凭什么跟人家离婚？"

在梧道："老伯你说的自是实情，我在没有办法之中，勉强想法，只有照秦云原来主意，娶她做二房，可是她又变卦不承认，这不难死我？"

林翁道："咱们姑且退一步想，只当秦云可以承认，你家里老太太和倩宜，能允许你娶她吗？"

在梧沉吟叹道："咳，倩宜为人，就是这地方太凶，我先没法对她开口。"

林翁愕然道："怎么？倩宜很凶，我倒没看出来。"

在梧道："不是这个意思，倩宜不特不凶，而且十分柔和，处处屈己从人，尤其对于我太体贴了。我很知道，倘若把这事对她提起，她一定很痛快地答应，绝不叫我为难。可是就因为这个，我倒没有法儿。比如她是个很凶悍的人，一听丈夫纳妾，就拿刀动杖，寻死觅活，我还可以不怕。唯有明知道她一定能体贴我，我偏把不体贴她的事去欺负她，实在居心不忍，所以我说她凶啊。"

老翁道："这是你对倩宜的情形，还有别人呢。"

在梧道："家母素来疼惜儿子，倒还好说。何况秦云已有身孕，老人家听说要抱孙子，自然只有喜欢，顾不得责备我了。只有我妹妹颖芊，是最难度过的一道关口，她向来见解正大，心地明白，事事帮助我、规劝我，几乎好像不是我的妹妹，倒像我的长姐一样。而倩宜最初是她的同学，她以倩宜保护人自居。上次秦云在火车上受气，若只倩宜一人，万万不致那样。只为有颖芊从中给她做主，把我制得俯伏在地，才僵到不可收拾。现在若把娶秦云的事重新提起，颖芊为保护倩宜，定然第一出头反对。"

林翁抚摩着下颏，沉吟说道："这事很难，不过一步步地办，也未必没有办法。我原来很反对你娶秦云做妾，认为那样，你既损伤道德，秦云也失了人格，另外还侵犯倩宜的权利。可是如今我细看情形，实在不能再坚持那正理了，只有从权还走你们原来的道路，虽然犯法背理，但在事实上较比还稳当些。若一定依着正理，永世不得解决，结果也许生出意外祸事，局面就更惨了。现在只好委屈倩宜一点儿，叫她让出一点儿地位，安置秦云。秦云为人固然嘴上强些，总还明理，绝不致欺压大妇。这样办，算我太偏向干女儿，才叫倩宜损失权利。可是我日后一定要补上她这亏欠，不能叫倩宜骂我这老头儿。”说着搔了搔头又道，“这只是我的打算，秦云答应不答应，已是问题。你家里办得通办不通，也难预料。只可拚出我这老脸，到处撞去吧。”

在梧道：“你预备怎样办呢?”

林翁道：“我只能随机应变，现在如何说得定准？但盼我能成功，闯过这道难关。也许你该着有这福气，所以上天特为预备下我这老头儿，替你奔走。你却在这个时代，还得在法律道德外面，安享两位太太的艳福，真太便宜了。”说着哈哈大笑。

在梧心想：我这艳福直比重罪还难享受，宁可没有的好，若像这等局面，连享受几天，还不如换个无期徒刑痛快。想着又由艳福二字，连念到现在局外的小樱，自思我果然艳福不浅，旁人连一个女人也没有，我竟招惹下三位。倩宜的婚姻，已是患难上成就，如今秦云此举，更落到黑暗的深渊，即使和平解决，我也算不死脱层皮了，将来小樱的艳福，还不知如何享法，料想必然更难，也许要了我的命呢。

在梧想着，不禁发声一叹，林翁望着他道：“你还叹息什么？难道对这样的闺阁福分还有什么不满?”

在梧连声道：“满、满，我满，我没有不满。”

林翁不由又笑起来，随即吩咐茶房，弄来些点心吃过。林翁就叫在梧在旅馆等候，他自己出门去看秦云。在梧不知结果要弄成怎样，提心吊胆的，直等到日色平西，林翁还未回来，心中更为焦急。但林翁临行时曾说，此去说服秦云，并非易事，或者要耽搁很大工夫。倘若归迟，千万耐心等候，不要到秦云家去。而且在梧又不知林翁其他去处，虽然悬系，也没法出去寻觅，唯有继续等候。

他因昨夜未得安眠，今日又一直神经兴奋，身体劳动，没得须臾休息，弄得身心疲乏。等候到电灯初亮，实在支持不住，才到床上略作小眠。哪知这一睡着就不自主了，醒来只见灯光淡白，耳中万籁无声，好似夜静光景。坐起看看手表，不料已经停了，只得走向到甬道中观看，见壁上大钟已指到两点，不由大为惊异，暗想林翁在秦云处，无论如何耽搁，也不致到这时还不回来。但是他久在官场，朋友极多，也许接见了谁，被牵绊住了？那样也该打个电话来，好叫我放心，怎就这么把我蹲起来呢？在梧回到房中，越想越为纳闷，越闷越为着急，但仍没有别法，只急得坐也不是，站也不是，直在房中转到天明。又想林翁或者在什么地方已经安歇，自己干着急也没用，他不会在清早回来，自己也只可继续再睡。但这次却不似以前容易，辗转反侧，直听外面大钟打了八点，方才入梦。不知睡了多大工夫，在蒙眬中忽觉身体微微摇动，似乎被人推撼，在梧这时昏沉沉似觉仍像平常睡在家里，早晨被倩宜叫醒去公司上班的情景，但还贪睡不愿即醒，手儿却不觉地搭到那摇撼他的人腿上，口中做妮声叫着倩宜的学名道："阿玲，你再偎着我睡会儿，还早呢。"

话未说完，猛觉肩上被打了一下，似乎很疼，这才张眼一看，只见床沿坐着个穿浅绿色旗袍的女子，正低着似笑似嗔的脸儿，向自己瞧着，这面庞还是厮熟。在梧做梦也想不到对面竟是自己的爱妻倩宜。立刻想起此身尚在北京旅馆之中，不禁大惊欲痴。同时又听得脚步声响，在梧把眼光由倩宜身畔看到门际，恍惚见有两人很快地走出去。只看见一个穿着绿色旗袍，像是女子，另一人却没有看清。在梧一瞥之间，已惊得天旋地转，直由床上跳将下来。

正是：美人天上落，疑是疑非；之子客中逢，半忧半喜。

后事如何，下回分解。

第十一回

虚声一块肉和事佬油壁同归
绮恨万重山温情儿心香自爇

话说在梧大惊之下慌忙坐起，痴望着倩宜问道："你……你怎么来了？"

倩宜回头看看，见房中已无他人，就握住在梧的手，很柔婉地笑道："你不要惊慌，我是跟林老伯来的。"

在梧大惊道："林老伯，什么？林老伯回了天津？"

倩宜点了点头，推着在梧道："你起得猛了，留神又闹头疼，还躺下吧，我慢慢和你说。"

在梧这时头脑十分昏乱，向后一仰，又倒在枕上，茫然说道："林老伯回了天津。"说完这句又张大了眼睛望着倩宜道，"他同你说了什么？"

倩宜面上露出慈爱的笑容，好像个母亲抚慰孩子似的，低声说道："我一切都知道了。"

在梧抢着道："你知道了什么？"

倩宜抿着嘴儿道："凡是你知道的，我全知道。而且还知道你现在落到困难里，特意来救你。"

在梧听了，不禁双泪直涌，一翻身将头儿伏在她腿上，悲声说道："倩宜，我真没脸见你了，你还来救我。这样三番两次，你可该寒透心了。"

倩宜推他回到枕上，望着他的脸儿道："不要乱说，这只怨我。在当初若出头成全了你们，何致现在叫你受困？你总知道我不是嫉妒的人，难道容不下一个人？别说傻话，我和你说。林老伯昨日夜车回去，就到咱们家里对我把细情说了。我很明白你正苦到什么样儿，恨不得立刻飞到北平来，无奈夜里没有火车，只得等到早七点，才一同来了。我在等车的半夜，已经替你全办好了。咱娘听说秦云妹妹怀了身孕，十分欢喜，已经答应娶她进门。颖芊也没说什么，现在算是咱娘派我和颖芊接你和秦云回去。"

在梧听了，心里对倩宜真不知是什么滋味，似乎感激惭愧两个名词，都不足以形容，只剩了咬牙痛恨自己，半晌才泪汪汪地道："好好，你太宠信我了。你只懂得自己吃亏，早晚有叫我苦死你的一天，你再明白就晚了。"

在梧这几句话，实是从良心深处逼将出来，因为本心惭愧得不知所云，竟抛开自己的立场，立到倩宜的地位，替她来抱屈，来发恨，来痛骂自己。倩宜似乎很领略他的意思，伸手掩住在梧的嘴，微做嗔容道："不许胡说，我们只要大家平安，说不到这些闲话儿。你还是老老实实地听我调动，不许别扭。要知咱们一家从娘那儿起，直到秦云没生下来的小孩儿，谁不指望着你。我很明白你疼我，可是得想开些，若是死钻牛犄角，倒是给我苦吃了。"

在梧越听倩宜开导，越觉心中难过，哽咽难言。倩宜喁喁慰藉，半晌在梧才道："你同林老伯颖芊一道儿来，他们呢？"

倩宜道："他们方才也在这屋里，你醒了和我说话，他们才躲开去。"

在梧叹道："咳，阿玲，你是前世欠我的孽债，今生才这么甘心受我欺侮……"

倩宜咬着牙拧了他一下道："你又说。"

在梧摇头道："我不说，你是命该如此，你认命，我也许乐得欺侮你到底，也许将来有补报你的一天，这不说了。可是颖芊……我……真怕见她。世上像我这没人味儿的哥哥再寻不着二份。"

倩宜呸了一声道："你没听见我的话呀，颖芊已被我说服了，她绝不会反对。再说她还不愿意有个叫姑姑的吗？"说着又嫣然展笑，一耸香肩，互摩着纤掌道，"喂，我真从心里说不出来地乐，眼见有个小宝贝，向我叫娘了。"

在梧望着她只有落泪，倩宜又抚着在梧头道："躺够了吧，快起来洗脸，吃些东西我们一同接秦云去。好赶着今儿回家，娘还眼巴巴地等着呢。"

在梧徐徐坐起，倩宜就替他拿过鞋子，在梧扶着头道："你先放下，我和你说两句要紧话。"

倩宜重又坐下道："你还唠叨什么？"

在梧抚着她的肩头，发出极诚恳的声音说道："阿玲，我凭良心告诉。对于秦云，我始终处在被动地位，并不是我没有她不能生活。现在挤到这步田地，我很明白你是疼我，所以竭力成全这事。不过你要仔细想想，不要只为他人，也得为自己打算，不能只图落贤惠的名儿，也得顾着自己的幸福。林老伯是秦云的义父，自然会架弄你做这傻事。咱们娘向来宠任儿子，又希望抱孙子，也许不顾儿媳的甘苦，就做了这样主张。我呢，也许为娶着秦云，用好话哄你上套。所以你得沉心细想，先别顾虚名，也别任着一时的性儿。要明白现在我是你一个人的，你一点头，就算把我分给秦云一半，再反悔也不能了。再说现在秦云无论说得多好，她终是妓女出身，也许日后反过来给你气受。你这柔和的性儿，可不是她的对手。你还得明白，现在把柄在你手里，你若是摇摇头，谁也不能说你半句不是，便是咱娘，也不能强拗着给二十多岁的儿子纳妾。打到公堂，传到天边，你都占十成的理。”

说着见倩宜痴痴地相望，似乎有些迷惑，就又接着道：“阿玲，我是因为你太好，太老实了，好像眼前面有着火坑，也由着别人撮弄，甘心跳下去，我实在不忍。现在我只当不是你的丈夫，当作你娘家的人，细细把这道理说给你听，你好自己打主意。至于我这方面，你可千万别误会了，以为你允我娶了秦云，就增加了感情；不许我娶秦云，就生什么怨恨。我敢立誓是希望我们夫妇永久保持纯洁的爱情，不愿被别人破坏的。”

在梧说完，因为精神兴奋过度，觉得疲乏，微喘着等她答复。倩宜无言，只点着头儿寻思，过了一会儿，才拍着在梧肩头道：“谢谢你这样指点我，现在我才明白了。”

在梧听了，疑惑她是因为自己的剀切劝告，已经改了主意。不料倩宜又接着道：“我既然明白，自然不致受人架弄，被人欺哄了，我还是要给你娶秦云。”

在梧听着一怔之后，只有望着她摇头，似乎怜恤她执迷不悟，自寻苦闷。又很诧异自己说了这许多话，还不能动摇她的意志。但在梧哪里知道，他的话所得结果，恰和他原来希望相反？倩宜因听了他披肝沥胆的忠告，觉得在梧对自己太忠实了，不特由感激而更加了爱情。认为在梧既对自己如此，自己更不忍看着他受窘，必得把秦云的事替他解决。而且因此又证明以前在梧与秦云发生关系，必是迫不得已，日后即使娶了秦云他也不会变心，由今日一席肺腑之谈，已可断定他始终不相背弃了。倩宜这样想，表面还不敢露出热烈神情，恐怕在梧见了懊悔，故而只淡淡地表出坚决的意见，说完就又催促在梧起床整衣。

在梧还似不忍地道：“我劝你再想上几十分钟，一世的事，不忙在一时啊。”

倩宜向他觑着一只妙目，做出娇痴的嘴脸道：“我想够了，从昨夜到今天早晨，有多少想不了？你快起来走吧。”

在梧无言，只得穿好衣服下床，草草洗脸，忽然问道：“林老伯和颖芊呢？别叫他们尽在外面等着。”

倩宜笑道：“你说得他们这么傻，一直在门外罚站哪？我们来时，就在对面又开了一间房。”

在梧点头，洗完了脸，就在房里来回踱着。倩宜催他快走，在梧因出去便要和颖芊见面，心中甚为畏怯，大有迟迟不前之意。倩宜明白他的意思，拉着他出门，进到对面房里，见林翁未在里面，只颖芊一人坐在椅上看报。她一见在梧走入，就徐徐立起，冷冷地带笑鞠躬道：“哥哥大喜。”

在梧脸儿立刻变成红布，心里也知道她是为倩宜负气，才现出这讥诮之态，并不本心对自己有什么芥蒂。但向来自己行为常有不检，屡次经这正气的妹妹规谏，心中常怀惭愧。今日又做了这大大不该的事，自觉太不够长兄的格儿了。倩宜却已看出情形，急忙抢到颖芊身旁，低声说道：“好妹妹，你不许这样。忘了车上说的话吗？”

颖芊摇头道：“我心里有话，憋不住，非说不可。”随转面向在梧道，“哥哥，过去的事不能提了，你可得记着我嫂嫂今天的情形，她太可怜——”

说到这里，已被倩宜掩住了口，切切拦阻，不叫再说下去。在梧点头叹道：“妹妹，我现在没话可说，你只往后看吧。”

倩宜拉着颖芊问道：“林老伯呢？快请他来，我们好接秦云去。”

颖芊道：“林老伯方才出去，说少时就回来。你们去接秦云，我可不去。”

倩宜道：“你真懒，跟着去一趟不好吗？自己冷清清在这儿有什么意思？”

颖芊摇头，在梧忙道：“不但妹妹不去，连你也不能去，干吗自轻自贱地去接她？你也得顾着自己身份。”

颖芊听了扑哧一笑。在梧知道颖芊这一笑，含意很深，也没敢搭茬儿。倩宜却又暗暗打了颖芊一下，连使眼色，颖芊才不再作声。三人都默默相对，只等林翁回来。哪知过了有半点钟，还不见他的踪影，在梧自然不敢说话，颖芊也是不愿开口，只倩宜不住向门外张望，似乎很为着急。在梧在这种空气中，觉得难过，急想设法打开这僵局，就问她二人想不想吃些东西。颖芊摇头，倩宜道：“妹妹，你夜里也没睡好，早晨只吃了很少点，就上了车站，现在总该饿了。你叫你哥哥给点什么吃吧，我也陪着你。”

在梧闻言，也不敢问颖芊，就按铃唤茶房进来，要了四份点心。在梧以为林翁必很快回来，所以替他也叫了一份。茶房答应走出，不料颖芊忽然开口道：“四份怕不够，要五份吧。”

倩宜笑道：“你方才不要吃，现在又想吃两份吗?”

颖芊摇头一笑道：“我连一份也吃不下。”

倩宜道：“那你为什么又多要一份?”

颖芊一耸肩儿，还未说话，忽听门外林翁的声音叫道：“他们没在屋里，一定是那边……”

在梧听着，才说了句老伯回来了，立见门儿一启，林翁走将进来，一只手伸在后面，还挽着一个衣服朴素面容憔悴的女子，正是秦云。在梧和倩宜全都一惊，颖芊毫不惊异，反而微微一笑。倩宜才明白她早已料到林翁接秦云去了，故而说出多要一份点心的话。但这时也顾不得多想，忙向门际迎了过去，满面春风地叫道：“老伯原来是接妹妹去了。”说着就要去拉秦云的手。

不料林翁扬着手臂挥她后退，倩宜不知什么缘故，方向后倒退了两步，林翁已拉秦云到了她跟前。老人高声叫道：“姑娘，先给你姐姐行礼。”

秦云这时想已受了老人叮嘱，恭恭敬敬地叫了声姐姐，就盈盈拜了下去。也不管楼板坚硬，那么快地跪下就行旧式大礼。倩宜倒有些手足无措，一手抓住秦云肩头，想要拉她，无奈拉不起来，口中叫着“妹妹，这……”就要跪下还礼。猛觉身后被人拉住背上衣服，弯不下腰，回顾却是颖芊。见她正寒着脸儿，似有怒意，便知她必暗恨自己太不尊重。这时林翁在旁也拦住倩宜不让还礼。秦云叩完了四个头，仍不起来，仰起头儿，满面现着诚恳之色，低声说道：“姐姐，我出身低微，性情拙笨，日后求您把我当儿女一样地教训吧。”

倩宜竭力拉她道：“妹妹，你的话太重了，快起来。”

秦云这才立起，望着林翁，等他再发号令。原来林翁向来脑中没有纳妾这两个字，所以对此种规矩一窍不通。他自立意要成全秦云，在回天津以前，去征得秦云同意，又在回津后那夜，先去拜访了一位老朋友，向他打听。偏巧那位老友是个老顽固角儿，经林翁询问，就告诉了许多古礼。林翁听着，觉得这样直是把妾的身份低到无以复加，若依此办理，未免太委屈了秦云。但又回想，秦云既要抢夺倩宜的权利，当然该不辞卑屈，也使倩宜在表面稍得顺气。及至同倩宜、颖芊到了北平，把她俩安置在旅馆，就自去接秦云。这原是他早定的主意，因为万不能叫倩宜先去见她，自然是叫她先来叩见倩宜，方为近理。及至他见了秦云的面，说明一切做妾的规矩。好在秦云也想得开，当时听着林翁的话，百依百随，倒使林翁出于意料。就叫秦云草草收拾，锁了房门，才一同来的。

此际在秦云拜见倩宜以后，林翁又发令叫秦云给小姐行礼。在梧和倩宜闻言，都觉一怔，不知他所指小姐是谁。继见秦云望着颖芊拜了下去，才明白林翁是依着古礼，把妾和婢看作一等身份。所以秦云不能为着在梧的关系，受颖芊拜见，反而得以婢仆对主人之礼拜见颖芊。都很诧异，觉得林翁有些太过。倩宜心里更怕在秦云忍受屈辱，甘做磕头虫之际，颖芊万一再冷淡如初，给秦云难堪，那不但现时要闹成僵局，而且由此感情破裂，日后便不好相处了。

倩宜想着，急得要过去向颖芊秘密劝告，不料颖芊那里早已拉住秦云，屈下一膝，和她对拜，惶恐地说道："我该给您磕头，这怎么倒……您快……"

林翁就在这时，双手扶起两人，含笑叫道："好，你姐妹行个平礼吧。"

说着又向颖芊道："贤侄女，我这干女儿自幼少调失教。现在真算运气，遇到你这位女学士。我把她交给你了，你得看着我的老面子，帮你嫂嫂指教她。"

颖芊一面和秦云相对鞠躬一面答道："老伯您别折受我，我怎当得起啊？"

林翁大笑着，又叫住在梧过来，在梧面红耳赤，退避着道："昨天我们见过了，老伯免了吧。"

倩宜也明白此际叫在梧和秦云见礼，当然又是秦云给他磕头，这在两方都极难堪。就代为解围道："老伯，不必了，等我们回去见了母亲还得正式行礼呢。"

林翁这才罢了，就请大家落座。秦云又现出当日在火车中态度，恭恭敬敬站在倩宜身旁，只不肯坐。颖芊这时候真是可爱，在以前她好像把秦云当仇敌似的反对。及至这时，见木已成舟，就不肯给在梧难堪，替倩宜树怨，又为顾全大局，竟反而很和蔼地周旋秦云，拉着她坐下。秦云只是不肯，林翁道："贤侄女，你不要让她吧。现时在我的眼下，我得教她认清自己本分，守着自己规矩。你让她也是白让，不如等你们回到家里大家听老太太的嘱咐，想怎样优待她都可以，我也就不管了。"

颖芊、倩宜听了也只可让她立着，这时茶房已送进点心，摆在桌上。颖芊笑道：“哥哥，你不听我的话，现在短了一份，还得再叫。”

秦云连说才吃过饭，不必叫了，倩宜向颖芊道：“哦，我方才还疑惑你是未卜先知，能掐会算。现在寻思起来，才明白林老伯临走时候，一定告诉过你，所以你知道妹妹要来。”

颖芊摇头道：“没有的话，老伯是悄不声出去的，并没告诉我。我是因为他去的工夫太久，才料到是接人去了。”

林翁笑道：“侄女，你真成，我还自觉神出鬼没，想吓你们一下，哪知你竟早料到了。”

说着就又叫了一份点心，颖芊、倩宜都要让秦云先吃，自己等后来的一份。秦云仍是不肯，自张罗着叫茶房预备手巾漱水，等大家吃完，又递烟送茶。倩宜好生不安，但知当时劝阻不会有效，只得等待归家后再说。

这时大家商议几时回去，倩宜颖芊都主张乘午后的车，黄昏以前便可到津，秦云却迟疑着说需要回家料理，当日不及起行。在梧笑道：“不就是你那份家业，就抛下了又值什么？”

颖芊也道：“你就快走吧，别叫我哥哥着急了。”

秦云听着不好意思，倩宜忙道：“妹妹，我听说你失过盗，把东西钱财全丢了，现在已没了什么，粗重的带着又累赘，不如就抛下吧。”

秦云才道：“我就是送人，也得回去交代。若是这么悄不声地一走，还许给房东添了麻烦。”

倩宜道：“那么我就陪你回去一趟，有一两点钟就可以回来，还赶得上车。”

林翁这才发话道：“我又有主张了，秦云自然应该急速跟你们回去，也省得老太太惦记。可是我总是秦云的干爹，若看着她就这样乱头粗服地进你们巢家，心里实下不去。依我说，你们三人先回家去，见了老太太替我道歉，就说秦云本要随着同来，但被我留住了。我打算带她先到我家去住，多少布置一点儿嫁妆。稍迟几天，择个好日子，再把她送过去。秦云一世的大事，该得些风光，也算尽我一点儿心意，不白听秦云叫了回爹爹，你们看这事办得吗？”

在梧闻言只望着倩宜，倩宜笑道：“老伯说得自然有理，可是秦云妹妹现在是我家的人了，我虽然拙笨，总还照顾得了她，总不致叫她受屈。不过您若一定要疼干女儿，我也不能拦。”

林翁大笑道："这个我还有主权，你拦也拦不住。现在就这样定规，你们先走，好叫老太太放心，我和秦云至迟夜车回去。"

在梧听了，看看手表道："若是这样，我们就无须耽搁了。现在才十一点，再过五十分就有一次下行车，我们趁早走。一来好报告家母知道，叫她放心。二来我也该到公司看看。"

林翁道："你早回去见老太太，自是正理。若说公司，你倒不必惦念，我放你一个星期的假，叫国材替你。你就在家里休息几天，也该操办喜事。若是公司有什么大事，国材自然去寻你商量。"

倩宜听了向在梧道："老伯说的是，你这两天也够累了，真得好好休息一下，再说还得……"说着嫣然一笑，又转向林翁道，"老伯，您定喜期最好在三四天里，也叫他们正式团圆几日。"

林翁笑道："好吧，就依你办。"

当时大家又闲谈了一会儿，在梧夫妇和颖芊就先回天津走了。这里林翁对秦云又有一番交代，只说："你看倩宜为人何等忠厚，走遍天下恐怕也再寻不出第二人。你要记住她的好处，日后永远和平相处互相退让，管保后福无穷。再说这件事的成就，他们姑嫂都这样顺情顺理，虽然全是疼惜在梧，但也在我这副老面子，逼着她们不好意思驳回。你日后去到巢家，若是都处得好，自然给我增光。若是有什么争争吵吵，那我就落大埋怨了。"

秦云听着，唯唯地道："爹爹，现在咱爷儿俩说话，我是什么出身？早年受的什么磨折？如今能嫁到在梧这样的人家，虽然做妾，难得大妇这样相待。从在梧身上看老太太必然更是慈祥，我还有什么不足？莫说我此去包准享福，就是受罪，我也安分认命，绝不能给爹爹抹了脸。以后你只要听说我落了一点儿包涵，您就别认我这女儿。"

林翁拍手道："好姑娘，咱们父女就说到这儿，往后瞧你的了。"

秦云接着又说了许多叫林翁放心的话，休息一会儿，二人才一同到秦云旧寓，办理结束。原来秦云早已窘得不堪，房租欠了一个多月，附近的小杂货肆也欠了不少的零碎账，已经不能再赊。同院住的是一家小商贩夫妇，曾在秦云病中给帮了不少的忙。林翁问明一切，就把债一齐还清，除将秦云房中什物，都送给那同院的小贩，另外还赠给百十块钱。

这一来附近的人都轰动了，有的造谣，竟说秦云是什么财主家的小姐，因事逃出，如今被家里寻获了；有的还代撰了个戏剧性的故事，硬抄今古奇观的一段做蓝本，说林翁是天津大富翁，秦云是他的爱妾。因为林翁有事远行，数年未归，家中大妇悍妒，趁丈夫出门的机会要将秦云害死。另一说是变卖，秦云得一个女仆报告知道消息，急忙逃了出来，到北京躲避。如今出门的丈夫回来，查明原委，把大妇休退，自行接爱妾回家。凡是对秦云有恩的，都要重报呢。因此有很多人后悔以前不曾和秦云联络。有个穷妇人，看见那小贩得钱，眼热得顿足捶胸。自言早知秦云是个贵人，自己宁可把孩子都送到育婴堂去，腾下身子给她去做义务女仆，此日准得到巨大酬报。这样议论纷纷自不必提，但这贫民区中，却因此事而厚了风俗，大家都看着小贩善待穷途的人，发了小财。全希望照样遇到这等意外机会，以后邻近再来了孤身无倚落魄者，不特没有势利之见，反而尽力相助了。

按下林翁与秦云不表，且说在梧夫妇和颖芊，回津到了家中。在梧见着母亲，自表示请罪之意。老太太虽偏疼儿子，又希望抱孙，对此事本无不悦。但因当着儿媳，总要说几句正道话，把在梧责备了一顿，在梧只有唯唯。倩宜又替在梧遮护，连颖芊也在一劝说，老太太才正式主张，秦云进门以后，一切都是听倩宜的约束，若有不服，定把她赶将出去绝不留情。说完又坐了一会儿，老太太才吩咐他们各自回房休息。

在梧出房，就见赵顺立在堂屋，满面带笑地说给少爷道喜。在梧不由脸上一红，心中甚愧。自从赵顺来到家中之后，自己接连着办了两回喜事，本身的图谋都成就了，但对于他的孙女小莲，却仍没访出一点儿消息，这未免为人谋太不忠了。而且自己将要娶的姨太太，还是赵顺当日的旧主妇，相见何等难堪？虽然自己和秦云的结合内中还有许多缘故，但赵顺哪里知道？而且在当日自己由胡百甫家辞职出来，赵顺就曾说过秦云对我有心，并且暗相警告。我当时并未着急，如今竟把秦云娶到家来，不会被赵顺疑惑我因听了他的话，才去向秦云勾诱吗？

想着也只得搭讪着说道：“这有什么喜？只为挤得没法罢了。”

赵顺见倩宜不在面前，就道：“凭少爷这人品学问，娶上三妻四妾，有什么稀罕？但不知新姨太哪天进门啊。”

在梧道：“还没定日子，也就快了，她和你还是熟人呢。”

赵顺听了一怔，在梧又道：“你当初的话应验了，新姨太就是在胡家护庇我的人。”

赵顺瞪大了眼，哦哦两声，因为吸气太猛了，竟呛嗽起来。在梧等他咳嗽停止，方才说道：“我不是曾告诉你，秦云从胡家出来，就落到惊鸿馆。我去打听小莲消息，才遇见她的。”

赵顺点头道：“我也想起来了，那时您说托胡太……新姨太太打听小莲下落，以后你没有再提，我也不好常问，接着我又害了病……”说着左颊拘挛的部分抖动了一阵，才又接着道，“我只疑惑小莲有什么坏消息，少爷怕我伤心，不愿意告诉。现在您别瞒着了，从新姨太太得着什么消息，就告诉我吧。”

在梧听了，更觉惭愧，自己和秦云原为寻小莲而意外相遇，秦云并且应允代为打听，但以后自己只顾相恋情热，竟始终未曾问她，秦云也未曾提起，直延迟到今日。经赵顺相问，才又忆起小莲来，真是太觉亏心。想着赧然说道：“在我告诉你以后，秦云就上了北京，所以我也没得问她，大概她也没有探听出眉目来。等过一两天，我见着她再细问。你也不必焦心，好在小莲岁数还小，万不致有什么意外的遭遇。我一定帮你到底，一日寻不着小莲，就一日不能歇心。”赵顺听了，连说谢谢少爷，随即退去。

在梧回到房中，对倩宜自仍有一番引咎道歉，倩宜还是照样地安慰。因为他连日劳碌，硬派在家休息，不许出门。在梧这时把秦云一方办妥，竟又想起小樱来，心中忐忑难安。明知秦云此举能风平浪静，落到这般结果，已是侥幸。但对人对己，负罪已深。小樱万不能再做侥幸之想，自己回思应该自警应该悔改，对小樱必须断绝，万不能再去招惹了。但转想小樱童年旧侣千里来投，她的恩义既不可辜负，她的现状又极须拯救，如何能够置之不理？而且即使自己使出狠心辣手，当前事实也不能允许。因为她现住旅馆，又知道我的住处，倘若我长久不去，她等得急了，一定要寻到家里来的。到那时全局尽坏，无可收拾，自己也就变成累犯，求任何人的原谅都不能了。在梧这样暗怀鬼胎，只想及早出去，即便不能为小樱谋个安置，起码也要把她稳住，免得生出意外。但那温柔熨帖的倩宜还认定在梧身心并乏，需要休息，强按在床上安睡。在梧满腹心事，又哪能安息，只剩了辗转反侧。倩宜做梦也不知道这样护惜丈夫，适得和希望相反的结果，越休息越伤身耗神呢。

在梧在房中忍了一日一夜，到次日午后，他实忍不住了。自己剃面整衣，想要出门。倩宜看他比昨日初归，精神更为颓靡，颜色更加灰败，就不愿他出去，仍劝在家休息。在梧苦在没可借口的题目，第一在北京已得林翁准假，不能说上公司；第二又知道秦云现在必已回到林翁家中，自己若说去访林翁，倩宜必猜是去看秦云，未免不好意思。所以他只能说是心中闷倦，要出去散步。

倩宜初思劝阻，继而又笑道："你想出去走走吗？那正好，我陪你去。"

在梧心中甚为失望，还不得不表示欢迎，笑着说道："你怎这么高兴？"

倩宜道："我想赶着给秦云收拾房间，喜期不久就到，不能耽搁。我们先到木器公司看一堂家具。"

在梧道："我看这倒不忙，林老伯那里一定要赠秦云点儿嫁奁，内中就许有木器家具。我们不要买重复了，等问问林老伯再说。"

倩宜笑道："你好厚的脸皮，这不成了向老泰山讨嫁妆了？"

在梧道："我们和林老伯的交情，倒不在乎此，可以问的，我去一趟如何？"

在梧此言，是想借题出门；避免倩宜跟随，好到旅馆去看小樱。哪知倩宜听了，欣然笑道："也好，我还想看看秦云呢，一块儿走吧。"

在梧听了，只有暗自叹气，知道自己今日左回右绕，也没有见小樱的希望了，只得和倩宜到了林宅。林翁和秦云前一天已经回来了，林翁正在招了几个裁缝，替秦云赶制嫁衣。至于其余物件的购买，林翁都责成国材代办。国材不愿自专，邀秦云一同出去。秦云不知是因为记忆旧日的事，要躲避嫌疑，也不知是因为其他缘故，只推说身体困倦，不肯出门，所以还和林翁同留在家里。在梧夫妇到来，秦云不理在梧，只竭诚伺候倩宜，在梧只得去和林翁谈笑。林翁言说关于秦云一切，都已包办，无须在梧置备。在梧听了，回顾倩宜笑道："我说的如何？若是依你，岂不白费事了？"

倩宜撇着嘴儿道："难得你连客气也不客气，就实受了。"

在梧道："我同老伯客气，不是自讨挨骂？"

林翁问是何事，在梧把倩宜要替秦云收拾房间的话说了。林翁摆手道："你们就不必多操心了，只要匀出三间空房，我自会替你们布置。"

在梧道："干什么还用三间房？您不要忘记我家一共才有几间房子。"

林翁大笑道："你以为我替秦云扩充地盘吗？我托大说，倩宜和秦云，在我眼里都是一样。倩宜虽不是我的义女，但我因为爱敬她，已经自居老辈了。再说我又是在梧的老伯，你们三人，我都一样疼爱。所以这次我要给你们收拾新房，算是贺礼。一切物件，都是同样两份，你们谁一推辞，就算打我的脸。"

在梧听了，忙说老伯何必这样费心，倩宜也明白林翁因他的义女侵了自己的地位，心中抱歉。故而趁为秦云购办嫁妆之时，同时也赠送自己一份，以相酬补。深觉受之有愧，但听林翁最末两语，又苦不好推辞，正在嗫嚅欲语，秦云已挽着她的手，拉到一边，低声说道："姐姐，你千万别推辞。老爷子的脾气，是不许人驳回的。你一客气，他倒难过。"

倩宜还未答言，已听林翁在申斥在梧道："你就是这种习气可厌，永忘不了应酬俗套。现在你替谁客气？替自己吗？我根本没给你一草一木。替秦云吗？我们父女的事，用不着你多嘴。替倩宜吗……"

在梧不敢等他再说下去，忙引咎谢罪道："是是，老伯，我错了，您别生气。"说着又叫道，"倩宜，你过来谢谢老伯。"

林翁又发作道："怎样？我才说你俗气讨厌，你还改不了。"

倩宜早已寻思，林翁既把自己和秦云同样看待，又有如此盛意，自己要不负老人一片热心。也该和秦云一样待他，如此既可使他快慰，又和秦云更接近一步。想着听在梧一叫，就盈盈走了过去，向在梧笑道："对不起，你自己叫老伯吧，我随着妹妹叫干爹了。"

说着恭恭敬敬，对林翁鞠了三躬，恳恳切切叫了声干爹道："你太疼我们了，我不敢说生分话，只有日后和妹妹多孝顺您吧。"

林翁欢喜大笑，拉住倩宜道："姑娘，你不知道我是如何爱你。真早有这种心，不过若自己说出来，显着我太爱当干老儿了。如今既是你愿意，正好正好。想不到我到老来，还有偌大福气，得你们这些年轻人陪伴我，给我这桑榆暮景添了好多活气。就在你们身上，我准能庆八十咧。"说着又抚着倩宜道，"姑娘，我怎能不疼你？你为我受了多大委屈？咳，我一直亏着心呢。"

倩宜听了，忙道："你怎又说这话……"

林翁摇着秃颅道："不说，不说，咱们爷儿俩心照好了。"便又向秦云道，"你和倩宜由我身上又发生一层关系，更该亲近了，快再给你姐姐行礼。"

倩宜闻言，忙拉住秦云，互鞠一躬而罢。在梧在旁，深知林翁此举大有深心，一则要加重倩宜、秦云的关系，二则取得义父的名义，不但可以随时调和二人的感情，而且偶然遇到纠纷，还可以利用自己身份，加以压力。由此看来，老人只因自手造成这个局面，就预备永久处在局中，负责到底。这份苦心，真太可感了。当时大家又谈了一会儿，在梧夫妇才告辞回来。林翁还谆谆叮嘱，令在梧不要添置一物。在梧只有唯唯。回家把细情对母妹诉说，全感激林翁忠厚，各自欢颜。只在梧仍怀着原来心事，甚为郁郁，但表面也不敢露出来。倩宜却十分高兴，和在梧约定，从次日便与仆人合作，先把楼下的房间腾空，即日粉刷，免得林翁送嫁奁来的时候，手忙脚乱。在梧只有应着，因为约好明日早起，就也提前就寝。

次日果然由倩宜指挥，全体动员工作。在梧在这局势之中，更没法出门，又闷了一天。林翁更为性急，就在这一天内，把一切器具陈设都买办齐备。还有他自家的珍贵物品，也添补上许多，当又派来了裁缝电灯匠，量了一切帐幔帘毯的尺寸和筹划电灯风扇的位置。又过一日，更加忙乱。在梧自雇和林翁派来的工人，都来工作。在梧自须照料一切，不能离开，急得好似热锅上的蚂蚁。到了晚间，楼下房间俱已粉刷完毕，电灯头也都安好了。国材领着林翁命令，押送家具到来，用载重汽车装了三车，国材还说只是木器和陈设什物的一部，还有细软小巧物品，尚待明日再送。在梧见林翁如此厚意，深为不安，但既不能辞，又不能谢，只得依实拜领。国材监视卸置停妥，在梧和他闲谈，问起公司是否有事，国材回答公司一切如常，只从昨日下午，直到今天，不断有人打电话找你。

在梧听了，心中一跳，问道："是什么人呢？"

国材道："昨天是差役接电话，只说像是女人声音。今天上午，恰巧被我接着，果然是个女人。我告诉说巢经理请假在家，她问为什么告假。"

在梧听到这里，只觉一颗心跳起老高，几乎撞着喉咙口，愣愣地插口问道："你怎么回答？"

国材看着在梧的态度，似觉诧异问道："你知道打电话的是谁吧？"

在梧不防国材有此反问，吃吃地道："我也不敢说定谁，大约是一个我亲戚家的姑娘……我现在和秦云的事，很不愿叫外人知道，怕你把实情说出来。"

国材笑道："我又不是傻子，何至于乱说？只告诉说经理有点儿小病，在家休息。"

在梧点头，暗想他回答得甚好，国材又道："我说完了，才想起问她是谁，哪知她立刻把线断了。"

在梧故作不经意的样儿，摇头道："这是谁呢？你知道我没有女朋友，若是亲戚，可以直到我家里来，何必打电话到公司？"说着又自解道，"管她是谁，我又何必猜谜呢？"

国材为人爽直，根本就没以此事为意，随即谈到别的事上去了。乃至他辞去以后，在梧夫妇忙乱一会儿，夜深就寝，自然在梧这一日又虚度了。第二天，林翁上午就亲自到来，带了很多珍贵之物，分为两份，由他亲自布置。把两间寝室，布置得完全一样，连细小用具，都无不相同，却并未指定某人住某间，等秦云过门后，由她姐妹自行选定，以示毫无偏重之意。另外又有两个朱漆小箱，林翁亲手交给倩宜，说这是一点儿小小奁资，倩宜和秦云每人一份，不过已经上锁，钥匙暂归林翁保存，等候喜期以后，才可以交付过来，一同开视。这是林翁怕倩宜推辞，所以把秦云的一份，一并交付，而且不许当时开看，使其不知内中有何物件。

倩宜接着，只把眼瞧看在梧，似乎做不定主意。在梧笑道："你看我做什么？你们父女的事，我不敢管。"

林翁笑道："你倒明白，倩宜若是和我闹虚的，那是自讨没趣。我现在权力，已经可以对她吹胡瞪眼了。"

倩宜只可含笑，谢了声道："爹爹给的，我才不推辞呢。乐得既落东西，又讨老爷子喜欢。"说着又问在梧道，"我应该拿去禀知母亲一声。"

林翁拦住道："得，不必了，那一来又费我很多口舌。你看我还不够忙，给添麻烦呢？"

在梧忙叫倩宜暂且不必告知老太太，等秦云过门再说好了。林翁听了，方才欢喜。这一日林翁直坐了整天，吃过午饭，又帮忙料理一切，到日暮才走。临行和在梧夫妇商量秦云过门的礼节。倩宜表示自己并非小心眼儿的人，更不在乎旁人议论，秦云一生大事，应该给她风光一些，无妨照正式婚礼举行。

林翁正色说道："姑娘你又何必这样一味要好？规矩总不可不守，身份不能不论。"

倩宜笑道："我实不在乎这些，只要大家心里义气，外面上的形式，又有什么关系？再说人是平等的，何必定要分出谁大谁小，谁能行婚礼，谁不能行？"

林翁接口道："姑娘，你说错了。人类平等是很新的说法，现在你们做的是很腐化的事，只能按旧规矩办，怎能拉上平等二个字？不是我老张狂的话，若说平等，男子有两位太太，女子也该有两个丈夫，那才平等呢。"说着哈哈大笑，抚着倩宜肩头道，"你不必管了，还是我来定办法。因为我那边房子较宽阔些，可以借给你们办事，事先无妨通知至近的亲友，稍为热闹一下。后天早晨，检个吉时，我先送秦云过来，行你们家庭中该行的礼。在正午以前，你们全家都到我那里去，招待客人，欢乐一天。这样在家中悄悄行礼，然后宴客，既不失纳妾的规矩，也不叫秦云感到冷落，我以为两全其美，你们看是怎样？”

在梧听了，甚为赞成，倩宜还以为委屈秦云，林翁笑道：“你说的不算，就这样定规。明天我在家里还得筹备，就不再来了。”说完告辞而去。

在梧这一日又没机会出门，真是哑子吃黄连，有苦自知，想到小樱这几日独居旅馆，不知如何痛苦。由她屡次向公司打电话，可知已然焦灼难耐。国材告诉她说我在家害病，固然可以暂免她来访寻，但又恐她真的信我害病，倒添很深悬念。这还只是眼前的事，将来无论俄延到什么时候，终要和她相见。她若知道我今已另娶他人做妾，岂不要气死？而且即使暂时能瞒上几天，结果仍是无法慰她之望。自己能娶秦云，已是意外的事，可怜的小樱，背后哪能再有个林翁呢？在梧越想越难，到头只有长叹一声。自思事到如今，急死也是枉然，唯有蒙头一睡，把千难万苦，付诸明日解决。但到了明日，仍是一筹莫展，而且仍是没机会出门，眼看离吉期只有一天了，倩宜真正是不辞劳苦，把新房设置停当，又主张叫在梧请了些戚友。因为宴客地点定在林宅，所以在梧这边毫不显得忙乱，按部就班地弄得万事俱备，只等新人。

天到黄昏，全家在一处吃过晚饭，陪老太太谈着闲话。老太太问全都停妥了吗，倩宜道：“这可完了，只还剩一点儿零碎儿。少时我们挂上字画，再把浮面整理整理，就没一点儿事了。”

颖芊笑道：“我看把这差事派给我哥哥吧，他也该出点力气，别只享权利不尽义务。”

倩宜笑道：“那么闲着我们做什么？”

颖芊道：“我们也不闲着，少时一同出去理头发，明儿也好见人。”

倩宜哦了一声道：“对了，我破费十块钱，请妹妹到花宫理发店，烫个新近发明的什么希腊式发型。我前日曾见别人家小姐烫的发极好看，只不知什么名儿，问人才知道是希腊式，只有花宫的理发师会烫。妹妹这瓜子脸儿，配上那漂亮的发型，一定特别好看。”

颖芊呸了一声道：“你尽自装扮我干什么？你自己才该漂亮呢。”

倩宜粉面微红，笑道：“装扮你为得给人看啊，我们有这样一个美貌的妹妹，还不趁机会显弄显弄吗？”

颖芊叫道：“好，我没怄你，你倒挖苦我，这可是挤老实人说话？我看你才该在人前显弄呢。”

老太太见她姑嫂互嘲，就解纷道：“你们别搅嘴，颖芊在哥哥的好日子，自当应该打扮得鲜鲜亮亮的，显着大家高兴。倩宜正是新媳妇，更该打扮，你们姐妹一同去吧，叫在梧陪我看家。”

倩宜摇头笑道：“不成，他不能看家，我们烫发不烫，还没要紧，倒是他应该……”说到这里，抿嘴儿向在梧一笑，道，“你去剃头洗澡理发，好预备明天做新人哪。”

老太太本来在脑中存了许多旧惯俗例，但一时没有想起，此际被倩宜提醒，就道：“哦，可不是？他应该赶今天去理发洗澡，到明天怕就没工夫了，你们三人都去吧。”

在梧听着倩宜颖芊二人互相调谑，互相推让，忽地想起在自己和小樱定情的前夜，也有这等情景。那天晚间，自己想要去访小樱，又恐对不住倩宜，正在踌躇不决，倩宜以为自己郁闷，就提议叫颖芊同去看电影，颖芊又借故推辞，定逼着倩宜同我去，结果两人都没有去，反把自己赶出去了。自己到了外面，仍坚忍着不去旅馆，便到影院小坐，哪知小樱也去重寻那前度相逢的旧地，在影院中和我遇见，闹得无可脱避，毕竟随她回旅馆，发生了关系。只为那一朝之错，才在小樱身上种下孽根。若当日没有她姐妹斗嘴，自然就不会出门，不出门就不会在影院遇见小樱，把那一夜过去，次日就发生秦云的事，我可以另打主意，对小樱说明苦衷，请其相舍。她即使不悦，我并没和她发生关系，不致担始乱终弃的罪名，事情便好办多了。近数日中我正寻求去访小樱的机会而不得，偏偏在喜期逼近的今夜，她姐妹又互相推让，和那日一样情形，恐怕结果也要和那日一样，把我一个人挤出去，造成去见小樱的机会。这好像天爷故意和我玩笑，偏偏在这要紧时候给以机会，这一去不知又要生出什么事呢。在梧想着，在脑中隐约似觉有不祥之兆，今晚若得机会去见小樱，定要生出很不佳的遭遇。这是什么道理，在梧自己也莫名其妙，不过隐约似有这种预兆。

当时就决意无论如何，不在今夜去看小樱，听了老太太的话，便答道：“其实我无须依这俗例，又不是正式结婚，没的倒惹人笑话。还是你们姑嫂去吧，我陪娘在家说话儿。”

倩宜道："你不许这样说，在秦云妹妹是终身大事，你怎能看轻，委屈人家？别废话，快去吧。我和颖芊明天起个早儿，也误不了。"

在梧道："要定叫我去，咱们就一同走，别再你推我让。"

倩宜听了，扑地一笑道："一同出门可以，一同走可不成。我们怎能陪你去上浴堂啊？"

在梧听了倩宜这句笑话，心中又是一转，暗想自己若是出门，只要有极短时间离开她们，就恐怕未必能够自制不到旅馆去见小樱，由此想来，仍以不出门为是。想着就笑道："不但你们，我也不能陪你们上花宫。"

颖芊插口问道："为什么呢？"

在梧道："我这尊容，还不配与上花宫去修理，而且花宫向不欢迎男客照顾，何苦去多花冤钱？依我说，咱们分道扬镳，你们先去好了。"

倩宜却恐在梧拖延不去，还要他一同出门，然后分路，在梧笑道："实告诉你，我今儿打定主意不出门了。"

倩宜道："怎么，你又变卦？"

在梧道："并不是我变卦，倒是你不懂体贴人呢。"

倩宜还未开口，颖芊已代她抱不平道："嫂嫂，这年头儿真没好人走的道儿，你这样体贴他，倒落了反面的结果，我倒要问问，嫂嫂有哪件事不体贴？"

在梧笑道："你不要又替她撑腰，我说出话自然有理由。"说着向倩宜道，"明天的喜期，为什么叫我今天办这不急之务？明天晚晌再出去理发洗澡，才正是好时候呢。"

倩宜听着，觉得在梧言语不大端重，不由脸上微红，暗地嗔怪他不该当着颖芊面说，但口中不好言明，只重重地白了他一眼。其实在梧所言，并不是倩宜所体会的意思。这时见倩宜神情，才觉到自己言语被她误会，忙接着道："你也许不明白这道理，因为咱们结婚那天，来宾不多，我这新郎还容易应付。明天在林宅办事，大约是个热闹局面，到晚饭时，不定有多少好闹好弄的人，灌我吃酒，到那时若不借个题目躲避，一定醉到丢了人才罢。所以我要把这清洁运动，留到明天晚晌，借作逃席招牌。"

在梧说到这里，老太太那里忽发言道："不错，当初做新郎的都是这样，花烛夜里，客人一入席，新郎只照个面就没有影儿，有人问就是这么说，为着避开顽皮的同窗朋友。在梧这道儿很对，你们姐妹不必管他，自己去烫吧。”

在梧心里暗笑，想不到信口撰个理由，居然得了母亲的帮助，倩宜颖芊也觉在梧所言有理，就不再强嬲，姑嫂二人穿上外衣出门走了。

可怜在梧在这纷乱的局面，费了千回百折的思想，才决定与秦云婚期以前，不和小樱见面，借求避免她的纠缠。又因为恐怕自己把持不住，所以连大门都不敢出。这在他以为是在无可奈何中唯一的办法。哪知他这次的谨慎，反而造成重大错误，本来无论多么明哲的人，对于本身所做的事，也未必能料到确切的结果和有什么变化，又何况在梧此际正困在女人阵中，久已昏头昏脑，再加从前已做错了，照例由恶因生出恶果。第一步走斜，第二步自然不会再正。在梧又不是大圣大智的人，能够毅然回头，所以只能在这错误的圈子打个转，他走进一步，就是错误更深一步罢了。这一夜过去无话。

到了次日，巢宅门首，已收拾得喜气盈盈。这本是倩宜竭力主张，认为在巢氏方面虽是纳妾，但在秦云方面，自也是终身大事。而且看在林翁面上，都不该因陋就简。故而门上的喜联，也在前月倩宜喜事所贴的上面，已经重贴新的，另外还加了别的点缀。午前十点到了林翁所定的吉时。原来规定，由林翁家用汽车把秦云送到巢宅，行礼之后，稍作勾留，然后巢氏全家齐到林府。倩宜却嫌这样太冷淡秦云，就自作主张，在十时以前，向附近汽车行叫来汽车，她强拉着颖芊，一同先到林宅，算是代表新郎亲迎。颖芊虽然十分反对在梧纳妾，而且料到娶妓女进门，必无善果。但到此时木已成舟，也只勉顾大局，不过心里却叹息倩宜未免太忠实了。及至到了林宅，进入秦云临时绣阁，见秦云已在一群仆妇和梳头娘姨的包围之下，装饰完毕。秦云见她姑嫂二人到来，不好怎样热烈招待，立起赧然而笑，从面色上表示出感激与欣喜。林翁见她姑嫂到来，也十分欢喜。当时因秦云装饰停妥，又没有什么仪仗，连所陪赠的妆奁都已在前日送到男宅，所以此际只须送秦云单身过去。林翁所备扎彩汽车，早已候在门外，林翁故而也没留她姑嫂入座，就催促起行。秦云被仆妇搀扶到门外，上了彩车，林翁和倩宜姑嫂同坐一车，后面还有一车，载着两个仆妇，是林翁特派去伺候新人的。三车一路飞驰，到了巢宅门首停住，倩宜首先下车，去搀扶秦云入内。颖芊瞧着，有些气闷，自觉犯不着陪她去巴结这小嫂子，就慢腾腾地随在林翁后面，看倩宜和那随来的两个仆妇，簇拥秦云进门。秦云好似摆着新娘的款式，脚步迟迟，扶拥她的人，自也不能走快，四人堵住门口，颖芊和林翁只得停步等待。颖芊在这小立之际，无意中举目四瞩，见巷中邻家也有很多人出来观望。本来这三辆汽车，载着五六个人，不致惹人注意，但因门口的喜联红彩，似乎告诉人家在办喜事，才引出这些好看热闹的人。

颖芊瞧着，也未着意，但目光一转，猛瞧到自家厦门的斜对面，立着个长身玉立、服饰时髦的女子，约有二十多岁，正把两眼直勾勾地向这边望着。颖芊见这女子的立处，正在两个大门的中间，倚墙而立，看样儿不像是这巷中出入常见的邻居，但那面庞儿，好像在自己脑中印过模糊的影子，似乎见过这个人，又不能想起在何时何处见过。颖芊一瞥之下，不由得又回眸向她注视，这仔细端详，猛发现她的神情十分奇怪，身体好像失了支持力量，背部和头儿都贴在墙上，面色死白，上牙紧咬下唇，使颊部肌肉发生很大变化，两只眼似乎要向外突出，射出一种呆滞的光，直注在秦云、倩宜那一簇四人的中间。显见她是十分注意，而且动着极剧烈的感情，但不知她所注目的是四人中的哪一个。就在这个当儿，那女子似乎瞧得过分出神，不知怎的腿下一软，两只脚向前滑溜，看样儿似将跌坐地上。幸而她背后原倚着墙，又将两手抵住墙面，才仍旧立住。但也似吃了一惊，不由得眼光转移，才瞧见了颖芊正在凝眸相注。那女子觉得自己神情被她人窥破，立刻由青白的颊上现出两朵红，很忸怩地把目光移到地上，好像去端详自己的脚儿。那脚儿经这一看，立时生了活力，慢慢挪动，似要向巷外走去，只是脚儿好似拖不动身体，举步极迟，走出约有一丈，到了那最靠外面的汽车之旁，忽又立住回头。这时秦云已被倩宜和仆妇拥入院中，林翁也随入门内，门外只剩下颖芊一人，那女子对颖芊上下打量了几眼，目光中含着疑惑，又似带有怅恨之意。这时那汽车正向巷外退去，那女子被汽车夫的呼喝声，惊得倒躲，这才驳转身去，向巷外走了。颖芊更自诧异，由她向巷外一走，更证实了绝非同巷邻居，若说居在较远的人，进巷来看热闹，固然也在情理，但那多出于贫家小户的行为。看这女子的打扮都丽，举止大方，像是大家闺阁，何至于特意地来看这三辆汽车？而且她的神情，也怪异得很，哪有看热闹的人，会带着悲苦的态度，含恨的眼光呢？颖芊想不出什么道理，也就置之度外，进门后瞧着秦云行礼，一阵张罗，更把这件事忘了。本来颖芊做梦也想不到在梧身上，还会有第二种意外纠葛。她对于秦云的事，已认为意外而又意外，荒唐而又荒唐，以为在梧已很够了不可原谅的分际，此外不会再有其他问题。又哪知他这位令兄，命运虽苦迍邅，艳遇竟能重叠，在山穷水尽疑无路的时候，已暗伏着柳暗花明又一村的后文呢？

当时秦云入到内室，自然照着妾礼，参谒家人，对老太太当然行大礼，自不必提。此外不但对在梧夫妇跪拜如仪，就连颖芊跟前，也下了一拜，这本是林翁的主张。林翁并非无故地要干女儿这样卑屈，却是另有深意。第一是想把这礼节做得郑重，巢氏全家，既受了秦云大礼，就不好再对她见外，精神上便能融洽；第二也为着借此压抑秦云的野心傲气，好似告诉她说，你既甘心嫁在梧做妾，现在到了巢家，你便处在最低下的地位。一切人都需你小心伺奉，一切事都要你恭顺相将，从今日就得低下头去，方能做巢氏家庭中的一分子，否则任何人全有裁制你的权力。林翁本是个极明正的人，今日办这极腐化的旧事，居然对这干女儿能够做得恰到好处，一面厚与奁赠以伸爱惜之情，一面严加抵制，以重义方之教，这和《左传》上齐太后对付出嫁女儿，希望她一去无归一样，看似客情，其实内中蕴有至爱。今日，林翁实把秦云看得和自己亲女相同，希望她既嫁在梧，就终身做巢家的人，至死不生变化。由此可见林翁在有阅历的新头脑中，还蕴藏着旧道德，不像现代人，就是自己女儿出嫁，便告以对男方万勿和平，任纵決裂，在结婚就想到离婚的退步了。

当时行礼既毕，林翁向老太太贺喜，老太太又叫在梧夫妇三人，同给林翁行礼，一半致谢，一半也算贺喜。林翁拦住，只叫三人各鞠一躬，大笑道："多礼，多礼，何必，何必。"

老太太道："您这样疼他们三个，难道连叩头都不肯受？"

林翁拍手笑道："这倒用不着您分派了，她姐妹都是我的干女儿，俗语说女婿有半子之劳，我这两个女儿，还不够把女婿给凑成一个儿子吗？这样一算，她三个都算是我的儿女，比您还近呢。现在我不叫他们给您行礼，怎您倒叫他们给我行起礼来？"说完高兴得把秃头拍了两下，声音十分清脆，也不知他疼是不疼。

老太太听他说得亲热，也觉高兴，笑道："这一来不是都被亲老爷抢去了？倒也不错，有您疼他们，我倒落得少操些心了。"又向在梧等道，"你们听听，往后可得孝顺老爷子，别淘气调皮的惹老爷子生气，辜负人家这片苦心。"

林翁接口道："不会不会，都是好孩子，将来准错不了。"

说着倩宜和仆妇等就领秦云到她的新房中稍坐，在梧母子款待林翁用茶。

这时有宅中两个女仆，都进来贺喜，倩宜早已预备下赏封，开发下去。但她所预备的不止两份，还有特别丰厚的一份，封里装着十元钞票，是给赵顺那老人的。却是奇怪，赵顺向来是个周到的人，在这几日里，帮忙张罗，也很出力，此际竟不见他进门道贺。倩宜觉着诧异，就由玻窗中向外张望，只见赵顺正在院中负手徘徊，满脸皱纹，分外加深，好似正为什么事发愁。倩宜瞧着有些诧异，但因正在忙碌，无尽思索他愁苦的缘故，只以为他看着家主在一月中竟增加了两人，而他那茕茕相依的孙女小莲，到如今仍不闻消息，故而不免对着人家的热闹，想到自身的凄凉。倩宜想着倒十分可怜他，便掀帘走出，把赏封亲手递与赵顺。在梧这时见倩宜走出，不知她去做什么，也由玻窗向外望，看见赵顺负手徐踱的无聊神情，不由也心中一动。想起自己所以到惊鸿馆遇见秦云，本是为着寻觅小莲的缘故，至今过了多日，我把秦云都娶到家中，小莲不但仍是不知下落，而且我对小莲的消息，虽然每次看见赵顺，便想急速向秦云问个仔细，哪知到今天一直未曾对秦云提起小莲一字。可见我这人若非过于自私自利，便是神志昏了，这怎样对得住这忠诚老人？他把寻觅的希望，完全着落在我身上，不知暗地如何着急，今日他见秦云进门，定然深深地触动心事，故而连贺喜都忘了。在梧想着十分惭愧，决定在今夜千金一刻的良宵中，拼着辜负了洞房佳况，总得先向秦云把小莲的事问个明白，拼着钱财心力，定要把小莲寻来，以补自己对赵顺的亏心。

其实在梧夫妇全误会了赵顺的意思，赵顺此际固然未曾把她的孙女忘怀，但也未像他们所想的触景生情。因为他深信在梧的为人，想着他总不会把自己的事付之度外，又加他迷信的思想，以为祖孙必有团圆之日，料着将来必有一天，在梧会出于不意地将小莲突然觅回，所以一直不甚向在梧询问，也不催促。至于此际他所以发愁，却是另有缘故。因为他在胡百甫做仆人的时候，秦云还是胡百甫的姨太太。如今秦云转嫁在梧，他恰巧又在巢宅，秦云入门，他照理自应叩贺，但这意外的相逢，深恐秦云难堪，故而踌躇不敢入室，急得在院中打转。这时倩宜把赏封儿递给他，赵顺更为发窘，连说我还没有进门叩喜呢。倩宜道："你这大年纪，哪有这些说的？连日也够累了，快歇着去吧。少时我们都到林宅，老妈也跟去伺候，你在家里照管，到饭时我自会派人给你送来。"赵顺答应，倩宜转身进房，陪林翁谈了一会儿。林翁见将近午饭时候，就催促大家起身，先派人出去叫汽车开回门口，然后大家一同出外。在梧和秦云同上了那辆喜车，老太太和倩宜、颖芊合坐一辆，林翁只得屈尊和女仆们搭伴了。

且说赵顺在门外瞧着车子转出巷外，又闲立一会儿，心想在梧真是时来运转，禄喜重重，半年前他还在胡百甫跟前受气，到如今竟独当一面地做了公司主脑，而且一月之内，竟连娶了两位太太。倩宜是带来体己钱财，秦云却带来豪富亲戚，世上的便宜事，好像都被在梧占了。以后的日子，在家有娇妻美妾，外面又有称心事业，眼看家庭就算兴旺起来，这够多么大的福气？他家由老太太以下，没一人不忠厚慈祥，实应该得这好结果。自己老迈残废，本已无路图生，也亏老天加护，投着了这样主人，总可倚赖到死，不愁半路再被驱逐，真算自己老运不错。只恨当初过于糊涂，做出那错事，把小莲送到苦海。要不然今日祖孙相依，足可借着主家的荫庇，享些老福。

赵顺想着，瞠目发痴半晌，才叹息一声，待转身走人，忽听身旁有人轻作嗽声，赵顺转脸一看，猛见在自家大门之旁约有二三尺远的地方，立着个衣饰富丽像是大家小姐模样的女子。那美秀而清瘦的脸庞上，现着很不自然的笑容，眼圈微青，眼泡微肿，似乎曾经失眠，又似经过哭泣。面上薄施脂粉，但很不匀净，好似无心修饰，涂泽草草。可怪的是她那美妙动人的小嘴儿，虽也点作一颗红樱，但只上唇仍然鲜艳，下唇却露出褪红的本色。赵顺瞧着，不由发怔，心想这女子向未见过，好像不是巷中邻居，这巷底又无通路，更不像过往之人，却为何站在这里，又欲语不语地对着我？正在这时，只见那女子向前凑了半步，一只手扶着墙，似乎张唇欲语。但似因喉咙干涩，没有发出声音，接着咳嗽了一声，才低语道："你是姓赵吗？"

赵顺惊愕之下，点了点头，还没答言，那女子又指着大门道："这院里是巢宅吧？"

赵顺望着她道："不错，您怎么认识……"

那女子抿着嘴儿一笑，道："我怎么不认识？连你们多年前去世的老主人我都熟的。"

赵顺愕然道："这么说，您和巢宅是亲戚了？"

那女子又一笑，耸着肩儿道："不是亲戚，也是朋友。"

赵顺道："那么您既来了怎不进去？"

那女子道："我方才一进巷口，就看见你们主人全家都坐车走了。你们少爷还和一个新娘子样儿的同坐一辆彩车，好像有什么喜事似的。我当时不便打搅，所以躲开，没敢跟他们说话。进来又见这门口悬红挂彩的，才知道果然有喜事。”

说着停了一停，赵顺见她每在说话停顿，或是听别人回答之时，总是把牙咬着下唇，才明白她的下唇并非没有涂抹唇胶，只是都这样被牙咬下去了。想着就答道：“是啊，是喜事。今天正是好日子。”

那女子眼儿一转道：“我不是听说，你们少爷上月才结的婚，今儿莫非是回门？这儿的风俗是全家都跟着去吗？”

赵顺摇了摇头道：“小姐，您贵姓？既和我家主是朋友，请进去坐吧。他们虽全走了，可是少时还有人给我送饭，我可以托捎个信儿，叫他们回来一位陪您。”

那女子不回答第一句话，只摇头道：“我还有事，先不进去了，晚间再来。你只告诉我是什么喜事，我也好补礼来啊。”

赵顺听着，万万想不到这位踪迹诡秘的来客，还藏有探微索隐的心肠，只当她真是巢氏知友，故而如此殷殷动问，而且赵顺对于在梧的佳运，很为得意，以为毫无隐瞒必要，大可对人讲说，当时就答道：“您大概只知道头一回的喜事吧？今天并不是回门，却是我们少爷又一档子大喜呢。您方才瞧见和我们少爷坐一辆的，就是今儿新娶的二太太啊。这一次没惊动人，只是新姨太有位阔干老儿，在家里替她热闹，这不是把主人全家都请过去了？我看您千万不必多礼，我们家主辞谢了别人，怎好单受您的？”

那女子听赵顺说到半截，已经颜色惨变两目发直身体僵如石像，好像对赵顺以后的几句话，都未入耳。这时赵顺说完住口，她倒被静寂的空气惊觉，迷迷惘惘地点头道：“哦，原来……原来又娶了新姨太，这是哪儿来的？好快呀。”她这样似乎自言自语说着，身儿忽然向旁倾倒，颤微微地倚到墙上，才望着赵顺道：“这倒怪了，你们少奶奶过门只有一月，怎你们少爷又娶了姨太太，难道你们少奶奶就肯答应吗？”

赵顺见她神色甚异，又这样盘根问底，心中颇为犹疑。但已和她说了半晌，不能不答，只可说道：“我们少奶奶可真是好脾气，您没见她方才上车时，对新姨太那样尽心照顾？这回娶新姨太进家，还是少奶奶做主的呢。”

那女子听着，耸肩瞪目地咽了两口唾沫，哼了一声，又道：“这位新姨太是什么来历呢？”

赵顺心想个中秘密可不能对外人随便乱说，就摇头道：“我也不清楚，只知道她和我们少爷早就认识。”

那女子哦了一声道："我明白了，必是你家少爷早就弄下这姨太太藏在外边，到娶了正太太，才弄回家里吧。"

赵顺听她猜得错了，好像把在梧看作天生荒唐似的，不由忘了多言之戒，替在梧辩护道："不对，不对，我们少爷可是规矩人。娶正太太的时候，这姨太还没影儿呢，从近几天才提起的，跟着就办了喜事。我们少爷也是不得已，这里面转弯儿多了，您晚上来，见着老太太就可以明白。"

那女子听着，好似变成木雕泥塑，把牙儿咬着下唇，似乎牙尖深陷进肉内，她也不觉疼痛，眼儿直瞪着赵顺，但又好似没看赵顺，而把眼光看到极远的地方。赵顺看她的情形诧异万分，若在别的地方，或是关于别人的事，赵顺也许发生疑惑猜想这女子与在梧有何关系，但这时在梧已经娶了两位太太，谁又料得到他另外还有着牵缠。所以赵顺绝没向邪处想，只于自己纳闷，便想再敷衍她一言半语，自行掩门而入。

哪知那女子忽然咯的一笑，拍手说道："原来这么回事，这姨太太是新近才起意娶的，你少爷真好大福气，我可得快着给他道喜，方才你说在新姨太的干老儿家中办事热闹，那干老儿住在什么地方呢？"

赵顺见她忽变为喜笑开颜，更为迷惘，便问道："您要去吗？"

那女子点头道："我当然去的，乐得凑凑热闹，这就去买几色礼物，来个自带。"说着看看腕上手表道，"快些去还赶得上饭呢。"

赵顺便把林宅住址告诉了她，那女子欣然道："谢谢你。"随又从手夹中取出两张钞票，递给赵顺道，"送给你买茶吃。"

赵顺万想不到她赏钱，哪敢收受？那女子强塞到他手里，转头向巷外走，口中低语道："这还太少了，我真想多多给你，才对得住你这几句话。"说着已很快地走出巷外，不见影儿。

赵顺隐约听得她的言语，心中又生疑惑，不自主地赶出几步，猛想到即便赶着她也不好问，便又转身走回。到院中一看，见那两张钞票共是十五元，赵顺惊疑之下，才想到那女子行事诡异，内中必有缘故，不由有些胡猜乱想，提心吊胆起来。

且按下他不表，再说林宅那边，林翁为义女预备得十分周到。老人心中有番打算，表面虽说是厚待义女，实在还为着报她拯救国材之恩。所以这次连奁赠带办事，总共出去五七千元，另外赠予秦云的现金体己，还不在内。至于国材，当日曾对秦云发生过爱情，虽然在受了打击之后，很为灰心，而且以后又发现秦云的对象竟是在梧，更觉非常懊悔。最近又和颖芊走得很近，对她的性情学问，十分敬佩，回想昔日父亲做媒的旧事，深服老人所见不差，暗地把全副心情，都移转到颖芊身上。几乎要向老人面前忏悔自己以前的错误，求他重提旧事，但终于不好意思开口。林翁也已看出儿子的情形，暗地好笑，却并不点破，只等他们自己进行，等到适当机会，两方家长一做接洽，便可水到渠成了。但国材虽然对秦云业已解脱，今日眼看着她正式出嫁，不知怎的心中仍觉不是滋味。所以早晨林翁送秦云过门的时候，国材以老弟资格，本该同去，但他竟临时规避了，林翁也未强迫，任其自便。到巢氏全家重又回到林宅的时候，国材可不能再躲着，只可出来张罗。这时林翁方面的亲友，到了上百人，大家只知道老人新得了位义女，今日遣嫁，却没一个知道细情。至于在梧方面的亲友，并没惊动一人。午时入席，酒馔非常丰美，林翁本是新式人物，把这喜事办得和盛会宴会一样，预备了中西两种筵席，任客自便。饭后的娱乐也分两部，一部把楼下大厅布置成为舞场，请来多名乐师，就算开个茶舞会，这是给摩登少年男女备的；另一部在楼上，叫来一班大鼓杂技，是给不舞之客备的。巢家的人，除了老太太不善酬应，自向楼上陪着女客听曲以外，在梧夫妇和颖芊，都陪着林翁父子，在楼下周旋，就连秦云也不像旧式新娘那样枯坐，随在林翁后面招待。好在来宾对新人夫妇都不熟识，除了偶有人说句笑话，绝无恶谑。大家都在欢乐之际，忽然有个仆人走入楼下厅中，正值乐停舞罢，林翁正和颖芊同座谈笑，那仆人到了面前，禀报有客人来。

林翁听了，颇怒仆人不解事，就摆手道："有客人请进来，不就得了？"说出这句，猛又改口道，"哦，莫非这客人不是贺喜来的，另有别的事情？"

仆人道："是贺喜来的，还带着礼物，已经交到账房了。我问她贵姓，她只说巢府亲戚。"

颖芊听到这里，立起说道："哦，我们的亲戚，那我看看去。"

林翁道："既是亲戚，还不快请进来。"

颖芊心中纳闷，自思这次在梧纳妾，绝未向外张扬，何以竟有人来。想着已奔出客厅门外，就见一个女子，正袅袅婷婷地由楼门口走进来。颖芊一瞥之下立刻大惊，原来这女子便是早晨在自家门外所见的人，不知怎又到此地来了。自己虽看着她觉得面熟，但记不起以前在哪里见过。颖芊踌躇，脚下不由就立住了，那女子竟而满面春风地迎上来，笑叫道："巢小姐，我来晚了，这儿先给你贺喜。”说着搅了颖芊的手，就向厅里走。

颖芊被她闹得迷迷惑惑，心想自己不认识她，何以她竟认得自己，而且又这样亲热，倒不好向她再问贵姓了，只得敷衍着道：“我们本不敢惊动人，您这样费心真不敢当。”

那女子只微笑不再作声，相携走入厅中。这时林翁和国材见颖芊陪进了客人，都迎上前招待，恰值在梧和秦云才上楼去陪伴老太太。倩宜正陪一位女客谈话，见来了新客，也走将来。颖芊对着他们，没法给那女子介绍，神情其窘。那女子偏能态度大方，向林翁等一一点着头儿，口中说着道贺的话，好像对面的都是熟人更无须提名道姓。林翁父子见这情形，当然认为巢宅亲戚无疑，也不好意思问她贵姓。倩宜本是过门仅只一月的新妇，又怎认得出她是否巢家亲友？见她和颖芊的情形，当然没有猜想，于是全相让那女子就座，殷勤款待。内中只闷煞了颖芊，瞧着林翁父子和倩宜的情形，倒疑惑这女子是林家的熟人，被仆人误报作巢家亲戚，又以为或是倩宜母家方面来的。稍迟一会儿，觑个机会，拉倩宜到旁边，问她可认识那女子。倩宜大愕道：“你怎么反来问我，不是你陪进来的？”

颖芊搔着鬓发，发了会儿怔，才道：“这才糟呢，多么不好意思，对面谈了半天，我还不知该对人家怎样称呼。”

倩宜道：“你方才不是说，她对仆人自称是咱家亲戚，难道你脑里就没一点儿影儿？再说她既认识你，必是见过，也许你想不起来。”

颖芊道：“见过倒是见过，就在今天早晨，那时我已瞧出有点儿面熟。”

倩宜道：“着啊，必是你忘了，我看趁早上楼，请老太太或者叫在梧下来，他们自然认得。要不然，咱们仅这样隔膜着敷衍，倒怕人家疑惑咱们冷淡，万一要是位长辈，更显着不好。”

颖芊被倩宜提醒，点了点头，就叫倩宜且陪着那女子，自行出厅上楼。那女子在她姑嫂密谈的当儿，已不住流波频注，这时见颖芊走出，便明白她是去做什么，不由暗自一笑。这时乐声复作，众人重又捉对下场。倩宜见那女子是摩登派头，必解此道，便想邀她下场，以破这僵木的局面。倩宜的意思，以为她若大方地应允，便可介绍国材和她同舞，因为国材一直和颖芊同伴，此际颖芊上楼，国材并未下场，正可给她做伴。倘若她表示可以入舞，而又略现忸怩的话，倩宜就预备自己和她做伴，两女同舞，也是常有的事。尤其在这场中发现最多，本来这是随意作乐，并不须完全合乎规矩。而且许多由西洋来的风俗器用，一到中国，便能随便通融，例如用左手握手，穿着全副西装行跪拜礼，女人穿着晚服或是银皮鞋，在白天满街出风头，这都已司空见惯了。且说那女子经倩宜一让，竟微笑颔首，盈盈地立起，倩宜来不及招呼国材，只得自己陪她下场，正在纡徐进退之际，哪知大厅门首已有人吓呆了。

原来颖芊慌张张地走过去，在梧看见便道："你累了吧，在这里坐会儿歇歇。"

颖芊摇摇头，便坐到他旁边空位上，报告楼下来客的种种诡秘情形。老太太听了，遍想也忆不起是谁，就问她姓什么，颖芊道："谁知道啊，她既不肯对仆人说，我被她见面一亲热，更不好意思问，反正看那样儿，必是熟人。"

在梧接口道："着呀，若是生人，平白地送礼做什么？可是咱们亲友本不很多，你怎会不认识？"

颖芊道："这人还有怪的地方，既是前来贺喜，进门竟不先寻母亲，也没问起哥哥，坐下就谈闲话儿，真叫我纳闷死了。现在请母亲下去看看，或是哥哥下去，我嫂嫂陪着她，不知长辈晚辈，又没法称呼，正受着窘呢。"

秦云听到这里，就悄向在梧道："你下去看看吧。"言中似有不必劳动老人之意。

在梧立起道："我去，我去，可是妹妹不认识的人，我也未必认识。"说着就走了出去。

老太太道："要不然，我去看看，省得在梧再不认识，面子上都怪木的。"

颖芊道："不必，那女子也是我们这样年纪，定是您的晚辈，她进门既没问您，您又何必下去接她？等哥哥下去看看，把她陪上楼来好了。"

老太太本也不愿上下跋涉，就点头答应。颖芊跟在在梧后面，一同下楼。将进大厅门口，颖芊眼快，瞧那女子已下到场中，和倩宜同舞，便道："这人真是洒脱得很，一会儿工夫，居然跳起来了。"

在梧听着，便问你说谁，颖芊举手指着道："就是那个女子，你看，不是正和我嫂嫂同舞呢。"

在梧顺着她的手儿一瞧，猛然倒吸了一口冷气，头上轰的声似走了魂魄，脚下好像生根，钉在那里，动弹不得。原来场中和倩宜同舞的，正是在梧脑中认为是倩宜万万见不得面的人，也便是在梧近日抛舍在旅馆中，不敢去见的孟小樱。在梧直好似坠入一个噩梦之中，一阵天旋地转，只想眼前所见是真事还是梦境，小樱如何能到这里来。但再转想自己并未睡眠，楼上的母亲秦云，眼前的颖芊、倩宜，还有林翁父子，明明都摆在这里，如何会是梦境。但在这场合中，竟发现了小樱，她是怎么来的？她既来了，自己又将如何？在梧想明白这确不是做梦，小樱实已进入这喜筵中间，不但已和倩宜、颖芊见了面，少时和母亲和秦云也得遇到一处。她此来是什么意思？而且因何假充亲戚？

颖芊这时还只向前看着，见那女子似乎正聚精会神，和倩宜周旋进退，并没注意这边，场中舞得甚酣，既不好过去就她们说话，也不好唤她们过来，就低语道："我们在这边坐下等等吧。"

说着不见在梧答应，转脸一看，才见在梧神色大变，不由一惊问道："哥哥你怎么了？"

在梧被她一问，忽然脑筋活动起来，忙一转身就走出厅门之外。颖芊更为惊异，忙跟着走出，只见在梧已到了庭中葡萄架下，乱转着搔头。颖芊走到近前，问："哥哥，你是怎么了？"

在梧哪里答得出话，只剩了抓耳挠腮，在那架下石凳，坐下又立起。颖芊看这情形，料知又出了什么岔头，忙向他诘问。半晌在梧才顿足道："完了，我得自杀，实不能活。"

颖芊道："方才还好好儿的，从下楼看见那女子，就变成这样。你告诉我，为什么缘故。"

在梧这一瞬间，已急得失了音，哑声说道："妹妹，你别管我，去玩你的，让我自己在这里待一会儿。"

颖芊看他神情越来越不对，如何敢走？仍拉着他苦苦追问道："哥哥，你无论有什么难事，尽管和我说，我一定帮你办好。现在咱们已经否极泰来，正在快乐时候。你为大家想，也不该过于着急，哥哥你快说吧。"

在梧被她逼问无奈，才回想到颖芊向来聪明，又有胆识，以前替自己解决多少困难。今日的事，虽然万万没脸对妹妹说，但既已到这步田地，想隐瞒也不可能。何况小樱此来，怎能善退？说不定还要闹出大笑话，只可趁早把细情告诉颖芊，万一她能替我弥缝，脱过这步大难，也未可知。想着就叹了一声道："我真是自作孽不可活，你认识那女子吗？"

颖芊道："我不认识，哦，又是你的……"

在梧道："不错，是我的要命鬼，你也该认识，不过你见她的时候还很小呢。她和你死去的姐姐颖葆，在保定是同学。"

颖芊听到这里，又哦了一声道："我知道了，她是孟小樱。我看过你的那本《忏绮忆语》，对你们小时旧事，全都知道，不过她怎么又到了天津呢？"

在梧就把夏天在银光戏院相逢，硬相要约，以至最近她落魄来访，苦求相从，自己无法应付，只得权且安置在旅馆，自从发生秦云的事，多日未去看她，种种经过，全都说了。

颖芊听了顿足道："这又是什么岔儿，怎偏出在今天……哦，她定然是故意拣这日子来的，你可知道她此来安着什么心？"

在梧道："我如何猜得出来？不过她既早已磨着嫁我，我又错在没有决断，从起头儿不忍回绝她，就这么敷衍着到出了秦云的事儿，我就更不敢到旅馆瞧她。因为她也是要求进咱们家，甘心做妾，我当时驳不开，只得往远处支，许着将来有机会再说。"

说到这里，见颖芊面上大不自然的意思，忙道："你一定怨我做事荒唐，尽向身上包揽罪孽。可是你在局外，怎知我在局内的苦楚？而且我也是倒运，只遇见难缠的人。这小樱比秦云还可怕，她抱着一腔热望，千里迢迢地投奔了来，简直要和我拼死，我倘若给她个大打击，只怕要惹出祸来，良心上也不忍，才那么对付敷衍？明知不是法，走一步错一步，可是我没别的道儿。等到从北京回来，决定娶秦云进家，我更没法见她的面。本来我对小樱说，我新近结婚，万万不能纳妾，如今竟抛开她，另娶秦云进来。她一定是在什么地方知道了信儿，气恼我对她说谎，既能娶别人怎么不能娶她？所以才假装着巢家亲戚，到这里来。"

颖芊接口道："到这里来，将要如何呢？"

在梧道："那我如何知道？她从小时候做事就有些霸道。她父亲是个军人，将门出虎女，自然不会像平常闺阁那么柔顺知礼。我和她一别十多年，如今相逢又不过十几日，怎么知道她的脾气呢？"

颖芊道："现在不是长谈的时候，总得快想办法，怎样把她制伏转化，免得当着大众闹出笑话。而且倩宜那面，你这饥荒也不好打啊。"

在梧搔头揉发地焦急着道："我现在简直发了昏，没一点儿主意，全仗妹妹想法救我。"

颖芊搓着手道："我可怎么办……她此来不见得只为臊臊你，就悄不声地善退，只怕还安着搅局的心思，那可要了不得。如今最好有个能和她说话，迎头儿先把她调到一边，苦苦地破解。先求免出眼前的丑，再办善后。可是现在谁和她去说话？你一去更是火上浇油，而且你若邀她到背人地方密谈，她肯去不肯去？便去了，肯应不肯应？那简直没有把握。倒怕先惹得多少人疑惑呢。除你以外，母亲虽认识她，但是一来不好说话，二来母亲也不是会办这种交涉的。至于倩宜、秦云，根本就怕她们知道，瞒还瞒不过来，莫说叫她们出头。再说到我，虽然比较没有关系，无奈我小时虽见过她，如今早已忘记，和生人也差不多，怎能……”

在梧接口道：“你也不必细想了，我看除了你必没第二个人。好妹妹，不论怎样为难，你总得救我一步。你快去吧，赶快把她弄开是正经，要不然她尽自和倩宜在一处，只怕说出什么来，就糟了。”

颖芊此际本来没有一点儿办法，但是为着哥哥，只可硬着头皮，打算进厅去把孟小樱先调到僻静之处再想交涉办法，就点了点头，转身向厅里走。但走了两步，忽又立住道：“倘若孟小樱跟我提出什么要求，可怎样答应呢？”

在梧漫应道：“你看着办。”

颖芊摇头道：“我的天，这可不是瞧着办的事。倘若她和秦云是一种来头，定要嫁你，那时我不应不能了局，我应了又怎担得起沉重？这该如何办法，你得先说明白了。”

在梧沉吟无计，半晌才答道：“你也只好敷衍着，许她慢慢商议，先对付走了再说。”

颖芊苦笑道：“你只是这不彻底的因循办法，她只怕未必容易对付吧。”说着望望在梧，见他只剩了焦灼彷徨，情知这时他说不出万全之策，只得咳了一声道：“我只好拼着撞钉子去，你可躲远些，不要被她看见。”随说就走入厅中。

在梧躲在门外，向内窥望。这时厅中已经过一次休息之后，又舞起来，颖芊因在焦急之中，不觉过了很大时候，也没听到音乐中间曾经停断。进到厅中，见大众还在舞着，以为仍是方才那一场，但举目向舞池中一瞧，却不见了倩宜和孟小樱。只当她们二人中途退席，又向四面座席上寻觅，竟也不见踪迹。不由心中大诧，暗想两人怎的都不见了。正在张皇四觅，忽觉有人在肩头上拍了一下，回顾却是国材。这时林国材和颖芊的交谊，本已到了这脱略形迹的程度了，但颖芊心中有事，便嫌他过于孟浪。

国材方笑着说：“你到哪里去了？我上楼也没寻着。”

说时见颖芊的小脸儿绷了个挺紧，方愕然相视，颖芊便道：“你看见我嫂嫂没有？还有那新来的女客上哪里去了？”

国材道：“那女客我没留神，你们大嫂方才我上楼去好像见她在老太太身旁。”

颖芊一听，心想倩宜本在楼下陪着小樱，却又上了楼，莫非……想到这里，不由心慌意乱，抛下国材，就向楼上走。经过门首，忽见在梧在门外不住招手，叫她过去，颖芊因事机迫急，顾不得和在梧说话，就向他摆了摆手，抄近路由旁门走出上了楼梯。她只当在梧相唤，必仍做不必要的叮嘱，自己却没这闲工夫和他费话，还是先寻小樱和倩宜要紧。但她却没想到，在梧只是因为看见了倩宜的踪迹，才要唤她过去告诉的啊。这且不提。

颖芊到了楼上，奔到老太太身边，见只老太太一人坐着，和另一位林宅戚家的老媪正相对答，旁边不但没有倩宜，而且原来在着的秦云，也没了影儿。颖芊更为诧异，方上前叫了声娘，老太太和那邻座老媪，恰正谈着自家儿女的事，互赞有福，因而十分投机。这时看见颖芊到来，竟拉着她向邻座老媪介绍，颖芊只得给那老媪鞠了一躬。那老媪偏善絮叨，端详着颖芊，啧啧称赞，说巢老太太真是前世修来，有那样好的少爷不说，就是小姐和少奶奶，也都生得水葱儿似的，又俊秀又端重。接着又问多少岁了，还上学校，闹了个刺刺不休。

论理女孩儿家听了旁人夸扬，照例要含羞低首，但此际颖芊哪顾得不好意思，而更没心绪回答那老媪，只向母亲问道：“娘，我嫂嫂呢？”

老太太道：“方才还在这儿，下去没有一会儿。”

颖芊道：“秦云怎也不在？”

老太太道：“你嫂嫂上来叫她走的。”

颖芊当时怔住，不解倩宜何以突然到楼上来把秦云唤去，便又问道：“嫂嫂是一个人来的，还是同着别人？”

老太太道：“只她自己，你从下面来，难道没看见她们？”

颖芊摇了摇头，转身便走，老太太见她步履仓皇，神情慌促，便问有什么事，颖芊说了声没事，便匆匆走开。那邻座老媪，见这位姑娘既无周旋之礼仪，又无安详的举止，不由大为拂意，觉得方才赞美之言，未免过度，但又不能再向巢老太太更正，于是大生驷不及舌之叹，气得摇头不语。

再说颖芊匆匆下楼，走到楼梯转角，遇见林老翁，便问可看见倩宜和秦云没有，林翁道："方才好像看见她俩在人丛里走过，没留神在哪儿，反正离不开这几间房子。"说着哦了一声道，"秦云也许领着你嫂嫂，上她的卧房去，你上后楼去看看。"

颖芊闻言，便重又转身上楼，自己穿过一条甬路，到了后楼。她知道林翁曾替秦云收拾下极度华丽的卧室，但因未进去过，不知是哪一间，走进甬道，正在徘徊瞻望，恰又一个女仆，抱着几件女子外衣走过，便唤住了，问她："你们小姐的卧房在哪儿?"

女仆满面春风地答道："这里就是。"

颖芊见她手指自己背后，方知自己恰已在秦云卧室门前，又问道："你们小姐在房内吗?"

女仆道："没有，小姐早晨在这房里上了妆，娶过门去，老爷子就吩咐把门锁了。我从午前被派看管女客衣服，一直守在这后楼里，连热闹也摸不着看，却始终没有小姐过来。"

颖芊听了，知道又扑了空，但还不大放心，伸手转那门钮，果然锁着。只得回身转至前面，再下楼去向大舞厅中四望，仍不见倩宜、秦云的影儿。却见在梧立在屋隅，满面焦灼之色，也在四顾似有所觅。颖芊忙走了过去，在梧看见颖芊，奔过一把拉住，顿足低声道："糟了糟了，你方才怎不理我?直上楼去，这一耽误可要了命。"

颖芊大惊道："怎么了，我方才忙着去寻小樱和倩宜，没顾得理你……"

在梧扼腕道："那时我叫你，正是告诉你她们的下落呀。"

颖芊瞪大了眼道："你知道她俩在哪儿?"

在梧满面现着苦相，仿佛要哭似的道："岂止她俩?现在又添上秦云，她们全在旁边小起居室里呢。"

颖芊听了，只觉头脑发昏，想不出个道理，怔怔地倒向在梧问道："真的……真的吗?"

在梧着急道："到这时候，我如何还顾得跟你说笑话?就在咱们在院里说完了话，你自己走进来，我立在门外向里张望，正看见倩宜和小樱两个人，一同走进小起居室的门。那时你正向人丛里寻找，没注意她们。随后又见倩宜自己从起居室走出，上楼去了。你和国材谈话的当儿，倩宜又带着秦云，从楼上下来，也进了起居室。我瞧着直要急死，到你上楼的当儿，我急忙要告诉你，哪知你满不理会，自己跑上去。这一来一往，耽误多大工夫？她们在里面不知说过多少话了。”

颖芊听得明白，焦急顿足道：“你也糊涂，那时为什么不赶着拦住我。”

在梧惘惘地道：“我也是糊涂了，那时心里只是发怯不敢进客厅来，怕被小樱看见。”

颖芊气得忘其所以，几乎要喷他一脸唾沫，但结果只呸了一声道：“咳咳，她们三个人都凑到一处了，你还怕……怕也没用了，现在可怎么办呢？”

在梧这时除了叹气以外，说不出第二句话；除了瞪眼以外，做不出第二种表情。颖芊沉吟一下，忽伸手把他推开，迈步便走。在梧还追着问她去做什么，颖芊也不理他，直奔那小起居室，推门而入。只见在室中一隅，小樱和秦云并肩坐在一张大沙发上，倩宜却另掇一把小椅，坐在对面，三个头儿相聚甚近，正在低声小语。当时被颖芊履声所惊，都抬起头儿来看。

颖芊见她三人的颜色，同是一样的惨白，好像神经上都正受着剧烈震动，只得强笑着先开口道：“怪道寻你们不见，原来全在这儿呢。”

小樱、秦云连忙起立，向颖芊招呼。倩宜对颖芊虽向不拘礼，但此时也随着起立，满面迷茫之色，连句话也没说出来。颖芊正走近她们，口中连说“请坐，不要客气”，哪知这时小樱忽然迎上去，伸臂握住颖芊的手，笑叫道：“芊妹，你不认识我了？当初在保定，我和你姐姐颖葆同学同班，每到你家去，就哄你玩儿。后来你进了那家学校，可是不久我就退了学，算起来咱们也是同窗呢。不过这话远了，一晃儿十几年，你当然不记得了。”说着又端详了一下。

颖芊听着，只可点头应着道：“我也在渺茫中记得，这可是童稚交情了。”

接着又说了些浮泛的寒暄，小樱也仍答以套语，倩宜、秦云此际却只看着她二人说话，默不作声。颖芊和小樱酬答之下，心中自思，只顾跟她说些客套，将怎样转入正题呢？而且她对倩宜、秦云，是否已说出了与在梧的关系？倘小樱尚未声明，自己倒先揭破，岂不倒是糟糕？想着迟疑不决，再看倩宜、秦云，都在低头无语，小樱却一直地满面含春，看不出她的用意，只得用话微探道：“孟姐姐，我们这番遇合，真不容易，十多年前青梅竹马的旧侣，居然又遇到一处，您现在住在哪儿呢？”

小樱道：“我现在住在一家旅馆。”

颖芊又道：“您到此地不多日子吧？”

小樱微笑道："我到有半个多月了。"

颖芊道："您和家兄当日也很熟的，今儿还没见着他吧？"

小樱微笑道："我倒不要看你们老兄，今天我是特意到你们府上拜望。到了那里，见是办喜事的样子，叩门却又没有人，只见着个姓赵的老头儿，他告诉我你们全家都在这林宅办喜事，所以我就买了礼物赶来。居然看见了你，又看见了你这二位嫂夫人，我真高兴极了。现在我还有些闲事，不能久留，请你对令堂令兄替问候吧，我要走了。"

颖芊想不到小樱在这时候，便自告辞，方觉一怔，小樱已取起矮几上的手皮夹，又向倩宜、秦云说声再见，就要走出。倩宜忽起立向着小樱道："孟小姐，你这时怎能走……"

小樱微笑答道："我又怎能不走？今天咱们见面，真是我一生难忘的纪念。"说着又特向倩宜鞠了一躬，就匆匆向外走去。

颖芊此际更坠入五里雾中，觉得拦她也不是，不拦她也不是。再看秦云，仍低头坐着，似有所思。倩宜却痴痴地立着，满面惨淡，好像对小樱的出门，没有注意。颖芊心中一动，便不顾她俩，紧追着小樱的后影儿送出。小樱头也不回，出了起居室，经过客厅，就到了院内。

颖芊紧走几步，和她并行，口中说道："孟姐姐，您慢走，我和您谈谈。"

小樱笑道："你请回吧，何必送我？"

颖芊道："孟姐姐，我方才听在梧说过您的事，一切都知道了。在梧托我对您转达，他自觉很对不起，无奈今日的事，里面有许多苦衷，久后您总能明白。现在只求您多原谅，并且您今儿来到这里，在梧因为当着很多的人，不好过来招待，心里更非常抱歉，只好叫我过来向您过谢，并且问问您有什么事没有。"

颖芊此际在心慌意乱中，含混着说出这婉转之词，虽自觉很欠圆满，但也就不容易了。本来她一个未出闺阁的小姐，怎能办这等交涉呢？小樱听了，却更溢出满脸的笑道："好妹妹，多谢你，我并没有一星儿事，也没有一句要说的话，现在我忙着要去办事，不能陪你多谈。你回去问你那二位嫂嫂，就明白我的来意了。"

颖芊听她并不提起在梧一字，只叫去问倩宜、秦云，心中便有些瞧科，就逼问道："孟姐姐，你对她们说了什么，你可知道，这……关着我们家庭，问题很重啊。"

小樱仍是一笑，举手向自己鼻尖上一指，又点了点头，便疾行向门外而去。颖芊又跟了几步，见她已到了大门之外，上了一辆人力车，只得转身走回。惘惘地进客厅，入起居室，见倩宜和秦云已不在里面，颖芊自思，这一会儿工夫，她俩跑到哪里去了？于是再出至舞厅，见仍没她二人的影儿，只可转向上楼。果然见倩宜、秦云却在老太太身边坐着，看那台上变戏法儿。颖芊偷眼观察，只见秦云还保持着一贯的端庄态度，从早晨她就装成预备旁人端详的新妇样儿，到如今仍是原样，很矜持地坐着。倩宜却也欣然神往地瞧着台上人献技，好像并没有方才的事。颖芊暗自奇怪，才慢慢地走到倩宜身后，向她肩上拍了一下，倩宜回头看见颖芊，就招手唤她同坐，颖芊摇摇头，又做手势叫她随着自己到楼下去。倩宜似乎贪看台上杂技，表示不肯离开，颖芊只得低声说有事要和她谈。倩宜仿佛不信似的，摇了摇头，仍回过脸去，望着台上，再不理睬颖芊。颖芊默然良久，觉得倩宜情形已大变了，向来自己和她虽极亲狎，有时还不免互相调笑，但倩宜永是温柔随和，自己凡有要求，她无不立即应允。像现在这冷淡执拗，把自己僵在这里，置之不顾，却是初次。由此可见小樱必已对她说出什么言语，使她非常难过。此际她虽然外面欢乐，也许只为敷衍大局，内心不知如何痛苦。

颖芊想到这里，觉得更有询问她的必要，就又拍她的肩头。倩宜回头低语道："好妹妹，你可怜我，我已经乏极了。好容易偷空儿在这里歇歇，若下了楼，她们一定又邀我跳，实在承受不住，好妹妹，别啰唣我吧。"

颖芊忙道："我只要和你说几句话，还不成吗？"

倩宜道："你是骗我，我才不去呢。"说完就又回过头去。

颖芊这才明白，她必已有所恼怒而负了气，又想她莫非料到自己此来是为小樱的事，要为在梧有所辩白，才执意不肯和我私谈。否则她向来不是不随和的人，何以今日忽然大变性情呢？但再转想，倩宜对秦云的事那样大度成全，今日怎为见了小樱，就会如此负气，连我都不肯理了？这样胡乱猜测，终究难得真相，仍是把她调出来，仔细问个明白，较为妥当。颖芊想着不由又伸手拍她的肩头，哪知倩宜这次竟不再回头，只举起手来摇摇，目光却直瞪着台上，好像被那变戏法的引诱得全神贯注，什么也不能顾了。颖芊明知她是装着，不由也生了气，就立起下楼走了。

后事如何，下回分解。

第十二回

对案似三曹花落水流春去也
遗书成一诀天荆地棘客何之

话说在旧式家庭中，小姑本有着崇高地位，做嫂嫂的应该对小姑迁就迎合，当作半个婆婆般伺候。颖芊虽没有无知女子的恶习，但多少有些姑奶奶的娇惯脾气，而且倩宜平日对她亲热惯了，今日突然冷淡起来，颖芊就有些受不住。心想我向来一心为你，今日便是在梧有了不堪对你的行为，使你难免气恼，但你怎该连我也恼上呢？想到这里，几乎气得流泪，一扭身就走开下楼而去。因为一时气恼，竟不暇多想，就要跑回自己家去，给她个理乱不知。幸而一下楼梯，正和等候已久的在梧相遇。颖芊见他就顿足道："我不管了，你们随便怎样吧。"

在梧看颖芊悲愤样儿，忙问怎么了。颖芊道："你别问我，我要回家去。"

在梧不知她何以如此愤愤，只可拉住，同入小起居室中，详问缘故。颖芊含着万分委屈地道："我又惹着谁了？平日际为这个为那个，使碎了心。到了儿倒叫人家拿我煞气，真好没意思。得了，趁早回去，任你们闹成什么样儿，我不管了。"

在梧摸不着头脑，只好一面哄着，一面再问，颖芊才把底里情形说将出来。在梧本来躲在客厅一隅，对倩宜、秦云、小樱三人的出入，看得十分清楚，但因不在近前，不知小樱说了什么言语，小樱走后，倩宜又是什么态度。这时听颖芊说完，立觉情形不妙，心头小鹿，撞得更凶，忙向颖芊道："妹妹，无论如何，你只瞧着我。本来倩宜对我宽容太甚了，秦云一事，她是多么屈己从人？其实她也不是呆子傻子，只不过顾着大局，关着情感，才那么竭力成全。哪知她越是对我要好，我越是惹她伤心，如今节外生枝地又出来了个小樱，她岂有不难过的？你也得原谅她。"

颖芊道："我很原谅她，本来我气的就不在她身上。哥哥你太不思量了，咱们一家，才从患难里逃出来，过了几天安心日月，瞧你竟惹出这些祸患，不是自己要毁自己吗？临到事闹出来，你又搪不了，缩在一边叫我出头受气。”

在梧惭愧说道：“实在是我该死，不过哪一件事也不是我起的头儿，更非出于我的本心……咳，都不提了，妹妹你还得以咱们全局为重，不要撒手不管。”

颖芊见在梧焦急，又可怜他，不由把气全消了道：“你叫我怎么管？小樱是走了，我并不知道她对倩宜说了什么话，去问倩宜，倩宜又不理我。”

在梧道：“秦云当时也在场，你何不唤出她来问问？”

颖芊撇着嘴儿道：“你还觉我们受的气不够吗？倩宜无论如何，总是我本心里承认的嫂嫂，就是再闹得重些，我也受了。你叫我去问秦云，倘若她也照样儿给我个冷脸，那时……”说时鼓着玉柱般的鼻子，哼了一声道，“那时怕要叫你在中间大为难呢。”

在梧道：“倩宜平日和你好得像一个人似的，今儿才会这么使性。秦云是什么人？怎敢……”

颖芊忙着摆手道：“你少说，反正我是不去。”

在梧沉吟一会儿，道：“好吧，你在这儿等着，我去唤秦云下来，咱们一同问她可好？”

颖芊无语，只点点头，在梧就向外走，又道：“我还去试试，若能把倩宜唤来，岂不更好？”

倩宜冷笑道：“对了，也许你面子大，能请得动她。”

在梧暗自吐吐舌头，心想自己真是糊涂，倘若真的把倩宜拉来，岂不更惹颖芊犯小性儿，伤了她姑嫂的感情？想着就决计不叫倩宜，走上楼去，见倩宜、秦云在母亲旁边并肩而坐。这时台上已换了一场莲花落，唱的十里亭莺莺送张生，两女一男，在台上穿花似的乱转，好像大戏里的小上坟一样做派，并且打情骂俏，丑态百出，把个相府千金的崔小姐，算给糟践苦了。但是载歌载舞，非常热闹，引得台下全都聚精会神望着。在梧倒很感念这莲花落的吸引力，使大家都不注意自己，悄悄走到秦云椅后，轻轻向她肩头拍了一下，秦云回顾，在梧忙做手势叫她相随下楼。秦云因自己是第一日的新妇，当着大众和丈夫接近，已有些不好意思，又因当着倩宜，在梧只叫自己出去，又是一层不好意思。踌躇羞怯之下，见在梧神情非常着急，只可站起来，但还不敢错了礼数，待向倩宜禀白一声。在梧忙向她摆手，秦云只得悄不声地立起，随他走出。哪知这些情形，都已被倩宜看见，倩宜虽然此际目注台上，但因满腹气苦，哪有心绪看戏？对台上一切，直是视而不见。在梧来时，手方落到秦云肩上，她就瞧见了；及至在梧向秦云做手势使眼色，她也全在眼角瞥见。

在梧毫无察觉，就和秦云一同下楼，进了小起居室。颖芊见秦云来了，也起身让座。在梧不等秦云坐下，就问道："方才来的那个姓孟的女子，和你们说什么来?"

秦云闻言一笑，似乎听在梧对小樱这疏远称呼，直如表白并不相识似的，觉得好笑。但当着颖芊，不好发于言语，就老实答道："你说的那位姓孟的小姐吧？我本并不认识，方才正陪着老太太在楼上听唱曲，忽然倩宜姐姐去了，把我叫到一旁，说楼下有人要见我。我随她下楼，就进到这房里，倩宜给我介绍的孟小姐曾对倩宜说，有话同她谈，还要叫我一同听着。我很诧异，素不相识的人，有什么事对我说呢？哪知孟小姐就开口了。"说着向在梧道，"她的话大约你都明白，可是当时把倩宜和我都说怔了。"

在梧道："她到底说些什么，我不明白，你痛快告诉吧。"

秦云瞧瞧颖芊，故意做出不动情感的冷淡神色，说道："那孟小姐说，她从小时就是你的要好朋友，已经多年不见了。今年夏天，她和你遇见，你答应娶她，所以她千里迢迢地特从关外投奔来了。不料正赶在你和倩宜结婚之后，你就留她在旅馆暂住，她也没了法儿，甘心愿意嫁你做妾，你却说暂时不能办到，叫她耐性等待。最近你有一星期没到旅馆去，她屡次打电话给你，曾听说是因病请假，很不放心，所以今天早晨到咱们家门外看看，想要寻人打听打听。不想正遇见咱们全家出门，坐车上林宅来，再加着咱们门上悬红挂彩，甚是诧异。向立在门外的赵顺打听，才明白了底细。她对倩宜和我说，在梧既然肯娶别人，不肯娶她，必是她本身不配嫁在梧，所以并不怨恨。只于想着看看在梧娶的姨太太，是什么样人，自己也明白明白，所以带了礼物就到这里。如今居然见着你们二位，才明白神仙不是凡人做的，倒很心平气和了。她又说烦倩宜告诉你，以后不要再介意她了，她从此海角天涯，重去度漂泊生涯。不但立刻要离开天津，而且到死也不上天津来。叫你永远把她忘记，只当没有这回遇合，她一点儿不怨恨你，可是也不再记着你了。她说到这里，恰巧二小姐来了。"

秦云说着向颖芊一指，因为不敢直呼颖芊名字，也不敢称为妹妹，所以按排行称为二小姐，这是秦云聪明的地方，接着又道："孟小姐见了二小姐，就打断了话头，只和二小姐叙旧，接着就告辞走了。是二小姐送出去的，我不知又说了什么话。"

颖芊听着暗叫糟糕，自己意料中最恶劣的局面，果然竟实现了。看在梧时，见他更变成木雕泥塑，面色比方才加倍惨淡，明白他在恐慌中又加了一层对小樱的恋惜。料想小樱的话必非虚假，大约已经负气长行。在梧回念旧情，岂不成为一件百年恨事？但颖芊却还顾不得小樱身上，向秦云道："在我送小樱出去以后，倩宜是怎样情形，曾说了什么话吗？"

秦云眼珠一转，似乎已明白颖芊的意思，答道："在小樱告辞的当儿，大姐姐不是还留了一声？小樱说她必须就走，大姐姐就没再开口。等小樱出去，我回头才看见大姐姐把两手支着这桌边发怔。当时我就拿起一支纸烟递给她，她接过去，我又替点上了火儿，大姐姐才转过身儿，笑了笑，对着我说这个孟小姐多半有神经病，跑来混说，你不要信她。说完就拉着我的手说，咱们还上楼看杂要去吧，我就随她上楼了。到楼上，老太太问大姐姐，说你们下去做什么来，大姐姐摇摇头，回答说是有位客人要走，我们去送。以后没再说话，只高高兴兴看杂要儿。"

秦云述说的工夫，在梧颖、芊屡次互相瞠视。到秦云说完，他兄妹仍相对含愁许久，还是颖芊先开口道："我是知道倩宜的，这次恐怕伤透她的心了。"

在梧叹道："我真是走了败运，翻来覆去，总遇着这种事情。想过几天平安日子，都不能够。现在怎怪倩宜伤心？只说在这一个月里，她遇着的都是什么事啊？就把我处在她的地位，也万不能忍受，万不能原谅了。"说着又向颖芊道，"妹妹，这事还得求你，不论怎样委屈，你还得趁早儿去向倩宜替我解释，要不然怕真把她气坏了。"

颖芊摇头道："我不去，你自己去吧。"

在梧道："妹妹，难道你真这么小心眼儿，竟恼了倩宜，不再管我们的事了？"

颖芊道："没有的话，我和倩宜永远没这个恼字。不过看她方才的情形，我有话也说不进去，不如你自己去对她……"

在梧听到这里，忙道："我本来可以去对她解释，可是在这些人眼底下，怎么好意思?”

颖芊扑哧一笑道:“你怕难看啊?那么当初别做这惹人的事呀。依我看,现在也不必忙着和倩宜说话,等到晚饭后客人散了,咱们回家,你再切切实实地向她谢罪,她若不肯原谅,我可以从旁帮着你说,比这时乱乱杂杂,匆匆忙忙,说也未必得到所以然,不好些吗?”

在梧听了,觉得她所言不错,就点头道:“也只可如此,那么等回家再说吧。”

颖芊见秦云半晌沉默无言,面色甚为暗淡,明白她是因为大喜之期,竟出了这意外懊恼的事,她心里未尝不觉难过。但在梧只觉对不住倩宜,张皇万状,对秦云却似视如无物,秦云或以为小樱今日前来,自己所受委屈,比倩宜更甚,然而在梧并无一言相慰,所以大为气恼呢。颖芊想到这里就打算躲开给他们个说话的空儿,立起说道:“我上楼去了,你还得打起精神,应酬客人不要失礼。”说着走到了门口,又招手叫在梧近前,低声嘱道,“你可不要再三心二意,老实些吧。”

在梧不解她所言何意,方待询问,颖芊又道:“从现在起,不许你出大门一步,你明白了?”

在梧才悟到颖芊还顾虑着自己不能忘情小樱,万一再在紧急时候,溜出去追觅她,便将闹出更大的纠纷。其实在梧此际尚未遑想到小樱身上,经颖芊一提,不由又勾起第二桩心事,觉得小樱在最短时间内,便将抱着万种伤心,千条幽恨,和自己永别了。想起她旧日恩情,和此次千里相投的心意,实在背之不祥。但这时想安慰倩宜还来不及,又怎敢另生枝节地去招惹她?可是这时若置她于不顾,时机稍纵即逝,也许到明天就和她天南地北,永无相见之期,终身恨事,也随而酿成,再难挽回了。在梧心里想着,悲苦交并,但自知这时万无出门之理,也无出门之望,倘若真的悍然不顾跑出寻觅小樱,恐怕未必把她寻着,家中先闹成不可收拾的局面。当下只可把牙一咬,答应颖芊道:“我绝不会出门,你想在这时候,我还……”

颖芊听到这里,似乎放下了心,立时转身而出,把房门带上。在梧此际是满腹艰难,一腔酸苦,心里乱得要命,当颖芊出去之后,他仍立在门际,呆呆发怔。过了半晌,忽听背后有人咳嗽一声,回头看时,只见秦云还坐在沙发上,低首含颦,瞧那眉头眼角,都流露着无限凄怨。在梧这才猛然想起,今日是她解决终身第一日的喜期,小樱之来直似有意搅她的局,扫她的兴,看来今日局中，她是第一个受委屈的，倩宜还在第二。自己却只顾了维持倩宜，把她置之不理，未免太叫她难堪了。就强打着心情走过坐在她身旁，握住她的手儿道："偏偏在今儿出了这样事，我太对不起你了。可是方才我和颖芊说的话你也听见了，我敢发誓，这小樱不是我招惹来的，她自己要来缠磨我，我有什么法儿？等稍为闲暇，我把细情告诉你，你就可以明白我的苦衷，现在你可不要生气。"

秦云徐徐把手缩回去，淡然答道："我有什么气的？你方才说得好，走了败运，总遇见这种事，可见连我也是害你走败运的人，和这小樱没什么两样。抱愧还愧不来，哪有气呢？你不必介意我，快去央告倩宜姐姐是正经。"

在梧听见言中颇有怨意，忙道："我很明白今天你受了委屈，不过你应该体谅些，这孟小樱也要嫁我，我没依她，倒娶了你。才惹得她恼了，跑来宣布我的秘密。小樱的本心，只是怨我无情，她想我把她抛开不理，她也不能叫我安静，所以使这离间的法子，要破坏我们三人的感情，她好解恨。你何苦上这种当，和我生气呢？至于倩宜一面，本来才有新婚一月，丈夫就另外纳妾，何曾站在理上？可是她居然处处吃亏让人，成全了我们的好事，在她实可算仁至义尽了。如今又意外跑出个小樱来，这不太使她伤心了？我若不尽力解释明白，良心上怎下得去？你总得替我想想。"

秦云笑道："本来你太不对了，应该向倩宜解释，给她顺顺气儿。我又没拦你，跟我说这些做什么？"

在梧又道："你是明白人，当然不会拦我。不过我自己心里抱歉，总得对你说说。还有今天既出了这事，我闹得心慌意乱的，免不了要冷淡你，你可要念在咱们旧时情义，和将来的长久日月上面……"

在梧方说到这里，秦云忽然伸手握着他的嘴儿，娇嗔说道："你真把我看成不懂事的，说这废话，不是多余？"

在梧听了，也随而一笑，想趁此无人之际，给她一点儿温存，就抱着她的头儿，待要向娇红香满的粉颊上接吻。秦云呸了一声，把头儿摇着躲闪，口中还说"这算什么，有人进来看见"。在梧笑道："现在我们已经名正言顺了，谁看见也不怕。"说着已吻住秦云樱口，秦云也只得随郎婉转，不再矜持。

哪知就在这个当儿，幸亏秦云耳朵灵敏，猛听门外似有步履之声，急忙把在梧推开。才松了拥抱便听房门砰的一响，吓得在梧回头去看，只见仍是颖芊，匆匆奔入，面上青黄不定，娇喘吁吁地叫道："你们可看见倩宜了没有？她上哪儿去了？"

在梧秦云全都一惊，同声说道："我们在这屋里，没看见她，怎么她……"

颖芊接口道："她不见了，我寻遍了楼上楼下，连后楼带厕所都去过了，只不见她的影儿，问人也全说没看见。"

在梧跳到颖芊跟前道："你可全找过了？"

颖芊点头，在梧道："她可上哪里去了呢？莫非……你可曾问过门房，见她出去没有？"

颖芊道："我也想到了，所以来告诉你，叫你去问。"

在梧闻言，就直跑出去，到了门房，见里面坐着很多的人，想是那些客人的仆役车夫，甚为杂乱。在梧只得把门房叫到一旁，问他可曾看见巢宅少奶奶出去，门房回说方才增了两三伙客人，却没留神巢少奶奶是否在内。门房言下大有诧异之色，在梧见他说不真切，又没有旁人可问。只得重走回来，进到起居室，见颖芊秦云仍在默然相对，在梧就把门房的话说了，颖芊道："我就断定她是走了，本宅所有房舍，我全寻遍了，她难道还能藏在人家的箱橱里？"

在梧道："她走了又上哪里呢？"

颖芊道："她走了左不过回家去，哪还有二个地方？"

在梧沉吟道："可是倩宜平日脾气，可不大像在这时候会甩手走了。"

颖芊咂着嘴儿道："你这话好像说她不应该似的，却不想你自己的所作所为，把人挤到什么份儿，泥人还有个土性儿呢。再说她还未必是怄气，你知道她身体不大强壮，也许因为心里别扭，身上觉得难过，坐不住了，所以回家去歇歇儿。"

在梧听颖芊替倩宜解释，似乎不成什么问题，但在梧心中，却似感到一种精神上的暗示，觉得事总绝非如此简单，就道："无论如何，我们总得回家去看看她，最好拉她回来，要不然……"

在梧本要说要不然怕更使倩宜伤心，但因方才有秦云那个岔儿，话到口边又咽住了。颖芊要接着道："那是自然，你还不赶着去吗？"

在梧道："妹妹你同我去可好？"

颖芊道："何必又拉着我，你自己去不是……我还得在这儿照应呢。"

在梧无言，就转身走出，一出门儿，就遇见国材，拉住说道："你慌慌张张跑什么，来陪我们玩玩。"

在梧道："对不起，我有些事得回家去看看，回来再陪你。"

国材道："你如何能走，莫非想逃晚上的喜酒吗?"

在梧忙说实在有事，顷刻便回，又央告半天，国材方才放手。在梧奔出门去，见林宅的汽车夫正在门外，和同伴聊天儿，忙叫他去开出车来，车夫答说车就在门外停着，您要上哪儿去。在梧道："好，你送我回家一趟。"车夫便伺候在梧上车，风驰电掣地开起来。不大工夫，便已到了家门。

在梧下车，把门叫开，赵顺一见，就问少爷你怎回来了，在梧不暇多语，便问少奶奶可曾回来，赵顺一怔道："少奶奶……没回来呀。"在梧不由一阵发呆，心想倩宜竟未回家，她上哪里去了。随又转想，自己是坐汽车来的，倩宜或者临时雇坐街上洋车，走得较慢，此际尚在途中，自己只可先等一会儿再说。就吩咐汽车夫稍候，自己走入。进到倩宜房中，赵顺也随进来，问少爷有什么事，在梧想起小樱曾说因听了赵顺的话，才赶到林宅去的，不由生了迁怒之意，当时沉着脸儿问道："早上在我们走后，可曾有个女子来?"

赵顺茫然点头，在梧道："你对她说了什么?"

赵顺道："她自称是咱们宅里亲戚，因为看见门上悬红挂彩，打听我有什么喜事。"

在梧道："你就全告诉他了?"

赵顺不知在梧所言何意，但只觉着声息不好，半晌没答出话，颊上痉挛分外来得厉害，好像在频频挤眼儿。在梧嘘口气道："好好，您出去吧。"

赵顺直了半天眼儿，才吃吃地道："可是有了什么事?"

在梧摇头道："没事，你出去，听着门吧，少奶奶就回来了。"

赵顺迷迷惘惘地走出，在梧在房中坐立不安，等了很大工夫，仍不见倩宜到来，心中更添了许多疑惑。自思倩宜难道不回家来，上了别处？她平日不喜胡乱交际，有什么地方可去，莫非回了娘家？为这点事，又何至于呢？再想也许她仍在林宅，颖芊方才没有找着，就疑为失踪，张皇起来。但过了这些时候，她若仍在林宅，总该被颖芊发现，自要派人来通知我，到如今既没信儿，可知必不在林宅，而且又没回家，想是真的气回娘家去了，我何不到岳家一行，立刻请她回来，也好顾住今天局面。在梧越想越觉焦灼，意思上倩宜母家去询问一下。但倩宜果然在那儿还好，若是不在，自己在这时候突然而去，倒怕惹起猜议。何况倩宜对于秦云这件喜事，因恐惹起无谓的反对，并未正式通知母家，只于告诉了平辈的一两个人，对她母亲却一直瞒着。自己去时，倘若岳母问起倩宜本在婆家，何以忽来娘家寻觅，莫非出了什么事情，那时自己可说实话不说？想着又嘴唇踌躇半晌，忽听外面有脚步声响，在梧以为是倩宜回来了，急忙迎将出去。

哪知匆匆奔入的，并非倩宜，反而仍是颖芊。她向在梧叫道："倩宜有下落了，你怎还在家里待着？"

在梧听了心里一块石头落地，忙道："她还在林宅，是不是？你在哪间屋里寻着的？"

颖芊摇头道："不是，不是，她在外边。方才在你走后，她打电话到林宅，找你说话。我赶去接话，倩宜在电话里不肯和我直说，只要寻你。我告诉说你已经回家去寻她，倩宜没法，才叫我转告诉你说，她现在一家旅馆里，叫你立刻前去见她，有要紧事商量。"

在梧大为惊异，心想倩宜怎突然跑到旅馆去，又弄这样玄虚，便问道："她在什么旅馆，这怎会……"

颖芊随即说出旅馆名儿和房间号数，在梧一听，直如冷水浇头，头脑发昏，脚下发软，恍疑立处下陷，全身落入万丈深渊。原来颖芊所说倩宜所在的旅馆，正是在梧安置小樱的地方，而且房间号数也完全吻合。在梧梦想不到倩宜竟会凑到小樱一处去了。颖芊见他呆若木雕，又道："倩宜真把人变了，怎竟跑到旅馆里去，你还不快寻她回来吗？"

在梧顿足道："这可要毁了我，事情糟到家了，你知道这旅馆正是小樱住的，倩宜定和她在一处，我去了可怎么办那？"

颖芊愕然道："这可怪了，她怎会寻了小樱去？再说我好像记得，小樱并没说出详细住处，倩宜又怎么去的？"说着又推在梧道，"现在只顾猜想，枉费工夫，你还是快寻她去吧。请回来先敷衍今天局面，再说别的。要不然，林宅那面放着许多客人，咱们都躲开来闹家务，岂不惹人议论？再说秦云也难堪哪。"

在梧道："我去我去，我自然去。可是倩宜和小樱在一处不知又要出什么花样，我真……妹妹你同我去吧。"

颖芊道："你怎变成小孩子似的，遇事都拉着别人。倩宜和你是夫妇，小樱又是你的旧交，你有什么怕的。我和小樱简直不认识，去了有什么用呢？"

在梧道："有你在旁边，多少可以替我拿些主意，对倩宜也能劝解，你就去吧。"

颖芊道："你只想这面儿，可不管林宅那一面。大家全走开，没正经人照应，不要得罪人吗?"

在梧想了想，也只可听她的话，二人一同出门。颖芊是雇人力车来的，仍要原车回去，在梧替她把洋车打发了，一同上了林宅汽车，先到林宅门首，颖芊下去，在梧吩咐车夫，再送自己上小樱所居那家旅馆。到了地方在梧下车，叫汽车先行归去，自己就进了旅馆，跑上楼去。心中非常发怯，但想此际不是因循时候，只可把心一横，拼着承受一切的磨难气恼，以求把事情弄得圆全。纵知解决并非容易，但最低限度，也得把小樱抚慰住了，把倩宜劝好回去，唱完今天这一台戏，遮过众人眼目，以后再徐徐理顺这纷乱的局势。

在梧当时硬着头皮，奔到小樱住的门首，见房门正在关着，他要举手推门，忽然没了勇气。心想这门内有倩宜、小樱两人在着，这一进去，不知遇到什么阵式，自己一见她们该怎样应付。这一犹疑，不由在门外呆住，但是甬道内来往人很多，见他在门外怔着，都驻足相视，还有人窃窃私议。在梧有些发窘，才把手握住门钮，待要推开，却猛觉那门突然自动地缩了进去，原来同时里面有人把门开了。在梧猛见小樱由门内探出半身，张着嘴儿，高喊茶房，但只喊出一个茶字，就几乎和在梧头颅相触。她瞧见门外立着的人，立刻惊得直了眼儿，身体向后退去，恰倚在门后的小茶几上。在梧见她身上穿着外衣，手上带了手套，而且门内地板上放着扁平的旅行箱，才明白她是已打点好行李，预备走了。这是唤茶房算账，或者账已算完了，这是叫茶房代去雇车。不由诧异倩宜既在这里，小樱怎又走呢？在梧脑中认定倩宜必在房内，就不敢对小樱做什么亲近态度，只向她点点头，便走入屋中。向四围一看，只见这小小的房间，毫无遮隔，一目了然，除了小樱以外，更没一个人影，哪里有倩宜呢？在梧大愕之下，脑筋一转，立刻想到自己是受了骗，颖芊所接电话，必是小樱冒充倩宜口吻打的，要骗自己到这里来。但又不明白，小樱早已离开林宅，何以能知倩宜负气外出？颖芊和倩宜那样厮熟，何以辨不出倩宜语声，以致受了小樱的骗？而且小樱既打电话骗自己来，何以不老实等候，倒要离开此地呢？

在梧心内虽万分纳闷，但因和小樱多日未见，又对她抱愧非常，不好直接先问倩宜，忙把门关上，才望了望她，待要说话，却不知说什么是好。小樱这时面上的惊讶，已转为冷笑，向在梧点头道：“今天大好日子，您怎跑到这儿来了”

在梧才答道：“我……我……方才你不是到那儿去了，我特意来……来……”

小樱见在梧期期艾艾，说不下去，就接口道：“您是特意看我来了？未必吧？我倒想您是寻太太来呢。”

在梧听了，忍不住道：“她同在这里吗？”

小樱一笑，将手指向房中道：“您请看，她可在这里？”

在梧呆呆地道：“这房里自然没有她，可是她方才还从这旅馆里打电话，说是在你房里，叫我来寻。”

小樱听了，面上又现惊异之色，头儿向前一探，问道：“怎么？她从这旅馆给你打电话，并且还说在我房里？”

在梧点头，小樱道：“她还说什么？”

在梧道：“没说别的，只叫我快来。”

小樱咦了一声，仰望屋顶，就自己寻思起来。在梧更测不透什么缘由，忙问：“倩宜是不是在这里，你又寻思什么？”

小樱怔了半晌，才抬头看看在梧，凄然说道：“我实告诉你吧，你太太已经预备离开你了。我真抱歉，没想到给你惹了偌大麻烦。”

在梧大惊道：“怎么了……你快说。”

小樱耸耸肩，指着地下放的旅行箱道：“我现在就要走了，你若来迟一步，这时我已到了车站。如今你虽来了，我仍然要走。在这离别的时候，对你既不怄气，更没什么希望，所以要把实话告诉你，好叫你急速去央告太太，不要闹出事来。方才我到林宅去，要见的人全见着了。那个秦云倒没什么，只你这太太实在叫人可敬可爱。我很后悔这一去，给她极大激刺，你快去哀告她，就说小樱已经走了，永世不会回来，求她和你恢复感情，只当没有这回事。”

在梧听小樱说了半晌，没头没脑，依然不得明白，就问道：“到底是怎一回事，请你快告诉我吧。”

小樱道：“好，我告诉你。在我从林家回来以后，正打点行装，预备乘下午四点的车，先回北京去。哪知正在收拾，就听外面有人叩门。出去一看，正是你那位太太，我只可让她进来坐。你那太太很为诚实，见面就握住我的手，恳恳切切地问我打算怎样。我指着打好的箱子，给她看，说就要走了。她竭力拦我，说万不能走。我问她什么缘故，她说你既然来了，又是孤孤单单的一个人，这一去待漂流哪里？我说不走又待如何，你太太说自然归到在梧家去，如了你的志愿。我听了忍不住笑问，有一个秦云还不够，难道还要加上我？姐姐你和在梧本是要好的夫妻，怎么这等对他放任？你太太摇摇头道：'我和在梧已经不是要好夫妻了，在梧要娶秦云的时候，我还原谅他是不得已，就许娶秦云进家。其实我很明白，男女爱情只是两个人的事，多一个就不能美满。但是在梧娶我以前，还有种种特别情形。我很感激在梧的情义。乃至出了秦云的事，我不忍叫他伤心，所以不但允许，还竭力替他帮忙。当时连妹妹颖芊都恨我太没心肝，其实又哪知道我已经预备把爱让给秦云，自己只担着在梧妻子的虚名，度这残生了。'"

在梧听到这里，已自悚然大惊，身体一抖，忙问她还说什么，小樱道："你别忙，还有大头儿在后头呢。你太太又说今天她张罗秦云的喜事，表面欢喜，心里已含无限悲哀。哪知另外又出了岔头，我去了一发表秘密，她又明白了你竟在外面还结有爱人，更断定你是到处钟情，毫无真心，所以悔恨透了，决意趁今日跟你离开。她说得倒好，在梧本有两位太太缺分，她既离开，就算出了一个缺，正好由我去补。至于我和秦云谁大谁小，她就管不着了。你听她说得多么轻俏。我当时很觉替她难过，倒劝了半晌，说我很后悔今天的行为，现在决意走了，请她忘了我这回事，仍然照旧和你度日。她冷笑着说：'这不是可以忘记的事。我的心已经冰冷，再热起来怕不易了。'"

在梧听到这里，才明白自己向来太浅视倩宜，认为她性情柔弱，并没有毅力定见。对于秦云这件事，只听她表面允诺之言，竟没想到她竟内掬万种伤心，外做一团喜气。早已打算和我断义绝恩，预备做一世假凤虚凰了。又加今日小樱突然露面，她更看透了我的为人浮薄，不特不可与共终身，简直不能与同居一日了，所以才毅然决然要和我分离。又想到小樱这面，觉得趁这牺牲自己的机会，可以使小樱补她的缺分，偿其前愿，所以又跑到这旅馆来，一面要先留住小樱，一面又打电话唤我前来，暗使撮合之计，并且借小樱的口把她的意思传达给我，由此可见她用心何等深密，行事何等斩截。自己以前只当她是个和易平庸的女子，真太失眼了。而且经过此事，更觉她可敬可爱，自己凭上天下地舍生拼死定要寻她回来。想着不禁向小樱道："她到底在哪里你知道……她又是几时从这房里出去，在哪儿去的电话……"

小樱见在梧急得说话都不利落，好像要把若干句话若干个字，都同时从口内一气迸出，不由摇头叹道：“瞧你急得这样，可看你们夫妇感情终是厚的。而且倩宜若不是一心爱你，今日也不致如此伤心，如此负气。你若不是太爱倩宜，现在当着我的面儿，也不至于问着她，好似没有我一样。咳，夫妻终是夫妻，名分虽是虚的，敢情暗地里有偌大魔力。好好，你们必然很快地恢复原状，这不过是小小的一点儿风浪，转眼就过去的。可怜秦云恐怕也要白指望一场，更没说别人了。”

在梧听她刺刺地发了阵感慨，并没回答自己一个字，又听她说自己只问倩宜，没有她在眼内，而且明白她最末一语的别人二字，她是指着她的本身，不由心中也觉抱愧，就道：“你得原谅我为大局着想，不能不问倩宜下落，请快告诉我吧。”

小樱道：“我还得慢慢说，当时她说完了，我很感动，就切实劝她回去，不要和你怄气。她又劝我不要固执，务必接受她的办法。我二人辩论了半晌，没有一点儿的结果，她立起要走，说无论我听不听她的话，她也决意和在梧离开，我也说无论她和在梧离不离，我也必要立刻离此远去。她临出门的时候，问我乘几点车走，我告诉了她。她看看手表，就说了句还有不到一点钟呢，就和我握了握手，出门走了。我方才听你说，她又往林宅打电话，自称是在这旅馆里，叫你快来，就明白她大约从这儿出去，到了楼下，就借电话唤你。至于她打过电话以后，上了哪儿，我便不知道了。据我想她未必还留在这旅馆。”

在梧听了，方才明白首尾，惘然说道：“这样必是她打过电话，就离开这旅馆了。”

小樱道：“这个哪能断定？或者她先出了旅馆，到别处才打电话，也未可知。”

在梧望着小樱，昏昏地道：“她可到哪里呢。”

小樱道：“这你怎能问我？她的去处你自然明白啊。”

在梧一听，果然自己脑筋昏了，倩宜踪迹，他何能问局外的小樱？料着倩宜此去，更无其他投奔之处，必然回了母家，自己只有急速赔罪。想着就自立起，待要走出，但转脸一望，心中又觉难忍。小樱也正望着他，目光一触，小樱立即低下头去。在梧此际一心要去追寻倩宜，但又眼看着小樱行李已具，转瞬便将地角天涯，成为绵绵长恨之局，永无补过之期。有心要对她挽留，请其稍留数日，徐做商量。但看小樱的情形，心情已冷，去志已坚，绝非一言半语所能奏效。自己在这紧急之际，又哪有时间和心绪与她做长久缠绵？而且即使挽留住了，自己对着倩宜方面正在洗心革面之际，终究又将小樱做何安置？

想到这里，只可把心一狠，向她说道：“你决定要走吗？”

小樱看着地下的箱子，点首无言。

在梧伸着手道：“小樱妹，我的一切，你已经明白了，我现在既没法留你，更不必对你做虚伪的挽留。只求你原谅我处的苦境，老天知道，我落到这个内外对不住人的境地，实不是本心愿意这么做的，这也不必提了。你倘若能信我巢在梧的负你是出于无可奈何，你此去务必还把我当作小时朋友，常常通信。并且有什么困难时候，能叫我尽一点儿力，也可稍减我良心的痛苦。至于现在……”说着从衣袋中取出皮夹，将内中钞票完全拿在手里，道，“这里有很少的钱，你带着做路费吧。”

小樱把眼尾扫了他一下，抿嘴笑道：“多谢你的关切，不过我想咱们现在总归一了百了，就不必再弄这藕断丝连的事儿。我这一去，敢说是大彻大悟，无牵无挂，连我自己都不放在心上，又哪会想到旁人？说句痛快话吧，我已经看透了你并非是心术不正的人，可是这粘粘连连的脾气，永没个痛快决断。由这上面，不但害了别人，大约连你自己也受痛苦。就像你和太太感情本来极厚，万没有娶第二个女人的道理。在我初来的时候，你就该坚决地告诉我不要希望，固然我也明白你是不忍，但总算起来，那时我们还没发生关系，及早撒手，总痛苦得轻些。到现在就好比你是个掌生死大权的官儿，本知道我这囚犯没有希望，却不叫我早早受刑，脱离痛苦，只把我的刑期展缓几天，在中间给我好些希望，套了很深交情，在我这犯人觉得可以不死了，哪知你把我哄够了，突然把脸一翻，仍然要处死刑。你想想，我这囚犯能为这几天的延缓，感激你吗？可是我的话也说重了，你并不是存心骗我，只于不忍我死，指望万一能给我寻个逃生的机会，又以为耽延一天，便能叫我晚死一天。又哪知到底不能救我，倒更害我受重了苦呢？你就是这样脾气，能在不自知中害人的。我想不但是我，就是那位秦云，恐怕也是这样成就的，耽延到了分际，她不像我这么洒脱，缠着你不依。你没了法儿，才叫太太知道，娶她进门，我猜必是这样。如今表面看她像比我运气好，得有着落。但是据我看，你未必肯为她牺牲你太太的感情，秦云的将来也就可想而知了。”

在梧听着觉得她虽然言辞激烈，却实在抵着自己病根。不由十分惶恐，十分惭愧，就道："你说得实在不错，我这脾气真太坏了。今日弄成这个局面，若只自作自受，还算罢了，无奈另外又害了别人。你想我这一世，良心还有个安静吗？不过你也知道我并非存心作恶，就从这上面原谅我吧。"

小樱苦笑道："你太言重了，现在我岂止原谅你，而且非常地可怜你呢。在以前我不明白你家中情形，还糊里糊涂地想嫁你做妾，图谋现在秦云所占的位置。那时以为世上三妻四妾的家庭，能过快乐时光的并非没有，而且我只当你的太太是普通的夫妇，指望自己名为小妾，也许比太太还要多得你的爱情。及至今日一见你太太的面，才知自己是想错了。又明白无论容貌心性，你太太比我们都强胜十倍，就是对你的爱情，她比较深得多。你本心里大约也有数儿，试想你又如何离得了她呢？我方才说你可怜，就因为你既离不得太太，而太太和你中间又不容得第二个人，可是你这荒唐人竟弄了第三个，真是作孽。如今我自然不算了，可是第二个的秦云，已经娶到家里。恐怕她未必像我这样容易打发，结果呢，你是什么罪过，自己总能知道，我这旁观的真有些可怜你了。"

在梧听小樱这样刺刺不休，初疑她是有意讥讽，继又觉得不像，仔细寻味，方悟她确是好意才做此警醒之言，就道："我现在明白大错造成，已经晚了。以后闹到什么地步，真不敢想。可是我即便死也还在明日，你走却就在今天，现在且谈你的事吧。"

小樱翻着眼儿道："我的事没的可谈，你大概急于寻觅太太，已经耽搁得时候不小了，就请吧。"

在梧摇着手中钞票道："这个请你收下。"

小樱摇了摇头道："论理说我和你耿直不来，这次我来到天津，吃的用的、穿的住的，都是你的帮助。"说着指指自己身上，又指地下的箱子道，"身上的、箱里的，哪点东西不是你给买的？我来时连件整齐衣服都没有啊。现在你帮我钱，我若推辞，好像不是味儿，但只事到如今，我若再受你的好处，实在心里下不去，你就不必费心吧。前些日你给我留的钱，现在还剩几十，不但够我的路费，连眼前的浇裹都有了。"

在梧道："咳，你又何必客气？快请收下。你一个女子，此去孤身漂泊，多几个钱总有用的，而且也叫我稍为安心。"

小樱笑道："你可以把我放在肚皮外面，就没什么安心不安心了。现在你见着我，还想起孤身漂泊，却没想自从我在保定，被家里赶出来，就是一个人儿，直漂到现在，也没饿死。我以后还是走那条老路，到哪儿都有钱花，都有饭吃。你该知道，不论在什么年头儿，绝饿不死年轻的女子。我以前因为有学好的心，成正果的指望，把自己看得很高，还不肯太随波逐浪，所以有时不免受点儿磨折，从今以后倒好办了，我既知道没有好命，又何必爱惜自己，落得趁着青春，仍去度我的风尘生活，乐一天算一天，将来有个或老或病，没有理睬，活不下去的时候，天下的大河都没盖着盖儿，我一蒙头，一闭眼，就脱了苦了。”

说到这里忽自呸一声道：“我没的真受了病，今儿怎成了话拉拉儿？一开口就没完，也不管人家着急。”又向在梧道，“说到了儿，钱我是不受，你快走吧。”

在梧心里真是急于快走，打算临出门时把钱给她抛下，但还迟疑不忍遽行。小樱看明他的心意，就道：“你还延迟怎的？方才我看你太太神色很是不好，在这时候未必不心窄，你不快去寻她，倘若出了什么意外的事，看你可后悔得来？”

在梧这时被小樱吓得心慌意乱，再也顾不得敷衍小樱，把心一狠，就道：“你说得对，那么我快去吧，只希望我们将来还有见面的日子。”

说着就将手中钞票，向桌上一丢，转身便走，小樱忙说“我不要，你带着”，在梧只装作听不见，一直跑出去，匆匆下楼，心中打算出门便坐车到倩宜母家。哪知才走到门口，忽见那守在门口的茶房，伸手拦住问道：“你姓巢吗？”

在梧一怔说道：“不错，我姓巢，你……”

那茶房又道：“你府上住在哪里？”

在梧更为诧异道：“你问我住处做什么？”

茶房道：“有人托我递一封信，我怕错给了人，所以问问。”

在梧心想这倒怪了，此际有谁会给我信？当时只可把住址说了。茶房听着点头，随即从衣袋中取出一个信封，递给在梧。在梧看过时，又见上面写着“在梧先生玉启”，下款是“倩宜缄”三字。一看笔迹，便知是倩宜所书。急忙拆开封皮，抽出笺纸，瞪圆眼睛看时，信纸上只寥寥数字，上写：

梧哥：

你接着这封信，大约已在小樱把我意思告诉你以后，我不多再说，我们缘分算从此完了。你一向待我很好，我并非不知道。可是经过今天这事，我感觉和你不易共偕白首，你那到处钟情的性格，偏遇到我这没有度量的，如何能够长久？与其将来把感情破坏净尽，还不如及早分手，较为痛快。你也许怨我做事太狠，其实我不是狠，倒是过于怯弱。一来把持不住我那破碎的心，觉得如再和你见面，将忍不住那难堪；二来我更怕挨受精神痛苦，所以一会儿也耐不得地跑了出来。你从此有了两个新人，总可以得到安慰，把我这旧人忘了。至于我的去处，你千万不要打听，更不要到我母家去。因为我绝不回家，你去了寻不到我，反而要惹起很多纠纷。我向来对你真诚，请你信我这最末的一句话。梧哥，我再叫你一声，咱们这样完了，我真没想到。但既有了今日，又有什么可说？你见了老母和颖妹，替我致意，求她们原谅我。从此不再见了，祝你永久快乐。

妹倩宜留字

在梧看着，脑中轰的声似乎魂儿出窍，一颗心也似同时消灭。腔内空空的，神经完全麻木，怔了半晌，勉定心神，才看出那信封信纸都印着这旅馆的名字，证明倩宜此信是在旅馆写的，不由更发了糊涂。就问茶房道：“这信是谁给你的?”

茶房道：“是一位二十多岁的堂客，方才不大工夫，把信交给我。又说出你巢先生的模样穿着和住处，叫我务必问明白了再交，另外还赏了两块钱。”

在梧道：“这信是在你们旅馆写的，你看见她从哪个房间出来?”

茶房道：“我不知道，只看见她从后院出来。”

在梧一听，方才明白自己在小樱房内逗留的当儿，倩宜也正在这旅馆内写信。虽不知她在哪个房间写的，但这旅馆原是两部分，楼上是一部分，楼梯旁边有个小门，门内是一道院子，约有十多个房间，是另一部分。料想倩宜从小樱房内出来，到楼下就又开了后院一个房间，写这封信，写完交给茶房，才自走了。想着还不能断定，就转身到了后院，向茶房询问在两小时内可有位年轻女客来开房间。茶房回答不错，有这么一位，现在出去了，也许快回来。

在梧一怔道：“您怎知道她快回来?”

茶房道："那位女客开了十三号房，进门交了十块钱，就要信封信纸，想是写信。过了没半点钟，就出了门。那房间每天才一块钱，客人交了十块，怎会不回来呢?"

在梧听了，只剩苦笑，几乎要对茶房说她万万不回来了。但又一转想，倩宜既然在信上说绝不回娘家，自己又知道她没有别的去处，或者想要在这旅馆暂寓几日，也未可知。她一则知道小樱即将长行，不愁遇见。二则她料着我接信以后，必然奔向他处寻找，绝没料到我因看了信封，又到这后院来询问。她的意思，定以为我觅遍这个城市，也不会注意这旅馆，认为这是躲避我的最好地方呢。在梧越想越觉自己所料不错，就向茶房道："那位太太，是我一家人，我想等等她，那房间锁着了吗?"

茶房答应道："门还锁着，客人虽然没有什么东西，我们也得按规矩锁门。"

说着领在梧到了一个房间门前，将门开了。在梧进去，见里面陈设极为简陋，只一床一桌两椅，以外且无别物。而且光线不足，阴森森的潮气扑鼻，又非常寒冷，知道这房间比小樱住的价钱只贱数角，而竟如此不堪。屋劣价昂，想来早日也没有客人肯住，倩宜怎能在这种地方受罪?莫说久居，只住上一两夜也怕要受病。好在自己既已发现，少时她一回来，无论如何，定要央她归家，自不致再受这意外的苦楚了。当时茶房在煤炉内拨了拨那半死不活的火，又给沏了茶。在梧坐在只盖着一条薄毯的木板床上，只希望倩宜忽然走入，自己甘心长跪自责，央她回去，但求恢复夫妇感情，她有什么条件，无论自己为多大的难，丢多大的丑，即使离散了秦云，得罪了林翁，自己都能依她。反正只要倩宜依旧爱我，便是牺牲了自己性命，也自情愿。至于其他方面的事，全都抛开不想。茶房出去以后，在梧起来坐下，走走停停，一会儿向外探探头儿，一会儿又捶胸顿足，这时候的心情，真个挨一刻似一夏。过了约十几分钟，他好像过了几个时辰。在梧等了个无奈心烦，仍不见倩宜到来，偏巧这院子被楼房遮蔽，早早地便没了阳光，房里更黑，好像已经快黄昏了。在梧看着天色，计算自己来的时候，以为过了两三点钟，其实由他进到这房中算起还不到三刻钟呢。

他见天色垂晚，忽又想起林宅一面，有许多宾客在着。自己离开这许久，眼看要到晚饭时候，大家寻觅新郎不见，岂不闹成话柄?关于家人方面，秦云拼叫他气恼，且不管她，但母亲若发现儿子媳妇同时失踪，该要如何着急?

而且颖芊一人在那里，既得周旋客人，还得替我担心，更不知急成什么样儿。自己既在此处等待倩宜总该给她个信，使其放心，且要嘱咐她暂且不要把实情告诉母亲，恐怕老人家听了，万一不能自持，急出什么毛病。想着就奔出后院，到了前面，向茶房问了电话所在。茶房指着柜房一个小门，在梧推门进去，里面像个长方匣子仅容一人，电话就挂在旁面。在梧拿起电话耳机，要了林宅号码。那边有仆人接话，在梧叫他请巢小姐说话，仆人问明在梧是谁，就请他稍候。在梧知道林宅电话设在是客室外面，仆人要到客厅去请颖芊，需要等会儿工夫，只得耐着性儿把耳机举在耳边，闲向外面看着。

过了须臾，才听那边有人接话，问道："你是哥哥吗？"

在梧知是颖芊，就答道："是我，你那边怎样了？"

颖芊道："还好，大家都在寻你，我推说你和倩宜回家办一件要紧的事，少时就回来。"

在梧道："咱娘没问吗？"

颖芊答道："方才问了，我说……"

在梧才听到这里，猛闻楼梯一阵脚步声响，由上面下来了一个茶房，手提小皮箱，正向着大门走去。在梧因未曾关着电话间的门，被脚步声搅得没有听清颖芊以下的话。方待再问，却看那茶房所提皮箱，觉得眼熟。才一注目，哪知在茶房之后，又随着下来一人，万想不到竟是小樱。在梧不由一阵通身瘫软，倚在板壁之上。他方才和小樱忍心一别，决必为不再想见。哪知造化弄人，偏在这时再来一次巧遇，再使他感一次悲苦。他望着小樱只觉心意麻乱，忘了自己身在何处，所为何事。空举着电话耳机，更听不见颖芊所说的话，只瞪着眼儿，心想小樱在自己来时便要走的，怎又耽搁了这些时候，方才起身。继而悟到她必因赶不及上一班火车，又改乘五点后开行的车。想着见小樱下楼以后，既不回头，也不旁顾，就直向大门走出，在梧心头跃跃，直要唤她，但转想唤住她又将如何，才勉强忍住。小樱那里更梦想不到电话间会藏着个伤心欲绝的在梧，正在望着她，很快地便走出门去。立时那亭亭倩影，全被墙壁隔住。在梧望着忽觉这一瞥之间，便成永别，从此再不能看见她了。心中再忍不住，想追出去再看她一看。方一举步，耳机从手中坠了下来，撞在壁上，砰的一响，他忽悚然自惊，省悟便赶出去直送她到车站，也是枉添伤心，而且自己正和颖芊说着要紧的话，只得把牙一咬，暗叫声由她去吧。这时他茫然地把耳机重复抓在手里，才听里面连发喂喂之声，在梧明白颖芊那边定已说了许多话，不闻自己答应，正自着急，连忙把耳机举起，应了一声。那边颖芊似乎愤愤地道：“你是怎么了？这半天不哼气儿，我还当是线断了呢。”

在梧知道说实话定要惹她数说，只可掩饰道：“我也不知是什么缘故，忽然听不见，等这半天，才又通了。你还接着说，母亲问了怎样？”

颖芊道：“敢情我说了半天，你从起头儿就没听见哪？方才母亲问我，你们怎样不见，我只可说嫂嫂有必要回家的事，哥哥陪她一道去了，也就快回来。林老伯也问过几次，现在快开晚饭了。你倒是怎样，寻着倩宜了没有？你又在哪儿来的电话？”

在梧叹道：“我正为着大难呢，已经寻着倩宜踪迹，正在这旅馆等她，可不知道她是不是回来。”

说着就把到这旅馆的种种经过，草草述了一遍。颖芊听在梧诉说倩宜留函中的大意，忍不住在电话里直咂嘴儿，连叫糟糕要命。及至在梧说完，她紧接着问道：“那么你现在就在那旅馆里，认定倩宜准回去吗？”

在梧道：“我也料不定，可是她信里既说不回娘家，我又知道她没有别的去处，而且她也许因为这旅馆是我绝不注意的地方，想暂住一两天，也说不定。还有，我听茶房说她交了十元房钱，想必回来，所以等着。”

颖芊高声叫道：“我的糊涂神儿，你怎这么想不开？倩宜那样人，怎肯独自住旅馆？她在信里说不回娘家，你就信以为实了？至于多交房钱，更不足为凭，她在这时候还在乎十元钱吗？”

在梧闻言，方觉恍然大悟，但回念又犹疑起来，说道：“你说得有理，倩宜大约是回娘家去了。可是她信里的话也有道理，她说绝不回家，倘若我去了，不但扑空，还怕惹出麻烦来。我想寻她去，也为这个犹疑。”

颖芊道：“我怕她是故意恫吓，好叫你不敢去。”

在梧哦了一声道：“不错，那么我就不在这儿老等，简直到她娘家去了。”

颖芊听在梧这决断的话，自己倒犹疑起来，道：“这个……你得自己琢磨，我不过是凭空猜测，万一料错了也难保的。”

在梧明白颖芊是因为此事重大，不敢径行做主，怕干担涉，就道：“我想你料得不错，即使错了，也不过惹得她娘家跟我不依。我现在已经糟到家了，便再添些逆事，也是照样受着。妹妹，你只多费些心力，在那边替我敷衍，任凭旁人说什么，都不必理会。对付吃过晚饭，就陪着母亲回家吧。林老伯面前，只可实话实说，请他原谅。”

颖芊答道：“好吧，我就替你……可是这局面真不容易。咳，你不必管了，这总好办，另外还有件难事，秦云可怎么好，从你走后，她就在楼上一角里呆坐着，无精打采好不难看。”

在梧顿足道：“简直是要命鬼，你就不必把她放在心上，随她怎么样好了。等到饭后，就带她回家。她有什么话说，你就告诉她说，在梧已经快苦死了，实在顾不到她。她若觉着不称心，就请自便。”

颖芊道：“这叫什么话？我怎么能对她说，你这时候大概已经脑筋昏乱，信口一说，得了，你且不必操这边心，只专意寻倩宜吧。这边的事，我尽我的力量，但盼面面都办圆了。若是我力不从心，你可别怨我。”

在梧道：“那是自然，你对我何必还交代这个。”

颖芊道：“好，你若没别的话，就快去吧。”

在梧觉得心中还有许多苦话要对她诉说，但一时既说不尽而且也不说出，只得咳了一声道：“那么，我去了，就是寻得倩宜也一直回家去等你们，不上林宅去了。实在没有心绪再和客人周旋，可是必有电话给你。”

颖芊那边应了一声，就把线断了。在梧呆了半晌，忽觉肩上被人推了一下，回顾才见有个中年人，立在门外，满面怒容地望着自己。立刻悟到此人必是来打电话，自己却盘踞在内，打完了还不离开，怎不惹人愤怒。想着忙说了声对不起，走出那电话间，仍回了后院，寻着方才的茶房，向他说自己不再等了，那位巢太太如若回来，务必请她……说到这里，忽觉这办法不好，倩宜本要躲避自己，倘她知道，已被发现住处，岂不又将远走高飞？就忙改口道：“她若回来，千万不要提有人来。并且还烦你件事，等她一回来，不论在什么时候，你就背着她辛苦一趟，给我送个信儿。”

在梧说到这里，见茶房面上忽罩了一层严霜，大有伺候不着之意，而且好像不耐烦再听下去，预备要走开。在梧忙取出一张五元钞票，递过说道：“这个你先带着坐车，事后还要酬劳。”

茶房一见钞票，立刻由眼中射出精光，笑着说道：“你这不是说远了，还给钱做什么？”

说着东瞧西望，似乎怕被人看见，就趁着张皇的当儿，从在梧手里把钞票接了过去，道了声谢。在梧又叮嘱他不要忘记，就回身向外走，没有几步，茶房又赶上来道：“二爷，你还把公馆告诉我，回头上哪里送信儿呀？”

在梧心想自己果然昏了，他若不问，这几元钱岂不枉费了？就把住址告诉清楚，重行出了旅馆。见天色果然已将垂暮，忙雇了辆洋车，坐上直奔倩宜母家而去。倩宜母家人口非常简单，只有父母和一个弟弟，她老父人在河南政界做事，不大回家。母亲年将五十，兄弟却还十岁不到，因为人口过单，向来有两家贫寒亲戚常年伴住，此外还有三四个男女仆人。在梧深知岳母性情柔和，内弟年纪又小，此去即使说破了倩宜的事，料也不致过于受窘。但又转想，倩宜平日那样温柔懦弱，好像永远婉转随人，谁料到今日竟像变了个人，行事如此坚决，如此迅疾，她的母亲说不定也和她有一样性情，外面虽然和易，但今日知道女儿受了委屈，就许另换一副面目，对我不依。或者因她女儿失踪，拉住了向我要人，那又怎么好呢？但丑媳妇也难免见公婆，只得硬着头皮前去。

车子到了倩宜娘家门首，恰值一个老仆名叫杨贵的，正立在门外。他一见主家娇客到来，急忙上前殷勤接待。在梧下了车，便向里走，想先向这仆人询问一下，就道："你们姑奶奶回来过吧。"

杨贵因在家并无第二个姑奶奶，知他所问必是倩宜，便答道："不错，姑奶奶才来过。"

在梧大喜，心想颖芊果然料得不差，倩宜既在这里，自己就好办了。想着见杨贵抢在前面，似要进去通报，恐怕他先进去一说，倩宜或将躲起不见，就道："你不用通报，我自己进去好了。"

杨贵闻言，似乎一惊，怔怔地道："姑爷，您……您是要见我们二舅奶奶吗？"

在梧闻言也是一怔，心知他所谓二舅奶奶，便是倩宜母家住的穷亲戚，自己在回门时，曾经见过一次，并不厮熟。这时杨贵竟问是否想要见她，不知是何道理，便道："我见二舅奶奶做什么？我到上房见你家老太太和姑奶奶。"

杨贵磁咕着眼儿道："老太太……不是上你府上去了吗？"

在梧大惊道："什么，上我家去了？你们姑奶奶不是在这里？"

杨贵摇头道："没有，姑奶奶方才来过，现在也走了。"

在梧瞪着眼道："怎么？"

杨贵似乎比在梧还为纳闷，望着他道："我们老太太、少爷和姑奶奶，不是都到你府去了？走了还不到一点钟。"

在梧一阵昏惑，拉住他道："你细说是怎么回事。"

杨贵诧异道："难道你不知道？"

在梧道："你别管我，快说。"

杨贵道："前一点多钟时候，姑奶奶忽然回来了，在老太太房里坐了会儿，老太太就吩咐叫来汽车，连少爷娘儿三个，带着几个小箱一同走了。我听后面王妈说，姑奶奶是来接老太太，到婆家去住几天，少爷正放年假，所以也跟着去了。"

在梧初想或者杨贵所言是真，她一家莫非果到自己家去了，但转想便觉绝对不对，倩宜怎会在这负气时候，倒把她母弟接到她自己尚不肯回去的家。错非她是邀着家人去和我交涉，然而倩宜又绝不是做这等事的人，由此可见杨贵的话是可疑了，便猜料倩宜或者便在这里，却早已吩咐好了仆人，令其对我说这套话，好使我坠入迷阵，便道："我才从家里来，她们并没去啊，你莫非弄错了吧？"

杨贵也似乎纳闷，道："没上您家去，可上哪里呢？我明明听见……"

说着就见由内宅走出个女仆，杨贵忙叫道："王嫂儿。"

那女仆站住，看见在梧，似很惊异地称呼了一声，才问杨贵有什么事，杨贵道："方才你听姑奶奶和老太太上了哪儿？"

女仆道："不是上姑老爷那儿去了？老太太临走，还吩咐说，姑奶奶接我们上巢宅住几天去，因为不会耽搁太久，所以不带下人去，你们在家好好照应。这清清楚楚几句话，我不会记错了啊。"

杨贵听着，眼瞧在梧，似乎说着我可曾骗你。在梧看着两个仆人的神气，不似说谎，心中已有些犹疑。但终觉她全家三口，都上自己家去的话，实不近情，还想仆人的言语，或者由倩宜教导而来，踌躇之下，稍作迟徊，女仆忽说道："姑老爷大概是和她们恰巧一来一入，在道上没有看见。既来到了，请进去歇歇吧。"

在梧一听，心想我倒真得进去看个明白，就道："也好，我正渴呢。"

说着就走入内宅，进到上房，仆人掀帘，他入至堂屋，女仆道："里间都锁了，屈尊姑老爷堂屋坐吧。"

在梧坐在迎面大椅之上，果见东西里间都已上锁，真个是没人的样子，在梧一阵机灵，还恐倩宜倒套空城计，她们藏在里面，叫人在外面锁上，来搪塞自己，见女仆出去倒茶，只杨贵一人在旁，就假装摸摸口袋，忽然叫道：

“咦，我把纸烟匣子忘在哪里了？”

杨贵见他要吸纸烟，忙道：“您要烟啊，有有，这里间进不去，我上前面客厅给您拿去。”说完就跑出去了。

杨贵出去以后，在梧蹑着脚儿，向东西里间由门缝中看了看，只见房内都是空落，哪里有人？不由暗笑自己神经过敏，即使她母女藏在家中，也有别的房间好躲，何必把自己锁在房内，自己真是傻子。想着见杨贵拿了纸烟进来，在梧接过一支吸着，就道：“她们也许已经到我那里了，我回去看看。”说着就向外走。

杨贵见在梧神情恍惚，举动离奇，本来已告诉他主人不在，他就无须进来，既然进来，又还没把椅子坐熟，匆匆又走，真是莫名其妙。回想前月回门时，姑爷那样稳重大方，谁见了都在夸赞。今日却怎的改了脾气，慌慌张张，全没了娇客样儿呢？

在梧哪顾得别人诧怪，自己走出门去，直到坐上洋车，才想起自己没有赏赐仆人。一个新姑爷，照例每到岳家，多少总要破费，不能空手，自己竟然忘了，难免又被仆人笑话。但在此际，也顾不得这些小事，坐车回到家中。赵顺开了门，在梧先不进去，踌躇一下就奔了经租人的房内，借电话打到林宅，向颖芊报告一切情形。

颖芊听了叫道：“这可坏到头儿，倩宜一定是决心躲你，又恐你前去纠缠，所以把她一家人都避开了。她可真会负气，不给我们一点儿挽回机会。”

在梧道：“这只怨我，倘然早些去到她娘家，就会遇见，怎能叫她走了？”

颖芊道：“她全家这一躲，暂时是不能寻找了。你就快上这边来，敷衍了眼前局面，再回家去，好不好呢？”

在梧道：“我不去了，这样心情，哪能再去周旋人？”

颖芊道：“你不能只顾自己，譬如方才能寻找倩宜，要和她解释一切，自然要紧，无论林宅闹成什么样儿，也不必管。现在倩宜既然已经失踪，你自己住在家中，又没有事，林宅这边因为新郎不见了，大家都背地议论，秦云更悲苦得顾不住大面儿，你何必守在家里？乐得这边来敷衍一下，弄个圆满结果。”

在梧听了，方一沉吟，颖芊又道：“你来了，不会难堪的。我已经向人说，是嫂嫂娘家的老太太忽然犯了病，在梧接得电话，就和嫂嫂一同前去探望，到现在还没回来，必是病犯得不轻呢。大家虽都信我的话，但总抱怨主家失礼。现在你回来，就假说倩宜母亲犯了什么样的病，闹得很凶，现在已经转好，倩宜还在那边守着，我自己因天色已晚，不得不回来，这样就掩饰过去，不会窘了。倘你不来，别人且不说，就是我也支持不了这冷清局面。”

在梧一听，觉得自己不去是不成，只得答应了。但还挨延了半晌，才出门，坐车奔林宅而去。到了林宅，直入客厅，众人一见，却包围拢来，在梧只可厚着面皮，把颖芊教给的谎话说了，众人致了一番慰问。林翁却已知道了他的内幕，当时也未及询问，就催着摆座。大家入席，自然要敬新郎酒，但知他心内有拂意的事，而且又不甚厮熟，居然终席没有什么纷扰。在梧只吃了三两杯酒，便算了局，饭后来宾纷纷散去。

林翁等宾客尽散，只剩了林巢两家人的时候，才把在梧叫进上楼寝室，郑重问道：“方才在饭前，我寻不着你和倩宜，就向颖芊询问。颖芊说你又出了什么纠葛，并且白天来的那位女客，和你有着关系，倩宜一知道就气走了，你追了她去，到底是怎么件事，你快告诉我。”

在梧见林翁面上现着向所未有的庄容，知道将受责问，深怨颖芊不该把实话告诉他。但又忆起颖芊之实告林翁，原出自己之意，无可怨尤。当时只得像小学生做了错事，无可抵赖，拼着说实话领受责罚似的，就把和小樱一切情形，都实说了。最后又怕林翁疑惑他和小樱不是故交，又说：“您倘若不信，我可以拿凭据给您看。”

林翁摇头道：“过去的事，没的可谈，只说现在和将来吧。秦云的事，已经费了我九牛二虎的力气，才办得平安，如今又凭空跑出个小樱来。咳咳，你可真是多事的人。记得二十年前，我在外交界久居英国的时候，当时欧洲有个国家，本身既然多事，对外又常生事，所以人们都称它为问题国家。如今你也足够个问题人物了。”

说着叹息一声，扪着秃头，向屋顶望着，又突然低下道：“请问你，现在那小樱怎么样了？”

在梧道：“走了。”

林翁道：“真的吗？”

在梧道：“我亲眼看她走的。”

林翁诧异道：“她何以这么容易解决？”

在梧又把小樱走的详情说了，林翁点头，又问道：“那么倩宜呢？”

在梧仍发着和方才一样的懊丧声音道：“也走了。”

林翁叫道："她又往哪里走，你不会到她母家去寻?"

在梧道："她母家全躲了，我没处去寻。"

随又将倩宜方面情形细说一遍，林翁这时方拿起一支雪茄，向自己头上有节奏地敲着，用怜悯而又微带讥笑的眼光，望着在梧道："我来算算总账，哦，倩宜、小樱、秦云，一、二、三，除了这三个，还有第四、五、六个没有，你不妨实说。这就等于一个店伙，亏空了公款，既被察出，就该把亏空全数一起说出，隐瞒起一部分是不聪明的，因有事实在着，终究仍然要被发现。你是聪明人，该明白这道理，快把全数说出来，好一总儿解决。"

在梧听着聪明二字，特别刺耳，不由叹道："咳，聪明，真是误死自己的聪明。老伯请您不要再逼迫我，我的罪恶已然全发现了，实在没有别的。"

林翁苦笑道："我很信你，你若再有别的好事，那你就不是人，简直是神了。我在以前曾在很繁华的场合中度过半生，整日过的是和女人混合而成的生活，也并没得到你这些奇遇，我真佩服你就结了。咱们还说现在，现在，倩宜走了，小樱走了，只剩下一个秦云。"说着从鼻中哼了两声道?"秦云，你猜秦云怎样?"

在梧听林翁说到这里，忽然住口，张目望着自己，不由心中一震，暗想听这语声不妙，莫非秦云也生了什么问题?想着就也大瞪两眼，望着林翁，等他再说下说。林翁摇了摇头，才又接着道："秦云对你的一切一切，也全知道了。她方才和我哭了好久，也要追着倩宜的路子，跟你断绝。经我劝了半天，她才允许不对你做什么表示。可是在倩宜失踪的当儿，她万万不能到你家去同居。因为倩宜对她那样厚道，如今倩宜走了，她却去单独享受，好像乘虚而入，盘踞倩宜地位似的，她良心上万做不到。固然她已经正式嫁你，而且即使今日不生意外波折，她也应该到你家去，倩宜也当然让她做几日快乐的新娘。可是现在情形一变，倩宜一走，她就不忍享那应得的权利了。所以我正式通告你，少时你只能和老太太、颖芊一同回家，却不要强迫秦云。她的意思很是坚决，你强迫她，也是枉费口舌，枉伤和气。"

在梧听了，心想今日本是花团锦簇的局面，不想一阵狂风暴雨，好事都变虚空，三个爱人中，二人抛我走了，剩下一个秦云，还要和我断绝关系。倘她真的如此，自己拼着再忍受一桩百年长恨，对倩宜那面倒好办了。但又转想林翁终是秦云义父，自己若对秦云表示淡漠，恐怕老人又将不满，而且秦云不回家去，这冷落的局面，将大伤母亲的心，自己回去独对孤灯，静听母亲的叹息，妹妹的责备，再加精神上的痛苦，境地的凄凉，这伤心后悔的日子，可不要命？倘若秦云能够回去，也许能为家人稍解愁烦，略添欢笑，自己也可少受好些罪孽。想着就道：“老伯您想，若依您方才的话，我对家母更不好交代，而且对我的责罚，也太重了。求您把我不得已的苦衷，转告秦云，劝她还是随我们回去吧。若不然，今天我那边业已闹得无人不知，结果不特新人没来，连旧人也走了，我真没脸儿见男女仆人。老伯，您务必给转圜转圜。”

林翁沉吟道：“这怕很难了，我去劝秦云，固然她也许能答应。可是为你打算，倩宜这回气走，决并不止因那个孟小樱，秦云也是一个使她伤心的原因。倘若今日秦云就到你家去，一被倩宜知道……”说着摇摇秃头，又道，“说件故事吧，二十年前，我在广东做编译馆的副监督，那位正监督忽然因一点儿值不得的缘故，负气辞职，跑到上海。但是上面急需要他这人才，屡次去电催请回任，那正监督意思也活动了，却因在上海又玩热了一个堂子姑娘，迟迟未归。哪知上面正注意编译馆的工作，恐怕无人负责主持，竟下了个叫我暂行代理正监督的职任。其实没有这命令，我本来实际做着代理。可是一有这命令，正监督那面竟吃了味儿，立即给上面打来电报，说些既已派某某代理，显见负责有人，自己长此不归，良无遗憾的话。很好的人才，就因这一点儿误会给气跑了，却无意中成就了我，没半年果然实授了正监督。话归正题，我是秦云义父，为她打算，当然要怂恿她赶着去代理的，一代理就不愁实授了。”

在梧一听，明白林翁所言实在切合事理，秦云一进自己的家门，倩宜闻知，便要躲得更远，但秦云若竟不去，自己跟前这凄凉况味，也真不易消受。想着犹疑无言，林翁又道：“我为你家大局着想，秦云还是暂且住在这里为是。我也明白你有种种难言的苦衷，爽性再维持一下，现在我就去对你们老太太说明情形，请她和颖芊先回家去，并且请她对你不要责备。至于你，可以多留一会儿，和秦云做会儿伴儿，也给她点儿安慰，到半夜再走。明天你自然要去寻觅倩宜，能寻着自然是好，万一寻不着，你仍可以在晚间来和秦云相伴。这样你两人都可以不致太感痛苦，你看如何？”

在梧听了，只可点头，林翁望着他叹息一声，才立起来，拉在梧走出，进了旁边一间华丽之室，叫他暂且等候，就自下楼去了。在梧知道这房间定是秦云寝室，林翁在她未上北京以前，就特为设置下的。向四面略一浏览，见器具精美，陈设富丽，便是西洋贵妇人的卧寝也不过如此。不由暗叹林翁待义女之厚，秦云得到这样倚恃之人，真是佳运。但由此又想起那毫无依倚飘荡天涯的小樱，眼前似映出在旅馆所见她凄凉凉独自出门的影像。再忆起那最初一夜也是最后一夜的定情艳梦，共枕风光，只觉心中好似一阵热如炙火，一阵冷似偎水，怔了半晌，心情又移到今后艰难纷乱的局面，更觉头脑发昏，简直不敢去想，但又不能不想。这样过了不知多大工夫，忽听门儿微响，在梧抬头，见是秦云悄然走入。一见着她，心内突生无限惶愧，不自主地就立将起来，鞠躬磬折，那恭敬样儿，好像要接待什么贵重朋友似的。但秦云似乎并没有看见他，一进门就奔到迎面的浅蓝色天鹅绒矮榻坐下，将头儿伏在榻背。在梧瞧了瞧她，若在平时，遇到这般阵式，定有无限畏怯。但在梧在这一天中，业已饱经忧患，把神经磨炼得铁了，只皱皱眉头和搔搔头皮，就走到榻前，坐到她身旁，低声叫：“喂，你今儿太苦恼了，抬起头来，我和你说。”

秦云身体向后一躲，并不答应，在梧又去握她的手，秦云霍地坐起，更躲远些，在梧苦笑道：“我很明白，今儿实在把你气着了，可是我有许多……”

秦云没等他说完，已向后一仰脸儿，把披散的头发摇到头后，才撇嘴笑道：“我根本没气，若有一点儿气，早气死了。你也用不着和我解说，我一切全明白，那小樱大约在你没上北京找我以前，已经到了天津，你已经把她安置在旅馆当外宅儿了。倘然中间没有我出来打岔，也许今天这桩喜事的是为小樱办的，只为我抢了小樱先步，才气得她跑来给你泄露秘密。现在她是走了，倩宜也让了，我是完全胜利了，还有什么可气呢？”

在梧听她这样说法，倒觉出于意料，不由怔了一怔，才道：“虽然如此，可是从倩宜一去，我只顾找寻，未免太冷落了你，我心中很过意不去。”

秦云道了：“那更是小事，我不在乎。本来世上娶小老婆的，都是抬进门完事，没的铺张。今天只怨干爹太疼我，不想没给我增了光，倒给丢了脸。这不是福小命薄，承受不住吗。这都不提，我现在已经明白，倩宜许你要我，原是出于负气，今儿她走，并不全为小樱，那么以后的事，就太难了。我论理不该搅坏你们的好姻缘，应该自己善退。方才已把这意思对干爹说过，可是干爹一句话就扎疼我心。他问我说你当初为什么写信叫我和在梧上北京，不是为着你肚里的孩子吗？如今难道又不为孩子打算了？”

在梧听到这里，不由把久已忽略的一个问题，又提上心来，暗地打了冷战，秦云又道：“就因为这个，我可太难了。为孩子打算，我现在想出两条路，头一条我暂且住在干爹这里，你专心去寻倩宜。寻着了就对她说，你已经决心不要我了，她必然答应回家，以后等我生产了，把孩子送给倩宜抚养，就算是她生的，自己再像小樱一样，离开天津，另投别路，你瞧这样于你多好。”

在梧听了，摇头道：“这我如何忍心，万万不能。”

秦云闭紧嘴儿，向他望了一会儿，又道：“你真不忍吗？我再说个道儿，恐怕你更不忍了，单我一个人，论起分量，自然比倩宜轻得多。可是加上个孩子，也许会凑合着得你重看。你若是真舍不得我和孩子，就把我接到家去……”

说到这里，停了一停，在梧不自禁地道：“你这不是多说？本来今天你该回家去的，而且方才我在听林老伯说你不愿回家的时候，我还求他劝你，难道你没听说？”

秦云点头道：“是啊，我全知道。可是你要明白，我一进你家的门，就算生了根，除非了被人抬出，莫想我能出来。”

在梧道：“当然是的，难道我不愿你这样？”

秦云微笑道：“不必吧，我再想想，倩宜的意思怎样，你难道不急盼她回来？倘然有一日，她忽然提出条件说，必得恢复原来一夫一妻的局面，她才肯回家。那时你不是又为了难？想把我再从家中弄出来，怕就费事了。”

在梧听到这里，才哦了一声，好像被她说中要害似的。秦云瞧着哈哈大笑，笑完又道：“对不起，我要逼你说最末的话了，我自问品貌也秀，比倩宜未必坏到哪里，而且又为你有了孩子，你若能专心在我身上，我敢保教你得到幸福。你现在说句决定话，我就随你回家，可是我并没什么野心，仍旧当我的姨太太。倩宜愿意回来，她当然得容留我。若是一定嫌多着我，不肯回来，你就痛快地牺牲了她，那也只怨她太不通融，不怨你负心，你肯吗？”

在梧听着，似从脊骨披上冰块，这时才感到秦云的确厉害，她的思想，和倩宜、小樱完全不同。她只注重本身利益，又善于利用机会，如今千回百转，竟逼成这分际了，自己可怎么答应她呢？本来今日可以悄不声地随我回家，无须对我开这谈判，也照样能达她目的。然而她所以又费这番唇舌，心中是想由我口里逼出切实的话，她就可以永远持作把柄，或者要把倩宜拒绝出去，也未可知。我若正式允许了她，就不啻堵塞了和倩宜重圆的道路，万万不可。但这时她已抓住极有利的机会，向我进攻，我又怎样应付她？

在梧想着，不由大为其难。哪知看秦云态度，反使在梧大为诧异。

后事如何，下回分解。

MINGUO TONGSU XIAOSHUO
DIANCANG WENKU

民国通俗小说典藏文库·刘云若卷

情海归帆

刘云若◎著

（中 册）

中国文史出版社

第十三回

得失两番塞翁马节外生枝
暮朝一本狙公谋史中引例

话说在梧正在为难，秦云倒装得毫不注意似的，淡淡问道："你又犯犹疑了，你倒是应该想想，我不一定要你回答，倘若你觉得不好意思驳我，就这么含糊下去也好。等你走的时候，你不再提，我绝不问，那就算心照不宣了。"

在梧听着，明白她这句话的下面，必还有句没说出来的话，那就是我也就明白你的心了。在这话反过来想，直等于所谓国际间哀的美敦书的通牒，照例限定时间答复，若过了限定时间不答复，那便是战争了。然而战争两字，却不在通牒上写着，通牒上还满是漂亮外交辞令的。秦云和林翁发生父女关系，还没有多久，想不到她被熏陶得有这样外交手腕了。

在梧想了半晌，觉得自己万没有拒绝她回家的理由，但是也没有允许她弃置倩宜的可能，在此时候，应该开诚布公，拿出丈夫的身份，剀切晓论。无奈当前头绪复杂，不知怎样对她说起，踌躇许久，才道："秦云，我们到了今日，应该互相体谅。你总该明白我的地位太困难了，说句实的话，小樱既已走了，可不必再提她。只说你和倩宜两人，在我心中是一样的重。你方才拉上孩子，是可笑的，难道我爱重你只是为着孩子？世上的男女，都是因为孩子才发生爱情的吗？我现在的希望，还归还到今天早晨，小樱在未来以前的局面，倩宜和你，都是我离不开的。固然今天因为小樱出现，竟使倩宜露出本意，好像连你也……咳，我也不必明说了，可是她这意思，我想总能够挽回，而且也必须挽回。倘若无论你或者倩宜有一个离开了我，我以后只剩了感伤的日子，活着也没意味，真可以不必活着了。总而言之，我们三个人，定要同心共命，你总得体谅我的苦心，帮我达到这个目的。说痛快话，譬如倩宜真的表示不能容你，我绝不能依从，无论如何也要打消她这思想。倘若你竟叫我抛弃了她，我也要照样。这是我一准的宗旨，至死不会改的。你要明白这个，你现在回家不回家，就不成问题了。”

秦云哦了一声道：“我明白了，你这是说，你必得等……”说到这里，沉了一沉一回又冷笑道，“比方说吧，好比你做东请吃饭，倩宜是主客，我是陪客，你的心就好比酒席，一定要给大家同吃，不能单给一个，也不能先给一个，必得等主客来了，才能开宴。我这陪客，就是早早地坐在席上，也没的饭吃，这就是我回家不回家，不成问题的道理。我便是现在回家，你眼里也只作没看见，是不是呢？”

在梧叹道：“你不能把我的意思往坏处解释。说实话，我虽然对你和倩宜没有轻重，可是就名义上说，她是正妻，就时候说，她和我的关系又发生得较你早，我万不能在她负气离开的时候，乘机和别人享受快乐，这是我良心的拘束，大约你也不会反对。这种话我以前说过，譬如世界上根本没有倩宜，我和你首先结合，又忽然认识了小樱，你试问自己伤心不伤心？若为伤心过度，而暂时离开。我就在你走的当儿，把小樱接到家里，享受燕尔新婚的幸福，那时我固然并未表示抛弃你，而且心中十分希望你回家，但是在你心里怎么想呢？大概要认定我接小樱进家，就是和你断绝的证据。你本来打算转圜的，也会因此而更发狠不肯回头了吧。”

秦云听到这里，就接口笑道：“底下的我替你说了吧，女子嫁人，都指望嫁个可靠的，有良心的，然而有许多人想不开，见男子对自己好，对别人坏，就觉得意，尤其和有妻的丈夫打交道，见他为自己抛弃原有的太太，或是虐待原有的太太，更为心满意足。其实这太糊涂，怎不想她现在既肯为你抛弃原有的太太，将来也可以为别的女子抛弃你呀。由此想来，他现在不肯为你对太太变心，也就可以担保将来不致为别的女人对你变心，所以你这时若希望他对太太怎样，是最错误的。”说着对在梧笑道，“对不对？这正是你要说的吧。”

在梧本想说这一套给她听，望她万一觉悟了，却忘了以前也曾把这话对她说过。及至听她迎面儿把自己的意思先说出来，不由一怔，半晌没回答出来。秦云已咯咯的笑道：“我方才说的话，只当替你劝了我。现在我明白了，绝不再对你有一点要求，先老实住在这儿，等你和倩宜去交涉。将来她若容留我呢，就仍去做你家的姨太太；若是不能容我，我也等生产了，把孩子交给你们，再做打算。反正绝不叫你为难，你看好吧？”

在梧听着，又觉她说得太好了，有些难信，但转想又不敢深问，恐怕再问出她的泼辣主张来，更难应付，只可随着她的口气道：“你这才是体谅我，因为你能体谅，我更感激了。可是我这是对你前半段话说的，你能暂且住在这里，容我去和倩宜交涉，真是叫我又佩服，又感激，至于你所说失望的话，我敢保万到不了那地步。你既对我体贴，我若对你寡情，那还是个人吗？”

秦云听了笑道：“今天你得承认脑筋不灵，往常你说话很有劲的，怎今儿只用这熟中透熟的词儿？若对别人，简直说不动人家的心。好在我是已经认了命的，随你怎样说我也依从。咱们就这样定规，从此我变成一块木头，由着你几次搬我，由着你搬到哪里，若不来搬，我这一头绝不自己动，这总对得住你了。”

在梧听着，当然感觉不大顺耳，方要答话，秦云已摆手道：“你今天经的事太多，大约脑筋昏乱了，再说也是那车轱辘话，不如就此打住。”说着又自笑道，“我好像是个傻子，和你闹了半天，没有一点儿结果，反许惹你不痛快，觉得我多么刁钻似的。现在快抛开这叫你头疼的事，谈些别的。”

随说就凑到在梧身边，握着他的手，又搂住他的脖儿将玉颊紧贴在他肩上道：“你也真乏了，好生歇歇儿吧。”

在梧道：“我倒不乏。”

秦云笑了声，将腰儿向后微仰，拉在梧倒在她怀里，将臂弯做枕，承着他的头儿，又像抚小孩儿似的用手理顺他的头发，低笑道：“论理说，在倩宜姐姐不在的时候，我不该和你亲近，叫别人看着，你心里想着的，好像我要哄你的心似的，可是你今儿实在太苦了。倩宜那样一躲，小樱那么一走，你就是铁的心肠，也承受不住，我真不忍看着，只可拼着犯嫌疑，也给你些安慰。现在你换换脑筋，别再想今天的事，我们谈些开心的好不好？”

在梧此际本正需要安慰，又加和她那丰满的肉体接触，心里自感到热烈的刺激。因为他和秦云重圆之后，这还是第一次的亲热，自然不由得想起昔日在惊鸿馆初次定情的旖旎风光，又兼他本是风流子弟，此际艳色当前怎不动心？又况秦云和他名分已定，更无推却之理，就在这偎倚之间，心情一变。果然暂时忘却倩宜、小樱，且暂受秦云的安慰。大凡女人的体质和魔力，各有不同，以在梧所接触的三人而论，倩宜容貌最美，但终是位娇柔小姐，在接触之际，虽然情意深远，但好像温重有余，热烈不足；小樱本是体格健美、情感热烈的，但她因多年沦落风尘，久受磨折，一切美点多半消耗，就如同一个经遇几次生产的美妇人，虽然表面没有什么变异，但是肉体和情感，都不自觉地松弛许多了；唯有秦云，少年在青楼得过阅历，而未受过磨折，尤其正当发育期间，就到了胡百甫家，和废人相处，因着生理的关系和情欲的积蓄，竟把个曾经落溷之身，将养得和青春少女一样。虽然最近在北京曾经贫病交迫，但并无损于她的体质，回津在林宅数日调养，已经完全复原了。所以此际在梧偎倚之间，感觉她身体是那样壮实有力，大腿是那样硬韧而富弹性，而且她眼中射出那样火也似的情光，直像要把自己的身体焚灼似的，真有些不敢和她对着。最可怕是她的身体各部，好像由肌肤细孔发出一种肉的热力和香气，那热气使自身和她接触的部分，都烘得似欲酥融。那香气不止鼻孔能够吸入，似乎五官百骸，都能感觉，而致醺然微醉，像浸在浓芳酒汁中。这时候正在冬天，而房中只有暖气管，也并未开放，而在梧竟好像是在春天，睡在花园的草地被日光晒着，迷迷晕晕的花味，仿佛灵魂已离了躯壳，却又不肯远去，只在躯壳上面飘荡，欲起不起，欲落不落。心中沉沉迷迷的，似乎想起惊鸿馆中，和秦云定情初夜，那情味是自己向来所未得到过的。不由把心情沉入旧梦之中，更把现在忘记了。就伸过一只手，勾在秦云的脖颈，叫道："亲爱的，你心里很怨我吧。"

秦云将笑眼眯眯地望着道："我一点儿不怨你，本来当初是我追着你的，并不是你追的我。女子最要紧的是身份，我已经把自己身份做低了，怎能抱怨别人？何况你待我并不错，只于我自己命太不好，总这么七颠八倒的出岔头儿。"

在梧这时听了她这软夹搭的话，可不比方才能承受得住了，忍不住用力把她的头儿扳得低些，妮声说道："亲爱的，我很明白对不住你，只怨我多念了几年书，懂得拘束煞人的情理做事，才得面面顾到，不能尽由着我的性儿。若论我的本心，在你和倩宜、小樱三个人里，我最爱的就是你。"

秦云似乎想不到他说出这样话，始而一怔，继而摇摇头呸了一声，滋出句昔日在娼窑中习惯的戏语道："呸你，别在机关枪里水泡饭，给我灌这要命的米汤吧。"

在梧这时已被秦云的肉感摄制得神志昏迷，心里更无主宰，说出的话，也不知由于本心，还是故意这样说着哄她喜欢，但终把平日好像也许想过而万不能出口的话轻轻说出，不管后来发生什么结果了。大约古时君主有的起先本是个明明白白的人，中途为人所惑，变成昏君，昏的起源，或者便似在梧这样不知不觉的转变，也未可知。

且说当时，在梧忽挣扎着转身回向秦云胸际，一手仍扳住她颈儿，一手却抚摩她的乳下部分。秦云浑身乱动，咯咯的笑起来，在梧假作呵斥道："别笑听我说，我当初也很荒唐过一阵，见的女子真不算少，可是都没觉怎样走心，过去就抛下了。自从在惊鸿馆遇见了你，虽然只有一夜的亲近，但那一夜就算迷住我的心。你总明白这个道理，男女中间的关系很复杂的，要叫书呆子或是小说迷论起来，好像最重要的只有爱情。爱情有了，旁的都不成问题。这是太注重精神方面，却不想世上也有很多的男女的起初完全由爱情结合，并没受别人逼迫，确实因两方情愿而成为夫妇，这样应该可以白头到老，永没风波了。但是实际往往不然，这样夫妇，依旧有的反目，有的离婚，什么原因呢？就因为当日只注重精神，没注重肉体，肉体也就是生理，固然只重肉体，像下等人全由人淫欲的结合，也是不能持久。但抛开肉体也是不成，所以两样是并重的。你明白我这人，生理很是特别，表面是个文弱书生，实际却非常壮实，惊鸿馆那一夜，我发现你是我最可意的人，能给我满足的幸福，你信这句话吗？"

秦云红了脸，呸了一声道："你没喝醉，就顺嘴乱说。"

在梧正思想屋里又没旁人："我们夫妻谈心又怕什么？你别学这扭捏，叫我闷气。"

秦云听了，才嫣然一笑，举手戳着在梧额角道："本来嘛，瞧你外面这样文明，谁也料不到一遇见女子就变成恶魔，我这残花败柳没的说，真不明白倩宜怎么应酬得了。"

在梧道："这并不在她，都在我的委曲体贴，所以……好比喝酒吧，主人没量，能饮的客人也只得屈量了。"

秦云听了，忽然用力拧了在梧大腿一下，骂道："缺德的，好偏心眼儿，她不能喝，就肯体贴，对我这没量的，却大杯地灌，好像醉死人又不偿命似的，你可说出实话来了。"

在梧笑了一声，仰起头儿，附在她耳边，低语两句，秦云似更气了，一张嘴咬住他的耳朵，在梧嗷嗷直叫，秦云才松了口道："看你可还得便宜卖乖，说顽话不。"

在梧笑道："我不说了，你可得容我说正经的，就因为这个道理，倩宜只能给我精神上的安慰，你却能给我精神肉体两方面的。我若只有倩宜一人，便觉着有不满足的地方；若只有你一个人，就好像得着倩宜和另外一个什么人一样，很能满足了。”

秦云接口道：“哦，我倒成了老将出马，一个顶俩。我像倩宜和一个什么人呢？明白了，你们男子没一个好东西，对于太太，白天当着人，愿意她稳重端庄，像个木雕泥塑的才好，到夜里背着人，却希望欢蹦乱跳，像个活鱼似的。你也太会自己寻福儿享了，真真不顾脸皮，亏你说得出来。”

在梧叹道：“你不用骂我，我说的实话。倘若我只顾自己享福，从上次就跟你到北京结婚了，我只为要顾全大局，屈己从人，才落到今天这困难局面里。”

秦云听着，目光一亮，眼珠一转，便呸道：“你会这么爱我？别说屈心话了。”

在梧道：“我不知道什么叫屈心，只觉你最能合我的心。”

秦云道：“合你的心，还抛在九天云外，强拗着跟你，还不叫进家？若不合你的心，该怎样呢？”

在梧道：“这就是我读书明理的坏处，因为时时被个理智管住，处处怕被别人笑话，所以完全不能由着性儿行事。倩宜是我明媒正娶的太太，按理总得特别尊重。譬如我初次和你上北京去，道上被她会着，就得服服帖帖随她回来。虽然那时我和她还没结婚，可是人人知道已经订婚。我当时抛了你随她回来，人们都觉着做得在理，若是抛了她随着你走，恐怕就算罪大恶极，没人原谅了。再如现在倩宜负气而去，我就不敢叫你进家，可是反过来，你若走了，倩宜那边当然毫不理会，我也不能叫她离开家里。我知道这事是不公道，可是我没有勇气和道理强拗。所以你也应该明白我的苦衷，不要争外面的虚面子，只记着我本心是最爱你，我们两人在一处，一点钟的工夫，比和别人相处一天，所享的幸福还多。”

秦云听到这里，忽然身体一软，头儿埋到在梧怀内，似悲似叹地呢声说道：“你的话我全信，我从今天知道你的心了，很后悔以前对你生那些闲气。从今以后，我什么也不争。对于倩宜，我更得尽量让着她，免得你为难。”

在梧笑道：“是啊，你明白了。她便把外面的好处全占去，实际这是你得的实惠多。”

秦云听了，吃吃笑着，又拧了他一下。二人不语半晌，秦云对在梧的隔膜，好似完全消失了，而且对倩宜的嫉妒，也尽行解开，反劝在梧快去寻着倩宜，恢复家庭原状，任凭使她怎样卑躬屈节都成。在梧梦想不到醉中昏乱，犯了色情狂，而向秦云灌米汤，倒得了意外的结果。秦云竟自动解释一切怨恨，消除对倩宜的嫉妒，而和他露出让步的表示，这真是种瓜得豆，始料不及的事，不禁暗自欣喜。但二人既经过热烈的接触和销魂的默契，自然不能做平淡的分离，各人心中，都存着一种不能言说的希望，但谁不好先说出口，于是只剩了偎偎倚倚，缠缠绵绵。在梧既不说走，秦云也不撵他，可是在梧也不好意思明说住在这里，秦云也不好意思叫他不必走了，因此倒变成很僵的局面。相持许久，还是秦云曾经风尘，心眼儿活动，便绕着弯儿问在梧道："你今儿酒喝得不少吧？"

在梧本是风流隋何、浪子陆贾一流，解情知趣，一闻她无端问出这句话，虽然并没喝很多酒，也顺着口气答道："喝得倒不多，只好像有些醉了。"

秦云道："这儿太不舒服，你到里间床上歇一会儿去，我给你剥点橘子吃，好不好？"

在梧点头道好，就立起摇摇晃晃地进了里间，倒在床上。秦云取了不少橘子，一片片地剥开，递到他嘴里，在梧吃了一个，言说够了，秦云又拿起手巾，拭净了手，仍坐在他身边，在梧将身向里挪了挪道："你也躺下，我们还谈谈。"

秦云微作欠伸，也便倒下，二人又喁喁半晌，秦云忽打个呵欠，闭上眼儿，在梧道："你困了。"

秦云道："我这一天闹乏了，觉得灯怪照眼的，要闭上养养神儿。"

在梧道："你嫌亮，把灯熄一会儿不好？"

秦云才说了声不用，在梧已把床头上的电门捻灭，房中立黑，但外间的灯光，还从碧绒垂幔的缝隙中射将进来，在这昏暗的光线中，以下的事便不可究诘了。

过了很大时间，外室大钟当当地响了两点，秦云正和在梧情怀酣适，睡梦蒙眬，明明听见钟声，却只作没听见。在梧忽然坐起道："怎么都两点了？"

秦云这才答道："是吗？一会儿工夫，哪能到了两点？"

在梧把灯捻亮，看看手表道："可不是，整两点，我该走了。"

秦云仍推他倒下道："半夜里，外面多冷？你回去孤孤单单冷冷清清，又没有事，就老实待着吧。"

在梧听她口吻，再四顾眼前景况，回思今夜情形，不由想起昔日流连青楼，妓女挽留恩客的情态，秦云好像不自觉地又露出本色，便道：“我不回去，可没法交代。”

秦云道：“还怕什么？明天你只说和我干老儿谈了一夜，难道娘和妹妹还能质证来？”

在梧道：“家里还没关系，叫林宅上下看着，多么不好意思。”

秦云道：“不要紧，你是谁，我是谁，就在一个房里过夜，又怕谁笑话。”

在梧道：“不是这意思，你还不知道做人家的风俗，虽然你是林宅的干女儿，总是客情，再说普通人家嫁出去的女儿，偶然和女婿，都要分内外住的，这本是俗例，林宅未必讲究，我们可不能不留意。”

秦云听了，这才不再挽留，下床替在梧穿上外衣，又叮嘱他明日早来，倩宜若有什么消息，务必前来告知。在梧全都答应，二人至此，才算恢复了感情，依依恋恋，像一对初次定情的情人似的，临出门还缠绵好久，方才分手。

在梧恐怕遇见林翁父子，溜下楼去，好像做贼似的，想要溜出楼门。哪知方到楼门口，只见那大起居室的房门，正在开着，有灯光由里面射出来。在梧心中一跳，暗想莫非林翁还没睡吗，这一出去，经过门外，定要被他看见，不但不好意思，还怕再受一顿教训，就踌躇不敢前行。他知道林宅还有后门，可以绕道出去，但半夜里由人家后门逃走，未免太不像话，而且此际后门必然关锁，又怎能叫仆人代开？犹疑半晌，只得仍蹑着步儿，向前走去。心内祷告林翁在内不要面向门外，自己就可以溜出去了。及是将至前门，不自觉地先把眼光向门内一扫，只见房内黑洞洞的，并没有人，立刻心中一转，料着必是仆人偷懒，没有熄灯，倒使自己白吃半天虚惊。想着心方一松，脚步不由得就放重了些。

哪知又进了两步，才见靠里面墙下那西洋古典式壁炉前面，放着把睡椅，椅上坐着一人，正向那炉中所燃的红如朝霞明如琉璃的银炭之火，抱头枯坐。这人似听得门外脚步声音，突然回头，在梧和他目光一对，才看出不是林翁，而且是国材。国材也看见在梧，把手一拍，随即立起，转过身便迎出来，叫道：“你还……”他只叫出这两个字，便似悟到在梧所以流连的原因，和停留的所在，立即咽住不说下去。

在梧既已被他看见，只得走入，向他说道：“我以为你早已睡了，没想还在楼下呢。”

说着无意中向国材面上一看，猛见他颜色变异，目眶深陷，额上起了很多皱纹。记得白天见他，还不是这样，半夜工夫，好似老了十年，不由惊异道："你怎么，不舒服吗？"

国材摇摇头，眼看着在梧，脚下却向左方的写字台边走去，突把台上一张已写好的字纸抓起，塞入衣袋。在梧看着诧异，又问他是否有病，似这句话似更加重国材创痛，忽叹了一声，又摇摇头。在梧知道他向来是个精神强健的人，今日做此颓丧态度，还是初次看见，不由更为惊讶。见国材又把那张由桌上取起的纸，塞入衣袋，好像怕在梧看见似的，在梧便更添了两层疑心，忙坐在旁边，问他为了什么事情这样不乐。

国材默默无言，半晌才道："好吧，我可以告诉你，你知道我今天受了大打击了。"

在梧心想，你怎也受了打击。便问是什么事。国材蹙额哆口，搓手动足，好似自己和自己挣扎，经了老大痛苦，才说出两个字道："颖芊。"

在梧初闻一怔继而微悟道："颖芊，她怎样了……"

国材望着在梧，瞪目半晌，才道："大哥你这些日，大约也看出我对颖芊……令妹的……希望……"

在梧点头道："我也明白，你爽性快说吧，我们中间没有碍口的事。"

国材低声道："可是今天她叫我完全失望。"

在梧道："哦，你同她开口了，在什么时候？"

国材道："就在晚饭前，你出去没回来的时候。"

在梧心想，国材真是倒运，颖芊正为自己焦急的时候，他偏偏赶着求婚，当然要撞钉子。但国材这人，心地正直，性情诚笃，是个很好的男子。而且学问也下得去，家产更不必说，为颖芊打算，倒是可以允他。而且他们二人素日感情甚好，国材深爱颖芊，自不待言。便是颖芊对国材的批评，也好像很不菲薄。但今日国材竟遭到拒绝，又是什么缘故？想必国材选的时辰太坏，正值颖芊心烦，所以给他失望。在梧由此一想，便认定是这个缘故，不觉暗自惭愧，想到自己以老兄身份，时时使妹妹焦心苦虑，已是对不住她，若再因此而误了她的终身，岂不更是罪过。

在梧这样一想，便向国材解释道："我们两家这样关系，你我又有这样交情，自然没有不能说的话。颖芊的婚姻，我本不能干预，可是为她着想，老弟你实是个最合宜的人。今天的事，你倒无须灰心，颖芊正为我焦烦，没有心绪谈自己的事，所以给你失望。过后等我们家事稍为安定，她的心绪好些，你再提起，管保她的答复就两样了。”

国材摇头道：“不对，她若为你焦心，不愿在今天谈论婚事，可以明告诉我，也可以径直地不理我。但是她不这样，竟说出理由，结结实实地把我拒绝了。”

在梧愕然道：“是吗，她还说出理由，什么理由？”

国材道：“她固执着呢，说了好几层理由，一层是她尚未想到结婚的事，连她这一世嫁人不嫁，还没一定；一层她即使嫁人，也不嫁我，因为她是寒家，我是富户，绝不是配偶。当时我就问她何必看重贫富两字，分出阶级，你这清高的小姐，怎会有这思想。她回答说这不是思想，这是事实。我又对她说，我们林巢两家，已经又是好友，又是近亲，如何从你这里又给分出阶级来，我的姐姐今天嫁了你哥哥，你怎不反对呢？颖芊答的口吻更厉害，她说秦云究竟不是你亲姐姐，老爷子也并非嫁女儿，只是抱着一片侠义心肠，撮合在梧、秦云的好事罢了。至于你，却是真正林家独子，绝不能和秦云相比。最后她又说出斩截的话，说她巢家已经历受林氏厚恩，在梧既被栽培得成家立业，又得了秦云的若干妆奁，可以说全家的一饮一啄，一草一木，都是林家赐予的，外人都知巢家受林家厚恩。你现在向我求婚，我不应允，是恐怕外人说我巢家女儿报恩，恐怕老爷子也不愿落这样话柄吧。她说到这里，沉了半天，又说论施恩报德的道理，你今天有了这要求，我应该一点儿不犹疑地答应，才合乎人情。但是竟拒绝了你，虽然自觉不是没有理由，可是想到老爷子的好处，已很亏心，何况我所持的理由，还未必合乎正理呢。所以今天我固然拒绝了你，但是以后你若还不肯死心，再向我提起今天这样的要求，其实还不必说是要求，就是命令也好。那时我一定什么志向，什么理想，全都牺牲了，贡献我这个人，报答你家的恩惠。”

国材述到这里，两手尽力抓着沙发的侧壁，把崭新的蓝色厚绒都抓破了，哀哀欲哭地道：“你听，她说得多么绝情，把我后来的希望都堵绝了。她一口咬定了这个恩字，从此我再一开口，就算是强迫她把个人牺牲，来报我林家的恩。我便是天下第一恶霸，世界头等小人，也不能做这卑鄙毒恶的事，可不是连一丝一毫的希望也没有了？”

在梧听着，若非素知国材诚实，又看着他悲苦绝望的情形，几乎不信颖芊会说出这等过分的话。惊异之下，自思颖芊果然如此对待这忠厚的国材，可真有些不该。他这样男子，担保足以终身依倚，嫁他并不委屈你，即使你对他有所不满，加以拒绝，也非不可。但又何必说得这样尖刻，这样断绝，不给他留一点儿余地，一点儿后望。国材身体虽壮，心情却脆弱得很，他真受不住这打击啊。

想着只听国材又道："大哥，我们相处虽然不久，可是情谊比兄弟还亲，向来谁曾把贫富两字放在心里想过，谁又记得什么恩德，颖芊今天把这种话对我说，不是太……她平日也并非这样俗气的人，大哥你看怎样好呢？"

在梧心想，我本身的事，尚且无法自了，如今你又出这事，我可有什么法儿想？但自己和国材如此深交，又关着颖芊终身大事，而且颖芊给国材过于难堪，自己处在中间，似不好完全付之不闻不问，就犹疑着道："老弟，你也不必懊丧，我现在固然不能对你有什么帮助，不过我想颖芊向来是个明理而又柔和的人，今天这样对你，好像有些反常。因此我还疑惑她是因为替我焦烦，心绪特别恶劣的缘故。要不然她即使真的并不爱你，真的为那些理由要拒绝你，也必用婉转的言语来说，她绝不肯给人当面下不去，你也知道的吧。老弟，你应该自己宽解，想她向不是这样的人，今天所以这样，必然另有缘故。"

国材摇头道："不然吧，我方才在这里也曾想，她所以这样，必有缘故，必有道理，因为她向不会给人难堪，才更可以明白今天的事是她故意做出来的。我觉得她定是有个必须拒绝我的缘故，可未必是她所说的缘故，所以故意使出斩钉截铁手段，一下子就叫我绝了望，也许想我由此恨上她。在她想，给病人一次开刀割断病根，比零星熬受痛苦，是比较仁慈得多呢。"

在梧听了，觉得他所推断的确是近理，而且合乎颖芊的个性。本来颖芊是个见事明透、做事简捷的人，和自己的犹疑无断完全不同。自己这做老兄的，反不如外人对颖芊认识得深，真可惭愧，但也许是今天太乱的缘故。想到这里，不由自加警告，既已脑力不济，在这紧节关要的当儿，可不能再随便说话了，倘若说出错误的话，因此而惹起坏的结果，以后怎么后悔得来？便向国材道："老弟，我没法断定你的猜想是不是对的，因为我乱了一天，脑子都麻木了。你今天身体已然劳苦，受的刺激又重，脑筋也未必不发生影响，咱们一对昏头昏脑的人，还要判断这重要事情，不是很危险吗？依我说，咱们都先抛开眼前的苦恼，且去好生休息，明天头脑一清，思想也许完全改变。不但你我，连颖芊也是如此。"

国材想了想，苦着脸点头道："是的，我也觉得神经有些异样，方才……"

说到这里，似乎感觉失口，突然咽住，目光也向写字台上一扫，又收回来，望着地下。在梧听他语气有异，又随着他的眼光一望写字台，忽然想起方才进门时，他由台上掀起的字纸，心上如有所悟，忙拉着他道："老弟，我明白了，方才你的神经已然发作过了吧，你袋内藏起的字纸，写的什么，可以给我看看？"

国材脸上一红，忸怩着道："没有什么……不关这件事。"

在梧在这一瞬间，忽然感到一种意外的恐惧，想到国材的性情，是那么朴实认真，俗语所谓一条路走到头的手儿。若是这一条路走不通，宁可陷入荆棘之中，伤身丧命，也未必肯回头另觅小路。由此一想，颖芊既给他完全绝望，而他又在这时候避人作书，而且竭力对自己隐瞒，综合来看，内中恐怕隐藏着一件可怕的事。谁知道国材安的什么心肠，倘若我不幸而料中，真的闹出意外的事，这祸首便是颖芊，自己何以对林翁呢？

在梧想着，更自不敢放松，又追问道："老弟，你向来没有瞒人的事，何况咱们这样交情，更敢说没有独自藏在心里的秘密。你写的那张纸，总得给我瞧瞧。"

国材更涨红了脸，吃吃地道："实在没有什么。"

在梧道："既没有什么，当然可以给我看了，快拿出来。"

国材被他逼近不过，怔了半晌，又变作央恳的口气，叫道："大哥，你不要看吧，我实在可没有秘密的，不过我不愿意叫你看。"

在梧正色道："我明白，你写的一定关乎颖芊，不必瞒我。"

国材似乎被他说中心病，脸上更红，无语可答。在梧见他已然认了，就又逼近一步道："老弟，你总不忍当面骗我，老实说，我猜想不错吧。"

国材只可仍以不答默示承认，在梧又道："好，我立在你和颖芊中间，而且又在今天这局面之下，已然料到你写的信就是受颖芊激刺的结果。我现在很有权力要你交出写的信来，你若还不给，我可要喊起老伯，请他命令你了。"说着就走向房门，又回首问道，"怎样，你可逼我喊老伯来？"

国材举手搔头，似乎自觉被在梧制住，无术脱避，忽然顿足道："怨我，怨我，我怎么多事叫你进来。"说着走到在梧跟前，突然把手由衣袋中伸出，向在梧手上一拍，随即转身仍回壁炉之前，颓然坐到大椅中。

在梧手中已接得一个纸团，忙坐到写字台前，舒展开了一看，原来是一封信，而这封信既不是写给颖芊，也不是写给林翁，更不是写给自己，开头是“茗生仁弟大人伟鉴”，下款儿是“林子鸿手启”。在梧不知道这茗生是何人，而且又是林翁的署名，暗想这是林翁给朋友的信，国材何以当作秘密，怕我看见？但看信上却是国材笔迹，再想：国材方才内愧默认的情形，又觉其中必有道理。就把信细看下去，才明白这是国材冒阿翁口气，伪造给他一个在南洋新加坡做总领事的旧友陆茗生，信内说是自己退老津中，家居无俚，很记念旧日的老朋友。当年同在海外，异国朋俦，何等亲密。一转瞬间，忽已一二十年，旧友中死者墓草久拱，生者也都天南地北，再想如当日聚首，已不能得，等等忆旧之语。以后又说自己奔波一生，并无成事，如今老年颓废，已成无用之人，很羡慕茗生的春秋正盛，后望无穷。昔年自己曾断定茗生是后起少年中最有望的一个，如今果见所断不虚，你已得了很好的地位，从此升腾直上，将来必能成为头等外交人才。随又说自己儿子国材，自从大学毕业，尚未做事，自己很想叫他入外交界学习，无奈国中熟人虽多，竟没个自己看得起，认为可以令儿子追随学步的。这才想天南万里的茗生，是素所敬佩的人，又有深厚的交情。所以决意令儿子持信到新加坡去投你，请你随便给他一点儿小事做，并且在你指导之下，教他求些学问，得些阅历。最末又是几句切托的话。

在梧看完，心想自己素日轻视国材，以为他生在洋气十足家庭，当然只长于西文，今日才知道国学竟也不错。只看他伪造的这封信，口气仿摹老翁多么像真，写得又多么得体。但他所以写这封信，必是因为受了颖芊拒绝，感到十分失望不愿在天津再住下去，想到他乡去做漂流之客，远离这伤心之地。而且他所以要到遥远的新加坡，也许是为着只有这陆茗生可以投奔，否则便真是灰心透了，远远走去，存着入山唯恐不深之意。今日幸亏自己发现此事，可以设法阻止，倘若不然，他真个执迷不转，明日竟带着这信走了，那可怎么是好？林宅的局面，比我更难收拾，而且颖芊也要和我一样成为负罪的人了。

在梧想着暗叫惭愧，身上直出冷汗，就走向国材身边，正色说道：“我把信全看明白了，老弟，你可真是狠心辣手，居然要做这样的事，请问不太厉害些吗？”

国材无语，只怔怔地望着他，似乎由眼光中询问怎么厉害，在梧又道：

“我明白，你为着颖芊给你失望，就想远走高飞。这一走，在你自己是对的，可是你却没想，你走了颖芊良心上要担什么责任？这样报复，别是稍为过分吧，你该知道她还是小姑娘呢。”

国材听了似乎悚然一惊，随又现出迷茫之色，咦了声道：“我怎么了……这又……对颖芊有什么关系？”

在梧本已打定主意，知道国材素日对颖芊爱重太深，今天遭了意外的失败，所以感受的刺激极重，神经上或已生了变态，这时若用正经言语劝阻，恐怕收效很难，只便跟他动些手段，用剧烈的药剂，才能摇动他这坚固的病根，就反而对他责问。这时听国材说完，便又高声说道：“你莫非装糊涂吗？好，我都给你说明白。你这封信既然假冒老伯的口气，给那姓陆的，要他收留你，当然你要上新加坡去了。男子志在四方，莫说新加坡，就是南非洲也可以去的。不过你早不去，晚不去，偏偏在这时候忽然展翅高飞，内中莫非有些道理？你也许说是早有此心，可是请问在今天向颖芊开口以前，已经有这打算了吗？再譬如她当时答应了你，你也要带她上新加坡去行婚礼吗？这明是因为颖芊拒绝了你，你一气恼，才做这远离之计。这样倒很有西洋小说意味。一经失恋，立刻掉头就走，真是又干又脆又洒脱的办法。日后有人论起来，也得说你够男子味儿，走得多么英雄好汉。可是，老弟，你只顾自己痛快，不替旁人想，老伯虽是个顶明达的人，但他在世界上只你是唯一的亲人。你走了，叫他怎样活下去？你也许知道，他飘荡一世，到如今才归隐家园，因心肠太热，老来越发害怕寂寞，他恨不得现在能有个大家庭，儿孙满堂才好。只看他这么好管闲事，好帮助人，又认了几个干女儿，把我也当作儿子，就可证明他要把心爱的人，都变成骨肉一样，永远守在他面前。现在倘若我家的倩宜不再回来，或是我和秦云为什么缘故得离开他，恐怕他就承受不住。如今你这独生儿子，竟要给他个不辞而别，请想老人家将要怎样。你想到这层，心里也未尝不怕，可是你也许根本没想。”

说着又摇头道：“不对，你曾想过的。若是没想，就可以直接要求老伯放你到新加坡去了。因为你料到他绝不忍放你走，才瞒着他写假信，既写假信，当然得偷着跑了。你走后呢，老人家也许立刻急出意外，也许慢慢地想成重病，反正无论落到什么地步，推源祸始，都得归到颖芊身上，是她把你气走的啊。我向来不说俗气话，今天不得不说，我巢氏全家受老伯恩惠，真是天高地厚。如今一点儿也没得报答，反倒害你们骨肉分散，说不定还许家败人亡，你想颖芊的罪过，不是万罪不赦了吗？我们一家，除了自杀，还有什么路儿？”

在梧说着，见国材精神更为沮丧，连头也抬不起来，知道自己的话已打动他了。便紧跟着又攻上前去，把信递回他手里道：“我以前只敬你诚实忠厚，今天才知道竟是了不得的英雄。做事好狠辣啊。现在你既已把信写好，必然已有决心，我拦也白拦，劝也白劝。我只恨自己这不解事的妹妹，不该得罪了你，才惹你这样报复。自己作孽，又怨谁来？再说我本身也正在千灾万难，又遇到你这件逆事，可真成了祸不单行，我还有什么法儿？得得，你上新加坡，我也上湖北去投朋友，抛下他们，任凭谁死谁活也罢。”

说着连连顿足叹气。国材见在梧真发了急，所说的话，句句刺心，不由惶愧起来，仰首吃吃说道：“我……我并不是真……”

在梧高叫道：“你还抵赖，我又不阻碍你，又何必说这不光明的话？”

国材握住在梧的手，流泪说道：“我不抵赖实在有走的意思，可是方才因为……脑子好像搅昏了，一时想不开，就写了这封信。其实我敢发誓，真的我连一点儿决心都没有，大哥你信我吧。”

在梧听了摇头道：“不对吧，你没有决心，会写出这么周到的信？说句文话，这就叫处心积虑。假如你要杀人，先把刀磨得飞快，刀放在人脖颈上的时候，恰巧被人拦住，这时你还分辩并没有杀人的心，只要这么比画一下，请问有谁相信？”

国材将手抚胸说道：“你比喻得非常有理，可是这样猜我，真是冤枉死了。我若是对你说谎，将来必受到凶残的报应。”

在梧本信他没有决心，不过故意逼他，这时见他情急罚誓，忙改变态度，和缓着声音说道：“老弟，我并非不信你，只为这事关系太重，我真害怕，现在你还有走的念头没有呢？”

国材摇头道：“我听了你的话，已经非常愧悔。现在有人叫我走，我也不肯了。”

在梧点头，坐在他身旁，抚着他肩头道：“你既醒悟了，我也告诉你几句话，第一你对颖芊的婚姻，我是赞成的，家母也不会反对。至于颖芊今天的态度，内中必有缘故，可是未尝没有挽回的希望，我得便要和她细谈一下，除替你说好话以外，还要问明她实在的意思。若是有什么阻碍，我还可以尽力解释，可以设法解除。成功不成功，虽不敢保，不过我要替你尽力。而且我再告诉你一句不应该说的话，颖芊向来是极规矩的，据我所知，她所认识的男友，除了你还没有第二个人。”说完又望着他道，“你听了我的话，总可安心再过些希望的日子吧。”

国材道：“大哥你这话自然更给我安慰，不过若没你这话，我也不会再做那荒唐事了。”

在梧听了，觉得对国材已收了攻心之效，再也不致出什么意外，才放下心，又抚慰数语，便自离别。

回到家中，已经早晨三点，家人都已入睡，仍是赵顺开的门。赵顺自从白天被在梧询问小樱的事，闹得昏头昏脑，不知惹了什么祸事，一直怀着鬼胎。又见老太太和颖芊回家，神气懊丧，加倍迷惑。这时又见在梧独自回来，少奶奶和新姨奶奶都不见面，便觉必是出了事情，再把白天经过参证，又怕和自己有关。所以开门时变了变色，声音也颤了。在梧见他这样，想起白天指示小樱的罪状，他本出于不知，无可埋怨。再想自己今早曾念到等秦云进门，便向她研究小莲的下落，急速设法，以慰这老人的心。今夜秦云虽未来家，但自己曾和她缠绵许久，当时竟忘了此事，未说小莲一字，我的心真是不可问了。想着颇为抱愧，就和声问他几句闲话，表示自己毫无芥蒂。

哪知赵顺终忍不住，跟着在梧问道：“少爷，白天您问我的事，是我对人说错话吗？”

在梧听着，很为不安，但又没心绪对他解释，就含糊答道：“没有你一点儿事，快歇着去吧。”

说完便上楼去，经过颖芊卧房，见里面已经灭了灯，就悄悄走上去。到倩宜房里，开了电灯，见风景依然，什么东西都在，只少了倩宜一个人，便觉房子变得加高加大，空空洞洞的好不凄凉。再转到秦云新房一看，见里面虽然陈设华丽，却好似什么大百货公司所摆设的家具样间，冷清清地毫无生气。在梧看着床上衾枕，在灯光下鲜艳动目，不由想起这床上本来今夜该有无限风光的，哪知竟遭了这样冷淡。就想在这床上睡下，但又有些踌躇，心里也知踌躇得无谓。这两间房子，都属于自己，而且倩宜秦云，全都不在，自己睡在哪里不是一样，这还有什么值得寻思？但事实上虽无问题，精神上却大有关系，好像良心警告着说，今日倘不发生事端，本该睡在秦云房里，既闹得这样，倩宜走了，自己方才在林宅和秦云的一番情事，已觉于心有愧，这时若再睡在秦云床上，虽是空房，也好像自己承认把倩宜完全忘了。想到这里，就悚然后退，把秦云房里电灯熄灭，回到倩宜房中，倒下便睡。无奈那床好像大了许多，睡得无依无靠，无着无落，好生不得劲儿。虽在自己天天住的房子，竟好似移到陌生地方，犯了择席的毛病，翻来覆去，只睡不着，直到早晨。

这冬夜本长，日色上窗，便到八点多了，他才觉得睡意微来，略一蒙眬，忽听外面楼梯声响，上来的人像是穿着皮鞋，料着必是颖芊，便想起身唤她，不料颖芊已在门外叫唤哥哥，在梧忙应道："我已醒了，你进来啊。"

颖芊应声走入，手里拿着一封信，叫道："你看，倩宜来了信了。"

在梧本因房中未生炉火，夜中和衣睡的。闻言就跳起接她手里的信，颖芊把手藏到背后道："这信是给我来的，你先沉住气，信中不是什么好消息。"

在梧立刻颓然坐到床上，哑声说道："消息……不好，她说什么？"

颖芊道："她是向我提出意见，好像是商量，言语也很和平，可是意思非常坚决。她说预备和你离婚。"

在梧陡然吃惊，叫道："怎么……她……她说出这样话来？"

颖芊道："她并不是正式提议离婚，只于说她的意思，觉得到这境地，好像只有这条路好走。"

在梧道："这不过是言辞上的不同，也就像林老伯他们外交界所用的辞令一样，实际还不就是要求离婚？"

颖芊道："你听啊，她因为我是她最好的朋友，现在抛开了姑嫂关系，把我当作局外人，写信来商量。她说事情已到这等地步，她但能忍耐，还想忍下去。可是昨天的经过，使她已经残破的心没法再修补了。她知道秦云和小樱身世都很可怜，她赞成你娶她们，不过她实不愿意再见你了。在她躲走以后，你固然可以和她俩同居，只是和她的关系不断，长久虚悬下去，恐怕你的心永远不得安静，秦云、小樱也不能正名定分。所以为你着想，只有离婚最为爽快。"

在梧听了叹息道："她这话说得果然冠冕，而且十分占理。可是这件事不能只讲理，若只讲理，岂止她离婚，还得把我送进监狱，才算合理呢。她在这时怎不为咱家大局着想，抛开理讲情啊。"

颖芊道："你这可是一厢情愿的话，我不是向着倩宜，她并非不顾情义。不过你的意思，只有一句，是希望她原谅。她不原谅，就是无情，对不对？其实据我想，人家也许倒是体贴你，觉着你已有了两个候补的人，她又决意和你断绝，与其长久耽误下去，你这里好像存着两个私货，你把哪个扶正，就得担心有人告你重婚。所以她为你打算，才提出这爽快的办法，并不是为她自己。关于她自己，她也提到了，她不但绝无再嫁他人的打算，并且对男子已怕死了。她信里有两句很沉痛的话，说是她已经嫁过两次，第一次教训，还没把她警醒过来，这第二次她若仍认不清男人的真相，那恐怕永远不可救药了。你听听这够多么伤心，你总可以信她不是为自己了吧。"

在梧疾首蹙额，面容变成老人一样，毫无气力地说道："不错，你说的全对，只是我不解怎样把她惹得伤心若此。你在旁边常看着的，我们感情总算很深，以前并没有丝毫芥蒂，她真狠心，一下子就决裂到不可挽回，我实想不到啊。"

颖芊道："你又是想不到，话里还是怨人家对不住你似的，这就是你们男子的心理。认为女人应该永远服从男人，无论男人做出什么事，也得逆来顺受，若有一点儿不然的意思，就算作是厉害了。你说素日感情不错，她这样反面无情，出你意料。那么她应该等你朝打暮骂的时候，才可以提到离婚？如今你待她很好，除了另弄上一两个女子，并没别的事给她过不去，她何必小题大做呢？"说着又道，"我不是向着倩宜，你再反过来想，倘若倩宜在外面另交了别的男子，不用说还是论对儿的，就只一个，你大概觉得把她枪毙，也不够解气的吧。若只提出离婚，还算你大量呢。"

在梧听到这里，忙摆手道："够了够了，我已经明白，自己罪大恶极，倩宜提出离婚，千该万该，可是你总得顾着咱家大局，不能只讲道理，看着倩宜这么走了。我的罪固然大了，莫说离婚，就是十年监禁，也不冤枉。不过只判了我的罪，以后怎么办呢？"

颖芊笑道："你别跟我着急，我论的只是理。难道还愿意倩宜真的离开咱家？我当然要对她解劝央告，以至叩头礼拜也成，只要她肯回来，岂非全家的大幸。只是她在哪儿，我不见着面，怎样劝她呢？"

在梧道："她的信上没有住址吗？"

颖芊笑道："你真糊涂，她离开家躲走了，岂有又在信上写明地址，让我们去找之理？她的信是邮寄来的，发信的地方是本埠，可以证明她并未远去，不过本埠地方也就够大了，有什么法寻找啊？"

在梧道："她这样把住址隐藏着，你不但没法找她，也没法回信，名为和我商量，实际还不是只于叫你通知我她要离婚的意思，并不希望你回答。也许在三两天内，她就聘律师同我来交涉了。”

颖芊道：“那倒不会的，她是希望悄不声地直接协议离婚，不要闹得外人知道。”

在梧道：“那么假如我现在同意了，又怎样把消息传给她，叫她来办手续呢？”

颖芊道：“这个她信上倒说了，倘若我们同意，可以在报纸上登个小广告，用简单的话说明，她就再写信来约我见面商议。不过她的意思是希望我自认为局外的第三者，立在中间，替你们两人办成这件事。倘若我不肯这样，仍要立在你这方面，定想替哥哥收回嫂嫂，她就连我也不见了。”

在梧道：“可是她未免糊涂，你本是我的妹妹，如何能跑到她一头儿去，帮嫂嫂跟哥哥离婚？”

颖芊道：“道理固然这样，可是她另外有种想头。她以为在这时候，你也许正希望和她离婚。也许你虽不愿，但除此没有第二个办法。而且她有句可笑的话，说在梧应该能赞同她的提议，因为他去了一个人，可以得到两个，小孩子也懂得这是有利的事。”

在梧听了叹道：“看不出倩宜竟会说这样话，你想她不太过分吗？”

颖芊笑道：“岂止这话，还有更过分的呢。我所以不把这信给你看，就是怕你看了生气伤心，对她生出恶感，那就上她的当了。你想，她平日可是这样没道理的人吗？”

在梧恍然大悟道：“可不是，她故意叫我寒心，却又不露明的痕迹。”

颖芊道：“你这样想就对了。”

在梧叹道：“倩宜生了这样深心，要我恼她，足见她是恨极了我，一丝回来的希望也没有了。”

颖芊道：“那倒也不尽然，她现时正在气头儿上，自然难免这样激烈。过些时候，只要愤怒稍息，也许能够后悔，渐渐回心转意。”

在梧道：“你说等些日子，她可以回心转意吗？那样我情愿等她十年二十年，一直到老。”

颖芊微笑道：“你等着自然是希望她回来，可是我敢说她永不会回来的。”

在梧道：“怎么呢？”

颖芊道：“你无论等谁来，总要开着门等，人家才好进来。若关上门，人家就经过门口，也要再走开的。现在小樱已然去了，不成问题，至于秦云，你早晚必得叫她进家。秦云一来，就算关了门，倩宜永不能回来了。”

在梧道：“是啊，我已和秦云约定，在倩宜未归之前，她不进家。”

颖芊道：“你所约定的，只于暂时。倩宜回心转意，也许要在三两年以后，请问秦云能等吗？再说你虽不叫秦云进家，又岂能不时常来往，这样不是掩耳盗铃？倩宜知道了，又怎能对你恢复感情？有一件办不到的事，我姑且说说，倘然你能先和秦云脱离关系，我担保倩宜不久就可回来。有秦云在着，倩宜便不跟你离婚，也要永远避不见面。现在我就能找着她，说破嘴唇，也未必有什么效力。她只说愿意回来，可是回来之前，她要得个世间做妻子应得权利的保证，就是要做你唯一的配偶，那时你应该怎样应付呢？”

在梧听着，猛悟到从昨天发生了倩宜这个问题，自己好像做一道循环小数的算学，又像在迷宫里转圈子，由这个数目算起，结果仍得到这个数目，从这个出发点走起，终究还回到这出发点。这一日一夜间费了多少思索、多少唇舌，而全是白费了。一个固定的原则，若是想倩宜回来就不能有第二个人；若是有第二个人，就莫想倩宜回来，不能迁就，不能通融。自己所想寻觅倩宜，婉言劝解仍要两全其美的希望，已经被倩宜这封信打破了。她这封信明是向颖芊商量进行离婚，骨子里直是逼我急速决定主张，表明态度，是要她还是要秦云。我若决定要她，肯于抛弃秦云，那自然要先做出事实给她看，她便能毫无问题地回来。我若是舍不得秦云，当然也不会对她明说，只有延宕下去，那她今天的提出离婚，便算先给我警告，并且提醒我注意她在法律上的地位，以后便有实事做出来。总而言之，到这时已知此事只有两个极端，并无折中的办法，鱼与熊掌，不可得兼。可是我取哪一个呢？这更是要命的难题。便从现在寻思到白了头发，想由心中断定，口中说出，对她两人有所弃取，恐怕万万不能，也只有听其自然演化，自己任从命运安排。无奈此事又是特别情形，若是挨延不做切实表示，必把我挨延的期间，误会为和秦云同居的岁月，或者竟认为我已抛弃她，离婚的交涉就不可免了。所以此事迫急燃眉，非得立刻决断不可。然而她两人比较，倩宜当然重于秦云，谁都能看出我应该走的正路，只是若要从我口里说出抛弃秦云的话，那真不如自杀了呢。

颖芊见在梧沉吟，也深明他的意思，就咳了一声道：“这件事的结果，我已看透了。”

在梧道：“你看透了什么？”

颖芊道："我很知道，你不是没心的人，也很能分出轻重。现在最盼望的是倩宜归家，秦云还是次要。"

在梧道："不错，你真知道我的心。"

颖芊道："你的心自然很好，可是你空有好心，结果必做成相反的事。"

在梧道："这我不明白，怎么……"

颖芊道："我先问你，你现在可能正式和秦云宣布断绝关系？大约你不能吧，不忍吧？"

在梧顿足道："就是这个道理，我也想过，倩宜那面就把我肯不肯断绝秦云，当作她回不回家、离不离婚的标准。然而我问良心实不忍对秦云做这狠事，因此便没法答复倩宜，只能因循下去。在这因循时候，我就是为想倩宜哭瞎了眼，倩宜也只当我是和秦云同享快乐，根本忘记她了。总而言之，现在谈不到什么心意、什么情义，只有实地做出来给倩宜看，空话是没有用的。可是妹妹你替我想，我现在有什么法撵秦云走呢？"

颖芊摇头道："我不会想，你自己做出这离奇古怪的事，谁又有离奇古怪的脑筋，替你打主意？这件事已说到头儿，只两条路，请你自己决断。若再翻回头去打算，也只多说些车轱辘话，白想晕了头，也没第三条道儿。我可不跟你转圈子，你也别再和我做无益的商量，先去打定了主意，再告诉我，我就帮你办。"

在梧听了，猛一顿足道："这本是明摆着的理儿，有什么思量的？当然该取消秦云，请倩宜回来。我若不这样做，简直就不成人了。现在所愁的是秦云固然定要取消，可是怎样对她提出这话？昨天已经彰明较著的办了喜事，秦云后面又有林老伯，我倘若对秦云一提起分离的话，她也可以跟我来个法律解决，那怎样好呢？"

颖芊道："她没有婚书，不能告你重婚。"

在梧道："可是还有林老伯和昨天到场的许多人做证据，我就不受法律制裁，但在人们的……"

颖芊接口道："又来了，你这还原的算盘，一世也打不完，我没法再听了。"

在梧闭了口，只可瞪着眼儿发怔，颖芊也默然在房中踱了两转，半晌才道："我也知道你的难处，秦云是你由北京特请了来，如今怎好把人家赶走。可是事到如今，你别再想掩耳盗铃的主意，把秦云藏在外面，对倩宜假说已把她打发走了，那样不但瞒不住倩宜，倒更加深了她的愤恨。即便暂时能瞒住了，骗倩宜回家，只恐将来麻烦更大。”

在梧应道：“是啊，我当然不做那样糊涂事。”

颖芊笑道：“未必吧，我若不先点破了，你想来想去，准得想出这折中办法，谁不知道你是拖泥带水的老手儿，哪容易做出干脆漂亮事来？”

在梧听了，只有苦笑，颖芊仰首道：“阿弥陀佛，我只盼老天保佑，这时候秦云忽然变了主意，由她那面解放了你，这件事就顺理成章地了结。无奈世上哪有这样便宜事，我简直做梦呢。”

在梧听了，也觉她设想过于离奇，做这不可能的希望，真和做梦没有两样。但虽如此想着，脑中也不由得把颖芊言语，寻思了一下，猛地灵机动处，想起了多年前一件旧事。那事与自己并无关系，只于处在旁观地位，亲得闻见，因为离奇有趣，才记忆至今。原来在五六年前，在梧正当荒荡时期，镇日花天酒地，把楚馆秦楼，当作可以埋骨的青山，流连不返，直将老死其中，所以对花街柳巷中的新闻琐事，知道得非常详尽。

当时有一位姓尹的盐商公子，年已三旬，上有严父，下有悍妻。但他天性好嫖，竟在妓馆中结识了一个名叫素秋的姑娘，打得火热。来往经年，情好不衰，竟私下应许娶那素秋为妾。这位公子真是色令智昏，也不想他父亲是何等严厉，妻室是何等刁悍，环境上万不容许他做非分之事。而且还有最大问题，他本身并不是那尹氏盐商的血胤，而是他父亲从小无子，由外面穷家把他抱养来的，抚育长大，竟成这大富家的独子。但是一般近族人深知他的来历，又觊觎这极大家产，早已高呼着驱逐异姓野种，暗做夺产的打算。那位老封翁久受外人离间，和公子感情甚劣，所好者老封翁虽不爱儿子，对族人也没甚感情。而且老人的保守心理，对于成局，若没有特别缘故不愿更动。再加公子的岳父是位武官，在本地极有权势，公子的妻仗恃母家的势力，欺凌丈夫，而丈夫却也挟丈人峰以自重，不但足以巩固家庭地位，而且使族人们对他暗地虽仍有歧视之心，在表面却不敢有轻藐之态。而最大的好处，就是老封翁为着亲家贵盛的缘故，不得不永久隐藏了抱养的来历，而把他当作亲生。他就在这种微妙的环境中，维持着财产继承人的大少爷地位。有钱的人结识个妓女，为壅滞的金银提些销路，为麻木的精神寻些刺激，本是极平常的事，但到了尹公子的身上，就大不平常。他初时许着娶那素秋为妾，原是出于迷惑，一时信口之言。以后见素秋认准了他这块肥肉，把那一句空言，当作了信约，常常郑重其事地向他询问几时迎娶，又时时做出预备厌倦风尘，恨不即时离开的态度。尹公子这才暗自后悔，但又无法向她取消前议，只可一味地因循敷衍。偏那素秋也看出他的意思，更逼得上紧，尹公子急得走投无路，自知此事关系重大，倘为自己悍妻所知，一定要闹得天翻地覆。而且那位岳父，向来倚势凌人，毫不讲理，闻知此事，必然带着女儿对自己兴师问罪，不留丝毫情面。自己的父亲，素日情感既不甚佳，若见自己惹出偌大风波也必气恼，再加族人们看见自己和岳父已然翻脸，无可倚恃，就难免要挑拨父亲，来动摇自己地位。至于岳父和妻两个混人，绝不会想自己的前途与他们连带有关，还要赶尽杀绝，把自己毁到底儿为止。将来产业归了别人，自己要受贫苦，妻也许根本没有想到，也许早打算和我离散，更不必顾我后来死活。总而言之，此事一经泄露，便要干戈四起，绝难侥幸。

他愁得废寝忘餐，中间曾经友人献计，由他出一笔钱送给素秋，作为取消婚约的代价。那素秋不知因为嫌数目太少还是另有奢望，竟一口拒绝。而且由此更觑破他的弱点，变本加厉对他露出威吓挟制之意。尹公子已急得要死，那素秋得步进步，又出了主意，竟限定日期，要尹公子先行把她接出妓院，即使暂不归家，在外赁小公馆也可，这样她便一块石头落地，成为尹家的人，不愁反复了。若逾期不能实行，她就要亲自到尹府上去，面见大太太，恳求收留。这样对症下药的要挟，真是厉害。尹公子知道若不依她办理，当时便是劫数；但若依她办了，日后那妻子知道，足以要了自己的命。结果仍向一个足智多谋的朋友商量，那朋友一听，忽然得计，向尹公子说，素秋这一要求暂做外宅，倒引起我的主意，比她在班子里好料理了。尹公子不解，说道我只一娶她，无论内宅外宅，都算木已成舟，家中一知消息，我就整个儿完了，你还有什么法儿料理？那朋友附耳教给尹公子一套主意，令其依言办理。尹公子还不了信他真有把握，但他只得姑一试之，那朋友也暗地替他布置。

数日之后，尹公子已在租界上一条幽僻的巷中赁了几间楼房，和人伙居。又替素秋还了债，由班子接出来，进入新宅。尹公子早已声明，只能白天前来陪她，夜间必不能停眠整宿。好在素秋别有存心，倒也很相谅解。但是每日除尹公子白天来做三四小时勾留，其余时间，只有一个新雇的女仆和她做伴，不数日便已寂寞好难忍受。她又是新由繁华场中出来，突入清冷之境，简直心神按捺不住。待想出去到娱乐场中寻求刺激，但以前对尹公子表示得太好，自己的后望又在，不愿因小不忍而乱大谋，只可勉强挨着。好在她住的是楼上一层房间，楼下还有二房东，只一位姓李的老太太和一婢一仆，素秋虽和这老古董的女人气味不投，但因寂寞难堪，也常凑到楼下闲谈家常。据那老太太说，她有个独子，名叫伯英，向在外县做事，每隔数月方得归省。这李老太太似乎具有誉儿癖，一提起来她的伯英，便喜笑开颜，赞不绝口。又渐渐对素秋诉说心事。说她的伯英已经二十多了，家当还很够过，儿子本人又会赚钱，论说早该替他娶亲，使享家室之乐，自己也早遂抱孙之愿。无奈伯英眼光太高，几年来有若干替他做媒的，他没一家看中，都给驳了出去，到如今倒弄得没人敢提了。接着又说道也难怪，本来那些人家的姑娘，都配不上我们伯英，凭我们伯英的人才，若娶个不三不四的媳妇，可也真太委屈。像这等话说了不止一次，素秋听着只以为她这年老惯于絮叨，做母亲夸赞儿子，也是人之常情，所以根本没加注意。但对于她把儿子捧得过高，把人家多少闺女都给抹杀，却觉有些不忿。心想你的儿子也不过是一鼻两眼，平常人的样儿，还会三头六臂，有什么特别，又何致在几十位大闺女中间，找不出一个配得上的？这才叫猪八戒啃砂锅，好不怕别人牙疼。于是每听李老太太誉儿之后，素秋到回楼上，必对女仆把李老太太笑骂一阵，有时也向尹公子提起，引为笑谈。

哪知过了十余日后，一天夜间，素秋已然睡下，忽听楼下一阵人声骚乱和搬运箱笼之声，素秋不知李家有何事故，也懒得下去照看。及至次日早晨起床，女仆便告说楼下李家少爷回来了，素秋仍未着急，只想李老太太把儿子夸得世上少有，今天倒得看看实在是什么德行。素秋正要下楼看看，不料李老太太已走上来，带着几件外县土产，赠给素秋，说是伯英带回来的，匆匆数语，又跑下楼照料她的儿子去了。素秋梳洗已毕，下楼向李老太太道谢，却没有看见那个伯英，问李老太太才知他到各亲友家拜望。素秋本来没有注意这位伯英，不过因李老太太说得太好，所以想要看看，这时见不着也没什么失望，便又上楼休息。午后尹公子循例到来，坐了会儿就走了。这时正当夏季，这楼上有宽阔的平台，每当日落之后，很为风凉，素秋的晚饭，向来在平台上吃，李老太太有时也上来纳凉。这日天夕，素秋正在平台上斜卧竹椅，等候女仆开饭，忽见一个英俊少年，由楼下跑上来，身穿雪白的西服，上身只着短袖汗衫，双臂裸露，先提着个藤几上来，随又跑下去，二次又搬来两把小椅，看神气十分英爽，行止也非常漂亮。素秋眼前一亮，心中一转，料着此人必是李老太太的儿子伯英，果然人品出众，怪不得他母亲自家夸赞。想着见李老太太也扶着小婢走上来，向那少年叫道：“伯英，你干吗自己搬桌子？放着下人不用，自己找受累。”

那伯英一笑道：“谁搬不是一样？娘，请坐下吧。”说着就扶李老太太坐到椅上。

素秋见他说话时的笑容，像个小孩儿似的，美丽而又天真，方瞧得一阵心神荡漾，恰巧李老太太看见了她，忙走过给她和伯英介绍。那老太太特别客气，把素秋引为平辈，叫伯英称素秋为婶婶，素秋自己年纪和伯英相仿佛，若一占大辈儿，就把自己显得老了，而且此际不知怎的，好像觉得这样一论辈分，便把自己归到老太太一边，很不愿意。连忙谦逊说不敢当，她平日对于李老太太，本只做泛泛称呼，这时竟改口叫道：“大娘，我才几岁，您可别折受我。”又指着伯英道，“这位大兄弟，还许比我大呢。”

李老太太道：“伯英怎能跟你论岁数？咱们是老姐妹啊。”

素秋这时的心理和情感，真复杂得难以分析，既然改称李老太太为大娘，以自表与伯英同辈，并且在呼伯英为大兄弟之后，又说不知谁大谁小，既不知谁大谁小，又怎能径以兄弟相称？由此可见她的心神迷惑到何等了。这时听了李老太太的话，竟好像受了冤屈似的，其实邻居来往，辈大辈小，呼驴呼马，都是随口酬应，丝毫没有关系。然而素秋竟把正名定分，视为绝大问题，竭力争执，高声叫道：“哟，大娘，您这才叫冤枉人。您是什么年纪，我才多点儿岁数，怎敢和您论姐妹呀？咱们天天见面，一家人似的，您这么客气，我可担不起。”

李老太太道：“我倒不是跟你客气，本只咱们俩，你叫我大娘也没说的，可是还有你们尹先生呢，人家是三四十岁的……”

素秋听她提起尹公子，这时不知怎的，只觉分外地逆耳刺心，忙接口叫道：“您别提他，他碍不着我的事。”

话未说完，忽听伯英在旁笑道：“娘，这点小事干吗费好些话？街坊邻居，也用不着排辈儿，大家都随便称呼好了。”

说完向素秋点点头道：“你请坐吧，尹先生几时在家，我还要过去拜望。”

素秋听了，颇觉爽然自失，又不愿提起尹公子，就含糊答了一句，两家随各自归座吃饭。那伯英背素秋面坐，只顾和母亲说笑，并不回头，素秋却不住地偷眼瞧他，越瞧越觉他潇洒漂亮。晚饭用罢，稍过一过，李氏便下楼去了，素秋好似添了心事，在平台上默坐半夜，直到露重风寒，方才归房。从此素秋心里便似添了许多牵挂、许多烦恼。以前她难过着寂寞光阴，百无聊赖，但心中空空洞洞，行事随随便便，总算十分安闲舒适。但自见了李伯英之后，她的生活忽而无形改变，虽然仍是一样终日无事，饱食而嬉，可是心里再难得片刻安静，每听楼梯一响，便要心跳一阵，忍不住向外探头看看。白天在房里坐卧不安，到了日暮，照例上平台吃饭，饭后纳凉，可以和李家母子做三四小时会晤。素秋当着伯英，常常不自觉矜持，浑身不得劲儿，吃饭也不知是什么滋味。有时伯英出门酬应，只李老太太一人上来，便与素秋合在一桌同吃，素秋便觉这一日过得好生空虚，和饭菜一样地平淡无味。再有时天不作美，下起雨来，素秋宁被雨淋着，也要上平台享受精神愉快，但李家母子却不和她同样疯迷，她只可守在房中气闷。

这样过了十数日，素秋每日对伯英眼皮供养，心上温存，也迷恋到了极点。真有些忍耐不住，只想寻个机会便向他施展诱惑手段。伯英对于素秋眉梢眼角的送媚传情，似乎也有些领会，但他只搁着一片天真，似将素秋的深意，全看作正当感情的表现，并不向邪处猜想，因而没有发生一丝反应。而且伯英每上平台，总是随着母亲，向不独来。素秋碍于耳目，没法再做进一步的挑逗，眼巴巴地望着海错山珍，只落得馋涎空咽，怎不焦急？就中可苦了尹公子，每日到来，素秋的内差不特没个脱空，而且每每加班添工。好似素秋突然色欲亢进，使他疲于奔命。但素秋对于尹公子有如苛刻的雇主对于工人加工而不加薪的办法，她却是加重肉欲，而不稍增感情。尹公子本不是饶勇之将，平日只应付家中的悍妻，已然竭力尽命，及至娶了素秋，卜夜兼以卜昼，便苦精力难给，应接不暇，何况素秋又骤然增加了他的工作？尹公子的大太太本就是个夜不虚度的手儿，他白天若只顾酬应素秋，弄到悉索敝赋的程度，夜间回到太太床第之间，当然疲软不振，大丢其丑。有时他那有限的精锐，常常先于夜间被太太劫留，次日便无以应付素秋，而且即使他能尽力纠合残余，勉可一战，但他当招架素秋之际，忽而想到此战之后，便要溃不成军，今夜难关将要如何度过，这样一想，立刻军心涣散，抛戈弃甲而逃。因此使素秋时时感到不满。本来素秋就是别有恩存，只于用他煞火，即便他能突阵冲锋，骁勇称职，也是枉受汗马辛苦，功劳簿上不会有名，何况他又疲顽无力，屡次失机？自然使素秋憎上加恨，于是尹公子每日便有了常课，午后来时，便关房门，寂静不过片刻，勃豀便随之起，尹公子听够时候，才愁眉苦脸地出去，次日仍复如此。但素秋不愿使李家母子脑中对自己生坏的印象，所以向来折磨尹公子，只限于床帏之间，骂声也不出房门以外。不过她每日虽有尹公子陪伴，无奈连肉体方面的需要都解决不了，精神方面更感觉枯燥空虚，对李伯英的相思，害得越发加甚，不但夜里常做离奇的艳梦，便在晚饭间平台聚晤一二小时，她望着李伯英俊俏的脸儿，健美的体格，每日因为发生遐想而致身体有了不可告人的生理变化。

这一天夕阳初落，素秋便叫女仆用浇花的喷壶把平台沥湿，解消暑气。平台上四面栏杆之下，放着十数盆野牵牛花，枝蔓爬满栏杆上面。另外还有一盆葡萄，在一角上用竹竿搭架，葡萄生在盆中，虽然根基浅薄，不能结实，但枝叶还能茂盛，遮满半个平台，像小天棚似的很是清凉。素秋向来就占据这葡萄架下的地盘，常放着竹儿竹椅，李家母子的坐具，放在葡萄架外的一角，两方成了对峙之势。素秋这日很早地上去，坐了一会儿，李家母子方才上来，伯英忽然不穿西服换了一身雪色纺绸裤褂，脚下趿着草席制的拖鞋，意致比往日更为潇洒。素秋忍不住叫道："大兄弟，今儿怎么换了行头了？"

老李太太道："我嫌他那洋服料子太厚，又捆得慌，才做了几身绸子褂裤，强派换上，他倒嫌不舒服，你瞧这不是受病了。"

伯英笑道："我是穿惯了西服，乍一换这身衣服，好像不得劲儿，并不是嫌不舒服。其实我上了大学，才穿上西服，以前都是长袍短褂，在初改西服的时候也一样地不得劲儿，这只是习惯的缘故。我娘却压根的就讨厌西服，把我说得像似了洋人，非穿西服不可似的，我才冤枉吧，尹太太您说是不是？"

素秋含笑点头道："可不是，乍一换自然不惯，其实热天倒是这小褂裤凉快，不比西服料子全厚，说是单的，和夹的也差不多。大兄弟别怨大娘絮叨，她是疼你呢。"

李伯英听了点头微笑，他自始就对素秋招呼尹太太，而素秋却自第一次开口呼伯英为大兄弟，以后永远未改，虽也感觉李伯英对自己的称呼，亲疏有异，人家既不肯向自己做家人骨肉之称，自己独表示片面的亲密，未免有些无聊。但她虽有此想，终因内爱伯英太深，觉得能当着他的面儿，叫着这亲热的称呼，好像精神上能得无限安慰，就也不想改口。好在李老太太似对大娘二字已经默认，连带便这大兄弟也得了根据了。

当时素秋和李家母子稍谈了一会儿，女仆正张罗开饭，忽见天上黑云四起，凉风吹拂，大有雨意。伯英望着天道：“这里雨水倒勤，从我回来，就不断地下雨，在我做事的那县，直旱了半年，恐怕一点儿收成没有，人民穷得可怜，我真不愿意看那惨苦样儿。可是转眼假期一满，还得回去。”

素秋一听，突然心中乱跳，本来她自见李伯英之后，就害了相思，虽好事难成，但她以为来日方长，终必如愿，却没想伯英还要出外，闻言这一惊非同小可，忍不住问道：“大兄弟，还要走吗？”

伯英说道：“给人做事，官身难由自己，不走怎成？好在去也不过几月，到冬天还可以回来过年。”

素秋方要再问他几时起身，哪知这时天上乌云突然密合，天色转为黑暗，云中发着隆隆雷声。一阵狂风，吹着铜钱大的雨直沥下来。平台上一时大乱，伯英扶着母亲就向下跑，女仆们纷纷收拾业已端上来的饭菜，来往奔走，素秋也回到房中，听窗外大雨倾盆而下，哗声震耳，同时暑气被暴雨驱除都尽，气候很是凉爽。但素秋心中却觉气闷，女仆来问是否立将把饭开到房里，素秋摇首说：“不吃了，几时觉饿，房中有现成点心可以吃的。”

女仆出去，素秋想着伯英将行，希望成空，懊丧之下倒在床上，不知不觉地竟行睡去。及至醒来，睁眼一看，房中电灯未燃，但由窗口射进月光，十分明亮。这日正是旧历望日的前两天，所以月上颇早。看表还只十点半，她怔了一会儿，缓缓下床，向空前望望月光，更为凄感。她近日把全副心神都放在伯英身上，一想到他要走，就好似失却唯一希望中的伴侣，自己将被遗于空茫的沙漠上一样。于是人虽未别，她已深感孤零之痛。还对着那一丸冷月，落下几行没人知情的热泪。她越想觉难过，一阵焦烦不耐，就穿上件短外衣，想到平台上稍坐，开豁心怀。方到门口，又想上面新经大雨，藤椅必湿，不好安坐，就又自携了条线毯，也不呼唤女仆，就自走了上去。既上平台，只见半边都铺满了月光，清凉如水，只有葡萄架下，较为黑暗。素秋本想把自己的藤椅由架下拉出，放到空旷正对月亮的地方。哪知才走近架旁，才看见架下的藤椅，已被人占据了。原来两藤椅之上，正仰卧着李伯英，身穿毛线浴衣，赤着两足，好像新洗过澡，才上来凉爽的。但他眼睛紧闭，口中还含着一支雪茄烟，不过火已熄了。旁边竹几上放着一瓶啤酒、一瓶汽水、一只杯子，中间尚有酒水混合的余沥，另外边有一匣雪茄，内中只剩下五六支，他手中却握着个精巧玲珑的自燃火具，看样儿睡得十分舒适，只于雨后微凉，这样当风酣睡，穿的衣服又少，很容易致病。素秋一见是他，心中又惊又喜，但是良机出于意外，倒一时怔住，无所措手，悄悄走到他身旁，低头注视，一颗心儿要跳出胸外。暗想幸而自己忽然一阵心血来潮，上平台来，否则岂不错过这大好机会？他必然料着我在夜里决不会上来，才这样满不在乎饮酒酣睡。这雨后的天儿，果然凉爽，他倒会享福儿，只是怎不怕受风生病。想着就取了自己的线毯，轻轻替他盖在身上，又寻思今夜天赐机会，自己无论如何，也得偿了心愿，更不必畏首畏尾，无妨放大胆量，反正早晚总要和他弄出真章儿，没有可顾忌羞涩的了。就轻轻地掇了把椅子，坐在他身旁，痴望一会儿，不知怎样开始这一幕情剧。转眼看见几上杯子，不自觉地伸过手去，倒了一些酒，又合了较多的汽水，举杯呷了两口，觉得十分可口有味，似乎因这酒水都是伯英之物，杯子又经他用过，滋味的甜蜜，竟似以前未曾尝过。放下杯子，略一凝视，回顾伯英，见他仍毫无醒意，素秋心想：就此唤醒他吗，或是用别的挑逗方法？寻思半晌，仍无主意。好似一个老饕，对着丰美盘餐，却无匕箸可以夹取入口，而又不愿把手指抓弄，使人看出急相。她本是有纸烟癖的，心中一犯思索，就想吸烟，但身上并未带着，几上的雪茄，她又吸不惯，只可立起身，悄悄下楼，到自己房里取了烟盒，毫不停留，又行上去。见伯英仍如原状，她也仍坐在原处，自思李老太太习于早睡，今夜天又凉爽，她必早入黑甜。女仆也都偷懒睡了，从现在到早晨，这一整夜，都是自己和伯英的天下，不愁有人搅扰。自己很可以想个有趣的法儿挑逗他，使他一眼就深印个美丽的影像，便不难投入我的怀抱。

想着就由烟盒内取出一支纸烟，衔在唇间，方要燃火，才想起并没带火柴上来，自己真是心忙意乱，竟这样拾东忘西。又看伯英手中，虽拿着个自燃火具，但怕把他惊醒，不敢伸手偷取，想要再下楼去拿火柴，转身望了望那通楼下的门，又觉懒得为这小事上下奔波。方一踌躇，忽觉眼边黑影一晃，随着吧的一声微响，一道弱小如豆的火焰，突然现于面前，正挨着口中所衔的纸烟前端。素秋惊得猛一吸气，恰恰借那火焰把纸烟燃着，烟气入喉太急，呛着咳嗽了两声，急忙回头一看，才见伯英已从椅上坐起，伸臂扬手，正拿着自燃火具，凑向自己口边。素秋不由惊得心跳口喘，羞得面红耳热，望着李伯英的脸儿，不知如何是好。李伯英面上却是一派正经，毫无轻佻之色，只把眼光注定素秋，四目相对，各发出似火焰般的光线。那光线好像成为实质，由接触而传达无声的言语，更由摩擦而感觉听不见的声音。这样对瞪了许久，还是素秋先行弛松了紧张的感情，朱唇徐启，啊了一声。这啊字由惊讶声音起始，略行拖长其尾变成笑声的咯音，面上也由惊态转为笑容。伯英也好似受了她的感应，同时现出笑容，发出笑声。素秋听他一笑，不禁也无端地咯咯笑起来。这时二人的脸儿，仍旧对着，目光仍旧互相凝注，但经这一阵的笑，紧张的空气既已消失，两人矜持的容色也减少了。素秋才把腰儿一扭，将要开口说话，哪知同时伯英也似张口欲语，素秋不知是因为芳心栗六，以致樱口嗫嚅，还是因为看见伯英张口，意欲先听他说，竟而把嘴儿动了两动，欲言又止。不想伯英那面也是照样，望着素秋樱唇，并没说出话来。在这转瞬间的微妙神情和动作，双方竟完全相同，便是有心互相仿效，也该有个先后，但又竟在相同时间做出同一神态。二人先都生出一样奇异的感觉，继而略一发怔，又同时愕然互视，四道明光，触到一处，像发了一声清脆之声，接着又都笑将起来。直到素秋口中含的纸烟落到地下，伯英替她拾起，方才止住笑声。

素秋本无心再吸纸烟，但随手仍含在唇间，伯英立即把火具拨燃，送到她口边。素秋又吸着了，这才开口道："谢谢你。"

伯英也学着她的口吻道："谢谢你。"

素秋咯咯的笑道："我们今天好像受了病，全是重样儿的，你又谢谢我什么？"

伯英微笑着，目光向下一转，素秋随着他的目光，便看见了自己盖在他身上的线毯，心中明白他大约根本未曾睡着，把自己的一切神情动作，都看明白了，不由粉面微红，低嗽了一声，才道："夜静风凉，你那么睡着，不怕受冷啊？"

伯英摇摇头，似乎表示不怕，素秋道："大兄弟，你太不经心，等受凉闹了病，可就晚了。"

伯英又摇头道："不会的，我不会受凉。"

素秋以为他自恃身体健壮，不受忠告，就道："怎么呢？人身都是肉长的，怎单你不怕受凉？"

伯英不等她说完，就将手拽起线毯一角道："我盖着这个，才不怕啊。"

素秋这才明白他所谓不怕，原是蕴着机锋，故意把话引到线毯上面，好表示他的谢意。立觉方才自己劝告的言语，未免失之太蠢，不由又笑起来，道："你在没睡以先，怎会知道我带毯子上来，就放大胆地睡着？倘若我不来，你直睡到天亮，再叫露水一侵，准得闹不舒服。"

伯英悄然道："绝不至于，我知道尹太太一定来的。"

素秋在这时又听这刺耳的称呼，不由面色微变，伯英看见，已忙着改口道："不，不，姐姐你一定来的。"说完又解释道，"这些日当着母亲，我一直改不过口，今天才把我心里想叫的叫出口来。"

素秋一听，便明白他这数语，直如明说早已有心，立觉一阵心神荡漾。大凡女子的心，都是难于捉摸，素秋本已情急，恨不得把伯英吞下肚去，但这时一听他表明心事，得了把握，立刻又想姑做矜持，以增高自己身份。把原来预备的饿虎扑食招数，改为欲擒故纵了。就把自己的心事暂且掩藏，不即说破，先听他说些什么。于是连吸着两口纸烟，凝望着伯英，等他开口。

哪知伯英好似更为滑溜，见素秋忽然沉静起来，就明白她的心意，竟也自燃上一支雪茄，吸了几口，方才开口。但所说的却不是素秋所想听的，他指着月光说："今夜未满之月，比圆时更好，而且雨后光影分外皎洁。"又说他在今夜看月，还没有怎样感觉。但是在外乡时，每逢月夜，就特别觉得凄凉，常常终夜睡不着觉。因此在今夜想到以后在外对月的凄凉，不觉也有些难过。

素秋听他把话头儿荡了开去，想他本已把爱我的意思露出些端绪了，只为我不接茬儿，他也就没好意思说明，所以扯了开去。自己爱上他许多日子，今日好容易得着机会，既恐好事多磨，又苦良宵易尽，我又何必放着快乐不享，多做矜持？想着就又把话锋替他兜回，低声说道："大兄弟，本来你还年轻，在外面容易想家。其实我看你家境很宽，并不用你赚钱养家，又何必离乡背井地上外边受冷清？"

伯英摇头道："大姐姐，你说错了，我并不爱想家。母亲身体很好，身边有三个下人伺候，本地又有许多亲戚照应，根本用不着我惦记。"

素秋笑道："那么你必另有想念的人吧。"

伯英不经意地道："我家只有母子两人，你说还有谁叫我想念？"

素秋面上渐现淫邪之色，眯缝着眼儿，笑道："我如何知道，你在外面还会没朋友？"

伯英应声道："朋友嘛……"说着忽一扬头，叫道："哦，你说的是女朋友吧？我没有的。"

素秋摇头道："我不信，凭你这样的人，在这种开通年头儿，你哄谁呢？"

伯英正色道："我何必说谎？实在没有。"

素秋仍笑着摇头，表示不信道："大兄弟，你把话都说漏了，再遮掩也没用。"

伯英道："我说了什么？"

素秋道："方才你说，在外面一点儿也不惦记母亲，可是每看着月亮，就觉凄凉难过。向来说书唱戏，凡是一个对着月亮伤心，都是想着什么。你若没有想念的人，天上就有十个月亮，也不会走心呢。"

伯英听了，望着她注视半晌，忽然一笑道："你说错了，可是只错了一半。以前我实没有可想的人，不过在外乡看见清冷的月色，就引起自己孤身在客的心情，生出悲感。其实心里是空空洞洞的，并没有人的影子。但是这次再出门就要不同，恐怕我不想事而想人了。"

素秋心中一转，悄然问道："你想谁呢？"

伯英不语，只凝注着素秋的脸儿，许久不瞬，面色渐变惨白，在月光下好似石像一样。素秋便知他心中恰和外貌的凝静成反比例，感情因受抑制，不知正在如何翻涌。素秋心内也是照样地动荡，但外面也仍保持镇静状态，和他对视。正在这时，伯英似已支持不住，忽地握住素秋双手，头儿一俯，便伏到素秋膝上。更不用说什么言语，只这动作，已把心情完全表示出来。素秋见自己寤寐思之的爱人，竟已降服，拜倒在面前，不由得意之中，又生出些凄惶。就轻轻把手抚着他的头，低低叹了一声道："你起来，这是怎么了？"

伯英没有答话，只把手握得更紧了些，素秋又故意作态地道："大兄弟，你这冷不防的，倒吓了我一跳，你……你可是有心……"

说到这里，略一停顿，伯英徐徐仰起头来，仍不发语，但那满面的精诚和双目的情光，已表示对素秋的深心。素秋望着他方欲再说，不料伯英忽地跳将起来，好像发狂似的，猛把素秋抱起紧紧抱住，面对面儿，在月光下互相注视。忽然他又像个热烈的母亲对婴儿发泄狂爱似的，向素秋脸上乱吻了一阵。素秋双脚早已离地，无所用力，不能挣扎，而且她虽然久历风尘，但向没经过这样热烈的动作，心中感觉一种特别的滋味，昏然不能自持，只有闭着眼儿，听其所为。伯英吻够多时，才把她轻轻放到躺椅之上，使其倒下，又替她盖上了线毯，然后自己坐在素秋原坐的小椅上。素秋这才尝到男子拥抱的异样享受，这是由文弱的尹公子身上万得不到的，虽然身体被他挟持，粉面被他挨撞，都似有些不适，但因有热力在体内奔腾，毫不觉苦。而且心中乐趣涨满，好似酒醉了一样。半晌才微微张目，只见伯英正弯腰侧面，注视着自己。上面葡萄架上枝叶扶疏，月光由空隙穿了下来，照着他的脸儿，分外清秀可爱，就低声说道：“你怎么像一阵暴雨似的，把我都闹糊涂了。平常没看出你是这样的人，真想不到……”

伯英道：“我本不是这样的人，向来没爱过一个女子，对你这是第一回。”

素秋道：“你爱我也罢，怎么单今天像疯了似的，平常一点儿也看不出意思?”

伯英道：“平常嘛，平常我只顾生气了。”

素秋诧异道：“你生什么气?”

伯英道：“我只气凭你这样的人，竟甘心给姓尹的那猥琐小子做小老婆。”

素秋听了不由更为动心，就伸手搂住他的颈儿叹道：“我何尝甘心？只是没法儿罢了。”

伯英不忿地道：“姓尹的烟鬼一样，哪点儿配做你的丈夫？这还不算，他糟践你这个人，又因为怕老婆把你丢在外面，长久熬受冷清，真是太不知自量，也不怕缺德。我从回到家来，就为你生气，直气到今天，可忍不住了，才对你明说出来。”

素秋默默地望着他，似乎非常感动，半晌忽微笑道：“你这样说，只是为我生气，没有别的意思了?”

伯英忽地一笑，低头向素秋额上吻了一下，才道：“我不知道有没有别的意思，只问你每天夜里都睡得安稳吗?”

素秋听了，不解他言中是什么意思，还以为他早已看出自己对他害着相思，料到夜中必然辗转无寐，故所以此为问。但自己不愿把丑话儿在这时便告诉他，仍装作不解道：“你说什么，我在夜里为什么睡不安稳?”

伯英凄然叹道：“你当然不知道，这些日来，我每到后半夜都守在你房门外面，但始终没有敲门的勇气。直到天快亮，我才没奈何地下楼。远日子的事，你也许记不清，昨夜三点多钟，我隔着门还听你好像低声唱二簧调，什么‘花随水水不能恋花’，唱完了你又叹了半天气。接着有个东西落到地板上，听声音好似盛纸烟的铁罐……”

素秋听到这里，已明白他所说每夜守在自己门外的话，确非虚假。大凡女人，最受不住男子持久的恋慕、细腻的情怀，所谓烈女怕缠郎，就是这个道理。何况素秋又是对伯英已久因爱成痴的，闻言真似一团火烈，燃烧心脏，霍地坐起，抱住伯英叫道："我信你，一百分信你。可是你这些日真太苦了，到现在我不瞒你，你说昨天听我叹气，那不是第一次吧。"

伯英已明白她的意思，点头无语，素秋道："这些日我没得一宵好睡，终夜长吁短叹，你知道是为谁？傻人，你胆子也太小了，倘若早把我的门敲一下，咱们都不致苦到今天。可是这样也好，叫我知道你的真心哪。"

伯英听着，已又变作方才狂暴的样儿，结果当然又是一阵热吻。过去之后，伯英坐回躺椅上，拥素秋在怀里，二人脉脉相望，暂时默默无言。伯英仰首望着月亮，忽叹道："你明白我方才的话了，自从我心里有了个你，就想着将来到外面怎敢再看月亮，今天咱们又有了这一番亲近，我可怎再出门哪？"

素秋望着他半晌，忽然立起，揪着他的衣领，伯英不由一怔。

后事如何，下回分解。

第十四回

飞蛾投火自伤身狂花有鉴
弱絮当风终落溷伧竖无情

话说他二人正在说着话，素秋忽然揪住他的衣领，悄声说道："夜凉了，咱们到房里说去吧。你天天蹲在门外头，今儿也该偿偿心愿。"

伯英摇头道："我不去，咱们在这里谈谈好了。"

素秋一怔道："怎么，这平台上渐渐凉了，你又为什么不上我房里去？天天守在门外头，难道到了今天倒不想……"说到这里，停住向他面上溜了一眼。

伯英道："你说这话，大概不知道我爱你够多么深。倘若我只安着邪心，图谋和你接近，结果也不过成一件平常的坏事，害你落个背着丈夫和人通奸，我也不算真爱你了。也许还不明白，我每夜守在你门外，自然是想和你见面，好达到我的心愿。可是我的心愿，并不像你方才所想的，只顾眼前快乐，我只打算把你劝明白了，要看重自己人格，保全终身幸福，别再甘心做妾。你看姓尹的那等半人半鬼的东西，把青春消磨在这不见天日的地方，倘然你因我的劝告，自己醒悟，脱开这地狱生活，到了好处，就使你永远不管我，我自觉救了一个美人做了一件好事，也可以心满意足了。"

素秋听了寻思半晌才道："我明白了，你只是看着我给人做妾，糟蹋青春，觉得不忍。所以要劝我快打主意，离开尹家。你却是个局外的人，并不希望和我怎样。就是我嫁给别人，只要能到好处，你也是痛快的，对不对？"

伯英点头，素秋道："可是方才你说过爱我，跟这话有点儿不合吧。"

伯英道："不错，我因为太爱你了，才只希望你好，并没打算到自己身上。"

素秋哼了一声道："我不懂你的意思。"

伯英道："我的意思，好像看见人家养的鸟儿，觉着心爱，就把笼门开放，叫鸟儿随便飞到哪里，并不想自己夺得这鸟儿。”说着又道，“对不起，这比喻怕要惹你生气吧。”

素秋摇头道：“我不生气，我本不是鸟儿，我是个人。鸟儿没有心，可以随便飞到哪里，我可放不下开笼门的人。说痛快话，我在尹家已过了这些日子，若不是遇见你，就是光景再坏些，再苦些，我也许永远糊里糊涂地过下去。如今遇见了你，我的心才完全变动了，你在这时倒装得没事人儿了，这是怎么讲呢?”

伯英道：“并不是装没事人，只因本心真的爱你，所以不忍……”

素秋噘着嘴儿道：“我明白，什么是你不忍，简直是我不配。你这样高贵的小伙儿，什么大家小姐不能交结，哪犯上跟我这残花败柳怄气？比如说街上有个叫花的女子，你看她可怜，也许赏给她好些钱，可是那叫花女子若是错会了意，只当你爱上了她，打算报你的恩情，你就觉得可笑又讨厌了。”

伯英听着涨红了脸道：“你可太屈枉了我的心，我实在把你看得无可再重，并且爱你的心，我直没法说得明白。”

素秋接口道：“爱我，可是不愿意接近我，并且把我推得远远的？现在不必多绕弯儿，我方才说过，已经一心扑上你了？为你死了也是愿意。你若和我一样的心，再说爱我，若是存着别的意思，就老实让我照旧苦着等死吧，何必白搅乱人心?”

伯英听着皱眉，似乎感到自己的一片高洁的深情，无法叫她明白了，只可问道：“依你想怎么样呢?”

素秋道：“我说过早已爱上了你，你若真的也爱我，那么世上男女一到相爱的地步，应该怎样，那还用我说吗?”

伯英听了，突一仰首道：“那时我得娶你，是不是?”

素秋本心虽然热爱伯英，但此际只为欲焰蒸灼，只想到临时好合，并没想到这久远之计。闻言反而一怔，但因伯英已说出口来，又没法直言自己未及嫁娶之思，仅有枕席之愿，只得点头承认这意外的话道：“你还是不能答应吧?”

伯英凝思一会儿，顿足道：“怎么不肯？我当然愿意娶你。不过咱们处的地位，非常困难……好在只要我们两人同心，将来总能成功，我为你拼了性命也情愿的。”

素秋道：“既然如此，从今天我就是你的人了。告诉你吧，这事非常容易，姓尹的是有名的怕婆大家，我嫁他本就守着秘密，我离他，他更不敢声张。”说着又拉着伯英道，“现在你还有什么可说？随我上房去吧。”

伯英似还迟疑，但不忍拂她的意，于是二人一同下了平台，进到素秋房中。这本是一种极平常的事，世上娶妓女做外室的，那外室中总有两班男子，按时刻互相替换，好像工厂中的日班夜班，工人虽有改变，机器却不空闲。本夫若是夜班，那就有人来代补其昼；本夫若是早班，那么夜中也不会寂寞。但此际素秋脑中，却以为自己所为，与普通人家妓妾的偷香之事不同，而是一段绝后空前的风流佳话，所遇的也绝非平常浪子之流，而是一个品貌超群的有情公子，心意的畅满自不须提。至于这一夜的旖旎风光，当然是郎情妾意，誓海盟山，说不尽缠绵沉恋。素秋本是阅人甚多的风尘中人，而且年纪也过了二十，虽然逃不出姐儿爱俏的俗语，但她终不是闺中少女，专讲爱情。伯英倘只是个文弱书生，使她感到虚有其表，而觉失望，爱情也许随而一落千丈。但是素秋经过这定情初夜，对伯英的热度继长增高，更觉死心塌地，这才不由得做起久远打算。自觉从伯英身上得到人生稀有的幸福，这幸福只能得而不能失，若半途失却，生活既无趣味，性命也失了价值，因此暗地里，已下了决心。但在初恋之时，只顾享受现在，还无暇议及将来。这一夜就像一个美丽的梦似的，一眨眼便自过去。

夏夜易尽，窗上透了曙光，素秋才在百般缠绵中，送伯英出房，她自己重新睡下，直到午后，尹公子来了，她只推说身体不爽，并未起床，把尹公子冷淡走了。天已垂暮，她起身梳洗收拾得分外娇俏，才上了平台。李家母子已早在着，不待说自然仍如往日似的，两家各自吃饭，不过素秋和伯英，却盈盈相望，脉脉含情，两下都把情意偏劳眉梢眼角，但言语倒比往日少得多了。饭后稍坐，伯英和素秋互递眼色，素秋推说身体倦乏，自回房去，须臾听伯英也和母亲下楼去了，这样也似大家都要早睡。但到楼上下灯火尽熄之后，过了没一刻钟，平台上又现了一双人影。伯英在白天已搬上来一张宽大的竹榻，放在葡萄架下，此际和素秋二人，就倒在上面乘凉，交股并头，喁喁小语。在明月流光之下，幕天席地，无碍无遮，直流连到夜凉露重，他俩已调逗得心热神昏，才一同下到房内，重做勾留。这样过了几天，越发打得火热，先前伯英像是很有主儿，但此际似渐为素秋所迷，只顾贪恋欢娱，把胆量加大许多。日久之后，形迹自不免露在别人眼里。有时两人在平台谈笑忘形，或是伯英清早从素秋房里出来，常为女仆所见，素秋也不在乎。好在手中有尹公子给的钱，把来撒给下人，自可封住她们的口。

有一夜天气甚热，半夜以后，素秋和伯英又在平台乘凉，因为天热，房里有如蒸笼，不愿进去，就预备露天过夜。照例毫无忌惮地放肆起来，随又相拥睡去，直到天亮许久，还未醒来。偏巧李老太太起早上平台梳头，一眼瞥见，当然大惊，把手中梳篦都落到地下。素秋闻声惊醒，坐起瞧见李老太太，羞窘得手足无措，李老太太急忙把头一低，转身就跑下去了。素秋唤醒伯英，告诉他事已泄露，伯英虽也吃惊，但想了一想，就安慰素秋说道："你不必怕，母亲看见，也只背地把我训斥一顿，终不致做出妨害咱们的事。"

素秋还怕李老太太要严诫伯英和自己断绝，深为愁虑。伯英却说这是他可以自主的事，母亲劝诫虽不能免，但我的心又怎能移动。于是安慰素秋一会儿，就各自回房。素秋怀了一天鬼胎，直到天夕，仍硬着头皮上平台吃饭，见李老太太神气如常，好像没有早晨的事，伯英也不似怄过气的样儿。素秋自思，李老太太必是爱惜儿子，不但未加深责，也许反而默认了伯英和自己的亲近了。于是心中一转，就自行降低辈分，对李老太太抛却宾主之礼，以儿女自待，和伯英一样地承欢色笑。李老太太也似默会于心，对她也一变从前的客气，而改为和蔼。由此之后，他们在形势上虽仍是两家，但精神上已合为一家了。伯英似乎像奉了明文似的，每日除了尹公子来的时候，真把素秋房中当作他的私室，盘踞不离，二人的鹣鹣鲽鲽卿卿我我，自不必说。就中更便宜了下边仆人，素秋不时地加以赏赐，比月薪常要多上几倍。金钱封住人口，比糨糊铅焊更加坚固，把个尹公子瞒得毫无知觉。

一晃儿夏季将残，秋风渐动。在这一天微雨之后，天气新凉，床上撤去凉席，夜间要盖薄绸夹被，这才是有情人的销魂天气，适意时光，伯英和素秋当然幸受了个美满的良夜。到了次日早晨，天在八点多钟，素秋已自睡醒下床，伯英还自酣睡，素秋不忍惊醒他。因为要女仆进房扫地，多少觉得不便，就把床帐落将下来，才自照镜梳洗。

正在这时，忽听楼下李家女仆高声叫道："尹老爷来了，今天怎这样早呀？"

素秋听了一惊，但心中还沉得住气，明白这必是尹公子真的来了，李家女仆因不及上楼报知，所以高声喊嚷，好叫我们防备。想着回顾床上，见帐子拉得很严，随听外面楼梯已有脚步声走上来，素秋料着尹公子必是闻知自己和伯英的秘密，特意赶这不防备的时候，前来掩执，但又想尹公子既因惧内不敢声明娶妾的事，现在就捉着奸情，又将怎样？就稳住了心，不动声色地等着。就在这时，尹公子已缓步而入，面上还带着笑容，丝毫没有愤怒的神色，手内却提了个小旅行箱。素秋瞧着诧异，心想他独自前来，又携着小箱，神情并不像个寻衅的，但这样早来，又是何故呢？想着就仍自安然理妆，眼光望着镜内，口中却淡淡地道："你今天怎这么早，太阳从西边出的吗？"

尹公子放了小箱，立到她身后，似乎非常欣幸说道："我真是飞来的运气，这回可以在你这儿多住几天了。"

素秋又是一怔，问道："怎么？你那夜叉老婆肯放你？"

尹公子道："我家在北京有点儿产业，近日忽然出了纠葛事情，得派人去料理。老头儿定要叫我去，我乐得趁这机会松散松散，先在你这儿住三两天，再到北京也不迟。"

素秋听了方才明白就里，便道："怪不得早呢？你这是才从家里出来，假说上车站，就溜到这儿来？"

尹公子点头，素秋摆手道："大爷，你还是快走吧。既说上北京，就趁早去，别藏在我这里，倘若被你那大奶奶知道，还不寻上门来把我吃了？你趁早走，我可不惹这祸。"

尹公子面上现出失望之色道："你也太胆小了，她平日不知道有你，怎会在这时候忽而就访查出来？"

素秋仍装作害怕，要他立刻离开，尹公子没法，只得说道："我走也不能回家，只可上北京。可是早车已开，下次车得等到午后，我因为起早儿，身上很乏，先歇歇儿再说。"说着就奔到床边。

素秋看见大惊，忙要拦阻，但一时无可措辞，只喊了声"你别……"尹公子那里已把帐子揭开。尹公子手儿握住帐子，素秋立起复又坐下，心中反而安稳了，因为秘密既已破露，无须拦阻，也无可张皇，只有看他如何，再做应付。这时尹公子要向床上休息，拆开帐子，猛见里面已先有一人袒腹高卧。这时就好比一官儿领凭上任，一进衙门，发现已有他人先补了他的缺，这错愕应该如何。尹公子当时不禁叫将起来，他既看明白床上是楼下住的少年人，又回顾素秋，似乎胸中已经了然，随即沉默无声，放下帐子，只自发怔。但帐中的伯英，已被他呼声惊醒，蒙眬中不知何事，翻身坐起，探首帐外，猛见外面立着素秋的原业主，似乎大吃一惊，把头儿又缩回去，继而他像又想起此事非躲避所能了，而且帐中也不能久避，于是做出敢作敢当的态度，大着胆子，由床上跳下来。哪知他的脚才落到地下，寻觅鞋子，才又发现身上未着衣服，不由呀了一声，又缩回帐内。素秋安然坐着，双弯舒挂妆台边上，手托香腮，看着伯英跳上跳下、忽出忽入的滑稽样儿，不由大笑起来。

尹公子面色铁青，和素秋对视有顷，二人都不说话。倒是伯英在帐中穿好衣服，再跳出来，向尹公子点点头，先开口道："尹先生，对不起。今天既被你撞破，我现在这里，请你发落吧。"

说着由桌上取了两支纸烟，自吸一支，又递给尹公子一支，尹公子居然受了，二人对着喷了几口白烟，尹公子转向素秋道："事情既然到了今天，总得有个正经办法。当初嫁我，是你自己主张，今天又有这件事，应该怎样解决，还是你来做主。"

素秋看着伯英，心想自己原无惧于尹公子，此际他虽撞破我的阴事，对我也无可奈何。但我仍可以把他的大婆为挟制，就在此时再论他几文，也能成功。只是有伯英在侧，听他平日口吻，最恶人做事毒恶，我若对尹公子太厉害了，倘伯英因此想到我是可怕的人，因而生了畏怯的心，岂不误了自己大事？想着只得收拾起贪心恶念，倒做出温柔而又惭愧的样儿，道："我实在对不起你，可是也没法说了。现在我怎能做主？只可等你处置。"

尹公子还未开口，伯英已上前道："我们也不必多费话，只说眼前的吧。我和素秋因为双方发生爱情，才做出这件事，今天你就不来发现，我也预备有一日对你说明。请问现在你打算怎样，还是要行使你的夫权，叫素秋改过，和我断绝，仍旧收留她呢还是认为她已经不配再做你尹家的人，想要赶她走呢？"

尹公子想了想道："素秋必然已爱上你，我即使还收留她，她也未必愿意。再说我家女人很是厉害，我根本没有娶妾的资格。素秋嫁我以后，不但我多受苦恼，她也没有幸福，这真是何苦来呢？现在只问素秋，她若愿意跟你，我立刻就能退让。"说着又问素秋道，"你可以实说，愿意跟他不？"

素秋无语，只点了点头。尹公子道："好，当然你是愿意。"又对伯英道，"不过素秋和我也曾经要好，如今虽然就要撒手，我对她还有些关心，请问你将怎样待她？"

伯英道："我是个未婚的人……"

尹公子接口道："你要娶她做正式妻室，那再好没有，我可以放心走了。"

尹公子说完这句，又和伯英握了握手表示郑重付托之意，随向素秋问道："既然如此，我只一走就算解决了。你若有用我帮忙的地方，尽管说，我还可以为力。"

素秋尚未答言，伯英已接口道："谢谢你的好心，只这样我们已感激不尽、惭愧不尽了。至于从此以后，素秋的一切，当然都是我的责任。还有你对于素秋，料必花过很多的钱，现在她一归我，你当然有着损失，我也应该赔偿。"

素秋听到这里，恐怕尹公子真个接受伯英的提议，向他要钱。忍不住插口向伯英道："你别小气了，人家是大财主，把人都送给你了，还在乎那点儿小损失？再说你又有什么家业，敢说赔偿人家？别不害臊了。"

尹公子似乎明白素秋之意，就含笑向伯英道："我们本来谈不到这话，素秋说得很是，那么我要走了，希望你们永远快乐。将来再有相遇的时候，你我也许变成很好的朋友。"

说完一点头，提起小皮箱，就向外走。伯英送到门口，看他下楼走了，回头向素秋怔了半天，才道："我以往真错看他了，想不到这人竟如此洒脱，这一来显得我们都对不起他。"

素秋这时心里也觉尹公子对自己仁至义尽了，虽然她那浅狭的心肠，对着伯英不愿说尹公子好，但也没法骂他坏，只可置诸不论，只点头道："这样倒也干脆，我们从此算走了明路，再不怕什么了。"

伯英却低首无语，似有所思。素秋以为当此大局解决之后，他应该极端高兴，却不料反像添了心事似的，屡次调逗他说话，都不答应。不由纳闷问道："你是怎么了？到了称心如意的时候，你倒皱起眉头来？"

伯英看了看她，才道："我这时心里好不得劲儿。在我最初爱你的时候，满心为你负气，把尹先生看作极混账极残忍的人，骂他不该毁坏一个好女子的终身，我却自居像个侠士似的。哪知经过方才这几分钟，事情竟全翻过来了。尹先生显得多么光明磊落、大仁大义，我却显得鬼鬼祟祟，简直成了没品行的下流人了。可说他临走的时候，一点儿气恨样儿没有，只为你的前途关心。及至听我表示娶你，才放心而去，这真叫我越想越觉惭愧。"

素秋原认定伯英是心地极好，而又易受刺激的人。闻言深恐他受尹公子的感动，影响了对自己的热度。就解释道："你别把他看得太好了，我同他混了好久，却深知他不是个洒脱的人。这次他不敢吵闹，只为娶我本背着家里，若闹起来，被家里知道，反而于他不利，没法儿才卖人情把我舍了。”

伯英摇头道：“你不该这样说，不管他是出于本心还是无计奈何，反正人家算对得住我们，我们也得争气，再对得住他。”

素秋道：“怎样争气呢？”

伯英道：“也没别的，我既说过要你，就该及早结婚，叫他知道我们的结合，是由于爱情，不是由于淫欲。起初虽走邪路，终又归入正途。而且表示你的离他，原为着提高自己人格，争取自己幸福，如今已达到目的，正式做了人家妻室，对他毫无惭愧。”

素秋听了，觉得伯英这一挂倒劲，正是自己所希望的，就道：“这自然好极了，我盼的是什么呢？现在只听你一句话。”

伯英沉吟道：“结婚必要办的，不过里面还有一层困难。我一向因为怕你不快，所以没有提起。”

素秋以为又有什么问题，不由失惊问道：“什么事呢？”

伯英道：“就是母亲，咱们的事，固然早被她知道了，她因为我已经这样年岁，并且事情已然做出，也没怎样深说，不过只叮嘱我小心留神，不要惹出祸事。在她的意思，也许是看着我们这露水姻缘，不会长久，所以暂时放任。可是在前几天，我对她说起将来你要脱离尹家，便要嫁我。母亲听了就变了颜色，大不高兴地劝了我一顿。”

素秋道：“她说什么呢？”

伯英道：“她为爱惜儿子，又存着满心旧习惯，自然另有一种想头。她只要给我说一个老实家儿的姑娘，用花轿娶到家里。”

素秋接口道：“哦，自然嫌我出身太低，来路不正，这倒是实情。本来凭你这样人品，娶十个大家小姐也应该的。若弄我这样残花败柳当作夫人，在老人家看来，真是委屈煞了好儿子，那么这事……”

伯英摆手道：“关乎母亲那面的事，不必细研究，反正我已决定娶你，自然有法成功。现在想先叫母亲点头，实在不易，我们先把米做成熟饭，再对她说。那时她为着儿子，也只好承认你这儿媳了。”

素秋这时心里未免有些恨上李老太太，但表面还故意劝着伯英道：“母亲既不愿意，你又何必强扭，惹她生气？还不如且抛开结婚的话，或者就这么糊涂混下去。或者就依母亲主意，叫她赶快给你说个坐家姑娘，娶到家来，再封我做西宫，那样也算把事落平了。我只望和你永在一处，别的满不在乎。”

伯英摇头道：“这如何成？我一来为着爱你，二来为着姓尹的，无论如何总得把你安置到了好处。若依你的话，我不但良心下不去，而且算栽给姓尹的了。”说着沉吟许久。

素秋又道：“你又何必急在一时，先抛开这个，说些开心的，慢慢地打主意。”

伯英一拍膝盖道：“这事不能拖延了，我还没对你说，你记得在咱们说明心事那天的白日，我曾说假期将满，该回去给人家做事了。可是我为了舍不得你，满了假期并没有走，悄不声地写信去又续了一个月的假。现在续的假又满了，可不能再耽误，最迟月底就得走。”

素秋闻言心内一阵发冷，失声说道：“月底……月底不只剩三四天了？”

伯英道：“可不是？你想，我一走起码要半年，若不把你的事办妥，虚悬着成吗？”

素秋似乎恐怕伯英立刻要抛下自去跑了似的，一把拉住他道：“我的事办不办妥不妥，都不管，反正我不能离你。你就是和我结了婚，叫我住二十层大楼，雇一百人伺候，把我一个人留在这里也不成，我宁死也跟你走。”

伯英道：“我做事的元氏县，是很窄很小的地方，你去了要什么都没有，如何受得了？”

素秋道：“都没有啊？住人的房子有没有？那里的人不能在露天地住吧。”

伯英道：“房子自然有，不过……”

素秋接口道：“你别往下说，只有房子，我就能去。地方无论怎样穷，为什么你能受我就不能受呢？莫非我比你娇贵吗？”

伯英看着素秋，默然良久，忽一拍她的玉臂叫道：“你真的愿意跟我去吗？倘然如此，我就有办法了。我们先背着母亲到元氏县去在那里结婚，过半年一同回来，你看这样岂不是最简爽的办法？”

素秋道：“好自是好，只怕母亲还是……”

伯英道：“你就不必多虑，我保在咱们半年回来时候，母亲很高兴地承认你这媳妇。现在我看最好把尹先生和你已然断绝的事，暂且秘密。你立刻收拾箱笼包裹，预备起身。对母亲只说尹先生已看破你和我情形可疑，要你搬到别处居住，现在正在寻房，不日就将迁出。至于我呢，也装出对你恋恋不舍，又无可奈何的情形，却暗地托我一位朋友，假充是尹宅的人，把你接出去，送到元氏县去等我。”

素秋道：“为什么先托人把我送去，咱两人同去不好吗？”

伯英道：“咱们若一同走，只怕母亲看破形迹，要跟去破坏。而且还有种种不便，你依我这主意，没有错儿。我的朋友，定把你照应得很好。再说你多等上一天，我也就到了，绝不会叫你冷清。”

素秋此际对伯英热度正高，后望正长，虽以不得同行为憾，但结果仍依了他，于是就动手收拾行李。过了两天，便有个外乡口音的壮汉上门，自称是尹宅家人，奉少爷命接姨奶奶到新宅去。素秋看来人是个黑粗壮汉，和伯英所预告的相同，就放心大胆地随着他走了。出门直奔车站，那壮汉买了车票，一同上车，走了半天一夜，才下火车，又行了三四点钟的旱路。素秋只知元氏县仍在本省界内，却不晓如何远近，哪知已被带到山东境内，离故乡远有千里了。素秋因为深信伯英，所以毫无疑虑。她由伯英口中听说那壮汉名叫展天翼，是元氏县一个财主，和伯英是金兰之好，故而一路上对他甚为客气，称为展大哥。展天翼也显出一派正气，不苟言、不苟笑，好像是个志诚君子，而且处处避着嫌疑，又似非常有阅历的样儿。本来孤男寡女，一路同行，内中有一个居心不良，便容易生出是非。但这二人却是不然，素秋心中温存着伯英那样的玉貌郎君，又怎瞧得上粗蠢的展天翼？而展天翼又那么老实，自然不会发生事端。本可以称得起一路无话，只可惜这四字竟没得长久保持，到后半路渐渐生了问题。因为展天翼在车上非常规矩，及至到了一处城邑，下了火车，在车站上小饭肆内用了午饭，素秋初以为必是到目的地，也未询问。及至进饭肆吃饭，她才疑惑起来，便问既到了元氏县，何不进城到寓所去，怎还在城外打尖？展天翼一笑说道：“这里是元氏县的新县城，伯英做事的地方在旧县城，相离还有四五十里，坐大车得走半天呢。”素秋听了也不能不信。

饭后出了饭肆，见门外停着一辆双套大骡车，有赶车的在旁伺候，迎着展天翼叫东家。展天翼把行李搬上去，让素秋坐到车内，他自坐在车外，便背着城向茹郊大道长驱而行。素秋正向车外观望野景，忽展天翼回头笑道：“坐这车还是头一次，坐不惯吧？”

素秋应道：“还好，只是颠得厉害，这车是雇来的吗？”

展天翼笑道：“这样的车，上哪里雇去？除非财主家才有。像这样的车，我家养着十多辆呢。”

素秋因听伯英说过他是富人，也不介意。哪知展天翼又向车厢内凑了凑，含笑问道：“嫂子，你今年多么大了？”

素秋因已信他老实，这时虽觉他所问越礼，但只认为粗鲁人的愣话，就答道：“我二十一岁。”

展天翼摇头道：“我看嫂子真不像过二十的，最多也不过十七八，脸面多么嫩哪。”

素秋听着才有些不耐烦，淡然答道：“你看我十七八，就算我十七八。”

展天翼又道：“我只看你面貌细嫩，才说像十七八的。其实我倒不喜欢年岁小的，女子最好是二十多岁，正是一朵花开时候，又有趣，又懂事，又疼人。嫂子，你说是不是？”

素秋这才看出他情形大变，现出全副的邪气，明白以前的诚实全是出于假装，不由害怕起来。心想伯英真失了眼，把我托给这个坏人，如今千里迢迢，一身在外，只倚赖着他，还不能得罪，只有姑且忍耐敷衍，等到伯英到了再说。想着只答了声我不懂得，就把身儿往后躲避，眼望着车外，预备不再和他说话。哪知展天翼忽然伏在赶车的肩上说了两句，那赶车的本跨着车辕而坐，闻言就跳下车去，在地下行走。展天翼伸着双臂，打个呵欠，向后一仰，便倒入车厢。素秋见他直向自己身上倒下，急忙向旁躲避。但车内地方有限，展天翼就枕到她大腿之上，头儿已紧挨着腹部。

素秋急得拼命推他，口中叫道：“展大哥你这是怎了？”

展天翼妮声道：“我的好人，你知道我多么爱你。可怜这两天直要憋得闷坏了，好容易到了这儿，我可再忍不住。你别把我当作坏人，来，咱们说说心思话儿。”说着就去拉素秋的手。

素秋躲闪着道：“你好好儿怎么忽然疯了，这样胡闹？伯英怎样托付你来？等他一半天到了，你拿什么脸儿见他？”

展天翼哈哈大笑道：“伯英是谁？我就不知道世界上有这么个伯英。你别妄想吧，谁还来呀？只有你来了是真的，别人谁无故跑出一千多里地？现在你指望谁也是白费，只可指望我是正路儿。把实话都告诉你吧，你那丈夫姓尹的，早就讨厌你了。只因为你讹他，不敢打发，才使个坏招儿，约出李伯英来引诱你。李伯英这名字也是假的，不过我无须告诉你，等到你上了他圈套，自己情甘乐意地跟姓尹的善离了。他还怕你留在天津日后生事，又替你找主儿，给嫁到远方去，就寻到了我。我偷着相看你一次，很为中意，就给了姓尹的三千块钱，把你买过来。你不要骂姓尹的卖你，他并不为钱，把你这笔身价，原封儿送给李伯英做酬劳了。李伯英真是走运，共落了五六千，还白把你……”说着哈哈大笑了一阵，才又说道，“你不必气，也不必羞，过去的满不谈，我实在喜欢你，你跟着我，保管能受用一世。这地方不是什么元氏县，已经到了山东的南边，快到江苏地界了，前面再过三十里地，就是展家营，那是我的家。说起我呢，虽不敢称财主，总还有几十顷地，几间房，在本乡当着村正，劳力也小小有些，你嫁我不算辱没吧。不过丑话先说到头里，我可不能像李伯英哄你那样说法，把你娶做太太，因为我家里除大婆以外，还有三个小老婆，你只能算第五个。现在走在路上，没外人我才这么耐着性儿和你细说，你可要立时给我个回话。我明白你心里还挂记李伯英那小白脸儿，看不上我，这时在路上，我还容得你寻思，若一进我家的门，我可不能为你失了我的威严，对人们只能说一句话，或者说你是我新娶的小老婆，要不然就把你赏给我的家人。总而言之，你肯不肯嫁我，得在到家以前说定，你肯了自然没有话说。你若在路上撒娇泼痴不说准话，我一进家门，就把你给别人，那时你后悔也来不及。我的话说完了，信不信在你。”说着又坐起道，“你也许不是我的人，我先离你远些，这三四十里路，得走两三点钟，足够你寻思的，我下车走着，不再搅你。你若拿定主意，就叫我一声。可是倘若一进我的村口，你还没话，我就认定你不肯嫁我，也许立时给你另找主儿，那就算板上钉钉，万不能改了。”说完就跳下车去，在旁步行。

素秋听他说话虽觉离奇可疑，但把前后事情参合一想，再细想展天翼情形，便悟到此事并非虚构，自己确已受了尹李二人的骗，落到展天翼手中了。不由恨得牙痒，气得头晕。但想孑然一身，远行千里，又到了展天翼势力之内，待反抗又有何法？想着惊惧交并，几欲痛哭，但是事机已迫，展天翼的话不容不信。若依他的说法，不特尹公子、李伯英都成了隔世的人，更无重见之望，而且自己久居的天津，也千里迢迢，更难归去。现在前途命运，全操在展天翼手中，自己要在短时间内定夺，这可怎样是好？素秋此来本抱着美丽的梦想，预备长享艳福，却不料美梦宛然破碎，而落到奇怪可怕的境地。并且前途等待她的，是展天翼那样的粗蠢男子和枯寂难堪的村庄，这和她原来的希望真是天地悬殊。第一展天翼和李伯英相较，不知差了多少，才从李伯英的臂弯出来，要叫投入展天翼的怀抱，就好似正吃得顺口的珍馐，忽而改食树皮草根，真是件残酷的事。何况她原打算随伯英到外县，只预备忍受半年委屈，以后便仍回天津长享繁华。如今若嫁到这里就算终身拘禁，永无出路了。试想她如何甘心，但是她所极不愿意的事，还需及时自悟，若是时机一逝，连这样的希望，也没有了。展天翼自言是村正又是富户，财势还算兼全，在本地是头等人物。倘自己一误时机，他将我赠给他人，那人当然还不如他，后悔岂不晚了？想着心肠翻乱，既不甘坠落陷阱，但又恐失误时机，弄到更坏的结果。这样左思右想，终打不定主意。

展天翼随在车旁，忽前忽后，只不和她说话。走到日已平西，已见前面影影绰绰，现出浓浓郁郁的一座大村庄，途上行人和路边农夫，都对展天翼远远行礼招呼，样儿非常恭敬。素秋看在眼里，更知道他所言不假，确是个乡中绅富。正在这时，前面庄子已全貌俱现，遥见一带树木，掩映着路尽处的竹篱茅舍，才明白大路穿村而过，又见村旁一片水塘，园以疏柳，池中鹅鸭浮游，出入于茂密的荷叶之间。素秋在悲愁中，突见清景，眼光立觉爽畅，心中方想这地方竟也不坏。忽听旁边那赶车的喊了声道：“到了，这就进村口了。”素秋一听，好似得了最后的警告，立刻心中慌乱起来，一转眼珠，自己就认了命。轻轻伸首车厢之外，见展天翼还在车旁默然而行，就向他招了招手。展天翼一抬头，素秋自觉不好意思，缩回车厢之内，方才坐定，随见展天翼在车前露出头儿，跨上车辕，又和方才一样地倒入车厢。这时素秋却不躲了，由他倒在怀内，同时觉得车子越走越慢，最后竟停住了。

展天翼仰面望着素秋笑道：“我们这骡子倒也知趣，竟停住了，容咱们慢慢地谈。你必打算好了，到底怎么样呢？”

素秋脸上讪讪地低笑道：“你还问怎的？我到了这里，还有什么法儿不依你呢？”

展天翼猛然坐起，沉着脸儿道：“这样你是无计奈何才答应的。一世的事，从起头儿就这么委屈，我可不能娶你，常看你那愁眉苦脸，还是请别人享受吧。”

素秋一听，他倒讹上人了，也只强赔笑脸说道：“瞧你这……在这时候，可叫我怎么说呢？”

展天翼道：“这是关乎一世的事，不能含糊。我又是个实性人，听不出你那半吞半吐的话，你径直说吧。愿意嫁我就说愿意，不愿意尽管摇头，我要个清楚明白。”

素秋直是遇见了魔头，竟要问她个心服口服，丝毫不许闪转腾挪，但她又如何敢摇头呢？只可委屈着一颗心，奉承他一个媚眼，笑道：“人家谁说不愿意来？”

展天翼道：“这样你是愿意了？好，从此以后，你就是我的五号小老婆。记住了，可要安安定定地度日，这地方的风俗，不像别处，你同李伯英睡觉，本夫看见，居然作个揖道声偏劳，就自己让了。在这里可不成，这里无论大婆小婆，若和别人出了毛病，本夫就得切下奸夫淫妇的脑袋，用扁担挑着，上衙门投案。要不然街邻都会不依，谁肯容王八在村里住呢？这还说的常人，若在我的身份，遇到这种事，更容易办。不瞒你说，我原有个五号小婆，是从蚌埠置来的，只为今年春天她在后门口和一个货郎子鬼鬼祟祟，被人看见，告诉了我。我暗地留了神，又过几天，那货郎居然半夜里把她从墙头接出去，一同逃跑。我躲在旁边，看得清清楚楚，让他们走出一里多远，才去截住。进了树林里，我拿手枪逼着，叫那货郎亲手在地下刨了个坑，叫他亲手把五号小老婆推下坑，亲手把她埋了。我再一枪结果了那货郎，也埋在旁边。这就是我们这地方的风俗，你明白吗？”

素秋明白这是对自己的警告，无可回答，只有默然点头。展天翼道：“你明白就好，这就进村到我家了，你要规矩些，少说话，多磕头，记住这六个字。”

素秋听了，以为这句俗语，不过是一种譬喻的意思，叫人寡言尽礼而已，并非真要磕头。哪知展天翼驱车入村，到他家门外住下，素秋见是清水高大门楼，气象巍峨，果是富户模样，未下车就有许多仆人和长工拥出迎接主人。展天翼立刻变成有威可畏的样儿，昂然入门，素秋随着，经过很大的一道跨院，才入内宅。先进一间房里，展天翼把素秋交给一个上年纪的仆妇，吩咐数语，便自去了。那仆妇叫素秋稍候，自去取了一包衣服，请她立即换上。

素秋见衣服都是十多年前式样，长裙短袄，既肥且大，材料除了山东粗绸，便是德国厚缎，这种东西在素秋眼里，只见老年女仆穿过，自然不愿上身，便道：“我不用换，就穿原来这一身好了。”

那仆妇道：“主人吩咐，要你换上家常衣服，再见家里的人。你这露肉的衣服，多么难看，不怕人们笑话吗？”

素秋寻思半晌，知道既到了这不容时髦的地方，自己时髦不来了，只得把衣服换上。旧式衣服本是可以传代之物，譬如祖母是个干瘦老婆，她的旧衣传给大胖子的孙子穿着，还能宽绰有余，剪裁自然谈不到可体，更没要见过什么曲线美。素秋一看自己，宛然成了文明戏场上一个夸张过度的老旦角色，气得要哭，但又忍不住要笑，那老仆妇才告诉见人必须行礼，行礼必须叩头，叩头照例四个。

素秋无奈，只得随她出去，进了上房，见展天翼巍然上坐，旁边还有个和他年纪相等的妇人，便知必是大太太了。这时老仆妇权充了赞礼员，站在旁边，喊着素秋新衔名道：“五姨太给大爷行礼！”素秋只得跪在预先铺好蒲团上，叩了四个头站起，老仆妇又喊给大奶奶行礼，素秋跪下又是四个头。以为这一幕可以完了，哪知老仆妇不知根据哪一部新会典上的礼法，又叫她给大爷贺喜，给大奶奶贺喜，每人又是四个头。素秋叩完了，头已晕了。大奶奶发着怯腔侉调，说了一套教训白话。莫看庄农人家，礼法倒是讲究，尤其那老仆妇，更称得起是博闻多识的礼生，大奶奶的训词方一打住，她又推着素秋，令她谢奶奶的教训，跪下又四个头。素秋只在这间房里，已跪倒五次，叩首二十了。以后老仆妇又领她上各房去见礼，什么出了五服的老婶子，在娘家守节的老姑太，老祖父留下的老姨太，凡在宅内住的，叫得上名儿的，总有二十多个人，素秋都要每人四个头，不偏不向，便是先来的几位姨太，也以老姐身份，要劳素秋尽礼。在一点多钟内，素秋真变了磕头虫儿，脖子也酸了，膝盖也肿了，但见面礼儿却没得着一文，而且比她小辈儿的，虽也引见，但没一人给她叩头，只于作个大揖。素秋倒得施展用那老仆妇教的万福古礼，像肚子疼似，将手在肚上一高一下，摇揉不已。

好容易都谒见完毕，回到特为拨给她住的新房，那新房直是个古洞，陈设都是百余年前之物，黝然漆黑。只有一方糊纸的小窗，又被后面遮得不见天日，光线进不来，空气出不去，一种毒湿气，似在这房中拘留多年，积恨已久，一见人进去，就向鼻中冲锋攻击。素秋进去，好似进了地牢，上了那宽阔的大炕，自觉身上俱感深痛，不由哭泣起来。哭了半晌，也没个人进来瞧她，不但展天翼影儿不见，而且在这纳宠的好日子，也没有一点儿举动。直到日暮，才有个人送进一只洋油灯来，放在桌上，随后又送来晚饭，竟只一样腥冷的鱼羹、一样菜汤，和粗糙的大米饭，这就是对新人首夜的盛宴。最可怜新郎既不来，另外也没人陪伴，只叫她冷清清自己吃用。素秋思前想后，心中已被忧烦胀饱，哪能把这粗粝下咽？她自思在此环境，生不如死，自己本来打算，既已落到展天翼手中，逃不出去，无奈低头相从，但还指望他虽是乡农人家，却好财产富厚，他这人脑筋简单，容易笼络，自己只要抓住他的心，博得专房之宠，便不难把他家大权揽得过来，趁机攒些银钱，日后慢慢再看形势，一有机会，仍可逃回天津，享受繁华快乐。但现在一进他家里，才知道和她原来所料不同，不但家庭死气沉沉、阴风凛凛，而且守着极古板的规矩，没有丝毫自由。这种地方，若住上一年半载，不死也得发疯。仔细打算，除了逃跑，没有第二条生路。但是自己人地生疏，此处离铁路甚远，仓促间并无可逃之法，只有等着把地理询问明白，再得个帮助的人，或者能脱此苦境。但这也非朝夕可以成功的事，仍须熬忍时光，徐做打算，既然暂时无望脱离此境，自己又希望将来，不愿自杀，那也只可先设法把这恶劣的境地勉强改善，以求在短期中可以生活，不要把自己郁闷死了。这样还得由展天翼身上打算，把他笼络好了，再渐渐设法，破坏他家的这些倒霉规矩，好提高我的待遇。如今也说不得，只得委屈自己些了。素秋打定主意，只等展天翼进房安睡，便不惜自低自贱，施展媚术。把温柔乡中的阵式，都已暗地摆布好了。哪知等到半夜，灯中的油都已尽了，展天翼还不见来，走到门口向院中一看，各房全已暗无灯光，看情形展天翼必已在别的房中早睡下了。素秋想不到他把自己如此冷落，世上哪有新人进门，第一夜要空着房的？但空气得咬牙，也没办法，只得上炕自睡。打开被子，只觉沉重而又粗糙，细看才知里外都是粗布，素秋柔肌嫩肤，何尝接触过这等错齿似的被褥？但自己带来的行李，已不知被他们收在哪里，只得和衣睡倒，挨过一夜。

次日天方发亮，她睡了还没有三两点钟，已被外面的喧声惊醒。原来长工们已用着早饭，预备下地工作去了。人声喧闹，加以鸡噪狗叫、驴鸣马嘶，窗外又贴近一眼水井，轳辘的声音吱吱扭扭，吵得心慌。素秋习惯最需清静的酣睡时候，在乡中竟是工作开始的热闹辰光。素秋再睡不着，方披衣欲起，忽听外面有人捶门，继以高声喊叫，原来是展天翼声音，问素秋怎到这时还不起来。素秋听他来了，急忙下地，要放他入室，好施行原定的计划。哪知展天翼在外高声喊着警戒的话，说你既进家里，得守我的规矩，天黑就睡，天亮就起。若还想像在天津当窑姐儿的日子，那样随便可不成。我家不是窑子，用不着你夜里陪谁玩。今天让你一次，明天若再起在别人后头，我可要连被窝把你抛出来，别忘了你是末一号的小老婆呀。素秋听着，又气又怕，略一迟疑，按定了心神，再去开门，展天翼已走得没了影儿。

素秋自己落了半天泪，想要梳洗，房内又无家具，待向人索取又不知向谁交涉。怔了半晌，昨天赞礼的那位老仆妇来了，自称奉主人命令而来，要分派素秋做些活儿。素秋并没想到这一层，方才惊愕，老仆妇告诉她说，这一宅里人没一个坐着白吃饭的，主人还每天下地督着长工干活儿呢。大奶奶和姨奶奶，也都纺线织布，插班儿下厨做大锅饭，没一个闲着，你这样娇怯怯身体，虽干不了力气活儿，可是也得拣舒松的做。说着就取了几尺白布，剪成袜样，教她给展天翼和大奶奶每人做两双家常穿的布袜。素秋向未操过针黹，这时只得耐着烦儿，像强打鸭儿上架似的开始学习。那老仆妇仔细教导了一会儿，便自去了。素秋新学乍练，自己又哪里弄得上来？缝了又拆，拆了又缝，累得满头大汗，也没缝得成形。幸而借此解闷，糊里糊涂地混过一天。到了晚间，她心中想着展天翼也许昨日新归，要先应酬大太太一夜，今夜总可以到自己房里来了。哪知等到二更，仍自踪迹渺然，素秋更为纳闷。

翌日早晨，那老仆妇又来督察她的功课，见布仍是布，线仍是线，两物并未发生连络，竟喃喃地数说了一阵。素秋因为接触的只有她一个人，只得忍着气恨，施展米汤功夫，把她哄得高兴，渐渐发生了好感。素秋问知她姓王，就也假称本来姓王，又说自己在此举目无亲，要认她做个干娘，那老仆妇初还坚辞，但禁不住素秋开口就叫，也只得应了，但约定要瞒着主家。素秋和她有了这秘密关系，便慢慢述说心事，打听展家细情，又问展天翼不到自己房中的缘故。那老仆妇才告诉她说，展天翼向来不到姨奶奶房里，他自己有一间卧室，想叫哪一位姨太太侍寝，临时叫人传唤了去。他白天很少进内宅，姨奶奶们十天半月也难见他一面，若逢他出门，更许一年半载不知去向。素秋心想，这样自己岂不守了活寡？他又何必叫我担这空名儿？早知如此，还不如当时不允嫁他，他随便把我赠给别人，倒可以得个男子厮守。想着不胜悲苦，但还有一线希望，就是看着展天翼那几位姨太太，都是姿色平庸，神情呆板。因此寻思展天翼的淡视诸妾，就因为她们的不善逢迎，不谙媚术。自己倘有一夕被展天翼召唤侍寝，使出全体本领，叫他得到生平未有之乐，也许能够造成个新局面，把他迷恋得改变原来习惯，永远离不开我。

素秋真是可怜，在先她对展天翼原是委屈下嫁的，如今展天翼反高不可攀，成为她朝夕思慕的人。每到晚间，一听门外有人走动，便疑是来传唤自己的专使，忍不住向外张望。然而过了多日，展天翼也未传唤到她。素秋暗自留神，忽然发现她对面的东厢房，住着个名叫莲香的三姨奶奶，却有两次在黄昏过后，有个女仆由外院到她房中，随见莲香浓妆艳抹、喜笑颜开地和那女仆同向前院而去，直到次日清晨方见回房。便知这莲香是个得宠的人，所以常沾雨露，不由心中醋波泛溢，气苦非常。思想这莲香虽然生得平头整脸，还不难看，但比起自己来，却差得多，展天翼并非瞎子，何以不辨妍媸，使她独得恩宠，把我抛得这样冷清？她掬着满腹的嫉妒所生的冤苦，又郁郁过了数日。

这一日晚饭之后，又见那女仆由前院走来，进入莲香房中，稍迟便又走去。素秋料着莲香今夜又将得意，便注意偷观，果然不到一盏茶的工夫，莲香便满面春风，由房中走出，向外院而去。素秋忍不住溜出房外，跟在她身后，随到外院，见她进入北房去了。素秋怕人撞见，不敢再向前窥探，只得回来，自己闷坐如痴。过了很大工夫，才又茫然走出房外，见各房都已熄了灯火，只南面有扇高窗尚有灯光外射。她看了看，忽然想这面窗户，正是前院北房的后窗，莲香所入便是此室，当然是展天翼卧房了。立刻心中一动，看那窗户约有五尺多高，伸手勉可扳着窗沿，就回房中取出只小凳，放在窗下，悄悄登上去，用手蘸着唾沫，沾破窗纸，由孔中向内一看。窗内好像有什么魔法和吸力，她的眼光一经射入，再也收不回来，连带使身体也僵住了。这样过了半个时辰，她竟然纹丝不动，最后觉得腰脚酸软难支，还舍不得离开，竭力扳住窗棂。直到窗内灯光熄了，她才像一摊软泥似的，由凳上塌了下来，在地下坐了半天，才挪入房中，上炕便睡，至于是否真能睡着，那就只有她自己知道了。

到了次日，素秋起身梳洗，还神思昏昏的。那老仆妇来了，素秋便问她那三姨奶莲香的根底。老仆妇说，莲香是陕西凤翔府人，自幼随着父母，在江湖上跑马解卖艺为生。前四年到了徐州，正被展天翼遇见，看中了意，便想买她做妾，不惜多花银钱。哪知莲香的父母因为只守着一个女儿，舍不得分离，宁可不要银钱，定要嫁个养老女婿，好和女儿长久相守。展天翼自然情愿，就全答应了。当时把莲香娶到家中，随在村内拨了一所小房，给她的父母居住，又按月给费用。这老两口儿算享了老福，莲香也从一进门就得宠。莫说先来的二姨奶，再难近展天翼的身边，就是后来的四姨奶，也只在进门四五个月以后，才熬得到男人房里伺候了一夜。但从这一夜以后，就永远打在冷宫里了。近一年里，展天翼的寝室里除了莲香，就没第二人进去。

素秋听着，先是暗吐舌头，心想莲香原来是个跑马解的，怪不得昨夜见她床头枕上，种种惊心动目的情形，自己虽久在风尘，真是见所未见，闻所未闻。而且曾听人说，莲香原籍地方，女子生理都极特别。好色者谈起来，就好像老饕羡慕熊掌驼峰一样，叹为珍品。可见莲香内功外功，都是超群绝伦，所以能把展天翼迷到这样。自己只觉得是由大地方来的，见多识广，又自小儿在平康中学得柔媚功夫，曾迷倒若干男子。挟着这样能力，来到乡僻之地，和几个村姑争宠，当然稳操必胜之券。但又哪知僻巷出高酒，竟意外地遇见实力极强的劲敌呢？

想着心中已凉了半截，又问那老仆妇道："干娘，他既然只爱莲香一个，连别的姨奶奶都成了赘物儿？又何必千里迢迢把我弄来，放在这里受冷清呢？"

老仆妇道："这个我也不知道。不过这村里有两家财主，一家就是我们主人，另一家也是主人同族，名叫展鸿图。按辈分还是主人的侄儿，可是两人好像有势不两立的仇。这村里只有这两人最富，最有势力，时时刻刻都要暗斗。现在展天翼做着村长，展鸿图是村副，但展鸿图死不服气，常想推倒了展天翼，仇恨起来越深，两人谁都怕被谁压下去，一切的事，全都比着干。展天翼新置二顷地，展鸿图最少也要置两顷零几亩；展鸿图有十四牲口，展天翼也不会只有九匹；展鸿图有五个姨太太，展天翼也有五个，但是去年死了一个。"

素秋听着接说道："他弄我来，只为补空子呀？"

老仆妇道："我也不敢说。他若只为补空，在本地花二百块钱，就买个坐家女儿。又何必花那些钱，从远地方带你回来？"

素秋沉吟一会儿，又道："展天翼可常到天津去吗？"

老仆妇道："并不常去，他平常出门，多在近处，这次远奔天津，也为着展鸿图的缘故。你不知道他两人的仇恨有多么深，他们不但要自己做事抢上风，把别人压下去，并且总想叫别个倒运丢人，好给自己解恨。展天翼那个死鬼五姨奶，人很轻飘，她在世时，主人还没立下这么严的规矩，五姨奶偶尔站站门口或者上村外看看庄稼，被展鸿图看见，他本时刻都想破坏展天翼的事业，毁伤展天翼的名气。一见五姨奶可扰，就生了歹心。当时从外县寻了年轻力壮、面貌清秀的男子，暗地嘱咐了坏主意，教他来投到展天翼家来做长工。那长工心灵手巧，又会说话，很得展天翼的欢心，时常叫他出入内宅，做些轻松事儿。哪知这长工安着坏心，得便就向五姨奶勾引。五姨奶也是心里没有准儿，又加嫉妒莲香得宠，抱怨男人冷淡，所以不禁不由得就被长工勾引上了。两人来往了许多日，那长工就劝五姨奶和他一同逃跑。因为展鸿图的主意，就为着叫五姨奶随长工逃跑，这丑事张扬出去，展天翼见不得人，便不能出去和他争权了。但是五姨奶和长工将要逃走的前两天，展天翼竟知道了。可是他只知道长工和五姨奶的事，并不知道展鸿图的诡计，就打了主意，等五姨奶跑出去，他带人悄悄跟着，走近山前一座大树林里，才捉住他们，逼着长工亲手刨坑，把五姨奶埋了，才又把长工一样炮制。哪知在这时候展鸿图也早得了那长工的信儿，知道他在这夜带五姨奶逃出，就带人在村外藏着等候。据人说，展鸿图还想把五姨奶从长工手里夺过去，自己受用。这样叫人们都知道展天翼的五姨奶是被长工拐走，出尽丑名，实际他污辱展天翼的妾小，可以不担罪名。可是他实在是这意思不是，却没法说定。因为他迎到大树林外，正看见展天翼把男女两人都活埋了。展鸿图为避嫌疑，也不救那长工，只等展天翼把人埋完了，他才带两个人假装从远处跑来。进了树林，见着展天翼，就说有个村民，方才由树林外经过，看见人活埋人的事，跑去报告，他身为村副，不能不管，只可带人来查看。展天翼一见他来到，就知事情败落，只好说了实话，还低声下气地求展鸿图遮盖。展鸿图当时满口答应，两人就各自回家。幸而展天翼心眼灵活，走了先步，当夜就派出几个亲信的人，把树林里埋的两个尸首重新掘出，送到远处，用重物沉到河里，把树林中的痕迹消灭，提防展鸿图告发。果然到了次日，村里就沸沸腾腾，传说展天翼的姨奶被长工拐跑，这自然是展鸿图故意传出来的，他因为不肯和展天翼明做仇人，所以只暗地里敢放流言，先宣扬了这件丑事，接着才放出一对男女被杀的消息，隐隐指出尸首在树林里，他想叫别人发现了尸首，自然就牵连到展天翼身上。哪知当地地保闻知此事，认为发财机会到了，就跑到那树林寻觅尸骨，结果翻遍林中，也不见影儿。展鸿图才知道展天翼已移尸灭迹，只有后悔自己疏忽，失去千载一时的机会。但他虽没法害展天翼吃人命官司，却有法张扬丑事，叫人编成曲儿，沿街走唱。又在展天翼家左近满墙贴没头帖子，上面尽是五姨偷汉的事，写得别提多么难看。展天翼闷在家中，耳目还是不得清静，才远远跑了趟天津，去了半年多，方才回家。现在这村中已全是展鸿图的天下，展天翼虽应名是村长，遇一点儿事也不敢问了。”

素秋听了，才明白展天翼现时也处在逆境，受着旁人的欺压。但对于他所以把自己由天津弄来而又如此冷待，是什么道理，仍然莫名其妙。由此素秋照样在这寂寞光阴中，度着凄凉岁月，每日只有刻板的生活，供她消遣。

除了逢到莲香到前院侍寝的日子，她便由后窗中窥视，在她好像能得一种精神上的刺激，但是日久之后，她的精神和生理上，都起了变化。当她在风尘中时，所接触的男子太多，就如一个人有着吃不尽的食粮，便不知饥饿的痛苦和饱腹的快乐，因而把食粮的需要看得轻漠了。如今到了枵腹的时候，越受饥饿，食欲越发旺盛。然而既没有食粮，还要常旁观他人的大嚼狂咽，使她的食欲更到了燃烧点。素秋于是就在身上种下病根，得了思想男子的狂病，直如回到少女的青春期间，情欲勃发，梦寐不离男性。但少女是胆怯的，一经自行抑制，便可免却危险，素秋却是久经沧海，越抑制越要奔放。但她深禁在内宅之中，展天翼既不见面，又没有旁人可以追求，结果仍须自行抑制。于是她痛苦之深，只有自己知道了。

一转瞬间年光如驶，素秋是秋间来的，渐渐到了年底。乡间重视过年大典，自有一番忙碌。素秋除却得了两件绸子衣服以外，仍无丝毫慰情之事。一入新正，又得了个烦恼消息，展天翼要到上海去游玩数月，只带莲香一人做伴。素秋知道了，自然又妒又气，但因到不了展天翼面前，绝没有争宠之望，只得任其自然。过几日展天翼果和莲香走了，渐渐春暖昼长，家中长工都下地做活儿，分外显得清静，素秋更感寂寞。所好展天翼一走，他的太太名为家主，却常坐在房中，吃斋念佛，不去管事。家中规矩渐渐松了下来，姨奶们上门口卖卖单儿，或者到村外走走，也没人拦阻。素秋起初还不敢放肆，以后看人学样，也大了胆子，一觉闷倦，便和她那认了干娘的老仆妇，出门散逛。

这一日过了清明，天气极好。她在午饭以后，又和老仆妇出村闲游，在溪边看了会儿打鱼的。忽见远远地有一片树木，笼罩着纷霞之色，便问那是什么，老仆妇告诉那是一片桃林，正在盛开，素秋便定要去看看。老仆妇道："那边可不好去，因为桃林之后的那片松林便是展鸿图的坟地。"

素秋道："我们又不到他的坟地去，怕些什么？只在桃林外面看看就回来。"

老仆妇也没再说，便和她抄着小路，由人家田塍间穿过，奔到那桃林之前。只见花光璀璨，在日光照映下，反成一林白玉之色，只近处才微现粉红。素秋久处城市，偶然见过也不过公园中的一株两株，向未见这无限春光。不由欢畅忘形，和老仆妇说笑。便穿入林中，踏着脚下落英，看着飞舞的争香蜂蝶，不觉走到林子的另一端。忽然见树隙露着一块空地，地上有一块长形的石案，隐约见三两人坐在那石案上喝酒。素秋心中一惊，还没容得细看，猛觉臂儿被人拉住，向外强曳而行。及至素秋看见是老仆妇拉着自己，已跑出好几步。

素秋忙问："你跑什么?"

老仆妇仓皇说道："你没看见展鸿图在那里坐着？我们快走，别惹是非。"

素秋素闻她提起展鸿图，以为是个极端凶恶的人，这时自也惊慌，随着老仆妇急忙奔跑。哪知跑得太慌，没顾看脚下，竟被一个业经斩断的树根绊倒，因为跑得急，这一下竟跌得不轻。老仆妇止步，方要扶她，不料后面过来一人，把老仆妇推开，自伸手握住素秋的胁上，轻轻将她扶起。素秋觉得胸前膝际都极痛楚，不由呻吟着，娇躯踉跄欲倒，那扶起她的人便又将她抱住。素秋这时抬头看见老仆妇立在旁边，才明白抱住自己的并不是她，急忙回头，猛见身后立着一人，正将自己抱在怀内。这人年约三十多岁，身体魁梧，面如银盆，眉目爽朗，下颊有一颗黑痣，痣上还生一丛毛儿。身上穿着灰色春绸的短夹袄裤，脚下丝袜缎鞋，这个夹袄钉着三个口袋，最上的小口袋里，露出小指粗的金表链，直达到第二个纽的上面，手上还戴着很大的金戒指。素秋心中一怔，直对自己现在所处的地方有些迷离。因为她自来这庄村之内，所见的男子尽是村农，展天翼也是老丑朴陋，如今突然见着这个男子，虽非翩翩美少，然而在这地方已是新发现。而且装束派头，又完全合于素秋的眼光，就如她在天津所常见的漂亮商人一样。因为在此地未见过这样人，这时又当惊魂未定几乎自疑是回到天津了。她对那人看了两眼，那人也对她端详，目光中突现爱慕之意，素秋觉得他的手把自己的肢窝握得更紧，有些发痒，不由脸上微红，忙要脱开。这时那人似乎还怕她站立不稳，仍将手从虚拢着，及见素秋走出一步，自己站住，才把手垂下。老仆妇忙赶过扶住素秋，素秋向她面上一看，只见老仆妇颜色苍白，身体抖战，嘴唇不住颤动，好像要向自己说话，又不敢说。可是她的畏怯眼光，不住向自己身后偷看。

正在这时，忽听身后那人发话道："这一下跌得不轻，何必忙走，先坐下歇歇吧。"

素秋闻言，先看看老仆妇，想要征求她的意见。老仆妇似乎被素秋身后射过来的眼光震慑住了，不敢做一点儿表示。素秋只得回过脸儿，见那男子正向自己含笑望着，似乎听候命令。本来人的目光有传达心事的机能，女子的心思，变化最快，所以目光的表现，也最敏锐。素秋方才在一瞥间一瞧看那男子，脑中已留下一个如逢故人的印象。这时一见他容颜温蔼，意致殷勤，不由在这一刹那，勾起了自己多日蕴藏的心思。同时因为那男子对她笑，她不好不报以一笑，但这一笑中，她的眼光是发动了什么含蕴，泄露了什么秘密，大约她也觉察不出。但那男子当素秋嫣然转盼的当儿，竟而眼珠一亮，双肩一耸，好似心中有所触发，立时又重述前言道："你歇歇儿可好？"说着回手向树后的石案一指。

素秋此际未见得不愿承受他的好意，但碍着老仆妇在旁，只得笑应道："谢谢，我并没跌重。"

素秋说着挽了老仆妇，就要回身走去。那男子并没拦阻，只说了声慢慢走，又叮嘱老仆妇道："好生扶着你们主人。"

老仆妇似乎喉咙干涩，哑声答应着，但神情十分匆遽，好像恨不得立时拉素秋奔出林外。可是在那男子视线之下，还不敢露出奔逃的形迹。素秋却满心里都觉慌乱不安，走出十数步将由一丛密树转过，她知道一转丛树的另一面，就要看不见那男子了，就在这动念的一霎，不由自主地回过头去，只见那男子还立在原处，双手抱肩，向这边遥望。见素秋回头，就含笑点头。素秋不由又笑了一笑，随即转过树丛。

老仆妇忽放快了脚步，拉着素秋道："快走吧，差点儿吓死我，你知道男子是谁？他正是咱家的死对头展鸿图，这回没闹出事来，真是运气。要不然我怎么担得起呀。"

素秋听了，倒不觉惊异，只向她问道："原来他就是展鸿图，先前听你把他说得那么凶。今儿遇见，才知道也是个平常人，他很和气的啊。"

老仆妇道："我只知道他跟主人是对头儿，所以见了他就害怕。"

素秋笑道："你别跑吧，他跟展天翼有仇总不会寻到我们女人身上。"

老仆妇道："我也知道他不会把我怎样，可是他万一对你啰唣，闹出什么事来，将来主人知道是我领你出村，才和展鸿图遇见，那还不要了我的老命啊？"

素秋道："我们回去，不提这事，谁也不知道。"

说着又回头望望，只见已离这桃林有五六丈远，这时天上恰有一片薄云遮住日尖，那树林桃花忽变成素白颜色，不似日光下的粉霞明艳，好像方才是裸体美人，现露着肉光致致的玉肩，现在忽蒙上了一层冰壳轻纱。素秋又不觉忘形，立着呆望，迟迟未忍举步。哪知就在这个当儿，就见由树林中走出一人，向自己这边慢慢走来，初疑是展鸿图，方一吃惊，再看来人身材短小，嘴上还有两撇小胡，穿着只盖上屁股的长衫，原来是个干瘦的小老头儿。素秋方才放心，就和老仆妇转身而行。这时已没了游逛的兴致，一直向村口走，想要回家。及至走到村口，素秋无意中又一回头，只见那小老头儿仍远远跟在后面，不由诧异，悄悄告诉了老仆妇。老仆妇回头看看，便说来者是本村游手的无赖汉，向来给展鸿图做狗腿的，他来绝无好事。素秋也有些害怕，急忙前行，奔到家中，方才舒了口气。老仆妇念佛不已，说今日幸而未出什么事，总算平安到家了，不敢再领姨奶们出门。素秋又和她谈论了一会儿，约定保守秘密，永不要把今日遇见展鸿图的事，告诉他人，以免展天翼知道了不依。说完也就把这事揭过去了，素秋从此不再出门。

一晃又过了五六日，这一天早晨，素秋才吃过饭，老仆妇忽然走入坐在炕上，掀起大衫儿的底襟当扇子扇动，素秋见了问道："现在天还不算太热，你怎么满脸大汗，干什么去了？"

老仆妇道："我从早儿上邻村去看望姨侄女儿，哪知她们一家都上山烧香去了，我扑了空又走回来。累得本就够受，谁知道上又受了气。"

素秋道："你在道上受谁的气呢？"

老仆妇似乎没听见她的话，反向她道："你猜我在道上遇见了谁？"

素秋道："我又不认得村里的人，怎能猜着？"

老仆妇道："你认识，他就是展鸿图。"

素秋心中一跳，却淡淡地问道："怎样，展鸿图欺侮你了？"

老仆妇摇头道："不是欺侮，可比欺侮还可气。"

素秋不解道："什么事呢？你这样年纪，他还会怎样？"

老仆妇只是摇头不语，素秋问了半天，老仆妇才做出无可奈何的样儿道："他真是畜类。在道上拦住我，只打听你的事。我不理他，他又拿出洋钱给我，我拼死不收，他强塞在我袖子里，又说了好些混账话，你说可气不可气呢？"

素秋听了她这太简略而又没果的话，已经把脸红了，半晌才沉住了气。老仆妇却只嘘嘘喘气，似乎愤恨不已。素秋对这件事，满可以不向下问，但她心中本存着个展鸿图的影子，此际好似活动起来，使她不能恝然把这事放下，但又不好开口，最后才仿着老仆妇的口吻，把展鸿图骂了几句，继续问下去道：“他到底说什么混账话来？”

老仆妇看看素秋，面色渐转和平，说道：“他说从上次在桃林看见了你就爱得不了，打算和你见个面儿，说说他的心事。”

素秋呸了声道：“我把他个不得好死的，谁认得他？见的什么面？谈的什么心？别做娘的春梦吧。”

老仆妇道：“是啊，这就够气煞个人的。他还有混账话，许着给我二百块钱，他哪知咱们是干娘干女，我就是爱钱，也不能卖你呀。”

素秋道：“你方才不是说他塞给你钱，是二百块吗？”

老仆妇道：“二百是许着事后谢我的。塞到我袖里的钱，我本要抛还他，无奈被他拉住我的袖子，以后我又气昏了，直到他走后，我才想起袖里的钱，再还也来不及，谁又知道是多少呀？”

说着把袖子一抖，由袖口内落下一堆白花花的现洋，约有三四十元。素秋看看洋钱，又望望那老仆妇，并不言语。老仆妇指着钱道：“这怎么办？我宁死了不能收，可是又不能给他送回。主人有话，不论上下，凡是咱家的人，只一跟展鸿图家里人说句话，就要打死，更别说登他的门儿了。”

素秋淡淡地道：“这事我可不能管。他给你的钱，收不收在你，送回不送回也在你。”

老仆妇道：“我万不能收，只可带在腰里儿时遇见他，就原物交还。”

素秋听了，更不答言，心想这老仆妇明是贪图了展鸿图贿赂，帮他谋我，却这样做作来试探我的意思，我只不动声色，看你们以后还有甚样举动。

由此又过了两三日，一天老仆妇又匆匆跑来报告，言说她方才在门口站立，有个村中看牛的小童，言说村外来了群打花鼓的，我就随他去看。哪知村外并没有什么热闹，只有个展鸿图在河边等我。一见面，就问他托我的事怎么样了。恰巧我没把钱带在身上，只可告诉他说，我们五姨奶是个好人，绝不肯做没廉耻的事，你趁早断了念头。展鸿图好似没听见，又拿出一包首饰，叫我送给五姨奶。我自然不肯收，他丢下就走了。我看那首饰十分贵重，又不敢丢下不管，只得拿了回来。这可怎么办呢？说着就把手里的包儿打开，里面一只小匣，绷着一副镶翠的金镯和两枚宝石戒指。素秋看了，只绷着脸儿看那老仆妇，老仆妇也直着眼光看她，二人各有心思，都不肯径直说破，只于对怔着。

半晌老仆妇才说道：“可惜这时主人不在家，若是在家，我拼着老命也要对他实说，好表表我的心。可是现在若是对大太太一说，她准保一点法儿没有，反倒闹得人人知道，把你我牵在里面。到主人回来还许听别人的话，把咱们都冤枉了呢。”

素秋故作埋怨她道：“都是你这老张狂惹的祸，在家里待不住，总向外跑，才惹出这种事来。六十多岁的人，还爱看个打花鼓儿。”

老仆妇道：“你别只怨我，起头儿若不是你到桃林去玩，被展鸿图看见，他就是做梦也不会想到你啊。”

素秋道：“不必说这个，先想法儿处置这首饰。反正我不能收，你自己带来，还得你自己消灭。拿去还他，或是丢到河里，要不然你自己留着，我都不管。”

老仆妇笑道：“你真说得轻松，我倒想留着，可是展鸿图不得饶啊。”

素秋道：“这事只你我两人知道，你就留起来，有谁告诉他？”

老仆妇道：“没人告诉，他会问你呀。”

素秋愕然道：“我不见他，他怎能问我？”

老仆妇道：“你怎能保定不见他？也许今天他就见着你。”

素秋更诧异道：“什么话，他见我？上哪里见我？”

老仆妇道：“也许就是这房里。展鸿图还有句话，我没告诉你，他交给首饰的时候，对我说道，他既爱上了五姨奶，就非得到手不可。也不用别人帮忙，你先把见面礼带去，我自有见她面的法儿。”

素秋听了大惊道：“这是什么意思？”

老仆妇道：“我也不知道，他这么说，我听来就告诉你。”

素秋暗想：展鸿图莫非真安了什么决心，一定要图谋我？也许他已有了布置，想把我弄到他家里去，只是我不出门，他还能进来抢人吗？素秋本是个风尘漂泊之身，向来不懂什么廉耻志节，只图身体享受。如今表面嫁与展天翼为妻，实际并未有丝毫夫妇情分。而况寂处半年，受尽痛苦，每见个乡农笨汉，就难免动心，突然有展鸿图那样壮硕华贵的男子，来追求她，岂有不愿意的？虽然不好明对老仆妇说，但她已知道老仆妇早受了展鸿图收买，自己只要点首，此事就算水到渠成了。但在心中终有一种顾虑，因为曾听说展鸿图和展天翼仇深似海，向来互逞阴谋，互相陷害。展天翼以前那位五姨奶，就是间接被展鸿图弄得身败名裂的。如今展鸿图又来向自己进攻，莫非他仍隐有计谋，要借着自己再害展天翼一下？倘果如此，这桩事可万做不得。

不过展鸿图若是动机简单，只为和展天翼有仇，故而图谋他的妾小，自己倒可勉从。因为展天翼并未把我看重，我又何苦为他守贞呢？

素秋踌躇着半晌不语，老仆妇仍问她要切实办法。素秋只叫她把首饰给展鸿图送回去，老仆妇却愁眉苦脸地说没法送还，素秋道："我不管你送不送，反正得拿出去。"

老仆妇道："拿出去放在哪里呢？我房里还有好几个人，乱杂极了。不要说把东西弄丢，就只被人看见，一问起来，咱们的事不全露了？你就是本心无愧，也怕好说不好听啊。"

素秋本也有些爱那首饰，经老仆妇一央求，也就答应替她暂且收存，但不肯吐口实际接受。老仆妇见已达到目的，也不再向下深说，托件事情，便出去了。

素秋自己可犯了思索，第一猜测展鸿图实际是何居心，第二猜想他所说自有见面法儿。由白天沉吟到晚上，还是不得主意。晚饭之后，素秋久已随乡入乡，习惯了早睡，因为熬夜没人陪伴，反显得寂寞更长，还不如一枕蒙腾，去寻黑甜滋味。而且每日一早便被吵起，入夜自然倦乏思眠。这日素秋还因心中有事，睡得比往日较晚，但外面响了初更，她已到了炕上，摊衾而卧，未及二更，便蒙眬入梦。在乡下多是熄灯而睡，素秋因为独宿胆小，向来夜不熄灯。但怕家主说话，把油灯的火儿捻得极小。

她睡了不大工夫，忽然听神经受了警报，不由惊醒。心中迷迷糊糊的，张目看房中阴阴沉沉，灯上残光仅足辨物。怔了一怔，隐约中意识到自己好像听到什么声音才惊醒的。就静静地躺着，倾耳听察。就在这个当儿，只闻有很微细的吱扭声发于近处，她吓得出了一身冷汗。再细听那声音，原来发于门上。素秋的头距离房门不过一尺远近，她由枕上抬起头，悄悄一望，才见门隙中由外面探进一柄小刀，在轻轻拨那门上横闩。素秋更是害怕，以为来了贼人，便想喊叫，但脑中忽而一转如有所悟，立时闭住嘴，大着胆子，悄悄爬起，先探头向门上望望，见那横闩插入门孔，约有七八寸，外面探入的刀，因为门隙甚狭，转动不便，这半天才拨回寸许，看情形还得很大时候，方能拨得那横闩离了孔，就放心轻轻跳足下地。前面的窗户，本放着半截粗蓝布窗帘，她溜到窗前，把窗帘揭起一角，由窗纸破孔向外一看，只见天上淡月朦胧，照得院中颇为明亮，但由窗孔看出去，只能看个直线，房门却在窗的旁边，自然不能看见。所好门外的人，并不仅守在门外，似乎因为许多时尚未把门拨开，有些着急。先是一阵叽叽喳喳的说话，素秋便知道外面最少有两个人。继而有一人忽将上身落入素秋视线之内，原来是那位干娘老仆妇。素秋立把惧怕减却一半，连带也明白另一人是谁了。就不向外再看，悄悄缩回身，看那门上横闩，已被拨开多半，只剩二寸许，便要离孔而落。她无端地面上生出笑容，轻轻伸手过去，将闩又向孔中拉入三四寸长，这一下使门外人白费了十几分钟的工作，但外面却是毫不知觉。素秋笑着，又上了炕，盖好被子，静悄悄地躺着，眼光只注定门上的闩。那门外伸进的小刀，仍在拨动不已。过了一会儿，忽然停了，刀子也缩出去。素秋心想莫非门外的人因此门久拨不开，业已失望，要放弃原来的计划吗？怎样自己方才拨回门闩，竟不是和门外人玩笑，将成为自己的恨事了。但他既半夜三更冒险受累地来了，又怎肯轻易回去？想着果见那小刀又重由门隙伸入，摇动起来。素秋便明白门外人若非用力过久，休息一下，便是因为此门久未拨开，有些纳闷，故而稍停向老仆妇询问。这时刀子动得特别快了，不大工夫，已见横闩留在孔中的部分，仅余数分。素秋知道那人就要进来，急忙闭上了眼，轻轻发出鼾声，装作睡熟。就在这个当儿，横闩已经落了，坠到地下，但因一端被墙上的绳系着，所以声音不大。随闻门儿一启，外面先有个人向里面探头，便自走入。素秋合目微觑，见先进来的是那老仆妇，到炕边向自己望望，然后举手向外一招，门外又进来一人，果然不出所料，正是那展鸿图。他只穿着小夹裤袄，十分利落。进来看看素秋，就摆手叫老仆妇出去，老仆妇应命如响，立即转身走出，展鸿图便关了门。

素秋知道到了紧关节要的时候，房里只有自己和展鸿图，老仆妇必在窗外听声儿，展鸿图必然立刻向自己进攻。自己若只半推半就地轻易从了他，被老仆妇听着也不好意思；但若过于装作，便要折磨展鸿图，又非自己所愿，这倒煞费斟酌了。想着果见展鸿图在炕前站了一站，便脱鞋子，跳到炕上。素秋心想他这是做什么，竟不先打我个知字，就跑到炕上来了？哪知展鸿图作风真是特别，跳到炕上，又坐近素秋身旁，便徐徐地解带宽衣，那神情十分暇豫，毫无顾忌，直像在他自己妻妾房中做照例的眠息。素秋偷瞧着心里纳闷，暗想你这是什么路数，不问好了主人，就来寻宿儿，知道我留你不留呢？但看他这情形，好像十拿九稳，只要他来，我绝没有问题似的，未免太轻视了，这倒是逼我多折磨你会儿。想着哪知展鸿图连袜子都脱了，只剩里面贴体小衣，才低头看着素秋的脸儿。素秋心想他定是要唤醒自己，开始交涉了，不由也觉有些心跳，把眼更闭紧了，只等他推撼，再装初醒。哪知等了一会儿不闻声息，不见摇撼，倒只觉身上的被子被揭开了。在这春天，南方天气又暖，素秋只盖着薄被，而且没卷成被筒，散盖着。再说她又装着睡沉，无法抢救，于是被一揭开，转瞬间展鸿图便和她共枕同衾，并肩贴股了。素秋心下不由有些慌乱，暗骂展鸿图太不客气，竟这么直入公堂，但他这直接办法，倒是聪明，先入据形胜之地，便省了许多周折。只倒使我难于应付，反不如方才不醒，听其自然了。如今醒着忍到这时，再装作醒，也不得劲儿。若是把睡遮住羞脸，信他所为，又怕他从此把我看轻易了。想着忽觉展鸿图伸臂展腿，已向自己身上侵犯过来。素秋再忍不住，就把身体机灵地一动，猛然睁开眼，向展鸿图一看，装作大吃一惊。忙把手推开他的臂儿，霍地坐了起来。哪知展鸿图手脚更快，并不容她坐起，再伸臂向她肋下一揽，素秋才坐起半身，立又跌倒，反扑到他怀中。

素秋这时可不能不叫了，但叫的声音，都低得传不出窗外，挣扎着道："你是谁，跑到我房里来？我要叫了。"

展鸿图更不理会，倒抱紧了她。素秋叫道："你这人，敢啰唣我，还不快走。"说着仰起头来道，"你再不走，我真叫了。"说时就提高声音叫道："我房——"

才叫出这两个字，展鸿图已按着她的玉颈抬起自己的头儿，接了一个吻，笑道："你尽管叫，我只不松开你。你叫来了人，看着咱们这好样儿。"

素秋本已思慕男子儿成狂疾，此际忽入壮男怀抱之内，早已心摇口噤，通体酥融，哪还有矜持的力量？而且她也不想再矜持了，不过在这时还没个下梯儿，只得仍强支着说道："你是谁，我和你无冤无仇，何苦这样害我？"

展鸿图道："你还明知故问，我爱你不是一天，见面礼儿已经送过来了。"

素秋才装作醒悟道："哦，你是展……我那位干娘和我说过。可是我曾告诉她说，我万不能应你。劝你死了这份心，难道她没传给你吗？再说你家里有妻有妾，何苦来毁害我？"

展鸿图道："我又不是三岁小孩儿，为什么听你那种话？你就是满心愿跟我要好，也不会对别人明说，自然要有那一套假正经。再说我不只爱你，还可怜你。我听你那干妈说，你自从到展天翼家来，还没跟他同过房。这样守活寡，岂不是缺德？我今儿来，一则要偿我的心愿，二则要跟你商量长久之计。你去打听，我展鸿图除了跟展天翼有仇，什么毒招儿都使得出来，可是我对别人敢说有良心、有情义。这次我心里真没把你当作展天翼的亲人，只看你是被他害了的苦人儿，打算救你出去。咱们商量好了，过几天带你往徐州一走，在那儿赁所房子，就算我的外宅。我一年有八个月在那边，敢保不会冷落你。莫说展天翼不会察觉，便是闹明了，他也没奈我何，你不必再假惺惺，只说这主意好吗?”

素秋这时已不挣扎了，将肘儿斜支炕上，手儿托着腮边，静静地听完，就向他溜了一眼道：“你的话我不敢信，因为我听人说过，展天翼以先那位五姨奶，就是你给料理死的。现在莫非又打算到我身上，想借着我再毁展天翼一下吗?”

展鸿图闻言向她点点头，直应道：“你说以前那个五姨奶，的确是我害的。不过我本心却早想她的人，并不是要她的命，只苦事情弄漏了，我措手不及，展天翼已把她活埋，那又有什么法儿呢？我不瞒你，当初我图谋那五姨奶，实在安着叫展天翼丢丑的心，所以叫长工拐她跑。现在我对你可绝没别的意思，只是爱你的人，不管你是展家姨奶，便是别家的姑娘，我也要巴结到手，你明白了？现在幸而展天翼不在家，过几天我在城里赁好房子，就把你带了去。你若怕有什么危险，我可以把地址先告诉你，你自己从家里寻机会逃出去，到那里寻我。”

素秋听到这里，倒不作声了，只怔怔地望展鸿图，头儿似摇非摇，脸上似笑非笑。展鸿图又道：“你若还不信我，我敢赌咒，倘若不是真心爱你，或者对你另存着别的心，老天叫我今夜不离地方，就死在你的眼前。”

素秋不等他说完，忽将腰一扭，将头一侧，整个身体都投入他的怀里。因为这时已经心输意肯，自不愿他赌这样丧气的咒。但在初次相交，神光离合之际，又不好做出十分有情有义的样儿，拦他说话。于是就装作托腮的手因无力而失了支持之力，头儿一歪，身体随之倾侧，这样她的头儿正压到展鸿图脸上，她的粉颊也恰堵住展鸿图的嘴儿。展鸿图知道大功成就，忙张手接受她的腰肢。素秋嘤咛一声，全身骨节全都解严，眼儿一闭，已预备自己蔽听塞明，把善后事宜全交给展鸿图全权办理了。

哪知正在这时，忽听门际吱扭一声，立刻有凉风由外面吹入。素秋恰巧面向门际，张眼一看，只见房门被人由外面踹开，推到一旁。随见由门外跳进一个大汉，手内拿着明晃晃的刀，正是展天翼。他后面还有个拿刀女子，却是三姨奶莲香。素秋吓得要叫，却没叫出来，展鸿图也已回头看见，叫声不好，忙要从素秋身上滚向床里。哪知展天翼已扑过来，将刀尖向下用力一扎，恰由展鸿图左肩窝刺入，把他钉在炕上。

展鸿图哎呀一声，莲香已把刀放在他颈上道："你一出声，脑袋就跟身子分家。"

展鸿图爬着咬牙说道："你们这是安排诡计，故意骗我来啊？我既落到你手里，打算怎样，赶快给我个痛快。"

展天翼哈哈笑道："自从我受了你的欺压，一年多不能抬头，直忍到今日，可得着你的机会了。你现在我姨太太房中被我捉着，这不恰好是一件双头案官司？我切下你们两个的脑袋，进城一报案，料想没有抵偿的罪过。就是判几年监禁，我拼出花点家私，上下一打点，有几个月就出来了。我说老贤侄，我从早就想有这一天，亲手弄死你。这次费了不少心机，从上月你只当我到上海去了，其实我根本没离这村子，就住在她的娘家。"说着向莲香一指，又道，"我也不容易，直隐藏四五十天，一个人也不能见，只在房里闷着。可是到底如了我的心愿，也不枉了。"

展鸿图听了叫道："少说这没用的话，要杀我随便，我一点儿也不怕。何况还饶上个姨奶奶陪着我，更是个乐儿。不过告诉你一句话，现在不是那老年头儿，你当着捉奸杀人没有大罪，现在不管双头案单头案，都是照样抵命，不信你就试试。"

展天翼大笑道："是吗？这样说我的主意打错了，本来这双头案的事情，本夫都只想杀奸夫，对自己老婆，多少有些舍不得。不过因为自己脱罪，不得不一同杀掉罢了。现在你既点醒了，我知道双头也是抵偿，我又何苦杀她？如今把素秋先抛开，且算咱俩的账。"

素秋自展天翼持刀进门，已惊得魂飞魄散，以后又听他说要干件双头案，自恐性命难保，待向展天翼央告，又见展鸿图已被钉在炕上，莲香又拿着刀放在他头上，便不敢再出声。及至听展鸿图说出双头案也得偿命的话，展天翼倒笑起来，声言本不愿杀自己，只要和展鸿图算账，这一下倒更觉得迷惑，不知展天翼是否实话，自己是否可邀赦典，就仍缩作一团，战战兢兢地听着。

这时展天翼叫道："老贤侄，我们几十年的冤仇，今天居然算了总账，真是痛快事。我并不傻，方才说的话，是逗你的。莫说我不干双头案，就是干也要干个严密，绝不经官，我杀了你，悄不声地一埋，当夜我和莲香一走，这回可真是走上海了。在那里住上一年半载再说。这村里的人，除了莲香父母，和这屋里几个，谁也不知我在村里藏到今天，都当我从正月就在上海了。明白发现你失了踪，人们都想我在千百八里以外，万不疑心，这一案没个破露。就是你的阴魂有灵，能上包老爷台前告状，把这案弄破了，那也是日后的事。反正我万不投官自首，找着给你抵偿去。”说着又大笑一阵道，“老贤侄，我并不一定要弄死你。今天咱们只是算账，这账若算清了，还许从此化仇为友，倒合起手来呢。不过还得仔细商量，这房里不方便，你随我到跨院去。”

展鸿图似乎料着展天翼不敢杀他，就答道：“好，哪里去都成，你先把刀子拿开。”

展天翼便从身上取出根绳子，把展鸿图两手由背后捆上，才把展鸿图肩窝上的刀拔下，扶他起来，立在床下。展鸿图肩上流下的血，把小衣染红半边，也似不知疼痛，立起望望素秋点头道：“你很好，总算帮你家主成了大功，我并不怨你，来是我自己来的，可是若不是你这副好模样，我也不至于迷着一窍，来自投罗网。方才你家主说什么双头案，那是胡扯，我看从此你要得宠了，恭喜恭喜。”说着又向展天翼道，“上哪里去，你领道儿，我自己能走。”

展天翼转身就走出去，莲香却督在展鸿图后面，鱼贯而出。素秋在恐慌中听展鸿图说话，好似认定自己和展天翼同谋，诱他投入陷阱，不由满心委屈，但又说不出来，眼望着二人出去。忽心中一动，暗想展天翼虽说得好听，但恐结果未必能饶过自己，回想老仆妇所说，先一个五奶奶是被他活埋的，不要把我照方炮制。现在他既离开面前，我何不想个逃命之计？这里前后门俱不上锁，我若能逃了出去，就奔到展鸿图家去报信。这村中办着乡团，团中多是展鸿图的人，闻得消息，能来把展鸿图救出去，我不但可以免死，还可以得到好处。即使展鸿图先已被害，我到外面众目之下，展天翼也未必敢再杀我。便决定逃出，碰个命运，无论如何，也胜似在此等死。想着就急忙爬起，匆匆穿上衣服，便想下炕。哪知就在这个时候，忽听外面有人咳嗽一声，随着便走进来，却是那位老仆妇。

素秋初而一惊，及见她那安详的态度，立刻有些明白，便叫道：“干娘，你害得我好苦，趁早想法救我。要不然，你也是一案的人，我可饶不了你。”

老仆妇坐在炕边，摆手道：“你不用怕他，不会难为你。”

素秋恍然大悟道：“我明白了，这是展天翼早定下的活局子，借着我把展鸿图诱进圈套，你也是展天翼使出来的。”

老仆道：“我不敢多说话，少时主人必和你有一番交代，这会儿你别问我。”

素秋想了想道：“展鸿图倒罢了，谁叫他色迷心窍，自投罗网？只是我才冤枉，直被他们巧使唤着，担惊受怕，还落个丑名声，我可招惹了谁？”

老仆妇任她自言自语，又不答应。素秋怔了半晌，又问展鸿图可会被展天翼弄死吗，老仆妇仍不语。素秋又道：“干娘，咱们也算好了一场，你要告诉我句实话，我有危险没有？展天翼会不会把我活埋了？你何忍看着……”

话未说完，展天翼猛由外面撞了进来，向老仆妇道：“你出去吧。”随即坐在素秋身边，笑道，“事情已经完了，该说我们的。你不要害怕今天的事，倒是我有点儿对不住你，你空担个姨奶奶的虚名，我心里并没当真，你就是自己勾奸养汉，我都不理会，何况展鸿图到你房里还是我安排的呢。这事说起话长了，我和展鸿图虽然同姓，却是天生冤家，永远势不两立。自从前年他使诡计引坏我那五号小婆，又踹下我头去。我实在没法，才到天津去躲避，心里永远忘不下这仇恨。正赶巧和李伯英交结上了，他提起受尹公子所托，替他处置姨太太。因为尹公子家里的太太，十分凶悍，又拿住丈夫的许多把柄，尹公子不合一时错误，从班子里娶了个人，住在外面。这件事若被太太知道，一闹起来，尹公子就要被家里赶出，变成穷光蛋。所以尹公子没法，就打算把姨太太打发了，免却后患。无奈姨太太也不是好惹的，更明白他心里的病根，只怕打发不成，那姨太太倒讹起他来。一请律师打官司，要赡养费，依然得被太太知道。因此才想了个飞来峰的主意，请出来漂亮机灵的李伯英，另外又约了女戏子赵鹭鸿的娘，和李伯英假装一家子，却叫那姨太太搬去和他们同住。姨太太不多日便和李伯英勾搭上了，好了个蜜里调油。尹公子又故意假作撞破奸情，来个大仁大义，自己声明退让。那姨太太正被李伯英迷着，遇到这顺心的事，哪猜得出是条诡计，就决意嫁给李伯英。李伯英本是特别的人，相与过上千的女人，却永远不肯娶老婆，自然不肯为那姨太太破例。当时就和我商量，我偷着相看了那姨太太，真长得不错，不由另外起了个念头，就答应收下。李伯英骗那姨太太随他出外成婚，假说我是她好友，托付护送先行。于是那姨太太就到了我家，这是你以前的事，你听明白了？再说到我身上，我弄你来，并不为自己享受。倒是想用你美貌，替我报件仇恨。因为展鸿图为人行事出名地机警狠毒，只是色字上有些看不开。若见了美貌女人，就会千方百计，舍死忘生，总要弄到手。我那个五的就是被他看中，使个人来勾诱出去，不过他没到手，我先给活埋了。我自从看见你，就打算好主意，料着把你弄回家来，一被展鸿图看见，他准迷得失魂落魄，不管怎样冒险，也要图谋叫他仍走当初那条路，投进我的陷阱来死，这仇报得才更痛快。但我虽打定主意，却因你这样软的女人，又和我本没情义，跟你说明了同谋做事，莫说你不敢担当，即使勉强应承了，也必被展鸿图看破形迹，误了大事。所以我就连你也蒙在鼓里，只叫一个心腹老仆妇守在你身边。我一直把你冷落起来，从不进你房里，也是故意那样做的，你这样年纪，素日风流已惯，又新从李伯英怀里出来，怎能耐得孤寂？便是我常去陪你，你也未必如意，何况连我都见不着呢？过到年底，我知道你心里那团欲火，已经够炽烈了，一见男子，准可以烧煞了他，不会轻饶。才把道儿全嘱咐了那老仆妇，我和莲香，一开春就假装出门远行，其实暗地藏在莲香娘家，做得十分严密，没漏一点儿风声。老仆妇就渐渐领你出门游逛，故意使展鸿图遇见你，以后的事，就自自然然地如了我的意料。他爱上你便尽力图谋，你正在久饥时候，万不会有人请吃酒席，倒舍得辞谢。干柴烈火，当然遇上就燃起来。那老仆妇一面替你俩撮合，一面给我暗通消息，所以我和莲香就单拣你们这好日子来扰局。现在展鸿图已到了我手里，我也把他处治完了。至于你呢，对我有很大功劳，并没有罪。第一你只担着虚名儿，并不真是我的妾小。第二你在这一局中，从始至终，全是被人拨弄，并非有意作恶，就是最后你对展鸿图有了交涉也可原谅，女人中几个能真有把握的，何况你又是那样出身呢？总而言之，过去的事，都不谈了，只说以后的。我少时就要和莲香同走，躲避杀害展鸿图的嫌疑。在我走以前，必得给你打算停当，现在有两条路，你想仍跟着我，还是想回老家去呢？”

素秋听了，不由失声道：“回老家？老家是哪里？”

展天翼笑道：“你的老家，不是天津吗？我想你阅历得太多了，绝不会看中我这乡下老儿。再说这地方你也住不下去，自然还是回去的好。我前几日接到李伯英的信，信里说那位尹公子的父亲已经死了，并且他的岳父也因事丢了官，尹公子已继承家产，他的太太因为母家失势，也不敢作威作福，尹公子已没有什么怕的。李伯英因为当初的事，太对不住你，所以信里含糊着说，倘若素秋愿意回天津看看，这时候已没有妨碍了。”

素秋愕然道：“这是什么意思？”

展天翼道：“尹公子因为怕你宣布嫁他的事，惹得大太太架着母家势力，和他捣乱。他又不是尹家正支正派，他的老翁便许把他赶出。因此他才托出李伯英来对付你，要他把你弄到外省，越远越好。在尹公子这老父死前，绝不能叫你回去，免得再坏他的事。李伯英是这样答应他的，所以不能不把你弄到远地方来。但是李伯英既把你交给我，带来此地，又知道你已经做了我的妾小，永不会再回天津，他的责任已算尽了，现在为什么又来这封信呢？这就是李伯英有良心的地方，他自觉以前做事对不住你，又听我说过，并非定要你做妾，实在想用你做钓展鸿图的鱼饵。他明白我的意思，才写这封信来，报告天津那边的事，内中却含着深意。就好像对我说，现在倘若你利用素秋的事，已经成功，你仍不想留下她做妾，她也愿意回天津，那么这时天津已许她回来了。”说着向素秋道，“你听明白，能信我的话了吧？”

素秋怔怔地点头道：“想不到……大爷真是个好人。我若能回到老家，到死也忘不了你的好处。”

展天翼笑道：“我料得不错，你当然愿意回去，那我当然如你的愿。”说着又叹道，“我并不是不爱你，只为你无心嫁我，我也不能强求，而且这个主儿，她也不能容我真个娶你。”说时伸出三个指头。

素秋明白他说的是莲香，不由想起老仆妇的话。自思展天翼对待诸妾十分严厉，何以如此惧怕莲香？但自己本不肯嫁他，莲香的阻力正是帮助自己，就也不再思索。展天翼见素秋疑惑的神色，已知其意，就笑道：“你纳闷吗？我怕莲香，是由于爱她太深，你听了大约不会生气，你也许觉得莲香不甚美丽，可是她的好处不在外面。像你这样美人，世上尽多；像她那样尤物，却恐怕再寻不着第二个了。”

素秋想了想，又道：“我和李伯英虽然也相处了些日，但是他是怎么个人，我还不知道。你可以告诉我吗？”

展天翼哈哈笑道：“你问他做什么？我知道你还忘不了他，打算回天津去投他，我看很可以不必了。他是个奇怪的人，虽然常和女人打交道，可是并没娶妻室。我曾问他什么缘故，他说他胸里藏着很大的志向，不愿弄些小累赘。而且也从没遇见过可意的人，我也不甚明白他的细情，只知道他和普通人太不一样，你若把他看作拆白党，可就错了。你回天津去，我敢保投李伯英是无望的，可是若去投尹公子，他倒可以收留你。”

素秋愕然道：“你怎么知道呢？”

展天翼道：“李伯英信上曾这样说过，尹公子也很对不住你，以前只为他本身问题，认为你是危险人物，不得不先下毒手，其实并没有证明你是否要告发他，所以事后很为亏心。现在他的基业已定，没有可顾忌的，你若投了他去，他也许念着旧情，替你想法。”

素秋摇头笑道：“谢谢他吧，我就是挨冻受饿，也不会求到他的门上。”

展天翼道：“那是你自己的事，且不必谈。现在得快商量，你不能再在这里迟延一刻，必得跟我们走。连夜先奔上海，到上海再送你乘船回天津去，你赶快收拾吧。”

素秋忽然想起，自己尚有带来的箱笼细软，自入展家就被他没收起来，自己也未索讨，如今将回天津另图生路，应该向他索回带走，就对展天翼提说此意，展天翼道：“那些东西自然应该还你，不过现在忙着要走，不能带笨重东西。你放心，到上海我必有一笔钱给你，足抵得你那东西的价儿。”

素秋听了，自然无话可说，便急忙收拾随身物件，在半夜里就随展天翼、莲香一同出门。门外早已备好遮蔽严密的大车，三人藏入车中，由莲香的父亲赶车，绕着远路，送到车站。这车站却不是素秋来时下车的那一站，因为那一站多有展村人来往，恐怕遇见，所以多绕数十里，赶到下一站去，才上火车。一路无事到了上海，素秋和他们住了几日，那莲香平日和素秋极为冷淡，但在路中竟十分要好起来，想是知道素秋行将远去，已非局内之人，不致夺她的宠，故而乐得表示好感。素秋却因一路上展天翼相待甚好，感激之下，自思与他曾有过夫妻的虚名，如今将要永别，一到上海，便想像妓女和客人留交情似的，和他留个亲近的纪念。这种事在素秋阅历甚多，自没有什么为难，随时随地可以办理，连脸也未必红一红。而且她另外还有一种心思，就是展天翼曾许临行送她一笔款子，但是他真个给与不给？即使真的给了，数目的多少也没有把握。所以和他欲生进一步关系，就等于得到切实保障。素秋是安就了这种心思，至于展天翼在途中和素秋渐次接近，似乎也未尝没有恋惜之意，两人心心相印，暗地都神会了，只要寻着机会，就可成就好事。哪知莲香在旁看破形迹，料着二人要出毛病，她哪能明白素秋是想留临别纪念，倒疑惑她有意恋栈，想跟展天翼发生关系从此留下不走了。不由妒念横生，但也不去说破，只一面从旁留神监视，一面用言语讥讽，叫素秋快走。展天翼也看出来了，只可取出一二千元现款，交给素秋，另外又办了些衣服首饰，打发素秋北返。莲香见素秋行期已定，心中欢畅，就也大做人情，送了很多东西。所以素秋虽经一场磨难，但到这整装归去之时，倒弄得行色甚壮，买好船票，别了展天翼夫妇，上船便回了天津。

后事如何，下回分解。

第十五回

鸿爪雪中痕印遍人间无量劫
莲花泥里宅撷来水上有余芳

话说素秋别了展天翼回到天津之后，她的本心仍是舍不得那李伯英，但因展天翼一番解释，自知无望，就也断了念头。至于尹公子，却在她脑中并没留下好印象，再加旧怨未消，自然也不愿重做还巢之燕。于是回到天津，竟没有落脚之地。好在手中有钱，就暂住在旅馆，终日出入娱乐场，自寻开心。过些日玩得厌倦了，就又想重理旧业。本来她是个有名妓女，自回天津，娼窑中闻得消息，已纷纷托人接请，素秋都没答应。这时恰值又有一家云香阁来接，素秋因这家比较著名，而且房舍考究，条件适合，就搬进去搭住。

那时正赶上在梧初观色界、渐入邪途的荒唐时候，镇日走马章台。一天在落子馆中和素秋狭路相逢，眼光一触，一边本是惯爱少年的嫦娥，一边好似初见莺莺的张生，各现出倾心模样。在梧面嫩，还不好意思直对素秋说话，幸而看见素秋身后还随着个女仆，就趁着素秋赶往他人包厢、女仆在厢后闲立之际，暗地招手把她唤过，询问素秋叫何名字，在何班搭住。女仆自然欢迎这种询问，就欣然告诉了他。在梧那时还在不甚开窍之时，以为女仆是美人近侍，而且指引桃源，功德无量，就赐给她不少的钱，那女仆道谢接了，说声回头请二爷那边坐，就又回到素秋身边。在梧一直坐待，到素秋别了客人，出了包厢，下楼而去，在梧才随后跟出。素秋回到班里，那女仆把在梧询问和赏钱的事告诉了她，一面笑得打跌，说三年出一个状元，十年遇不见一个不识数儿的，花钱照顾班子，倒先递门包，这也是没听见过的事。素秋听着，心里却另有个念头，以为这个客人未必真是不开窍的老赶，倒许是爱慕自己过甚，只恐是有主之花，不容攀折，及闻女仆告诉他寻芳有路，他欣喜之下，不由便赏了钱，由此上可见他把我看得很算重了。素秋既注上了意，当时就装作无意地问起客人年貌，女仆一说，素秋才知是自己在落子馆中所见的人，更自欣喜。哪知在梧正在这时到来，进班就指名招呼素秋。素秋过去，二人见面，自然各自如心可意，素秋更不端那习惯的红姑娘架子，破例把第一次认识的在梧就让入她的妆室，白天又没很多客人搅扰，素秋只不守冷遇新客的旧套，和在梧娓娓清谈。在梧见她特别优特，也便脱略形迹。向来客人第一次招呼妓女，照例小坐即行，不肯久留。但他竟由四点坐到七点，天色已入黄昏，二人还只觉不多工夫。最后素秋见房中上灯，方知已谈了不少时光，又见女仆来问她开饭不开，素秋就让在梧请他同吃。在梧自不肯叨扰，但反过来提议约素秋到华楼餐馆小酌，素秋并不推辞，换件衣服，就随他出去，饭后又同回班中。在梧流连至深夜方走，素秋几乎只陪他一人，不顾他客。

从此二人感情日深，足迹日密。不到四五天，双方都矜持不住，于是素秋令女仆示意，请求留髡。在梧正如心愿，岂忍推拒？从此成为入幕之宾。自来露水姻缘，不同于结发夫妇的道理，就因为结发是一成不变的结合，露水有波澜反复的情境，结发好比固定的山，露水好似流动的水，心情厚重的人笃于夫妇，性情飘洒的人却爱好野草闲花，所以仁者乐山、智者乐水的话，用在这种地方，也能适当。但是俗语说家花不及野花香，又好似人们多重视露水姻缘，论起常人娶妻，都要花费了银钱，经过隆重典礼，而露水结合，多是十分轻易草率，或在桑间濮上，便结幽欢，两语三言，立成好事，何以人们倒以简亵为贵呢？其实原因不在这结合之先，而在结合之后。譬如有人爱上一件宝物，花钱购取，得了永远占有权，拿回家日夕玩赏，日子一久，这宝物在他心中便渐失价值。倘若这宝物因故不能归他占有，而又能偶然玩赏一下，他便因以不得到手为憾，爱惜之情与日俱增。家花所以不及野花，就因他本身的所有权，已经固定，才使占有者不加重视了。结发夫妇是选择于先，一经结合，便成固定之局。丈夫觉得妻子不会再行失去，可以不加理会。至于露水姻缘，结合尽管容易结合，离散也容易离散，能否长久相处，那还要看结合以后的成绩。譬如一人认识个风尘之女，只要肯花银钱，那女的便须以身相许，这好像是法定的事，而无涉于感情。将来的感情，无论发生于真爱或是肉欲，但总要发生于定情之后，双方互相体察优劣之点，视其能否发生感情，以定取去。所以在发生关系以后，仍可以随便离散，任意冷淡，因此男方对于女方，不但先要竭智尽心，求其芳心许可，而且即在长期相处，也要用心维系，否则女方便要变心肠去爱别人，所以男子应付露水姻缘，觉得常有问题发生，是非常烦难而又没有把握的，因为烦难便更感兴趣，因为没有把握，便更要珍重眼前享受。换句话说，家花永远摆在那里，随时可以得到？而野花是长着翅膀，有时便弄成美人如花隔云端。所以野花就比家花香了。这是半空来的废话，抛过不提。只说这露水姻缘，在初次定情时，是个危险关口，双方若有一方发现不满之点，任是夜中曾经倒凤颠鸾，早晨依然能变成东西劳燕。然而在梧那时正在倒运时候，依着算命的口吻来说，谋事不成，求财不得，有病不好，论婚不成，行人不至，小人不退，出门不利，打官司不赢，这八件事凑起来，可算运气走到家了。但是还得加上一条招呼上人儿就热，这才够得上全副倒霉。由此可见桃花应运，美人垂青这件事，是和谋事不成求财不得等等大苦恼，可以等量齐双的。然而人们都称为艳福，这艳福好难消受，谁若不信，就请试试，此福一得，管保那八大苦恼跟着就来了。

在梧当时尚未听到作者这种腐论，怎肯辜负艳遇？和素秋一夜缠绵，百般恩爱，弄得如胶似漆。他还欣幸不已，以为人生难得之遇。素秋把他也当作心上人儿，两人着实要好了些日，枕边衾底，自不免互述身世。在梧当时尚未做事，只倚着亡父遗留薄产度日，他又中了些书毒，把素秋当作风尘知己，不肯有片语相欺，就实告以真实景况，言说近年家中积蓄已将耗尽，尚有母妹须要赡养，以后必得指身为业，以图生活。虽然自觉才学不落人后，但前途终是渺茫。素秋当时听了，不但不以他的贫寒为意，并且越发体贴他，以后凡对于用钱的事，处处替他节省，有时还代为垫付。素秋如此对待在梧，固然是真心要好，不过这也是妓女常态，为着临时的情感和特种的需要，她割块肉也是肯的，但一计到久远，方针便要改变。只看世间名妓，哪个没有年少美貌的情人？然而到她从良之时，所择对象，宁是多金老叟，也不会是美貌贫郎。本来这也难怪，她们享受惯了，又怎肯终身熬受清贫呢？在梧却只感念素秋的热诚相待，不以贫富萦怀，佩服她胸襟绝俗，但哪知素秋自知他底细以后，已经改变心肠，把他当作临时行乐的玩具，至于长久之计，就另向别人身上打算了。

素秋曾也把身世经历告诉过在梧，在梧听到她跟随尹公子时，受到李伯英欺骗，以致迢迢千里，落到展天翼家中，阅历千艰万险的事，感觉很大兴趣，当时把李伯英这名字记住了。过些日后，素秋忽然认识了个洋行买办，渐渐打得火热，在梧仍是照常来往，以为那买办是粗鄙的人，年纪又大，素秋自然不会爱他，就也不加介意。谁想在梧不介意那买办，那买办倒介意了在梧。有几次出入相遇，弄成冤家对面，那买办一见在梧少年美貌又来往频繁，不由疑妒交生，既想着姐儿爱俏的俗语，觉得自己绝非在梧敌手，又连带怀疑素秋对待自己的热情，都是虚假。世上岂有放着眼前有个小白脸儿，倒来爱老头儿的道理？他的思想再深一层，便又疑惑自己报效素秋的金钱，她未必不挹彼注此，转贴了在梧。买办本是镇江府生人，山西省长大，又在直隶省独流镇侨居载数，这一来自然勾起他的先天性情，故乡风味。立刻全身骨肉都变成山楂，血液全变成高醋，酸气一生，就对素秋唱起了《乌龙院》，学宋江那句口白，大爷再也不来了。素秋忙问缘故，买办才说明自己受了肮脏气，花了昧心钱，最后把目标指到在梧身上。素秋方才明白，先指天誓日表白与在梧并无深交，末后又许着和他断绝，才使买办胸中的陈醋大坛，暂行封口，来往如初。但素秋对于他的提案，虽然议而已决，却是决而未行，在梧照样常在她妆阁盘踞。买办看在眼中记到心里，高醋遇热发生化学作用，液体变为气体，几乎把他那贮气的皮囊胀破。就预备大闹一场，终以决裂。

这一日在梧夜宿素秋房中，午后方起，还窝在寝室床上。忽然买办来了，伙计因为寝室另有通外的门，就把买办让到外间客室。这两方对头冤家，只隔一层板壁，一桁帘栊，恰巧素秋忙着要过去应酬买办，匆忙中错穿了在梧的丝袜，在梧的袜子已破得露了脚趾，素秋脚瘦，一穿进去，把半只脚都探出来。在梧看着大笑，素秋自然也忍不住陪着笑起来。那买办一听，觉得两人的笑声都似一柄柄的尖刀，直刺入心坎儿深处，把醋坛气囊全给刺破。他可再忍耐不住了，拍着桌子狂呼来人，素秋急忙赶了出去，满以为虽着了邪火，总不难用自己的唾沫浇灭。哪知这次买办气急了，再不容素秋开口，便把他久已拟就的泄愤计划，实施出来。跳着脚儿，眼瞪素秋，手指她寝室门帘，高声叫道："你们这窑子，你这窑姐儿，简直一窝儿畜类，除了要洋钱，不懂妈的一点儿人事。"

素秋不知他是什么意思，急忙问道："瞧你这脾气，我们怎么了？"

那买办一听素秋这话，恰好给帮了腔，就又厉声叫道："你这娘儿们还有脸问我，你做的事自己不知道？接了爸爸，又接了舅子，你只认得洋钱，接八辈儿也不在乎。我可不能跟儿子同嫖，完了，咱们从此算吹，你就好好伺候我儿子，年当貌对的，尽着捣吧。可留神小命儿，捣死你不过臭块地，若缠死我儿子绝了我的后，我可不依。"说完就扬长走出。

素秋起初被他闹得晕头转向，几乎疑惑他的儿子果真来嫖，自己不知，误与接待，以致惹他问罪。及至听到一半，忽然明白他是吃在梧的醋在绕弯骂人，方要反唇相讥，但一转念便忍住了，只默默听他骂。

那买办远出门外，还回头叫道："你自个儿估量着，想要他儿子，就别要他爹，想要他爹就赶开他儿子。"

素秋仍不答言，看着他走出，才坐下默默思索。在梧在房中，也已听明了，那买办在骂自己，怒气填胸，想出去打他一顿。但转念到素秋相待之情，自己怎可坏她的事？但是素秋是个透亮的人，而且和自己恩深情热，必不肯任他人如此撒野，瞧着自己吃亏，当仍要发动她那带机器的舌头、抹过油的嘴儿，只消三言两语，便要叫那买办下不来台，替自己出气。哪知结果只听见买办说话，不闻素秋出声，及至买办走后，外面越发没有声息。在梧心中纳闷，悄悄下床，掀开帘缝向外看时，只见素秋坐在外间椅上，低首寻思。在梧还以为她在生那买办的气，就低声唤她进来，倒劝她不要烦恼，这本是娼寮中常遇的事，哪里气得许多？素秋初尚默默不语，半晌才笑说自己并没生气，只替在梧委屈。在梧又自白并未介意，就把这件事揭过去了。

素秋和在梧同吃过午饭，又坐一会儿，在梧便要走，素秋向来把他当作自去自来的梁上燕子，或者一天来个三两次，或者一住便是两三天，都是任其自便。只有夜间有时下令禁止自由行动，白天却向来不加管束。但今日在梧要走，素秋看着他穿上外衣，忽又叫他再坐会儿。在梧依言留了一会儿，素秋望着他似有所思，似有所言，但一直没有开口。在梧也看出她的神情，便问有什么事要说，素秋又怔了一会儿神，倒摆手道："也没有什么事，你去吧，晚上可一准儿来。"

在梧点头，问她几点来好，素秋想了想道："过了落灯。"

在梧知道夜中十二点是落灯时候，她既叫如此晚来，想必是要续前夜之欢，就也不以为意地走了。及至在外面荡了一天，晚上准时赴约。不料在街上遇见了个熟人，强拉着去喝酒，在梧固辞不放，只得随着。偏那人是个脾气乖戾的酒鬼，一饮即醉。醉后寻事打架，和酒肆中人吵了起来。在梧跟着劝解乱了半天，结果还反客为主，代付了酒账，才把那酒鬼劝出来，又替雇洋车送回家去，已经耽误很久，天到夜半两点了。在梧骂着倒霉，才坐车直奔素秋处来。

一进班中见院中支着小灶，上楼又见素秋房中尚在灯火辉煌，以为里面有客，不料伙计竟打起她本屋的门帘，让在梧进门，大吃一惊，见那双间打通的客室，电灯全在亮着，房中间放着张大圆桌，桌上摆着干鲜果盘，好似预备酒席请客的光景。不由联想到楼下院中的小灶，又见桌上果盘的式派，起码是一桌鸭翅上席，但只摆着两副素秋自用的白银杯箸，房中又阒无一人。在梧不由纳闷起来，心想在这落灯以后，何以有些局面，莫非素秋有什么约定前来消夜的客人？但是伙计荒唐，把我直让进来，少时当然还要给请将出去，那既不合他们娼中规矩，而且也使我难堪，但是素秋哪里去了，怎还不见？

想着见她卧室门窗低垂，沉沉寂寂，想要进去，又怕里面有人。正在踌躇，忽听卧室内有低嗽之声，像是素秋。在梧更料定室内定有客人，心中大不高兴。哪知随闻素秋在内叫道："你怎这时才来？进来啊。"

在梧知是和自己说话，便走过去。掀帘一看，只见素秋一人，正在斜傍床阑，半躺半坐地吸着纸烟。她见在梧走近，就把手中半支残烟递了给他。在梧见她在这时候，并不似往日卸装易履，仍穿着很华丽的新衣，头上也似新经妆梳，更疑她必有所事。就笑道："你今天儿有什么事，半夜支起小灶，像摆饭局似的？谁这么会乐，整桌席请客消夜啊？"

素秋看看在梧，面上现出凄冷的笑容，慢慢低下头去，似乎去看腕上手表，但是对着手腕出了会儿神，又慢慢把头抬起，悄然说道："我就是请你。"

在梧听了，才明白外面桌上只放两副杯箸的缘故，但又思索她有此举动，猛然似有所悟，就坐到素秋旁边，低声说道："我明白了，今天也没得备礼物来，明儿补吧。"

素秋听了，很诧异地问道："你说什么？给谁送礼？"

原来在梧一阵心血来潮，料着素秋必是今日生辰，既不愿给别人知道，也不肯早告诉自己，只叫夜间独来，她竟备下盛筵，要与自己同享家人骨肉之乐。由此一看，真把我看作唯一爱人，才有这体己享受。美人恩义，真是天高地厚，无法报答，自己平日既对她无甚好处，而且今夜还在外耽搁许久，累她等候。想着正在感激惭惶，忽听素秋说出反问的话，不由愕然道："怎么？今儿不是你的生日吗？"

素秋苦笑摇头道："你说的傻话，我从才学走的时候就离开亲生爹娘，卖到领家娘手里，连准岁数都不知道，又向谁问生日时辰去啊？"

在梧怔怔地道："哦，不是生日，那是……"

素秋摆手不许他再说下去，就向外高声叫道：“叫灶上预备，我们吃了。”

窗外有人答应，素秋携着在梧的手，走出外间就座。一张大桌圆面儿，本可坐十多个人，如今只有两人，也没法分上下左右，素秋拉在梧随便拣一面并肩坐下。这时冷碟且已备好，伙计送进酒来，素秋知在梧能饮，就向钟罩旁取下一只做陈设用的大银杯，擦净了替他斟满。在梧忙道：“这可了不得，我在外面已喝过很多了。”

素秋笑道：“你喝了还得喝，这是我的命令。”

在梧道：“我喝也成，你得告诉我，这是什么意思。”

素秋道：“我自然要告诉你，不过得等咱们痛痛快快地喝够了酒，吃过了饭，我再告诉你。你得老实跟着，不许多问。”

在梧只得答应，两人喝着酒，伙计陆续上菜。在梧看这桌席，就是极丰美的盛设，价值总在二三十元以上，两个人吃用，当然连十分之一也享用不尽，好在不算暴殄天物，撤下去自然有人吃光的。但在素秋却不为不是无谓的挥霍，两人宵夜，只弄几样精致菜品，就很舒服，又何必如此摆阔？可是素秋向日并不是张狂的人，这就令人可疑，好像此中必有道理了。在梧因有约在先，不便动问。素秋平常中也吃几杯酒，但不是什么大量。此际竟也尽量陪饮，在梧每饮一大杯，她也陪一小杯，到菜将上完，在梧饮够五六斤，她也有二斤下肚，早已双颊潮红，眼光发饧，半身软软地倚到在梧肩下，问道：“你还来二斤如何？”

在梧道：“谢谢你，饶我吧。我已经五成醉了。”

素秋道：“我倒不想叫你醉，还有话说呢。”就吩咐伙计，饭菜稍停，听信儿再上。她便点了两支纸烟，一支自吸，一支递与在梧。举目望着他，怔了半晌，渐渐眼圈儿红了，在梧瞧着，心中一跳，猛悟今日之宴，必然隐伏着不祥的事，不由冲口问道：“你怎么事？”

素秋摇摇头凄然叫道：“在梧，你可知那句俗语，千里搭长棚，没有不散的筵席。”

在梧听了，猛然跳起道：“哦，今儿这一席，是……咱们要散了？”

素秋点点头，拉他坐下，又低语道：“我知道你要伤心，可也没法儿了，我虽不知道实在岁数，反正约莫着二十五岁已过，也许快三十了，这样年纪还不该做个正经打算？从前几年我就打算着收成结果，虽然跟尹公子那一场，弄得伤心后悔，可是那只算遇人太坏，也怨自己没有主意，并不是嫁人这条道儿不好。到我由徐州回来，进班子再混，更觉自己年岁一天老似一天，外面光景一年坏似一年。我们这行的老姐妹，错过青春的，不是姘上伙计，靠上混混儿，作践不成人样，就是吸上大烟白面儿，临死落个包卷席埋。像老秦家自己开班子混整了的，有几个啊？所以我一直打定主意访人，从打访着你，我暗地查访你的脾气人性，全没挑儿，已经死心塌地地想跟你开口了。可是我细想又不成，你既没有家私，将来还得以身为业，我又是放纵惯的，嫁你就成了你的累赘。不是我自己骂自己，人们都说窑姐儿嘴馋身懒手大口宽，后面两字是骂人，前面六个字可真一点儿不错。我想想嫁你也许害你，就把这念头搁下了。现在我又结识了这买办，他总磨着讨我，我本不爱他，可是细想也算罢了，世上哪里去找又有钱又年轻又可靠的男人去？再说他讨我到家，我瞧着高兴，也许跟他白头到老；若不高兴，也许搅他个家败人亡，就对付着去吧。这是我对你掏心窝的话，你可不要怨我狠心。我现在决意跟他去了，将来也许死在他家，也许带着钱滚出来再寻你，都是保不定的事。不过现时对他总得有个样儿，好叫他娶我。今儿白天他为你吃醋，气愤地走了，到这会儿也没再来，你想我该怎么办呢？”

在梧听到这里已经完全明白她心意，立刻冷笑立起来道：“我明白了，这是给我送行，叫我从此不要再来了。”

素秋忙按他坐下道：“你别沉不住气，坐下细想想，我这次的事，实在是恐怕害你啊。若是想错了，可太对不住我的心。”

在梧果然依言沉心一想，立悟素秋嫁人的先决问题，只在钱字。她是需要享受，万不能熬忍贫苦的。世上的妓女，因本来是最底下的阶级，却习惯于很高贵的生活。一个女子若非穷极无奈，不会进入娼窑，而一入娼窑，立刻食则珍馐、衣则罗绮，再加上任何娱乐、任何的游赏，都可以由客人得到。一经习惯，视为固然。叫一个由襁褓中养成的富贵儿，改变环境去习劳伏苦，还有希望；若是一个在街头捡煤渣的穷孩儿，中间受着两年富贵以后，再叫他去返本还原，他宁死也受不来了，这就是妓女不能嫁给穷人的道理。而且她们是只顾眼前，譬如有两个客人，随她挑选：甲客现时贫寒，但有充分担保，数年后必然大大发达；乙客现虽豪富，然而数年后必然一败涂地。她当然毫不思索就跟了乙客。在梧早明白这层道理，知道素秋对自己并非无情，但她所注重的，还是享受。自己既无法阻止她嫁那买办，只可听其自然，现在乐得且叙别情，给她个好印象，欢欢喜喜地离开，留不尽之缘，为再见之地。即使未必再见，大家记住今夕的离筵别绪，留作他日相思资料，也是好的，何必想不开呢？

在梧想到这里，立刻变作笑容，摇头叹道：“我一听你要嫁人，心里一时绕住，才说出那难过的话。其实这才是正理。我既爱你，当然喜你落到好处，难道还愿意你这样飘荡下去吗？现在你既有了合意的人，并且那个人是很可靠的，又很爱你，正是你的好机会，我细想只替你欢喜。”

素秋望着他道：“真的吗？你别只拣好听的说，我明白你口和心不一样，一定还在恨我。”

在梧道：“不然，我初听你说，真有些怪你的意思。再一转想，倒觉对不住你，心里惭愧还来不及，哪会恨你呢？我既和你要好，就该替你着想，便没力量帮你，也不能害你。就像方才你说不忍害我的意思一样，我很知道你真心爱我，倘然我有力量娶你，大约别人请你去做王妃，你也不肯，早跟我走了。如今我自知不能娶你，就该早早劝你走条正路，别耽误了青春，怎能只为自己，把你毁了？就像这位买办，我看出他是个可以救你出水的人，应当及早躲避才对。哪知我一时糊涂，倒像犯了僵似的，来得更勤，就像今天早晨的事，叫人家吃醋气走了，倘若他从此不来，直是我误了你的终身，多么亏心啊？方才听你交代的话，我明白你还有法儿把他弄回来，才放下这条心。”

素秋撇嘴儿道：“你别这么挖苦人，我并没把他当作宝贝儿，不过……咳，我也不必再说，反正咱俩心照好了。听你这嘴儿，多么会说，什么应该早早退让，什么误了我的终身，简直绕弯儿骂我。”

在梧忙分辩道：“我若有那个心，天诛地灭。”

素秋道：“不用赌咒，事到如今，我对你亏心倒是真的，你若真能打我一顿，骂我一顿，我倒舒服。咱们一晃儿也好了不少日子，难道连我的脾气都不知道？比如说我那回吧，有拨儿阔客捧牌，我明知他们一打就是几百块头儿，若能拢住了，还有长流水的好处。可是我满没理那一套，给他们来个大礼拜，和你跑出去看电影吃宵夜，回来客人已气走了。像这种事有过多次，你都是亲身经过、亲眼看见的，可以知道我这人不是势利眼、财迷鬼吧？你方才夸那买办，我听着直是骂我。像那样人，怎能一丝一毫如我的意？可是我现在竟要嫁他。你想我若非万不得已，就肯拼出去了？世上没病的人，这没滋味的东西都不肯入口，谁肯吃苦药呢。我在前些日，他才认识我，打了七八场牌，磨着要住，我闪转腾挪，直过一个多月，才没奈何留他一夜，心里还像受了老大委屈似的。说到这儿，你就明白我是什么滋味了。我的事你全知道，当初我被展天翼骗到徐州，经过许多风险，临回来时，展天翼给了我几千块钱，我回到天津，闲住了几个月，已经把那笔钱耗了不少。及至重进了班子，虽然混了个热热闹闹，好像个红姑娘似的。可是我的脾气，总讨厌老头儿缠得讨厌，商家大掌柜俗得讨厌，不肯上心应酬他们，只喜欢和年轻漂亮人打腻，结果有钱的我不跟他要好，我要好的又没有钱。莫看我也有几拨来往的阔客，外人都当我靠着金山似的，其实他们花钱，是有数儿的，打回茶围开一张大票，我能分几个？打场牌打个百儿八十，我又落几个？我们在这有规矩的进项上，永远得不了意。除了使出特别手段，在床上把客哄喜欢了，他大把地给体己，那才是真钱。可是我又不那么干，所以弄成官老爷没事打衙役，只落个热闹衙门了。你再算算我的挑费，每月顺手得淌出去多少？说实话，我手里的那点积蓄，已经花完，又拉了上千的账，现在不管是从良是洗澡，反正非得脱清身子不可了。你明白我的实情，总可以原谅我了吧。”

在梧听着，心里暗想：不管她所言是真是假，但在她将嫁之时，还肯对我这样婉转陈词，足见看我极重，只此一端，已然可感，又何必研究细情？再说自己和她要好许久，恩意缠绵，今日当着离别之前，怎可再想俗事，破坏了这富有诗意，而又可供长久回忆的局面？想着就道：“我并不是糊涂人，现在只有替你可怜，怎还说到这原谅两字呢？我看咱们相处的时候，也就尽于这一夜了，光阴可贵，何必还谈这没用的话？且说咱俩的吧。”

素秋点头，就问在梧可要吃饭，在梧道：“我已饱了。”

素秋笑道：“我知道，你就是方才没吃东西，这会儿也必饱了。我也一样，不必勉强吃了。”就高声吩咐外面，把席面全撤下去，令伙计女仆们吃用，自和在梧走入卧室，二人才正式叙别。偎抱不离，絮语不绝，若被外人看着，好似比最初定情之夜还加热烈缠绵。但在二人心内，都似有一种说不出的情绪，好像热烈中有着冷淡，缠绵中含着生疏，都似觉着这一番依恋可以不必。在梧心里只念着西厢里莺莺唱的那句“须臾对面，顷刻分离”，但是莺莺当时对将别的张生还有无限后望，在梧此际，对素秋直是永诀，而且又是这样难堪分手，想到自己几乎是被素秋拒绝再行登门，也许她并非嫁人，而是又选着了别的恩客。即使真的嫁人，她也将落入别人怀里，细思都是对自己的侮辱。在梧这样心绪中，还不能不和素秋工力悉敌地表演悲剧。这就和伶人似的，已被园主辞去，还要赠三天临别纪念的戏，唱戏时的滋味，就可想而知了。素秋那一面，意致虽极热烈，但是言语举动，好像都不自然，多半出于机械的造作，好在她是机械惯了的，可以做得十分圆满。本来妓女对于客人，惯用这种技术化的酬应敷衍，并没什么奇怪，但是在梧在平日所享受的都不是这一套。因为妓女迫于环境，不得不假哭假笑，假恩假爱，童而习之，便久假不归，永远是一副假面目。但是古人说性情之地，方有至乐，若当时装虚作假，把真性情严封固闭，也是一种痛苦。所以惯于虚伪的妓女，也需要享受一点儿性情上的真乐，只是若对着普通客人，显露率真的本性，譬如这一夜留下夜厢，她觉得疲倦了想要倒头大睡，若对客人实说，便算给得罪了，因此便得忍耐应酬。再如她被客人请去吃饭，看见席上有盘可口佳肴，真想吃个痛快，但若真的不客气吃了，客人们必又笑话她是挨饿过久，没见过好东西的穷货。即使极小的事，比如她听过小翠花的戏，觉得有味，若对客人说起，客人便许造起谣言，说她去吊小翠花的膀子。因此她们觉客人都不是好相与，就只得另外寻一个知心可靠的人，深相结纳，求其可以苦乐相知，肝胆相见，隐私可以不避，和这个人相处，是身心最松快最舒适的时候。自己有喜有乐，可以向他发泄，想吃什么东西，可以商量着弄来，尽量一吃，便在床笫之间，或自作主张，或者互征同意，这是她们最要的享受。所以妓女几乎个个有两层人格，有两种生活。但是这个对象，很难寻见，她们需要又切，以致常有和伙计车夫发生关系的事，却是无足深责、宜邀曲谅的。

在梧在初便是素秋选作发泄真性情的对象，所以他早日所享受的，都是真实无伪的待遇。今日素秋对他却变了样儿，在梧只觉她相待好像特别周到，特别起劲，若在常人看来，还以为素秋爱情尚深，恨不得在这一夜里，预告补偿半天相思。好似一个女子在她丈夫万里长征之前，想到日后久别，不知怎样表示恩爱才好。在梧却很明白，素秋这是拿出应付他人的熟套来了，她为着要和自己落个好离好散，并且想留个好印象，才如此做法。但她对自己的心，必然已冷淡下去，再也没有热情可以表现，就不得不使出这熟极而流得心应手的惯技了。在梧这样想法，实在不是神经过敏，厚诬素秋。本来妓女的心，最易变化，而且变化得十分明显，不能隐晦。她只爱上一个人，便是割块肉也自情愿。但是也许早晨还把自己割下的肉给这人吃，一到晚上，就反要把这人的肉割下，自己吃而解恨了。若是热上一个人，在正热时，也许离开五分钟便害了相思病，及至气候一变，热转为冷，也许这人在她面前停留一分钟，便把她气成臌症。素秋之于在梧，此际分手，她虽说得像无可奈何似的，其实若正当她情热之时，便是有人持刀劫走在梧，她拼出命去也不能放，便是她和在梧厮守一夜，明日便罚做永世苦工，她也甘心且乐今宵，把百苦千灾付诸来日，哪还有闲心想到终身归宿、将来苦乐的问题？如今她居然说出断绝的话，当然心已冷了，心中一冷便很快地把对在梧的情苗爱叶一齐割除净尽，不留丝毫根株，这就是妓女异乎常人的地方。素秋若对在梧尚有余情，既然不会舍得绝他，即使因特别缘故，必须分别，在这时候哭还哭不过来，怎能细意熨帖地做临别纪念的表演呢？

在梧悟透个中情味，就把这有诗意的别离之夜，看成虚伪之局，觉得无可留恋，勉强耗到天将黎明，便要辞去。素秋却定要把这局面做得圆圆满满，见他要走，哪里肯放？竭力拘留住下，更做一夜之欢。在梧虽已把她的缠绵，看得味如嚼蜡，恨不得立时离开，自己回家寻个清静地方，独坐几时，消消填胸的郁塞，满脑的肮脏。但禁不住素秋拼命挽留，把他的衣帽锁入箱中，鞋子藏入别室，那迫切之情，直好似胡调妓女久已看上一个美貌伶人，处心积虑，费力伤财地历有年所，未得如愿，已经害了单相思病了。忽然一天得了机会，有人自告奋勇，许着能把她的意中人陪来，她就悉索敝赋，把裤子都入了当铺，才办了贽见之仪，酬劳之费，拼着三年负债，也要换取一夕狂欢。到时自然那伶人被陪来了，她如获至宝，不惜奴颜婢膝，曲意小心地巴结，名烟佳果，美酒佳肴地贡献。哪知伶人吃了个海净河干，酒足饭饱，搅了个天昏地暗，鬼怨神愁，忽然端架拿糖，抹抹嘴，抖抖袖子，头声谢谢，二声叨扰，三声改天见。这三声到她耳中，大约比听了机枪大炮，还加胆散魂飞。什么古人听骊歌而销魂，崔莺莺的“猛听了一声去也，松了金钏”，都没有他这时的要命。本来饿了六天半的人，忽然得了肥鸭子，放在锅里煮熟，正要大解其馋，哪知才掀锅盖，鸭子一张翅膀，会来个一飞冲天，这时候谁又能听命自安，委心任运？于是饿人就得上天追鸭子去，妓女也只有使出玩儿命手段，把伶人洗劫一空，使其成为赤身露体的模特儿，仅能避入床中，万难窜逃门外。这样虽曰强迫，然而其为情急可知。但是也有假作情急的，妓女对于某个客人，本极讨厌，只因为要设法敲一笔竹杠，或者是阴山背后的黑姑娘，只为着留一次夜厢，明日便可从夜厢资中得到三五元钱，以为偿还急债，或是倒贴穷郎之用。但是恰赶上这客人别有思存，不肯过夜，因之妓女便不得不做出情急样儿，好像客人若不俯允所请，她便命在须臾似的。叫客人看着，觉得她不但为悦己者容，还要为知己者死，这爱情太深了，怎好太辜负盛情？而且衣物俱已遭了假扣押的处分，也不能自由行动，只得委屈从命。以为情热至此，今宵不知如何旖旎风光。哪知客人头儿一点，妓女心内一松，人是跑不去了，钱是赚定了。于是使出一派闪转腾挪，洗脚一点钟，擦粉一点钟，出去上茅房一点钟，回来到帐子后面换水又得一点钟，这都是女为悦己者容的应有步骤，好像她这样细腻风光，都为着特别巴结，客人自然无法反对。然而枕冷衾寒的滋味，比在家中独眠还多添了一种心神不定的痛苦。及至她开恩上床，已到日出卯时，客人也许在梦里和楚襄王逛巫山会神女去了。

素秋对这等事当然都是干熟了的，但今日把老套应付在梧，既不同于对伶人的火热，也不似对常客的冰冷，却好似别有一种心理。至于是什么心理，她自己也莫名其妙，只是想要在梧虽受了她的推拒，还要消解怨恨，永久记忆她的好处而已。但在梧心中自有算盘，只于表面虚与委蛇，不露悻悻之色，倒装作满不介意地和她周旋，因为既看出素秋心意全变，自己就该淡然处之，能再露出怨恨或是悲惘，那就算在她面前栽了跟斗。所以此际见素秋坚行挽留，虽然知道留下好生没趣，但若坚决要走，就大有负气的嫌疑。好像他还舍不得素秋，而素秋已不要他，故而转爱为仇，因羞变恼，拂袖而去。此际的心理最是隐微，难于斟酌，好像走了倒显得对素秋仍有依恋之意，若行云流水给她个满不在乎，随随便便地住下，笑嘻嘻地分别，倒是对素秋表示骄傲，似乎根本没把她放在心里。

在梧就采取这种办法，只向素秋尖酸说几句“我住下不会再耽误你的事吗”，素秋撇撇嘴摇摇头，在梧便再不说话，自向床上一躺，表示出温柔不住住何乡，今天我是不走的了。素秋自然更有无限温存情态，向他施展。在梧真称得起逆来顺受，竭力做出和往日同等的态度，不即不离地消遣了这失眠的一夜。妓女之于爱人，向来是良宵苦短，不肯睡眠，这一夜如打起精神，也不许在梧合眼，在梧无不奉陪。直到早晨九点多钟，在梧觉得到了可以滚蛋的时刻了，才说家中有事待办，不能再留，只得就此拜别了吧。素秋还要留他吃过午饭，在梧明白若再等吃午饭，那就等于要喝画蛇添足者那一杯酒，未免太没趣了，就推辞不肯。素秋也不似夜中那样坚留，只尽力缠系一会儿，给了在梧许多纪念品，又把在梧身边零物留下几件。在梧屏息耐心地陪她表演。最后留无可留，素秋还唱了出送情郎，携着手下楼出门，站在门外，还说了若干句话。在梧走了，她还在门口看着，三步一叫，五步一唤，在梧还得不住地回头挥手，做足了一部米汤大全。直到转出巷口，才立住了。仰天嘘了一口长气，吐出这夜的积滞闷气，用失眠的眼望着天，本是白色，而他看成黄色的阳光，做了个丑脸，高声念着戏词儿道："出得门来，好天气也。"回家去了。

此后素秋果然和那买办热了一阵，本已约定即日下嫁，哪知道她真是命也不犹，在将嫁的几日，无意中在花园里遇见个游荡少年，两下眉目传情，素秋回班，那少年也跟了来，便行正式认识。第一日谈得难舍难离，第二日更好得如胶似漆。素秋留他打了两天连台，那少年确是拆白一流，把素秋哄得身心并快，性命双轻。把那买办抛在脑后，只贪图眼前快乐，屡次失信，把从良日期向后推延。直推得那买办心中灰冷，绝迹不来。那少年也把素秋的积蓄体己，连坑带骗，一扫而光，成为鸿飞冥冥，弋人何慕。

素秋气得病了一场，又背了一身亏空。及至病好，玉容消减，心绪凄酸，旧客既都绝迹，新客人也无力招徕，渐渐芳名日落，负债日多，陷入穷途末路。耗了些日，再也支持不住，又加掌班的白眼，奴仆的欺凌，可怜哪还是当日的红姑娘面目？盼望别的班子来接，迁地为良，而别班又都知道她运败时衰，谁肯扶危济困？素秋这时才真的厌倦风尘，把希望降到最低限度，便有个家产不富、面目可憎的乡下老儿，但求能替她还清债务，她也甘心情愿，服服帖帖，去熬受贫薄生涯，也好避开这炎凉况味。哪知当年她所不屑一顾的人，今日竟都对她熟视无睹；昔日她视如拾芥之事，今日已难若登天，根本连客都没的上门，又怎能执途人而商婚嫁呢？这样又苦了些日，实在无法可施，就被债主们强迫着，降入较低一等的娼窑。素秋平日对豪商巨贾、公子王孙，还有好些挑拣，如今要她和小贩穷生一类闲杂人等，去打资产。常有许多人凑钱来打茶园，七八张嘴都要一沾樱唇，十几只手全要一探蚌壳。再加这里一宵夜度之资，也不过素秋当年坐一点钟汽车的租费，吃一顿西餐给伺役的赏钱。而今日竟为这区区微资，要受人蹂躏了。她看看房中陈设的粗桌敝椅，木床布帐，看看穿的伪绸缎，使的薄粉淡脂，已经有泪难流，再加听着伙计鸡叫狼嚎，嬉皮笑脸，开口就是素老板，把秋字都给省去，哪有班子里跑厅八肩垂手恭称二姑娘的排场？最可怕的是客人里绝没个上等人，花上几角钱，就浑充大爷，乱挑过节。越是穷人越钱来得不易，花着心疼，就更要花个四面见齐，八倍捞本。以为多喝一碗茶，多偷一支烟，也是便宜。至于抢条手巾，讨双袜带，更是常事。而且住夜之客，自以为牺牲了整袋洋面，合家经月之资，整件棉衣，本身御冬之具，报效太大，希望自多。再加又不知积蓄了几年精力，于是师直为壮，就要横行于床笫之间。莫说鸡三唱，更五点，不肯罢休，便是到了锄禾日当午，还要汗滴禾下土呢。这样生涯，素秋怎能熬受？镇日愁眉苦脸，短叹长吁，更没一时能提起精神，和野草争妍，闲花斗媚。在她初来之时，这般章台旁门胭脂下坡的客人，还震于她是上林飞来的莺燕，都要来尝一脔。这就好比百货公司的贵货，一朝失了时麾性，打入剔庄廉价部，于是素日仰慕不得到手的人全要抢着购买一样。及见她举止板滞、应酬冷淡，永远像心内有二百件愁事，别人欠她几百块洋钱似的，由她身不得到一点儿快乐，反而还惹许多气恼，谁还去肯报效？经月之后，素秋又恢复了在班子的原状，门可罗雀，日不聊生。

这时她已是债主管下之身，哪里由得自己？债主当然以钱为重，见这树不摇钱，就想把她出脱，把钱收回。原来放窑账的都有等次和区城的界限，譬如在班子放债人，不会放给三等娼窑的妓女，反之亦然。当日素秋由班子下降，就是由三等放债人借到了钱，还清班子的债主。如今三等放债人见她没有希望，三等娼窑也没有别家肯接她，只得以歪就歪，一降再降，又把债兑给四等娼窑的放债者，素秋自然随着债务又降低一等。这四等又是一种社会，娼窑如鲍鱼之肆，游客尽不洁之人，妓女老者皓发枯颜。慈眉善目，少者则身小如猴，面瘦如鬼。正当年的不是麻疤秃瞎，便是长着杨修家的果子，或是脸上布满刘邕爱吃的疮痂。素秋第一日进去，也是被人认为其新孔嘉，居然生涯鼎盛。

头拨茶围客人，是群在三不管卖假表骗人的，因为才卖给乡愚一只假表，大发财源，故而凑钱招呼人儿，以资庆贺。素秋对这群人，连冷淡面目都摆不出来，她不招待他们，他们却要招待她。大家运动四肢百体，把素秋围在中间，滚成一个蛋。素秋骂，他们不在乎；哭，他们不理会。直搅到求死不得，方才开了大洋三角。

第二拨较为规矩，却是一群本地人拉洋车的，他们很懂得自尊自贵，以为逛窑子是阔人办的事，不可不摆出阔场面。个个趾高气扬，大声痰嗽不绝，互相以大爷、二爷相称。一位穿着新买的抓地虎盖布鞋，为要向姑娘显弄，屡次要布撣子撣鞋。一位手上戴了个路上拾的黄铜戒指，就不住设法引人注目，一句不含糊，挑挑大拇指，两句瞧咱的，指指鼻尖。但还怕人没留神，又对人讲究，金子比银子贵重，其价约为一与三之比，所以俗语说三折一，就是三两银子折成一两金子之意。其实他因为和当铺打惯了交道，当铺照例值三给一，他把当小褂儿那回事，错缠到金价上去了。

但是此君正谈着金子，旁边一位好像也要对他夸富，就大喊着说："咱这两天财运好，昨儿拉了个大鼻子外国人，从小白楼到奥国地，赚了一大块，还饶了两毛钱。今儿更好，早晨拉个抱孩子的妇道，下车以后，我看车簸箕上有件金黄黄的东西，拾起一见，敢情是小孩儿套脖子的圈儿。"

才说到这里，忽然有另一人道："杨二麻子，你发财了，这可得请客，晚饭算有辙了。咱们这南市牌坊底下的羊肉包，一咬一嘴油。吃完了，回头上吊膀楼，二元四的大叶，来个足喝，我舍命陪君子，今儿也不拉晚座了。"

那位幸运儿一听有人逼迫请客，才认识吹牛为害，急忙更正，哭丧着脸道："你往下听啊，我拾着金圈子，才一高兴，不想旁边来个巡警，伸手给拣过去，硬赖我是偷来的。我好一路哀告，才没带局子，你说多倒霉？还请客呢。"

这桩公案才完，跟着就有一位帮嫖的劝花钱的本客道："我说焦大哥，你瞧这位素老板，细皮嫩肉，一身细盔甲。你们都说皮二弟那个宝红长得好，我看她那身铁皮，还没我顺眼呢。这素老板可是九筛九箩的洋白面儿，你不餐算白来一世，快谋干着来一宿吧。"

那本客好似阮囊羞涩，不敢答应。众好友真个见义勇为，一提议出去拉晚班儿，到夜里十二点前，大家在转角楼下见面，每人把拉车得的钱，捐出一角，凑成本客临时成家的义举。全体闻言，都拍手赞成。于是本客乐似登天，以为今夜要亲近玉人了，就向素秋晃晃挤挤，深深款款，要在预定座位以前，先支取了一点儿享受。素秋昔日在班子里，每逢出局，若看见拉包月车的小褂上有块泥，全都嫌污秽，如今拉散车的腥泥臭汗身体，竟要来亲炙她了。她看那本客的黑瘦脸儿，龇牙咧嘴，好像拉车时只有跑十里地的力量，却要跑十五里，已经筋疲力尽，还要拼命前行，自然咬牙瞪眼地使劲。如此日久，面目全变，即使在平常不用力的时候，也照样是一副挣命嘴脸。再加离着三尺，一股穷腥气便扑人欲呕，心想若留这样的人同床，还不如死了的好。就在他请求预约之际，告诉他座位已经旁人先定去了。那拨客因扫了兴，又因夜中没有后望，此后更不会重来，更无须留什么印象，就和那群良朋贵友，把素秋啰唣一阵，捞够了本，方才去了。

素秋和这等大致相仿的人，混了一天，中间也上了一拨穿绸帛的客人，却是一群无业游民，专以讹诈为业的。有的吃小赌局的烟馆，本客却是专猎狡兔的猎户。什么是猎户呢？因为近年风俗颓靡，不免有些少年破落子弟，受了引诱成为断袖余桃之侣，积渐便唱彻后庭，倚为风流职业。这等人还不在少，便有做猎户的光棍，应运而生。他们仗着凶横蛮不讲理，先去打听狡兔之窟。无论是什么阔人的近幸，财主的宝贝，都在搜罗之中。慢慢下好埋伏，等那龙阳君走得单了，便像绑票似的架入他们备好的僻静窝巢，开始先实行打兔子恩婊子的俗语，痛打一顿，震以笞挞之威，然后使他荐寝，再结以枕席之乐。如此恩威并用，过上几日，才提出条件，要他按日按月贡献若干，那龙阳公自然服帖应允。以后若有反悔，光棍把他重捉回去，蹂躏更苦，所以凡是风流子弟，一遭了他们毒手，便算永世不能翻身。昔年有位世家子弟，喜欢吹唱拉弹，专和不三不四的人行走，只因年轻貌美，受了匪人欺骗，闹得风声欠美，竟被这班猎户找寻了去，受尽欺凌还不待说，那光棍见他家中富厚，竟强迫他一一贡献，不到几年完全掏空了。那少年只得设法拜师，进了文明蹂班，去唱包头小旦。哪知光棍还不相饶，每天必到戏班后台坐等他，若得到两元钱戏份，最少被光棍分去五分之四，真也可怜了。这班光棍因钱财来源广大，而且容易，所以生活富丽，衣服阔绰，但是挥霍于底级娼窑之中，不敢高升一步，这大约是根性关系了。

当素秋见这客人比较干净，觉得此人总比车夫泥水匠较为高贵，可以延为入幕之宾。哪知这种市井之徒，都好举墩子抛石锁，练得健壮身体，故而另具一种审美眼光。寻觅对象，条件甚苛。第一要合硕人颀颀的古意，第二要合体格健美的摩登风气，并不爱婉转玲珑的小鸟，而需要勇于泥夜的媚猪，在他们口中所谓好身子骨儿是也。素秋本来体态轻盈，又加近来消瘦，可怜以云端美人之身，竟不能中舆台耳目之选，只微露出留髡之意，倒被那客人驳了。弄得羞恼难当，欲哭无泪。那同来的朋友，还以为素秋爱上了那个客人，就代为提出条件，若索枕席之欢，须免夜度之费。可怜素秋虽是热客惯家，当此落魄之时，便仍有闲情逸致，也苦心余力绌，只有敬谢不敏，倒惹得那客人不高兴地走了。直至夜里，过了落灯时候，素秋还没有夜厢客人。这地方的规例，在夜半后，客人可以入门随便挑个姑娘，即行荐寝，不管客人是什么模样，只要付出照例的钱，姑娘绝对没有挑选和拒绝的权利。素秋坐在房里，正在悲叹，忽听外面龟奴一呼，只得出来和神头鬼脸的姐妹行，随班听选。及见那住夜客人，居然穿着灰布大褂，脸上通是新剃光的，是个难得干净客头。心里就祷告上天保佑，把这活宝赐给自己。哪知这客人注目审察半晌，好似眼界太高，觉得满眼繁花，都难中意，大有绕树三匝，无枝可栖之憾，立起身便走。在那当前美人，都芳心辗转，向他使眉递眼，这狠心贼竟头也不回地去了。于是气得一位齿德俱尊的老妓，直骂小白脸儿没有好心眼儿。

素秋方要回房，忽见外面由黑灯影里又进来了一个客人，摇摇摆摆，唱着妓女掏粥的曲儿，“大块的棒子面饽饽给奴家捎，还有两根咸菜条，一天饿得奴家好难熬，一见饽饽眼就红了”。这曲儿本是形容下等妓女的，此人在此地唱此曲，当然故意开心。妓女们听了，都破口大骂。来者却是在曲巷中卖鲜花的，妓女全都认识，又素常打闹惯了，见他也来挑人过夜，虽然乱骂，但都有得而甘心之意。素秋见这人一身蓝布裤褂，倒还洁净，而且油头滑脑，总比黄牙板白帽头的乡下老赶强些，就也向前进一步，希望他看中。

那卖花的进到房中，掇把椅子，坐在门口，向院中众妓一一浏览。众妓也好像深宫妃嫔，一朝得见君王，人人望着邀宠承恩，于是各自颦眉龋齿。那卖花的得意扬扬，耍着贫嘴道：“这些人都够好的，我都爱，挑这个又舍不得那个，挑那个又对不起这个，我来个包圆儿吧，咱们睡大炕。”

这时就有一个情急的妓女，上前就拧了他一把，骂了他两句，那意思表示，我爱上你了，你若挑上我，管保其乐泄泄，其趣融融。那卖花的歪嘴斜眼，做了个丑脸道：“包圆儿不成啊？我就挑一个，怎么挑呢？来个点鱼眼的法儿，点上谁就是谁。”

说着举起手来，用手指点着众妓，每说一字，便点一人，他说道：“点点点，点鱼眼。鱼眼花，不是别人就是他。”卖花的说到“就是”两字，就住了口，那手只在半空画圈儿。众妓眼光随着他手指乱转，好像当作王三姐的彩球似的，只盼着最末后的他字，落到自己头上。便算固定今宵收入，免受窑主白眼，而且可以安心地伺候这卖花郎，去颠倒衣裳，免得再听鸡报夜了。哪知卖花的故弄狡猾，将手画了半天，最后竟落那拧他的妓女脸上道：“就是她。”那妓女好像中了次彩，得意扬扬，一扭屁股，将娇躯紧贴着卖花郎君，向那落选失望的众姐妹抛了个媚眼，做个睥睨一切的态度，向自己的绣房去了。众人看着，都有班生此去何异登仙之感。其实这个妓女所以成功也无非由于夺斗，她若不鼓勇先登，拧那卖花郎一把，那卖花郎也未必便选到她呢。

素秋连遭两次失败，业已心灰意冷，直恨不得回房去蒙头大哭一场。但尝听姐妹们说，若是夜间没有客人，自己要减少半元大洋的收入，还是小事。最可怕是窑主得不到应分的半份夜度资，明晨等宿客走后，起码要在院里骂上两三点钟。而且伙计因姑娘无客，失去得加二小费的机会，也要讥嘲无度，呼唤不灵。因此便顾不得夜静更深，也要守株待兔。不过这兔和姜太公的鱼一样，愿者上钩，若无人上门，也不能出去乱拉。素秋好似热锅蚂蚁，出来进去，熬到两点后，才有个乡人模样的来挑上了她。素秋看那客人除了光脚不袜，衣服也不甚褴褛。却不知怎的，挑识之后，才把客人让进本房，院中众人却大笑起来。素秋犯了疑心，等客人把钱开发了，斟过了茶，便出去询问。才知道这客人是个粪厂小工，成天守着粪缸生活。素秋听了，心中似要呕吐，待要退钱挥之使去，哪知伙计先提起反对，言说凡花钱的都是好客，绝不能挑肥舍瘦，失了买卖规矩。素秋无法可施，只得权为逐臭之妇，屏息闭口地度过一夜，这劫数遭得真是登峰造极了。然而这还算她大运亨通，这一日收入不错，分下账来，除了还利息钱，还剩下几个铜元，略敷两餐饭。

又过了几日，因为她不善于这下等社会，打情骂俏，被茶围客人认为没有动头。在夜间又扭手扭脚、无声无臭，被住夜客人认为毫无兴趣。于是住夜的既不回头，打茶围的也去而之他，渐渐生意又败落下去。每天落灯之后，照例到柜分账，所得不过一叠铜元，债主全行攫去，还不足利息。听完窑主排揎、债主挖苦，回房又得听龟奴在窗外讲今比古、指桑骂槐地讥骂。这还不算，分账剩不下钱，窑主又不管饭，就得提着空肚子，饿上二十四点钟，等待明天。到次日夜中分账，莫说营业仍是有减无增，即便能多赚些许，还得补前日的亏欠，归入债主囊中，仍是一文不剩，势必继续枵腹从公。有时饿得实在熬不住了，只得厚着脸皮去向姐妹借钱，可怜姐妹们又有谁是富裕的？而且又看她生意太坏，即使几文钱，也未必有偿还之力，不特都给个婉词拒绝，还反向她诉苦。这个说前天才吃一块白薯，熬到如今。那个说从初一陪住客吃了一碗汤面，到今儿初五水米还未沾唇。只有一个鸡皮鹤发的老妓，名曰小凤，据说是在三十年前从班子降下来的，每和素秋谈说盛时旧事，大有白头宫女闲谈天宝之概。她倒深知素秋苦处，同病相怜，偶然赠予些干饼冷饭。但她这老古董，也是无人赏识，正在日暮途穷，哪有余力救济旁人呢？素秋有时饿极，也去向窑主告哀，初次还好借得十余铜钱，二次也得了半饱之资。但被窑主的姘头林黛玉知道，翻了醋缸，硬赖素秋和窑主有了关系。其实那林黛玉也是本院妓女，和窑主勾搭上手，才荣膺专阃的。但她丈八灯台不照自己，只照别人，硬以莫须有之罪，加到素秋身上，指为淫贱无耻，骂了遐迩咸知。可怜素秋从此以后，不特凭空树了一个仇敌，多添了一番气苦，而且再逢挨饿，既不能向窑主借钱，同院姐妹更都是巴结林黛玉的，求其不投井下石，已是难能，更莫望得其倾助。就是那位小凤，也因被林黛玉借事骂了两次，以后也不敢向素秋表示好感了。这还不算，素秋既被诬以陪柜丑名，又极力加以宣传，敢情这种下贱地方，妓女也以名誉为第一生命。没坏名的虽然也照样挨饿，但一有恶名便算万劫不复了。客人花钱虽少，但要花个一清二白。若知道妓女有了知心之客，就要裹足不前。若是知道妓女把身体给了窑主，就更视为禁脔，以为她下贱至极，万不肯把钱花在污窟之中。于是素秋更苦了，常常终日不开张，债主来了没有分文可得，自要痛骂。窑主见待更苛，把她的房间也取消了，只除偶尔有客，可以暂入房中，平时只在院中做露天生活，夜间睡在厕所旁的小屋中。她自己带来的被褥，早已送入当铺换饭吃了。如此腹内无食，身上无衣，睡眠无被，成天冻馁得颤颤微微，战战兢兢，仍得随班见客，客人当然不会挑她。还有常来的窑痞，替她乱起外号。素秋实在受不住了，觉得生不如死，暗暗起了自杀之念。但是人到穷处，求死也难，要吃鸦片，哪有钱买那贵价毒品？要抹脖子，也寻不着刀；要想上吊，她没有绳子。待用裤带代替，可怜裤带用得日久，已成腐朽，一拉就断，当然禁不住人。要跳井跳河，又苦门禁森严，难于飞越。怎样也死不了，但是想活也不可能。

就在这生死两难之际，一天深夜，素秋在小屋中正瑟缩无眠，心里饿得一阵阵发慌，空自悲苦，但眼泪却好似没了来源，滚不出来。忽听外面伙计高喊见客，素秋自这些日来向未得着客人挑识，窑主和伙计也因为她没有希望，遇着她不出来见客的时候，也不再苛求了。这时素秋虽知来客，料着出去也白抛头露面，就决定守在房中，想自己的死路。但她的长耳朵却听得见外面说话，好像合院姐妹都见过了，那客人又问还有人吗，素秋懂得这句话是不中意的表示，伙计若说声齐了，他就许摇摇头，扬长而去。果然伙计听后，恐怕客人走了，就又高喊还有谁呀，快来见。喊了两声，没人答应，又见客人已立起身，不由急了喊道：“别装听不见，快出来！”这伙计原是看着还有个名叫月樵未曾出来，故而向着她房间叫喊，并没把素秋算在数内。但素秋在房中闻听，却再忍不住了，恐怕客人走了，伙计责骂，只得立起颤微微地走出。只见客人在西面房里临门的椅上坐着，灯光照映上下，见这人不过三十多岁年纪，面目端整，丰神闲雅，身上还是很讲究的绸缎衣服，显见是个上等人。素秋心中诧异，自思这样人怎会到这等地方来呢。不由更自惭形秽，脚下趑趄不进。但是伙计已看见她，招手令其上前，素秋只得硬着头皮，走近门口，但羞羞惭惭不敢抬头，只偷着眼看那客人。心想他看见自己，当然立起便走，绝无希望。

哪知才走到门外，忽听客人说道："就是她吧。"素秋悚然一惊，还疑所挑不是自己。及至听姐妹们全哧地发笑，伙计又喊出她的名字，才知道自己果然入选了。不由心跳腿软，进门时几被门限绊倒，心里还怕这客人或是近视眼，远看觉着自己不错，这一近前对面，他看出自己这枯瘦褴褛的样儿，倘若打退堂鼓，岂不更是羞辱？凭良心说，自己实不配留这样好客人啊。素秋想着，进房请问贵姓，都暗不成声。幸而那客人答了姓杨以外，虽把眼不住端详，却未有鄙薄之意，未发懊悔之言。接着那客人又向她说请坐，意思颇为谦恭，神情并不鄙薄，素秋多日未见上等人了，今日忽然有了这样的奇遇，心中悲苦杂糅，却又愁着自己并无房间，更无衾枕。今夜把这客人向哪里安置，而且即使有了住处，难道叫人家滚床板吗？素秋为难之下，就出来和伙计商量，幸而那伙计也是势利眼，见那客人派头阔绰，就主张替素秋借用一间较洁净的房子，又代她向外面赁来被褥，素秋才放心。把那客人让进去后，伙计进去问客人可用夜点。客人很客气，请素秋点菜。素秋挨饿多日，不但腹中需要食物，觉得凡可入口之物，都如珍错奇馐，想吃的可太多了。但因怕人笑话，只不敢说，那客人就自说了几样，伙计听着都觉耳生，本来这地方客人的吃，无非包子大面，要二十锅贴，还要带一斤大饼。就是最阔绰的，要了干饭炖肉，便可使妓女津津传说，诩为豪举。如今这客人竟要了二斤竹叶青，又是什么糟蒸鸭蛋、芦笋扁豆、冰糖鸽蛋等等，虽非怎样贵重，但伙计就没听过，只素秋听倒如见故人。但更证明客人身份高贵，越发不解他何以到这龌龊地方。

当时自不便问，只可先向客人说道："你要这样东西，他哪里懂啊？不如写个条儿，叫他送到馆子去，附近的大馆子都不卖宵夜，只有一家五芳斋，还对付能吃。"

那客人依言，要纸笔开个条儿，交给伙计去了。这里素秋陪客人坐着，只觉心中纳闷，暗想只看衣服，固然不能品人，也许强盗发财，穿绸裹缎，装成衣冠人物。但是这客人派头既然沉重，而且就看他方才要菜，便可知不是乍富的穷人，但是他为什么跑到这地方来，自找受罪？难道他不知道附近还有高级娼窑？他不像是外乡口音的老憨啊？再说他已是中旬年纪，岂没有住过风月场合之理？即使天生具有奇癖，好趋下流，也应该挑识那种好打好骂、好勇斗狠的姑娘，怎单找我这半死不活的人呢？素秋蓄着满腹疑团，只为初经结识，不好询问，心中只想今夜打叠精神，和他要好，或者能问出个缘故。但又转念自己近来，内煎愁苦，外迫饥寒，已把人糟践得不成样儿，无论如何巴结，无奈本身已没了可爱之点，绝对拢不住他的心。大约最多也只这一夜之缘，明早他一走便不会再来了。素秋想着有些凄惨，又有些负气，觉得既无长久之望，又何必枉费心思去应酬他？简直给他个淡淡如水，到明日他不回头，也免得自己伤心。但虽如此想着，终觉这客人华贵雍容，甚为可爱。而且他在十余姐妹之中，单挑上自己，这知己之感，怎能恝置？就仍想竭诚招待，只在初识之时，好像没有多话可说。那客人却只含笑望着素秋，好似对她颇感兴趣。

素秋因他态度和蔼，才稍减羞怯，忍不住开口问道："二爷你哪里住啊？"

那客人答道："在临春路。"

素秋知道这临春路是极整齐的住宅区，以前在班子时，很多阔客人在那里居住，就又问道："临春路啊，怎跑到这地方来？"

那客微笑不语，素秋更觉得他神情可疑："二爷你是头一次到这地方来逛吧？"

那客人仍微笑着，方一点头，素秋心中一阵跳动，忽说出一句莽撞语道："二爷，你的家又不远，乐得回去，何须在这里受罪呢？"

那客人一听，似乎愕然，望着素秋道："怎么，你不愿意留我吗？"

素秋听了，知道他误会了自己的好意，同时想起自己太糊涂了，只顾为着体贴他，说出这傻话，倘若他真变卦不住了，自己何以应付窑主伙计的斥责？再说他已叫了饭菜，倘然拂袖而去，那真要无以善后，不堪设想了。素秋想着颇后悔，恨不得能把已说的话，重收回来，一阵自怨自艾，"怎么我走了败运，就这样颠倒，顺口胡说呢"，又见那客人照定自己，似乎等待正式答复，意态很是严重，不由窘得眼圈一红，泫然欲泣，但口中仍说出笨话，叹道："咳，二爷，你别错想，我怎会不愿留你？凭你这样的人，我们这地方，整年也未必见着一位，我巴结还巴结不来呢。不过我看二爷是顶局面的人，住在这里，真太委屈。你瞧……"

说着一指那木板搭成的床，灰色而抹满臭虫血的墙壁和那新赁了来污痕斑驳、臭气蒸腾的三新棉被（三新者，里新、面新、棉絮新也），最后又指指自己道："瞧这房屋，再瞧我这个人，咳，我当初也在好地方混过，还见过世面，不像她们那样懵懂。看出二爷是局面人，才自觉着配不上啊。"

那客人听着她说，始把惊异之色变为笑容，渐渐又转为凄恻，到素秋说完，忽拉住她的手道："你的意思我明白，我很承情，可是为你这一篇话，我更非住下不可，你拿棍子也赶不走了。"

素秋听了，心里方一块石头落地。又觉得这客人难得如此知趣，又这样看重自己，不由因感生情，也忘了自惭形秽，就凑过去和他并肩偎依。正要细诉衷心，不料外面一声喊叫，说是五芳斋送菜来了，随着伙计进来，骂不绝声，把这骂詈之词，当作报告，向客人道："她妈个□的，这倒霉馆子，先说跟这胡同里没有交过买卖，不肯给送。以后叫我说得肯送了，又拦住我不许先回来，必得跟送菜的一道走，恐怕被我赚了。□她祖宗，妈的欺负人，你看包子铺多么和气，去个话儿就送来了，就是不吃这倒霉馆子的东西。"

素秋听着暗笑：你想吃也吃不起，本来五芳斋不是为这阶级预备的，即使偶然有过交易，也许这里客人嫌价钱贵，不肯照付。姑娘从旁再偷个碟子，留副羹匙，给馆子留下太坏的印象，所以不愿再做这号生意。当时就拦住伙计，令其把饭菜送入。伙计依言，把提笼取入，酒菜摆在桌上又提着空笼出去，那客人便让素秋对坐同食。素秋腹内久已空虚，望着桌上这些经岁睽违，久萦梦想的佳肴，自然馋得要命。但当着初识的客人，不好露出急相，只可假说方才吃过点心，请他自便。

那客人却不由分说，拉她坐在一旁。素秋还自谦逊，那客人道："我很明白你的意思，痛快说吧，我并没把你当作这地方的姑娘，你何必学这地方的小气？说句笑话，班子里的红姑娘，倘然陪着生客吃饭，客人要感激她赏脸，称赞她大方。可是这地方的姑娘，若陪着生客吃饭，就怕客人笑她饿极了，没有出息。"

素秋听着，觉得他说得十分通达，好像十八层地狱全都踏验过似的，才晓得并不止是寻常的局面人。但又觉他的话有些给自己难堪，方自一怔，细听那客人又接着道："可是你我今天是另外一种意思。我若把你看作这地方的姑娘，就不会和你多话，你又怎能把我看作这地的客人，和我客气呢？"

素秋听了，觉得这话说得正触着自己的心，不由感激地对他嫣然一笑，表示已接受他的好意。但是笑完，又自觉凄惨，想到近来心绪恶劣，久已没做这快心的笑了，而且对着贩夫走卒，只有厌恨，连假笑也没给他们看过。两颊上的肌肉，有好几月没运动了，方才这一笑，由于心内欢喜，樱唇一绽，妙目斜溜，自觉笑得很媚的。回忆当年，曾以这巧笑颠倒了多少人，但是今日花憔柳悴，红颜已故，不知这一笑中还有几成昔日丰神的残留。也许玉肌将枯，秋波半涸，一笑反增丑态，惹他厌恶呢。

素秋想着，眼光只望着那客人，观察他的颜色，却见他笑眯眯的，瞧着自己，大有倾慕之意。素秋由感激又生出惭愧，向他说道："我不客气，一定陪你吃，不过我不喝酒，你先自己喝着，我去去就来。"

那客人拉住道："你出去做什么？"

素秋原来想出去到小凤房中，借地梳洗，薄施膏沐，把数日蒙尘的头面，收拾清整，也好对得住那客人端详的眼睛，这也是女为悦己者容的意思。但这话不好直说，只得含糊答道："不做什么。"

那客人按她坐下道："不许你走，从今儿你属我管了。"

素秋听了他末一句话，咀嚼从今儿二个字的意思，不由心一动。但一转想，又暗笑自己的糊涂念头，他随口一说，我走的什么心？便是车夫小贩，对我这样的臭恶妓女，也不会发生真情。何况他这见过世面的，左不过把我开心罢了。我若当真，那不是发痴吗？正在这时，忽听院中吵嚷起来，却是伙计和那饭馆的人。素秋隔窗询问，原来照例饭馆的规矩，应该把饭送到了，便自回去，等客人吃过了，来取家具的时候，再行收钱。但这饭馆看不起此中人物，定要先行收钱，和伙计纠缠不已。那意思好像怕客人吃完付不出钱，或是伙计故意捣乱，吃完愣说客人跑了，无人负责还账，所以加紧催逼。素秋听着倒为了难，心想若按班子规矩，可以由外面柜上先行垫付，但在这种地方，窑主所分的夜度资，仅有一元大武之半，如何肯拿出许多钱垫这闲账？自己若有钱也可以做回场面，无奈身上分文俱无。正在为难，那客人也听见了，就喊伙计进来，给了十元钞票，令其照价付账。伙计出去一问价儿，竟是五块七角，立刻舌桥不下。满院中人都纷纷议论起来，连窑主也担了心事，想着这样阔客，此间自开张以来，尚未见过。既然有这些钱，何以不去高上地方，却来此处？莫非是什么大官大员来此私访吧？不由犯了嘀咕，溜到窗根偷瞧。

这时里面那客人和素秋并床而坐，斟了两杯酒，殷勤劝饮。素秋肚里本饿，又被客人真诚和蔼之气所感，已不忍再闹虚文。何况对着美酒佳肴，五脏神早已联合手口，一同叛变，自由行动，不肯服从约束了。素秋喝了两杯酒，盖住脸儿，把这新识客人，当作多年腻友，渐渐相对忘情，不拘形迹。那客人倒自居为主人，频频斟酒布菜，哪知她肚中空无宿物，肠胃俱缩，这时突然收容了多量的油腻之物，肠胃膨胀太骤，又加肚中和油腻久已生疏，两方不相款附，互相排挤，大起争端。素秋可就受不住了，只觉腹内绞疼，心中翻腾，过了会儿，才好了些，就仍继续饮啖。那客人看着她，忽然不自禁地叹息一声。素秋听着，立时红了脸，才觉得自己馋相，被他看着太不像样了。一阵羞惭，就放下筷子，不再吃了。那客人已知其意，就低声说道："你怎么不吃了？"素秋摇头道："我很饱了。"

客人笑道："你只吃了有限，莫非我给气饱了？"

素秋抬头笑道："这是哪儿的话，你怎么会气我呢？"

客人道："我很明白，你因为听我叹气，觉着我是叹息你可怜，所以不肯吃了。好，现在我也不劝你再吃，吩咐他们撤下去吧。"

素秋就喊伙计，伙计早已伺候在外，破例预备下脸盆漱口碗，他以为吃贵重东西的，当然有拭面漱口的排场。素秋趁着这时溜出去，到小凤房中洗脸擦粉。又说了许多好话，向小凤借了一身稍白净的靠身小衣，一双新经补绽没有破孔的袜子。修饰好了这才对镜瞧瞧，见脸上还不甚难看，又加人逢喜事精神爽，梨窝晕颊，柳叶舒眉，顾盼之间，仿佛仍有几许旧日丰神，才自心中稍安。

回到房中，那客人见她新经梳饰，平添无限光洁，就对她微笑。素秋倒有些不好意思，就向他说道："你怎不躺下歇歇呢？"

那客人闻言一笑，就取出一张钞票递给她道："你去交给外面，咱们再一块儿歇着。"

素秋看那票子是十元的，就低声说道："哪用这样多？这里的价钱，你不知道么？"

客人道："你就开发去吧。"

素秋附在他耳边道："你再多花些，我也落不着，何必白便宜他们？我只盼你少花多来。”

客人听了道：“你当我还能常来么？便宜他们也不过一次吧。”

素秋听他说完，不由满心热望都化冰凉，自思我早料着他是一次买卖，果然不错，他竟明说出来了。想着意冷心灰，再不说话，就掀帘出去，把钞票交给伙计。伙计以为令其换整为零，就问：“都要零的么？”素秋说了句全是局钱，伙计吐了舌头，不知怎样巴结这阔客才好，竟独出心裁地学着饭馆中的习惯，高喊“这屋里杨爷开了一张大票呀”，院中其余伙计，也随着喊谢谢。窑主听见，虽是欢喜，但觉失了规矩。忙低声骂伙计道：“你们怎这么不开眼哪？这不是饭馆喊酒钱，又不是接下谢到场，叫唤妈的什么？”

伙计答道：“人家花这许多，耗财买脸，咱们不给人家表出来对吗？”

窑主骂道：“表你妈的痧子。”接着说声拿过来，把钞票夺去，再一声滚出去，把伙计推出老远，就自回到房中，研究这仅见的钞票上花纹去了。

这里素秋因听了客人只此一夜不会再来的话，觉得伤心，就坐在床头，半晌不语，那客人只是望着她笑。过了一会儿，便走到她面前道：“咱们上床歇着吧。”

素秋哼了一声，并不抬头，客人又问房门关么，素秋仍不答言。这时突有伙计进来，原来这窑主倒是外场人儿，懂得知恩报德，居然提出几角钱，买了十支炮台香烟，两盘京式细点，另外还把自用茶叶，沏了一壶，叫伙计送进来。素秋一见这样排场，不由扑哧笑了。

客人问道：“你笑什么啊？”

素秋道：“我笑他们枉费心机，白弄这些过节儿，也摆不住人家，明儿照样不来。还不如省这几毛钱呢。”客人笑道：“原来你就因为这个不肯理我？”

素秋道：“本来么，我巴结你也是不再来，我冷淡你，也是不再来，我何苦呢？”

客人道：“这样说你倒想开了，我也别搅扰你。”

说着就脱了长衣，上床倒在枕上，闭目便睡。素秋见他像是气了，但料着必不会真个睡着，必是故作此态，等着自己移樽就教。自己若不理他，他也许忍不住反过来调逗。他既说明只此一夜，绝不再来，自己便巴结他，也是枉费，而且自觉没趣，何必自轻自贱呢？素秋想着，就悄然倒下，不作一声，只看他下文如何。

哪知那客人竟似真的睡着，呼呼打起鼾来。素秋还以为他是在装假，又迟许久，那客人竟是呼吸舒徐、肢体弛放，可不真睡着了。素秋对这人已不自知地生了爱心，虽因听了他的话，觉得灰心，负气决意持以冷淡，但也不过那么一想。这时望着他的脸儿，芳心辗转，觉得他既说明今后不来，也没甚可怪。本来这地方，花一夜钱，找一夜乐儿，没听说订长期合同的。像自己这样的人，本也挂不住这样的客，有什么可怨恨的？再说他今夜这一局，已经替我做尽了面子，即使从此不来，这拨好客也算在院中千古留名，自己也许稍能受人重看。只这点好处，我就报答不尽，凭什么还跟人家怄气呢？

素秋想到这里，就故意转侧不住咳嗽，想要把他吵醒，以免辜负好天良夜。哪知客人睡意沉酣，再不肯醒。素秋欲待叫他，又想客人花钱买笑，当然对妓女有所希图，岂有把娼窑当作旅馆，进门就睡的？他这样地自愿虚度良宵，必是挑上我之后，又看不中意，却不好意思打退堂鼓，就只可睡觉。我若叫他，再吃个没味，岂不难堪死吗？素秋想得心怯，便不敢再轻举妄动了。可怜她心里是真爱这个客人，是真叫她难堪，最后一阵伤心，就转身向外，自己落泪。这一来又勾起身世之感、沦落之悲，眼泪就更止不住。哭了半晌，才坐起要下地取手巾拭泪，忽然从后头伸过一只手，手中还握着绸帕，按在她的脸上，替她拭泪。素秋吃了一惊，推开那手，回头一看，只见那客人已然坐起，正微笑看着自己。素秋才明白他定然一直没有睡，只假装打鼾。自己一切神情动作，一切都被他窥见了。不由羞将起来，倒侧身向床上躺倒，将脸儿埋在枕上。

那客人推着她道：“你睁开眼，咱们谈谈。”

素秋不应，那客人暗地把手伸到她腋下，素秋护痒哧的声笑了，又将身儿爬起，预备躲避。那客人当她身体悬空，更将臂儿一伸，随即把她抱起。素秋身已落入他的怀中，又一瞧他和悦带笑的脸儿，立感到他那温柔意致和有力的拥抱，是自己久已未曾享受过了，不由心中一热，就呸了一声笑道：“你这人太坏了，我不理你。”

那客人笑道：“怎么呢？我自觉并不坏。”

素秋道：“你还不坏，把人怄着玩儿……”

素秋才说出这句话，猛悟此言直是自己招供，方才曾为他辗转反侧，急忙咽住了。那客人点点头，仍将绸帕拭着素秋眼边残泪，低声道：“我因为你不肯理我，只可自己睡了，凭吗说我怄你？”

素秋撇着嘴儿道：“你睡够了，该我睡咧。”

那客人道：“这样换班睡觉，多没趣儿，你就忍心叫我受冷清？”

素秋道：“你冷清不冷清，跟我说不着，我就陪着你也不过今儿一夜，何必呢？”

那客人道：“哦，你这是为着我那句从此不来的话，才这样生气？”

素秋道：“我没有一点儿气。”

客人轻轻捏着她的颊儿道：“便是我真的从此不来，今夜不是更该亲近亲近，留个纪念？”

素秋摇头道：“我不留这伤心的纪念。”

客人哦了一声道：“你真的这样想，我才明白你心里已有了我了，这才叫一见如故。”

素秋被他揭破心事，立刻红了脸，就装出鄙薄的样儿，用俳语掩饰道：“可好，有了你，早有了你，只还没足月儿呢。”

那客人哈哈大笑，素秋道：“半夜三更，你别吵得四邻不安。”

客人道：“你骂我还不许我笑？”

素秋道：“哦，敢情你有挨骂的瘾啊？那么我再骂，叫你笑个痛快。”

客人道：“你才说因为只这一天缘分，不愿意理我，可是愿意骂我，骂不是也只一天吗？”

素秋看了看他，再不言语，客人道：“别取笑吧，我们该说些正经了。”

素秋道：“有什么正经可说？”

客人道：“你方才说在好处经过，请问什么好处？”

素秋道：“好汉不提当年勇，说着也没意思。”

那客人道：“你不说，我替你说。”

说着把素秋当年从在班子里一直到嫁尹公子，又下堂复出，渐渐落到这下等娼窑的经过，全都约略述了一遍。素秋听他说得真切，不由大惊问道：“你怎么知道这样清楚？”

客人笑道：“你先别诧异，这有什么奇怪？客人对班子姑娘的事迹，只要留心打听，很容易知道。”

素秋道：“你以前又不认识我，为什么留心打听？”

客人道：“你且不必问这个，我先问你，你落到这里，觉得很苦恼吧？”

素秋道：“苦又有什么法儿？”

客人道：“我再问你，你怎会落到这步田地？”

素秋叹息不语，客人道：“你是因为运气不好吧？要不然就是害病。”

素秋摇头道：“什么也不是，只是自作自受罢了。”

客人听了，凝望她半晌，忽拍着她肩头道：“这句话说得好，我果然没白来，你一共有多少债啊？”

素秋听着一怔道：“你问这个做什么？”

客人道：“我要明白明白。”

素秋道：“咱们不谈这个，再说你又是过路客儿，何必问这没相干的事呢？”

那客人道：“你好糊涂，我只一句笑话，你就信以为真。你看我的意思，可像过路的吗？”

素秋才恍然若有所悟，注视他说道：“你是有意来的？哦，你是特意来访我的，可是为什么？我这样的人，值得你这样用心吗？”

那客人道：“你且别问我为什么，咱先商量该怎么办。实告诉你我是特意救你来的，你实在有多少账啊？”

素秋听了，沉吟说道：“若提到账，只怕你救不了我。”

客人道：“怎样，你说我没有力量吗？”

素秋摇头道：“不是你的力量不够，我早看出你是有钱的人了。只是我的债太大，人太不值，你一听我账的数儿，大约就心寒。”

客人笑道：“你就说吧，只一句话，就白说了也不算上当。”

素秋这才说道：“我的人虽然顶穷，提起债来可太阔了，在这地方足称得起压码头，总算起一千六七。”

客人笑道：“这数儿还不致吓着我。天不早了，咱们先睡，明儿早晨，我就还账带你走。”

素秋听他说得轻易，更生了疑惑，笑道：“走倒好走，可是两只冻脚，往哪儿走啊？”

那客人已然睡倒，闻言又坐起道：“你不信我能替你还账？”

素秋道：“不是不信你替我还账，是不信我自己会有人替还账。你想吧，比如你要买一件皮大衣，花一千块钱，能买海龙领子、红狐筒子的崭新东西，可是你倒用两倍多的价儿，去买一件脱了毛的老羊皮，世上有这种事吗？”

那客人道：“你不信？”

素秋点头道：“我不大敢信。”

客人好："好，我立刻就叫你信，现在你的债主在这儿吗?"

素秋道："没有。"

客人道："窑主呢?"

素秋道："窑主倒在。"

客人问："把债还给窑主行吗?"

素秋道："何必还窑主？债主就住在左近，一叫就来。"

客人道："那么你就托窑主去叫吧，我还了钱，咱们上旅馆住去，早离开这肮脏地方也好。"

说着就推素秋下床，令其速去。素秋听他虽然说得切实，但还不敢深信，恐怕他信口取笑。自己若轻信妄动把人惊动了来，结果闹个烽火戏诸侯，落笑柄还是小事，日后窑主的臭骂，姐妹的讥嘲，只恐一年也受不完，因此迟疑不肯即行。那客人催促数次，最后从身上取出一卷钞票，给素秋看，内中都是百元一张的。而素秋还仔细看明，并非伪钞也不是丰都银行的法币，而确是市间十足行使，可以为养命之资、骄人之用的真实钞票。那客人还叫她带在身上，自行交涉。素秋这才信他是真心来救自己，不由感激涕零。又想自己既得超拔，出去之后，定然要和这客人成为夫妇，相随至死，那么他的钱即是自己的钱，可替他节省，即是替自己节省，就向客人商量道："你虽真心救我，不怕花钱，我可不能叫你这样破费。窑主平日待我狠毒，债主更是黑心贼白眼狼，我若把债全数缴还给他们，真不忿气，就来个七折八扣拦腰砍，还嫌人便宜他们呢。"

客人道："我重在你的人不在乎这几个钱，你不必多事，趁早弄清楚走吧。"

素秋在这一会儿工夫，已把客人当作知疼着热的亲人，同甘共苦的丈夫，就撒娇儿说道："你别管，省下了不会给我做体己，犯得上给他们？再说债主们已经认定我是一笔烂账，不会捞回一文本钱的了。如今无论收回多少，都算意外白得，打折打扣也认便宜。不过只怕他们看出你有钱，来个卖肉的行事，宁搁臭了也不贱卖，成心讹等吃的主儿。那样我也有主意，你走你的，我自己去投济良所，你再去领我，给他们个人财两空。"

客人劝道："何必呢？咱们讨个痛快吧。"

素秋被他劝了半晌，才答应和平办理，但仍不肯如数还债。商议已定，她便开门出去，理直气壮地喊起窑主。窑主听了她的话，半信半疑，但终把债主都唤了来。素秋这时心里畅满，精神抖擞，并不使客人出面，自己到窑主房中，和众债权人交涉，像舌战群儒似的，先提到折扣，是刀砍斧截，以后渐渐增加，是铢积锱累，一口咬定，毫不放松。由半夜直交涉到天明，到底素秋说有客人肯娶自己，但到这里来嫖的，有什么富人？能拿出三二百元，已经不易。你们若肯吃亏，来个倒八扣清账，就算救我的命，咱们后会有期。你们若是不肯，客人一定失望走了，不再回头。我是过了这个村，再也寻不着这个店了，以后还有什么指望？明天就得快寻死，给你们个人财两空。便是不死，你们再想在我身上捞回几百块钱，只怕难了。窑主被她说得活动，大家商议一回，才自减为七扣。素秋咬定客人没有多钱可拿，再不肯添，结果几至决裂边际，才双方同意了对折还账。素秋叫他们拿出字据，验看无讹，才一手交钱，一手还据。当下把字据烧了，素秋立变为无债一身轻，欢喜雀跃，好像插上两根翅儿，便可飞上天去。

当时回至房中，向客人报告功绩。客人望着她笑道："这一会儿工夫，你已减去了十几岁年纪了。"

素秋笑问他几时走，客人道："我不愿在这里受罪，能立刻才好。"

素秋拉他下床，替穿上外衣道："我只一身一命，没有别的东西，连车也不用叫，咱们拉着手儿就走吧。"

客人道："这里伙计人等，也该给点赏钱。"

素秋撇着嘴儿道："你还想在这地留个名姓儿呀？我并不是吝刻，只觉把钱给这等畜类，实在太冤。你别管，随我走，至多他们说些闲话，咱们一出门就听不见了。"说着就拉那客人走到院中，空喊了一声我们走了，算是向合院中人道别。

哪知院中一切伙计更夫人等，早已知道素秋遇着个阔客，三言两语，便出钱还债，要她从良，当时就要走了。大家怎肯放过这个机会？商议停当，却暗地埋伏在门口，只等素秋和客人走过，这七八个人都迎着行礼。有的作揖，有的请安，还有的跪下大磕其头，乱叫着给素老板道喜，给二爷道喜，素老板一步升天，到了好处，我们伺候素老板，也没白盼了一场。

素秋看着他们心中有气，恨恨地道："多谢你们伺候我，我这条小命儿，没被你们骂化了，踹烂了，还不得知你们的情。现在还有脸儿给我道喜？快闪开，我们出去。"

那伙计一听腔儿不亮，好望将虚，就有个能说的央告道："素老板，大人不见小人怪，宰相肚里撑海船啊。你老这一出去，就是阔太太。坐汽车，住客栈，简直把这里风水拔尽了，我们这些人还得苦熬苦受，死了也只臭块地，你老怎跟我们计较呀?”

闹着又乱叫二爷给说句好话吧，那客只得劝素秋稍加点缀。素秋见已处包围之中，知道不破费是不行了。自己固然可以硬冲出去，他们也无可奈何，但只怕这群小人羞恼成怒，使新婚情郎吃了亏苦。只可取些小款，布散了事。但她和客人身上都无零钱，只得咬牙取出张百元钞票丢在地下，喊声你们分吧，就和客人走出。

那群伙计见只一张钞票，以为最多不过十元，还嫌太少，笑着请回回手儿。素秋骂道:“你们这群瞎眼的穷种，睁开眼看看多少再说。这一回连你们买寿衣棺材的都够了，趁机会快死吧，以后可再看不着这些钱了。”

伙计被这一骂，才骂出个认识洋码子的，认出钞票上那瘦长子的一字，带领着两个矮胖的圆圈，排队站班。忙喊着这是一百块钱啊，喊完又饶了句我的妈，众伙计闻声，立时攒成一团，乱叫给我，给我看看。素秋和那客人才得脱出重围，落荒而走。

出了巷口。这地方正临荒秽之区，巷口便是一身死水沟。那客人立住，才嘘了口气，似乎要做深呼吸，但一张嘴，被臭气直扑喉咙，急忙用手巾掩住口鼻。素秋觉着眼前破敝的房舍和污隘的街道，却似觉拔身飞升，到了清虚仙境。心中一阵凄惶，一阵喜欢，似得意又似叹息地道:“我可逃得活命出来了。”

说着眼望那客人，感激难言，只有泪珎粉落，把身儿紧偎在他怀中道:“我可对你说什么呢?”

那客人微笑无言，只拍拍她的肩头。素秋见这时天气尚早，晚风甚峭，自己身上虽然衣服单薄，但因心中温暖如春，烘得遍身都不觉冷，却怕客人清晨受凉，就道:“我们上哪里去呢?这里没有洋车，还得走了去。”

那客人笑了笑道:“往哪里去，得你自己做主啊。”

素秋闻言一怔，那客人又道:“现在我算把你救出来，以后的事，我可不管了。方才我给你的两千块钱，你还了几百的账，还剩一千多。你就带着自寻门路，也不愁冻饿了，咱们就在这儿分手吧。”

素秋听了，不由大惊失色，拉住他哭泣起来。

后事如何，下回分解。

第十六回

风来有迹依样画葫芦
云出无心移居落窠臼

话说素秋听了那客人言语，惊得大瞪两眼，望着他说不出话，半晌才颤声问道："你这话是真的吗？"

那客人道："我为什么骗你？你就带着这点钱，自己投门路去吧。"

素秋点点头道："听你这样说，敢是真话，我还怕你不是真把这些钱给我呢。既是真的，我这福气大了，带一千多块钱，到哪儿不能享受呀。"

说着冷笑一声，泪如雨下，突然伸手从身上把那一卷钞票取出，掷到客人脚下，自向前奔了几步，就向水沟中跳去。

那客人似乎早已看出她的神色，暗有防备。这时一跃到素秋身后，把她揪住。素秋原是个猛劲儿，客人用力又大，她向后一退，就跌到客人怀中。客人抱住她道："你这是怎么了？才说逃出活命，怎立时又寻死路？"

素秋用衣衫拭干眼泪，倒向他笑道："你咒我啊，我为什么寻死？"

客人瞧着她道："你还不承认哦，你好心狠，这会儿工夫，就安上非死不可的心了。"

素秋道："什么话？我不懂。我正在高兴时候，为什么非死不可？"

那客人笑了笑，拾起地下钞票，仍塞入素秋怀中道："你别瞒我，我全明白。凡是寻死的人，被人救活还闹着要死，那就是装着玩儿，也许根本并没想死。试想既被人看破，谁能再叫她死呢？唯有像你方才的样儿，先给我个冷不防，就要跳河。及至被我拉住，你又不承认有心寻死，这是为什么呢？你倒得给我讲讲这个缘故。"

素秋只冷笑着不语，那客人又道："你的情形，我都知道。你在那种地方实在太苦了，可是依然能活到今天。如今我把你救出来，又给你这些钱，你既逃出苦海，暂时又不愁生计，正该高兴，怎么倒寻死呢？"

素秋还不说话，客人问至再三，素秋才叹道："你的话不错，我在昨天，还梦想不到能逃出火坑，只求少受些罪就是念佛了。如今我居然逃出来，还有这些钱，可为什么死呢？"

客人道："可是你往水沟里跳。"

素秋道："不瞒你说，我真是要跳。你别笑话，我从这半夜里，就把心给变了。昨儿还只盼少受罪就知足，现在逃出火坑，身上带着千多块钱，倒不知足了。昨儿我还是下等妓女，自然没有什么妄想。自从你许了娶我，我立刻就自居是个太太，心里像开了朵花儿似的，又好像死人从坟里重还了阳。现在你给我个捧得高摔得重，把我的指望都抹消了。就是给我十万块钱，我也仍旧是个淫荡的孤鬼儿，活着有什么趣儿？实告诉你，就是那还阳的话，我的心早已死了，从你一抬举，才重活了。这时又死得结结实实的，完了，我也不能赖住你，你去吧，你总算在我身上做了德。我今世不能报答，从这儿就分手吧。这钱我也没有用，你带着。"说着取出钱就递过去。

那客人笑了笑道："哦，你还是想寻死啊？"

素秋摇头道："我才不死呢。"

那客人道："不死总得用钱，为什么还我？"

素秋道："我非用你的钱才能活着吗？我就是赌气不用你的钱。"

那客人哈哈大笑道："这句大话你说不起。"

素秋道："怎么我就非得用你的钱？没遇见你的时候，难道我没活着吗？"

那客人摇头道："不是这个意思，我是说你不能不用我的钱。"

素秋道："怎么不能？"

客人徐徐地道："看过谁家老婆，说不用她男人的钱？"

素秋微怒道："你还拿我开心，我又不是你的老婆。"

客人道："你怎敢说不是我的老婆？你是我花钱娶的。"

素秋道："你曾说过不要我的。"

客人笑道："你怎样实心眼儿？我是故意试试你啊。"

素秋被他闹得迷迷惑惑，望着他道："这又是什么意思？你试试我……"

客人接口道："不错，正是试你，这里面还有好些缘由呢。我昨夜到这娼窑来，就是打算娶你。这时赎出你来，本就应该带你回去，何必多这事呢？可是多事也有好处，因为我早先并不认识你，而且你只是个下等妓女，我突然要你做妻子，也许本心里觉得抱屈，也许别的朋友们将来难免议论。现在经这一试，我看出你这人是有志气，有刚强，足配做我的妻室，从此要尊敬你，再没有一点儿轻视的心了。而且在朋友一面，将来谁有话说，我就可以把这件事堵他们的嘴。其实不用将来，现在就得叫他们知道。这都是我良心上的话，你可不要错想。”

素秋见他说得诚恳，明白这次再非戏言，忸怩地思索半晌，叹气道：“你想得真好，可是只没替我想。我多险啊，倘然方才我喜喜欢欢带着你给我的钱走了，岂不毁了后半世的指望啊？”

客人道：“你倘若是那种人，也不会想什么后半世事。现在你已经是我的妻，再别想过去的事，快些走吧，前面也许遇着洋车。”

素秋任他揽腰挟腕，偎倚前行。走着不自禁地又问道：“怎么你非得娶我呢？我是贱到头儿的人，你花的钱，足够娶个坐家女儿的了。再说咱们并不认识，你怎单寻到我头上？从哪儿知道我呢？”

那客人道：“你又问这个了，现在我不能告诉你，少时自然叫你明白，咱们到旅馆慢慢说吧。”

素秋才不再问。又走了一会儿，才遇见洋车，客人叫了两辆，叫拉到中南大饭店。素秋知道这饭店是最上等的，不禁心中发怯，便向客人道：“咱们换个地方吧，你瞧我这身衣服，怎能进大旅馆？”

客人道：“没关系，这时正在清早，不会有人看见。一进旅馆，就有衣服给你换，走吧。”

素秋只得上车，随着到了中南饭店。一进门儿，客人便领她直上电梯，到了四楼，便喊茶房开了一个房间的门。素秋才知道他原就住在这旅馆，并非临时投止。又见这房间内外两室，陈设华丽，又有浴房，素秋立看出这客人生活富丽，必非等闲之人，心中且喜且惧，又有些惭愧。

客人和她进了内室，等茶房送进茶来，便问她可还要吃些东西，素秋道：“我夜里已经很饱了，你干吗尽照顾我吃？”

客人笑道：“那么你可要睡一会儿？熬了一夜，也该乏了。”

素秋道：“我更不乏，这时肚里满是心思，如何能睡？你还不把前因后果，说个一清二白吗？”

客人道：“自然要告诉你，可是现在还不到时候，而且也不能从我口里说，另外有人叫你明白。”

素秋愕然道：“谁呢？这里面还有别人吗？”

客人道："自然有，你想我早先并不认识你，若没有指引，怎会找你去呢？现在不必说，你且去洗澡，换上衣服，咱们再谈。你的衣服，全预备好了，这衣橱里一切齐全，你随便拣着穿。"说完就一笑出至外室。

素秋怔了半晌，只得忍着满腔狐疑，先把衣橱打开看时，只见里面衣服鞋袜，各有十数套，而且全极华贵，试一试尺寸无不合适。虽然越为纳闷，但欣喜也和纳闷成了正比例。当时拣出一套最心爱的，放在床上备用，就自进了浴房。见洗脸盆上面的镜架，已放满了各种化妆品，都是原封未动的，便明白是专为自己预备，不由暗感那客人的细心熨帖。素秋昔日原在繁华境中经历过的，对于这一切，自不外行。当时自己在浴缸中放好了水，洗浴一过，不特把陈年积垢都洗刷净尽，似乎连心灵上的旧染宿污，也都消灭了。到她由浴缸出来，觉得五中畅快，身体轻飘，恍如另换一人，重生一世。再对镜修饰一番，觉容光焕发，宛然恢复了未堕落前的青春，不但眉皱尽舒、额纹全失，连颊上两个小酒窝儿，也似不甘隐没，跃跃欲出了。

素秋对镜自语道："我又活了，居然又活了，这全世界上大概没人比我的福气了。可是救我的人，我还不知他的真姓名，也不知他真底细，糊里糊涂到了这儿，真闷人啊。我也不管那些，反正他的好处太大了。任凭是个穷人，我也甘心跟他讨饭；任凭他是强盗，我也情愿为他受罪。从此我除了他就是死，除了死就是他了。"

想着一阵凄惶，一阵高兴，就把换下的旧衣，暂且塞在浴缸底下，披着毛巾，出了浴室，上床换上新衣。正在穿着，只听外室似有人大声谈笑，料必是来了人。那客人曾说另有人来向我告知底里，莫非来的就是那个人吗？自己可得赶快见他，问个明白。但又想这个人若是素不相识，何以会使他娶来自己，想必是个熟人，熟人可是谁呢？想着就留心细听，但因门儿关得严紧，声音传达甚微，听不出口音。只得先把衣服穿好，又对着衣橱上的镜子照了照，见里面倩影亭亭，丰神都丽，很可以见得人了，就轻轻咳嗽了一声。便闻外间的谈笑声突然停止，接着就有人敲门。素秋叫道"进来"，只见门儿开了道缝儿，那客人探进半个脸儿，望着她笑道："你收拾完了？请到外边，有位老朋友等着见你呢。"

素秋闻言，想向外走，但不由已有些胆怯起来。向那客人招手，叫他进来，想要先问问所谓老朋友是谁。那客人似已明白她的意思，也招手道："你就快出来吧，一见自然认识。"

素秋没法，只得向外走去。一出门口，便见外室侧面沙发上坐着一个仪容俊伟、丰神潇洒的少年人。素秋目中似乎一亮，接着又一阵眼花，几乎不信自己眼睛，腔里一颗心直欲跳出喉咙，一手抓住门槛，似乎回身要跑，但脚下已软，不能移动，只剩了面红耳赤，目瞪口张。

那少年男子已大笑而起道："今天旧友重逢，真是梦想不到，嫂夫人总还记得我李伯英吧？"

素秋怔了半晌，望着李伯英，心中渐渐清醒，想起昔日和他的一段孽缘，不由忆起了旧情，也连带勾起了旧恨，就点点头道："我怎会不记得你？自然要记得你。"

李伯英又大笑道："好好，嫂夫人这两句话，我听着好像一把刺心的锥子，又好似有百十万字，够我寻思十天半月的。哈哈，请坐下谈吧。"

素秋徐徐走出，挨着自己新得丈夫，遥对着旧日情人，在沙发上坐了，向李伯英道："我一直糊涂着，敢情是……李先生在里面做主救我的。怪不得他只说有位老朋友呢，我可得谢谢你。"说着双膝一屈，就要跪下。

李伯英看素秋这样举动，直不知她是真为现在的事感恩地谢，还是记着旧日的事，把正语反说，在感谢之中寓讥讽之意。觉得很不得劲儿，忙叫道："老杨，你快拉着嫂夫人，别折受我，也别骂我。"

那客人已拉住素秋道："你不要胡闹，且听伯英说话。"

素秋道："我明白这个事是李先生做主，要不然你怎能认识我？现在我得脱苦海，还不得谢谢恩人？"

那客人道："谢是该的，可不必这么忙，再说叩头也当不了什么，且老实听他说吧。"

李伯英这才向素秋道："你到现在，大约还不知道丈夫的真姓名吧？我先给你介绍，他姓杨，名叫文盛，号是尚华。我们不但是老朋友，而且联手办事很多年了。不瞒你说，我们做的生意，是有点儿犯法的。可是我虽不敢自夸手眼大，也还算弄得稳当，向来没有失过手。到如今我们都有钱了，懒得再去冒险，就约定从此洗手不干，安享后半世老福。这位尚华老哥，跟我闯荡多年，到如今还是个孤身光棍儿。我早打算给他弄份家小，无奈总没办成。直到我听说你走了坏运，落到苦海，才打定了撮合你的主意。你的事我已经都对尚华说了，你不必觉得难堪。第一样尚华是个久走江湖的光棍儿，若要个不出闺阁、不通世事的人家姑娘，也不恰心，唯有你这孽海回头的，才和他那江湖投志的人，是最相合配的呢。第二我和你曾有过一段纠葛，那是尹公子为要保全自己的地位财产，想脱开你的纠缠，苦求我去诱你自愿脱离。我最初不肯管闲事，他托出许多朋友，向我哀求，我无奈何才允了他。结果虽达到他的目的，可把你害得不轻。在我良心上想，你以后受的种种苦情，都是我的罪过。一个人造了孽应该忏补，可是要拔你永脱苦海，必须有个长久计划。我本身因为种种缘故，绝对不能娶你，恰巧尚华老兄想找个终身伴侣，我就把补过的责任，推到他身上。尚华和我交情极深，很愿意替我做这件事。可是事关终身，也得你们双方中意，所以我在叫他去挑识你以先，曾告诉他说，若看着素秋不对眼光，就立时开钱出来。但是他去了，不但住了整夜，而且当日就把你赎出来，足见他是爱上你了。再者方才我听他说，他曾用假话试你，叫你自投门路，你当时竟要跳河。由此可见你也一心一意爱上了他，而且他由这件事上也更敬重你了。现在你们已是一对恩爱夫妻，过去的事，大家都从此忘记，安心同居度日。我担保尚华永不会轻视你，不会错待你。你也是刀山火坑都经过来的人了，如今孽海回头，料必完全觉悟，一定不会再胡思乱想，为非作歹，准能成个很好的妻子。日后逍遥自在，和尚华成家立业，很有老福可享呢。现在你总该明白我对你的旧罪，可以用现在的功劳抵消了吧？”

素秋听着，心中感激难言，凄然说道：“您太言重了。当日的事，也不怨你，是我自作自受。现在你好像把我从死里救活，又成全了我的终身，我真不知怎样报答你了。”

李伯英道：“你的话我不敢当，不过从你话里可以听出你已完全觉悟了。这是你的福分，也是尚华的福分，我太喜欢了。可是我和尚华亲如兄弟，素日形影不离，就是他立了家，我也得常去打扰，当然和你不断见面。我和尚华绝不在乎，只怕你记着旧事，觉得不好意思。现在我出个法儿，你就认我当老大哥吧。这样既显亲热，又好称呼，把旧事也可以勾抹了。”

素秋听了，觉得这实是最好的，但自己身已有主，不愿像以前那样任意行事，就转脸去看杨尚华。尚华笑道：“你真是福气，认这么个哥哥，便宜大了，还不快给他行礼。”

素秋闻言，便走过去向着伯英拜倒。她这时当着现任夫君，拜见这旧日情郎，结为异姓骨肉，心中自然别有一番风味。李伯英却不似方才的避嫌了，伸手把她拉起，笑道：“从今你就是我的妹妹。我也是举目无亲，正需要有个关心的亲人。以后尚华的家，也算我的家了，我该给你个见面礼儿。”

说着从身上取出个小蓝绒匣儿，里面绷着只大钻石戒指，交给素秋。又取出两个折子道：“这是哥哥的小意思，一个折子，是正兴银行的六千元存折，你留着做体己。一个折子是大昌绸缎庄的取货折，你去尽量拣选，就是把大昌整个铺子都搬光了，也没人拦你。这点东西虽少，你带着也不算空手儿进他杨家。”

素秋不禁感激涕零，回顾杨尚华，用眼光询问他可否全收。杨尚华笑道：“你们现在比我近了，大哥给的，你一推辞，他倒不高兴，就收下吧。”

素秋道了谢，心中既悲且喜，回想又觉可怕，倘若自己在出了娼窑之后，若是目光短浅，心志不坚，只看着尚华给的千数块钱是便宜，竟自走了，又哪能得这番意外遇合呢？李伯英这时已拍手道：“好了，过去的都谈完了，从此谁也不许再提。不单妹妹你，就是我和尚华，也算从此改邪归正，以后都要走正路，做好事。旧日的我们，只当已经死了，从今天我们是三个新人。只许谈将来，谁再提过去一个字，就要受罚，你们记住了。现在且说你们的家，租界上我有几处房子，你们随便挑着住，最好住七号路那所大的，好在家里请客办喜事。”

素秋接口道：“大哥何必这样费事？您想我的身份，怎配像人家坐家女似的，鸣锣响鼓地办喜事。不但太折受我，也怕人家笑话。”

李伯英正色道：“你又提旧事了，这可该罚。你从此要自尊自贵，把自己看成金子似的，才对得住我。再说我姓李的出聘妹妹，大爷有钱，想怎么铺张就怎么铺张，谁敢笑话？”

杨尚华这时暗对素秋使个眼色，叫她不要再行谦辞，又笑向李伯英道：“你这样上心，给妹妹风光，我可以省钱省事，真得谢你。想不到她认个哥哥，连我也占了便宜。”

伯英哼了声道：“只怕你省不下，有我看着你，哪样含糊了也不成。”

说着就商量是先行同居后行婚礼，或是先行婚礼然后同居。素秋本心却因尚未得与丈夫亲近，愿意先行同居。恐怕先行婚礼，便要耽误时日，把两人分开了。但伯英却为尊重素秋，主张先行婚礼。杨尚华和素秋自仍不能反对，便依他定议。当下又商量了一会儿，伯英、杨尚华便同出筹备一切。

素秋因一夜未眠，吃些东西也便自上床休息。但因感情太为兴奋，又加新换环境，直转侧许久，方才睡着。睡中做了好些乱梦，到午后太阳平西，醒来之后，脑中还记得最后一梦，是在尹公子家和李伯英幽会光景。不由自怨自艾，心想现在已嫁了杨尚华，又成了李伯英的妹妹，怎么做这样无耻的梦？莫非自己的邪心尚未退尽，败运尚未走完吗？想着就深自警惕，强忍着不思旧事，意念中把伯英看作同胞长兄，一心秉正，不涉他想。果然以后再不做那样怪梦，而且对李伯英的态度，也渐归自然，不敢忸怩了。

她自己在旅馆住了两日，李伯英把住宅收拾已妥，就接她过去。住宅是三层五楹的小楼，楼外有小花园，楼下有大客厅，陈设得非常华丽。素秋欣喜万分，真是为始料所不及。杨尚华早已发出帖请客，到次日便正式举行婚礼。收的礼物极为丰盛，来的宾客却多是粗豪叫嚣之士。素秋容貌本来美好，只因糟蹋得不成样儿，这一经过休养，又加人逢喜事精神爽，一着上新娘装饰，居然是荷瓣露浓，含花烟润，博得宾客夸赞不已。礼毕设筵，大家闹了个乌烟瘴气，直至午后方散。素秋和尚华入了洞房，尚华是遂了宜室宜家之愿，素秋更竭尽感恩图报之忱，自然十分和好。到了次日，尚华、素秋一同请求要伯英在一处同居。伯英却说自己生性好游，不能长住一个地方，此后仍要遨游天下。但只要身在天津，必然以此处为家。素秋夫妇只得依他，从此素秋就算成了正果，安享尊荣下去。

但这件事渐渐传播人口，有的传为美谈，有的当作笑话，渐渐在梧也知道了。他因和素秋有过一段露水姻缘，留心打听，才知那李伯英是个游侠之士，也就是不由正路谋求生活的光棍，而且做过贩卖毒品的营业。但是他为人却是很正直公平，聪明豁达。虽然少年风流，但对于拈花惹草等等小事，也极有分寸，不肯一昧胡来。故而以一个三十岁的人，能够做秘密营业的首领，管领着数千百人，言出令行，从无失败。以后虽已成为富翁，洗手不干，但是他的财产，并不自私，对旧日友朋仍是挥金如土，无所吝悭。所以在另种社会中，声名极好。在梧得知他的底细，甚为钦慕，恰巧有一次在友人宴会中，遇见这李伯英，又凑巧互相接座，两人谈得很为投机，在梧深致景仰之意。李伯英这种豪士，自然好谀，又爱在梧少年英杰，两下在初识便发生了交谊。李伯英却有些老气横秋，临别向在梧说道："我们也是有缘相会，从此我认你做朋友了。不过我常出门，便在天津也很少闲工夫，和你不能时常会面，你也无须时常见我。不过咱们既是朋友，你又很知我的底细，将来若有用我的地方，可以找我去，无论过上十年八年，我也不会忘记你这朋友，总要帮你忙的。"又留了个住址，便自分别，这是三年前的事。在梧以后再没遇见过他，也渐渐把这件事忘却，已不复置念了。

这时落在困难之中，弄得家庭破裂，夫妇分散，倩宜隐踪匿迹，不肯复归。她的心中，当然是恨着在梧情滥行伪，若没个切实解决，她当然永无回心之望。依在梧本心，实在以夫妇为重，只求倩宜复归，无论何等牺牲、多大磨难，都自情愿承受。但是倩宜意向业已由行为表现出来，她是为着在梧有了秦云和小樱，才灰心避去，而且在她的信中，又说明在梧娶秦云时，已有避位让贤之意，并不只为小樱的突然出现方才寒心。言中大有爱情只有夫妇两人可以维持，若多添一个，便必决裂。如今小樱已知难而退，不再做人家好夫妻的障碍，挟着一副残破之心，仍做她的天涯流落生涯去了。但只剩一个秦云，仍与倩宜成为不能两立之势。在梧自想，已和秦云行过聘纳之礼，有了夫妾名分，势不能冷淡不提。而倩宜因自己已有秦云，当然家庭不肯归来，暂时实没有两全之计。但若长此耽搁下去，自己即不接秦云回家，使其长居林宅，而且和她情冷迹疏，倩宜远在他方，也不会知道我的真心，必然疑惑我已和秦云情同胶漆，把她完全忘记。日子越久，怨恨越深，积疑越甚，简直重圆无望了。为今之计，直是鱼与熊掌，二者不可得兼，唯有忍心抛弃一面。照正路来想，自该牺牲秦云，保全倩宜。但秦云一心相倚，誓死相从。我已负过她一次，如今方绝处逢生，自喜终身有靠。我若再行薄幸，她必伤心至死，何忍如此狠毒。可是若只顾了秦云，对于倩宜就要变成百年长恨了。而且在梧的意思，实在偏重倩宜，固然因为夫妻名分关系，但也因于倩宜的境遇性情一切弱点，倒成了维系的力量，使在梧觉得背之不祥。一来倩宜曾经妨过一个丈夫，在旧社会中成为很大的缺陷，若是再嫁便得降格以求，不是给较低级的人做配偶，便是给年老的人做继室。总而言之，年当貌对、门户相当的男子，绝不娶孀妇为敌体的。倩宜深知旧社会的恶习，已不想再谈嫁人，自取屈辱了。在梧却由颖芊口中，得知她的情形，深为惋惜。在梧本来自视甚低，以为自己这样无家无产，而又荒荡不检的人，已不配玷辱人家清白处女。而且年岁已大，将要回头，心期自救，何不趁这自救的机会，连带拯救一个为社会轻视、前途暗淡的女子？自己虽然家贫学浅，所幸年纪尚轻，自问性情尚非鄙俗，倩宜若嫁给自己，总可以比嫁给顽固老人，或是市井俗士，较能享些幸福，得些快乐。因此拿定主意，就向倩宜追求。在先颖芊为着哥哥婚姻，曾受老母暗示，把一位同学的陈小姐介绍他。那陈小姐对在梧已暗茁情苗，及至在梧一向倩宜亲近，那陈小姐伤心之下，竟离天津，转学到北京去，不久另和一位大学生结婚了。在梧和倩宜结果成功，以至今日。在梧之娶倩宜，暗地还含有反抗旧社会的意义，以为众人轻视倩宜，我偏重视；众人都说倩宜命苦，我偏要她长享幸福。当日如此存心，如今竟因为别人，把倩宜气走，使她沦入悲凉之地，自然要成为众人口实，岂不大背初衷？第二倩宜的性情温柔和厚，虽然由这次斩钉截铁的行为，看出她是有坚心毅力的，然而在平常时她却是柔和得有时近乎懦怯，好像必有个男子保护不可似的。在梧就来以保护人自居，譬如在外同行，遇有野狗，倩宜就得藏入在梧肘腋之下；在家同寝，闻有异声，倩宜就得缩入在梧偎抱之中，这样已经惯了。如今倩宜突然离家远走，在梧料着她在外遇着无人保护，无人体贴的日子，必然到处荆棘，触景凄酸，因此心中分外不安，这是在梧心内的事。还有家庭中，自倩宜走后了，立由喜气欢声的盛景，变为酸风苦雨的败象，人人无精打采，咳声叹气，好像都不能过下去，而且老母的暗示，颖芊的正言，全表示以倩宜为重，必须央她归来。

在梧处在这难境之中，仔细斟酌情形，权衡轻重，觉得若不把倩宜请回，则自己的家庭幸福，本身命运，全要完了。但若想见倩宜，必须先将秦云牺牲，这是最大的难题。倩宜固有老母、颖芊做后盾，但秦云也有她的干爹林正鸿做靠山，自己既给秦云在大庭广众证明身份，现在再想抛弃她，林翁必不答应，自己又怎样能说得出口呢？可是由倩宜、秦云二人身上着想，秦云久历风尘，对人对事，经练已多，或者还能承受这种打击。自己若能跟林翁说明苦衷，征得同意，以后多费些钱财，做她的赡养。秦云虽仍难免临时痛苦，但稍阅时日，事过境迁，还能渐渐淡忘，可以另投门路，自己这薄幸行为还可不致酿成什么惨祸。倩宜却是单弱娇柔万禁不住这样打击，倘若证实我已负心，恐怕她纵不自杀，也要抑郁而死。这时自己的罪过，可就万死莫赎了。想着反复推详，终究得了结论。以为当今局面，绝对无法两全，虽然无论怎样都要有害，然而两恶相权取其轻；虽然无论怎样都是作恶，然而两恶相权为其小；虽然无论怎样都要亏心，然而两种亏心择其亏心较少者。因此必须牺牲秦云才是正办。

大问题既已定了，但是秦云怎样牺牲？对她径直说吗？那样必致立时惹出麻烦。请林翁对她示意吗？那样林翁先要对自己提出质问，替他义女主张权利，反要形成不了之局。在梧辗转思维，正在无计可施，只祷告老天，怎样能使秦云自动退却，甘心舍弃她的既得权利，像小樱似的远远走开，那样一切纠纷便可迎刃而解了。但是秦云千辛万苦，才有了今日，如何肯自动退让呢？在梧想到尽头，不由胡思乱想起来，忽念若是上天加护，真给我解除困难，这时从天上降下一个美男子来，处处比我强胜百倍，使秦云和他遇上，把爱情转移过去，或者就不再缠绕我了，但世上哪有这种事呢？想到这里，忽然触起素秋旧事，当她从尹公子时，尹公子也是处在这样困境，想去她而不能。后来弄出个李伯英，居然使素秋自动离去，可见这种事，人力也能办到，不必妄想靠天，我何不也尽尽人事，寻个美男子，来引诱秦云？固然这样行事有亏良心，但事到如今，也顾不得了，但是上哪里去寻这个人呢？接着又忆起李伯英初与自己一番遇合，以及临行相许的话。如今自己是遇到患难了，正可去找李伯英，如能求他亲身出马，像替尹公子解脱一样，自然是好。即使不能，我也可向他求计。李伯英阅历深远，眼皮又杂，或能替我想个办法。

想着就搜索旧箧，翻了半天，居然在一个信匣里把李伯英的名片寻着，看上面的住址，是狄更路十四号杨宅，记在心里。到了次日午后，便整衣出门，坐车直奔狄更路。到了地方，寻着杨宅，见是一座新式高楼，十分富丽。就上前按铃，有仆人出来，隔着铁门问他找谁，在梧说出找李伯英先生，并取出自己的名片。仆人看了一看道："请你候一候，我进去看看，不知在家不在。"说着就走进去，过了半晌，才又出来。先把铁门开放，道了声请。在梧暗赞李伯英果然讲信义的人，事隔数年，他居然还记着我，立刻延见。料想今日会见的结果必仍极好，他曾允许为我帮忙，不会反复的。

想着已随仆人进入楼门，到了一间大客厅里。在梧见厅中陈设，都是极贵之品，心想这里主人真阔，只这厅内什物，已值数万金了。这时仆人已倒过茶，递了纸烟，说声"请稍候，就有人来见您"。

在梧听着，觉得他语气可疑，忙问李先生是在家吗。仆人道："李老爷跟我们主人一同到外面应酬，也就快回来。方才是我们太太见您名片，说叫请你进来。她就要来见您的。"

在梧听了，方自一怔，就听外面革履声响，随有个丰容盛鬋的少妇走将进来。在梧急忙立起看时，只见进来的人面貌甚熟，略一打量，便认出是自己的旧相识素秋，但是容颜已多改变。因为素秋在风尘时，尚有几分少女风格，身体也非常苗条。但因受了一番磨折，瘦成皮包骨，失去原形。及嫁了杨尚华，养尊处优，自乃心广体胖，恢复旧观。但是肌肉消瘦以后，再度重生，便不能全依着旧日部位，也不能全照着旧时分两，因此容貌虽仍楚妍，但除去眉目口鼻，还不失当年丰神外，其余如颊上梨窝，眼边媚气，全部消失或是改变了，可是另外却添了雍容华贵的气派和仪态万方的风情，好像已近于中年贵妇的仪范了。

在梧看着她，怎敢放肆，忙正色鞠躬。素秋很大方地点点头，笑着说道：“巢先生，还认得我吧?”

在梧应了声是，素秋延他对面坐下，自燃了支纸烟，吸着道：“我们可算是老朋友了，一别四五年，不想今天意外遇着，你的景况很好吧?”

在梧答道：“勉强对付罢了。”

素秋道：“这几年我可经了千灾百难，如今才算好了。”

在梧道：“请您恕罪，我问句不应该的话，你是这宅中的主人吧?”

素秋点头道：“不错，杨尚华是我们先生，李伯英是我的哥哥。”

在梧听着心中诧异，但不好意思再问，就道：“我正来求李伯英先生，想不到遇见旧朋友，算是运气，还得求杨太太替我向李先生说句好话。”

素秋道：“你来得很巧，伯英是个没尾巴的鹌鹑，成年在外乱跑。上月才从南方回来，不久还要出门，你求他什么事呢?”

在梧道：“有一点儿小事，不知李先生几时回来?”

素秋笑道：“他是一点儿准儿没有，也许五分钟内回来，也许五天也回不来。我看最好你把事情告诉我，我替你转达，改日再来听信，或者留下住址，等他回家，就派人请你。”

在梧听了，心中虽不愿先对她说，想素秋和李伯英已成为一家，自己今日遇见素秋，正盼望她对李伯英代为美言，若此时不告诉她，她一生气，这条门路就要走不通了。想着就道：“告诉你当然可以，不过这事情太啰唆，怕你没耐心听，更怕你听了笑我。”

素秋摇头道：“我正是阴天打孩子，闲着也是闲着，你说两点钟也没关系。至于你这小荒唐鬼儿，我早知道，有什么笑的? 快说吧，我猜你许是在什么班子又热上了姐儿，和谁吃醋闹事了，要不然就是姐儿的叉杆，要拿刀寻你。若不是这种事，你不会来寻伯英。”

在梧忙道：“你全猜错了，只那句小荒唐鬼儿，骂得不错。我真的因为荒唐，惹出大苦大难，闹得自己钻了圈儿，跳不出来。”

说着就把自己和倩宜、秦云、小樱的四角恋爱原原本本地从实诉说，又讲到现在所处境地，已费了一点多钟的时光。素秋聚精会神地听完，微笑道："好热闹，像一本小说似的，这就是老天给你们这种人的报应，你只仗着年轻，脸子漂亮，嘴儿甜甘。恨不得插上翅膀，满天飞着追便宜。哪知便宜也会咬人的，你现在就是被便宜咬着了，世上男人，都想只占便宜，不受连累，把女人啰唣完了，一抛就散。真该有这样痴心女子报应你们，叫你们得回便宜，就粘上一贴膏药，永远揭不下来。你现在就落了满身的膏药，没法往下揭。这时也后悔了吧，明白便宜也是祸害了吧？"

在梧叹气道："杨太太，你说得全对，可是我这几年实在想学好了。要不然，也不会收心成家。可是老天好像成心跟我取笑，总叫我遇见脱不开的冤孽。就像孟小樱，是我十年前在保定的邻居，真真没一点儿瓜葛。可是偏偏在儿这遇见，她偏偏缠住要嫁我。再说秦云，她本是我做事公司里经理的姨太太，平日我并没跟她说过话。可是又哪知她早已挂念上我，又恰在我辞事时候，她也跟她丈夫离异了。我又因为救一个可怜的小孩子，到了惊鸿馆，和她遇上，这不是冤家？我实在不是自己找寻的啊。"

素秋笑道："我也信你的话。不过你这人，是天生该受这种风流罪的。还生了个惹事招灾的脑袋，叫女人一见容易动心，又有那温柔软软的脾气，女子一亲近你，就算离不开了。就是你本心不想招惹人，因为你这天生的好处，挡不住别人来招惹你。外人不知道，我是领教过的啊。"

在梧听她提到旧事，竟涉邪僻，不由心中害怕起来，自思她倘若起了邪心，要和我叙旧，那可如何是好？她现在是李伯英的义妹，她丈夫也定是个江湖好汉，我若在这时和她胡闹，那真是老虎口里拔牙，自己讨死了。想着不由心慌面赤。素秋瞧着他笑道："你别听错了，过去的事，我向不瞒人。就是尚华在这儿，我也照样地说，心正不怕影儿斜嘛。"

在梧无话可答，只得连应是是，素秋又问道："你且接着说，打算怎么办呢？你此来当然为请伯英帮忙，可是你必先有个主意，叫他这样帮你。"

在梧知道不说不成，只得把自己原来计划说了。素秋听了，发怔半晌，才叹气道："人可不要落成下贱，一下贱了就不是人。我早先也经过的，初在班子混时，有几次和客人真心要好。那客人家中本有太太，但对我说得天花乱坠，说太太怎样不可心，又说跟我怎样真诚，那意思好像为我倾了家也甘心，丧了命也乐意。我也认他是实话，真有心跟他从良，以为他这样爱我，这样看不上他的太太，我若嫁到他家里，一定能扬眉吐气，唯我独尊，起码也不会受大婆欺压的。哪知我还没真个从良，忽然风声传到他太太耳里，有一天居然跑到班子去堵她的丈夫。我心里拿得很稳，觉得男人一心向我，那老婆定要自讨羞辱，给我看个哈哈笑。我想得不错，可是事情全反了道儿，那客人一见他老婆，吓得避猫鼠似的，一个劲儿央告。那老婆打他一顿嘴巴，又把我臭骂。我心里本就气坏了，就和她对骂，那老婆动手打我，我冷不防挨了几下。那客人一声不响。到我还手打那老婆，那客人竟对我翻脸了，大骂臭窑姐，你是什么东西，敢跟我的太太动手？说着好像就要替他太太打我一顿似的。我见他这样，立刻气瘫，连话也说不出来，更莫说打骂了。自己把脚一顿，认败服输，躲出房去，任那老婆把她丈夫揪走。以后我以为那客人也许是当时故意敷衍他的老婆，稍迟几日，定然还要来抚慰我，哪知他竟是肉包子打狗，一去不回头了。原来人家竟被老婆管得学了好，再也不嫖，当然把我抛在九天云外了。从那回我才明白，并不是世上男子靠不住，是我们太下贱了，男子没把我们看在眼里，觉着亏负个窑姐儿，很不算事。和窑姐儿要好时候可以顺口乱许过儿，不过为着哄窑姐多给他点乐儿，乐够了掉头一走，管窑姐儿伤心不伤心呢。真好真厚的，还是人家结发夫妻，只看老婆一出头，丈夫就不知怎么好了，若是杀人不偿命，他也许宰了我平他太太的气。由此看来，窑姐儿简直不是人，我从那次，恨上男子，决计不嫁人。以后嫁尹公子，却是没安好心。因为他是怕老婆出名，我却要借着他的怕老婆，害他一水，出出我在别人身上受的恶气。哪知没害成他，倒被他算计了。可是他对我变心，也为着大婆儿啊。所以我常向人说，这世上虽然也有宠妾灭嫡，但是很少很少。十个男子，有九个半看重他的黄脸老婆。不论怎样，也是夫妻情重，我们这下贱妓女，一给人做妾，就算下了地狱，永莫想丈夫做主，不受大婆的气。人家夫妻终是夫妻，虽然也是外姓凑合上的，可是总好像有骨血关着似的。窑姐虽也有得宠的，但一到了紧关节要，谁轻谁重，就给分出来了。你看，我现在可是又得了个证据，你一妻一妾，闹到这种地步，非去一个不可，你就认准该把秦云去掉，一点儿犹疑没有，你怎不赶掉倩宜呢？秦云怎就是天生该倒霉的呢？”

在梧听着，干瞪眼儿说不出话，半晌才道：“我把细情都已告诉你了，你说我这样做得不对，那么你替我想想，怎样办才对？”

素秋笑道：“我也不懂怎样是对。你知道我是什么出身，俗语说兔死狐悲，物伤其类。我绝不能帮着你去害秦云，怎么窑姐儿就该撵走，坐家女儿就该尊重？我真不服气。从我这儿说，伯英不能帮你，我还得给秦云送信，叫她留心你们的贼心诡计。”

在梧叫苦道：“我们……杨太太，这一来不是要我的命，你千万可别这样干。”

素秋道：“不这么一来，可就要秦云的命，你怎不替人家想呢？再说依我的法儿，不过叫秦云得以嫁你，终身有靠，你本身没什么吃亏。只于把你所爱的倩宜，撇开换个秦云做你老婆，并不要你的命，莫非你没有倩宜就得死吗？”

在梧想不到秦云在这里得着个意外的保护人，对素秋直觉有理说不清，而且她代秦云负气并非不近人情。自己本以抛弃秦云为亏心，经她一加责问，简直无可争辩，只急得抓耳挠腮，深悔此来的失计。因为若是不来，只于失去伯英的助力。如今不但得不到帮助，反倒惹出意外的纠纷。倘若素秋真个把细情告知秦云，秦云不但加了防备，还要怄上了气，宁死不肯退让，结果必使自己失去倩宜，而且也失去秦云的感情，终身将无幸福可言了。

想着只得直言央告道：“杨太太，你千万可别告诉秦云。即使李先生不帮我，我还事有事在。若叫秦云一知道我的主意，那就没法办了。”

素秋道：“你没法办，就可老实和秦云度日，那岂不正好？”

素秋方要答言，忽听外面汽车声响，就立起笑道：“大概他们回来了，你且等着，我先去替你说说，少时伯英必来见你。”说完就走出去了。

在梧见她并没向外走，倒转入对面房中去。过一会儿果闻外面铁门开合之声，却未见有人由客厅前走过，想是由别的门进到他室去了。在梧只得耐心等着，过了很久，还不见他们到来。看壁上的钟，由两点半到了四点五十分，这时间里，在梧不知吸了几支纸烟，不知起坐了多少次，心中说不出的焦急，两眼只望着厅门。心想李伯英是否真已回来，还不可知。素秋既知我在这里，怎该墩我这大工夫？现在便是拂袖而去，眼前没有主人，也不好自己暗溜啊。想着忽听背后有人笑了一声，急忙回头，只见素秋和两个男子正并排地立在背后，都向自己笑望。原来他们是从背后一个装大镜的暗门走入，地上又铺着厚毯，所以不闻声息。

在梧急忙立起，素秋已指着那伯英道：“这是我哥哥，你原来认识，不用介绍了。”又指着另一个中年男子道，“这是我们先生杨尚华。”

在梧看那杨尚华，生得雄伟厚重，颇像个上等人。心想素秋嫁得这样丈夫，也就算命运不错了。当时大家见礼落座，伯英和尚华坐在对面大沙发上，素秋夹在二人中间，向着在梧，大有顾盼自雄之意。

伯英对在梧道："一别多年，难得你今天光降。其实从我们认识时候，我就不希望你来找我。因为你平安无事，自然想不到我，一想到我，就是遇见困难了，你瞧我多不吉祥啊。"

在梧欠身道："我实在陷在困境，久知伯英豪侠好义，能够排难解纷。自从那年别后，至今念念不忘。"

李伯英笑道："你念念不忘的，想是我许你那笔债，今天居然来讨取了。老弟不必着急，天大的事，也没有逼死人的，终必有个办法。你这点小事，更不算什么，我一定帮你。"又指着素秋道，"方才阿妹已把你的事全告诉我了，她也劝我帮你，不过她是要我成全你和秦云的婚姻，把你那太太倩宜牺牲了，我想这也是个办法。"

在梧变色道："若是这样，就不劳老兄帮助，因为现在就是这个局面。倩宜负气离家，小樱也远走高飞，只剩下个秦云，我的良心若下得去，就老实和她度日，何必来求老兄呢？"

伯英哈哈大笑，向素秋点了点头，才向在梧道："可是我们阿妹一定要我援助秦云，否则不叫我管，这该怎么好呢？"

在梧苦着脸儿道："这个……"

伯英接口道："你且不用为难，我已经把她的主张改变了。听说方才你和她辩论过好半天，阿妹听你要抛舍秦云，她因为秦云也是风尘出身，有些物伤其类，就和你反对，你当时竟没话折服她，怎这样的笨呢？我很能体贴你的心，在她向我报告时，已经替你把她说服，现在她也跟你一样心思，要我帮你收拾秦云保全倩宜了。"

在梧听了不由一怔，伯英笑道："我只对阿妹说，你现在已是尚华的正太太，应该引一切正太太为同类，不能再想往日出身，倒去爱护窑姐儿。你这时若不替在梧的太太争气，反而帮助秦云，这例子可开得太坏。倘将来尚华要娶了老婆，也按着例子办，叫你让位，你可反不过嘴来。这时若帮着倩宜，立下威风，叫尚华知道太太应该尊重，以后你的地位就保险了。阿妹听了这话，才悚然失惊，吓得半晌没言语。"

素秋笑道："你别胡扯，我何致就吓得这样。"

李伯英道："我说的是你心里的情形，你敢说心里没倒吸一口冷气，自己告诉自己说，哎哟，可不是，我怎这样糊涂，把事情全都颠倒，不向着和我一样地位的，偏要帮着我们做太太的敌人呢？倘然竟做下坏例，把敌人养成了势，日后我要受害，还没处诉苦呢。哎呀，了不得，我快改主意，叫伯英成全在梧太太吧。一笔写不出两样太太，人不亲这名儿还亲呢。”说完又向素秋道，“是不是？”

素秋呸了一声道：“你敢是钻进我心里看来？别瞎说吧。我只为方才在后面和你说这件事，想到那倩宜也怪可怜的，秦云被在梧闪了，还可以进班子再混，重寻男人。那倩宜本来命苦，又是正经坐家女儿，一失了倚靠，可叫她怎么办？倘若心窄寻了短见，不是缺德吗？所以我才变了主意。”

在梧听着，觉得素秋所言，理由太不充足。她当然像伯英所猜的话，为着觉悟自己也是人家正室，应引倩宜为同类，不该帮助妓女出身的小老婆，杀普天下太太的威风，种自己本身的隐患，故而幡然变计。这时因被伯英奚落得不好意思，才用言语掩饰，其实说的还是一面理儿，反倒弄得越描越黑了。这时那伯英已在哈哈大笑，向杨尚华道：“你记着，老爷一变心，太太要拼命的，可得留神。”

说着见素秋面红耳赤，似乎挂不住了，忙止笑道：“阿妹，你说的完全在理，算我诬赖了你。得了，别生气，咱们且替在梧想法子。”

素秋道：“不用想，在梧已对我透出了意思。他现在就好比是尹公子，秦云就好比当初的我，想请你还装作当初的你，把旧戏重唱一遍。”

伯英想了想，摇头道：“这可不成，我现在已经洗手，只学好人，不做坏事了。再说当初，我还年轻，也许有引动女人的长处，如今老了，没的叫秦云见了呕吐，反倒坏在梧的事。”

在梧忙道：“我看你不但没老，反倒比以先年轻了，反正无论如何，总比我漂亮十倍。”

伯英看看在梧，忽大笑起来，摇头道：“多谢你高抬，幸亏我不遇迷瞪鬼儿，要不然，还许被你捧荒唐了。”说时又正色道，“这还不是脸子问题，是兴趣问题。当日我年少无知，很有这种调皮耍弄的兴趣，所以一遇这种事情，很高兴去干。并不是好占便宜爱造罪孽，只是另有一种嗜好，想调查女子对待男子都有什么特性，也试验自己对于女子能有多大力量，只觉有趣，不知缺德。到如今我把女人特性全明白了，自己力量也试出来了，便宜也占够了，罪孽也造尽了，又加本身也老了，兴趣也没了。到这时很明白我身上背的冤业，就是从此吃斋念佛，修桥补路，行善到一百岁，也补不过来，死后依然得上刀山、下油锅，来世投生做白房子的窑姐，十二岁成人，到八十岁还接客……”

众人听到这里，全都大笑起来。素秋摆手道：“难为你把自己说得砢碜。”

伯英笑道：“你们不用笑，我说得真不过分，自己罪过自己知道，已经这样了，还叫我造孽，难道想看我来个现世报，叫天雷劈了啊？”

尚华说道：“你不肯亲身出马，可叫谁办去呢？”

伯英道：“请你代劳如何？”

尚华还未答言，素秋已叫道：“他如何干得了这种事？傻大黑丑的，哪配弄这风流刁钻的勾当？再说你自己不愿缺德，倒叫别人缺德，莫非有点儿不大公平？”

伯英缩着脖子儿笑道：“瞧你吓得这样儿，你说尚华不够材料，莫非也有屈心？我看最好请他玩这场票。”说着又笑道，“别着急，我是说着玩儿，世上哪有大舅子拉他妹夫走坏道的，自找叫妹妹打嘴巴啊？说正经的，现在我另找一个替身去办这事，还找得着，只是那秦云现住在人家大宅门里，又不大出门，任有了人，也不能进到林宅去勾引她啊。”

素秋道：“这倒有法儿，叫在梧托个词儿，把她接出来，赁房居住。你就可以在新宅里下埋伏摆布她，这是以前的老方子，你照方抓药啊。”

伯英听她又隐提旧事，好像有介介之意，就笑道：“药方虽有，可是病症不同，怎能乱吃？痛快说吧，当初你眼里的尹公子和现在秦云眼里的在梧，绝不一样。在梧这等人品，秦云又一心扑着他，爱情就是一道铁壁铜墙，非得有出色的人、出奇的招儿，万莫想打进去。若只弄个等闲的人，使用平常法子，不但白撞钉子，还怕惹她起了疑心，加了防备，倒给在梧耽误了事。这要等我慢慢斟酌，不能鲁莽。不过阿妹所说把秦云调出林宅的话，倒是一定要办的道儿，她在林宅神仙也攻不进去。在梧，你且先想法儿，弄她出来吧。”

在梧道：“出来倒好办，她本来在林宅长住，就觉着不安。莫说她是林老头的义女，就是亲女儿，嫁人以后，还住在娘家，也恐怕被人瞧着不好看啊。所以我一接她，必然出来，但是住在哪儿去呢？”

伯英沉吟道：“这要等我布置好了，才能定规。你先只对她下个底儿，不过得说个不能进你家去的理由，叫她同意暂且另立小公馆。”

在梧点头道：“这也容易办到，她现在所希望的，就是和我……”说到这里，似觉底下的话，当着素秋不好出口。但素秋却不在乎，闻言笑道：“照你好大的把握，这也容易，那也容易，好像天下无难事似的，只是临到真个要命的时候，就没把儿了。”

伯英笑道：“是啊，像他这样的人，只是一面的能为，勾引女人的能力最大，摆脱女子的能力一点儿没有。”

说着又略做寻思，忽拍手道：“我想了个两路夹攻的法儿，德租界上有我朋友一所小楼，可以暂借给你，接秦云进去住。我另外寻一个唱戏的或是票友儿，前去引诱她，这种人对于妓女，或是妓女出身的姨太太，好似特别具有吸力。”

素秋听伯英说到半截，方一凸嘴，想要提出辩论，但伯英似乎早防到这层，说到姨太太的姨字，说得特别加重，念成高音。意中似乎表示只有妓女出身的姨太太如此，而妓女出身的正太太，则万万不然。素秋听出他的调皮意思，不由也笑了，唾口吐沫，骂声缺德。伯英装没听见，也不理她，又接着道：“可是俗语说，情人眼里出西施。秦云正恋着在梧，任他是黑李逵，秦云也看作潘安宋玉，外面便有潘安宋玉去勾引她，她也许看着还不如李逵可爱，根本不瞅不睬，又有什么法儿？何况在梧又是这样人物呢？所以要使秦云上套，还得先灰她的心，必等她对在梧生了怨恨，或是觉得失望的时候，外人才能进步。可是怎样灰她的心，叫在梧再相好别的女子吗？那可不好，他是不走官财正运，只走桃花邪运的人，恐怕弄得一波未平，一波又起，那就更热闹了。我的主意，最好先设法寻觅倩宜，把她寻着，无论如何，总要央她回家。无妨明说，你完全应从她的要求，正进行撵走秦云的工作。并且请她回家，也是对付秦云的一种办法，只要倩宜回到家中，你就可以对秦云表示冷淡。秦云知道倩宜已归，必然伤心怨望，这时我安置的人，就可以向她进攻。秦云在和你要好时，自然把身体看得贵重，品德看得要紧，你一冷淡她，她的心定也冷了。觉得守身如玉，也不过如此，并没有得到你的相等报酬。再加上自己负气，旁人引诱，底下的事，就难保了。这是一般女子的普通心理，等到秦云把事真做出来，便可造成一个阵式，摆设出来，你只看上一眼，秦云便明白上当，也没话可说，只有善退。便是她的干爹也像被一个碗大的包子堵住了嘴，更不怕对你有什么责问的，这样我看是顶稳当的办法。只于就秦云方面设想，实在有些狠毒。不过事已挤到这里，也没法儿，只要你有良心，将来出力办理善后，也许能够解憾释冤，你看这里不放着榜样吗？可是能不能成功，那可得看老天的安排，你们的缘分，这时没法预定的。”

在梧寻思着道：“您的主意实在高明，不过一半得依赖倩宜，却未必容易办到。倩宜的意思，除非等到我抛开秦云……她是这样说的，男女爱情，只有两个人时才能存在，第三个人一进前门，爱情就从后窗户飞去。所以她走，是因为有了第三个人，若要她回来，除非我只剩了一人，等她回来而凑成两个。若秦云还未正式离去以前，她万万不肯回来，您说借倩宜使秦云灰心的话，恐怕不能成功。”

伯英道：“这倒未必，听你说倩宜情形，她不是太执拗的人，也许能劝得她稍为迁就。因为事情关着她的终身幸福，哪会丝毫没个寻思，只管负气的？再说她虽然说走就走，好像毫无留恋似的，其实她本心希望，却有九成九在重圆，绝不愿意真个决裂，不过把责任都推到你身罢了。所以只要寻得着她，就不怕……”

在梧接上道：“只要寻得着她，您这句话正说到劲节儿上。倘若能寻着她，我也许早能商量出个道理，只是没处找她啊？”

伯英道：“你别着急，这事我抛句文说，可以优为之。你家里必有倩宜照片，赶着送一张来，我可以在两点钟内，就发动全城官私两面几千号人，一齐出马，替你做义务侦探。”

在梧知道伯英眼宽手长，潜势力甚大，所言并非夸诞，就道：“不错，您的力量，一定能寻得着，我家里有着倩宜与她母亲同照的相片，倩宜是带着她母亲一同走的，这照片更是合用。”

伯英点头道：“好，你快送来吧，我叫人们看了照片，就分头寻觅。若是寻着，还不能立刻请她回来，只好先派人看住，别放她再失了踪，必得等你把秦云接到外面，再过十天半月，你才可以去和倩宜见面，请她回家。她一回家，你就不为故意冷淡秦云，也得恢复正当生活，不能再在外流连，要明白倩宜绝已是惊弓之鸟，再受不住一点儿气恼了。”

在梧点头会意，又道：“我很明白，倩宜回家以后，我就得给她个改悔的样儿瞧，绝不能再出去，敷衍秦云。否则她还许疑惑我仍迷恋秦云，倒说谎话敷衍她呢。我在接出秦云以后，得给她个短时期的幸福日子，以后由热变凉，好叫容易灰心失望，不过秦云这短期幸福日子，得安排在倩宜归家以前，要不然，恐怕又把两面儿都弄糟了。”

伯英道：“不错，这就是我的意思，你跟着就办去，我借给你的房子，无须收拾，你随时可以陪秦云搬进去。”

素秋道：“你且定规明白，是先在那房子里面下上埋伏，还是不用埋伏，等她去了再计较。”

伯英想了想道：“不必学老套子，还是等她搬进去再说吧。现在在梧可以随我们去看看房子，认明白了，回去好对秦云说话。”

在梧答应，于是大家坐着汽车，同到德租界那所楼房中参观。在梧见那房子共有十多间，小巧精致，虽然用作小家庭之用，仍觉稍大了些，但在阔人眼光看来，也只能说是应有尽有，并非大而无当。在梧当然可意，又上楼去看，推开后面窗子，见是一大片荒草地，直接到河边，过河也没许多人家，一望空阔，觉得心胸爽畅。

素秋喝彩道：“这里我还没来过，早知道有这房子，我在今年夏天就搬来避暑了。”

伯英笑道：“别胡扯吧，避暑的话，你一连三四年都上北戴河，还稀罕这地方？而且这座楼我买了五六年，只在新买那年，住过半个夏季。头一样夜里蚊子能够吃人，塘里蛤蟆叫得像打雷。夜里睡不安静，到天亮可以睡了，偏偏这后面空地上，一到早晨，就变成公共的音乐会场，有许多唱戏的和票友都到这里喊嗓子，神号鬼叫，吵得人心乱。再加上遛鸟的人们，也瞧中这地方，那几棵槐树上，挂满了鸟笼。鸟儿吱吱喳喳，人们咦咦啊啊，把我闹得日不聊生，直想烦个地面上朋友，把他们赶走，或是派我手下弟兄，把他们打跑。但是转念一想，人家站的是官地，并没进我家吵闹，再说他们不过找乐儿，练玩意儿，并没什么不是，我有的是房子，搬开就完了，何苦煞风景呢？所以我们只住了一个多月，中间除了有外省朋友来了住着，一直空闲，直到如今。”

素秋道：“现在冬天，还那么乱吗？”

伯英道：“冬天不过遛鸟的少了，喊嗓子的都是四季不歇工。”

在梧听着道：“这房子住女眷可不大方便，楼下尽过油头粉面的票友……”

素秋接口笑道：“危险啊，由此看来，你的秦云可别搬来，万一被别人勾跑了呢？”

在梧不由大笑道："我说的是别人，并没指着秦云，我还巴不得秦云跑了呢。"

伯英拍着在梧肩头道："现在你们明白我的意思了？我单单把这房子借给你并不无故的。"

在梧听着，心中便已了然，眼望楼窗，虚拟着秦云正倦倦恹恹，倚着楼栏闲眺，楼下有个油头粉面的滑头少年，正向她目挑心招。不由想起秦云数年相待的情义和婉转相从的苦心，如今自己竟谋及他人，设下这样惨酷的陷阱来对付她，未免太薄幸了。但是这件问题，是一道循环小数的算盘，想来想去，仍得返本还原，总有一个圈子里转，由秦云想倩宜，由倩宜想秦云，再回到原来的出发点，仍想不出别的办法，简直给他个再不犹疑，就这样干下去吧，便是做错了，也只得认命，反正我早已落在苦恼的海里，无论怎样，也不会对得住良心。想着不觉颜色露出凄惨。

伯英看明他的心意，就问道："我瞧你心里还在翻腾不定，大约口里虽说得狠，心中却仍犯着寻思，终觉对秦云老大不忍。这可大有问题，你若没拿定主意，事情还得缓办，别叫我费完心力，你又舍不得秦云，中途变了卦，结果弄得你们两口儿还是两口儿，只显着我们管闲事，不是东西。"

在梧被他揭破隐衷，不由红了脸，摇头道："没有的话，我早已拿定主意，绝不会变计。"

伯英笑道："你既拿定主意，方才怔神儿又想什么来？"

在梧只得承认道："我方才确曾发生不忍的心，可是立刻又想开了。"

伯英点头道："这是你的好处，一个人在无可奈何，要做违心事的时候，总该有此一想，才是人情，要不然就是大奸大恶了。好吧，你且回去安排，咱们还接着办，这房子的锁匙，全交给你。这里看门的吴七，是跟我多年的老伙计，人很精明，你同秦云来时，就用他做仆人，可以有许多方便。等我把细情告诉他，他自然会帮助你，说不定还许得了大用呢。"

在梧唯唯答应，大家一同下楼，伯英唤过吴七，见了在梧，又吩咐他明日到杨宅去一趟，有事相嘱。吴七领命，送他们大家出至门外，伯英和素秋夫妇仍坐汽车回去。在梧自行雇了洋车，回到家中。

进到书室，见颖芊正在里面，坐在沙发上，闲看隔年旧画报。她见在梧回来，只冷冷地叫了一声，也没说话。在梧脱了衣服，坐到对面，望着她，想自己家庭原是很快乐的，自从倩宜进门，更加倍添了喜气，每个人都是春风满面，欢声盈耳，却由生出秦云的事，家中就变了样儿。更从倩宜一去，举家好似都失去希望，没了乐趣，终日慎慎惶惶，就像活着没高兴似的。尤其颖芊，素日对我亲爱非常，这一改变态度，直把我当了仇人，连话都不肯说了。我一进家门，就如入了冰窖，更没说回至卧房，更要感到枕冷食寒的痛苦，室迩人遐的思量。这样精神刺激，实在承受不住。幸而如今已然有了办法，不久可以恢复原状，重得到我的快乐家庭，否则长此以往，我还活个什么意思？现在我何不把所定计划，对颖芊说明，叫她也高兴些，免得总这样愁眉不展。

想着便叫道："妹妹，你没出门吗？"

颖芊淡淡应道："我没地方可去，不像你外面有勾魂的。"

在梧吃个没趣，仍笑道："外面有谁勾我的魂？哦，你猜我上林宅去了吗？"

颖芊道："对了，是上林宅。你当然说上林宅，去看林老爷子，要不然就是看林国材，当然这样说着好听。"

在梧道："你何必挖苦我？我还没到林宅去呢，不过少时就得去，我直说是去看秦云，并不是访林家父子。"

颖芊点头道："这样也好，秦云住在那里，你当然天天去看她，这本是正大光明的事，有什么可瞒人的？何况秦云已经和你行过婚礼，现在就是你的太太，老爷去瞧太太，不是正应该的吗？我看你在家里也坐不住，不如快请吧。"

在梧笑道："好，你算隔门缝看人，把我看扁了。现在我不同你细说，过些日请你再看，就明白这时太冤枉我了。"

说着想了想又道："妹妹，我记得有张倩宜和她母亲同照的相片，可在你房里？"

颖芊愕然望着他道："不错是有，你问这做什么？"

在梧道："你给我拿出来。"

颖芊道："你要这相片有什么用？"

在梧道："你且别问，先给我，我当然有用。"

颖芊道："你不说出正经缘故，我万不给。那是倩宜赠给我的，如今她已抛我走了，只剩下这点纪念，怎能……哦，你是要撕毁了解恨啊？"

在梧道："你也太骂苦我了，只为着委屈了你的嫂嫂，就把哥哥看成禽兽，岂不太过些？我现在正托人寻觅倩宜，因为指明她母女的相貌，所以要这相片。”

颖芊道：“这又不是侦探防贼，用得着照片？我曾告诉过你，现在就把倩宜寻着，她也不肯回来，若是你能把你的周围弄得一律肃清，恢复原状，用不着你托人寻访，我就可以弄她回来。请问现在你做到可以容她回来的境地了吗？有秦云在着，便是传谕天下，画影图形，捉住倩宜身体，挽不回她的心，也是枉然。”

在梧道：“我已经有了办法，只要寻着倩宜，我和她一见面，准可以劝她回来。”

颖芊摇头道：“只怕未必，你大约必是想要两面求全，这时琢磨出自以为有理的话头，想寻着倩宜，对她大下说辞。我告诉你，那是白费，我深知倩宜脾气，莫说她已决心这样做，万难用口舌挽回。只她对我既写了那样坚决的信，若平白地回来，也没脸见我啊。你寻得倩宜，白伤和气，白叫她为难，我不能给你相片了。”

在梧这时觉得不能不告诉她实情了，就笑道：“你要明白，我并不是空口说白话，实在已决心牺牲秦云，才着紧寻觅倩宜的。”

颖芊道：“你已经把秦云发遣了吗？”

在梧道：“还没，不过办法已经有了，接倩宜回家，也是办法的一部分。”

颖芊道：“你想在未去秦云之先，就接倩宜回家，那是不成的。倩宜一回家，你又不舍秦云了。那时倩宜该忍受下去，还是重新再走呢？从我这儿说，倩宜不能上这个当。”

在梧笑道：“你也太袒护她了，我叫你明白了吧。”说着就把在李伯英家所定计策仔细说了。

颖芊寻思着道：“你虽然这样办，还算是过而能改。虽然手段太狠些，可是秦云本是妓女出身，本无须重视她的贞节，而且也不算缺德，至大害她反本还原，仍去做个妓女罢了。”

在梧听她说得轻松，暗想你只顾了倩宜，太不为秦云设身处地一想了。但到这时，为她想又将如何？我倒曾为她百转千回，结果不仍是没法救她？

想着只听颖芊又道：“你就这样办去吧，倩宜的相片，我还是不给。等你办出眉目，我看明白确是万事俱备、只待倩宜出面了，那时自会还你个倩宜，不用你自己寻找。”

在梧道："这样说，你必已知道倩宜的下落了，何不叫我先见她一面呢？"

颖芋摇头道："不能，我也并不知她的下落，不过我可以有法儿寻着她。总而言之，你在没办出个眉目来以前，要想先见倩宜，万万办不到。可是你别误会我和倩宜同谋，是我叫倩宜躲开，挟制你解决秦云。我虽和倩宜好，也不致帮着她对付自己哥哥。再说倩宜这次走，动机很清洁，行动很斩截，不特没有挟制你的思想，更没有回来的指望，你明白了？"

在梧点头道："由她平日的性情，都可以看出来。她认为女子应该处在被动地位，永远受着男子爱情。男子若变心爱了别人，她认为只有认命退让，把争夺看作羞耻，绝不会出手段来挟制我的。"说着又道，"你既不给照片，那么将来寻找倩宜的责任，就得你负了，我且去摆布秦云，把她接出来，好实行李伯英定的计划。这几日也许要下功夫陪伴她，不能时常回家，妹妹无妨把这事细情告诉母亲，好叫老人家放心。"

颖芋点头应着，又道："你去吧，可要把心拿定，不要受了秦云的迷惑，再闹三心二意。"

在梧连说不会不会，就又穿了衣服出门，奔到林宅。进门和林国材相遇，见国材面色仍然惨淡，但目光中满含着希望和疑问，望着自己。在梧猛想起昨夜自己发现他为着不得爱于颖芋，将做厌世之举，自己曾竭力劝慰，并允设法挽回。但昨夜归家，并没和颖芋谈得结果，所以今日也无以答复国材，只得拍着他的肩头，含糊做隐语道："老弟没出门吗？大约昨夜睡得很晚，我想你的失眠症，不久就要好了。"

国材含着满心热望，等他说下去，在梧已摆手道："可是你得安心等着，最多不过一月，我准有好消息报告你。"

国材方要再问，在梧又摆摆手，便一溜烟向里走了。他这时很不愿遇见林翁，怕再受他的教训。就从楼的旁门走入，躲着林翁常坐的起居室，溜上楼去。走到秦云的住室外，见门儿静掩，就推开进去，门儿一启，就有很高的声浪冲将出来，原来房中正开着留声机呢。只见秦云穿着件青绒的旗袍，脚下趿着拖鞋，正斜倚在大留声机旁的睡椅上，口里衔着纸烟，神情十分安闲，正在凝神听唱。看见在梧，便嫣然一笑，却不起身，只将手中所持的半尺多长的象牙烟嘴儿，向他指了一指，又转而指门。在梧忙把门关上，走到她近前，秦云望着他，又将烟嘴儿指对面的小沙发，在梧便自坐下，以为她正在听唱，便不言语，只瞧着她。见秦云想是只洗过脸，尚自未施脂粉，那清水脸儿，似显得有些微黄，但黄中别生莹润，好像连眉目也另呈娟静之态，头后长发用珠卡束成一绺，满面含着笑意，眼望在梧，脉脉含情，似乎在这冷淡的态度中，由目光传达内心的热烈和喜悦。在梧瞧着她这闲逸幽静的意态，宛然有了闺阁风度，好似比往日换了个人，不由心中一阵凄惶，自思这样佳人，我忍心把她抛舍了吗？但一转想，又怨恨自己怎么又想这个，急忙敛定心神，把思想归到现实，见秦云正倾耳听留声机放出的歌声，也注意就听着，才听出唱的是白云鹏的大鼓词，《哭玉》的前段，正唱到黛玉绝气，宝钗成亲。只听那凄咽悲沥的声音，唱着这一边儿拜堂，一边儿绝气，一边儿欢喜，一边儿悲哀，这一边儿阴风鬼火三更冷，那一边儿洞房喜气一天开……这对照的句法，本来有力，但听到在梧耳中，分外刺心。他想到倩宜和秦云，便是这相对的两方面，一苦一乐，一胜一败，终究不能两全。现在自己就正预备把秦云纳入黛玉的地位，而秦云这时所以听曲出神，大约也是因为唱得合了她的心境，她以为现在倩宜业已如黛玉的失败，而自己正如宝钗成功，却不知她所依恋的男人，正用着险诈的心计，掘好了陷阱，要把她推下去呢？

想着不由低下头去，忽听歌声骤止，眼前人影一晃，随觉嘴边被什么东西触了一下。抬头看时，原来秦云已走到近前，把烟嘴儿递到他嘴边，在梧接过吸着，笑道：“你早起来了？”

秦云坐在他身旁椅靠上，撇嘴说道：“到了什么时候，你还问这个？我现在每天早八点就起，你当我还像当初那样昼夜颠倒呀？”

在梧道：“可是我看你好像睡醒不大工夫似的。”

秦云笑着一伸懒腰儿道：“我吃过早饭，又睡了回晌午觉。一个人怪闷的，你也不来。”

在梧道：“我这不是来了？不过你怎不下楼和老爷子说话儿，却自己闷在房里？”

秦云摇头叹道：“我干老儿为我费了许多心，花了许多钱，居然弄出这样结果。想把干女儿风风光光地聘出去，哪知还得住在家里，老头儿当然扫兴，我也觉着怪没趣的。所以我这两天只装不舒服，很少下楼。”

在梧听到这里，觉得正是进言的机会，就道：“我也想你在这里不便，林老爷子绝没有什么说的，你住十年，他也不会差样儿。只是我们心里，都难免有些不得劲儿。”

秦云耸眉微吁道："有什么法儿呢？俗语说嫁出的女，泼出的水。林老爷才把我当亲女儿，要把我这碗水泼出去，哪知到底泼不出去，还得留在自己家中。这只怨我的命，谁叫遇着这种枝节，弄得该去的地方不能去，不该住的地方倒得长住。我现在简直不敢想，若想起自己这时说出了嫁，可还住在外人家；说没出嫁，可是谁都知道我姓巢了。飘飘荡荡，好像悬在半空似的，到底算怎么回事呢？"

在梧想了想道："真不怨你难过，本来太委屈你了。不过从倩宜走后，我因为母亲和妹子成天长吁短叹，叫我极不高兴，所以我实不敢接你回家。可是你住在这里，也不是办法，这可怎么好呢？"

说着装作忽然触动灵机的样儿道："我想……你住在这里，我每天只能来一次，也不能久留，你太冷清，所以我打算……不过这也不是好办法，你也未必愿意。"

秦云听他吞吞吐吐，不由着急问道："倒是什么办法，你可说啊？"

在梧仍犹疑着道："我说出来，你不愿意也别生气。我是打算在外面先寻一座房子，接你出去，咱们都可以自由些，我便整天整夜地守着你，也不怕别人说话了。"在梧说着又故作迟疑道："我虽这样打算，可是又觉得太委屈你。本来说好进家去，怎好又把你安置在外面，这……这……所以不好意思对你说。"

秦云本来第一希望，便是与在梧同居，何况近日蛰处林宅，更感寂寞无聊，听了在梧的话，自然恰投心坎儿，不由辗然气道："糊涂虫，这有什么不好意思？难道你对我还有什么提心碍口的？我为死为活，可不只为着和你在一处。怎么你接我出去，倒怕委屈我？说实话，我真不愿在林宅再住下去。你家里暂时又不能容我，只有另外赁房，是个两全其美的法儿。莫说不是委屈我，就是出去挨冻受饿，我能守着你也是痛快的。"

在梧听着她这一遍情话，只觉字字都如利刃，直刺心房，听着实在比痛骂还难过，若是不和秦云对面，直想掩耳不听，但是哪里能够呢？只得强忍着听完，忙接口道："你赞成这样办，自然好极了，我就去想法赁房吧。"

秦云道："你可快些，我恨不得明天就出去，好把我许久琢磨出来的能为，施展施展，也叫我把早已盼着的福分，享受享受。"

在梧笑道："你要施展什么能为，享受什么福分呢？"

秦云双眉轩起，现出得意的样儿道："我从前二年，初一生心嫁你的时候，就常常寻思，嫁你以后，怎样操持家务，伺候丈夫，想出许多道儿，这可到了施展的机会。至于幸福啊，我现在才正式成了有主儿的人，咱俩租房一过日子，我多年梦想的家主妇，就当上了。再有雇的男女仆人，称呼我一声太太，我想居然也熬成太太了，而且是你的太太，这福分还不够享的?”说着又笑道，“你听明白了，我只说暂时赁房的事，并不是蔑了你那贤德太太，想要篡位啊。”

在梧听着，更觉颊上热烘烘的，好似挨了个嘴巴，强笑答道：“咱们放下远的，且说近的，不管别人，你我且图个长日厮守吧。房子我想总不难找，有几位朋友，都在租界养着房产，最好能借一所现成住房，也省得置办家具。”

秦云听了，面上似现怀疑之色，在梧现接着道：“我想现在接你到外面住，只是暂局，我终要叫你进家同居，倩宜是回来还是真个跟我决裂，料着不久便可定局。一定局你就可以进家，所以在外面至多住上几个月，何必多花钱多费事呢。”

秦云点头道：“这道儿也对，不过你也不必认定借，万一人家没有合适的呢？反正能借就借，借不着就赁，越快越好。”

在梧道：“我主张借房，就为着赶快啊。”

秦云道：“借房子住，也许人家本主儿有什么搬挪的、收拾的，未必不耽误日子，反不如痛快去租。比如现在你出去看妥了房，交过房租，拼着多花些钱，叫电料行裱糊做连夜拾掇停当，跟着晚上到木器公司，买几套家具，再到百货公司，买齐陈设和应用东西，当时送去，明儿一早，就可以搬进去了。”

在梧笑道：“你这样办法，好像当初地方官替过境大员打公馆，办急差似的，得花多少钱啊?”

秦云抿嘴一笑，就走过开了衣橱，从抽屉里取出一个绸包，递给在梧道：“这是我的一点儿体己，里面有两千块钞票，还有四根小金条，你拿去用吧。”

在梧忙拍着她的手道：“你收着吧，我有钱用，你若因为听我说花多少钱那句话，就疑惑我是恐怕花钱，或者疑惑我没有钱用，那就错了。”

秦云摇头道：“不是这意思，我的钱还不就是你的钱？我早就想交给你，你拿去吧。”

在梧道：“我知道你从北京回来的时候，手里很窘，现在忽然有这些钱，必是你干老儿给的。你干老儿为疼爱你，才给你体己，我如何能挥霍你的私财。”

秦云道：“什么你的我的，连我这人还是你的呢。再说这固然是我的私财，可以自己存着，可是现在我已嫁了你，这一世无论什么都要倚赖你，吃饭朝你张口，穿衣朝你伸手，自己哪还有用钱的去处，还留体己做什么？你想我像别人似的，手里捺住钱，做将来的散伙的打算哪？”

在梧听她说得恳切，若在昔时，便不再坚持了，但此际想到秦云终非自己的人，不久便将劳燕分飞，她有这笔钱正可供日后用度，自己现在便接过来，却也不能运用一文，必须给她存着，又何必多此一举呢？想着就道：“你的钱当然就是我的，还用和你客气，不过我现时很有钱用，无须动你的钱，你便给我也是白放着。在我手里，还不如你收着妥当呢。”

秦云道：“你说你有钱用，这话靠不住吧。我也知道你手里并不富裕，这一赁房子置办家具，起码也得过千，你哪有这些？”

在梧道：“我有我有，再多也有。”

秦云哼了一声道：“我明白了，你有的，可惜不是自己的。”

在梧道：“我的钱怎会不是自己的？”

秦云道：“我说破了吧，你有钱也是倩宜的。我听你说过，她带来的钱，全给了你，这次她走，当然不会带着，你就拿来给我赁房。请想，我住着倩宜的钱赁的房子，心里能舒服吗？再说你把倩宜的钱花在我身上，不也觉怪亏心吗？”

在梧本来手中没有多钱，但这件事因借用李伯英的房子，本不用花钱，无奈这时对秦云不能实说，只可含糊说道：“我自己还有钱，可以办这档事，不必动倩宜的存款。”

秦云道：“你不要再推辞，我不管那些，就要你用我这笔钱。你也太把我看远了，为这点事值得费许多口舌吗？我想当日倩宜把体己交给你的时候，绝没这些客气。”

在梧被她磨得没法，只可先拿了她一千块钱，其余仍归秦云存着。办完这段交涉，又坐了一会儿，秦云心急，要他趁着天色未晚，急速出去寻房。在梧只得告辞出去，离了林宅，到外面闲荡半天，又给杨宅打电话，寻伯英说话，但那边接话的却是素秋。在梧只可托她转达伯英，说倩宜照片现在颖芊手中，颖芊不肯交出，只约定到必需时她能代觅倩宜，又报告明后日自己便将和秦云移入新房，请他关照看房仆人吴七。素秋一一答应。在梧打完电话，回到家中，便睡了觉。

到了次日，午前出门先到了租界上一西餐馆，就给林宅打电话，报告秦云说，房子已经寻着，自己现在餐馆里等她来，一同吃了饭，再去看房。秦云问了地址欣然答应。十分钟后，二人已在餐馆会面，要了两客菜一同吃着，在梧高兴万分地说道："我的运气真不错，昨儿寻到个姓杨的朋友，这姓杨的恰有一所楼房，借给亲戚住。现在他的亲戚被调到上海，房子空闲，正好借给我们。今天我去看了，家具陈设无不齐备，连仆人都现成，我们立时搬进去都可以。"

秦云只因急于和在梧同居，闻言并无疑惑，欣然笑道："我真是走好运了，居然有这样痛快事，咱们什么时候搬进去呢？"

在梧道："也得先去看看，再做定规，万一不合意呢？"

秦云道："你瞧了怎样？"

在梧道："我觉得很好。"

秦云道："你瞧着好，我更没问题了。我一点儿也不在乎房子，只要有你，狗窝也是天堂。若没有你……你看干老儿为我收拾的房子，还要多么美丽，多么舒服，怎么我住着倒像下牢狱似的呢？我不必去看，你只定规几时搬吧。"

在梧道："我想明后天。"

秦云笑道："明后天，闲着今天做什么呢？房子又不用收拾，早搬去，早舒心。"

在梧道："我想你还得收拾东西，再说也得先对你干老儿说一声。"

秦云道："我的东西不用多带，容易收拾。至于干老儿那面，我可以立时去对他说，管保他欢欢喜喜叫我出来。"

在梧道："你怎么说呢？"

秦云道："我只说你打听出倩宜落在北京了，我同你去寻找，央她回来。老头儿听着一定高兴，他本来不只偏疼干女儿，也很爱倩宜，只盼我们三人能对付着凑合下去啊。"

在梧道："可是你对他说谎，搬出以后，难道永远瞒下去，不把这住址告诉他吗？"

秦云道："过十天八天以后，我再去见他，就说才从北京回来，并没找着倩宜，再提你借了房子，留我在外面暂且同住，老头子也就没有什么说的。比这时实告诉他可以省许多口舌，并且也泯了你突然接我出来的痕迹。”

在梧想了想，就答应依她办理，但在饭后，终强拉着她同去看了新房。秦云见了那精致华美又适合小家庭的楼房，自然非常满意。那看房的吴七，人极精明，又先得伯英叮嘱，自然不会露出破绽。秦云看过全楼，回到客厅，就向在梧道：“这房子很合我们住，只是地方太僻静，左近邻居也全是这样小公馆式的楼房，没有一家铺户，大约买东西不大方便。必得雇用一个厨子，叫这吴七打杂儿买东西。”

在梧道：“厨子当然要的，我就想法雇去。”

秦云道：“可是我本来不想弄这排场，只打算小门小户地过日子，用一个女仆，我自己练着做饭，才是长久之道。不过在这僻静地方，不用男下人还是不成。”

说着就叫过吴七，问他可会做饭，吴七回答以前学过厨行手艺，秦云笑道：“那更好了，你可以管做饭，另外再给寻个老妈子来，就更便利了。”

吴七答应，秦云又叮嘱最好今天雇来，连饭食也要预备好，自己今晚明早便要搬来，吴七答应就去。秦云又临窗外望，倚着在梧身上笑道：“这儿清静得有趣，一望老远，多么开心。夏天更可以看青儿，只是我一个人住在这么旷的地方，占着这么大的楼，可得总有做伴儿的，你要答应我天天住在这里。”

在梧点头道：“那是自然，我既然接你出来，怎能不常常陪你？”

秦云笑道：“别马虎，不是常常，是天天。”

在梧道：“常常天天，不是一样？”

秦云道：“不一样，你得答应天天。”

在梧道：“就是天天。”

秦云方一笑无语，随又和在梧选完了卧房，便要回林宅去取随身物件，赶着今天搬来。叫在梧在这里，和吴七收拾卧房陈设，不要离开，等她回来。在梧见她心情热烈，不由心下更自凄惨，只得点头答应，秦云才欢欢喜喜地自己走了。在梧留在房里，怔了半天，自思秦云如此情挚，自己瞧着真觉亏心。只是主意已定，不容更改，任她如何，我也唯有狠着心肠做下去。我所能稍慰她的，只有在分离以前这短短时间里，尽力给她快乐，尽力叫她惬意。这也算预先补偿她将来的痛苦，预先补偿我将来的疚心。可是细想起来，这又是算什么呢？好像一个人业已病入膏肓，医生断定必死，只多尚有十几天可以苟延残喘，病者家人既知疾无可救，为解自己心疼，就在病人未死之前，竭力尽心，给他吃好东西，穿好衣服，恨不得把普天下所有的，都叫他在短时期内完全受用。但实际对病人有何好处？他终须要死啊。现在秦云就是将死的病人，我就是病人家属，明知无益，也得这样做了，想着凄然泪落。

过了一会儿，吴七进来请示怎样预备，在梧叫他自己主张，吴七说太太既要今日搬来，便得立刻出去购买一切饮食材料，预备晚饭。

在梧道："如若赶办不及，就向饭馆叫菜也可。"

又问女仆今日可能寻得，吴七说现雇也未必合用，何况要得又急，还是向杨宅暂借一个。对太太就说是由女仆店雇来的，这样女仆可以暗地嘱咐明白，用着便顺手许多。在梧听了甚为合意，令他急去办理。吴七走后，在梧想这楼中连男女仆都是埋伏，更莫说伯英另外还有更毒恶的布置，合起来对付秦云一个，她真是内忧外患，里应外合，遭劫在数，在数难逃了。这样处心积虑，陷害一个立志相从的痴情女子，真是残忍而又恶毒，我巢在梧虽然做事荒唐，但向来自命心术端正，从此可就说不起。想着就像热锅蚂蚁似的，坐立不安，里外乱跑了许久。天将入暮，吴七带着个中年女仆进来，见了在梧。在梧见这女仆非常伶俐，心想这必是久经大敌、久赚大钱的手儿，大约还是娼窑娘姨出身，普通人家绝计不配使用。当时问知她姓蔡，已经在杨宅三年，是素秋体己人，素秋因为特别给在梧帮忙，才派这得用的人前来。

在梧草草叮嘱她两句，便听外面汽车喇叭连响，知道必是秦云来了。出去一看，秦云正下了车，车内尚有许多箱笼和零碎物件，就指挥吴七和车夫一一搬入，运到室中。那新来的蔡妈，见过秦云，便自工作。秦云上下端详她半晌，蔡妈特透机灵，把秦云带来的东西分门别类，分藏陈设，弄得十分妥帖。

秦云趁面前无人，向在梧道："这蔡妈是吴七新叫来的吗？这样的人，我们如何用得？"

在梧道："怎么不能用？我看她很能干的，一定能伺候你。"

秦云摇头道："能干自然能干，可是不像普通家庭中所用的女仆，简直是窑子里的小老妈，在窑子里替姑娘敲边鼓，说瞎话，留住客，邀牌局，自是好手。可是放在我们这种人家，太不合适。再说我很明白，她们这种人最好无事生非挑三窝四，在班子里姐妹全像乌眼鸡似的，都是她们的毛病。到人家更要挑得家务不和，说不定把恩爱夫妻给弄离了婚，我们怎能用这种人？最好趁早把她辞了。”

在梧听着深感她一片久远安度之心，不由又是一阵凄惶，但想这女仆本是特请来的助手，怎能辞退？就道：“暂且对付着吧，现在忙忙乱乱，正用得着能干的人，等过几日都消停了，再换人不迟。”

秦云觉得在梧所言不错，也没有再说。当时乱了一阵，方才就绪，晚间上灯之后，秦云和在梧同吃晚饭，神情欢畅，笑声满室，好像说不出地得意。饭后围炉并坐，享受第一次家庭况味，第一宵的春夜情怀。因为这地方清静，车马稀疏，好似村居静境，和夜生活的社会恍若隔在两个世界，所以晚饭吃得很早，饭后的时光分外觉长。坐了很长工夫，天还不到午夜。秦云觉得这温柔乡中的时光，似乎漫漫无尽，都属自己所有，正可尽情享受，再不致欢娱嫌夜短了，心中更觉安慰。在梧却觉这静境中的时光悠久，正是加重秦云日后的磨难，将来自己按步施行计划，到对她冷淡、多日不来的时候，这里的寂寂空楼，漫漫长夜，可够秦云消受。想着正在出神，秦云却吸着支长烟嘴儿，坐在他对面，忽然外面起了狂风，越吹越猛，门户都隆隆作响，接着不知吹倒了什么，发一声巨响，秦云大吃一惊。

后事如何，下回分解。

第十七回

暮云楼阁掩泪有梨花
新月帘栊衔泥来燕子

话说楼外一声巨响，秦云吓得叫了一声，扑到在梧怀里。在梧紧拥着她，心想你把我当作保护人，哪知我并不能保护你，再过十天半月以后，若遇这样暴雨狂风，可怜你向谁怀里躲啊？秦云将在梧的手拉到自己胸口道：“你摸，还跳呢，这一下可吓着了我，身上都冷起来。”

说着把水泠泠的眼儿，望着在梧，唇吻微动，却又含羞而笑，好像有一句话要说，而不说出来，却要听的人由无音无字中，体会出她的意思。在梧本是善打爱情灯虎儿的，一见这个谜面，立刻就说出谜底，笑着拥她立起道：“睡吧。”

秦云倒懒洋洋地道：“还不晚呢，你困了吗？”

在梧本来没一点儿困意，却委屈着心答道：“对对，我好像有点儿。”

秦云一笑，就自展衾拂枕，收拾睡下。这是秦云称心如意的第一夜，自然睡得梦稳神安。哪知到了五更头上，正睡得香，忽然被一阵嘈杂惊醒。秦云这间卧房的窗户，正对着后面旷野，只听得窗外一声叫唔咦、一声咦啊，一声“叫小番”的嘎调才落下去，一声“苦哇”的哭声又喊起来。秦云揉揉眼睛，看窗纸已全白了，只是阴沉沉的，心想这时候这地方，怎会有人开台唱戏？不由诧异，就披起衣服下床，到窗前撩起纱帘一看，只见外面楼下，疏疏落落约有二十多人，有的皮帽大衣，有的身穿皮袄，头戴大风帽，颈围大毛巾，也有的只穿着棉袍，冻得耸肩缩背，跳着取暖。这群人口里都发着不同的声音，身体做着不同的姿态。因为近楼处地下，有盖房时剩下的大石头，纵横抛置，可以供为坐具，所以那群人只绕着石头打转。还有几个遛鸟的，却另成部落，在数丈之外，小河边上，因为那里有几株秃树，可以悬挂鸟笼。最妙的是这小小人数，而又短短时间的集会，居然还有个卖大米粥和烧饭油炸鬼的小贩，前来赶市，居然也有几个人围着那担子蹲着吃喝。远远望着，只见由人口里和粥碗里，阵阵冒出白气。秦云瞧着便知道这是露天的歌唱训练所。心想自己以为这地方清静，却不料竟有如此嘈杂的时候，临着玻窗，还能把人吵醒，真是可恼。在梧借这房子时，大约根本没知道有此缺点，否则他若告诉我，我就不来住了。想着看钟才到六点半，这还是冬天，若是夏天，还不是三点就集齐开台？自己平常习惯每日天亮才睡，只有昨日睡得特别提早，但到这时也只睡了三点钟。再睡除非等他们散了，还不知要多大工夫呢。由此看来，这一面的房子，做不得寝室了，明日必要搬到前面。当时秦云又怜惜在梧，怕他也被吵醒，补不过昨宵劳乏。就把窗帘拉严，又轻轻睡倒，用玉臂掩住她的耳朵。其实在梧早已醒了，只自装睡，不理这个茬儿。又过了一点多钟，外面才渐渐寂静，秦云才得重行入梦，直到近午才醒。

二人起床，一同梳洗。秦云便提到早晨的事，定要把寝室迁移，在梧拦阻不得，只好依她。饭后又忙了一阵，把前面的小客厅和寝室并易，那蔡妈奔走收拾，十分得用，嘴儿又非常甜甘，把秦云哄得也觉有些爱她了。于是感情蒙蔽了理智，再不提辞退的话。这日在梧并未出门，只和秦云厮守。

这样过了两天，才借口公司办事，每日仍早出晚归。得暇便回家中，催颖芊速觅倩宜。颖芊仍主张在她没看出切实把握以前，还不敢鲁莽向倩宜进言。在梧只得又到杨宅商量，李伯英告诉他已经选着了适宜的人，是一个落魄的故家公子，生得容貌俊俏，心地玲珑，而且还曾在中学毕业。只因习于游荡，把家产花光，便在外面流落。幸而学得一身风流技艺，吹打拉弹，新歌旧剧，无一不精，所以还能混得衣食。现在一家文明戏班里做着主角，这人姓金名笑凡，正可以用作对付秦云的人。

在梧听了，就说唱文明戏的油头滑脑，只怕未必能入秦云的眼。李伯英道："不然，这人我看过的，他是我徒弟的徒弟，人品雍容华贵，直是浊世公子，谁也看不出是个唱文明戏的，你还不信服我的眼力吗？再说他还有特别地方，文明戏虽然不高尚，可是在他唱戏的园子里，有许多阔女座儿，不是小姐，就是姨太太，妓女更不必说，都是迷恋他的，变着法儿引诱，凡是唱戏的谁能见便宜不讨？哪知这金笑凡竟在二三年间，没和任何女人发生关系，真称得起守身如玉。"

在梧接口道："这可难得，太规矩了。"

李伯英道：“我和他谈过，据说他的不和女人相近，并不是规矩而是另有缘故。因为他有个特别脾气，也可说是多情，也可说是死心眼儿。他认为若和女人一生关系，就得成为夫妇，永不分离。若糟践了人家，又丢开手，实是万分亏心。所以他的规矩，只是恐怕亏心，不敢胡乱行事。就说这次，我烦他替你收拾秦云，他还竭力推辞，我对他讲这是救人的事，既可以使在梧夫妇重圆，而且秦云那面，也不会为此受到实害，她离了在梧，还可以嫁人。而且倘若你和她能够处得合适，也无妨弄假成真。那样不但你本身没有亏心，连在梧的罪孽也替他补了。他听了犹疑半晌，当时还没答应，要求考虑两天。到前日才来对我说，事情可以答应，不过他只能做到和秦云接近，叫秦云落嫌疑，却不能和她发生肉体关系。”

李伯英说到这里，又向在梧道：“你明白这是什么意思？”

在梧摇头，李伯英道：“我却明白，他这是仍抱着原来宗旨，预留地步。表示他若和女人发生关系，就得成为夫妇；若是不能成为夫妇，就不肯发生关系。这就等于说他只能同秦云唱戏，不能做真事。可是我料着他守不住这个自定的约言，因为他以前并不接近女子，这一次是初入情场，秦云那样可爱，他又这样多情，两人一碰头儿，他就许陷进情网里去。他大约也料到这层，所以对我订那条约。言外之意，就是他得看了秦云，再做规定。倘若他不中意，就保守不发生关系的约言；倘若他爱上了秦云，就把这出悲剧变成喜剧，你明白了？”

在梧听着，心想李伯英单找了这样个奇怪的人，这金笑凡倘若和秦云一相接触，生了爱情，便不是逢场作戏，而必要弄假成真。那时不但秦云遇到这样认真的人，必然倾心相从，而且金笑凡也要擒住秦云，死不松手，结果自然成为佳偶。可是自己就这样舍得把秦云给他吗？在梧本已决心把秦云牺牲，对她日后的嫁张嫁李，本可无动于衷，但这时一听金笑凡是多情认真的人，倘一相亲，必成连理，竟不禁地吃起醋来，心里酸泛泛地好生难过。似乎又舍不得秦云，更似乎把那没见过的金笑凡，看作情敌，对他发生嫉妒了。当时忸了半晌，并没说话。

李伯英看着，似已明白他的心意，忽然哈哈笑道：“你心里难过了，是不是？本来处到这种境地，眼望着自己的爱人要被人夺去，心中怎能忍得？何况还要自己情甘意愿地奉送呢？再说我更明白你的心思，现在虽然决心把秦云牺牲，可是还自犹疑不定，恋恋不舍。好像盼着将来老天见怜，还能得个机会，和她重圆。先前你虽然以为秦云反正要离开自己，任凭引诱她的人是阿猫阿狗，都不着急。但现在听了我请金笑凡，才想到这人魔力太大，秦云倘被他得去，就要缠绵固结，永无分张。他把秦云守得坚固，也就是你把秦云丢得结实，这一世再也没有重圆的希望。所以你这时心里必想我何以单找这个金笑凡能永断你和秦云复合的人，似乎太不体贴。你的意思最好叫秦云相与个不可意的男子，她便可抑郁不欢，常常想着你的好处，将来一有机缘，自然仍可归你。这本是男子的私心，你自然难免。”说着见在梧似将辩白，就摆手道，“你不用说，我的话准不会错。现在专给你讲理，我特意找金笑凡，就为着叫你把秦云丢得结实，你的太太倩宜永绝后患，也就是叫你长久平安。这是好朋友的用心，你该谢我。再说凭着良心，那可怜的秦云，既已被你所弃，难道不该赔偿她一个好丈夫？若像你所想，叫她再来个所嫁非人，落到苦境，岂不太残忍些？”

在梧忙摇头道：“我何尝这样想来？你别冤枉人。金笑凡实在最合宜，因为他可以娶秦云，总比叫秦云白白失身受辱，仍没一点儿结果的好。何况金笑凡又能给她幸福，也算无形中替我补罪，我岂有不赞成的？”

伯英接口道：“好，你这话就算板上钉钉，我就要叫金笑凡进行了。”

在梧道：“立时就进行吗？”

李伯英道：“不能再缓了。因为金笑凡说，他的戏班已跟济南的戏院立下合同，下月就得走。必得在他走以前，把秦云这件事弄出结果。还有听你所说，令妹过于袒护嫂嫂，我们对付秦云，若是八字没个撇儿，她就不肯叫倩宜露面。所以我们得先做出个样儿使令妹相信，才能请出倩宜来。这都是互相牵扯的事，所以必得由金笑凡先行发动。”

在梧道：“这样我该怎么做呢？”

李伯英道：“你仍旧去陪伴秦云，什么也不用管。金笑凡同时也就进行引诱秦云的工作，不过有你在着，他绝不能进步，只预先给秦云一点儿印象，这样得于正式进攻时，可以不显得突兀。你过十天以后，就对秦云渐渐冷淡；二十天后，就可以绝迹不去了。”

在梧道：“二十天绝迹不去，说什么理由呢？倩宜在二十天内未必准能回来吧。”伯英道：“到那时我可以担保她能回来。在她未回以前，你对秦云表示冷淡，就得设法叫秦云疑惑到倩宜身上，不过不要明说。这可要你斟酌得宜，我也无须再仔细讲了。”

在梧听着，暗自领悟，从杨宅出来，便仍回家，和秦云厮守。因为他知道和秦云行将别离，并且一别便无复合之期，渺渺茫茫，百年遗恨，每和她相对笑语，便想起《西厢记》上句“须臾对面，顷刻别离”，心中有如刀绞。但已无可挽回，只可珍重这别前的无多时候，有限光阴，恨不得把终身恩爱，都在这数日内预支。所以尽心体贴，加意缠绵，直将打成一团，炼成一块。可惜秦云尚蒙在鼓里，做梦也想不到在梧这样特别卖力，是对她演唱临别纪念戏，反以为是开始打炮。觉得他这样热恋自己，不但终身有恃，而且来日方长，幸福无尽。但在白天在梧不在家时候，她就分外感觉寂寞无聊，自己又无可消遣，只有临窗闲眺，或者和女仆蔡妈说些闲话。这时秦云被蔡妈小意殷勤地巴结，已完全改了初见时的意思，倒觉得她十分得用，一时离不开了。

这一日在梧早晨出门，秦云起床张罗他梳洗饮食，到在梧走后，才又睡了一会儿。醒后吃过午饭，独坐无事，自己取了副骨牌，拿了半天对儿，觉得没趣，又搁下了。坐在床上，一阵打呵欠，一阵伸懒腰，好像十分倦怠，却又没有一丝睡意。恰巧蔡妈进房，向秦云告假，要出门上市场购买零物。秦云自然答应，命她早些回来。蔡妈见她倦倦恹恹，就说太太一个人在家怪闷的，何不也出去散散心。秦云听了，一阵高兴，想起多日没有出门，出去走走，也好解闷。便略为修饰，和蔡妈一同出离寓处，到市场买了点零星食物，也不耽搁，就一路回来。

走到半路，忽见对面走过两个男子，一老一少，蔡妈看见那较老的男子，似乎熟识，赶着招呼声张老爷。那男子闻听，立住瞧着蔡妈道：“你是蔡妈吧?”

蔡妈笑道：“难得老爷还认识我，您几时从山东回来的?”接着又问道，“老太太好？太太好？大小姐好？二小姐好?”最后又问住在哪儿，改日再给太太请安。

秦云看蔡妈和这男子絮叨不已，知道必是她旧日主人，虽知她把自己抛在路旁不管，觉得不悦，但想她说过几句，便可走了，只得立在路旁等候。无意看着和蔡妈说话的男子，见他有五十多岁，是个黑胖子，态度很像小财主儿。但再看和他同行的少年男子，不由眼中一亮，心中一惊，只见这人约有二十多岁，身材不高不矮，貌面秀美，而又英俊。尤其在一双眼儿，神光闪灼，黑白分明，好似仍保持着儿童时那样特大特亮的黑珠和微带蓝色的眼白，每一转动，好像要发声响。脸上皮肤腴润，现出一派照人的光彩，而且唇红齿白，却瞧着没加一点儿修饰，完全出于天然，真是个美男子模型。身上穿着深灰哔叽长袍和青细呢背心，这衣服本很朴素，但不知怎的，穿到他身上好似给衣服增了成色，不但瞧着特别可体，特别漂亮，而且通身没一点儿褶皱、一星土珠儿。秦云看着心中一动，暗想这个男子太俏皮过头了，我向来没有见过这样比女子还觉俊美而能不带女气的人，不由对他注目。那少年男子也似因同伴站住和人长谈，颇不耐烦。及至瞥见秦云，似乎也惊讶她的艳丽，凝视不瞬。秦云此际只于感觉此人美貌出众，却丝毫没有邪心。见他一看自己，忽悟到自己太不自检，现在已是良家妇女，怎么可以容野男子平视？就立刻低下了头，也不管蔡妈，自己走去。恰巧蔡妈说完了话，也赶回她身边，一同走着。

蔡妈似恐秦云不快，就报告道："这张老爷是我早先的主人，曾在本地做过官，我跟他家有三四年。他一家人都是好脾气，老太太更慈祥。前年张老爷调到山东，我嫌远没跟着去，才辞了活儿。老太太赏了我好些钱，那才是佛心人呢。"

秦云因心中本已不快，又不爱听这种闲白儿，就只从鼻子里哼着气，不作一声。蔡妈知趣，急忙住口，改说别的，秦云才渐渐霁色答言。不大工夫，便已到了家门，蔡妈先跑上台阶，去按门铃。秦云就在这等候开门的当儿，无意中转身一望，忽见在数丈开外来路的转角便道上，立着一人，正向自己凝望。原来就是方才所见的美貌少年，竟独自追踪而来，遥立在街角。被夕阳照着，更显得丰神濯濯，如玉树照人。秦云一瞥之间，便明白这人是追踪自己，不由心中暗想，这人瞧着很是规矩，却不料竟是流氓一类，惯于盯梢。你这回可失了眼，要白费心力，奶奶不能受你的勾引的。想着又瞧看那少年，只立在原处不再前进，似乎只要访知秦云住址，并不想立时发动野心。这时门已开了，秦云就昂然走入，进到卧房，换了衣服，喝了杯茶，见蔡妈进来收衣入橱。忽然又想起那个少年，便要到窗前看看他是否已去，但还没有立起，忽然念头一转，自己劝着自己道："管他呢，爱走不走，有我什么关系？随他在外面站个钉糟木烂，碍谁的筋痛？我现在已是有主儿的人，多看男子一眼，就算轻狂，别忘了自己身份。"想着就竭力把那男子影像，驱出脑外。过了一会儿，在梧也回了家，就一同说说笑笑，仍如往日快活，这回事过去了。

一晃儿又有七八天，忽然这一天在梧早晨出去，到了晚上，并没回来。秦云直好似热锅蚂蚁，一夜无眠。直到次日天夕，在梧方才来了。秦云见着，就好像别离经年似的，说不尽地缠绵哀怨，在梧却说昨夜回家看看，因母亲有些不适，故而在家住了一夜，只得安慰秦云。秦云因信他的话，不疑有他，故而除了诉说终夜相待之苦，也没别的可以抱怨，只与在梧加倍亲密，以偿昨夜的孤清而已。

哪知又过一日，在梧出门以后，又是两夜未归。及至归时，仍说留在家中，秦云想到他家中只有母妹，有何留恋，却肯抛了这里玉软香温，去受家中的枕寒衾冷，未免太不近情。于是就发生了疑心，却尚不好意思和在梧龌龊，只施出温柔手段，向他缠磨。在翌日出门时，握手牵衣，定要他允许晚上一准儿归来，在梧虽然答应了，但神情上却有些不大自然。到晚上果然如约而归，秦云自是欢喜。但是这一夜的风光，却是在阴影中度过的。因为在梧似有些神不守舍，情思惘惘，好像身在此间，心游他处，而且往往所答非所问，秦云看着十分气闷。这还不算，及至夜中床笫之间，秦云好似因为神经作用，觉得在梧是勉力敷衍，使其不失常态，不由心中难过非常。到了第二天，在梧出门，秦云仍是竭力叮嘱，但这次可失效了，不但当日未归，到次日以为必然来了，却仍望了个空。又到第三日，还是照样。秦云又悲又气，不知哭了多少次，心里可大犯了思索，想到在梧说住在家中的话，必然不真。他近日直有些失神落魄的样儿，家里有谁能引得他把我都忘了，莫非他在外面又有了什么新欢？初疑他在外又结识了新人，继想在此时未必会有此事，但看他的光景，又似除了女人的能力，绝不会使他冷淡自己。想着不由忆起倩宜，心中一动，莫非他已寻着倩宜，或者倩宜已因什么缘故，回到家中，在梧因为要哄着她，竟抛了自己？秦云既动此一念，虽然不敢断定，但已存在心中。

到了次日，在梧晚间居然来了。秦云因积恩成怨，有些怄气，对他已不那样亲热，只冷冷地问今天哪阵风儿把你吹来，怎凭空又想起我来了。在梧只说公司事忙，需要下宿料理，故而未来。这本不成理由，秦云听着，只是冷笑。在梧还哄着她说笑，秦云沉下脸儿道："你不用动这一套了，我明白你是另有了人，到底是有了谁，痛快说吧，是倩宜回来了吗？"

在梧听着，似乎被他说中了心事，猛然面色一变，急忙摇头道："没有的事，她何尝回来？"

秦云察言观色，更觉自己所料不错，就又向下叮问道："你别瞒哄，快说实话，我早知道是她回来，已经打听清楚了。"

在梧怔怔地道："你从哪儿打听的？"

秦云道："你别管，说真的吧。"

在梧坚持不认，禁不住秦云尽自逼问，由黄昏直到午夜，在梧似乎隐藏不住了，只得直说倩宜并未真个回家，不过颖芊已访明她的住处，前去迎请回家。倩宜尚未肯答应，有亲友正在两下说合，还没结果。秦云听着，好似头上打了个沉雷，她知道倩宜当初走的原因，更明白她不肯回家的症结，都在自己身上。在梧所谓正在说合，实际未必不是商量处置自己，当下就忍不住哭起来，询问在梧，现在倩宜既已有了归家之议，她是曾说明跟我势不两立的，你既要她，请问怎么安排我？在梧只回答倩宜无论怎样主张，我既然娶了你，决不能再弃你。不过你得体谅我，我因为家庭的关系，万不能跟倩宜决裂，必得接她回家。你若疼我，就不要再对她怄气，叫我更在中间作难。至于倩宜，固然说过和你不能两立，那只是信里的话，我见了她的信，她已经走了，弄得无法挽回。现在既然寻着了她，我就可以设法托人劝说，至不济我还可以当面对她央求，倩宜性情柔和，也许能得她答应我和你……

秦云听到这里，已摇头叹道："听你这一说，我好不如人啊。这也罢了，只要能容我跟着你白头到老，眼前有什么委屈，我也能受。可是还怕人家不肯容我啊。你的口气，也许也许，倘若她也许答应，自然没的可说，可是倘若她也许来个不答应呢，那又该如何？"

在梧沉吟着道："她不答应，我想不会的……"

秦云听了，气得咬牙道："你别尽说这大马虎的话，你想不会？万一她会了呢？那时你怎么样？姓巢的，你可得明白，这里面关着我的终身，我的性命。你想吧，这么含糊可不成，我知道从倩宜一有下落，你就只顾了她，把我整个儿忘了。这几天还不就是榜样？你今儿不说真格的，我就死在你的面前。"

在梧搔头说道："你先别着急，我万不会对你负心。"

秦云顿足道："又是不会，又是不会，你尽说这种没边儿的话，真不如痛快说不要我好了。"

在梧听秦云说出这样愤激的话，知道再非含糊敷衍所能了事，就道："你这样着急，只还不明白我的心，我已说过万不能舍了你。莫说倩宜那面还未必不能转圜，即使她抱定原来主张，一点儿不肯通融，也只能阻止你进家，却管不住我在外面立家啊。总而言之，倩宜能容纳你，你进家去同居，自然是好；她不容许，咱们这已经立下的小家庭，还是照样度日，就是要了我的命，也不能取消的。”

秦云听着，怔了半晌才道：“我自然不敢跟人家正印太太争竞，谁叫我天生命小福薄，做了小老婆呢。进家不进家，我现在也不看重了，你的娘和妹妹，都把倩宜当作香饽饽似的，我进家也是全家的眼中钉，又何苦找着拿热脸呵大伙儿的冷气？但求能保住这外宅儿，就算不错。可是你口里这样说，心里也一样吗？到了紧关节要，你可拿得住吗？万一倩宜知道我在这里，又叫你取消外宅，赶我滚蛋，你也许答应了？”

在梧道：“若是那样，我还算是人吗？我对倩宜的容让，也有限度，她若逼我太甚，我也不能尽自忍受。”

秦云点头道：“这倒是两句男子汉的话，可惜是在这时对我说。到见了倩宜，也许满不是这一套了。”说着又摇头叹道，“我还有什么说的？你既许了永久不抛舍我，只好往后看吧。反正我知道，往后一天比一天难了。我秦云真是命苦，好时光怎这么短啊，只享受了十天，就又完了。”

在梧听着十分刺心，只又说道：“你怎说这丧气话？我们的好日子长着呢。”

秦云看着他，又低下头去，冷笑道：“未必吧，即使你说到做到，保住了这个外宅。倩宜便赶不了我，还把不住你吗？她只拿出太太的权柄和威风，管住了你，永远不叫出来，我还不是和被赶了一样？”

在梧听她把自己私衷直给揭破，不由心跳面赤，只得装作诧异样儿，分辩道：“你把我也说得太没劲了。我是男子汉，我是活人，如何能被她管住？”

秦云冷笑道：“管不住，还迷不住吗？”

在梧道：“你别乱说，她有什么能力能够迷我，我又怎能叫她迷住？这不过是礼法上的关系，她占了做正室的光，家人和亲友都向着她，我也扭不过去。而且她过门才几个月，既不同年老无子，我在这时娶妾，似乎太没理由，所以一切都敷衍着她。可是夫妇应该互相体谅，她也知道我和你的情形，不能拆散，只好通融。若是一味不知进退，我当然另有办法，你可信我的话吗？”

秦云叹了口气道：“事到如今，我有什么法儿不信？不信又将如何？我信你了，现在什么话别说，以后各凭良心吧。可有一样，你不能尽借着这个题目，把我抛在冷宫里，这次四五天没来，明儿一走，还不又是一星期没影儿？”说着就倚在在梧身上道，“你想想，我一个人守着空房，是什么滋味？一夜怎么熬到亮？咳，没你在这儿，莫说吃不下饭，睡不着觉，就连电灯也不亮。换只一百烛的泡子，更显些满眼冷清。不知流了多少泪，你可怜我，勤来瞧瞧吧。”

在梧听她说得凄惨，想到她的凄凉日月，尚在起始，以后更要加倍惨苦，自己都是无法挽救，不由也楸然欲泣，但仍强狠着说谎道：“这回也是赶巧了，以后自然还是照样地来。便偶然有事耽搁，也必预先告诉你。”

秦云看着在梧颜色，以为他受了感动，就把他的话信以为真，柔声道：“这样就算你疼我了，那么你明天可能来吗？”

在梧想了想道：“明天可以来的，而且从此还是天天来。我不是告诉你，来是常事，不来是偶然的？”

秦云听了，虽然认为满意，可是还难免疑惑他是敷衍，不过话已说到了头，若再向下究诘，那就只能叫他赌誓或是立字据，当然这是不可能的，只好就此告一段落。而且时已夜深，二人也便就寝。可怜的秦云，还想用柔情来感动他，萦绕他，枕席间特致缠绵，哪知在梧此际，已因受了过多的刺激，过多的感触，业已把人变成麻木。秦云每有一言一动，使他感动，只于像在他心中刺上一针，只痛上一阵，也就过去。因为他根本不能想免除刺痛的方法，而只尽力忍耐疼痛，渐渐也疼得惯了。这一个难堪的夜，也就是他二人最末的夜，过得分外迟慢，因为二人各自有珍重良宵和不能入梦的缘故，直到天亮，方才睡着。

秦云一觉醒来，已在午后，伸臂打个呵欠，猛觉身旁空旷无人。张目看时，竟把个在梧丢了。还以为他在外室，忙叫了两声，不料应声而来的却是蔡妈。秦云问老爷哪里去了，蔡妈说老爷在九点多钟就匆匆走了，他说有要紧事，又吩咐不要惊动太太。秦云满心愤怒，直要打蔡妈两个嘴巴，问她何以放走在梧。但自知这是无理的举动，只可忍耐着叫她出去。秦云觉得这时的在梧，好像变成只野鸟。昨夜自己固然在这只野鸟身上拴了丝绳，使其不能远飞，但还嫌那绳的力量太弱，未必维系得住。还预备在今日临别时，再加上两根，以策万全，却不想他竟先飞走了。其实秦云也不过这样思想，若是在梧到她醒后才走，她出奇制胜的法术，也出不了口字部的叮咛嘱咐，未必有特别方法啊。怔了半天，又思在梧向来未曾这样暗溜，今天走得有些奇怪，便是真有要事，何以昨夜未听提及？何以临行时不能唤醒了我，说上一句？莫非他已厌忌我絮烦，故意躲避？倘果如此，他应许的话也未必可靠了。秦云想到这里，心中郁郁不堪，悬悬不定。但是人已走了，没法抓他回来，问个明白，只有痴心忍耐，等待日暮，看在梧是否如言归来，才能判断心意的真伪。这半天似乎比一天还来得长，好容易等到日色平西，再等到黄昏灯上，在梧竟是渺无消息。秦云的心已冷了一半，再到饭后人静，外面车马之声都寂，眼见在梧已不会再来。秦云的心可伤透了，按头倒在床上，哭了许久。蔡妈来整理枕衾，秦云呵她出去，又哭了半天，竟自昏昏睡去。

到了次日，秦云既受了在梧欺骗，论理可以不那样想念了。然而痴心女子负心汉的话，实是不错。秦云好似忘了昨日的气恼和痛苦，又重新盼望起来。前半日还较为安静，到了日暮，她心里像长了草似的，里出外进，坐立不安。在窗前望着街头，看见由远处跑过的洋车，车上坐的人，个个都像在梧，及至走近了，或是转入别路，才知不是。这样心中一跳一落，十分难过。她又拉开那法国式的长窗，走到平台，立了一会儿。无意中眼光落到街对面，猛见在便道上立着男子，正仰首向自己凝望。秦云因一直眺望远处，并未留意近前，这时方一注目，便已瞧出是前数日路上所遇跟踪自己的美貌少年，不由心中一动，暗想这人怎又立在这里？何以如此凑巧，又被自己看见了？想着猛然明白，一点儿也不是凑巧，这少年必是在相遇那日以后，常在门外巡游，只于自己没看见罢了。秦云素日本不肯任男子平视，因乎觉着自己若看别的男子，或是被别的男子多看两眼，便是对不住在梧。但此时好像似为怨恨在梧的凉薄，对他做精神上报复似的，竟立在平台上，任那少年注视。她也向对方瞟了几眼，但实际她并未有邪心，对少年也未生爱念。

过了一会儿，日已西沉，夜幕渐渐笼罩上来，各处暮烟四合，街头渐上灯火，眼见在梧不回来了。秦云惘惘然回到房中，回顾对街，那少年尚在路灯杆旁痴立。秦云往房中坐了一会儿，心里一想到在梧，就觉五内如割，自己劝着自己，俗语说拙妻逆子负心郎，这三种是无法救治的，自己可暂时看开些，等他来时再做交涉。这时便是一头撞死，他也不能来啊。但虽这样宽解，仍是按捺不下，为着换换脑筋，不由不走到长窗之前，向外一望，见那少年仍影影绰绰，立在原处。秦云这才芳心微动，觉得这人太痴心了，人家住在楼中，并不理你，你一直立在露天地享受清风，为着什么？想到这里，猛地恍然有悟，暗骂自己糊涂，你还说别人痴心，在梧这时，在家中不知怎样和倩宜恩爱缠绵，我还在这里眼巴巴地望他回来。现在我的痛苦，比被抛在露天地还甚呢，这份儿痴心，有谁可怜啊？想着就由自己不见喜于在梧的苦楚，连带想到街头少年单恋自己的苦楚，不由对他发生了不自禁的同情。但又转想，觉得这人好没来由，我是什么出身，难道还不明白这种事情？你当然是从那日一见，便爱上了我，才这样守着我的住宅徘徊，希望寻机会勾引我，好如你的心愿。可是你别妄想，我秦云这么容易勾引了？我对男子更算寒透了心，恐怕从此再没人能够诱动我。试想在梧是我几年前选中的人，我为他受了多少磨难，担了多少恶名？他也曾对我表示共命同心，经过山盟海誓，到如今总该可以日久见人心。然而他为着倩宜，居然对我如此冷淡。以后怎样收场，真是丝毫没把握。看来相交数载的人，还靠不住，何况在大街上丢眉弄眼的陌生人？我又不是十几岁没经人事的小女孩儿，就这么容易上当了？好，你尽管在外面站着，站到钉糟木烂，碍我何干？秦云这么一想，心又硬起来，自己仍坐着呆想，却不再向窗外张望了。

过了一会儿，蔡妈又来请求是否开饭，秦云摆手，说了句我不想吃，便挥她出去。蔡妈忸着不走，半晌才说：“太太早饭没吃什么，晚上再饿着，人怎么禁得住？还是对付吃些吧。”

秦云摇头无语，蔡妈还立着不动，忽叹气道：“也没见过老爷这样儿的，到这早晚还不回来。也不管太太一个人儿多么冷清，您又不喜欢出门……”

秦云此际还是满心护着在梧，既不愿别人知道自己受丈夫冷淡，更不愿别人说在梧个不字。一听蔡妈的话，立刻沉了脸儿，对她申斥道：“你还不是三只鼻孔，多出一股气。老爷的事，用得着你跟我说？老爷不回家，是在公司里办他的正事，男子汉总在家里守着老婆，还有什么出息？我也不是十七八的新媳妇，用男人守着，一时离不开。你以后少说这种淡话，我不爱听。”

这几句话把蔡妈噎得半晌透不过气，红着脸溜了出去。秦云口虽硬，但一寻思蔡妈的话，更加了无限伤感，觉得自己失爱于在梧，连仆妇都看出来了。蔡妈才来了十多天，我和在梧正式同居，也不过这点儿日子。看当前光景，我的幸福日月，好像已经过去了，真好快啊。俗语说旁观者清，蔡妈固然多口可厌，但细想她的语气，在梧对我日渐冷淡，态度定然很为明显，局外人都看得明白，只我这局内的，因为太爱在梧，好像迷着一窍，又只往好处盼望，才今日盼明日地发痴啊。秦云想到这里，心中似乎得了个警告，又像有种听不见的声音，在耳边说在梧实在不足倚恃，他的心已经回到倩宜身上。人家夫妻终是夫妻，你这薄命人，终将薄命，以后再没好日子过了，在梧不久便将弃你，你也自己打正经主意了。秦云被这突发的思想，刺激得悚然而起，好似通身毛孔都吹入寒气，背上更冷似披冰。因为她以前只认在梧不致过于负心，自己又决意誓死相从，不做他想。即使在梧近日态度改变，她虽知由于倩宜出现之故，但仍信赖在梧，认为他终必竭力保全自己，绝不相舍，所以并未想到万一在梧见弃，应该如何这层。现在这可怕念头，突然侵入脑中，她不由坠入悲观，越想越怕。觉得在梧虽非薄幸之人，但他胸无主宰，易受迫胁。就想第一次他随自己上北京，被倩宜、颖芊中途捉着，他竟不敢稍为挣扎，忍心抛下自己，服服帖帖随她们回家。由那回事情推想，这次他若受倩宜逼迫，再加上颖芊等包围挑唆，他即使心中仍恋着我，也只能叹声无可奈何，照样把我抛了。这本是他天生脾气，我仗他做主，真没有把握啊。

秦云想着心中更自灰冷，又念到自己对于在梧，因为爱情关系任何委屈都可忍受，现在既知道倩宜在和我做对，我尽自做小伏低，已经够伤心的了，何况我任怎样做小伏低，人家依然不肯容留我呢？倩宜小姐出身，天生高贵，我是臭窑姐儿，不够人格，可是一笔写不出两样女人，谁又一嘴生两个舌头，一胎养八个孩子？不过她投生的地方比我好些，就是人人敬重的大小姐大奶奶了。就说在梧家人，为什么偏向倩宜，对我轻视？还不就为着身份的缘故？看来我是没法跟倩宜争了，莫说争宠，就是在她翅膀底下求着地方给我伏着，她也未必容得。既知如此，我又何必长此吃亏受气？俗语说惹不起总躲得起，我既然苦命，遇着这样不给做主的男人，就该早做打算，难道还等着人家翻脸向外赶的时候，丢尽了人才走吗？秦云想到这里，似乎心意摇动，感觉现居之地，并非安身立命之所，应该另谋投止。此念一动，就如星相家所谓动了驿马星。譬如一个人好生生住在家中，一旦发生出游的念头，立觉家中不可一日居，千方百计，总要出去才罢。这时秦云伤心负气，致生此念，好像瞧着居家虽然华美，丈夫虽然可意，都已不属自己所有，再留下去太没趣了。但是思量去路，又觉人海茫茫，并无安身之所，回到义父家去，未免自觉无颜。我又不想借义父力量，强迫在梧留我，何必回去受人讥笑？除义父家外，更没有可投之处，难道我还重落风尘去操贱业吗？那样岂不叫颖芊更得了口实？我自己也不肯再染一水啊。

秦云想着，为难许久，渐渐把心又收回来。想到自己在四五年前便立下从良嫁夫之志，寻访至今，好容易才得着在梧。我这妓女出身的人，好像天造地设的贱种，嫁人必得做妾，做妾就得受制受气，这是无可避免的。如今在梧为倩宜冷淡了我，也是应该常见的事，我只能安心忍耐，怎能在他意思未明以前，就胡思乱想？倘若在梧并没有弃我的心，正在替我设法，我倒先跑走了，到日后弄明白时，已经覆水难收，岂不自己害了自己？我还是听天由命的等着吧。她既想到这里，心中应该可以安定些了，无奈人心是最善变的，念头数次反转，便如算法的小九九连打了几个还原。这样一会儿觉得凛然不可留，一会儿觉得凛然无措，一会儿咳声叹气，一会儿嗒然若丧。直到夜半，蔡妈又冒险进来劝她吃东西，秦云恐怕被她背地讪笑，装作没事人儿一样，仍说不甚觉饿，只叫厨房用高汤卧两个白果。蔡妈应声出去，须臾便端了来，秦云因胸中被郁气充满，又饿得上了虚火，看着东西吃不下去，只呷了两口汤。趁蔡妈出去，便把白果卷入痰盂，随即上床安寝。大凡由妓馆出身的女子，都有一种习惯，就在每日就寝以前，还要做一番梳饰，当然是浓妆媚夜之意，秦云自然不会例外。不过因为习惯关系，即便无人可媚，也照样临睡整妆。连前数日在梧不归之时，独眠之夜，也是如此。唯有今日因为心中太烦，更没闲情对镜，躺下便睡，但是如何能够睡着？在哭泣寻思中，过了一夜。

次日早晨，秦云仍不愿被仆妇看出形色，照时起床。强长着精神，但还是没心绪梳洗，没胃口吃饭。蔡妈也不敢再说别话，只能劝她用饭，秦云再不推辞，只把饭菜归档喂了痰盂，就算饱了。

好容易熬到天夕，又是要命时候。秦云满心盼望在梧，想着今天可该来了，但因记着昨日痛苦，自己劝着自己，不必再那样痴心。盼得越切，他不来时的失望，越加惨酷。还是不理会的好，他来了就算，不来活该。她虽如此宽想，仍是坐立不安，不自主地向窗外探望。无意中到了那长窗之外，方一纵目，并没瞧到别的，又看见对街电杆之下，那个美貌少年仍木立着向楼头张望，见了秦云，好似骤然生了活气，面上现出喜色。秦云看见了他，心中又是一动，暗想这痴人竟还在这里立着，昨夜不知他何时走的。今日我初次向外张望，就又看见了他，好像他一直没走似的。这人真太痴了，他倘然真是为我，这心可用得太深，苦可吃得不小。世界男子空说怎样多情，谁又肯做这傻事？流氓荡子，只能图便宜图享受，更不肯如此自苦，这人好生奇怪。想着不由向他看了一眼，见他初见自己，似乎非常欣幸，但在注视之后，忽而转喜为悲，面现愁苦之容，低下头去。半晌才抬起来，眼中已含着晶莹的泪珠。秦云瞧着，心中甚为纳闷，暗想这少年忍受风吹日晒，长立街头，分明是转我的念头。说白了，也就是吊我的膀子。可是吊膀子的，照例都是传眉递眼，搔首弄姿，并且要卖弄活泼，表示热情，才能摇动女子的心。怎这少年今日看见我，竟像遇着什么逆事，愁眉泪眼起来？世上有这样吊膀的吗？若不是衣服华美，气度轩昂，直要被人疑惑是街头追逐行人的落魄乞儿了。秦云想着，还疑他是另有什么缘故，或是被风吹迷了眼。但再一注视，只见他目光一直没离开自己，面色越发惨淡，而且似在微微摇首，频频叹息。秦云心想这可怪了，看他神情，直好似为我愁苦，为我叹息，这是什么道理？再说他是安心吊我膀子来的，怎么倒把丑脸儿给我看呢？秦云越想越不明白，那少年也一直保持那副愁容，真像有什么委屈，要对秦云大哭一场似的。秦云在晒台上立了半天，也不好意思尽看那少年，有时凝眸远望，只见阳光渐没，天色转为黑暗，许多过由屋顶上升的炊烟，袅袅直上空际，渐渐消失于暮色苍茫之中。秦云对在梧归来之望，也渐和炊烟一样地消灭了。痴立一会儿，又看看那含愁相对的少年，便惘惘回至房中，坐在床上。对在梧发了回恨，强自宽慰地把在梧从脑中赶走，不去想他。

但在梧方离脑中，那少年的影儿就挤进去了，不由又思索他面现愁容的缘故。想了半天，仍然莫名其妙，这时天色已经沉黑，秦云也不开灯，在暗中待了很久，不自主地又走到那长窗之前，向外看视。但在窗内瞧不到对街，就开了窗子，要上晒台，哪知才走出一步，便觉冷风猛扑面上，遍体生寒，打了个冷战，自觉支持不住，只得退入房中。但在一瞥之间，已瞧见对街电杆之下，影绰绰地有个人影，虽没看得清楚，却能料出必非他人，定是那痴心的少年。秦云关上窗子，踉跄跄退到沙发上坐了。心想这样寒天，我偶然开窗，还冷得受不住，这傻子怎还一直地守着不走？莫非他是铁打铜浇的，不怕寒冷？但看他那瘦细的身体，柔嫩的皮肤和那娇贵的风度，可以看得出是养尊处优惯的，恐怕从有生以来，也未受过这样罪过？可是谁叫他受这罪过来，我固然并没叫他受罪，可是他受罪却是为着我啊。秦云想着心肠不由软了，一阵被情感激动，顿觉心神无主，直想下楼去唤那少年进来，莫论其他，只好叫他暖和暖和，也是好的。但秦云空这样想，哪有实行的勇气？望着长窗，怔了半晌，忽一阵心烦意乱，就立起在房中乱踱，心中茫然，也不知是想什么。踱着到了东面，由壁上的大圆镜下走过，她的影儿在镜中一晃，无意中瞥见镜中影子，好像个蓬头鬼似的，非常难看。她吓了一跳，直疑镜中所照，不是自己，另有个鬼魔在旁现形。她急忙止步转身，向镜中注目，只见里面的人，乱发蓬蓬，容颜憔悴，脸庞较前瘦了一半，直已失了原型，瞧着几乎认不出是自己。秦云才明白自己在这几日已糟蹋得不像样儿，又加未曾对镜，把个人变成了小鬼，自己还不知道。怎如此不禁折磨？再有几天，我这条小命儿也就完了。不由泪流满面，叫着在梧的名字道："在梧，很好，你算要了我的命，可怜我秦云就这么完了。"悲叹了许久，只对镜中的影儿呆望，容貌越看越觉憔悴，好像不但瘦了一半，还像老了十年，把原来滟潋容光，粉霞颜色，都已销蚀无余，只见由苍白的皮肤里，似乎透出一层暗黑之气。数日未曾洗脸，旧时的残脂剩粉，都已变成泥质，真成了囚首垢面。再加眼圈发青，樱唇红褪，两目呆滞失了神采。秦云心想这镜中的人，简直是个街头乞钱的吸毒女丐，哪还有丝毫旧日风韵？我秦云怎会就这个样儿？但是回想自己原来姿色，也就是数日以前的面目，竟似远在数年以前，渺渺茫茫，记不起确是什么样儿，直疑自己本来就是这副嘴脸。想着又凄惨，又好笑，我秦云这份儿神气，走住马路上，直可以把行人吓跑，都疑是目莲僧打开地狱门，把女鬼放出来了呢。可是在几天前，还有个美貌少年为我的颜色所迷，日日在这楼外痴望，如今有人看着我这副嘴脸，谁肯信有那件事呢？但又转想方才自己在晒台上面，还曾掬着这副嘴脸，给那少年看，真真可以羞死。本来那少年就俊美出众，我平时的姿色，还未必配得上人家，何况变成这个样儿？真奇怪，他见了我怎么没吓跑了，居然还在那里站着，守着不走？莫非真是个傻人吧？

秦云想到这里，忽忆起那少年种种奇怪的行事，起初自己当他是流氓拆白，然而他的行为，不可以常理测，真诚坚忍，能忍人所不能忍的苦，直好似个情痴。就说今日他对我愁眉泪眼，仿佛要哭，没听说有这样诱惑女人的。秦云想着，把那少年一向的痴情，和自己现时的状态，联合到一处，稍一寻思，猛然有所醒悟。不由通身抖战，似要顿足，但脚下已经软了，几乎跌倒。幸而手儿扶住旁边的椅背，才挣扎立住，颤声自语道："准是这么回事，这人可太痴心了。他方才为什么对我愁眉泪眼？他是因为看见我瘦得不成样儿，心里难过啊。可是他是他，我是我，谁也不认识谁，我就死了又碍他什么相干？这不是扯不上的事？"说着又摇头道，"也不能这么说，我心里没有他，就觉得没相干。他心里有了我，就许动了真心，发这没人知情的糊涂。就说在前年我在程家时候，在梧不过是个小职员，我却是经理的太太，那时在梧一点儿不知道我爱他。我却暗地里绕着方儿护庇他，给他加薪水，替他说好话，他若是遇着逆事，愁眉不展，我也跟着发愁。直有一年多，在梧连影儿都不知道。这样事我是经过的，现在焉知不是这少年爱我太深，因而关情过甚，见我只在数日中变成这等憔悴，他是见过我好时候的，所以忍不住心疼了？而且由他以前为我挨冷忍苦的情形，更可证明所料不错。因他的不惜自苦，可知钟情之甚。他若非出于真情，只为慕我颜色，今日见我变成这样，恐怕早已失望走了，又何能还疼得流泪呢？”她只想到这里，可再忍耐不住了，更忘了自己现在处在什么地位，以后要发生什么结果，就向长窗那边奔去。也不顾外面严风猛烈，就自拉开窗子，奔到外面。在她的意中，以为那少年还在对街站着，他既那样关心自己，自己又何忍叫他在外面受罪？宁可蒙羞犯罪，也得把他请进来，一谢他关切之情。并且秦云此际的心情，也正需要这样一个知心人的安慰。不过她心中还未如此着想，哪知出去向对街一望，只见街灯的寒光之下，并没有一个人影，眼见那少年早已回去了。但秦云还怕他挪了地方，又四下寻觅，见实在没有，才惘惘回入室中。关上窗子，望见壁钟，已指到十一点。不由苦笑道：“我真是糊涂了，这时已到了半夜，人家若还在街上站着早冻死了。何况我自己只顾守在暖房热屋，一点儿不理会人家呢？”

秦云自从醒悟那少年的关情，已感动得什么都顾不得了，不但把在梧暂且抛开，并且由自己惦念在梧之深，证实那少年慕恋自己之切，而且又因对在梧的冷淡，更感到那少年的热诚，再加对在梧有所负气，自然对那少年身上，就后悔自己没有早些觉悟，耽误得他走了，再见总得明天。但又怕他万一在今天便已灰心丧气，明天再不肯来，从此踪迹渺茫，可上哪里寻找，岂不成为终身恨事？秦云这样意马心猿，胡思乱想，更觉心中麻乱。这一夜上床之后，辗转反侧，尤难入梦，熬到四更天，才稍一打沉儿，不大工夫便又醒了，抬头见窗上已透曙色。她本是和衣睡的，觉得口渴，便下床披了件斗篷，由暖瓶中倒杯温水饮下，又把暖气开热了些。自筹不能再睡了，想唤醒女仆，又觉时候太早。就自坐了一会儿，要吸纸烟，见筒中空了，只得出去到起居室，向橱中取了两筒，拿着回来。走在甬路中，忽听隐隐有咦呀的声音，想到必是楼后又有人在喊嗓子，因为一时无聊，想去看看。就推开那间空广卧室的门，走进去立到窗前，向外一望，只见楼后空地一片白色，不知是霜是雪，想因昨夜大风的缘故，这时喊嗓的人非常稀少，只寥寥十余个人。不过那个卖老豆腐的担儿，还在原处放着，冒的热气，成为一团白烟。有几个人在那用扁担架成的长凳上坐着。遛鸟的却一人不见。那十多人都是皮袄大衣裳，穿得圆球似的，在空地上踱着。有的只顾闲谈，有的连声狂喊，但在距楼稍远的一块卧石之上，坐着一个皮帽大衣的人，正在吸着纸烟。态度很静寂的，把那冷冷的石头，当了舒服的沙发，一点儿也不注意。过一会儿那个人忽抬起头向楼这面望着，秦云一瞧他的面庞儿，心中一阵乱跳，几乎叫出声来，原来就是那个美貌少年。她诧异那少年怎会又夹在楼后面，和喊嗓的伶人票友为伍。随即悟到他直把全部心力，都用在自己身上，把全部时间，都耗在自己居宅的左近，自己只知道他每日午后便在楼前伫立，却不知道他每日清早，还在楼后面巡游呢。这人为我可太不易了，世上的男子，有几个如此痴情？我若再辜负人家的心，自己也觉下不去。想着就再顾不得思索，忙要推开窗子，和他说话。无奈窗子业已糊得严紧，仓促不能开启。她着急之下，突又念头一转，想到自己的容貌已糟践得不成样儿，若把这副嘴脸，去见那样潘安宋玉般的少年，不但自惭形秽，而且怕给他留个恶印象，不如稍施涂泽，再去见他。就转身奔到浴室，先洗去了积存多日的面垢，然后着粉施朱，梳理秀发，看着镜中人物，居然恢复了玉润珠光，才回了卧室，换上衣服，套上外衣，下楼由前门出去，转到楼后。

及至到了楼后，只见喊嗓的人已少了一半，那块卧石也没人坐了，仔细一寻，哪里还有那少年的影儿。还有几人围着，但看去都不像那少年。秦云因为希望过甚，不肯信任自己的眼睛，凑到那担儿近处一看，果然不是，只可嗒然走回。她这样锦衣玉貌的人，突在冬晨出现于冷寂之地，实是刺眼。惹得那些喊嗓的人纷纷议论，内中并有个自命风流的票友，见她形迹可疑，认为必是哪个内行或外行的相好，来此寻觅情人，觉得可扰，就跟上去，想要勾搭。秦云一点儿也没理会，只低头思索那少年一瞥即逝之故：他必是每日清早来此一行，明知我不会在清晨起床，所以他也不希望见面，只要看看我住的楼房，以慰痴情而已。再说这样冷天，他来一趟也够苦了，我怎还想他长久停留？何况他又不知道我预备出来见面，怎能相等呢？所好他早晨既来，下午必然照旧，不愁没有晤对时候，只可耐心等候着吧。想着已走到大门，进去就把门关上，自回卧室。只可怜那妄想吃天鹅的票友，白当了一回随从，结果落个没人知情。秦云连眼角也未扫他一下，气得他仍回楼后空地，也不再咦呀啊了，倒唱起《马前泼水》里狗贱人那段儿，以泄徒劳之愤。

秦云自己在室中思索半晌，这时心中已把在梧抛开，只想着那少年。决定无论如何，定要和他做一次晤谈，好解决自己以后的命运。但想他方才走开，不会很快地回来，至早也得等到午后。自己若枯挨等待，这长久的时间，好生难熬。不如睡上一觉，养养精神，等他来时，也好长谈。秦云本已失眠数夜，这时心有所着，不似以前方寸摇摆，居然一倒在枕上，便怡然入睡，直到正午才醒。她为着要面容泽润、精神充足，好去和情人会面，便不敢再自摧残，反知保重，竟吃了一顿饱饭，饭后又去梳洗一番，换上最心爱的衣服，就坐在室中，不住地向窗外张望。但秦云以前只于偶然瞥见那少年，而且时间都在黄昏前后，根本不知他到什么时候才来。今日秦云由午饭后就开始盼望，自然觉得这冬天好似变成夏天，分外长得可厌。心里料着他至迟天夕必来，但恨那太阳只留在中天，迟迟不动。钟也好似犯了懒病，初看是两点半，过了半天，以为总有三点多了，哪知长针只移了五分钟，若不是听得滴答响声，还以为停了呢。

正在焦烦无聊，忽见蔡妈送茶进来。秦云觉着自己数日倦倦恹恹，今日突然梳洗打扮起来，蔡妈看着必然猜疑。而且自己以前端着太太架子，对她未免太冷酷些，今日既预备和那个少年晤会，蔡妈这样精明，当然瞒不过她。我虽不怕她向在梧告密，但她总是我贴身近人，我既要做这种事，自应先收服了她，合成一气，以后才得一切方便。想着便放出和颜悦色，对蔡妈说了许多闲话。蔡妈提起家中寒苦，丈夫不成材料。秦云也代她嗟叹，拿出二十块钱赏她，又给了几件旧衣服。蔡妈心里像明镜似的，但表面故作不解，只说太太真是怜贫恤下，赏了这许多东西，欢欢喜喜地拜谢了，拿着出去。

秦云这里等到四点钟方过，已不知开窗向外张望了几次。这次又走到窗前，忽见对面便道的电杆下，竟有了人。秦云心中乱跳，忙开窗走到晒台上仔细一看，果然正是那个少年。她再没有一点儿矜持的能力了，急忙向他招手，想要叫他，无奈不知人家的姓名，只得叫了声喂。那少年望见她的动作，似乎非常诧异。秦云仍招手叫了声你等着，不要走，就退回房中，直向楼下跑去。到了街门，把门开放，见那少年仍掬着满面惊异之容，在对面便道上立着。秦云本仗着一股劲儿跑来，到这一和他对面，不由发了窘，想到和他人生面不熟，可怎样开口呢？但终忍着羞涩，硬着头皮，向他招了招手。那少年趑趑趄趄地走了过来。

秦云已预备请他入内长谈，就不在街上啰唆，就点首说道："请你进里面坐，我有话说。"

那少年听了，似乎非常惊异，又似乎有所顾虑，迟疑一下，忽然生了决心，望着秦云道："我可以进去吗?"

秦云恐他畏怯，不得不先露出一点儿意思，低声道："你想我会有坏心吗?"

那少年一听，立即举步入门。秦云关上街门，便领他进了门。这样掬心窝的客人，当然不能延入那普通待遇的客厅，何况在这大冷天，客厅并未生火，就直引他上楼。到了楼上，迎面先遇见了蔡妈，秦云不由脸上一红，但仍矜持着吩咐她倒茶拿烟。蔡妈倒很知趣，并不对那少年瞧看，好像毫不理会地应着走开。秦云领那少年进了卧室，让他就座，那少年很不好意思地坐到沙发上，秦云坐到对面，互相望了一眼，都感到这第一句话不易出口，神情都有些局促，

终于是秦云首先开口，问他贵姓大名，那少年回答姓金名叫笑凡，秦云笑道："你在哪儿住啊?大冷的天，早早晚晚，只围着这座楼巡游，我真看不过意了。"

金笑凡脸上一红，只望秦云望着，面上现出满足之色，似因自己的苦心热情，居然能为秦云所知，总算没白受罪。但他没有答出话，蔡妈已送茶进来，二人都停住口。蔡妈放下茶，递了纸烟，便自出去，秦云才又问道："金先生，你这些日太辛苦了，可是为什么这样呢?"

金笑凡正色答道："我想女士应该明白。我也不知道因为什么，自从那日在街上遇见女士，就再也离不开这个地方了。"

秦云点头道："我明白的，不明白也不会请你进来谈。你的心意太叫我感激了，不过我现在还是个有夫之妇，你空有这样好意，我……"说到这里，沉了一沉，见金笑凡面现失望之色，就又接下去道，"我本来不应和你接近。不过人生在世，最难得的是知音。我看你又是个很高尚的人，以后我们做个朋友吧。"

金笑凡似乎欣喜过望笑道："这样我就太知足了，我本来没敢希望高攀女士，不过我……冒昧请问，女士的丈夫可容你外面有朋友吗?"

秦云这时对金笑凡已是一见倾心，更莫说什么一见如故，就苦笑道："这

话谈不到，现在我已然被弃的人，他对我毫不关心，还管什么交朋友呢?”

金笑凡听了，很惊讶地道：“怪不得这几日，我见女士很不高兴。原来……唉，世上真有有福不知享的蠢物。得着女士这样的人，居然忍心抛弃不管，真是伤天害理，连我听着都觉……”

秦云听他说到这里，忙接口道：“我还忘了谢你，你对我太关心了。昨晚我看见你的愁苦神情，还不解其意。直到晚间一照镜子，才明白你是对我伤心，想不到世上还有可怜我的人。所以我感激极了，恨不得立时和你见面。今天早晨，你在楼后面石头上坐着，我赶出去，你已走了，若不然咱们在那时已见面了。”

金笑凡听着，只痴望秦云，由眼光中透出心心相印之意，秦云也望着他，两人眼中都射出情光，渐渐情不自禁。金笑凡徐徐伸手握住秦云玉葱，秦云也任他把握，二人在默默对视中，各有深情发于肺腑，相喻无言，似乎比用语言传达，还来得深切。正在这发生最高情感，如梦如寐、如醉如痴的当儿，忽然门外有脚步声由楼梯走上来。二人始没听见，那脚步声到了门外，又加了一声咳嗽，秦云才悚然惊觉。由金笑凡把握中夺回了手，向门外看时，却不见有人。忙立起走到门际，才看见那知趣的蔡妈，在门旁立着。

她一见秦云出来，就低声说道：“太太，外面有人要见你，在楼下等着呢。”

秦云一怔，忙问是谁，蔡妈道：“我不认识，是位年轻的女子。看不出是小姐是太太，我听见电铃声，出去开门。她没等让，就走进来，还要一直上楼，我拦住了她，让进客厅去坐。问她贵姓，她不肯说，只说请太太下去，一见定然认识。”

秦云心中纳闷，又向蔡妈询问来人容貌衣饰，蔡妈说了个大概，秦云依然想不起是谁。但因来人已入门中，不能不见，只得向金笑凡说了一声，便自下楼。秦云到了楼下，向客厅走着，心中还想来的可是谁呢，我又没个亲戚朋友，便有旧时姐妹，她们也不会知我住在这里。想着已到客厅门外，一推门儿，立刻大吃一惊，只见里面坐着的，不是别个，正是自己的冤家，在梧的正室，倩宜夫人是也。

秦云做梦也想不到她会来到这里，惊诧之下，不由念头一转，生出一种猜度。这猜度是做外室的小老婆最顾虑的，正室夫人驾临外室，还会有什么好事，定然来兴问罪之师，不是驱逐，便是打闹撵砸。秦云方一设想及此，立刻怒气高冲万丈，心想你起初不能容我，把我弄得有家难归，如今你又把住在梧，逼他把我抛入冷宫。我甘心忍受，一声不哼，也就是了，怎么还不肯相饶，竟找到我的门上来，这也许是你的报应到了。现在在梧既已弃我不顾，我也不怕得罪在梧，今天你既送上门来，我正好发泄这些日的冤情郁气。若不出尽你的乖，露尽你的丑，打出你的大恭小便，掏出你的牛黄狗宝，算我秦云白混了这些年。谁别把谁惹急了，我一个窑姐儿出身的，还收拾不了你这闺阁小姐？想着便要发作，但一转想，她的来意还不可知，我何不给她先礼后兵，听听她说什么，再做道理？

就勉强使面上现出笑容，走将进去，叫道："哟，这可是梦想不到，今儿贵人下临贱地，真是太阳进屋子来了。"说着很恭敬地行了个礼，也不像以前叫姐姐，改口称为太太，在旁侍立不坐，又高喊蔡妈倒茶。

倩宜立了起来，却是沉着脸儿，向秦云道："你不要这样张罗，我今儿特意找你来，有正经话说。你……我知道你心里很恨我，不过现在请你把恨我的心收起来，咱们开诚布公地谈谈。"

秦云还是拉着皮子，闻言叫起来道："哟，您这可太言重了，我天胆也不敢哪。"

倩宜看了秦云一眼，方要再说话，蔡妈已送茶进来，秦云也没叫她拜见大太太，便挥之使出，随又请倩宜宽去外面皮大衣。倩宜似乎觉这客厅寒冷，才解开一个纽扣，随又停手，向秦云道："这厅里没生火吧？"

秦云道："我这儿没有客人来往，所以客厅没生过火。您冷啊，现在叫她们现生，也来得及。"说着就要走出唤人。

倩宜拦住道："不必费事，我想跟你长谈，现在到楼上你住的房里去好吗？"

秦云听了怔了一怔，心想若在往日，本可以让她上楼，怎奈今日恰巧有个金笑凡在楼上，怎能令她看见？想着不由有些发窘，迟疑着说道："我房里七乱八糟的，太不干净，还是在这里谈吧。"

秦云和倩宜这样支吾，其实连她自己还不知道，这座楼原来本有暖气设备，这客厅中自然也有，不过暖气管藏在房隅垂幔之后，非细寻不能看见。她因全楼中，只客厅中心有只大火炉，就认为单独客室中没通暖气管子。其实这火炉是昔日李伯英居住时，把个年老朋友安置在客室，那朋友体弱畏寒，才临时安了个火炉，日后也忘记撤去。秦云若知道这些情形，只消寻着暖气管，用手一扭，就省得费这番话，而且也不致立时逼出倩宜的话了。

且说倩宜一听她又要唤人生火，忙又拦住，笑道："你为什么不叫我上楼，我明白，楼上有人，不过你也无须避我啊。"

秦云听了心中一动，暗想倩宜屡次要求上楼，我一拦阻她竟生了疑心，说出楼上有人的话。她当然不会知道楼上有金笑凡，这必是在梧又有什么缘故，在外流连，没有回家。倩宜疑他到了我这里，竟下门捉男人来。你好理直气壮，真把我看得没人了。想着不由怒上心头，但仍忍着装糊涂道："什么，我楼上有人？哦，我明白了，太太你说的那个人，我楼上连他的魂也没有，请想，他有了太太，还会理会到我吗？"

倩宜摇头道："你说的在梧吗？不是他，我出门的时候，还看见他在家里呢。"

秦云听了，更吃一惊，叫道："咦，请问这里除了在梧，还有什么男子？"

倩宜笑道："我不敢乱说，只请问有个姓金的，你可认识？"

秦云闻言，头顶轰的一声，不禁惊诧欲绝。心想我今天第一次和金笑凡发生交涉，怎么倩宜就恰巧来到，说的话直好似知道金笑凡在楼上一样，这是什么缘故？哦，这必是倩宜虽是把着在梧，还放不过我。她派了什么人，常川在此监视，搜查我的破绽？今日那监视的人，见我把金笑凡请进楼中，就去报信。所以她立刻跑来，一面替在梧捉奸，一面想借此把我赶走，永绝后患，真是好狠毒的主意。我现在既已交结了金笑凡，早就拼着和在梧决裂，还有什么可顾忌的事？今天就是今天，爽性把丑脸揭破了，大大地把她凌辱一顿，结果总不过叫我和巢姓脱离，也不会有砍头罪过。

想着就把脸一变，盛气说道："我明白了，你是访出我楼中藏着男子，特意替在梧捉奸来了。不错，我这儿有个姓金的，就在楼上我房里藏着。我不瞒你，是女人就要男人，你怎么懂得把着在梧呢？我得不着在梧，就许另寻一个。这不是都告诉你了？请上楼去捉吧。捉住了，回去报告在梧，他自然不再要我，我也没脸儿再姓巢了，自然滚蛋，剩下您一个人儿多快活啊。"

说着就走到门口，举手延请倩宜上楼，倩宜怔了一怔，随又转出笑容，招手道："你过来，不要这样生气。你把我的来意全想错了，而且也把我冤枉透了。你可知道，我在今天午后，才第一次见着在梧，你说我把住在梧不放，完全是上了他们的当。"

秦云听了，初觉一怔，继而想倩宜所言太不近情，就冷笑起来，把肩一耸笑道："这样倒是在梧说谎了，他从前半个月，就对我说您已回家了。其实现在又何以谈这个，您不是捉我的奸来了吗？这时奸夫正在楼上，您还不快上楼去看个明白，拿着真凭实据，好去对在梧说呀。"

倩宜这时倒被她闹得有些窘急，只得仍招手道："你先过来，听我说。我完全不是这个意思，你都弄错了。"

秦云寒着脸，走回倩宜身旁，嘟囔着道："到了这当儿，还有什么说的？您太太若不是为捉奸，怎来得这么巧？又为什么早早安下人监察我……"

倩宜听到这里，急忙问道："什么话？我何尝派人监察你来？"

秦云冷笑道："太太，你这可太不光棍了，何必还瞒着？我秦云人品虽贱，却自敢作敢当。痛快说，我结识了一个男子，就是你说的那姓金的。姓金的今天第一次进这个门，来了还没十分钟，可是您太太跟着就到了，进门就要上楼，又明指出姓金的。请问若不是早已安下了人给你报信，如何来得这样巧？晓得这样清楚？"

倩宜听着，眼望秦云，摇着头方要说话。秦云那里忽又转了一念，大声笑着，向倩宜破口骂道："我明白了，你这混账不要脸，不穿裤子，却系八条裤带，混充好人的娘儿们，敢情跟我使缓军计呢？本来事情一清二白，你且堵我来了，怎么还一个劲儿不认账，跟我装懵懂？这必是延迟时候，要等什么人来了再发作。我明白，你是打头阵的，后面还有在梧，说不定还有颖芊那小□，来打接应。可是他们怎还不来？哈哈，我就趁他没来以前，先给你这小娘儿们一点儿苦头儿尝尝。今儿算是你报应到了，非得揉搓出你的红汤绿沫，若叫你身带条丝儿出这个门，我姓你的姓。"说着就张牙舞爪地，向着倩宜扑去。

倩宜见她这样，吓得直向后退，躲到沙发后面叫道："怎么……你这是怎么了？先听我说一句。"

秦云咬牙道："没的可说，你还延迟我呀，我不上当。"说着仍向前奔。

倩宜见她疯了似的无理可喻，不由后悔此来的失策。又愤恨秦云的误会，一时气极，倒由沙发后面走出，迎着秦云叫道："你真不懂人事，我好心好意救你来了，你倒不依不饶地胡吵，又不容我分说，这总算我来得错了。好，随你怎样，看你今天打死我。"

秦云听她这样说，不由一怔，问道："什么……你救我来了，别只拣好听的说，但求你不管我就好，还救我呀？还说我又没掉在河里，落在井里，用得着你救？”

倩宜见秦云口里虽然此说法，但神气已不像以前紧张，把拳头也放下去，似乎已为自己言语所动，想听个下回分解。就不再防她动武，自坐到沙发上，徐徐说道：“妹妹，你遇事太不思索了，也不想想我是怎样的人，可能做得出你方才所说的事？今天倘然我有心害你，何必自己出马，只叫在梧来不就够了？其实在梧也不必来，他本来早就知道你这里的情形啊。”

秦云听了大瞪两眼问道：“什么话？我不懂。”

倩宜点头道：“自然你不懂，你若能懂，就没有今天的事了。你且坐下，听我从头说。”

秦云满面现着疑惑之色，无可奈何地坐下道：“好，你说吧。”

倩宜笑道：“你可别疑惑我用缓军计，我得先吸支纸烟。”

秦云虽觉不耐，但因居于主人地位，只得向几上取了纸烟递过。倩宜接过燃着，吸了两口才道：“妹妹，我始终对你没有什么恶感，只为在素日主张一夫一妇的纯洁爱情。可是在梧的行为，完全和我的主张反对。在娶我以后，又要把你加入家庭里面，同时不知从哪里又跑出一个孟小樱，直闹得不成局面。我因为在梧行事太不合我的主张，又气他欺骗我，所以就自己走开了。这完全是对付在梧，和你并没什么芥蒂。我在临走时，给在梧留下信，说明我离开的缘故，并且劝在梧跟你成为正式夫妇，你当然是知道的。我离开以后，就回到娘家，带着我的母亲，一同藏到一个很严密的地方，决意不再和在梧见面了。无奈在梧的妹妹颖芊知道我的隐藏地方，在前几天寻了我去，言说在梧已经悔悟，把秦云打发走了，正在万分地想望着我，劝我顾着夫妇之情，仍回家中。我当然不肯，颖芊又替在梧说了许多可怜的话，并且担保他以后不会再有不好的行为。我的母亲本是位旧脑筋的老人，她因为我既嫁了在梧，纵然他做事太差，以致反目，但一时的龃龉总不能牵连终身，世上人没有整辈子怄气的，早晚落叶归根，水流归海，结果仍得去做巢家的人。现在颖芊既说在梧已经悔悟，又把秦云打发走了，正诚恳地盼你回去，你还有什么不满足的呢？”

倩宜说到这里，停了一停，又道：“我母亲这样劝我，我还是踌躇不决。为什么呢？就为着我不信在梧会忍心弃你。我方才说过，对你并没恶感，也不是嫉妒，只于我不要享受多于两人的污秽情爱。倘然在梧并没打发了你，我贸然回家，岂不又多留一场笑柄？所以我决定咬牙不应。颖芊连去了几回，却没得着结果。直到昨天，忽然颖芊陪着老太太和在梧一同去了。在梧指天誓日地说，秦云已走，家中更没第三个人。老太太只央告我母亲，闹得我母亲倒归了他们那一头儿，立逼我回婆家去了。当时情景我也不必细说，结果闹得我不能坚持，只得答应回家。到今天早晨，颖芊又去接我。随着她回到家中，问起你的下落，才知道在梧还没正式和你断绝，不过正在向断绝路上走呢。在梧告诉我说，因为你的心意非常坚固，他又曾和你有过久远之约，所以不好由他口里说出出尔反尔的话。只得想法叫你自己谈心，舍弃了他。他为这事费了许多脑力，又请朋友帮忙，才定了个办法。就是一面冷淡着你，好消灭你的爱情。一面使出一个男子，摇动你的心意。所以在梧在前半月，就对你假说倩宜已然寻着，正在进行和解，其实那时我还不知道一点儿影子。他所以提出我，就为着引你嫉妒，好对在梧灰心。同时并且安排下一个唱戏的美貌男子，对你诱惑，预备叫你把对在梧的爱情，转移到这男子身上。近日这事已经做到成功地步，在梧对你冷淡一点儿，那男子就对你接近一步。这几日在梧绝迹不到你这里来，那男子竟终日守在你门外。你一来难忍孤寂，二来为着负气，自然难免上套了。并且你这儿有个女仆，也是在梧安置下，对你查看情形，给他传递消息的。据在梧说，这老妈报告你已对那男子动了心，今天早晨忽然梳洗打扮出去相会，却扑了一个空，看情形今天必然能够勾搭上手。"

秦云正在听得悲恨惊疑，百感杂糅，如入梦中。这时忽悚然叫道："好在梧，你真对得住我。"又向倩宜瞪目问道，"太太，你……你为什么把这个话来告诉我？"

倩宜愤然道："你不信吗？"

秦云面白如纸，有气无力地道："我信，我信，只是这事对太太是有益的，怎倒来说破了？"

倩宜道："你听我说啊，在梧本来出于无可奈何，才安排下这个办法，叫你自动地爱上别人，就自然地和他脱离。他从此就可以和我恢复一夫一妻的原状，安稳度日。这对我当然有利，我高兴还来不及，为什么反倒破坏，来把实情告诉你呢？这就是良心上的事了。我今天午后回到家中，一听在梧诉说这种情形，心里就觉着不得劲儿。不瞒你说，我对你自然是势不两立，很希望在梧驱除了你。可是咱俩既没有别的仇恨，你的缠绕在梧，本来也由于爱情，并没有什么罪过。所以驱除你，是我愿意的，但若因此把你毁害了，我却觉非常不忍。听在梧说，那个诱惑你的人，名叫金笑凡，是个唱文明戏的，并且已经快把你引诱到手了。我一想唱戏的又有什么好人，你倘若真上了当，就许从此堕落下去，一世不能翻身。虽然不是我亲手害的，也算由我身上所起，况且也替在梧亏心啊。因此我就劝在梧说，这治一经损一经的办法，未免太狠，我也不安，还是另想和缓主意的好。在梧想是误会我是故意试探他了，竟说事已至此，无法变更，只可听其自然。况且据那女仆报告，秦云已将与金笑凡会面，女子情有所钟，想拦阻也不成了。我听了她的话，明白我越劝他，他越疑心我是矫情，只可自己想法。在吃完午饭以后，我假说到娘家去取东西，就奔到你这儿来。进门一见你的神情，就明白在梧的话不错，你已经有了外遇。要不然在梧多日不来，你正该颓丧得不成样儿，怎倒打扮漂亮呢？又因你把我让在这冰冷的地方，宁可陪着挨冻，也不让上楼，我就更明白楼上必有了人，才故意用话试你。现在把话都说明白了，我的心也算尽到了，你自己打主意吧。我只求你不从我身上堕落下去，就算对得住良心。以后的事，就不是我所顾得到的了。”

秦云听了，只有面色灰白，却不知是气是恨，是感激是悲伤，怔了一会儿，才道：“我明白太太的好心，你真太仁慈了。”

倩宜摇头道：“你不要这样说，我知道我的话很叫你伤心，并且坏了你对在梧的感情。”

秦云叹道：“就是您不来说，我和他的感情，也照样要坏啊。不过我真想不到，他会这样狠心，想出这种阴毒圈套。哦，我明白了，在梧是预备在我和金笑凡结识以后，就寻个机会前来把感情撞破，大大地羞辱我一番，赶将出来，是不是？”

倩宜摆手道：“你这倒冤枉他了，他何至这样狠毒？他只要你爱上金笑凡，把他忘了，两下自然地断绝关系，各走各的路，绝没有给你难堪的意思。”说着又叫道，“妹妹，我想……你以后……这样说吧，你可有要我帮忙的事，千万不要客气，尽管直说。”

秦云听了她这吞吞吐吐的话，明白她是暗示自己势已不能与在梧重合，必须各自分飞，故而念到自己以后的生活问题，想要自动地给一点儿赡养之资，却不好直说出来，不由心中暗自思量。秦云对在梧本有根深蒂固的爱情，这次移爱他人，原出事机所迫。又加她出身风尘，对贞操的看法，全以感情为转移，所以一时感情用事，几乎做出错事。但本心仍是恋旧，抛舍不下在梧。这时听了倩宜的话，固然非常愤恨，却因倩宜的亲身前来，又发生了矛盾的思想。她觉得倩宜的盛情可感，便对她减却旧时怨恨，连带想在梧的薄情行为，都是由于倩宜和家人压迫而然，论他本心未必忍出于此。固然经过这场风波，感情已坏，已无复合之理，但是我离开在梧，待上哪里去？何况我本心也舍不得在梧呢？如今倩宜既来对我表示好感，我正好抓住这个机会，求她仍许在梧留我做妾，这样虽然过于屈辱，但为终身打算，也顾不得了。我已看出倩宜为人心慈面软，我当面一说好话，她也许驳不开面情，只一点头，我就有了保障了。

秦云只想了一面，却未想自己业已有失身嫌疑，是否还能为人所容，就贸然开口道："太太，您的意思，我很感激。不过你就帮助我，我也不敢领受，只求您可怜我到底吧。我年纪很不小了，好容易得了归着，老再飘荡下去，这世就算完了。太太您倘能收留我，我情愿做您的奴婢，您可以……"说着只把希望的眼光，望着倩宜。

倩宜听了她的话，似乎出于意外，怔怔地闭着嘴儿，又微微摇头。秦云忙又说道："太太，您可不要记我的仇，方才我实在该死。"

倩宜摇头道："方才你对我误会，本是难免的事，我一点儿也不介意。"

秦云又道："太太更不要疑心我已经失身给姓金的，不配再做巢家的人。我不敢瞒您，姓金的现时确在楼上。不过他才进门，还没说几句话，您就来了，实在没有沾染，我可发誓。"

倩宜又摇头道："这个我又根本没有想到，莫说我深信你未尝失身，即使你已经上当，也不能怨你，何况我本来管不着这个呢？"

秦云听了，还是莫测她的意旨所在，只得又深诘一句道："太太，您能可怜我吗？"

倩宜仍是沉吟不语，秦云屏息无声地等了半晌，倩宜才叹道："你可把我难住了，我向来面软，不会当面驳人，何况今儿你又说得这么可怜。无奈这件事不比别的，既关着我一生的幸福，而且我向来主张一夫一妇，怎能……哦，妹妹，这实在对不住你。任凭什么事，我都能答应，只有这事关系太大，求你多原谅我吧。"

秦云听了，大为失望，不由通身瘫软，颓然坐到椅上。倩宜倒立起来，诚恳地对她说道："妹妹，你要想开些。你还很年轻，若从此打定主意，立志向正路走，前途还是光明得很。何必苦苦认定这条走不通的路，枉自耽误青春？你要明白，咱们女子人格都是平等的，凭你的人才，只是把眼光放准了，很容易得着好的归宿。不管穷富，但求个年当貌对，同心合意，一夫一妻地度日，便有享不尽的幸福。又何必做小伏低，甘做妾小，丧失自己的人格，和别人争夺丈夫，弄得两败俱伤呢？妹妹，你这时也许恨我，我也自知对你太寡情些，可是实在没法叫你满意。这当然是为着我自己和在梧，不过也是为你，你若能依我的劝，将来得着好结果，就明白我的心意了。”说着又伸手和秦云对握一下道，“我也不再坐了，妹妹若有用我帮忙的事，写封信去，我就替你办，咱们各自心照吧。”说着就向外走。

秦云听倩宜的话，口吻愈是和平，意思愈是坚决，知道绝无希望，自己白舍了一回脸，结果仍落个没趣，觉得羞愧难当。及见倩宜要走，因已没话可说，也无可挽留，就低声说道：“谢谢您的好心，我以后也许求到太太门下，可是我但盼永远不麻烦您。”

倩宜听了，知道她是负气之言，也没回答，径向外走。到了大门外，有在梧的包月车在外等着。秦云一见这车，便觉刺心，倩宜屡次请秦云免送，走到车旁又挥手连说请回再见。秦云看着她上了车，忽高声说道：“请您回去替我谢谢在梧……先生呢。”

倩宜听了，觉得这话更不好答复，只可装作没听见，低声催促车夫快走。车夫跑起来，须臾拐弯不见。秦云望着她的影儿，心里直不知是什么滋味。对倩宜也不知是感激是怨恨，就她的来意而言，当然是为着挽救自己的堕落，应该感激，但想到她那样坚决拒绝自己的恳求，当面给以难堪，又眼看着她坐着在梧的洋车，扬长归去，露着战胜者的得意，这又真叫人气愤。秦云怔了半晌，呸了一口唾沫，才惘惘进了门。猛一抬头，忽悟到这里不是自己的家了，这房子本是在梧向他人暂借，用作毁害我的陷阱。现在既弄到这般光景，我怎能再在这里停留片刻？一定非得快走不可。走了两步，又想起楼上还有一个情人，可是这情人现在已变成仇人了，我又将如何应付？秦云略一沉吟，就切齿说道：“这还有什么猜疑，我起初因为金笑凡有情，才动了心；如今既知道他是个唱戏的，那些做作，都是拆白党的手法，故意使出来诱我上套的。我还有什么客气？正好把我心里的怨毒，都发泄在他身上，痛骂一顿，赶他出去。”想着就怒冲冲直奔上楼，进到自己房中。

那金笑凡已等得坐立不安，但还不露焦急之态，一见秦云进门，忙含笑欠身，让她就座。及见秦云面色有异，方自一怔。秦云已立到他近前，冷笑说道："金先生，你久候了。"

金笑凡才说出没关系三字，秦云已接口道："本来这点工夫，不算什么。比起你整天在门外守着的时候，还好受得多呢。你为我也真太苦了，不过……你是出于本心吗？"

金笑凡一听这话，似乎觉得诧异，但仍保持着原来的诚恳态度，望着秦云道："你想我是不是出于本心？"

秦云把肩一耸道："我想啊……我想你只怕不是出于本心，倒是受人之托，来同我唱戏。"

金笑凡听了大惊失色，叫道："你……你这是从哪里说起？"

秦云接口道："就从现在说起，在半点钟前，我还把你当好人呢。你不用再想遮掩，我全明白了。我的……现在我和他已经没有关系，你不能再认是我的丈夫，就说巢在梧吧，他想要赶我出去，又怕我软着不走，所以邀出你来，施展拆白党的手法，叫我自愿离开他家，向火坑里跳。我没上你的当，中间差不了一根头发的空儿。你这次算是失败了，还有什么可说？我本该臭骂你一顿，不过你这几日在街上冲风挨冻，受的罪过，也足够我解气的了，也觉没有别的话说，你趁早连胳膊带腿给我滚出去。"

金笑凡初听秦云直揭出他的隐情，也觉惊慌，但渐渐恢复了原来神色。听秦云说完，忽然恭恭敬敬地鞠了一躬，正色说道："您说得一点儿不错，我确实是被人邀出来的。您既已明白内幕，我又何必隐瞒？不过这件事我并非和巢在梧直接，中间还隔着别人。在他初约请我的时候，我本不肯做这伤德的事，曾竭力拒绝，无奈他说得非常恳切。我明白做这种事对你们局中人全都有益，并没有伤损，才担当下来。"

秦云听到这里，恨恨地呸了一声骂道："放屁，全都有益？唯独与我无益。全没伤损？只有给我伤损。你别在这里胡说，快滚蛋。"

笑凡挨着骂，并不着急，也不惭愧，反似受了褒语似的，反鞠躬和声道："这个您当然明白，我也不分辩了。现在只请问您既识破我的秘密，以后和巢在梧还能和好如初吗？"

秦云大怒，叫道："你问不着这个！我给你留着老大面子，只赶你滚蛋，你还尽自跟我胡缠，是想讨个大没脸啊？"

金笑凡并不为她的盛怒所震，仍鞠躬道："您不要生气，我为着自己良心，不能不问这话。您只告诉我一句，我立刻就走。"

秦云听他这样说话，心想这小子真是找骂，我就趁此骂他一顿也好，就大声叫道：“你这个臭唱戏的，不得好死的东西，还有脸儿问我？现在我虽然没叫你占去便宜，可是你图谋的已经成功了。我已经把你请进这楼里，就算引鬼上门，丑名儿再也洗不下去。在梧就是还有心要我，我也没脸跟他了。这就算你的大功成就，还不快找在梧去领赏，他一定要给你不少的钱，你拿这钱上保府买热决，要不然给你妈妈买个男人，免得她孤单，也省得别人骂你无爷种。”

金笑凡被秦云这样丑骂，似也愤怒难堪，脸上一阵通红，但随即忍耐住了，向秦云道：“你骂得不太过吗？”

秦云道：“我还嫌骂轻了，你这小子害苦了我。我也许不久就死，也许从此永远受罪，全是你害的。你害我得来的钱，每个都带着血腥味，除了买个爹给娘配对儿，还消些罪。若打算安然享受呀，我咒你，用这钱买吃的就烧烂你的五脏，买穿的就烧烂你的身体，住房子就塌了，压得你尸骨成灰。”说着忽眼望金笑凡道，“你哭了，良心发现了？你就死也活该，怕骂还不快滚。”

金笑凡这时果然眼圈红了，泪珠直落，随即用帕拭干。看看秦云，竟又坐到椅上。秦云一看，心中更为诧异，暗想这小子前来拆白，事机败露，被我痛骂，怎还不走？这是块磨，难道我还唤警察赶他出去吗？

正在寻思办法，金笑凡那里已开口说道：“请问你骂够了没有？若还没够，请你再骂。”

秦云顿足道：“你少跟我惫赖，快滚，我没工夫再骂你。”

金笑凡道：“你既骂完了，请听我说两句话。”

秦云摇头道：“我和你没话可说，你别忘了自己是什么东西，可配跟我说话？还有脸赖着不走。”

金笑凡也不管秦云神态如何，就自顾自地说道：“您恨我是应该的，不过我也有一番苦衷，要对您说明白。在最初巢在梧的朋友约我办这件事，我就认为有损阴德，不肯答应。后来那朋友说明在梧家庭的情形，在三角关系里，必得取消一个，才能恢复原状。否则家庭就要毁坏，谁也得不了好，结果两败俱伤完事。在梧已经打定主意，他绝不肯背弃结发正室，所以只得设法使秦云脱离。”

秦云听他直呼自己的名，又大怒叫道：“什么东西，奶奶的名字也是你叫的吗？”

金笑凡好似并不理会，只鞠了个躬，表示道歉，又接着道：“我就问那朋友，这样办法不是毁一个人救一个人，能算当理吗？那朋友说，这样只于毁了秦云一个，却救了在梧夫妇和他的整个家庭，毁得少，救得多，所以不为亏心行事。况且这也不算毁害秦云，事后我们还可以设法帮助她，我就说：‘你们帮助她，只于钱财，可是她身体的漂泊，精神的痛苦，又有谁能管呢？’因此当时我没敢答应那朋友，及至经过很长久的思索，我倘若要做这件事，就得担负完全责任，不能把秦云弄出巢家，就撒手不管，必得仍叫她得着归宿。若是不然，我宁可根本谢绝。所以在那天，我特意到你住的地方访查，不想很巧就和你遇着。我自从见着你的面儿，就回复那朋友，答应担任这件事。现在事已弄到这个地步，你算是被我害了，可是我还有第二步，预备成全你呢。”

秦云起初听他说着，还是满面怒容，扭头转项，表示不屑于听，以后却渐渐听进去了，哼了一声，问道：“你成全我，你有什么法儿成全我？”

金笑凡答道：“我……我就用我这个人成全你。在我做这件事以前，就存了这心意，所以我要先看看你的人。就为这个缘故，你应该信我的话。我从第一次见面，就爱上你了。现在你和巢在梧分离，我情愿和你结婚。”

秦云听了，忽然哧的笑将出来，随前仰后合，哈哈大笑了许久，才忍住笑，撇嘴说道：“你这份儿好心，难为怎么想出来？好好，很好，这好像很公平的，给我毁掉一件东西，就赔给一件东西，给我断开一个男人，再赔偿一个男人，这真有趣儿。”说着又眼望金笑凡道，“听你的话，大约一点儿不嫌屈尊，很诚心愿意地娶我了？”

金笑凡点头，秦云大笑道：“你倒愿意了，可惜没先问我。尊驾也太瞧得起自己了，我就是个小孩子，有人摔坏我的东西，说到赔偿，也得赔个仿佛像样的。假如毁个玉碗，赔个砂瓯，未免不大像话吧？我就是没心肝的女人，只懂得要男人，不管张三李四都好，可是……哈哈，我失了巢在梧，赔个金笑凡，你觉着和在梧差不多吧？实在我看你比在梧强得多，生了个漂亮脸子，又会唱戏，又会拆白，我嫁丈夫，不嫁你这样的，还想嫁谁好？我就嫁你，你过来，咱们先亲热亲热。”

说着直冲到金笑凡近前，举起手狠狠地向他脸上痛打。金笑凡冷不防被她打了三四下，嘴巴立刻红肿。但他只向后退，一声不哼。秦云打完，又戟指骂道：“你小子真想昏了心，还敢跟我胡说。我明白，你是因为被我识破诡计，没得占去我的便宜，拆去我的财物，所以又贼使飞智，弄出这一套骗我。我又没有迷住心窍，还会上你的当？小子，你死了心，滚吧。”说完将手一挥。

后事如何，下回分解。

第十八回

绿业问三生峰回路转
恩冤销一瞬柳暗花明

话说秦云打骂之后，又说出一番恶话。金笑凡听了，颜色突然变白，怔了一回，自己点了点头，悄然说道："你骂得有理，实在是我错了。我既曾做出害你的事，怎能叫你再信任我？何况我又是个唱戏的，本不配高攀你。"说着又向秦云鞠躬道，"我再不敢讨你的厌了，今儿才明白我的想头是错的，错在重看了自己。不过只为我想错了，竟把你害得没有着落，恐怕这是我永远补不上的罪孽了。"

秦云挥手道："少说废话，我死死活活，都不碍你相干。你能快走，比什么都好。"

金笑凡点头叹息一声，转身走到门口，又回头道："我还有一句话要说，方才你骂我得巢在梧的钱，实在冤枉。我做这事并不为钱，而且根本也没谈到钱，这你可以打听出来的。"

秦云漫应道："不管怎样都好，你请吧。"

金笑凡又看看秦云，面现凄恋之色，随即惘惘而出，自下楼走了。

秦云颓然倒在长椅之上，好似一个泊行之客，被人弃掷在海岛上。眼看着船舶都各自驶入海天苍茫之中，单把自己留在这无人之境，永与世界隔绝。这时的心情，直非文字所能形容。虽然万分悲痛，却哭不出声，虽然万分愤怒，却骂不出话，虽然切齿顿足，却不知该恨在梧、该恨倩宜，还是该恨金笑凡。怔了半晌，倒反满腹悲哀，迸作一声冷笑，跳起自语道："我什么也不用想，只快走开这里吧。若再住上一夜，我准得发了疯，出去杀死几口儿。"

说着就走到门外，呼唤蔡妈，想要挖苦她两句，出出怨气。随着撵她一走，自己也好离开这里，叫在梧自来善后。哪知叫了半天，没人答应，原来那蔡妈在倩宜来时，已经窃听明白原委，料着事已破露，不愿受秦云讥诮。

就收拾自己东西，来个不辞而别，回到李伯英家去了。秦云寻她不见，又见下房中乱杂情形，知道她已走了。只可叫过原来看房的仆人，赏了一笔钱，言说自己将要出门，叫他帮着收拾箱笼什物。那仆人早由蔡妈口中知道详情，也没拦阻，就代秦云收拾一切。秦云把箱笼弄好，就向那仆人说："等我走后，你就去给巢老爷送信，就说我走了，叫他来料理这房子。"

仆人也不询问，只自答应，秦云就吩咐他去雇汽车，仆人问雇到哪儿，秦云倒为了难，心想义父家已经不能去了。虽然义父和自己并无芥蒂，但自己却已没脸见他，现在幸而身边还有不少资财细软，也是义父所赠，在上次假说同在梧出游，移到这新宅时，就带了出来，这笔钱总可供给自己数年生活。至于倩宜所说要帮助我的话，当然是想给一笔赡养费，我若接受，也是很大补助。当时有在梧这人，我不把钱放在心上，现在既没了人，我也应该着意在钱上了。只是在梧如此负心，他未必不对我抱愧，我若一爱钱，他就在良心上得了安慰，可以舒服地过下去了。我偏不叫他舒服，宁可再受金钱损失，也要叫他良心痛苦。秦云这里把思绪转入旁处，那仆人还在旁边候命，秦云看见了他，才猛然醒悟说道："你雇车上东华饭店吧。"

仆人就出去向街上唤来汽车，秦云看着把行李运到车上，自己立在门口，又向楼中望望，心中凄惨难堪。想到这座楼虽是终身伤心之地，但自己自从少小落到风尘，以至今日，唯一真心相爱的在梧，就在这楼中享过同居幸福，为其最短，但自己毕生最快乐的时候，只有这么短短一段，恐怕至死也不能忘了。想着不由落泪，急转转身上车，挥手叫车夫快走。车夫转动机关，汽车就风驰而去。那仆人本深知秦云的一切原委，这时见她这样走了，也不由代为凄恻，望着将逝的车影，叹息不已。

望到车尘已渺，才点着头儿，将要走进门去。方一转身，忽然瞧见身旁立着一个少年，不由一怔。那少年已向他说话道："这楼里住的巢太太，已经走了吧。"

那仆人虽然知道在梧这座屋子做演戏场所，安置下秦云，使别的男子来诱惑她，以为弃绝之计。而且现在大功已成，秦云才无可奈何地走了，却不知在梧使出的男子是谁。秦云方才把金笑凡请进去，以及金笑凡被逐出来，他却在厨房中忙着，不曾看见，故而这时睹面不识。金笑凡却自从被秦云骂出以后，并未离开，只在左近守候，因为他料住秦云必不再居此间，定要即时移出，所以想讨个下落。秦云出来望楼凄恋，以及上车情景，他都看见，只于不敢露面，直等汽车走逝，他才到仆人身旁，问了一句。那仆人因不识他，愕视不答。

金笑凡又道："巢太太上哪里去了，你知道吗？"

那仆人才不高兴地道："你是谁，问这个做什么？"

金笑凡虽知这仆人是李伯英属下，和自己是一条路上的，但他既然不识，自己报名要费许多话，而且好无意味。就伸手向袋中取出一个代表，递到仆人手中，叫他代为接洽。那仆人看见是一张五元钞票，好似遇见故人，再也不诘问姓名缘故，接了过去，满面赔笑地道："谢谢你老，我替巢太太雇车，是雇到东华饭店。"

金笑凡听了这一句，就已满足，说声好了，转身就走。那仆人望着他怔了半天，又瞧那钞票怔了一会儿，方才进门去了。

且说秦云坐车到了东华饭店，要了一间二等客房，安置下行李，办完住客的照例手续，自觉精神疲乏异常，好像才犯过一场大病似的，就倒在床上。心里迷迷恍恍，要睡也不能睡。对过去的事，每一思想，就如同肚子里吃了无数苍蝇，非常恶心，恨不得大呕一下，索性吐出心肝五脏来，方才舒服，因此不敢去想。但是越要摈除不想，越容易兜上心头，她只得另把别事占住脑中，好暂避伤心的事。于是就想到自己的将来，二三年来，费了许多心思，经了无限风波，图谋终身归着。哪知到了今日，都变了镜花水月，一场虚空，仍落得孑然一身，渺无希望。以后将要如何，待重落风尘，再觅同心之侣，无论自己业经厌倦，而且为对在梧一家负气，也绝不能如此，叫在梧笑我无耻，叫倩宜更证实我习于下流，这条路是不好走了。可是我无亲无故，而且连个安身处所也无有，难道长久住在这旅馆中，做一世旅客不成？若是另行嫁人，凭着我的年纪和手中这点财物，莫说很容易购买一个男子做伴，就是效人家那样登报征婚，也容易挤破了大门。只是我经过许多磨折，心气已颓，再没有胡调的勇气。而且当此年华青春易逝，也经不住再随便消磨了。自己所求，只要得个同心合意之人，安心立命之处，就死心塌地过将下去，不管富贵贫贱，全能认命。在梧实在是我千挑百选最中意的人，可惜我命薄福浅，不得和他白头到老。可是他虽然薄幸，我和他同居也有不少日子，领略过爱情真味，如今真成了曾经沧海难为水。平常男子，又岂能比得上他，配得上我？由此一看，嫁人更是不易。

秦云想到这里，不由忆起金笑凡毛遂自荐的情形，又气又笑。但想到他诚挚的态度，和自己揭破他的隐情，他不但没有畏惧惭愧之色，反而理直气壮，开口求婚。这个人真过于自尊自贵，直把拆白行为当作不亏天良、合乎正道的好事。把他自己也看作光明正大颇有地位的好人，实是奇怪。而且那人彬彬文雅，没有一点儿油滑之气。若非倩宜说破他是伶人，我万万想象不到。听他的言语，好似很是出乎诚意，我赶他走时，他竟像要哭似的。那时我因为愤恨太深，简直不加理会，这时思想起来，他的话或者不假，也许真个爱上了我，只有同心之望，并非拆白之心。论起他的品貌俊秀，实在在梧以上，我当日在娼窑时节，倘遇上这样客人，莫说他是伶人，即便再低贱些，我也不会放过，何况我还有一阵胡闹，追求唱戏的呢。只是如今我已经没有这种兴会，而且现时我正在负气，只想做到好处给在梧看看，又怎肯自甘下流，给在梧留口实呢。不过这金笑凡倘是真心，我倒有些对不住他了。

秦云这样想了好久，时时把思绪转入他事，闹得脑中紊乱，结果也没想在归宿之路。须臾天已黄昏，忽听外面敲门。秦云料着必是茶房来问晚饭，因正躺在床上，不愿他进来，就高声应道："我先不吃饭，你去吧。"

哪知外面听了，仍敲门不已，秦云只得下床，走到门边含怒叫道："我说先不吃饭，你怎还……"

话犹未完，只听外面说道："我不是问开饭，是给小姐送东西来了。"

秦云来这饭店，在客簿上自书为秦小姐，故而茶房如此称呼。当时秦云听了，心想我并没要什么东西，别是弄错了，就叫他进来。只见房门启处，两个茶房先后走入，肩上掮的，手中提的，胁下挟的，怀中抱的，都是纸包纸捆，几乎只见东西不见人。

秦云愕道："这是什么东西，你们弄错了，一定不是我的。"

那茶房不由分说，先把东西推到床上，才喘息说道："不错，是给您送来的。"

秦云道："说送给我？"

茶房道："有一位先生，叫我们把这些东西都送给六十七号的秦小姐，他说小姐一见自然知道。"

秦云道："我一点儿也不知道，这人姓什么？"

茶房道："我们听他说小姐一见就知道，觉得必是您的熟人，所以没问。"

秦云问这人现在哪里，茶房说他把东西交给我们，就自走了。

秦云怔了一下，又问这人多大年纪、什么模样。茶房只答以是个年轻人，穿着西服，却说不出详细，又劝秦云道："反正他把您的号说得清清楚楚，这一定不是错送，这人也必是您的熟人，不过您一时想不起来罢了，就收下吧。"

秦云想了想，此人虽不知是谁，但东西已经送来，人已经走了，我不留下又向哪里退还。就点头应道："好，先搁着吧。"茶房方才退出。

秦云自己思索：我移到这里，只有两三点钟，有谁能够知道？但一转想，自己由旧居出来，曾因仆人雇车，只有他知道我住在这东华饭店。那仆人本是在梧先雇下，当然和蔡妈是一样的奸细。到我走后，他必然报告在梧，在梧和倩宜得知我的下落，就弄这套假仁假义，给我送东西来。细想必是这个缘故，旁人绝不会知道我在此间。秦云料定是在梧弄的玄虚，至于是否在梧亲来，却不敢断定。不过看这形迹诡秘，或者是他亲来也未可知。不由心中叹息，在梧倩宜给我送来东西，哪里是为我，只于安慰他们自己亏损的良心罢了。我所受的损失，莫说非区区物质所能补偿，即便送来几万银子，也无补于我的前途，难解我的深恨啊。想着仍决定负气到底，无论送来什么东西，概不动用，等自己离开这里时，便托人仍送回在梧家中。主意打定，本应该把这些东西堆到一边，不加理睬。

但女人心性，大都好幽探索隐，便是不干自己的事情，还好探听，不干自己的东西，还要窥察，何况秦云这时眼看着送给自己的物件，虽然不想占有，却很想看看内容如何，以估定在梧夫妇的情分，也解除自己的纳闷。就坐到床上，将包儿匣儿一一打开，只见一包手帕、一包儿丝袜、一匣饼干、一匣糖果，看到末了，内中虽有许多种类，但总括起来只有两类，不过是随身所用的物件，和不能当饭的零食，并没有一件贵重东西。秦云越看越有气，心想在梧这直是拿我开心，既然和我无形断绝，从此各自分飞，永无见日。你不理我也罢，若觉良心有亏，给我送东西来，我以为里面不是金珠首饰，便是银行存折，以及贵重衣料之类，就等于倩宜所表示的赡养费，我也本不想收受，只于见见你的人心罢了。如今竟送了这样东西来，是给亲戚送节礼，还是给穷朋友送饯行礼物呢，这未免太羞辱我了。

想着不由切齿叫道："在梧，在梧，你真好没情义。我这二年为死为活，全是为你，哪知结果竟落了你的羞辱。你寻思寻思，我自从认识你那一天，哪件事对不住你？你就忍心这样待我啊。"

秦云想着，忽然心中一动。觉得自己还说不起没一件事对不住在梧，现在和金笑凡交结，就是堵嘴的事。因为此事固然是他作弄的，但他必想秦云若是真心爱我，便是神仙也不能诱惑。她既很容易和金笑凡亲近，必然根本对我不是真心，这件事已是人口洗不清了。而且在前还有一事，当自己在北京时，因为贫病交加，思念在梧甚苦，反加有两个月月信未见，自己不知是病，只当是已经有孕。想到腹中一块肉的前途，急不可待地给义父写信说明，义父才逼着在梧把我接回天津。哪知到义父家将养少时，心情畅遂，病竟自愈。当和在梧举行结婚仪式的前两天，竟发现我并未怀孕。以前的话，好像故意骗人。我只得暗地告诉在梧，在梧当时倒没理会，不过他必然告知家中，于是家人心全冷了。只看他母亲在前很高兴在梧娶我，就为着急于抱孙，及至知道喜讯已虚，就把我看得无足轻重了。至于在梧年纪尚轻，未必以此介意，可是我倘然腹中真个有孕，他还未必忍放弃我，或者把局势全变了也未可知。而且在梧到了今日，也必以此事借口，说我故意欺骗他。本来妓女就惯于假借怀孕，勒索客人金钱，或是逼迫代为赎身，谁能不信他的话，可是我未免太冤了。想着长叹一声，又自慰解道："好在已经离开了，任他怎样想、怎样说，我都不必理会。反正上天有眼，看得见的，不过这些东西，我不能要，可是也不值得退还，为这点零碎，派人送回去，倒叫倩宜看着我是故意借题勾搭似的，就全赏给茶房也罢。"

秦云当时立起，按铃唤进茶房，说明把那一堆东西全给他们，并要立刻取去。茶房本来常希望客人赏赐，但这时见秦云所赐过多，竟疑她是说着玩儿，或是一时动气，就不敢接受，只笑着摇头。秦云明白他的心理，越说得郑重，茶房越觉疑骇，结果一面诺诺，一面复后退，竟溜出去了。秦云见他不受，只得暂且丢置屋隅，闷闷坐了半晌，腹中觉饿，就要些饭菜，草草吃下，正要漱口，又有茶房进来，手持一封信递给秦云。秦云接过一看，只见封皮上写着送交东华饭店六十七号秦小姐收，以外更无别字，也没有邮票，显见是专人送至，并非邮局寄来。秦云因心中认定只有在梧知道自己下落，觉得这信也必是在梧所寄，就问这信是哪里来的，茶房说是一个仆人样儿的小童送来交到楼下柜房，就自走了。秦云点点头，挥茶房出去，坐到床上，望着那信封，心想这信既是在梧所寄，事到如今，你还对我说些什么，我倒要看你说些什么。想着就拆开信封，但又似恐怕内藏着可怕的消息，迟迟才把信封拆开。向里一看，封内并没有信笺，只有一张红色小纸。秦云不由一怔，心想这是什么，急忙取出看时，竟是一张戏票，上面写着当天日子，是宝光大戏院的晚场特座券票。秦云自思，这真奇怪，在梧怎么给我送来戏票，我在这种时候，还有心去看戏？这不是成心啰唣吗？就把戏票顺手一抛，想要丢在桌上，但那票子竟落在地上，翻了过儿，背面向上，露出写的一行墨笔字。秦云瞧见，急忙重新拾起，只见票背写着两行小字，前面既没称呼，后面又没署名，只有几句无头无尾的话，“闷在房里容易生病，今晚琴雪芳在宝光唱赵五娘，请去散散心吧”，此外并无他语。秦云瞧着纳闷半晌，仍猜疑是在梧弄的玄虚，当自己深悲极痛之时，他竟叫自己去开心取乐，岂非故意把人捉弄？又想他单单送来一张戏票，实在可疑，莫非含着什么隐意？也许因为金笑凡是个戏子，借这戏子，对我嘲讽？而且我只听倩宜说金笑凡唱戏为生，却不知他在何处搭班，莫非正跟琴雪芳同台，所以在梧特意送这张戏票，叫我去看看他，再受一回难堪。想着就叫茶房买来一张报纸，把宝光戏院的广告，仔细查阅。见伶人中并没有金笑凡的名字，才知自己想错了。但对这戏票来由，仍是不明所以，就决定不管他是否在梧寄来，以及是何用意，自己只给他个不去好了。当时把那戏票撕得粉碎，投入痰盂，又呆想了会儿，就自恹匕睡下。

这一夜倒比前夜睡得安稳，因为在前夜她心中还有两个男子搅扰，恩冤相战，闹得灵府骚乱，神志不宁。今日两个爱人都已成了冤家，心中只剩下悲悔怨恨等等同类的情感，彼此相安，并不发生冲突，故而心波平静。又加多日来的紧张情绪，一旦弛放，更由颓丧中生出疲倦，很容易地便入梦乡，失眠症算暂时痊愈了。睡了一夜，次日起得较早，梳洗已毕，过了一会儿，正要叫茶房开饭，忽然外面叩门。秦云开门一看，原来是个饭馆的伙计，提着饭盒。那伙计一见秦云，就问：“你可是秦小姐？”

秦云方一点头，那伙计直入房中，掀开饭盒，取出几样来，放在桌上。秦云大愕，便问你是哪家，伙计道：“我们是一家春饭庄。”

秦云又问道：“我没叫菜呀？这是谁叫送来的？”

那伙计道：“是一位年轻先生，在我们柜上吃完饭，临走又要几样菜，叫送到这里，钱都付过了。”

秦云心想这必和昨夜的食品戏票，是一样来路，就不再向伙计盘诘，看看送来的菜，却是一盘菜芽鸭丝、一盘烧茨白、一盘辣子鸡、一盘烧鳆鱼，还有一碗竹笋汤，都是清淡之物，宜于早餐。秦云心想：这更怪了，昨日送来两次，今日又送了饭来，倘不是在梧，又有何人？倘是在梧，他这样做法，又有何意？想着忽然心中一动，暗叫且慢，这里恐怕大有文章。在梧既设立陷阱逼我离开，我这一走，他岂不称心如意，即使良心不安，就径直送我一笔赡养费，也就罢了。他何以又这样不辞琐碎，小意殷勤起来，天下又岂有如此行事颠倒的人。当我在他家时候，千方百计，去之唯恐不力，到我出来，反又做出无限缠绵，来相挑逗，这是什么道理？哦，我明白了，在梧也许还舍不得我呢？这几日和他并未直接见面，所有消息，都是一半他人传言，一半我自己揣测，至于他的心意如何，还是未得实证。也许是他受了别人压迫，或是受了家庭监视，本身不得自由，只得任他人摆布，其实本心还舍不得我。所以在我出来以后，做出这些鬼祟行径。当然是一面有所顾忌，不敢明目张胆地见我，一面又希望我明白他不得已的苦衷，以及不忍相舍的深意。

秦云想到这里，忽然大有所悟，叫道："昨天他送来的戏票，莫非有意思吧？那未必至于叫我散闷，或者他就在那戏院等候和我见面呢。果然如此，我岂不失了机会，我现在最希望能见在梧，问问他是什么心肠。固然不敢向好处想，指望跟他重圆，但向坏处想，能够痛骂那薄幸人一顿，也说出我的冤愤愤气。只是在梧若果有心约我见面，既然能在戏票上写字，怎不多写一句，说明他的本意，这又可疑。我且不管那些，以后再有戏票送来，倒要前去看个明白。"

秦云想定主意，在旅馆又闷坐了一天。三点多钟，她正在倚着窗口，向街上眺望。忽听房门一响，接着吧哒一声，似乎有东西落在地板上。秦云忙一回头，只见房门已开了一道缝儿，但随即自动关上了。知道外面有人，急忙跑过开门向外一看，只见有个身躯矮瘦、好像街上卖报卖糖的贫儿，向甬道转过飞奔而逝，只看个后影儿。秦云赶到甬道转角，早已不见影儿，只可回到房中。心想自己房中屡次发生这样诡秘离奇的事，直好像当日年的侦探拿贼影片，这没有别人，定又是在梧所遣，你又何苦尽自跟我装神弄鬼，有话径直说不好吗？想着步入房中，脚儿似觉踏着一件东西，低头见地板上放着一个长方形的纸包，明白是那贫儿抛进来的。拾起拆开，里面并无别物，只有四本小书，却是新近风行的一种通俗连环图画，里面载着中国古时以及东西洋的传说故事，有图有文，深富趣味。秦云看了看，心想这送书的人，必然因为我在房中闷坐，无可消遣，故而送来几本书，又知道我只认识有限的字，不能看太深的东西，就斟酌我的程度，送这浅近有趣的玩意，真是用心不小。但旁人怎能知道我程度深浅，这更可证实是在梧了。秦云越想越觉所料不差，就把书从头细看，渐渐看入了味。直到日落黄昏，房中光线已暗，书上的字都看不真切了，她才离开原坐地方，去开电灯。

忽听外面又有人敲门，秦云心想，这又不定闹什么故事，就叫声进来。果然门儿开处，看见一个穿白衣的侍者，手中提着白漆的食盒，盒上写着鲜红的字，是宝和楼番菜馆，秦云一见，知道这宝和楼是有名的西餐馆，同时也明白又给自己送饭来了。原来天津地方，这时西餐方在创始，尚未普遍，没有太多的人敢于尝新，因为不但价钱极昂，而且排场甚为繁琐，小费常常要比饭价多付，否则便要为所谓西崽讥骂。故而除了多赀之郎、好奇之客，普通人都认为太贵族化，不敢领教。并且当时商人脑筋固陋，尚不会起花都月宫的美丽字样，再者也还没梦见遇摩登时代等等漂亮名词，所以崭新营业，仍冠以陈腐字号，因之广告力量也减少了。秦云虽是繁华中人，也只吃过两次西餐，却没尝出是何滋味，仅于每次在未吃以前，先愁着不知刀叉如何要法，忐忑不安。既吃之后，又觉得并没什么好吃，而且有些忤胃。但因恐怕旁人讥笑外行，只得昧着良心夸好。不过她虽莫名其佳，却是深知其贵，只餐馆西崽伺候一席客人的赏钱，竟有时比妓女夜度资还要加多。这是从她在娼门时就认为异事的，今日见送来西餐，便明白这是盛设，可见这送来的人，为体贴自己，不惜钱财，并且费尽心力，以求自己舒适。午饭送来中餐，晚上就改样儿送上番菜，不知明日还送什么。这时那侍者看看秦云，便招呼声秦小姐，说有位客人叫送来一客大菜，请问你就吃吗？秦云心中已有主见，就不加诘问，点点头。那侍者就在桌上放好白台布，又摆上五味架以及刀叉等用具。方才摆上，又有一个侍者提盒而入，送了汤来，前一个侍者就走了。秦云把汤吃完，又来了第三个侍者，送了菜来，总计这一顿饭，共有三人伺候，每人来往两三次不等。

秦云算着宝和楼的途径，觉得他们甚为劳苦，在吃完以后，就取出两元钱犒赏给侍者。侍者不受道："那位先生都给过了。"

秦云道："这是我另外给的，你尽管拿去。"

侍者才接过去，赔笑说道："您可别告诉那位先生，他给过十块钱，除去四块饭账，剩下都是小费，谆谆吩咐不许再要秦小姐的钱。"

秦云点头，心想这一餐竟费如此巨价，真是不怕破费，但到底其意何居，依然想不出来，就看着那侍者收拾家具。侍者正将走时，又到秦云近前，由身上取出一个小信封，递给她。秦云一见，认识和昨天送戏票的信封完全一样，不由失声叫道："又是戏票吧！"

侍者答道："不错，正是戏票。那位先生叫我带来的。"

秦云接过，就问："你怎早不给我？"

侍者道："那位先生吩咐，等您吃过饭再交。"

秦云哦了一声道："你看见那位先生吗？"

侍者道："我没见着，是柜上分派下来的。"

秦云无可再问，就令他走了。自己打开信封，里面仍只一张戏票。但拿起细看，却不是戏票，而是正明影院的电影票，再看背面，却无踪迹。心想是因为昨夜我未到宝光戏院，疑惑我不喜看戏，故而今日改送影票，真是善于体贴。而且由此可见他送票以后，必在影院久坐，查看我的踪迹，否则他何能知道昨夜我没去呢？想着就决意到正明影院去看个究竟。看钟已过八点，原来一顿西餐，竟费两个多钟头，论理也该享受若大时候，否则哪对得住那样贵价呢。她急忙对镜理妆，又换了衣服，便出门坐车，直奔了正明影院。进门就被引至楼上最高价的座位中。

这时影片已然开映，满目漆黑，秦云摸黑儿坐下，看看幕上面映着风景杂片，就转脸向四下张望。此际她的目力，已然适应院中光度，瞧见楼上并没有很多观客，疏疏落落，各择空旷处而坐，好似棋盘上的棋子一样，却只能看见人的轮廓，而不能看清人的面目。秦云心本不在影片，只想在梧既给我送了票去，他必然也到这里等候，但不知此际是否已来。只恨在梧不能瞧见，其实说不定他就许坐在方丈之内，正把眼望着我呢。但又转想自己悄然而来，也许并没看见，我此来只为赴他的约，并没心绪娱乐，独坐下去，好不心惶，现在固然不能高声报名，通知他前来见我，却总可以在不惹旁人惊疑的范围内，给他一个暗号。想着就先咳嗽一声，又取出纸烟，划着火柴燃点。在划着火柴的当儿，装作纸烟屡燃不着，使火柴微光照着自己的脸儿，直到烧着指头，才吹熄丢下。在这浑黑之中，一支火柴的光，足能照及数丈，引起全楼观客的注意，倘若在梧已来，当然能够发现自己。秦云想到这里，知道立时便将与又是丈夫、又是仇敌、又是情人、又是冤家的在梧见面了，倘他到了身旁，我是打他两个嘴巴痛哭一阵好啊，是投入他怀内狠骂一阵好呢，还是镇定心神，故作冷静，向他说理好呢。秦云直不知如何应付，不由心慌意乱。但过了一会儿，只觉耳中除了机房发出轧轧之音，并不闻有脚步声音。再向四外看看，只见每一个黑影，都在静坐凝眸，对着银幕，不见一人起立移动。好似全楼上人，都神游于幻影之中，谁也没注意到自己的存在。秦云不胜诧异，暗想他莫非未来，可是他既然用尽心机，又焉有不来之理。但若已在这里，又何以不注意我的踪迹，前来相见。秦云猜疑莫解，但也没有法儿，只好把精神移到银幕上，借以遣闷。无奈心中扰乱，影片又是西洋故事，情节颇为沉闷，她看了半天，只见人影幢幢，语声磔格，一点儿也不感觉趣味。好容易幕上映出休息字样，电灯倏然而明，秦云才举目四顾想要寻觅在梧。这楼上总共也没有五十个人，各占方位，不相挨挤，就好似浅水中的游鱼，清疏可数，一望便看出并没有在梧。秦云自思，他既然不在这里，难道我对电影有什么爱好，还再看下去吗？不如早些回去也罢。但又想这电影园楼下还有许多座位，莫非在梧已经来了，却没上楼。就决定趁这亮光时候，下去向池座看看，若仍不见在梧，自己就出门回旅馆去。当时便立起循着座位旁的走道，向楼梯口走去。

正在走着，猛一抬头，无意中瞧见在后面排的边上，也就是紧挨楼梯口的座位上，坐着一个人，正在低头看说明书。秦云一瞥，已认出是金笑凡，立刻心中一跳，明白自己日来所猜疑的，或已完全错误，暗中弄鬼的人，八成是这金笑凡，而不是在梧。否则这时何以如此恰巧，他竟也在此间，而且行踪诧异，藏在这不易看见的座位上？他必然久已窥视自己，这时见自己走过，才装作看说明书。这人如此追求着我，浑然仍旧没安好心，我本该去责问他，再叫他把所送东西取回，但只恐骂不了他，反倒引鬼上门，还以远避为是。回到旅馆，就设法迁移，永免他的缠扰。但要下楼，必须经过金笑凡身旁。恐怕他又有什么意外动作，只可向后退却。因为影院戏院，照例左右两边都有楼梯，她就大宽转绕个圈儿，由左边楼梯下去。回头看看，金笑凡幸未跟来，匆匆到了楼下。她已明白此事与在梧无关，就不向池座中寻觅，直向外走，一出院外，猛又见金笑凡在门前石阶上站着。他一见秦云出来，连忙脱了帽子，微微弯着腰儿，好像要行礼似的。秦云要下台阶，只有从他身旁经过，更无他路可走，就挺起腰儿，扬起脸儿，现出不屑顾盼的神气，从金笑凡身旁闯然走过。但她虽然这样，却在走近金笑凡时，眼角不自主地向下一扫，就像一秒的千分一的快镜似的，只这一瞥，已把金笑凡秀美可爱的脸儿，摄了个特写镜头，收入眼帘。说也奇怪，世上最为善变，而且变得最快，恐怕就是女人的心了。秦云本极恨金笑凡，似乎誓死不受他的诱惑。数分钟前，在楼上看他，尚愤然避道而行，但这时无意中瞥见他的脸儿，竟忽而生了美感，走出没有几步，心已在怦怦地跳了。她倒没想别的，只想金笑凡真是漂亮，及至走到对面便道上，不自主地又回头望望，只见在影院门前的电灯照耀之下，金笑凡仍立在原处，手里拿着帽子，正痴痴地望着自己。在离他数尺之外，却立着两个艳装丽服，花枝招展，好似富家姨太太的女子，也正凝眸不瞬地望着金笑凡。看情形这两个女子也是为他的美貌所动，颇有勾搭之意。但金笑凡却似不知有她们在旁，只把全神注着秦云。秦云看看，不由对那两个女子生了没来由的醋意，因她们的爱慕金笑凡，忽悟到金笑凡的可贵，由金笑凡的不睬那两个女子，又觉得他的可感，连带发现自己在这两个女子中间，显得非常伟大尊贵，而且对着她们，颇有胜利者的骄傲感觉，这伟大尊贵和骄傲，都是金笑凡给自己的。她这样一想，立刻把心情整个变了过来，再不想金笑凡是优伶拆白，而把他看作比无价宝还要难得的有情郎了。这就好似一个人有件东西，本来认为无用，已经抛弃，但若见旁人爱上这件东西，他就立刻感到贵重，可以从垃圾堆中重拾起来，抱在怀中，这也是西洋人发明拍卖场的原理。譬如一件古物，放在商店橱内，只标上百元价码，也许永远卖不出去。但若一经拍卖手续，利用众人好胜务得和互相嫉妒的心理，这东西的价值便可增加数倍。

这时的金笑凡，因旁边另有两个购主，在秦云眼中，便如见他放在拍卖台上，只怕被他人用高价得去，恨不得回去与他说话。但想了一想，终觉自己以前对他太苛虐了，此际突然转倨为恭，未免不好意思。就强抵制着已动之心，转过脸儿，循着便道向前走。但脚下好似懒得移动，慢慢走了几步，心中祝祷金笑凡随后跟了自己来。走到街角，偷偷回顾，只见金笑凡果已离开影院门前，走过对面便道来，那两个女子仍立在原处，望着他的背影，似有失望之色。秦云看着心中畅快，又知道金笑凡必然追踪前来，自以为有了把握，就放心仍向前走，归入回旅馆的路。打算走到稍清静的地方，就招呼金笑凡同行，好顺路回归旅馆，和他长谈。走过两条街，行人较少，秦云觉得是地方了，回头一望。因为这日正当望日前宵，中天明月高悬，把街灯都欺得暗了，所以满楼通明。她瞧着后面三四丈外，有个人徐徐走来，像是金笑凡，心想他必是被我骂得怕了，所以不敢走近。就仍向前行。转过街角，便贴墙而立，等候他来，想出其不意，惊吓一下。等了一会儿，听着脚步渐渐走近，转过弯儿，果是金笑凡。他走到秦云近前，相距不过三四尺，却把眼光向前直望，见前面没有人影，又向岔路上张望，意态甚为彷徨。秦云忍不住咳嗽一声，金笑凡惊得一抖。秦云不待他转面相看，便举步前行，心想自己已把意思露出来了，他当然领会，追上来说话。这样本是自己向他挑逗，而仍要他来向自己追求，本是女子偷香窃玉的通常法术，照例男子更无不上钩的，何况秦云对金笑凡更特别具有把握。果然走了不远，秦云瞧着金笑凡，已随在五尺之近，故意放快了脚步，引他追逐，但又走了一会儿，再偷眼回顾，金笑凡已落到一丈外了。

秦云觉得诧异，心想这人怎竟痴呆起来，又看着前面灯光明亮，知道再走过一道街口，便入了繁盛地域，行人拥挤，不好和他说话了。便猛然止步回身，望着金笑凡而立。金笑凡见她回望，也停住脚步，逡巡欲退。

秦云招手道："你过来，我已看见你了。"

金笑凡徐徐走到近前，向秦云鞠躬，秦云绷着脸儿道："你不用弄这套礼多人不怪，我问你，你尽自跟着我做什么，还有这些日子你送东西，送戏票，弄好些玄虚，是安着什么心？"

金笑凡吃吃地道："我只是……只是……"

秦云道："只是什么，不用说我也明白，我不领你的。来来，你随我到旅馆，把你送的东西取回去。"

金笑凡道："这……这怎么可以，你不太……"

秦云道："少说话，你只跟我走。"说着把金笑凡的臂儿一挟，便向前行。这一来不啻向他表示，恫吓只是虚声，此去别有佳趣。

金笑凡一径依傍，乍亲香泽，受宠若惊。但也同时领悟了秦云的微意，就默然不声地随她前行。二人走着，都似有满心的活，却只说不出来，只好把说话的气力，移到脚步上，走得更快。向前没有多远，便入了繁盛区域，秦云望着行人特多之处，是个商场，过商场再走数步，便到旅馆。因为靠着市场门的便道，特别拥挤，就挽着金笑凡，穿过马路，走到对面便道。及至走经商场门前，方在疾趋将过，忽听有很粗壮的声音叫道："咦，这不……"但只这几个字，底下就似被人掩住了嘴，余音模糊不清。

秦云听着声音入耳甚熟，猛一转脸儿，见在市场一旁，一家照相馆的大窗之下，站着一男一女，男的是曾被秦云救过性命，而又成为异性骨肉的林翁儿子林国材，女的却是曾一度成为秦云小姑，现在已变成仇敌的在梧令妹巢颖芊。他二人也在双臂互挽，颖芊的一只手，好似才离开国材的嘴，落到他的肩上。两人四只眼睛，都瞪着秦云。国材身体的姿势，似乎欲向秦云这边奔来，颖芊却紧挽住他，口中切切低语，似在拦阻。秦云一瞥之间，便已明白国材无意中瞧见自己，失口惊呼，又要赶过来说话。颖芊却竭力拦住他不许接谈，不由凡中甚愤。以为我和你巢家虽然关系已断，但不能因为你们，使国材对我也绝了姐弟之义。你有什么理由，可以阻止他和我说话。但又一转想，自己上月由林宅托辞出来，至今未通信息，在人情上已可抱愧，在梧兄妹却不绝出入林宅，必然已把我的丑事告诉了林家父子。再想到国材以前，也曾对自己有过求爱表示，我为着在梧，切实拒绝。今日狭路相逢，我身边竟有了别的男子，岂不可羞。而且听在梧说过，国材已移爱颖芊，瞧现时二人亲密情形，必已恋爱成功，国材已是颖芊的人，我还有什么脸儿和他重论姐弟旧谊。这许多思想，在秦云脑中不过经过几分钟工夫，但羞耻、恼恨、悔艾、嫉妒种种感情，业已同时并作，仓促中松开挽着金笑凡的手，想要叫他躲开，但看着颖芊，又想到自己已不是姓巢家人，而且这颖芊是倩宜的死党，也就是我的冤家对头，我一向为着在梧，不敢不敷衍她。今日局面全变，我遇见她不穷骂一顿，就算厚道，难道还有什么怕的？在她面前露以畏怯之状，岂不可耻。至于国材一面，为着义父关系，固然应该避讳些，但是我的丑事，必早被巢家人传扬够了，我这时隐藏也没用处，反白给颖芊取笑，不如爽性负气下去。

想着就重新挽着金笑凡的臂儿，倒穿过马路，走到国材的面前。颖芊见她走过，出于不意，大吃一惊，急忙放了国材，躲开数步。秦云眼中也好似没有见着她，只向国材点头，摆着老姐的身份，直叫他的名字道：“国材，久不见了，你好啊。”

国材怔怔地望望秦云，又看看金笑凡，才叫了声：“姐姐，你回来了，怎么不回家去呢？”

秦云听了，起初不明他说的回来二字是何意思，想了想才明白自己从林宅出来，是假说上北京，现在他所言当然是指着由北京回来。听这口气，好像还不知道自己的事。又想国材问怎不回家，似乎自己是他家的一分子，换句话，他家也就是自己的家。难得在这时候，还有人以家人骨肉相待。

秦云想着，不由心中凄惨，叹息答道：“咳，一言难尽，咱们只个把月不见，今儿你还是你，姐姐可已经落进十八层地狱去了，你回去替我问老爷子好，家我是不能回去了。”

国材惊异变色，举手就拉住她叫道：“姐姐，你这是为什么？爹爹成天想念你，你有什么为难，快回家去商量，总有法儿办。”

秦云这时听着国材的话，未尝不觉感动，若当前只有国材一人，她或许毅然遣开金笑凡，随国材归见义父，诉说委屈。求老人代为做主，保求正路的归宿。但有颖芊在旁，她的理智便为感情所蔽，一种冤愤之怀、虚矫之气，支配了她的思想。既不在颖芊面前略现屈服之态，允许国材所请，而且又想颖芊本是排除自己的主谋，她以为我被赶出来，不知如何懊丧，我偏要给她个满不介意。在她意中，好像世上除了她哥哥没有男子，除了她哥哥没人要我，我必然还得千方百计，卑词乞哀，求着重收覆水。现在莫说我随国材回家，即使我和国材稍示亲热，她也许疑惑我要托国材转求义父，代为主张，心里更把我当作没志气没刚强的人，不知如何暗笑。何况国材现在已归到她一头儿，我又怎能和他说深话，只好图个暂时痛快，叫他们给在梧带个信儿也罢。

想着就向国材冷笑道：“谢谢兄弟你的好心，无奈我现在满身污臭，已不配再进你家大门了。这缘故不用我说，你当然早已知道。不过我跌进屎坑，可不是自己跳进去的，是别人把我推下去的。你回去告诉干爹，这一点我还算对得住他老人家。还烦你去对那推我的人说，秦云已经堕落下去，再也不能出头露面和他打搅了，叫他安心享福吧。”

国材听着正在愕然不知所答，秦云又拉金笑凡走上一步，向国材道：“我给你引见引见，这位是金先生，是在梧介绍给我的朋友，现在我正要同他在一处玩呢。”

说着又握住国材的手，摇了两摇道：“兄弟，我现在已不配这样叫你。好在咱们也许是末一回见面，以后你我分在两个世界，恐不容易再碰头了。兄弟你要记着姐姐，姐姐虽然出身太低，可是未尝没有向上学好的心，只是走了败运，又犯小人，才落到这步田地。咳，我也不用说了，咱们再见吧。”

说完看着金笑凡，转身而行，走出几步，猛听国材喊道：“姐姐，你等等，你总得回家去一趟。”

秦云回头向他摇摇手，表示不能回去，但口中却答道：“看吧，到我能回去的时候，我必回去，可是现在还不能说。”

看见颖芊已回到国材身旁，似乎对他使眼色，暗示他不要再向自己多说话，国材果然怔怔地再不开口。秦云就向他挥了挥手，就和金笑凡一直走下去，再不回头。一面走着，心中想着自己由北京回来，住在义父家里，受着老人家的抚爱，又预备着和在梧成婚，那时心意何等畅满，只有拒绝了国材的求爱，好像是一桩缺憾，但是那时，似乎世界上人全都爱我，也全都可爱。不料只过了几十天，事情就变到如此，我又成了孤零之人，一切相爱的人也全变了仇敌。今日与国材相逢，引我回念旧时，实在不堪回首。秦云心中难过，尤其看见曾经被自己救过性命，结为骨肉的国材，也被颖芊抢了去，大约他二人恋爱必已成功。世上最近者莫如夫妇，国材有了这同床新人，又怎能记得我这异姓老姐。而且颖芊是最鄙恨我的，国材当然不久也必被她同化，忘了我的旧谊。只看在现时国材精神上，已完全受她支配，对我竟不敢有一点儿热烈表示。连被我救过性命的人，都变得这样冷面冷心，这世界还有谁靠得住，还有谁是我的伴侣呢？秦云越想越难过，眼泪汪在眶里，直想痛哭。但是她受的刺激太深，好似不知和谁负气，又好似旁边有颖芊等人讥诮的眼光，在旁瞧着她，不愿示弱，反倒哈哈大笑起来。金笑凡在旁走着，也不言语，及至将走到旅馆门首，秦云才松了手，低声说随我来，便先行走入。

二人一前一后，上楼到了秦云房间门首。茶房已开了门，进房之后，秦云先奔床边，脱下大衣，回头见金笑凡已然坐在沙发上，但面色阴沉，似有所思。就哦了一声道："你倒不客气，没等让就坐下了。"

金笑凡很勉强地笑了一笑，并没说话，秦云也坐在床上，指着房隅放的纸匣纸裹道："这都是你送来的东西，我不能受，请你拿回去。"

金笑凡道："我已经送来，怎能拿回？您若一定不肯收用，就随便赏人也好。"

秦云道："我就因为不愿领你的情，所以要你拿回。若由我手里赏了别人，岂不仍旧领你的情吗？还是你带回去送别人的好。"

金笑凡淡淡地道："何必费事，你若一定不用，就赏给茶房，算替我赏的，绝不用您知情。"

秦云点头道："这也好，少时就叫茶房拿出去分了吧。"

金笑凡应了一声，以后再无言语。沉寂半晌，秦云暗自奇怪，他今日何以如此沉得住气，论理他早该明白我的意思了，却怎还故作颟顸，毫无表示，就故意逼他一下道："我请你来，就为这事，现在既说开了，我想你也不会再来麻烦，也不留你坐了，你就请吧。"

金笑凡听了，看看秦云，徐徐立起身来，似乎要遵命而行。秦云倒心中一怔，想不到他真个要走，我将何辞留他。不料金笑凡立起来，又徐徐坐下，向秦云说道：“我想您既叫我来，一定不只为这点事。若有别的意思，请就说出来。何必等我走出门去，再往回叫呢？”

秦云想不到他竟直揭自己的心意，都给说明，不由心中暗骂小刀钻鬼儿，但面上不自主竟笑出来。这一笑消解了房中的紧张空气，打破僵持局面。秦云既矜持不住，金笑凡也陪她笑了，但是两人的笑容都很快地收敛起来，互相望着。秦云自从在影院门外，由两个荡妇的视线中，感觉到金笑凡的俊美，这时越看他越觉可爱，真有些情人眼里出西施了，心中摇摇不能自持，才绷起脸儿，又扑哧笑将出来。自想既已被他揭破我的心意，若再惺惺作态，反要被他暗笑，我既已决意自污，谋求眼前快乐，不如就径直对他说了也罢。就向金笑凡道：“你这人真是干这个的，为我费的心机不小，这样缠我，到底打算怎样呢？”

金笑凡一耸肩儿道：“你又明知故问，这还用我说吗？”

秦云叹了一声道：“我被你缠得真没法儿了，我的事情，大约你都知道，方才我在道上遇的两个人，女的就是在梧的妹妹，向来帮着倩宜跟我作对。男的是我的干兄弟，我救过他的命，可是现在他也爬到颖芊一头儿去了。所以我是伤心负气，直该寻死，就是不死，我的身子也不值重视了。现在你既然缠我，想是还看得重我这残花败柳的身体，你就拿了去吧。不过我先得问问，你可是出乎本心地爱我，并且以后你怎样待承我呢？”

金笑凡听了，面上似露惊喜之色，随即答道：“我当然是真心爱你，要和你做终身的伴侣，你信我吗？”

秦云点头道：“很信，很信，你就把我拿了去吧。”

金笑凡略一沉吟道：“可是你别忘了，我是个拆白党，又是戏子。”

秦云哈哈大笑，立起身，从身上取出钥匙，把箱笼打开。取出全部的存折银票，以及金珠首饰，满摆在床上，指着说道：“好，今儿我就跟你这拆白党来一回倾家拼命的赌，把我的命跟这些东西，都押在你的孤丁上。你若是有心的，算我赢了你这个人。你若没心，就把这些东西拿去，把我一抛，好在我的命也不值钱了。”

金笑凡听了，看看秦云，忽然举手搔头，绕屋而走，踱了几个圈儿，才立住了，面对着墙，自己摇首耸肩，沉吟思索，好一会儿才猛然转身，向秦云正色道：“这事情很有问题，现在我的心已经变了。你且把你的财产收起来，请坐下，听我说。”

秦云道："还有什么可说，你不是从早就想着我吗？现在磨到手了，还有什么说的？"

金笑凡徐徐坐在椅上，沉心静气地说道："我先声明，我这时候和第一次见你的时候，爱你的程度，是一样的，绝没一点儿改变。不过我的思想却是变了，在以先我恨不得立时就得到你，现在我却不敢那么打算。你方才说的话，表示情愿把一切都给我，我很感激，不过我暂时不敢承受，咱们的事情，我想得从缓了。"

秦云听了纳闷道："这是什么意思？什么缘故？哦，我明白了，你因为以前我曾给你难堪，所以现在也拿我一下。"

金笑凡摇头道："你把我太看低了，我又何致这样小气？痛快说罢，我就从方才走在街上，听你同那位干兄弟说话，才变了思想。在以前我把你只当作普通女子，认着你只有舒服的生活、真挚的爱情，就可以满足。我所以敢去害你和在梧分散，而预备自己接他后任，也就因为自觉能够供你生活，给你爱情，你便可跟我一同享受幸福日月。哪知到前十几分钟，听到你对那国材说的话，才明白自己错了。原来你不只是生活爱情两样所能满足的，你还有别的希望，这希望一半也可以说好虚荣，一半也可以说有志气。其实说虚荣真有些冤枉你。你只于脑筋旧些，还把二十年前的眼光来定人的品格身份。而且你把从良的良字，看得太郑重了，觉得嫁人就得嫁个正经人，便是做妾也是有面子的。我这唱戏的，在你眼里，看得极不正经，以为嫁我就成了妓女姘戏子，是顶烂污的事，简直不能算是人。所以你才对国材说那跌进屎坑的话，谁是屎坑？我就是屎坑啊。你要嫁我，就是跳屎坑，可是你好好的人，为什么跳屎坑呢？这缘故，我在你对国材说话时也明白了。你简直是对人负气，才故意糟践自己，完全是给在梧一家人看。好似说你们既安心毁我，我也就如你们的愿，绝不挣扎，我拼着牺牲这条性命，等你们良心发现的时候，感觉精神痛苦。这就是报复的法儿，对不对？"

金笑凡说着，停了一停，又接下去道："可是你自己没有糟踏自己，所以选了我做拖你堕落的人。因为我是在梧使出来害你的，你就用我害你到底，就是要在梧将来明白，他把你亲自害的，不过隔着一道手儿罢了。你想我既明白这内幕，怎敢再跟你亲近呢？幸而今天路上遇见了林国材，叫我觉悟了一切。要不然，我本着爱你的心，真个和你结好同居。这一世里，你心中把我当作杀你的刽子手，我却自觉是有功于你的救主，终身同床各梦，这不但太危险了，而且太滑稽了。所以现在我要请你取消我以前一切请求和允诺的话，只当我们未曾遇见，从此各走各路罢。”

秦云怔怔地听着，忽然跳起，瞪目瞧着金笑凡，咯的声笑道：“你想得真奇，想得也妙，只当我们未曾遇见？怎么能够只当？我想在可以只当还在巢家，只当没经这场风波吗？若是能够只当没遇见你，我怎么落到这旅馆里，成了冤鬼孤魂？”

金笑凡低头说道：“是是，我过去所造的罪，自然不能消灭。不过我已经害了你一回，绝不能再做第二回刽子手了。”

秦云点点头，拉他同坐在床上，柔声道：“这种话都是你自己说的，我起初自然也曾恨你害我，生过像你说的想头。不过今天我的心也全变了，痛快说，我已经爱上了你。方才在街上对国材的话，那是故意要颖芊给在梧夫妇带信，所以说得狠上加狠。其实我本心并没有鄙薄你的意思，你不要介意。再说我从影院出来，在街上叫住你的时候，心中还只于爱你这人和，打算跟你胡混下去，乐上一天算一天。及至回到这里，再听你回绝我这一篇话，我又明白了你的心地，觉着更看重你了，更舍不了你了。”

金笑凡听着，望着她方在低头欲语，秦云又道：“你不必再向牛犄角里想，这是你说过的。当初害我的时候，就有了救我的心，现在你只做了一半，就要撒手，这是推人上房，全撤了梯儿，成心要把我搁在半悬空啊。你可能说了不算？”

金笑凡点头道：“是是，我说了当然算数，你既然愿意嫁我，我又岂有不愿娶你的，这事已经没有问题。只要你一人点头，我们的婚姻就算定了。不过我现在还不能和你结婚，得等个很长的时候。在结婚以前，我们还不能像朋友一样地来往，必须正式隔离，各不相见。不过你的生活，我必然担负完全责任，你说个用度数目，我必按月给你送到。”

秦云从鼻中哼了一声，又摇头道：“我还用不着你的钱，先别说废话。我且问你，为什么要等个长久时候，又不许见面？”

金笑凡道：“缘故我不愿说，不过这是我绝不能改变的主张，你若真心相爱，只有答应等我。”

秦云道：“什么话？我非得问个明白不可，这样猜糊涂谜儿，我受不住。你说明白了，我只要听着有理，倒许可以答应。”金笑凡只是不答。

秦云本已感到极度寂寞，精神肉体都需要安慰。全部热望，一片深情，全注到金笑凡身上，已如狂流奔注，不可遏止。不料急惊风遇着慢郎中，金笑凡倒来了个急脉缓灸，对这眼前的涸辙枯鲋，竟指以千里外西江之水，秦云又怎样不失了安详态度，急急向他追问，连说了好几句到底为什么。

金笑凡深思须臾，知道不解释是不成了，才接着她的口气答道："为什么，为你啊。"

秦云愕然道："什么，为我？我不懂。"

金笑凡道："听我说啊，你心里是很有分解，很有志气的，并且把品格也分得很真。在先你曾露过意思，好似宁愿嫁给正路人做妾，也不肯嫁给下等人为妻。直到现在，虽然你认为正路人的在梧，已经跟你完了，你认下等人的我，却巴结到你的身旁，并且你也甘心情愿嫁我这下等人了。可是我明白，你现在还是抱着原来宗旨，觉得嫁我是无可奈何的事了。"

说着见秦云要开口分辩，忙摆手拦住她又道："你不必说，我也明白，你现在倒是爱我。不过只爱我这个人，并不爱我的职业。在你的眼里，我的职业，能把品格牵拉坏了。你嫁了我，也要被我的品格带累得不能抬头见人。其实你现在也不在乎这个了，你只想和我另到别个世界上，不再见旧识的人。即是我的职业再低一些，也不怕人耻笑，因为你和能耻笑你的人远远离开，所见的都是和你一样的人了，是不是？我倒也很感激你的好意。不过我以为男女结合，须要双方完全满意。若是起初有一点儿不满的缝隙，这缝隙却可以慢慢伸张起来，成为日后幸福的阻碍。我是想先补上你这不满的缝隙，再行结婚。这样你的心中既免得委屈，我精神也不致痛苦，多么好呢。"

秦云这时又要说话，金笑凡这时又拦住了道："这是很容易的事。我知道你所不满的，只于是我的职业，而你所希望也没什么太高，只像在梧那样，就可以使你满意了。所以我想立时抛下唱戏这一途，去另谋正经事业。我虽没什么出息，要大富大贵，自是不易。可是一个男子汉大丈夫，若是立定志向，努力上进，连在梧的地位也赶不上，那我也就不配爱你了。"

秦云听了金笑凡的话，只是摇头，因为她这时心中已被爱和欲充满，再不能运用理智思索他的话是否有理。只觉自己立刻便需要他，他这样拖延，直是故意做戏。至于金笑凡所说的品格职业，她哪还有丝毫置念呢？说来人心真是奇怪东西，变幻无方，鬼神莫测。心在不动的时候，没有问题，若一动起来，就算不能制止。古人说不见可欲，使心不乱，理学家又以忍痒忍寂寞为难事，许多英雄豪杰，多因不能忍一时的痒，不能忍一时的寂寞，以致败名伤身。就因为动了心不能制止的缘故，何况秦云这平凡无识的女子。秦云本因寂寞久了，自一见金笑凡这可欲的人，便由心痒而心动，心动至极，而把理智完全蒙蔽，只由感情用事。可怜她竟把这几年的阅历都消失了，好似年光倒流，回到前数岁在风尘中的状态。什么是脸面，什么是身份，一切都顾不得，只觉着眼前有个可爱的人，必须得到手中。就如同小孩儿看见心爱玩具一样迫切，哪还顾得不好意思，不自主地现出她做妓女时的本色，上前一把抓住金笑凡的衣领，叫道："你这是胡扯，我才不在乎这些啊。现在我就要你，给个大总统都不换。"

说着就把他向前一拉，二人都倒在床上滚作一团。秦云咯咯笑着，向他耳边低语道："你个小短命鬼儿，不用拿糖，这我算求着你了。"

金笑凡把惊异眼光，望着她道："你今天是怎么，莫非喝醉了？"

秦云道："胡扯，我向来不喝酒，怎么会醉。"

其实秦云此际，虽然不醉，却也和醉差不多了，一切行为言语，都已失了常态。莫说金笑凡看着惊讶，便是秦云自己，若能记着当时情景，过后清醒时回想起来，也未必不自愧恧呢。她这时使的几乎全是妓女留客的手段，一面用肉感引诱，一面强迫，逼着金笑凡点头，答应不走了，留下伴她商议长久之计。又怕金笑凡再行逃跑，把他的外衣帽子，全抢过锁在箱中，才并肩促膝，娓娓情话，深知表示爱他之意，但所言都近于邪僻，情绪虽然热烈，但相似对待一见倾心的情郎，而不像是对待终身相从的丈夫。总而言之，秦云自受重大刺激，精神一定变态，竟把她历来由阅历磨炼而得的虚伪面具，矜重心情，全都失去，竟现出原来的风尘本色。这一来使金笑凡迷惑非常，几乎疑惑当前这轻狂佚荡的秦云，难道就是自己所爱的雍容蕴藉的秦云吗？但在这时，也不能不和她酬答。经过好一阵的温存款洽，秦云倚在金笑凡怀中，眼儿直勾勾地望着他，妮声夸赞他的美貌，并且声言自己向来就爱漂亮小伙儿，觉着守着漂亮人挨饿，也比嫁粗鲁人享福的好，今日可算如了心愿。

金笑凡听着，虽然感到心肝甜蜜，身体轻飘，但觉自己所希望于秦云的，不是这个。而秦云既以终身相托，似乎也不该如此。再想到她以前两次，对自己斥骂，自己反觉把她看得更高，爱得加甚。今日她这样俯就，自己反而不大得劲儿，到底她怎变得这样呢？想到这里，忽然明白她是有些精神失常，并且还是因为负气的缘故。她对在梧一家负气愈深，对自己热度愈甚，这当然应是一时冲动，既不足认真，也不能时久。但在这时若想逼止她的狂热，压抑她的感情，那恐怕不妥，也只好暂且虚与委蛇，徐做计较。想着就仍对她说笑。

秦云忽然看了看表，向金笑凡道："天已不早，我们该吃些点心了。"

金笑凡听她说到该吃点心，并不以肚中饥饿为言，却只以时候不早做理由，便明白她在吃点心以下，还有一句着重的话，不过没说出来罢了。就含笑答道："好吧，吃点儿也可。"

秦云跳起，便寻了张纸头，又掀下金笑凡襟头所带的自来水笔，叫他想菜。金笑凡道："何必要菜，随便要点儿零食好了。"

秦云道："不成，今天我高兴，觉得一个人可以吃整桌满席，你只替我想。再说你三番两次给我送饭，怎能那样拼命破费呢。"

金笑凡也不再让，就写了几样，秦云也想了几样，又叫他写上二斤上等花雕酒，金笑凡道："我可不能喝酒。"

秦云道："你不喝，我喝啊。"

金笑凡方要再拦，忽然脑中一动，就不说话，替她写好，按铃唤茶房到附近卖宵夜的饭庄去叫。这里二人又细语缠绵半晌，酒菜送来摆好，二人便关上房门，将桌子拉到床前，偎坐并肩，互相劝饮。金笑凡本有酒量，但这时不肯多饮，只和秦云平酌。秦云却不常饮酒，不过还是因为心中含着抑塞之气，思欲借酒发泄，又因对着相思之侣，也想以酒合欢，故而破例狂饮起来。渐渐喝得面上红潮，星眸发饧。又觉通身燥热，就脱去长衣，只着小短袄儿。又叫金笑凡也脱去外褂，只剩衬衫。却从床上取起一幅被子，二人披着，重又饮食。金笑凡婉转相从，绝不抗拒。及至吃喝完毕，秦云已是玉山将颓，倚着金笑凡，不能动弹。忽闻外面有人叩门，原来是饭馆中人来取家具。秦云已无力下床，又因只着亵衣，就放下帐帏，藏在里面，叫金笑凡在外应付。金笑凡倒又做了主人，打发了饭馆，随又令茶房换来茶水。过了半天，金笑凡见茶房出去，轻轻关上房门，又细听帐中，却已寂静无声。料着秦云已然由醉而梦，就深思一下，坐在椅上，正要实行自己打定的计划。不料听帐中忽妮声叫唤道："你干什么了，怎还不来？"金笑凡才知秦云并未睡熟，只得走过去，轻轻掀开帐缝一看，只见由隔帐映入的灯光儿，照见帐中一片玉光粉色，几乎像是一尊活动白玉雕塑，横陈面前。不由一阵眼光缭乱，就在愕顾中间，忽又由帐中伸出一只玉手，好像魔法似的，金笑凡很快地被那白手抓入帐中，瞥然而隐。只剩下房中心一盏灯光，孤寂寂，冷清清地照着房中各部，只是照不透帐中景象。这样直到了次日黎明，外面总电门一关，房中灯也熄了，然而阳光还未照入房中。在灯光阳光接替的中间，房中黑暗暗的。在那时发生什么事情，谁也不能知道。

直到阳光照到窗子一角，房中完全明亮，帐中人才有了娇呻之声，随即低呼笑凡。接着帐帏一阵摇颤，便见秦云由帐帏中探出赤裸的上身，随即咦了一声，又缩回去。须臾又先伸出一双脚儿，落在地下，踏着鞋子，同时帐帏向左右一分，她才全身涌现。但已穿上睡衣了，一面系着带子，一面举目回顾，面上现出惊诧与失望之色。原来这时帐中已没有金笑凡的影儿。秦云醒来，在蒙眬中一伸手，抱了个空，猛觉这床变得宽大了许多。急忙坐起，见床上只剩一人，才披衣下床寻觅，无奈这房间是太小了，陈设又简单。只举目一望，便已明白金笑凡不在此间。秦云甚为纳闷，不知他何以这样早便起床出去，但心中却似有些把握，因为脑中还存着宵来的旖旎梦影，身上还带着云雨余情，觉得金笑凡在夜来温柔热烈，表示无上恩情，自己也海誓山盟，以为足能拴住他的心肠，他绝不会不告而去。所以就不向坏处猜想，只寻思他也许去上厕所，或者到浴室洗澡。在这大冷的清晨，乍离开暖帐温衾，去受清风冷气，不要冻着了。由此看来，旅馆终是不大自由，明日得想法儿赁宅同居，雇佣人伺候，那就可以随便，我一定不叫他出房门。

秦云想着，无意中向沙发上一看，见沙发上已没了金笑凡的大衣和帽子，明明记得昨夜放在那里，莫非记错了地方？再向房中各处一看，又掀开帐子瞧瞧，才发现金笑凡的东西完全不见了。她心中一惊，又下意识地过去拉拉门钮，一拉便开，房中既有人出去，当然是不会锁的。秦云向外探头看看，见甬道上清清冷冷，并无一人，就缩身回来，想按铃唤个茶房询问，并且派他到浴室厕所去看。哪知她的手还未触到铃上，眼光已先瞧到桌上，那桌子上中心放着一张印着红花的纸，一望可知是由屋隅那堆纸里中取出来的，却在反而写着蓝色的字。那当然是金笑凡的自来水笔所写，因为那夜已看过他用这笔写菜单了。那纸儿还用一个纸烟盘压着，好似怕被风吹跑了似的。秦云看着，猛的心中一阵空虚，一阵动荡，似乎已明白事情坏了。金笑凡守在自己面前，有什么不能直说的话，还用写这字儿。如今他既失踪不见，又留下字儿，想必出了岔头，这字儿里更不会有什么好希望了。秦云望着那字儿，好似一个赌徒，在最末一局下了倾家赌命的注，等到将揭开宝盒的盖儿时，她知道一瞥之间，自己的命运就算定了，虽已不可避免，反而希望胜负稍迟再行揭晓，容自己留在原来地位，再做一会儿希望的好梦，不要立时坠入深渊。秦云也是这样意思，虽已明知这字儿里面必是噩耗，却只怕看明了更难为情，恨不得多迟延一会儿。但终没有多时可以延迟，她又忍不住掣起那张字儿，却举得离着眼睛很远，又扭着头儿，斜目虚观，好像她仍然胆怯，预备一见那纸上有可怕字样，立刻可以转过脸儿避开不看。但是看了第一行，她的精神已被慑住，不自主地直看下去。秦云认的字本不甚多，好在金笑凡写的文义非常浅近，她还能勉强看通，只见上面写道：

我的爱妻：

我这样称呼你，是要你明白咱们的名分已经定了，现在我的身体虽暂时离开你，但我的心永远在你身边，我绝去不长久，终要归来收回我的心。你必不明白我为什么这样匆匆而去，还要怨恨我的不辞而别，请你平心静气地听我诉说缘故。

本来我的意思，已对你说明，你是嫁过人的，见过世面的，而且心里有分解的。当然明白终身相倚的夫妻，和临时恋爱的情人中间有很大的差异。夫妇必须互相敬爱，互相尊重，才能维持长久。情人的结合，本出于一时冲动，连爱情都用不着，只要淫欲发到相当程度，就可以成功。昨天你对待我固然十分热烈，无奈只是一时冲动，完全是对情人的行径。我因为真心爱你，所以不愿接受这样邪僻的爱情，而希望从正路成就我们的婚姻。不过昨夜你在未饮酒之前，已经醉了，酒后更失了理性，使我没法对你劝说，只得一切随从你的意思。那样也好，有这夜的纪念，可以使你知道我们姻缘已定，便能放心。我知道我在你跟前，你暂时不能清醒的。我离开了，你倒许能够平心静想，所以留这字儿。说句不怕你生气的话，昨夜你几乎把本色全露了，这也是一种怪事。世上欲念最热烈的，无过于妓女对于唱戏的人，无论多大牺牲，多大痛苦，都情甘愿意。

可是你可曾见过妓女和唱戏的能相处长久吗？能有好结果吗？恐怕都只一时高兴，过去就完吧？你昨夜对我，就是妓女对唱戏的情形。我若是我们同行的人，当然愿意领受。不过我并不是那种人，而且对于你有着长久的希望，所以绝不愿只顾暂时，丧失了长久的幸福，并且也不愿你得不着拯救，反而更堕落一步。所以仍依着我的志愿，自己去图谋上进，借得成功。我也没有什么奢望，只求着和你成为普通的夫妇，既不自己惭愧，也不受人白眼。你若能细想一想，一定能赞成我的办法。

至于你我分离时期，也许一年半载，也许三年二年，都不敢定。别离的长短，全看我成功的快慢，而我成功的快慢，那就全看我们的运气和缘分了。不过在分离期间，你尽管随意寻乐，不必为我守贞。我很知道你的性情，绝不能自甘寂寞，拘束你是没道理的，而且也办不到。我只要你认定我是终身伴侣、正式的丈夫。心里长长记忆着我，等到我回到你跟前的时候，你再抛却堕落生活，洗心革面，做我的贤妻，我就十分满意，绝不以你的旧事挂怀。但我也并非一定要你这样，你倘然能够忍耐孤单，安心等我，当然更好。总而言之，一切都随你自己做去，一点儿不要顾忌到我，我只盼你善寻快乐，自保容颜。到我归来时，你把美丽活泼的秦云还我，以后我自己就会调护了。

现在我知道你尚有积蓄，不致困窘，可是我仍按月寄给你充足的用费，这本是丈夫的责任啊。

话说完了，以后再通信吧。你不必寻我，因为我已走得远了，不必徒劳。你的地址可任意迁移，无论住到哪里，我总可以设法寻到，不会隔绝音讯。你放心好了。望你一切珍重。

金笑凡留言

秦云看着，心中一阵悲惨，一阵伤痛，一阵后悔，一阵失望，只觉晃悠悠的，直不知是什么滋味，渐渐流下泪来。但虽已看明大意，还有许多处不能明了，连瞧了几遍，方才完全理会。不由怨恨金笑凡的心理太已固执，正在新欢初结，竟突然抛离远去，并且后会无期，也不想人家怎样难受。想着不由切齿痛恨，直以为受了金笑凡的欺骗。但秦云在这清晨，已不似昨夜的狂醉，而且金笑凡不在近前，情欲无由触发，能够平心静气地思想了。她这时知道金笑凡业已走远，无法抓他回来，着急既然没用，发恨也是徒然，只可对着那张字仔细寻思。说也奇怪，她在初看明这字儿时，就如同将要疯狂，只怨金笑凡从事鲁莽，而且寡情。但再看一遍，心里就似乎平静了些。及至看到四五次，她竟而心回意转，对金笑凡生了同情，觉得他的行事很有道理，而且字里行间，处处显露深情。足见他所以不惜暂时离别，就是为着永久双栖。而且这个结果，本是自己激出来的。当日他初次向我求爱之时，我对他尽力辱骂，张口戏子，闭口拆白，他是个有心计有刚强的男子，怎会不受激刺？当然记住那个碴儿。到如今我虽已回心向他，并不以唱戏为嫌，但他念着前情，终不愿径直娶我，受我的轻视。所以留下这封信，向我定下后会之约，自己去另图出路了。看他费了无限心思，许多周折，全是为我，情义实在可感。不过他信中所说，在分离时任我自由的话，却未免过于侮辱。我既已决心嫁你，又岂能再去胡作非为？你真把我太小看了，我倒要做个样儿给你瞧，到底我能不能耐守寂寞。但一转想，觉得金笑凡归期无定，若是不逢佳运，难得如愿，他自然没脸回来，那我该等到什么时候？即便只像他所说三年二年，也就够我熬日子的了。想着就叹口气道："这总是我的命中造定，该受冷清，我既爱他，就是十年八年，也只好等着了。何况他还许故意试我，我只要对得住他，或者他很快地回到我跟前来。"

秦云这样思想，好似对金笑凡心坚金石。其实就在这立志之初，已然基础动摇了。自来忠臣孝子，烈女节妇，都是憨人，也就是所谓一条脖筋骨、一条路走到黑的人。一念既发，永无反顾，才能做出艰苦卓绝的行为。若是忠臣将要死国，却想到身首分裂的疼痛，寡妇将要守节，却又顾虑孤灯只影的凄凉，那就无论如何做不成功。即便当时勉强有所表示，终究也要半途丧志失节，成为笑柄。秦云对于金笑凡，既没有长久的交谊、深刻的印象。只是由于一时的冲动和负气，生出了自甘堕落的心，不惜自污，情愿与他相交，以消抑郁，而解寂寞。及至在影院再见金笑凡，才由容貌发生羡慕，又回到旅馆，经过一番缠绵，又由性欲生出迷恋。这羡慕迷恋，只是一种狂热感情的发动，而不是真正爱情的团结。到了这清晨，秦云仍在狂热之中，所以一读金笑凡信中的话，竟也能发出虚矫之气，决心要洁身待他。但因并没有真正爱情，所以方一决心，立时又想到凄凉难耐，这时心中已似自知没有把握，不过时时不算自己栽给自己，故而仍自决定拼受艰苦，也要对得住金笑凡。其实她这样想的时候，已自觉是无可奈何的念头了。就是因为秦云这时心中所想，眼中所接，只有金笑凡一人，才不能不作此想，倘然当前另有他人，或是以后另有所遇，那就必然变志无疑。

这且不提，再说秦云看着信呆想许久，才恹恹地立起来，好像通身一点儿力气也没有了。回到床上就躺下要睡，哪知心绪麻乱，再也睡不着。想起来也是枯坐无聊，就卧着不动，翻来覆去，又想起昨夜风光，自念金笑凡若不犯这牛脾气，现在岂不仍自并枕双栖，调笑缠绵，何等情趣。他这一走，真把我闷了个透心儿凉。想着不由伸手向空，似乎要把金笑凡从空气中抓回来，又看着眼前的冷落光景，想到金笑凡信中所说的三年二载，一年有三百六十日，一日还有二十四小时，这期限太渺远，不由心中一阵焦躁。就如同恶性儿童，被人抢去了心爱的玩具，直要撒泼打滚似的，在床上只踹着床栏。

她连踹了几下，似觉由床栏连带震动了房中别的部分，又似什么地方生出回声，互相应和，声响甚大。她才猛醒自己在这清早寂静之时，不该作此喧声，惹起邻室惊异，就把脚儿停住。哪知她虽不动，那砰砰声音仍自震耳。秦云几疑自己脚儿不受约束，仍自动作。忙侧过身儿蜷上双腿，确实觉得没有动静，而声音仍在继续不断。秦云才明白不是自己所发，忙凝神细听，原来外面有人敲门。秦云心中一跳，就想莫非金笑凡回来了，但转想门未上锁，若是金笑凡回来，自然推门便入，又何必尽自敲门。这必是茶房要进来收拾房间，料理茶水。因为知道昨夜有男子同居，故而不敢冒入，才敲门问问可否进来。

秦云这时正有些口渴，就先把帐帏拉严，隔帐高声叫道：“进来。”

随闻脚步声由外而入，却似乎迟迟不前。秦云认定来者必是茶房，又加由帐内看不见外面，就又说道：“你先给沏一壶热茶，再取一筒三五牌纸烟，就放在床前茶几上。”

外面的人没有答应，秦云却以为自己语声甚高，茶房当然听见了。哪知过了一会儿，仍听得房内有轻轻移步之声，似在来回踱着，并未走出门去。秦云有些诧异，就又叫道：“你听见我的话没有，还不快去？”

随闻外面有人咳嗽一声，低低地带着颤音说道：“姐姐，是我，不是茶房。”

秦云大惊，不禁失声叫道：“你，你是谁……”但这话方才出口，心内已悟到帐外说话的是何人了，急翻身坐起。

又听外面的人问道：“姐姐，这房里只你一个吗？”

秦云知道他询问的意思，也不回答，猛伸双手将帐帏向左右一分，先使帐中内容全映入来人目内，然后自己跳出帐外。只见面前立着个林国材，正向自己愕然而视。

秦云看着他哦了一声道：“我做梦也想不到是你，你怎会知道我住在这儿，又这么早来？”

国材没有回答，只怔怔地道：“姐姐你不冷吗，先穿衣服。”

秦云低头，见自己仅着睡衣，就取了斗篷披上，延国材坐下，又问道：“你倒是从哪儿来，怎么知道我住在这儿？”

国材这时似含着满腹心事，一体怅惘，怔怔地道：“我是从家里来。昨天晚间我在路上遇见你，分手以后，我就在后边跟着，看见你进了这旅馆。当时因为有你的朋友在着，我又同着颖芊，所以没敢进来。回去直闷了一夜，到早晨再忍不住跑了来。”

秦云点点头道：“多谢你关心我，你可完全知道我的事了吗？”

国材道：“我是从昨天听到你的话，询问颖芊她才告诉了你和在梧的事情，以前她们还瞒着我。自从你离开咱家，我当你真上北京去了。过了几天，我在公司见着在梧，向他问姐姐怎没回来，在梧只含混回答，我也不敢深问。哪知闹出这样风波，叫姐姐受了这样委屈呢？”

秦云一听国材末一句，觉得这是第一次听到的同情之言，不由心中惨痛，含泪叹道：“你既知道我的委屈，定然更明白我的丢人现眼。我真没脸见你，更不配跟你论姐弟了。”

国材凄然道：“姐姐这话不该对我说。莫说你救过我的命，我看你比同胞还亲。就是你的人品，我更早已明白，这次只怨在梧做事太荒唐太狠毒了，姐姐完全受了他的陷害。你本身万不会做坏事，旁人不知道，我是亲身……”说到这里，似觉失言，急忙又改口道，“我是知道的啊。”

秦云听着，知道他是指着昔日向自己求爱，自己为着在梧，曾拒绝他，并且还行躲避。他用那件事证明，来为自己辩护，实是肺腑之谈。但自己的行为，却已对不住他的保证了。不由凄然冷笑道：“咳，你把我太看高了。可惜我实已做了坏事，你难道没看见金笑凡同我进这旅馆？”

国材道：“看是看见，不过我想那是姐姐负气行为，故意给颖芊看的。再说金笑凡是在梧使出来陷害你的，你怎么没分晓，也不会交结他。昨天对我的话，当然不是出于本心。总而言之，我深信姐姐不会做出坏事，即使被在梧激得错了格儿，那也要他负责，不能怨你。”

秦云听着，只有苦笑，国材又道：“我今天来，就为着劝姐姐回咱们的家。你要明白，老爷子和我都把你当作亲骨肉，你若体谅我父子的心，就得自认是林家的小姐。小姐出嫁，受了气恼，不愿在婆家再住，自然该回到母家去，怎可以在外面飘荡？老爷子若知道你这样，不定多么挂念，还要伤心呢。”

秦云听了，猛然问道：“老爷子知道我的事吗？”

国材道：“我还没告诉他。只等跟你商量怎么说法，咱们好一同回去见他。”

秦云听国材说得诚恳，不由心中感动，眼中含着的泪，却簌簌地落下，望着国材凄然无语。大凡人在失意之时，最容易发生感情。譬如一个大官，平日受着若干人的逢迎，都不在意。但一朝得罪失官，人情尽冷，正感到世态炎凉。这时若有人去作一句温慰之言，或作一筵祖道之饯，他便感激到沦肌浃骨，没齿无忘。比较得意时的百种奉承，万金的馈赠，还要知情。秦云平日对于国材，因嫌他朴直，所以只有骨肉之情，并无爱念。但这时因新遭在梧的欺骗遗弃和旁人的鄙蔑抑揄，满怀冤愤，无可告语，几乎觉着世界上无人对她怀有好意。如今听国材为自己这样不平，这样关切，这样爱重，心中既觉开爽，又觉甜蜜，似得了无限的安慰。再加回味他最初吞吐之言，想起昔日自己对他的无情举动，心中虚慌慌地不得劲儿。当初自己为着别人，给他难堪，哪料得到昔日所为的人，已弃我如遗，而现在慰藉我敬重我的，倒是昔日被我拒绝的人。

想着不由把她那正在飘飘无着的心，落到国材身上。同时又忆起昨夜颖芊和国材亲密的情形，猛然又生出妒恨之心。她这时并不想林翁与颖芊相识在先，只想林家父子与自己是异姓骨肉，感情最深，关系较切。林巢两家的交谊，本来由自己从中维系，在梧既领林翁的款去做商业，和国材结为好友。又借着我的光使倩宜也拜到林翁膝下，他那已经败落之家，借着姓林的又兴旺起来。如今巢家把我一脚踢开，反与林家日亲日进，颖芊又更进一步，竟要攫取国材做丈夫了。看起来局中人人得意，只有我一人惨被牺牲，实在令人难忍。但在梧虽是负我最深，我一想到也咬牙切齿，却不知怎的只恨不长久。想到他坏处，便联想到他的好处，不自已地心就软了，反而像有些舍不他似的。至于倩宜，我也不能深恨她，世上女子谁又肯叫别人分半个男人去？我若处在她的地位，恐做的事比她还霸道呢。只有这个颖芊，我最恨她入骨，一个姑娘，尽参与人家男女的事，帮着倩宜跟我做死对头。第一次我和在梧上北京，倘能成功，倩宜就不会再嫁给在梧，我也就安稳地做了巢太太，然而半途被颖芊破坏了。以后屡次三番，从中作梗。我今日落到这般光景，简直多半是她毁的。现在她倒是善自为谋，要来享受国材这多情多财的郎君了，我非得也给破坏不可。国材本来爱我，今日更可看出他旧情仍热。我只一俯就，就可使国材抛弃颖芊，献身给我。这样就把我的痛苦，全盘赠给颖芊，叫你们巢家也添一个伤心饮恨的人。

秦云想到这里，似乎良心来了警告。向她说这样做法未免过于毒恶。自己今生既坠风尘，受尽诸般苦恼，怎可不自忏悔，还做这有亏天良的事？而且即使成功，也要为人讪笑，落个半世羞惭。想着正要悚然绝念。但在这千钧一发之际，又有恶魔在她心中蛊惑。她忽忆起方才国材所说的一句话，就是姐姐即便做坏事，也是在梧激出来的，应该由他负责。秦云用这正言印证邪念，立刻觉得心安理得，决定要倒行逆施了。

这时国材又问道："姐姐，你想开了，可以跟我回家去吧？"

秦云摇着头道："现在还不能回去。你想老爷子待我何等情分，我岂有不想他的？莫说老人家，就是你，我也一样想念。从这件事一发生，我住到旅馆，就想回家，对着亲人诉诉委屈。无奈我被在梧害得灰头土脸，不愿意再见爱我的人。二来我受的刺激太大，现在精神已有病了。若一见你们，又得动感情，怕身体承受不住，所以没有敢去。现在你既来了，又这样好心劝我，反正我早晚必然回家，可是还得在这里静养几天，等精神好些再去。再说见老爷子，比不得见你，我也得先想下说辞啊。"

国材听她说得有理，也不再行劝驾，只说这样也好。不过旅馆里太乱，只怕不能静养。秦云道："我倒不怕耳朵嘈乱，只要心里清爽就好。"

国材又道："您一个人在这里，也太寂寞。"

秦云笑道："我已寂寞惯了，向来就是没人瞅没人理的。"

国材忍不住说道："我可以常来陪姐姐。"

秦云点点头道："好倒是好，不过你未必能常来吧？"

国材不解道："怎么呢？"

秦云一撇嘴儿，笑道："你正当紧关节要的时候，怎能为我耽误好事？我且问你，现在和颖芊到什么程度了，快有喜酒喝吧？"

国材红了脸，吃吃地道："没有什么，只是朋友。"

秦云道："别瞒我，我早知道你有一次追求她没成功，曾对在梧诉苦，现在必已有了转机。我昨天在街上，已看出来了。"

国材更窘得面如紫茄，半晌才说出一番话来。

后事如何，下回分解。

第十九回

雁燕代飞红楼成补梦
尹邢相觏绿柳尽摇春

话说国材被秦云逼问，窘极无言，半晌才说道：“我不敢瞒姐姐，以前倒是曾被她拒绝过，近来才转变态度对我好了。现在只于感情不错，至于什么程度的话，一点儿也谈不到。”

秦云点点头道：“女子的心真没准儿，也许她以前不爱你，现在又爱上你了。”说着眼光向国材一溜，又接着笑道，“这事终究要成功的，你这一回绝不致白费心思了。”

秦云“这一回”三字，已隐隐回顾到当日旧事。国材听着也似有所触，望着她默然无语。秦云忽欠身立起道：“这旅馆就好比我的家，你既到了我家，我应该招待，不能只这么木坐着。现在请问你可和颖芊有约会吗？”

国材很不好意思地摇头道：“没有，我并不天天见她。”

秦云道：“那么公司呢？”

国材道：“公司也不一定要去，因为上月在梧告了很多日的假，都由我一人照料。现在在梧照常上班，就约定叫我在这个月里随便休息，所以旷几天工也没关系。”

秦云笑道：“这样说，你可以陪我玩一天了。”

国材点头道：“当然可以。”

秦云拍了他肩头一下，欣然道：“等我换上衣服，再商量怎样玩法。”

说着就嫣然一笑，自入帐中。须臾又由帐中出来，身上只换了大红缎和肉红色小袄。国材猛觉一片粉霞，光华射入眼中，急忙低下了头。秦云已由衣架上取下一件碧绒旗袍，穿在身上，向着国材问道：“你这样早来，还没吃点心吧？”

国材道：“我来得并不早，是这屋里窗子太小，日光进不来。你睡过了头，还当是大清早，其实已快正午了。”

秦云看看手表，果然已过了十一点，就笑道：“好吧，你就等我梳洗完了，咱们一同吃饭。”

说着就仍脱了旗袍，自向脸盆里放水漱口净面。然后坐在镜台前，徐徐调脂敷粉，又叫国材坐在旁边，和他说着闲话。本来女子最动人的时候，就是临镜梳妆。因为这时顾影弄姿，不但把一切情致都可流露出来，而且镜中镜外，前影后影，以及全身曲线，都映入旁观之目。再说理妆时身着亵服，别有一种旖艳风光，比起玉体横陈，更有意淫的气氛，本来多要避人，若容男子在旁观赏，不啻是最亲密的表示。因为水晶帘下看梳头，本是夫婿的专利啊。便是现时人心开通，女郎再如何浪漫不羁，也未必肯令陌生人近侍妆台。于是能得到这优厚待遇的，当然只有女子所爱，才许他窥及闺房隐事。国材虽与秦云相识甚久，同居多日，但只限于兄妹的范围，秦云又刻意矜持，每日必须打扮整齐，方才出户，国材更自守礼，向不敢闯入她的闺房。所以他今日初次受到这等优遇，不觉受宠若惊，又看得神魂摇荡，心里虽未涉遐想，但已感觉秦云对待自己，特别亲热，是以前所未有。不但有一种甜蜜滋味，沁入心房，秦云又每在和他说话时，脸未转而在肩上斜溜秋波，口不言而自镜中暗开笑靥，又屡次派遣差使，不是叫他递给这件东西，就是叫他代操那件工作，又向他询问眉痕深浅，胭脂浓淡。国材有生以来，还未经过这种旖旎风光，更觉心摇神荡。

秦云梳洗完毕，又令国材取条绸帕，替她掸去身上的粉，就指着妆台上的脂匣粉奁道：“你替我收拾吧。”说完一笑，自去洗手。

国材此际对这妆台奴隶的职务，似很甘心情愿，一一收拾完了。回顾秦云已又换了件杏黄色的丝绒旗袍，衬着她那新经修饰，粉腻脂香的脸儿，别显出一种明艳华贵之态，好似戏台上的皇姑公主的样儿。心里觉得自从认识秦云以来，向没见过这样美丽。而且星眼微饧，秋波如醉，更似平添了无限动人的风情。其实这并不是秦云故意装作出来的，只因她夜中失眠，神思尚倦，天然该有这种现象。但国材瞧着，心中竟生了异样的感觉。

秦云见国材凝眸相望，就笑道：“你不认识姐姐啊，为什么尽自看我？”

国材红了脸，急忙避开眼光，秦云更笑起来道：“你的眼留着看颖芊吧。”

国材加倍不好意思，只可也笑，秦云又道：“这房里怪闷的，咱们商量上哪儿去玩呢？”

国材道："你想上哪里，我都随着。"

秦云点头道："好，咱们先出去再说。"就立起身来，拿了手皮夹，直向外走。

国材道："外面很冷，你怎不穿大衣？"

秦云笑道："你替我拿呀，这不正是你的差使，还用问我？"

国材看看衣架上约有三四件大衣，就道："你穿哪一件？"

秦云道："这也得问你，你喜欢我穿哪一件，就拿那件。"

国材道："我知道对您的心思不呢？"

秦云道："别管我，只要对你的心思。"

国材听着，心中一动，似乎微有所觉，就取下一件獭皮领蓝呢的男式大衣，替秦云穿上，秦云伸着袖儿道："我明白你的心思了，以后要多做几件素淡颜色衣服，好陪你出去，好不好？"说罢一笑，就和国材推门走出，吩咐茶房一声，便出了旅馆。

在街上并肩走着，秦云似不经意的，就把手儿塞入国材大衣的叉袋中，国材这还是初次得到肌肤之亲。只觉她的手儿泽腻如玉，柔软如棉，不由似触了电气一样，胸中如被一盆火烘着，五脏都遇热而涨，互相挨挤，几乎喘不上气来。秦云却满不在乎，和他紧相偎倚载言载笑而行。国材走着，见行人都向自己这边注目，便明白自己和秦云的样子，太像爱侣了。心中颇觉不是意味，想起自己和颖芊的爱情，以及和秦云的名分，好像犯了罪似的，甚为忐忑不宁。但心里虽想不该和她做这亲昵之状，理应离得远些，但身体却似被秦云吸住，无法拒绝。过一会儿他的心也似受了影响，觉得由秦云身上发出一股暖气，烘软了半边身体，直烘了心房，就渐渐忘了什么名分，只想当日自己曾经妄想过这种情味的，今日居然享受到了，但只挽臂同行，也并非越礼，何须介介。但是这情景终不能叫颖芊看见，好在颖芊平常很少出门，哪会这样巧就遇上呢？国材这样想法，自以为本心清白无愧，但不自觉地已开始落入秦云的情网中了。世上人最会原谅自己，即使做了坏事，自己尚不承认，何况在初发念的时候，更不会自知。若能自知，就会自警而不做坏事了。国材此际还自觉不曾越礼，也不曾背负颖芊，又以为秦云只是脱略形迹，不曾对自己有什么心思，就也不再置念。

秦云走到一家西餐馆门前，便邀国材同入，吃了一顿。那餐馆的掌柜，对他二人以先生太太相称，国材听着很窘，又不好更正。但秦云却落落大方，只当没有听见。饭后又同去看电影，秦云在黑暗中，时常似有意似无意地给他一点儿小诱惑，不是伸懒腰，玉臂落在国材脖颈，就是猛一低头把脸儿贴到国材额上。而且情致的亲切，言语的柔婉，在在都能使人动心，但说话却一直正正经经，丝毫不步邪僻。把个国材闹得迷迷惑惑，一面既感她的亲狎之情，一面却又不敢疑她怀有他意。但在心中却觉着与秦云厮守的情趣深长，有些恋恋不舍了。及至电影散场，又到一家游艺场，打了几盘小高尔夫球。在场中附设的食堂用过晚饭，一同出来。秦云言说身体倦乏，要回旅馆。国材要送她回去，秦云也不推辞，只走到旅馆门外，笑说老弟今日为我费得时间已多，你也该回家去看看了。国材此际不自觉地已恋上了秦云，十分舍不得离开，心中很想再进去坐坐，但也不自知有什么希望，听秦云这样说，不觉甚为惆怅，只可望着秦云进了旅馆，才怏怏回去。

秦云回到房中，换了衣服，自己倚在床上，想着白天的事。知道国材在进退失据，自己初步已算成功了。就叫着颖芊的名字，笑了半晌。虽然自觉有些亏心，但想自己并不是好出身，却不是没志气，近年只想向上巴结，求个正果。哪知到处遇见对头，只向下踢我，不许上进，我又有什么法儿，只好仍回到我娼妓的本等，行我小老婆的见识。颖芊毁我，我也毁她，颖芊调唆在梧抛弃我，我也诱惑国材背负她，这本是一还一报，我并不是无故闹啊。但国材已有些迷恋上我，但迷恋程度的深浅，还不可知，那只可看明天他来不来吧。我临别没同他定再见的约会，就为着试验他。他明日若再绝早而来，我就有八成把握了。秦云思索一会儿，便上床睡觉，在整理衾枕时，想到昨夜情景，不禁又悚然自愧，感到自己的堕落愈来愈深了。昨夜方与金笑凡海誓山盟，今日又将与国材嘘寒送暖，二十四点钟内，更换了两个对象，我到底打算怎样呢？金笑凡的约会，我是等他不等他？对于国材，我固然意在报复颖芊，但这样干下去，国材必然跟我认真，那时又该怎样？我何曾有过真正打算，只不过由着性儿胡闹。可是闹到归期，要落什么结果呢？秦云想着，只觉心中麻乱，就自己劝自己道：“我给他个满不想，混到哪里是哪里罢了，混到不能混，死了也不过臭块地，干吗想得那么远呢。”当时就躺倒而睡。因为她无形中已决定任性而行，且求快意。以后的吉凶祸福，全部付之度外，所以倒睡得梦稳神安。

次日醒来天已逾午，起床叫茶房伺候茶水。茶房言说在十点钟时，有位先生来了，打听小姐还未起床，没惊动就走了，他说过会儿还来。秦云知道绝无第二个人，不由得意而笑，自喜没经什么心力，就把国材从颖芊手中夺了过来。由此可见国材对我旧情尚炽，只于深藏不露。就如火在灰中，外观似已冷熄，但把火种略略一引，立刻又燃烧起来。就低声自语道："颖芊颖芊，你当日赏给我的苦药，现在你来剂二煎尝尝吧，好吃得很呢。"

正在这时，外面有人敲门，秦云抿嘴一笑，就喊道进来，果见国材推门而入，手里还提有大包小包许多东西。

秦云笑道："空手儿来得了，不年不节，给谁送礼啊？"

国材把东西放下，脱了大衣道："这点零碎儿，姐姐留着用吧。"

秦云笑道："真是送我的？我还当是送颖芊的呢？"

国材听着，似乎很不得劲儿，急忙用话岔开，道："你才起吗？"

秦云道："起来一会儿，你今天比昨天晚很多，好在还没误差使。"

说着便坐下对镜理妆，仍叫他在旁伺候。收拾既毕，二人仍携手出门。在外面玩了一天，秦云更使出擒纵手段，把国材闹得加倍昏惑迷离，但晚间回旅馆时，仍不让他进去。如此数日，国材已是有些不能自持了。每到旅馆，倒希望在房中和秦云厮守，共做深谈，不愿出门游逛。秦云也明白他的心理，反而不给他机会，不使他快意，每逢国材一到，就提议出门，不肯稍迟。国材愈被抵制，愈觉心中狂热，但也无可奈何。因为这时国材心中虽已被秦云完全盘踞，但对于进一步的希望，尚不敢进行表示。只由近日秦云的态度上，认为她对自己业已情有所钟，或者不久便有表示，那时自然水到渠成。无奈秦云形迹尽管脱略，言语尽管放纵，但国材所希望的表示，却是一点儿没有。

到了一日，秦云在报上看到梅兰芳演戏，约国材次日去看日场。国材听了，似乎有些迟疑，嗫嗫说道："我倒很想去，只是明儿白天跟朋友有个约会，不好失信……"

秦云看着他的神情，忽然心中一动，就问道；"约会在哪里啊？"

国材答道："是本地慈善团体在公园里开游艺会，我因为有个朋友来演钢琴独奏，不好不去热闹。"

秦云听了，更自恍然大悟，明白他所谓的朋友，必是颖芊，要不然国材怎会如此词涉吞吐。由此看来，自己近日以为把国材整个恋住了，哪知力量并未用到。原来他在陪伴自己之际，还常偷暇去访颖芊，否则何来这个约会？我既看破这层，可要快想办法，莫再因循自误。打铁须趁烧红时，莫到冷了才下锤，就不会随意成形了。

秦云想到这里，就漫应道："既已和朋友约会，自然应该去的。我们提早一日，今儿晚上去看梅兰芳，戏虽不大好，也可以解闷儿。"

国材唯唯从命。秦云一面和他闲话，一面暗自盘算。到了晚上，二人在市上餐饮用过晚饭，依着往日习惯，饭后在街上闲溜一会儿，就分手各散。但今日却加了晚局，饭后到戏院去，临时买票，哪能得到。好在秦云善于交涉，又不怕花钱，居然以加倍的价目，向案目对付了一间包厢。二人入座看戏，到正戏将出台时，国材出去如厕，秦云见他的大衣搭在椅背，忽的心中一动，就伸手向衣袋中摸索。她这时已视国材为禁脔，既猜疑国材仍与颖芊常有来往，自然就生出防范和考察的意思，至于想从国材衣袋中搜寻什么，连她自己也不知道，不过偶动一念，就继以实行罢了。哪知摸到里面的暗袋，竟摸出一个小信封，拿出看时，只见粉红色信封，香气扑鼻，由气味便可嗅出是女子所寄。上面字迹是用青莲色墨水所写，右方是林宅地址，中间是国材名字，左面只有个小小的芊字。秦云方欲再看内容，忽听背后步履声响，知是国材回来，忙将信藏入自己衣袋之中，假装凝神看戏。国材进来做梦也想不到已经失盗，仍自陪秦云看戏，直到完场。秦云虽然眼望台上，却始终没看见演唱什么，只自运用心思。及至台上演罢，观客纷纷起立，国材说姐姐咱们也走吧，秦云方转眸一笑，起立伸个懒腰，等国材替她穿上大衣，便下楼在人群中拥挤出门。

走了数步，国材问她已否倦乏需要坐车，秦云仰首道："我不乏，今天还是很好的月亮，在街上溜溜，倒也开心。可得抛开热闹马路，在僻静地方走，才有意思。"

国材闻言，便绕着僻路，和她挽臂而行。秦云走着道："我这人有种毛病，最怕看月亮，可是又舍不得不看。每当一个人儿在月亮底下，就觉着心里发凉，身子也虚飘飘的，恨不得有个倚靠才好。"说着身体更向国材怀中偎紧了些，又道，"我这人没一点儿学问，斗大的字，不认得二升。可是我自觉心思和俗常人不同，我永远不指望大富大贵，也不怕受穷受苦，只求得个知心的人，永远厮守，在僻静地方弄座小楼一住，安静过活。任凭刮什么样的风，下什么久的雨，月亮怎样凄凉，我眼前有知心人陪伴，什么都可以不理会了。"

国材听她的话，颇有诗意，一面诧异她有些悱恻之思，一面又思量她是否挑逗之语，正在怆然生感，不知所答，秦云又叹道："我说的话，你准不懂。本来你一个少爷，哪会知道这孤鬼儿的心思。”

国材忙道：“不，不，我很懂得姐姐的心。你是这些年孤苦流离，把心都伤透了，冷透了，所以只希望有个……好伴侣，来修补你已伤的心，温暖你已冷的心。”

秦云听着，心想平日只当国材粗枝大叶，不解风情，想不到今日竟会说出这样体贴的话，这不是他突然长了聪明，倒是他对我久已用上心了。想着就微叹不语，只望着他。国材这时心中已动荡到不可开交，既感觉到秦云对自己说这样话，必是有心相试，自己正可趁这时候倾吐所怀。但想到这里，眼前忽似现出颖芊倩影，猛忆起当日自己在受拒于秦云之后，灰心短气许多日子，也是想修补心上伤痕，渐渐把爱情寄到颖芊身上。但向她求爱，竟遭拒绝，难过万分，曾有披发入山之志。被在梧窥破隐情，劝我稍安勿躁，自任代为转圜。近日不知他使了什么手法，颖芊竟心回意转，日渐和我亲密，最近已情浓意厚，到了成熟的时期，只要我一开口，便可圆满成功。但这时我竟又遇见秦云，突然和她疏远，思想起来，已自抱愧。现在若对秦云贡献爱情，那就算万古千秋永远对不住颖芊了。可是我这时已似被秦云吸去魂灵，立觉离了她不能生活，这可怎么好呢？

国材正在为难，秦云忽把他拉住笑道：“傻子，你想什么？还往前走，看看到哪儿了？”

国材抬头，见已到了旅馆门口，不由失笑站住。望着秦云，心中虽有万分纠缠，但因记着往日成例，只可等着她说声明儿见，即行辞别。哪知秦云竟变了章程，向他笑道：“你怔着什么，还不快进去。这早晚了，也得歇会儿，吃点东西。”说着手挽国材，便进门上楼。

唤茶房开了房门，亮了电灯，二人走入，各脱外衣坐下。秦云等茶房送进茶水，便唤住了，向国材道：“我派你个差使，今天宵夜吃什么，全归你想。你若想得对我的心思，一定有赏。”

国材道：“我可没有这样能力，咱们商量。”

秦云立起笑道：“我还有事，你想好了，就告诉茶房吧。”

说完便转身推开浴室的门，走了进去，又关好了。坐到浴缸旁的小凳上，急忙取出在戏院中所窃的信，把里面的信笺抽出来，展开细瞧。只见上面写道：

材哥：

从星期一晚间，你来我家一次，又四五天不见了，你好忙啊。可是听哥哥说，你这些日子也没上公司去。我真纳闷，你自己在干什么呢？现在有我旧日同学组织了个慈善性质的游艺会，明日星期下午，在公园举行。约我去担任一场钢琴独奏和一场唱歌，我没法不答应。但是荒废多日，手生喉涩，就是拼命练习，也难免当场出丑。因此我怕极了，你务必去替我壮胆。有你在场，我就可以忘记在万人海中，只当在客厅里对你一个弹唱，那样就容易收摄心神，免出笑话。你可务必来。记住星期下午两点，在公园东面假山亭子里等我。我的节目虽排在四时，但想早些到公园去，同时谈谈跑跑，叫精神活泼，心思开旷，也许表演能好一点儿。你当然乐于帮助我。还有很多的话，见面谈吧。

妹颖芊

这信中虽有几个不认识的字，但大意却能完全明了。及至看完，只觉一股酸气，由心中直攻上来，又传布到四肢，似乎全身都微微抖颤。心想我空用了偌大心思，竟还没把国材完全收服，原来那天和我分手以后，还偷工夫去看颖芊。可见他表面对我虽热，但心里对颖芊也并不凉。只看在同着我的时候，常常发怔，必是想着那小贱货呢。而且他今儿竟为着颖芊对我撒谎，这真令人可气，也更叫人可愧。一个女子，尽力笼络一个男子，还笼络不住，时时脱手溜缰，我真枉在烟花里学了迷人法术，连个初出世的小雏儿还敌不住啊。可是颖芊也实不可小觑，只看这封信，字面上自没有一句厌气话，但是内里含的情意深极了。处处含着亲热，句句带着想思。又暗示自己的心都在他身上，又是抱怨他的心不在自己身上，却没一个字明写出来。这小狐狸精勾人的手段多么高妙，我可不能不上心。若再因循着不把国材抢到手里，明天他们在公园一见面，就许出了毛病。现在我知道他们还没订婚，倘然……

秦云想到这里，忽然忆起昔时看过一出文明新戏，便是一个女学生，在公园长椅上接受男子的求婚，还有一部小说，也是一个女子在公园和男子调情说爱，因而成就婚姻。由此再想到颖芊函中，说明登场在四时，却要国材二时就去，中间安排下两点钟的余暇，当然大有作用。倘然他们定了婚约，自己就算一败涂地。国材便是爱我，也未必敢再相亲近，我若再亲近国材，那便成为诱惑有妇之夫受人唾骂。倘若我能把国材抢到手，生米做成熟饭，便是名正言顺的未婚夫妇，不但不怕旁人议论，就是颖芊，也算反主为客。她若再接近国材，也是诱惑有妇之夫，我有权可以抵制她。由此看来，胜负之机，只决于今夜，今夜国材又落到我的手中，真是天赐其便。若是天与不取，到明天后悔就来不及了。秦云想着，暗自打算主意，其实心中久有成竹，知道国材对于女人阅历太浅，感情又复太盛，是很容易摆布的。只要略施媚惑手段，还愁他不匍匐裙下，甘为不二之臣？但是秦云志愿，在夺夫之外，还有报仇一层，所以想着在得到国材以后，不只鹣鹣鲽鲽，厮守房帏，而是想要把他向颖芊面前夸耀，使其痛心饮恨，以图快意。故而还得想个切实的办法，这办法却须从颖芊身上寻题目，才好叫国材不止于投降自己，还要承认叛离颖芊，以为一劳永逸之计。

当时打定主意，她本来在浴室中看信，又思索对策，已经耽误了很大工夫。及至办法想好，仍躲在里面不出来。国材在外面等了足有一点钟，起初心里只当她在洗澡，或是办办私事。但做什么工夫都嫌太长，而且听着又寂无声息，不由十分疑惑。正在着急，旅馆的中餐部送了菜来，国材吩咐连盒放下。这才到浴室门外，低叫："姐姐，菜送来了。"

叫了两声，听不见答应。国材暗自惊诧，心想她这半天没有声音，莫非临时儿突犯了什么病，已经晕倒。想着又叫了两声，仍不闻答应，国材也觉自己所料不差，就不假思索，不顾避忌，猛然推开浴室的门，便要闯入。但还未迈步，已见秦云并未晕倒在地，却只坐在浴缸旁的小凳上，掩面啜泣。在她足旁地上，丢着粉红色的信纸信封。国材见她无恙，忽觉闯入浴室的失礼，急忙抽身倒退，又把门关上。口中吃吃说道："我只当姐姐……有什么不舒服，原来……你为什么难过……"

国材说着，心中思索她哭的原因，也想那信封信纸甚为眼熟。猛一打转，立有所悟，就想要向自己大衣袋中检查一下。但大衣挂得太远，他又不忍离开浴室门外，只得连声向秦云询问，又央劝她出来说话。秦云只不答言，过了半晌，才听她抽咽着说道："你请回吧，我这儿别沾了你，我也不敢高攀你。你快走，从此再也不必见我。"

国材听着似顶上打了个闷雷，着急叫道："姐姐，这是为什么？我怎么气着你了？”

秦云道：“你不必问，咱们心里分，请吧，请吧。”

国材抓耳挠腮，只问她何故生气，秦云只是泣而不答，直把国材也急得要哭，才见由浴室门缝推出一张粉色信纸，秦云在门内说道：“你自己看去吧，有你自己的知心人，何必还缠我？我就是下贱，也不能这么给少爷开心。”

国材掣过那信纸一看，果然不出所料，正是颖芊给自己的信。心想这信中并没过分之言，也无一语涉到秦云身上，她何以如此生气？随又听秦云说道：“这也是老天点化我，方才在戏院包厢里，我看见这封信从你大衣袋里落下，留个心眼儿，偷着看看，才明白你跟我闹鬼儿，将一比百，可见你对我全是假的。”

国材听着，仍是不大明白，又问姐姐倒是为什么，我并没敢惹你生气，这封信也……秦云接口道：“你还装糊涂，这封信碍我屁事，就是颖芊一天给你来一百封信，我也管不着。莫说颖芊约你上公园看会，就是她跟你上礼堂结婚，我也气不着。只问你为什么赚我，我好心好意地约你明天看戏，你推辞没工夫。没工夫也罢，为什么明明是颖芊约会，却骗我说是别人。好，这就看出你的心了，快走去，寻你心爱的颖芊，别拿我醒脾，成不成？”

国材这才听明她的意思，但听她一面似十分对颖芊吃醋，却一面尽力撇清，只抱定骗她二字做题目。不由心中惶惑，只得连声谢罪，辩白自己并非有心，又央告她出来。秦云在里面又抽鼻涕，又拭眼泪。过了半晌，才看浴室门开，她踉跄跄掩面而出，但不知几时已把旗袍脱去，只剩下里面靠身的红缎小裤袄。走了几步，便伏到大睡椅上，呜呜地又哭起来。国材只可坐在一旁央劝。秦云先是不理，以后开了口，仍是逼他快走，委屈万状地抽咽着道：“你的心既在颖芊身上，何苦还啰唣我？我知道自己是苦鬼儿的命，任有好心，也得叫人当驴肝肺卖了。”

国材听着，不禁心中着急，冲口说道：“姐姐可是屈枉了我，我的心实在完全在你身上。你别生气，明天我不上公园，陪你到别处玩，好不好？”

秦云听了，哭着说：“我可不敢害你得罪情人，自己知道自己是什么身份，怎也跟人家大小姐比。再说你就多陪我一天，又当得什么？早晚……”说着忽一掉头，就扑到国材身上，头儿抵着他的下颊，口中却仍哭叫道，“你趁早找她去，你走啊，走啊。”

国材这时被秦云的身体抵入怀中，眼望着秦云的秀发，和猩红缎子小袄的领缘中间，露着雪白的蝤蛴粉颈，黑的发，红的袄，配着雪白肌肤，在灯下显得粉光致致，耀目动心。再加上鼻中闻着脂粉之香，耳中听着幽怨之语，身体受着她的揉搓，肩头受着她口中嘘出的热气，已经令国材心旌摇摇，何况还有意外动人的景致，便是老人都不能看的。就是秦云小袄，本来很短，她又弯着身儿，向国材顶撞，那袄便拥向上面，露出里面的粉色裤腰和一片遮掩不住的玉肌。在国材眼前，似乎由那些微春色之中，放出无限热力，使房间的温度增加，烘得国材似乎神志昏迷，再也忍耐不住，猛然抱住秦云。心中久已积蓄的话，此际就如断了串的制钱，完全失了管束，喃喃地说出来道："姐姐，你别生气，我宁死也不能离开你。我心里只爱你一个，实在爱得都要发狂了，可是不敢说。因为……这个，你一定也明白，就是对于颖芊，我虽然跟她有一个时候很亲热，可是那也跟你有关系。你总记得，当初老爷子叫我跟颖芊交结，我因为爱你，竟违背了老人命令。可是以后你太叫我伤心了，又见你和在梧……更认为绝望，我才那样倒行逆施，又和颖芊来往。其实我哪一时想起你来，心里也是难过的。现在你只肯要我，我情愿永远在你身旁，明天绝不上公园去，以后也……不见颖芊的面。姐姐，你别气了。"

秦云听国材已直接地把心事都诉出来，心里暗自欣喜，知道和颖芊胜败之局已定，自己行将高奏凯歌。颖芊便是有通天法力，若不能在现时施展神通破坏，转瞬就无能为力了。但表面仍装娇凝痴，把国材一推，立起说声你不用哄我，我不听这套。就转身走到床边，将身向床上一倒，又取条小手帕，掩住脸儿，重新呜咽起来。国材望着她玉体横陈，似乎通身曲线美因侧卧而更见显露。那圆润粉腻的臂儿，因抽咽而微微颤动，直好似在春日正午坐在花丛，被日光晒着，花香熏着。过了很大时候，只觉心里极乱，身上极燥，不知道因为什么，也不知道要干什么。当时手挠着头，张大了嘴，瞪圆了眼，摇摇晃晃地直向床前走去。到了床边，不知怎么脚下一软，便扑地跪下，手儿揽着秦云的玉臂，便又喃喃地说个不休。他自己也不知说些什么，只觉好像先表白自己的诚意，继以立誓，最后竟离开当前事实，归入很爱的方式。秦云听着虽把哭泪停了，但只不肯作声。还是国材把她掩着脸儿的手，拉了下来，秦云才把含泪的眼，望着他有气无力地道："你说了这些话，我看满不是从心里出来的。"

国材着急道："我赌了半天的誓，你还不信呀？"

秦云微叹道："我不是不信，只是不敢信。因为我知道处处不如颖芊，你怎么倒爱我。"

国材听着心中一跳，并不敢细想她这句话，便答道："我就看不出你哪儿不如她。再说……你只把咱们第一天见面，直到今天的事，细想一想，就可以信我了。"

秦云果然凝思一下，手儿轻轻地抚在国材臂上，似乎脸上微微一红，唇儿动了几动，才道："我倒明白你的心，只是颖芊……我觉着你一定还恋着她，心里很嘀咕。也是我被人骗怕了，就显着小心眼儿，不敢轻易爱人，也不敢轻易信人的话。现在你说得自然好听，可是过后遇到颖芊，就许被她恋住，又把我抛开，我可禁不住再上当了。"

国材听她仍不相信，就指天誓日，又说了许多厉害的话，秦云忙拦住他道："得得，何必说得这么狠，我信你了。你可要明白，我就好像一帖极黏的膏药，一经贴到身上，永世也别打算揭开。"

国材听她已答应了自己的请求，就欣然起立，说了句我正盼你这样，就要向前扑去。秦云又推着他道："我还问你，你绝计不爱颖芊，也不跟她见面了？"

国材点头，秦云又道："你当然是永远不见她，并不止是现时？"

国材又点头，秦云道："那么，就得罪她也不在乎了？"

国材听着，以为她所谓得罪，是指着明天不践公园之约，这话本已说过了，就答了句那是自然。秦云瞧着他道："好，你既然说不怕得罪她，明天可要做给我看，不要到时候又变卦。"

国材仍以为秦云直怕自己明日去赴颖芊之约，故而反复再三，就道："我说过绝不反悔，你难道还要我立誓？"

秦云这时似已完全满意，伸手拉他起来。国材趋势向前一扑，就抱住了她。四片火热的唇，立即接到一处。秦云一只手扳着国材肩头，另一只手就伸向床栏，摸着电灯开关，轻轻一按，房中立变黑暗。此后如何光景，只可以一夜无话了之。固然诗中道是无题定有题，小说中一夜无话定有话。但因房中实在太黑，既难摄影，又难写真，只能就情理推测。大约黑暗产生罪恶那句西谚，是不错的。

直到次日早晨，阳光由窗中射入，那块长方形而中间印着方格的日影，徐徐由墙上移动，照满床帐之下，温煦光明。似乎保护帐中人的好梦，增加帐中人的热情，但又似把亮光刺激帐中人的眼睛，搅扰他们醒觉，使其藉着光明，自视是何意态。无奈帐中人睡得太沉酣了，亮光并不能觉醒他们，反而日光的热，更加暖他们的温柔况味，酥融了他们的四肢百体，睡得加倍酣。直到日影由帐上移到地下，又渐渐爬上窗口，一瞥而逝，房中没了光明，重归阴暗。帐中才有人欠伸，有人低唤，渐至喁喁小语，吃吃媚笑。

又过了半晌，秦云忽高声叫道："呀，已经十二点半了，快起快起。"

国材接着道："真的吗？我还困得很，咱们再躺会儿。"

秦云忽然呸了一声，又咯的一笑，把帐子掀开，只穿着小短袄，跳下床来，随又转过身，一手拉严了帐缝，一手伸进去摸索。

国材在里面道："你要衣服，为什么不在帐里穿，外面凉啊。"

秦云笑道："我怕你看。"说着从帐内抓出一团衣服，就坐在沙发上穿着。

国材在帐内笑道："你还怕我看，夜里……"

秦云猛发出怒声道："你这么刻薄可不成，我上了你的当，我可不能总听你卖乖。"

国材似乎怔了，半晌无语，着衣下床，见秦云坐着噘嘴出气，急忙问她为什么。秦云一扭头儿道："你太不尊重我了。"

国材愕然道："我没说什么，只……"

秦云道："只两个字就看出你的心了，你若看得我重，到这时候，你心里只有对不住我，说好话还来不及，怎忍把我磨牙取笑。"

国材听着，忽然想起旧日见的《西厢记》，在聊斋一出，张生在"得其所哉，蘸着些儿麻上来"以后，还说了些"愧鲰生不才，谢多娇错爱"，又说什么"玷污了小姐清白"，金圣叹在这句下面，注着"伏而惭谢之"五字，内中伏字是刻薄语，不必提起。只这惭谢二字，就可见张生多么尊重莺莺的人格，女人本是需要这样尊重的。不要以为情事既已甚于画眉，谈笑便可无有碍口。要明白女子虽放任男子的举动颠狂，却不能忍受口头轻薄。若认为在尽情蹂躏之余，尚自虚言客气，觉得可笑，那就错了。譬如张生若没有那几句当场致词，莺莺应许大不高兴，抱怨张生把她当作红娘一流，忘了小姐的贵尊呢。

国材想到这层，心中甚为抱歉，连连谢罪，又说了许多好话，秦云方才回嗔，就去临镜理妆。国材前数日来做妆台奴隶，还只虚衔，今日既经实授，自更踊跃从公。但心中总防着再惹恼她，言语举动，处处谨慎。秦云见他拘束，便又故意调逗。国材渐渐明白她所避忌的，只是犯歹的话，其余都可放任，便也自如许多。秦云理完了妆，便叫茶房去打个电话，给一家西服店，叫把定制的衣服送来。国材听着心里纳闷，近日未听过秦云说做什么衣服，何以忽叫西服店送来，但也未甚着意，便自去洗漱。秦云唤住了，叫他坐在镜前，自己和他面对面地用保险刀替他修了面，又给他头发擦油梳光。收拾方毕，便有西服店人来了，带着两只大纸盒。秦云吩咐取出，打开盖儿，每盒里都是一套崭新的男子西服，一套是蟹青色，一套是葡萄灰色，都是十分漂亮。秦云拿起一套，叫国材穿上试试。国材心中纳闷，但当西服店的伙计，不好说什么，只得依言穿上，居然完全合体，心中更为诧异。因为这西装衣服，不比中装宽大，稍差也能合体。西装必须亲量尺寸，每一处的宽窄肥瘦，都不能有丝毫之差，否则便不像样儿。但自己却做梦也没到过西服店去量过尺寸，何以会有过这合体的衣服呢？

秦云知道国材惊异，只笑着叫他立在远处看看，又移至近处看看，再把前身后身都仔细端详，才拍手叫道："很好，留下吧。"又问可开了账来，伙计账单呈上。国材见上面开着共三百六十几元，秦云取现钱完全付清，又把应找回的零头赏给伙计，那伙计道谢而去。国材心中仍在疑惑，只想自己并未定制衣服，秦云这里何以忽然有了我的新衣，而且如此合体，实在太奇怪了。随又忽而想到这也许是在梧制的衣服，他在与秦云尚未离开时，秦云替他定做，如今衣服制成，已没有穿它的人，秦云犯不上给他送去，故而转以赠我。但在梧身材虽与我差不太多，却也未必如此合适，仍是疑不能明。忽然想到西服店惯例，常要把定制的人名绣在领内，我只看看衣领所绣人名，便可明白。想着便装作脱下外衣，翻过里面一看，只见领内三个小红字，端端正正绣着林国材。

国材方一怔神儿，那在对面瞧着他的秦云，已咯的声笑道："看什么？你当我是把别人的衣服送人情吗？"

国材听了只有对她摇头，嗞咕着眼儿。秦云笑道："我知道你纳闷，是不是？"

国材道："这两套衣服，是几时给我量的，我一点儿也不知道。"

秦云笑道："你就糊涂会儿吧。"

国材赔笑道："好人，你告诉我，这是怎么回事？"

秦云笑道："世上的女子，若是注意一个男人，还不能料理他的衣服，这女子也没什么可爱了。”

国材道：“可是我并没到西服店量尺寸，怎会这么合身？”

秦云道：“不用你去量，我一估量，就差不多。”

国材道：“可是你并不是裁缝呀？谢谢你，告诉我吧。”

秦云道：“傻子，你可记得前几天，你到这儿，我见你衣服都穿皱了，叫脱下来送到洗衣房去熨贴一下，跟着就送回来。”

国材叫道；“我明白了，你是……把衣服又送到西服店转了一下。”

秦云拍手道：“好聪明，你知道了，快择一套穿上，跟我走吧。”

国材指着身上已换上的一套葡萄灰色的道：“就穿它吧，咱们干什么去，听梅兰芳吗？”

秦云道：“你只跟我走，别问。”

国材本来每日和秦云同游，而且昨日曾为约听梅兰芳，闹出老大风波。料着必是仍依旧义，前去听戏，但觉今日好似有些异样。既替自己修面理发，又换上新衣，直好像打扮新郎出去相亲似的，不知所为何故。也许她有着一般慧心女子的癖好，喜欢修饰夫婿，以供自身观赏，并且使旁人喝彩，以为得意，莫非她打扮好了我，要带到戏院陈列吗？但是她每次听戏，都去得很晚，今日这样早便要出去，又像另有别图，但也不敢再问。

二人收拾完毕，便一同出门。秦云领他先到一家大鞋帽店，用高价买了一顶呢帽和一双皮鞋，逼令即时换上，把旧的烦铺中人送回旅馆。国材看着身上，全部崭新，心想这可真像个新郎了，她这么打扮自己，莫非真的要上礼拜堂结婚？这可了不得，我和她的事，还没禀告父亲，若冒昧成礼，老人必要气恼，如何使得？我万不能依着秦云，定要提出抗议。想着回顾秦云，见她只着寻常衣服，并未披纱持花，自己虽像新郎，她却不像新娘，而且也没有主婚的人和男女傧相，并不成个婚礼的体统。由此看来，她当然不是要去结婚，而是另有用意，这才放下一半心。二人出了鞋帽店，又到一家饭肆去用午餐，饭后已过二点半，秦云叫堂倌代打电话，雇来一部汽车。国材知道戏院就在不远，她既唤了汽车，当然改变方针不去听戏，可是要上哪儿呢？正在狐疑，汽车已经开到，秦云和他一同上去，便向车夫低声吩咐一句。国材在旁听出公园旁，不禁大吃一惊，方悟秦云是不怀好意了，她明知颖芊和我约在公园相见，因为阻止我去赴约，闹出偌大风波，哪知这时她倒携我同去。推测她的心理，即不想和颖芊争斗，也必有意给颖芊难看，明明要把我做侮弄颖芊的工具。思颖芊与我情意缠绵，近来冷淡了她，已自抱歉，今日又决定负她的约，薄幸之罪，更已达到极点。如今若再帮忙秦云，前去气她，岂不罪大恶极，毫无人味？而且自问良心，岂忍出此。我一定要劝阻秦云，不可做此毒恶之事。

想着转脸去看秦云，见她正面向窗外，嫣然展笑，似乎对着一瞥即逝的街头风光，感觉很大兴趣。国材方想开口，又恐措辞不善，惹她生气。嘴唇空动了几动，说话又随着唾沫咽回肚里，重新再打草稿。过了半晌，才又鼓起勇气说道："亲爱的，你是要上公园吗？"

秦云只漫应一声，仍望着窗外，似乎没有理会。国材咳嗽了一声，又道："我想不……要去吧。"

秦云听了，猛然回过头，凝眸望着国材，好似要由他的眼光神色上探索这话是何用意。看了直有好几秒钟，才慢慢说道："为什么不去？公园今天不是很热闹吗？"

国材吃吃地道："就因为热闹，我才不愿意去，遇见熟人没有意思。"

国材费了很多脑力，才想出这样含蓄的言语，以为暗地点破她，或者比明说的好。哪知秦云听了，把脸一沉道："哦，怕遇见熟人？同着我怕遇见熟人，我能玷了你的身份，伤了你的面子呀？对对，我也该想想自己是什么出身，可怎么配陪阔公子在人前同走……"

国材着急道："你这可是……不许这么冤枉人。我说公园怕遇见熟人，是说公园里有……有颖芊。"

秦云似乎更生了气，变色说道："有颖芊怎样？难道她是人，我不是人？只许她上公园，我就不配？又莫非她是公主，我是奴才，天然该避着她？"

国材急得顿足道："你太误会了我的……我因为颖芊在公园，咱们何必跟她碰头，弄得都不好意思。"

秦云拍着大腿道："颖芊在公园，你怕见她，我可不怕。什么叫不好意思？那天你跟她携手揽腰的，在马路上遇见我，我并没看见你不好意思。今儿我们搭伴，见她就不好意思了。哦，我明白你是留得青山好打柴的主意。只怕被她知道咱们的事，恼了你，后来便没有指望，那么……好，好，俗语说宁拆十座庙，不破一门婚。我别做缺德事，等车子到了公园，你自己下去找你的颖芊，我原车回我的旅馆，咱们是永断葛藤。"

说着小嘴一撇，眼泪直滚下来，又把头儿向车壁上用力乱撞，咬牙切齿地说道："我真该死，不死活着现世，这又上了一回当，昨天夜里有鬼捉弄我了。"

国材见她这样，惊得魂飞魄散，狠命地抱住了她，没口子央告道："姐姐，姐姐，亲爱的，你别生气，我不是已经赌誓，不再见颖芊了。这时不愿上公园，就为不愿见她的面，你何必……"

秦云接口道："我原来没想到这层，只想上公园看看热闹。现在被你一提，我倒真犯了疑心。你痛快说，到底是要我还是要颖芊？"

国材冲口道："我们已经……我自然要你。"

秦云道："永远的还是一时？"

国材道："自然久远，难道你把我当作那种浮荡没长性的人？"

秦云道："既然永远要我，当然也永远不要颖芊了。"

国材点头，连说了好几个自然一定。秦云道："我非常信你的话，可是只怕日后你的心意不坚，再跟她要好。更怕她放不了你，日后再对你纠缠。今日既然大家都在公园，正可以趁这机会叫颖芊知道咱们已经定了婚姻，她死了心，我也放了心，你也明明心，你为什么嘀嘀咕咕不敢见她，这不是留后手是什么？何况昨儿夜里，你曾许着给我做个切实的表示，今天又变卦吗？"

国材听着，心想昨夜自己果然曾有这种的诺言，不过我是指着不上公园晤会颖芊而言，只为语意含糊，她竟解释作到公园侮辱颖芊了。正在这时，车已到了公园门口，倏然停住。国材向外一看，知道事已到紧急关头，更无犹豫磋商的余暇了，不由急得通身汗出。偏那不知趣的车夫，已推开车门，等他们下去。

秦云推着国材道："我要自己回去了，你快下去吧。"

国材惊惶无措，吃吃地道："你回去，我也跟着回去。"

秦云听了更怒，竖起蛾眉说道："回去？很好，咱们从此各走各路，谁再理谁，就不得好死。你随便，想进公园，想回家都好，我可不陪，这汽车让你，我另雇车回家。"说完便跳下车去。

国材一把没抓住，眼望着她直向便道上走去，急得手足无措，心知这事已完全弄僵了，秦云言中，已显出坚决之意，今天我若不同她进公园去，她就永远不理我了，这可怎么好。想着不由也跳下车，直向秦云追去。望着她的后影儿，香肩微微起伏，身体摇摇欲倒，脚上更没了力量，虽然走得很快，但两腿已软得拽不动下面的脚。知道她正在悲愤万分，再走几步，便许跌倒。

望着那婀娜的腰肢，低垂的粉颈，猛想到昨夜温柔乡里，怎样拥抱，怎样亲吻，那时她是怎样待我，今日我竟把她气到这般光景，于心何忍？

国材这念头在心中倏然一动，立时两脚腾起，一跳便上了便道，拉住秦云叫道："好姐姐，你别走，咱们进公园去。"

这句话方才说出，他不觉一怔，好像心中并未决定进公园，却怎突然说出这话，直似口中潜伏着个看不见的魔鬼，拨弄着自己的舌头。但已说出也不能反复了，就又重复了一句道："咱们进去。我明白你的道理极对，好姐姐，走吧。"

秦云这时才把掩面的手帕落下，两只妙目似乎方流过泪，被手帕拭干，睫毛上还挂着小露珠，眼圈也红红的。那幽怨的神情，直好似受了天大委屈，而那妩媚的韵致，更比欢笑时令人不易经受。国材本来觉着这场争吵起因，只由于她的无理所闹，自己并没有错处，不过因为爱她，不得不委曲求全，但只是理智的判断。及至这时一看秦云梨花带雨的娇态，立刻感情就替代了理智。好像忘却争端由何而起，而且以由根本不要再想其他，只看这样娇媚得闭月羞花的美人，恩爱到沦肌浃髓的情侣，当这艳阳天气，青春美景，我不能叫她欢笑踊跃，反而惹了愁眉泪眼，岂非好煞风景，自作罪孽。便再顾不得多想，又央告了许多言语，要秦云仍入公园。

秦云才开口冷冷地道："你不必强撑着劲儿，要明白同我一进公园，你那好颖芊妹妹，就跟你完了。"

国材颤声道："不管那些，我只要同你进去。"

秦云冷笑道："别咬着牙说话，你的声音都哆嗦了。痛快听我的劝，快去寻你的颖芊。人家是高贵小姐，万人抢夺的香宝贝儿。你松手，就要被别人夺去，后悔也来不及，你快去吧。别怕我恼你，咱们当初是怎样认识，是什么交情，就是没有这层关系，还照样是姐姐弟弟。再说我又不比颖芊千人喜万人爱，我是个不值理睬的剩货，就是丢在大马路，三天都没人拾。很可以等你十年八年，你几时被颖芊玩腻了，一脚踢出来，再寻我去，我待你还是这个样儿。"

秦云这篇话，可说得太有力了，既点醒自己对国材的救命恩情，又表白宁使国材负自己，自己不负国材，还在无意中毁谤颖芊年少心浮，难于长久。这以退为进的手段，也算运用得登峰造极了。国材对她说颖芊的话，并未入耳，只听她提起旧日事情，觉得自己受过她救命之恩，就算欠她一命，这身子当然应该供献给她。于是又添了几成决心，再听她说到甘愿等个十年八年的话，更觉得可怜。同时悟到颖芊如好花初胎，青春正好，地位又高，自己便抛了她，她的前途依然光明。一个万人爱重的清白女郎，很容易得着良好伴侣，也许比我还强胜百倍。秦云都是历经磨折，芳心残存，意兴消沉，再也经不住打击。我若不安慰她，鼓舞她，她真将伤感而死。何况我已经和她发生了关系，这时若不从她意旨，她必负气潜行，自去忍受寂寞生活，我恐怕连补过的机会也得不着，那就永远担了始乱终弃的罪名，到死良心难安。如今斟酌轻重，只可拼着开罪颖芊了。国材这些思想，在脑中不过转了几秒钟，便拉着秦云向公园门走去。

秦云装作脚下无力，随他推挽，毫不挣扎，只摇头道："你别只顾一时脸热，做错了事可后悔不来。"

国材咬着牙道："你只跟我走，看我到底是什么心。你说的话太叫我难过了，把我说成了坏蛋，我若对颖芊有这分外的希望，昨夜万不能……你想想我是那样混账人吗?"

秦云听了，似乎也觉冤枉了他，就道："也许我说话太过分，你不要生气。我若再不信你，就是骂你了，那么咱们也不必再进公园，就回去吧。"

国材哪晓得她这是虚晃一刀的计策，闻她说不进公园，正可救了自己见颖芊一场大窘，但不敢冲口答应。想要虚让一句，表表自己的诚心，等她再行阻止，便趋势允诺。

哪知秦云听了他这句话，竟点头叹口气道："你既要这样，我也不能拦了。再拦又该说我不信你，好，就进去吧。"

国材闻言爽然若失，只得挽着她走向公园门买了入场券，又向里走。这时公园门内钟楼上的大钟，已指三点十分，里面赴会的红男绿女，白叟黄童，已来了不少，都向会场涌去。秦云先举目寻觅颖芊函中所约的假山亭子，走了不远，已望见那假山亭，就转面望着国材，见他满面现着愁容愧色，就立住道："我看我们还是回去吧，你这噘嘴的样子，叫人看着，就好似不高兴同我在一处似的。叫人看着，我多么不好意思。"

国材急忙笑道："我是被太阳光照着眼睛，何尝噘着嘴了?"

秦云道："我只当你是故意做无可奈何的样儿，防备着遇着颖芊，好给她看呢。"

国材只可笑着说了句你真是奇想天开，我做梦也没想到这些事。秦云无语，只有微笑，又向前行。国材从此以后，就再不敢把嘴闭拢，时时调整面上表情，使其开口露齿，不笑强笑。秦云和他挽臂而行，又不住向他瞟上一眼，笑上一笑，国材就更不能不笑。两人转个弯儿，已到了假山的石级之下，国材心里又跳起来，秦云拉着他拾级而上。国材嘴唇屡次颤动，那句“咱们别上去或是上别处去的话”，几次要说出来。但料着说出，不但不能防止秦云，反而要怄一回气，结果还得自己屈服的。于是话到喉咙口，便变作一声低咳，散入空气之中。秦云却似兴致勃勃，超级直上，很快已上到半山腰，仰视已可以见山顶的小亭。遥想亭中的人，也可以看见他们了。国材看着秦云的神情，料着她必已决意上至亭中去给颖芊难堪了。想到转脸之间，咫尺之内，便与颖芊睹面，将要何以为情，作何相见？不由心摇体战，直向着山下，恨不得滚将下去。

哪知秦云到了半山坡，忽然止步，四望徘徊了一会儿，就挽着国材又向山顶走去。国材上了两级，虽似离了小亭尚有丈许，就觉似有颖芊的两只妙目，好像两盏明灯，直从上面映射下来，他再不敢抬头，只由秦云牵挽而行。

哪知又上了两级，秦云忽而停住，将香肩触着他道：“喂，咱们还上去吗?”

国材被她一问，仓促中答不出话，只哼了一声。哪知秦云这时已看见亭上的颖芊，正要表演个样儿给她看，就又低声道：“怎么低着头?”

国材闻言忙抬头看她，却忘了装笑容，秦云又低声道：“你脸上又阴天了。”

国材急忙对她一笑，秦云见他额发落下一绺，垂在眼边，就用手替他理顺了，好似忽然想起了什么，一扬眉说道：“哟，颖芊不是在上面吗？我想不上去也罢。”

国材听了这句，直如得了大赦的旨意，但还怕她是试探自己，不得答腔。秦云这次倒真能言出如响，挽着国材由另一条下山的岔路走了下去。国材如脱大难，心想方才也许自己神经过敏，一听秦云要进公园去，就疑她是怀着不好的意思，以致惹她不快。这时才知秦云并不想窘辱颖芊，我倒错疑惑她了。国材想着，几乎要对秦云道歉。但他哪知道秦云并非不为已甚，倒是另有计划，要给颖芊以更厉害的打击，这时只要颖芊看见他二人就够了。

二人下了山，就直奔会场走去。进入场中，见里面已是人山人海，台上正是一队女学生葡萄仙子的歌舞。秦云在进门处，要了张表演秩序单，见这葡萄仙子已是第六个节目，下面是某校音乐老师的古琴演奏，和某校学生的四簧，再下便是颖芊的钢琴独奏，接着便由另一位高女士按琴，颖芊再唱一段大地回春的歌，随后再由一位名媛宋美美女士唱昆剧《拾画叫画》，和本地五女校学生合演易卜生的《伪君子》新剧，便算完场闭幕。秦云知道颖芊快要出场，便拉着国材向台前挤去。国材一则不愿上前面去，二来知道前面绝无空座，便劝她不要白费气力，秦云却像胸有成竹，毫不理会，只顾向前走。到台下果然已是密密层层没有一个空座，国材又劝她出来，秦云摇摇头，国材又劝她退出，秦云仍自不理。自举目观察，见着三排的座位中，有两个衣服褴褛的小孩子坐着，年纪都只十三四岁，看样儿绝不像是学生，也不像是能用钱买入场券的人。想是在开幕以前，便溜了进来，所以得着最好座位。秦云向他们看了一看，就走了过去，向他们说了一两句话，又取出两张钞票，塞到他们手中。那两个孩子惊讶得望望秦云，看看钞票，又用眼睛互相商量了一下，看见对方全表示同意，就一同立起向外走了。秦云忙招呼国材，和她坐在空位上。国材一面佩服秦云的神通广大，一面也知道自己又落到难题之中，坐在这样近的地方，少时颖芊上台演奏，正相对面，又是一场难堪，心中说不出的忐忑难安。但是一点儿法儿也没有，想要再劝她离开，自然没有可能。便是在颖芊出场以前，寻个题目出去躲避，也是没有希望。秦云当然不许自己走开，若慨然应允，那便是怄气，自己真的一走，下文便又不可收拾了。国材寻思无计，在椅上如坐针毡，哪还有心去看台上的游艺。偏是秦云兴致极高，在旁指点批评，和他喁喁小语，国材只得随口漫应，心中只想颖芊就要出台，非常惧怕，就如犯人知道处决时刻，望着钟针一分一秒移动的心情。渐渐台上的四簧，已将演完，他听着众人的笑声，就如犯人处决前，看见瞧热闹的鼓掌喝彩，一样的愤慨，觉得自己正在痛苦，他们却如此欢乐，未免太残忍了。其实除了秦云，旁人何尝知道他的心情呢。

须臾四簧已完，台上白幕落下，有个西装男子报告下一幕是巢颖芊女士钢琴独奏。直过了二三分钟，幕才重新揭起，只见在台的侧面，斜放着一只大钢琴，琴前摆着四个鲜花篮。颖芊先已坐在琴前，身上穿着青地白花的旗袍，头上秀发，前面烫作云层，后面分为燕尾，脚下被花篮遮住，看不真切，那态度真有说不出的高贵清雅。加以坐在琴畔花前，更添了无限风韵。国材看了一眼，心中跳动直有千次，急忙缩着低头，把目光注向地下。好似他不看颖芊，就似着了隐身衣裳，可使颖芊也看不见他，但又舍不得不看，屡屡偷眼观瞧。颖芊在幕开时，原已坐在琴前小凳上，及至台下掌声一起，她便欠起身向台下含笑鞠躬，重又坐下，转伸玉臂，徐动纤指，演奏起来。国材在她鞠躬之时，似见她眼光一溜，由自己身上扫了过去，定然已看见自己了，又见她弹奏之时，笑容尽敛，不知专心注在琴点，还在为看见自己和秦云同坐，芳心拂郁，不由心里十分难过。再瞧台上的四只花篮，想到送花篮本该是自己的义务，若没有秦云这番波折，我定然做几只特别美丽的，给她多加一点儿光彩。如今我竟置之不理，她不知如何失望。再想台上这四只花篮，是谁所送，想必也是她的朋友，这朋友是男呢，是女呢？若是男子，恐怕颖芊因着对我的失望，而要把芳心转向他了。国材正在胡思乱想，神昏意荡，忽闻颖芊奏到好处，台下听众都鼓起掌来，颖芊微转秋波，向台下看了一看，但目光到了国材临近，立又转过脸去，国材更明白她是看见自己了。

在这时秦云在旁，忽然用肩儿撞了他一下道："你怎么忘了捧场，颖芊要生气呢。还不快鼓掌。"

国材怔了一怔，才举起手拍掌。但他在精神恍惚之中，忘记众人掌声已落下去了，这后赶捧场，只个人三五下掌声，分外难听。不但观众觉得他矜奇立异，有意自炫，都回过头用惊异眼光相望，就是台上的颖芊，听着这孤军特起的掌声，也不知是故意捣乱，或是独表热忱，就回头向台下张望。及至瞧见国材在那里举手作势，旁边的秦云正把一只手搭在国材肩上微笑着向他瞧看，不由心中更气，霍地掉转头儿，再不向下看。国材却没见颖芊的怨愤情形，更没有见秦云的轻薄态度，只因着众人注视，感觉自己掌声不成敬意，就急忙停住。这一停住，那么一声就更显得滑稽而无聊，观众中有人竟忍不住笑将起来，国材脸羞得如红布一样，忙低下头。颖芊在台上听得笑声，更感到侮辱，直觉国材是受秦云指使，故意捣乱，来塌自己的台，气得直要哭。但终须忍耐着把一曲奏毕，只是心神历乱，自然减少许多精彩，好在台下没有几个知音的人能听得出来。及至奏罢尾声，方才立起，台下掌声又起。颖芊鞠躬致谢之后，便要回身，却见一位丽服的女士，已出现在钢琴旁边，这是接替奏琴的人。颖芊一见她，猛悟自己还有一场歌唱，不能立刻逃出这伤心受气的环境。同时台下的掌声，又起了高潮，好似除夕半夜的爆竹一样，颖芊觉得观众对自己情绪热情，这掌声是一半欢迎，一半催促，这本可以使她高兴，颖芊这时心中已被气愤充满，自知在这样的心情之下，万不能唱到好处，而且再唱就仍得面对台下的国材秦云，更是她所痛心疾首。

当时正在进退两难，却见那个主持这游艺会的旧同学康校长，正隐身幕后，手持水杯，向自己招手示意，似乎询问可要用水润喉。颖芊忙向她走过去，低声说道：“我身上忽然不大爽快，这幕歌唱，请你想法给取消了吧。”

康校长闻言大惊，好似怕她言出即行，立时就要插翅高飞，伸手抓住她的臂膀，苦着脸说道：“你这不是要我的好看？你已经到了台上，又演奏一次，现在忽然要临阵脱逃，这简直开搅。你听，琴已奏起来了，台下的掌声，始终没断，可见对你多么欢迎。这场歌唱一取消，台下管保起哄，秩序就不能维持了。我的亲祖姑奶奶儿，你积德，只当疼我，过后我给你磕头，你快唱去吧。”

颖芊还要说话，已被她把水杯递到嘴边，只得饮了一口。康校长再不由她分说，由手一推，颖芊倩影已又现于幕前，台下看见，掌声又春雷似的响了起来。颖芊只得徐徐移步，走到台边，向下鞠了一躬，听着钢琴已快把歌谱奏完一过，就急忙按定心神，把眼光平视，望着远处，躲着前几排，以求眼不见心不乱。及至钢琴开始按谱重奏，颖芊便引吭发出妙曼声音，随歌做着表情姿势地唱起那大地回春曲来。唱时本自打定主意，对秦云国材二人，既不去瞧，也不去想，只贯注全神，唱自己的歌。哪知神经系统之中，似乎凭空有了反动分子，从中捣乱，越是不要看他们，眼光越是常瞥到他们身上，越是不要想他们，心中也越常被他们盘踞。每一看到，就觉眼前起雾，每一想到，就觉心上发慌。虽然未曾忘了歌词，但已有时控制不住喉咙，歌声和钢琴不相符合，有时忘了应该做的姿势，身体松懈不成样子。及至知觉了再加矫正，自然手忙脚乱不能自然。她觉得这一场表演，完全糟了。其实在观众眼中并没看出有什么不好，她若能照这样儿敷衍下去，依然得到很美满成绩。但她爱好的心太甚，有一句声韵稍差，有一个姿势动作稍错，虽然是旁人所看不出来的，她就以为众人都已看出破绽，正在哂笑。再想到这段表演，自己曾下了功夫，练得十分纯熟，原可以结果圆满，哪知竟弄得如此之糟。这当然由于秦云国材捣乱所致，他们简直是有计划的行为，要使自己出丑。颖芊正在又急又气，忽然一时不慎，眼光又落到秦云座上，急忙转脸避开，但已瞧真了秦云满面含着讥刺的笑容。这笑容如同从秦云面上脱了下来，在半空中晃荡，随着颖芊视线移动。无论她的目光移到哪里，都看得见这幻象，她一看见这幻象，就觉胸中被气体充满，上逼喉咙，压迫得声音不能自由舒展。而且心中因气愤而转焦躁，因而喉咙感觉枯涩，渐渐声音劈裂，就如用破笔写字似的，笔尖时时要劈成两个岔儿。她只得稍为放低声音，又时时咽下津沫，润泽喉咙，勉强对付，居然唱到最末一节，而且只剩最末三句，看情势已可维持完满结局了。哪知冤家路窄，竟又出了岔头，颖芊本在仰面向上，凝定心神，只求唱完脱离苦境，但这最末两句，原谱是节节拔高，她平日依谱练习，临时自然没法改高为低，只可迸出丹田气力，引吭高歌，居然清越幽长，有如九天鹤唳。台下听众知道到了尾声，又为银铃般的妙音所震，都已鼓起热忱，举起双掌地预备大声喝彩了。哪知就在这时，前排有个小脚妇人，被人踩疼了双脚，呀的一叫。声音虽不甚高，但颖芊听着，无意中眼光向下一落，想要看看何人作声。但她没瞧见那叫唤的妇人，眼光反而驾轻车就熟路似的，又落到秦云身上。这时秦云正把玉肘斜支在国材肩头，手抓香腮，柳腰微扭，两腿叠成十字股儿，一足前伸，脸儿扬着，眼儿眯缝着，眉儿斜挑着，嘴儿微哆着，露出十二分得意而又像有所轻鄙的样儿。颖芊一看，猛觉一股愤气，由胸中直攻出上喉咙，倏的化为一团热火，把喉咙烧干。她知道将要不好，但想把愤气压下，已来不及。这时正唱到末一句的最高音，唱着猛觉喉咙中声带上似生了一团干的乱草，把声音闭塞，及至努力把声音由乱草中喷发出来，业已条条割裂，变得非常难听。既似破裂唱片转动跳行的吱哑，又似两张铁片相触而生的刺耳。其实这一曲已唱到末句，所差只有几个字，然而因为声音一裂，只这几字也唱不出来了。台下的人本都预备鼓掌赞颂，这时听着竟会声音滑稽，竟全忍不住来了个哄堂大笑。这场笑本出于情绪的不能抵制，并非恶意。并且有些忠厚的人，一方发笑，立刻悟到一个热心公益的闺秀，绝非卖技挣钱的艺人可比，不该如此对待，就急忙竭诚鼓掌。但颖芊哪里受得住这个，在歌声变化，众人发笑之际，已羞得珠泪直流，将手帕掩住脸儿，猛然转身，就向后台跑去。因掩面缘故，匆促中撞到钢琴角上，几乎跌倒。幸而那位弹琴的女士把她扶住，一同进入后台。

台下观众立刻就嗡然议论起来。秦云故作痴呆，望着国材，装作不胜惊诧非常关切的样儿，甩着手儿道："这是怎么说？这真糟糕，颖芊唱得好好的，怎么嗓子会转了轴儿？"

国材自然更替颖芊难过，只悔恨自己进这场中，亲眼瞧见她闹了笑话，受了打击，心中比身受的还加倍难堪。不过国材只能想到颖芊看见自己失了她的约，却和秦云同来，必然不快，但未想到颖芊对他竟那样关心，并且由关心而伤心，由伤心而连累到歌声的变化。若能悟到，当然更是无地自容了。

及至听了秦云的话，才移转望着台上的眼光，连连扼腕道：“这可怎么好，她要难过死了，我……我……”说着站起来，似乎要走出去，但望望秦云，又重复坐下，急得抓耳挠腮。

这时台上出来了主办人康校长，向众人报告说：“巢女士今日本来有病，不能登台。只因被我们劝驾，她又热心公益，不愿破坏了这游艺的良好阵容，竟而力疾表演。方才她因为表演不甚圆满，很觉抱歉。其实倒是我们应该对她抱歉，并且更钦佩她的热心，想在场诸君也必表同情。”

台下听康校长说完立又鼓起掌来，康校长随即退下，继续表演新剧。秦云听着康校长的话，明白她是替颖芊遮羞，国材却因听到颖芊本来有病，心中大为震动，忍不住对秦云说道：“原来她是有病，这太……太苦了，我想……”

秦云立刻接口道：“你想怎样，去看看她吗？”

国材还未及答言，秦云已立起道：“咱们就快去看看她吧。”

国材听了，虽然满心愿意，但看秦云态度变得太快，只怕又是怄气。方在迟疑，秦云拉了他向外便走。国材走着，仍自纳闷，不敢信秦云出于真心。但他哪里知道，秦云此际既借着国材把颖芊气得出了毛病，就算颖芊对国材旧情尽伤，恶感已结。这时再使国材去安慰颖芊，颖芊见有自己在旁当然把他的好意当作奚落，更增气恼。国材因有自己相随，对颖芊也说不出什么体己话，结果有损无益。在这局面之下，乐得放他前去，以显着自己宽宏大量呢。

二人出至场外，向人询问入后台的道路，才知在楼上东面，就重入场内，上楼寻着小门，走进去。穿过两个房间，才到了后台。只见有很多男女都打扮得奇形怪状，穿着五十年的奇装异服，原来前台上演新剧，角色正在准备出场。但看了看人丛内外，并没有颖芊的影儿。国材诧异着道：“怎么没有颖芊，她上哪里去了？”

秦云自告奋勇道：“我去替你问问。”

就走入人丛，寻着那位康校长，拉住她问道：“对不住，巢小姐在哪里呢？”

那康校长正忙得不可开交，闻言也不看她是谁，就漫应道：“她回家了，才走不大会儿。”

秦云说声谢谢，便退至国材身旁道：“她走了，这怎么办吧？”

国材默默无言，秦云拉着他道："叫颖芊这样一来，我也扫了兴，不高兴再看了，咱们也回去上别处玩吧。"

国材无话可说，只有点头。秦云便挽他向园外走去，口中再不提颖芊的事，只用别话打岔。到园外寻着原坐汽车一同上去，又回到繁华街市。仍似往日一样，重寻听歌选舞之乐。

秦云收功制胜之后，自然心情畅适，她既打败了敌人，转而用力整理内部，巩固基础，就使出全副精神，向国材献媚，借以收回他那一部分放在颖芊身上的心。国材爱秦云，何况又已发生切实关系，本已死心塌地，甘做秦云的不二之臣。至于对于颖芊的关切，却并非有什么兼收并蓄之心，而是因为对不住颖芊，想用他种途径，仍旧继续旧日的友谊，以求自慰良心。秦云哪能了解他的高尚思想，竟为自卫起见，用了这狠毒手段，使颖芊伤心之后，继以丢脸，也未免太过了。但秦云心中，除了国材的新欢，还有在梧的旧怨，故而只觉恩怨分明，毫无悔恨。而且仍防着国材偷暇去看颖芊，对他监视更严。

当日在外面玩到半夜，才同回旅馆。在这新婚燕尔之时，国材既恋恋难离，秦云更施展种种在风尘学来的法术，为久历情场者所经受不得的，用来对付这初观色界的国材，又怎能不陶醉在蝴蝶梦中，甘死牡丹花下。从此莫说到公司理事，连娱乐场也不愿再去了。只赖在房中，卿卿我我，鲽鲽鹣鹣地缠绵厮守。秦云此际，是完全想开了，抱定利己主义，不管他人笑骂，要与巢家怄气到底。既然把住国材，就更进一步，对他说我的身体已属于你了，虽然我们草率结合，不算正当，但以后我们要向正路走，急速完成婚礼，以安慰老父的心，并且压住外人议论。国材自然赞成，但秦云催促他去向林翁声明，国材就有些窘了。因为他知道林翁只认秦云是在梧之妻，连仳离的事还不晓得，如今自己贸然去请求和秦云结婚，老人一定既惊且怒。即使说明秦云已与在梧离异，他倒许疑我是他们分离的原动力，不特难得允许，反恐因此失去老人欢心。但这话儿也不好对秦云直说，只得暂且答应，尽自迟延。好在秦云正和他如胶似漆，片刻难离，也不催促。国材在温柔乡中沉溺。世间消磨最速，消逝更快的，最是这两性间的陶醉光阴。国材只觉生活变得非常简单，不是在大沙发上拥抱谈心，就是在床帐中鸳鸯同梦。白天一霎眼就到了上床时候，上床一闭眼又该下床了。他在昏错沉沉中，还当在旅馆住了没有几天，却不知驹光如驶，已是半月。有时也想到应该回去了，无奈一看秦云，就自己挽回自己，觉得现时绝不舍得就走，还是明天再说，好在差一天也没关系。如此一日复一日，不觉就过去许多日了。

这一天早晨，起床之后，吃过早点，正值秦云进浴室去，这是他二人一天里仅有隔离时间，国材自己无聊，就倚着沙发闲看小报。忽见报上封面一角，似乎有国材二字，在眼前一晃。他不由吃了一惊，仔细看时，只见上有一行广告。当头是国材兄三个大字，下面又有几行小字。国材心中乱跳，急忙揩揩眼睛，先看看最末后的署名，见是弟梧启三字。知道是在梧登的，才又提着心从头再看，只见上面写道："自兄失踪，已将两旬，既未至公司，亦未回家。仅闻有人在公园见兄一面，此后又不知何往。现伯父思念极切，日夕倚门，公司又有要务待兄商酌，请兄见此广告，火速归来，一慰家人朋友之望。以后野鹤闲云，再随尊便可也。"

国材看着只觉脸上烘然通红，惭愧无地，方悟自己是过于荒唐了。再看"二旬"两字，自己竟荒唐了如许时间，竟不自觉，真是该死。想着心中不安，达到极点。站起在地下转了两步，又重复坐下，拿起报纸再看。看到"仅闻有人在公园见兄一面"，这有人的人，当然是颖芊，她必然把我和秦云的情形，告知乃兄了。在梧听到我和秦云凑到一处，自然连带明白了我失踪的缘故，所以后面有"野鹤闲云再随尊便"那样意近讥讽的话。自己眼见这报，当然要立刻回去，只是和在梧见面，何以为情，而且老父那边作何交代？想着不由急得汗出如沈。

心中正在焦急，忽见秦云由浴室出来，身穿浴衣，因为带子系得很松，前胸尽露。她笑嘻嘻跳跃跃地向国材奔来，似乎要扑到他的身上。及见国材面色改常，不由大吃一惊，立住问道："怎么一会儿就变成这个模样，你是不舒服吗？"

国材摇摇头道："不是，我……我怎么不知不觉地竟这些日子没有回家？"

秦云一怔道："这是什么意思，哦，你想家了。不对，你是嫌我留你太久了吗？"

国材着急道："你这话……我怎么会……你看这个……"随说将报纸拿起给秦云看。

后事如何，下回分解。

第二十回

逐鹿向情场佳人定霸
亡羊悲歧路老父绝恩

话说国材把广告指给秦云，秦云顺着他的手，看了一遍，忽然扑地坐在沙发上，低头仔细寻思。过了一会儿，猛一拍膝盖，叫道："好好，我明白，这是在梧弄的玄虚。他定然听见颖芊说你和我在一处，心中生气，故而安心小题大做，要把你调回去，再给咱们俩使离间计。"说着咬牙叫道："巢在梧，我跟你有什么仇？你害我一回还不够，现在我好容易有了着落，你又放不过我，定把我害到底儿呀。我明白，国材一回去，你必对他说我许多坏话，劝他把我抛开。要不成，就请出他父亲来压制，或者使出你妹妹来诱惑。"

说着又向国材道："你出来这些日，本应该回家看看，我实在不该拦你。可是这广告明是在梧诡计，我知道你一回去必上他的当，咱们就算完了。我宁死不能放你，你自己估量着吧。"

国材听了，更自焦悚无计。看着秦云凄恋之态，真觉不忍违她的意，但想到家中老父和公司职务，万无长此隐匿不归之理。即使现在听了秦云的话，置诸不理，难道从此就和家庭事业完全绝缘，他日到无可奈何时，再行归去？那就越难见人了。再说在梧和自己并非泛泛之交，现在自己做了对不住他的事，急需有所解释，怎能永久避面，把唯一的良友牺牲。细想之下，无论如何，总以急归为是。但秦云哭泣挽留，认定国材只一归去，便将与她劳燕分飞。国材只有竭力开解，说自己心坚铁石，绝不为他人摇动。现在因为老父关系，不能不回家一看。并且正可乘此机会，对老人说明我二人业已结合，请求允诺。至于在梧，还未必真能见面，我见过老父，给他留下封信，即刻回来，最多离别两三点钟。以后由老父把咱们婚约宣布。在梧便有歹心，也不能再说什么话了。国材这样开解许久，秦云已明白自己把国材长期幽禁，并非善计，倒恐惹起林翁的恶感，使日后婚事难谐。现在国材的心，已被自己拴住，绝不会变作断线风筝，一去不还，乐得叫他回去向林翁为我争取地位。心中这样一想，口气就渐渐放松，但仍像外交家折冲国家大事似的，反复计议，锱铢较量。直由早晨交涉到午后，才说定条件。第一只许国材回家，不许到公司去；第二国材必须切实向老父请求允许婚事；第三即使在他家里，遇见在梧或者颖芊，必须借辞躲避，除寒暄外，不得做三句以上的交谈；第四国材在父亲面前，要承认久不归家是出于自动，并非秦云挽留，而且也未与秦云在一处同居，借以保住她的身份，日后好与老翁相见；第五无论请求是否成功，事情有无变化，都要在晚饭前回来，总共只给四点钟的假期。若逾时不归，我就许一时心窄，你回来也不能见着活面了。秦云一半迷恋，一半恫吓，把国材说得连声唯诺，并且指天誓日，自明心曲，秦云才放他走了。

秦云心中似有十分把握似的，回到床上，自吸纸烟，寻思国材此去，定能依我的话，向父亲切实请求。林翁年纪虽老，却是新派的人，一定不干涉儿子的婚姻，一切由他自主。以前我听说林翁爱重颖芊，想以她为儿妇，但也不过对国材贡献意见，并非强迫。如今国材对他诉说已经和我订婚，他即心中不满，也未必明白反对。因为他和我原有父女之情，也该希望我得到正果。还有最大的把握，就是我曾救过国材的性命，老人又岂忍令儿子做忘恩负义的事？由此看来，我的前途完全乐观，从此就静待做林府少夫人，万无失闪了。回想自己由脱出风尘，经了许多坎坷，二三年来把全副心情放在在梧身上。不想他如此负心，才逼得我倒行逆施，又和国材结了婚约。虽然自觉此举不大正当，但为自己终身幸福打算，也只有这条路可走。反正我们婚约一经宣布，在梧必然又惊又恨。我倒不想对他们有所骄傲，只要叫在梧明白我，秦云并不是没人爱的。你不要我，还有人当作香宝贝儿。而且你的诡计，并没有害死我，反而把我成全得更好了。尤其希望颖芊失去国材以后，能够明白底里真情，她哥哥若不弃我，国材也不能负她，因此痛恨在梧，使在梧明白直接害秦云，等于间接害了自己妹妹，良心上受到不能声说的苦，那才更叫我吐气呢。

秦云想得正在出神，耳中似听得房门微微一响，她虽然听见，但以为自己未把房门关紧，故而被风吹动，也没瞧着。又过了一会儿，她手中的纸烟，已剩了少半，将要灼手，就转身想把纸烟尾掷入痰盂。但她必须用眼先寻着痰盂所在，方好抛掷。哪知眼光方一看到痰盂，同时连带看见痰盂旁有只穿皮靴的脚。秦云大吃一惊，急忙抬头，由皮靴向上观看，原来沙发上端端正正坐着一个男子。秦云几乎失声叫了出来，心中惊异得直要迷晕，只想俗语果然神验，才说曹操，曹操就到了，但是自己做梦也想不到他会来啊。原来沙发上坐着的人，并非别个，正是她久经离别方才还曾念及的旧情郎巢在梧。秦云对他的突然现形，怎能不惊诧欲绝。在梧见秦云瞧他，竟点点头说了声久违。秦云瞪目怔了半晌，她对在梧固然怨恨，但终有旧情萦怀，何况在梧又突然出现。她望着在梧的潇洒风神，几乎忘却一切仇恨，而疑他是重拾坠欢来了。但忽觉烟尾火热炙手，急忙抛在地下，随即翻身坐起，定了定神，才望着他说道："原来是……巢先生，我真想不到贵人脚踏贱地，今天是什么好日子啊？"

在梧坐得纹丝不动，正色说道："请你不要动这套腔儿，我是说正经事来的。"

秦云从鼻子哼了一声道："哦，你说正经事来的，对我这样的人，还有什么正经事可说？好，您请说吧。"

在梧仍绷着脸儿道："我今天特意来访你，因为……因为你近来做的事，太不……太不那个了，咱们现在虽已断绝关系，各自东西。但以前总算很要好了一场，所以我对你仍旧关心，才来劝你。"

秦云也装出很客气的样儿，恭敬说道："我谢谢您的好意。"说完就再不作声，静待他继续发言，一种愿安承教的诚意，溢于颜面。

在梧看她这样安详，倒觉有些气馁，咳嗽了一声道："你和国材的事，未免有点儿不该。他那样忠厚的人，你诱惑他到这种地步，使他离开家庭，抛荒职务，惹得外面纷纷议论，岂不要毁了他的前途？我受着林老伯所托，又关着国材的友谊，实在不能不管。所以现在以局外人的资格，来劝告你。"

秦云低头说道："是，是，你当然不能不管。"说完那句，又停住不语，似乎仍要听在梧继续再说下去。

在梧初来时本在肚内存了许多话要责问她，但这时为秦云冷静态度所震，竟不自觉地勇气全消，舌锋立钝。只说了一句道："你能不能依我的劝和国材断绝呢？"

秦云淡然点头，好似把他的请求当作无足轻重，冷冷地答道："这有什么不能……不过我也有个劝告，请你跟尊夫人离婚，你能答应，我也立刻和国材断绝。"

在梧一听，猛然明白秦云的冷静，直是养精蓄锐，预备向自己攻击，借以报复旧憾，不禁勃然说道：“这是什么话，岂有此理，你……们怎能跟我们相比。”

秦云忙接口道：“那我倒得请问，我们怎就不能跟你们比？”

在梧道：“我们是正式夫妇。”

秦云道：“我们也不是歪式夫妇。告诉你吧，国材和我已经订婚了，结婚也在这几日里。我方才说叫你们正式夫妇离散，你骂我岂有此理。现在请问，你又岂有此理叫我们正式夫妇离散呢？”

在梧听着，似乎对她所说业已订婚的话，大感惊诧，怔了怔才道：“你们已然……订婚了？”

秦云点头道：“不错，正是已然订婚，请问有什么不应该吗？”

在梧这时倒有些窘住了。他此来本是另有用意。因为自从颖芊在公园表演失败，气恼羞恨，使她回家就睡，睡倒就病了起来。外形有似感冒，实际是郁怒伤肝。初病来势甚凶，幸经在梧延医诊治寒热渐退，神志稍清，但仍饮食少进，体气日虚。而且精神恹恹，瘦得不成样儿。在梧十分着急，暗地查考她致病原因，知道起于公园表演之后，又查出秦云与国材俱皆在场，亲见颖芊表演。在梧阅历较多，便已有些醮料。又在公司方面，发现国材多日不曾上班，林翁又常打电话询问国材踪迹，在梧更明白国材的失踪与秦云有关，连带明白颖芊的得病，必与国材的失踪有关。在梧虽不知颖芊国材已到什么程度，但想到先前国材曾向颖芊求爱，颖芊因贫富不齐，而且全家正倚林氏为活，若一结为姻好，就要哥哥受到得力裙带的嫌疑，故而一口拒绝。以后国材失意灰心，将要离家远走，被在梧看破形迹，问明情形，就代为转圜，向妹妹解释了一回，颖芊才又和国材亲密。一晃已有许多日子，虽然未曾宣布订婚，但在林巢两家眼中，都认为这门亲事是定而不可移的了。由颖芊一面看来，她若无意于国材，就不会有第二度的亲密，而且就种种情形观察，她的一颗少女纯洁的心，确已寄托在国材身上。国材这次突然抛弃了她，而和秦云结合，怎能不使她伤心致病。何况秦云对巢家怨恨正深，她伴同国材在公园时，还不知向颖芊有何促狭举动呢。在梧真是秦云的知己，对她的心理行为，真猜得十中八九。但他也知道国材并非浮薄的人，所以肯负颖芊，定是由于秦云撮弄。而且他也想到自己当日若不施展诡计，骗遣秦云，到这时秦云还是在自己范围之中，何致出来兴波做浪，妨害颖芊的婚姻？而且在梧深知秦云性情，只爱俊俏灵活的解事男子。国材粗豪诚实，未必合乎秦云眼光。秦云所以缠住他不放，若不是为着终身倚托，降格以求，便是她对我怀恨，故而报复到颖芊身上，把我给她的痛苦，原封送给我的家人。

在梧这样一想，便把事情的前因后果，彻底明白。认为颖芊的得病，因为失去国材，国材的变态，由于受秦云撮弄。而秦云所以捉弄国材，是由于怨恨自己，故而向颖芊泄愤。归纳起来，颖芊直是间接受了自己的连累，自己看着妹妹受人欺负，已不能袖手旁观，何况又担着如许的责任？于是在梧决意置身局内，替妹妹争气，把秦云压制下去，把国材夺取回来，借以医好颖芊心头隐疾。设法探访秦云国材幽栖处所，不几日便探明他们住的旅馆。在梧就到几处报馆，登了劝告国材的告白，料着他一见告白，必然立即回家。便在告白刊出之日，派个人在旅馆门外守视，那人在午后见国材离了旅馆，立时打电话报告在梧。在梧既已调虎离山，知道秦云一人独居，就亲身前来，预备以大义相责，使秦云善自退让。他料着秦云国材同居，事近暧昧，一见自己，必然惶愧万分。自己便可乘机施展手段，利用说词，使她帖服。却不料秦云见他到来，不但毫不张皇，态度反而异常地冷静，在梧反被她的冷静给镇住了。再听秦云声明和国材已订婚约，更为吃惊。知道自己此来，迎头便已遭到失败，她和国材既已订婚，自己以局外之身，怎能横加干涉？原来定的计划，都已不适用了。

但在梧为妹妹心盛，绝不自甘败退，无奈又没有什么理由可以攻击秦云，心中一阵焦急，就口不择言地道："什么婚约？你们这婚约，绝不正当，一定是你诱惑国材的。我不能承认，我绝不能承认。"

秦云咯的笑了一声道："正当啊？请问怎样才是正当？难道必得像你和尊夫人那样，才算正当吗？再说我和国材的婚约，无论正当不正当，好像还用不着你承认，而且也轮不到你干涉吧。"

在梧被她驳得面红耳赤，心中发火，不由更说出无理的话道："怎么轮不到我干涉？我当然有权干涉，你想想跟我有过什么关系？我又是你的什么人？"

秦云闻言，耸了耸肩，把媚眼眯缝成一线，望着在梧，现出狎昵而又轻藐的态度道："你说的什么？哦，你指的先前我和你曾结过婚吗？难得你有这样好心，来和我重提旧事。我这几年忍苦含辛，盼望的是什么？只要你说声那次结婚有效，承认我是你的正妻，我立刻把对国材的婚约取消，跟你回去。"说着见在梧张口结舌，无言答复，就又嫣然一笑，接着说道："这不成吧？我也知道不成，你是费了多少心机，才把我踢出来，怎能前功尽弃，又惹第二次苦恼？何况有倩宜夫人在那里镇着，你天胆也不敢啊。不过你虽然承认那次结婚的事，却要借着这件事来震吓我，你的意思，大概以为我既和你结过婚，现在又和国材订婚，简直犯了重婚罪。是的，我很明白，实在犯了重婚罪，请你到法院告我吧，我很愿意借此证实咱俩的关系，便受点罪刑也情愿的。我到法院绝不提倩宜一个字，害你也犯重婚罪，只要倩宜把她的地位让给我好了。”

在梧听着，觉得自己一败涂地，四面八方都被她占了胜利，自己怎说出这样糊涂的话，被她握住把柄，尽力奚落。不由气得大瞪白眼，但对她和国材的婚约，已无法攻击。对她向自己的要求，更无言答复。在正题上，已是无话可说，只有暗悔自己来得鲁莽。但想起妹妹的事，既不肯及此而止，而且又不甘对秦云认败服输。于是因理屈而词支，抛开正文，另出奇兵，向她进攻。就望着秦云现出怜悯之色，摇头微叹，正要开口，不料秦云已先问道："怎样，我出的道儿，是最平最稳妥的。你肯承认那回结婚有效，咱们来个破镜重圆吗？你敢上法院去，来个公平判断吗？”说着咯咯笑了两声，又道："你当然不肯这样，也不敢那样，那么你就一点儿管束我的力量也没有了，只有看着我和国材结婚吧。你当然不会嫉妒，因为我嫁人，可你的心，不过我嫁谁都好，只不该嫁国材，这是你心里一件说不出的苦处。现在我无论嫁阿猫阿狗，你都能高兴，或者还给我送份厚礼。只可恨我偏偏要嫁国材，才叫你没法高兴，不得不来破坏了。总而言之，我很知道你本不愿意见我，而且希望永远不看见我。今天你此来实出于无可奈何，到现在你心里更已后悔了，可是还不肯走，你这聪明漂亮的人儿，今天竟做了沾滞的事，好奇怪，这是为什么呢？咳，我见你的心了，你实是个好哥哥，只怕对不住妹妹。可是，这一次只怕要永远对不过她了。”

在梧听她提起颖芊，正触着心中隐痛之点，不禁有些羞恼成怒，就把话锋一转，直接向她攻击，愤然说道；“你不要胡扯，人家正经闺阁小姐的名字，不是你能顺口乱说的。我来劝你，是我自己的事，凭什么扯到颖芊身上。”

秦云冷笑道：“很好，这事与颖芊无关……呸……呸……我真该死，又冒犯人家正经闺阁小姐了，请你恕个罪儿吧。不过这事既与那位正经闺阁小姐无关，当然也与这有妇之夫无关，那么咱们还有什么可谈的呢？”

在梧此际本已真无话可谈，论理应该拂袖而去了，他那心中终是不忿，想到当日对自己婉转依随、恭敬无违的秦云，今日竟变成这样敌对态度。热嘲冷语，相逼而来，把自己尽情奚落，真是太已可恨。虽然也想到以前做的事对不住她，难怪她那些冷面冷心，但觉秦云纵恨自己，终不该丝毫不念旧情。故而虽觉无可再留，却还想在她身上泄泄愤气再走。在梧在这地方未免不讲恕道，只怨秦云不念旧情，给他难堪。他却不想以前他因不念旧情，而给秦云的难堪，比这时身受的岂止十倍。而且他也没明白秦云对他的汹汹负气，龃龃相诋，固由于旧恨难消，也就是由于旧情尚热。若是她对在梧早已漫忘，相见既不动心，也不动气，这时倒许像对待生客人似的，客客气气，唯唯诺诺，用虚伪笑面敷衍呢？

正在这时，忽听外面敲门，在梧大吃一惊，只恐怕国材在这时回来，必疑自己调虎离山，居心不善，自己通身是口，难以分辩。但他没想国材回来不必拘执礼节，可以推门便入。秦云却明白不是国材，就喊声进来，随见茶房端着茶壶而入，把茶放在桌上。向秦云说今儿厨房来了好体面的银鱼，小姐可要先定一些，到晚上恐要卖完了。秦云淡然说声给我留下十条吧。茶房唯唯而退。在梧看着，更明白秦云现在过着放纵奢侈的生活，并且借此沉醉了国材。

正在想着，秦云已倒了杯茶，递到他面前，笑道：“我瞧你今天很不高兴，喝点水压压心火吧。”

在梧一听，又是奚落。就向她白了一眼，哼了一声道：“论理我和你已经毫无关系了，犯不上对你说正经话。不过你的一言一动，教我觉着十分危险，忍不住要劝你两句。当初我在风尘里认识你的时候，你好像人格很高，志向很正，是个很有希望的人，就在前几个月也还没差大格儿。想不到今天一见，你竟完全变了。这样下去，我真替你害怕。”

秦云接口道：“我怎么变了呢？”

在梧道：“你自己也许不觉，我却看你另成了一个人。言语行动，变得又轻又贱，简直又回到你在窑子的派头……”

秦云听着，摆手笑道：“够了，你哪是劝我两句，简直是骂我一顿吧。不过你说我变了，我很相信。实在我变了，而且从近来才变的。”说着又大笑了几声，随即敛容说道，“巢先生，你说的实在很对。我当初在风尘时，人性很好，以后也还不差，直到前些日也没离大格儿。哦，这前些日是指着咱们最后同居那一节日子吧，是的，那时我还没变。直到今天你在这儿遇见我，才看出我完全变了，是不是？先生，这里面却有说处了。你方才说得很明白，我早先并没变，是在和你分手以后变的。这倒奇怪，我怎单在这时候变呢？先生不提，我也忘了，你一提叫我记起来。先生，你也该抚着胸口想想，我这一变，莫非你也有些干系？”

秦云说着，面色更寒，声音渐厉，走近一步，直逼得在梧面前，大声说道：“先生，你没忘吧，请问你最末后对我使的是什么手段。先把我一个人放在空楼里，装模作样地给我个热火罐儿抱着。过几天你把火罐撤回去，闪我个透心凉。这还不算，另外又把倩宜当把刀子，伤透我的心，绝了我的望。随后便出个金笑凡诱惑我，在这种情形下面，莫说我这样不够人味的小窑姐儿，就是三贞九烈的小姐，也不易逃出这圈套。你只等我做出丑事，就去撞破，叫我不得不掩着羞脸滚开，并且永远不敢再见你，这是多么阴毒的招儿呀。还算你太太倩宜比你有点儿良心，早来给我送个信儿，免了我一场羞事。其实受羞辱我也不在乎了，在先前我自觉是巢家的太太……错了是姨太太。有人抬举我，我更得时时自尊自贵，只怕落着褒贬。及至你那样待我，请想我寒心到什么份儿，多么生气。可是你的意思，我还不许寒心，不许生气，应该仍旧老老实实，规规矩矩给你守节，那就算不变了？巢先生，你也把我看得太高了，我可做不出那么高的事。再给你说个比方，我这下贱人，不配比高贵东西，就比作一条狗吧，俗语说世上没不吃屎的狗，但遇上你老爷肯用心成全，把狗养在干净的房间里，成天洗澡刷毛喂它洁净东西，日子长了，那狗自然越来越好，比个平常人还高贵。旁人看着，显得这狗也有出息，好像在畜生里的特色了。若一直这样养下去，这狗就永远好下去，您也算把它成全到底了。可是您老爷没这样长性，半路玩腻了，把狗一脚踢出大门。不但踢出大门，还成心给丢到泥塘里，您关上门不管了。过些日以后，你出门又看见这狗，见它脏得不成样子，毛皮也不像在您家时光滑了，身体也不似在你家时肥大了，神气也不像在你家时柔顺了，外带还是什么东西都吃，你就发火，骂这狗了，骂它不该变了样子。你就不想这狗本是随人摆弄的，当初你成全它，它就变好，你不管它，它就变坏，您怎忘记踢出大门的时候了……”

在梧被她用隐语逼得喘不出气，心中虽已由感生惭，但口中仍乘隙反攻道：“你不用说这些废话，一只狗也该懂得自立，不能尽倚赖别人，不自整顿自己，把错处都推到别人身上。”

秦云接口道：“你别这样说，什么叫自立？我这没出息的人，向来不懂。只懂一个女子，就得依着一个男子，若是被男子抛弃了，她就不定变了什么样儿。莫说是我，就是……哈哈，我又冒犯了，就是你那有能为有学问的妹妹，也未必能自立，也照样得要男人。我虽没瞧见，可是心里像明镜似的，你今儿在报上登广告，叫国材回家，你自己却抽空子上这里来，都不是无故的。若为你自己，一世也不愿再见我，可是为什么来呢？当然就为你妹妹了。你妹妹以前跟国材有些说处，现在被国材闪了一定很难过，也许气病了，你这哥哥看着关心，就自告奋勇来对付我了，是不是？”说着笑道：“你的妹妹，怎么不自立？怎么也要男人？怎么一没男人，就……”

在梧已听得气愤填胸，顿足叫道：“你满口胡说八道，简直放屁，趁早住口。”

秦云诺诺地道：“是是，你别生气，我不说这个了，其实你不提头儿，我也绝没这话。”说着又正色道：“我并不是要和你分证，只是要说说理儿，叫你明白我的难处，现在话都说完了，只求你……你也不必念什么旧情，只凭着良心，替我想想。我是个没能力的女子，只能依靠男人，起初一心一计地想依靠你，偏偏你不肯要我，千方百计地赶我出来。我也不敢抱怨，只得另投门路。现在好容易得着国材，你又为着你妹妹，前来破坏我，你就是对猫儿狗儿，也得给条活路，不能把路儿都给弄绝了，看着叫死啊。我现在在你眼里，当然变得非常的坏，简直该死。可还是那句话，在我跟着你的时候，并没这么坏。因你把我抛进粪坑里，我才没法不臭了。巢先生，你细想想，我不也怪可怜的吗？事到如今，你就是不能救我，又何忍再毁我呢？”

在梧听她的话，越说越软，渐渐变成了央告，不由得盛气尽消，想起旧情，心中反生惭愧。觉得自己以前做事实在太恶毒了，本来既安排巧计，使她堕落，如何有脸儿来责备她？今日这一局完全错误到了底，简直章法太乱，从根本上就不该来，来了又尽说些无理取闹的话，连一句有力的也没有，今天我莫非发了昏了？方才她一味讥嘲，我还可以用虚气对付，现在她低声下气，苦语相央，这可没了法儿。反正我此来完全失败了，破坏她和国材婚约，已无希望。对于颖芊，只可另外设法。现在只可先对秦云好言敷衍几句，快快脱身走吧。若再迟留，莫说生出其他事端，我就更无法应付，就只撞见国材回来，那场窘就受不得。

在梧此际全馁，仅求急速脱身，又认为秦云因想到自己有破坏她和国材婚事的力量，故而骤变软化，不敢再悻悻作态，正要说几句不着边际的话，作为下台阶，就可脱身自去。哪知秦云的软化，并非真的，乃是用话先稳住他，叫他暗生愧怍，说不出什么，然后抽冷子给他个不能下台。渐渐说到分际，见他脸上由怒红转为惨白，眼光也渐渐凝住，变为回忆的样儿，知他心中已为自己软话所动，有些气馁心慌了。料着他底下许要说几句稍为同情自己的套话，急谋脱身了。就把乞怜的眼光望着他，似乎等待他的赦令。在梧正在寻思怎样措辞，还未开口，秦云猛然走上一步，扑地向着他跪下，不由分说，就叩起头来，口中说道："我求完了你，还得谢谢你，对我太费心了。从打金笑凡那次以后，我就存着一顿响头，要对你叩谢。今天难得你来了，对我又另外费心，我更得给你磕头。巢先生，你不要我，还不许别人要我，怎么就跟我有这样大的仇呢？倘或当初我有得罪你的地方，你大人别见小人怪，饶了我吧。巢先生，你何苦呢。"说着又叩头不已。

在梧初见她突然叩头，还愕然莫名所以，继而恍然大悟，这是她心中积怨无法发泄，又不愿破口丑骂，故而以这感谢的方式，来发泄怨恨，使受者百倍难堪。说明了这叩头就是变相的咒骂，并且还是用好语稳住了对方，令其安心听个全须全尾，这真太恶作剧了。在梧听受之下，面红耳赤，却是毫无办法。既不能和她对骂，又没法也对她叩头。当时感觉说不出的羞恼，望着秦云，忽然好似被什么东西毒螫了一下，被什么东西痛打了一下。他猛然跳起，大叫了一声你好，就夺门而逃。

秦云看他像逃命似的跑了出去，忙立了起来赶到门口，向外看时，见在梧头也不回，一直跑向楼梯去了。就自关好房门，坐到椅上，心想在梧那样对不住自己，今日他自投罗网，我能大窘他这么一下，也算出了口气，不由心中痛快，溢出满面笑容。但再一回想，自己自有生以来，最爱的只有在梧一人，本想跟他白头到老，哪知好事难常，竟至转爱成仇。虽然是他不好，但内中我也未尝没有不是。第一不该假做怀孕，对他欺骗；第二不该心意不坚，受了金笑凡的诱惑，倘若当日我能坚定自守，使他白设诡计，他也许自己愧悔，对我改变心情。即或不然，我至今也可以更说得嘴响些。现在我已经把他失去，只为对他负气和为前途打算，才与国材订婚。然而国材并非我所爱的人，嫁了他当然终身有靠，但是精神上却没有快乐。总算起来，我已落在失败地位，现在便对在梧痛骂一顿，就算胜利了吗？想着不由自叹道：

“我心上的伤，永远也不能补好了。骂他又当得了什么？何况既有今日，何必当初，我这件事做得真没趣啊。”

秦云越想越觉爽然，越是感觉空虚，忽然不自主地落下泪来，就躺在床上，哭了半日。由此可见女子痴心，对于第一个恋爱的人，终究不易忘情。并且那人无论做出如何使她伤心的事，她虽然一时痛恨欲死，但禁不住一做转想，就又觉得别人都不如他，随即生了原谅。秦云在当着在梧的面，只觉旧恨填胸，恨不得把他骂死。但在梧一走，就感到正相欢好时候骤然离去的滋味，觉得寂寞、空虚、懊丧，种种滋味，都攻上心头。难过了许久，结果只得拨转念头，自己劝着自己道：“完了，完了，我还痴个什么劲儿，在梧当初那样对我，我如今也这样待他，两下都算坏到头儿，再也没有见面的余地了。从此他更要把我恨得牙痒，说着头疼了。其实我是多此一举，他当日使诡计骗我，我受了苦不作声，他的良心上永远要留块病。今天这样一办，他一恨我，倒要想着当初做得不错，良心倒舒服了，我这不是反救了他吗？”想着又叹道：“得得，我方说不痴，又痴起来了。反正到了这步田地，一切完了，既然双方走上绝路，今生永远不会再凑到一处，也不能再见面谈话。就好比离开在两个世界，或是他死了，或算我死了都好，又管他爱我恨我，良心安不安呢？我从此要把脑子打扫干净，永远把他忘掉，把他一家也忘掉，只当以前没遇见过他，只当我今日方才来到世上，第一个男子就遇到国材，一心一意跟他结婚，给他做个好妻子。不但为我自己求个安稳的归宿，也该对得起国材对我的好心。至于此外的闲是闲非，我全不理会了。不过我在本地做过几年妓女，留着很多污点，又结过几次孽缘，欠下不少的孽债，将来都恐怕为我之累，为国材之辱。只盼国材此番回家，对老翁把婚事说成，我们急速成礼，趁着度蜜月的机会，就迁地为良，到远方居住。叫国材另立新事业，我也重造新生命。”秦云这里自思自想，暂且不提。

且说受窘而逃的在梧，由旅馆走了出去，满心里又是气愤，又是懊丧，觉得秦云这最后一招，真是毒恶，把自己弄得下不来台。这女人直已恢复了她的风尘本色，泼辣狡猾，叫人难以对付。自己还把她当初那样柔和，贸然去和她说正经话，怎会不遭辱呢？想着发恨一会儿，又转念到自己以前行为。他曾令她伤心过甚，今天如此见待，也算一还一报，并不能完全怨她。不过经此一事，她算发泄了气愤，我也算受到她的惩罚，彼此过恶互相抵消，从此无须再为她抱愧了。我们两人的关系，既已全断，账目也已全清，一笔孽债，即行勾抹，云散烟消，各无牵挂，她万不能再来扰我，我倒可以心头清静了。不过我的账目虽已清结，颖芊的账却还虚悬。论起妹妹的事，我做老兄的本不必管。但颖芊对于国材，起初本不属意，并且曾拒绝他的求婚。国材因此灰心失望，将要离家远行。我看破情形，问知缘故，因为一方是良友，一方是骨肉，两人品貌既然相当，国材的心又特别恳切，故而慨然允许国材，代他向颖芊疏通解释。颖芊只于听了我的话，才与国材重行亲近，渐渐把爱情寄托给他。如今国材负约和秦云订婚，颖芊只看见他俩形踪亲密，已气得病了，若是知道订婚，还不定出何毛病。我原是在中间主动的人，如何能避免责任？再说为妹妹前途和病体打算，也不能置之度外，我非得挽救这事不可。秦云若不对我叩头央告，我还许代她设想，觉措置为难。她既那样窘我，我就犯不上怜惜她，管什么杀人救人，只要保全我的颖芊。救颖芊必得向国材交涉，固然国材与颖芊未必已有婚约，我并没有质问他的把柄，但当初国材曾求我对颖芊疏通，我代他疏通成功，他今日竟背约食言，我不必用颖芊老兄的资格，就以中间人的资格，便可以向他质问。现在国材必然正在家里，我赶了去，不惜使用严厉手段，终要把他由秦云手里夺取回来，还给颖芊。至于秦云前途如何，我就不管了。

在梧想着，便雇了洋车，直向林宅而去。这真是怨毒之于人甚矣哉！凡人做事，不可过于激切，只图取快一时，便许种下无穷隐患。在梧之对于秦云，原已抱愧，这次前去见她，也只预备善言相劝，并没想做什么太过的事。秦云若是应付得宜，便可使他没有办法，依旧抱愧而去。但她只为一时气愤，竟给在梧很大难堪。在梧窘恨之下，就也泯灭了不忍之心，才积极地去和国材交涉，以致使秦云前途发生绝大变化。秦云若不这样激他发怒，在梧或许犹疑莫决，不忍再断秦云生路。即使为着颖芊，依然要这样做，也得稍经考虑，隔几日方才实行。而秦云在这几日内，已和国材做到木已成舟的地步，不能摇动了。可见秦云这次对在梧的恶作剧，实在倒害了自己呢。

当时在梧坐车赶到林宅，下车进门，一问门房，果然国材回来，正在楼上和林翁谈话。在梧在林宅向来随便出入，不烦通报，就走进去，但他并不上楼，只在起居室中等候。等了半天，还不见国材下来。在梧有些焦急，心想国材既与秦云定了婚约，这次回来，必向老翁请求允诺，但不知林翁是何意旨，我何不上楼去听听，即使被国材撞见，我就可以乘机质问，并不怕他，只躲着林翁好了。想着便出了客室，蹑足上楼，到楼上见林翁住室房门静掩，却开着一道窄缝，似乎可以听见里面说话，但里面却静悄无声。那住室的斜对面，恰是一间小耳房，在梧便溜了进去，那里正可窃听房中说话，而又可做隐蔽之所。藏好了又过一会儿，仍没听见房中说话，他几疑林翁父子不在此室中，方欲再向他处寻觅，忽听房中嚓的声似乎划着火柴，又有很低的乒乓声音，响着甚有节奏。这是林翁习惯，每逢大动感情之后，便有一阵静默，而在静默中常用他那粗壮的手指，敲着桌面，奏一段西洋曲谱。在梧听着，便知林翁正在室中，而且他必然才和国材发过脾气。这长时间的静寂无声，必是父子对僵着不得下台，由此更可推知林翁对国材秦云的婚约，必然反对，否则不会有这现象。

想着就闻乒乓声渐渐停止，林翁哼了一声道："我也许越过了做父亲应守的范围，侵犯了儿子的权利。反正我该说的已经说了，从此再也不谈这事。你愿意听我的话呢，就算你尊重老父的意见，你不愿听我的话呢，也算保持你个人的自由，你可以去吧。"

林翁说完，国材的声音咳嗽了两声，才嗫嚅说道："您说的都是正理，我很明白，实在应该依您的话。不过……我实在荒唐该死，把错事已经办出来了。这时若再把秦云抛开，岂不更是罪恶，而且秦云也不能容我……您替她想想可怎么好呢？"

林翁半晌才道："我也没法可想。论你现在所处情势，自然只可将错就错。可是在情理上和你的前途上，却绝不当将错就错。你可记得最初秦云在北京救了你的危难，你请她回来见我，留住家中。那时我因为看中了巢颖芊，想要得她做儿妇，你因为没见过颖芊，又正恋着秦云，就对我拒绝。其实那时我也没有一定宗旨，你若真和秦云结婚，我并不反对。不过后面变化太大，秦云走后，才发现她和在梧有密切关系。我由北京再接她回来，以义父资格主持她和在梧结婚。想不到他们又起了纠纷，重行分散。并且她和在梧分散的消息是和跟你订婚的消息，一同传到我耳里的，我由此感觉秦云这人心意不大坚定，并且把贞操看得很随便的，自然不愿有这样儿妇。并且当日她曾由我家里嫁给在梧，如今又由在梧家回到我家，由我的义女变成儿妇，这种种都叫我精神上太不舒服。不但我的义女变成儿妇，而且你把叫惯了的姐姐，也变成老婆，这事你也许认为应该，我可觉着不是滋味。现在我把心事说了吧，第一我最看重的是颖芊，希望你能和她结婚。因为你娶了她，在你既说前途平顺，在我也可以从儿子媳妇身上享些老福。但这是我的希望不是强迫，你倘然不爱颖芊，那么第二我也希望你另娶别个女子，世上好女子多了，很容易得个年貌相当。你无论娶谁，我都可以尽做父亲的义务，竭力造成你夫妇的安乐生活，我也从中享受一份。第三就是娶秦云了，倘若你非娶她不可，那也是你的自由。不过那可不是我的本意，你娶她尽管娶她，可不要带她回家来。我不愿看见叫过我干爹的人，又叫我作公爹，更不愿看见由我亲自聘给姓巢的干女儿，又回来做我林家的媳妇，你和她另外组织小家庭好了。至于生活，暂时不用发愁，我可以给你点钱，至于以后我的财产是否还传给你，可就未必了。我因为在外国住过些年，所以学了这点外国脾气，要把我的财产，赐给我所爱的人。你是我的亲儿子，秦云是我的干女儿，分开说都是我最爱的人，但若合到一起，我就不……就叫我伤心了。譬如你能照我心愿，和颖芊结婚，在她过门的那天，我就可以把全部财产应付给她。”

说着停了一停，又道：“我的话说完了，你不必立刻就答复我，慢慢考虑一下，也不必回复我。你决定以后，尽管照你情愿的做去，我再由你的行为定我的待遇。不过我的宗旨已经定了，永没有改变。你也许怨我固执，怨我偏心，不过那却是我的一点儿权柄，我很想借这权柄逼你向正路走，但看现在的情形恐怕无望了。这本是废话，多余向你说，咱们就谈到这儿吧。”

国材听了似乎非常懊丧，半晌没有说话。在梧在外面却听明白林翁原来这样爱重颖芊，这老人真个眼力不差，我妹妹的贤淑温厚，勇毅多才，实是闺阁中的尖儿脑儿。谁娶了她，必然幸福无穷。林翁因看出颖芊的长处，竭力要娶为儿妇，这固然是对国材尽心，但今日竟以财产问题，压迫国材，要他弃秦云而取颖芊，可见他爱重颖芊，到了什么程度。颖芊得到这样一个知已，就是老兄也代她扬眉吐气。林翁的热心感情，实令人感激涕零，只有国材居然如此执迷不悟，未免可恨。固然他受着秦云迷恋，难免有此现象，可是我深知秦云并不爱他，所以下嫁，只为穷途无归，暂图栖止。绝非惬心适意的姻缘，敢断定结果不能圆满。我以前和秦云有过关系，论理应该避嫌，不能妄加参与，但今日为着良友的前途，弱妹的大事，也顾不得许多。等国材出来，对他破釜沉舟地开陈一下，不管结果如何，且尽我良心上的责任。

想着就听房内林翁又说道：“你不必尽自站着，出去自己细想想。”

说着又饶了句英文，不必着急。国材咳嗽了一声，才嗫嚅道：“那么我……就……”

林翁接口道：“你就去吧。”

说完这句，过了半晌，才见国材由房内渐渐露出低垂的头，松懈无力的肩膊，伛偻的身子，盘散横斜的脚步，那一副嗒然若丧的神情，好似精神筋肉的机能，都已消失，只被下意识支配着行动。摇摇摆摆，像醉汉走路一样，直摇到扶梯口，他的神志才似清醒了些。用力握住楼栏，向下一级一级地跳去。在梧这才从小耳房溜出来，蹑着脚轻轻随在后面。国材这时神经已然麻木，哪里理会到后面有人。一直走下楼，直入了起居室，在梧紧随在他身后，方贴着他的背脊挤进门去。国材已用手把门推闭，几乎夹住在梧的腿。但国材因为一直望着前面，所以并未觉察，又走几步，到了大沙发前面，猛一转身，就坐在上面。这一转就正和在梧对面，应该看见了，然而他在转身时，已把手掩住脸儿，坐下又低首至胸，用膝盖支持着手肘，故而仍未瞧见在梧。他木坐半晌，并未改变姿势。在梧就立在二尺之外，双手抱肩，默默地瞧着他。

又过一会儿，国材忽深深地吁了口气，重重地摇了下头，又把脚尖着道，脚跟频频顿着，自语道："这可怎么办，简直要逼死我。老爷子素来好说话，我认定这件事没个不成，才跟秦云说了满话。现在想不到老爷子犯了脾气，落到这样结果，我可把什么脸儿去见秦云，这不是……"

话未说完，忽听近处有人大声说道："你本就不必见她，老弟不必发痴了。"

国材闻听，惊得直跳出来。看见在梧，大惊之下，继以羞惭恐惧，脸上现出的尴尬颜色，顷刻万变，简直难以形容。忽而低下头，似乎想要坐下，忽而转过来，似乎想要逃避，最后仍站在原处，呆呆怔着。

在梧拉住他笑道："老弟，你是怎么了，咱们坐下谈谈。"

说着拉国材一同落座，国材这才憋出一句话来道："我谢谢大哥。"

在梧一怔道："你谢我什么呢?"

国材道："你为我登广告，太费心了。"

在梧道："那只怕你未必谢我，倒恨我呢。"

国材道："那我又何致这样不懂事，你当然是为我好。"

在梧笑道："好也罢，歹也罢，不必提了，且说现在的吧。我知道老弟又遇着难题了，我想替你策划策划。你应该记得，这是第二次了，在三月以前，你也曾在房里发愁，我看见了给你帮助，才渡过难关的，这次我希望还可以帮你。"

国材听了，知道他指的是当日自己为追求颖芊不成，灰心丧气，将要出行。在梧看破情形，代向颖芊疏通，才得她重新垂爱。如今自己变心爱了秦云，已觉对颖芊亏心不过，在梧又当面提起旧事，直如利刃刺心，只窘得面如红布，闭口难言。

在梧看着他道："老弟可以把现在的难题，对我说说吗？"

国材用力搔着头皮，忽然跳起叫道："大哥你不必明知故问，你简直别把我当人。我简直是个混账东西，万恶的东西，你尽管骂我，不必问我，我没有话可说。"

在梧按住他道："你何必这样大动感情？我并不是明知故问，实在是抱着诚意来的。"

在梧又拉他坐下，抚着他的肩头道："你何必这样着急？世上的事，必得平心静气，才能解决，只着急是没用的。我们兄弟向来无话不谈，你今天最好把我当作局外的人，抛开一切无谓感情，仔细商量个办法。你的事情，我已完全知道，你对我既没有隐瞒的可能，更没有羞窘的必要。不过你现在神经难免改常，不能平心静气地向我开口，还是我来提头儿吧。你方才在楼上和老伯谈的话，我已经全听见了。偷听旁人秘密，自然是不道德。可是我在你的难题中间，是个关切最切的人，似乎参与也不算过分。老弟你若再说虚的话，可对不住我们的交谊。请你告诉我，在听过老伯的警告以后，你可有什么打算呢？"

国材怔怔地摇头道："什么打算？我毫无打算。只觉自己走进死路，自作孽不可活了。大哥你更不要提交谊的话，再提就是骂我，我现在实没脸见你。"

在梧道："谈不到这个。我明白你的意思，是指着一个……一个女人。那女人和我毫无关系了，既拦不住她和别人发生关系，更管不着别人和她发生关系啊。你要明白我绝不是来向你问罪，只要为你解除困难。老弟若是信我的话，就把你的真意告诉我，然后商量办法。"

国材摇头叹道："现在我的心乱如麻，简直不知道怎样是好。不过你既都知道了，我对你实说吧。我若不爱秦云，怎会跟她完婚？可是今日回家一向老父请求允许，才知这件事伤了老人的心，弄得左右为难，怎样也想不出两全的法儿了。"

在梧接口道："你的困难，就只为老伯和秦云两面的对立，没有别的问题吗？”

国材叹道：“大哥何必还这样说话？总而言之，我是罪孽深重，八面儿都弄得颠倒错乱，无颜见人。我很明白，第一个最对不起颖芋，可是实没脸儿对你说啊。”

在梧道：“可是在三月以前，你为受了颖芋拒绝，却有脸儿求我疏通。那次也是在这房中，你我也是坐在这大椅上，时候不久，你绝不会忘吧。”

国材猛然掩住了脸，做哭声道：“你不必这样问我了，我已经自己问过自己，良心上受到极重的刑罚了。大哥你若可怜我，就替我打算个以后的办法，不必再提先前的罪过。若是觉着我罪大恶极了，就请你尽量责罚。叫我立刻自杀，我也从命。你想我已经把错事办出来了，可怎么好呢？”

在梧看他羞窘懊悔已达极点，也觉可怜。就不忍再责备他，抚着他的肩头和声说道：“老弟，我绝不是有心责备你。论起你我现在所处的地位、相互的关系，我就是做出多么刻毒的事，说出多么恶狠的话，也不算过分，你也不能埋怨我。可是我因为咱们的旧日交情，和我妹妹的种种切切，我只得把气愤暂且搁起，老老实实地对你做披肝沥胆之谈。现在就依你的话，过去的不谈了，只说以后的挽救办法，请你也暂且把我看作是一个局外的人，不要当我是颖芋的哥哥，也不要当我是秦云的旧夫。第一我先解释，秦云是被我抛弃的。我因为倩宜缘故，费了许多心神，才和她断绝关系。可知我对她恩义已绝，只于还怕她万一对我缠扰，所以我最希望的事，就是她嫁了人。因为她嫁人，就是对我不再缠扰的保证。我若是破坏她的婚姻，难道希望她再来和我捣麻烦，自找罪受吗？再说我对她嫁人根本也没有嫉妒，我有得这时嫉妒，何如当初把她据为己有呢？至于秦云和我的事，内幕也很复杂。不过总算起来，她待我实在很好，我对她很是亏心。不过我当日也和你现在一样，因为一误百误，错事已经做定了，既不能挽救，我也不想挽救，只有任其自然。但秦云过去的事不提，只论最后一节，确是我把她踢下苦海去的，我为我的本身和家庭不能不下这辣手。可是这终是昧良心的事，要终身抱愧的。无奈我虽是系铃的人，却不能再解铃了。只有盼着上天代为补上遗憾，使秦云得到好的结果，我的罪孽便可减消一些，良心也可安慰一些。所以秦云能嫁到好男子，好人家，正是我馨香祝祷的事。若有帮助她的机会，我绝不吝惜金钱心血，定要为她尽力，怎能倒破坏呢。”

说着停了一停，又道：“我这些话，你可信是出于肺腑，毫无虚伪吗？”

国材点点头，表示十分相信，在梧又道："好，我就说到正题了。我既希望秦云得到好结果，那么她能嫁你，当然是最好的结果，我怎能不赞成。但是不然，我实是不赞成。你别以为我前后矛盾，请你听听我的理由。譬如秦云现在要嫁的人，家世人品，全和你一样，只不是林国材，那我只有替她喜欢，毫无别意。又倘若你和我并不相识，或是没有深交，而你要娶我曾经遗弃的秦云，或者秦云早先并不曾和我有过关系，只是个不相干的女人，现在定要嫁你，我都不配参与，更谈不到赞成反对。现在只为我对你的友谊太厚，关系太切，又对秦云认识太深，虑患太甚，所以不能不拚着担嫌疑，对你苦口劝告了。"说着又停住向国材道，"你细想想，我的话你可能信？若是不信，我就不向下说了。因为你若不信我是一片公心，就疑惑我是妒嫉你娶秦云，愤恨你背负颖芊，所以前来破坏。那我无论说出什么，你也认是私意，不会入耳，我又何必白费口舌。"

国材道："你说吧，我听了你解释的话，已经很明白你是为我，再没有疑惑，快替我想法儿吧。"

在梧点头道："好，我也就信你这话是出于肺腑，不是当面敷衍我。我一点儿不藏奸地告诉你吧，老弟，凭你的人品学问家世以及前途希望，实在必须有第一流的女子，才配得上你。若娶了秦云，不但委屈你，而且要毁了你。固然好汉不怕出身低，秦云出身风尘，并不足为她的辱，可是现时社会，并不能像我们所想的那样好。你若娶了她，日后必然受累，再后悔也晚了。"说着见国材将要开口分辩，就又接下去道，"你不用说，我替你说。你说真爱情，只有牺牲，没有阶级，没有顾虑，既要娶她，就不怕受累，不怕嘲笑，便是本地不能住，还可以上外乡，本国不能住，还可以上外国，是不是？老弟，你的意思对极了。倘若秦云是个值得你这样牺牲的人，我也不来多话，她实在不值你这样……"

国材听到这里，插口抢着道："怎么不值？你可知道她救过我的命，我就用这条命报答她，也不过分。"

在梧应声道："是，是，是得很，不过你要报救命之恩，道儿多了，机会也有的是，何必非要娶她？世上哪一国的法律，规定下非得把恩人娶做老婆呢？再者我方才说秦云不值你的牺牲，并不是她的人品不值，也不是她的身份不值，我只说她的爱情不值啊。"

国材怔怔地道："这话是……什么意思？我不明白。"

在梧道：“我这话你本不会明白，我也真不忍叫你明白，因为你一明白就要伤心了。我敢断定，你若娶了秦云，结果一定很坏。你听这话，必然笑我当初也曾娶过秦云。在娶她的时候，当然料着结果很好，可是怎么闹成这样呢？我可以告诉你，在我娶秦云的时候，实在料着结果必好，要不然为什么白染一水呢？这又该叫你生气，秦云嫁我，实在可以白头到老，只为家庭问题，才相处不终，罪孽在我身上。可是她若嫁你，情形可就反过来了，结果她必然离叛你，和我离叛她一样，这是什么道理？一说又惹你伤心，因心她并不爱你啊。所以要嫁你，就是明知不是路，事急且相随的话了。你必要问，我不是秦云肚中的蛔虫，怎能知道她的真心。我虽不是她肚中的蛔虫，却敢说能看透她的心肝。因为和她相处久了，深知她是什么性情，有什么爱好。她在风尘中住得很久，已养成一种特性，只爱外表漂亮，做事俏皮的风月人儿。若是规矩老实的人，无论多么情深义重，也不能合她的意。只看以前，她在别人家做姨太太，就关切着我。以后重落风尘，遇见我更缠住不放，一定要以终身相托。一直耽搁了几年，经过多少风波受了若干委屈，还是离不开我。再说句不怕你打嘴巴的话，现在我虽然把她得罪苦了，她也对我怨恨透了，可是倘然我若说一声要她，她仍然不顾一切地跑回来。”

说着瞧瞧国材，见他默不作声，就又说下去道：“这是什么道理呢，就因为我待人很坏，又在风月场中受到很深的熏染，成为一个轻荡佻达的荒唐少年。和她这样飞扬荡逸的落道女人，不但气味相投，而且能够互相吸引。至于你呢，无论人品多么好，身世多么高，而且无论她对你如何敬重，只为气味不投的缘故，就永远不能发生爱情。我给你说个比方，现在女戏子最为兴时，常有贵阀富翁、王孙公子受她们迷恋，不知花多少钱捧场，才得跟她们亲近，又不知得花多少钱身价才能把她们娶到家中，可是能够长得了吗？大约十有八九，都在中途下堂离散。但是她们若嫁给本行的人，几乎全能够安心度日，白头到老。就说前年报上最出风头的凌止云吧，当初她曾嫁过马督军的儿子马小印，没有一年，就下堂出来，那场官司打得多么热闹。以后她又重现色相，唱了几月，居然跟一个拉胡琴的私姘上了，不久又彰明较著地结了婚，至今已过了三四年，两口儿终是和美美的，一点儿没有风波。还有一个靳小梅，也是嫁给姜巡抚的少爷姜梅阁。以后姜家有点儿中落，靳小梅就闹着受不了，下堂求去。自由以后，搭上个唱小生的，也成为夫妇，靳小梅渐渐红运走过，从自己组班，以至于给人挎刀，最后沦落成三四路角色，那唱小生的根本就没人领教。不但始终倚赖着她，而且靳小梅的走入败运，多半还是为着有了丈夫，失却捧角家的感情。近几年来小梅越不得意，有时没班可搭，生计甚窘，但还得当卖摘借，供养着丈夫，一点儿也没怨言。你来想想，马小印姜梅阁的人品家世，比那拉胡琴唱小生的高了多少倍，财产又多了多少倍。然而凌止云靳小梅却宁可弃高取低，这缘故就因为习与性成。马姜二人虽高，但在她们眼中，好像是另一国人，一切隔膜。小生和拉胡琴的虽低，但她们却从小把这种人看惯了，所以处处感到亲切。我虽然不能和那拉胡琴唱小生的一样而论，但我总因在风月场中走过一遭，所以秦云看着我入眼。而且我也因为阅历较深，也可以说坏杂碎很多，能够驾驭她，所以她嫁我可以安心度日。至于你呢，却和马小印姜梅阁一样，人品任凭多么好，即使别的女人都把你当作最理想的丈夫，但在秦云这种从特殊环境造出的女子，都看着隔膜。即使她也知道你的好处，非常敬重，但终不能发生真爱情，而且你的一切也不能合她的理想和习惯。她身体无论怎样和你亲密，精神仍十分生疏，总不能死心塌地地过下去。日久天长，随时都容易发生危险。那句不安于室的俗语，说得最好。一面可以看作事实，解释作不肯安居室中，一面也可以看作原因，解释作室中觉着不安，认为这室中并不是她安身立命之所，因而总就不肯在室安居了。你想秦云和你既然性情不投习惯不同，她觉着由你身上得不到乐趣，你也自然由她身上得不到幸福，勉强用夫妇的名义维系着，也许能对付几年。但是她既不是真心爱你，结合出于勉强，越是相处得久，越把隔膜加深。她难免时常闹些事端，你因性情忠诚，也不能对她用相当手段驾驭，结果必然受她的制，受她的气，你就痛苦无穷了。到双方都不能忍耐的时候，仍旧还得散伙。你现在正受着秦云的迷恋，只看她温柔和婉，又加不知有多少海誓山盟，一定不以我的话为然，认为秦云万不至如此。”

在梧说着，喘了口气，又道：“我的话太多了，真要把嘴唇说破，不过你能听得进去吗？咳，空口劝迷人，实在不容易有效的。论起我和你的交谊，要挽救你的失足，本来可以不避麻烦，设法来惊醒你一下。譬如现在我再去勾引秦云，叫她仍旧跟我同居，她必然还能允许我的要求，把你抛开，那时你自然可以觉悟她对你没真情了。无奈我若那样一办，虽然救了你，但又害了我自己，罪孽招惹上身，再解脱可就更难了。所以我不能那样办，只可请你细想，我方才所说的话，若能听信，自然是你本身的幸运，若不肯信，我也没有别的法儿，只于尽到了交谊，足以自慰良心罢了。还有一句结论，你对于秦云，相处得日子并不长久，当然对她直接的认识也不会深。但你既然从早就爱上她，那么必然用冷眼间接视察很久，看出她大方爽快，温柔多情，种种美点，故而越发迷恋上她。可是你全错了，她的种种美点全是对我发挥的，对别人恐怕就要变了。再做个比喻，曹操是治世能臣乱世奸雄，因为他遇着汉献帝那样皇上，他就事权谋篡，倘若他生在汉光武时候，就许是云台上的功臣之一。再从三国演义上寻个比喻，蜀国的魏延，在诸葛亮手下，直是一员好将，但到诸葛一死，落到杨仪姜维手下，他就起意谋反了。我并不是自比汉光武诸葛亮，骂你是汉献帝杨仪，实在这种随着对象和环境改变的人很多，像秦云我敢决定是这样的人。你若把她对我的情形做标准，认为对你也必一样，那你将来失望可太酷了。老弟，关于秦云一面，就算言尽于此，请你自己酌量。还有关于颖芊的……你不用害怕，我再不会刺刺不休，只很少几句话对你说。论理我本不该多口，只为当日你曾托我对颖芊说过话，所以我今日不能不对你说话。颖芊原本因为我受过你林家的恩惠，要避嫌疑，故而决意拒绝你的请求，以免被人议论我用妹妹报恩，或是巴结，她的见识真是十分正当。若依着她，就不会有今天的事。只为我心柔耳软，见你为她痛苦，觉得不忍，又把你当作可靠的人，认为颖芊嫁你，双方都可以享福，就拼着担承不好名声，竭力劝她允你的求婚。所以后来颖芊的对你接近，完全是屈从我的意思。如今你弄到这样，请问我把什么脸儿去见妹妹，你替我想想吧。”

说着见国材面色灰死，闭口无言，但喉咙中吁吁作响，好似口鼻闭塞，将要憋死的样儿。就又说道：“你不必着急，我也并不是逼你，只要对你进几句忠告。在咱们友谊上，我要告诉你说，知妹者莫若兄。我自从识事以来，见过多少女子，才感觉到颖芊的难得。她简直把端庄静淑温柔慈祥种种好字眼都占全了，我也不必多夸，反正我在这几年中得到她的帮助鼓励，不知多少次，叫我时常感激得流泪，对她直不知该怎样敬重。我常想像颖芊这样好女子，我所见的平常男女，都不配做她的丈夫，好像上天应该特为造一个十全十美的男子，做她的配偶，才不辜负她好处。不怕老弟介意，你做颖芊丈夫，我还替她抱九成委屈呢，可是你居然将要得到她了，我正替你庆幸，哪知你……你简直是由天堂跳下地狱了。我只替你着急，并不替颖芊难过。颖芊要再找对象，随便在街上遇着个男子，就许比你高尚。你若再想得颖芊那样的好女子，恐怕比上天还难了。这是在交谊上说话，若是抛开交谊说，颖芊实在不需要你这样男子，你离开她，也许正是她的佳运。我说这话，就为叫你明白，凭颖芊的人品，很容易得到高尚的配偶，并不一定要高攀你。不过我以为她既和你曾有过一度接近，仍很希望你们能够结合。至于能不能如我的希望，那就要看你们林家的阴功祖德，对我们巢家并没影响。因为颖芊是你不能寻到第二个好妻子，你却不是颖芊寻不着第二个的好丈夫，何况你眼看要遭到秦云的报应呢。我的话都说完了，并且实告诉你，上星期颖芊在公园游艺会表演，你和秦云也去了，故意给她难堪，颖芊回家就病倒在床。你可要明白，颖芊是气病的，不过她不是气你和秦云亲密，而是气你给她难堪。现在她病得很重，你自己摸摸良心，也该有个办法。我本不愿把这问题再扩大，无奈你的行为太叫人难忍了，恐怕咱们的友谊和向来的关系，都维持不下去。我请你考虑三天，限三天里，你若去到我家向颖芊正式谢罪，并且……下面的话，我也不用说了，你自然明白，那样咱们就可以一仍旧贯，你就偏劳把公司的事全部接收过去。总而言之，你我以后不是亲戚，便是仇雠了。”

在梧才说到这个，忽听门外有人大声应道：“不对，你不能这样说，别忘了还有我呢。”

在梧大惊看时，只见林翁摇着手杖而入，穿得衣服整齐，似将出门的样儿。在梧忙立起招呼一声，林翁点头道：“我在门外听了半天了，难得你肯这样不避嫌疑，对他劝说，我很感谢。不过你末尾几句话，我不能赞同。你也听到我在楼上对他的交代了，我再说明白些，他若依我的劝告，自然没有问题。他若非娶秦云不可，那就算和我断绝了关系，请他另外去组织家庭，我林家就没有这个人了。到那时我这林家就没有他了，在梧你最初是和我先发生交谊的，我因为看着你很好，所以拿出一点儿钱来，托你做生意，并且叫国材跟你历练历练。咱们的公司，东家是我，经理是你，国材只算是东家委派的一个职员。并不能因为他是我的儿子，就认他也是东家。在梧你要分明白了，以后无论你和国材闹到什么地步，也只是你们两个人的问题，绝不能影响到公司的正事，也不能牵到巢家和林家的交谊。因为林家只有我一个人是主体，国材虽然是我儿子，可是他不能代表林家，也不能代表我。何况他眼看就不是林家的人，也不是我的儿子了呢。所以在梧你方才的话，都是认识不清，应该完全收回，并且应该对我道歉。你总能明白，现在做父亲的没有拘束儿子自由的权利，但也没有替儿子受过的责任。你因为不满国材，居然迁怒到他老子，声言绝交，请问可对得住老伯吗？再说我这人性情向来海阔天空，行云流水，对人都很淡漠。只自从见着你和颖芊兄妹，不知怎么竟特别爱重，自觉心里对你们和国材并没区别，一样当作儿女骨肉。我不瞒你说，我颇有几个钱，物质生活当然满足。但在精神上却太凄凉了，而且我性情各别，凡是一切老年人的娱乐，都不爱好。我身上好似还有青春的血，所以好和少年人亲近，只希望能借着你们的青春生气，鼓励我暮年活力，使我快乐直到老死的时候。这是我的一种特殊的心理，你们年轻人也许不懂，不过你们总可以明白，我是非常爱重你们，需要你们，我的晚景能够不太凄凉，也全仗着你们。现在国材为着他自己的幸福，将要抛我自去了。我实际的儿子，已经叫我失望，那么只可把希望付在精神上的儿女身上了，在梧你和颖芊，就是我精神的儿女。在国材弃我以后，我就得倚赖你们了。”

在梧听着非常感动，但又无法回答，只得说道：“您不要这样说，国材不过一时糊涂，我想他一定不久便寻思过来，绝不会叫您伤心的。”

林翁摇头道：“未必，他的心已不能用常理测度。你只看他和秦云本是弟姐，虽然不是一家，然而名分已经定了，他跟你并非泛泛之交，又亲身参加过你和秦云的喜筵，这时居然能公然声说和秦云结婚，请想他的心术好到什么份儿，道德高到什么份儿，你还指望他把老父看重了吗？”

国材听着，他并不了解林翁是对他用讽刺激劝的种种法儿，以使他极心悔改。只觉老父对自己伤心失望，已达极点。自己早岁失母，从识事以来，就知道在世界上只有父亲一个亲人。父亲对我这个独子，更是爱如性命。虽然有几年父亲在外国做官，自己在国内读书，隔离甚久，但形迹虽分，精神仍互相贯注。如今好容易熬得老父归国退休，自己也学成做事，满拟从此可以相依为命，永不分离，叫老父在自己的奉养中，长享清福，以终余年。哪知今日为着自己婚事，竟使老父伤心如此，不但对我完全绝望，反而把他的希望，寄托到外人身上，这岂不叫做人子的惭愧死吗？想着心如火炙，背似水浇，几乎要伏地自投，表示悔过，求老父饶恕。但他在这时，可惜多了一番转念。自古道人兽之分，善恶之辨，都出于一念之转。国材这一念却转坏了，他想到只一表示悔过，就得永远弃舍秦云，自己对她的种种海誓山盟，难道就忍背负了？想着她的月貌花容，深情蜜意，怎忍对她薄幸？而且若失去她，自己一世也没生趣了。国材这样一想，就仍立住不动，尽自踌躇。

林翁看了他一眼，见自己苦口之言，直如以水沃石，毫不能引起他的反应。知道受惑已深，并非言语可解。就叹息一声，转身出室而去。在梧怔怔望了他半晌，觉得自己不特把该说的话都已说尽，而且太说多了，再说也是徒添蛇足。看国材对老父的苦心激劝，毫无悔憾之意，都证他已痴迷难反。林翁性情虽然和平，但为维持本身尊严，必然言出法随，料想国材真个论娶秦云之日，即是林宅家庭破裂之时。他家人丁寥落，仅只一父一子，竟不能长久相依，真是可叹。看来此事已难挽回，我对国材算已尽到了心，现在我既已无法可施，只可且顾自家，回去切实劝导颖芊，把今日的事和盘托出，叫她对国材完全断念，或者反能早些痊愈，以后再替她另打算终身大事也罢。想着眼望俯首呆立的国材，暗叫一声，你好自为之，我们都已对你绝望，恕不多管了。随即微叹着走出房外，自行归家。

国材似醉如痴地过了半晌，见房中人都已走了，知道把老父和在梧都已得罪，他们已赌气不管，任自己所为了。心中也觉愧悔难当。但想自己得罪他们，固然痛苦，但若应允他们，也是照样痛苦。现在这样结果，父子之爱、朋友之交虽然断了，但还有希望恢复，将来我未必不能得到老父的饶恕、在梧的原谅。倘然这时我允许了老父和在梧，把秦云抛弃，秦云早已说过，我若负心，她唯有一死。看她对我的深情固结，当然说得出做得出。她若真为我而死，想着虽然自觉没有做错，但是良心终于难泯，仍一阵阵地感到不可自聊。而且想一想前途，似乎黑暗如漆。他脑中仿佛辟了个境界，这境界非常广大，自己和秦云立在一处周围非常黑暗，观望前后左右，全是阴暗无光，没路可走。但远处却有一片光明，老父和在梧颖芊，在光明中凌虚而立，都极殷切地向自己招手。随见他们好像被风吹开似的，倏然离远渐至不见，自己眼前也立变黑暗，茫无所睹了。

国材怔了半晌，自觉若再在这里寻思下去，必将发狂。就跳出房门，直向外跑，把放在楼上的外衣帽子，全不要了，光着头跑到大门口。门房见少爷方才回家，又要出门，就迎着问："您才回家来，又上哪儿去？"国材听得家字，心有所触，回头看看自己所住的家，楼阁崇伟，处处都有自己的遗迹，不由心下凄然。自叹现在等于被老父逐出家庭，这个家已和我断绝关系，不能再来了。就把脚一顿，推开门房，奔出大门。不远便遇见一辆洋车，国材糊里糊涂地唤住坐上去，挥令前行。

后事如何，下回分解。

第二十一回

壁上隐哀音凶宅说鬼
房东传妙句盗窟游仙

话说国材匆匆上车，车夫问上哪里，国材想了想，只有回旅馆去。自己曾满口许着秦云，婚事必然顺利成功。如今弄到这样糟法，把什么脸儿对她报告？只是没脸见她也得回去，莫不成从此不见她吗？而况自己懊恼万分，精神痛苦欲死，正需要她的安慰，只可回去对她诉说真相，计议办法。想着就告诉了旅馆地址，车夫跑起来，不大工夫便已到了。国材打发车子，入门上楼，方走到房门，还没推门，猛见房门一开，由里走出一人，几乎撞个满怀。国材见是老父，惊诧如痴。林翁也看见国材，并不惊异，只淡然说声你来了，就转身自去。

国材惊窘之下，只得低头垂手，避立一旁，无言可答，耳中听林翁脚步声已走远了，方才抬头，却不料正和秦云的目光相对。原来秦云送出林翁，恰见国材立在门外，神气颓丧，正在诧异非常。及至国材抬头，二人目光一触，都感觉对方的目光奇怪。国材由林翁的到来，料着秦云必已知道了自己的全部遭遇，因而要由她的眼光中探索她的心绪。秦云也是同样的要由国材眼光中探索他的心情，于是二人对怔了一会儿，还是秦云先说道："你怔什么，还不进来。"国材此际也忘记对秦云做亲爱的表示，茫茫然走入房中，坐在沙发上。秦云关上门，走过坐在他的对面，满脸含着疑惑神情，望着国材，似乎急于听他报告。国材却是合了尺牍上那几句套话，是命运蹭蹬，所如辄阻，愧无善况，告慰知己。既然艰于开口，而且料着秦云必已由林翁得知大概，无待于自己告述。

秦云见他默默无言，忍不住问道："到底怎么样了？"

国材故现惊讶道："怎么老爷子没对你说吗？"

秦云道："老爷子只对我说了三两句话，就走了，我一点儿也没听出所以然，你快告诉我吧。我也明白，八成儿是没指望了，是不是?”

国材点头道：“可不是全糟了，我真没脸儿见你。”

秦云听了，不知想到什么，变色问道：“老爷子不准你娶我吗?”

国材又点头，秦云道：“那么你呢，你必不忍违背老父的命令，答应抛弃我了？所以说没脸儿见我。”

国材在这时候，真可惜是个好人，若是个刁钻的，乘机试她一试，假说已经应允老父，把婚约取消，便可看见秦云的凶恶面目，泼悍行为，因而可以有拟警悟。但国材太诚实了，初见秦云失望变色，已觉惭愧，再被她用话一钉，由那情急的神色，更证明她对自己的精诚，更生了无限感激，怜惜，忍不住冲口说道：“不，不是这样。我并没答应老爷子，老爷子已经不要我了。”

秦云大愕道：“怎么……老爷子会这样……”

国材道：“老爷子不是来了，难道没告诉你吗?”

秦云道：“老爷子来了，只问了我两句话，就自走了，并没说什么，倒是在梧……”

国材大惊道：“什么，在梧也来了?”

秦云点头，国材道：“他同老爷子一同……”

秦云摇头道：“不是，他在你才出门时就来了。”

国材心中迷惑，搔头说道；“你先告诉我在梧来时说些什么。”

秦云就把在梧警告言词，以及自己应付办法，都告诉了，但中间隐瞒了几句不愿给国材知道的话，国材听完又道：“老爷子怎么说?”

秦云道：“方才我正在床上躺着，忽听外面敲门，还当是茶房，就叫进来。哪知进来的是老爷子，我慌忙迎接不迭，老爷子脸上倒很和平的，对我说：‘你在这儿住着呢。’我想问老爷子怎么知道我在这儿住，但心里一转，又咽住了。就张罗送烟递茶，老爷子就坐在这只沙发上，向我说道：‘听说你要跟国材结婚了。’我听了心里又吃惊，又纳闷，就应了一声是，老爷子又问你可是已经拿定主意，他没犹疑了吗？我仍是不明白他的意思，又答了一声是。老爷子看了看我，又问我和国材结婚，可是完全由于爱情，我回答自然完全由于爱情。老爷子点点头，说那就很好。不过我想倘然不完全由于爱情，或者爱情里还掺杂别的成分，我劝你重新考虑一下，免得将来两下痛苦，因为国材现在已经不是你所想的国材了。老爷子说完，立起就走，我想问他是什么意思已来不及，只得送他出门。不料正赶上你回来，在门外遇见。在那时候，我还疑惑你是跟老爷子一同前来，等在外面呢。”

国材点头叹道：“老爷子好似改了脾气，一点儿也不成全了。他必是因为在家里劝我无效，又来劝你。见你也不能摇动，只可走了。我不明白老爷子何苦跟我们这样作对。”

秦云接口道：“这很容易明白，他必是先受了别人的蛊惑。”

国材霍然道：“谁蛊惑……哦，我明白了，必是在梧。”

秦云道：“不管是谁，你先把回家的情形告诉我，咱们再想法儿。”

国材就把林翁告诫的言语和在梧讥劝的情形，一一说了，但把他们对秦云批评过于恶劣的字句，稍从隐饰，以免她听着难堪。不过只这样已使秦云愤恨非常，面色红了又白，白了又红。及至听完，她立起走了几步，忽然拉住国材，正色说道：“我都听明白了，咱们得正式谈谈。我本料着你回家向老爷子一说，他定能喜喜欢欢地答应，我们就痛痛快快地办事，绝想不到落到这样结果，这都是在梧的毛病。他因为嫉妒你，怨恨我，又偏向他的妹妹。所以向老爷子跟前去说坏话，祸首自然是他。可是他只能在暗地作祟，不能当面干涉我们。重要的关节，还在老爷子身上。老爷子不许你娶我，你不肯依从，可是也没有切实拒绝。他不是要你考虑吗，现在你先把真心告诉我，到底打算怎样。老爷子说你若娶了我，就不要你，也不给你产业，这明是用产业逼你。现在只问你是要产业，还是要我？”

秦云真是会说话，这件事本来是林翁和秦云对立，产业只是附带问题。秦云知道若把自己和林翁并论，国材便难于答复，故而避重就轻，把林翁抛开，只提出自己和产业，国材听着，冲口说道：“你问得好没理？难道过了这些日子，还不知道我的心？我无须再考虑，已经打算定了，死活都跟你在一处，产业又算什么？不过这样一来，我得赶紧寻求职业，只怕寻着职业也挣不了很多钱，你要跟我受苦。可是老爷子说过，我若和你结婚，他要给咱一笔费用，我想这笔脱离关系的款子，不会太少，也许除去咱们结婚立家的费用，可以剩些儿暂且维持咱们的生活。”

秦云道：“老爷子既不要咱们了，咱们何苦还向他要这没滋味的钱。老爷子固然没有说的，可以犯不上叫在梧暗笑。”

说着立起，拉国材走到屋角，用钥匙打开箱子，由箱中取出两只小铁匣，启盖看时，一匣是现款和银行存折，一匣是金珠首饰，她指着说道：“这里连钱带东西，大概有两万出头，你既然为着娶我，跟家里怄了气，我也得为你争气。在梧不是把我说得那样坏，老爷子不是把我看得那样低吗？我得叫他们看看，我秦云到底是什么人，到底对国材怎么样？咱们这就定日子结婚，你一切不用管，都由我办，一定要弄得特别风光，让他们瞧瞧。到时候咱们照样给老爷子送信，请他来主持，他来不来随便，在梧颖芊每人也给一份请帖，他们当然不来，只为叫他们知道……”

秦云说得勇气勃勃得意洋洋，好似她拿出私财与国材结婚，就算和林翁在梧负气已操胜券似的。却忘了她的私财并非本身所有，内有一多半是她嫁在梧时，林翁所赠的奁资呢。国材自然也想不及此，只感激秦云爱情真挚，牺牲的巨大，由她的负气，认为是个有志的人，不由更五体投地，一念皈依。却不想她已经离间了父子的恩情，倘若换个知礼的女子，就未必忍于因本身的婚姻和一时的负气，使人家父子乖离。即使离舍情郎，也必另做缓和的转圜，万不肯如此操切从事。然而国材是被迷昏了，理智消失，只把感情用事。故而仅觉秦云的好处，而不能发现她的劣点，而且把一颗心全放在秦云身上，反觉有所倚恃。想到现在因秦云而得罪父亲，并不算自己的错误，而误在父亲不认识秦云的美德。现在我背父和秦云结婚，固然有失人子之道，但一方面却保全了信义，也可稍足自慰。将来秦云用事实证明她的人品，必有一日，使老父自悔识人不真，重发父子间的天性，把我夫妇重唤回家，大家团圆，到那时在梧也就没脸再信口雌黄了。国材因为过于看重秦云，认为日后必在善果，故而心下反倒安静，但只想到颖芊，终难免自觉惭愧。但事已至此，只可把她竭力摈出思想之外，暂避良心阢陧了。

当时秦云兴高采烈地和国材商议结婚事宜，预备把典礼弄得特别圆光，打算拼着五六千金花用，一切都没什么烦难。第一新房问题，只要肯出钱，无论多么大的房舍，多么新的陈设，多么好的仆婢，都可以办到。第二婚礼问题，新人无论穿多么考究的衣饰，给来宾无论吃多么丰美的筵席，也都是用钱办得到的。但是婚礼虽以新人为主体，若要风光热闹，却以宾客众多为首要。倘然宾客稀疏，任凭仪式如何阔大，也是扫兴。他二人谈到这个问题，都觉嗒然失望，因为都感觉没有亲友可请。国材久在外埠上学，到津还不够二年，不特没有朋友，便是长辈亲友，也是向由林翁酬应，他并不能认识几个。秦云虽然熟人不少，但一半是她在风尘时所结识的，一半是在巢家所认识的，此际和国材正式结婚，怎能请这班人。在秦云和在梧结婚时，来宾济济满堂，多是林翁和在梧的戚友，内中虽有不少和她一人较为熟识，但秦云嫁在梧时，既被他们看过，现在嫁国材，就不好意思再请着他们了。因此二人对坐思量斟酌，直费了很大时间，还没想出十个可请的人。除此以外，再也想不起其他了。二人看着这不到十人的名单，就如瞧见在高敞阔大的礼堂中，繁华褥丽的仪式下，只有不到十个来宾观礼。新人夫妇，也只光杆一对，既没有主婚证婚的家庭，也没有男女傧相，拉纱的童女。这空空荡荡，疏疏落落，真乃不成体统。旁的事都可用钱办到，但宾客却非钱所雇得到的，即便勉强花钱雇上些穷人，或者派个人在门前呼喊，随便人看，并且代管晚饭，也可以号召个满堂，但那样传扬出去，岂不更是丢人现眼。二人想着，都觉嗒然若丧，但谁也不好实说，使得对方难堪。

对怔了半晌，还是秦云聪明，忽然想起运用报纸政策，就拍手道："有了，咱们不是只为着叫人知道正式结婚吗？现在既没有亲友可请，若将就办事，反不好看，传出去也叫在梧耻笑咱们。不如另想个办法，先在报上登个广告，声明咱们两人将在某月某日结婚，却不写明地址，只说在本宅行礼。及至过了这个日期，再重登个谢启，就说我们结婚，蒙亲友光临观礼，甚为铭感，只因地方稍小，亲友太多，以致招待不周，非常抱歉。容开日子，我们定要挨家登门叩谢。这两个广告登出去，我们结婚既正式声明了，而且人们看着，都知道我们的婚礼十分风光热闹，谁也想不到里面的真相，你说好不好？"

国材听着，十分惊讶她的思想玄妙，这才叫瞪着眼说谎话，吹牛皮，而且颇带小说意味。不由笑道："难为你怎么想的？我们既无人可请，不能在空礼堂上丢丑，也只可这样了。可是这样一来，还能请老爷子来主婚吗？还有在梧，还给他发请帖吗？"

秦云想了想道："那自然都不必了。"

国材道："这样我们一点儿仪式也不用举行了。"

秦云道："我们俩中间，只凭良心爱情，婚礼只为别人看的。等咱们把新房弄好，搬进去了那天，就算我们正式结婚的日子。照着旧式结婚的样，点香上供，拜拜天地，再各自祷告明心。本是咱们两人的事，又何必非得叫别人在旁看着呢？"

国材听了唯唯，但觉着这样有些近于儿戏，太不郑重。秦云心中当然也有同感，二人虽都不曾说明，然而在这婚姻开始时，已觉着是牵强凑合的局面，将来结局，也就可想而知了。不过国材此际是完全被秦云迷住，扭于情爱，甘受任何牺牲。认为只要得与秦云同居，其他问题，都非所计。秦云此际的心理，也是同样热烈，在梧说她只要依附国材，暂图归宿，并无真情，更非久计的话，也冤枉了她。因为秦云这时实是一心扑着国材，绝无虚伪作用。不过她出身风尘，难逃公例。

凡是妓女，好像都是一母所生，同赋有一种惯性，就是心意不定，爱情不专。虽然行为不尽相同，思想也有差异，但总看起来，却是一样。譬如甲妓从良三日，即行下堂，而乙妓却维持了五年，方才脱福，这里面自然与所从的良人、所处的环境大有关系，然而结果都是殊途同归。有人看到这里，也许抗议，说我娶了妓女做妾，至今十年，还自相安无事，以为作者言之太过。作者却要申明此中有二种道理，若非尊宠较有耐性，她心虽变了，但暂时还寻不出好的去处，只得姑且待时待机。但也许她终寻不着好去处，直到朱颜老去，也就要一变而为乐天知命，那就算无意中成就了从一而终的美名，为妓女增光了；或者尊宠特别聪明，虽然早已对阁下厌倦，暗生去旧从新之志。但她自己照照镜子，并没有动人的姿色，若下堂而去，恐怕难遇赏识的人，反将受苦。而况尊府中又有相当的自由范围、物质享受，她的希望都能达到，又何苦冒险。阁下见她安心度日，还以为是自己的维系能力，哪知她所打的如意算盘，并没有阁下在内呢。这样再对付到她四十岁后，熬成老姨太太，你再赶她也赶不走了。于是亲戚朋友，谁能不挑大指夸声青楼中人万分难得呢。

又有人驳辩，说你这样一笔抹煞，好像世上妓女嫁人，都不是真情了。我说不然，岂止嫁人是真情，而且在风尘时，对客人也有真情。嫁人以后，对丈夫也有真情。总而言之，当她没变心时，全是真情。并且这真情能够非常热烈，不但勇于牺牲，就是情死也很常见，每能做出普通妇女所做不出的事。所差者就是她们的心，比普通妇女容易改变，尤其一变即不可收拾。便如秦云此际，对国材实是一片真情，心中只想和他相倚终身，做个榜样，给在梧等看，以洗刷自己的谤辱。国材失去产业，变成贫人，她并无丝毫介意，并且甘出自己私财来帮助他，这情形真令人佩服。倘能把真情保持不变，将来必能落到很好结果。不特感动林翁，恢复骨肉感情，连在梧等人也能化仇为友。然而只怕秦云的风尘惯性，使她不能坚持到底，那就难说了。

不过秦云的此后行为，另有说处。看这部书的人，都能看出秦云在和在梧交结的一段中，虽然屡经波折，虽然秦云行事不尽情理，然而她精神贯注在梧一人，真情热爱，处处令人同情。并且她由于真情的发动，把昔日在风尘的恶习伪态，多已洗净了。所以前半段是很好的，但是被在梧设法抛弃以后，她竟一变而倒行逆施，弄成性情浮荡，举止轻狂，并且不甘寂寞，几乎人尽可夫。读者必然骂作者把秦云给写坏了，然而作者绝对不任其咎，这责任却该由在梧担负。因为秦云自中在梧陷阱，虽然满腹冤愤，但因自己也已被骗失身，有苦无可声诉，五中郁结，受的刺激分外剧烈。因而伤心绝望，认为世界没有好人，自己又何必独好。因而念头一转，把昔日在风尘时的思想习惯，全都重提起来，因而不免倒行逆施，日益堕落。倘若在梧能与她善共始终，秦云必然勉为好人，善保名节，绝不致有这一变。所以在梧对秦云的变节，实在要担全部责任的。此际秦云已然恢复了风尘时代的头脑，现在对于国材感情非常热烈，然而这种热烈，只是妓女热上客人的热烈，和普通女子不同。而且由此时的极度热烈，已可推测出日后将神于变化了。但这不过是旁观侧议之谈，此际秦云却是实心实意，打算长久之计。除了因为婚礼不能风光，有些扫兴以外，总是高高兴兴帮着国材办事。至于国材，也一心扑在秦云身上，只盼着早遂双飞之愿，别的都不想了。

二人商议了半夜，方才安寝，次日就一同出门，寻觅住房。国材为人向来粗枝大叶，毫不懂得家人生产以及食住等等琐屑之事，就一切都听秦云主张。秦云先选择地方，第一不愿挨近巢宅，以免有时相遇，不好意思。第二也不愿和林宅接近。第三她认为昔日和在梧同居的外室，也是伤心之地，需要离得远些，但除了这几处地方，她又都不熟悉。想来想去，竟想到她当日在风尘时的旧游之区。她固然知道不能到娼门丛中杂居，但觉着那繁华区域附近地方，既有很好的房舍，而且交通便利，最适宜于居住。这就是和普通人思恋故乡一样，无论在外乡住到多久，然而总觉对故乡有特别深的印象，特别好的感情，一得机缘，便思归去。秦云因自小从那种地方生长，虽然当时曾看作火坑，视为地狱，但离开之后，就渐渐对那地方生了类似故乡的感情。因此一想住家，脑中便见映出那地方街市的繁华景象，她也明白自己已是良家，不能良贱不分，胡乱居住。但想那附近地方，也有许多正经人家，自己去住，并无妨碍。于是决定先去看看，再做道理。至于房舍规模大小，秦云初念恨不得赁一所大楼，才显得好看，但细经研究，若赁座大的楼房，不但租金太费，而且楼内更需设置极多的家具，购备起来，徒耗金钱于无用之地。再说两个人住着一座四层六幢的大楼，也未免空旷可怕，势必雇用很多的仆人，更不合宜。尤其最切要的问题，秦云仅有二万上下私囊，也不配如此挥霍。屡经思索，把规模渐次缩小，最后决定赁用一楼一底，或是三四间的小平房，最为适宜。好在既不在里面办喜事，也不想对人夸耀，这样已足供实用了。二人就按着这个标准，出去寻觅，在那繁华区域的周围，穿街过巷，留神墙上的招租条儿，走了很远。虽然不断发现空房，但连寻了几处，都不合适。

第一家是平房，地基非常低下，由街上进院，需要倒下台阶，院中潮湿霉气扑人，原住的人很多长着湿疹，二人吓得退走不迭。第二家是一座三幢楼房，上层已有人住，只把下层出赁，二人看着格局不错，正有些中意，想向看守人询问租价。不料忽听楼上弦子一弹，大鼓一敲，有少女声音，唱起"八月里秋风阵阵儿凉"的梅花调来。秦云知道这楼上芳邻，必是养人儿的风流世家，正在教练歌曲呢，就急忙拉国材出来。到了第三家，居然是一楼一底的整齐房子，设备齐全，修饰整洁，而且新经刷洗，看着非常爽眼。二人看着都觉洽意，问租价又不即不离，秦云只恐失却良机，为他人捷足先得，已经打开手提包，要付定银了。忽听国材大声叫道："呀，慢着，你瞧这个。"

秦云回头一看，只见国材正立在一扇房门的后面，急忙走过去，问是什么。国材向门后一指道："你看，你看。"

秦云这才瞧见在那门壁相接之处，是一个斜角，就在斜角的面上，写着一片墨笔字。原来国材当秦云和看房人议价之时，他便踱着向房内各处瞧看。忽然无意中瞧出墙上隐隐似有原来污痕，不能尽掩。再看别处，也常有字迹隐隐外露，却看不出是什么字儿。心中暗觉奇怪，这房中原来住客这样满壁涂字，是什么意思？而这房子新经刷浆的缘故，又像是为着掩盖这些字迹。想着更觉诧异，又向各处细瞧，看到门后，猛见门墙相接的斜角上，竟有一片字迹未曾涂灭。想是这门常常开着，把那片字迹遮掩，工人不是偷懒，便是疏忽，竟把门后这块小地方忘了。只见那上面先写着"凶宅害人"四个较大的字，旁边小字写的是：

余辽左人也。自前岁避地来津，携眷僦居此宅。一月而老妻丧；二月而妇媳以难产亡，同月幼女继殇；三月幸无事。迨四月，而吾支持门户之独子亦死，媳痛夫成狂疾，把周岁儿出门投河同殉，尸骨莫收。至是唯余及髫龄女一人，相依为命。更阅月，女晚间入厨取饭，上楼一跌而踣。视之两股俱折，送入医院，三日惨号而亡。哀也！余至此始知宅之为凶，然骨肉俱丧，茕独一身，复何所惜？本拟居此宅待死，以与家人亡魂团聚。然亲友必令移居，强曳余行，呜呼！行之晚矣，半载之间，耄倪俱尽。以八口入，以一人出。此一人又何必顾惜，惨矣！老朽年逾花甲，平生未敢为恶，问天何辜，而令遭此奇惨也！倘非人之为孽，而出宅之为灾，则余敢体上天好生之德，遍志所遭于壁，以告后来。

旁边又有一段告示式的韵文，写着：

照得此宅，凶恶非常。有如虎口，不让杀场。鄙人身历，言之惨伤。当其初来，欢声满堂。骨肉团聚，其乐无央。孰知凶鬼，早瞰于旁。一月妻丧，孙亦继殇。尚谓天数，生死无常。乃未百日，冢了又亡。寡媳痛夫，堕患疯狂。说神道鬼，阴风满堂。携子投河，葬身汪洋。仅余一女，形影凄凉。是何厉鬼，芟薙周详？夜击吾女，一踣而僵。呜呼苍天，是何心肠！八口之家，入居此堂。时仅六月，迭发七丧。所余一老，欲死偏妨。生也何乐，不如立亡。捽此厉鬼，天控天阊。吾生已矣，顾告……

底下的字，被门边摩擦都剥落看不真切了。国材看了，不禁悚然，忙叫秦云过来，指给她看。秦云看着，很多的字不能认识，就叫国材讲解。

国材低声告诉她说：“这房子太凶了，一家八口进来，过半年只剩一个老头儿出去。这老头儿想是个老做幕府，或是办文墨的，因为难过极了，所以在临搬出时在满房写字，诉他的冤苦。以后被房东看见，恐怕房子赁不出去，就刷浆涂抹了。谁想还有门后面一段字儿，忘记涂去，才落到我们眼里。”

秦云听了一吐舌头道：“我的天爷，若不是留下这段字儿，或者你没看见，咱们贸然搬进来，岂不糟了，快走吧。”

秦云说着，就好像看见房中真个有鬼似的，拉了国材直向外跑。国材虽不迷信，但看写得那样凶惨，也觉毛发悚然，就随秦云同出。那看房的见秦云已将交付定银，忽被国材叫过去，叽咕了几句话，竟一同跑了。深为诧异，便跟着质问道：“你到底是赁不赁，怎么不说话就走了？”

国材向来说话冒失，就向他道：“你还问我，这样害死人的凶房子，还忍心往外赁呀？”

那看房的是个北京人，神气非常狡猾，闻言竟一把拉住国材，瞪起眼睛道：“什么话？我们这房子凶，害死人？是谁告诉你的？你给混造谣言，我们这房子值好几万，你这样一混说，把我们房子脏了，从此赁不出去，你就买包圆儿的吧。你明是没安好心，来破坏我们房子的名誉。今儿若你不说出这谣言是哪儿来的，就得赔我的房子。要不然，咱们找地方说理去。”

这人言下，很像个恶讼师得着缝隙就讹人的派头儿，大有代表房子要求赔偿名誉之势。国材终是年轻，没经过事，又沉不住气，闻言竟面红耳赤，怒不可遏地同他争吵。还是秦云心中有主意，推开了国材，向那看房的冷笑说道：“我们一句话就把你们房子脏了，倒是新鲜事儿。不过我们既说出来，已经收不回去，可怎么办呢？”

那看房的一听她口气柔弱，以为易欺，就横起来道：“怎么办？你得赔房子。”

秦云道：“这房子值好几万，卖了我们也赔不起，你厚道些吧。”

看房的道：“那么你就赔偿名誉。”

秦云道：“怎样赔偿呢？”

看房的道：“赔钱，罚你们信口乱说。”

秦云问罚多少，看房的想了想，伸出三个手指道：“你们痛快给三百块，这还算是便宜你们。”

秦云道：“那成，不过我们可不能拿这笔钱，因为我们也听别人告诉的，上了他的当。现在我们得把那告诉的人找来，叫他出钱。”

看房的道：“告诉的人在哪里？你们别玩鬼招儿，反正不给钱别出这个门，不然还是打官司。”

秦云道：“你别疑惑我们是借词儿逃跑，那告诉我的人就在房里。”

那看房的还摇头撇嘴的不信，秦云已引他走到门后，把那段字迹指给他看道：“你们自己出了告示，叫人不要赁，这能怨我吗？”

那看房的当然对那字迹早就熟悉，一看便已明白，但只诧异这房内已经刷饰过了，怎门后还留下一段字迹，破坏了这椿交易，于是他只剩下瞪眼纳闷，再也不敢发威讹人了。秦云望着他一笑，就挽着国材一同走出门外。

国材且走且说道："这房子是不是真凶，我不敢决定。那写冤状的老人，所写的话，却不会虚假。半年死了七口，只剩一人，真太惨了。至于死人是不是因为房子，却也难断。七口人由各种不同的原因，陆续丧命，并不是害时病染瘟疫，想来真好像是房子的毛病。可是在这种时代，难道还真有妖魔鬼怪吗？不过这房子即便不凶，看房的也够可怕，我们说了几句话，他抓住岔儿就要讹钱。若搬进去常住，还不知有多么麻烦呢。"

秦云道："我真后悔，这一说破，他必然把字迹揩下去了。以后来赁房的，就不能查出这房子的细情，准得上当。不如另借个词儿走出来，叫他不知门后有这埋伏，可以给后来的留着警告。"

国材道："我也这样想呢。"

秦云笑呸了一声道："你还想什么？若不是说怔话，惹得他撒赖不依，又何致逼得我非指出那字迹堵他的嘴？事就坏在你身上，还有脸儿说。"

国材被她说得笑了起来道："要不然我去报馆登个广告，细说这房的情形，叫人们不要来赁。"

秦云撇嘴道："别瞎扯吧，你方才说了一句话，还差点儿受了讹呢。若是再给登了报，他们不跟你打官司才怪。再说你凭什么资格，有什么凭据，硬说那房子是凶宅。"

国材道："我就凭着那墙上的字。"

秦云道："墙上的字啊，咱们前脚出来，他立刻就抹去了，就是有那字迹，也不能就算凶宅的凭据，这本是迷信的事，没人相信的。倘若法律上有一条儿，住房的人死了，房子要担罪名，那个写字的老头，早已上法院告房东去了。他家败人亡，还有人不红眼的吗？就因为这种事不能得人相信，他才只有写几行字诉冤，没有别的法儿。请想亲身受害的都无计奈何，你这旁不相干的偏要多事。告诉你吧，倘若你真想这样办，那就先预备一笔钱，等着赔偿人家损失，或者把那房子买过来。那也不错，咱们倒有地方住了。"

国材听着笑了一阵，道："我只说着玩儿，瞧你费了多少唾沫。"

秦云微笑不语，心里却感觉国材这人时时发露蠢气，好像对世故人情还不甚透彻，和他说话，常常觉得气闷，不由有些不大如意。但这只是一点儿心灵上的感觉，她并没甚理会。论起秦云和国材的结合，本是由种种原因牵凑而成的急就章，主动的自是秦云。而秦云对国材的爱情，原在虚无缥缈之间。不过她却知道国材爱情牢固，终身可托，又加对在梧负气，志在必得国材为快。故而把国材看得十分贵重，大有“易得无价宝，难得有情郎”之势。因为心热情急，就把冷静的理智蒙蔽住了，并未觉察她和国材中间有许多不相投合的地方。对于其他并未研究，虽然也觉得国材和自己的性情不甚相同，自己为本身前途和对人负气，就屈服国材，也所不惜。然而她哪知道，个性是抑制不得，勉强不来的东西，勉强抑制，是可暂不可久的。现在国材既然为秦云而甘离家庭，秦云已把国材得到手中，即将赁室同居，不再有得失之患了。这里又有个比喻，譬如一个人在大商店里，看见一件东西，十分心爱，意欲买到手里，因为旁边还有别人要买，他更坚必得之志，抢先出价买取到手，还怕有人争夺似的，连看也不暇看，急忙塞入腰里，向外就跑。及至跑回家中，关上大门，在自己房内拿出东西细看，这时知道东西完全属于自己了，再没有旁人抢了，应该心中畅美满足了，但是哪里知道反倒不然，因为从此以后，镇日仔细瞧看，而查出这东西的疵病了，因为长久摩挲，而对这东西的兴味日常平淡了。因为再没有旁人争夺，而感觉这东西的价值可疑，渐渐把当日先得为快的欣幸，反视为上当了。结果呢，这东西就随便丢开，或者胡乱送人拉倒。但在早些时候，他才到手时，若有人求索，给他万金还许不换呢？这种心理，几乎人人俱有，但在妓女尤为显然。秦云既切实得到国材，知道他不会跑了，又因为从此将和他永久同居，但现在虽尚未正式同居，却在一阵意识上，竟似同居已久似的，不由就在对国材的轻微摩擦中，感觉到有些扞格。就似今日遇着凶宅，国材憨直的说话和出来后愚笨的议论，秦云便感到他太不漂亮，太没个瞭亮脆快，但尚以为可笑，并不觉得可厌。因为这还只是矛盾心理发动的初步，她心里并不自觉呢，至于国材自然更丝毫不会觉察了。这且不提。

且说两人遇到凶宅这场小麻烦，心里都有点儿扫兴，而且身体也觉疲乏，就商议且寻地方休息娱乐，把寻房的事推到明天。好在繁华场所，举步即至，二人到升平戏园包厢，听下半场戏，又在五芳斋吃了晚饭。二人都吃了几杯酒，带着醉意出门。国材想要径直雇车回旅馆去，秦云却想在便道上闲逛一会儿，看看商店窗内的陈列，买点东西，国材只得陪她同走。正在闲步浏览，忽然对面走来一个三四十岁的男子，身穿灰布袍子，蓝布袍罩，像是下人似的，对秦云尽目打量，随即走到近前，向她请了个安，叫道：“二姑娘，您好。”

秦云猛然一怔，细瞧方认出是自己二年前重落风尘，搭住在惊鸿馆时的跑厅姜三，心中很不以他招呼自已为然。若在平时，必然掉头不应而去。但这时带着酒意，竟点头说道：“你不是姜三吗?”

那姜三垂手应道：“是是，二姑娘发了福了，我差点儿不敢认。一晃好几年，也不知二姑娘住在哪儿，没得给您请安。”

秦云见他说话规矩，就取出一张五元钞票，递给他道：“这个你买茶叶喝吧。”

那姜三本来希望就在于此，这种龟奴，哪有什么好人，在班子里装着诚实恭敬，讨妓女的欢心，遇有特别淫贱的妓女，就可由这小意殷勤，勾搭上手。遇着正经的，也可多赚银钱。秦云到惊鸿馆时，本是从良复出，手中有钱，很是挥霍，男女奴仆都曾得过她的赏赐。这姜三今日在街上遇见她随着男子同行，不知是否已嫁，就上前致敬，以旧仆资格问候主人，想得几文外财。及至秦云给了钱，他连说不敢要二姑娘的钱，但已伸手接过，又请安谢了。论起这请安，本是前清旧礼，二十年来久已废除，若有在大庭广众中行这种礼，便要惹人哗笑。但还有两种地方，仍旧保持古俗。一种是老官僚和旧世族的家庭中，仆人仍行此礼；一种就是娼窑中的跑厅，不但保持不废，而且练习纯熟。因为应用时候太多，逢年遇节，客人开赏，请安道谢，自不必提，就是平日姑娘有牌局，开发头钱以外，另有下钱几元，得请安道谢。姑娘有住局，夜度资以外，另有下钱几元，得请安道谢。姑娘有被请饭局，在车饭以外，另有跟人下钱若干，得请安道谢。就是每日只打茶围的穷客人，每隔几日，也常赏下人一元大武，照样也得请安。龟妈因为每日都有几次演习的机会，故而大多腰腿灵活，姿势正确。常听见大老华族叹息得不着礼节娴熟的好听差，其实他们是忘了礼失而求诸野的古话，娼窑中的龟奴中正，潜伏不少习礼，人才堪供妙选呢。不过近年也差些了，作者就亲见一位跑厅谢赏，对我抱拳做个大揖，闹得我几乎顶礼相还。又亲见一位有前进思想的龟奴，大讲脱帽鞠躬。这倒很好，我想再过些年，再进步而为握手，龟爪尖尖，强相把握，再来声哈啰，外加三块肉喂了马吃，那也许使较为自好的嫖哥儿们疾首蹙额，反而收到禁娼的功效呢。这姜三对请安是练习熟的，所以见秦云就仍行旧礼。秦云本来有些爱排场好虚荣，这时在微醉中，见姜三恭敬尽礼，就好似出嫁女子，遇见娘家旧仆，颇有亲切之感。虽然姜三并不称她作太太，而仍依着昔日在惊鸿馆旧例，叫她二姑娘，好像有些侮辱。但在秦云却以为这正是母家旧仆的正当称呼。因为女子出嫁以后，在婆家的身份，无论是少奶奶，或是升至老太太，然而娘家的仆人，多有仍旧沿着处闺时的称呼，呼为几姑。即至老时，也不过在几姑之下，加个太太二字而已。故而姜三的称呼，绝不使秦云感到揭发旧污，而认为理应如此。

及至赏了钱，姜三接过谢了，自然应该走开。但他觉得接钱就走，未免太嫌突兀。譬诸作文，才入题便来个干脆儿，好似有些头重脚轻。而且既无交代，又少余韵。于是不能不说几句闲话，做个悠然不尽的笔法。就向秦云道："二姑娘，您这几年别出门了吧？怎总看不见您呢？"

秦云随口应道："可不是，我这才回来。"

姜三道："您的公馆在哪儿，我给您请安去。"

秦云这时恐怕国材等得不耐烦，已挽着他的臂儿将要举步，闻言就道："不必，我还没有安下公馆呢，你去吧，改天见。"说完就和国材转身而行。

走了两步忽然心血来潮，意有所触，猛回头叫住姜三："等等，我问你，这儿可有好一点儿小房子？"

姜三想了想道："那短不了有，是您住吗？"

秦云道："不错，是我住。只我们两口人，最多再用个下人，所以房子不要大，可是得在正经规矩的地方。"

姜三道："有，有，这周遭儿闲房很多，我可以替您寻寻。我心里就记得有两家合适的，可不知现在赁出去没有。这么着吧，你把住处告诉我，我寻着合适的就给你送信，你再亲自去看。"

秦云见他热心，自己又贪图省事，便把住处告诉了。姜三言说明后天必有回信，就告辞去了。国材才问这是何人，秦云对于国材本不想瞒讳自己出身，而且料着国材由在梧口中，必已尽知过去的事实，所以这时很可以真说姜三的真实来历。但秦云总以为自己已是国材的太太了，再提风尘旧事，似乎有些碍口，就含糊答说道："是旧时跟过我的下人。"

国材思想简单，做梦也想不到他是娼窑里的大总管，倒以为秦云托付得人，说道："对了，你托他找房子最好。这本是下人办的事，我们遍处找招租条儿，胡跑乱撞，恐怕走细了腿，也寻不着合适的房子。"

秦云淡淡地答了声可不是，就又向商店窗中浏览，看见心爱东西，就进去买了些出来，才坐车回了旅馆。次日二人也不出去寻房了，只等待姜三消息。

姜三这日却没有来，二人等到天夕，知道他绝不会来了。若在前几日，他二人白天若不出门，晚上就更不出去，只在房中厮守谈笑，好像转眼就到夜深，并不感觉时间长久。今日国材也打算不出门了，和秦云商议吃什么晚饭，就叫旅馆中预备。秦云却以为一直守在房中，太已寂寞，就提议出门。这倒不是她爱好热闹，而是她觉着仅在房中保守国材，并不能使她精神上得到满足，所以得出去用娱乐补足她的需要。换句话说，这就是国材的维系力减退，也就是秦云的热度低减了。像这样一对情侣，初经结合，正应该打得如胶似漆，把房中看作快乐世界，绝不愿出门。就像秦云和在梧同居时，在梧即使违约不至，秦云也情愿守在房中，一分一秒地做虚空的盼望，绝不想出门寻求快乐，解除寂寞，更莫说在梧和她厮守的时候了。这时秦云对于国材，却似觉得虽有国材长相伴守，却没有什么言语可以谈说，也没有什么乐趣可以享受，不如还是出去玩耍的好。由此可见女人心理何等捉摸不定，而其爱情的冷热久暂，完全视对方的维系力的大小了。但这时秦云仍未觉察自己内心的变化，尚以为对国材一贯恋爱，仅于因为在家没趣，要他陪出去玩玩而已。当时二人出门，在外面吃了晚饭，又看了一场戏，才回旅馆。国材只觉在娱乐场中，美人在侧，众目齐注，颇觉自豪，却不知暗地已成了秦云的傀儡，受了秦云的轻视，即使将来得以同居，这奢华游荡的习惯已然养成，又如何能够长久呢?

却说到了次日午后，二人方才起床。那姜三来了，秦云唤他入室，姜三报告已然寻着一处房子，却是和人分租的，是一座平房，三间南房是二房东住的，另外还有三间北房和西面一间厨房出赁，价钱很不贵，并且地方也好。秦云听了，就问在什么街上。姜三说了街名巷名，秦云道：“好吧，你先回去，三点钟我就到那儿瞧看。”姜三约定，到时在那里等候，就自走了。

秦云这里梳洗之后，和国材吃过午饭，便已将到三点，二人一同出门，坐车一直前去。到了地方，姜三正在巷口等候，就领着她到那房子去看。方到门口，只见门旁贴了张红色纸条，写着大明报三字。国材吓了一跳，还以为这是一家报馆呢。再细看原来在大明报三字之下，还有白寓两字，这才明白院中这家白姓，是在大明报馆做事的，故而用上这样官派头衔。就等于昔日北京官场风气，在陆军部做事的，家门便标上陆军部某家，在国务院做事的家门便标上国务院某寓，其实只在陆军部国务院做个起码员司，却顶上绝大头衔。和那种河南督军署斜对过祥生煤厂厂长某人的名片，同样的虚诞浮夸，令人可笑。这白姓用报做头衔，越发等而下之了。

秦云却没有注意，一直走入院中。只见院落尚还宽敞，南面三间，当然是白姓所居，北面出赁的三间，也还高大轩爽。西面是三个独间，被白姓占了一间，另外两间，也附于北房出赁，可作仆妇居处及厨房之用。秦云看了，就问国材意下如何，国材住惯了家中的高楼大厦，自然看不上这简陋房舍。但他心里却有个想头，以为这小房子的豪华气概，固然不足，但若用作恋爱窝巢，倒是别有风味。何况在男女胶漆之际，只要有可以容得两人的地方，就能满足。恋爱的范围，本来很小，并不需要阔大，所以男女密约幽欢的地方，名曰小房子；老爷安置得宠姨太太的地方，名曰小公馆，就是这个缘故。

秦云见国材不加可否，就自作主张，因为这房子尚还整齐，大小也算合适，而且地点颇为适中，就打算赁下。向国材道："我看再寻也未必有好房子，不如就对付赁下这里，你看怎样?"

国材只有点头，秦云就向姜三商量价钱。姜三进南房去了一会儿，同着一男一女出来。男的约有三四十岁，生得獐头鼠目，却又满面虚肿，一张嘴向左歪着，想是吸鸦片烟程度已深，又总卧在左边，因而被烟枪把嘴给压歪了。身上穿着不知几十年前的漳绒袍子，上面的绒都剥落了，只前襟上还存着两块，袖子更瘦得笔管似的，袍子上面还单着件镶黑边的橡皮呢坎肩。头上戴着瓜皮小帽，顶上小红疙瘩，细小如豆，在若有若无之间。这份打扮，颇似二三十年前赶马车的，但在这人却是不然，他脸上现出货真价实的华贵书香派头，可见他这身装扮，完全是故家的标帜了。但他旁边的女人，却和他大相径庭，直像两国人似的。这女的约有二十多岁，头上头发烫得好似蓬头鬼，把个小哈吧式的脸更显短了。但脸上描眉画眼，双颊红如猴臀，一看便知是模仿上海电影明星的摩登女性。而且她不但未语先笑，还是无因自笑，就为着露出她一嘴的金牙。身上穿的都是最时新的麻制衣料，价目甚廉，而光显极亮的东西。手上戴了四五个镶各色玻璃的包金戒指。最奇怪的是她由房里出来，颈上竟缠着条大红洒花的大围巾。这种围巾本是出门时围在大衣里面的，现在她在家中，何以竟长围着此物。而且若到她房中去看，便可知她并没有大衣，猜想起来，大约她因为买不起大衣，只得先买了附件，以便向人夸耀，使人信她既有附件，必有大衣，不过没穿在身上。这就等于街上走的少年，穿着骑装，手执马鞭，招摇过市，谁又敢说他没养马。并且由马想到必非只养了一匹，家中必有马厩，由马厩想到市内必有洋房，近郊必有别墅。于是该少年就可以因为一根马鞭，而被人公认为阔少，受到意外的巴结逢迎。至于阔少的马，自然永远恐怕伤风，不敢牵出来。等于这女人的大衣，因为恐怕受热，永远不能穿出来。

这一男一女出到院中，男的对国材点点头，女的却只露着金牙微笑，好像十分和蔼似的。姜三过来介绍，指着那男子说："这是二房东白先生。"

那白先生就抱拳作揖，向国材领教贵姓。国材答了，他又问府上，问了府上，又问恭喜，看他的言语举动，好像对应酬一事，已熟极而流了。问完了不等国材反问，就自己报告道："兄弟白慜芝，是大明报馆。先生在报上常看见小白山人的文章，那就是兄弟拙作，哈哈，见笑得很。"

国材听他报完姓名，紧接就说是大明报馆，也没说是大明报馆的什么，好像他本身就是大明报馆似的，直疑这人神经病。及至听到后来，才知他还会做文章，不禁肃然改容，连说久仰。那白慜芝听了立刻满面生春，就让上屋里坐。国材方要谦让，那个女的已拉了白慜芝一把，低声说道："咱屋里烂鸡窝似的，怎能让人进去？"

白慜芝听了，脸上现出忸怩之色，口中却说道："这又怕什么，这位林先生看来也是我辈中人，将来又是同居院邻，又何说得。"又向国材道，"你不进去，咱们立谈也好。你看见今天的大明报了没有，上面有兄弟一首诗，你一定看见了。"

国材根本就不知道有家大明报，闻言正不知怎样答应是好，白慜芝已向那女的道："你上房里拿来给林先生看。"

那女的摇手说道："得了，人家找你商量赁房，哪有这些闲话，快说正经的吧。"

白慜芝哈哈大笑道："你说得也对，不过我跟林先生一见如故，就忘其所以了。"说着又指着那女的向国材道，"我还没给你介绍，这是小妾碧琏，你也该看见过她的名字，报上也常有她作的诗，我们俩已经印了一本璇闺唱和集，在外面流传不少。人们都称她是才女，太谬赞了。不过前者我们俩的秋宵听雨联句，却蒙许多大诗翁赐和，就是先前做过宣化府总兵的胡度老，都赐和一首。据说大明报所以畅销，就因为外面都爱看小妾的文笔，兄弟倒是附骥。"说着又哈哈一笑。

哪知在这笑声中同时又听得一声怪响，好像人要打喷嚏，却没打出来，仅由鼻孔中发出一种又难听又奇怪的声音。国材和秦云正不知这声音从何而来，却见那位小妾碧琏勃然变色，回头瞪目嗔视。循着她的眼光看去，只见西面偏南的单间房外，有个蓬头垢面衣服破旧的中年妇人，由风门隙中探出半身，正向白愆芝挤鼻撇嘴，做出轻鄙恨怒之色。料想那声怪响，就是她听白愆芝夸赞小妾，因为有所不满而发出的，转句文话那就叫嗤之以鼻。国材看着尚不明所以，秦云却由那小妾的神色和这妇人的态度，明白了内幕。料着这妇人必是白愆芝的正妻，白衍芝宠妾虐妻，故而这妇人满腹牢骚，随时发泄，否则旁人绝不会有此态度。固然这妇人衣着神气和白衍芝夫妾比较起来，太不相类。然而说她是仆妇，仆妇又何故做这奇怪举动呢？秦云心中已然有些了然，国材却望着那妇人愕然不解。这时那位小妾碧琏悄悄推了白衍芝一下，白衍芝立刻跑到那西房门口，用捷速的手腕，猛然将那妇人向里一推，同时口内不知说句什么，又用另一只手把门关上。转眼之间，那妇人好似被他用魔术给变没了。

白衍芝满不带相地又走回来，向国材接着说道："林先生来住到一处，就是通家之好，可以多多领教。我看林先生满面都是书卷气，必然饱学，以后我们可以不寂寞了，哈哈。"

他这最末一句，是对着小妾说的，语意中好似国材已经赁妥了他的房子，但国材连价儿还没问呢。不过国材是脸皮薄的人，经他这一路周旋，已觉不好意思放他的生，决意要赁这房子。正要询问价钱，白衍芝忽然似有所触，忽然望着小妾碧琏道："好，我想起来，你把咱们的璇闺唱和集拿一本来，请林先生指教。"

那小妾碧琏这次竟毫不推托，一直跑入房中，须臾拿出来本小书，递给白衍芝。白衍芝递给国材，国材看那书又小又薄，纸张格式，和外面印了送人的善书一样，但封皮上刻着璇闺唱和集五字，却是翁方纲署的款，好似翁方纲在百余年前，便已知道后来有这一对贤夫妾的宝贝诗家出世，故而预先代为题名，代为署签，以做留今日之用。再翻开一看里面，约有十多篇序，作序的都是去世的遗老，没一个活的。前后却以功名大小为序，第一个是做过提督的张尔旭，第二个是做过武探花御前护卫的李又贤，最末是做过清河司巡检的柯连仁。国材草草一看，就卷起拿在手里，说声谢谢。他本来没跟这种人接触过，连应酬套话都不会说，又怕白衍芝真个要他指教，就急忙用话打岔，询问房价。白衍芝口里直说好办，咱们一见如故，还得谈到这个。你随便给几个都好，就是不给，咱们也过得多。国材遇着这样油腔滑调的人，简直没有办法。还是秦云在旁插口，钉住他问，他才说出数目来。论起这几间房子，在当时普通赁价，最多也不过十余元一月，他竟加倍要了二十五元。好在国材秦云都不大懂得这个，国材又被他周旋得不好意思较量，打算照直应允。也是秦云知道世上没有一口价儿的交易，请他减些，白衍芝摇头咂嘴，作态半晌，才减去了大洋一元。秦云也犯不上多费口舌，就依他定议，先给了定钱。但秦云袋里没有零钞，只得拿一张十元整票给他，约定明日派人来打扫裱糊，完毕以后，就搬进来。说着辞别要走，白衍芝和小妾碧琏又让进房稍坐，这当然更是随口的虚让了。国材秦云谢了一声，仍向外走。就听那小妾碧琏低声叽喳两句，及至送到门口，相对弯腰的时候，白衍芝忽笑着道："我还得声明一句，收了你八块定钱。等你搬进来，再给十六，头个月的房钱就齐了。"

秦云听了，方瞧着国材一怔，白衍芝已指着国材手中的书道："这书在外边卖，都是两块钱一本，对老兄当然只收个半价。哈哈，本不该要钱，只为是书局印的，有成本关系，没有法儿。"

国材和秦云听了，都觉得这人未免爱小无耻，但因是很少的钱，不值得争论，就都笑了笑，点头而别。走了几步，国材回头见白衍芝进去了，才摇头说道："这人是什么路数，这两本破书，先说送给我，怎么又要钱？"

秦云道："岂止要钱，还要你知情呢，没听他说算你半价吗？这人是什么路数，我简直看不透。因为以先没有过，反正八成儿不是正经东西。"

说着听后面脚步声响，回头见姜三由那院中走出，赶了上来。秦云便问他这姓白的是干什么的。姜三道："你没瞧见他门口贴的字吗？他是干报馆的。"

秦云道："干报馆怎这样穷？"

姜三道："这还算穷，你没见我住的那条街上，有家青光报，和一家鞋作坊合赁一底的房子。报馆里只有两个人，也不知干什么，每日并不起火做饭，只轮班到街上别的商家闲坐，套交情假熟意，只等人家开饭，一让就吃，不让也吃。前日关了门，两个人都跑了，房主子听见信赶来，房里连把椅子都没留下。只附近的几家小杂货铺，就倒了二三百块的纸烟账，因为他们零碎地赊，日子架不住长啊。这样比较起来，白先生不还是阔的吗。"

秦云道："你跟这白衍芝怎样认识的？"

姜三道："他对报馆人头都熟，我们要登广告，都是找他，所以早就认识。"

国材听着，以为姜三现在什么商家做事，所说的是商业上的广告。秦云却心中明白，姜三所说是一种特别的商业广告。因为在当时，凡有名妓女，多有在报上刊发广告，以广招徕。广告的词儿，多是貌似荷花，腰如杨柳，有闺阁气，无青楼习，房间宽敞，陈设清洁，招待客友，一视同仁，走马胭脂坡者，不可交臂失之，等等熟套。也就是后来所谓花丛文字的起源，当时报纸上常见这种广告，和现在卖药广告一样的多。秦云一听自然明白，便不再问，但心中更明白这白衍芝路数不正了。不过秦云自以为久历风尘，见多识广，并没什么畏惧。觉得房子既已定了，若再另寻，未免麻烦，而且庸人自扰。那白衍芝只于贪小而已，未必还有什么轨外行为，便有自己也不怕他。当下就托了姜三，叫他在附近寻觅工匠，把房子打扫裱糊。姜三答应自去，秦云国材就上街市购买应用家具。因为国材是膏粱子弟，秦云又是繁华中人，眼界都是高的。买东西只要精美，不计价钱，而且也不管环境是否配合。譬如他们所赁房子，只是旧式人家小康阶级的住所，又是半旧的平房，论理只买些方桌靠椅木箱板床，来安置其中，才显着配合。但他二人却按着租界上大洋楼的标准，来购买陈设，一套卧室家具，就花了五六百元，再加其他两室用具，竟过千元以外。其余小件摆设，也拣好看的买。最妙厨房用的刀勺锅铲之类，也买了洋式的，大致购买齐备，都约定两日后送到他们新居。秦云算算已花去千四五百元，还觉得甚为俭省。国材也这样想，以为立一个家庭，仅只用这区区之数，真是想不到的便宜。因为他向来在富人阶级中，看到每成立一个家庭，费用都要以万字起码，自己这家实在太节省而又容易了。但他没想到这根本不算成立家庭，只是由木器公司和百货商店搬来一部东西，点缀暂赁房舍而已。至于成立家庭的基础，如精神情感、坚心毅力，以及连带着的事业等等，都是空无所有。这不过是露水姻缘的结合，由旅馆移到民宅中罢了。但国材却是真爱秦云，以为家庭一立，自己就正式有了家室之乐，秦云永远属于自己，这一种新的生活，不知如何幸福。秦云却好似把这事当作一种新的刺激，也欣欣喜喜地经营着，把自己的钱拿出花用，毫不吝惜。国材因购办一切，都是秦云担负，心中既是感激，又觉惭愧，把秦云看成毕生知己。

这一日过去，第二天下午，姜三来了，报告新室业已裱糊完毕。秦云想到次日早晨，各木器公司和百货店便要把定的东西，送至新居，恐怕自己不能如时赶到接收，便托姜三明日早到新居代为照料，又把裱糊的工钱给了他，另外又赐以十元酬劳。姜三走后，秦云因明日便要移入新居，这里的行李什物，虽然不多，也须有点儿时间收拾，就不想出门。和国材吃过晚饭，唤来茶房，告诉他已赁定住宅，明日便要搬走，令其清算房饭账目。茶房因秦云住的日子久了，又常得她赏赐，这时听她要走，自有一番殷勤，一番说话。随后把账开来，秦云付清了，另外又赏了茶房。

及至将到夜半，二人正在房中将零碎东西装入箱箧，一面工作，一面商议新居中的陈设方式。忽然外面敲门，国材叫进来，原来是一个茶房，手里拿着一封信，还有一个花花绿绿的纸盒子，向国材道："这是给你送来的。"

国材先接过那封信，见封上只有四个字，是"国材开拆"，一见便认识是老父的笔迹。不由一怔问道："这送信的人在哪儿呢?"

茶房道："已经走了，他说不等回信，也不要回片。"

国材道："是个什么样的人?"

茶房道："是个下人模样的人。"

国材点头，令茶房出去，才向秦云道："老爷子居然送了信来，不知什么意思。"

秦云把信接过，看了看，随即拆开，由里面抽出张纸儿道："没有信，只有这……这是什么。"

国材已看出是一张银行支票了，拿过细瞧，原来是一张中实银行四千元的支票，不由心中寻思，老父曾经说过，自己若必与秦云结婚，就要断绝父子关系，并且取消自己的遗产承受权利。不过结婚之时，他可以给一笔小款。现在这四千元支票，自然就是那笔小款了。此款一到，不啻表示他已开始实行那日的约言，从此再不认我做儿子，并且他的财产，以这四千元为结束，从此和我再无关系了。

想着只听秦云瞧着那支票说道："四千啊，老爷子送来的?"

国材不由苦笑道："对了，老爷子帮我们结婚的费用，来得正是时候。"

秦云咦了一声道："奇怪，咱们明天搬进新房，今天他就送钱来。哦，他原说过在你决定跟我结婚，就给你一笔钱，给了钱就永断葛藤了。咱们明天搬新房，就算正式结婚，他恰巧今晚就送了来，好像有谁报了信似的。"

国材无语，又把那个纸盒打开，只见里面是一个鎏金的小钟，式样很是玲珑。下面是一个西洋美人，亭亭独立，双手上举，在头上擎着表式的小钟，通体金光灿然，甚为好看。在盒底还放着张红纸片，上面印着巢在梧的名字。

国材一看，心中不由犯了怙惙，自思老父今天送了钱来，已自可怪，怎么在梧也同时送来礼物。由此推想，大约这些日来，在梧必然一直暗地考察着我，并且时常和老父见面通信。今天在梧打听得我们要搬新房的消息，知道我将和秦云正式同居，就通知了老爷子。所以老爷子把事前约定的款子给送了来，并且在梧把贺礼也同时送到了。只是在梧怎这样快就知道我移居的消息呢。

想着就向秦云道："这真奇怪，在梧的贺礼也来了。他怎么知道咱们明天搬走，恰在今天晚送来呢？"

秦云这时眼睛望着那小钟，正在出神寻思。她看这件礼物，似乎有些可疑，固然这钟是很时新的东西，价值也总需三十余元，用做喜事礼物，受者正可用作新房陈设，并没有什么可异之处。但秦云心里早存着一种成见，认为在梧对她和国材婚姻抱着反对态度，而且在梧向来心眼既多，行事又很刁钻。今日忽然送这新奇式样的小钟，内中未必没有寓意。看了一会儿，自觉恍然大悟，明白在梧讥讽的意思了。他所以单送这钟，就为这钟是定时刻的，言外讥刺我们这桩婚姻，是有时候的，也就是不久散场的意思。至于钟下这个女子，当然是指着我，说这桩婚姻完全由我拨弄，那管时候的钟，在我手里举着。表示这婚姻时候的长短，全由我一人做主，要合便合，要散便散，然而终等于病人熬时候一样，不会长久。总起来是说我把国材当作傀儡，撮弄着玩，够了便散，绝不能长久。秦云越想越觉自己猜得不错，心中有些气愤，又想到在梧早知道自己对于国材，是明知不是伴，无奈且相随。由这小钟的寓意上，还似取笑我但凡有别的道路，也不会屈就这不得意的婚姻。这样一想，又有些惘然。正在这时，听国材问她，心中更嫌他太不聪明，就没有答言。国材又问了一句，秦云才哼了一声道："你怎这样笨呢？咱们住在这旅馆，在梧早就知道，并且还来过一趟。他既有心考察咱们的事，好向老爷子跟前献殷勤，他自己来也可，派别人来也可，跟茶房一打听就知道咱们的事了。方才咱们叫茶房算清了账，又说明天搬走，这消息一定很快就传到在梧耳里，他立刻就去报告老爷子，还不定加了什么油盐作料，叫老爷子认定咱们要正式同居。所以把这断道儿的钱立刻发下。在梧为着叫咱们吃惊，也把礼物附来，这不是很明白的事嘛。"

国材听着怔了半晌才道："你说得对，不过在梧何苦这样跟咱们作对，于他又有什么好处？"

秦云冷笑道："你还糊涂着，他的好处大了。你们林家的产业，将来不被他谋去才怪。”

国材道：“他姓巢，怎能谋到我们林家的产业？”

秦云道：“还我们呢，林家已经没你这一号了。请问老爷子除了你以外，还有别的亲人没有？”

国材摇头，秦云道：“对呀，老爷子把你赶走了，举目无亲，在梧一家子自然都凑上去巴结。颖芊是老爷本来最爱的，倩宜又拜过老爷子作干女儿，在梧也早以干儿子自居了。老爷子是直性子人，经得他们安心图谋吗？保管等不到老爷子死后，在活着时就被他们全谋去了。”

国材摇头道：“在梧未必这样无耻吧，他又何至于……”

秦云道：“你还当他是好人？他起初要把颖芊嫁给你，是为什么？你的爹若没有偌大财产，你若不是这财产的承继人，他还未必给他妹妹拉皮条呢。你别糊涂着，我是早看得清楚，就说这回老爷子跟你这样狠心，也准是他蛊惑的。只看从你到我这里以后，他跟老爷子走得多么亲热，巴得多么结实。你回家那天，看见他在你家里，现在老爷子的钱，又跟他的礼物一块儿送来。从这两件事上看，这些日他简直守在老爷子旁边，不知怎样给你说坏话呢？你到现在还把在梧当朋友看，真傻透了。这都是明摆着的事。就说老爷子给这四千块钱，明是和你断绝关系，在梧但凡有一点儿帮你的心，就该劝老爷子别这样办。他的嘴抹了香油似的，能说会道，只要劝老爷子准听他的。可是他为什么劝呢，他正巴不得你父子变成仇人才好。咱们搬家的信儿，准是他报告老爷子，老爷子听了一生气，要给这断道儿的钱，他就自告奋勇替送了来，要不然怎么会礼物和钱一块儿到呢？”

国材听了，越想越觉她说的有理，不由愤然顿足道：“我倒不在乎家产，男子汉大丈夫，有出息自己挣去，何必仗着祖产生活。不过在梧用心这样奸险，真太可恨了。”

秦云道：“我也这样想呢，家产不算什么，谁拿去都可。只是叫在梧那样混账人图谋了去，真不甘心。”

国材怔了半晌道：“不甘心又怎样，老爷子喜欢他，愿意上他的当，我们生气也是枉然。”

秦云听了冷笑一声，再不说话。国材晓得秦云是笑他懦弱无能，甘受欺侮，脸上不由发烧。又想在梧的前后行为，觉得秦云说话实在不错，他实是有意谋产，自己把他当了好人，哪知竟受了他的害，这口气怎么忍得下去。

想着不胜愤恨，虽然一时想不出对付方法，但自这时听了秦云挑拨之言，就算把在梧当作仇人将欲得而甘心了。秦云却是对在梧久已变恩为怨，积怨成毒，由颖芊手中夺取国材，就是一种间接报复。这时又由在梧贺礼小洋钟上，生出许多自以为是的玄想，认为在梧有意讥诮，心中甚怒，于是顺口加在梧以图谋家产的罪名，对国材尽力挑拨。想要引起国材怒气，向在梧报复，以求自快其意。但她还不想国材立时发动，只要把恶感种子种在他心里，令其随时可以萌发，就算够了。所以激起国材的火儿，她就不再说话，等国材生了一会儿闷气，就用别话岔开。这时天已不早，就收拾就寝。

到了次日，起床以后，才吃过饭，姜三就来了。报告家具已都送到新居，大致陈设就绪，可以立时搬过去。秦云就叫了几个茶房帮忙，将行李箱笼运到楼下，好在件数不多，雇了七八辆洋车，就连人带东西一齐运载过去。到了新居门外停住，秦云叫姜三照顾车夫把东西搭进去，自和国材先入院中。才走到北房门口，猛见白衍芝和那小妾碧琏由房中跑出，碧琏一只手插在旗袍大襟里面，肚子鼓囊囊的好似藏着什么东西，脸上颜色倏红倏白，像是有了什么亏心，受了什么惊恐，只把身体向她丈夫背后藏躲。白衍芝却是神色如常，向国材寒暄几句，又夸赞家具的考究，陈设的美丽，真是阔气到家。这一带的财主家里，也没有这样东西。夸了一阵，又问可有需人帮忙之处，秦云忙说已经安置妥帖，不劳费心。白衍芝才和碧琏回房去了。

秦云进到房中，见家具布置大半就绪，只拣着不顺眼的地方，叫姜三调整一下。又把带来的箱笼放好，便很满意地以为这家庭已然成功，就取了一点儿钱，打发姜三走了。秦云坐在床上，国材坐在椅上，二人向四外浏览一会儿，又对望了一会儿，都似因为有家而感到满足。但想从这个家能得到什么，在这个家里要做什么，都有些茫然，心想难道整天坐在家里对望着吗？过了一会儿，秦云渴了，才想到并没有火炉，也没有煤炭，如何能得开水。因而联想到吃饭问题，不由着急起来。二人都不知道有这街巷之中，有卖水的铺子，只由根本解决，秦云叫国材出去买火炉水缸和煤炭。国材自幼就知道水是由冷热水管出来，火炉煤炭只产生于厨房，并不知这些东西向何处购买。秦云却较为通达，知道街市上必有卖的，叫他出去向人打听。国材为难半天，才带着一种探险的神气出去了。秦云独居无聊，就整理桌儿上的零碎陈设，以为消遣。但是瞧着好像短了什么似的，仔细一想，记起有一个在古玩铺买的翠玉小瓶，还有一个由金店卖的银照片架，都已遍寻不见。心中一打转儿，便又把其余小件东西，详细检点，又发现了一瓶高价的法国香水，一对带银托的小玻璃杯，这还是能想得起的，这两天买的东西很多，连自己也不能全部记得，只就能记得的已经有这许多，价值在三四十元之上了。秦云因为今日才搬进来，便失了如许东西，甚为生气。忽然想起自己来时，看见白衍芝夫妾由房中跑出，而小妾惊惶失措的情形，心中便有些蘸料。想着必是姜三到旅馆去接我们，把房门开着，托白衍芝照管。这白衍芝本不是好人，只由前天借书骗钱的事，便可看出。他见姜三走了，自然得其所哉，和那小妾大施妙手，爱什么拿什么了。好一对无耻东西，偷到我这儿来了，我和国材另找房子，费了好几天工夫，结果竟进了贼窝。第一天已然丢了这些，日久天长，还不被偷得家产尽绝，这我可不能容忍下去，好在眼瞧着他俩回到房里，一直没有出门。我进去一搜，必然得着真赃，那时抽那小妾一个嘴巴，再交巡警，也叫他知道我不是好惹的。想着方要出去，又寻思白衍芝一家三口，人多手快，倘若吵将起来，我就许先吃了眼前亏，而且弄得打草惊蛇，他们把东西运了出去，我就是亲眼看见，不到手也是干着急，不如还是等国材回来，再行发作，可以较有把握。想着就气愤愤地等着，哪知在等着时，再一细想，渐渐又犹疑起来。自己认定那碧琏偷东西，只是为着她曾由这房中出来，形色又有可疑。但姜三从早晨就在这房里，他偷着岂不更方便，而且商店中也许少送了几件。总算起来，这事那碧琏和姜三都有嫌疑，因为都有嫌疑，他们就可以互相推诿，而且可以向商店送货人身上推诿。我若单赖碧琏，她一定振振有词，固然原赃可以凭据，但倘然她藏得严密，我不能搜出来，该怎么下场。再说还未必准是碧琏偷的，我也许错疑了她，这事倒不可鲁莽，我且留神考察几日，再作道理，想着便把气沉下去了。

又过一会儿，国材居然把东西买来，在门外指挥车夫向里搬运。秦云一看他买的东西，立刻气直了眼。水缸硕大无朋，直可以齐到秦云眉际，大约是酱园用的头号酱缸，被他买来。若放在院中，除非蹬着板凳，才可以上去取水。火炉倒是不大，可惜是冬天暖屋子用的，而不宜于煮水做饭。至于煤炭没有买错，而他竟用一只崭新的柳条箱，盛来很少的一点儿。大约煤炭不过三几角钱，而那箱子的钱倒高多了。

秦云一看着买来这些东西，依然不能生火煮水，不由着急，大声叫道："你怎么这样笨，都弄错了。我这里渴得嗓子冒烟，只等着你，你可这么误事。"

国材在外，费尽周折，受尽辛苦，才得把这几样东西买齐，方自以为劳苦功高，应该大受奖励，却不料迎头先来了一顿申斥。立时愣在那里，只有白瞪眼儿。

正在这时，秦云忽听背后有人说话道："你用水啊，这儿有。"

秦云回头一看，只见在西面独间里住的中年妇人，这时头发已经稍为理顺，身上却仍是破烂衣服，手里却提了一壶沸水，壶嘴还冒着热气。秦云心想她必是听见自己闹着口渴，所以送了水来，待向她道谢，又苦不知她是什么人，什么身份。前日初见时，虽曾猜想是白衍芝的大妇，但怕万一弄错，就不敢胡乱称呼，只向她含笑道："谢谢你，真太费心了。"

那妇人笑道："这算什么，新立家一时哪就弄齐全了，咱们同门同院，一壶水又算什么。"

秦云听她说话很是和气爽快，又瞧着她脸上虽然黄瘦憔悴，而且污垢不堪，但面貌却很端正厚重，毫无寒薄狡猾之处。不由心里诧异，这样的人，怎么落到这个样儿。就想和她攀谈几句，先把水壶接过，交给国材，叫他用房中新购茶壶，沏一壶茶。国材回身入室，那妇人望着院中摆着的火炉水缸，笑道："这怎么能用，柳条箱也不是盛煤的啊。你们先生大概是少爷班子，弄不来这个。"

秦云笑道："可不是，真把我急死。"

说着无意中一转脸儿，瞧见南房的玻窗上现着两个人面，正是白衍芝和柳碧琏，正把脸贴在玻璃上向外偷瞧呢。秦云明白他夫妻必是不愿意和我说话，故而暗地监察。那妇人又说道："你们今天还得做饭，再买去也来不及了。这西屋里有只旧炉子，是搬走住户丢下的，还可以对付着用，你拿出来看看。"

秦云说了声那敢情好，就随她进了西面靠北的一间小屋，这屋也是秦云赁定的。只见屋中放着几件破烂家具，内中便有一只旧煤炉，但已锈得不成样儿，而且泥土厚积。那妇人走过搬正了，又回手招呼秦云过来，秦云看着嫌脏，疑惑那妇人是叫她一同搬移出去，心中好生不愿。但为着自己的事，不好意思袖手旁观。只得走过去，伸出雪白粉嫩珠钻辉煌的纤纤玉手，就要去扶那炉子。

那妇人把她拦住，摇手道："这东西太脏，等我替你搬出去。"说着又低声道，"你们的房门可有锁吗？"

秦云听她问得离奇，方自一愣，那妇人又道：“你们大概在深宅大院住惯了，不懂得锁门，在这矮房浅户地方，总得留神，顶好买把结实的锁，一出门就锁上。”

秦云听着恍然大悟，明白这妇人实是好人，必是她看见有人进我房里偷东西，觉得不忿，故而劝我锁门。这偷东西的必是她的熟人，她才这样含糊着点醒我，由此更可证明是白衍芝和碧琏的事了。想着心中甚为感谢她的诚意，又想明白她和白衍芝确是什么关系，就笑答道；“谢谢你指教我，今儿晚上就去买。本来应该小心，这地方有些杂乱，我已经丢了点东西了。”

那妇人听了并不惊异，也没说话，这情形更表示她早已知道了。秦云也不向她询问，只客气道：“我们新来乍到，请你多照应吧。白先生还没给咱们引见，您是……是……”

秦云本已疑惑她是白衍芝的大妇，这时几乎把白太太三字说了出来。但瞧着那妇人脸上发红，神情十分忸怩，就急忙咽住了。那妇人才低声说道：“你不必打听我是谁，我是个倒霉到头儿的人。你若嫌见面没法称呼，白衍芝他们都拿我当老妈使用，张妈王妈李妈，随便一叫，你也照样叫好了。”

秦云听着她自认是老妈，但她的口吻意态，绝对不像个做女仆的，这里面一定别有隐情。正要询问，那妇人已摆手道：“快出去，他们看见我跟你进来，说这半天的话一定要疑心了。”秦云闻听不由大愕。

后事如何，下回分解。

第二十二回

辛苦赋双栖同床各梦
殷勤联两姓合作分工

话说秦云见那妇人说了怕人疑心的话，正要细细打听，不料那妇人就提了煤炉出至院中，秦云就也随着出来。只见那位小妾碧琏正在院中立着，向那妇人怒目而视。那妇人却没理会，只张罗着替秦云生火。那碧琏笑嘻嘻地凑过来看着向秦云道："你使这炉子吗？这本是别人丢下的，给你用本来正好，可是你怎么不早说呢？今天早晨我把这个炉子连那堆破烂都卖给打鼓的了，明天就来取，你今儿用一天不要紧的。"

秦云听着觉得这小妾真是卑鄙而又小气，看见我用这破炉子，只怕夺了她的，赶快托词已经出卖好要回去。你偷了我许多东西，我都没吭气，现在倒对我这么刻薄起来，好你小老婆，等着我的。秦云虽然心中气愤，但觉犯不上为这小事和她争吵，就自笑道："好，我只使用一天，明儿误不了你卖。这炉子总卖个十元八元的吧，倒是一笔不小的进项呢。"

碧琏知道秦云损她，搭讪着道："哪能卖那么多？也不过几十铜子儿，本值不得卖，我因为嫌占地方才给了打鼓的，若早知你要用也不费这事了。"

秦云道："谢谢你的好意，只怨我早没看见。现在既卖了，就当不住人家明儿来取，是不是？"

碧琏听她的话有些刺耳就不再作声，退回南房门口。这里那妇人已把火炉生着，又因为秦云房中无水，就到自己房中盛了一壶煮上。那碧琏看着怒容满面，忽然转身走入房中，高声喊道："你这又趴在桌上写什么？"

只听白衍芝答道："这是那位顾明伯……你不记得上月顾明伯和几位老秀才，在三不管水坑前的牛肉馆里修禊，邀我去临流赋诗。当时一共十个人，用柳色黄金嫩梨花白雪香十个字作韵，我恰巧拈了个嫩字。因为这个韵太窄太难，只好带回来再做，哪知直耽误到今天。他们因为等着凑齐了登报，并且要送给商会会长高九爷评阅，所以写信来催过几次。而高九爷办着慈善机关，每年都用一笔钱赈济文贫，把诗给他看，就为着叫他记住名字。到年底文贫册子上，可以弄得头等份儿，落几块买肉过年也好。这就和当初会试举子在考前给教官送条子一样，其实咱们不在乎这个，再说旧年才过，新年还远着呢，不过关着大伙儿，乐得跟他们凑个热闹。昨儿顾明伯上门来催，我答应明儿交卷，这不得赶着弄嘛。"

白衍芝说了这么一大套，并且提高了声音，好像要国材这屋里听见。却不料和碧琏的意思正相抵触，碧琏原意要利用他指桑骂槐，只要他说给谁做什么事一句话就够了，却不料他絮叨半天，到末后才把碧琏希望听的语说出来。碧莲抓住碴儿，大声骂道："你歇着吧，顾明伯是你的爹呀？你就这么替他干？干完了吃谁的饭，别你妈的混蛋了。顾明伯那小子也不通人事，人家跟你有什么交情？才认识一半天，就巧使唤人也没像你这样差道儿。要是愿意给他使唤，趁早给我滚，别吃刘备的饭，给曹操做活儿。"

白衍芝想是得了暗示，任她斥骂，一声不哼。外面的秦云都听出她是暗骂自己，气得眼红。那妇人当然也听明白了，却只撇撇嘴儿，表示心中鄙薄，但外面却不敢作声。向秦云摆摆手，似说不必理她，就自回入西面小屋中去了。秦云想要把碧琏痛骂一顿，但想为这件事太值不得，而且对打对闹，未必能占便宜。好在自己已知她的劣迹，不如耐心等待，有日拿住把柄，毁她个不好反口，不得翻身，那才算惩罚她个痛快，何必在这时争斗呢。想着就忍气回至房中，见国材已把茶沏上，茶碗仍在桌上扣着，不由把火儿迁到他身上，嗔着道："我这么闹渴，你怎就不懂给倒上一碗凉着。"

国材哦了一声，急忙取碗替她斟上。秦云一看，那茶已成了紫红色，原来茶叶太放多了，秦云瞪了他一眼，心想真是蠢货，干什么也不行。因为口渴太甚，把茶吹了吹，浅浅地呷了一口，只觉舌头涩得难过。揭起壶盖一看，原来里面茶叶被水泡涨，竟满了一壶。不由叫道："你这是放了多少，简直比药都苦。"

国材愣愣地道："苦了吗？我因为你说渴极了，所以多放了些。"

秦云手拍大腿道："我的天，我渴极了，你多给倒两碗还像话。多搁茶叶，碍着渴什么事。"

国材道："在旅馆的时候，你不是常骂茶房冲的茶太淡，喝着燎嘴，不能解渴吗？"

秦云听了气得翻眼，倒扑哧笑了，叹息道：“对，你说得对，我错了。”

国材知道秦云说的反话，脸上讪讪的，心里很是难过。自思我爱秦云，恨不得把命都给了她，整天不知怎样先意承志，赶前赶后，只希望哄她快乐，好享受新家庭的幸福。却不解何以我用心费力，总是反惹得她生气。大约我真是天生蠢货，连这眼前小事都办不好，难怪她别扭。她却是一直为我负气，为我费钱，如今好容易愿望得酬，正该欢喜，若非我恼惹她，绝不会成心挑剔我，只是怨我不好。国材想着，有些自怨自艾，半晌没有作声。

秦云入室时，本想把白家可疑情形以及丢失东西的事，都对国材告诉，并且商议应付之策。但因喝茶这件小事，心中怫郁，便想国材不是什么有心路的人，何必枉费唇舌，因而未曾告诉他。二人都无精打采地对怔着，耗到日暮，又到吃饭时候，只得仍出去吃他们往日吃惯的西餐厅。不过秦云这次却留了神，从箱子上取下一副锁匙，把房门锁好，方才出去。在外面吃完了饭，秦云想到回家也是枯坐无聊，不如多在外面耽搁一些时候，就溜了回马路，又看了一回电影，半夜才回家去。

到门口秦云忽想起白家的人或已睡了，他们本没有候门的义务，而且感情又不融洽。这一叫门，不知得等多大工夫，而且免不了听闲话。但既回到家，只隔了一层门，怎能逡巡不入。而且既有了家，也不能再出去住旅馆，无论如何总要叫门，就轻轻敲了两下，里面静悄悄毫无应声，只得又敲几下，渐次把力量加重，而里面有了脚步声，走到门口把门轻轻开了。秦云不知是谁，只好向对面说声谢谢，听对面答了句不用谢，才听出是西房住的那位妇人。这时二人进去，把门关好，见满院漆黑，知道白家的人早已睡了。摸黑里走，忽听南房中白衍芝咳嗽一声，说道：“什么时候，天快亮了吧？”

那碧琏哼了声答道：“天亮啊，天亮回家，还算得人心呢，就要这么半夜三更地吵人家宅不安。”

白衍芝道：“他们干什么去，这么晚才回来？”

碧琏道：“我不知道人家干什么去，反正人家有人家的好事，回来晚又怕什么。好在有贱骨头，装孙子地给熬夜等门。”

秦云把他们的话听了个满耳，不禁心头火起，但好几次都忍下去了，这次自己又在半夜回家，本来没理，也只好循例忍耐。开门回到房中，越想越气，想到这家庭直是惹气东西，自己劳心费财，把它弄成。今天第一日搬进来，除了时时生气、处处不方便，什么都没得到。国材也觉今天初次实受这新建之家，毫未得到什么滋味。仍是出去吃饭，同去游荡，只回来睡觉而已，和住旅馆直无分别，而且反不如住旅馆时的饮食方便，出入随意。就是夜深回来，茶房也依然笑面逢迎，绝无气恼，不像这家，今日只看完夜场电影，赶着回来，已听了许多闲话。尤其最难堪的，秦云近日虽常常提不起兴致，对自己也不似初订婚时亲热。但每日仍是有说有笑，绝少郁闷之时，原料着她搬进这个新家，便可心快身安，很该提起高兴，同甘共苦，双宿双飞，不知如何快乐。岂料今天她自到这里，就噘着嘴儿，愣着神儿，没有一点儿欢意，无论原因是我做事愚笨，惹她烦恼，反正第一日她如此恹恹无俚，郁郁不乐，以后更不堪想了，这样又何苦建这家庭呢？可是世间男女对于家庭，却多数在神驰梦想地希望，辛勤困苦地建造，好像这里面藏有什么奇趣，反而只觉寂寞苦闷，若是一切家庭俱都如此，人们又为什么那样殷殷劳劳建造呢。

国材想着心里似蒙了一层薄雾，想要把这问题儿索解明白，好心中豁然开朗，但终是不能解释，于是只剩了默默沉思。论理夫妇全有互相安慰的责任，一人感觉苦闷，就可以把胸臆直诉出来，要求对方慰解。但国材近日被秦云屡次讥嘲呵斥，有些怕了，料着一说出来，她就许笑为糊涂话，或者竟认为有意触犯，闹成一场龃龉，只可默默无言。秦云也在床上怔怔地躺着，秦云见国材不来理她，感觉他心情冷淡，虽然自己颇觉郁闷，想要开口笑谈，但想和他说话，也不能解闷，就也懒得开口。因为秦云在先尚觉国材的淳朴天真，是可爱的，而近日在她耳目之中，国材的淳朴天真，似乎几为拙笨呆滞，令人感不到兴趣。尤其秦云是曾经沧海的，当日在风尘时，多见些风流浪子，每人都会些温柔解数，谐妙言词，不过秦云当时志在寻求良人，早归正果，却视为轻薄可厌。以后嫁给在梧，处处满她的意，也就不做比较和思量了。自从和国材同居，起初还一心扑着国材，立志和他终老。只觉像国材这样的人，才是好男子的气度，那种会哄女人的油头粉面轻嘴薄舌的男人，只是嫖客行径，简直不够丈夫资格。但这种思想保持不多日子，也就渐渐感到寂寞，觉着国材这个人好比一碗没加作料的汤，固然也能泡饭，但还得有小菜就着，否则就难于下咽。这就好比把他当爱人情侣，外面儿也还好看，实际上也还受用，只是每天得一同出去游散，借他种娱乐凑成快乐心情。若是守在房中，和他独对，就觉出他本身不能发生兴趣，和没作料的汤是一样了。

秦云因对国材有所缺望，不由想起以前所见的男子，好像都很有趣，怎么自己所嫁的人，竟和他们不一样。尤其回忆到自与在梧同居的短短时候，好像是自己有生以来最温馨可忆的一段。那时和他同处，不但如置身温柔乡中，有说不出享不尽的意趣，以为房帏厮守，是人间无上快乐。莫说不肯出门欢影，即使娱乐场中有笔巨款存着，我也懒得去取。和现在一加比较，心情可差得太多了。秦云这样一想，不知怎的，竟似把对在梧的仇恨都忘了，只想他的好处，觉得和他同居，每日能有数小时的厮守，远胜于国材的终日追随。尤其想到当时在梧常常抛闪自己，经旬不归，自己只在房中等他，骂他恨他，而仍归于想他，任凭如何寂寞，也不肯出门，好像有他影子在脑中盘旋，尚较出门娱乐为有趣。自己不明白是什么道理，如今国材在旁陪伴，寸步不离，自己反觉得味同嚼蜡，好像反不如在在梧外室独守空楼时的童趣浓厚，难道国材和在梧就这样的悬殊差异吗？

秦云想到这里就不愿再向下想了，只假作倦乏，倒在床上，闭目装睡。其实心内却把在梧的旧事，一幕幕地似电影般地映演出来，聊以做消遣。这本是人在无可奈何时常有的事，在无衣受冻时，就回想他有皮裘时的温暖；在挨饿时，就回想他昔日在盛筵上的享受。秦云这时因为得不到爱情，心坎感到寂寞，不由就要想到她昔日心情最畅、印象最深的美满光阴，于是在梧的影子便占据了她全部思想。其实这时她并非得不到爱情，国材那里正蕴蓄着火热的爱情，只是被她冷淡的态度逼住了，不敢发露，而秦云现在心情一变，对于国材这种未经锻炼尚欠雕琢的原始爱情，也不愿领受了。于是二人从此就同床各梦起来，胡思乱想得睡不着。国材是因为秦云态度改变，疑惧悚惶，心神历乱而睡不着。二人受的一样罪过，脱衣上床装睡，到天亮时方真个入睡。

话不絮烦，秦云和国材的婚前交际与婚后蜜月，好像全在旅馆中十余日时候消磨过去，至于正式的家庭生活，却似乎在第一日便厌倦了，这也是人心善变，和易得易失两句话的铁证。据西洋人说，在昔日苏伊士运河未开之前，欧洲船舶到东方来，都得经过非洲南端的好望角，路途很是遥远。但当时轮船初创，古式大型帆船的势力尚未衰歇，在船上旅途之中，因为生活单调，心情寂寞，旅客常常由同船旅伴寻求安慰和刺激。于是孤男寡女，常有在旅途上结为鸳侣的。不过这宗事大都见于轮船，帆船却很少成就婚姻的功德。这原因就在于迟速的分别，轮船走得快，一双男女，在上船后立即相识，渐渐发生爱情，一过赤道，就接了吻，到黄金海岸就形影不离，再过好望角，已经订了婚，不等进印度洋，已经发生肉体关系，及至到东方登岸，爱情刚刚在最炽烈的程度，于是上了岸便到礼拜堂结婚，终身既定。即便以后爱情减退，反目成仇，以致闹到离婚，那还得经多方的考量，多日的迟延，多种的手续，也许过几年方能正式离散。若遇着能忍耐的，稍为忍耐，就可以忍过这一世去了，这是轮船成全好事的专长。至于帆船就不然了，因为它走得慢，轮船走完全程的时间，它才走到好望角。船上男女已经过了爱情的全部过程，热度到了沸点，应该上岸结婚了，然而这船还在非洲南面漂游。船上既没教堂，又没牧师，只可等着吧。然而世上事都是物极必反的，登山到了顶巅，便该向下走了，男女在后半程中，就渐渐冷淡，口角，厌恶，骂詈，斗殴，及至到了东方登岸，小六九恰恰还原，和在欧洲上船前一样，变成各不相识，掉头自去了。

这个说法，或者未免过火，然而男女中间，久处易厌，却是真的。但厌的迟早，却与人的本身有关。秦云的对象，倘若不是国材，而是别人，她的厌倦心情，也许不致发生如此之快。国材这种人爽直坦白，就好似一片平原，没有山岭遮隔、江河映带，可以一目了然，使人不想多看。秦云这时，良心上仍认国材是很好的男子，并没有什么疵病可言，却只感觉和他在一处不生兴趣，因而不愿跟他笑语挑逗，就是这个缘故。而且他二人在旅馆虽只住了不足两旬的时间，然而已嫌太多，这两旬中已使秦云感觉生活平凡了，但还希望改变家庭生活，能得着新的刺激。国材却是以秦云的喜怒为喜怒，见她不乐，自也抑郁，当然希望搬家后变个样儿。哪知第一天的家庭生活，竟和旅馆中没什两样，所差异的只是多添的烦闷气恼。于是秦云因环境的不满，更加重对国材的厌倦，国材也因秦云的变态，由彷徨而失望，渐渐感到美梦已归虚空，以后未必有好日子过了。这二人心中各抱郁悒，然而秦云的苦闷，犯不上跟国材说，国材的苦闷，不敢对秦云说，因之隔膜渐深，只有同床异梦了。这错误只是二人在旅馆过的日子太多，把同居生活的滋味，领略够了，男女双方一切的玄秘，也都互相认识清楚了。以秦云的阅历广阔，性情善变，自然难免感觉平凡而生出情形。倘若他俩能得到林翁的助力，在订婚之后，立即分离，以若干日后，再行正式结婚同居，敢保秦云因着新鲜郑重，以及自傲种种感觉，和脸面、身份，以及种种维系力量，能把对国材的爱情多延续若干时。固然二人性情不同，终是难于长久，但比这样总可好得多了。

可是秦云虽然对国材厌倦，但她的心里却不肯这样想。因为良心关系很知道国材诚恳可感，自己绝不忍负他。而且正式同居方止一日，若竟发生裂痕，也未免对不住自己。因此秦云一面自哄自己不肯承认厌倦国材，只觉他不大可心。自己也许犯了什么毛病，忽然不高兴起来。一面又想国材纵然麻木不堪，使自己宁可装睡，也不愿和他说笑，然而既嫁了他，也只可忍着。至于忍到什么时候，她却未思及。其实这样在秦云好像勉顾大局，而实际却是错误。因为这样貌合神离的夫妇，若是在几十年前旧礼教下的旧式婚姻，一经结合，便算终身已定。离婚两字尚未发明，人们脑中的婚事龙凤帖上，好似无形中注明和鞋店招牌同样字句，是货物出门，磨沾不换。于是丈夫即使把妻子看作妖魔，妻子把丈夫看作丑鬼，因为知道交易已成，万难退换，也就只得降低眼光，回心转意，尽力向好处走了。但秦云这时所处并非那样年代，也不是那样脑筋，既对国材不满，存心姑且忍耐，她的心里当然已悟到不能长久了。若是个聪明人，正该趁早打开鼻子说亮话，用快刀斩丝手段，正式解决。虽然忍痛一时，却于双方都有好处。就像婚姻离合最为方便的美国人，有时结婚不过几天，就又自行离异，外人看着，难免讥为儿戏，然而局中人也许在婚后数日之中，发现性情扞格，既知不能长久，何如及早分开，虽然消除爱情，尚可保存友谊，若隐忍因循，不但双方枉受痛苦，还恐恶感愈积愈深，反生意外祸事。只看我国自古以来，因为婚姻制度过于呆板，出了多少夫妇相杀的惨事。莫说我国，即在西洋诸国，例许离婚，然而还有人因为受法律或环境所限，不得如愿，也常闹出夫妇间的悲剧呢。但是秦云终误于没有高深知识，见不及此，而且即使她能够想到这层，也不能当机立断，这却因为她还有特殊情形，说起来又和她的出身有关了。做妓女的有时热恋一个客人，只由于情感或是性欲，而发生恩爱，中间并有金钱势力等的关系，双方要好，经过一个白热时期，热度自然渐渐低落的，直到互相厌恶的时候，论理说妓女对这客人既自始未以金钱为意，只由情爱结合，情爱既已消失，若再勉强对付下去，又有何味？最好毅然斩断，各自分飞，落个爽利痛快。但妓女绝不如此，任如何相仇相恨，仍要勉强下去，而且表面还做得和热恋时一样。譬如客人半月不见，就要各处去找，仍似热恋时一样的片刻难离，但那时找来是缠绵厮守，这时找来却是吵嘴打架。又如在热恋时，为着猜疑嫉妒，常和客人发生激烈战争，爪面撕衣，在所不免。到厌倦时仍然保存故态，或者变本加厉，但心理却已大不相同。以前是爱极发狂，后来是借题泄愤了。这在个中有个专名词，名曰仇鳔。鳔者，如胶似漆，固结不解之意，仇自是反目成仇腐心切齿之谓。既然仇恨已深，还要固结不解，这是什么意思，真有些难于判断。若说顾念旧情，不愿自我决裂，然而将来终须决裂，到决裂时，妓女还许把这客人当仇敌似的凌辱一顿，以做结束呢。若说为着多延迟一日，便可多进一天的钱，也是不然，因为妓女有时根本没注意钱，还许倒贴着而仇鳔很长时候。这实在无以名之，只可说是没理性的女人，由矛盾心理中发生的奇怪行为而已。秦云因为做过妓女，结过恩客，行像有了特别的涵养功夫，所以在这时绝不想对国材做鲜明的表示，因而国材就算从此受定磨难了。

闲话抛开，且说二人经过同床各梦的一夜，次日起床，又是瞪着眼儿没吃没喝，大有灾民之势。因为昨天只买了个大水缸，缸上没有水。这地方的房子，并没有自来水管，只仗着水夫每晨挨家提桶挑送。他二人起得太迟，错过了送水时候，未得和水夫交涉，故而水缸仍是空的，连洗脸漱口的水都没有。想向白家借用，又因昨夜听了那些闲话，实在犯不上下气相求。二人对怔了半晌，秦云忽然下床，穿上件旧旗袍，对镜稍理乱发，向地下提起把洋铁水壶，就向外走。

国材问她去做什么，秦云道："我一起来，又渴又饿，只这么怔着，等谁来伺候呀。只好我自己出去倒壶热水，再买点吃的。"

国材忙跳下床道："我去，我去，怎么能叫你去。"说着就抢过水壶，又道，"可是哪儿有热水，哪儿卖吃的呀？"

秦云咂嘴儿道："得得，你是少爷出身，哪能干这个？我是穷丫头，从小儿就跑过街，就是不认得水铺点心铺，我鼻子底下有嘴，也会打听，还是让我去。"

国材听着不是滋味，就不敢再说话，提着壶直跑出去了。

秦云望着他的后影儿，不住摇头叹气，自语道："这是家吗，简直是面枷，可怎么了啊？"

正在这时，忽听门外有人叫林太太，秦云走出看时，见是西屋住的妇人，便让她进房中坐，那妇人道："我不进去了，您才起来，不是用水吗？我这儿有壶开的。"说着把壶递过。

秦云却不去接，口中说道："谢谢你的好心，可是我不敢用。若是被他们瞧见，又害你受气。"

那妇人道："不要紧，他们现在全没在家，你就用吧。"

秦云看看南房，果然倒锁着门，就接过壶，强让那妇人入室，自己先沏了壶茶，斟了两碗，又让那妇人坐下，把茶递过去。那妇人望着美丽的沙发，似乎自惭形秽，不敢就座，到底躲开向一只木椅上坐了。秦云就问白先生同太太上哪儿去了，那妇人似乎没听清秦云的话，哼了一声，又随着说上哪儿去了，说完又瞪眼望着秦云，更不作声。秦云觉得奇怪，但客人到了自己房中，不好木然坐着，只好再开口问道："白先生跟太太也常一同出门吧？"

那妇人摇头道："不常一同出门，今天是头一次。"说完又怔起来。

秦云方要再寻话头，哪知她忽然开口道："林太太，我看你是个福大量大、肚里存得下事的人。想跟你说句话，你不致于把我埋在中间吧？"

秦云听了不解，忙问："你这是什么意思，要说什么……哦，我明白了，我不会对白先生两口儿说你的。"

那妇人望着秦云，似乎要给她相面，端详半晌，忽然说道："我劝你们赶着搬家。"

秦云愕然道："为什么呢，我们才……"

那妇人接口道："我劝你搬家是好啊，你听我慢慢说。他们俩口儿今儿出去，得很耽误会子呢。我很明白他们一时不会回来，你知道他们干什么去了……你可许过不把我露出来，我告诉你，他们销赃去了。你知道赃是什么？"说着瞧了秦云一眼道，"就是你们房里的东西，他们昨儿偷走的。我曾亲眼看见，所以昨儿暗地指点，叫你买锁锁门。他们俩也太不是东西了，偷了你们几件值钱东西，你们使用破火炉，他们还讨回去。你们用点热水，他们还说闲话，真是没一点儿良心。我昨儿气得一夜没睡觉，直寻思到天亮。第一我看着不忿，第二那俩没人心的什么事都做得出来，若是认准了你们有钱，就许贼起飞智。将来闹出事来，我也脱不了干系。不用说别的，倘若你们房里丢多了东西，追究起来，他俩为洗清自己，就许硬推到我身上。你知道我在这院里是个累赘，他们恨不得立时除掉了我啊。我因为一半生气，一半害怕，就打定主意，来对你实说。林太太不是量小的人，也不是沉不住气的人，听了我的话，千万不要发作，他们准猜疑是我说的。我现在虽恨他们，还得苟图衣食地在这里活着，若被他们赶出去，我就没路儿了。林太太您只当卫顾我，千万别露什么，赶着寻房搬家吧。"

秦云听着，想了想道："多谢你告诉我，我绝不能把你露出来，你放心吧。可是我从第一天看房来，瞧着你就怪纳闷的，这两天更看出你的苦情。咱们都是女子，你又有什么碍口。到底你是白先生什么人，怎他待你这样，快告诉我吧。别像昨天那么吞吞吐吐的，我实在很想帮你。”

那妇人听了，脸色忽然由白色转红，随着眼圈也红了，望望秦云，摇头叹道：“谢谢你的善心，可是我这一世已经完了，谁也不能帮我。我……我跟白衍芝……简直是段丑事，实在没脸儿说，你就别问了。”

说着泪如雨下，呜咽半晌。忽又抬头望着秦云，似乎要说话，但唇吻动了几动，终未出声，最后眼泪又一阵狂涌，才随着说出话来道：“林太太，好在你认识我这个人，不知道我的根底和真名实姓，我就告诉了你吧。我的苦楚，在肚里装了这些年也闷得够了。可是提起来话长，您得耐烦儿听，还别笑话我。”

说了沉了一沉，又道：“我的老根儿本是北京人，上辈儿还在旗吃粮，到我父亲这辈儿，就落魄了，又赶上改朝换代，把钱粮也没了，我母亲连穷带病，竟而去世。为发送她又拉了很多债，父亲实在没了法儿，只可从我身上打主意，想给说个主儿，多讨彩礼钱。明着嫁女儿，实在就是卖女儿了。那时我正十九岁，没有一点儿主意，只由着老家儿做主。当时干军界最是吃香，父亲给我说了个连长，得了几百块钱，马马虎虎把我聘出去。我父亲也是苦命，把卖女儿的钱花完，也得病死了。从此我更举目无亲，只可听天由命地跟丈夫过吧。幸而丈夫待我还不错，无论调到什么地方，都带着我，因此我把山东河南湖北都走到了。直过了十多年，丈夫的官儿并没升过，可是有几回打仗，倒从民间落了些金珠细软，因此手里很有点儿积蓄。到前五年丈夫的长官失败，他也丢了官，只可先回北方来再想法谋事，就回到天津，寻房居住。也是活该倒运，竟寻到这地方，这个院里。当时也是这三间北房空着，我们就赁下来。南房住的也是白衍芝和他那带病的前妻，那时还没有碧琏呢。我住到这里以后，因为手里有些积蓄，不愁生活，倒过得很快乐的。哪知祸从天降，一天我丈夫出门去买东西，到夜里还没回来。我直等了一夜，到天亮有人叫门，是个巡警，告诉我丈夫在街上被汽车撞死了，那撞人的汽车，已经逃去，没法查找。因为看见丈夫身上带的名片，所以找来叫家人去收尸。我当时直似头上塌了半边天，把魂儿都走了。也不知怎样做的，居然糊里糊涂，把丈夫尸首领回来，给安葬了。从此我就成了又孤又寡的人，那凄惨你也想得出来。好在算算手头体己，还有两千多块钱，虽然暂时不用发愁，可是往后想没一点儿指望，只得节省着过。这里的三间房，我一个人住不开，房租也嫌太大，就打算另寻个小单间儿，自己节衣缩食地苦熬岁月。因为我举目无亲，这点钱不敢撒手，就是死钱，吃一个少一个，怎能不小心呢。哪知正要搬家，白衍芝这小子不知怎么知道我手里有钱，竟来假装好人。劝我在这里住，他可以少收房租。我也因为住得久了，只有他夫妇厮熟，可以得此照应，若搬出去又得跟生人打交道，未免怵着一头，就又照常住着。谁知满盘棋都输在这一步错招上了，从此以后，白衍芝对我装得别提多么老实，待我别提多么亲热。他的前妻又正害病，不能起床。他每天出来进去，总对我献殷勤，替买东西，替办事情，费力垫钱，都没一点儿不愿意的样儿，当时我也着实地感激他。这小子真是坏蛋，这样儿先拢住我的心，跟着就得步进步，对我挑逗起来……"

她说着脸儿又红，赧然良久，才又道："你别笑话，我当时实在有些自作自受。他一露出邪心，我若骂他一顿，赶着躲开，也就没事了。只恨我一时糊涂，把他当作有情的人。咳，你哪知道青年守寡孤寂的苦楚，怎经得有人温存哪？可是我虽然也动了心，可还管得住自己，想到他原有妻室，我和他发生关系，算是什么？再说也对不起他的太太。我便是守不住节，想要嫁人，也该寻个正经的归着，怎能偷偷摸摸，做这没下场的事呢。我这样思想，仍错在把他当了好人，觉得他的情意很是可感。他既爱我，我也有些爱他，不过他既有太太，我绝不能做这荒唐无耻的事。我在回绝他话里，就把这意思带出来，哪知竟作了大孽，因为这话中好像还藏着话，他有太太，我不能从他，可是他若没有太太呢？我当然可以从了。白衍芝被我回绝以后，居然不再啰唆，反比以前更规矩了。但他那位病太太，病势可就一天比一天沉重，没过两月就死了，她虽然实是害病死的，并没有一点儿可疑的情形，我当时也没有一点儿疑心。可是以后我从白衍芝的存心行事上看，总猜疑白衍芝是因为我那句无心的话，生出歹意，使手法把他太太弄死的。白衍芝太太死后，我因为孤男寡女，同在一院，有他太太在着，即便是多口气儿的活人，也可以没有嫌疑，她这一死，我可绝不能再住下去了，就又忙着找房搬家。白衍芝得了消息，半夜跑到我房里，进门跪下就哭。诉说他怎样真心爱我，以前因为我有丈夫，他有太太，绝不敢有背礼的念头。现在我的丈夫早经去世，他的太太也抛下他走了，这正是天意作合。而且从我守寡以后，他无日不可怜我，现在他落了孤单，受了苦恼，我怎不可怜他，倒要躲开不理。这样哭了又说，说了又哭，我是铁石也心软了，何况早已对他感激，本心又已存着寻个终身倚靠的念头。当时……咳，不用细说了，我就算受了他的骗，答应嫁他。不过还能抱定老主意，当时不许他占我的身，约定待他办完白事，过些日子，和我明光正道地一嫁一娶，才能成为正式夫妻。他真是老奸巨猾，居然装得像，忍得住，一点儿没有逼我。两下把话说完，就出去了。直到把太太发葬出去以后，他才在每天晚上，关了院门没有第二人的时候，进我屋来。我因为已把终身托付给他，也就不管什么嫌疑了。起初他还假装老成，只谈些心思话儿和将来的事，并没轻薄样儿。一直过了几天，我更看重了他。倒有些不能……咳，你想，一对孤男寡女，关在一处，又已定过终身的约，再加日日厮守，越守越亲，越谈越腻，到这时候，每夜总谈说到半夜，可是到了夜静更深，他乏得熬不住了，立起来说声明儿见，懒懒怠怠，恋恋不舍地走出去，回他的冰房冷屋睡觉，我这儿也仍然枕冷衾寒地苦度长宵，这样……你想怎能长久地硬着心肠呢？咳，这是真丢人，我也没脸儿再细说了……”

说着停了一停，秦云正听得入味，只怕她停住不说，急忙劝导着道：“咱们都是女子，怕什么呢？再说像咱们这样苦命的人，生在世上，谁都难免有这种吃亏上当的事，我也是一样啊，你快说吧。”

那妇人看看秦云，点点头，才又接着道：“就因为我硬不住心，在一天夜深时候，他要告辞回房去睡。我好似怕他走了自己冷清，留他再坐会儿，迟一会儿他又要走，我又留了一句。那小子大约看准火候够了，竟改了样儿，渐渐越凑越近，倒涎脸赖住不走了。天啊，我在那时候还有什么法儿再赶他走，再守不住等待结婚的话，不由自主地就上了他的当。从此以后，他再也不离我的屋子，你想一个女人到了男子怀抱，还有什么法儿挣扎，一切只可都由他了。不过我仍觉着这样马虎下去，不是常事，不断地催他结婚。我知道脱不开外人耻笑，只存着脸皮，叫他请些亲友，正式办回喜事，当众行过大礼，就算名正言顺地成了他的太太。旁人看我们住在一院的孤男寡女的忽然结婚，一定当笑话传说，可是我只要了结终身大事，也顾不得那些了。白衍芝经我催促，当面虽满口答应，却把他太太新死不久，办急了怕人议论的拖延，劝我稍等几日。我听他的理儿很正，也不好再催了。就这么糊里糊涂混了两三个月，在这时候，暗地已经一同度日了。白衍芝不但把我的生活全担起来，而且常常给我零钱用，装得很像个养家的好丈夫，我就更放心他了。

“一天也是我自投罗网，因为他守在家中，不去做事，居然过得很是富裕，不知钱从哪里来的。就把这话问他，其实那时他是个光蛋，在外面只做蒙骗的营生，并没正业，也没积蓄。却骗我说，他的父亲死后给留下一笔款子，前年他自己被朋友所邀，到张家口去办税务，也剩了一笔钱，总起来有万数千元，存在一家妥实银号，每月吃一分利，有百多块钱进家，足够挑费。我听了自喜嫁了这有钱丈夫，一生可以不愁，又想自己的体己，存在箱中，越花越少，若也存入银号生利。我本身有丈夫养活，连利息也用不着，几年工夫，就可以滚出许多，这样便宜事何乐不为。再说我以前不敢把钱出手，是因为没有可靠的人，可靠的地方，现在既有妥实银号，我的丈夫把上万的钱存进去，都不怕失闪，我这一点又怕什么。我心里这样想着，可是还觉着自己养命的钱，不能轻易出手。直寻思了几天，还没决定。白衍芝也不再问我，却在一天从外面带来一包现钱，交我收着，说是才从银行取来的利息。我数了数果然是一百多，不由更动了心，晚上忍不住就把自有积蓄的话说了出来，白衍芝还装作满不理会。我倒央他代去存放，白衍芝还说数目不大，就在家里搁着也罢。我真是傻子，还说按一分利算，每月能进二十多元，做什么不好，何必在家里搁着。白衍芝这才答应了，到次日还是我催着他，把钱带出去，到晚上就弄个假存折来交给我，说已经存妥，其实他已藏到别处了。一月以后，他还装模作样地向我要折子给取利息，把两份儿利钱交给我度日。其实都是从我的款里拿出来的，而且在这一月以内，他总变着方儿把给我的钱要回大半。

“到第二个月，有一天他从外面回来，顿足捶胸，呼天叫地地疯闹起来，直喊不能活了，坑死人了。我问了半天，他才说存款那家银号倒了，管事人早已潜逃，连他带我的钱都坑了个干净，恐怕一个大子也追不回来。我听着也吓傻了，心想养命的根本这样失去，自然难过。但想他所失的比我还多几倍，也不好埋怨他，何况当初又是我自己起的意。再想我既弄得赤手空拳，以后更得倚赖丈夫，倘若把他急坏，我的前途岂不更没了指望，因此倒去劝他。他说了许多对我抱愧的话，又郁闷得好几天没好生吃东西。当时我真信了，对他倒加倍尽心。哪知他既把我钱骗到手里，自然要去挥霍，先对我说存款既已倒蚀，以后度日都要艰难，只可托人谋事，挣钱养家。又过几天，他说已经谋着事了，在什么公司管账，得长期住在那里，每星期才能回家一次。我当时信以为真，反倒心里难过，只想他原来在银号存款，一向平安无事，我这一跟他掺和，银号竟而倒了，这不是我走败运妨了他吗？如今他把安坐而食的好日月坏了，竟要辛辛苦苦给人家做事，实在可怜。而且我和他虽未成礼，已经算嫁了他，他穷了要出去受苦，我只有心疼，哪还有心思想别的呢。不过他这一去，院中只剩下我一个人，这份凄凉真是难受，但我为长久打算，什么苦也咬牙忍了。到这时候，只有怨自己的命吧。

“哪知我把一腔热血全倒给他了，他只一味地欺骗我，永没发现这一点儿良心渣儿。他借题出去以后，就把由我手里骗去的钱，在外面尽情挥霍，花天酒地，无所不为，就认识了现在跟他的这个碧琏。这碧琏原是唱蹦蹦戏的，以前在江湖班里专走小码头，不知怎么到了天津。也上过一回台，因为没人理会，简直混不上饭，只可下了窑子。她天生是下贱东西，跟一个伙计勾搭上了。及至白衍芝认识上她，大概因为没有见过好客人，竟把白衍芝当作财神，好得蜜里调油。白衍芝把骗我来的钱，送了不少，碧琏竟非嫁他不可。白衍芝就替她还了账，弄到家来。这时我自己在家中苦熬苦守，白衍芝总不回来。偶尔来一回，也是满嘴瞎话，诉苦告穷，不但不给我钱，反倒剥削我点儿。我还当他在外面真窘，哪忍逼他，只可自己变卖度日，看看儿把衣服家具都当净卖光，房里只剩了一床被褥，眼看就要断餐完了，可巧白衍芝在这时候恰把碧琏领回家来。白衍芝把碧琏从娼窑弄出来，先在旅馆住了些日，大概因为挑费太重，支持不住了，才一同回家。白衍芝住的南房，从他假托出去做事时，就借词上了锁。所以我这里虽然当净卖光，也未曾动他一草一木。及至他带碧琏回来，打开房门，就按部就班地过起日子来。我见白衍芝带个年青女人回家，还自纳闷。白衍芝也不理我，更不上我房里来。我起初还当是他带来亲戚女眷，有什么事谈说，因为自己身份未明，不能出头见人，只好暗地偷瞧。见他俩同出同入，同起同坐。女的在院里大说大笑，又谈论院子应该修理，门户应该油漆，直是家主婆口吻。我听着方觉诧异，女的又问北房里住的是谁，白衍芝回答只是一位守节的太太。女的笑着说：‘这倒清静，你以前在家住着，关上门就没第三个人了。’白衍芝低声说我就因为这个，所以不愿在家里住，现在有了你，我没说的了。我听了这话，头上轰的声儿几乎走了真魂，心里便悟到事情坏了，料着白衍芝良心已丧，带来的这个女子，必然大有瓜葛，或者就是我的要命鬼。但还盼着事情不致像我想的那样坏法，也许白衍芝和这女子只是临时苟合，信口乱说，他的真心仍在我身上，世间男子有几个不做荒唐事，固然他把个烂污女子弄到家中，当着我面前胡闹，未免欺人太甚。但我只盼他们真是露水姻缘，白衍芝只是一时荒唐，本心仍旧爱我，我还能原谅他。咳，真傻得可恨，还指望这碧琏是他临时招惹来的，不久就可以走去呢。哪知当天晚上，两人竟从饭馆里叫来好些酒菜，像摆喜筵似的欢笑吃喝，可怜我这屋里连灯油都没有，摸着黑儿，把一块余剩棒子面饼，就着眼泪咽下去。到夜间他们睡下，我才有些明白这女子要长住了。果然第二天碧琏就换了家常衣服，装模作样地过起日子来。你想我心里是什么滋味，可是也没有法儿，只好躲在房里哭吧。无奈我房里一无所有，白衍芝又不管我，要吃饭还得出去和打鼓的打交道，想躲着也不成。一次白衍芝同碧琏在门口遇见我，他竟满不带相儿的，指着我对碧琏说：'这是北屋住的张太太。'我当时真气疯了，恨不得咬他一口。可是自己想想，凭什么理由和他闹？有什么言语，和他说呢？不由又气馁了。

"这样过了几天，我看出碧琏是嫁给他了，而且从碧琏口里口外，听出白衍芝在外面挥霍了许多钱，已明白受了坑骗，只想得个机会，抓住白衍芝问个一清二白。既然糟践了我，现在又娶别人来家，把我抛下不理，到底打算怎样主意。还有我的那笔养命钱，是被哪一家银号坑了，我也得见见真儿。若是你骗了我的钱，又白污了我的身体，如今弄个婊子来一同享福，把我踢开，我就死在你跟前，到阎王殿上告状。我打了这样主意，只等白衍芝一人在家时候，跟他交代。哪知碧琏总不单身出门，白衍芝又和她形影不离，没有走单了的时候。我又不敢当着碧琏问他，怕我的丑事被碧琏知道，张扬出去，反闹得人人骂我不正经，不要脸。更怕白衍芝当着碧琏，不好意思承认，倒把事弄僵了，因此又忍耐了十几天。其实我是太糊涂了，白衍芝在没回家以前，早已把我的事全盘托给碧琏，碧琏只是表面假装不知，暗地里正在加紧算计我呢。

"这一天早晨，碧琏忽然跑到我房里来，先说了些闲话，随即提起房子的事，她简直端出白家主妇身份，对我说：'张太太住在我们这里已经好久了，我们白先生是个脸皮薄的人，自从前头那位太太死后，他自觉是个光棍男子，你张太太又守着节，不好当面交代。以后又赶上他在外面做事，很少回来，所以房租一直没有算过。大概张太太也因为不愿跟他接谈，所以没交过租。其实这不算什么，老街旧邻，谁不知道谁，就是搁上十年八年，也不会有错儿。倒愿意搁的年头多了，凑一笔大钱，存在你这里，比银行还稳当呢。不过事情也赶巧了，白先生跟我在外面结婚，铺张过了头，把钱已花亏了。回家来又买东西，更闹得手头挺紧，偏巧昨儿又出了一档要紧用项，数儿倒是不多，无奈白先生的薪水，还没到日子。我的定期存款，也取不出来，这可为了难。昨儿寻思了半夜，还是我想起个主意，打算跟你张太太通融一下，我们白先生被我提醒，也想起你的房租很有日子没算，已经有四五个月了，想叫我来问一声，可是又怕你张太太手下有个方便不方便，问冒失了倒显着不好意思。我就对他说，你枉是个男子，五官俱全，可惜两只眼没一只亮，简直不认识人。我虽然没跟张太太坐下谈过，可是早看明白人家是刚强规矩人，你说人家欠下几个月房租，这叫胡说。人家守节的人，凭什么欠你的房租，以前只是因为你房里没个女的，不能跟你这男子乱打交道，这是在本儿的，男女授受肉不亲啊。其实人家一定早把房钱给按月存着，只等咱们去取呢。张太太，你看我说的对不对？房钱一共是四个半月，总共廿七块钱。你若在手边，就交给我吧……’”

那妇人说着，看望秦云，似乎把旧时怨气都提起来，目瞪口张，吁吁地喘着，咬牙说道：“你听这娼妇多么阴损，安着逼死人的心，来说客气话。我当时可昏了，明白她必是和白衍芝商量好了，成心挤我。也没旁的意思，只是要把我赶出去，不许在院内存身。白衍芝骗去我的养命钱，连间破房都不给住，真是逼我死。我直想出去跟他拼命。可是……咳，我这人一辈子就毁在没主意和胆怯上头，遇上事总爱前疑后虑，结果就把气闹颓了。这时想跟白衍芝拼命，又怕我一个人闹不过他俩。再说我住他的房，欠下房钱，是人人皆知的。他坑了我的钱财，却是没凭没据。若是闹起来，必然有人劝解，我说白衍芝骗去我两千多元，人们必问我一个居孀寡妇，怎么就肯把养命资财平白交给个没关系的男子。那时我若不说已和白衍芝完了婚姻，发生了关系的话，人们必要疑我讹赖。可是我若说了出来，那岂不给自己脸上抹狗屎？人们不定怎样耻笑？再说白衍芝必不承认，碧琏更得把我凌辱不堪，到那时便死了还得留丑名儿。当时我想了又想，只是忍住了气，对碧琏说现在手头不便，请她过一天再来。那时我房中四壁空空，碧琏自然知道莫说再过一天，便再过一年，也不会有钱给她。不过要看看我明天究竟如何，就也痛快答应，自己走了。我这儿寻思了一天，觉得打闹既不是法儿，这口气也实在难忍，再说我只身孤影，举目无亲，受了奸人欺骗，落到这等地步，往后又怎样活下去，不如自己早早寻个死路脱了苦吧。倘若真有阴司，倒可以向阎君告状，这阳世上绝没法伸冤了。我打定主意，心里越想越窄，到了半夜，悄悄起来，在门楣上拴了根裤带，就狠心上了吊。”

秦云听到这里，不由叫了一声道：“哟，你怎这么拙呀。”

那妇人苦笑道：“我并没真死了，要死了现在怎能跟你说话呢？当时我刚一上吊，就被白衍芝救下来了。大概白衍芝和碧琏两人虽然狼狈为奸，可是意思还不一样。碧琏是小老婆见识，从知道白衍芝跟我的事，就吃了醋，恨不得一时便把我赶走，越狠越不嫌狠。白衍芝也并不是念着我的旧情，更不是存着什么善心。不过他还看得远些，知道我钱财被他骗尽，衣服家具自已吃光，又无亲无故，眼下到了走投无路的时候，若再一逼勒，恐怕要挤出事来。可是他一把这话去劝碧琏，碧琏就赖他仍旧恋着我，不依不饶。白衍芝只可由着她干，但不免暗里提心吊胆。在白天碧琏来讨房钱，我一点儿也没发作，只推了一天日限，以后也没有作声。白衍芝就更疑惑了，一直留神我这房里。到夜里我一上吊，大概憋得哽了两声，他听见就跑进来，把我落下，好一阵灌救，方才活了。碧琏见我几乎出了人命，也吓傻了。见白衍芝哄我劝我，她也帮着央告。想不到我这一寻死，倒得了好处，不但把他们震住，而且他们怕我再死，脱不了干系，反自磨刀地给我想法儿。我当时既拼出去死，也不顾脸面了，指着白衍芝，问了许多话。白衍芝再不敢滑头，虽仍咬定那二千块钱是被银号倒去，但承认担在他身上，又应许从此长期养着，我衣食住全都供给，作为两千元的利息。至于本钱却要等他交了好运，得了好事，再行清还。碧琏又悄悄对我说，她早已知道我和白衍芝的事，现在她情愿和我做姐姐称呼，三口儿一同度日。总而言之，他俩只是怕我再死，要吃人命官司，所以怎说怎好，什么大许什么。我实料不到这一死反倒寻出活路，当时也就不想再死了。不过我只和白衍芝定规了养赡的事，却没理碧琏的茬儿。你想，在那时候，若答应她的话，岂不被她骂我没羞耻，寻死只为争男人，她把男人匀给一半，我就不要死了，这多么丢脸啊。可是碧琏被我吓怕了，竟实行她的主意。次日晚间，硬把白衍芝推到我屋里来，把门从外面锁上，我想赶他也没法儿了。白衍芝又对我说了无数好话，叩头赔礼地央告，闹得我……咳，说句不怕你耻笑的话，我真是没主意没志气，又有点儿贱骨头。就那么又受了他的笼络，服服帖帖地过开了这一家三口妻妾不分的糊涂日子了。

“这样平安无事的，倒有不少日子，碧琏也很少跟我争吵，这样好像她是个宽宏大量的人。可是妓女心性，真是难说，反正不能长久安分，总要弄点事情出来。她在家里把男人让出一半，自觉受人亏欠，就在外面另弄个男人抵补。原来当她在娼窑混的时候，曾和一个龟奴有染，那龟奴居然还认识两个字儿，当茶壶还带着管账。以后赶巧有家小报馆开在平康里外面，馆里的人常到娼窑去鬼混，和那龟奴认识了，居然结成朋友，狼狈为奸，打算出弄钱的法儿。那龟奴久在娼门，深知胡同中每个姑娘的隐事。例如某姑娘跟弹弦子的，某姑娘跟男梳头的，哪个多年陪柜，哪个性喜贴人，那龟奴把肚中存货，告诉报馆里人，一段一段登出来，教卖报小孩堵着那被登的姑娘门口喊卖，那姑娘受不住，只可想法儿托人说情。除了那龟奴还有谁能当这中间人呢？自然托到他面前，他就讹一笔钱，和馆中人朋分。如此日久，他很剩了几个。人有了钱，也就长了志气，不愿再干旧营生了，就跑到报馆去打杂差，从此成了报界的人。过二年他又收买了一家倒闭的小报馆，自己干起来。有这时候里，他和碧琏一直来往不断。及至碧琏嫁给白衍芝，中间虽和他断了一个时候，但以后又走动了。碧琏真是厉害，她搭姘头还要走明路，竟把那龟奴当作叔伯哥哥，给白衍芝引见。白衍芝那种势利小人，自然很愿意有这样一位干报馆的内兄，两下走得十分亲热。那位内兄的报馆，虽然不成样儿，可是报上多少总得印上些黑字，就凑了几个伏地圣人，什么三不管摆卦摊的，戏园子写戏报的，小药铺抱药斗子的，凡能写几个字，就胡乱一写，写完了往报上一印，印好了这就可换铜子儿。至于那些圣人，也算借报传了名，这样鱼帮水水帮鱼的，倒也弄了个热闹。只是用一位总主笔，得花钱请。那位内兄也不知从哪一家烟馆寻来落魄的穷秀才。那秀才本来教书，因为学生都改上学堂，把馆散了混不上饭吃，又有口烟瘾，竟落到给烟馆打杂差，等口灰水度命。那位内兄把他寻来，言明每月薪金大洋一元，三节各有节赏五角，到日发给，不得预支。每天两餐各给羊肉包子十枚，每星期晚饭得改吃单勾溷面一碗，以为犒劳。至于每日过瘾，由内兄借着势力，向附近各家烟馆轮流讨些许烟膏供给足用，这样凑凑合合，居然混得不错。白衍芝自从认了这门亲戚，就常去造访，因而交给了很多文士，如自称护花专使、章台走马客、青楼旧主等等人物，因之也就跟着学起风流和风雅来。又拜在那位秀才主笔门下，学做这个丝那个瓷的。可是那位内兄每当白衍芝到报馆去风雅的时候，他就借题到家来和碧琏风流。日久天长白衍芝自然难免眼有所见，耳有所闻。心中虽然生气，却不敢惹他这位内兄，只得忍气吞声，弄得有冤无处诉。在这时他本不常到我房里来的，自从发现碧琏秘事，居然常来了。暗地对我骂碧琏和那位内兄，发泄他的怨气，并且把一切的事都告诉我，要不然，我怎能知道这些呢。

“可是天下事叫人真想不到，那位内兄不知是寿数尽了，还是被白衍芝摆治的，有一次在暑天，他来看碧琏，关上门说了会儿话。白衍芝从外面回来，闹着天气太热，打开个冰冻西瓜，请那内兄吃。那内兄不好意思推辞，吃了几块，回去就死在报馆里。他死后无亲无故，只有碧琏一个堂妹，遗产自然归她承受。可是那内兄生前很是富裕，人人知道他有几万家私，但是死后身边并没有钱，谁也不知他存在什么地方。碧琏和白衍芝几乎寻翻了天，也没找出一点儿影子，结果只承受了一块报馆招牌和一些破烂纸张。因为那报馆向由印刷局代印，所以连机器都没有，他二人自然大失所望。白衍芝只可先支持着干吧，无奈本钱短缺，白衍芝穷急生疯，讹诈手段比他那内兄还凶十倍，但若遇着由讹诈引起的事端，他却不及那位内兄手眼灵活，官私两面都能对付。

“有一回本地出了一件少妇自缢案件，外面都传说婆母虐待所致，白衍芝知道那位婆母颇有钱财，想要讹些油水。因知她家中用着厨子，就在报上造谣，说那婆母和厨子有染，因被儿媳遇见，她就拖儿媳同下浑水。儿媳不从，大加挞辱，因而冤愤自杀。这段谣言，本来是先写出来，派人拿去向婆母示意，说这是访出来的实事，明天就登在报上了。倘若今天能出五百块钱，给主笔老爷买茶叶喝，这篇东西就可以当面撕毁。那位婆母却是个火性的，竟当面把来人骂出。这一来当然惹了祸，那篇造谣的稿子在次日报上就登出来了，社会上就传说起来，法院自然也注意审察，过些日就开庭审讯。哪知天下事真有奇巧难测的，那位婆母背后竟有明白人做主，迎头先把报馆告了。到开庭之日，那婆母带了厨子到堂，先请求堂上传邻舍作证，证明那厨子确是她家使用多年的唯一男性仆役，也就是报上指为奸夫的人。证明属实之后，那厨子说了话，请求堂上立时派医生检验他的身体，是否可以和人奸通。经过检验，原来那厨子是个天阉，绝对不能人道。这一来案情大白，人人都明白那婆母是横遭诬陷，白衍芝是妄造谣言。但事情还不止此，那婆母在洗白冤情之后，因着旧礼数的观念，以被诬淫邪为奇耻大辱，竟在公堂上取出剪刀，想要自尽。倘若真的死了，白衍芝不致抵偿，也差不多。幸而他命中有救，竟被一个法警把那婆母的剪刀抢过，未致受伤。这件案子就算审明，只等宣判，幸而白衍芝当日未曾到庭，没被押起来。他在外面听得消息，吓得屁滚尿流，东逃西奔，费了九牛二虎的力，各处托人，才算对付着没坐了狱，但报馆却算完事。他就好比耍猴的丢了猴儿，没的可耍，很窘了一阵子。

“但那位秀才主笔自从报馆关门以后，竟能混得不错，他借着旧头衔，先上各处乱打抽丰。他这抽丰，打得很有心路，打听某家是读书人家，某人是读书的人，就登门拜访，诉说苦况，请求念着斯文面上，加以倾助。随后再指着带来的诗或字请人家指教，大凡念过书的人，都有些狂气，被他这一客气，不由就要批评两句。他记准了受人一字便为师的古训，在虚怀若谷地接受批评之后，随即跪倒叩头，请求拜列门墙，自居弟子。对方若是个有人之患癖好者，俯如所请。他跟着又一阵恭维、一阵亲热，结果几块洋钱下腰，方才告辞。过几日再去拜访，顺便领取自以为应得的徒弟津贴。据他考证，昔日孔夫子对门下都有这种津贴，所以孔门弟子的集至三千之多。害得老夫子周游列国，遍处打抽丰，还是不够开销。老夫子苦恼极了，故而对弟子中唯一情甘受穷、不领津贴的颜回特别赞美，风示余人。不过别的弟子都不听这套，仍旧领取，因为这是在理而合例的。老夫子既要用弟子壮声势出风头，怎能白使唤人，不给酬报呢。这位秀才主笔抱定这样主意，只顾了于古有征于心难制，却忘了在人有据，在势难长。常常因为请领津贴，逼得老师杜门称病，宣告断绝关系，才算告一段落。然而他却问心无愧，以为徒弟叨扰老师是应该的，老师不肯帮助徒弟，那是他放弃责任，不顾师道。倘若在那初见时，对面不肯对他有所批评，他自然无法做进一步的亲近，那就只求助几文，不拘多少。得钱以后，必然把诗或字留下，以为交易。对人还夸口说，这是文章有价，用笔墨换取钱财，并不失文人清高本色。他就这样东攒西撞，连蒙带赖，居然混得比有职业时还强。因为他有的是闲工夫，把功课排匀了，一天跑上十家熟地方，十家生地方。只要有两家能上他的当，就可以有两块钱进项，除去衣食，还有富裕。就存起来，做两身讲究衣服，预备再向上巴结。遇上本地有听头的人家里办什么喜寿事，他就送一幅自写的对子或是屏条，跟着就去到场拜贺。一面奔走招待，巴结主人，一面在来宾中寻找有钱有势和有名的，乱送名片，遍询地址，过一天就挨门拜访。人家只一应酬，他这就又非师即友地亲热起来。如此日久，他竟辗转认识了好多人，虽然人家没一个看得起他，但他却以交尽贤俊自豪了，刻了个天下何人不识我的图章，印在名片上，当作官衔。一面又仗着所识人多，抽丰越发好打，把熟人列在一个名单，顺序借钱。譬如每日叨扰三人，而熟人却有六百，那么每半年才能重复。在他不为频数，在熟人也可勉为应酬，这真是聪明办法。看起来在长袖善舞、多财善贾两句古语以外，似乎还得添上一句多友善借了。他的生活既然有了基础，居然又生出第二重人格，装起衣冠人物，和一般酸文假醋的人，结为党羽，互相标榜，渐渐越混越有样儿了。

"白衍芝见他由一个穷烟馆打杂的混成名角，自己反而望尘莫及，不由眼热起来。就去央告那秀才提携，那秀才还是不肯。后来白衍芝把他请到家中，叫碧琏灌迷魂汤，那秀才得了便宜，只可答应，教给白衍芝学诗学字，预备插入斯文群内混饭。但他不肯单教白衍芝，必得也把碧琏收做女徒，一同教授。他二人学得真快，不到一年全都成了。那秀才带着他两口儿满世界去拜访名人，又把自己作的诗教碧琏抄写了，硬说是她作的。其实白衍芝还能胡诌两句，碧琏连字也认识不了几个，就是抄写，还是老师把着手腕，像小孩学描红一样。不过她好在是个女的，那些人们当然愿意和她交结。遇到诗酒之会，座上有个女的，岂不多添好些兴趣。再说碧琏又是风尘出身，当筵陪酒是她的老营生，又加调笑打闹，满不在乎，哄得那些人神魂颠倒，又哪管她真个能作诗不能，只求给她上个女诗人的衔，当真得以加入团体，给大家增加兴趣，就算名正言顺，心满意足了。白衍芝借着碧琏的人缘，也颇受到尊重，被称为神仙眷属，翰墨夫妻。接着由那秀才引头起哄，给碧琏戴上女诗人的桂冠，举行典礼，请大家醵资设宴，并且送纪念物品。事后收得许多银杯银盾，随即全都卖给银楼，得了几百元，由那秀才和他俩朋分。再过些日，那秀才又就了这大明报馆的事，把自己的臭诗，都用碧琏的名字登出来。又今天刊一张照片，明日刊一段解居注，今天说女诗人吃多香蕉，致患泻肚之疾，一昼夜如厕十六次，共得新诗三十七首，足见天才，明天说女诗人打牌赢钱六角四分时，提出百分之一，捐助灾民，实为慈善，诸如此类，源源不绝，碧琏因而越发声名洋溢。但是外界的钦重与笑骂，却是不一致。那秀才和碧琏以为无论佳名骂名，总归难得，不可不加以利用。于是就把碧琏名下作品，加上白衍芝几段大鼓词式的佳章，合印了一本璇闺唱和集，印出来薄得像街上卖的两分钱打牙牌唱本一样，他们竟要卖两块钱一本。

“满打算这一回能发财了，可哪里有人买呀。好几月工夫，也没卖出十本，只得硬派给熟人吧，但也销不了许多。白衍芝急了，他就带着好些跑到娼窑胡同，挨家强卖，要每个姑娘认买一本。可是妓女怎能看这种玩意，又嫌价钱大，全都不要。白衍芝吵了好几场架，被毛伙打得鼻青脸肿，也没卖出两本。他回来气得牙疼，想要借着报出气，把妓女们都骂一顿。但是妓女人数多了，不能说某一条胡同的姑娘，全害着姘毛伙的传染病，只得甘吃哑巴亏，忍了这口气。以后他又想了推销的法子，在诗集封面上添了号码，背面添上简章，当作一种彩票，名之曰文化奖券。凡是花两元买一本的，都有得奖希望。奖品却定得非常巧妙，头奖是价值两千元的物品，二奖是价值一千元的物品，其余以此类推，反正每奖都是物品，都有价值字样。这样费尽心力，结果只售出百本不到。他为着还要再办第二期，居然维持信用，如期开彩。但若依照章程给奖，就是卖了人也赔不起。他居然有巧妙的法儿，向街头小古玩店花了不到五元钱，就把奖品备齐。头奖是一幅八匹马的古画，款署子昂。谁敢说赵子昂的画马不值二千元呢？二奖是一块小石头，一面记着三齐王之宝，汉朝韩信的印，价值又岂止千元？三奖是一只黄布小口袋，上面绣着镖字，是《施公案》里黄天霸所用的镖囊。四奖是只大旱烟袋，清朝纪晓岚用过的。五奖因为共有五个，就备了五条破旧手帕，上面染上点儿猪血，说是明朝严东楼抄家时，在他住房床下，拣出了二千多条绸帕，就是所谓淫筹，每污毁一个处女，便留一条淫筹，以为纪念。这东西落到锦衣卫陆炳……就是《审汤刺汤》戏里的那位官儿……的儿子陆小山手里，传至近代，方才流落人间。这五条就是两千多条的一部分，可算奇珍异宝，作价每条二十元，已经太便宜得彩的人了。诸如此类，他可谓费尽心力，不恤牺牲。但是得彩的人，无一不骂，因之第二期也没办成。

“他实在没了法儿，只可零碎出脱，每天带着些书，出去寻觅机会。遇到私开的烟馆或是犯法的暗娼，他就进去以登报威吓，结果买他一本诗集，便可转圜。要不然就出入旅馆，寻觅他所知道的惧内的老爷或是赴幽会的太太，拉住了声言要给来人义务宣传。于是那些老爷太太，都临时成了诗人。有一次他最为得意，早晨上一片草地去出恭，看见一个女仆模样的人，挟着个小布包，鬼鬼祟祟地走进草丛深处，少时又空手出来，匆匆而去。他不由动了疑心，就到草丛里，寻着那布包一看，原来里面是个新生的小儿，尚在活着。他就把布包重新裹好，挟在肋下，跟着那女仆走去。到地方见女仆进了一座大宅门内，他就上前叩门，求见女主人，言说有要紧东西送交。结果见着宅里老太太，他一言不发，把布包交过。那老太太一看，就吓呆了。原来这老太太的女儿，因失身匪人，怀了身孕。这老太太顾全骨肉，又爱惜声誉，费尽千方百计，瞒着丈夫假说女儿害病，深藏待产。提心吊胆地好容易把一块病等得落生，贿赂女仆抛弃出去。不想这时蓦地来了这样一个陌生人，把自己千方百计的计划，完全破坏，心里怎的不惊。有心不承认这个小孩是自己院内的东西，又见白衍芝一副贼忒兮兮的面貌，料定是来者不善，善者不来，说不定还许是自己贿赂的女仆给勾引进来，变个法儿，向自己要另外敲诈一笔钱呢。想到这儿，心里又气又怕，却又不能把白衍芝给冷淡了，只可静一静心，让白衍芝坐定，老实贡献钱财。”

后事如何，下回分解。

第二十三回

文运宏开诗盟结老媪
佛光普照花雨落前生

话说白衍芝对老太太说明来意，老太太知道这是非金钱不能料理的事，只可拿出一百元钱给他。白衍芝不要，再添二十，白衍芝还不要，再添十元，仍是不要。直添了四次，白衍芝才说了话，表明自己并非无赖之徒前来讹诈，并不想要钱。老太太听了大喜，以为他也许并无别图，只是因为没有儿女，想要弄回这婴儿做他的子嗣，故而前来请求允许。但他未免太多事，这婴儿既已抛弃，谁要都可以，又何必弄这啰唆呢？也许他羡慕本宅财势，想借此认一门干亲，就问他倒是何意。白衍芝先郑重说明，请老太太注意他是个读书的君子，并且是有名的诗人。又替老太太解释法律，说当初做父母的生下孩子，倘若不愿养育，可以抛弃，以为自我生之，自我杀之，并不算是犯罪。实际即是被官府知道，罪刑也不甚重。可是现在法律却不然了，在一国内无论男女老幼，都是国民。倘若有人杀死婴儿，自以为杀了自己的孩子，与别人无关，那可大错了。因为你杀死亲生婴儿和谋害任何人一样，全是杀害有用国民的罪名，法律并不管是你的儿子，或是别人儿子。现在贵宅抛弃婴儿，就是谋杀人命。我也是国民一分子，应该尽国民天职，立刻去官厅报告。不过我想这事若闹大了，这婴儿的生母，当然犯谋杀罪，你们全家的人，恐怕也都有帮助嫌疑，结果不知有多少人入狱，而且你家的名声也全毁了。所以我犹疑……

白衍芝说到这里，故意停住，那老太太却吓慌了，不住央告。白衍芝才说：“我就为这个犹疑，报告官面，怕毁了你全家，不报告又有亏国民天职，而且也对不住这布包里的小国民，这真叫人进退两难。我早知遇到这样受窘的事，今儿就不出门了。这件事只可另想个两全其美的法儿，也别叫你家吃官司，也别叫我亏了做国民的义务。现在把这小孩子归我抚养吧，我可不是需要孩子，只是为叫这件事有个着落。”

老太太一听，自然愿意，千恩万谢地说：“那敢情好，你实在作德了，我这家永忘不了你的好处。只是还得求你口下积德，替我们遮盖些儿。”

白衍芝回答：“那是自然，你放心吧。”

那老太太见话已说完，他也将要走了，就又客气一句，请他仍把那一笔钱带着。

白衍芝仍摇头说不能要钱。但沉了一沉，又道：“老太太，这孩子的事，我已经给你办了个干净利落，并没要你一文钱。你知道我是念书的人，圣人说过，无论给谁一根草刺儿，或者向谁要一根草刺儿，都要给得有道理，要得有分寸，不能胡来的啊。你看，就说我收养这小孩，明是赔钱事，将来要在他身上花费多少？几万几千也说不定。可是现在你给钱我并不要，因为这是自己出身愿意干的好事，不能借词向你要钱。再说就是要了，这一点又当得什么呢，老太太，你说是不是？”

老太太这时被他说得惝恍迷离，只可点头称赞道：“你先生真是个好人，我真感激你。”

白衍芝道：“我不敢当你的感激，只要老太太明白我姓白的人性，把我当个朋友，就不枉我费这片心。”

那老太太连说：“这是自然，我很愿意有白先生这样好朋友。”

白衍芝欣然道：“老太太，你太高抬我了。现在既认我是朋友，那么我和你商量一件事，你可明白了，这跟小孩子可是各事各码，毫不相干。你知道我是有名的诗人，我做的诗已经印成本子，连外国人都夸好的。以前印了几万本，都被人抢着买净。现在又印了一批，各省的人都来等着，随印随分走了。我勉强留下几千本，预备送送朋友。今儿和太太遇见，已是有缘，何况又谈得投机，成了好朋友。少时我就把书送过一点儿来，请你给销销吧。”

那老太太并不懂什么叫诗，听他要送书来，还以为是善书，托她分送亲友，广作功德。因为以前常有那样的事，最近还有人送来一百本《白衣神咒》和五十本《慈航宝筏》，到现在尚有一半未散尽的，存在佛堂香案上呢。想着就问：“可是善书吗？”

白衍芝点头道：“不错，是善本的书，我校对过十多遍，准保没半个错字，印得也讲究，这书真太好了，我敢保看了可以长学问，在前清能取功名，在现在若学会了也照样有名有利。不瞒你说，我就吃这个呀。”

那老太太听他一说，倒又糊涂起来，但心中已认定了是善书，就道：“好吧，你送来我替你分散就是。”

白衍芝说：“谢谢老太太，你要多少本呢？”

老太太说多少都可，白衍芝道：“我也不想叫你销很多，先送三百本来吧。可是还希望你常常帮助，以后隔上个月期程的，给你送几百来，这可以吗？”

老太太一想，左不过是善书，任他送多少都好，能散出去就替他散，散不出去就搁着，好在也不占地方。又想这人真是不错，许是因为什么事许下心愿，广行善举，方才答应收养我家的私儿，又肯保全我们的声名。而所要的酬报，只不过托我替他散布几本善书，我觉得这样真不足报他呢，想着就满口答应。

白衍芝道谢之后，又把她问了个切实，约定少时把书送到，便带着孩子出来。回到家中，暂把小孩托个邻妇乳养，他带三百本诗，重至那富家。等老太太收下之后，他才揭开书上的末页，把定价指给老太太，说明这三百本共值大洋六百元，请她立刻付给。

老太太一听就怔了，白衍芝见她犹疑，就现出本来面目，大施震吓，说老太太没良心，我给你帮了大忙，你对我连一点儿小忙都不肯帮，这可真要挤好人生歹心。现在比如我把小孩儿抱到法院出首，你该怎样？比如我抱了小孩站在你家门外，召集过路的人，演说抛弃婴儿的罪恶，顺便给你府上传传名，你又该怎样？那小孩身上裹的东西，上面有凭据可以证明是你们府上的。再说现在你们府上，还有位在产褥上的人，大概是位小姐吧？你若不认，咱们请法院派医生来验，若验出小姐新生产过，请问孩子在哪里？说活着请抱出看看，说死了请告诉埋在什么地方，这样你还能软吗？即使你们势力大，打赢了官司，把我判了罪，我便坐十年狱，也足值得。因为你家便胜了官司，也不能见人，比我下狱还苦呢。老太太你细想想，怎样便宜。

那老太太知道受了他的挟制，只得好言商量，白衍芝却咬定必须销三百本书。老太太不解他何以不径直讹索，却千回百折地用卖书做题目。哪知这正是白衍芝的妙用，因为恐怕她家有善讼的人，自己径直讹索，要发生法律问题。所以一面以婴儿为挟制的工具，一面把诗集做换钱的实物，即或是有纠葛，他可把婴儿一节不提，只说凭书卖钱，这公平交易不犯罪的。

当时老太太说了半天好话，白衍芝咬定牙关一本不减，老太太只得依了。

但也顾虑日后再有烦麻，就要白衍芝答应不得再来登门。白衍芝也慨然应允，立刻六百元到了腰里。由那家出来，每月花几个钱，把那小孩托邻妇长期哺养，留待后用。他就和碧琏二人尽力挥霍，把这笔外财花完了，他就再讹赖那老太太。抱小孩子去打电话，接到那富户内宅，请老太太说话。他一报名，那老太太就火儿了，问说你我手续业已办清，更无纠葛，为何又来啰唣。白衍芝就很客气地说，并非我来啰唣，只是小孩儿想他的娘和外婆了，整天哭叫，我听着不忍，所以抱他带到府上去，现在先用电话通知，少时我们就到。老太太不要生气，我们绝不耽搁工夫，只叫孩子跟他的娘和外婆见个面儿，我们就回来。说着随把孩子拧了一下，叫他哭几声给老太太听。老太太听着直气疯了，又怕他真个带孩子去了，一出一入，不知要惹多少闲话。万一在门口指着孩子乱说起来，也是要命。而且又料着白衍芝目的必仍在钱，只可强忍着气，强忍着疼，痛快问他要多少钱。白衍芝仍然表示不要钱，倘然老太太肯再替我销几本书，倒是欢迎之至。老太太明白仍是老招数，就问你要给我销多少。白衍芝开口又是三百本，老太太嫌多，结果以二百定议，请白衍芝不必亲劳玉趾，她自己派仆人来持钱取书，于是白衍芝又发第二次外财。

从此以后，白衍芝每逢将钱花尽，就叫小孩想娘和外婆，给那老太太打电话。结果总是销去一些书，换了一些钱。那位老太太直成了诗集收藏家，佛堂上成了藏书楼，但可惜藏的都是一样没价值的东西。过几日，那老太太那位私产的女儿出嫁远方，已减少了顾忌，而且又被白衍芝逼得忍无可忍，只得把这事告诉了家人。请了位能干的律师，安排陷阱等候。白衍芝也是倒运，恰巧那个持为把柄的小孩害病死了，白衍芝虽因失却挟制之具，颇为懊恼，但想那位老太太已被震吓惯了，而且每次只一通电话，便肯付钱，并没拷问我小孩的存亡。我以后只隐瞒这死亡消息，仍可照常讹诈，不愁她敢于拒绝。过些日又值手头告乏，他照例地打了电话去，那边接话的却改了生疏的男子，说老太太现在卧病，不能接谈，你有什么事情告诉我。白衍芝一想这事不好对第二人说得，他并非只为老太太的名声打算，也不是守着原定守秘密的约言，而是为自己长久的财源着想，只可回答说并没什么要事，过几天再通电话吧，随即把线断了。

又过几日，再打电话，接话的仍是那个男子。白衍芝一说请老太太答话，那人就回问你可是白先生。白衍芝答了声是。那人就说老太太病还没有大好，叫我告诉你，她已经把钱花光，再不能买你的书了，请你以后不必再来电话。

白衍芝听了大怒，就又虚言一恫吓说："我可不是一定要她买书，她自己明白是为什么。现在不买也好，请你告诉她，有个小孩儿很想他的娘和外婆，我也很想看看老太太的病，少时我们就去。"

那男子道："老太太已经料到你们要来，也很想你们来。现在就请过来吧，老太太等着呢。"说完把线挂了。

白衍芝气得头目昏眩，咬牙咒骂，倘然这时小孩仍然活着，他必是即携带前去。无奈小孩已死，好比孙悟空失了金箍棒，实已没得可要，便自气馁起来。他虽不知老太太的女儿已然嫁至远方，只想到那位私产的小姐现已久离产褥，即使孩子仍在活着，我也没法证明是她生的，何况现在又已没有孩子。若再贸然前去讹索，定要失败。而且对方一向软弱，今日突然强硬起来，必是那老太太被扰无奈，把底细告诉了家人，对我已有了对付办法，所以这样有恃无恐，我可应该识些进退万勿莽撞行事。何况以前已平白得了很多的外财，虽然现已一文不名，但对方却已实受如许损失，这事就从此结果也罢。

白衍芝想得十分明白，倘真从此罢休，也就完了。无奈他一向钱财来得太易，挥霍已惯，突然拮据起来，如何能够忍受，而况还有个碧琏在旁鼓励。碧琏那种女子，可算是使男子犯罪的根源。报纸上常常登载一个很规矩的男子，因为受了妓女迷惑，竟致做出犯法败名之事。或是私偷公款，或是行抢行骗，结果落得在法场上结束残生，或是进监狱终其余生。而犯罪根源的妓女，反而逍遥法外。碧琏在风尘时就是那种妓女，及至嫁到人家，她又能把当日加于客人的魔力加于丈夫，而且变本加厉，更多了一层压力。白衍芝固然久已非系好人，但自娶她以后，行恶的次数，无形又增加十倍。譬如白衍芝有一回丰富收入，本可以供较长时期的安定生活。但碧琏没几日便挥霍罄尽，白衍芝须提早筹备第二次的行恶。至在空乏时候，碧琏的一件时衣、一双新鞋，或是赶上赛马季节要去赌博，或是遇到某名伶来津演唱要去娱乐，一切种种，无论由几元至数十元的需要，凡遇碧琏有了需要，而白衍芝供给不出时，碧琏只要嘴儿一噘，就算给白衍芝下了哀的美敦书。除非白衍芝把她所希望的办到，否则绝不会玉颜开霁。平日看外面固然对白衍芝也颇恩爱，但每逢她的欲望不得满足，丈夫就成了她的仇人，而且无形中把丈夫看成世间最微贱不足惜的东西。譬如她要吃一块糖，正赶上白衍芝没有钱买给她，就可以逼着丈夫出去明火执仗，抢钱来给她买糖。即使明知被捉住了就有杀头之罪，不啻把丈夫的头来换糖吃。将头和糖比较，任何愚人也能知道头较糖重，然而碧琏却认为糖较头重，宁可牺牲了丈夫的头，也不能少吃这块糖。此等女人社会上处处都有，论罪名应该比谋害亲夫的淫妇还要加重。但这等妇人却受法律的保护，为社会所敬仰，并且还是她丈夫的爱妻。作者就曾见过一位智识阶级的太太，为着她爱好虚荣，使那幸福的丈夫得到长续不断的珠宝店绸缎店的账单，为还那永不能清的债，只得在工程师正业之外，又就了书店的编辑和夜校的教师，结果因劳瘁过度，患肺病而死。还有在公司做会计员的一个好少年，因为他太太定要买一只价逾千元的钻戒，经过长时期的缠磨，到底使他觉得给太太买钻戒是丈夫的唯一天职，但苦没有这笔巨款，只得冒险盗用公款，买得那代尽夫职的东西。太太自然乐了，但查账时候转瞬将届，丈夫可急了，为要自救，竟择了个独自留守的机会，把公司银柜打开，布置成被抢的样儿，又给自己头上打了一棍倒在地下，昏迷不醒。等别人来发现了，这样便可以证实被盗，把他亏空公款的罪名掩饰过去。但他运气不好，布置有些破绽，又遇见个精明的侦探，对他盘问，回答满不对头。结果把秘密都揭破了，落了个监守自盗，诬报被抢的罪名，被判十余年的监禁。推源祸始，岂不全是太太的功德？这种女人，不特是男子的催命鬼，说真了也是社会不安的根源。

碧琏就是个中一分子，她向来不问白衍芝的钱是怎么得来，是否由于正途，能否发生危险，她只明白要钱。白衍芝能满她的意，就使出蜜意柔情，加以奖励，若是不能满意，就现出冷心冷面，加以虐待。白衍芝在这环境之中，又怎能不被逼得铤而走险呢？这次自遭那老太太的回绝，白衍芝自思挟制无术，已打算罢手了。但一时想不出生财之术，眼看将入窘乡，碧琏花得惯惯儿的，一旦拮据起来，如何能忍？自然率由旧章，对白衍芝发生警告。白衍芝遍想生财的道路，都极艰难，不易成功。即使成功，所得也只戋戋微数，不足供碧琏的挥霍。总而言之，世上再没有像那老太太的钱得来那么容易、那么丰富的了，这甜头儿使白衍芝时时怀念不忘，及至被碧琏逼得没了法儿，只得仍由那条老路冒险试试运气。

他是明知其不可为而为之，先向一个丐妇，花两角赁了个小孩子，洗刷干净，冒充那个弃儿，便自抱着直奔那老太太家去。到了那富户门口，向仆人说要见老太太。仆人立刻开门，把他领进去。但在他未进门之先，已看见那出赁小孩的丐妇，在后面紧紧相随。白衍芝暗恨这乡下贫婆真是小心眼儿，难道我还拐你的孩子？竟在后面跟着。但想自己办完交涉，少时便可出来，也不介意。及至进到楼中，这次竟让到客厅，不像以前只在侧室延见了。那仆人说声我去请老太太，便自退去。白衍芝等了半点多钟，才有人来了。来者并不是那位老太太，而是一位长期延请的律师。白衍芝见来了个面生男子，甚为诧异。那律师迎头说本宅老太太不能出来，我是她的代表，你有话对我说吧。白衍芝心中虽不免有些胆怯，但想既已来了，也只好硬干到底，若是办不出个结果，回去便没法对碧琏交代。不过对着这陌生男子也颇知所戒慎，没敢把挟制的意思露出，只说这宅里老太太曾允许每月替我销几百本书，已经实行了几个月，只这个月因为老太太病了，还没有把书送来，所以前来问个信儿。那律师说上次你打电话来，我已问过老太太。她说并没答应替你销什么书，试想这样宅门的老夫人，如何会跟你这种流氓打交道，你当然是借端讹诈。

白衍芝一听对方说出这样的话，只得发作强硬态度说道："就算我讹诈，也得讹诈出个理由。你说老夫人怎会跟我打交道，但是已经打过交道了，也大把的给过我洋钱了，请问为什么？不是她家姑娘生了私孩子，被我捉住，以后又托我抚养，才在我手里有了短儿吗？"

那律师听了，便说他是满口胡言，这一家人除了雇的女仆以外，本姓只有两位少奶奶，两位少爷全在家中，从哪儿能有私生孩子。白衍芝回说是小姐生的。那律师立刻变了脸，说老太太不错确有二位小姐，但大小姐已死了七年，二小姐也早出嫁，现在福建。你既说这小孩是这宅里小姐的私生儿，现在得说明那小姐在什么时候所生，并且得举出证人证物。若是安心讹诈，信口诬赖，随便抱一个孩子，就硬指是人家小姐的私儿，世上的少女可就全危险了。实告诉你我不是本宅的人，是请出来的律师，有保障人权的义务，现在已经预备同你起诉了。

白衍芝听了正在惊惧失色，不知该怎样对付是好。却忽听外面一阵喧哗哭喊之声，随见进来一个仆人，向那律师耳边低声说了几句，那律师点了点头，笑向白衍芝道："你带的这个小孩，可实确是这宅里小姐私生的吗？"

白衍芝只得咬牙说道："那是千真万确，你不信我还有这小孩初生时包裹的东西。"

律师笑道："那东西上可绣着这宅里的记号或是人名。"

白衍芝方迟疑未答，那律师已笑道："就是绣着这宅里小姐的名字，也没用了。因为生这孩子的小姐，现在正在这门外，要她的孩子呢。"

白衍芝听了猛有所悟，立刻吓得天昏地转。原来那个出赁孩子的丐妇，只得了三角钱，把孩子借与白衍芝。见他把孩子收拾干净，抱将出来，恐怕给拐跑了，就一直在后面跟着。及至见他抱孩子进了这个宅门，便在宅外等候。及至等的工夫大了，她因为腹中饥饿，又想到小孩应该吃乳了，心中有些焦急。再听院内静悄悄的，并不闻有小儿啼哭之声，她那浅陋的思想，并不能理解富家房屋深邃，门窗严紧，并不像蓬门荜户一样，即使小孩在里面哭叫，外面也听不见。她只想小孩跟着生人，偌大工夫，必然索乳啼哭，却因何听不到一点儿声音，莫非那姓白的不是好人，把小孩拐走？只是自己一直守在门外，并没见他出来啊？她这一想，立刻生出个自以为聪明的念头，忙举手捶打大门。宅内仆人闻声出来，见是个丐妇，就骂她不该敲门讨饭，喝令快去。

那丐妇一见仆人，并无别言，只哀声询问这宅子有后门没有。仆人起初不屑理她，及至丐妇苦苦央告，他才高声断喝："这样深宅大院，哪能没有后门，你讨饭也该上后门去讨，还不快滚？"

那丐妇原本担心白衍芝拐逃她的孩子，所以在门外守候。但等的工夫大了，猛想起这宅子若有后门，姓白的由前门进去，出后门逃走，这时已走远了。就着急向仆人询问有无后门。大凡没知识的人，思路都是拘执狭隘，她一想到姓白的有由后门逃走的可能，就把白衍芝为什么拐她的孩子，拐去有何用处，种种问题都抛开不理，连向仆人询问白衍芝是否尚在宅内的切要一招，也忘记了。只把小孩的被拐与否，与后门的有无，看成一件事。这时听说确有后门，便认为小孩已经被拐走了，立刻嗷的声哭起来，将头向门上乱撞，口口声声要撞死在那里。

仆人莫名其妙，连忙拦住她询问缘由。那丐妇连哭带诉，把事情全说明了，那仆人方才明白，白衍芝的小孩是租赁来的。这真是绝妙的发现，正好向主人报告。便对那丐妇说："你不要哭，那姓白的还在里面，并未把你的孩子拐走。"

那丐妇还有些不信，仆人想了想，便令丐妇稍候，答应去叫姓白的把小孩送出来。那丐妇才安心等着，仆人进去，先回了老太太。老太太听了倒觉出于意外，但再一细想，便悟到自己那个身份不明的苦命外孙，必已夭亡，白衍芝才另租个小孩前来冒充，不由流了几点泪，于是吩咐仆人几句话。那仆人出至门口，便向丐妇说那姓白的不肯出来，他是出名的坏人，现在打算把孩子卖给我们宅里，所以还在这儿商量。但只怕我们宅里不买，他就另设圈套，终归要把孩子拐到别处，害得你母子分散，现在他在我们客厅里呢。少时真怕从后门逃走，我做件好事，领你进去寻他。可是你得在客厅门外等着，不许进去，我先去劝他把孩子交回给你，他若不肯，我就叫你进客厅去，你抓住姓白的，一五一十，把细情都说出来。不要害怕，我们主人自然给你做主，等你走时，还许赏你几块钱呢。那丐妇听着，怔了半天，才说可不留我的孩子啊。仆人说绝不会的。方才姓白的抱孩子来，假说小孩子没有爹娘，只有个老年祖母，不能养育，所以托他出卖，我们主人还不想要呢。现在既知是你的孩子，哪有留下的理，你就跟我来吧。丐妇听了仆人的话，信以为真，随着进了门，仆人叫她在客厅外立着听信，便先进去把细情告知律师。律师对白衍芝一说，白衍芝吓得魂魄俱飞，手足无措，一失神把孩子跌落在地板上。那孩子本已睡着，这一跌又惊又疼，自然杀猪般哭起来。那丐妇在门外听得孩子哭声惨厉，母子连心，更顾不得守着的仆人约言，猛然把门一拉，便撞进去。一见白衍芝在椅上坐着，孩子在他脚下打滚啼哭，就飞跑过去，将孩子一把抱起，随即扬手给了白衍芝一个嘴巴，大骂你这拐子，拐走我的孩子，卖不出去，还想给摔死呀？这丐妇所以敢打白衍芝，就因为听了仆人的话，认定他是拐子。又见孩子摔在地下，恨上加气，才忍不住动武。白衍芝被打得半边脸发烧，才要跳起躲闪支拒。不料那丐妇的手去而复返，使了个来回招儿，在他另一边颊上，又给平均了一下。

白衍芝想不到这讨饭的女人饥寒交迫，会有如此大力，打得耳鸣眼眩，头脑发晕，忘却现处的地位如何危险，只觉得被丐妇打得冤枉，跳起大叫道：“你这乞婆，准是疯了，竟敢打我。”

那丐妇咬着牙道：“打死你，你拐我的孩子，怎么不打你。”

白衍芝气得暴跳如雷，拧拳掠袖地叫道：“我拐你的孩子，你的孩子现在这儿，我怎会拐你的……”叫着举脚就踢。

那丐妇被踢，竟撞头向他拼命，口中叫道：“你还说不是拐子，你把我的孩子弄到这儿来，是安着什么心？人都告诉我说你是拐子，你还……”

白衍芝一面乱挥，又只抵拒，一面气急败坏地叫道：“混账东西，你敢诬赖我，方才不是当面讲好，你拿我三毛钱，把孩子赁给我半天，到如今怎……”

白衍芝方说到这里，忽听那律师哈哈大笑，不由猛然醒悟，自己只顾跟这丐妇辩理，却在无意中把方才对律师狡辩的话完全自行抹倒。并且反诬赖讹诈为伪证设骗局种种罪名，也全自行招认了。这可真是驷不及舌，话既说出，再也不能收回了，只剩了白着眼发怔。那丐妇仍哭闹不已，那律师叫仆人把她拉开，并不理白衍芝，只向丐妇说道："现在你已把孩子收回了，还闹什么？我且问你，这孩子可真是白衍芝从你手里赁的？"

那丐妇从身上摸出几个银角道："怎么不是，你瞧他给的三角钱还在这里。"

那律师道："他赁的时候，跟你说用这孩子做什么？"

丐妇道："他说他自己有个孩子，和我的孩子一样年岁，相貌也差不多。他的孩子早先曾拜了一位财主老太太作干娘，那位干娘曾许着在孩子满一岁时，给一笔大钱，存到银行，做将来长大念书的用处。哪知他孩子在前几日忽然得病死去，那干娘若是知道，那笔钱自然不肯给了。可是他还想得到那钱，所以一面瞒住孩子的死信，一面再寻找相似的小孩。因为离那死孩子生日只差两个多月了，以前照例每隔十天半月，便得抱孩子上干娘家去一趟。干娘每次也给点东西，再去上三四次，耗到生日那天，把那笔钱领下来，就算成功了。他因为看见我的孩子，跟他死的那个相貌相同，所以要赁我的孩子顶替，说好每赁一回，给三毛钱。等将来领下那笔大钱再给我五块。我只当是真的了。又哪知那小子竟是变方儿拐我的孩子，老爷得给我做主呀。"说着就给那律师叩头。

律师拦住道："好，我一定给你做主，惩治这小子，少时叫巡警把他送官，你跟了去。只把你方才告诉我，他怎样赁你的孩子的话，一一实说。把这小子治罪，省得他再害你。等完事以后，这院里的太太准周济你一笔钱。还许替你想长久办法，现在我先给你一点儿。"说着取了拾元钞票，给那丐妇，又向仆人道，"你快给本地面警区打电话，叫他们派人来带案。"

白衍芝一听，吓得天旋地转，走投无路，见仆人要向外走，忙赶过拦住他央告道："二爷，你先等等。咱们好说，这件事就算我错了，好在我也没弄到什么。得，得，爷们高抬贵手，放了我吧。"

那仆人只是不理，白衍芝仍苦苦哀告，仆人推开他道："你可是发了昏？央告我当得什么，我一个做下人的哪能做主。"

白衍芝才醒悟央告错了，忙把身体遮住仆人的出路，又转向律师哀求。

律师却不听那一套，高声喝道："你别妄想，现在事情弄露，才服软哀告，若是没败露，你大约死也不肯放手吧？你倒想得好，讹着就是一批洋钱，讹不着央告几句就放你走，世上没有这么便宜的事。还有你说并没弄到什么，好像本宅里未受损失，乐得做好事放了你，若不放你，倒像太不厚道了。小子你好没记性，以前从本宅弄去多少钱，难道忘了？现在我非得把钱追回来，也是妄想，你这穷光蛋，就下锅炸也炸不出油来。我只替本宅出一口气，并且给社会除个祸害。把你送到法院，你花过本宅一元钱，起码得换五天监禁，这是多少样儿罪名，足够得上一等徒刑，大约莫骗了一千多块钱，换个十五年监禁，倒也值得。”说着又挥手令仆人速去。

白衍芝听得毛发竖立，通身冷如披冰。知道真个经官，虽未必准受十五年徒刑，然而十年总可有份。惊惧交迸，那么大的个儿，竟嗤的声哭起来，同时来个羊羔吃乳，扑地跪下。向律师大叩响头，高叫祖宗。那律师只是不理，而且声色愈厉。白衍芝见不是头路，忽然一跃而起，向门外跑去。律师高叫这小子要跑，快抓住他，叫着和仆人赶出门外。却见白衍芝并不向外逃跑，反而奔向内里，循梯上楼。那律师和仆人，都觉诧异，以为他吓昏了，忘却方向，把内宅当作出路了，就也向楼上追去。哪知白衍芝一点儿没认错方向，只是别有居心。跑到楼上，东张西望，口中乱叫老太太。恰值有个女仆走过，他忙上前拉住，问老太太在哪里。那女仆吓了一跳，也没问他是什么人，就告诉说老太太在佛堂里念佛呢。白衍芝又问佛堂在哪里，那女仆向他身后一指道：“就是那个挂香色门帘的房里。”

白衍芝回头一看，只见那佛堂远在两丈以外，还得向回走经过楼梯口，才能到那房里。但律师和仆人已上来了，白衍芝不由分说，直冲过去。这律师和仆人见他又跑回来，以为他又要回原路逃跑，就作势阻拦。哪知白衍芝并不下楼，直由他们面前跑过去，到佛堂门口掀帘而入。那堂中迎面三张佛柜，上面全套供具，都是加大的白铜制品，拭得耀目生光。正中供桌供着灵山全佛画像，左边是观音菩萨木雕像，右边是家堂大仙神位。最妙是在观音佛龛之前，还有个红纸糊的牌位，上写王三奶奶之神位。这位王三奶奶不知出于何朝何代，曾有何功何德，竟高踞在观音之前，分受一半香火，她本身是否敢当，观世音是否愿意，大约老太太向未思及。更有奇怪的，是柜上一边放了许多善书，如各种经文以及《慈航宝筏》《劝善金针》等，另一边却叠着许多本小书，每叠高约尺余，约有四五叠，却是白衍芝和碧琏合著的璇闺唱和集。原来这位老太太一直把诗集当作善书，放在香案上供奉着呢。白衍芝气急败坏地走入，却未看见这些东西，先向上面一望，随即低头寻觅，见那老太主正跪在蒲团上，闭目合睛，一手掐着数珠，一手打着问讯，口中念念有词。白衍芝就扑咚跪在老太太的身旁，直叩响头，哀叫老太太救命。那老太太正在神游太虚，追随诸佛众圣于空虚渺茫之中，猛听脚后楼板乱响，有如敲鼓，又有哭叫之声，大惊回顾，才瞧见白衍芝。那白衍芝见老太太看他，就更凑上前，拉住衣襟，哀叫老太太救救我，老太太积善行德，做做好事。老太太正瞠目望着他，不知如何是好。那位律师和仆人都已赶到，律师叫道："原来他跑到这里来了！"就叫仆人揪他出去。

白衍芝拉住老太太座下的蒲团，死赖着不走。那老太太虽知白衍芝到来，律师和他交涉，却还不知如何结果，就问怎样了。律师道："老太太不要理他，他的案全都犯了。抱来个小孩子，硬说是这宅里的私生子，碰巧那孩子的亲娘找了来，证实是从一个讨饭妇人花三角钱赁的。现在他的讹诈、伪作证据、损毁名誉，一切罪名全成立了，我正要把他送官，正式起诉，起码给他个十年徒刑。你不用管，我就带他走。"

说着又向那仆人道："这小子惫懒，你一个人拉他不动，快去叫几个人来。"

仆人应声而出，白衍芝知道在这瞬息之间，便是自己生死祸福的分界。若不能央告得老太太心软，等仆人进来，就算完了。幸而那律师只叫去唤伙伴，忘了叫唤警察，无形中给了一个机会，自己可得善用这个机会。就向老太太叩头叫道："老太太，您给说句好话，饶了我吧。我小子做的事，实在该死，有眼无珠，冒犯了您，立刻打死也是应该……"说着努力自己打了一阵嘴巴，直到嘴角流出血来，方才住手。又哀鸣道："老太太，您是积德行善、生儿养女的老菩萨，大人不把小人怪，您当我是个臭虫，论理谁儿见了也应该碾死。可是您老是大善人，总得可怜大小是个性命，一发善心就饶过了。"

那老太太因为屡次受他逼勒，心中难免蕴有仇恨，这时见他哀求，就哼了一声道："你这是自作自受，央告我也没用。你以先若不是那么欺侮我，我也想不到请律师对付你。现在没的可说，你跟他们法院说去吧。我不追究你，已是积德了。现在你赁个讨饭的孩子来诈我，原来的那个孩子，想必已经死了。是好死的，还是你害死的，反正你心里明白，我也不追究。只盼老天有眼，自然给你报应。"

说着又挥手道："白先生，你是老虎落在山涧里，伤人太重。请想想做的都是什么事，老实认头打官司吧。”

白衍芝听了，叩头碰地叫道：“老太太，我的老祖太太，您可别再叫我白先生，叫我作混账王八蛋，该死东西，狗生猪养，不是人类。一点儿不错，我做的事实是太坏了，岂止将来准得报应，就是现时把我千刀万剐，也抵不过我的罪。只论对您府上的事，还不该枪毙六回？方才这位律师老爷判我十五年徒刑，真太轻了。可是老太太你也得替我这坏人想想，我小子从小儿没受过家庭教育，也没学过能耐。到这年头儿，地窄人稠，粮米高贵，凭我这小子份德行，想从正要混饭吃，简直没有指望。而且家累又重，有八十六岁的老娘、八十五岁的婶娘，带着三个孩子守节的寡妇嫂子，还有个姐姐，出嫁不到一年，就死了丈夫。婆家是无饭，只好回娘家来住。这群人都得我养活着，已经够受的了。前年又有位舅母从外县投奔了来，既是亲戚，怎能往外推？老太太你想，我这是多大罪孽。每天开门总得两块多挑费，我也知道走正路好，无奈拉洋车没有力气，做生意没有本钱，赤手拳空，有什么法儿供这一家十多口子活命啊。老太太您是生儿养女的老封君，没有不圣明的。别的不说，我的老娘，辛辛苦苦地把我抚养到这么大，我就没有孝心，怎能不想法儿叫她老人家吃碗饱饭。她老人家已经八十六了，就让活一百岁，还有几年。”

说着挤了挤眼，又挤出两行泪水，接着又道：“我不为别人，也得为我老娘打算。无奈从正路上实在寻不着生财道儿，有一次我老娘眼看要挨饿了，我真恨不得从身上割下块肉来，给老娘吃。可又怕我受伤死了，抛下她老人家更没人管，以后为难不过，自己才咬着牙，眼看老天说话，我白衍芝并非不想学好，可是学好没有饭吃，饿死我自己，狗屁不值，若委屈了老娘，我的罪可大了。现在我为着老娘，实没法儿，可不能不走邪路了。但求能叫老娘多舒服一天，我就下十八层地狱，也自心甘。只盼老天能明白我是无可奈何，容我把老娘奉养到百年归西，再降我的罪吧。从此以后，我不在外面做坏事了，弄钱养家……”

说到这里，那仆人已领了三个伙伴进来，就要揪他出去，白衍芝又向老太太叩头道：“老太太，你容我说完了，我自己跟他们走，绝不赖着，好祖老太太，你容我说。”

那老太太似已有几分受他感动的，竟向仆人点头示意稍缓动手，那律师在旁道：“老太太你别听他这套，凡是毛贼小窃，被主人捉住，都会说家里有八十岁老娘。在闲书戏文里，都成了熟套，不过这小子会诌，把老娘岁数比别人多报六岁，还加上婶娘舅母嫂子姐姐一大堆，为着叫人听了加倍不忍。其实满没这回事，你千万不要信他。”

白衍芝听着律师的话，暗叫要命鬼，难道我和你前世有仇，定要害死我。就转身向律师也叩了一阵响头，叫道：“大爷，你说得都对，可是我并非那种人，你若不信，请上我家去查。若有一字虚言，枪毙我也不冤。”

说着又向老太太道：“老太太，你听明白了，我现在是罪有应得，莫说把我送官，就是把我立时活埋了，也不算你不厚道。我本来该死，自作自受，不敢求你怜恤。只是我的老娘，还有一家人，除了孤儿，就是寡妇，我一下狱，她们就全得饿死。我为这个才敢厚着脸求你开恩，倘然你肯把我饶了，简直就是救八九条人命。不但我一家人都替你念佛，求老佛爷保佑你活二百多岁，福寿绵长。”

说着举手向迎面佛像一指道：“佛爷若有灵有圣，看你救八九条人命，就算在佛地盖八九座七级宝塔。这是多大功德，还有不保佑你的吗？再说我小子受了你活命之恩，可不敢说报答，凭你这样福寿双全的老太太，还用得着我报答？我只有记着老太太的好处，从此上进学好，规规矩矩做一个人，不求别的，只求将来传到老太太耳里，你一想白某人当初是那样混蛋，如今学好了，也不枉我饶他一条命，居然成全了一个人。你心里一喜欢，多吃一碗饭，就算我小子报答你了。”说着又连连叩头，哀呼老太太多积德吧。

老太太听了这一套，心早软了，就望着那位律师，似乎要和他商量，律师顿足道：“你可别听他这一套渡口辙，我敢保满没这回事。他别说没有老母，有老娘也早叫他饿死了。至于放了他就学好，更是胡扯，世上是狗就改不了吃屎脾气。你怎么忘了他以前的混账行为，快别管他，我们这就拉这小子走。”说着又要挥仆人过来揪白衍芝。

白衍芝忙又死命拉住蒲团，哀叫道：“老太太你可别耳软心活，自己修德是自己的，积福积寿，都在本身，别人分不去，也管不着。”

那律师听白衍芝反倒劝老太太不要耳软心活，好似他是好人，劝老太太做好事，自己拦阻老太太做好事，成了坏人。这个气更大了，叫着说道：“老太太你从此别管，现在算你放了他，我跟这小子也得干到底。姓白的，你说得这么可怜，现在不管你的婶娘舅母嫂子姐姐，有没有我都不问。你只要真有个八十六岁老娘，从我这儿就劝老太太饶你。若是没有，官司算打定了。”

白衍芝还犟嘴道：“好，你等着，我去把老娘请来。”

律师哼了一声道：“你倒想得好，叫你自己去，你会花钱赁孩子，还不能花钱雇老娘？外面讨饭的老婆儿有多少，大概连三角钱都用不了，有几十铜板就雇一个来。再说你还未必费这个事，放开你就跑了。”

白衍芝道：“没有的话，我现在有老娘在家，为什么雇人顶替？你说我跑，我凭什么跑，我有家有业，为这点事就跑了？”

律师笑道：“你还有家有业，那么更好了。我现在就押你回家，先拜望你那老娘，瞧瞧你养活的一群寡妇孤儿。顺便再从你的家业里提出二千几百块钱，偿用老太太以前买善书的价钱。这佛桌上的善书，还原封给你送回去。”

说着叫一个仆人把那一叠叠的诗集，都捆在一起，提在手中，另外两个仆人，拉他出去。白衍芝可再不敢说话了，只向老太太加紧叩头，叩得头额肿起，血流满面。老太太一半心中不忍，一半也经不起他的吵烦，就止住仆人，倒向律师说好话，点头说道：“得了，李律师，看着怪可怜的，咱们就饶了他吧。他就是满口胡说，也未必没有一点儿实话。谁没有一家老小，咱们惩治他，自然应该，可是他有罪，他的老娘没罪啊。若为惩治他害了别人，实在怪亏心的。他一下狱，老娘不得饿死吗？”

白衍芝一听暗谢天地，知道自己有五成脱逃的希望了，就挑着拇指，咂着嘴儿叫道：“啧啧，这真是大慈大悲、救苦救难的老太太。谁见过观音菩萨，老太太你就是活菩萨阿弥陀佛！我出去告诉街坊邻居，从此谁也不用朝山拜庙。什么妙峰山五台山落伽山，全是老谣。只要上这门口，冲着楼房给老太太烧炷香，磕个头，就比上灵山朝我佛功德还大。我今儿可真遇着活佛了。”

说着又叩头不已，这番叩头，却是表示虔敬，不同于以前的哀恳了。但是没想到拍马屁过力过猛，手头失准，竟错拍到马腿上。老太太听了，一绷脸儿喝道：“你少胡说，这样折受死我还是小事，佛爷可是糟蹋着玩的，你简直是给我起罪。”

说着双手合十，向着佛像打稽首，口中念念有词，似乎请佛爷见谅，白衍芝的话只是他信口胡说，并非自己有轻藐潜窃之意。祷告半晌，才转向白衍芝道：“就看你的这话，日后就得不了好，佛爷准恼了你了。”

白衍芝从老太太一表示反对，就已加增了叩头的速率，提高了叩头的音阶，这时才仰首叫道：“我该死，实在该死，只顾敬奉老太太，把话给说走了。这没别的，还得求老太太对佛爷替我讨饶。你是佛爷近人，只心里一祷念，比我修行十年还有效验。好老太太，你再救我。”

老太太还没答话，那律师已顿足叫道：“老太太你还听他放屁，这小子简直是江湖口，太混账了。依我说你回上房安歇，别理他，我自然会办。”

老太太听着觉得律师的话确是正当办法，但看着白衍芝顺着嘴儿流血，额头肿起老高，沾的灰尘和撞出的血渍都和成泥片，瞧着又滑稽又可怜，心中已是不忍。又加方才他说太太道行高过佛祖，捧得太过，虽使老太太惊惧难安，加以申斥，但也颇感他敬重之忱。而且以后他谢罪的话里，说老太太是佛爷的近人，这句话更打通老太太的心经。因为老太太自从晚年皈心三宝，念佛吃斋，就时常和佛门弟子来往。有个月上庵的姑子净光，素日常受老太太的布施，又有一次被地痞在房中搜出了个男性尼姑，索诈不遂，闹成了官司。眼看要庙产充公，尼僧还俗。净光急得没法，托个词儿，求到老太太跟前，说那和尚是她的俗家胞弟，因自故乡前来探望，破例留住一宵。恰值有个附近居住的恶棍，因屡向庵中幼尼调戏不遂，怀恨在心，竟借这机会诬陷，老太太若不作回护法，将见佛门从此衰微了。老太太信了她的话，恰巧那时大少爷正在本地当着很阔差使，就叫儿子代为关说，果然将这件佛门花案，给消弭了。净光感激老太太恩德，急欲报答，但是物质的酬谢有些舍不得，就奇想天开地来个精神上的礼物，暗地约齐了本地各尼庵的同行，授以密计，这些尼姑依言行事。老太太这一日早起，忽然门房禀报，有弥勒庵的尼姑虔宽求见。老太太虽不认识这个尼姑，但因同是佛门弟子，就请进相见。那虔宽进门，一见老太太，不待介绍，不作寒暄，就合十当胸，拜了下去。老太太正惊得不知所以，那虔宽拜罢，仰头对老太太一看，更现出诧异和肃敬的神情，连连稽首不已，口中佛爷菩萨的乱叫。老太太这时才醒悟过来，急忙向她还礼，拉了起来，让她坐下。那虔宽还谦让不敢就座，只说罪过罪过，哪有跟佛菩萨平起平坐的。老太太更觉纳闷，就问她何以对自己做此尊称，礼此敬礼。虔宽方要回答，忽见仆人又领了个尼姑进来。这尼姑进门，也是不由分说，纳头便拜。老太太见来人见面就磕头，几乎疑是自己的寿诞，只是拜寿的全是尼姑，未免可怪。急忙把这尼姑拉起看时，却是面熟，想了想才忆起是西城外欢喜庵的住持性缘，以前曾见过两面。但久已生疏，不解何以突然而来，进门也大礼参拜，就拉住让座。

这性缘谦辞之际，看见对面的虔宽，二人都似出于意外，互相愕视。性缘先开口问虔宽，师兄你怎也在这里。虔宽几乎也同时问性缘为什么这里来，性缘说我拜活菩萨来了。虔宽拍手说我也是来拜活菩萨，我可是受佛爷点化来的。性缘瞪眼儿道："我也是有佛爷托梦啊。"说着二人瞠目互视，似乎都有些神志迷茫。

老太太听她二人对打哑谜，更糊涂得要命，就问道："二位师太，到底怎么回事，这样折受我，我可担不起呀。"

虔宽听了道："老太太是真正活菩萨，有什么担不起。你老是真人不露相，其实我在佛爷驾前已经看见你了。"

性缘接口道："对了，我也看见。"

老太太这时只剩了晕头打脑，怔怔地道："你二位倒是看见什么，可把我糊涂死了，快告诉我吧。"

虔宽这才说道："昨夜我瞧着徒弟们做完功课，自己回到禅堂在蒲团上打坐。三更过后，我一阵模模糊糊，好似睡着，我知道是入定了，我向来三天两头，在梦里……不是梦里，是在定里，和各位佛驾见面。因为咱修行得够了资格，已经能跟佛驾见面了，只差还是肉身，仙凡路隔，不能直接对谈，所以佛驾在我入定时点化……"

性缘在旁接口道："我也是这样每天入定都能见着佛驾。"

虔宽也不理她，只接着道："我以前看过观音菩萨，文殊普贤菩萨，还有弥勒佛。"

性缘又接口叫道："弥勒是我们庵里的主佛，我们天天都见，敢情他也上你们那儿去过，本来佛爷是到处显圣的。"

虔宽白了她一眼，又继续说道："我还见过骑梅花鹿的燃灯古佛，因为那只鹿怪好看的，就摸了一下。哪知这鹿当初曾被灵霄圣母的金蛟剪剪成两段，后来亏别位佛爷又给接起来，施法力救活。我没留神，摸着鹿的伤口，它护疼给了我一脚，次日腿上青肿，好些日走不得路，这都是先前的话。可是昨儿我入定时，却和往日不同，特别热闹。"

性缘接口道："不错，昨夜的梦实在和往日不同，简直是灵山大会。所有的佛菩萨，全显圣了。"

虔宽不耐烦道："你让我先说完了再说你的，别搅和，成不成？你说话简直不像出家人，什么做梦，仰面朝天在床上大睡，做梦也是胡梦颠倒，佛爷不怪罪你就是便宜，还会点化你？我可是在入定时瞧见的，果然是灵山大会。

如来佛坐在正中大莲台上，头上落着大鹏金翅鸟，旁边伏着一只青狮、一只紫蛇，手里还掐着搬五行山压孙悟空的诀。莲台左右，还有二十四座小莲台，坐着各位菩萨。再前一排，才是十八位罗汉，各自端着架子，纹丝不动地立着。罗汉前面是单个的韦驼爷，手里摇着宝杵好像指挥刀似的，指挥着四大金刚和四十八位使者六十四伽蓝，在殿口站班，那势派可就大了。我那时好似就立在台前面，如来佛一睁慧眼，对我说了好些话。说的什么，因为佛爷嘱咐我天机不可泄露，我不能告诉你们。我跪着听了半天，看佛驾话说完了，又要闭眼。我知道一闭上眼，就是元神走了，不是上天宫跟王母娘娘闲谈，就是上冰海三山找南极仙翁避暑。我虽然入定常会诸佛众圣，可是这头一尊大佛，却难得见着，不敢错过机会。就朝上叩拜，请佛驾超度。如来佛一笑，说你不在近处拜佛，倒来远地烧香。凭你的道行，还不配我超度，现在有七位菩萨，降生凡世，度化愚蒙，你只寻着一位，虔心皈依，得她收作弟子，来世就是灵山会上人。我就问上哪里去寻这七位菩萨呢，如来佛说，内中六位，却托生在南省，离着太远。只这第七位菩萨，恰在你同城居住，你就去找吧。我再问这菩萨托生何地，姓什名谁。如来佛已闭上了眼，再也不搭理我了。我没了法儿，只得回过头来，向第七位菩萨仔细瞧着，又跪下祷告半晌。这位菩萨只是闭目合睛，一直没有动静。我猛然明白，她已托生人世，元神不在，怎能答我，只可起来向别位菩萨求指明路。哪知他们也有一样像木雕泥塑的，也有张开眼又闭上的，也有只对我笑笑的，也有只摇摇头的，好似都藏奸不肯告诉我。后来求到大肚子弥勒佛跟前，敢情这位是厚道人，嘻着大嘴直向我笑。也没说话，只挑着大拇指向后面指点。我一看他指着护法伽蓝立的地方，心里立刻明白，这点事情，自然该向下围子打听，怎能麻烦佛菩萨呢？当下急忙谢了弥勒佛，走到外面，寻位和气的伽蓝一问，许着单给他烧香上供，他才把这第七位菩萨托生地方和名姓，告诉了我。才问明白，我的头上好像被打了一下，立刻就出了定。寻思半天，觉得既有活佛在这城内，又有诸佛点化，分明是我有这善缘，怎能不赶快参拜。熬到天亮，我就跑出庙来，按着伽蓝告诉的地址，寻到这儿，一打听果然不错，就叩门求见老太太。及至进来一看，老太太面庞神气，和那位第七菩萨一般无二，我这可真遇着活佛了。”

说着就又跪下道：“老太太，你收我做徒弟吧，这是如来佛的法旨。他既这样点化，自然是前世有缘，您可万不能推辞。”

老太太未答话，旁边的性缘也跪下叫道：“我昨夜梦里见的跟她一模一样，不过您的姓名住处，是弥勒佛直接告诉我的，并没转伽蓝一倒手儿。这是因为弥勒佛是我们庙里主佛，自然有个偏向。老太太您收她也得收我，都是如来佛的荐举。再说也是我们的修行，能够惊动了西天，真不是容易呀。”

老太太被她们架弄得上升九霄云外，坠入五里雾中，简直忘了自己是何如人也。她本来迷信惯的，脑筋久已受病，绝没有充足的识力，足以考量尼姑们所言是否合理。只想她们是佛门弟子，佛家把杀盗淫妄酒，列为五戒，可以保证她们不会妄语。再回想自己在年少时，每值睡眠，面色便加红润，又带笑容，曾被许多老人称为具有仙根。到老来又这么喜欢修行，一段高王经“人离难，难离身，一切灾殃化为尘”那几句，妇仆们念闻五六天还记不全，自己只念三四遍就会了。由此便可证明前世是佛门中人，把经都记熟了，所以今生一见就熟识。而且在前十多年，自己的出了阁的老女儿得病将死，自己前去看她。在床前守了一日一夜，瞧着她万万不能好了，一口一口的拔气，胸脯凸得老高，眼珠都努出来，简直痛苦万分。无奈这口气只是不咽，自己看着难过得倒狠了心，对她说孩子你已不能活了，何必熬时候受罪，不如快走吧。哪知白说，她只不咽气。直过了半夜，自己因内急去上茅房，还没坐上恭桶，房里就起了哭声，她恰巧在我才离开时候就绝了气。后来大家议论，说我的福大命大，守在屋里，拘魂鬼卒不敢进来，若是一月不离床头，病人就还得受一月的罪。幸而去上茅房，鬼卒才得手把病人拘走。又有人说我是仙佛一转，身上带有三光，人看不见，鬼卒却看着是一团烈火，自然不敢上前。当时还不相信，今日把尼姑的言语，和旧事互相印证，自己是佛身转世，大概确实不错了。老太太这一繁征博引地自加蒙哄，竟完全信了尼姑的话。而且以为佛身转世，尚不足奇，最难得的居然是第七尊菩萨，地位高贵非常。就好似官僚营谋职位，起初还不知能否入选，既而得到消息，不但得庆弹冠，尚且高居要津，自然喜出望外。老太太既已居之不疑，发过一阵喜昏，才见两个尼姑跪在地下，想起她们的请求，不禁犯了犹疑。老太太平日本向尼姑叫师父的，但这时知道自己在佛门中的地位，贵为如来佛的直系弟子，就想如来是开山古佛，与天地同生，起码有几万岁，自己现在虽入轮回，但算起本身，既是如来佛亲传弟子，总也在万年前升天成佛。以万年计算，一代一代的师徒相传，起码有千八百代了。现在世上的和尚尼姑，应该全是我千代以下的徒孙，现在若收这两人做徒弟，岂不是把她们提到万年以上，将来我回归原位，她们也修成正果，到同赴灵山大会的时节，大家一论辈分，倘有我在万年前收的徒弟，反得向这两个万年后收的徒弟称呼师叔，未免太难为情。我本身倒没说的，只怕惹起公愤，酿成事端，如来一怪罪，又把我降下凡间，接受人世诸苦，这可怎么好呢？想着就把这篇账对两个尼姑公开了，又说并非我故意推脱，实在有着碍难。

那尼姑听她这样说，知道已然信了，就又叩头道："并不敢计较辈分，只要佛爷肯收，无论做几百代徒弟都愿意。"

老太太鉴于她们热诚，不忍再辞，只可收下她们，斟酌年代，暂称为千代徒孙。至于确实辈数，只好等将来老太太回归原位，查明灵山佛门宗谱，再行定止。两个尼姑行过大礼，因为千代师祖不好称呼，也只好仍以老佛二字代替，拣着老太太爱听的话，说了许多。老太太乐得一佛出世，二佛出家。但在她神游天外之际，两个尼姑反而怕她忘了世情俗礼，频用言语暗点，老太太才悟到收徒弟和认干儿一样，应该赏些见面礼儿。就拿出一笔可观的钱，分给她们，另外又给了些米布之类。两个尼姑还嫌不够本儿，又扰了顿斋饭，方才走了。她们走后，不大会儿，外面又有尼姑到来，是南门外水月庵的妙禅。叩门进来，见了老太太，也是虔宽那一套，佛爷梦中点化，叫来寻第七尊菩萨，拜投门下，所述梦境，也是大同小异。老太太因有例在前，不好偏轻偏重，违背佛门广大之旨，就也收作徒孙，照样给了见面礼儿。哪知善门难闭，最初净光为想报老太太的恩德，故而与同行合谋假造这一篇梦话，硬把老太太捧作古佛转世，给她以精神上的娱快，所以用别个尼姑表演。就因为净光若是自己出面，恐怕老太太疑为故意捧场，不肯相信，故而要换生脸儿，做这天外飞来惊人文章，使其易于相信。但是三个尼姑所得的见面礼儿，净光却都按数平分，一文也不肯少要。不过净光所约的演员，只是虔宽性缘妙禅三人，并无别个。不料这出喜剧表演以后，老太太既得意忘形，见人便道。家中仆婢又都惊为奇事，大肆宣传，立时就把消息传入其他庙宇之中。有聪明的出家人，听这明白就里机关，竟也趁火打劫，于是皇姑庵的法明、五方庵的法扬、大悲庵的定宽，也都闻风而来，抄着净光开的老药方，给老太太治病。老太太见投拜的人陆续而来，也不想如来佛何以如是之惮烦，给这许多人托梦。只想拥戴的人越多，越可证实自己的来历，就都照例收下。但以后连和尚都来了，老太太虽然高兴，但以男女有别为嫌。和尚却以法门不别男女为辩，老太太只得收了几个。但是见面礼儿花得太多，把私蓄都快光了。恰巧净光得到消息，知道自己造的幌子，竟被别人打着卖酒，不由大吃其醋。就来向老太太告诉，只虔宽等三人真是被佛爷点化而来，别人都是闻风行骗。老太太素日只知道僧尼们向来指佛穿衣，赖佛吃饭，却不晓能借佛行骗，不觉也有些寒心。就依了净光的话，教门房拦阻那班趁火打抢的僧尼，不许进门。但是虔宽等三人，却似已经证明身份，注册立案，仍自走动如前。她们又常常变着方法，假传佛旨。不是佛爷吩咐修庙，就是佛爷要求开光，反正都是要钱。老太太的私蓄，直已被她们掏空，渐渐拮据起来，虽然能向儿子讨钱，总苦为数有限。老太太既为信佛受了艰难，迷信心也就因而低减，渐觉三位千代徒孙，都似变为积年债主，有些望而生畏不大敢招惹了。那三位徒孙，见这千代佛祖手头日渐紧涩，不出大注油水，就也减却诚敬之心，不大常来沾佛光受仙气。即使有时到来，却称呼也恢复原状，从老佛重新降回老太太了。但老太太却不理会这些，认为她们的冷淡，是自失机缘，自己的第七尊菩萨的位置，却已一成不变，时时以此自矜，所以屡遇拂逆。如女儿产生私婴，白衍芝屡来讹诈等等，她在气苦之时，便想自己是位转世活佛，不久便可归位，这世上的闲是非，值不得挂怀。而且到自己归位时，还可以施展佛法，把所恨的人一一惩治，以泄怨愤，故而常能心平气和。不过回想自己私蓄未尽时，几个尼姑镇日在面前趋奉赞颂，把老佛叫得震耳，如今这好听的声音，久已不闻，未免有点儿失意。

不料今天因为白衍芝阴谋破露，将要送官处罚，白衍芝向老太太央告，先把她捧得太高，老太太反不愿意。这时一说她是佛爷近人，在老太太的糊涂思想中，竟听着特别悦耳，不由对白衍芝生了好感，从好感更加重了恻隐之心，就向律师道："得了，咱们不管他的娘八十六七十八，反正人全是父母生的，他的年纪又不大，自然应该有个娘，这不会是谎话……"

白衍芝接口叫道："老太太真圣明，我就是混账，也不能拿着老娘撒谎说事。你可以派人去看，我的老娘已经老得不能走动，总在炕头上坐着。"

律师点头道："不错，只要你有娘，自然在炕头上坐着。谁的娘不在炕上坐，倒在炕洞里埋着呢。"

律师的话似乎还有不信白衍芝之意，其实冤枉了他，他确实有个娘，在炕头坐着，而且需要他的奉养，承受他的孝顺。不过这个娘的年纪，比八十六才少四分之三，白衍芝也向她常常叫娘。只是在人后面不在人前，在黑夜而不在白日罢了。老太太是佛心人，当然想不到他所说炕头上的老娘，会有碧琏那样娇脆的名字。听了律师的话，就摆手道："不管怎样，我们宅里是忠厚传家，我又会念佛修行。孔圣人说：与人方便自己方便，得饶人处且饶人。观音菩萨说：扫地不伤蝼蚁命，爱惜飞蛾纱罩灯。蝼蚁命都可惜，何况人呢？现在我们把这白衍芝送官，就是罚个永远监禁，也是他自作自受。不过那样一来，他的老娘就得饿死，他的娘并没做坏事，我怎忍心害一个饶一个。倘若真把他送了官我还得替他养着老娘，要不然可就作了大孽，我也睡不着觉啊。这样一算，多一事不如少一事。咱们图个心静，把他放了吧。"

律师一听老太太这篇慈悲理论，气得直翻白眼，顿足说道："老太太，你可真耳软心活。他那样讹你骗你糟蹋你，现在好容易得着把柄，可以治他。你倒自己坐不住劲了，我本来是你老太太的常年法律事项的代理人，每年有一定酬劳。一年里打十回官司，也未必多送我几百，一回官司不打，也不会少送我一个，我乐得自己图清静呢。不过这件事太已令人可气，我是替老太太抱不平，才出头跟这小子作对，为着给你报仇，给社会除害，就甘心把麻烦揽到自己身上。要不为这个，我有闲工夫，却凑四圈开开心多么乐子，何必费这力气。如今老太太你只顾听这小子胡说，硬把这件法律问题，扯到迷信上去，什么行善作孽全都来了。倒好像我不是帮着你，保护你的权益，只是强拗着要做伤阴损德的事，连带还害你老太太上不了天堂似的，我真是何苦来。现在痛快说吧，你若是想放他，就只当压根儿没找过我，我驳头一走，再不闻问。你若是认为这件事和我有关系，还想跟我商量，那就不用商量。我没第二句话，一定得把他送官。"

白衍芝见律师坚持己见，几乎要跟老太太破脸。知道影响自不会小，恐怕老太太要维持他的面子，改变善心，自己可就没救了。但此时更无别法，只有施一回苦肉计，以坚老太太恻隐之心，就转面看看地下，见楼板有一处翘起一根木刺，心中得了主意，便向律师哀叫道："律师老爷，你多积德吧。只当我是个猫狗，你救只狗命，不把德积在本身，还积在儿女身上呢。再说老太太已经发了善心，你又何苦来。"

说着又连连叩头，故意将头额向那木刺上一撞，木刺插入皮肤，随又向旁边一抹，额上就开了一道血口，鲜红的血，像瀑布似的流下来，把整脸全染红了。他又像戏台上罪人，听官府说了赦你无罪以后的做派，猛然一抬头，就把张怕人的脸，呈现到老太太面前。老太太一看，不觉失声叫起来道："这是怎么了？"

随向律师道："你看把他弄成这个样儿，何必还跟他……"

律师情知白衍芝这是故意做出，心中更恨。又听老太太口气，似乎埋怨自己不该逼勒他到这步田地，言外直是骂自己心地狠毒，毫无善念，不由气得跳脚叫道："对对，我害了他，我欺负他，我简直不是东西。老太太，你自己行善吧，别误了成佛作祖，我只等着下地狱去了。"说完就转身走出。

老太太也觉说话太不检点，得罪了他，急忙叫李先生你回来。白衍芝好容易才把这冤家对头弄走，如何肯容他回来。就故意打岔，高声哀告。老太太被他分散了注意力，就忘了再叫那律师，只向他点头道："你看，为你把律师全得罪了，本来论理真不该饶你。"

白衍芝顺口答音地道："可不是，我实在罪该万死，就是把我立刻剐了，也不算过分。可是老太太是看在我老娘面上才饶我的，你老做一回善事，救两条性命，这是多么大的功德。怎能听别人的话，放着善不行呢。他们都是不杀人没饭吃的，从小儿吃过秤砣，把心早铁了。凭你这大慈大悲的人，现在享着大福大寿，做事只要绵长，他们白做小人，如何能蛊惑你老。"

老太太虽然已决意饶恕白衍芝，但想着因他而得罪忠心的律师，心里未免不得劲儿。此际听着他谄媚的话，更觉不得滋味。又见他那狡诈的脸儿，蒙了一层泥土，再加一层血渍，只露着两只眼珠和嘴里的白牙，那神情不知是哭是笑，瞧着十分可怕。就挥手说道："得了，你别说了。我既然饶了你，你就快走吧。可记住以后永远不许上我的门，如若不然，他们再捉住你送官，我说什么也不管。"

白衍芝叩头道："我如何敢再上门，只有回去供您的长生禄位，现在先替我老娘谢谢您的大恩大德。"说着又咚咚地叩了几个响头，沾得楼板上都是血。

老太太看着惨然，忙摆手道："得得，你快走吧，回家先治治你的头上的伤，出门时用手巾裹上，别受了风。"

白衍芝一听老太太这婆婆妈妈的口吻，立刻心中又生贼智，就哀声道："咳，多谢谢老太太的好心，不过我这伤哪还顾得医治，只可由它去吧。"

老太太大约因为年纪关系，神思时常昏乱，又因她家里娇贵成风，就是奶妈子偶然打个喷嚏，也要疑为伤风，急忙延医诊治。这时见白衍芝血花流烂，并不知仅是皮肤微创，只因瞧着可怕，就认为伤势不轻。听他说不去医治，不由诧异道："这样的伤，你不治哪儿成呢。"

白衍芝叫道："哎哟我的老太太，您真高看我们穷人了。我们穷人死拼活挣，只能混上两顿饭就是好的。遇着灾病，就得硬挺碰运气，哪有医治的力量呀。再说我小子就是天生混账，倘若家中还有一顿饭的棒子面儿，也不会生心讹人。今儿来讹老太太，实在因为昨天就断了顿儿，我老娘饿得直哭，我才没奈何又来做不是人的事。现在我回去，还不知上哪儿讨饭，给老娘度一天的命。莫说我受这点伤，就是掉了半个脑袋，也顾不及啊。"

老太太听了，居然又惘然动念。并不想他以前多次来讹，是否都因老娘挨饿，而且既从昨日便已断炊，今天如何竟有闲钱雇用丐妇的儿子。只觉他说得可惨，又怕他伤口受风致命，自己依然损德。就伸手向身上摸了摸，只摸出一点儿零钱，觉得拿不出手。就由指上退下个金戒，抛到他面前。

白衍芝接到手里，看着那黄澄澄的东西，心中大喜之下，更觉自豪自傲，自己叫着名儿道："白衍芝先生，我对你脱帽致敬。你真是诈骗界的神品，欺哄人的圣手。在这种局面之下，若换个别人，只怕早已到了警厅。便是出色能人，能够逃开这场劫数，也就认为万幸，早早抱头鼠窜了。只我白衍芝，不但玩弄了这发昏的老婆子，气走了那凶狠的律师，轻描淡写地死中求活，而且还要遇难呈祥，来个贼不走空，弄她件金戒指，回去快乐几天，补补这场辛苦。我白衍芝真是人物字号，叫他们白费了心机，白设了陷阱，到底还是瞧着我大摇大摆走出去。我还罚她贡献一件首饰，给我赔礼压惊。这事本不足奇，只是我在这危险时候，居然能生出这等玄妙想头，到底不负我的来意，从她家弄了东西出门，总算这盘棋被我赢了。等我回到家中，将这戒指变了钱，和碧琏挥霍取乐的时候，多骂你老乞婆几句，也就补得我磕的头了。"

他心里这样想，口中却只念着阿弥陀佛，说了许多感谢的话。老太太仍挥他快走，白衍芝很明白不会有第二个戒指，也不想再留了，叩了个头，立起便向外走。才到门外楼梯口边，忽想起前面还有那个丐妇和那个律师，都是自己的对头，遇着仍有麻烦。他因来过几次，知道后面还有楼梯，可通后门，就循着甬道向后走去。忽见道旁有个衣架，上面挂着许多衣服，白衍芝心中一动，暗想这一家的钱以后再不能得到了，现在何不顺手带点衣服，做个临别纪念。好在我一出门，他们就没法寻找了。当下四顾无人，就取了件外衣披在身上，一顶呢帽在头上，又见有几件女旗袍，与碧琏身量相符，就取了两件好的，缠在身上，用外衣遮盖了，便飞奔下了后面楼梯。一直到了后门，并没遇见一人，只厨房里有一个厨子，也正低头工作，并没瞧见他。白衔芝心中喜不可支，开后门走到巷中，又转到街上，这算完全脱离险境。自思今天真似有百灵相助，不特逢凶化吉，而且顺遂得出于意外，几乎想要唱两句时调，发泄心中的高兴，但想到自己面有伤痕，身挟私货，不要唱出追兵，喊来警士，不如悄不声快走吧。就向身上摸取手帕，想要把脸上的泥污血渍拭净，额上的伤痕，便可用帕子遮盖，免得令人看见生疑。但是手方探入衣袋，才明白是偷来的外衣，手帕向在自己的长袍里面。正要缩出，那手已触觉外衣袋内有几件东西，拿出看时，里面是一只白银纸烟盒儿，一只真象牙镶金的烟嘴儿，还有火柴匣等零星物件。再摸另一只插袋，却只有几角零钱和条手帕，他越发欣喜，忙先用手帕把脸拭净。因为血渍已干，难于揩下，一时又寻不着水，只可以唾沫代替。无奈他方才话说得太多，唾津产量已减低，只吐得口干舌燥，才博得面目重光。因得了两件银器，自庆财运逼人而来，回家把两件东西赠给碧琏，她起码得增加十倍爱情，发动十足媚气，把她在班子里的劲头，重新施展出来，跟我缠绵。总不致像昨天夜里，我一摸她的手，她说扭了手腕。一摸她下颏，她假装打喷嚏，咬破我的手指。我向她跟前一凑合，她就做梦和邻居打架，一脚把我踢到炕下了。还有那金戒指、那两件旗袍，都给了她，她今夜不定多么高兴，准得胭脂抹粉，像个欢兔儿似巴结我。那我可不要扫她的兴，挨她的窝心脚，还是先到药房一转，拼着破费几元钱。也罢，好在有那老太太给的钱，足可够用。想着就伸手取钱，看是多少。但把手向里面一伸，又无意中触着外衣的暗袋，忙探入摸索。又得着个很大的金表，表上缀着小指粗的纯金链子，链端还有一条极高成色的翡翠表杠和一个雕琢精工的象牙猴儿。猴儿两手捧着一只桃儿，却是颗妃色珍珠。难得那滚圆珠子，竟在当顶凸起一角，并且旁边有一道凹陷，微肖桃形。白衔芝一看，知道得了宝贝，喜得狂跳，也不顾上药房购置巴结内差的工具，就怀宝归家去了。

后事如何，下回分解。

第二十四回

春草故人心教星替月
秋风迁客感怀实迷邦

话说白衍芝大喜之下，雇辆车子，飞跑回家。碧琏一见他的肮脏形色，大吃一惊，正要询问，及见他像唱《打杠子》那出戏似的，脱了外衣，露出一件旗袍。再脱了长衫，由裤子里又掏一件旗袍。不由把眼光就离开了他的头上，而去注视那旗袍的花样成色了。白衍芝向来对于碧琏，是情好随金涨，恩深觉命轻的，并不以她忽略自己为意，反因她对旗袍注目，觉得高兴。就更要起骨头，把所得东西像变戏法似的一件件变了出来。碧琏看着又惊又喜，先把戒指戴在手上，金表挂在襟头，手里握着银烟盒，才望着白衍芝，喜笑颜开地说话。她本意是要先问这些宝贝的来源，但因为白衍芝有此巨额收获，不但有功，而且可爱。就暗地增涨了爱情，爱情一增，于是对他头上的伤痕，就入了眼，动了心，突然怜惜起来。白衍芝的头也是遭逢时运，赶上这个机会，才得美人垂注。若是在数小时前，他两手空空，一文不名的时候，就是摔得脑浆迸裂，碧琏也未必多看一眼。但这时她怜惜的情形，竟得套《三娘教子》那两句“打在儿身疼在娘心”的戏词，说是伤在夫头，疼在妾心，才微能仿佛，用手抚摩着殷殷慰问。

白衍芝好似做了什么惊天事业，立了什么汗马功劳，得意洋洋地把一切经过都仔细说了。说完又问：“你服我不服？这件事换个别人，谁也得栽跟头。只有我姓白的能够死里求活，败中取胜。不但逃了十多年的大罪，反倒弄得这许多东西。真个人物字号，说得讲得，往后干这行的，得供我当祖师。”

白衍芝说得兴致淋漓，口讲指画。碧琏听着却一言不发，只在那里深思出神，忽然问道：“你先别得意，这里面还有个漏洞。我且问你，你从那老太太家跑出来的时候，那个出赁孩子的丐妇，可还在那里吗？”

白衍芝被她一句，立刻似有所悟，变色说道：“我不知道她在不在。因为当那律师要把我和丐妇一同送官的时候，我就从客厅奔出，上楼去寻那老太太讨饶。律师也随着上了楼，自然没工夫打发那丐妇，以后他也被老太太气走，料想未必回客厅去。那丐妇不得下文，绝不肯走，因为那律师曾许着赏她钱呢。”

碧琏道：“这就糟了，那丐妇既然仍在他们宅里，你可太失算计了。别人不知道咱们住处，那丐妇是来过的，自然认得。那老太太家人发觉丢了东西，必料到是你偷的。向丐妇一问，她就会把警察领来了。”

白衍芝未得碧琏点破早已想到这层，急得抓耳搔腮，顿足叫道：“我怎么没顾到这一步。你说得不错，那丐妇准要把警察领来，我被捉住了就得二罪归一，这可怎么好。”

碧琏瞧白衍芝焦急欲死，心中虽极关切，但不全是关切他的安危，而是多半为这几件东西着想。倘然白衍芝破案被获，东西便成赃物，需要归还原主，自己不得享用，因此也大为焦急。至于白衍芝失了自由，她便没了生计，固然也是顾虑之中，却不似对东西那样着重。因为在她那风尘习性中，认为男子者，天下皆是也。只要布施色身，便不愁没人供养。但是已经到手的财物，却不肯轻易失去，于是暗自打算保全的方法。

这时白衍芝忽然说道：“这叫棋走一步错，满盘都是空。我只得忍个肚子疼，只当没遇见这巧宗儿，拼着挨一回骂，把东西还给送回去吧。”

碧琏闻言一怔道：“什么？送回去？怎样送回去？”

白衍芝道：“我把东西抱着，回到她家，仍从后门进去。进门就大声喊叫，硬说我出后门的时候，看见个贼偷了东西跑出，我就追下去。直追到什么地方，贼人见走不脱，只可把东西抛下，我就拾起给送回来。”

碧琏道：“你想得倒是不错，只是凭你这块狗料，会做这样好事，人家可得信哪？”

白衍芝道：“管他信不信，反正我已把东西全送回去。他们就是不信，也不能赖我是贼。世上哪有贼偷了东西又给原封送回的呢？总而言之，我只求脱罪，就这样办吧。”

白衍芝的主意实在不错，若把东西送回，主家即使明知是他所偷，既见原物璧回，无所损失，自然从宽不加深究，他便可以逃脱很严重的罪刑。但是碧琏听着，却不以为然。俗语说家有贤妻，男子不出横事。倘若碧琏是白衍芝结发之妻，还不必定是贤妻，只要认为良人可以仰望终身，就能赞同他的主意。且求免丈夫于罪刑，其他都可不顾。然而碧琏因不是他的发妻，眼光就不肯放远，只看着几件东西，觉得善财难舍。但也不可过于冤枉她，她却并非轻人重物，有将白衍芝性命换取几件衣饰之意。不过她看得事情不似白衍芝说得那样危险，因而觉得不必做此重大牺牲。就反向他道："你不必这样着急，咱们仔细想想，也许他们过些时才发觉丢了东西。那丐妇却是不会久留的，只要她先离开那里，再发觉失盗，他们就没法找着你了。再说大公馆里，人是多的，便是丢了东西，也未必准疑到你身上。就是他们真疑心到你，并且那丐妇也真给引到门上来。俗语说眼见为实，又说捉贼要赃。你拿东西出来的时候，他们既没看见，只要我们把东西藏起来，就可以跟他们抵赖。没有赃物，谁敢硬赖我们，你想对不对？"

白衍芝听了，心中也有些活动，但终看得较远，觉着这些东西虽然值价不少，究竟花不了许多日子。若是因此失却十多年的自由，未免太不合算。就嗫嚅着道："你说得全对，只是东西所值有限，若是犯了案，罪过太大。我实在有些嘀咕，不如……"

碧琏才听到这里，猛然把脸一沉，抓下金表，脱下戒指都向炕上一掷道："好，你就送回去。妈的天生屎种，连这点臂膀都没有，难为你也披了人皮？我先说下搁着，你拿东西送回去，到不了地方，就得被人家迎头捉住。算是赃证俱明，自投罗网，瞧你小子上哪喊冤去。再说就是你平安无事回来，家里连个米粒儿也没有了。我的纸烟从前天就是赊来的，三听老炮台都抽完了，今天再去赊，连一根小鸡牌也赊不来，我可不能就这么替你减挑费。还有前街山东馆二十多块的账，天天来逼，我再不能搪了，你趁早打正经主意。可是告诉你，就是你小子饿成人干儿，被债主逼上了吊，若是要当我的衣服首饰，咱们就有死有活。不但这个，今儿早晨你要赁那丐妇的孩子，向我借了一件旧坎肩，当了五角钱，说好回家就赎回给我。现在我立时要那件坎肩，晚一会儿也不成。"

白衍芝听着，情知她虽说了如许挟制的话，而实际只有一个简单目的，就是要自己莫把赃物送回，留下给她。想到每次争执，她都是不得胜利不止，今日倘若违拗了她，自己是否被捉入狱，尚在两可之间，而家中变成地狱，却是必然立即实现的了。就改口道："你还没听完我的话，就这么火星暴流的，何至于呀？我只是和你商量，你说怎好怎好。现在我打定主意，不给送回去了，可是把东西往哪儿藏呢?”

碧琏这才息怒，想了想，觉得自己现在手头正窘，需要钱财花用，若把东西藏起，岂不仍然受穷，就道：“你怎这样没算计？东西往哪儿藏，藏起来又等几时再用？不如现在就弄出换了钱，钱是没记号的，不怕谁认了去。”

白衍芝点头道：“也对，可是上哪儿换钱去呢？当铺金店，都不妥当，恐怕本主儿这时已报了案，街面已得官面儿上通知。”

碧琏道：“何必上街面上出脱，我自有地方。你知道南市三等胡同里有个德和号，外柜是鲜果局，内柜出赁三新棉被，专为没被褥的穷姑娘留客时预备的。其实这都是遮眼目，那掌柜的脸上有两道刀瘢，外号叫双刀傅老。他是专门销小货，收贼赃。我以前混事时，跟他有个认识，现在咱们带着东西去，准保立刻就换来大把洋钱。事不宜迟，这就走吧，别等那丐妇真把官面儿领来。”

白衍芝听着，只有点头，心里却想碧琏以前必在三等娼窑住过，说不定也赁过双刀傅老的棉被，或者更进一步在傅老那里曾同领略过棉被的三新美趣。要不然，销售贼赃是何等秘密的事，怎能被她知道呢？但这是他心里的话，若是说出来，恐怕他在旧创之上，又要许无数新痕了。当时二人带着东西，匆匆走出家门，就坐车一直奔了南市，到了一条曲折陋隘的小巷里，在两家娼窑的破门中间，寻着了那不成格局的水果局。门面宽仅三尺，只放了只节节高的小货架，摆着干糟臭烂的果品。有个年在六十至一百岁中间的烂眼老婆坐守，因为她的烂红眼儿，眼边和眼球一样颜色，竟而看不出是睁是闭。但她在门旁一条草席之上，身旁还卧着只瘦细如狼、年将就木的老猫。两个生物，一递一声地打呼噜。这门面本来太窄，那货架旁剩留的走道，被老婆儿完全堵塞。虽然看见里面还有个小门，挂着红色门帘，但若想进去，除了把老婆儿踢开，就得从她头上来个急行跳高。白衍芝看着这果店的富丽情形，心中已冷了九成九，暗想这生意简直未曾见过。橘子干得成了铁球，外皮比老婆的脸皱纹还多。几节甘蔗，成了秫秸，大概除了生火，并无用处。香蕉总得仔细观察，才能认出它的原形，因为起初搁得腐烂，起了发酵作用，表皮挂了一层白霜，然后又风干了，如今只剩一块带白瘢黑炭。大约这货架之上，最新鲜的东西，也足在这里度过三四个月的悠闲光阴，看饱这巷中的风情月态了。料想整年也未必开一次张，怎么碧琏说这里承办娼窑的果品？这巷中娼家固是低级，但总不能把陈年鲜果给客人吃啊。

想着就把这话询问碧琏，碧琏笑道："你白是三不管长大的娃娃了，连这个也不知道。这水果店本来不卖门市，若是窑子要用鲜货，告诉一声，他们就上附近大水果店去买。赶上节口用得多时，也许上小市趸些来。"

白衍芝道："他们既然也是转货，人家何必叫他们在中间剥一层皮?"

碧琏道："你又糊涂了，这是那傅老打出来的天下。凡是附近的娼窑，若是不用他的货，就得出祸事。不是有人摔砸，便是丢了孩子，要不然傅老就捡灯花时候，带两个党羽，堵着那不买他货的娼家门口儿，闲谈起来。信口开河，说昨天杀死七个宰掉八个，今天又打破谁的头，敲折谁的腿，再加指手画脚，弄些刀枪架儿。请问客人谁还敢进门？娼窑里只得托人说好话，不但答应永远照顾他，而且当时还得破费几个，才能罢休呢。"

白衍芝听她说得如此详细，心里更证实她以前也是个山梁雌雉，曾经栖止此间了。想着就道："咱们快办正事，别尽自耽误工夫，这门儿可怎么进去呢?"

碧琏道："叫老婆儿躲开就进去了。"

白衍芝听了，就走上前，推了那老婆儿一下，还没说话，那老婆儿猛一抬头，瞧见了他，忽然扯起破竹喉咙喊道："你是谁？怎么打我？快来呀，有人打我了!"

白衍芝见她这样，大吃一惊，正在不知所措，碧琏却明白这老婆儿如此号叫，必有缘故。大约她坐在门外，负有望风报信之责，里面屋中当然做着不法的事，怕人闯入。她看白衍芝这生脸儿的人，疑是官人或者仇家，故而高喊给里面报信。就上前推开白衍芝向她说道："你别喊，我们是来找傅老的，他可在里面吗?"

那老婆瞧见碧琏是个女子，虽因年老目昏，看不出是否熟人，但已少减疑虑，住口不喊，正待说话，却见由里面红门帘的缝隙露出一只凶狡的大眼睛，向外张望。继而把全部面目都现出来，是一张紫棠色脸儿，浓眉阔口，满颊青虚虚的胡子楂儿，在额上有两道很深的刀疤，交叉着作不规则的斜十字形。白衍芝一见，便知是碧琏所说的那个双刀傅老。碧琏却已叫了出来，但在傅老之下，加了个爷字。那刀疤脸儿，似乎因瞧见碧琏而现出迷惑神情，但随见眼珠乱转，大嘴一张，也叫道："这不是二姑娘嘛，哪阵风把你刮来。"

碧琏笑道："我是夜猫进宅，无事不来，让我进去谈谈。"

那傅老道："有事啊，你且等等。"说完把头缩了回去。

过了一会儿，就见那红门帘一启，由里面走出一个少年男子。衣服华丽，却是高领窄袖，像是老流氓样儿，低头匆匆走去。随又有一个三十多岁的半老徐娘，头上梳着盘头，手上戴着金镯，出来时神情腼腆，用手遮着脸儿，由那老婆儿身旁挤过，便向外面走了。白衍芝瞧着先后出来的两人，已知就里。心想这果局内柜原来不只出赁棉被，而且出赁床榻，可谓极藏垢纳污的能事。想着就见傅老又从帘内探头招手，让他们进去。碧琏便和白衍芝跨过老婆儿身体走进去，一掀门帘，便觉一种恶臭之气，直扑鼻观。那气味非常奇异，无法形容，只在最廉价澡堂的水池子中，或是下等娼窑附近的秽水沟旁，或者能闻到这般气味。而且似有许多含有杂质的水分，融在空气之中，能够使人窒息。这房中的面积，仅及方丈，四面都叠着被褥，高至房顶。内中红紫蓝绿，新旧厚薄，各自安排有序，却以破旧的最多，颜色都已不可辨识。污秽尚不用说，上面还沾着疮痂血渍和膏药的黏质，看着已令人欲呕，不知怎么能和身体接触。但是这种销路最多，每天都供不应求。因为穷得没有被子的，多是下等娼窑的姑娘，一有宿客，便须来赁。而夜度资不过一二元，也只能破费几十枚铜板，赁这臭恶的货色。好在盖被的客人，也多是车夫小贩，但求凤倒鸾颠，又哪顾得衾香枕腻。但由此可知下等娼窑中，每夜不知有多少没宿客的可怜虫，无铺无盖，挨受寒冷了。至于较高上的娼家，姑娘无论如何穷苦，却还不致没有被盖。因此这房子虽也有几套锦缎花绸的上等货，却已落满灰尘，显见久已未曾出为世用了。但是在这以被褥加厚墙壁的小室之中，中间只剩了六尺见方的空地，还放了一张木床，床上却乱堆着两幅闪缎的被子。可见这高等货色也不是无人过问，只于不像低等货需要拿出去，在房中就可以出赁赚钱了。

碧琏等进门后因为房中太窄，简直没有立足之地，更谈不到能够回旋。那傅老原在房内，因他二人进来，就挤得后退，直到尽端。碧琏和白衍芝，只得循着床边向里走，然后宾主三人，成一字并肩式坐在床上。想要谦让转动一下，绝不可能。傅老先向碧琏寒暄一阵，好像旧友重逢，非常亲热。随又问她近况如何，碧琏知道自己由班子里从良嫁人，班子和这地方，虽同名为胡同，然因资格限制，似乎隔在两个世界，消息很难相通。只恐傅老不知自己已做良家，仍然乱说。就乘机把白衍芝介绍，只说了一句这是我们先生，傅老便明白了，急忙和他拉手儿说客套话。白衍芝从进门就瞧着房子纳闷，心想这样小的房子既被被褥填了个八成满，外带还没有退身之处，不知方才那一对男女在房中赁被子的时候，这傅老又在哪里躲着，莫非竟唱了出《秦琼观阵》吗？及至碧琏给他介绍完毕，又叙起旧来。傅老提起许多人，张三死了，李四正病着，耿七家的买卖黄了，因为亲家变了心，他一刀两命，现在习艺所吃官司。马八去年还满世界打秋风，新近不知怎么，竟姘上水蜜桃老大，居然穿得缎棍似的，金表链有手指粗，在街上摇摆，不认得人了。傅老说着把这些人都称为老人儿，看碧琏的关切情形，大约不是她的旧情人，便是老朋友。白衍芝真不耐烦却又不敢催促碧琏快说正事，在无聊中幸而寻着消遣，因为那傅老说话时，满脸毛病。一双眉忽皱忽松，那额上的肌肉，随而伸缩，于是那十字形的刀瘢，也就跟着一张一弛，看着好似一柄剪子在剪布时的动作，十分滑稽，不由看得忘了烦闷。碧琏叙过了旧，才把身上东西取出来，又向傅老耳边说了两句。

傅老点点头，把东西看了看道："这种货近来不大好出手，我也好久不干了。既是你来，我不能叫你白跑，好，你说要多少钱。"

碧琏道："你看着办。"

傅老就望着那堆东西，似在估计价目，半晌忽然抬头说道："我想起件事来，你可知道，惊鸿馆的掌班何老四，已经回来咧。"

白衍芝听他突然说出这句没来由的话，不由一怔。碧琏却似有动于衷，脸上忽变了颜色，白了又红，红了又白，咦了一声道："他……真个他回来了吗？"

傅老道："可不是，我前几天才见着他，已经回来三四个月了。他从前二年带两个孩子和一批烟土到上海去，在码头上失事，下了西牢，直打两年官司，才得回来。听说烟土值好几万，都充了公，可不知怎么把孩子倒保住了。他在上海官私两面都有人，要不然就能这么快回来了？"

碧琏听了，怔了半晌，忽顿足道："咳，我只当他回不来了，要不怎会……"说着忽把下文咽住，又道，"这一来我倒对不住他了。"

傅老似乎深晓她言中之意，摇头说道："这也不算你对不住他，谁能想到他遭了那样官司，既遭了官司，又谁能料到他回来这么快呢。"

碧琏这时似乎想起旁边还有白衍芝，就暗暗踢了傅老一下，说道："不管怎样吧，我现在不能见他。你见着就替我问候问候，谁叫当初都不错呢。这点东西怎么办，你快给个话，我们要走了。"

傅老沉吟道："你现在必是等钱用，我因为隔着别人的手儿，一时也开不出准价。这么办，这儿有三十块钱，你先拿去，明天再来听信儿，该多少再找补给你。”

说着二人对换了个眼色，碧琏就道：“好吧，就是这样，你可费心，替我们多卖些儿。”

傅老听了点点头，取了一叠钞票递过，碧琏也没点数，就放入袋中，和白衍芝一同告辞出来。白衍芝好似遇了大赦，出门喘了半天长气，走着说道：“这地方真要命，再坐一会儿，我准得了霍乱。”

碧琏撇着嘴儿道：“你别看不起这小地方，可是南市有名有姓的人，谁都怵着这地方一头，并且十有八九到这小地方来过。不论遇着什么祸事，或是有了什么艰难，只要进这小屋，得傅老一点头，天大的事都过去了。告诉你个故事，有家堂名儿掌班，和傅老相好，又借了他上千块利息钱。忽然那掌班有两个新买的孩子，一同服毒身死，打了双料人命官司，眼见进了法院就不出来。傅老一半顾着交情，一半为着钱财，就出头给她张罗。没出三天，那掌班就平安回来。又有一回，也是他的朋友开的什么堂里有个搭住的姑娘，被一个干官面的缠住，定要靠一个亲家。那姑娘不肯，求掌班的想法，掌班也不敢惹，只得托人央告。哪知反把干官面的央告恼了，更加码地搅闹，把身上带的手枪，拿出来胡乱比画，把客人都吓得不敢上门，姑娘也全要挪店。掌班就向傅老诉告，傅老叫她不要着急，过几天必有分晓。果然两天之后，那干官面就再不见踪影，好像把个人从世上消灭了。人们正在猜议，不料南郊里发现了个无名男尸，浑身赤裸，伤痕累累，脸上五官都给剜得稀烂，认不出是谁。有人从体格上看出是那干官面的，都猜是傅老办的活儿，可是谁也不敢多口。但傅老始终没出这小屋的门儿，坐在家里就把人毁了，请看他神通够多么大，手眼有多么宽，你倒看不起这小地方啊。”

白衍芝听着，好生不以为然。心想那傅老若真像碧琏所说那样厉害，何必还在这小屋中过臭虫似的生活，而且做这种极端龌龊，却又无大进益的营业呢？但这话不敢向碧琏说出，就问她现在东西已出手了，可要回家吗？碧琏想了想道：“自然回家，不回家可上哪儿去呢？”

白衍芝却在脑中虚构了个景象，以为这时或者正有官人在家中相候，回去就被捉住。固然赃物出手，已无可怕，只是万一那老太太因知我偷盗，恨将起来，竟又托那律师来对付我。那时冤家对面，便是捉不着偷盗证据，仍要重问诈骗罪名，那就无所逃于天地之间了。想着心中嘀咕，便对碧琏说道：

“我们现在手里有了点钱，正好在外面玩上两天，暂且别回家吧。”

碧琏沉下脸儿说道：“什么话？你真钻头不顾臀，有了钱就惦着花。这一脚踢不倒的钱，够花几天的？花完了又上哪儿再去捞摸？趁早老实回家忍着，先接上那根穷断了的筋，省得总缩着王八脖子吧。”

白衍芝被她骂着，心想今日碧琏何以变了脾气，把钱看重了？往日只一有钱，她何尝肯在家中稍忍片刻，必要跑出去挥霍，我一拦就得挨骂，怎今天竟反而拦我，真比日出西方还要奇怪。想着听碧琏又哦了一声道：“我明白了，你是怵着回去有险。别忘了不回去更惹人疑心，现在我们手里干干净净，再没怕的。就是真有人来问你，你只咬牙摇头，一问三不知，谁也没法奈何。”

白衍芝听了，才明白这位贤妻所以必令归家，是因为恐怕往外流连，反而遭人疑心，老谋深算，实可佩服，就一声不哼地遵论同归。但他哪里知道，碧琏在这一刹那间，心肠业已改变。在从家中同出之时，尚还有心卫顾丈夫，但自傅老小屋出来以后，白衍芝在她眼中，竟突然变为冬天的冰箱，夏天的火炉，既然无用，而又空占着地方，似乎该归入清除之列，无所顾惜了。可怜白衍芝哪里知道，碧琏在当着他的面前，顷刻未离的当儿，已在这里变了戏法，竟还以为是替自己打算。当时只得壮着胆子，回到家中，却是侥天之幸，清静如常，并没有人来过。白衍芝心里一块大石头落了地，但小石头仍不免上下起落。一听门外有脚步声音，便疑是捉他来了，弄得坐立不安。碧琏却很沉得住气，毫不张皇，反而在饭后便扯过被子蒙头大睡，其实她是在被子里想心思。直到晚上，白衍芝因为心中一松，把强支的精神颓了下来，很早地便也睡了。碧琏在他睡后才又起来，自己沏了茶，吃些点心，吸着纸烟，直沉思了半夜，方才重入睡乡。

次日早晨起来，碧琏便洗漱修饰，对白衍芝说要上傅老那里去讨卖东西的回信，收取应得的钱。白衍芝本无疑于碧琏，又不愿到这小屋中受罪，便让她一人去了。哪知直去了一天，到晚上方才回来。白衍芝问她何以在外逗留如此之久，碧琏说那傅老把东西转手卖给个姓吕的，言明六十元钱，今天下午送来，除了昨天我们收的三十，还有三十可得。我觉着卖得不少，心里很喜欢，就在那里等着。哪知姓吕的直到现在也没露面，把我急坏了。傅老却说那姓吕的人很可靠，必是有事绊住了，方才迟误。料想明天准可有了，叫我明日再去一回。白衍芝听着心里诧异，就问：“你从早晨直到现在，可是一直在傅老小屋里？那怎么受得了？”

碧琏道：“可不是一直在他屋里，不过也出出进进地走动着。今儿可把我累坏，也急晕了。”

白衍芝问她可吃过饭，碧琏回答午饭扰了傅老，晚饭在小馆里自己吃的。白衍芝听着无语，却觉碧琏所言太已离奇，在傅老那小屋中闷守终日，无论万受不住，碧琏也不是那样有耐性的人。一向她惯于饭来张口，衣来伸手，只等我供养，天大事情求她劳动一下贵体，都不容易。白衍芝虽犯了疑心，但因想不出碧琏对自己说谎为着什么缘故。而且近日来既没看见她有何轨外行动，除了那个傅老，也没接近任何男子，怎会突然出了毛病，也许自己神经过敏，错疑心她了。白衍芝自己心中捣鬼，也不敢形诸辞色，当夜一宿无话。

次日早晨，碧琏又梳洗出门，声言到傅老家收钱。这一去又去了个整天，白衍芝可有些沉不住气了。寻思碧琏准是有了说处，要不然怎会又出去一天，流连不返。那傅老小屋之中，岂是能终日坐守的地方，错非有个男子陪着她，像那天所见借地幽会的一对男女的情形一样。莫非碧琏与那傅老真个有过暧昧，此次碧琏因销赃的事和他见面，竟而乘机约会，叙起旧来？若非如此，或者碧琏已另有所欢，借着找傅老讨债的名儿，另到他处赴约会去了。这我可忍不下去，等碧琏回来，定要向她问个明白。我自娶她以来，就舍死忘生、千方百计地弄钱，除了未曾做明火执仗强盗，以外什么恶事险事都做过了。只为供养她舒服，巴结她喜欢。如今她若对不住我，我可不能再那么吃亏忍气，一定要给她个样儿看看。

白衍芝想着摩拳擦掌，吹气瞪眼。当时旁边若有人看着，定要替碧琏捏一把汗。哪知由薄暮等到黄昏，由黄昏等到初更，外面市嚣渐静，车马无声。人家中光棍独居的已经登床酣眠，两口儿同居的已经香衾同梦，就是群居的如学校宿舍，也敲过就寝钟，军队营房也已吹过熄灯号了。好像这世界都已入了休息状态，只剩下个白衍芝，仍自里出外进，热锅蚂蚁似的，在那里受罪。论理说他因碧琏出外不归，发恨着急，碧琏归来的愈迟，他等待的时候愈久，应该怒气积蓄得愈多，因而发作得愈甚。但是白衍芝却是不然，等得久了，反因仔细思量，想到自己发作，碧琏绝不肯忍受。倘然闹将起来，结果怎样？自己和她同居，每逢唱了《小两口儿顶嘴》，无一次不是接演《背板凳》，好似已成老套。难道这次她竟能服我约束，当然是不能的，那么除了我叩头谢罪，还有何了结方法，还不是自讨没趣吗？再说现在我若能寻出她果然有了毛病，就冒回险，怄回气，惹回祸，也算值得，现在我什么也没看见，竟先往钉子上撞，岂不太觉冒失。白衍芝这样自己劝着自己，不由心馁气消，反而把房间收拾得干干净净，被褥铺得舒舒帖帖，等待碧琏回来享受。无奈等过了人定亥时，半夜子时，鸡鸣丑时，她还没有消息。只听隔邻旧式座钟，敲了一点，又敲两点，敲了两点，又敲三点，每一敲都似敲到白衍芝心上。他立起又坐下，走出又踱进，心里只想碧琏为什么耽搁到此刻，此刻又在哪里，难道还在傅老小屋里等人送钱？想着眼光落到炕上铺好的被褥，不由联想到傅老出赁的被褥，怔了半晌，才抬起头来，恰巧炕上被子是绿色的，他注视久了，因为眼睛幻觉关系，似见眼前现出一片绿光，由远而近地移动过来，并且渐缩渐小，移到当顶，只剩了帽子大小，便向头上压下。白衍芝心中轰的一跳，立刻由这幻象得到解悟，叫着自己名字痛骂浑蛋，你还迷着一窍，妄想她没做坏事吗？凭她那样的人，既在外面过夜，还会干净得了？白衍芝你已经把绿帽戴结实了，这可怎么办吧。看碧琏素日行事牢稳，主意歹毒，她若没有可心的人，绝不会平日露这破绽。既成心露这破绽，当然已不把我看在眼里，并且也已有了打算。女子的心一变，想收回来那可万难，以后万不肯安心度日，说不定哪一时就抛了我。我年来为她把性命都下了孤注，她竟如此相报，这口气已然难忍，再说我爱她实已沦肌浃髓，她若弃我而去，我此后有何生趣，还不如早早死了。可是我不能自己死，定要她跟我一道儿死。想着凶心陡起，跑进厨房取来把切菜刀，在房里耍了几下，砍得空气流动，习习生风。咬牙切齿地叫道："我就带着刀出去寻她，只要抓着破绽，那时一刀两段。"

哪知正在这时，外面有人叩门，白衍芝不知怎的，竟惊得颜色大变，心中乱跳，急忙放下菜刀，跑将出去。隔门问了声谁，外面只答个我字，白衍芝已听出是碧琏声音，猛觉从天上落下个宝贝来，方才的怨恨愤怒，都不知消到何处了。忙开了门。碧琏一声不哼，直走入房内，白衍芝像小听差似的，匆匆关上门，便跟着进到房中，把她的外衣代为脱下，又给拿过拖鞋，伺候她脱换高跟鞋。那碧琏绷着脸儿，一点儿没有表情，也不说话。白衍芝看着，似乎觉得有异，更添了害怕，也不敢作声。

碧琏换完衣服，坐在椅上，取出支纸烟来，眼儿左右一望，白衍芝忙把火柴递过，碧琏吸着了，才开口道："你怎还没睡，天都快亮了。"

白衍芝听她声音温蕴如常，知道没有他故，心方一松，不知怎么奉承她是好，就赔笑道："我等着你呢，睡了怕听不见叫门，你……你……"

底下本想慰问她可觉劳乏，但又恐她误认是讥讽之辞，就咽住了。想改口又不知说什么，匆忙中顺口说道："你可渴吗?"

碧琏听了点头道："对了，你给斟碗水来。"

白衍芝这才想起，自己只顾生气，何尝想到煮水，而且火炉也早已灭了。当下只窘得头晕眼花，浑身冷汗，半晌才吃吃地说道："……水……水怕没有了，等生火炉现烧。"

碧琏看了看他，竟没发怒，反而笑了笑道："既没有水，你又何必让我?好在我并不渴，就睡吧，有什么事明儿再说。"

白衍芝这才如逢大赦，急忙献殷勤说被褥早铺好了. 碧琏也没搭理，就进卧房去，上炕拉过被子，躺倒便睡。白衍芝随到房中，见她已闭上了眼，那神情分明表示她已结束了一切活动，在今夜和自己更无交涉了，不由又满腹狐疑. 想要开口问她，想到那句有什么事明儿再说的话，料着必吃没趣，只可忍耐不言，怔了半天，便也睡下。

次日碧琏过午方起，在白衍芝先意承志，趋奉伺候之下洗漱过了，又买来饭菜一同吃完。二人萧闲无事，在房中对坐，白衍芝实忍不住，就用话试探道："今儿你不出门吗?"

碧琏摇摇头道："不出去了。你问这话，必是想着那笔钱。我还忘了告诉你，昨儿白费了一天一夜，仍没到手。据傅老说，那个收小货的人也是很穷，必得东西出了手，换下钱来，才能给咱们那一半，大约今儿晚上准可以送来了。"

白衍芝问："是送到咱家里来吗?"

碧琏点头道："不错，我们就等着吧。"

白衍芝见她不再出去，心中甚觉安慰，想要和她厮守谈笑，享些房帏之乐，以偿前两日的苦闷。无奈碧琏只是块然兀坐，似有所思。偶然开口，也是冷语冰人，隐然相拒于千里之外。白衍芝因而备觉局促难安，郁抑无聊，比碧琏出门时加倍不得舒心。好容易熬到日暮时候，弄饭吃了，才有了消遣，时时把耳朵注着外面，等候送钱的人来到。直到天将夜半，还不见有人叩门。碧琏喃喃骂着傅老，说他太不可靠，屡次三番地失信，今儿看来又算票了。哪知正在这时，外面大门敲得山响，白衍芝心中喜悦，料着是送钱的来了，就出去隔门询问。外面的人高声说找姓白的。白衍芝又问你贵姓，可是从傅老那里来送钱的。外面回答不错。白衍芝才开了门，外面的人一走进来，便拉住他道："你可就是白衍芝？"

白衍芝说道是我，那人又问还有你的太太呢。白衍芝以为他要将钱面交太太，就答说她在房里呢。那人说了声咱们房里说吧，就拉着白衍芝往里走。白衍芝似觉来人有些可异，但在黑影看不出他的面目。及至走入房中，才见来人是个高个子，形容俊伟，只是满面上都是精悍凶狡之气。身上青袍子青马褂，连呢帽也是青色。白衍芝看着，已是一惊，因为这全身青色，虽然不是什么特别表征，但因官面上的人，多有这样打扮。白衍芝常做犯法的事，故而望着心惊。其实官人固然好着青衣，但着青衣的却未必尽是官人。白衍芝也并不能确定，只有暗自留神。那人进房就高叫你的太太呢，这时碧琏已由卧室走出，望着来人，也似十分惊异。白衍芝见碧琏并不认识，心中更慌。

那人望着碧琏道："你就是白衍芝的太太吧，我来得真巧，你们公姆俩都在家里，现在就跟我走吧，你们的案犯了。"

白衍芝和碧琏听了这话惊得对瞪眼儿，那人笑道："你们还不明白吗，先看看这个。"

说着从身上取出一只金表、一只金戒指、一个银烟盒，放在桌上。白衍芝认识是自己出了手的赃物，不由望得眼珠突出，吓得通身颤抖。那人笑嘻嘻地道："你们还等着这些东西变成现钱回来呢，所以把我当作送钱的了。相好的，你们运气实在不好。那个替你们销赃的人，这回竟失了风，落到我的手里。他招出是你们偷来的东西，连那个傅老也捉住了，你们不必叫我费事，快跟着走。"

说着把那几件东西放回身上，就又掏出白绳儿，先拴在白衍芝臂上，白衍芝想不到这窃案竟如此破露。失主并没追究，反而因销赃弄得失手，真得出于意外，活该倒霉。看这来人必是便衣警探，因捉住那销赃人听了供词，所以拘我和碧琏去归案，这一下可要了命。归案以后，官人对于窃犯，向不留情，照例用刑取供，我想抵赖绝不可能。只一招出从那老太太家中偷来，势必传失主认赃。那老太太和她家人怎肯亲身前去，当然要托律师代表，他还会不把我的一切经过都说出来？那时我所怕的十年监禁，又算逃不开了。白衍芝贼人胆虚，数日来本已时时担着心事。此时白绳拴到臂上，他倏然把所怕的都想起来，只吓得目瞪神昏，通身乱抖。口中要说哀告的话，无奈上下牙齿捉对儿厮打个不住，震动得喉咙堵塞，声带也失了作用。听他颤颤地叫着“老……老……老……”，好似吓得真喊他的姥姥。其实不然，他本想叫老爷，无奈爷字被封锁于喉咙以内，才这样老个不住。

那个警探听得火儿了，伸手一个嘴巴，骂道：“这是装什么屄种，好汉做事好汉当，别说叫姥姥，就叫来老姨也当不了什么。”

说着又拉过碧琏，把拴白衍芝绳子的另一端，去拴她的玉腕。白衍芝被打得不敢出声，只呆呆地望着碧琏。只见碧琏也吓得花容如土，眼泪汪汪，当那警探拴她的手，她忽然双膝一屈，跪在地下，手儿却扳住那警探的大腿，仰面哀叫道：“老爷，你多积德，抬抬手儿，饶了我们吧。这一捉进去，我们简直活不了。老爷你哪儿不是行好，只要饶了我，叫我怎么报答都成。”

白衍芝见碧琏央求，忽然醒悟，暗想我怎么吓糊涂了，尽怔着有什么用，还不快跟着央告，和他好言商量，也许能再像前日似的侥幸一次，就也跪倒乱叫老爷饶命。他知道这警探绝不和那位老太太一样心软，行善修好的话，万打不动他，只能以利相诱，现在自己虽没多钱，幸有由傅老那里得来的小款，还存有多半，可以给他。若还不成，可以给他写张借字，日后补交，只求现时得免缧绁。这也要撞运气，只盼他还未把这一案报上去，也许就受了我的贿赂。再加上吃没赃物，也值得冒险舞弊，把这案无形消灭了。想着就说：“老爷只要肯饶我们，我们必不忘你老好处。”

那警探听着，只是摇头道：“你们快滚起来，这种案子，我能饶了你们，替你们打官司去呀，趁早少废话，乖乖儿跟我走。”

白衍芝还要再说，不料底下已挨了一脚，疼得倒吸冷气。同时又被碧琏用肘尖撞了一下，似乎暗示他不要多话。白衍芝瞧着碧琏跪在旁边，把上半身全贴在那警探身上，同时一只右手已隐没到他那长袍的襟缝之中，脸儿也紧挨他的身上，不住地揉搓，仰面流泪，用鼻音叫着老爷。白衍芝瞧着心中一动，觉得她也许自有道理，就不再作声。只听碧琏如怨如慕，又悲又媚地仍在央求，口中的言语，却像车辘轳似的，反复只是原先那一套。白衍芝起先替她着急，怎么只一套老词儿，再说不出有劲的话。继而听出楞缝来了。原来她把“老爷饶了我们，叫我怎样报答都成”这两句话，反复地说了多次，却是次次相同，一字不改。上句求他饶的是“我们”二字，下句提到报答，却只用一个“我”字，这里面大有深意存焉。那警探似乎已理会她言中的微旨，又不知两只藏入长衫的手，起了什么作用。只见他低着头瞪着眼，望着碧琏，嘴儿张得老大，却半晌没说出话来。忽然把身一退，顿足说道："你们央告也是白央告，这是公事，我有什么法儿救你们？你们久干这个，还会没跟官面也打过交道，怎不明白我是官差不由自己，世上哪有办案官人敢把点儿放了的？其实我跟你们无冤无仇，若不是赶上这种事，我何必跟你们作对，既赶上就叫没法儿。你们少麻烦，趁早跟我走。"

白衍芝听他虽然不吐口儿，但语气已和缓许多，知道碧琏的力量已经发动了，就只顾叩头，仍不开口。碧琏凑上一步，加紧地缠磨央告，口中直灌米汤说道："凭您老爷的身份，只要一发善心，什么事办不到？高高手儿，就救我们两条小命。我不敢说你老爷哪儿不交朋友，我们不配高攀老爷。只是老爷饶了我们，就是我们重生父母。我们两人这份家，都是你老的。我情愿伺候你老一世……"

碧琏这样说了半天，那警探望着她，脸上一阵忽红忽白，着急叫道："你可麻烦死我了，我已经说过，官差不由自己，这是没法儿的事，你还尽自胡缠。现在你说吧，我有什么法儿救你，只要能行，我就积这份德。可是你得明白，我不能为你们担了处分掉了差使，你就出主意吧。"

白衍芝听碧琏果然奏了功效，不由暗自念佛。碧琏却现出软媚的态度，望着那警探，用眼光表示感激，似乎说自己的一条命和一颗心，全依托在他身上了，随又柔声说道："老爷真是善心人。你老也别着急，只求你老破些工夫，咱们商量个法儿，万实没法救我们，我们就甘心去打官司，也忘不了你老好处，老爷你看成吗？"

那警探寒着脸道："那么你就起来赶快商量吧。"

碧琏谢了声立起，又向白衍芝道："老爷来这半天，必然渴了，你还不快去泡茶。"

白衍芝急忙诺诺连声地站起，就要跑进里间卧室去取茶壶，碧琏一把拦住道："你先等着。"

白衍芝应声站住，碧琏含笑把媚眼望着那警探道："老爷，请室里歇着吧。"

那警探不作一声，举步便走进去。看那大方随便的劲儿，好似到了他自己家中，大有宾至如归之乐。碧琏又回头对白衍芝使个眼色，叫他等在外面，便也进入室中，随手把门帘放了下来。白衍芝在门外只听碧琏发着鼻腭的混合音，媚声媚气地道："老爷不累吗，在炕上躺躺儿吧。"

警探并没说话，却只听炕上扑咚一声，似乎他已依实躺下休息了。白衍芝听着碧琏声口，宛然是妓馆中姑娘应酬嫖客的意味，知道她已把旧时看家本领使出来了，大约风流阵一行摆布，那警探料想难逃公道，自己当可因之得免灾祸，立觉心中一松。但又想到碧琏所以把警探延入卧室，原为从长计议，以求免遭缧绁。如今观察形势，这目的必可达到。只不过这场会议，恐怕要把公开而变为秘密，时间更不知如何延长。自己却必被摈于议场之外，不能参与机要了。想着心中好似吃姜醋螃蟹又受了风吹酸泛泛的好生难过，浑身也那么不得劲儿。正在这时，碧琏由门帘缝中露出半边脸儿，探出一只手儿，那脸儿绷得没缝，好似尚抱着十二分的忧烦惊恐，手里提着只茶壶，壶盖儿反盖着，上面有一撮茶叶，白衍芝急忙接过，却向门内努努嘴儿，询问里面的人现在怎样。碧琏悄声道："八字还没见一撇儿，我知道有指望没有？只看咱们的命罢咧。你沏好茶，就找个清净地方躲着去，听我的信儿。"

白衍芝这时肚里憋着一句要紧的话，却只不敢说出，半晌才避重就轻地绕着弯子说道："这……这屋里用我进去吗？"

碧琏眼珠一转脸色一沉，冷笑说道："用你进去，哼，用你进去挨揍。妈的你小子真该死，到这时候还起贼心眼儿，得，得，我躲开你自己跟他办去。"

白衍芝见碧琏变脸，而且越说声音越高，只恐被房内的警探听见，又生枝节，只吓得冷汗直流，向碧琏低声央告道："好人别生气，饶我饶我，你是错想了，我并没这种意思。"

碧琏似乎不愿意坐耗时间，见他央求告饶，就也顺风转舵，不再逼迫，但仍发恨说道："你这东西，就欠让他捉去下狱，我来个甩手不管。现在犯不上怄气，咱们有时候算账，你快滚吧。"

白衍芝回头要走，碧琏又叫住道："你去沏了茶来，把茶壶放在这门外就去你的。不要伸头探脑，大呼小叫，若是惹翻了他，你可承着。还有你沏完茶，再到街上稻香村，买些熏鸡酱肉和甜点心来，另外再带一瓶酒。看样儿多买些，不要吝刻，你得明白是买命的事，你买回来照样放在外间桌上，我自会出来取。"

白衍芝听一句点一下头，听完又问道："以后我还干什么？"

碧琏道："以后啊，就在院找个没苍蝇犄角旮旯歇着，听我呼唤。可是留神炉灶的火，不要灭了，我不知哪时都得用水呢。"

白衍芝听了最末一句，只觉脊梁又凉又麻，又有点儿扎心。见碧琏回入屋内，才嗒然抱着壶去泡茶。心内寻思，方才说碧琏使出全副娼妓手段，如今竟更进一步，把这门内全部都变成娼家风格了。不过碧琏在那里伺候警探，做的是妓女的本等。那警察在屋里坐拥女人，安受供养，享的是嫖客的艳福。只是自己受了肮脏气，还得分包赶角，总办一切娼家窑务。跑厅也是我，大了也是我，厨房也是我，打杂也是我，另外还饶了一份打更坐夜的好差使。许多兼差，不但没工钱，还得倒赔女人，倒赔茶饭，真是晦气到家。所好一样，碧琏还算特别开恩，没有把我当老妈子使用。要不然少时还得去铺床叠被，那岂不更蒿目伤心。反正这警探今夜准学乌龙院宋江的口吻，是不走的了。我却是注定像翠屏杨雄的命运，这帽子是戴定的了，这王八是当定的了。想着虽然难过，但是把十年缧绁生涯和一宵乌龟滋味加以比较，终觉此善于彼。俗语说绿头巾底下压不死人，但是监牢洞里却常拉出死尸。

设想及此，立刻把头儿一缩，大有乐天知命、理得心安之概。就在墙角火炉前煮水泡茶，等到水沸了，把茶泡好，他提着壶悄悄走入堂屋，轻轻放在地下。听着里间碧琏正在吃吃地笑，笑得那么幽幽细细，颤颤微微，娇娇媚媚，喘喘吁吁。一听便知出于情感，发于内心，绝不是平常的笑。好比一张琴，偶遭震动，也会响一阵子，但是没有节调韵味，必须经音乐家着意抚弄，那琴才能发出悠扬婉转、销魂荡魄的妙音。由此可知房内发声的琴，必然正安置在音乐家身上，那音乐家的手，也必正在琴上推按抚摩，人琴双方的灵感，都已到了玄秘甜美的境地，才会发生这般经调。白衍芝实不忍听，但又忍不住要听。痴立了一会儿，自己并不知听了没听，猛觉胸中好似倒了五味瓶儿，万感杂糅，也不知是脚下软得立不住了，抑是耳朵震得受不住了，茫茫然走了出去。到了院里，才觉茶壶仍提在手中，只得重走入堂屋，悄悄放下。

这时他脑里仍印着碧琏的吩咐，下意识地走出街门，去买宵夜点心。身体在外面走着，灵魂仍在家中停留，昏昏沉沉地思想，心里似乎有所感触，有所觉悟。却一时想不起感触的是什么，觉悟的是什么。直走出很远的路，忽然一阵凉风吹来，头脑稍清，才猛然在迷茫的思致中，抓住了头绪。原来是自从那警探延入卧室以后，碧琏的言语态度，便处处现出可疑。白衍芝意中微有觉察，但当时尚以为碧琏和自己立在同一战线，并未向这上面深想。如今念头一转，仔细寻思，便觉碧琏举动太已离奇了。第一她所定的应付警探方法，并未和自己商量，完全自作主张；第二她对那警探尽可先用温软手段，柔媚言语商量，若是不成，再用最后办法不迟。然而她在开手便似决定了主意，好似自愿要留那警探彻夜长谈；第三方才在堂屋所听声息，碧琏情绪那么热烈，绝非敷衍的情形，也没有恐惧的意致。由此想来，莫非碧琏先已看中那个警探，故意来个移船泊岸，暗度金针的手法吗？这妇人真是太可恶了。

白衍芝越想越觉不错，更觉冤愤难堪。但是虽明白碧琏舍身虽出于自愿，无耻到家。却空自顿足发恨，遍想也无法把她奈何。而且自己还照样得忍辱负重，作哑装聋，方能渡此难关。否则小不忍而乱大谋，反要把碧琏逼上梁山，反和那警探成为一路，自己就更吃亏了。想到这里，只可自做宽慰。碧琏终是风尘出身，早先阅人已多，现在便再多阅一人，也自无伤大体。不比人家明媒正娶的黄花闺女，冰清玉洁，终身只有丈夫一人，若被别人沾染，便算奇耻大辱，值得舍命忘身。本来妓女就好似专趸绿帽的货栈，一嫁给谁，便把成千论百的存货奉敬给谁。我娶了碧琏，无形中头上叠叠层层，已够开帽店的了。如今又何争这一顶新帽，戴就戴吧。只盼警探得了便宜，把我饶了。碧琏既是我的女人，做了这件丑事，多少也觉得内愧，我却宽宏大量地包容了她，以后她自然感念我的厚情，顾全自己的体面，不再胡为了。白衍芝虽做这样的希望，也知没有这样的把握，不过聊以自宽。大凡猥茸无志的人，到没奈何时，自己总是做退步之想，对人总是报万一之望。

他这样才能强打精神，勉支身体，走过几条街，买办应用食物。在购买时，更是痛苦。多花吧，既然舍不得，又觉犯不着。少买吧，不但怕得罪了那俨然嫖客的警探，对碧琏也不易交代。只好咬着牙买了许多，望着那大包小裹，说了句只盼这里面都是毒药，又故意走入公厕小解，把食物入在粪坑旁熏了一阵，才觉心气略平。但也自知无聊，丧荡游魂似的走回家去。到门首一看，见小门仍自虚掩，稍留一点儿缝隙，和自己出来时一样。知道从出门以后，碧琏一直守在房中，否则必不能任街门开着，就悄悄地溜将进去。初意只是恐怕惊动房中娇客，故而保持肃静。及入院中，忽见窗上被灯光照得通明，映出一双齐肩的人头，微微摇动，想见正在并肩偎倚，密切谈心。一时喁喁唼唼之声，从窗纸播散出来。

白衍芝不由移步贴近窗根，侧耳偷听，只闻那警探说着没头没尾的一句话道："这你可不能怨我，我也是没有法儿。"

碧琏呸了一声道："我把你这没良心的挨千刀，还有脸儿说不怨你。"

白衔芝一听，心想二位初交，怎竟过这么大的注儿，破口骂起来了。再说碧琏本是央求息事，怎么罪犯倒向官人问起罪来，随闻碧琏接着说道："你也想想，一晃儿二年，你把人闪得多么苦。"

白衔芝听得头儿一缩，暗叫惭愧，原来二位是老交情，而且此公是我的老前辈，真失敬了。但碧琏却怎的在调解会议中，竟替我认出个老前辈，这未免太不可思议。

这时那警探说道："我也知道对不住你，可是里面有个情由。从咱们那次分手以后，我忽然遇着一件意想不到的险事，连夜上船奔上海去躲避，直到现在才得回来，并不是有心闪你。可是你也别只说我，咱们当初怎样定规的？我才一走，你也没等个年齐月满，也不看个水落石出，就忙不迭地从良嫁人了。我只当自己身份有限，没被瞧在眼里。不过你现在嫁给这么块料，做个贼妻，比我也高得有限。人才模样我瞧见了，哼哼，也许内秀，暗含着有抵住你的地方。"

白衔芝听到这里，气得眼蓝，觉得这小子说话时必然大撇其嘴，觉得十分鄙薄之态。又想听他们口气，这小子对于碧琏必比我的资格更深，关系更密。这样的互相埋怨，里面当然大有深沉。看来当前问题，并不止于一夜风流，我的前途也怕要万般险恶了。想着忽见那窗上一个人影抬起手来，戳到另一个人影的头上，又听碧琏发出切齿的声音骂道："你是猪八戒的儿子，给我倒打一耙，反说成我的不是了。你拍着良心从头细想，二年头里，我正在玉花班里混事，你去挑上了我。跟着一打紧板，我就爱上了你，好了个蜜里调油。后来听人说你也是一只锅里掏饭吃的同行，就暗地问你。你自己承认是惊鸿馆的男掌班，我就点破你是使手段搭人儿来了。本来干班子的，听见别家有个红唱手，就变着法儿，想接到自己班里去。若是男掌班的人漂亮，再有能为，就亲身出马，先装作嫖客，去和那红姑娘结下交情，用本门传授的柔媚手法，把她迷惑住了，要她自己情愿地跟了去。这姑娘不但到他班里搭住，还成了男掌班的姘头，就算把人儿整个谋到手了。这本是老套头，凡是干班子的花钱揽人儿，都是一样打算。何况你这有名的小何三，自然更会玩出手儿的。当时你听了我的话，赌咒发誓的，分辩并没这样坏心，说只是爱上了你，所以要来亲近，现在既然如此，将我心思全告诉你，若说勾你上我那班里去住，我倒没那种心。不过我姘的女掌班，去年害病死了，许多跟我不错的娘儿们，都要谋干这个缺。就是本班姑娘，也全眉来眼去，明勾暗逗，透着巴结差使的意思。可是我看她们都不对眼，满没理会，现在遇着了你，实是真心相爱，所以想要接你去做女掌班，代我当家理事，就算成为正式夫妻，永不分离。不过大主意要你自己拿，若仍疑惑我是安着勾引唱手的坏心眼儿，那就作为罢论。当时我听了，就对你说，不管你是真是假，我都依实，决计跟了你去，谁叫我爱你呢。就是你把我卖了，我也觉着比被别人卖好。咱们就一言为定，以后只看你的良心吧。你听了又发咒赌誓，说了好些话，就定规过三天我跟掌班说明挪店，你派人带放账的来接。哪知到了第三天，我都打点好了，等我的人只是不来，想再忍下去吧。无奈跟掌班的已开了口，人家齐打伙的央告，又许着添电灯，换地皮，我只咬牙不应，怎好又自己回脖儿呢？想要上别的班子去，又没跟哪家儿接过头，急得我没法，给你那里打电话，只回答出门走了，没准日子回来。我只可先上旅馆住了几天，越寻思越不是味，只疑惑你是成心害我。可是我跟你无冤无仇，这又何苦呢。这样恨你恨不上来，想你可想得要命，那份难过，就不用提了。过了些日，一点儿得不着你的音信，又耗不住了，才又另搭班子。慢慢听人说，你实是上了上海，却不知怎么走得那样慌速，又长久不回来。方才你埋怨我不该嫁人，提起这事，我真得咬你一口，还不都是你害的？从你走后，闪得我失魂落魄的，哪还混得下去？没事整天发怔，闷极了就想上戏园子，简直没心肠应酬客人，弄得事由儿越来越坏。再加上放钱的一逼，在班子待不住，就降下三等去了，你想惨不惨。这就好比掉在河里一样，怎能等着越陷越深，还不拼命抓挠着往上爬，任他抓得是臭泥是棺材板，暂时顾命要紧哪。恰巧那时遇见这姓白的小子，这小子也是个穷光蛋，可是彼时手里还有俩糟钱，花得好冲。我就哄这小子替我还了账，暂时嫁给他。我也知道这小子言不压众，貌不惊人，只是我一心等着和你见面，在这小子家里等你，总比在三等里好呀。”

白衍芝听她一口一个这小子，只得鼻孔发痒，要打喷嚏。气得自己暗骂自己，好小子，好浑蛋小子，好倒霉小子，年来舍死忘生，尽忠竭力地孝顺她，结果落了这一连串的小子，真是冤死无处告状。想着又听那警探说道：“我哪知道有这一层周折？原来你还很受过些日苦恼，我倒太对不住你了。只是我也有一番隐情，说给你听。在咱们定规以先，我那班子里新买了两个孩子。一个才十多岁，是个老头儿领去卖的，自称是孩子的爷爷。哪知头天才人钱两交，第二日那老头儿又去作闹，吵着要领回他的孙女。这当儿还不要紧，还有一个十四岁的孩子，是个小流氓经手卖的，我才把人接过来，这事就犯了案，敢情那孩子是正经人家的姑娘，她父亲还在什么机关上做事。那小流氓和她家住邻居，不知怎么把这姑娘勾搭上了，居然领出来，在转子房住了一夜，次日就托人和我商量，把她出手。我也是艺高人胆大，没追底细，就买下了。幸而没在我班子接头，凡是相人立字，都在那转子房办。谁知这事发觉得真快，那姑娘家里在当天早晨报案，晚上就把小流氓和中间人外带开转子房的，全抓进警局去了。我一得到信儿，就连夜带着两个孩子，奔了上海。好在船上多是熟人，到处都有照应，平平安安到了地方，先把孩子卖出去，脱清身子，慢慢等听消息。以后知道事情闹厉害了，那小流氓及中间人把我招出来，官面连我的旧案都查明了，就派人访拿。幸而在天津还有靠得住的朋友，托了很大人情，算是案里只把我单人名儿，问成拐带妇女的人贩，隐藏了我所开的班子，才把惊鸿馆保住了。你想这么重的案情，我怎敢再回来？不但不敢回来，连信都得变着法儿，改名换姓地邮寄，恐怕官面儿摸着线索，到上海去掏我啊。你想我遭了这样的事，又怎么顾得了你。一直算在上海躲了两年多，好容易等得这里政府改了派儿，地方官也全换了。又打听着那个姑娘的家人都离开天津，案子冷下去了，我才敢回来。回来忙了几天正经事，就打听你的下落，一点儿不得音信。只当你已经进了大宅门，做了阔太太，这一世未必再遇得着了。哪知前几天在街上遇见那放阎王账带开被褥局的傅老，他告诉了你的消息。说碧琏现在过得并不大好，好像靠了个不在线上的黑道朋友，昨儿还拿着小货去托我出手呢。我一听就烦他给你带信，约会见面。那天在傅老家里，只顾商量咱们来往的路和对付你这个靠家的道儿，又加当着傅老，也没得细说我的事，现在你可听明白了。”

碧琏听着，吁了口长气，尚未说话，白衍芝在窗外，已咬牙自语道：“她也许听不明白，我倒听明白了。你们原来是通同合谋，跑到我家来叙旧，现在你倒像成了原业主，把我说成了靠家儿了。只是这小子既自言是兼营贩卖人口的娼窑主人，两年来避难在外，最近方才回来，却怎么又成了警界人物，想来其中有诈，莫非是冒充吧。哦哦是了，必是碧琏把我的事告诉了他，他就即景生情，借着我恐怕犯案的弱点，假充警探，来向我家中进身。从此就算唬住了我，永远把碧琏占据。但只一事叫人不解，他既和碧琏旧日有约，今朝重逢，大家难离难舍，何不使碧琏脱离了我。我和碧琏并非明媒正娶，也无婚书文证，她要走我也没法挽留，他们何以计不出此，反而劳心费力地做这劳师袭远之策呢。”

想着正在犹疑不解，窗内的人已代为解答，只闻碧琏叹气说道：“这都不用提了，反正我明白，你心里并没有我，花说柳说，也是白说。你心里若是有我，记着咱们当初的约会，这回从上海回来，就该先找寻我。便是寻不着，也该沉住气，停些日子再告女掌班，怎该一回来就忙不迭地把我的缺给了别人。现在我可熬得见着你，却又是孙三的窝窝，剩下了。老太太送殡又赶在后头了。如今倒弄得我官酒当了私酒卖，把你引进家来，坐地偷人，往后还不知有什么麻烦。就是没有麻烦，这样不明不暗的，可不是个长久法儿。你自己想想，哪一星儿对得过我。”

那何三也作叹声道：“我也是没有法儿，谁叫遇见有心人和好管闲事的了呢。在我逃跑的时候，那惊鸿馆已经没有主事的人，眼看就要散班。幸亏有个搭住的姑娘贾月楼，出头担当，才把生意保住了。这月楼往常跟我也有过一星半点儿的交情，我可并没看重她。哪知她真有韬略，在我一走，就借着跟我有过交情，自称女掌班，出头管事，又拿出她的私蓄来铺排料理。这种生意，本是空架子，并没有真材实料，只仗着人支持。我走后大家便没了主心骨儿，款项也活动不开，正不得了当儿，她出来一铺排，人既钉得住，钱又舍得花，人们居然都服。借着这股气儿不但把生意站住了，外带比我在家时候还干得火爆。这月楼也真会做事，对人说生意是何三的，我只当给他看着，柜上出入款项，都有明账，她一个也不妄花。并且怕我在上海窘迫，隔这么三两个月，就托人捎几百块钱。她自己摘了牌子，再不见客，连老客头都驳走了，只替我当家理事。那时有多少要人儿的，看见惊鸿馆生意兴旺，女掌班手掌大权，男掌班又不在家，都看作一块肥肉，变着法儿向她进步。有的卖弄脸子，有的仗着势力名气，有的软磨，有的硬上，只想把月楼弄上了手，就算挖着金矿了。哪知月楼任他们千变万化，自己有一定之规，动软工的给个满没听提。动硬工的，也给个兵来将挡，全都撞钉子回去。内中有个铁裆莫二，这人还跟我是把兄弟，居然也来谋月楼的叉，几次都被挡了出去。这回莫二又向月楼缠磨，被月楼骂了一顿。莫二急了，从身上掏出把刀子，说你不肯靠我，必是不信服我，现在我剁给你一只手。说着果然连着腕子剁下一只右手，这小子成心用左手拿刀，为着打官司好说话。当时血花流烂的，抛给月楼，说你现在若是愿了意，咱们立烧纸吃面，我就在你班子里养伤。若还不愿意，咱们就是一场官司，你剁下我一只手，我死了你得偿命，便是不死，你把整个班子都给我，也抵不住我残废的养赡，你自己快打算吧。遇见这种祸事，男子汉也吓住了，哪知月楼并不害怕，迎头先叫来警察报案，把莫二送到医院，自己先去法院告莫二自残讹诈。法院派人到医院检验，果然是出于自残。结果判月楼胜诉，莫二的手算白剁了。诸如此类的事，不知有多少档子。凡是一脉的朋友，没个不挑大指。到我从上海回来，月楼见面，并没说一句别的，只把柜上账目，积存钱款，完全交代。却对我说她在这二年里，因为班子没人做主，所以借着你的名头，给照管着。如今你回来了，我可脱了清静身儿，打算挪店上别家搭住去了，请你另接新人儿吧。我当时还不介其意，及至出去见了朋友，大家把她的功劳，她的好处，都告诉我。又说她这透出挪班的意思，分明是探你的心，也是逼你报她的恩情。你还不把女掌班的实缺给她吗？人家这二年实在不易，苦熬苦修，大约就为着买你的心，图个跟你天长地久。你若是对不过人家，我们也看不过。当时大家一起哄，马上拥着我回到班子里，和月楼说明，立时就请亲会友，大办喜事，给我们吃了面烧了纸，直闹了一天，方才散去，就这样生米做成熟饭。你想大家这么撺掇，我怎能够不依，再说也不由我啊。”

碧琏这时很凄惨地哼了一声道：“就这样你就算有主儿了，就这样把我闪了。哼哼，什么不由你不依，简直你的小心眼儿早就乐意了，不用哄我。其实这又算什么，她这点行事，就像了不得了？”

那何三道：“是啊，你若遇见这种事，当然比她还强。只差你没在我班子里，也叫没有法儿。”

碧琏大怒叫道：“去去，少说这没用的废话。到这时候还奚落我，本来我就没法儿嘛。”

白衍芝在外面几乎鼓掌大乐，心想原来是这么回事，这何三原来已经有了靠家，碧琏果然是剩下了，赶在后头了。既不能进惊鸿馆做女掌班，只可把何三弄到家里来了。这一对狗男女，不能如意，好给我解恨，就是受些气恼，我也乐意，反正碧琏是不能如愿了。白衍芝心里想着，又听何三柔声劝慰半晌，碧琏含悲带怨地说道：“过去的都不说，咱们往后可怎么样呢？”

何三道：“暂且只能对付着，现在我已经打进你家来，那姓白的小子既被我唬住了，我看他也没有什么出手儿的，给他把刀，也不过剁块炕席，上外面睡去。从此这儿就是我的外家，隔两天准来住一宵。你不是说制得住那小子嘛。”

碧琏道：“他就是我养豢的小狗，绝不敢龇龇牙儿。你瞧，我把他当伙计似的支使，他都不哼气儿吗？只是咱们这样下去，可怎么……咳，我现在也不必叫你为难，全依着你，往后看你的良心吧。”说着又道，“天已不早了，咱们躺下再说话儿，你可想吃点东西？哦，这小子怎么还没回来，等我出去看看。”

白衍芝一听，大吃一惊，把买的东西送进去，又恐被碧琏知道他曾窃听私语，只得跑出街门外去。须臾就听碧琏走出，骂道：“这该死的，准是被电车撞死了。”又叫道，“怎么出去不把门带上，这门大敞四开，回头看我不骂你个大佛升天。”

说着就向门口走来，白衍芝屏气不敢出声，等她把门关上，才向外走出数步，再转身大踏步回来，举手叩门。半晌才听碧琏从屋里骂着出来，一步一声，好像戏台伶人随着家伙点儿出台，七步半到九龙口，碧琏骂了十多句，才到门口。把动植矿一切物类，都数到了。什么汽车轧死，砖头砸死，野狗咬死，树上吊死，河里淹死等祝词，一口气说完，方才开门。开了门，就转身而入，似乎不屑于看白衍芝，但口中却仍骂不绝声。白衍芝心想自己的行市，降落得太已厉害，以前虽非相敬如宾，但多少还有点儿情意。就是方才派遣出门时，也还露着衔护之意，怎这一点儿工夫，就把我看成仇人了。女人的心，真是浅薄，有了新的，立时就厌弃旧的，连虚情假意，都犯不上装作，连一天半日都不能忍耐，这一来我真到了王八好当气难生的时候了。好在你们的底细，都在我心里，咱们骑驴看唱本走着瞧吧。

想着一声不哼，走进把门关了，跟在碧琏后面，蔼然和气地说，因为要买上好食物，上某某有名的商店去，所以耽误了时候。说着把大包小裹都递过去。碧琏接过，哼了一声，又吩咐道：“你去再煮一壶开水送来就没事了，可别忘看好炉子，不要断火。”

白衍芝应着暗自叫好，这情形不止如同娼窑，而且是姑娘留热客住夜的局面，简直预备通宵达旦地尽量欢娱，只是更夫却未免太苦了。当时就依言送完了水，自己立在院里，听碧琏把房门关上，灯也用什物掩蔽，黯淡不明，院中完全黑暗。仰头只看天上疏星，一阵阵凉风吹来，倒使白衍芝焦热的头脑，觉得清爽。来回踱了两步，似乎在无聊中感到一种奇趣，不由仰天自叨念出两句莫名其妙的戏词儿道：“出得门来好天气也！”念着又张开大嘴做无声大笑。却忽觉颊上冰冷，用手一摸，竟是湿的，才知道是泪。原来他自己强撑着不觉难过，而心里却已委屈得哭起来了，急忙用袖拭干。自思这点眼泪，若被碧琏和何三看见，更不知如何嗤笑。本来他两人把我已看得不够人了，碧琏是说我死狗不会上墙。何三又说给我把刀，只能剁块炕席外面睡去。霸占我的女人，还这样轻藐我的人格，真真气煞。本来他若不轻藐我到家，还不敢来奸占我女人呢。我白衍芝颇颇自觉是个有心胸的男子，向来也颇颇有些作为，难道今日真的就变成孬种，从此老老实实地做个睁眼王八，缩头乌龟吗？

想到这里，忽然一阵豪气冲天，猛地挺挺腰，伸伸脖，转身走到那小小厨房，借着微明的灯光，四面巡视了一遍。忽然看见一件东西，这东西是他似乎想看，而又似怕看的，却是一柄切菜的厨刀。他对着刀端详了一回，才缓缓拿起来，用衣襟拭了拭，刀口处却还明亮锋利。想起这刀还是前妻在世时置备的，碧琏进门并未下过一次厨，自然未曾用过。只自己常用它劈柴生火，所以磨得甚快，拿去砍掉一两个人头，尚足能得心应手。就提着走出，到了院中，又恐怕自己手腕有欠灵活，举动迟滞，临时误事。就举起刀来在空中抡了几下，耍得兴起，就拉开架势，狂舞起来。他本不会武术，只好按着舞台上看的样儿，先来个腿里夹刀，先踢起一条腿，随后劈下一刀，连着几刀，几乎削掉脚尖。自己吓了一跳，急忙改变招数，来了一下缠头裹脑，再来个裹脑缠头，猛觉后脑疼了一下，自疑是削下块肉去了。用手一摸，只觉并没掉落什么，反而凸了起来。原来幸而没被刀刃剁着，只被刀背扫了一下，肿起个大包。白衍芝这才明白，自骂自道：“我这是干什么？自己跟自己较劲儿。要掉了脑袋，上哪里诉冤去，真妈混小子，有能耐砍他们去不好。”

叨念着一面摸着脑后的伤处，一面走到房门口。看着堂屋开着的门，接着把右腿抬起，向前伸了一伸，又落到原处，又把左腿伸了一伸，也落回原处。好像机器人儿似的，只见两腿上下，不见身体前移。他瞧着堂屋门槛以内，直是无底深穴，一探足就要坠落无底。就这样在门外运动了半天，并没提起胆量前进，于是他就自己给自己开路儿，想到即便进了堂屋，那内室的门仍是开着的，若一踢门，准得惊醒他们。自己以一敌二，未必能得便宜，不如另想办法。想着就转身离开门前，走到窗下，听窗下仍有声息，却不知是说话或是打鼾，只闻一片嗡嗡唧唧之声。白衍芝低头看看手里的刀，再抬头看看窗户，瞧见那窗户下截是玻璃，内遮布帘，上截是糊着纸，那纸上有蜜蜂咬的小孔。白衍芝又生玄想，希望自己能变只苍蝇，由小孔飞入室中，再恢复原身，把他们杀死。又转想我倘然会变，早已可以偷窃致富，什么样好女人都要巴结我，何必跟他们怄气呢。他这样一想，便自神思飞越，茫茫然越加想入非非，一会儿想自己大富之后，住的高楼大厦坐的汽车，家中娶上无数美妾。那时碧琏再求跟我，便跪求三天，我也不要，只吐她一脸唾沫，叫她找何三去；一会儿想有钱便可以雇人，去把何三弄死，又何用自己动手？要不然就借着钱的力量，谋干做个大官，设法诬赖何三犯下重罪，把他捉来处以剐刑。我高坐堂皇，把碧琏抱在怀里，叫她亲眼看着何三零刀碎剐，那才真正快意。

白衍芝好似做梦一样，自造了许多幻境，把他自己置入幻境之中，享受虚空的安慰。但梦终有醒时，他由幻境中出来，觉得身体仍立在窗前，手中的刀，除了把自己后脑撞肿一块以外，毫未发生作用。窗内喁喁唧唧之声，仍自连续不断，想见二人仍在鱼水胶漆之中。碧琏大约正向何三投怀就抱，并没对自己屈膝哀求。何三也正与碧琏一袜双心，并未被自己千刀万剐。白衍芝一阵清醒，自觉好没趣儿。在夜气沉黑之间，好似无形中有好些眼睛望着他，使他难于下台。这些眼睛就是他本人的自尊心和羞恶心所变，跳在旁边，监视他自己做何结束。白衍芝徒觉夜风吹在颊上甚凉，其实风并不凉，是他的脸红了，因为胸中的热都升到脸上，所以心里更空虚了，不知怎么害怕起来，再不敢想进房去杀人，只想急速离开窗前，回到厨下。但是两只脚却变得沉重，好似羞于这样便走。白衍芝自己给自己下台阶儿，自思本要把这双男女杀死，每人一刀，足可致命。现在既没法进屋就在窗外遥砍两刀，也算不负初心，不管他们是否受伤，反正自己总算交代过这一场了。

当时一闭眼，一举手，使出全身气力，向前砍去。不料用力太猛，脚下一摇晃，身体失了平衡，向前一倾，手中的刀竟落在窗台之上，咣啷一声。白衍芝知道失手，吓得魂飞天外，几乎要弃刀而逃。这时窗内二人已闻声惊起，碧琏高喊道："谁呀？"

白衍芝心慌意乱，作声不得，碧琏接着又问了一句，白衍芝知道不答腔是不成了，才想答个我字，但喉咙似已干涸，不能出声，就在这迟顿之间，又闻那何三说道："这准有了事故，等我出去看看。"碧琏说了句你等等，又叫道："你出去也得穿上衣裳呀。"

白衍芝听着，知道自己再不答言，何三出来看见自己持刀在外，恐怕这事要闹起来。就挣扎着应道：“是我，我在院里。”

房中碧琏咦了一声道：“你这时在外边干什么？”

白衍芝颤声道：“我……我没干什么……”

说完听房中低声唧唧了一下，碧琏又扬声道：“你怎么还不歇着，院里不冷吗？”

白衍芝听她在情人怀中，居然还关切丈夫，这样嘘寒问暖，不禁受宠若惊，又觉大出意料之外，只可嗫嚅应道：“我不冷。”

碧琏又道：“方才是什么声啊？”

白衍芝想说谎遮掩，无奈一时想不出主意，急得张口结舌地道：“我，我也不知道，大概是个……是个……”

说着却也凑巧，这时房脊上还有一对猫儿相对叫春，大约是受了房中男女的感应，叫得情急声高。白衍芝听着，立刻灵机一动，接着说道：“对了，是个猫，是个猫跳在窗台上。”

碧琏道：“猫也不致这么响呀。”

白衍芝这一下可被问住了，急得抓耳搔腮，只得马虎应道：“是的，不错……太响了。原来是个……大猫，大极了。”

说到这里，自觉太不像话，猫的身体是肉做的，便使其大如驴，坠落时不会发出刀劈窗台那样声音。就又接着道：“我瞧着吓了一跳，拾块砖头砍去，没砍着它，落到……”

他才说到这里，猛听身旁有人接口冷笑道：“我看不是砖头，别是刀吧。”

白衍芝一听是那何三的口音，立刻吓了一个冷战，连忙举目一寻，只见身旁一个黑影已扑将过来。方想躲避，怎当那黑影迅疾如风，早已到了背后。把他的右臂握住，尽力向后一拧。白衍芝在惊慌中，又加臂上一阵剧疼，不由把手松了。那把菜刀当啷一声，落在地下。随闻那何三在背后喊道：“相好的，你出来瞧吧，果然这小子来玩出手的了。”

白衍芝正在迷离失措，就见堂屋的灯光忽然开亮，直照到院中。碧琏披着件旗袍，敞胸露怀地走出来，到门口停住，向白衍芝瞧了瞧，又低头看看地下的刀，忽然咬着牙点点头，哼了声道：“很好，你居然有这一招儿。”

说着把眼直望白衍芝背后，似乎有所凝注。白衍芝微一回头，才见何三只穿着一身单裤，上体赤露，正把那粗壮的手臂，绾住自己的腕儿，也把目光望着碧琏，开着瞳仁会议。白衍芝这才明白自己上了当了，他二人闻听窗外声音，便已起疑。碧琏一知道自己在外，就一面说长问短，笼住自己的神儿，一面叫何三悄悄开门溜出来，查看自己有何异状。何三瞧见我手中有刀，就给个迅雷不及掩耳。现在事已破露，这可怎好。

想着就听何三喊道："真看不出这小子，居然安着这样歹心。真是人无害虎心，虎有伤人意，我看把这小子除掉了吧。"

说着拾起地下的刀，便向白衍芝作势。白衍芝瞧着他那凶狠的样儿，只恐怕他真个要下毒手，不由倒躲着叫道："你别错会了意，我并没打算……"

何三叫道："小子别遮说了，你手里拿着刀砍窗户，是为什么，难是做你妈的木匠零活儿呀。"

叫着把刀更逼近白衍芝的脖颈，白衍芝一只手被他揪住，想躲也躲不开，只吓得乱叫道："你听我说一句，我实在没想怎样你们，我能赌誓。"

何三道："你赌誓？又是亲妈怀着驴驹子，养不下来，生生憋死呀。你妈本就是那么死的，我才不听那一套。"

白衍芝才想再辩，不料脖颈突觉冰凉，知道刀已着肉，心里明白自己要完，口里就狂喊救命。这时碧琏才开口道："等等，咱们问明白了再说。别尽在外面吵，进屋里来吧。"

何三还不依道："这还用问？不是明摆着的事，他拿刀要杀我，我还能饶他。"

碧琏道："你不饶他，也得有个道儿。咱们先商量商量，他只像个母臭虫似的，哪时伸手都能捻死，还怕他跑吗？"

说着一手拉住白衍芝，就往房里走，直入内间。白衍芝觉得刀离开脖颈，并无伤痛，才知着肉的不是刀刃。心想这何三，难道真要杀，杀了我难道他不怕犯罪，他也不过吓吓罢了。想着脚下略一停顿，后面何三一脚飞起，一直兜着他的屁股，直送入里间，但不料踢得力量太猛，竟撞着碧琏，碧琏一个踉蹡，几乎跌倒。大怒之下，回手给白衍芝一个嘴巴，骂道："你杀不死我，又想撞死我呀。"

白衍芝满心冤苦，要想分辨，但想辩明了，碧琏也不会再给何三一个嘴巴，倒霉的仍是自己，就忍耐缄口不言。碧琏打完白衍芝，回头看见何三，就又换了一副恩爱声容，摆手说道："瞧你这怔劲儿，没穿衣服就出去了。外边多么冷，快上炕暖和暖和。"

何三听了道："我倒不冷，先跟这小子算账再说。你不用忙，他跑不了。"

说着把房门关上，插好小闩，何三这才松了白衍芝，自己爬到炕上，把一条散放着的香喷喷暖温温的棉被，披在身上，转身向外而坐，手中仍拿着那把菜刀，像和尚披着袈裟打坐，若把刀换只木鱼锤儿，就完全相似，白衍芝也就不致害怕了，只为那把刀，白衍芝便不免于惊心怵目。除此以外，尤其使他蒿目伤心的，是何三所披的被，正是他与碧琏的合欢衾，但此际竟在何三身上，而且由被中发出一阵阵风流汗的气息，直向白衍芝的冷鼻子里冲来。白衍芝难过得低了头，把手掩着鼻子，不忍闻见。哪知这时一对非法鸳鸯，还在互相怜惜，礼尚往来。碧琏忽然打了个喷嚏，何三便叫着道："你也上来，夜风挺凉，冻这么一下，不是玩的，看伤了风。"

碧琏闻言，便把披的旗袍丢到椅上，一跃上炕，直投入何三怀中。何三向旁挪了一挪，匀出半幅被子，替她掩着前身，至于背后，全归何三拥卫，自然不需遮盖了。碧琏耸着肩儿，扭着腰儿，要了两下骨头，尽向何三偎倚，口中吸着气道："真冷真冷，你摸摸我的手，都冻成冰核儿。"说着又昵声道，"哟，你身上怎么还像热火炉似的呀？小伙子真成。"

白衍芝听着，心中十分难受。

后事如何，下回分解。

MINGUO TONGSU XIAOSHUO
DIANCANG WENKU

民国通俗小说典藏文库·刘云若卷

情海归帆

刘云若◎著

（下　册）

中国文史出版社

第二十五回

逝水儿曾留落花随去
春风且莫定旧燕归来

话说碧琏投入何三的怀中，耸肩扭腰，极尽丑态。把白衍芝气得好像小儿玩的气球，吹得过大，快要胀裂一样。心想着这对男女当此时候，居然还好整以暇地大耍骨头，简直成心气我。我今儿也是遭了劫数，莫说你们要骨头，就是真刀真枪来出全武行的大戏，我也没法奈何。只有盼望他那热火炉把你这冰核蒸化，成是你那冰核儿把热火炉浇灭了吧。这时何三和碧琏已把被子披裹严紧，上面只露着两个厮并的头儿，下面也只露着那把菜刀。白衍芝瞧着觉得那被子以内春光弥满，暖气蒸腾，不知如何舒服。因而感觉自己彻骨生寒，冷得颤抖。他虽穿着衣服，只因方才受惊，吓出一身大汗，把内衣沾湿，渐渐变冷，好似披冰一样。又加心中怀着鬼胎，一阵阵从脊梁发出寒气，直达尾闾。这样内外夹攻，身心交冻，怎会不牙齿跳踢踏舞，两腿弹琵琶呢？

这时何三和碧琏挨够了，才面面相觑，用眼光商量主意。碧琏唧咕了两句，何三便向白衍芝高喊道："混账东西，站远些儿。"

白衍芝急忙后退，碧琏却和声笑道："你别尽站着，在那边椅上坐会儿吧，等我慢慢给你说情。"说着又叹气道，"你真是要命鬼，好好的事情又给弄糟了。也不想想你犯的什么罪，我为你费心舍脸，用了多少心机，说了多少好话，才得有些指望。你又冒出来无事生非，玩你妈的花活，耍你妈的菜刀。这一下子倒把刀耍到你王八脖子上去了。你有这手儿，早点儿就挺身出去跟人家到案，才是人物，也当不了我丢人现眼。妈的背地里拿刀动枪的，充你妈的英雄好汉。如今闹出来，你可真杀实砍呀，怎么把脖子又缩回软盖里，装你娘的㞞种，这不是成心给我惹祸，给我添烦吗？我要不看你怪可怜的，简直不管，随他收拾去。你等着吧，我说好了算你运气，说不好也是你自找其祸，怨不上谁，快坐到那边去吧。”

白衍芝闻言，也不作声，自退到屋隅椅上坐下。便听碧琏与何三低声小语起来，心想你哪是给我说情，只是要与何三商量对付我的办法，因为怕我听见，所以赶到屋隅远远坐着。请你们随便商议，我只有静候处置。好在我已知道你是冒充警探，不怕你把我真个带去治罪，想着就枯坐等候发落。

那何三与碧琏唧咕了半天，何三忽然向后一退，倚在窗台上。碧琏却向前挪了挪，自己另寻幅被子披上，移到床边，叫道：“喂，你过来，我跟你说话。”

白衍芝立起走近一步，敬谨听训。碧琏绷着脸儿道：“你这倒霉鬼，真叫人生气，方才我已给你央告好了，人家答应许不再把你带走，哪知你又惹出这场是非。”说着向后一指道，“依他的脾气，当时就把你剁碎了。亏得我横拦竖遮，才算把我条小命儿保住了。”

白衍芝听着，心想你不用来这一套，我这小命儿虽然不值钱，只要他敢杀死，就有人叫他抵偿。你说得这么轻松，当是世人没有王法，当我是个三岁孩子呀？

想着又听碧琏接着道：“人家看着我的情面，算把你饶了。到底外场人宽宏大量，做事够格。人家说既然说过不再把你带走，这时还是不能失信。本来君子不跟牛治气，你放心吧，这回事算完了，真便宜了你。”

白衍芝心想别你妈的刷色了，他想不便宜我，也得成呀？杀了我得偿命，带我走又没地方交代，除了便宜我，还有什么法儿，我才不知这份儿情呢。白衍芝本来只怕何三仗着力大，把自己殴打，要大吃眼前亏。这时听碧琏一说，知道他们已是无法奈何，故而急于下台阶儿，何三也绝不会动武了。他那浅薄的心理，不由一阵得意，好似得了胜利。立刻一端肩膀，一撇嘴唇，露出我早知你们没法摆治的意思。

碧琏看着微微冷笑，随又正色道：“我还有两句正经话跟你说，咱们俩在一处，一晃儿也快一年了，虽然没什么好儿，也算不错……”

白衍芝听她忽而语气一变，竟好似唱大鼓词儿地唱三国事迹，却从盘古分天地说起，来个遥溯远追的大引子，把前事重提起来，不知是何意思。只听碧琏又接着道：“不过现在你没有正经事由儿，混不出准进项，我在这里也只有连累。你这样混下去，越混越要背盔摞甲，我真不忍再累苦你，很想给你脱个清静身儿。咱们各人都新鲜新鲜，有好儿先搁着，等以后再往一块凑合。哪时你混好了，我来找你，我混好了，你去找我，你看好不好？何必在一处鳔死儿呢？你是个通透人，自然明白，我是要走了。论起咱们这些日子的交情，你一定不放心。那倒不必，我总受不了罪，有这位何三爷照顾我，还怕什么?”

白衍芝听她的话，好似头上轰了一雷。心想怪不得不打不闹，原来何三已打算把碧琏架走，碧琏也真的狠心抛下我，这可怎么好？又想他们的主意变得好快，方才听他们私语，还未有此主张，只于要借我的家长久幽会。如今怎忽然变计，莫非因为我曾拿刀动杖，使他们感觉以后不易长治久安，故而改计出去赁小房子？这样一想，不禁深悔自己轻举妄动。

白衍芝这人虽无美德，但在好色之中，掺杂着一点儿真的爱情。所以素日为供养碧琏，肯去赴汤蹈火，劳怨不辞，也就是真情的表现。今日自何三冒充警探入门，他虽醋气腾涌，真要来一出双头案。但这时碧琏一发表离异的话，他不特眷恋难舍，而且立即退一步想，觉得碧琏招引何三，虽是奇耻大辱，但自己尚可拾何三的余沥，分一杯羹。倘若碧琏竟自去了，就算一隔音容，茫茫万古，再无会见之期，亲近之望，自己也就永远变成光棍。从此长宵永夜独对孤灯，莫说想有个人厮守陪伴，就是想有个人打骂欺凌，也不能够了。

想着心中难过，但同着何三不好说话，只可现出痛苦表情，用眼光向碧琏央告，表示自己万难割舍，恳求她不要狠心。碧琏看了看他又道：“论理呢，我们当初就是那么胡乱凑合的，既没受你的花红彩礼，也没有大宾小媒，连喜酒也没请谁一盅，喜面也没请谁一碗。就只你对我一说，我一点头，就上你家来了。当初来得爽利，现在走也爽利。我本可以拿脚就走，用不着跟你请求。可是谁叫咱们不错呢，所以我就先跟你说一声，俗语说，光棍眼，赛夹剪。你还有什么看不透？事到如今，你自然漂漂亮亮地说句痛快话，来个好离好散，你说是不是？现在话说完了，我们这就走。客去主人安，省得尽打搅你，好在我的衣服差不多都在当铺里，我只带随身几件，别的东西都留下给你。”

说着又向何三道：“你穿衣服吧，咱们这就走。”何三应了一声，却没动弹。

白衍芝见碧琏去志已决，好像个失父孤儿，母亲又将别嫁，把他抛下不管似的，不由心肝痛断，眼泪直涌，悲声说道：“你这是为什么，我并没敢怎样，方才实在没别的意思，你不要……”

碧琏微笑道：“你才不要错会意吧。当是我们因为你拿刀动杖，把我们吓跑了？哼哼，就凭你啊，别往脸上贴金了。就让有十个你这样的，都拿着枪来，也吓不动我们。”

白衍芝道：“那你为什么走呢？”

碧琏眉头一皱道：“你问得这么清楚干什么？我已经决定走了，你又何必多问？我也懒得废话，好，我先问你一句，你是教我走不教？”

白衍芝不敢从教字上回答，只得做出可怜样儿，委委曲曲地道：“本来都好好儿的，又没闹过别扭，怎舍得你走呢？”

碧琏面色一变道：“什么是舍不得？你简直安着混账心，使出软土匪的招儿，想霸住我不放，成心挤罗我说话。你是不吃没味不上膘啊。我本打算和和气气，好离好散，大家留个想念，你既不识敬奉，我也没法儿，就告诉你为什么走吧。头一样，我是个窑姐儿，我们窑姐嫁人，有两条路。一条是男人内秀外壮，漂亮结实，能对我的心思，能叫我舒服。周瑜打黄盖愿打愿挨，就是吃糠咽菜，我也愿意；一条是不管男人七老八十，瘸聋秃瞎，只要他有钱，能供我住洋楼，坐汽车，穿绸裹缎，吃喝玩乐，还能拿他的钱上外面雇人解闷，这样我也愿意。现在请问这两条，你够得上哪一条？从我跟了你，就没穿过一件真丝的衣服，除了你妈的麻葛就是线缎。过冬要件大衣，就差点儿逼你上吊。好容易买来了，还不及高丽纸糊的厚实，出门遇见大风天就放了风筝，简直把我冻透了。吃的更不用提，老是没有准儿，穷了连三并四地吃羊肉包，吃得我都坐下醋心的病根儿。有钱了你也只认得二荤馆儿，吃顿扒你妈的肉丸子，就算欺了祖了，阔地方你也不敢进去呀。还有你一天比一天没出息，没一点儿硬朗劲儿。近来更三天打鱼，两天晒网了。我嫁人为的什么呀？这些我就是都能忍了，可还得问问你，做的什么事？大青白日，从人家里往外偷东西，还有脸儿托我找人销赃。告诉你，我的心从那天就寒了，人过留名，雁过留声，我虽是个窑姐儿，也懂得名气要紧，怎能永世做个贼妻，跟你去打盗案官司？还不走等什么。现在你逼得我把话都说完了，可别怨我苍的脸，是你自己找的。”

白衍芝听着，只觉冤苦难名，眼泪往肚子里倒流，烫得心肝欲裂。自思这女人真是满口翻花，把罪过都推到我身上。当初我初识你的时候，你正在二等妓馆，混得三九天还穿着破纺绸单褂，硬对人遮说是发散内热，锻炼身体。每天连一拨客也不上，给掌班的叩头礼拜，都借不出卖白薯的钱，人家还嫌白占着屋子，三天两头地往外赶。我那时不知怎么看上了你，挑识没有三天，就买衣服打首饰，放着不是相来的俩糟钱儿，又把你捧上去了。你那时热上了我，定要从良，常常哭哭啼啼的，说什么看透这碗饭不是人吃的，几年来把苦都受够了，知道再不出这火坑，早晚埋在里头，不得翻身。只求嫁个男人，得着终身倚靠，将来享福受罪，只看自己的命，就是受冻挨饿，也觉心里舒服。我禁不住你央告，才花钱把你债主手里弄出来。哪知你一得自由，立刻就变了样儿，整天打吃争穿，挑肥拣瘦，把我折腾成三孙子。我向来没有一句怨言，总把你奉承得像祖宗一样，如今又全是我的不好。我千方百计弄钱，都给你使用，你自己胡花，抽签赌个小卤鸡，就许输十块八块。听回大戏，看见案目殷勤漂亮，就许装阔太太，一赏几张钞票。诸如此类的事多了，你不说自己胡作非为，反倒怨我不能供给吃穿，真把人气死。还有你说我现在没出息，请问当初是这样吗？还不是叫你朝朝暮暮天天日日给毁的呀？还有你现在说不愿跟我再做贼妻，明是骂我做贼，请问我做贼是为着谁，是被谁逼的呢？

白衍芝满腹的冤，满心的理，迸成满嘴的话。无奈被满喉咙的气给堵塞住，说不出来。半晌才吃吃地说道："你……这不能全怨我啊，你自己也……也得拍良心想想。"

碧琏听了大怒，挺胸嗔目喉咙里啊的一声，张口便射出一支香唾箭，中在白衍芝两目之间，向下挂着，给他的鼻子添了无限光彩。指着他骂道："什么良心？你小子所作所为，还敢说良心？留神管良心的听见，用雷把你劈了。"

白衍芝一听，就知道自己不必再说理了。她的心已归别人，自己便有恩情，也都变成罪状，何况还有许多劣迹在她柄握之中，就只可默默不言。碧琏又道："再告诉你，我这次走，不但为着脱开祸事，还为着给你解罪，替你作德。现在小西屋的李嫂，人家寡妇失倚的，你骗了人家的钱，糟践了人家的身体，就扔在旁边不理。有我在这儿，你只迷恋着我，总借词儿不管人家，我实在看不下去。如今我一走，叫你死了心，自然会好好儿跟她过日子，把你缺完了的德，多少也补上些儿。"

白衍芝听着，更自咬牙暗叫好好，你说得真个大贤大德，混账事都是我一人所做，西屋里的莫非不是从你身上受气受罪，好像你还是个公道人，一直护庇着她呢？真你妈的两扇肉皮，由你横生竖生，反说正说，我算倒霉到家，绝没法跟你分争了。白衍芝这时看透碧琏心已化石，不可复转。她说这不讲理的话，还算是先礼后兵的第一步。自己若再不知进退，尽自纠缠，那何三就许要施展身手，打完了他们携手一走，我还得自己养伤。

这时白衍芝真绝了望，也沉住气，竟不再作一声，只看着碧琏，静候发遣。碧琏又向他道："你现在还有什么说的？"

白衍芝胸中本有千万句要说的话，但都咽了下去，只摇摇头，碧琏道："我早知道你是临死只放个屁，没有什么可说。咱们从现在就一刀两断，各走各路。你出去歇着吧，我们收拾收拾就走，来个客去主人安。"说着挥手叫他退出。

白衍芝出到院中，眼泪不由如泉涌出。他虽因恨了碧琏，稍减悲恋之意，但是一种像没娘孩子被人欺侮，呼吁无门，哭诉无人的痛苦委屈，都已填膺溢咽，不由都变成痛泪，迸发出来。哭着心中茫然如痴，直忘却置身何地，只在满院来回踱步。碧琏在房中却不住和何三笑语，只见窗上人影幢幢，不知他们是做什么。过了约半点钟，房中皮靴声橐橐地响了出来，只见何三穿了那套制服，左手提着只大包裹，右手挽着碧琏，一直走向街门。碧琏头也不回，只发出好像主人出门呵斥童仆的声音，叫道："跟着关门。"

白衍芝见她真个走了，只有暗地酸心，暗地咬牙，知道这时再说话，更是自讨没趣。就悄不声地随在后面，心中思量，何三害苦了我，难道我就看着他带了碧琏扬长而去？好在已知道他这警探是冒充的，现在他又穿着制服，更有了证据。我何不跟在后面，到人烟稠密处，就向真的警察把他告发。白衍芝心中只这么一想，至于是否有勇气实行，还是问题。哪知何三似已早看透他的肺腑，走到门口，猛一回身，指着白衍芝道："不劳远送，请关上门回去安歇吧。可是你得小心，少要伸头探脑，若是想跟我玩花招，可留神这个。"

说时手向衣袋里一伸，拉出了一二节黑面光亮的小圆筒，虽只一寸不到，白衍芝也并没看清楚，但已意识到那是什么东西，立觉发根森竖，浑身发冷，吓得诺诺连声。何三说完，开门而出，碧琏还很温柔地叫了一声："你回去吧，外面冷，看冻着。"

白衍芝在近数月还没听见过她这样悦耳的话，想不到在临别时会留下和婉印象，也算是君子绝交，不出恶声。但白衍芝听着却觉胸膛发热，脊骨发冷，寒热交攻，心里直如害了疟疾。瞧着何三挽着碧琏，像一对情人出游似的，直出巷口而去。直到走得不见踪影，他还怔怔地望了半晌，才悚然清醒，知道自己是被丢下了，没人管了，以后尽是冷清日月，再也没上伴侣了。

惘惘然关上了门，回到房中。见床上地下翻得稀烂，碧琏虽说只带几件衣服，把一切东西都留给他。然而这房里本没什么东西，属于白衍芝的衣服，都在他身上穿着，碧琏把她自己的衣饰和零星用具带走，这房中所余，只是空箱破箧和满地乱纸，看着十分凄凉。只这一转瞬间，连灯光也似暗了一半，方才在碧琏和何三拥衾同坐时，白衍芝觉得这房中暖气蒸腾，春光四溢，颇似洞房光景。这时竟一变为冷寂荒凉，有如废寺了。他心里好似顾不得怨恨碧琏，只是自己悲痛，坐在床上，怔了半天。觉得眼前光景太刺激了，简直活不下去，恨不得一头撞死。但他若有因失恋而自杀的勇气，早就可以因妒奸而杀人了。思量半晌，决定先打破目前的凄惨环境，碧琏已去，无法挽回，既不能跟她而去，为她而死，自己仍要活着，就得另行寻求安慰。这寻求安慰四字，范围本很广大，立意也非不好，只是被人们解释坏了，成为放纵的借口。吃喝嫖赌，都是寻安慰。偷盗拐骗，都为着寻求安慰。儿子姘上父亲的美妾，老弟奸通了阿哥的太太，那可说是寻求安慰。渐至洋车夫上六等娼窑打炮，也美其名曰寻求安慰。这名词太普及了，所以白衍芝在这倒霉时候，也自觉需要安慰起来。安慰在他脑中，就是女人的代名词，一半为对碧琏负气，一半为解自己解愁，觉得非有个女人不可。但是女人既不在百货店廉价部发售，可以任意购用，也不像老鼠似的，用块干饼便可引到室中。固然人家常会成群地养着，什么金陵十二，肉屏一园，本不足奇，但是必须有钱。白衍芝袋中原只有那笔赃物换来的钱，但已花去多半，方才又给那何三买夜点心，所余更是无几，连去寻回临时短期安慰，也不够了。他知道自己更无法打开这凄凉局面，只有独对孤灯，挨受冷清了。

怔怔地思量半晌，只一举目看见房中景象，就不免想起碧琏，生出室迩人遐之感。再想到她临行所说的话，不由切齿发恨。却忽然忆起她可怜李嫂那句言语，立刻心中一动，自思这院里本有女人，足供安慰之用，又何必舍近求远。那李嫂生得也很不错，我昔日曾跟她有过恩情，只为坑了她的养命资财，在外挥霍，才转恩为怨，可是她也没对我怎样争吵。以后碧琏进门，更把她打入冷宫，弃置不顾，移到小西屋里，待如婢仆，每天跟着吃两顿残羹冷饭，一直低头忍受，毫无怨言。想来自己真觉抱愧，后悔以前做事太狠。

如今碧琏已走，我正需要另寻女人的安慰，何不跟她来个破镜重圆，叫她也随着我过这舒服日子。这是碧琏给造成的机会，也是她的好运来了。想着看看桌上，见碧琏所遗下的残脂剩粉，就打算明天出去，想法弄几个钱给她买一身干净衣服，再叫她梳头擦粉，好生捯饬一下。虽然近日太糟践得不像样儿，但是一经收拾，总可恢复旧日容光。固不及碧琏那样风骚，但是温柔腼腆，也颇有可爱之处，足可作解闷消烦之用，供接短道急之需。白衍芝主意打定，立刻愤郁消去一半，觉得碧琏把我像破鞋似的丢开，以为除了她便没人要我，永远孤单下去了，岂知我还有女性存货，照旧有人陪伴，有人伺候，你走又奈我何。只是这步棋已被碧琏说破，瞧着像没有朱砂，红土为贵的，并不能对她骄傲。倘然这李嫂能变成个陌生妇人，我就要想法领她到碧琏住的地方，卖派卖派，叫碧琏瞧瞧我白衍芝这点道行，去了旧的，立刻就有新的来了。

白衍芝这样胡思乱想，睡在炕上，辗转反侧，一直不能成眠。只觉心里没着没落，口里没滋没味，身体无倚无靠，同时那炕上变得无边无沿，房子变得又空又阔。精神更是虚慌慌的，好似住在生疏的地方，犯人择席毛病。他忍不住坐了起来，猛然念头一转，就跳下床，开门走出。到了小西屋门口，才要举手推门，忽又停住。似乎走近李嫂一步，良心便涌起一些，觉得这房中的人被自己欺侮凌践到了极点，平日不以为意，现在竟要重新接近她，心里实有些不是滋味。而且一进这门，就要和她对面，应该怎样说呢。白衍芝这一内愧，这一迟疑，正是他良心发现的顶点。但是小人若能保持发现的良心到较长时间，那就不成其为小人，可以渐近为君子了。他随即思致一变，想到这房中的人当日丧夫寡居，挨受凄凉，我虽诱她失身，然而她从我身上也得短期人生乐趣。我花她的钱，并不算坑骗，只算她给我报酬。况且她既失身于我，就成为我的妻妾，妻妾有钱，正该供丈夫花用。再说既为妻妾，就有的承恩，有的失宠，以前我不理她，只是很平常的事。我现在又来俯就她，就好比当年的帝王，从冷宫里提出失宠妃子，重加恩幸，这妃子应该一面感激天恩，一面自庆佳运，皇帝对她又何用惭愧，无论说书唱戏，谁听见过皇帝对妃子道歉。所以现在我对这房中人无所用其不安，只跟她表明意思，她还不知怎样庆幸欢跃，加劲儿巴结我。

想着就推了门，那门只虚掩并未上闩。白衍芝走进去，伸手向那很窄的土炕上一摸，恰触着一只手臂，同时那手背就缩了回去，便听那李嫂蒙蒙眬眬地惊呼了一声。白衍芝应了一声我，就坐床边道："我来了。"

那李嫂非常惊讶地叫道："你来干什么？三更半夜的还啰唣我，你快走，别给我找麻烦。"

白衍芝把手乱摸索着道："有什么麻烦，难道我来了你不喜欢？"

李嫂一面退缩，一面叫道："你可快走呀，要不我可喊了。"

白衍芝笑道："喊也没人听见。"

李嫂道："别胡说，她就是睡觉，也醒着半只眼半边耳朵，你别无故地害我挨骂。"

白衍芝明白她所谓的她，是指着碧琏，就道："你不用怕，她已经走了。"

李嫂似乎一怔道："没有的话，半夜里她往哪儿去？"

白衍芝道："实告诉你，她跟我已经翻脸散伙，我把她赶走，从此谁也不是谁了。你不信起来跟我去看看。"

李嫂听了，半晌无语。白衍芝又道："你起啊，同我到上房去，就不用再回来，咱们好好儿一块过日子。这也是你的运气来了，城墙挡不住。你先别乐过了劲儿，跟我到那屋里，还有高兴的告诉你呢。"

说着仍不闻李嫂的动静，不由心中诧异，叫道："你倒是怎么着，还不赶快？"

一半晌才听李嫂低声说道："火柴怎么找不着了，我也得点上灯，好穿衣服啊。"

白衍芝知道这房里点的是小煤油灯，就向小几上摸索。碰翻了几件零碎东西，并没寻着火柴，摸摸自己衣袋，也是没有。他做梦也想不到李嫂手里正握着一匣火柴，就道："等等，我替你拿去。"说完便转身而出。

不料走出三五步，猛听背后有关门和上闩之声，心觉有异。连忙翻身走回，再一推门，竟已关得结结实实。白衍芝才悟到自己是中了调虎离山之计，但不解是何道理，就捶门问道："你这是怎么？"

李嫂在内说道："我不怎么，只是要你出去。你何苦还啰唣我，瞧我下地狱还不够层数吗？我不管她走了没走，反正不敢再沾染你，快去吧。"

白衍芝想不到她会有此一举，就道："你怎这么糊涂，我不是告诉你已经把她赶走了，现在想跟你重修旧好，你别错会意，快出来。"

李嫂道："我不是错会意，只求你饶了我，别再啰唣。我现在只算给你们当老妈子，混一碗残羹剩饭，我已经认了命，不敢往上巴结。"

白衍芝不禁笑怒道："你简直是不识抬举，什么骨头？一抬举你，你倒端起来了。告诉你，过了这个村，没有这个店。你以后便是叩头礼拜，也别打算我看你一眼。"

李嫂在内更不答言，白衍芝气得痛骂了一阵，但李嫂在房内沉默无声。白衍芝一个巴掌拍不出响声，越骂越没有劲儿，最后只有住口，嗒然回到上房。心想这妇人原是我扔下不要的货，如今用着她，竟长起行市，真乃可恨。想着咬牙切齿，直想踹开门进去打她一顿。但是恨了一会儿，稍为转念，便不由发生了人们常有的矛盾心理，便是一切价值，都依得来难易为比例。无论何等珍贵东西，只要得来容易，便要把价值看低了。反之若是平常的东西，却得之甚难，也可把价值抬高。白衍芝初把李嫂看作可以任意呼斥来去的人，所以起初去叫门，还觉有些俯就，但意外地遭了拒绝之后，固然难免怨恨，但却无形把她看重几倍，觉得她竟尔不易得到。因为不易得到，就又增加了必得之心，把原来的轻视，也完全消失。转觉她这番拒绝，是应有之举，自己以前实在对她不住，她当然因伤心而致负气。若是满不在乎地随我拾起抛下，那岂不成了贱骨头，还有什么可爱？白衍芝这时因李嫂的负气，而反感觉可爱了，却不想他自己无形中已变成贱骨头，起初自觉以高临下。遭了拒绝，倒对李嫂仰之弥高，把自己地位降下八级。他踌躇一会儿，有心再去敲门，恐怕仍吃闭门羹，只得和衣假寐。

等到天亮以后，听小西屋房门开了，知道李嫂草草梳洗之后，必要到这上房来洒扫。这本是碧琏派下的女仆差使，日以为常，就暗自等待。过一会儿，只听那李嫂进了外间，扫完了地，却拿扫帚，立在内室门口，犹疑不进。大约是看见室内果只白衍芝一人，想着夜里的碴儿，不愿走进，但又怕误了差使，将受斥责。怔了一会儿，终因习惯关系，不由举步而入，弯身扫除。

白衍芝猛然跳起，关上房门，把她拉过强按在床上坐下道："这回你可没地方躲了。"

李嫂大惊失色地叫道："你这又是做什么，快开门放我出去。"

白衍芝笑道："你不能出去，这就是你的住房，还要哪儿去？"

李嫂挣扎着道："你别胡缠，我夜里已经把话说过了。你又何必为我这样丑女人费这种心，外面好娘儿们多着呢。现在我已伤透了心，不管你是真是假，反正我既上了一回当，不能再上二回。你趁早放开我，要不我可喊了。"

白衍芝笑道："你喊也白喊，这一块儿的街坊邻居，谁不知道你早已跟了我。两口儿打架，又算什么稀罕。得了，你别再记恨我，我以前行事混账，简直迷着七窍，现在算给你赔罪，咱们前勾后抹，你往后想吧。”

说着又软央半晌，李嫂只是不应，但无奈落在他挟持之中，终闹不出手儿去，结果只有屈服，但面容终是惨淡。白衍芝想从她身上取得的安慰，总是不能如愿。却也没敢发脾气，反而哄着她，讨她欢喜。先婉劝修饰一下，李嫂不肯，说我就是这样嘴脸，谁不喜欢看就别看，我也没指望叫谁喜欢。白衍芝再劝，把脂粉给她送到面前。李嫂都给推到地下，说这是谁的剩货，我就是不值钱，也犯不上拾人的拉拉儿。白衍芝听出了些口风，就出门去费尽千方百计，平地挖饼似的，弄到一点钱。先到估衣铺买了两身干净女装，又买了些化妆品回家，向李嫂贡献。李嫂还是不要，经不住白衍芝语软声柔，连央带哄，李嫂才把衣服换上，又草草地上了妆。白衍芝看着居然容颜焕发，尽改旧观。更觉得自己善于废物利用，得意非常。但是李嫂好似仍怀旧憾，神情终是冷冷的，还得白衍芝大费一番调整功夫。于是一面盟山誓海，一面小意殷勤，李嫂终是个女人，怎能逃开他的手腕，不由渐渐回心转意。觉得碧琏既去，白衍芝确改常补过，来爱自己了。于是第一天还不大说话，第二天就偶尔开口，也自动说话，第三天脸上就有了笑容，第四天就和平常一样了。白衍芝倒享了福，除了每日仍须设法变钱度日外，一切反比碧琏在时舒服。因为这李嫂是个旧式妇女，心里总有良人仰望终身，必须要婉转从夫之想。所以白衍芝不特受不到碧琏那样责骂而反得到殷勤侍奉，白衍芝承受之下，自然感到甜蜜。但是过了五七日后，因为李嫂不会无事生非，只一惯地温柔驯善，白衍芝渐渐感到生活平凡。今天是这样，明天还是这样，既没有变换，也没有刺激，便觉这李嫂太没有弹性了。其实什么是弹性，换句话说，就是他犯了贱骨头的脾气。因为李嫂不似碧琏那样忽而一顿拳头巴掌，一顿祖宗爷娘，打骂完了再给一顿狂情浑劲。然而恩爱未终，也许又起了吵骂，简直雷霆雨露，变化无时，弄得他迷离莫测，便觉她丘壑深邃寻不尽。而且雷霆多于雨露，更觉雨露的可贵。如今李嫂既不打骂，也不过于热烈，使白衍芝这惯走极端的人，只在中间徘徊。就好像个害疟病的人，发冷便冷个死，发烧便热个死，一旦好了病，享受不冷不热的适常生活，倒觉无以自遣似的。因此白衍芝渐生倦意，但表面并不敢显露，只偶然犯回脾气，李嫂以为是家庭难免之事，自己既已相从，何必再为小节失和，就忍耐着不反恶声。哪知这一来倒更把白衍芝宠起来了，动不动就拍桌跳脚，大声辱骂。李嫂只有暗地流泪，当面还不敢形于辞色。但白衍芝为着需要她陪伴伺候，恐怕惹她伤心太过，又要退避不理，所以还没什过甚的虐待。这就得归功于李嫂起初那番拒绝，使他暗存戒心，若没有那一回恐怕就不堪设想了。

这样过了只有二十多天，还不到一月。一天早晨起床之后，李嫂正做熟了粥饭，和白衍芝对坐共用早点。白衍芝因为咸菜条没在前夜泡好，吃着发硬，就喃喃说着闲话。忽听外面有人叩门，李嫂知道这是自己的责任，就放下筷子，走了出去。开门一看，只见门外赫然立着的正是自己冤家对头的碧琏。不由大吃一惊，失声叫道："你……"

碧琏秀发蓬乱，面色苍白，脂粉也都剥蚀，而且衣服上满是皱褶。由那发青的眼圈上看，似乎夜里失眠，和衣睡到早晨，也未梳洗，就出来了。她并不理睬李嫂，但只对李嫂光洁的头面、新整的衣服，用诧异的眼光看了一下，就一直向里走入。李嫂知道大事不好，立刻心里似压上一块巨石，惘惘然随着走入。

碧琏径直进到上房，白衍芝看见，也大为惊异，望着碧琏大瞪两眼，不知说什么是好。碧琏也不理他，自坐到对面炕上，从衣袋取出纸烟，燃火吸着，一口一口地喷着云雾，大有旁若无人之概。这时李嫂已随入房中，立在门口，两眼瘟鸡似的，望望碧琏，又望望白衍芝，似乎猜不出碧琏回来是什么意思。又想着白衍芝既把她赶走，如今她回来将如何对付，莫非又要吵回架吗？

哪知白衍芝却只瞪着碧琏，过了一会儿，忽然大出她意料之外，并不疾声厉色，反而很柔和地说道："你……你怎么又回来了？"

碧琏扬着脸儿，似乎对屋顶说话道："我回来，我可不是回来了？我的家嘛，想回来就回来，谁还拦得住我。我不回来，让臭娘们儿乐呀。"

白衍芝一听她话里有因，不由立起道："你回来好极了，谁敢拦你，本来是你的家嘛。"说着向前凑进一步道，"这大清早儿，你不冷吗？可是坐车来的？先来碗热茶喝。"

随即回头向李嫂道："快去沏热茶，快着。"

李嫂看着白衍芝对待碧琏情形，始而气愤填膺，恨不得过去跟他拼命。但是往回下一想，白衍芝是什么人性，碧琏又是什么出身，以及先前一桩桩身受的苦楚。立刻爽然自失，嗒然若丧，知道他二人仍要和好，自己必然又上了当。但是上当怨谁，于是只有悔恨自己意志不坚，一阵神经冲动，竟而瞪目如痴。这时白衍芝说话，竟未听见，仍自呆立。白衍芝大怒叫道："你耳朵里塞着毛哪，聋实着了，叫你泡茶去。"

李嫂被骂，方在悚然惊觉，碧琏已咯咯冷笑着叫道："我明白，必是这几天她篡了位了。好大架子啊，铜锅饭铁锅菜吃着，热被窝软枕头睡着，好容易得着男人了，这屋子也成了她的屋子，还舍得离开呀。妈的不要脸东西，你也不照照镜子，尿壶上花梨条案，你往哪儿摆呀。"

李嫂听到这里，猛然眼睛直突，腰儿挺起，似乎要向碧琏身上扑来。碧琏看见，以为她愤恨已极，要跟自己拼命。吓得呀的一声，挓挲着两手，不知向哪里藏躲。那知李嫂忽的吸了口气，把头低下，竟转身走出去了。走着似乎全身弛散，只用身体曳着两腿，摇摇欲倒地走出院中，回原住的小西屋去了。

碧琏看着她的后影，直至不见，才转脸向白衍芝骂道："你这倒霉蛋，这几天不定怎样把她当祖奶奶供养着呢？瞧给宠的这样儿，敢跟我瞪眼，回头看我怎样跟你们算账。"

白衍芝心想：你那夜临行时，不是说给李嫂躲空让位，叫我补付她吗？如今怎又说出这话。但心中尽管这样想，口里却不敢这样说，倒赔笑道："没有的话，我不过叫她伺候，何尝要她到这屋里。"

碧琏连呸了几声道："你别当我眼瞎。她穿的什么、戴的什么，又擦胭脂抹粉儿，简直像位太太。这不是你孝顺她，哪个孙子孝顺她？"

白衍芝无言可答，只得赔笑道："得了，你别介意。现在你既回来，咱们还是咱们，她往哪儿摆。"

碧琏瞪着眼道："你不用来这套，你跟她这不是已经又连上尾巴，我回来又算老几？得，我还是该干嘛儿就干嘛儿去，少在这里生气，得了气臌儿谁给治呀。"

白衍芝急忙指天誓日，说自己再不理李嫂，一切恢复原状，仍请碧琏当家主事，履行赏罚。央告半天，碧琏才吐口儿道："若是这样，你先做个样儿我看。她这样穿着戴着，摇着摆着，我瞧不下去，你去把她剥了。"

白衍芝嗽应一声，就向外走。到了院中，看看那小西屋的门关得紧紧的，知道李嫂正在里面悲痛，心中也自内愧，不由略一迟疑，哪知背后忽然咳嗽一声，随闻说道："你不用为难，请回吧，让我走。"

白衍芝知道碧琏在后面监视，不敢再迟。就直跑过去，把门一推，却未关着，进屋见李嫂正伏在小炕之上，低声啜泣。白衍芝望着她，嘴儿动了几动，却未说话来，但向外一看，碧琏正立在上房门外向这边瞧着呢。只得鼓起勇气，叫道："喂，喂，喂，你起来，把衣服脱下给我，手上的白银戒指，也脱下来。"

李嫂尚未答声，白衍芝又去拉她，连叫快快，李嫂随手而起，满面泪痕，厉声叫道："去，去，我早知道你有这一举，快出去等着，我就给你。"

白衍芝道："我就等要，你快脱下给我吧。"

李嫂也是气极了，立刻连撕带扯，把衣服全都脱下，一丝不挂地向炕里寻找她原穿的旧衣服。白衍芝瞧着想到昨宵横陈之态，燕婉之情，今朝竟把她又驱逐出来，并且横施侮辱，剥及衣服，未免太已不情，不由心中有些说不出的滋味，就低头拾起那身衣服，匆匆向外就走。到了上房门首，碧琏随着察看一下道："还有她手上戴的东西呢。"

话未说完，只见由那小西屋内飞出一件小小东西，当的声落在院内。碧琏看见是件白银戒指，就骂道："你瞧，怎样，这臭娘们儿不是给宠疯了。这么摔摔打打的，这是跟谁，是跟我，你滚出来，我不撕烂你的……"

说着又骂了一阵，看那情形似乎真要赶去撕打，但结果没移动一步。那李嫂在屋里始终不吭一声，碧琏骂够了，才和白衍芝拾了戒指，一同进房，又说了许多闲话。白衍芝只是哄着她，半晌碧琏颜色才稍为开霁，就叫白衍芝去给买了些可口食物吃了，就躺下睡觉。在她起坐躺倒之时，常常咬牙皱眉，似乎身上有什么痛苦。白衍芝看见，也不敢问，等她睡着，白衍芝只在房中屏息静坐，以等其醒，不敢离开一步。恐怕她醒来见自己不在近前，疑心是和李嫂暗做接洽，又要发起口舌。哪知碧琏这一觉儿，直到下午五点多，日色沉西时方才醒来。但这一醒，却好似害了什么病不能起炕，每一转侧，就呻吟不绝。白衍芝问她怎么了，碧琏只说想是清早受了风，所以浑身酸痛。白衍芝想给她买药服用，因碧琏不要，只得尽心伺候。直到晚上，方才好些，又草草买了些现成物吃了，剩下丢在院中窗沿上任李嫂自行取用。可怜那李嫂哪还有胃口吃东西，一天也未出屋，早已悄无声息地睡了。

白衍芝与碧琏也收拾睡下，在这久别胜新婚的重逢之夜，本来应该有无限旖旎风光，但是碧琏不容巴结，屡次拒绝他的报效。只说困乏极了，要想早睡。然而她并不能睡着，一直辗转反侧。白衍芝心中疑惧不安，暗想她为什么，既然回来，却又如此冷静，不似平日的热烈。两人这样同床各梦，却又不能入梦，都假装睡着，直到天将黎明，碧琏才真个入了睡乡。白衍芝也正要蒙眬睡着，却不料碧琏梦中猛一翻身，把大腿砸在身上。白衍芝惊醒，睁眼一看，见天色亮了，满屋是灰白颜色。瞧碧琏时，见她因为翻身，被子脱落，露出下身，股际青紫斑驳，似乎抹了五彩。不由大吃一惊，悄悄坐起细看，只见她像是受了棰击之伤，由股部直连双腿，肿尚未消。上面看得出的，有木板的伤，是一片片的青痕，有藤杆的伤，是一条条的紫岗，还有手拧甲掐，血渍成痂的地方。尤有另一部用布包裹，把带子兜起，系在腰间，严密遮掩，不知受了什么伤。瞧着不由咋舌，但也微觉快心。暗想你离开我跟何三走了，应该享福，怎么吃了这样不能声说的大亏，真有些给我解恨。但她究为什么受此巨创，我真是想明白明白。只是一来不敢询问，二来没法打听，恐怕终要成为疑案。

白衍芝果然想得不错，他实是不易明白了，然而作者却能明白。原来碧琏自从与何三重逢，本想正式姘为夫妇，何三却因已姘上了女掌班，不肯应从。碧琏才勾结他来家，震吓住白衍芝，以后明来明往。想不到白衍芝无意中练习刀法，被他们看见，碧琏就借着题目，对何三说，此处家贼难防，终恐有险。现在杀死白衍芝，还得打人命官司，留着他又恐怕受害，不如咱们走开。那何三却是为恐怕新姘的女掌班不敢和碧琏发生直接关系，只希望维持这不落实的局面，使碧琏仍受白衍芝供养，自己不费一文，便可常来寻乐，何等便宜，所以不肯依碧琏的主意。但架不住碧琏缠磨，结果只得应允。就和她一同出去，先借个小旅馆住下。碧琏却不肯长此漂浮，要做长治久安之计，定要寻房组织新家。何三仓促间无法寻觅，就向个熟识处暂借了一间房子，给她居住。每日抽空来看碧琏一两次，稍坐即行。碧琏大不满意，认为他恋着女掌班，不把自己挂心。其实何三却是恐怕被女掌班看出形迹，惹起纠纷，于是竭力遮掩，小心谨慎。但碧琏却不谅解他的苦衷，常常搅嘴。又不甘长宵寂寞，有一夜竟强留何三，不肯放走，何三只得住下。如此只有两次，哪知已被女掌班看出破绽，暗地访察。因她势力深厚，手段高强，当日就查明底里，她也不动声色。等到这天何三晚上出去，半夜仍未回班，知道他已在碧琏处歇下。就带领着三位干姐妹，两个干娘，四位干哥哥，还有本班的五个老妈，七个毛伙，包括厨子打杂儿的在内，另外又约了在班子卖鲜花的卖水果的，一行二十多人，浩浩荡荡，杀奔碧琏居所而来。碧琏寓所的同院房东本是何三熟友，但已变成了女掌班的内应，悄悄开了门，把大队人马接了进去。女掌班自己向碧琏住室窗外从破孔里窥视，瞧见一对野鸳鸯正在交颈，不由愤火中烧，立即发个暗号，令大家准备。便有一位素以白钱为业的干哥哥，走到房门前，用一柄小刀，施展拨门挖户之技。不大工夫，门已开放，由女掌班为首，率领大队人马，闯了进去。先过去给何三和碧琏每人两个嘴巴，把他们打醒。他们才由梦中惊起，立刻干哥哥们过来，把何三揪起，按在一旁。然后干娘干姐妹们一拥而上，把碧琏赤条条地从床上拖下来，按在地下。先由一个人塞住她的嘴，然后七手八脚，暴打起来。那班干姐妹们，都是成了精的妓女，阴毒损坏，在殴打时也不老实，专向不该打的地方下手，碧琏可吃了大亏。打完了一顿，那女掌班吩咐把她口中塞物除去，碧琏已是神魂散失，被一位干娘揪着头发，直挺挺地跪在女掌班面前。女掌班臭骂了一顿，越骂越气，又亲自动手打她。可怜碧琏被人按住四肢，纹丝难动，只剩了婉转呻号，爷娘乱叫。那女掌班也是只拣下体着手，这本是预定计划。这样一来解恨，二来使她不易声说，就是打了官司，检验也大费周折，至于脸面却保持不令受伤。第二顿打完，碧琏气息奄奄，仍被揪跪着。女掌班问她可还敢引诱何三，碧琏也有点儿光棍劲儿，既舍不了何三，又不肯屈服，呻吟着道："少说废话，你们把我弄死吧。"

女掌班哈哈一笑道："你放心，离死还远哩。咱们骑驴看唱本，走着瞧。"说着就叫道，"把裤子拿来，给她穿上，别这么赤身露体的。"

碧琏听着，以为她们将给自己穿上衣服，带到别处蹂躏。哪知这时一位干娘从外面进来，手里拿着一条麻袋剪缝而成的裤子，又肥又大，裤腿极短，另一个干姐妹手里抱着一只大黑猫。立刻众人又把碧琏按倒，将那麻袋裤穿上，原来裤腿裤腰，却用麻绳抽着口儿，一一系紧，只留一条裤腿未系，那位抱猫的立在旁边，只等女掌班号令。那女掌班笑了一声道："我倒要瞧瞧这不含糊的，你把着何三，为的什么？今儿叫你美够了吧。"

说着做个手势，那干娘干姐妹们，立刻动手，把那黑猫掷入麻袋裤子，和碧琏的肉体接触，跟着把另一只裤腿儿也给拴紧，使那猫更无出路。这时碧琏身上触着猫的柔毛，颇有温软的感觉，但她知道少时就不温软了。他们用木棍痛打那猫，那猫疼痛，走投无路，自然向自己身上乱抓乱咬，爪牙锋利，又岂是娇嫩皮肤所能承受，恐怕不死也要半截糜烂。这本是娼门老鸨惩治养女的恶手段。不由想起自己在玉香班搭住时，有个柜上姑娘，名叫小玉，有一次留了个年轻的客，第二日那客人没开钱就走了。老鸨一追问起来，又发现她手上短了个金戒指。据小玉说，是在她睡觉时，那客人偷着撂下戒指，便自跑了，这应该是打更的责任。但老鸨却认定是她把戒指送了客人，又放他走的。当下不由分说，就用了这麻袋裤的刑法。那小玉喊叫连天，死过好几回去，等到麻袋解下，只见下身已经烂成一片，血肉狼藉，简直叫人不敢看了。以后直养了半年，方才平复。碧琏想起那宗惨景，不由怕将起来。就举目四顾，希望得个救星。向外一看，只见何三立在门外，那些干哥哥们已不揪着他，只作包围之式。何三立在中间，似已投降到对方，只默默地向这边瞧着，不做一言。碧琏心中凄惨，知道自己白挣扎了，为他受了这样大罪，他那里瞧着并不动心。自己就是叫他，也是枉然，他若有心，早已替我说话了。这一难过，不由勇气尽泄，当时就软下来了。这时女掌班手中已持了一只木棍，向着麻袋裤裆中蠕动的猫高高抡起打下。那猫负疼猛一挣扎，碧琏觉得股下一个地方，好似被几只小刀同时割下，整片的肉已脱离身体，疼得抖战。忍不住央告道："得得，别打别打，说什么……我都依你。"

那女掌班现出诧异神色道："怎么只一下就含糊了，你不是拼出死了吗?"

碧琏到这时还不肯当面栽跟头，就用负气遮掩畏惧，哼了声答道："我死倒好死，可是为谁死呀?"说着转首向何三骂道，"姓何的，我才知道你是个没骨头、没情义的屄小子。可惜我一腔热血，白倒给你了。往常说的话，如今这么快就变了心，看着我为你受罪，连口气也不敢哼，难为你还是个男子汉。我什么也不怕，刀山也敢上，油锅也敢跳。可是为死为活，为的什么?你既这样，我又装什么英雄好汉，咱们从今儿算完了。"

说着又向那女掌班道："你不是就怕我再跟他来往吗?现在我已经伤透心了，你就把他送给我，我也不要。你若是信我的话，咱们这场事就算完了。若是不信，或者还没解恨，我这个人不是还在这儿，杀剐存留，随你的便。"

那女掌班听了，看看何三，又看碧琏，才点头道："你这话可是真的?其实我又何必问，这不是到了黄河了嘛，你也只好脱离了。大概我若好好地托个人见你，你也未必这么痛快答应。现在不管你这话是真是假，反正任你一个跟头十万八千里，也出不了我的手心。我们铁拳不打软汉，你既说了好话，这就算完。不过往后你可得记着今儿，这种乐儿是现成的，你哪时要哪时有。"

说着就叫众人把她解了放开，碧琏又赤条条地跌在地下，女掌班指着说道："我也不知道你叫什么东西，我也不用问。你这臭娘们儿，别当我是跟你抢男人，我只是来教训你。现在你既服了软儿，我还把何三留在这儿，由他自己愿意跟谁。我若是把他带了走，你还许说我抢了你的男人呢。”说着就向众人道，“咱们走吧，何三留下，由他的便。”

何三在外间叫道：“干嘛把我留下，我也跟着走。”

女掌班冷笑道：“你要走也得等会儿，既来了就这么好走了？”

就叫那干哥哥们把何三看住，随后指挥众人，全行走出。又把何三推入里间，将门倒带了，大家都扬长而去。须臾满院寂寞，房中只剩了他们两人，你看我，我看你的。碧琏咬牙骂道：“你个不得好死的，害我到这样，眼瞧着不敢哼气儿，我真得吃你的肉。”

何三怔怔地道：“你怨得着我吗？当初在白衍芝家里，我不教你出来，你非得出来。到了这儿，我告诉你不能住下，你非得教我住下。现在闹出来了，那可怨谁？”

碧琏听了这话，更是气冲肺腑，若不是身上疼痛难于动弹，直将过去跟他拼命，口中痛骂不已。但是碧琏心中仍未离开何三，倘然何三能够曲意慰藉，也就可以和好如初。哪知何三听了，反倒冷冷地道：“你不用骂我，咱们也就快完了。既然已经闹明了，我再不能跟你来往，这可是你自己惹的。”

碧琏听着，更是气得要死，把任何难听的话都骂到了，何三只是不理，自去落那倒关的房门，想要逃走。碧琏知道他不敢停留，急于要追了那女掌班去，虽然愤恨，又舍不得他走。碧琏把牙咬得吱吱乱响，拼命向门际爬过去，想要拉住何三，跟他拼命，不教他走。无奈身上伤痕太重，一移动便疼如刀割。她仗着一股怒气，仍向前爬，然而气力不接，移动甚迟。何三那里已经渐渐把门轴弄松，用力向上一托，房门便脱下轴孔。他把门往旁一推，已露出一人多宽的缝隙。正要向外走，不料碧琏恰已滚到近前，拉住他的腿叫道：“你想走呀？你往哪里走，咱们一块儿并骨吧。”

何三吃了一惊叫道：“你快松手，告诉你，我现在自顾不暇，再顾不了你。咱们将军不下马，各自奔前程。将来有缘再遇，你再缠磨，我可急了。”

碧琏这时的情绪，好似《探母》戏里的四夫人，眼看四郎要回番邦，心里万分气妒。何况碧琏比不了四夫人那样贤淑，何三又比四郎更加千百倍的无情，一心只惦着回令。碧琏可真红了眼，就张口向他腿上咬去。何三觉得疼痛，死命抬腿一踢，碧琏可怜气力不佳，抱持不住，立刻被他踢了一溜滚儿，直滚到房内一隅。何三视着腿上已然鲜血直流，气得想过来打她。但只走了两步，就又站住，把床上的衣服抓到手里，跳到外间，草草穿好。一言不发，就向外跑走了。这时碧琏再想向外滚，已经力尽筋疲，连骂都骂不出声了。情知无可挽回，只可眼巴巴看着何三扬长走去。在他走后，只剩下满屋破烂荒凉景象，不由伤心痛哭起来。哭了半天，猛觉身上寒冷，勉强爬起，睡入衾中，又哭了很大工夫，方才睡去。这一觉睡到次日午后，方才醒来。这一天一直没人进来，碧琏又因伤痛不能起身，喊叫也没人理睬，只得忍饥而卧。幸而床头还有半壶冷茶，将就解渴，到晚间仍自睡去。又过一日，才觉伤痕稍愈，挣扎下床。自己生火，弄了些东西吃了。想想自己既遭凌辱，又受抛弃，这口怨气无法发泄，无可申诉，而且后顾茫茫，将向何处归着，不由又伤心痛哭。

直哭到晚上，忽然有人来了，来者是这院中邻居杨九，也就是碧琏的二房东，也是何三的好朋友。当日初来借住，这位杨九很是张罗，表示十分好感。然而何三本身是何等人物，他的朋友又有什么好东西？那位女掌班所以得知何三暗藏春色，就是杨九告密。碧琏哪里知道内中隐情，还以为他是何三朋友，或者还能顾着情面，照顾自己。一见他来，就殷勤让座。这位杨九生得横竖尺寸相同，按相书上说，是正格的由字体而不是申字。因为他两腿短得似有如无，若是穿了长袍站在地下，瞧着直似跪着。那极小而带尖的头儿，真似由字上面稍稍伸出的一点儿笔锋。尤其容貌奇丑，鼻孔上掀，黄牙外露，脸上皮肤凸凹斑驳，谁见了也觉恶心，恨不得用铁锉给他打磨一下。因为他太胖，走路时也发着睡觉时的鼾声，响似雷鸣。他进屋便满不客气地坐在床上，碧琏一肚子怨气，想要跟他诉说，就问道：“杨九爷，这两天没在家吧？”

那杨九道：“我哪一天都在家。你们的事，我全知道了。不过这是家务，我不能管。”

碧琏觉着被他呵了口冷气，还要再说，杨九已接着道：“何老三方才叫人给送来信儿，说他已受了监禁，再也不能出门，跟你从此完了，叫你自己打主意。”

碧琏听着，觉得这是意中之事，并不恼怒，只点头道：“我早知道那没良心的屄小子，有这一招儿。本来就完了，何必他说？我自己的主意，我自己自然会打，也用不着他操心。”

杨九道：“那么你以后打算怎样呢？”

碧琏道："走着瞧吧，反正不至于离开何三就把我饿死。"

杨九笑道："那是自然，凭你这模样儿谈吐儿，走到哪里不吃香？我给你出个道儿，现在你闲着也是闲着，乐得出去玩玩票。咱们开着个玩意儿，你帮帮我好不好？"

碧琏明白在他们这种社会中，所谓玩意儿即指娼窑而言，才知道杨九与何三也是同行，就问道："玩意儿？你开的班子在哪里？"

杨九道："我开的不是班子，是堂名儿，在三不管坑边。一提宾凤堂，谁都知道。别看是堂名儿，可比班子不少下钱。你去了我给收拾一间大屋子，现赁一堂洋式家具，随你爱见客不见，只替我照应照应就成。不论搭住和本柜上的姑娘，都归你管。柜上的钱也由着你花，你愿意不愿意？"

碧琏一听，便知道他没安好心，想要继承何三的地位，把自己诱到手里，加以霸占。这种事当日对于何三唯恐求之不得，但这时对于奇丑的杨九，却是万分不愿。既恨他唐突，又觉他讨厌。这缘故只在容貌的差异，倘然杨九是个健康俊美的少年，碧琏或者还唯恐其不唐突呢。当时便寒着脸说道："对不起，我已经混够了。去的地方多了，万万不愿再进窑子。你的好心，咱们先搁着，几时我想再混，还去找你。"

杨九道："你听明白，可别错了主意，我是特别优待呀。"

碧琏摇头道："谢谢你，我打定主意不再混了，咱们改日再遇。"

杨九一沉脸儿道："你真不答应我？"

碧琏道："怎么还有个假不答应，我说的话，就是板上钉钉。"

杨九道："好个板上钉钉，那我也不能勉强。咱们抛开这个，就算算账吧。"

碧琏愕然道："算账？算什么账？"

杨九道："你可知道从你们搬到这里，何三可没给我一个大钱，现在得你还呀。"

碧琏道："什么钱？"

杨九道："房钱哪。"

碧琏心想：他图谋我不能成功，就索要房钱，借以报复。当初何三曾说这房是借住的，不用租金，如今他翻脸要起来，也讹不住我。这样小房，最多两元一月，我只住了十来天，就算整月，也还有限，就笑道："好，房钱我给。"

杨九道："你给好极了，当初我跟何三定妥，这两间房子得论年租赁，按季付钱，每月租价十元，进门先交一季，是三十元，还要先交三月押金，等住满一年，才能退还。另外有十元茶水钱，一共是七十元，你先给了吧。"

碧琏一听，知道他居心敲诈，气得要死。就和他争辩，这样破房哪有偌大租价，而且也没听说有这许多苛例，自己万不承认。再说不久就要搬走，更谈不到什么押租茶水。现在至多按着公平价目，每间按一两元计算，给上一月租价。杨九听了大怒说，自己房子，向来这样价钱，这样规矩。当初又不是我把你们请来，你们来了就得依着我章程，差一个小钱也不成。说着就攘臂掠袖，似乎将要动武。碧琏创伤未愈，胆气尚怯。又知道这种痞棍，什么恶事都能做得出来，就不敢和他翻脸。只得捺着气儿，婉述贫苦，无力缴纳，求他厚道一些。杨九心肝好像都是矿产无机物质，说了半天，仍自咬定牙关，不肯稍为退让。碧琏知道他是借此强迫自己就范，就打开鼻子说亮话道："我知这你是成心挤罗我。不过现时我既没有钱，就是答应上你们的堂名儿去混，也不能立时就去，我身上伤还没好呢。你容我一个礼拜，到那时我也许能想法张罗钱还你，张罗不出，我就跟你去混，现在尽挤罗死我也没用呀。"

杨九听了，以为她有点儿回心转意，就道："让你几天也成，可是一个礼拜太远，至多三天。"

碧琏想了想道："你既肯让我，怎不多让些日子。我的伤很重，从昨儿一直没有下床，哪能三天就好。"

杨九道："不管你好不好，我只要在三天上定规。你答应了我，还可以接着将养，我并不是逼你立刻出去。"

碧琏也就不再和他多辩，装作无可奈何地答应了。但说自己不能下床，要他供给饮食。杨九似乎得了胜利，欣然允诺。又说了些自夸自美的话，来引诱碧琏，碧琏听着更觉恶心。过半晌他才走了，到晚上果然派人送了晚饭和一壶茶水，碧琏又趁势敲个小竹杠，要纸烟和零食，杨九也居然全给买来。到了次日，碧琏已然胸有成竹，虽然体力已经恢复，能够行动，她还装作不能动弹。偶然呻吟一阵，自己解闷，兼以给外面听。到了下午，杨九又来闲话一会儿，就告诉她说明天就到约定日期，趁早打好主意，不要到时又作托辞。

碧琏道："昨天才定规的，说好三天，怎么明儿就到日子？"

杨九屈指数着道："不错，昨儿说好的，昨儿第一天，今儿第二天，明儿不下是第三天吗？"

碧琏点头道："原来这样算法，可是我不能出门，怎能弄钱还你，明儿就到了期。"说着叹口气道，"那也只可……"说出这四个字，就咽住了。

杨九问只可怎样，碧琏道："你问很早了些，还没到时候呢，明儿我自然告诉你。"

杨九便不再问，但听她的口气，必是有心依从自己的要求，就欣然走了。到晚上送来饭菜，加倍丰盛。饭后杨九又来长坐不去，大有预支好处之意。碧琏只是装作痛楚呻吟，一面敷衍他，杨九见无希望才又走了。碧琏自己睡着，到半夜醒来，就自准备一切，穿好衣服，又把较为值钱的细软，藏在身上。才又盖上被子，躺下歇息。天明之后，她就坐起，由窗孔向外窥视。过了许久，才听见杨九和他老婆起床。杨九在院中漱口，喷了满地的水，随即把街门的大闩取下。碧琏所以不敢乘夜逃跑，就因知道门上有这大闩，自己无力落下，即使勉强取下，也必发出大声。这时见他把闩落了，又回室取了只大瓷壶，似要出去泡茶买点心。但并没径直出去，反向碧琏这房间走过来。碧琏急忙倒下装睡，又过一会儿，再坐起向外看，杨九已无踪影。知道他还有些不放心，自己故而先来看看，见自己尚在酣睡，才放心出去。这时估量工夫，杨九已然出去很远，恐怕再耽搁他又回来。就一跃下床，溜出房门，蹑足潜踪，顺着墙根向外走。才走到大门口，忽听背后有人大叫你上哪里去。碧琏闻声，觉得相隔尚远，必是杨九老婆在房内隔窗瞧见，就叫起来。吓得也不顾身体疼痛，直向外跑。出了胡同，不走大街，仍穿入胡同，便缓步徐行。知道已离险地，便再遇杨九，他也没法奈何了。就慢慢走着，雇着车子，直回白衍芝家而来。算把一切衣服什物，全丢给杨九了。但这还认便宜，她深知下等社会的秘幕，若不是应付得好，杨九就许硬写张卖身契，偷着印上她的手模，就霸住当作养女，弄到暗无天日的地方。自己便未必能逃出来。要不然就一味动蛮，硬架到娼窑里迫令赚钱，自己也不易逃出他的手掌。至不济他还可以弄出个年轻体健的光棍，来和自己同居。只一把持不住，发生了关系，这身体便算有了专属，不能自由了。如今能够逃了出来，已是万幸，些微东西，更不足惜。至于她回就白衍芝，并非悔过念旧。只是暂时无有可投之人，可奔之地，只好仍返旧巢。

到了家中，看见白衍芝和李嫂又到一处，不由眼红。在她和宝贝何三同走之际，把白衍芝看作粪土，故而慷慨地声言把他让给李嫂。其实不管李嫂王嫂，白衍芝就去与鬼为邻，她也满不理会。但这时她已失去宝贝，又想把粪土重拾起来，就再不许他人染指，把李嫂辱骂驱逐，正式将白衍芝收回掌握。她既不提前事，白衍芝也不敢究及前非，两人就重新度起那乱七八糟忽天忽地的日子来。只可怜那李嫂，才得了几日欢娱，反招出无穷气恼，心中幽怨，自不必言。直如那唐朝李三郎宠幸杨妃，把梅妃冷落多时，就任其寂寞长门，永无梳洗，也就罢了。又何必以珍珠相慰，白造出絮阁一段传奇，供后世唱昆曲的演唱赚钱，却害梅妃被杨太真逼迫侮辱，狼狈奔逃，弄得一夜承恩，千年长恨。反不如没有这段波澜，较为自在。这里把碧琏李嫂，比作杨玉环江采萍，实在据于不伦，足以令人呕出隔夜饭来。其实这局面是一样的，李嫂比梅妃的痛苦还深。古往今来的事本来同样的很多，只不过有幸有不幸。李三郎贵为帝王，杨梅贵为妃嫔，发生臭事的地点，又在宫禁之中。经后世文人，一加点缀，便成为千古风流韵事。但是蓬门委巷，像这一男二女的争竞，正不知有几千万件，只于人人鄙弃不道，因而湮没不彰。至于个中情形，或者比古人还要奇幻，个中人物，或者比古人还为可传。莫说人类，即使街上一群野狗，作爱情竞赛，数雄争雌，打成一片。人们看着不感兴趣，然而在通狗语的看来，也许这场狗战，竟是一篇美人英雄悲欢离合的动人故事呢。因此这李嫂虽然配不上比梅妃，然而她的遭遇以及心情，却完全和梅妃一样。但她是个庸碌妇人，除了哭泣以外，别无能力。虽然万分悲愤，却没法抵抗碧琏的压力。既然被打入冷宫，应该可以深闭房中，自图心净。碧琏却不许她那样，仍须执婢仆之役，稍为拂意，便是遭受打骂。白衍芝在碧琏面前，为要表白对李嫂无情，以博她的喜欢，更是暴戾不堪，李嫂只可低头忍受。

但是人急悬梁，狗急跳墙，天下事就怕逼近太甚。本来没危险性的，也可逼成危险。西洋俗语说：老虎吃人，并不可怕；绵羊咬人，才是可怕。因为老虎凶恶，人所共知，自然尽心规避。绵羊却以柔顺著名，人人都可以狎侮鞭笞，但若打击太酷，绵羊也许拼命触人，因为人不防备，更易受害。这李嫂固然老实，容易欺侮。但经不住累次三番地受重大刺激，逼得泥人也发出土性。在她初次被弃之后，虽然很是愤慨，却是无可奈何，已渐渐地委心任运，甘执仆婢之役。若一直那样下去，她也就永远认命，不做它想。只为碧琏忽然走了几天，白衍芝竟和她重拾坠欢，使她重登衽席。她好似由九渊又升到九天，正有些心意畅满。不想碧琏回来，又把她踢落九渊之下，这一跌实是太重，这刺激实是太深。而且她只在上房享了几天不算幸福的幸福，再降回小屋里，可就不能再义命自安了。只觉碧琏把自己欺侮太甚，白衍芝把自己拨弄太苦，心中怒恨难释。而且每日还被强迫执行劳役，每日早晨白衍芝碧琏尚未起床，她就得入室洒扫。看着床上衾中，想到这是自己的旧地盘，不由伤心惨目，更增怨毒。再加日常接触，都是刺激，自觉活下去也没趣儿，于是把个庸懦的人，竟磨励出凶心恶念。时常盘算报仇计划，怎样能害死他们，即使自己与之偕亡，也觉快意。在夜永宵长之际，腐心饮泣之时，时时打算主意。把世界上一切谋杀方法，都想到了。除了科学机械药剂的新式罪恶技术，为她智力所不及外，凡是旧式方法，如动刀放火下毒等等，都曾加以沉思。但是想着容易，实行很难。有了方法，还需用具，有了用具，还需预备，有了预备，还需机会，有了机会，还需勇气，所以谋杀是很繁杂的事。譬如一个人在盛怒气时，只要手中有刀，便能一刀砍去，杀死仇家。但若过了那个时候，就不易再提起勇气，越思索筹维，越要徘徊审顾，畏首畏尾了。李嫂就因这个缘故，虽然报复念头时时在心中转动，但终于只成空想，不能实行。

一晃儿又过了很多日子，白衍芝的生计，日渐艰难。碧琏每值手头窘涩，就和他吵闹，李嫂借此稍得解恨。白衍芝被碧琏逼得没法，只好出去东奔西撞，向空中收钱，平地抠饼。每日生活，好像变大魔术一样。但是任他怎样能干，也不过冒充侦探，向三不管小捞讹几个钱。或是向街头巷尾捉风捕影，一闻某家出了争讼或是风流故事，就跑去随机应变地讹索几文。有时也到烟馆赌局，半软半硬借上几个。但这样终苦所得无几，而且常常被人殴打，弄不着钱。回家又有家法相候，逼得他走投无路，什么奇想天开的法儿，都想到了，无奈都不成功。

有一日他在外弄不着钱，到半夜还在街头踯躅，不敢回来。无意中走进平康曲巷，他虔心祷天，低首视地，只盼有个荒唐阔少，在妓馆中被姑娘浓米汤灌得晕头转向，人事不知，出门把皮夹落在地下，被自己拾起，打开一看，里面有现款几千元，珠钻若干粒，一下子就变成富家翁。他想得虽好，可惜唐突鬼儿虽多，失落钱包的却没一个。走到一家门首，恰见一个衣着华丽的妓女，由门内送客出来，客人走远，那妓女还在门首闲望。白衍芝走近一看，原来是个熟人，在昔日他未识碧琏时，曾以朋友资格，由帮嫖而认识了她。那妓女也认得白衍芝，向他招呼了一声。白衍芝向来是有缝即钻的，一见那妓女招呼，他就凑过去搭讪说说。那妓女想要进去，白衍芝越说越不完。那妓女当初曾见他与小报馆的人同游，也不敢得罪，就让了声里面坐坐吗，满以为他绝不会进去，得这暗示，就告辞走了。哪知白衍芝被她一让，心里稍加盘算，就认为有利无害。一则自己只是朋友，不用花钱，二则进去起码可以喝她两碗茶，以解干渴，或者更进一步能吃到一顿夜点，运气再好就许得偷她件衣服首饰，解决当前的困难。于是不待再让，就跟了进去。那妓女只得延入室中，倒茶敬烟，说些闲话。白衍芝只拣好听的说，问起她事由儿怎样，那妓女答说平常。白衍芝一时触动灵机，因为她还认自己是与报馆有关，就信口开河地道："明儿我捧捧你，管保一捧就红。"

那妓女闻言自然殷勤托付，白衍芝道："你这样漂亮人儿，可惜人们不能知道，真好比一颗明珠土内埋。顶好给我张相片，登在报上，叫大家看看你的美貌。我们的报一天出五万份，就算三个人看一份，就有十五万人都看到你。我再给你写几句好听的话，勾动他们的心，只打每一百人里有一个人来挑你，一百的一，一千的十，一万的百，十万的千，十五万人里就有一千五百人来花钱。只打每十个人里，才能挂住一个常客，你就有一百五十客了。只算这一百五十人，每人半年才打一回牌，住一回局，你也就天天有牌有局了，这一下还不红上天去。"

那妓女听了，不由受了诱惑，就寻出张得意的照片，交给白衍芝，拜托代为揄扬。白衍芝接过，瞧着照片夸了一阵，忽然沉吟不语，从鼻孔哼了半天气，才道："可是还有个问题，这照片不能贴在报上，就贴也只能贴一张。必须制成铜版，才能往报上印，这做铜版……哼哼，论理捧姑娘的照片和稿儿，都得收广告费。因为这和商家登广告招徕生意，是一样意思呀。不过谁叫咱们是老朋友呢，我跟他们说去，不要收广告费，就是非收不可，我就替你垫上，三五十块钱，小意思，不算什么。可是这笔制版费，得归你出。"

那妓女听说需要花钱，心中已然不悦，但关着面子，不好驳回，就问要多少钱。白衍芝道："大概总得十来块钱，你就给十块吧。"一面说一面看着那妓女的神色，见她皱眉不语，意似嫌多，就接着道："咱们再叫他们打个八折，你给八块好了。"

说完见她仍是沉着脸不语，却伸手取那照片，似乎要收回去。白衍芝只怕跑了主顾，急忙按住那照片。又道："这么着吧，你就给五块钱，不够归我来添，这好不好？往后你若从这上面赚五千五万，可别忘了我。”

那妓女起初本是疼钱，因为这十元虽为数不多，但在她们身上，却要有三十个茶围，或是三四个住局，或是一场牌局，才能得到这个数目。当这花事凋零之际，一月也未必有一场牌，一星期也未必有两个住局，一天也未必有三拨茶客，她得之维艰，花着自然心疼。但还只在钱上着想，及见白衍芝不待减抑，连连自行落价，就勾起她的疑心。觉得他大有作伪骗钱的意味，想要将此事作为罢论。但已就到分际，反悔必然得罪他，就道：“别说五块，十块也不算多。只是我没有钱，拿不出来，怎么好？再说我就能拿，也得害你添补，实在不忍，那么咱们等等儿再说也罢。”

白衍芝一听生意果然要吹，急忙说道：“别再说呀？我既管这闲事，就得办成了。你说拿不出五块，那么你能拿多少？谁叫我好管闲事呢，你就说吧。”

那妓女见他如此猴急，更加轻视，就道：“我啊，我只能拿一块。”

白衍芝道：“一块太少，得得，你就拿两块吧。凭你这样唱手，一块也拿得出手？”

那妓女听了，心想我也不是赏钱，有什么拿不出手？因此心中更为瞧不起他，但已不好再说，只好忍着肚疼，取了两块钱给他。白衍芝接过，又说了半天好话，才搭讪着走了。到了路上，心中十分欣幸，固然这两块钱为数甚微，得之匪易。但是白衍芝有时所求比这数目还少，得来比这情形还难。所以他既庆幸意外遇着良机，觉得这两元钱只仗口舌之力，便轻易到手，还是女人的钱好骗，不由甚为得意。回家之后，交代过碧琏的公事，差幸未受折磨，自然深感那妓女的荫庇。

白衍芝就吃上甜头儿了，到了次日，他又出去漫天追钱，又走了轻车熟路。至于替那妓女宣传的事，早已抛诸脑后。到了平康曲巷，但是世上哪有许多好机会，给他天天遇着？转了一天，并没遇到熟识。到晚上空手而归，被碧琏骂了半夜。翌日他又重走原路，并不是他认定了这条路，却是别的路已绝了，只有这条路，虽不知是否有望，幸还通行无阻，不致被人扭住殴打或是送官，所以他唯有继续做花街巡查使者。

过了三四日，果然上天不负苦心人，居然又遇着一个熟识妓女。他照方炮制，又以宣传功效相诱，这妓女也上了当，托他帮忙。但说到要十元钱制铜版，那妓女虽答应了，却不肯全拿出来，只先付一半，那一半等报上印出照片时再付。白衍芝知道她不放心自己，只得收了半价出来，回家交给碧琏，两天又花净了。白衍芝想要再取那一半钱，知道那妓女不见报载照片，定不肯付。心中盘算，给她制个小小铜版，所费不过数角，就可以领到五元，另外还可以索些酬谢。就去到那大明报馆，和那位在娼窑管过账的主笔商量。那主笔是此中熟手，知道他不会无故捧人，此中大有玄妙，就也向他索贿赂。白衍芝争辩半晌，才议定由报馆代为制版，刊出之日，由白衍芝付款二元。那主笔算算，除制版外，还有一元数角可得，就答应了。白衍芝却因失去五分之二的好处，甚为心疼。等到刊出之日，白衍芝拿报去找那妓女，又把上面的捧词儿，念给她听，同时又有那妓女的客友看见报上照片，对她谈说。那妓女也是三代以下的人，怎能不好名？觉着自己的芳名，由报端传闻遐迩了，大喜之下，就俨然以名妓自居。但名妓与名士虽然同名，而实相异。名士常要装穷，名妓却得装阔，于是给白衍芝以加倍的赏犒。白衍芝由此更觉得这种钱易赚，比当初用讹诈手段成功较多，又兼没有风险，谈笑便能金钱入囊。而且看出这妓女的弱点，就想再进一步，吃她一注大的。

这天看见报上有人闲做菊榜，平章当时伶工。他就触动灵机，想要开回花榜，就又去和那大明报主笔商量。那主笔见是生财大道，自然答应，两下议定，用投票选举办法，由那主笔主内，总理报上选举事宜。白衍芝跑外，招徕投资应选的妓女。日后总核收入全数，四六分账，报馆方面得十分之六，白衍芝一人得十分之四。并且商定状元榜眼探花等一二三甲的各种价目，据他们拟议，状元售价最少要一千元，榜眼八百，探花七百。二甲传胪五百，下面依次递减，大约可以弄到三数千元。

过了两日，大明报上便刊出花榜选举章程，又在报上印上选举票，凡投选者必须剪票填写，以杜流弊。并且揭晓之后，票数任人查看以昭大信。看着好似一秉大公，实际满不是那么回事。白衍芝这可忙了，成天奔走花街柳巷，寻觅对象。无奈他并不认识许多妓女，有些熟识的，却都已受过他的骚扰，恨入骨髓，不肯理他。只得在街口或是门前，观看报条，见有红纸金字，或是名字写得特大的，就认为阔姑娘。又向巷口洋车夫打听，某家某妓最红，他就进去指名访问。肋下挟着大叠报纸，左手拿着记事簿，右手提着只破皮夹，耳朵上夹着铅笔，打扮得既似报馆访员，又似电车卖票，而且和自来水收款员也有些相仿，说是报贩也差不多。妓馆伙计直看不透他是干什么的，有的向外驱逐，有的不许进门。但也有时遇着穷班子，三月未缴电费，四月未缴水费，见他到来，只疑是公司执事来摘电表的，吓得尽力倒茶敬烟地招待。白衍芝却自觉顶着新闻界头衔，勇气百倍，也不理会那些，横冲直撞。寻着所要见的妓女，便给她一份报，同时宣讲一篇道理。但是任他说得天花乱坠，那班妓女很多听不明白是什么意思，甚至有的疑惑是查花捐的，有的疑是卫生人员，要把名字写去，随即调去检验身体。这时的检验身体，几乎是一种酷刑。妓女被验之后，常要病卧多日，故而视为畏途。这风声一传，白衍芝越发工作艰难。但也有时遇见较有知识的妓女，颇欲借此增长声价。及至一看价目表，都吓得退缩不遑。白衍芝说破唇舌，当不住人家出不起大价。白跑了数日，莫说鼎甲，连个小缺也没卖出去。只好商量着减价招徕，先打了八折，又打到对折，最后直落到三折，仍是无人应选。实没奈何，只可减为一折，堂堂状元，才值到百元大武，二甲后面的位置，只要三两元钱。白衍芝再去招徕，这次廉价剔庄，果然引诱到贪便宜的人。一个山西大同籍的老妓，有意承状元之选，但仍嫌价目太高，要求再减，只肯出到五十元。白衍芝好容易得着主顾，怎敢得罪，只可婉转磋磨，结果那妓女又添了两元，方才定议。那妓女还要求揭晓之日，由报馆送她纪念赠品，最少要一对银杯、一块匾额，还要在她住的妓院门外高悬灯彩。白衍芝一听，这五十来块钱，直不够置备赠品，但又不敢拒绝，只可也请她从减。把银杯改作银盾，匾额改为对联，灯彩由她自备。状元既已有主，再去出售别缺。一个本地妓女，要做探花，一口便允出四十元。白衍芝大喜之下，要她付款。哪知她并没有现钱，想以身体作抵，要白衍芝连着白住四天，就算她付了这笔款子。白衍芝想想不上算，尚且没法交账，就敬谢不敏，另寻主顾。但这时花事既然萧索，白衍芝又过于卑鄙鬼祟，常被人当骗子看待。因而所如多阻空自挟着功名之券，只卖不出去。只得把价目一减再减，跑细了两条腿，跑破几双鞋，才以二十元的价目，把榜眼卖出。其余二甲以下十名，也都以几元钱的低价寻得主顾，细数已不可稽考。只知道二甲第十名，白衍芝实得大洋六角，另外还抢了一条手帕。第八名是大洋一元五角，内中还有两角伪币。虽然奇贱，过于便宜买主，但总算销出去了。只有那一甲探花，他标定最低价格十六元，一直没人肯出大价买这高衔。白衍芝奔走无效，甚为焦急。

这一天他正蹀躞于曲巷之中，忽然有一辆崭新的洋车飞驰而来，把他撞倒，却并未受什么伤。但白衍芝瞧见车上坐的妓女是红仙班的少掌班小仙，前几日曾向她兜揽生意，大遭斥拒。这时仇人见面，不由心生一计，立时躺在地下打滚呻吟。那小仙大吃一惊，下车看时，白衍芝一把拉住她，只叫你撞死我了，给我偿命。小仙吓得直哭，那包车夫急忙回班，叫来许多人，向白衍芝直说好话，问他伤在哪里。白衍芝只喊腿折了，痛死了，却一直拉住小仙不放。班中人撕解不开，只得寻块木板，搭着白衍芝，白衍芝仍拉着小仙，一同回到红仙班。多人解劝白衍芝，请他放开小仙。白衍芝只说我已受了重伤，必将残废，若不拉住撞我的人，她跑了找谁赔偿？当时班中人见过他曾来敛钱被拒，又看他不像真个受伤，明白了他的意思，便屏退众人，和白衍芝情商。白衍芝等的就是这个，虽不说明，却暗暗露出意思。起初要很大数目的医药费，经过半天磋商，班中答应出十五元给小仙买探花，另出五元赔偿白衍芝。白衍芝还想多要，但班中人咬定了不肯再增。怕说岔了，他们当真请大夫验自己的伤，那就要反胜为败，只好装着勉强答应了。班中人付了钱，他还怕被人看出破绽，就央他们代雇一辆洋车，把他架到车上，送回家去。但是走到半路，他竟叫车夫停住，自己跳下车，扬长而去，反把车夫吓得直瞪眼儿。

白衍芝功行圆满，回到报馆，向那主笔交账。两人还吵了个事不有余，方才分清捐款。以下就应该披露花榜了，不过那主笔因进款太少，引不起高兴，也没托人作序作诗，也没有另登揄扬文字，只在报上一角刊了状元等人名字，就算了事。好似灾赈捐款清单，不过只有人名，并无钱数罢了。又过几日，那位山西小脚状元，因报馆方面允赠的纪念品并未领到，屡次上门去催。那主笔没法搪塞，寻白衍芝去商议，又动了半天口舌，才议定各出二元去置办。白衍芝自告奋勇，向那主笔讨了两元钱下腰。他却自寻了块小薄木板，涂上墨油，央小炉匠在上面嵌了块椭圆形洋铁片，打磨光亮，微具银盾雏形。再用红颜色在铁片上写了花榜状元四个字，旁边注上大明报馆获赠，这就算是个银盾。另外又上三不管破烂摊上，寻着一副破旧对联，是一家油铺开张时的喜联，联文是：“越国大夫曾贸易，孔门弟子亦生涯”。上款是“德生油店新张大喜”，下款是“愚弟王洛发拜贺”。白衍芝用三个铜板买得，带回家去加以修制。寻块保险剃刀碎片，把上下款刮去，上联的“越”字和下联的“孔”字，也都刮去，然后重新添上。白衍芝真是高才，在“越”字空处补上个“齐”字，在“孔”字空处补上个“王”字，便成了“齐国大夫曾贸易，王门弟子亦生涯”。据他解释，说女闾由齐国管仲所创，借以裕国便民，因而妓馆流传至今，却可算是管仲的遗绪。所以说“齐国大夫曾贸易”，就是考据出渊源有自，抬高妓女身份，给这位状元添色。下联说这位状元善唱青衣，开蒙师傅是落子馆皮靴王老宝，以后又学习王瑶卿一派，虽然连王瑶卿的面儿都没见过，只于从王瑶卿留声机的唱片中，间接摸索而来，但也自称为王派。所以这下联指实了她是王门弟子，却又做着皮肉生涯，倘若人家王瑶卿认为侮辱，前来质问，她还可以有个退步，辩别说所谓王门，是指破靴王老宝而言也。接着又把上下款改好，就算把状元一份礼物备置齐全。还有榜眼探花，每人要给一个纪念镜框，这更容易。在家中茅房窗上，锯下两块四方窗棂，打磨干净，抹上黑油，背后嵌上块硬纸，就成为镜子。镜心贴张白纸，写上了字，表面再附上一层裹糖匣的玻璃纸，瞧着也很像那么回事。

白衍芝这样巧夺天工，穷极人力，真可谓绝无仅有的能人。但是智者千虑，必有一失。看看纪念赠品的成色，就该设法退避，自己不要出马，叫别人送去。但是他想着送礼该有赏钱可得，不愿别人得利，就自己亲身分送。到了榜眼处，一缴赠品，榜眼就臭骂了一顿，白衍芝鼠窜而逃，榜眼追出，把镜框抛到他头上。白衍芝抱头跑出老远，摸了摸并未受伤，不由暗自得意。幸而自己为着省钱，镜上只贴张玻璃纸，这时竟得了便宜，若是嵌上真玻璃，恐怕已头破血出了。接着又顺路到状元处，状元一看那油污涂改的破对联，鼻子已经气得歪到一边。再看那铁片的银盾，忍不住拿起就打白衍芝的嘴巴。白衍芝一下没躲开，又加脸上正在出汗，就把银盾上面的红字，印到颊上。“花榜状元”四字，在嘴巴上清清楚楚，他还不自知觉，只向状元分辨，说些一分钱一分货的道理。论理状元应售千元以上，我们还预备金牌银杯呢，如今你打了个倒九五折，只花五六十元就当了状元，还不便宜？我们报馆也是生意，将本图利，棚儿账儿支着，工钱纸钱花着，怎能不赚几个，难道还赔钱向你送礼呀？只这银盾已经花过十块钱了，你知现在银子多贵，快到两千多换了。那状元见他说话时，嘴巴乱动，上面印的红字，也随肌肉而为伸缩长短，不由改怒为笑。再听他说银子两千多换的话，更几乎笑岔了气。

白衍芝还不知什么缘故，见她笑了，就跟步进腿地道：“二姑，这回得了状元，就叫作十年窗下无人问，一旦成名天下传。这名声算传出去，连外国也能知道。过几天你瞧，准保那些英国法国德国印度国黑鬼子大西洋都来了。”

那状元听到这里，伸手又给他一个嘴巴道：“妈的什么东西，你妈才接六国呢。”

白衍芝知拍马屁拍到马脚上，米汤里加错佐料了，只得赔笑道：“二姑姑，我说的是好话，你别错疑惑。实在你这名气算传下去了，不出十天半月，准得红的冒了烟儿，这才是天大喜事。你争这点赠品干什么，明儿挂上几拨阔客，别说银盾，就照你们山西财主的法儿，打座银囤都成。”说着忽一矮身，请了个安道，“二姑姑，我给你老人家道喜了。”

那状元一见，就知他礼下于人，必有所求。伸出来粽子样儿小脚，向他踢去道：“滚开，我用不着你道喜。”

白衍芝抓住她的脚，伸鼻嗅着，瞪眼瞧着，没口子夸着道：“瘦小坡尖直，干浅香软暖。二姑姑你真好一对小脚儿，简直中国没二份，好二姑姑赏点喜钱吧。”

那状元急忙把脚缩回，吐了他满脸唾沫。白衍芝满不在乎，任那唾沫在脸上像瓔珞流苏般挂着，仍是要喜钱。状元气得臭骂，并且赌咒不给一文。白衍芝央求无效，只得退一步道：“二姑姑，你太没面子了。我这么大小子，又是作揖，又是请安，二姑姑不知叫了多少，你就这么狠心？不赏喜钱也罢，我给你送礼物来，也总得给点赏钱呀。”

状元道：“你不提礼物还好些，这两件东西，简直骂苦了我，简直是拿人开心，你趁早原物收回，还有脸要赏钱。再说你到底是什么东西，早先自称是你们那院里的先生，这时候怎么又变成伙计，要起赏钱来了。”

白衍芝道：“二姑姑，你哪知道，我虽是个先生，比你们这里伙计还苦呢。你们伙计在班里弯弯腰，就落一块，跟局出去一趟，顶少也弄几毛，寻常吃姑娘剩下的四个碟儿，赶上有牌饭局，肚子更肥。我们莫说没处找钱，连饭也没人管，咳，别提多苦情。不指上外面抓挠几个，简直连牙都饿干了。”

那状元道：“你们这行不是总有人请吃饭吗？上回我有个朋友，也是你们同行，他每次到我这儿，就叫我买包子烧饼请他。我问他怎么晚饭时候才过，你就又饿了，莫非还没有吃，天天这早晚提着饿肚子，可不受伤。他说不是没吃，是因饭多了，不能吃。他们干报馆的，人人巴结，差不离每天都有五门处饭局，到这儿，那儿催；到那儿，这儿请，这儿是燕菜银耳，那儿是鸭子鱼翅，架不住日子多，天天如此，就把胃口吃倒了，见了油腻就恶心，一闻饭馆子味儿就呕吐。可是还不能不应酬，就说这一天，先到王司令席上，喝了两口酒，吃了片藕。到古局长家里，吃了一匙杏仁豆腐。又上张会长那里去一趟，拼命叫他吃，他吃了个素门丁，倒觉着清爽。本可以多吃，无奈正上来红烧全鸭，一闻那味儿就再咽不下去。所以连吃了几局，还是空着肚子来到这里，非得扰我一顿干烧饼不可。你听听，你们同行的谱儿多么大，你怎倒跟我告穷啊。”

白衍芝皱眉道：“你怎记得这样清楚，连小花儿都背出来。”

状元道：“我怎么记不清楚？他来了就是这一套，说过六百多回了。”

白衍芝道：“别听他，那是吹牛。我们哪有许多请客的，你快赏几个吧。”

状元呸了一声道：“你说他吹，你也没少吹。记得你当天揽买卖的时候，临走对我说，晚上有三次宴会，忙得不了。二次你来拿钱，我因为没凑齐，请你晚上来取，你又说晚上是什么长请你吃饭，饭后打牌，没有工夫再来，定逼着我立时给你，怎这时又穷到这份儿？”

白衍芝涎着脸儿道：“二姑姑，你别听我那时的话，那时我是害热病，叫汗憋的说胡话呢。现在这才是真的，你多可怜，给几个吧。”

状元不理他要钱的茬儿，仍问道：“你们的舌头都是怎么长的？我怎没遇见一个说话有边的，难道是一个师傅的传授？”

白衍芝道：“对了，我们的师傅就是这么教的，舌头就是这么长的，二姑姑多包涵吧，您也骂够了，还不……”

状元接口道：“实告诉你说，我当初也是好人家的女儿，我爹当然也识文断字。所以我从小就喜欢个文墨人，常是特别优待。那是头一次遇见一个客，自称是什么主笔，身上穿得花子似的，我也没瞧不起他。哪知有一次偷了我只手表走了，再不见面。第二次又遇见一个，自称是经理，穿着很阔，气派也大。住了我五天，倒欠了四个局钱。这还不算，一天他忽然派了个饭馆伙计前来，说他和朋友在悦春楼吃饭，忘了带钱，向我先挪十块。我给了他，从此也算肉包子打狗，一去不回头了。第三个遇见的，就是方才说的那个吹牛大将。第四个就是你，我这可认识了，从此宁交拉洋车的，再不惹你们这群软土匪，再不上你们的当了，你滚吧。”

白衍芝挨了半天骂，见讨赏仍是无望，只得再退一步道：“你说了半天，赏钱更该赏了。”

状元道：“赏？赏你一百个嘴巴，你识时务赶快滚蛋。”

白衍芝叹息一声道：“二姑姑，你真就这么歹毒，没一点儿疼儿女的心。”

状元道："是绝户，有你这样儿女，在一落蓐时就一屁股坐死了，绝不留你活着现世，给我招骂。"

白衍芝叫道："好骂，好骂，你就把我坐死吧。"

说着就伏身低头，直向胯下钻去。要学一辈古人，甘受韩信之辱，以为后来做三齐王的张本。但这状元却不比得古时的恶少，一见他使出黑狗钻裆的招数，倒吓得立起乱躲。这反而更使白衍芝得隙而攻，猛把头儿钻入胯下，身体向下一蹲，两手拉着她的腿，梗着脖子，头儿一阵乱摇。那棱角峥嵘的榔儿头，立刻起了摩擦作用。状元一阵眉皱眼闭，忍俊不禁，哟哟乱叫。

白衍芝仍是尽力摇头，问道："你可赏不赏？"

状元缩着脖儿，打着冷战，发出应该用逗点表明的断续声音道："赏，赏，赏，缺德小子，你快起来。"

白衍芝问赏多少，状元道："给你五毛。"

白衍芝不应，仍是摇头，状元哟哟的道："赏，赏一块。"

白衍芝道："一块？这一下冲去我十年官运，就顶少得给一巴掌。要不然我豁出脑袋不要了，把我闷死，把你也憋死。"

状元无法，只得应道："给，给五块。"

白衍芝道："先拿来。"

状元抖抖颤颤，好像醉汉骑马似的，伸手向怀中摸了半天，摸出一张五元票子，掷在地下。白衍芝拣在手里，才把头儿从胯下拔出。那状元哎哟一声，倒在床上。白衍芝摸了摸头顶，觉得汗津津的，就随手取桌上毛巾拂拭。

状元叫道："放下，那是洗脸的手巾。"随向床褥下伸手掏出块白布道，"给你这个。"

白衍芝道："你多包涵吧，我用这个擦了脑袋，明儿长一头狗尿苔，那可怎么办。"

状元又骂不绝声，白衍芝目的已达，也不还口，就跑了出去，再给探花送礼。

到了红仙班，探花和她的鸨母一同出见。白衍芝还想再敲几文，先念了一篇喜歌儿，才呈上镜框。那探花接过一看，竟被木框的刺扎痛了手，又染了一手黑油，丢在地下，叫道："这是什么镜子，简直拿我糟改。"

那鸨母倒好，反替白衍芝说话道："那个本来是个凭据，不在乎东西好坏。有这个挂在房里，人家就知道你是探花了。"

白衍芝忙颂扬道："还是掌班的圣明，您说得一点儿不错。"

鸨母笑道："不错吧，我明白这个。当初三十年头里，天津才有报馆，头一次开花榜，我那时候在红杏山庄混事，选上个二甲传胪，还花了三百块钱。现在探花才只十五块，看起来年头儿倒越来越好过了。吃喝穿用，庶物儿全都涨钱。从光绪年间，算到现在，足长了二十倍。你们这行，倒落了二十倍，买卖做得真太克己了。"

白衍芝心想这样体贴人心，深知行市的好主顾，怎么没早遇见。就苦笑道："没法儿啊，现在花界里风气变了，也赶上年头穷，都不认头花钱，我们也只好赔本儿干。"

那鸨母道："前两回你来，赶上我没在家，她们既不懂局，也不敢做主。若是我在家，早就拼着几百块钱，给小仙弄个状元。难得赶上便宜行市，不做笔大生意真可惜了。可是我还认便宜，小仙到底也探花了，都是白先生的抬举，我得谢谢。"

白衍芝听她说话，越听越入耳。心想世上居然有这样好人，这样明白人，只由口气听去，已不知何等慷慨，我今儿也许要走好运，可以再捞摸些钱。但又念她这样积世老鸨，营了一生皮肉生涯，身上不知有多少产业，班中不知有多少养女，柜里不知有多少洋钱。我何不给她来个做小伏低，殷勤趋奉。先联络下感情，用长线放大风筝，巴结到分际，得到她的信任，再狠狠地咬她一口。只要能得她喜欢，就磕头认个干娘也可。

想着正要说话，那鸨母的好意先已来了，笑着说道："白先生，屡次劳动你，我们还没谢呢。今儿你别忙走，在我这儿吃饭，千万不要客气。小仙你先陪白先生坐着，我去吩咐厨房一声。"

白衍芝方要假装局面，向她谦辞，那鸨母已摆着手走出去了。白衍芝只可跟小仙搭讪着说话，小仙却不理他。又过一会儿，那鸨母又笑嘻嘻进来，向白衍芝道："白先生，咱们一见如故，我也不拿你当外人。并没预备什么，只有四个冷盘，红烧鱼翅、红烧鹿脯和几个小菜，给你下酒，清蒸鲤鱼、酥香全鸭，给你下饭。攒底再来个银鱼紫蟹火锅，这就叫有什么吃什么，一点儿不为你费事，往后好常来呀。"

白衍芝听得舌头直向外伸，馋涎直向下咽，暗叫我的天，我的妈，这些好东西，我有两样只看见没吃着过，两样只听说没看见过，两样连听都没听见过，这都是阔老子才吃得到的东西，她还说并没另外预备，有什么吃什么。

大约她平日就这样山珍海错地享受，我今天口福算享上了，真是难得的好运。莫怪从前些日就浑身刺痒，原来那是先兆。她还叫我以后常常来吃，过两三月还不把我撑得满身肥肉吗？

白衍芝正在喜欢，那鸨母又说道：“前面屋子须要让客，还是到后西柜房坐吧。”

白衍芝见她特示亲密，立又想入非非，心想她莫非看上自己，别有用心？固然她已很老了，然而听人说昔日大兴里某某掌班，年近七十还雇着五六个精壮少年，轮流伺候，直至死时，还有人陪伴。此中的人，常有天生异秉，老而益壮，何况她似乎才五六十岁呢。只要她有洋钱，我绝不嫌老。若是洋钱过千，我就把她当作半老徐娘，若是过万，她就是花信年华的少妇，若是趁几万，而肯供我花用，那我就把她的白头发当作玉雪肌肤，苍黑肌肤当作乌云秀发，她简直是鲜花嫩柳般的安琪儿了。白衍芝想着，心中飘飘然，眼中也生了幻觉，直如瞧见面前放着一只银柜，里面尽是金银财宝。柜门虽然上锁，但那锁已是酥软无力，笑嘻嘻地敞着巨孔，等待自己持匙开启。就做出从命维谨的样儿，随着出室。走到后面一道狭隘的小院，把他让进一间房里。白衍芝进去一看，见是一间空房，只有板床和一桌一椅，似是毛伙的住所。意中所料的洞房锦幄、宝帐象床，一概没有，不由诧异。

那鸨母已坐在椅上笑道：“你先在这里落一落儿，我屋里这就收拾好了。”

白衍芝听了方才欣然落座，那鸨母又道：“上回我听说你被车子撞伤了腿，现在可完全好了吗？”

白衍芝这时七窍已迷住六窍，听她相问，也不想当日撞腿是何情形，竟只惦着眼前便宜，恐怕因伤残被摈，就告奋勇似的说道：“本来就没撞重，早已好了。”

鸨母笑道：“那好极了，不过我听说那天你伤得真重，动转艰难，怎么这几天就好了？别是还没真复原吧。俗语说伤筋动骨一百天哪，你把伤处给我看看。”

白衍芝本来没伤，她一要看，自然发窘。但白衍芝的心已想邪了，以为她并非真个验伤，而是借端挑逗，就笑道：“已经好了，看什么。”

那鸨母一定要看，又问伤在哪里。白衍芝故意说在大腿根上，卷起裤腿既看不到，那鸨母定要他脱去衣服。白衍芝以为渐逼渐近，好事将成，就笑嘻嘻地要脱下衣。那鸨母定要他连上衣一并卸去，白衍芝更信是那么回事了，及到衣服全卸，便猴在板床上，看着那鸨母，只等她的动作。那鸨母果然立起身向他走来，白衍芝像抢匪进银行抢钱似的，张臂向着她一搂，哪知竟搂了个空。原来那鸨母走近床边，反向门口走去，把门帘一掀而落。白衍芝向外看时，不由魂飞魄散。只见门外立着六七个竖眉立眼、膀阔腰圆的汉子，为首一个分外高大，半截塔似的，一脸黑胡子儿楂儿，鼻子底下用明目散抹着蝴蝶，一看便知道是个打人不嫌狠、杀人不怕血的家伙。那一只大拳，巨如栲栳，已自吓人，而且还握着尺半长的枣木斧把。再瞧别人也都拿着同样兵器，这分明是打穷架的局面。白衍芝知道上了当，眼看这顿打到了身上，急忙要抓衣服披上，不料已被那鸨母抢去抛到门外，又向门外说道："你们看见了，这小子上次讹了钱去，这时又对我脱个赤身露体，你们问问他安着什么心。"

那为首的大汉，就向白衍芝喝道："小子你滚出来，找便宜找到姥姥家来了。好小子，爷们今儿教训教训你。"

白衍芝一看这阵式，心里明白，必是那鸨母因自己上次诈去了钱，心中不忿。所以这次自己到来，她就使稳军计稳住了，然后叫来帮手，惩治自己。看来今日要难逃公道，只可软功夫哀告吧。就由床上一溜跪到地下，叫道："大爷，实是我瞎了眼。祖爷祖奶奶们，饶了我吧。"

话未说完，猛被那鸨母一个嘴巴，打得鼻孔冒血，指着他骂道："你这是怎么说话？谁是祖爷？谁是祖奶奶？"

白衍芝这才明白把话说连了，葫芦藤缠了丝瓜蔓，愣给结了亲。想必是那鸨母和大汉并非一家人，而且向她叫祖奶奶，眼前祖爷也太多些，所以挨打。就改口道："恕我，恕我，您别生气。"

那鸨母倒是不生气了，大汉却厉声叫道："小子，你出来不出来？忍着没用。"

白衍芝身体只向板床下退缩，怎敢出去。那大汉叫道："哥们儿揪他。"

众人应了一声，七手八脚，把白衍芝像死狗似的拉入院中，那大汉喝了声打，众人都举起木棍，向他腿上敲打。白衍芝嗷嗷叫着，心中明白非央告所能收效，猛然一转念头，就摆手叫道："众位先住住手，我也是你们一派的，说起来准有个渊源，咱们别大水冲龙王庙。"

那大汉住手问道："小子，你敢说跟我们一派，谁认识你，你又是谁的后代？"

白衍芝久在下等社会，知道这市井英雄们有一种秘密结合，又知道现时内中最出名的有丁大寿王魁昌等人，就想蒙混一下，以解眼前之危。就笑道：“我是丁大寿的徒弟，你们众位看着面子，高高手儿。”

他这句话方才说完，众人都哈哈大笑，那大汉也笑得直拍大腿。白衍芝见他们都笑，不由心中一松，觉得笑有消气的功用。自己在家有时把碧琏苦恼，大加斥骂，但自己作揖打躬地央求，作腔作态地哄劝，碧琏骂得正凶，忽然无端自笑，一笑就算云消雾散，再也凶不起来。由此印证，他们必定听我说是丁大寿徒弟，觉得一家人竟不相识，反而吵打，未免可笑，所以都哈哈大笑，接着便要抛去武器，道歉修好了。

白衍芝想得虽好，可惜结果竟不如他所料。那大汉笑了两声，忽又沉了脸儿叫道：“好，你是丁大寿徒弟，是几时拜的？”

白衍芝信口开河，道：“前三年，那是戊辰年，秋天八月，初七午时，吃了十二桌酒席，花了我二百多块，我记得真真儿的。”

那大汉笑道：“你记得真真儿的？怎么我倒一点儿不记得？小子你别胡扯了，你可认得丁大寿？告诉你，我就姓丁，小子你拿我唬事，怎么唬到我自己这儿来了。”

白衍芝方知他就是丁大寿，这可是贼人把赃物拿到失主家求售，自投罗网，这场打更要加重。想着心中一急，又生了急智，就猛地爬在地下，冲着丁大寿嘣嘣地大叩响头，叫道：“师父师父，我今天可投着师父了。我从十年头里，就想拜到你老门下，只苦没人引见。可是我心里已把你老当作师父，又是老师，又是父亲。你今儿总得可怜我的虔诚，把我收作徒弟，顶好认作干儿。我说干老儿，儿子给您磕头了。”

丁大寿看着他这骤于变态的表演，也觉愕然，但随即大笑起来了道：“好小子，有你的，这套随机应变，倒真不易。可是你发昏当不了死，告诉你，我们要人儿的，只斗硬汉，向不跟细胳臂的人较量。像你这样不经一指头的尿货，若是换个别人，就是打我个嘴巴，我都不在乎，还可以给他作揖说好话。若是个凶的恶的，对我撇撇嘴，就得白刀子进去，红刀子出来，这是耍人儿的谱儿。今儿这院里掌班的，邀我们来管教你，我们看出你是个萎缩物儿，不值一打。本打算鞭你两下，一赶一跑就算完了。如今你竟敢冒充是我徒弟，给我脸上抹屎，这可就得另说说了。方才说过，我们不打脓包，可是遇见脓包混充好汉，我们可不能轻饶。为着清理门户，保全脸面，总得给个厉害。小子，我们也不能为你出什么新法，只是照着老例办法，等着吧。”

白衍芝见他并不理自己称师父的热忱，反而说给他脸上抹屎，知道灾星仍在头上盘旋，并未稍退，就仍哀声央求。丁大寿更不理他，就向鸨母耳边说了一句。那鸨母吃吃笑着，领他走到一间小房门前，向内一伸手，就提出一把夜壶。丁大寿摇了摇，叫道：“这是空的，众位人人有份，都上点儿捐吧。”

众人应了一声，接过那宝贝，走向墙隅，挨次告便，哗哗汩汩，须臾又提回放在地下，报告道:已经九成满了。丁大寿说了声谢谢诸位助善，就向白衍芝厉声喝道：“小子，你看，汤上来了，快赶热儿喝吧，搁凉了可就失了味。”

白衍芝自见他们拿出那宝贝，已经有些明白要自己受用，及至把那宝贝提到面前，由圆圆的口内，喷着热气，发着恶味。这件宝贝本是数年古物，久受精华，就和用过几十年的宜兴茶壶一样，里面已挂了厚釉，不须茶叶来泡，只把白水倒入，也能变成醇香的茶汁。何况现在这件宝贝又新加许多佐料，那些壮汉有许多才从亲家院里出来，还没得工夫上澡堂。于是这宝贝内就更成万流所汇，众恶所解，那气味实在没法形容。白衍芝知道自己少时便要代替那件宝贝，容纳许多流质，不由怕得要命。打着滚儿叫道：“爷们饶我，饶我。这可受不得，我跟爷们无冤无仇。爷们看我不好，就打两下，千万别这样。”

丁大寿笑道：“咱们本来无冤无仇，谁教你认我是师傅爸爸呢，我就不得不管教了。小子，少废话，你领了这敬酒吧。”

说着就连喝灌灌，壮汉们立即过来助手。原来这种工作，也有训练。四个人按住他的四肢，另一个人用一块平砖垫在他颈下，然后按住头额，使其脑部着地。白衍芝便仰面朝天，张着大嘴，连一声叹也叹不出来。再有一人用半截竹箸，撑住他的上下牙关，想闭口也不能够，丁大寿见布置已妥，就提起那宝贝，对准白衍芝的尊口，灌将下去。只闻一阵汩汩之声，如川江之归海，如悬瀑之落山，但只恶气弥漫，把那鸨母熏得掩着鼻子，躲出老远。白衍芝身受口尝的滋味，就更可想而知。丁大寿又分外来得促狭，还不肯叫白衍芝利权外溢，每逢灌到平满，将要向口外流溢，就停住手，等待他完全咽下，再行续灌。若是白衍芝将气涌住喉咙，不肯下咽。就用手捏他的鼻子，白衍芝只得用喉咙呼吸，呼尚无妨，一吸就一拥而入了。这样连灌三四次，白衍芝已是大腹膨亨，无可容纳。丁大寿才摇摇那宝贝道：“还有一半儿呢，论理得全敬了你，不能剩下一点儿。不过这是写意的事儿，呈呈样就得了，别叫你一下就吃倒了胃口，下次倒不想吃。”

说着向众人摆手道：“得了，咱们是君子不为已甚，杀人不过头点地，饶了他吧。”

众人闻言一齐松手，白衍芝已是昏迷了，一面作呕，一面像跌翻的臭虫似的，摇摇蠕动了半天，方才翻身向下，据地呕吐。虽然吐出不少，但腹中所有尚有多半，隐匿不出，要和他终古相依了。白衍芝呕了半天，才说出话来，喘着叫道：“可要了我的命，你们真狠。”

丁大寿喝道：“你还说我狠？好，我既落个狠，这里还有半壶，也敬了你吧。”

白衍芝连忙叫道：“爷，爷，祖爷，你不狠，你是疼儿女的心胜，我说错了，你别过意。”

众人听了大笑，那鸨母早已出完了气，就向丁大寿道：“得了，快叫他滚吧。”

丁大寿踢着白衍芝连喝滚滚，白衍芝摇摇立起道：“我走，我走，可给我衣服呀。”

丁大寿就把衣服给他，白衍芝的衣服，本在院隅抛着，就有一人拾起，向他丢过来。但当拾起时，竟暗中伸手向袋中一探，恰恰把白衍芝在状元家中用黑狗钻裆绝技挣得的五元钱，给顺手绺去。白衍芝这时已是晕头转向，哪还顾得检查衣袋，接着衣服穿上，也不及扣上纽子，掩着大襟，就向前楼走去。

那鸨母骂道：“你个臊东西，还敢走我的大门，快滚回来。”

白衍芝委委屈屈地道：“我从哪里走呢？”

那鸨母指着院隅地下道：“从那狗洞钻出去。”

白衍芝瞧那墙下并非狗洞，只是流水的沟眼儿，就叫道：“您老这不是挤罗人，小沟眼怎么出得去？”

鸨母道：“你自己打主意吧，我要你进门容易出门难，要不然，怕你走顺了腿。”

白衍芝倒也机灵，扑地跪下道：“你饶我吧，下次我死也不敢来了，这一回就够我受的。下次再来，你把我剥成肉馅，和上白菜包饺子吃。”

那鸨母道："呸，好恶心，吃你这一包尿泥的东西，连狗都嫌臊气。"

白衍芝又央求半天，那鸨母才开了后院小门，由丁大寿执行饯别礼式，等白衍芝走到门口，从后面飞起一脚，把白衍芝踢得悬空而起，直撞到巷中对面的墙上。白衍芝撞得头上生包，跌倒地下。只闻后面一阵哗笑，立即把门关了。白衍芝挣扎半天，方才立起，回头见后门已关，才使出英雄气概，望着门切齿顿足，在喉咙中喃喃咒骂，大有灭此朝食，不共戴天之势。但在心里做活，不敢发出声音。发恨半晌，才循着小巷走出。到了街上，猛觉遍身酸疼，又加想起方才受用的美味，不由心中又翻腾起来。哇的吐出一股臊水，随又干呕不已，只得扶墙小作喘息。哪知旁边来了个熟人，看了他的情形，就近前问道："白先生，你怎么了，喝醉酒吗？"

白衍芝闻声抬头看见这人，就喘着说道："可不是，喝得太多了。"

那人道："白先生，在哪儿喝的，这样大醉？"

白衍芝道："别提了，好些位朋友公醵我。有本地的富司令、王处长，北京来的丁总长，那是我的老姻伯，冯省长，也是我父亲做南海岛提学使时候收的门生，这都是天天见面的。还有在当初做过尚书的我那老表兄孙二爷，大书家石大魁，另外又请了梅兰芳陪坐。他们大家每人灌我三杯，我已经不行了，恐怕醉了出丑，决意不再喝了。哪知我那位总统老年伯来了，一要跟衍芝对三杯，我怎好不陪？以后银行总裁文六爷，又使促狭，他对梅兰芳努嘴挤眼，兰芳就斟三大杯酒，用喷香的小手绢儿托着，递到我嘴边，一定要白二爷喝。我也故意拿糖，故意不喝，后来说和着，叫兰芳唱一段儿，我就喝一杯。把什么老元儿二片儿都叫了来，给他随着。先唱了一段《武家坡》、一段《二进宫》、一段《宇宙锋》，我喝了三杯，他们还劝。我定要兰芳再来段《别姬》的《巡营》，兰芳说好戏卖大价，要我喝五杯才唱。我就喝了，可是耳朵里立刻起了锣鼓，醉得听不见他唱的什么。他们见我醉了，都要用汽车送我，我只怕坐了富司令的，得罪王省长，坐了丁总长的，又对不住文总裁，全辞谢了，自己溜出来。哪知兰芳还是真跟我不错，暗地跟着出门，定要用他的汽车送我。我一看他那辆新买的宝塔克牌大车，足值一万多，一开车门往外冒香气，我怕给人家吐脏了，不肯上去，就一溜歪斜地走了。还听兰芳在后面挑大指夸我，连说真是大名士，大名士。我怕他再拉住我，没敢回头，一直跑走，到了这里竟再忍不住，呕吐起来。我后悔不如跟他们去了，这时到了谁家，也早有人伺候，睡在大铜床上，吃些冰藕雪梨解酒了。"

那人听了笑道："白先生，你是真醉了，怎么单在溺尿窝里站着。"

白衍芝看了看，才知道自己所吐的尿水，汪在地下，竟被他认作尿窝。不由又想被灌时的滋味，哇哇地吐起来。那人掩着鼻子笑道："白先生，你喝的什么酒，值得醉到这样?"

白衍芝吐着道："咳，别提了，黄白两掺，外加白兰地威士忌，这一搅和，可真厉害。"

那人瞧着地下道："白先生，你怎么只喝酒，一点儿菜没吃，瞧你吐的都是黄水，难道那些闻人请客，不预备菜吗?"

白衍芝瞪着眼道："你糊涂，你吃过好东西没有?"

那人道："我哪比得你白先生常吃好东西?"

"本来你是外行，人家请我，能预备平常东西？告诉你也长长见识。我们喝酒，不用平常菜，桌上只四个一尺四的大碗，一碗鱼翅，一碗燕菜，一碗熊掌，一碗……还有一碗……"

白衍芝本想凑上四样名贵的菜，好把牛腿吹圆，但只说了三个，另一个竟想不起来。半天才由自己方才所饮的，想到夜壶，由夜壶想到夜壶口中的来宾，不由触起灵机，接着道："还有一碗牛卵。这四样东西，都是特别容易消化，入口就变成泥，进肚就化成水，要不怎么值钱呢。你看我吐的是水，哪知这水里有鱼翅燕窝熊掌牛卵变成的精华。这一汪水足值几十块大洋，渗进这地下，赶过年开春，准得生奇花异草，你信不信?"

那人大笑道："生不了奇花异草，还生不了狗尿苔吗？白先生，我走了，等明年开春，咱们再在这里见。"

白衍芝方要骂他，那人已走远了。这才隐约想起，这个人和自己旧有过节儿，他深知自己底细，方才不该和他吹牛，自取其辱。在二年前，这人在一家布铺做事，时常遇见，总是很客气地招呼。自己见他颇为相重，就打算仗着情面，骗他一次，再见面就更加倍亲热。有一次还请他来顿小馆儿，联络好了感情，再过几天，就到他的布铺里购买衣料。挑了两件袍面、一件马褂料，都剪好了，包好了，自己拿起来，装作伸手向袋里掏钱，随即哎哟一声，说钱夹忘在家里了，要他派人跟着去取。他当然得先让一声，说何必这样，您拿去吧，改日再给带来好了。自己得了他这句话，跟着就说那样也好，我明天送来。说完就走出来，绕个弯儿，进当铺把衣料换了钱，自去买乐。从此就躲着他铺子那条街走，好在从自己家到每日必去的三不管有三条路可走，塞住一条，还有两条呢。哪知一月以后，我在另一条路上的银楼里，骗了一副小包金首饰，掌柜追得很紧，再不敢从那街上走过，于是只剩一条路了。可恨老天绝人之路，偏又在最后剩的一条路上，出了事情。那路上有一家小财主，家里死了人，我想蒙吃几顿酒席，就去帮忙。不料这主家还真托我办事，我去给看定一口棺材，主家把棺价交我转给材厂，我本不想吞没，但看看那好几百块雪白的洋钱，有些舍不得出手，只好在身上先存两天吧。哪知材厂太不厚道，见棺价没送到，就去找主家。主家更不厚道，听了材厂的话，就派人各处捉我。我见主家太不顾面子，把朋友当作骗子，好，骗子就骗子，爽性躲起来，把钱干没了。好在那主家并不知我的住址，无法访拿，但是这条道路又堵塞。自己的生路完全在三不管，除了意外的特别外快，经常收入必须向三不管游戏场花柳巷中想办法，若有一日不去，便要一日挨饿。虽然三条路都已塞住，但总得冒险通过，固然在哪一条路上被人捉住也够挖泥，无奈势迫事急，只好三害相权取其轻，大着胆子，重向第一条有布铺的街上通过。却恐怕被布铺中人看见，就百出智计遮掩行踪。第一天走到布铺左近，先藏入一条胡同里等候，见有一群工人走过，就藏入一群溜过去。第二天等了半天，没有成群的行人，却有一辆载货大车走过，就掩在大车旁边，借着那车上的货做一道影壁，也平安过去了。至于回来，却要等到夜静更深，店肆上门之后，倒可以摇摇摆摆地走，不用担惊受怕。

到了第三天，恰值下着小雨，行人甚少，我等了半天，不见行人。论理若能有雨衣雨帽，遮住脸面，也不会被人看见。无奈身上只穿着单衫，被雨都淋湿了。无法再忍，只好冒一回险，一手遮在头上，假作挡雨，其实是遮住了脸，一手提着衣襟，从布铺门前跑了过去。哪知老天爷成心跟我玩笑，恰恰跑到布铺门口，脚下踏着一块瓜皮，跌了个大马趴。心中又慌又急，拼命挣扎起来，还没站稳，胳臂就被人拉住了。原来布铺这个小子正在门口向外看街，瞧见我跌倒，自然出来抓住。第一句先问我跑什么，我闹得大红脸，想要拉皮子，却说不出话。那小子把我拉到铺中，立逼那三件衣料钱。自己只好瞎说一气，说在拿走衣料那一天，恰巧接到北京电报，说我那婶丈母娘病重，要我去见个活面。我因为婶丈母娘素日待我情重，只好搁下本地多少连手的事，赶到北京。本想见个面儿就回来，哪知到了她家，那婶丈母娘拉住了我，死也不放，我只好等她死了再说。不料她看见我去了，心里一高兴，竟然又见些好。这样不死不活地直过了个多月，她才咽了这口气，临死还背着人给我许多值钱首饰。我看着她生前情义，只可瞧着入了殓出完殡才回来。昨天才到的家，我就先到金店把她给的首饰变钱。金店看了，给估价一万四，我嫌少不卖，还是经朋友的手，卖给盐商黄家，说好一万六千五百六十块钱，今天到他家去取款，要不然我怎走得这么慌速呢。不瞒你说，我也正用钱哪，等我取来那笔钱，立刻就来还你。这三件衣料，通共才值几文，你们值得这样？别惹我笑了，相好的闪个面儿，现在才两点半，我立刻到黄家去，路上走一刻钟，在他家耽搁半点钟，回来坐洋车到这里，最多五六分钟。相好的，你拿着表等我，看着短针到了三点，长针指在三点二十分和二十一二分中间，我就回来了。还完了账，今天我还没有事，晚上咱吃聚和成，上回我吃的葱烧海参，味道太好了，请你也尝尝。吃完了咱们是大兴里韵芳班来个茶围。相好的，等着吧，一会儿见。我说了这套气臌水胀的话，就要向外走。不料那小子属穷打牌的行事，不吃嘴儿。竟又拉着我说，交情说交情，买卖说买卖，你就是少时给我盘两车银子来，现在也得还了账再走。我那时也只绷着脸问他怎这样不开眼，不懂面儿，我少时就拿到一万多，还会跑了你们这几十元钱？那小子说，你有一千万，是你自己的，我们做生意，将本图利，本来不开眼。就是个讨饭的，照顾一尺布，给了现钱，也是头等好主顾。任是多大财主，买了我们整个铺子的货，不给钱也要当作骗子看。你拿了我们的货，这一晃多少日子了？遇见你，你就说才从北京回来，若遇不见，你就永远回不来了。告诉你，我不听这一套，你就赶快给钱，差一个大子儿，你也别想走。你若嫌我做事霸道，就去喊巡警来，咱们找地方去说。

当时自己听这小子的话，知道他吃了秤砣，铁了心了。一切闪转腾挪的法儿，全用不上，只可跟他玩回出手儿的吧。就说我有一万几千块，存在黄家，转眼就取到手，你们等了一个多月，怎还不能再等几十分钟？这明是不信我，好，我也不怄气，咱们这是头一回交易，也是末一回交易，我把钱还清，从此永远不照顾你。这次我本打算照顾一笔大的，你们自己关门，有什么法儿，现在你派人跟我去取吧。那小子想了想，就点头答应，派了个伙计跟着出门。我走在路上，只想把伙计闪开，自己逃走。无奈这伙计是个死心眼的山东儿，简直像膏药一样贴住了我。我进官厕所去，请他在外面等一等儿，他说也要出恭，定跟我同出同入。我寻个穿堂门的宅子，告诉他要进去寻人说句话，请他在门外稍候。他说他和主人相识，可以随着一同进去。那我还进去做嘛，只可赌气又往前走。走到一处三岔路口，我知道非跑不可，就给那伙计个冷不防，把他推倒，自己穿进岔道，飞跑逃命。哪知跑出没有几步，迎面过来一人，和我撞在一处，却滚到地下，那伙计也赶到把我抓住。再瞧那撞我的人，也是个热脸儿。原来我从布铺跟伙计出来以后，那小子又派了两个年青同事，在路上暗地跟着，一前一后地保护我。我向前一跑，那个在前面的人，就故意把我撞倒，接着后面那个也追了上来，三个人围住我乱骂，又喊巡警归官。我知道这回铜盆遇着铁刷子，曹操遇着诸葛亮，恐怕逃不开了。而且拖延也没有用，此去把他们领到黄家，定要查出我实无存款，不但他们不饶，黄家也要根究，那就更糟了。只可赔笑说好话，求他们带我仍回布铺。这几个同事也明白我没处取钱，只好又押解回去。

到了布铺，我进门就跪下了，对那小子先叫了几声爷爷伯伯，才实说自己并没有钱还账，求他允许缓期陆续清偿。那小子把我臭骂一顿，又盘问我把衣料弄到哪里去了。我只得实说已经送进当铺，那小子向我要当票，无奈我把当票也全卖了。那小子大怒，又要喊巡警打官司。我磕头哀告，方才拦住。可恨围了许多看热闹的，竟没有人劝解。到底那小子把我的衣服完全剥去，连脚下八成新的一双鞋，也给留下，只剩了一件裤子，像《打杠子》戏里的丑角似的给推了出来。我身上没有衣服，只可回家。哪知那小子竟派人跟着，认准我的门儿。从此以后，每天早晨就有布铺的搥门讨账。自己一出门，就有伙计在后跟着，只要看见自己弄了钱，就给硬夺了去，直被弄得收入毫无，苦不堪言。几次想跟他们吵打，或者径去归官，告他们剥了我的衣服，还来抢钱。但苦于自己没胆气见官，只可忍耐。有一天我已经两顿没吃饭，好容易在三不管戏棚里，骗了乡下人两块钱，又被伙计抢去。我实忍不住，就上布铺跟那小子讲理。那小子说剥下的衣服，仍给存着，那不过做个押包，绝不能抵债。你几时还完了，就把衣服收回。我问既留下押包，为何又每日派人跟着抢我的钱。那小子说，不是抢钱，只是收到利息，你拿走三件衣服，足值百八十元，论理借钱也至多月利二分半，无奈你是骗不是借，我们惩治骗子，本该送官究治，你哀求不叫送官，答应还账，却又不还。我只好把利息定大些，好叫你惦记着快还账。因为你也是穷光蛋，我不好意思过于逼你，才特别从宽，派人跟着你收利息，有多少收多少，没有就不收，这还不厚道吗？你若说我欺负你，觉得不服，就来场官司，咱们手拉手上法院。我气得干瞪着眼，无计奈何，既不敢打官司，只可屈服给他。那小子实是我有生以来第一次遇见敌手，没法不认栽了。他这样天天收利息，收到我死，原欠仍然还在，不如央求他止利归本，我拼着倒霉，分期清偿也罢。当时苦苦哀求，说了半天，那小子才允许把衣料作价一百元，从即日起，每天拨还一元，一百天还清。中间若有一日脱空，就加倍处罚，又叫立了字据，按上脚模手模，像强盗画供似的，把柄就交给他了，才放我回去。

从此以后，每天仍派伙计跟着，向我收够一块钱就走开了，明天再来。我每天必得先奔出一块钱给他，多了才是自己的。有时从早晨到晚上，还没凑上，那伙计就一直盯着我不放。他的两餐都上饭馆去吃，叫我在旁边看着。他一顿常饭吃一块八角，我瞧着纳闷，那小子单用一个人跟着我，工钱吃饭，一天两块也不够，却只用来收我的一块钱，这未免太不合算。以后这才明白，那小子是成心啰唣我，拼着倒几百块的霉，也要把账收回，叫我知道厉害。这也没有法儿，我算老虎遇见武松，只好认命。好容易熬够一百元，把账还完，我一天也没有脱空，他们也不容我脱空，还完了那小子才把我的衣服还我。也不知给放在什么地方，都给霉污了，穿两天就完全破烂。我恨得牙痒，却又没奈何他，只好暗地打算报仇。等到夏天，我就寻两只空小菜篓儿，里面倒上些粪汁，又捉了些蝗虫放进去，把口封好，假托个人名，给那小子送去。料着他必然打开来吃，一揭封纸，里面蝗虫就飞出来，把粪汁洒个满世界，人也要变成屎蛋，起码得三天不能开张。哪知送去之后，他们并没立时揭开，随手丢在旁边，过几日那篓里臭味透出来，就给扔到河里，白费我一回事。以后也就渐渐忘记，不想他了。哪知今日在受气之后，竟遇见那小子，一时没想起他是谁，竟信口吹了一套。倒惹他奚落几句，真是祸不单行，小子们等着，我有朝时运一转，把布铺小子和丁大寿都要千刀万割，红仙班的老鸨骑木驴游四门。

白衍芝懊丧半晌，肚中的东西也呕得差不多少，方才慢慢走回家去。到家见了碧琏，又是这一种说法，自言在外面感了时症，倒在床上，便装起病来。碧琏在他进门时，闻得一阵臭气，便已疑心。因为白衍芝被人灌时，挣扎之间自然免不了泼在身上，所以秽气难闻。又加他要水漱口，碧琏心想这是怎么回事，好像落在屎坑里，却又衣服不湿，说害病，又没病容，要水也不喝，漱了漱又吐出来，这未免太奇怪了。但碧琏对这个还不注重，因为这日把钱全花完了，正等白衍芝回来要钱。这时先不问白衍芝害了什么病，遇了什么事，就先问他可弄了钱来。白衍芝记起在状元那里，用黑狗钻裆弄的五元钱，就道："在我的衣袋里，你自己拿吧。"

碧琏伸手摸了半天，也没摸着。白衍芝自己摸索，也不见踪影。不由大吃一惊，自思五元钱明明放在袋里，只在红仙班被剥了一回，莫非被他们偷去？现在碧琏要钱甚紧，这可如何是好。想着不由着急，又解开外衣向里面寻找。碧琏一眼瞧见他内衣全都散着，未系纽扣，而且裤带也没有了。不由想到邪处，以为白衍芝在外面做了什么不好的事，被人追拿，所以不及整衣而逃。就大怒揪住他喝问在外面做了什么不好的事。白衍芝本怕碧琏，被她一问惊得变颜变色，以为她看出破绽，一时没话回答。碧琏更疑，钉住他追问五元钱，说有又没有了，在外面给了谁。白衍芝正在晕头晕脑，连命还没顾得过来，又被碧琏这一揉搓吵闹，直觉不能支持。心慌意乱，口中更越说越是没准儿。碧琏更为疑心，就用自己脑中的玄想组织一段故事，硬说白衍芝必是外面相与了混账女人，今天不知从哪里弄得五块钱，就到女人那里去，把钱送给她。正在不做好事，忽然那女人的丈夫带人捉奸。白衍芝不及穿好衣服，便拼命逃走。要不然，就是被人捉住，给锁在尿桶旁边，弄了一身臊气，后来献出钱来赎罪，方被释放，逼着白衍芝实说。其实碧琏不能断定如此，只是先用重大案情，硬拍他一下，令其招供。就好比官人捉住了贼，明知他只犯窃盗之罪，但因不肯招供，就使个诈术，硬把别一件明火执仗戕事主的重案，栽在他头上。那贼寻思明火执仗必处死刑，黑夜窃盗，止于数月监禁。若老实认了偷窃，就可反证未曾明火，于是就实供了。碧琏的家庭法律，却是另有专条，白衍芝若是明火执仗，抢得钱来，不但无罪，而且要记大功。但若抢不来钱，反是罪过，而最大的罪过，是另去结识女人，而尤其罪大恶极、逢赦不赦的，却是用金钱供给别的女人。碧琏把这大罪拍在白衍芝身上，白衍芝觉得重如邱山，担受不住。急欲辩白，无奈心中难过得很，不能运用巧思，编造谎话。碧琏又上紧逼问，声色俱厉。

白衍芝惊慌无计，只可把实情说了出来，还希碧琏闻听自己在外受了委屈，加以怜悯。哪知碧琏听完，忽然揪着白衍芝耳朵，把他提起，向外就拉。白衍芝天旋地转，呦呦的学着鹿鸣，乱叫你做什么。碧琏把他揪到院里，方才放手，白衍芝跌在地下，还问怎么，碧琏指着他骂道："我把你这没羞没臊的屃种，在外面吃了这么大亏，还敢回家，回家还敢对我说，我屋里不要这样尿泥屎蛋。再说你不知我正在用钱，就敢空手回来，钱被别人拿去，你就这么老实，不拼命要回来。"

白衍芝道："我这不是回家才知道？在外面被他们剥衣服，后来又还我，我一时慌疏，没向口袋里摸，哪知道已经丢了。”

碧琏道：“现在你总知道了。好个没出息的屃小子，真给现眼，你趁早滚出去，还上红仙班把五块钱要回来，少一个就死在那里，不要回来。还有你被人灌屎灌尿，我倒不管，本来你肚里就有那种东西，加点作料也好，只叫你不要挨我的边儿，等十天半月，把肚里存货消化净了，再上我的炕。可是你这身衣服，臊臭难闻，既是红仙班给弄脏的，你就去讹她赔一身。记住了，五块洋钱，一身新衣服，差一点儿也不成。你滚出去，若不是手拿洋钱、身穿新衣，就别进我的门。”说着连踢带打，赶他快走。

白衍芝实已挣扎不住，只得软在地下，苦苦哀告。碧琏却是对白衍芝毫无情义，便知道出门必死，也不会加以怜恤，收回成命，咬住牙定要他走。白衍芝先央求稍缓一天，明早再去，又减为晚上前去，最后减到一点钟的休息，碧琏还说我嫌你臭。白衍芝又央求上李嫂房中躺一会儿，碧琏听了，竟抄起根棍子，向他身上乱打。白衍芝知道不能再行乞恩，连滚带爬，一直跑到门外。碧琏指着他道：“你快滚，若不依我的话办，死在外面也别回来。”说着就关上街门，自己进去。

白衍芝龇牙咧嘴，在地下坐了半天。自料叫门也是白吃没味，只可挣扎着走出去。可怜他每天弄钱都是临时撞运气，毫无把握。如今要他立时去弄回衣服和钱，无论他不敢再到红仙班，即使敢去，也没希望原璧归赵，枉自讨一顿打。但若上别家张罗，他既无亲无友，又少通融之处。至于他怎样没法，却要再表。

回头再说碧琏，今天所以对白衍芝这样严厉，固然向来虐待惯了，但也因为手中实已分文皆无。她一个妓女出身的人，又怎懂得节俭度日，酌量用钱？每逢白衍芝弄来了钱，她就解恨似的，直要一挥而尽，花完了再向白衍芝讹索。所以永远没有隔宿之粮，没有握热的钱。若能够头天吃饱，次日还剩顿早饭，那就算很富裕了。碧琏今日早饭时，看见邻家过生日吃鱼肉，犯了馋虫，就想白衍芝回来，要钱大吃一顿。又加到了午后，她的纸烟吸罄，敢情纸烟也会犯瘾，心里焦躁，两手没处抓挠，难过之际，就怨恨白衍芝不早回来，坐在房中喃喃咒骂。什么电车轧死、汽车撞死、一脚跌死。正在骂着，忽然白衍芝回来，竟自没钱带回，又问出丢人的事，碧琏怎不恼怒。不管白衍芝死活，把他赶走，自己回到房中，重接第二本的骂。由下午骂至黄昏，由黄昏骂至夜晚，白衍芝还不回来。碧琏腹中空虚，更因饥火引起怒火，恨不得把白衍芝撕成碎条。但白衍芝不在面前。恨了半天，反而生出后悔，悔的不该对白衍芝那样严厉，吓得他不敢回来，自己竟挨了饿。当时若是稍为从宽，叫他弄点钱便可回来，现在自己早舒舒服服了。碧琏无法可施，只得先检查衣袋，剩了几个铜钱，就赌气丢在一边。又去寻了两件自己穿不着的衣服，才要包上，想了想不上算，就重新搜寻白衍芝的衣服。无奈白衍芝并没有衣服，现有的全在身上，只有两三件破烂的单衣，也早就应该归入垃圾堆了。碧琏知道变不出钱，又瞧瞧炕上，猛然一咬牙，就把炕上仅有的两幅被子，取了幅包上，自己挟着出去，倒带上门，就向街上走去。

不料一出门就遇上个邻居，是个五十多岁的王老头儿。为人最没出息，他有四个儿子，娶了四房媳妇，没有一个被他饶过，因此闹了很多笑话，把老伴儿生生气死。据说所遗之缺，就由第四儿媳兼差，所以人们送他个灰王的绰号。灰王二字，即是爬灰大王的简称。他又最好瞧着过路妇女，若逢美貌的，就跟着看上看下，因而又得了个二五眼的别名。言其对于妇女，起码向脸上看五眼，胸部看五眼，臀部看五眼，脚下看五眼，别一局部再看五眼，成为二十五眼。这王老头儿因和碧琏邻近，出入眼常相遇，早已看上了她。碧琏见这老头儿丑态百出，也故意拿他开心，搔首弄姿，传眉送眼，王老头儿迷迷惑惑，常思进步。却因听说白衍芝是个无赖，又赶上一次碧琏因买东西和小贩吵打，王老头儿看到她的凶悍情形，不由吓住了。但是心中眷恋，终是抛舍不了。就常在门口站立，每逢碧琏出入，就借题找话，不是今儿天好、今儿天凉，就是大嫂吃过了、大嫂回来了。碧琏虽然便答不理，却总给他一笑，王老头儿更是魂颠梦倒。但终有些畏怯，不敢正式进攻。

这日正从外面回来，在巷口黑影里瞧见碧琏挟着包裹出门。王老头儿深通世故，由碧琏夫妇时常穷急饿吵和不断有债主堵门叫骂，早知她境遇贫窘。这时带着包裹在晚上遮遮掩掩地出门，便明白她此去目的，心中一动，就随在后面。碧琏并不知道，直向前走，到街上转个弯儿，便有一家当铺。碧琏走了进去，把包裹递在高柜之上。里面的老西儿看见，才慢慢地把烟袋从嘴里拔出来，滋的一声带出许多唾沫，立起看看碧琏，看看包裹，才打开了。一看是幅被子，就仍旧包上，向外一推，拿腔作韵地道："被卧不要。"

碧琏吃惊问道："怎么不要？"说着看旁边有个男子来当两件棉衣，正和另一个老西儿争持当价，就又道："你们要衣服，怎么不要被子？难道这不是棉花和布做的？"

那老西儿道："这是新定的规矩，被卧太大，没地方搁，不要。"

碧琏听了，想起似乎曾听人说过这样的话，倘若真的不收，自己今夜便将挨饿，这可得用奇兵制胜了，就笑了笑道："怎么你嫌大？大点儿怕什么？"

敢情老西儿也懂得这句话有含蓄的，望着碧琏道："什么嫌大？哼，别玩笑。"

碧琏见他说话带着笑容，就又对他溜个媚眼，低声道："掌柜的，给收下吧，你正用得着。"

老西儿方一瞪眼，随又笑道："你自己用，我用不着。"

碧琏道："实在我没别的东西了，这被子是我贴身盖的。收下没地方搁，就借给你盖。这大冷天儿加床香喷喷热火火的被，压在身上，多么美呀。"

这几句话说得老西儿神魂飘荡，筋酥肉麻，心中已然活动，想要破例收下了。也是碧琏运气不好，恰巧掌柜在他身后坐着，老西儿就胆怯了，向碧琏说道："你别麻烦，说不要一定不能要，你上别家去问问，也许有人收。"

碧琏只得还央告道："得了，你开回面儿，哪里不交朋友？我今儿实在挤住了，你只当给我存一存，明后天我准来赎。若是不来，你上我家去找，我住在南市青云楼后身，门牌几号，院里三间北房，你去连敲三下门，咳嗽一声，我就给你开门好不好？"说着又不住流目送盼，暗使眼色。

老西儿本愿和她调逗，无奈恐怕掌柜听见，要关系饭碗问题。只得强狠心肠，摆了摆手，就缩到柜台后面，瞥然灭迹。碧琏向来对人办交涉，仗着泼辣媚态，无不胜利。今儿白费了许多言语，无数作工，仍失败在老西儿手下。不由大怒，指着高台大骂起来，好在凡是老西儿的当铺，柜台内都挂着一副对联，当作座右铭。联文是"性刚强皆因经验少，言和顺曾受折磨多"。这两句凑到功深的妙联，有人说是五朝元老冯道所撰，有人说是唾面自干的娄师德所制，也有人说是前朝某师相所创，不管是谁也罢，但流传下来，竟给当铺做挡骂牌。凡是典当的人，多属穷急，经不住老西儿的剥削，一阵怒火上冲，便难免打出手，骂出口。老西儿因早有防备，并不惧怕。人家打来，有一人多高的木柜拦着，错非会飞檐走壁的人才能跳过；人家骂时，就看看那副对联，也就心平气和，不以为意了。碧琏骂了半天，也没搭理，自己渐渐减了劲儿，只好边骂边退。一出当铺的门，立刻壮气全消，嗒然若丧。想到弄不出钱，今晚将要挨饿，不由委屈得要哭出来。

哪知方走下台阶，忽听对面有人叫大嫂。碧琏抬头看是王老头儿，立刻面红过耳。她虽向来不懂羞耻，但女子都有虚荣势利心理，无论如何凶悍，如何无耻，打折她娘的腿，谋害丈夫的，或是偷了八个和尚，打过十回花案，都可以认为荣耀，在人前自夸自诩。但若身上穿的衣服比别人破旧，或是戴的首饰被人家看破赝鼎，就要羞得无地自容。碧琏向无羞耻，但对这种事耻心更重。见老头儿看破自己行藏，羞愤之下，也不理他，直向前走。王老头儿跟在旁边，抢过那包裹，替她拿着，口中说道："我替大嫂拿着，大嫂，这里面是什么?"

碧琏没奈何说道："你别搭话。"

王老头儿接口道："什么话，老街旧邻，谁家也有一时不便。白大哥今天还没回来，真是荒唐，把大嫂一个人家里，已经够受，怎还不多留点儿钱?真是，咳咳，大嫂你也太耿直了。有个手长手短，赏个话儿给我，用几块有什么说的?"

碧琏一听，心想这老头儿跟着步上来了，我现在正需要用钱，何不趁势弄他几个？就笑着道："谢谢你，可是我又怎好意思？今儿也是赶上了，我们先生到这会儿没回来，又没留下钱。我只好出来当点儿，好回去买饭吃。"

王老头儿道："哦，大嫂原来还没吃饭，今天我来请客，咱们上对过街上三庆馆吃一顿。"

碧莲道："我不去，你已吃过饭了，何必又陪着我。"

王老头儿忙说我还没吃，还没吃，大嫂别客气，总得赏脸，碧琏道："那么你就随便买点吃的，上我家去，沏壶热茶，舒舒服服的，坐在炕头上一吃，那够多么好。"

王老头听着心动，但又胆怯，迟疑说道："上你家里，怕不方便吧，白大哥没在家，怎好……"

碧琏道："就为他不在家，才请你做伴。"

王老头儿魂更飞了，只觉遍体虫爬似的，直痒到心里，颤声说道："白大哥一会儿回来，瞧着不好意思。"

碧琏心中正恨白衍芝，就咬牙说道："那个该死的，回不来了，他在外面闹了事，捉进警局，还不定多早晚才可以回来。"

王老头儿道："真的吗?"

碧琏道："我何苦赚你?"

王老头儿也是迷住心窍，竟信以为真，就答应道："那么我去陪大嫂解解闷儿，咱们在街上买点东西带回。”

碧琏口说随便买一点儿好了，但每经过一家售食物的铺子就进去挑爱吃的买上许多，王老头儿只得照数付钱。走了七八处，两个人四只手，都提满了，碧琏才不再买。回到家中，把王老头儿让到房中，先叫李嫂给沏上茶，又把买来的酒温上一壶，各样食物都摆在炕桌上，二人相对盘膝而坐，碧琏做出主人的样儿，让王老头儿吃酒吃菜。王老头儿初尚忐忑不宁，及至三杯下肚，被酒气涨起色胆，就肆无忌惮，嬉笑谑浪起来。碧琏也对他应酬，王老头儿渐渐由对面移到打横，又渐渐移到碧琏身边，动手动脚。碧琏柔若无骨，尽人调戏，只管吃吃地笑。王老头儿被她撩得兴不可遏，渐渐房中空气紧张，情景不堪描画。正在不好开交，忽听外面门响，王老头儿这时已经耳聋目昏，并没听见，碧琏却心中明白，知道白衍芝回来了。她在进门时，就把门儿虚掩，并未关锁，为着给白衍芝留入门之路，此际听他回来，就惊慌失色，猛把王老头儿推开。王老头儿在昏迷状态里，还不解其故，才问出句“你这是……”已见碧琏面色惨白，手足无措，在炕上乱爬，似乎不知钻进哪里是好。口中叫道：“怎么好？他回来了。”叫着声音抖颤，好像吓破了胆。

王老头儿猛悟她所谓的他是指着白衍芝，被她的惊慌情形，加深了恐惧。因为他正在欲焰炽烈之际，突遭惊恐，就好似害病发汗的人，被泼了遍身冷水，不由抖战起来。想要整理衣服，无奈两手都已抖得不听使令，才把下衣拉住，又落下去。随闻听后面一声高喝：“你们做的好事！”王老头儿哽了一声，立刻上下牙关相对着起了有节奏的震动。碧琏更在炕上满世界撞头，大有绒羊触藩、野猪攻门之势。

原来白衍芝自赶出门后，强支喘息，在街上人家门洞外坐了一会儿，精神稍为恢复，就又奔到他生财之地。转了很大工夫，因为天已向晚，人迹渐稀，竟遇不着机缘。到了黄昏天后，还是两手空空。他急得要命，搜索枯肠，想了一个奇法，就转到东马路一带大户人家的聚处，先向一家叩门。主人出来，他跪下咚咚地先磕个响头，把那主人吓了一跳。他随即调动三寸不烂之舌，说自己是个本分做事的人，只为运气不好，失业二年。家里老母已经八旬，自己怎样苦心供养，现在老母害病身亡，陈死在室，无钱装殓，只有叩求善人帮助。说着还真是一把鼻涕、两把眼泪。恰巧那主人心性精细，问他住在何处。白衍芝想说真实地址，无奈相距太远，告帮求助，只该近乞诸邻，没有作远足旅行把秋风打出范围以外的，只好报了个附近的住址。哪知他所说的巷名和门牌号数，正是这主人的朋友所住，而且独门独院，并无同居之人，立刻明白是假。就故意和他玩笑，拍着胸膛说这种当得帮助，你也不必再求他人。衣裳棺椁，满是我的事，现在且到你家看看。白衍芝知道被人看出破绽，只得硬着嘴满不含糊的，随那主人同行。才走到巷外，白衍芝见街上站着岗警，恐怕这主人声张起来，把自己交给警士。急忙向后转身，施展腿上功夫，一溜烟跑走了。直跑出几道街，才立定喘息。心想这条妙计初一试验，便遭失败，这可如何是好？今日若寻不着落儿，便不能回家。自己固然不敢依碧琏的话，上红仙班去找场，她也未必定要我前去找场。我若能弄得几元钱，给她买些东西回去，也就可以敷衍，拼着她骂几句，倒是有处安身，不至在街上云游。但是有什么法儿弄钱，天已入夜，人们各自归家，我是去挖洞偷窃，还是拦路行劫？白衍芝自觉实没有那样胆量。

实已到了山穷水尽，却忽又脑筋一转，重生巧计。便进了一条长巷，挨门叩唤，不管是谁出来，他就说出另一套的词儿。自称是某财主家的仆人，主家年过六十，才生了一个儿子。落蓐三天还没张眼，也不吃乳，请了个跳神的姑婆瞧看。据说孩子是给王母娘娘抱梳头匣子的童子下凡，福大命大，他俗世的父母怕压不住，再过两天，就要归位。除非急忙向外面敛副百家锁儿借着大家的福气，把孩子锁住。所以我们主人派我出来，跟街邻敛些钱，多少不拘，只要凑足一百家，就可以去买只锁，给孩子戴。求您费心，改日我们主家不但来登门叩谢，还要请街邻吃杯喜酒。这套说辞倒真有了功效，因为人们势利眼的居多，白衍芝就以财主唬事；因为人们儿女情长的居多，白衍芝就以孩童的性命而言；人们嘴馋的居多，白衍芝就以请酒为饵，而且这种在昔年只每家敛一两个制银，为数甚微，人们也想不到诓骗。因此白衍芝先在心理上得了胜利，听的人信以为真，很客气地答应，而且关着财主情面，这时也没了制钱，也不好只给一两个铜板，大方的就给三角两角，小气的也给三分五分。白衍芝凭着一套老词，挨门讨要，只走了三四十家，口袋已经满了，看着天将半夜，不敢再行耽搁，只得回家。在路上买了些东西，回到家门口，大门原本虚掩，一推便开，径向房中走去。猛见奇景当前，春光满目。邻人王老头立在地下，光着下身抖战。碧琏鬓乱发蓬，衣服半裸，在炕上乱爬，好像乍生的驴驹拜四方一样。白衍芝初觉一怔，他本不敢干涉碧琏行动，就是房中藏有整师整旅的野汉子，他看见也不敢则声，只值来个向后转开步走，到别处去躲静求安。但这时看着情形不对，碧琏以前并不是没做过这种事，照例都是庇护情人，把自己驱逐。但这时竟吓得要死，好像把自己看作杀人不眨眼的丈夫，怕要把她弄死似的，这又是何道理？想着再瞧王老头儿的神情，立时大悟，明白碧琏若是偷人，尽有壮汉少年，何必单找这老头儿？想必她另有存心，把这王老头儿弄到家中，骗他一阵吃喝，再等我回来，敲他一下竹杠。碧琏现在惊惶情形，只是给王老头儿看，并不是给自己看的。白衍芝这一醒悟，立即做出男子威风，现露丈夫气概。大喝一声，过去把王老头儿抓住，高叫道："你敢趁着我不在家，来奸淫我的女人？好，咱们今儿来个双头案吧。"

说着就给了他两个嘴巴，又指着碧琏大骂。碧琏跪在床上，央告饶我一回。白衍芝想要装腔作势，也打她两下，却是不敢，只得又回手给王老头一个嘴巴。王老头儿虽然想到这里必有邪活，只已被当场撞破，不敢顶撞，只可苦苦央求。白衍芝一跳老高，装得很像个被侮辱的男子。还是碧琏急于了结这幕喜剧，就向白衍芝道："实没有什么，他这么大年纪了，你闹出去也不好看，就让过这次吧。"

白衍芝不知碧琏是何意思，还不依不饶。碧琏只得说道："你若不愤气，就罚他一下，别再闹了。人家知道，我有什么脸儿活下去？"

白衍芝得了这句话，才问王老头儿认打认罚，打是送官，罚是罚钱。王老头儿只可认罚，白衍芝要罚他五百元，王老头儿说实在拿不出许多，哀求减少。碧琏在路上买东西自见王老头儿付钱时，已看见他钱袋甚为丰满。就在王老头儿背后，向白衍芝做了个手势。白衍芝会意，随即向王老头儿道："你身上带多少钱，先拿出来，咱们再商量。"

王老头儿道："我身上并没带钱，大爷你罚我三二十，我还得回家去拿。"

白衍芝一听，便明白他身上现款不少，就伸手向他身上摸索。王老头儿还挣扎躲避，连说没有。结果多挨了两个嘴巴，仍被白衍芝把钱袋搜着。把钱都倒在桌上，数了一数，共有八九十元。白衍芝心里虽然暗笑，这老东西真是刁滑，犯了这种事，还舍不得把身上这点钱献出来，但实际已然很满足了。当时还没说话，碧琏已开口道："得得，放他走吧。"

白衍芝看看碧琏，心想你怎在这时候说这种话，岂不被他看出破绽？哪知碧琏又向王老头儿道："你快去吧，这回得认便宜，若不是我说着，他就这么容易放了你。"

白衍芝听着，更暗自顿足，心想碧琏今日莫非发昏，你方才装得那样害怕，自然是要我向王老头儿讹钱。如今一出美人计还未唱完，你怎就说出这种露破绽的话？倘若王老头儿醒悟，可怎么好。白衍芝想着只可代为弥缝，大声喝道："闭着嘴吧，你还装没事人儿，看我少时怎样收拾你，不要脸的东西。"

碧琏却笑道："你闹什么，既收了钱，就算堵住嘴了。我们从此走了明路，可以常常来往。你是男子汉，就该真来个双头案，怎能要钱？既要了钱，这就算做下例了，往后给你几块，就得上外面凉快去。"

说着又向王老头儿道："家去吧，明儿晚上再来。"

白衍芝被她闹得糊里糊涂，也不敢再说话了。王老头儿却有些明白中了骗局，心中不甘。却因自己仍在他们家中，不敢说什么，就向外溜走了。碧琏叫白衍芝跟出去关上门，白衍芝关上门回来，见桌上的钱，已然失踪，知道已入了碧琏腰中，也不敢问。碧琏却抛下这件事，喝问白衍芝为何这样晚才回来。白衍芝还得把自己为难受苦的事，完全隐起，只说到了红仙班拼命，经许多人了结，由那班只赔偿了钱，自己顾着众人面子，只可罢休。说着把身上的钱全数取出奉上。碧琏见都是零碎角票，或是银角铜板，就问："怎么红仙班净卖零钱？你别骗我，说实话是从哪儿来的？"

白衍芝道："实是红仙班的，那班子太弱，只半所小楼，有两个柜上孩子，常常不开张，了事人把柜上存款，全倒给我，只有这点零钱。"

幸而碧琏因为今儿收入丰足，志足意满，也就不再深究。只说了句："我看你是讨小钱讨来的，那些给钱的人才倒霉，都变作老鸨子了。"说完就改口骂白衍芝，"你尽在外面耽误工夫，差点儿把我饿坏。若不是遇见王老头儿，骗他买了些东西，等到你回来，早没气儿了。"

白衍芝连声诺诺，引咎自责，央告半天，碧琏才稍为开斋，许他一同吃饭。吃着白衍芝听碧琏把王老头儿乱骂，明白她并不喜欢那老东西，才敢问她为什么不多讹王老头儿一些，又为什么说那些自露马脚的话。碧琏笑道："他并不是很有钱的人，想一下子弄他许多，是不成的。我只要他常常进贡，就是说明了骗他，他也逃不出我的手。"

白衍芝问什么缘故，碧琏道："你不用问，往后看吧，反正我算有体己钱花了。"

二人吃完，过了一夜，次日碧琏早晨便打扮得花枝招展，直奔王老头儿家去。王老头儿因昨夜吃了亏，心中又疼又恨又气，一夜未尝睡觉。直到早晨，还在思索报复之策，但主意还没想起，忽听外面叩门。他正待出房瞧看，不料他的儿媳已经把门开了，碧琏大摇大摆地走入。王老头儿看见大惊，正不知如何是好。那碧琏已经瞧见了他，就过去一把拉住。王老头儿吓得心神无主，连叫："你这是干什么？"

碧琏说："我是来串门儿。"

随即拉着他向正房走，进正房坐在正座儿上，向王老头儿叫道："老头子，咱们成了夫妻，你可叫儿子儿媳全来认娘认婆婆呀。"

王老头儿听了这一句，更是天旋地转。知道碧琏是成心搅闹来了，这件事若是旁人身上，至多落个老头儿荒唐，叫人家老小耻笑。但老头儿却是和家中两个儿媳都有暧昧，犯了这件事，吵架还在其次，只怕儿媳恼了，再不许他入室登堂，当时几乎吓呆。

碧琏向他叫道："老头子，你可说话呀？昨天怎么许我的？你不是说跟你睡了，就是老太太，儿媳们全得服侍我，你快叫她们给我磕头呀。"

王老头儿的两个儿媳本在旁边看着，听碧琏说出这话，那个三十多岁的长身细项的二儿媳就向王老头儿脸上吐口唾沫，愤愤走出。那个二十多岁丰腴白嫩的四儿媳，也过来狠狠给王老头儿一个嘴巴，随着嫂嫂走出去了。

碧琏看着，心中明白，便更大吵起来道："你倒是怎么样？儿媳妇当面都不理我，你家可有规矩，成心骗我呀，今儿我死在你家里。"

王老头儿见儿媳走开，才向碧琏低声道："你怎么上我家来，这不是成心捣乱嘛？我昨天还不够受，并没沾一点儿便宜，倒出去百八十块，你还不足兴，又来啰唣。"

碧琏骂道："放屁，你这老东西敢情没良心，昨儿许了我，今儿就变卦。我可不能像那种没根基的女人，提上裤子不认人。既跟你交了好，这算把这条命这个身体交给你了，活着是你王家的人，死了是你王家的鬼，想抛开我那算不成。"

王老头儿知道自己惹上罪孽了，对她既不能讲理，也不敢动武。只好改口央告，求她回去。碧琏道："走倒好走，可是我凭什么走？到了我的家，死尸不离寸地。你住哪间房子，快领我进去歇歇，先把锁钥钱款交过来，从今儿归我当家主事。"

王老头儿急得要死，作揖打躬地哀告，碧琏咬牙不应。王老头儿没法，只得取出两块钱给她道："得了，你拿着去吧。"碧琏给丢在地下，王老头儿只得再添，直添到十元，碧琏已经满意。心想作下这个例子，以后隔三天两日便来弄他十元，也就罢了。这才又装腔作势地闹了两句，立起来向外走，走着还说："你趁早给我预备住房，我既嫁了你，不能在外面漂着。"

王老头儿不敢搭腔，只作势叫她快走。碧琏出至门外，还立着向里面看。只见那两个儿媳，一个从上房跑出，一个从厢房跑出，到了王老头儿跟前，一个揪住他耳朵乱打，一个扯起胳臂张嘴就咬，三个滚成一团。王老头儿呀呀叫着，被两个儿媳架入房中，跟着叫骂掷击之声大起。碧琏笑着得意洋洋地回家。

她暂时也成了小财主，不过悖人之财，亦悖而出。午后便出门去逛市场，听了回戏，吃了顿饭，买了些东西，正要回家，却在一家洋点心店里，看着放着加克泡，有许多人围着玩耍。她一时兴动，也换了几元角子，玩将起来。没五分钟，两手已空，只得再换几元，又快玩净了。她心想这东西骗人，一回也得不着，就想投完末个角子，拔脚便走。哪知这么一下，竟然发现奇迹，有一堆角子落下来，敢情有去有来，并不骗人。但数了数只得两元多些，还不够本，最好再投几个试试，能再来这么一回就好了。于是接连再投，把落出的全投进去，仍无影响。她不由输得性起，又换了几元，这加克泡是对照人类心理，和深微算学做的。它固然操着必胜之券，但是并不一直赢下去。大约在投入十元的当儿，它也出五六元钱的彩钱。但这彩钱也终是它口中之物。最妙的是在人输得嗒然欲去之时，就给一点儿兴奋剂，重行拉住。因为人们巧妙的心理关系，常要倾囊方止。固然也有不肯上当的人，我们常在饭店舞厅中，看见衣冠楚楚的人，只掏出一两个角子，投那么一两下，赢了拾钱便走，输了也不流连，好像很有定力。却不知他先前业已久受其害，经过无数次的上当，才博得这时的不动感情呢。碧琏却是越投越上火，心中虽只做一次的希望，想着再赢一次就可走了，但至赢时，又觉不大够本，希望再赢一回。也许只投两三角，便可落下许多。两回两三角，不自觉地又逗上了气，就这样一点一点地把身上用美人计骗来的钱，整个送入虎口。最后剩了两角，本想留着坐车回家。但是略一犹疑，竟又投了进去，两手一空，才觉两脚酸疼，只好出门慢慢走回家去。恰巧白衍芝因为碧琏手中有钱，并未出去工作，碧琏没好气地把他骂了一顿。

白衍芝见碧琏自得了王老头的贡献，一直欢欣鼓舞。但出门一次，回来竟怒气冲天，不解何故，也没敢询问，直纳闷一夜。碧琏却因输去巨款，心中悔恨，一面拿白衍芝煞气，一面暗自寻思，自己真不该胡闹，近日入项窘涩，只仗白衍芝出去弄钱度日，只于勉强糊口，并不能稍为充裕，去找点乐儿。如今好容易弄了王老头儿百八十元，自己本打算大乐一气，解解这些日的郁闷，千不该，万不该，竟给输了出去，我又上哪儿再去弄这些钱？想来想去，结果仍是一条路。那王老头儿在自己手里有了短儿，而且又看出十分怕自己去吵闹。我昨今两日固然罚了他已经不少，但他好比是一座矿，可以随时榨取，无须顾忌。明日我再去吵闹，以一次了结永断葛藤为辞向他再敲一笔大的，他希望我不再纠缠，自然要上这个当。弄钱到手以后，几时花完，几时还是去闹，他又有什么法儿。

碧琏真是贪心火炽，打定主意，熬到次日早晨，她草草梳洗就又奔王家。到了王家，举手敲门，有人出来开门，却是那个瘦长的二儿媳。碧琏并未说话，一直进去。那二儿媳把门倏地关了，碧琏也未介意。但不知王老头儿在哪间房里，就立在院中喊老头子，叫了半天，没人答应。不由气得大骂老东西老王八，自己进了上房。向东间看看，却是没人，又向西间看看，也是空着。碧琏不由诧异，只可走出来，想向那两个儿媳询问，但院中已没有她的影儿。碧琏咦了一声，又高声骂道：“老王八老该死的，你想躲，那可不成，我今儿不拆你的王八窝。”

骂着气哼哼地又进了东厢房，外间也是没人，再掀帘望望，里间也是空空。碧琏方纳闷人都到哪里去了，却不料眼光一转竟和一件放光的东西互相接触。那东西放在桌上空果盘里，金光闪闪，原来是只戒指。碧琏心想房中有这东西，我且带了走，再说别的。随即走过去，伸手取得。碧琏只仗着王老头儿在她手里有着短处，不但可以任意挟制，就是他家东西，也可以予取予携，并没想到有何危险。哪知戒指才抓到手里，猛听后面有人高喊有贼有贼，碧琏回头一看，只见那丰肥的四儿媳，立在房门之后，才明白她早已在那里藏着，自己只顾了这个戒指，竟没留神别处。就向她说道：“谁是贼？我是你婆婆。这门内一草一木都属我管，凭什么我是贼。”

话未说完，那个二儿媳已闻声奔入，后面还跟了个不认识的大脚老妈式的妇人，进门就问贼在哪里，四儿媳叫道：“你们快来，这个贼妇把我的戒指抢去了。”

那二儿媳叫了一声，就扑过揪住碧琏，按在床上，四儿媳和那大脚妇人也帮着上来，三个打一个，碧琏双拳难敌四手，被她们掐打拧捶咬，外带撕挠挖抠，尽其蹂躏之能事。结果嘴巴红肿以外，并没什么伤痕，但另有一处伤痕累累，却是看不见，这就是女光棍的手法。碧琏在结识何三时，曾受过这样子苦，但是二位儿媳所以殴碧琏，却是有计划的行为，并非仅要她吃哑巴亏便罢，而是想要大闹一回，把她制服，永除后患。

原来昨日碧琏拿了王老头儿的钱走开以后，那二位儿媳把公公抓入房中，大施体刑，讯问口供。王老头儿对这二位儿媳爱之如命，畏之如虎，至于理由，前文已经表过。而且二位儿媳曾经牺牲夫妇之爱，甘心把丈夫赶到外省做事，不许回家，又断绝骨肉之情，因为她们母家知道她们有这种行为，就断绝了来往。王老头儿对儿媳怎不感恩怀德，渐至由爱生畏。如今儿媳见他居然在外勾搭女人，引到家吵闹，自然愤恨。打骂一顿之后，讯问实情，王老头儿只得从头招认，又把勾引的责任，推到碧琏身上，自己只认个一时把持不住，并且陈痛悔意。儿媳骂了一顿，出完了气，到底还是胳膊折了向袖里装，还得商量抵敌之策。大家商量半夜，方才有了办法，叫王老头儿暂且避开，留那位干娘在家，把每间房中，都放一件金的首饰，只等碧琏再来，就捉住她，硬诬以盗窃的罪名，暴打一顿，再唤警察归案，那时叫她有口难分。碧琏也是命里该当，偏偏当日把钱输净，次日又来讹索。入门寻不着王老头儿，向各屋中一搜，竟瞧见那戒指，见财起意，拿到手中。其实她们放那戒指，原不过用作借口，即使碧琏不取，她们也要抓住硬赖她，何况她又真个取了。于是一拥而出，把她捉住，痛殴一顿。碧琏知道自己入了陷阱，心中还想你们尽管打我，我早晚必要报仇，缓过手就跟王老头儿算账，从他身上出这口气。哪知她们并不容碧琏缓手，打完之后，就由那二儿媳跑出去，唤来巡警，报告碧琏溜进门做贼，偷去戒指。以前因为屡次丢失东西，所以留神防备，今天她又来偷取，就被当场捉住，请求带案究治。碧琏只可分辩并没偷窃东西。那二儿媳说，我们跟你不亲不友，素不相识，你不偷东西，为什么进我们家里，跑入房中？碧琏为解释进他们家的理由，就厚着脸皮，直说和王老头儿是姘头，今日来访他，竟被他家中捉住当贼。那二儿媳啧了她一脸唾沫，言说我家公爹已经六十岁了，素日是规矩老头。又加老病缠身，怎会做这样，跟混账女人打交道？再说他出门已经快半年了，你胡说也没人信。向来贼进人家，若被捉住，都是认奸不认盗，为着主家怕面上难看，不愿张扬，就许把贼放了，我们可不听那一套。既经捉住你，非归官不可。碧琏想不到遇着硬敌，被她堵得没话可说，只有痛骂，把王家翁妻通奸的事都喊出来。但这样倒惹起警察的反感，把她骂了一顿，结果仍带局成讼。到了警局，碧琏又诉说和王老头姘靠已久，那两个儿媳也和公公有染，因为吃醋，才栽赃害我。审问委员既不信她的话，而且也不向那上面问。每逢碧琏一说实情，委员便以为是情急攀诬之语，立给喝住，不许再说。再加当时警察局虽然已废体刑，但仍旧有若干私刑。但是仍留私刑目的，为款待桀顽的贼盗。碧琏即打了窃盗，背地很吃了些苦子，结果只得招认穷急行窃，警局把她转送了法院，判了三个月徒刑。碧琏从此便进了习艺所的女监，和许多女绅士女英雄共度悠闲岁月了。

再说白衍芝，在碧琏被王家揪扭成讼之时，便已知道了。他和碧琏真是好一对恩爱夫妻，见碧琏被捉入官，并不想跟去打听详情，设法营救，反只想到本身的安危。因为不知碧琏被捉缘故，疑是前日美人局诈财的事败露了，自己曾是同谋，恐遭连累，便倒锁街门，急行逃避。可怜他既没处安身，又恐怕碧琏到官招出自己，已经派官人四出访拿，就不敢再上三不管去现形，只在偏僻街上闲荡。暂时既没有生财之道，身上又早被碧琏搜剥一空，分文没有。荡到晚上，实在饿得受不住，就溜到一家生意兴隆的南味庄挤在购物的人群中，暗伺机会。看见一个店伙，包好一包东西交给买主，买主接过放在柜台上，先付钱给店伙。店伙拿钱到账桌找零，买主转身等待的当儿，他伸手攫起那包儿，便向外走。溜进小巷，寻个僻处，打开瞧看。他本想是点心饼干之类以可疗饥的东西，哪知竟是一包瓜子、一包干虾米、一些咸菜，全都不能充饥，白衍芝气得乱骂。幸亏他有主意，拿着这些东西，就进了一家小馆，要了一碗炒饭、一碗高汤，吃完了假装出去小解，还吩咐堂倌，代为瞧着东西，就溜了出来。

肚里虽有了准儿，但还不得安身之处。转到晚上十一点，走至一家戏园门口，忽然得计溜进去听了一出截腿戏，方一散场，就奔到楼上，寻个僻静包厢藏着。等茶房等打扫完了，灯光一灭，他才钻出来，搬了六张椅子，三张一面，相对着摆好，就成了一张大床。睡在上面，倒很舒服，但只没有被褥，冻得难过，受了半夜的罪，方才睡着。次日却睡过了头，被园中人踢醒，他睁眼见戏台上已有武行带着徒弟练功夫了，结果挨了一顿骂，抱头鼠窜而出。

走到街上，依然无着无落，上官厕所出了回早恭，肚子里又空虚得叫唤起来。白衍芝暗骂上帝造人太不经济，何以造出通窍的肠胃，多费许多粮食，若是没有后窍，吃一回饭就饱上一世，岂不大妙。无奈天公在第一次造人时，便已铸下大错，害人们非食不饱，真是可恨。恨了半天，还是得去想法弄饭。在街上转了半天，并没寻着舍的。这话说来可笑，世上除了赈济贫民的粥厂和腊八日舍粥以外，又哪有舍饭的？这时既非冬季，粥厂不会开门，也非腊八，人家并不结缘。街上虽有无数可吃之物，都得花钱去买。白衍芝身上只有三两个铜板，买个烧饼也不够。然而转了一会儿，居然被他找着舍饭的了。

在一条巷口，有座小楼房，门口悬着红彩，贴着新对联，对文是人登寿域，人祝遐龄。一看便是正在做寿。白衍芝心想这做寿人家，必然客人甚多，自己大可以混一顿饭。但走到门口，看见门旁钉着个铜牌，上面刻着南屏诗客中可卢，白衍芝立时变了主意。想到这南屏诗客是个小名士，常在报上看见他写两首歪诗，或是捧坤伶文字，是个爱好虚荣附庸风雅的人。白衍芝和碧琏曾同出过一本诗集，也是诗翁一流，想今日无意中遇到这南屏做寿，自己大可借着声气相通，进去给他拜寿。不但混一顿吃，还许可以弄他几文。只是这样进去未免突兀，被他看不起，也就得不着好处，不如来个投其所好的风雅举动，使其上套。白衍芝以前本曾和一班起码名士、小调诗人交往，深知个中蕴秘和好尚，当时就在附近寻了家杂货店，进去花两个铜板，买了一张红笺、一只红封套，就借了铺子写账的破笔，写了一首诗道：“南屏居士大名红，日月当天仰望中。韩潮苏海钦文格，陆异朱同辨道统。福如东海常流水，寿比南山不老松。莫怪此翁千万岁，前生原本运讲东。”白衍芝居然还懂得平仄，在颈联统字下面，注上统字读平，另外一行，写南屏语态羊寿之日，赋此敬祝，下款写私淑弟子愿作鸳鸯不羡仙斋主人白衍芝熏沐拜题，封套肠影写寿贽二字。这些都须要讲解，愿作鸳鸯不羡仙，是一句古诗，白衍芝取作斋名，以表其闺房艳福。碧琏在诗集中也有别号，是嫁做人家才子妇不辞清瘦似梅花女史，一共十六个字的长名，气弱的人一口气叫不出来，虽然啰唆了些，但是也颇合现在风雅格调。至于封套上写寿贽二字，那是寿仪贽的简写。这首诗虽然秀才人情纸半张，却还一材两用，一则做寿礼以诗上寿，可谓极雅，一则以诗为贽，合着里面私淑弟子的话，暗写拜门的意思。写完装好，才从铺中走出，直奔南屏诗客寄庐而去。

到了门外，立刻变了一副神情，整其衣冠，寻其瞻视，瘀嗽一声，收缩喉咙，压迫声带，挤出正宫调的嗓门，才念出一句戏词，问“门上有人吗?”。但是这里的家院，不似戏台上的闻呼即出，竟误了场，害得白衍芝作了半天架势，费了多次念白，才有仆人从里面出来，问他找谁。白衍芝将红封套高举过顶道：“我是专诚前来拜寿，这儿有件薄礼，请拿进去，替我通禀一声。”

那仆人看着他颇为犹疑，论理无论喜事寿事，只要来了人，就该向里让，没有对送人情的加以盘诘，或令等待的道理。但这仆人眼力很好，看出白衍芝不是正经来路，就道：“好，请你候一候，我去看看。”

白衍芝叫住，递过封套道：“请你先把这个送上去，给贵上一看。”

那仆人接过，走进去了，须臾又走出来，赔笑说请里面坐。白衍芝一看仆人神情，就知道自己这一宝压中了，便摇摇摆摆，随着走入。进了门让入一间客室，只见里面已坐了二十多人，以年老的为多，光嘴巴的中年人只有几个，正在分组谈论。口音是南北东西，川广云贵，一应俱全。喃喃杂杂，好像当日人人乐于表演口技百鸟朝凤。白衍芝一进去，又应了一句俗语，是一鸟入林，百鸟无音，大家都住了口，转眼来望他。一个坐近门口的人，立起来迎接，白衍芝便知必是主人南屏诗客。用目打量，见他约有五十多岁，既高且细，脸上瘦得出棱见角，身体好似一根枯木，又好似把骷髅标本穿了衣服。唇上有两撇黄色短须小胡，总共不过百八十根，却又不相款附，几根向上，几根向下，几根向左向右，看着不像胡子，却又生在长胡的地方，叫人疑惑是其他部分的毛，提升到了嘴上。但走路却是很够派头，迈方步，扭屁股，走一步长袍襟角便跟着一摆，若放在戏台上，真是好体面一个昆曲小生。走到近前，对白衍芝一抱拳，发出雁叫声音，嘎嘎地道：“你是白先生？久仰久仰，不敢当不敢当，请坐请坐。”

白衍芝立着说了久仰大名的话，口口声声，称以恩师。这师字当然由私淑弟子而来，恩字却不知是何来由。南屏诗客听着，竟不觉诧异，只答以不敢当。白衍芝又说：“今天我来得慌速，未及备礼，求恩师见谅。”

南屏诗客哈哈笑着，说：“我们雅人，不做俗套。你以诗为贽，以诗介寿，这就古雅得很，隆重得很，正是我辈的行径。你的诗我已经拜读，极好极好，在今日满堂贺诗中间，虽不能压倒元白，也足称佼佼不群，尤其颈联，说我韩潮苏海，朱陆异同，恰恰道出老夫的心事。我向来志向不但文起八代之衰，还要道已天下之溺，词章道学，要兼行并顾的，由此可见知师者莫若弟。咱们虽然初会，却看出你私淑功夫甚深。哈哈，还有福如东海长流水，寿比南山不老松，两句也做得极好，松字已然押得好了，不字用得更好。老弟大概是致力陆放翁的，只看天资，将来准可承受老夫衣钵。我当初也是致力温李，以后又改学陆放翁，三十五岁以后，又学杜少陵，近十年才转到黄山谷，今后将以此为息壤，不更他求矣。老弟追着我的脚踪，将来不愁成名。”

说着才见白衍芝尚在侍立，就让他就座。白衍芝定要行礼，南屏诗客谦让一声，也不拦阻。白衍芝跪下叩头，他却向旁边的人，做个没法奈何的表情道：“这位白先生，仰慕我的诗名，特来拜入门墙，圣人说自行束修以上，未尝无诲，我也没法推辞。”说着又叫道，“在座的人，都是诗家。平日不分高下，但由今日的事证明，列位大约不能不让老夫出一头地。好似古时旗亭画壁，才知道黄河远上，压倒当时。这位白先生和老夫素不相识，居然已经私淑多年，又以诗为贽，拜入门墙。哈哈，真是古今未有之奇，莫说在座诸公，就是诗仙李白、诗圣杜甫，也没听说有过这种光荣的事。诸公总得贺我，少时多饮几杯才好。”

这时白衍芝叩了四个头立起，又跪下去，南屏诗客拉住问道，“老弟，我不向你客气，行一回礼也罢了，怎又……”

白衍芝接口道：“方才行礼是拜师，还得给您拜寿。”

南屏诗客拍手笑道：“知礼，知礼，好好，我不拦你。”等白衍芝二次叩完立起身，又拉住他道：“老弟，咱们一见如故，你且替我张罗张罗。等饭后清静，再带你去见师母。”

说着走向书案上，开抽屉翻了半晌，取出两块白色石头图章，先向白衍芝道：“老弟我送你两块图章，做纪念品，可是还得烦人现刻。”就向座中一位猴脸弓腰的中年人招手道，“你请过来，有事奉烦。”

那人走过，南屏诗客先给白衍芝介绍道：“这位是王藐如先生，是名刻家沙黑铁再传弟子，本地数一数二的铁笔名手。他向来尊重师门，鄙弃邓石如一流，所以自号藐如。他不但钟鼎篆隶完全通达，而且别创新法，能刻英法德俄各国文字。前者给一个爱沙尼亚国人刻了一套图章，得到六元美金的酬谢，可知他的声价高到何等，大名远到何方。现在求藐翁给刻这两块图章，一块是南屏诗弟子，表明咱们的关系。以后你在作品上，印上这个图章，人家知你有根有派，学有本源，在诗坛上就有地位了。这一块刻上一生低首拜南屏，表明你私淑的诚意。这一句我是从李文忠公祠堂，袁项城写的对联套下来的。那封联是‘受知早岁，代将中年，一生低首拜汾阳，敢诩临淮壁垒；世变方殷，斯人不作，千古大名配诸葛，长留丞相祠堂。’这一生低首两句，说是李光弼代郭子仪入其军，号令不更，旌旗改色。袁项城和李文忠有师生之谊，又在文忠之后来做北洋大臣直隶总督，所以那样说法。我虽然不敢比郭子仪李文忠，但在诗坛中也有兴废继绝之功，和他二位中兴功业差不多少。你既是我的弟子，我就希望你能继承老夫的地位，和李光弼袁项城一样。所以套了这句诗赠你，你日后要敬谨收存。”

白衍芝脸上现出十二分诚恳恭敬，唯唯称是。这时仆人已进来说酒已备好，延请入座。南屏诗客就让客人鱼贯走出，到饭厅去。白衍芝缩在后面，等众人走了，才执弟子之礼，扶掖老师前行，南屏诗客更不谦让。白衍芝见老师袍子上系着腰带，腰带挂着零碎，内有一个眼镜盒儿，穗上系了个翡翠的小猴儿，碧绿晶莹，成色甚好，大约可值几十元，他就在扶掖之际，连揪带解地弄下来，塞入自己袋中。

及至进了饭厅，见那群诗人还在酸人做醋地争让座位，好像都视首席上座为畏途。这当然也有道理，因为不是年长的人，自然不会被让在首席，然而有两句旧诗说得不好，是“常常坐首席，渐渐进祠堂”，未免太不吉祥。所以人们为怕进祠堂，便不肯坐首席。但终有一人要坐，所以纷纷争竞，闹了半天。忽有聪明人提议，指着白衍芝说，白先生虽是主人高足，但是初会，应该请首席。白衍芝诚惶诚恐地连说不敢，南屏诗客也说他到底差着辈儿，诸位不必谦让。当下大家强推着一个最怕进祠堂的八十三叟白鼻山人，坐了首席。白鼻山人年老力衰，格拒不住，抗议无效，只得坐了。

第二席是位风雅商人吴宫秋，他因性好吟咏，要起个风雅名字，多日想不起来。一日走在街上，看见汉宫秋鲜果店，觉得其名甚雅，又想汉是国名，自己姓吴，也是国名，许他汉宫立秋就拦不住我吴宫立秋，于是起名叫吴宫秋。人们看了他的大名，只疑是汉宫秋的联号，其实他是开药店的，和水果毫不相干。

第三位是郑大夷，此人确实姓郑，能诗能写，向来羡慕郑海藏先生。因海藏别号太夷，他就改名大夷，表示跟郑太夷只差一点儿。但人们因他说话语软声低，叙事喃喃咕咕，颇有女气，就在夷字上加个女字旁，称为郑大姨。

第四位姓温，别号三七主人。因为他从娼门娶了三位排七的妓女为妾，故以自号。却没想到三七两字连上他的姓，成了药名。

第五位可就很难介绍，因为他的姓没有准儿，不知是木旁的杨，还是手旁的扬。大约本来姓木旁的杨，却因号叫名声，姓名连起来，应该姓手旁的扬，才能合上三字经原句，于是他就改杨为扬。若有人说姓不能随意更改，他就答杨扬两字古时通用，不见水浒上的杨雄，也有人写作扬雄嘛。可见他的程度，只能知道宋朝的杨雄，不知汉代还有个扬雄。然而他的诗却做得好，有一次做鸦片烟枪诗，有两句是："外套象牙欺白玉，中空竹节吐清烟。"大为名流赞赏。就仿郑鹧鸪崔黄叶之例，称为扬烟枪。

第六位却更了不得，是自称大诗家大书家的褚进公，书法仿蝌蚪文，却是别作一格，他说蝌蚪文细笔细画，只是别派，正派却是堆墨法，把墨堆在纸上，不见笔画，只见意致，若怕看的人不认识，可以在旁边加小注。譬如一副对联，堆上十四团黑墨就算七言对，旁边写上小字，"昔见陆剑南有'重帘不卷留香久，古砚微凹聚墨多'句，爱其工于体物，故书之，以应某某仁兄雅属。"人家一看，便知写的是重帘古砚十四字了。他的诗又做得极好，而且信手拈来，毫不费力。只要看见古人的妍句丽词，便记在心中，拆拆改改，算是他的。例如看见李义山"红楼隔雨相望冷，珠箔飘灯独自归"两句，上八字很是美丽，又看见清人作品，有"絮飘南浦无人管，绿草东风有梦归"两句，下六字情致绵邈，于是给凑合一处，成为"红楼隔雨无人管，珠箔飘灯有梦归"，刻入他的诗集，以他的大名刊于报纸，就算是他的大作，足以藏之名山，传诸千古了。

第七位姓程，别号一秃翁。这别号的起源，并不是因为他的兄弟名叫二秃三秃，他也不是梨园老伶丑三秃的师兄。说将起来，大有来历。因为这班诗翁都佩服散原老人，虽远未必了解陈散原的好处何在，只是震于声名，就遥奉他为盟主。散原集中有一首共友小饮的诗，诗内末句是"对酒江南两秃翁"，据说那对饮的友是范肯堂。但这位程老先生，却说两秃翁一个是散原自己，一个便是他。为着保持专利申明版权，就自号一秃翁，但他又自称是散原诗弟子，有一次把自己得意之作，恭录出来，托人求散原指正，散原给每句评点，后面加了批语，说平仄尚调，格律不差，字里行间，偶见古人面目，殊为难能。以后切忌率笔，每作必全力以赴，即十年始成一首，少许已胜多许矣，勉之戒之！这批语直是骂人，头两句似乎批评小儿描红，讥为幼稚。又说时见古人面目，不说古人气息，就是暗示他把古人原句整个抄录。最后数语，简直说他可以不做，十年一首，一世能几首，又怎能成为诗人？少许一句，更是答话。他本来写去呈教的诗，只合两首五绝，两首七绝，一首五律，合计不到二百字，还要叫他以少许胜多许，那就不必做了。然而他并不以为忤，竟断章取义，到处对人夸耀。说散原批评我的诗宛然古人面目，这是一秃翁的小传。

第八位是个滥竽充数，不配在诗坛行走的，一个欠雅伤雅的人。别号叫□斋人主，这□字不是口字，而是规则的方框，就是报纸上常见那种代表人名的东西。这□斋并非说是无名之斋，而是表示四面围得周密，毫无缝隙。无缝隙便不通气，他用作斋名，便是说自己不通，实际并非谦逊，他也真是不通。作诗只能打油，不成正宗，又苦于不善标榜，所以一直不能进入讲诗坛，成为诗人。他家里又穷，就改途作了小说匠，天天提笔造谣，挣钱糊口。近日正在发愤，要追步吴敬梓作一本文苑外史，传诸千古。众位诗翁都愿意叫他写进去，以便留名，但又怕他写成笑林广记。幸而他自己表示，定要把文苑外史写成一本圣迹图贤良传，内中全是正生，没有一个豆腐脸儿。众诗翁大喜，就提携他进了诗坛，今日得陪末座。

还有第九位……得了，第八位到了小说匠的诗人，流品已下。下更是鸡毛蒜皮，无足介绍了。但还有一位必须介绍，就是坐在第十一位上的，一位未老先衰、古色古香的少年，是扬烟枪的儿子。据扬烟枪说，他的儿子诗才天纵，在七岁时，便做出“杨柳青如名士眼，桃花红似女儿唇”的佳句。到十七岁时，便改绚烂为平淡，又做出“向谁赁庑鸦栖树，与我同衾狗上床”的西江派诗。人们因他后生可畏，也就请入吟社，一同风雅。

当时大家入席之后，主人道谢，客人致贺，都是行的古礼，说的古话。酒过三巡，温三七提议联句祝寿，大家赞成，又商议用什么体裁，这个说五古，那个说七律，众口纷纷，闹了一阵，还是小烟枪主张用柏梁体的七古，七古既易发挥，柏梁二字又是柏叶称觞、梁木千载，更十分吉祥。但是他忘了柏舟矢志、梁木其颓，也很丧气。但这主张给大家通过了，再提到限韵，吴宫秋因自己诗韵不熟，常常为出韵遭人指摘，就提议用七阳或十一尤，这两韵孤立无倚，不会像庚青真侵等韵，全可归入辰辙，容易缠错。大家也同意了用了阳韵，但是温三七忘记柏梁体怎么用韵，向大家询问。哪知大家全记不清，还是小烟枪说，七字一句，每字押韵，就是柏梁体。当时无人反驳，也就通过。

先推首席白鼻山人起句，白鼻山人想了想，说了句“良辰佳日好风光”，众人听了鼓掌喝彩，南屏诗客忙叫白衍芝取笔记下。第二个吴宫秋，抓耳挠腮半晌，才说道：“桂花香过菊花黄。”众人拍手称赞，好极，起首应该点明时节，敷陈景物，这才是七古正宗。下面该三七主人了，温三七实是特别聪明，早已想出，摇头晃脑，冲口而出说道："秋风和畅天不凉。"他这一句方才说完，那位一秃翁已霍地立起，一拍桌子，举手作势叫道："群仙同日咏霓裳。"座上立刻起了个轰雷似的大彩，同声叫道："好句，妙句，绝妙好辞出来了。这真善颂善祷，大家公贺一杯。"说着大家举杯而饮。

内中只有扬烟枪自负才高，见一秃翁被人称赞，心中不服，就摆手道："众位慢饮，我看应该罚秃翁一杯，不能公贺。一则他这句是抄袭古人，二则第四句该是兄弟接韵，他不应僭越。"

一秃翁听了大怒道："你说我抄袭？请问我抄袭哪个古人，你给指出来，我就一头撞死这里，你快说。"

众人一听要出人命，急忙打岔劝解。扬烟枪也知这一秃翁善于死中求活，有一次他作了三首诗，颂扬当地某长官，本意是想求个挂名差使，或是打一笔秋风。那位长官也是诗人，却是半世都关上门做聊以自娱并不清高的诗，兼营吹捧酬应等等副业。因而作诗也另成一派，看不上一秃翁的大作，因而置诸不理。一秃翁却是天天前去请安候信，数月之久，闹得那长官没了法儿，只得下了个条子，用他为本机关雇员，月薪二十二元。一秃翁见了，认为侮辱诗人，就跑进长官室，一语不发，就向墙上乱撞，撞得头破血出，昏倒在地。长官叫人来救醒他，问为什么。一秃翁连哭带闹，说我名扬四海，望重斗山，天下谁不知我一秃翁？你今天竟瞧不起我，只给个二十块钱的雇员。我的名誉算被你毁了，怎么出去见人？你若不给恢复名誉，我一定死在这里，叫你受杀士之名。我好比弥衡，万古千秋的人，永远骂你这黄祖。那长官无计奈何，只可把条子上雇员的雇字，加个页字旁，成为顾字，算是新立的名目，身份在顾问与员司之间，月薪也加了二分之一。一秃翁才立起谢委。那长官只许他拿干薪，不许上衙门，并且不许在名牌上印官衔。他虽然在精神上失败，但物质上却胜利了，可见此公厉害。现在要真闹得碰壁而亡，我岂不吃人命官司。

扬烟枪胆气一怯，便不敢作声，而且一时也想不起"群仙同日咏霓裳"，是哪个古人的版权所有。当下只得笑着说道："秃翁，我和你玩笑，何以着急？"

众人一听扬烟枪临风转舵，就七口八舌地笑着解嘲，又说大家都饮一杯，下面该是扬名翁起句了。扬烟枪把脑袋连在空气画了几个圈儿，才拿腔作韵地道："宾主当筵揖让忙。"念到"忙"字，拖个极长的尾音，而且颇有转折，很像旦角唱的十三咳，头儿更摇个不住。尾音还未落下去，忽有一人说话，扬烟枪因吵断自己的雅韵，方要发怒，却见说话的是他文郎小烟，立刻息怒闭口。

小烟枪立起说道："我现在有了一句，要有僭几位老伯。"随也哼哼唧唧地道："美酒斟来琥珀光。"

南屏诗客拍手道："好好，富丽之极，虽然是由'玉碗盛来琥珀光'变化出来，可是青出于蓝，李白凤凰台全套黄鹤楼，就是例子。真是少年英发，不可限量。"

小烟枪满脸的风头，却又装不矜不夸，立起一个大揖，说老伯谬赞，小侄献丑。便向褚进公道："下面该褚老伯了。"

褚进公正夹一箸虾仁，方入口中，一嚼一点头，一共嚼了七下，方咽下去，腾出嘴来说话。古人七步成章，他居然七嚼成句，先替自己的佳句下个解释道："这该恭维主人了。"随又咳嗽一声，打磨了喉咙，拿着正宫调念道："南屏山高似北邙。"

南屏诗客一听就变了颜色，座上有知道这北邙典故的，都吓呆了，望着褚进公发怔。褚进公见众人这样，不由也直了眼儿，心里打起鼓来。诧异我这句费了很多心思，怎么没人喝彩，反倒全改了神气？原来褚进公实是想恭维主人，绝非有心说丧气话。他本南屏两字着笔，寻个山名，和南屏相比，以表主人声价之高。起初想用"南屏山高似岱宋"，苦不能谐韵。又改"似昆仑"，也不谐，又改"似当阳"，张翼德喝断当阳桥，却没听过当阳山。又改武当，武当却是名山，而也谐韵，他只知道武当是一派武术的发源，和诗人无关，只可弃去另想。这样搜索枯肠，心头正在焦躁，忽然二五之清，妙合而凝，脑中突现光明，映出"北邙"二字。他并不知北邙二字的出处，只记得在古诗中常见，定是有名的山，用着也显得博雅，就冲口说了出来，座上一阵发僵。

一阵寂静之后，还是白鼻山人年高有德，首先打破僵局，开口向褚进公对面的□斋主人道："下面该您了，请示佳句。"□斋主人笑了笑道："都到了北邙了，还叫我接什么？"

一秃翁急忙跟他挤眼，□斋主人低下头去吃菜，不知是搜索枯肠，还是故意放弃责任。众人见他不接下去说句好话，便解不开僵局，都很着急。南屏诗客心中更是懊丧，暗骂褚进公，你便不知道北邛的二字出处不祥，难道连说二黄的常说西江月那两句“青史几行名姓，北邛无数荒丘”也没听见过？怎竟在我寿诞之日，念起藏经来，而且好好一首联句，也被闹坏了，将来如何刻入集子。但现在顾不得那么远，只求有人念念善歌，破除丧气吧。

想着忽见□斋主人立起叫道：“我有了。”

众人道：“有了快说。”

□斋主人道：“我不只有了一句，而且有了许多，现在念出来，诸位请听。值好叫个好儿，不好也得多多捧场。不用鼓板随，就来个干喝。”说着就仿着大鼓词的架势口吻，念道：“吁嗟呼，南屏山高似北邛。”

众人听着，更为心惊，褚进公一句已经够了，你怎又重一句，莫非成心捣乱？正要拦他，□斋主人已又唱下去道：“其实两山相隔十万八千六百五十四里强，中隔埃及尼罗江，还有大西太平南冰北冰洋，不能相及只相望。在北邛，古坟累累腾尸气；在南屏，酒气喷喷发异香。在北邛，死鬼望乡悲冷寂；在南屏，寿翁请客喜洋洋。南风起时，北邛不能闻到南屏酒肉之芬芳；北风起时，南屏不能听见北邛之凄凉。千重水，万重冈，遥遥相距远于天上之参商。我敬寿星酒一觞，愿翁玉体寿而康，长生不老如太阳，高坐南屏笑阅千百劫沧桑，直到天崩地陷北邛化乌有，公尚唧唧呶呶摇摇摆摆作诗章。”

□斋主人念着，还做身段，众人早已乐得不可开交，等念完了，更起了哄堂的笑声。南屏诗客大乐，立起敬酒道：“□翁这段妙诗，真比羯鼓解秽还加痛快，老夫直是五体投地，感激莫名。”

白鼻山人也挑着大指道：“这真是旋转乾坤的手段，又这么敏捷，实是高才出众。”

大家正七嘴八舌地称赞，那位褚进公因是已一句诗造成僵局，大窘了一下，却见□斋主人借这机会大出风头，心中不胜气愤。他虽不知北邛出处，却看过一本笔记上的笑话，恰在这时想了起来。那是清代一位名士，落魄无聊，在一个附庸风雅的商人家做清客。一天商人诗兴大发，要和名士联句。自己先说了一句“三月桃红柳绿天”，那名士接着说“老夫移步出堂前”。这明是讥讽商人的诗很像鼓儿词。商人大怒，就把名士赶出了。现在□斋主人这一段，古风不古风，近体不近体，而且多半带有鼓词意味，想是故意这样，把我们讥笑。我非得揭破了，再挑拨几句，叫他也陪我吃回没趣，就道：“□翁这段真好，可惜我记得柏梁体没有这许多零碎，倒有些大鼓词味儿。”

□斋主人大笑道："进翁真是法眼，一点儿不错，我向来作诗就是大鼓词儿。自己也知道不好，无奈一作就是这个味道。不过这话难说，您诸位的大作，就没鼓词味儿吗？进公，我对你向来十分佩服，凡是您的作品都拜读过，像您去年作的秋雨诗，'半亩园中菊又芳，懊憹风雨好凄凉。'好像就从《刺汤》鼓词里'半启芸窗翰墨香，潇潇风雨助凄凉'那两句套来的。还有您游什么地方的诗，'几曲栏杆三面水，开窗正对夕阳红'，这又是马如飞弹调《珍珠塔》里的句子，您当然不能像我一样坦白承认。其实这不丢人，现在作诗的分为两派，一派是苦读古诗，把古人的字句，生吞活剥，拆拆改改，算作本客自制。还有个诀窍，这诀窍也是三句古诗，得着无往不利而且还能名利兼收。这三句古诗是：其山嶙峋而巍峨，其水澄清而扬波，其人磊落而英多。知道这诀窍，便可坐在斗室之中，吟咏几万里外欧洲的阿尔卑斯山，或美洲的亚马孙河。反正山都嶙峋巍峨，即便是个土丘，也不会反对这好字眼；水多是澄清扬波，即使是个小泥潭，也很愿得到这不虞之誉，万不会来函更正；还可以作首诗颂扬古巴国大地主，说他磊落英多，还许换回二百金元。至于近处，这诀窍更是百发百中，在座诸公，十有八九是这一派。再有一派，就是我这鼓词派，只要把话说明白，听着有味就算。"

进公插口道："这就不能算诗。你别借词挖苦人，谁是诀窍派？谁是鼓词派？你简直是扰群之马，明儿我们这雅集再不请你。"

□斋主人笑道："谢谢，等着有什么不雅之集，可别忘了请我。"

褚进公大怒，使出煽惑手段，叫道："在座诸公别装没事的人儿，他把大家都挖苦上了，还不鸣鼓而攻之。"

南屏诗客因自己是主人，怕闹起来煞风景，而且更怕□斋主人将自己写入文妖演义，而不写入文苑外史。就举杯解嘲道："得，大家看着我，都不要说了，论起咱们这个小诗会，在当初作用很大。有许多托友告友，求着加入。加入了就是诗人，诗人就可以接近阔人。那时好风雅的阔人多咧，往往作一首颂扬某老的诗，就可以换个官做，或是弄点津贴。像以前某公做到方面大员，某公做到省署秘书长，还有许多县长局长，都是用诗通气的。所以我们给诗起个别名，叫作风雅苞苴，也倒风雅得很。就是兄弟先年也是以诗受知某公，记得那是一首七律，里面有两句是：'天公生意返春草，岁是关心盼夕阴。'某公指为蔼然仁者之言，就提拔兄弟办理慈善事业，才混得身下这点产业。现在可不比当年了，老成都已凋谢，新进的贵人又不懂诗，一般新人物，把我们这诗会当作昏庸老朽的结合，也都不肯加入了。其实当初孙饭老活着时候，和骆送老在着时候，许多西装革履的人，也抛下爱皮西地，现学平平仄仄，扁着脑袋想往那里挤呢。因为入会不但是做官做事的终南捷径，而且起码有饭老常川管饭，有送老慷慨送钱，谁不想来呢？如今莫说做官做事管饭送钱，连每月一次的公醵，还得蜻蜓吃尾巴，自吃自呢。所以加入的没有了，原在会的也都不高兴到会了，一天比一天冷落。到如今只剩了我们这七八个人，勉强支持冷局。回想当年，真不胜开元天宝之感，我们诗人真已到了叹凤嗟麟的末路，只有聊以宽慰。残余同志，隔些日置酒小聚，消遣时光，大家把作品互相欣赏。当今斯文扫地，邪说朋兴，除了我们自己，还有谁来欣赏啊？好在没人欣赏，就是没人懂诗，越显我们几个诗人的名贵。所以正该努力，大家你捧我，我捧你，捧得越高越不嫌高，叫他们一般后生小子看着眼晕。现在陈散原死了，郑太夷死了，陈石遗也死了，我们只要努力互相捧场，将来还愁不能继承他们的地位？那了那时，有了他们的地位，也就……哈哈，那还用我说吗。所以大家应该齐心合力，将来有一人青云得路，大家全可附骥升腾，都是龙华会上人，何必自己闹意见，是不是？”

说着又向那离席出恭，方才回来的郑大姨道：“大翁，你怎去了这半天？联句也没参加，得罚你自作一首。”

郑大姨听了，正中心意。原来他在听众人作诗，便告便出去，到厕所取出身上的小钞本，仔细翻拣凑洽，半天才凑合一首，预备回到座上，以自己的精心结撰，压倒他人急就之章。这时南屏诗客逼他作诗，他就装着皱眉道：“怎么还得作，饶了成不成？”

众人说我们都连过句了，你怎能置身局外。他又装作无可奈何地样儿道：“那我也只可搜索枯肠了。”就摇头晃脑地想了一下，约莫过了一分钟，就拍手说道：“有了，不计工拙，聊以塞责。”就取过纸笔，刷刷地写起来，写完又假装改了两个字，才递给主人道：“献丑献丑。”

南屏诗客接过念道：“自古诗人金石寿，诗篇郑地作金声。贫而无谄矜高韵，老尚多诗乃寿征。财源多是黄三太，才思捷如李大星。今日绮筵开不夜，盘中肥肉是唐僧。”下面还有小注，这黄三太非英雄会与窦尔敦结仇、遗祸其子天霸之黄三太也，此黄三太用指天津八大家之一，名振德黄者。当其盛时，主人黄三太爷，富可敌国，简称黄三太。以求对仗工稳，亦善颂善祷之意云尔。李大星是著名骑马师，常跑第一，与陈文楚齐名。据鞍驰骤如飞，瞬息千里，以喻寿翁才思之捷。至唐僧则指《西游记》之唐三藏，为三世元阳未泄之身，遍体皆精，食其肉则长生不老云。

南屏诗客念了击节叹赏，说："作得太好了，足称今日压卷。只是老夫何以克当？这'才思捷于李大星'，正是夫子自道。你提笔一挥而就，才真是捷才呢。"说着就递给旁人传观，又摇头晃脑说道："这才是好诗。老弟，你应该仔细看看，郑大翁是我所佩服的。"

他这话原是对白衍芝说的，但转脸看时，白衍芝却未在座上。小烟枪说，白先生出去半天了。南屏想叫他看诗，就出屋找寻。走到客厅，见白衍芝躺在椅上。问他为何逃席，白衍芝自言酒喝多了，有些头晕，故而出来休息。

南屏诗客道："你并没喝多少，逃席不成。快跟我回去，看郑大姨的好诗。"就把他拉回座上去了。

其实白衍芝并没喝醉，他在众人联句拌嘴时，就悄悄溜出来，跑进客厅，向衣架上摸索众人衣袋，想要发笔小财。不料这般老人，大半仍守着古风，不用皮夹，还用光绪年间的钱袋，掖在裤带上，永不离身，小绺无所施其计。白衍芝找了半天，才在吴宫秋的大衣内，搜得个皮夹，内中只有百十元钞票，未敢全取，给留下一半。又在温三七的大衣里，得来二十来元，此外别无所有。他就把什么小象牙胡梳等等老人用的零碎，也给没收几件，博古架上的小件古董，拣不着眼的也偷了几件，都塞入腰里。又见桌上放着只小巧玲珑的泥金小闹钟，他有点儿外行，认为是赤金的，也往身上一塞。还想再偷点什么，正在张皇回觅，不想主人寻了来，他惊惶之下，只可躺椅上装醉。南屏诗客把他拉回座上，对他讲说郑大姨的妙诗，大有谆谆善诱、诲人不倦之意。白衍芝也不听他之言，只满心喜悦钱物已得，装作心领神会地听教。

正在说着，白鼻山人提议主人今日大庆，不可无诗，应该也来一首。南屏诗客道："好，我就步大翁的韵作一首吧。"说完立起捻髭徐步，过一会儿才道："我实比不了大翁的高才，这才有了四句。"说着又摇半天头，溜了半天腿，才归座道："有了。"

拿过纸笔给白衍芝，叫他代写，就高声唱道："孔圣有云仁者寿，自惭未必有仁声。蜉蝣寄世小无比，诗体传家大有征。客来同饮花雕酒，人生莫错定盘星。余年应向天公乞，长作娶妻食肉声。"

众人听罢全都拍掌大赞，一阵肉声盈耳。却不料在肉声之中，忽然夹杂了嘀铃铃的金声。南屏诗客诧异，怎么我的诗篇还未掷地，就先作起金石声来？但座上的白衍芝，却已变颜变色，手忙脚乱。原来他偷的鎏金小闹钟，不知如何触着机括，竟在怀中作起声来。众人都是一怔，及听出声音出自白衍芝身上，那钟已不响了。南屏诗客问道：“老弟，你身上带着什么？这样响亮，可是表吗?”

白衍芝道：“不是，我新给家里买了个电铃，带在身上，不知怎响了。”

好在座上诗翁并没个电机学家，也不研究电铃既未通电，如何会响，都以为真，不加理会。吴宫秋有些喝醉了，就大叫道：“电铃，电铃，咱们以电铃为题，各作一诗，你们看好不好?”

一秃翁道：“这题目太枯窘，又没典可用，怎么能作，我先敬请不敏。”

温三七笑道：“这题目并不枯窘，是你不会往宽处想，现在我来一首。”就扶头思索一会儿，要过纸笔写道：“小铃巧而妙，安置在鸡头。线路通春意，乳峰隐电流。当胸一摩抚，应手几哎哟。便入维帏去，情急不可留。”

写完大家传观，都不大明白，扬烟枪道：“这是什么呀，你作电铃诗，怎么作起艳体来?”

温三七指道：“你真孤陋寡闻，电铃有什么作头儿？你知道人们都把女子乳头当作电铃，我就咏那个电铃。你看，这真是神化之笔。说女人乳头好像和春意通着电流，你一摩抚，她必应声哎哟，最末两句就是题后文字了。”

南屏诗客笑道：“莫怪你叫三七主人，大概三位老七的电铃，你是时常按的，所以有此经验之谈。”

扬烟枪和一秃翁听了却掩耳不遑，口中说道：“这未免太难了，叛道离经，伤风败俗，真真岂有此理。你难道没听过圣人说，诗三百一言以蔽之，曰思无邪。你作得这样淫邪，还能叫作诗，快收起来，快收起来，不要污了我们耳目。”

温三七大怒道：“快闭上你们的立嘴，别充做道学了。我姓温的淫邪？不错，我又淫又邪，可是我花钱娶姨太太，发泄我的淫邪，对得住天对得过人。不像那种外面做道学，背地里不做人事，扒灰头还有脸儿说人?”

扬烟枪大怒道：“谁不做人事？谁是扒灰头？你今儿得说明了。”

温三七道：“说明了就说明了，这是有诗为证的。谁的诗集里，有替儿子作的催妆诗，说：‘莫怪阿翁先睹快，人传玉貌胜梅花。’又有三朝届见诗，说：‘阿翁笑说休长跪，玉骨珊珊恐不禁。’又说：‘偏羡我儿艳福多，并肩悄语笑姮娥。阿翁空望红窗影，长夜孤灯唤奈何。’又一首听浴诗说：‘绮户兰汤夜有声，潺缓还似玉咚叮。遥知皓肤如霜雪，冥想玄思直到明。’又一首喜生孙诗说：‘玉雪宁馨出化工，人怀带得乳香浓。看来别有销魂意，头角依稀似阿翁。’也不用多念，只我背熟的这几首就够了，这比我的电铃诗怎样？”

扬烟枪听了，只气得骂放屁胡说，但那小烟枪却别有切身之痛，立起叫道：“温老伯，我先对你声明，家父那些诗都为大家嫂作的，和贱内并不相干，您不可一概而论。”

扬烟枪听了大怒道：“放屁，你毁你嫂子的名声，胡说八道，再说我就揍你。”

小烟枪不服道：“您还骂我？我早说这些诗不应刻出来，您偏不听。如今闹得人家说话，我怎能不自己刷洗。”

扬烟枪听他都给说实了，大怒之下，伸手一个嘴巴打去。小烟枪被打急了，大叫道：“正好，你还打我，凭什么打我？”

扬烟枪道：“我早想打你，我给你媳妇打的首饰，你都给卖了，打算我不知道，她早就告诉了我。”

众人听着，要笑又不敢笑，只得上前劝解。哪知白衍芝在温三七和扬烟枪斗口的时候，已经暗地把温三七作的那首电铃诗和念的扬烟枪的扒灰诗，都给录下来了。等着大家闹得告一段落，他就提议道：“今天在座的诗，真是满目琳琅，美不胜收，由我拿去登报吧。”

南屏诗客一听，拉住白衍芝道：“老弟，怎么着，你跟报馆有关系？跟哪家报馆有关系？”

白衍芝信口开河道：“凡是京津一带的报馆，都跟我有关系。不过我现在大明报馆当着副经理兼总编辑。”

南屏诗客大喜道：“好好，我早想跟报馆的人交往，今我遇着老弟，真是万幸。不过太失敬了，咱们往后朋友相称，别算师弟吧，我实不敢当。”

白衍芝道：“岂有此理，老师的道德文章，是我最敬仰的，今日得托门墙，正极庆幸。您如何许其登堂，又给屏诸门外？”

南屏诗客大笑道：“这样说，我只可依实了。哈哈，想不到得了位干报馆的门生。诸位，以后我们的作品，尽有地方发表，得广流传了。”

大家听了，也都改容起敬，纷向白衍芝巴结。白衍芝心中高兴，暗想敢情干报馆的除了吓唬窑子姑娘饭馆招待戏园案目以外，还有唬诗人名士的力量。莫怪许多小报馆编辑，月薪三元还乐此不疲。还有许多青年有用之才，也不惜自误终身，扁着脑袋往里挤了。白衍芝洋洋得意，把这顿酒席吃了个十二成饱。

饭后大家散坐，白衍芝已打好主意，就坐在小烟枪旁，和他说道："老兄真是一门风雅，令人佩服。令尊的诗集，可否赏给兄弟一本，拜读拜读。"

小烟枪正在恨他父亲，不愿称他为家君家严，就叫他的外号。扬烟枪因为年老风流不愿留胡，但是年纪已到，又不好嘴巴太光，就在嘴上留了两撮短胡，和影片上卓别林一样，故而小烟枪称以老卓别林，当时答道："我们老卓别林哪，他倒是有诗集，可没刻过，抄本倒有。"

白衍芝道："得便借给我看看，也好做报上的材料。"

小烟枪面色一变，含糊应了一声，白衍芝道："方才温先生念的那几首，我已然记下了，明天就可以见报，我还得在后面加几句按语，表明贤父子的文采风流。"

小烟枪听着，更发了怔，有些坐不安席。白衍芝暗笑，就把话锋转过，诉说报馆近来生意不好，常常要热心朋友帮忙。最近如某某帮了五百，某某帮了一千。又有一位财主，因强奸寡媳，闹出人命，被报馆知道，将要登报，那财主托人送过两千块钱，算把名誉保住了。小烟枪听了这一套，当然明白是取瑟而歌。怔了半晌，便离座寻了他父亲去，拉到室外说话。白衍芝知道有望，就静以待，过一会儿小烟枪又进来，把南屏诗客调出去。一会儿南屏诗客单独走进来，坐在白衍芝身边道："老弟，方才和扬世兄说的话，我已经听到了。据扬世兄和他老翁的意思，希望你别把那几首艳诗登报，老弟看着我的情面，别登了吧。"

白衍芝笑道："那么好的作品，怎能不公诸同好？我岂止要登报，还得特别揄扬呢。"

南屏诗客道："得了，老弟，这儿有点儿小意思。你带着买茶叶，把方才抄的诗稿还了他们吧。"说着就递过一叠钞票。

白衍芝不接，用眼看看，见是表面五元一张，薄薄的只有四五张，就笑道："这是干什么？笑话笑话，真是没有的事。他们也太小瞧人，难道我为二三十块钱，就把人格卖了？再加十倍我也看不到眼。"说着把抄的诗稿取出来道："不要紧，这个可以还他，好在我这点记性总有，早记熟了。"

南屏诗客听着，怔了一怔，知道白衍芝是嫌钱少，就道："老弟我也知道太不像样儿，无奈扬先生父子全已赋闲多年，只仗一点儿小房产吃饭，实是清苦。他一家七口，全抽鸦片烟，现在鸦片多么贵，弄得越发拮据。听说扬先生每天只买两元钱的烟，自己先抽第一遍，抽完由斗里挖出灰来，给二儿媳抽。二儿媳抽完，挖出灰来给大儿媳。大儿媳抽完的灰，给小烟枪。小烟枪抽完的灰，给他母亲老太太。老太太抽剩的灰，给他家一位守节的老姑奶奶。到老姑奶奶那也只剩了一点儿渣来，只能合水吞下，不能再抽了。小烟枪想跟他老子抽头遍灰，他老子不肯，定叫两个儿媳占先，所以父子时常吵嘴。老太太也不忿气抽儿媳妇的剩灰，常常先抢一口两口，婆媳也天天吵架。那姑奶奶更是天天哭号。你想他们但有余裕，何至如此窘啬，闹得骨肉离心？可知实是太苦了。这二十块钱还是跟我暂借的，老弟你将就收下吧，以后再补。只要你用钱，尽管跟我说。"

白衍芝道："既然老师有这句话，我当然从命。不过二十元也太少些，叫他再给添十块，就算了事。"

南屏诗客由身上又取出五元，放在一处，塞入白衍芝手里道："得了，你都看在我面上。"

白衍芝也不再争，将钱放入袋中，说道："我全冲着老师那句话，这算完了。其实我并不是想钱，不过是惩戒他。一个衣冠中人，怎该跟儿媳闹这些交涉，还有脸儿作诗。我们干报馆的，有卫道之责。遇这样的人，应该大加诛伐。今儿他占了老师的便宜，罚两钱儿算了。"

南屏听他的话，知道全是掩饰门面，但他把老师那句话，连重了两遍，不知是何意思。究竟指着哪一句呢，但也不好询问。哪知白衍芝所谓，是指着以后再补，和老弟用钱尽管说话那两句话，他申言以明之，暗示老师欠了徒弟人情，以后必然常来求借，以符盛意，请老师不要忘了这个碴儿。自来君子小人不能同处，南屏诗客等人也并非君子，不过还算中上阶级人物。虽然虚伪，但总还顾身份，顾面子。白衍芝就利用他们的弱点，以流氓小偷的手段，施展于文绉绉的诗人群中，换句话说就算定了口头的常期条约，以后要永远吃上老师了。南屏诗客并未觉察，认为这事已然办结，就出去报告扬家父子。须臾一同进来，大家都揭过这个碴儿，杂坐谈笑。

白鼻山人要走，主人挽留，白鼻山人叹气道："就为我那所房子的事，今儿约了几个人到家商议借款的事。"

主人不好再留，就道："晚上可一定早来。"

白鼻山人道："没个不来，晚上有许多佳人同座，我怎能错过这好机会。"

说着哈哈大笑，走出去了，主人在后相送。

这里温三七向众人说道：“真是报应昭彰，世上有这样凑巧的事。白鼻山人在广东做了二十年州县，广东有几县的地皮，都被他刮薄了。鼎革以后，他辞官不做，把广东地皮卷到天津来，在佟楼买了一片地，在租界置了一座楼。他膝下只有一个儿子，他怕日后同族争夺产业，把房地都用少爷名字税契。那位少爷长大狂嫖滥赌，先把地契偷出去，卖给一个广东团体，作了义地。白鼻山人气得要死，也没法儿。哪知少爷近日又赌输了，给一个广东人开了三张一万元的空头支票。那广东人抓住支票，要控告他。少爷吓慌了，只得又偷出房契，向那广东人抵债。值十五六万的房子，那广东人只在抵还三万赌债之外，赔回两万五千块钱，把房契拿过去，就立逼腾房子。白鼻山人气得死过去两回，但也没可奈何，只好托人跟那广东人说。费了好大人情，才又给了五千。白鼻山人搬出旧宅，还怕人耻笑，不肯赁房住，又花八千买了五分地，想再盖座小楼。无奈赶上现在材料太贵，没钱周转不过来，只好向人举债。你说多么巧，他从广东卷来的地皮，儿子又全便宜了广东人，真是天理循环，报理昭彰。”

吴宫秋道：“岂止他少爷，就是他本人，近来拼命地捧女伶邵霏玉，虽然比不上阔老，花钱也不少。你们看邵霏玉说话举止，像个北京大妞似的，又唱着京戏，好像是北方人，其实她小时学戏，也常把日头说成芋头，酒杯说成狗口，旁人一提稀饭，她就笑不可抑，也是个地道广东人哪。看来白鼻山人这点家私，完全还原了。”

温三七道：“不管还原不还原，我倒赞成他的少爷英雄好汉。就是倾家败产，倒还赌了嫖了，自己痛快享受了，总算师出有名。白鼻山人这大年纪，白尽心竭力地捧了邵霏玉一场，固然他是吾老矣，无能为也已，但表示装着十分清高，蝎蝎螫螫地玩酸劲儿，其实心里未尝不想更进一步。可是邵霏玉就利用他这假清高，给个若即若离，永远猪油抹在狗鼻上，闻香不到口。闹得白鼻山人天昏地转，不由己地把收紧的荷包打开，对她报功。可则是报效的虽然不少，只因花着像抽筋一样，并不能得霏玉一点儿好感。我看着真讨厌，真着急。我向来主张，这种人自从亘古以来，就是给男子玩的。男子若是没钱，就该有自知之明，离她们远远的；若是有钱，那就直截了当，拍出钱来买货，买到家里，随意高乐。世人有好些想不开的人，发糊涂把她们看作仙女，高不可攀，恨不得爬在地下闻她们的脚。你可想得到，这仙女的脚，才从她师傅或跟包的肩上落下来吗?”

郑大姨道:“三七兄,你这话我反对。说邵霏玉可以,说别人也可以,唯独不可以例我们的九娟。九娟可实在清高绝俗,可谓出污泥而不染。”

温三七笑道:“你这大姨,比朱九娟的老姨还忠心耿耿呢。你说别人清高,我不敢驳,因为我不知道。若说朱九娟,我却深知其详。当初她是唱莲花落许四狗的徒弟,从十岁就写给师傅,到十五岁已经出了师,可是还跟着师傅上台。有一天师傅派人给她妈送信,说她得了重病,她妈赶去一看,原来是难产。急忙请大夫,把孩子大解八块取下来,保住她的性命。她妈就追究孩子的来源,结果问出是师傅的劳绩。她妈闹着要打官司,许四狗花了俩钱儿,才算了结,师徒绝交,夫妻离散。她妈以为女儿爱生孩子,恐怕将来弄出许多没牌子的私货,就打听断产秘方,无奈打听不着。有一天看皇历,忽然悟出一种道理,去年一龙治水,雨水调匀;今年三龙治水,霪雨而连绵;前年九龙治水,反倒遍地干旱。为何龙多倒不下雨,据说是靠住了的缘故。本着这个原则,为预防女儿生产,就给她个群龙治水,送入百顺胡同庆春班为娼。我在北京时,因为人们传说庆春班是纪晓岚的故宅,而且里面院落幽邃,花木繁茂,就常常去玩。曾挑识九娟,跟她睡过十多夜。以上的话,都是她睡在我怀里,枕在我臂上说的。”

说着向郑大姨撇撇嘴道:“你有什么法儿辩护?所以现在九娟见着我,总是羞惭惭不好意思,似乎怕我泄露她的根底。其实我向来守口如瓶,绝不告人。今儿若不是大翁说她清高,惹起我的肝火,我还不会说呢。”

郑大姨气得噘着嘴道:“你侮辱美人,将来准得下拔舌地狱,去跟汤若士做伴儿。我就不信,她既然做了妓女,怎又会唱戏,红到这个份儿?”

温三七道:“说起这个,她更是歪打正着。当她在小班时候,行为十分浪漫,又最爱追求伶人。有一次迷上四大名旦中的第三旦,居然自己登门拜访,去了两次没见着,第三次,那名旦的太太已经预备好了,把几只尿盆子藏在门内,见她向里一走,兜头便倒,弄得她浑身淋漓,又给打了一顿,她回去闹了一场病,还是不改。又一次追一个年轻的胡生,直追到天津。住到一家旅馆,被那胡生父亲看破,叫来好些武行,藏在一间房内,把她诱了进去,过了一天才开恩放她。可是她出不去了,在原处睡了十几天,才能起身回北京。可还旧习不改,成天上戏院打腻,撞了无数钉子,实在知道无望,才退而思其次,和票友交往。先交上一个唱黑头的小票友,才十六七岁,没多日子小票友得了肺病。她又和一个自称马派半伶半票的人要好，跟着又姘上个唱小旦的票友。这票友有个很好的外号，我们国人喜欢夸张，常跟在别人背后放屁。譬如一个女电影演员，才学会努嘴挤眼，头次上镜头，就有人起外号，什么东方嘉宝、东方黛瑞茜。再有票友也是如此，广东有人会喊两口二黄，就是广东谭鑫培，云南有人会两出武戏，就是云南杨小楼，蒙古有人会喊高调门，就是蒙古金少山。因为九娟姘的那个票友是三河县的人，又会唱旦，所以便叫三河县梅兰芳。三河县是出老妈的宝地，据说三河县梅兰芳也是老妈儿子呢。九娟从姘了三河县梅兰芳，跟着学了几出戏，渐渐改行当暗娼。一不上花捐，立刻就是好人，自称朱小姐，混在票友群里，也上畅怀春德昌等等茶馆清唱。以后唱出了名，又渐渐交结内行，认了几个师傅，学了些出本戏，她又奇想天开，和十几位追求她的阔少，拜了伙儿盟兄弟，轮流在她家里住着。另外拜了几位阔干爹，办完预备工作，跟着正式下海。干爹跟盟兄弟拼命一捧，还会不红？直到如今，她联络越广，声名越高。可是也怪难为人家孩子，不容易啊。你们不信，可以去看她的戏。凡是包厢跟前排座，叫的好儿，都是动了真心发于肺腑的声音，和普通大不相同。”

郑大姨红着脸愤愤地道：“你这样污辱人家，早晚必有报应。”

温三七道：“你这样护庇她，有什么好处？朱九娟若有便宜给你，我倒赞成你这样说话。所谓知恩报德，人情之常。不过我敢担保，她连正眼也不会看你，你这不是叫我笑嘛。”说着大笑不已。

郑大姨怒目切齿，似要吵架，众人急忙用话岔开。一秃翁道：“咱们算算今天晚上有几位女客在座。邵霏玉总该来的，朱九娟也不会不应酬，谷玉玲王小兰小春岚和昆班的良秀卿、唱蹦蹦的夏士莲、唱大鼓的红仙乐，大概都要来。”

南屏居士道：“咱们今日来个群居终日，言不及义，大家品题这些女艺人，以谁为最美。”

吴宫秋道：“这时白鼻山人在座，一定首先题出邵霏玉，谁不赞成，他就拼老命。若问郑大翁，那又当然以朱九娟为绝代无双。不过我以为破除成见，秉公说来，还以王小兰为最美。她真是仪态万方。”

扬烟枪道：“不然，我宁举良秀卿，她很有书卷气。”

南屏居士道：“我认为红仙乐最美。”

大家听了都哧的一笑，吴宫秋道：“你真是别具法眼，嗜好与俗殊酸咸。

那红仙乐简直是药铺小票上那行小字，性寒酸，能敛啬，简直连女人都不像，何况美人？而况打扮得那种寡妇样儿。”

南屏诗客道：“对了，就因为她自知容貌不美，净洗铅华，一从素淡，方叫人看着可敬可爱。而且她可算是女人中最会修饰的，这种不修饰的修饰，显得人淡如菊，谁也不会讨厌，不讨厌就是喜欢，所以她有好人缘儿。倘若她也把头发烫成蓬头鬼似的，脸上抹得硬青硬红，血花流烂，再穿些花花绿绿的衣服，恐怕立刻就要被人起哄，连崇拜她的也要摇头而散了。”

温三七道：“你说的话我在原则上承认，不过实际却有些异议。天地生人，总以人竭其用为主。女人是做什么用的？这句话不大明白，我得加个小注，你们可听过春阿氏那出文明戏？春阿氏出嫁以后，不肯与丈夫唱随，她的小婆婆就问出句有名的话，说我们娶媳妇是干什么用的？其实这问题若说真了，关着社会伦理法律生理历史地理种种专门学问，就请出全世界的专家，共同研究，也许得不到娶媳妇为什么的结论。但若随便在街上拉一个粗人询问，他立刻可以答复，并不做空虚的说理，而只派实际的用途。我也是个粗人，所以对女人向以实用为第一着。什么人淡如菊的话，简直是扯淡，菊花锅真好吃吗？我主张要人艳如花，味腴似肉。花是用作比拟，并不要真像什么花，只言其艳丽而已。肉也是抽象名词，喻其肥美，足以适口充肠。以这个原则为标准，我要推举徐娘风味胜雏年的夏士莲。”

扬烟枪拍手道：“这个我倒不反对，夏士莲实是人间尤物，风骚得令人销魂。而且眉儿眼儿，也比别人俊俏。虽然年纪稍大，却比少年人还活泼些。”

吴宫秋道：“她有多大岁数，二十五六吧？”

南屏居士道：“我看将近三十了。”

一秃翁道：“没有，没有，我看她二十五还不到。”

话方说完，忽然屋隅有人放声大笑，众人看时，原来是□斋主人。南屏诗客问他笑什么，□斋主人立起道：“诸位看我有多大年纪？”

一秃翁道：“你有四十五吗？”

吴宫秋道：“我看大概四十才过。”

□斋主人笑道：“真糟糕，你们给我估价，怎么估得这么高啊？也许怨我没烫发，抹胭脂，涂口红，穿高跟鞋，倘然那样，你们就说我芳年在十五六七八之间了。说实话，我今年三十五岁。为什么先报我的年岁呢，因为要给夏士莲做比较，当我正在二十岁上下翩翩美少年之时，就知道花丛里有红妓夏士莲，可是那时她还不叫夏士莲呢。在当时她已混了七八年，我认为她虽不是花国元老，她正向元老院走着。所以虽然有遍看长安花之愿，但觉她年龄相悬，像个老姐姐似的，未免无趣，因而没去亲近。我在半生中有三个时代，十六七到二十五，是贾宝玉时代；二十五到三十是西门庆时代，到处访问王六儿；三十五以后，就是个枯僧，完全和女色隔离了。所以在我的贾宝玉时代，虽然常常遇见夏士莲，并不发生好感。再说句你们不易相信的话，她那时也并没现在这样美丽，越老越漂亮，这未免不合理。然而尤物本不是常人，不能以常理论啊。

“到我二十三四岁，已经由贾宝玉渐变到西门庆，才认识出夏士莲的好处。有一天便和朋友去挑识了。我那时正害过一场病，瘦得像蓝面鬼似的。记得连去了四趟，她并未看过我两眼，也没说过三句话，但我可以算得出，一共见了她十二次面。因为每次去了她总得依着窑规，到房里应酬一下，待不了一分钟就出去。可过一刻多钟，又进来打个转身，屁股不沾椅子，就扭出去。以后就等泥牛入海，杳无消息。直到临走时，我叫伙计换钱，或是把现洋放在桌上，被伙计听见，对她通知，她再进来说声忙什么，就算赶我们滚蛋了。这样每次能见三面，四次不是十二面吗。四次以后，我自己不高兴去了。

“又过了半年，我的身体恢复原状，又成了浊世翩翩。有一天随同朋友南全班打茶围，朋友认识了一个老三，觉得很好，所以领我去瞻仰。哪知一进南全班的门，恰和夏士莲走个对面，心想她原来也挪到这里，但仍记着冷遇之仇，只看了她一眼，就别转了头，随朋友进到老三房中。才坐了一会儿，忽然夏士琏的跟妈进来，向我质问，说二爷是我们姑娘的老客，为何来了不招呼她，还见面装不认识。我还没说话，夏士莲已经走进房里，对我瞪了个情人顶嘴以后的白眼，却奔了我的朋友去，拉住他说，走，上我屋里去。我的朋友明白了，就望我笑笑，跟她走了。我也不能说不去，只好也跟着到了夏士莲房中。这回她可变成特别优待，水果糖食摆了八盘，还赖在我身旁，缠头缥脖的缠扰不休。我心里还记着前碴儿，心想前者我去挑识你，你虐待我，现在你有心爱我，我可不能叫你快意。过一会儿她又附耳问我，能不能在外面住下。我说常常在外面住。她就问今夜不走好吗。我说今天不成，因为另有约会。她低声骂我，掐我拧我，我给个满不理会。她又去磨我的朋友，叫他住老三。冶游规矩，凡是两个同游的朋友，在同一妓馆挑识两个姑娘，行动就受了限制，必须同来同去，一个给相好的捧场，那一个也不能规避。这一个伤了感情，绝迹不去，另一个无论对相好如何情热，也得生生地分散鸳鸯。但若有一个住夜，另一个也得奉陪。夏士莲替老三留我的朋友，就为借以牵制，朋友住下，我也不能独行。办法虽妙，可惜上天不从人愿，人家老三已经留了夜厢客人，我的朋友自没有做后备队的理由。夏士莲在那面失败，又来缠我，她的跟妈也仰承上意，前来助阵。我振振有词，说两个朋友照例住则同住，行则同行，老三既已有客，我又怎能住在这里，叫朋友踽踽独归，所以非走不可。那跟妈跟我分辩，说那规矩是指着两个姑娘全都空闲，两个客人既然都能住下，自然不许有一个走的。但若一个姑娘有客，一个姑娘没有，那个没客的就可以留住，二爷您就别叫我们姑娘着急了。我也知道跟妈说的在理，但仍咬定她是在撰花国法律，来适应时势，我不能叫朋友笑话，一定得走。

“夏士莲那天也不知为什么那样爱我，见我故意作难，气得要哭。却又在我耳边说了一句话，这句话足以千古销魂，百年回味，我荒唐半生，这样的话，还没听过三句。至于说的什么，我怕说了引起你们的凡心，弄得临老入花丛，九死一生，白送了命，也想不到这样艳福。因为那是惨绿少年的专利，脸上一有皱纹，就算绝望，更没说鬓髯如戟了。当时我听了那句话，也觉情不自禁，把对她的宿怨完全解消，本可以答应了，可是还有些顾虑。因为前些日听人说过，她的生理构造和常人略有差异，像孙大圣过火焰山以后，受了损失似的。据说有位报界人马胡子，住了她一夜，次日便因举石锁伤足，几乎残废。又一位李景林时代的局长，第一夜她那里住宿，次日便赃案事发，锒铛入狱。我虽不迷信，却觉濯濯牛山，风水太坏。古人诗说，人生只合扬州死，禅智山光好墓田。自是因为茔地山明水秀，草茂林深，才有埋骨之思，若是蛮荒不毛之地，谁愿深入？倘竟葬身其中，哪里去寻马派胡生唱《祭泸水》给招魂啊。于是我就决定宁可辜负美人，也要避免噩运。哪知朋友误会我的意思，以为我当着他的面，不好意思，就偷偷开了钱，戴上帽子要溜。我看见他走，就喊等着一块儿走，喊着就立起来。夏士莲在后面揪住我的头发，拼死不放。我若剃的光头，也就好了，偏偏留着背头，她揪着很得力，以为揪住了，等我那朋友出门，我就不会走了。哪知她手上使劲，我心里使劲，她尽管揪，我尽管走，走到朋友近前，拉住了他，同向外走。那跟妈在旁边，直说二爷你还走，太对不过人了。夏士莲却知道无可再留，也不能不放手了。她一言不发，来个临别纪念，使劲一揪，方才放手。我头发被揪下好些根，疼得咬咬牙，但也一声不哼，扬长去了。我那朋友倒是有情种子，出门以后，骂我是风月中的忍人，处性情之地，还这么狠心，因小见大，就得跟我绝交。我说老兄把性情之地，给安排到窑子里面，已是大错，窑子里还能讲性情呢？这不过是她一时色情发动，要把我做玩物给她开心。我并不是鼠肚鸡肠，倘然在我初次认识她的时候，她稍为给一点儿暖气，我这时也不会叫她冷水浇头怀抱冰，这才正合了‘一赶三不买，一赶三不卖’那句俗语呢。那朋友仍不以为然，次日给我寄了几首诗，把什么王魁李益，都加到我头上。最妙的几句是：‘枉自风流天赋与，一生只解负蛾眉’。又有什么‘当诛臣罪如堪赎，愿向妆台代乞恩’。简直把我说得万恶不赦了。我看了只有笑，一点儿也不理会。

“过了些日，夏士莲在一家落子馆上台唱蹦蹦，这又该谈到运气。这家落子馆本是蹦蹦的大本营，多少年全用马寡妇黄爱玉压场，本来台柱花莲舫，唱了二十余年，到这时已徐娘半老，叫不动座儿。一次台下有人骂老妖怪，哄她下去。花莲舫气病了，不再上台。落子馆另寻替人，先约了现在的什么皇后柳翠云，唱了三天，听众都不欢迎，炮没打红，只得卷旗息鼓而去。又约来个钱玉芬，却唱红了，钱玉芬玩意儿太好，容貌既美，喉咙更是清脆飘逸，可以叫痛恶蹦蹦的人，也对她发生感情。和秦凤云把粗俗的梆子唱红了，是同样转移时势的英雄，所以钱玉芬很红了一阵。但没几年就销声匿迹，不知下落。如今柳翠云夏士莲倒红起来，这不是命吗？就在钱玉芬红的时候，夏士莲还在那落子馆中场，我偶然在包厢里或是路上和她遇见，不知挨了多少白眼，听了多少闲杂儿。可是我看见她风韵随年龄而俱增，越来越美，也有些后悔。但细想当日若和她如愿以偿，次日就许各自索然意尽，第三天就掉头不认识。能有一点儿缺憾，留着日后思量倒是较有意味。哪知她渐渐飞黄腾达，青云直上。我越来越老越穷，她越来声价越高，好像两人相背走路，各行一步，就是距离两步。我不由犯了势利心，后悔起来，譬如金子，现在贵到五百多换，穷人永远看不见那黄澄澄的东西了。但想到若干年前，金价才三四十换，任何人都可以花几个买只戒指戴。然而那时竟没有买，而且有人赠送，也没收受，如今看见金店的行市牌子，谁不后悔呢？我当时荒唐绝顶，曾在一个时候，遍知名妓，自觉生时可以在名片上印百余行小字，死了可以有百十副官衔牌，但只错过了夏士莲，名片上少了一行字，官衔也缺了一副牌，岂非憾事。尤其可憾的，是座上诸公把她看到天上人，她也自觉不可一世，我若当时不错过机会，今日相逢，就成了天上有天，也足以自豪于诸公之间啊。”

扬烟枪听了，似乎不信，摇头说道：“你何必后悔，现在再跟她来个红楼补梦，尚不为晚。她当然也情愿的。”

□斋主人道：“得了，事隔多年，她如何还认识我？常言说个中人五年为一世，她却是特别长寿，过了二十多年还在世上。我这须眉男子，反倒不及风尘歌姬，得享高寿。如今已是满面于思，颓唐枯槁，风月场中生命已经完全消失了。倘然有钱，还可以希望受她玩弄，偏又一贫如洗。莫说当初毫无沾染，只是电光石火的一瞥相逢，你们问问，当日和她爱好经年的一位盐商少年，现在还能得她顾盼吗？我方才一段谈话，并不是显耀我的情史，那既算不得情史还是丢脸的事，岂值一谈？我不过想打破诸公敬做她们这种人的迷梦。须知她们都有三层：一层是对于普通社会上的人，假装清高，好像都是冰清玉洁的处女。一层是对于花钱的大老官，她们一面隐藏自己的本来身世，旧日行藏，一面也可以见金未不有躬，但要表示这是为爱情而做空前绝后的巨大牺牲。聊斋上有两句最可寻味的话，是某女子和某男子发生关系之后，凄然地说‘一世坚贞，为郎轻薄尽矣’，这两句话可以化作万语千言。既表明前无古人，‘花径未曾缘客扫，蓬门今始为君开’；又暗示后无来者，‘往日飘零怜妾命，后来轻重恃郎心’。这真是绝妙的词令，不知怎么，被她们学着了。今天在张三怀里，明天在李四床上，也是这套。所以张三李四狗七马八，都认定她对别人都是守身如执玉，只有对自己是相思为郎，拚命报效了。第三层就是她们私底下的纵欲行为，也就是淫贱本性表现。譬如做些不合伦理的事，这也不怨她们，因为出身贫贱，奔走风尘，有邪僻的引诱，无廉耻的观念，在家时一间小房，就许住一二十口，男女老幼，父母兄弟，师徒亲戚，全得挤一处，日久又岂有好事？到了出门献艺，到外乡只能居小室，也许舅父跟外甥女，也许姑父跟着内侄女，也许侄子跟着姑姑，再加弹弦的、跟包的，都住在一房，内情也可想可知。这样环境造出的人，日后无论发达，总不会脱却旧日的恶根性。所以她们在外面应酬，谁若摸一摸手，可以羞红了脸，气变了色，谁若说句村话，她们立刻掩住耳朵，比闺秀还要脸薄。若看见谁身上有块泥渍，她就望而欲呕，好似清洁到不得了，其实回到家去，就许被她那由师傅弦师配为跟包，或是……咳，我的骂还没挨够，不必细说了。反正是各种另有关系，而竟不合法的成为姘夫的人，或是在后面加个英文字的爱司字母，成为人们。她们情情愿愿地甘受蹂躏，其难堪有百倍于摸手者。或是姘夫一时不高兴，辱骂起来，或是高兴太过，侮弄起来，其难听有千倍于说村话者。以至姘夫犯了湿气，要她代捏臭脚，或是疲软不振，要她代想办法，其污秽有万倍于衣上泥垢者。但她们的架子和劲儿，却完全消失了。

“当初有个很著名的鼓姬，向来身价自高，只应喜寿堂会，不应娼窑旅馆的买卖。有人请吃饭，也必带她的娘和师傅，谁看也得说是守身如玉。哪知有一天，我正在杂耍馆听玩意儿，忽然后台里吵闹起来，半天方才平息。少时这鼓姬出台，神色羞赧嗓音改变，好像心中忐忑，魂不守舍。我们就向个熟案目打听，才知道鼓姬方闹了一桩醋海生波。后台有管事，年已四十，还瞎了一只眼，不知怎么被她看上。两人想要一了心愿，无奈时间空闲都不给方便，方才不知怎的，这鼓姬单身来了，比往日分外早些，但转眼就又不见。接着她的青年弦师也到了后台，问唱手到了吗，别人说方才来过，又出去了。不料这时有个唱梅花调的女孩子，要上女厕所，却推不开门，急得乱踢乱打。女厕所就在后台里，人们听见，就过去问她，才知门已被锁住，以为里面有人，叫了几声，才听见那位鼓姬在里面答应。唱梅花调的女孩子，就叫姐姐快开门，我等不得了。过了一会儿，门才开了，那鼓姬走出来，看见门外立着许多人，忽地又退回，但那女孩子由她身旁就往里挤，那鼓姬一把没拦住，女孩子进到里面，忽然呀的一声，又跑出来。那鼓姬见事已泄露，只可走出来。众人正在诧异，忽然那个青年弦师奔到厕所门口，向里一望，猛然气红了眼，回手打了那鼓姬一个嘴巴，就奔进去，从里面揪出一人，正是那个独眼的管事。那弦师已经气红了眼，揪住他乱打。那管事起初不还手儿，以后被打急了，就和弦师互殴，两人滚做一团。管事力大，把弦师按在地下，狠踢毒打。那鼓姬起初在旁边装哭，这时见弦师被打，竟跑过拉住那管事，把他拽开，放着弦师起来。又拉着偏手儿，叫那弦师报仇。那管事见鼓姬方才和自己恩爱缠绵，这时竟帮着弦师来收拾自己，气得要疯，竟抓起卖艺的王雨田所练的钢叉，抡着大耍。幸而众人上前抢过，又给解劝半天，才算完事。你们明白，那鼓姬为什么先和管事偷情，以后又帮弦师跟他打架？那弦师只是伺候唱手的人，有什么资格去捉唱手的奸？那鼓姬为什么就承认他有捉奸资格，甘心挨打，还帮他和情人反目？这里面情节，真煞费研究。但也不必研究，一言以蔽之，乱而已矣。

“还有一位鼓姬，以风雅著名，一位浮地名士把她捧得天上少二、地上寡双。每天到馆子听鼓姬唱曲，每听一句，就把秃头在空中画个圈儿，好像画个八股文章似的。其实唱到绝妙好词，画个圈儿也倒罢了，只是唱《大西厢》，什么‘吃块大饼喝碗绿豆汤，一个人要烟枪’那些鄙俚之词，他也照样画圈儿，那就只能说是脖颈运动，不能是说欣赏文章了。他又把那鼓姬捧成天生清洁，向抱独身主义，是佛种仙根，故而花信年华，尚自小姑独处。所以称她为至高至深，足以希贤希圣。哪知那鼓姬正在白发鼓王班中挂第三排，班中角色也都受园主招待，同居一楼。那班中有个唱快书的裘启明，生得像个钱铺大同事，一团滑气。不知怎么被鼓姬看上，就姘靠上了，闹得声名狼藉，四邻不安。后来班主看着不像话，就设法将他们分拆。哪知鼓姬正在如胶似漆，誓死不从。班主只得运用压力，把裘启明驱逐离津，不料那鼓姬思念情人，恹恹成病，只可停止演唱。那名士已认了鼓姬做干女儿，闻她害病，忙去探视，见她无人伺候，就把她接到自己家中居住，令老妻代执婢仆之役。那位名士太太活了一世，未得一天快乐岁月，混到老来，反倒又给卖唱女人当了老妈，气得见人便哭。但畏惧丈夫，又不敢不尽心伺候。因为名士家房屋狭小，太太得和那鼓姬同眠一炕。当时很有朋友相劝那名士，说家庭之中，留个女生意住着，未免不成体统。名士却说我干女儿如何出淤泥而不染，濯清涟而不妖，亭亭净植，不蔓不枝，简直要用尽天下好字眼，来形容她的清洁。

“哪知道清洁之声未已，污秽的事已来。那鼓姬在名士家由冬梢住到春初，思想病愈，别的毛病却又犯了。原来那裘启明身上有种隐疾，并不显露，也不稀奇，卖药广告说中国有二万万人有此雅病。又据说这种病是由海舶传来，也有的说中国自古已有。宋朝苏东坡嘲笑刘贡父说，‘大风起兮眉飞扬，安得猛士守鼻梁’，烂掉鼻子，当然是这种病。不过这种病有时间性，按着季节发作。裘启明把病赠与鼓姬，当然不觉，及至春风吹动，病菌却像春心似的关锁不住，出头露面，赏览春光。鼓姬受了风流病痛，尚还不冤，最可怜的是那位名士太太，只为保守这情敌似的干女儿，竟也染上那种病。先是手指缝生疥，以后脉窝也是小疙瘩，最后下身也有了，镇日两手须做抓挠运动。那鼓姬却颇通病理，又很知己知彼，一见干娘也和自己同病相怜，知道这病和西法洗染一样，染于苍则苍，染于黄则黄，只因自己染于青则青，致使干娘染于红则红，倘若发现出来，如何是好？只是一事可怪，干娘同床看护，竟会传染，何而兜干老儿，尤有甚于看护者，竟不会病痒相关，是何缘故？这未免太不科学了。但仔细思想，干老儿风流成性，在染房住了多年，本身已成一块染色的布，譬如他是块够十成黑的布，我这染缸里只有够八成黑的染料，把布放在缸里，无论多少时候，那布也不能增加黑的程度，或者反而退淡一些。至于干娘，好比一块雪白的布，莫说缸里黑够八成，即使仅是一成，那白布只稍向缸里一沾，就给染黑了。但是干老儿既是黑布，干娘何以独保其白，由此可证夫妻感情太已恶劣。记得书上说到男女之际，常见什么久已有染，或是毫无所染，当初看不出道理，今日才知古人竟早已发明颜料化学和生理病理的关系，才造出这么个字眼儿。那鼓姬研究之下，只恐自己也被人置入研究之列，觉得凛乎其不可留，就托词搬走了。

“她走后不多日子，赶上地方有了变动，名士太太为避乱逃到母家。她母家还有老娘和兄嫂弟妇许多的人，她住了些日子，病越犯越重，身上由肿而烂，脓血狼藉。她又羞于告人，每逢脓血浸透衣服，她怕人看见，就在外面罩上一层，再透再罩，渐渐把白色单衣都用尽了，只好借她老娘的。天已到了暑天，她身上倒穿了十多层衣服，热得要死。而且十多层衣服，都黏到一处，比棉衣还厚还硬，那罪孽就不用提了。有一天她受暑病倒，烧得不省人事，她老娘在旁伺候，才看出她的身上有异，想解开看已经不能，只可用剪子剪开。她老娘看一眼，就昏过去，半天才醒过来，儿呀肉呀的哭个要死。原来那太太已经不成人形，真难为她怎样忍耐。这才由她老娘做主，硬请大夫调治。大夫说耽误日久，毒遍全身，治起来很是费手。哪知治了些日，忽然由头上破了个小窟窿，向外冒黄水，以后变成黑水，越来越多。三天工夫，人已消去一半，就那样死了。她母家给名士送信，名士恰巧同一班诗人上北京什刹海赏梅赋诗去了。她母家只好代为装殓，在盛殓的当儿，死者的头和四肢，都已坠落，连仵作都掉了眼泪，你们看够多么可怜？那位名士的肉，喂狗都不吃，只为捧一个女生意，竟把结发之妻置之死地，还死得这么污秽凄惨。但有人心，就该自杀以谢死者。然而他还满不在乎地我行我素，早晚不知受什么报应呢？”

说到这里，白衍芝忽插口问道：“那名士和鼓姬是什么名字？”

□斋主人笑道：“你要想法从他们身上换季吗？哈哈，这倒不错，我早已想到了。可惜那名士已经驾鹤西归，竹杠敲不到黄泉，真是憾事。那鼓姬倒是活着，无奈正被一位有势力的包着月儿，竹杠没敲过去，枪杆先打过来了。要不然我早先下手了，还待今日老兄下问？”

说着只向白衍芝嘻嘻地笑，又道：“衍翁是报界巨子，学问深远，品格清高，兄弟实在佩服。兄弟在十年前也曾滥竽报界，说起那时，实在可怜。兄弟被一家大壮报请去做光杆编辑，说好薪金仿效梨园行办法，按日给份，每日由馆中管一顿晚饭。那报馆是前后两间房子，前进卖壮阳丸，后进是经理兼社会的住室，我这编辑就在木板床上工作。从社论新闻到小说，全是一手包办。好似社论只谈棒子面的价钱，新闻一共存有二百多段，都是近似性史的东西，周而复始地轮流登着。西洋名人曾说历史是有复见性的，用此言语批评那时报上的新闻，真是恰当。譬如二月五日有叔嫂成奸的新闻，到三月一日又出现了，再过二十多天，又来一次。若是不够，编辑还可随意撰上一段。文苑副刊更是容易，一个铜板在旧书摊买本香艳杂志，够用半年。这工作可称轻松，但馆中待遇，也成正比例。晚饭给买五个肉包，再来一块饼，就算一顿，这还是优待。若是赶上经理心里不高兴，或是报纸没赊出来，得花现钱去买，他就在我身上煞气。对我说□先生这些日油腻吃多了，也得换换口味，吃回素的。就给买一碗老豆腐，一块棒子面饼，总共不过八个铜板，便喂饱了编辑先生。说到份儿，更是可怜，每天必到快下工时候，他才过来，将一撮铜板放在桌上，照例是三十铜板儿，常常夹两个光板儿，有时还少一个。问他他说数错了，再给补上，不问就算完事。可是遇着要敲竹杠的时候，也会对我优待。一次近邻有家开油铺的聘出女儿，当夜就被休了回来，当然内里很有说处。他知道了，就叫写篇稿子，去敲几文，许着事成之后，起码给我买双鞋。哪知到了后来，他倒没失信，真送我一双鞋，不过那鞋是破市买的过街烂，头天上脚，第二天就散了。以后我精明了，事先跟他要求分现钱，他也答应。一次他敲了十元，分给我十个铜板，并且在吃饭时加了一壶白酒、一包花生仁儿。这已经够可气了，哪知他还想法儿把这点损失捞回去。过两天他借口生意不好，少给我五个铜板，说好明天再补，其实跟戏班一样，说补又是空话。到明儿又少给几个，我实气急了，就要辞职。他竭力挽回，我就要求从此另定新章，日份改为月薪，不必管饭，每月给十五元。他吓得吐了舌头，说世界上还没有偌大薪水的编辑。就定了个羊毛出在羊身上的办法，叫我做临时股东，每售报十张，分给我半个铜板，卖得越多，我得酬越厚，可得看我自己努力，我算了算就答应了。

“从此报上就改了新样，新闻特别加工，造了些莽丈夫一箭三雕、俏佳人一马八鞍、新娘子洞房生儿、老寡妇古稀出嫁。还加些专载，是龙君之生活考察。又有翻译，是欧战时某国一个随营娼妓的自述。另外再开一栏，叫作现世大观，底下两行小注，是亿万数求知男女必须详读，十六岁以下儿童不许入目。里面登的都是可以给医生添生意，给警局添麻烦的东西，比小书摊偷着卖的珍品，还加玄妙。这一来销数由二百零三份，增到三千，又增到五千，一月工夫，就超过一万。凡是卖春药的，治性病的，都大发其财，感激得自动来登广告。原来广告价目一方寸一分二厘打七折，一下子就涨到三分，还不折不扣。不但经理大发其财，连别的报馆社会版上也有了声气。所以各报馆各通信社，都联合起来，给我们送匾，匾文是‘社会福星’。经理赚了钱露了脸，自然得意，我也小发其财。十张半个铜板，百张五个，千张五十个，万张五百个，那时每元钱才换二百铜板，每天就有两三元收入，直是一步登天。可是饱暖生淫欲，我每天编造桃色文章，本是出于虚构，可是造出来一看，居然也把自己引动了心，就每夜出去狂嫖。左手分了份儿，右手就献给妓女。不多些日，我就到在本报登广告的药室去了。那位经理恰也嫌我分钱太多，提议减半。我和他吵起来，辞职不干，在外面流落些日，才得又被朋友介绍进另一家报馆。

“这一家规模较大，居然分成两部。营业部有一位主任，有一位司账，编辑部有一位兼校对的编辑，一位兼编辑的校对，我去是补那兼编辑的校对的缺。那编辑是大烟鬼，每月只有八块钱的月薪，我这校对倒是十块，因为那编辑每月还由馆中发给二两烟土、一两烟灰呢。只是只这点薪水，还是永远积欠。管账的向来没钱，穷极时必向经理去哀求，经理第一次必然先推一星期，到时再去，又推三天，到三天再去，又推明天，明天还有明天，到实无可再推，赶上他高兴，就支给大洋一元，不高兴就是几张铜元票儿。一次我到十月底还没穿上棉袍，对他央告到十一月半，才赏下一元钱，这够买面儿？够买里儿？还是够买棉花的？只得又去央告，他倒火儿了。把原给的一元要回去，跟着给了我一件旧棉袍，是他十年前穿的，都破得走失原形了。我因为怕冷，只得接受，还以为经理恩赏的呢。哪知到月头儿，司账拿了张领薪单，叫我签字，上写付薪十五元，那就是破棉袍的代价。

“可是别看经理这样啬刻，大家都要安心做事，并不想走，这里面另有维系力量。因为经理姘着个很红的妓女，那妓女时常到馆中走动，一来移尊就教，二来以女社长的资格，施行视察工作。大家对她一致敬礼，一上尊称，她就乐了，常常取出一卷钞票，说才敲了笔竹杠，给你们分了吧。就这个十块，那个二十散个干净。又时常请同人到她班里去玩，房里东西随意取携。有人捏个事故，假说祖父身亡未殓、老婆病重待医，她也一百八十三十五十地帮助。逢年遇节，只要上她班子去拜贺，她准送几十块，而且每年除夕后半夜，她必到报馆给大家散压岁钱。遇到她每年一回的真生日，人们送礼，她开赏钱总是加十，值一元的给十元小赏。可是这种事，若被经理知道，他就得变着法儿借回一半去。合馆职员没一个不祷告天地，盼望那妓女和经理永远维持姘靠关系，既别拆散，也别嫁到家中。因为那妓女一离开娼窑，便没了来源，不能挥霍，这报馆便难于支持，人心也不能维持了。哪知我们所怕的事终于到来，妓女和经理终于分散了。因了他俩的姘靠原来定有不平等的条件，就是经理必须为妓女守义，从一而终，不许贰色，就是经理的老婆，也不得回家相见，更莫说敦伦。妓女却因营业关系，不必为经理守贞。但当妓女留客之时，经理也必住在她班中，独守空房，以实现个中所谓守空的情好，妓女也得以就近收监视的便利。这还不算，两人又有食必同牢之约，经理不在，妓女也必等他回来，一同吃饭。但天下男子，有几个忍心叫情人为等候自己而挨饿，便有天大事情，也要抛开了如时奔赴。但妓女却有时恋上小白脸儿，常在外流连忘返。白天出去，餐馆吃晚饭，戏院看大戏，舞场喝酒跳舞。半夜出来，再和客人到旅馆去安歇。次日过午醒来，再吃些东西，说些情爱，才慢条斯理回到班中。那位经理已在后房饿了一天一夜，奄奄无气了。她也只说声我把你给忘了，真是糟糕。经理也就满足了，毫无怨恨。可是露水姻缘，没有长久不散，有一头腻了，就算完结。那妓女先败了神儿，但念着以前山盟海誓，不肯先说离散的话，只可勒留住客，多应外会，把经理冷淡。经理也看出来了，却贪着物质上的便宜，不肯退让。这样明恩暗仇的，又凑合了许多日子。妓女实忍不住，就使个圈套，叫同行姐妹引诱经理。经理一时不察，上了道儿，就和那姐妹有了首尾。一天正在欢会，妓女前去捉奸，大闹一阵，决定两下分离，各自走路。经理失去钱柜，后悔已晚，我们的津贴也算完了。经理穷上加穷，啬上加啬，我们就来个卷堂大散，另投门路。营业部几位投到妓女班里，那妓女倒是念旧，都给留下，或当先生，或当伙计，只剩下我们这两个耍笔杆的，班子里不能容纳，只可还掏旧锅粥。直到如今，还这么不死不活、不饥不饱的。”

说完又叫道：“白先生，你做事的地方，比我当初所遇的高尚多了。”

白衍芝听着初还诧异□斋主人不给本身留脸，尽量泄底以后，才明白他是因为自己夸耀是报界名人，南屏诗客等又都巴结，故而他借着自己现身说法，把本行穷报馆的内幕都给揭发出来。暗示我也是此中人物，叫众人失去敬畏之心，这未免太已可恨。正要也想词儿挖苦他，不料外面一阵脚步声音，有人说着走进来。原来是南屏诗客的一位跑上房听差，也是书童，也是别种的意思，名叫小四儿，和一个杂技馆唱快书的小徒弟小福祥一同走进来。小福祥进门先给众人请安，小四儿却向南屏道：“老爷，白二爷送来的全班杂耍儿，已经到了，太太问在哪儿唱。”

南屏居士道：“我的小生日，本不敢知会人，这里地方狭小，也不能转动，白二爷也没先知会我，临时送了杂耍儿来，可怎么办呢？”

郑大姨道：“叫他们到楼上唱，给女客听吧，我们清谈很好。”

南屏道：“可是也不能叫她们独乐。这样吧，拣几个雅致的，到这里加演一段，聊以解嘲。”就吩咐道，“叫他们到楼上堂屋去唱。我们这儿，只要陈斗黏大肉丸的相声、言妙容的八角鼓、赵小云的大鼓，就够了。可以凑合他们的工夫，就断肠折腰，隔一点钟上一场，也不要紧。”

小四儿和小福祥应声退出，过了一会儿就听楼上急管繁弦地唱起来，虽然唱的是无名小妞儿，但那丝弦甚为悠扬入听，而且远远听来，分外有一种幽远意味。扬烟枪拍手道：“好，好，妙，妙，这才是遥吟俯唱，逸兴遄飞，把我们诗情全引起来。记得二十年前，我正在秦楼楚馆，到处流连，每逢花间夜宿，次日午后醒来，通身酸软地酥在床上，吸着大烟。这时巷中楼内很多人声，繁华之场，居然有冷寂之时，尽我独自享受。房中帘垂帐卷，幽幽沉沉，斜日照窗，一条条的影子，由帘缝射到墙上，只有房内合成一种幽静意味。巷内别家班子的姑娘，常趁这清静时候溜玩意儿，偶然弦声一起，有娇细喉咙唱‘半启云窗翰墨香，潇潇风雨助凄凉’，或是‘季秋霜重雁声哀，菊绽东篱处雅怀’。这时才能领略平康曲巷中的真正滋味。因为我脑中印着这个，所以永远不肯自己花钱买无线电收音机，只听邻家，分外觉着有趣。”

南屏居士叫道：“够了，我家不是班子，你少这样见景生情。”

一秃翁也笑道：“烟枪兄岂止不自花钱买收音机，就吃饭穿衣，也总是吃人家的穿人家的较为有趣。”

温三七道：“又岂止吃穿呢？就是太太，也总是取诸近水楼台，方觉有趣。”

烟枪有些挂不住，脸儿通红，正要说话，哪知解纷的已经来了。说相声的陈斗黏大肉丸，走来向众人一致敬，南屏居士叫人摆了张条桌，作为演台，那二人就在桌后说起来。这陈斗黏倒是个出色的艺人，很能阅历人情，自出机杼。只是性情稍傲，自己以为艺压当行，就不免缅越规矩。这双人相声，组织简单，大致一个人站在右首，内行谓之逗哏，一个站在左首，内行谓之捧哏，总是主角逗而配角捧，但也有时颠倒过来。这两人一问一答，必得互相提携，互相补助，才显得神完气足、谐妙动听。但这陈斗黏有时只顾自己出色，常把大肉丸捧的言语，硬给置诸不理，自己提说别的。大肉丸窘在那里，很是难堪。台下听的，都以为大肉丸说错了，其实他并没错误，只是斗黏故意显示主角颜色，叫人看明他是主角，可以自由做主，不能俯就配角，而不知竟使肉丸遭受冤枉。固然在上场之前，预备使唤什么，本已早有计议。不过斗黏玩意是活动的，并无准绳。这是他的长处，也是肉丸的苦处。也有时上场以后，因特别关系，要把预备说的改变，配角一时不能捧得合缝。但主角只要再多说一两句话，就可以把这破绽圆过去，使之泯然无迹，这段玩意儿也便可完整无疵。斗黏也像不明白主角的责任，是要全部完满，而不是独显奇能，把配角弄得错误百出，显得蠢笨可笑，才衬出他的超群绝伦，这是绝大错误。即使配角真个崩瓜串词，主角也得竭力兜着，把他的错处隐藏，方可博识者赞美呢。偏巧大肉丸身体甚强，血液太富，一遇发窘，就头面充血，变得通红，可以不打脸儿就唱刘瑾。南屏居士看着，觉着颇为不平。但回想二十年前，斗黏方出世给万人迷等做配角时候，大约也受过这种气。这就是婆婆虐待儿媳，等儿媳变成婆婆，也不会对儿媳太好，是一样道理。

正在想着，相声已说到紧张地方，很隽妙地结束了。斗黏和肉丸鞠躬而退，小四儿过来向斗黏道：“陈先生，烟枪在小西屋摆好了，你去过瘾吧。”

这是斗黏的人缘，凡定堂会，多能特受款待。在生意人中，以前只有德寿山、万人迷能受这样优遇。当时二人谢了南屏，一同退出。接着便有个跟包进来，支上鼓架，二位弦师也来就座。弦索一响，赵小云走入，鞠了一躬，便敲起鼓来。打完了鼓套，才要唱时，忽然想起还未请示主家，重新下来向南屏居士行礼，问听什么，那样儿又窘又慌，连弦师也惹笑不已。这赵小云约在十七八岁，正在情窦初开，想是心里正想着哪个小白脸儿，所以如此失神落魄。众人不由也都笑了。赵小云红了脸，南屏让让别人，别人都不说话。

南屏便道："唱段《宁武关》吧。"

众人听了一怔，本来有句俗语，"宁武关周遇吉拜寿，家败人亡"。凡是做寿人家，绝对忌避这出戏这段曲子，如今南屏诗客以寿翁资格，居然点领这新玩意儿，连赵小云也怔了道："二爷，您大好日子，怎能唱这个呢？换别的吧，《湘子上寿》可好？"

南屏诗客摇头，他在寿日单点丧气曲子，好似西洋人破除迷信，商店偏在十三日开张，旅客偏在星期五出行，其实不然。他是加倍迷信，因为方才座上赋诗弄了好些"北邛"，他心中甚为抑郁，故而这时自己来个加倍丧气的曲子，以为抵消。但赵小云却知道规矩，不敢答应。南屏诗客定要她唱，赵小云无奈回到临时台上，对弦师说了，弦师也有些嘀咕，下座来向南屏赔笑道："老爷千秋日子怎好唱《宁武关》？小云是个傻孩子，说话不周到，还得求老爷指教，现在您给点段儿别的吧。"

南屏诗客道："你别错会意，是我爱听这个，并不是小云得罪了我，才让她唱这个。你快弹去吧，没包涵。"

那弦师还犹疑道："二爷，这可是您叫我们唱的。"

南屏道："不用嘀咕，我今年运气不顺，诚心冲冲，这就跟……哈哈，不用说了，你们快唱去吧，回头有赏。"

弦师才回座和赵小云低语两句，重理弦索，赵小云就唱起《宁武关》来。这段曲子，原出于韩小窗编的《子弟书》，全部分为拜寿、别母、出战、火焚、乱箭等五段，每段一道辙。白云鹏唱的仍依《子弟书》旧辙，一曲之中易辙两三次，名为花辙。到刘宝全就自作聪明，把五段并成两部曲，前部全改人辰辙，后部全改红阳，这一来便因牵强凑合，把原来的好处都失去了。凡唱大鼓的女角，多是刘派，所以赵小云唱这前段，也用人辰辙唱法。南屏本是征歌选舞的惯家，只于平时听得多了，向不研究。这时房中清静，又是自己点的，就注意听着。觉得这头一花期，改为人辰，实有许多地方弄得难听。例如八首诗篇，中间四句原是"可怜孝母忠君将，竟遇国亡家败时。怨气悲风凝铁甲，愁云惨雾透征衣。"本是很好的，改为人辰，两个下句就成了"国破家亡玉石焚"和"愁云惨雾透征裙"了。"征裙"二字，即然不典，而且也失去原来的对仗。但这还是小疵，到了后面，周遇吉别妻，在那样流寇攻城、急待出战的时候，周遇吉还对夫人说："似卿这面似芙蓉腰似柳，怎保得冰清无垢美玉无痕。"真是万分残忍无赖，不像英雄说话。才逼得那位夫人说“将军能做奇男子，贱妾愿为烈妇人”。这在词句上已觉拙劣肉麻，偏又临死还对丈夫灌米汤，说他是盖世忠良盖世伟人。这伟人二字，虽然自古已有，并非新名词，但在近几十年，有些人把这两个字用得太滥，使人发生英雄见惯亦常人之感，而减少爱好之心。就如名士二字一样，《三国志》上说诸葛君真名士，那是何等正大完美。但以后有些人纯盗虚声，用来自加封号，就使名士市价大落。到明末的名士刘元，因为嫖娼，受了妓女冷淡，他就摆出名士头衔，震吓那卖淫的夜度娘。偏巧夜度娘吃狮吃象不吃虎，反问他名士几文钱一斤。名士这一论斤，就更抬不上行市了。到如今事乱年荒，差不多的都市都有三多，是难民多、娼妓多、名士多。这更和江南四五月间的黄鱼一样，多得穷人都不吃了。竟把两个绝妙字句，败坏得成了玩笑名词，又岂是称诸葛君作名士的人所能料到。伟人这两个字，也是因为应用太广，一般的人都当作新名词，所以用在古雅曲子里有些色彩不合，听来刺耳。南屏诗客正在想着，业已歌罢弦停，赵小云下来，又周旋一下，便退出去，两个弦师也跟着走了。座上的白衍芝，也悄悄立起，随着走出，大家并没理会。

吴宫秋向南屏道：“方才我没得拦您，怎在这好日子听起这曲子来?”

南屏笑道：“我没忌讳，方才闹了半天‘北邛山’，还怕宁武关吗?”

扬烟枪道：“虽是这么说，你也太惊世骇俗了。而且今天举办双寿，实际是太太千秋，你也该给太太留些忌讳。”

南屏摇头笑道：“她在楼上，并不知道。再说她也不懂这些故事。”

温三七在旁，由他二人的问答中突然有所领悟，不由暗笑扬烟枪枉是烟枪，可惜被烟油塞满了，不大通气。既知道是太太千秋，又何必动问，难道你不知他家家庭情形吗？原来南屏居士和他的太太向来不大和美，因为太太性情悍妒，虽然年逾五十，却仍把丈夫把持得奇紧，管得极严。在表面上看，似已将丈夫管得柔堪绕指，服帖在地，却不知压迫愈大，反抗愈甚。这也是妇人不知兵法攻心为上的奥妙，仅使其畏威，不使其怀德。南屏已把太太看作仇敌，仅为维持家庭大局，不敢惹起轩然大波而已。又加太太谬误观念，把暴戾之气都给了丈夫，尽情严厉，但把妇人本有的慈爱，尽量给了儿女，溺爱不明。她有三子一女，一女已然出嫁，家境不丰，太太把南屏家产，常往婿家盗运。三个儿子，都宠得比太子还娇，比野人还横。常是向着母亲，对父亲时有忤逆行为。而且每逢年节，南屏的书室桌上，起码是百八十张账条，门外最少有百八十位债主，都是三位少爷的挥霍成绩，要子债父还的。

南屏对这久已痛心疾首。而且在家庭得不到快乐，房帏得不到安慰，就迫得常在外面寻花问柳。太太查着一次，就雇用侦探，广布耳目，又限制丈夫行动，因而闹过许多笑话。有时南屏和许多朋友在酒楼上选色征歌，太太闯了去，大骂一顿，把朋友都侵犯了不算，还把南屏打许多嘴巴。南屏只有掩着脸，央告回家再说。太太却定要施展当面训夫的手段，把丈夫挫辱够了，叫朋友难堪透了，才提着耳朵押解回家。所以南屏方面大耳的一副福相，还有先后天的区别。方面是天生来，大耳是多亏太太拉长了的。这样的事不知闹过多少次。

又一回朋友们欢聚，很多人带着夫人小姐同席，太太闻风撞去，把良家闺秀当了娼妓，揪住一个坐近南屏的殴打起来。偏巧被打的又是宦家小姐，人家父母如何肯饶，就合力把太太痛殴。别的朋友怀恨已久，假做劝解，也拉偏手儿。这个过来说“得了瞧我吧”，暗地捶一拳走开；那个拉住太太的手，叫她只挨嘴巴，不能还击；那个尽跟着吵嚷“别打别打”，却趁乱左踢一脚，右打一拳，太太这回几乎驾返瑶池。南屏在旁看着，不胜扬眉吐气之至。到打得差不离，他才过去保护太太，假装和朋友变脸，气愤愤地拖着太太回家。这一次太太吃了大亏，还叫朋友动了公愤，有几个促狭的，竟起意要给南屏纳妾。表面上说看着南屏精神痛苦，要给他寻点安慰，实际是用奇兵攻击太太。南屏并不推辞，居然由朋友的帮助，在外营了金屋，小公馆门口贴上王寓牌子。最妙是门外常置一门岗，由南屏一位在军界做高官的朋友，派遣兵士轮流值班。南屏虽不能在外停眠整宿，但白天常到小公馆流连。日子不多，便透了风。太太率人打到小公馆，便被门岗拦住，不许进门。太太一说来捣自己丈夫的外宅，值岗的兵大怒，把她一顿臭骂。说这是王团长的公馆，你丈夫可是王团长？太太还要进去，被兵一枪托捣在乳部，半天不能喘气，只得大败而逃。下次再去，仍是不得进门。那时正当军阀时代，军人蛮横，太太也恐怕万一弄错，惹出大祸，不易收拾，却不敢蛮干。就在这将信将疑的情境中，南屏的外宅得以长治久安，不遭侵犯。过了五六年，这位姨太太给他生了两个儿子，个个婉娈可爱，绕膝承欢，南屏爱如珍宝。因之他对大公馆和小公馆，感情的变化愈来愈深。姨太太本已婉转殷勤，善事夫子，南屏因太太悍厉，而备觉姨太太的温存；姨太太生的儿子，本很秀美聪明，南屏因太太所生大儿子的无赖，而备感小儿子的惬心。因此在他心中，大公馆本是地狱，又渐渐由第一层降至十八层，小公馆本是天堂，又渐渐由七重天升至三十三天天外天。这就是旧式无知识妇人失败的原理，只是压迫丈夫，不许他到外面寻乐，但家庭中也不给他一点儿快乐。及至丈夫有了外遇，她还不醒悟已逼得丈夫铤而走险，去而之他，自己遭到精神上的溃败，应该急谋收拾，挽回丈夫的心。即使自己年老色衰，不能与外室争衡，也可借着家庭的维系、儿女的关联，仗着根底深厚，徐谋制胜。然而很多人不做此想，竟只懂得嫉妒，善于吵打，尽力宣布丈夫的罪状，挑唆儿女的感情，闹得家庭有如敌国，骨肉变为仇雠，结果也只给丈夫以家庭不能安居的借口，躲出去和外室享受幸福。世上有很多好丈夫，起初并没有异心，只为在家中没有幸福，才到外面去找。即便找着，也并未曾有叛离发妻，归心他人。而太太却用为渊驱鱼、为丛驱雀的手段，成全了丈夫的露水姻缘，到死还只怨自己遇人不淑，或怨他人狐媚无耻，却不悟自己吃了自己手种的果。

南屏太太也是如此，终日对丈夫吵打，又故意放任儿子胡作非为，惹祸欠债，以叫南屏受窘伤财，引为快心的报复。南屏也真是越勾践的信徒、百忍堂的支派，太太闹得厉害，他总镇定应付，以尽力减少吵闹为宗旨。若已不能消弭，就听其自然，任她闹翻了天，自己用蔽聪塞明、养气宁心的功夫，置之不闻不问。久而久之，也有时忍耐不住，就更进一步研究佛学，想用禅寂之功，把自己的心化成槁木死灰，用来抵制太太的寻死觅活。无奈佛学精深，初学怎能深入，他又尘根难断，私欲孔多，读了几部佛经，得不到丝毫功效。但他也善于利用，每逢太太吵闹，他就闭目打坐，默诵经文，有时也颇能凝心定性，但也有时像失眠的人，诚心默诵数目字，以求不生杂念，易于入睡。而越是屏除杂念，杂念来得越多，反弄成默诵数目是引起杂念的先导。南屏在太太吵得不可开交，能够动起杂念，一动杂念，就要暗自骂她咒她，然而经文仍在同时默诵，于是市井之语，毒恶之詈，就夹入佛祖经文里面。他喉咙里常是“南无救苦救难什么大菩萨”……“你这老不死”……“南无法南无僧”……“混账东西”……“早晚剥你皮抽你筋”……“人离难难离身一切灾殃化灰尘”……“一切灾殃都给你老乞婆万世不得翻身”……“南无摩诃般若波蜜”……“你再骂就快断气”……诸如此类，佛爷也跟着大遭其殃。南屏日久成习惯，便在太太吵闹时，诵念经文也常夹入诅咒太太的插句，好似学佛诵经，专为加害太太。

偏巧外室那位姨太太不知受了何人挑唆，忽然要为儿子争求将来地位。她以为现在母子数口都是黑人，并未正式经过承认，也未证明身份。现在南屏在世，固然不愁，但人有旦夕祸福，倘若南屏一朝逝去，我母子失了依靠不算，就是前去奔丧，也因身份未明，绝不能得太太和儿子承认，势必将我们赶出来，我的儿子就成了无父之儿，和私生子一样受人卑视，永难自拔。所以趁着南屏在世，必要他邀集亲友，证明我母子的身份，并且叫太太那面，也知道你在外另有儿子，叫大太太的儿子，也知道在外还有弟弟。至于产业，我母子倒可以不分，莫叫他们疑惑我母子要争产业。要嫌这样不好，就爽性让我母子归家，和大太太同住。便是大太太厉害，把我折磨死也甘心，只求我的儿子日后有名姓、有着落。南屏听姨太太的要求，实是正当合理，不能驳回，但是事实绝无可能。太太对自己外室的事，恐怕早晨说了，这外宅不过午就成战场。便是姨太太低心下气，随同回家伺奉她，也万不能缓和情感。不出一月，怕连小儿子都给治死，又何况姨太太。自己夹在中间，更要粉骨碎身，万无侥幸。于是只可对姨太太开导劝解，又设法多把财钱给她。但终解不了姨太太的忧郁，终日长吁短叹。可怜南屏受姨太太调剂，无论在大公馆受何等气恼，回到小公馆，一经姨太太温存慰藉，便使精神重苏，灵魂复活。如今小公馆也笼罩了一层愁云惨雾，南屏直是大地茫茫，置身无所。而且他的忍耐虽已养到功深，但即由大太太所造成，忍耐的对象，也只限于大太太一人。大太太投河觅井、上吊抹脖，他都可以淡然处之，但对姨太太的泪眼愁眉、轻颦薄恨，他看着都十分怜惜，十分焦急，恨不得立刻恢复她的欢颜笑靥。然而她的要求不能解决，她的忧悒便无望消释，而事实上又万万没有办法。

南屏对姨太太越怜惜，对大太太越怨恨，对姨太太愈抱歉，对大太太愈切齿。在无可奈何之中，只得姑且造个谎言，说大太太现正患着精神病心脏病肠胃病，肝上生癌，肺上生癣，盲肠腐化，血压升高，举凡世上各种病患，被她生了个一应俱全，要什么有什么。据医生诊断，已经绝无生理，最多能活二年。这二年里，还不定是今天明天，就上阎王殿拔笺挂号。只待她死去，当日就接姨太太进大公馆，接收家业继任主妇。而且要大张筵宴，庆集亲友，声明姨太太进位扶正。同时在亲友证明之下，把大太太生的谬种，完全驱逐，永断关系。姨太太听了，居然信以为真得了希望定了预约，这才转忧为喜，恢复原状。但自此以后，每见南屏，就问大太太病势如何，几时可死。南屏还得像当年阔人的侍医，每逢阔人犯政治病，就得假造病状单热度表，应付新闻记者一样，得杜撰病势。今天说咳嗽加重，明天说手中拘挛，后天又说左目将盲，右目散光，说得好像鹤驾已临，只待背她去瑶池添座。使姨太太每日时时刻刻，都在希望。清早听见喜鹊叫，就以为那小东西前来报告喜丧，叫的声音是家主南屏王太君，于某日某时仙逝，择于某日某时大殓，谨此报闻，家禽喜鹊谨禀。若是看见墙上爬个喜蛛儿，或在夜晚偶得一梦，觉得吉祥，就也把念头转到大太太身上。明日南屏一来，她就迎头询问几时咽气，闹得南屏愕然不解来由。哪知大太太那面倒合了一咒十年旺的俗语，反而日益康健，真是人盼人死天不肯，天叫人死有何难。当初夏桀暴虐，人民咒他说，时日曷丧，予及汝偕亡。许多人民，都想用性命陪他同死，然而夏桀的死，并不由于人民诅咒。可见“千夫所指，无疾而死”的话，已是谣言。何况南屏和姨太太，只是两人诅咒一人，力量更小。而姨太太又是损人利己，盼大太太死，她好继位称尊，上天把她的祷告，归入妻妾争风一类，不肯准如所请。大太太的玉体和南屏报告姨太太的愈来愈是相反，南屏口中和姨太太脑中，都有个缠绵床笫气息将绝的人，然而大太太那里，却是饭量加增，精力充满，殴打力大无穷，吵骂声高如吼。看情形她好似吃了唐僧肉人参果，将要长生不老，活到一千岁了。

只是南屏和姨太太说的医生诊断期限，至远二年。这二年转瞬度过，南屏无词可托，只得骂医生见识不高，胡乱说话，也不知哪位子虚乌有的名医挨了许多冤枉骂。姨太太却从此不再信任南屏，颇有怨他虚言敷衍之意，又回到二年前悲愁的苦况。南屏见姨太太这样幽怨，对大太太的存在更难忍受，直想设法把她害杀，起了不少凶狠念头，想了许多实行方法。倘然他是头脑简单的粗人，恐怕早已犯了杀人罪恶。好在南屏是个读书的人，他的读书，并未收明理的功效，却有了怯懦的美德。俗语说秀才造反，三年不成。就因为秀才多读了些书，比普通人多了许多心眼儿，辨别利害，畏首畏尾，这么干有便宜，也有祸患，那么干有祸患，也有便宜，到底应该怎么办，才可以自立于不败之地，只有便宜，并无祸害，或者怎样把祸患都给旁人，把便宜全归自己。好容易得了个办法，正要实行，忽又想起哪一点不妥，急忙又收回成命，要想别法，仍不能满美尽善。就在这徘徊审顾之间，别人都称帝称王，秀才还没舍得钱招军买马。就这样把机会失了，再太息后悔，寻个清静处去作诗，发挥不遇之感，对人说些“有可成之机而竟不成，天也命也”的话，这就是秀才的行状。南屏想谋害太太，也和秀才造反一样，先决问题是害她不害，不害吧，实在难于忍受，但害了她，又一怕抵偿，二怕闹鬼。及至想到闹鬼为事实所无，抵偿也可用方法避免，于是决定害她。可是怎样害呢，刀砍斧剁，都易被人看出，自己也下不去手；勒死毒死，又怕七窍冒血；想买安眠药水，使她昏睡而死，可以不留痕迹，但若没有医生证明，药店不肯售卖；想要买通个医生，又恐费用太多，日后还受挟制。再转而用西洋新法，借煤气把她熏死，无奈家中并没有煤气设备；想用电电死，他自己又没有电学知识；想刨个坑把她活埋，无奈工人难找，即使顺利成功，家中突然短了个人，岂能没人追问？而且看报上登载某城有个退休律师，为争财产，把老婆勒死，埋在后院，结果仍被儿女看破，报官查究，定了死刑。其实那律师的行为，也非独出心裁，而且仿效先进。

在三数年前，有一先进国中，好像是美国，出了一桩凶杀案。一个四五十岁的绅士，因为在外面姘识个少女，和夫人感情大伤。一次姘妇要购买某种贵重饰物，恰值绅士事业不利，手头窘涩，筹不出这笔巨款。忽然想起夫人保险箱中，有许多珍饰，都是自己花钱所买赠的，这时借来救急，也是权宜办法。哪知向妇人托词一说，夫人知道他要转赠情妇，就厉行拒绝。绅士大怒之下，喝了许多酒，借着酒力，竟把夫人用手扼死，开了保险箱，取出珍物，把尸首藏在箱内，并且用石灰塞满了缝隙，锁闭箱门，消灭一切痕迹。酒醒之后，被良心痛责，也颇追悔。他的一儿一女，都在大学住校读书，偶然回家，看不见母亲，就向父亲询问。绅士假说她得了病，受医生劝告，到某地海滨疗养去了。儿女回校给母亲写信，也接不到回音，再问父亲，仍只得到模棱答词。到了圣诞节那天，儿女由学校回家，欢宴既毕，夜静无人的时候，儿女跪倒绅士面前，哭泣哀求，求他实说母亲下落。绅士就不禁天良发现，老泪涔涔，把实话说了。当时打开保险箱一看，尸体已然腐蚀。儿女心疼疯了，跑出去便报告警局。到警局人员随同前来，发现那绅士已用手枪自杀，死在妻尸之旁。那律师大约以这事为蓝本，加以仿效，只于把保险箱变成刨坑。

南屏看了那律师的故事，虽然也思想模仿，但他的观点和律师不同，那律师看见外国人的行为，觉得仿行于己有利，就干起来，结果竟和那外国人一样，被儿女给破了案。南屏看见那律师的行为，一面想到他的利益，同时也看到危险，只恐自己干了，也遭覆辙，无形倒收警戒之效，绝不敢再做行险侥幸之想。但太太是自己生活障碍，终想把她除去。要寻个不落痕迹的法儿，想思就更玄妙起来，幻想自己会念杀人咒语，预先自去北京，隔一百里一念咒，太太在家就气绝身死，造成个事情发生时，本身不在场的局面。便是福尔摩斯再生，也无可奈何。又幻想自己是化学家，能造一种毒药，给太太和在饮食中吃下去，立刻寿终，没一点儿被害痕迹。或是设法叫太太怀孕，然后每日给她肥猪肉吃，使她腹中和婴胎都充满脂肪，合成一块，临盆不下，生生憋死。南屏想了无数的玄妙主意，无奈事实上全不可能，结果只好还归迷信。他知道佛主正直，不肯助人行恶，但只金刚是佛教木强之神，党同伐异，可供利用，就又念了些日《金刚经》，仍然无效。他又从妈妈倒儿上想法，凡是不利不吉的事，都想法安在太太身上。譬如历书上写着本年太岁在北，太太住的北房，本无遇见太岁的希望，南屏却在南房墙上挂一面镜子，把太岁照进北方。或是看医书和闲书，发现什么性质相反，足以死人的东西，就设法仿行。譬如某医书生说海虾和杨梅相犯，他就在太太吃过海虾之后，给买些杨梅送进去。看见施公案说鱼羹落入荆花，便能致命，他就借口风水，在院中种了一株荆树，恰种在厨房和上房的路上，希望厨人端菜经过，也许恰有荆花落入鱼羹之内。但不知是古人欺骗他，还在现代的鱼虾杨梅都变了性，荆花也好像是菊花的朋友，宁可抱香枝上死，不愿残叶舞秋风，并不甚坠落。便落下也不曾落入鱼羹之内，结果还是白费心机。那大太太也是真有可恨之处，不但对南屏吵打，而且把他凌蔑。就如这次做寿，虽然规模不大，但在他的身份，也就可观。他向来为着不愿长麻烦亲友，每年只办双寿一次。双寿的日期，论理该以丈夫的生日为准，但若丈夫推崇太太，或若赶上太太的整寿，也可改从太太的生日。但他家却是不然，南屏的生日，早已无形消灭，连顿寿面太太也不给预备，南屏只好在姨太太那边举办，受爱妾幼子的称觞。至于太太生日，就要大肆铺张。南屏在这一天，是最不高兴的日子，宁愿改为开吊出殡，也比做寿适意。但为畏惧太太和敷衍亲友，不得不强打精神而已。故而南屏在温三七和□斋主人双唱北邛之际，一时也很气恼。但继而一想，自己最大希望，就是把今日做寿之人，送入北邛，他二人还不失为善颂善祷，因而心平气和。正在感觉有趣，忽然又有歌姬来唱，他想起人家做寿，最忌唱《宁武关》，必是特别不祥。前人曾经实验，我何不也试一试，就特点唱此曲。众人虽全惊骇，他却心中泰然，只想太太和大儿子，也得周氏的结果，或是触阶而亡，自己这周遇吉，因为只唱头段，没有乱箭，仍可平安活着，和小老婆小儿子享福。但堂中宾客却骇异非常，扬烟枪竟当众询问。

温三七听着好笑，就接口道："烟翁真是想不开，南屏这是破除迷信，拔除不祥。这段宁武关，就等于万寿无疆颂。"

南屏听了，脸上讪讪的不好意思。正在这时，忽见赵小云又走过来，到吴宫秋近前，和他低声小语。众人知道吴宫秋和赵小云较为厮熟，二人有何秘密交涉。哪知吴宫秋忽然立起，关上房门，向南屏说道："你这位贵高足是怎么回事?"

南屏愕然问怎么了，吴宫秋道："你叫小云说。"

赵小云忸怩着道："吴大爷你说吧。"

吴宫秋道："方才小云唱完出去，白衍芝跟着，把她拉到僻处。先自己报名，说是报馆大经理，又说以前某个鼓姬，是他捧红的，某个生意人被他一骂，永远落下去，穷困而死，简直生意人的命，都在他手里握着。现在看小云唱得很好，材料不错，所以想捧捧她，担保不出三月，准可捧成当日黑姑娘白姑娘的地位。小云只好向他道谢，求他多捧。哪知他竟提出要求，叫小云立刻跟他走，上旅馆谈谈。小云不答应，他又吓唬说，你若不应，从明儿起，准在报上连骂你三个月。就说你玩意儿太糟，听的人全都讨厌。又在家里招引游人，开灯供客。这样准叫你被馆子辞退，没人再约，你的空挡儿，也全不敢再上你家去，可是警察往你家就跑得勤了。不出三月，叫你挨了饿，讨了饭，你就走码头，也逃不出去，我哪里都有朋友，到天边也叫你撞回来。小云吓得要哭，只央告他。也不知怎么说的，白衍芝认为她答应了，就抢她一条手帕，先走出去，约定在门口等候，一同上旅馆。小云不敢去，找我来求给想法儿。南屏，你这位德高道尊的老师，对贵高足的行为可能负责?"

南屏听了，脸上讪讪地连说岂有此理，众人也都怒形于色。这个骂混账，那个骂败类，但只在喉中打滚，似乎怕被白衍芝听见，不敢高声。

吴宫秋道："南翁，你看怎样解纷，白衍芝还在门外等着小云呢。"

南屏这位老师，一直捻髭沉吟。在旁人都以为他正想对付白衍芝的方法，不是夏楚收威，便是以杖叩胫，再不然便是鸣鼓而攻，逐出门墙之外。哪知南屏这时并未涉想及此，一点儿没有怀着恶徒的意思。他只因信了白衍芝是报界名人，便想利用他给自己揄扬诗名，自不愿和他发生恶感，引起报复，于是奇想天开，别思周全之法。故而这时听了吴宫秋的话，并不想怎样对付白衍芝，以慰小云，而在对付赵小云，以慰白衍芝。他这做老师的办法，虽有智者也难想到，便有忍人也必气死。

他沉吟一会儿，忽然拉住吴宫秋和赵小云，走向一旁，低声说道："我看这事，咱们得从权办理，小云是做艺的人，得罪了他真不方便。再说呢，小云在外，也未必不操副业。这种事谁都知道，若只仗着卖唱赚钱，连饭也吃不饱，还会穿这么漂亮，出门坐包月车吗？小云既能应酬别人，对白衍芝也可以应酬一下，并没有什么损失，再说他还许把你捧红了呢，是不是？"

小云还不大明白他的话，吴宫秋却已气红了眼道："哦，你这老师，是叫小云委曲求全，做你徒弟的临时夫人。这是你做老师的主张？"

南屏道："那又何妨，食色性也，我又何能独责衍芝？"

吴宫秋道："好，好，我佩服你这老师。"

南屏笑道："什么师道，大家马马虎虎罢了。我并没有管他的权力，只好从中斡旋。小云用身体换他的笔墨揄扬，也算公平交易。"

吴宫秋气得要骂，但心中一转，觉得犯不上，就推着小云道："听见没有，我们没法管。你快去跟他上旅馆去，也不失便宜，去吧。"

小云似乎极惧怕极厌恶白衍芝，闻言扭着身儿道："不，不，我不跟他去。"

南屏抚慰她道："去吧，去吧，怕什么，怕什么。"

赵小云道："瞧他那点德行，我凭什么跟他去？"

南屏道："没法儿，谁叫今儿遇上他，他又喜欢你呢？去了又有许多好处。"

赵小云道："什么好处？"

南屏道："他捧呀？"

赵小云撇嘴道："别叫他吹了，他们这行人毁个人倒容易，硬造谣言说人家怎样不好，别人分辩只一张嘴，他骂人倒有好几百张报。今儿骂，明儿骂，早晚把人骂倒了霉。要捧红可就难了。你没见我的师姐文双桂，当初在北京唱得挺红，不知怎么时败运衰，认识了一个跟姓白同行的捧主儿。那捧主儿先在报上捧她，又不断请吃饭。哪知过了些日，那人竟对双桂说要在报上办一回鼓姬选举，选双桂做女鼓王，可是要双桂先给他一千块钱酬谢。双桂舍不得钱，也没有这些钱，当时就驳了。那人羞恼成怒，回去果然办了选举，双桂选了个外交次长，借着名儿就骂起来。说她怎样专跟外国交往，又怎样好敲竹杠，怎样姘着架弦的，靠着拉车的，简直怎么难听怎么说。双桂果然被他骂倒了霉，馆子也散了，客人也躲了。实没法儿，出了趟外码头，也没弄好，只得回了北京，上小茶馆凑合着唱。那人听她回来，接着又骂。双桂实是走投无路，急得要跟他拼命，向个明白人领教，得了主意。把骂她的许多报纸，都搜寻了来，当作证据，托人写状子向法院去告。那人知道消息，竟害了怕，托人出头开解。双桂起初不依，定要打官司。后来却不过了事的情面，只可说我当时原是好好儿的，被他毁倒了霉，现在他若能再叫我回原样儿，我就不告。到头儿还是了事人做主，叫那人改口捧双桂，直到把她重捧红了为止。双桂没法，也只好答应。哪知俟后任凭怎样捧，也捧不上去，看报的人好像只信坏话，不信好话，连捧了三四个月，双桂也没能再红起来。恰巧认识了个商界里的人，感情不错，双桂一赌气就从了良，再不吃这行饭了。你看他们不是成事不足，坏事有余吗？我才不稀罕他捧。”

南屏道：“你不稀罕捧，可也得留神他骂啊？得了，我劝你是为着你，快去吧。”

小云仍摇头道：“不，我不能去，就是我愿意去，也不能去，回家没法儿交代呀。”

南屏说：“交代什么？”

小云势迫至此，只得实说道：“我出来只要跟男的在一处，我娘就要钱。那姓白的可是出血的手儿？我回去没钱为他挨打。”

南屏道：“外面的事，你娘怎么知道？”

小云道：“怎么不知道？拉车的是我舅舅，哪儿也瞒不住。他回去必告诉我娘，我若没有钱交，她就该说我在外边热了人儿，不定怎么打呢。我为姓白的背这黑锅，不冤死么。”

南屏听她说到钱的问题，知道容易转圜，但是必须破费。自己虽觉太犯不上，无奈既已过问，也就只得拼受损失，给徒弟解决性欲的问题。向她问道：“你回去得交多少钱呢？”

赵小云道：“顶少十块。”

南屏伸手向口袋里摸了半天，才摸出一张钞票道：“得得，你拿了这个，跟他去吧。”

赵小云接过了钱，仍不愿出去。南屏劝道：“快去吧，我这是息事宁人，你别叫我着急。白衍芝终还年青，你有什么不愿意？”

赵小云道：“我宁愿换个八十岁的老头儿。”

正说着白衍芝从外边又走进来，想是因为久待小云不出，故而进来瞧着。

及见小云站在南屏旁边说话，心中已然明白小云把自己罪状宣布了，就狠狠瞪了她一眼。南屏见他回来，也恐误会，就说道：“小云要走了，衍芝你送她出去吧。”

说着又对小云递个眼色，小云没法，只得向外走。白衍芝一言不发，跟在后头，二人一前一后，走了出去。这里众人才纷纷议论起来，一秃翁首先责备南屏，不该认这徒弟，既认了就不该这样纵容，你这徒弟在一会儿工夫，讹了烟翁一笔钱，现在又欺侮一个可怜的鼓姬，你不劝诫他，反而助纣为虐，岂有此理？

南屏道：“我和他只是名义上的师徒，又无深交，怎好说他。何况又在我家里，只好忍静求安。再说成全一段姻缘，也不算坏事。可是白衍芝的品行，我可知道，很后悔叫他磕头。好在事已过去，这样把他打发走了，还算便宜。以后再来，我就挡驾。”

众人说这才正理，当下又坐了一会儿，大家因为没事，都流连不走，坐等晚饭。其实倒不是晚饭的魔力，而是晚上有许多女客同席，所以都舍不得走了。到了天将平夕，白衍芝忽然回来，那情形好像并未出门似的。南屏本说他再来挡驾，但他已是主人的爱徒、本宅的熟客，根本不烦通报，怎能挡驾？不但今日，以后大约也没法拦他进门了。白衍芝行所无事地跟这个谈谈，跟那个说说，直到天将黄昏，又来几个客人，女客如夏士莲良小春等也到了，白鼻山人也策杖重来，随着朱九娟，据说同车而至。

主人正在周旋，忽见外面走进一位女客，却是发蓬鬓乱，一手掩目一手拖在后面，呜呜咽咽哭着进来。南屏大惊，细看原是赵小云，后面还有个满面横肉的妇人，揪着她一只手，横眉怒目跟着走入。小云进室，掩面的手方才垂下，现出被打肿的脸。泪眼模糊四下张望，看见白衍芝，就指着道：“就是他。”

那妇人叫了一声，使个恶虎扑食的姿势，就扑过去，劈胸一把，揪住白衍芝叫道：“小子，你瞎了眼，吃到我们身上来了？好小子，我就是不怕干报馆的，走，咱们打官司去。”

众人见了这意外风光，都哄然立起。只见那妇人先给了白衍芝两个嘴巴，又抵了一羊头，才哭天喊地地乱叫巡警，好似把这客厅当作马路。南屏见众人全看热闹，自己以主人资格，不能不管，就上前说道：“这位老太太，不要哭闹，有话好说。”

那妇人没听见，仍拉着白衍芝要往外走。白衍芝倒也不含糊，和她支撑，那妇人就喊打死人了。南屏见问不出所以然来，只得拉住这边，转身去问小云，小云也是哭着不答，南屏顿足道："你就说吧，别叫我受急，到底怎么回事？"

小云这才止哭，哽咽着道："我回去没有钱交，我娘硬说我是舍给哪个小白脸了，拼命打我。我说出实话，还是挨了一顿狠打。若不领我娘来质对，永远没有个完结。"

南屏道："不对呀，我不是给了你十块，怎说没有钱交？"

小云道："你给的钱，叫姓白的弄去了。"

南屏道："怎样弄去？"

小云不肯说，南屏一定追问，她才附耳说道："我不该露出你给我钱的话。到旅馆他占完便宜，就抽冷子从我口袋里把钱掏去。被我看见了，向他讨要，他一定不认。闹了半天，他开门就走了。我因为没穿好衣服，没法追他，再说又不知道他哪里去了，只得回了家。到家挨打，没法我只得把您说出来。拉我娘上这儿质问，不想竟遇见了他。"

南屏听了，他要白占便宜，旁人替他出钱，还不合适，竟还把别人的钱攫夺了去。不但蹂躏可怜女子，还赚钱，这真是恶霸无赖，为流氓所不及。想着心中既悔收这弟子，又恨白衍芝过于混账，就不愿相劝。假装敷衍小云，把她拉到旁处，低声说道："你放心，少时我只会对你娘说个明白，替你洗刷。就是她要钱，我另给一份儿也可。不过这白衍芝，从你那回我才看出他混账，不能叫他这么便宜。且叫你娘揉搓他一会儿，少时我再去劝。"

说着见白衍芝和小云的娘支格之间，忽然也横起来了。白衍芝吃惯甜头，料着必有人出头劝解，南屏更难脱代偿淫债的责任，自己乐得装得斯文，等候了事。但没想到这次竟没有人上前，南屏也拉着小云上旁边走了。小云根本未曾吵闹，当然没有什么可解劝的，知道他是故意避开不管。以外的人更像戏台底下的观客一样，都笑看热闹。而且一秃翁郑大姨等人和夏士莲朱九娟，躲在一隅，一面开会议，一面看着这边嘻笑。白衍芝脸上不宁，而且知道再等也等不出了事人，必须自己显露身手，打开这困境了。就猛然把眼一瞪，用力推开小云的娘，大声叫道："干什么？你想讹谁呀？白大爷的名儿姓儿，谁不知道？成千上万的好女人都想嫁给我，我都不要，会看上你的小穷丫头？别妈的不要脸了，你女儿叫谁占去便宜，你来讹我，她身上可有我的凭据？你指出来，若指不出来，就算凭空诬赖，得赔偿我的名誉。”

众人听着全都失笑，这种的事，如何能在身上找凭据？难道每人身上都有一种特别记号，好像指纹学一样，只要留下痕迹，便可按指纹证明某人。恐怕科学发达到极点的国家，也没有这种侦探的妙术。白衍芝还有奇想，又道：“常言道捉奸捉双，奸捉当场。丈夫捉老婆的奸还得在床上，等提起裤子就算没那回事。我现在坐在这里，你从外边进来，就硬赖我奸了你的女儿呀。方才城里还出了八件抢案，你也一齐赖我，好不好。”

说着就举手打小云的娘，小云的娘更拼了命，两人扭作一团。白衍芝男子身高，占了便宜，拳头只向妇人身上痛打，小云的娘拼命撞头，却撞不倒他。因为他的肚子是软的，既可伸缩着，撞着他不甚疼。小云的娘眼看失败，气得要疯，猛一狠心就觑定要害之处，伸手一抓，抓个正着。白衍芝嗷然一叫，小云的娘一咬牙，一抖手道：“小子，今儿我豁出给你抵偿去了。”

说着另一手去打嘴巴，哪知尚未打着，白衍芝已不打自倒，扑咚跌在地下，呦呦大作鹿声，额下汗珠流流下，面如黄蜡。小云的娘也陪他坐在地下，仍是哭叫不已。白衍芝也像她一样，不过眼泪出于额上，叫嗓出于丹田。夏士莲在屋隅看着，暗自叫好，说小云的母亲战略高明，善于扼制险要，五路出兵，全局在握，使敌人更无反手之力，这才是我们女将的好身手。扬烟枪在旁看着，觉得深有趣味，打算作诗一首，颂扬小云母亲的战功和这奇情壮举的状况，就捻着胡子哼道：“谁识情根变祸根，崩腾触腕几扪搽。何须更倩红酥手，入握遥知已断魂。”

他这儿只顾闲情逸致，白衍芝那里已是性命交关。南屏对他们的吵打哭闹，都不着急，在太太寿日犯点哭声，也是好事。但这时眼看要出祸事，倘若白衍芝尸横地下，固然有人负责抵偿，但自己也拖累麻烦。而且这房子本预备传给自己小儿子，若弄脏了，也不合宜，只好上前解劝。见白衍芝已倒地下奄奄欲死，只见身体阵阵抖动。这抖动来源，当然发于小云娘的手中。小云娘那里似乎入了疯狂状态，对半死的白衍芝，还用力攻击不已。南屏只得去拉她的手，小云娘一转劲儿，立刻白衍芝鬼号一声，跳起来又跌下去。南屏直怕他断气，只得向小云娘叫道：“赵奶奶，你先放手，这事好说。我就是这里的主人，方才给小云钱也是我，了事的也是我。现在你既来了，我准叫你顺气。你放开手来，别把他弄死。”

小云的娘还似没听见，幸而这时温三七吴宫秋等见南屏出头，大家也就跟着说话，七口八舌把小云的娘劝得止住哭闹，又劝她释手。小云的娘不知是爱不忍释，还是已经摩擦生电，两性相引，不易分离。竟仍把握住题材，不粘不脱，似乎要完成这篇线条粗直、意识毫不歪曲的好文章。南屏见白衍芝已是气息仅属，只得转去央告小云，请她去分开她令堂的手。哪知小云倒娇羞起来，忸怩不肯。南屏急得顿足道："你还忸怩怎的，你又不是没……"

说到这里，又忍下去，小云更是羞得背过去。南屏没法，只得向着众人道："诸位，请帮帮忙，别瞧着。哪位给拉开，我请客。"

话方说完，忽听有个女子声音叫道："真请客，我来。"

南屏一看，说话的却是那风流荡逸的夏士莲，就道："你能……能给弄开吗？"

夏士莲笑得花枝招展地道："你瞧出手儿的吧。"

就伸手向小云娘头上拔下一支镀金长簪，拿在手里，猛向小云娘的手腕上用力一刺。小云娘嗷的一叫，立刻把手放开，举着乱甩。白衍芝失去拉力，扑地打了个滚儿，瞑目如死。南屏看着担心，架开小云的娘，又瞧着白衍芝叫苦道："他不要缓不过来？伤得太重，有什么办法救呀？"

夏士莲道："你看他怎样了？若是我能治，你就再请一回客。"

南屏诧异道："你会……会治这儿，叫我怎么看？"

夏士莲道："你拉开他的中衣，看看什么情形，告诉我，再说能治不能。"

南屏皱皱眉头，咧咧嘴巴，心中好生气恼，想不到以老师身份，竟要屈亵尊严，给徒弟检验身体，当时只可蹲下身去，拉开白衍芝衣服看了一看，哟的叫了起来。夏士莲问怎样了，南屏道："他……他的……"只说出这两个字，就只剩了咽唾沫。因为他平日自负道学诗人，如何能在大庭广众之间，当着女人说出不雅的话？想寻个代名词，固然古今词书上约有几十种，但说出来也不能叫夏士莲听得懂。正在期期艾艾，夏士莲已代他开路儿："你就说怎样了吧？是……是没有了吗？"

南屏道："还有点儿，不过很少，神龙见首不见尾了。"

夏士莲道："我早料到了，你躲开，这好治。"

说着蹲了下去，仍用方才刺小云娘的长簪，对准白衍芝背下腰际的一处穴道，猛力一刺，口中说"这就好，你可记着请客"。这一簪刺下去，只见白衍芝从地下像触电似的跳起，狂叫一声，重复倒下，连声呻吟起来。南屏见他已经还阳，不致再死，方才放心。

夏士莲放下长簪，用素帕拭手道：“怎样，谢大夫吧，你再看看什么样了。”

南屏依言，再一检看，果然黄鸟不止于楚，翘然重露头角，赫然再现法身，尺度依然了。不由挑着拇指，连声夸赞道：“好手艺，好手艺，真得给你挂匾。”

吴宫秋也道：“匾上写‘着手成春’四字最好，请郑翁用西狭颂体写吧。夏老板，我真佩服你，不枉你常在台上闹着买香蕉，真是见羹见墙，研究有素，我真佩服得五肢投地。”

南屏道：“我不止佩服，还纳闷她这本领是怎样学的？应该告诉白衍芝，叫他登在报上，普救世人，夏老板你可以说说吗？”

夏士莲只吃吃地掩口而笑，不再答言。但座客中却有两人明白，那便是扬烟枪父子。他二人自看了夏士莲的手艺，却想起自己的旧事。原来在某年某月某日，夜中某时，他们扬府出了一件医学伟大发明。那天小烟枪的岳母娘来看女儿，初留过夜。夜间三点多钟，小烟枪正陪着岳母娘，对灯吸烟，笑语生春，融融泄泄。忽听小烟枪的老婆在自己的房中大声呼叫，吓得小烟枪和岳母娘急忙赶过去，到房中一看，只见老烟枪倒在床上，奄奄无气。一目了然，是害了和现在白衍芝一样的病，小烟枪老婆在旁战栗欲绝。一问情形，据她说在雀入大蛤化为水之后，她嫌月令未到，化得太早，就加以薄惩。却不知怎的，老烟枪忽然自己反缩起来，渐渐无踪可觅。小烟枪恐怕出人命吓得要死。幸而他那岳母娘揎臂而起，说声不怕，向头上拔下金簪，不惜金针度与人，猛向老烟枪腰一刺，立刻反本归原。今天看着夏士莲的手段，才知和他岳母娘一样传授。但这话不好出口，小烟枪心里打算，回家向岳母娘打听，她和夏士莲是否同一师傅？

小烟枪这里想着，忽听小云的娘又哭叫道：“姓白的，你别装死，快起来跟我去打官司。”

南屏走了过去，向她说道：“杨奶奶得了，今儿是我家里有生日，朋友只送了班杂耍来，赵小云也到这儿唱了两段，才闹出这件事。那位白先生人性实在差些，他爱上小云，又舍不得花钱。我怕小云回家不好交代，才给垫了十块钱，谁想他又给抢了去呢？现在你也不必拼命吵架，算我倒霉，再给你十块钱，作为赔偿你的损失，这总成了。”

小云娘道：“不成，凭什么叫他又占便宜又赚钱哪？”

南屏道："你就不用管他了，反正你自己不吃亏就是。"

小云娘道："我不吃亏？这口气儿可受不了。你知那小子跟小云说的什么？先是吓唬她，叫跟他来往，若不然就让小云离开我，跟他姘靠。小云说她离不开娘，再说也不敢做这种事。那小子就给她出道，叫小云先上他家藏躲，跟着他就把个当律师的朋友，给法院递呈子，硬把亲娘说成领家，假造出许多虐待的凭据，请断个脱离关系。那小子再在报上把我臭骂，说怎样虐待小云，弄个好像真事儿似的，不怕法院不给断离。又哄小云说，离开你娘，就完全自由，自己想怎样就怎样。跟着他再费些力气，捧得红红儿的，多赚洋钱，随便一花，随便一玩，我只应名做你顶门立户的姘夫，至于你爱交多少男子，我都不管。你听听这小子的心，简直要拆开我们母女，要了我的老命。拐卖我的女儿，我还不跟他拼命呀？"

南屏听了，心想自己这位徒弟，真是多才多艺，恍如群山万壑，探讨不尽。只半天工夫，已经屡有发现。初来时还疑他是衣冠中的贫士，继而因扬烟枪的事，发现他善于利用机会，讹诈钱财。再由赵小云身上，又发现他善于用手段欺诈妇女，不出报酬便能发泄肉欲。不过贪财好色，尚是英雄本事，我收这么英雄徒弟，也还不错。哪知他的玩意儿愈出愈奇，竟有诱拐女子的特殊能力和以疏间亲的无畏精神。由此看来，他和我这师傅的斋名，正相反对。我的书房名为有为斋，徒弟竟是无所不为。这不止青出于蓝，简直蓝中出红了。看起来此人还不定有多少出手的，过些日子倘然看见小师母，也要奸拐，那可如何是好？想到这里，才决定把白衍芝逐出墙门。口中仍劝着小云的娘，只说过去的不必提了，小云是你的亲女儿，他如何能够诱拐？现在我给你钱，就请回去吧。说着把钱递过，小云娘不接，向南屏道："二爷，钱是小事，我得先问问，你可能担保那小子不找寻小云，不骂小云？你能担保，我拿钱一走；你不能保，就别管我们的事。我也不在您府上喊闹，拉着他找地方去说理，现在只听您说一句。"

南屏听着，心中为难，自知没能力担保白衍芝的行为，但若实对她说，这件事更无法了结。说着把钱强塞入她手内，小云娘见南屏言词含糊，就推拒不受。南屏因晚饭时间将届，忙于打发她走，好继续开筵。但又怕把麻烦弄到自己身上，并不敢对小云娘说担保白衍芝的话。正在为难，哪知旁边的白衍芝已复醒过来，听南屏和小云娘交涉言语，才得了性命，又发生贪念，仰首向南屏有气无力地叫道："这全好办，老师不用着急。"

又向小云娘道："你叫我老师担保，不如直接跟我说。你今儿差点儿伤了我的命，咱们往后走着瞧。打官司我也不怕，到法院我就说你们娘俩是暗娼，我到你们家去嫖，花两千元包了一年，钱全交清。如今不到三个月，你们又姘上别人，往外赶我，官司还不定谁赢。就是我输了，顶多十天徒刑，出来跟你们更没有完。你们怕骂，我还有比骂更厉害万倍的呢。话都告诉你了，别说我的老师，就把我的亲爷从坟地刨出来，也保不了。你害怕趁早另想主意。我不讹人，你把我伤了，老实出点养伤费。我瞧着老师面上，咱们两罢干戈。要不然随你有方儿使去，打官司还是趁早，我的伤痕过两天怕退呢。"

这一席话说得小云娘目定口呆，本来社会上人与人的交涉，常是不要脸能豁出去的得到胜利，有身份的从不敢跟无赖打架，穿新衣的绝不敢和乞丐斗殴。小云娘这变相老鸨，已经够不要脸了，白衍芝比她还不要脸；小云娘种种行为，已经够豁出去了，白衍芝比她更豁出去。小云娘虽是无产阶级，但还有个女儿动产，需要保护。白衍芝却一条穷命，毫无顾忌，这就是小云娘怕白衍芝的缘故。南屏却想不到这时还有此举，任何惫懒的人，做了不堪的事，被女人找来，当众宣布，又拼命争打，也只可认败服输，求其息事。哪知白衍芝竟能败中取胜，死中求生，在万无办法之中，居然突出奇峰，真是泼赖奇才。可惜此人不读书，若是以这才具，做起文章，不知有何等山穷水尽、柳暗花明的妙境。若是做了大将，更不知有何等千变万化、制胜奇招了。想着觉得不便插言，就听他二人辩论。小云娘要想和白衍芝拼命，知道找不出所以然，想和他打官司，又知道绝不能把他问成无期徒刑。只要有期，自己后患终是无穷。现在只仗着小云生活，倘若小云受了他的暗算，自己依靠何人？小云娘这一犹疑，立刻把气馁了，想要跟白衍芝讲和，又恐他索求无厌，以后真个跟腿进步，把小云盘踞了。想着咬牙说道："姓白的你想怎样？"

白衍芝道："你给我二百块养伤费，咱们就算完。"

小云娘道："二百啊，你瞧我这条命可值？姓白的，你别欺人过甚。"

白衍芝道："就算我欺负你，你有道儿去吧。"

小云娘听着，忽然心中突起一念，就把南屏的钱抢了过去，叫道："二爷，我也不麻烦你了，该给我的我拿着走。姓白的小子不用挤罗我，我这儿跟他就没完。往后走着瞧，他有能为就毁我，我有能为就毁他。"说着叫声，"小云，咱们走。"就拉着女儿出室而去。

白衍芝见小云娘有些软化，正打算继续恫吓，便不能真讹二百块钱养伤费，最低限度也可把南屏赔偿她的钱，弄到自己手中。却不料她忽然像吃了壮药，态度坚硬，说了几句恶话便自走了，不由心中诧异。眼前环境，并没有可以使她变态的，真是奇怪。但当着众人，觉得有些脸红发讪，他并不以为行为卑鄙可耻，只以没唬住人，图谋失败为羞。何况受了小云娘的伤害，未能报复，就自己冷笑道："好，走得好，你到了天边，我也有法把你找着。"说着眼望南屏又道，"老师，这娘们不识抬举，你也就不用管了。"

南屏这时对于高足实已感情大伤，就寒着脸儿说道："我本不该管，谁叫在我家里呢？白先生，请你以后不要这样称呼了。"

白衍芝哦了一声道："老师，这是什么意思？"

南屏冷冷地道："我们本是初识，我不该妄自称大。何况你的学问能力，比我强胜百倍，我现在觉悟不该和你这样称呼。大家从此更改，当朋友论着吧。"

白衍芝明白自己行为他实看不下去，故而托词相绝，就冷笑道："老师别这样说，我的头已然磕在地下了。"

南屏也是因为既厌恶他，又惧怕他，又加一时气愤，竟扑地跪在地下向白衍芝大叩其头，说道："好好，我还你八个。"

众人看了都瞪了眼儿，吴宫秋等就过来拉起南屏劝道："你这是何苦，这是何苦。"

白衍芝也觉出于意外，怔了怔忽然笑道："这也值不得呀，我这徒弟，给你丢脸，你不要就不要。我不是小孩，仗着老师教书，也不是拜个门借着老师吃饭。不过看得起你，才抬举你，你不愿就散蛋。可是一样，你不要我可以早说，我把头磕完了，老师也叫过了，你也承认了，我还没跟你学一个字，念一句书，你就往外赶我，请问我怎么了？以后传说出去，白某人拜了老师，没有一天，就被老师开除。必是白某人太坏了，我以后怎么做人，怎么吃饭，咱们倒得说说。"

南屏听他讹来讹去，居然讹到自己身上，真是引狼入室。自己以前看他行为恶劣，还以为他只对别人，对自己不致如此。现在才知，只要是狗，就是吃屎，只要是狼，就要咬人。不会问是谁的屎谁的肉，而加以辨别的。南屏这时觉悟已经晚了，他向抱着与我善者为善人、与我恶者为恶人的主义，今日才知犯了妇人女子一样的错误。女子交结有妇之夫，看他抛弃发妻来和自己要好，觉得十分有情。但自己到了发妻的地位，他也会去爱别人，重蹈故辙的。这时才知他的手段是不择人而施的，对别人使的手段，曾令自己快意的，也会对自己使出来、给别人快意，这时明白可就晚了。南屏自艾自怨，知道“人之患在好为人师”这句老话，实应在自己身上。本来“人之患”之“患”字，做毛病癖好讲，现今到了自己身上，竟成了忧患了。就向白衍芝道：“你打算怎样，痛快说吧，总不过是想……”

白衍芝道：“不错，我想的是钱，你就赔偿名誉费吧。”

南屏气得通身乱抖，叫道：“你真是无耻到家。我在家里坐着，没去请您，是您自己上门来的，认老师也是自愿，我并没强迫。并且你又不是有名有姓的人，会给老师抬高身价。我本就不愿收你，是你自磕头的。如今反要讹我，是什么道理？”

白衍芝摇头道：“你还讲道理？君子人才配讲道理，反复无常，非君子也。你还有脸儿说理，我既认了老师，又无故被赶出去，怎会不损害名誉？就得需要赔偿。”

南屏气红了眼道：“你打算要多少，我领着老婆儿子离开，把家产全归你，好不好？”

白衍芝道：“我不值这么多，也不要这么多，你斟酌着办吧。反正你是有道德有身份有产财有名誉的人物，还会亏得了我这苦小子吗？”

南屏听了他这一套话，直是市井无赖口吻，不由气得说不出话。旁边的人也看出白衍芝直是疯狗，见人就咬，恐被咬着，都不敢上前了解。还是扬烟枪因为自己被难时，南屏曾替了事，如今南屏又成被难之人，自己不能旁观。就过来先把南屏拉到一旁，问他打算怎样。南屏自己抽嘴巴道：“都怨我自己混蛋，无端收这混账徒弟，没露了脸倒丢了脸。”

扬烟枪想，在白衍芝以诗为贽，对你叩头时，瞧你那种趾高气扬得意劲儿、说话张狂劲儿，好像我们谁都不如你，谁也没有你有名，谁也不及你有身份，现在你可尝着了。扬烟枪想到这里，忽忆起当初自己也受过教训。在十多年前，自己还没被烟枪压倒，混得不错，也时常插足名士之林。当时在许多少年人间，流行着拜师风气，自己就常笑这风气无聊，闹了半天，不知为着什么意思，有着什么好处。不料忽有一个时候，许多人竟包围上自己，把自己当道高德重的人，不知怎样恭敬亲热才好。自己以为他们少年好学，喜和老师亲炙，也是好事。哪知过了些日，才知他们想亲炙的，并不是我，我家里另有梧桐树，才引得凤凰来。原来当时家里还有位姨太太，姨太太有位带来的女孩子，正当二九年华，被一班荡子羡慕，但苦无门可入。就有聪明人揣摩风气，先拜我做师父，便入家中，一揭春风之帐，便成入幕之宾。别人看出这条捷径，也就跟着效尤，所以我这满门桃李，实却是寻芳之客。以后渐渐弄得一塌糊涂，自己家人因为吸鸦片，每日要睡在中午。早晨这一段时间，楼下清静无人，自己的学生，就瞰其未起而往拜之，由那女孩儿加以招待。客厅的沙发，变成了宝帐锦衾，老师也变成了众人的老丈。结果还是学生们争风吃醋，把事情闹泄露。自己才觉悟并非坐拥皋比，而弄成大开方便之门。就勃然大怒，把学生概行驱逐，不许登门。然而已经晚了，那女孩子竟卷了一部分东西，和一位师兄逃之夭夭。发现之后，自己本不想声张，无奈那姨太太母子连心，想收回女儿，定要报官追缉。哪知事情传出去，因为那女孩子原是随娘改嫁，并非我的亲生。但我却久已担着真父的名义。外间不察，竟硬赖是我的女儿，跟着我的学生私奔。许多报上全部登载新闻，极尽讥诮。说什么“绛帐春风，惹出绣帏春意；程门立雪，翻成扬幕飞红”。又有讨厌鬼作了些打油诗，一首说：“孽缘起自人之患，大错都因己不防。亡羊应急将牢补，莫许□巴到后堂。”差些把我气死。以后那女孩并未找回，姨太太整天和我吵架，结果竟至下堂。以致我晚景凄凉，逼得做出不齿人口的事，都是起源于当日好为人师的错误上，真是噬脐莫及。今日想不到见了南屏因收徒弟，自寻苦恼。

这些思想，在他脑子不过是一瞥间的映现，就向南屏道：“你不必着急，快请你说个正经主意。这不是怄气的时候，赶快办完了，还得吃饭呢。”

南屏道：“什么主意？脱不过洋钱倒霉。你去问他，打算讹我多少。可是多了不成，我也不赔偿名誉费。他哪有名誉，有也是臭的，还等得我破坏？从十年前就不是人了。我只要与他个断绝关系，永不上门，你去说吧。”

扬烟枪怕自己力量单薄，又约了郑大姨一同向白衍芝去说。白衍芝真是脸皮似牛皮，一口咬定要五百元，杨郑二人磋磨了半天，才让了一百。再去问南屏时，南屏道：“叫他去告我吧，莫说四百，四十我也不出。好混账东西，打算借这个发财呀？”

杨郑二人往来奔走，白衍芝倒不是软化，而是他天生量小，很少见大数洋钱。在他初讨价时，自己也以为要得太多，恐怕不能成功，故而渐渐减让，但让到二百，就发了誓，说决不能再少，若给一百九十九元九角九，我肯接是王八蛋。杨郑二人知道二百是他想讹小云娘的数目，虽小云娘不理而去，他失之东隅，仍要收之桑榆，故而不肯再少。就去和南屏说，南屏因贵客已然到齐，不能再延缓开筵，才答应出一百元，相差仍有半数。

郑大姨急了，就说："南翁你把一百元给我，我去办吧。"

南屏交一百给他道："可是你得叫他写个字据。那小子没皮没脸，说完了就许不算。"

郑大姨应着，接了钱过去，给白衍芝看看道："南屏现在也是很窘，只能出一百元。你看着我们情面，马虎收下吧。"

白衍芝咬牙不肯，郑大姨只得自掏腰包，十元十元往上添，添到五十，白衍芝还坚持不应。郑大姨把一百五十元钞票叠起，说道："白先生，我已然尽到心了，白先生你不肯，我也没法子。我可不管了，随你办吧。"说着把钞票就要带起。

白衍芝一看洋钱要飞，急忙说道："好，郑先生，你既这样说，我也不能不顾朋友面子。咱们这么商量，你叫他再添三十，算了事。"

郑大姨道："他实在拿不出来，再添也是我添。我自再没力量，你认可就是这个数儿，不认可呢，你们事有事在。"

白衍芝已忘了曾赌过誓，甘心做王八蛋了，就顿足道："好，谁叫我要交郑先生这位朋友呢？为朋友什么亏都得吃，什么气都得受，冲着你我认了。"说着伸手来取钱。

郑大姨正在心想："你少照顾我，我宁跟老虎拜把子，也不敢跟你交朋友。"及见白衍芝伸手抓钱，就道："等着，南屏那边要求你给留个字据，说明和他永断葛藤，再不来往。"

白衍芝道："这更侮辱我了，我不能写。"

郑大姨道："你不写，我可不敢交钱。"

白衍芝道："我写也成，可不能白写，叫他再给添二十元的润笔吧。"

郑大姨见他极不要脸之能事，恨不得打他一顿嘴巴。但也只可磋磨商议，结果多添了五元润笔。郑大姨拿过纸笔，叫他写道："立据人白衍芝，兹与南屏诗客断绝师生之谊。言明一切手续，俱已办理清楚，从此各不相识，并永远不至南屏宅中搅扰，否则甘受重罚，恐口无凭，立此为证。立据人白衍芝，中证人郑大夷杨夷伯。"

白衍芝不肯写那永远不登门搅扰一句，若定要照写，还得加十五元。后来还是把“搅扰”二字改为“拜望”，又另加两元，白衍芝方才照写。写完之后，郑大姨交钱给他，才把字据给南屏送去。南屏接过谢了郑杨二人，以为事情已了，就张罗请客人入座。晚间客人较为多些，一共摆了三桌，南屏热壶先把中间一桌让酒，再让东面一桌。哪知过去一看，忽见白衍芝并不待让，已自己坐下，并且坐在不高不下、不卑不亢的第六位上。南屏忍着气让别位，无奈众人都不愿与白衍芝为伍。尤其是女客，听见他对小云的无赖情形，都吓得退避三舍，跑到西桌挤着坐下。连男宾也不用主人让，就坐满了。还剩下几位，自向中间一桌通融加楔。这两桌都挤满了十四五个人，密不透风。东面一桌只白衍芝闹了个皂王独座。他见众人都躲避自己，赌气倒升向正位，自己提壶斟酒，先喝起来。南屏只剩了皱眉，搔着头瞧着郑大姨扬烟枪。那二人因是中保人，不能坐视。只得离座走到白衍芝面前，向他低声说道：“白先生，你这就不对了。手续已经办清，你怎还不走啊。”

白衍芝笑道：“我们老师徒弟的手续办清了，行人情的手续还未办清呢。我送礼来拜寿的时候，还没认老师呢。所以这行人情和老师的问题毫无关系。我既送了礼，就得吃了饭再走，本家儿不能赶送礼的不许吃饭啊。”

郑大姨道：“得了白先生，闹到这个份儿，你还总得吃这顿饭吗？也未免太……人家花了一百几十块，还不能吃顿松心饭。你弄了许多钱，到哪儿不能吃啊？依我说你就请吧。”

白衍芝道：“凭什么请？我已经送了礼了。”

郑大姨道：“你送了什么礼，叫他还你好不好？”

白衍芝道：“一字值千金，谁问怎么办法？”

郑大姨一听，知道他的厚脸已经万锤千炼，坚如马其诺防线，大炮也攻不破了。只得赌气说道：“得得，算你成，你自己琢磨着，坐在这独座上吃得舒服，就请吃吧。”

白衍芝道：“自然舒服，舒服得很，一个人吃一桌，还要多么有趣。不过我不愿独乐乐，还希望与人乐乐。郑先生，那二桌挤了，不患寡而患不均，咱们得大家均均。就是男客不均，女客也得均过几位来。不该你们饱餐秀色，叫我一人向隅。再说拥挤挨蹭，也未免有伤风化。郑先生，这是你的责任，快请过几位女客来，咱们一同喝几杯。”

郑大姨气得面色发青，说道：“你请便吧，没人敢来高攀。”

说完便掉头走开，回到南屏身边，低声说道：“这个不要脸东西，赖着不走，我也没法。”

南屏也没法儿，只好任其停留。但这二桌上挤满了约有三十人，就好像吝人请客，恨不得把一桌席放之则弥六合，尽力往上塞人，却不管来宾挤成扁形，是否还能往肚里装东西。但今日却是出于客人自愿，并非主人吝啬。不过客人也很难过，因为内中老人居多，筋骨衰残，不堪压迫，时闻哎哟之声。而女客夹在里面，更是吃亏，有些老登徒们，趁这机会就挨蹭起来。那位夏士莲，本来不怕压迫，但也要看压迫的是谁。这时左边是又秃又老的一秃翁，右边是干柴棒似的白鼻山人，把她这丰若有余柔若无骨的妙人儿夹在中间，真是百年难遇的良机，怎能不竭力地倚玉偎香。尤其是一秃翁的手，时常上下，上去没有问题，落下时就常常像飞机越过国境似的，不择地而落，有时落在夏士莲腿上，有时落在夏士莲乳上，有时竟不避危险，向那名虽机场，而实茅茨未剪的地方，或是士股对峙，中隔洪流的海峡降落下去。白鼻山人那边虽比一秃翁较为好些，并不乱闯国境。但那一张皱纹脸、一张胡子嘴，时时凑向夏士莲面前和她耳鬓厮磨，吹气如矢地说话。夏士莲虽不讨厌这种拥挤、这种侵犯，但至低限底得是少壮派，对于老头儿却不肯忍受。于是感觉两大之间，保持中立是不易了，就想离坐告辞。无奈被他们夹得太紧，用力挣扎一下，才得抽身退去。只觉身体酸麻，先扭扭腰儿，欠伸一下，待向主人告辞。哪知她本坐在中间一桌，北对着白衍芝，这一离座，恰凑近白衍芝身旁。白衍芝这时独坐享受全桌酒席，虽以自得其乐，但他即厚脸皮底下的未曾磨炼的肌肉，也觉有些发烧，心里知道众人把自己当作狗屎，掩鼻还避。自己吃这瞪眼食喝这伤心酒，便是一桌菜全吃净了，也未必长一条肉丝，说不定反而得了食积大肚子痞积。这是他心中的尚未全丧的残余良知所生感觉，并未现诸于外，一直得意洋洋地大吃大喝，好似借以解恨。每吃一箸菜，必狠狠地咀嚼，要吃得南屏心疼，喝一口酒，必哈的作声，表示欢畅，要使南屏看着难过。却不知他喝的是闷酒，心里绝不舒服，故而三杯入肚已然有些醉了。这时见夏士莲离开座位，不觉以醉助了狂兴，伸手便去拉她玉臂，妮声叫道：“夏老板，干嘛跟他们挤。过来，咱们凑合凑合吧。”说着就向身边拉扯。

夏士莲一回头，望他眯缝着眼笑道：“你说什么？”

白衍芝一见她的媚态，胆量更壮，就摩擦着她的玉臂道：“叫你过来，咱们凑合凑……”

尚未说完，夏士莲猛然蛾眉倒竖，杏眼圆睁，抡起手来给了他个加料嘴巴。只闻一声噼啪，那声音的清脆雄阔，在金石丝竹瓠土革木八音以外，别成一种韵调。白衍芝脸上立时起了五条肉岭，都和火峡山一样往外冒火。他大怒，立刻叫道："你……你敢打我？"

夏士莲一手叉腰，一手戟指骂道："打的就是你。小子不睁眼，啰唣到姑奶奶这儿来了。别人怕你，我夏士莲不怕你，你当我是赵小云哪？不信你就试试吧，你敢哼口气儿，我撕了你，出去你敢说我个不字，我不折腾出你的杂碎来。"

白衍芝看夏士莲来得凶恶，果有些气馁，但仍硬着嘴道："你一个窑变的戏子，竟敢打我！"

夏士莲骂了声好小子，又抡起玉掌打去。白衍芝看见，急忙举手一搪。哪知夏士莲唱戏常耍刀儿枪儿，手下会一点儿花招。左手没打着，右手跟着上去又给了个满脸花。白衍芝被打觉得疼了，向旁边一躲，夏士莲的左手恰揪住他的头发，向下一撤，跟着又给了几个脖儿拐，才松了手道："怎样，又打了你了，看敢不敢？"

白衍芝又受了凌辱，知道夏士莲厉害，殴打已不是对手，就转生智计，向后退开一步，眼望众人叫道："好，好，你敢动手打人。一个戏子侮辱斯文，该当何罪？何况又在别人家里，你打你就是看不起主人。"又叫道，"你们看见了，她打了我。这并不是我一个人的耻辱，咱们兔死狐悲，物伤其类。应该共同想个惩戒的办法，你们若是不管，以后咱们读书种子就永不能抬头。"

白衍芝动了政治手腕、煽惑手段，满以为必有效果。哪知那两桌上的人，本来停杯观战，及至白衍芝一演说，大家好像都变了馋虫，这个举杯便饮，那个举箸便吃，谁也不哼一声。只郑大姨说话道："众位，尝尝这吐櫓鱼，以前天和园做得最好，现在这自美楼大有后来居上之势。"

温三七道："这是自美楼的菜吗？好极好极，来来，我摆十大杯的庄，先从秃翁战起。"说着便五魁五马地喊叫起来。

另一桌上□斋主人和小烟枪，也捉了对儿，闹得沸反渲天。白衍芝再说什么，也算唱到锣鼓里了，谁也不能听见。白衍芝气得只翻白眼儿，但转而一想，众人既不注意，我正好对夏士莲服个软儿，借以下台。好在说话又不同写在纸上，可算证据，以后夏士莲若说我向她央告，我很可以觍脸不承认，反说侮辱了她。想着便耸肩谄笑，做出汤勤身段，发出市井口吻道："我说大姑，就一个人的大姑，你还没有够吗？这算我小子酒后无德。你打也打了，骂也骂了，就别生气了。回头气得嗓子别扭，上不了台，我可担不起。好大姑，好姑姑，我给你斟一杯酒，你看着我干爹的面子，算归了吧。"

夏士莲仍沉着脸道："小子真妈的不要脸，谁是你的干爹？"

白衍芝道："你说谁就是谁，只要跟您有点儿不错儿的，全是我干爹。"

夏士莲听着，不由笑了道："你真顺者为孝，你妈养你这儿子，也算罢了。"

白衍芝见她笑了，也笑道："可惜我没有妈。"

夏士莲道："你没有妈也活该，反正我不要你这样儿子，给大人现眼。"

白衍芝知道她已息怒，就道："得了，算我巴结不上，夏老板，喝杯酒吧。"

夏士莲骂了声"去你妈的，少跟我说话"，跟着就走开向主人告辞。白衍芝见事已了结，恰值又端上来一盘炸鸭条，就觍着被打肿的脸，又举箸大嚼。心想莫说挨了打，就是枪毙，我也得吃个痛快。不吃白不吃，吃了是便宜。我就是立刻走开，这菜全给剩下，也没人知情，反倒说你挂不住了。宁可叫人骂不要脸，不可叫人笑脸皮薄，就更做出得意样儿。正在狂嚼，哪知忽由外面进来一个仆人，向南屏耳边说了句话。南屏向白衍芝这边指了一指，那仆人便过来，向他说道："你是白先生吗？"

白衍芝一瞪眼道："是我，干什么？"

那仆人道："外面有人找你。"

白衍芝道："谁找我？"

仆人道："就是方才走的那个赵小云跟她的娘，在外面请你出去……"

白衍芝还没听完，就叫道："好娘们，自找倒霉，自己送上来了，省得我去找她们，叫她们等着，大爷吃完就出去。"

那仆人道："不只她们娘儿俩，还有一个男的，他自称是丁大寿，叫你赶快出去。"

白衍芝一听，想起这丁大寿是曾在班子里给自己饱尝异味的人，不由吓得神魂飘散，膀胱膨胀，有些要利小水。哪知仆人又说道："那个姓丁的，还说他本想进来找你，因为里面都是文墨人儿，他又带着不好见人的东西，所以不便进来，还是你出去的好。"

说着又做了个嘴脸道："他本不能进来，想起来我也得拦着。他手里提着一只便壶，那不肮脏死？白先生你快出去打发他走吧。"

白衍芝听了，更觉天旋地转，同时腹中所吃的鸭子鱼翅，都似发出一种臊臭气味。似乎昔日在班子里所尝的滋味，又甘回舌本。心想赵小云母女何以如此神通广大，竟会把丁大寿搬运出来。但他哪里知道赵小云的娘若非被他逼得太急，也不肯去找丁大寿，因为她利用丁大寿并非没有后患。这丁大寿原是痞棍，剥削女人为生。他常常做老鸨或妓女的姘夫，替班子或个人负支持门户保障权利之责。但是姘夫职衔，也许是实任，也许是名誉职，但接受酬资却是一样的。他向来看见小云母女相偕来往，觉得小云娘风韵犹存，小云青春正好，就想从她们身上寻些生发，时常加以引诱。小云娘对他并非无意，只是知道个中情弊，一和他发生关系，便算完全失去自由，一切都归他支配。但也不敢得罪，用面子局着，先叫小云认他做干老儿。丁大寿仍不甘，时做进步的打算，小云娘一直用闪转腾挪之术，和他周旋。也知道这样不能长久，若不迁地为良，终必堕入他的手内。今日因为受了白衍芝的欺凌，一时气愤难忍，又错认白衍芝真是无冕之王，有毁坏小云前途的能力。既想报复仇恨，又想断绝后患，就寻思到丁大寿身上。也知道若利用了丁大寿，他并非施恩不望报的人，必得自己姘靠他，小云也要归他管下，这后患也不为小。但小云娘并非正人，久已爱上了丁大寿的勇悍，此际就想这是武大郎服毒的局面，吃也死不吃也死。与其受白衍芝欺凌，还不如归丁大寿的管束，自己还可以得些许多乐趣，还能借着他的势力去欺压他人。当时也未仔细斟酌，就带小云去找丁大寿诉苦。丁大寿手拍胸膛，表示负责给她出气，及至问明是白衍芝，就哈哈大笑，寻了一只便壶，灌入了人中白的液体，和小云母女同寻到南屏门上，要叫白衍芝重尝异味。

白衍芝一听仆人诉说，知道自己今天乐极生悲，难免大辱。肚中美酒佳肴，也似得了通知，晓得秽物将要进来做伴，都起了骚动，要从喉咙呕出来。他急忙运气镇压，一面张皇四顾，问仆人道："你们可有后门，谢谢你请你领我出去，我谢你两毛钱。"

仆人不知怎样恨上了白衍芝，摇头道："我们这里没有后门。"

白衍芝又道："你可以告诉他没有姓白的在这里，我早已走了，谢你两毛五。"

仆人笑道："不成，我已告诉他白先生在客厅里吃饭了，再改口他也不信。你趁早出去，等他进来就更不好了。”

白衍芝听着知道无路可逃，又怕又急，身上汗流如浆，下体水滴如注。站起张皇四顾，好似寻个地方藏进去，但知无有用处。忽然看见南屏，心中又猛生计较，急忙跑过去，到他跟前扑地一跪，叫道：“老师救命!”

南屏大惊立起道：“什么事？你怎还叫我老师？咱们已然谁不是谁了。”

白衍芝哀告道：“大爷，爷爷，以前都是我的错，您大人别记小人过。您老是一日为师，终身是父，总得可怜我。”

南屏厉声道：“少说废话，你这又为什么？”

白衍芝道：“赵小云的娘，现在邀了个混混儿来，要……要打我，老师爷爷你得救我。”

南屏还未答言，郑大姨在旁说道：“白先生是个干报馆的，还怕混混儿？你不是说过任谁都不怕吗？”

白衍芝道：“光棍不吃眼前亏，我是文墨人，怎能跟他们下等人打架？郑大爷，你们看在一笔写不出两个念书人的面上，帮帮我吧，我给你磕头。”

又向南屏道：“老师爷爷，不论怎样，您也得救我。这不是在您府上吗？莫说您的学生在您府上被人欺侮，您脸上不好看，就是您的一条小狗，在您府上被人踢一踢，说出去您也没光荣，是不是老师爷爷？”

南屏被他磨得正在没法，旁边的温三七因为恨透了白衍芝，心生一计，就立起向南屏道：“他既求你，你就给他了吧。那个要打你的人儿在哪儿呢？”

白衍芝道：“在门外等我。”

温三七就拉着南屏道：“咱们就出去看看。”说着拉了南屏，向外就走。

白衍芝道：“你们二位千万费心，将他打发走，可别给领进来。”

温三七道：“你承好吧，我们有一分心尽一分力。”随即走了出来，白衍芝战战兢兢地在里面等着不提。

只说二人到了门外，见小云母女和一个短衣大汉立在对面墙下等候，那大汉脚下还放着一只圆形的物件。南屏说道：“小云你们又干什么来了？”

小云娘忙道：“二爷，我们来找白衍芝。只为关着二爷，不好上里去闹，在这儿等他出来。”

温三七道：“你打算怎么样呢？”

那大汉哈哈笑道：“我打算灌他一壶黄酒。”说着将便壶提来，摇了一摇。

南屏闻了一阵臊臭之气，急忙掩上鼻子说道：“你们这不太过些吗？”

那大汉道："一点儿不太过，你知道姓白的小子多么混账。当初他向窑子讹钱，已经喝过一壶了，老先生你别管，只叫他出来。"

南屏还想真替白衍芝解和，哪知温三七开口向那大汉道："你贵姓?"

大汉道："我叫丁大寿。"

温三七道："久仰久仰，你是个英雄好汉。白衍芝胡作非为，连我们也恨透了他。不过他央告我们出来了解，我们不好意思驳他，其实我们正想看他的笑话。现在你就进去捉他吧，不过得给我们转个面儿。"

说着低声说了几句，那丁大寿闻言点头。温三七拉了南屏就向里跑，大叫道："你怎么不讲理，连了事的都要打呀!"

叫着直跑入里面，丁大寿提壶便追，也喊："你们非把姓白的交出来，没有他就是你们。"

温三七拉着南屏跑入客厅，装作气急败坏地道："这东西真不讲理，要打了事人，差点儿挨了个嘴巴，他追进来了。"叫着就向丛中乱藏。

白衍芝正像热锅上蚂蚁似的等待消息，忽见温三七和南屏跑回，说丁大寿追进来了。吓得哎哟一声，向中间桌子底下就钻。无奈桌子四面都被围得密不透风，他向下一钻，正碰在一只桌腿上。椅子上的人一惊而起，他推开椅子，再向里钻。不想正钻入两条雪白肥腻的大腿骑缝中间。头儿只觉得那两边的腿，油腻非常，一钻即入。但到了肩头，就被阻住不能直进。他情急中一用力，不料上面的人忽然大叫一声，向后仰倒，跌在他身上。肥重的臀部，砸在他腰部，随又由他身上滚落地下。但这一翻之间，两腿兜起，正钩在圆桌面上，立即踢翻，桌上杯箸碗碟，全都飞起，向座客头上怀中纷纷下落。鸭头鸡腿海参鱼唇，全成一阵暴雨。大家你呼我叫，杂有桌面和器具落地的声音，还有那白衍芝顶翻的女子哭喊声，直已乱成一片。原来这顶翻的人正是朱九娟。白鼻山人看见也不顾自己头上顶鱼翅，胡子上挂着鸡丝，肩上爬着小杯碟儿，就跑起扶掖。见朱九娟头枕鸭架子，面上倒着整盘芥末，身体浸在若干种汤水合成的液体之中。白鼻山人弯腰去拉她，又把他顶上的东西落在她身上，肩上小碟正砸在朱九娟的鼻头，流出血来，疼得乱叫。立刻红鼻白鼻，两相辉映。白鼻山人勉强拉起她，扶到一边，收拾残局，众人也都纷纷走开。桌子翻了，这顿饭算是告一段落，还什么可恋的呢。但白衍芝爬在桌下，看见众人离开，就伸手乱抓大腿，连声央告。低叫众位别动，给遮挡点儿，一走开我就完了。众人谁也不理他，男的被拉，就踢他一脚。

女的被拉，就高声喊叫。白衍芝的手屡伸屡缩，须臾桌子周围已经没有一人，他只得借翻倒的椅子作为隐蔽物，但椅子是透空的，他由前缝隙中看去，看见丁大寿当门而立，笑嘻嘻地望着室内纷乱光景。小云母女在他背后，肃静无声。

及至室中乱动稍定，丁大寿才高声叫道："借光，有位白先生在哪儿住？白先生在哪儿住？"白衍芝吓得闭了眼，因为怕他看见，所以自己闭了眼不去瞧他，就算他也瞧不见自己。众人也都自做清洁运动，没个答言。

丁大寿又叫道："白先生，别不理我，快出来吧。我看见你在楼下了。"说着便提起黑黝光亮的便壶道，"久违久违，白先生怎么好？没别的，今儿敬你一壶，快来快来，这是敬酒，非喝不可。"

白衍芝觉得身上全是冷汗，下身在被汤液浸湿之前，又有大量液体由裤内流出，好似生在水里。睁眼看看，知道丁大寿已据得险要，自己万难逃遁，不由急得要哭。丁大寿又高叫道："我只来敬酒，并无他意。我看着主人面上，不好意思进屋里去，你可别挤罗我干出手儿的。你不出来，我就进去，我进去可就没好儿，你自己估量着。"

白衍芝也还是个好汉，看得开拼得出，知道自己躲不住了，咬了咬牙，就由桌下爬出，爬到桌外，仍向前爬。这里应该改换名词，在桌下自然算爬，到桌外已不用爬。而他仍爬行不已，这就得改为膝行而前了。膝行到门口，才挺直腰叫道："丁大爷，你怎样好？我不敢叫你生气。"

丁大寿哈哈笑道："好小子，你不叫我生气，可是欺侮到我一脉的头上来了。你小子真是三天不打，上房揭瓦。若容你横行霸道，世上还有我们好爷们走的道吗？小子没别的，你喝了这壶完事。我也别灌你，留神泼出来弄脏主家地毯。你也别弄污了衣服，脱下来再喝，喝完了咱们哈哈一笑，各走各路。"

白衍芝叫道："丁大爷，爷爷，你饶我吧，我并没得罪你，小云这事算我有眼无珠，我给你磕头赔罪成不成？"

说着向小云娘蓬蓬叩了三个响头，又给小云叩了三个，叩完了又向丁大寿道："我再给你磕。"就加重地叩了三响，虽未三跪，却已成为九叩三跪，额上肿起了卵子大的疙瘩。

丁大寿一脚踢在他脖子上，叫道："小子，你把脑袋叩成卵子，也是没有用。你占够便宜了？小云是黄花女儿，她妈还指着头水赚个一千八百，好还我的账。她欠我的钱多了，你也不问问什么成色、什么行市，拿过来就张嘴，也给糟践了。这一来她娘再没有指望，我的账也没法要了。”

白衍芝一听又扯上金钱，不由又是一个寒战，就道：“大太爷你别这样说，小云大概从六年头里就不是……”

丁大寿猛然抬脚，使了个踢蹦尖的姿势，正踢在白衍芝的下颌，骂道：“你敢说她不是黄花女儿!”

白衍芝正在说话，舌尖越出牙关之外，猛然被踢，上下牙关骤然合在一起，几乎把舌尖咬掉。白衍芝疼得哟哟乱叫，又好似含热汤团似的，舌头满嘴里运动，半天才喷出一口血沫，呜呜地叫道：“差点儿舌头掉了。”

丁大寿道：“掉了活该，可知道我还有二三十个人在外边听信儿，若叫进来，你的小命就要完蛋。趁早把酒喝了，咱们再商量小云的事。哦，不对，你喝了酒，谁还跟你说话，趁早把长衣服脱给我，我知道你小子今儿有钱。”

白衍芝听着，忽然想起在旅馆时曾对小云自夸富有，把身上的钱给她看过，必是她告诉丁大寿了。喝酒倒是小事，钱财可不能舍。就哀告道：“大爷，这可是笑话，我小子怎会有钱？您别听过耳之言。”

丁大寿道：“谁的话我也不听，反正小云的成人钱你得给呀。我也不讹你，小云娘在前对我说，有个老西儿客人，肯花五百块钱给打头客，接下钱来就还给我。现在你给占光，那老西儿就不肯花了。我还是真用钱，咱们这样商量，你身上的钱，无多无少，拿出先给我，不够的往后分月偿还，就分节也成。只要按通行大加一算利钱，迟一年半载倒没关系。”说着上前一把抓着白衍芝头发。白衍芝伸手一搪他的手，丁大寿很巧妙地将他的两只手全都捉住，向小云娘道：“你过来翻他。”

白衍芝一听就拼命挣扎，丁大寿把他向地上放倒，一脚踩住了脖颈，白衍芝只剩了两脚乱蹬，上身就不能动了。小云娘过来蹲在他身旁，从容地将他衣服解开，口袋钞票，一叠叠地掏将出来。白衍芝今天连偷带讹，弄了约有二三百元，全落到旁人手里，而且还有小钟小表等等东西。南屏和别的失主看见，才知道白衍芝在百行具备之外，尚有偷窥之能，不由都大叫认赃。丁大寿望着南屏道：“论理在二爷诸位文明人面前，没有粗小子说的话。可是今天我说一句，对不对诸位包涵。凭您这样宅门，怎样叫这小子进来？莫说正式人家，就是窑子，有他也得给搅倒了霉。”

南屏红脸无语，须臾小云娘收拾已毕，把钱裹在一包，递给丁大寿。丁大寿道：“这小钟小表小古董儿，都有主儿，给人家留下。”

小云娘依言，送还南屏，扬烟枪贪小便宜，向丁大寿道：“他的钱里有二十块是跟我讹的，请还给我吧。”

丁大寿看着他道：“在他身上拿出来，就算他的。洋钱没有记号，不比东西，就算真有你二十块，我若不来找他，难道你也能跟他要回去？难得你还是长袍马褂，做事这么不漂亮。”

扬烟枪吃了没味，默默退下。丁大寿叫小云娘把钱藏在身上，才抬脚离开白衍芝的脖子，叫道：“小子，你的钱够一半，我们先收下。那一半分月给吧，一个月五十，五六三百，六个月本利全清。咱们也不用立手续，只凭空口说就成。我一点儿不怕你抵赖，也不怕你跑。钱的事算定规了，你起来喝酒吧。我大远地带来，总不能原封带回。你这饭后酒也不用多喝，我是疼儿女的心肠，你就喝三杯吧。也不用杯，来个吹喇叭，一口算一杯。快着，我还有事，没工夫跟你麻烦。”

白衍芝苦苦央求，丁大寿终是不允。至于丁大寿何以惯以敬酒，这原因就是他昔日也曾被敬，也等于官儿常受上司申斥，一朝发达，必也对下属严厉。又似弥子瑕一流人物，少年曾受他人断袖之宠，后来必要广蓄娈童一样，都含着一种报仇意味。丁大寿在昔年未成器之时，曾在下级娼窑中姘识一个妓女，照例可以色财两得。但他生性嫉妒，倒弄成进退两难。他因为亲家儿为自己所有，不愿他人得近禁脔，但若严格封锁，就要断绝财源，先去应享权益。他到穷极之时，也只可叫亲家儿留客人住宿，但是仍怕亲家儿做生意加码让尺大放盘，被客人得去便宜。就在窗外代理更夫职务，加以侦察，若听出有刺耳动心之处，就咳嗽示意。若到天色黎明，客人仍恋床不起，他就拿把小刀刺入窗中，口中喊叫起来。房中客人见了自然会应声而起，鼠窜而逃，以后再不敢来。因此丁大寿在下等社会中，很为出名，并且留下一句俏皮话，所谓丁大寿的小刀子，叫起儿。不过这叫起儿和当代召见臣工的叫起儿，大有天渊之别罢了。他这样霸道，所以他亲家儿所搭住的地方，时感营业受到损失，但又不能奈何他，只可设法叫他的亲家儿迁移。

一次迁到一家娼窑，那窑主是个老江湖，竟用灌术笼络了丁大寿，加以利用。有一天窑主由某处接洽了一个红姑娘要接来搭住，但这接人的事十分麻烦，在同一区域还可好些，若隔开地界接人，因为两方各有无形中的混混儿管辖制度，而且原来窑主对于红人儿也必不愿其离开到别家摇钱，故而很容易发生事端。接人儿的方面，必须派个有名有姓、能软能硬、嘴能说活死人、勇能劈倒万夫的角色，带同放窑账的人同去。先用声威震慑，口舌开导，使原来窑主点了头，然后由双方放账人会面，将债务交代清楚，这个人儿就算移转管辖，正式接了回来。向来被派接人的，都是善用说词，不敢鲁莽闹事，因为惹起纠纷，双方怄上了气，就要闹得不可收拾，失去本来接人儿营利的原意。丁大寿在那时经验尚少，因为欺负惯了老实人，自以一把刀子横行天下。当时受了窑主委托，就趾高气扬地带着放账人去了。窑主却有意思叫他去撞个钉子，给自己解恨，并没对他告诉规矩，叮咛小心。其实丁大寿十分狂傲，对好话也听不进去。及至到了北开，见着那边窑主，那边窑主本没想闹事，他只说几句场面话，就可把人儿接走。哪知丁大寿却好似预备打架去的，神气汹汹，颇有恃勇欺人之势。那窑主见不是路数，就用话给掩住了，借召唤本地放债人为名，把当地二位大混混儿请来。丁大寿初出茅庐，不识高人，见那两位混混儿甚为善静，初不以为意，越发言语不逊。那两位混混儿先是好言教训他，诉说接人儿的规矩，又告以闯混混儿的并非只仗着勇力，还得口齿礼数，更要紧的是义气。你既受人托，来办这事，怎就没个明白人嘱咐你一声。丁大寿听了大怒，开口骂人。那两位混混儿还沉住气，对他说兄弟你别糊涂，我们让着你半天，就因为不愿落个在家门口欺负人。你若疑惑我们这里没人敢惹你，那就错了。丁大寿在气头上，千不该万不该骂了几句伤众的话，说你们这里有人又敢怎样，我看全是孱种。这句话可惹了祸，还没说完，上面接了个嘴巴，下巴挨了只扫堂腿，跌在地下，跟着就被捆起来。那两位说，跟你这样没名没姓的小子，不值教训。只是你这臊嘴，总得用个偏方治治。就灌来一壶人中白露酒，给他饮用，饮完了才松绑释放。丁大寿以后并未报得仇恨，把这奇耻大辱常挂心头，这美味醉醪也长留舌本。后来每逢和人吵架，占了上风，必要施用这个偏方，借抒旧恨而资自娱。白衍芝运气不好，恰巧遇见了他，以致妙味频尝，也算一种奇遇。

当时丁大寿定要逼他喝酒，白衍芝是阅历有得、曾经尝试的人，深知个中滋味，就央着不肯依从。这时南屏见闹得不可开交，又闻着那酒味太冲，藏在壶中尚且芬馨扑鼻，若二人一相撑拒，把壶打翻了，那不止开挀发十里之香，满室留十年之臭。只可劝道："丁先生，你把他也教训够，瞧着我免喝了吧。"

丁大寿道："二爷，你跟这种人少发善心。我将酒待人，本无恶意，他这么叫我不能下台，我还是非叫他喝净了不可。”

说着小云娘忽凑近了丁大寿身边，说了两句，丁大寿道：“原来二爷今天办寿事，满堂亲友，我别尽自打搅。姓白的，你知好歹，快喝一口了事。”

白衍芝听了丁大寿口松了，方才暗叫惭愧，却不料仍须小饮见意，就仍要求豁免。丁大寿踢他一脚，提起壶道：“你小子也得叫我下台，好，你只跟壶口亲个嘴儿，就像那赖酒朋友，端杯抿一抿得了。若是不肯，我叫人进来，准灌你一滴不剩。”

白衍芝知道这最低限度条件实已不能拒绝，否则惹恼他，更要酌之巨觞。两害相权取其轻，只可答言道：“爷爷，爷爷，我就跟这壶亲个嘴儿，给您顺顺气儿，您把壶赏给我。”

丁大寿道：“别客气，我来我来。”

说着提壶走近白衍芝跟前，将壶口对准人嘴，白衍芝把嘴儿撮成樱桃式样，噘得老高，只想轻一触，聊以见意。哪知丁大寿暗使促狭，等两口相接时候，手腕微一用力，那壶受了摇动，里面流质立刻奔腾澎湃，起了怒潮，好像八月的钱塘一样。但江潮激荡，尽有空处可以容纳，这怒潮却受了壶的限制，不能自由飞溅，就由壶口涌了出来。虽然数量不多，水势却大，一条水龙似的，直向白衍芝脸上扑来。流质本来无孔不入，又加以激荡之力，于是白衍芝樱桃小口中，通鼻孔之内，全部受了灌溉。连那一对秋波，也得了水源的周济。至于脸面，更是洗濯一新。白衍芝哇的一声，伏地大吐，可惜方才独吃的燕翅全席，竟全给主人还席了。

丁大寿哈哈一笑，把壶放下道：“白先生，你慢慢用吧，我不陪了。可别忘了还欠我二百五十块钱，记着快给我送去。若是赖着不还，我还有好东西请你。”

说完又向南屏等作了个罗圈揖，连说对不住、对不住，就挽着小云母女，走出去了。南屏和众客全都掩着鼻子，望着白衍芝，又觉解恨，又觉出气，纵有善心的人，也没法对他帮助。南屏心想这只仆人倒运，收拾残局了，就高呼仆人。哪知仆人看见白衍芝呕吐，谁也不愿当这苦差，都先行溜开，对主人的呼唤，假作不闻。南屏叫了半天，无人答应，气得跺脚。不料有个自投罗网的来了，看门房的下人自外面走入，南屏看见就骂道：“你们都死了，怎一个也不来？我嗓子全喊干了。”

门房由白衍芝身上迈过，说道：“我听见老爷叫了，只是那个才出去的姓丁的跟我正说着话，说完才赶进来。”

南屏道：“他跟你说什么？”

门房道：“他叫我转禀老爷，说这姓白的是头号骗子，以后别再叫他上门，要不然还要受连累。他又给了我五块钱。”

南屏道：“给你钱干什么？”

门房道：“他叫我寻个大铁锹，把客厅地下的东西跟姓白的一同铲出去。”

南屏道：“好好，你快办吧。”

那门房走到白衍芝近前，掩着鼻子说道：“白爷，您快请吧，我们该收拾收拾了。”

白衍芝仍哇哇地干呕，却在心中盘算，今日把丑丢尽，还算小可，最伤心的是劳心费力弄得的钱财，竟全被榨去，一文不剩。方才若不吃饭便走，还可以保存全部，做一两月的小财主。只为贪嘴，不但弄得两手空空，还把满腹珍馐，变成一腔臊臭，真是伤心死了，后悔死了。又恨南屏和一般客人袖手坐视，不顾士类蒙羞，真是毫无心肝。我惹不起丁大寿，总惹得起你们。今日非得叫你们赔偿损失不可，起码也得弄回一半，否则宁死在这里，也不走开。我手无分文，若不讹上几个，难道出去挨饿？

这时听门房赶他，就向旁挪了两步，仍跪伏着说道：“劳驾，你先给我一点儿水漱漱口。”

门房就拿了一杯水给他，白衍芝漱了几口，忽地把杯掷在地下摔碎。屋隅几位女客见他跪着摔碗，和出殡时孝子捧盆儿的姿势一般无二，尤其门房在旁，很像扶掖的茶房，不由都笑了起来，男客也跟着笑。白衍芝厉声叫道：“你们还笑，真是幸灾乐祸，狼心狗肺。好，你们爱看笑话，今儿就叫他们看个够，咱们谁也别走，就在这里耗死儿吧。”

说着移身坐到门限之上，扼住这客厅唯一的出路，点头道：“谁要出去，咱们就滚个人蛋，大家别想干净。哼哼，你们不念斯文同道，居然利用个混混儿欺侮我，还看着他把我的钱财抢夺一空，简直是同谋。我今儿的损失，就跟你们要定了。若不加倍还我，哈哈，今儿做寿，不是很热闹吗？明天更要加倍热闹，起码有几千人来看验尸。”

说着一抱胳膊，侧身倚在一边门框，伸脚蹬着一边门框，又喝令门房取来纸烟吸着，悠闲暇逸地眯缝着眼儿，大有终老是乡之势。众人看着，不由真犯了愁，都道这小子又生心讹赖了，他好容易弄到的钱，被丁大寿夺了去，怎肯甘心，不思有所取偿？想以口舌劝阻，势不可能，若动武力，房中二十多人，全不是他的对手。因为除了脂粉女郎，就是衣冠人物，衣冠坐于涂炭，尚不可能，何况白衍芝身边，陈列着哇而出之和人体秘制的妙品利器。

正在面面相观，焦急无计，吴宫秋拉着南屏耳语道："我看不如就派个下人去叫警察吧，要不然没个了结。"

南屏皱眉道："叫了警察来，这小子不定又怎么胡搅歪缠呢？谁能跟他尽打麻烦。"

吴宫秋道："你怕麻烦，难道咱们就明看着，或者出钱公醵他吗？"

南屏摇头无语，别人也是三两聚议，又气又急，谁都无法可想。哪知丁大寿这次举措，居然还留下制敌之策、去后之思。好比《三国演义》上孔明五丈原里落秋风，知道魏延无人能制，就留下锦囊计于杨仪，把实行之法给马岱一样。不过他的预留锦囊却是出于无意，而代表杨仪马岱的，就是那个门房。他见白衍芝惫懒不行，众人束手无计，忽然想丁大寿临行说的那几句闲话，就向白衍芝道："白先生，请问你走不走？我可是劝你走。"

白衍芝呸了一声道："你算什么东西，配来劝我。"

门房笑道："哟，白先生别着急，我不配，寻位配的跟你说。"就走到南屏面前低声道，"他赖着不走，咱们就把那丁大寿叫来对付他吧。"

南屏道："这主意倒好，可是上哪儿寻他去？"

门房道："我知道，他在大兴旅社十七号房里。"

南屏道："你怎么知道？"

门房道："他临走时候，曾和小云娘商量去处，被我听见了。小云娘叫丁大寿上她家去，丁大寿却说在大兴旅社十七号房，是他长期开的，要小云母女同去。在那里小云可以梳洗打扮了，上馆子去唱。他和小云娘谈会儿，等小云下台回来，再一同回家，小云母女就跟他去了。"

南屏道："哦，你知道他的下落，怎样找他呢？"

吴宫秋接口道："这还不容易，打电话去叫他好了。"

南屏道："知道号码吗？"

吴宫秋道："查电话簿啊，我去办。"说着就进内间去打电话。

白衍芝在门房对南屏说话时，已经支着耳朵偷听，及至听他们的话，心中不由害怕，暗骂道："那门房该死，你怎这样留心，竟不怕使尽心机，得脑冲血丧了小命？倘然真个把丁大寿调来，我不但毫无所得，还要受一回羞辱。

这倒霉门房，真是我冤家对头。莫非我前世杀了你一家性命，辱了你老婆名节，今生竟这样加狠报复。”

想着就有些心神不定，屡次欠身抬腿，想要逃走。但转念又怕他们使的诈话，虚言恫吓，自己这老江湖，倘若被他们几句话吓跑，那可太丢人了。就仍忍耐不动，查看情形。及至吴宫秋进了里间，稍过一会儿，就说了话。先问可是某旅社，又叫十七号丁先生说话。又过了须臾，吴宫秋低声叫道：“丁先生吗？请快回来看看，那白衍芝赖着不走，还要讹人。”以下声音更低，似乎对方问他怎么知道他在那旅社，吴宫秋对他解释，又催他快来。一会儿电话打完，吴宫秋出来，对南屏低声说了一句，南屏愁眉立展。但大家全都相视以目，并不作声，似乎恐怕把白衍芝惊跑，故而力持沉静，不肯消息露出。白衍芝见他们气定神闲，却似有恃无恐，好整以暇。不由感到那门房所言或者不虚，必是丁大寿已答应前来。就再沉不住气了，急忙立起拍拍屁股，方要转身。又想丁大寿不致来得这样快，自己在短时间里还可以想些办法，这样忍气一走，未免太屈辱。而且身无分文，这里不能生发，出去更没办法。就在心中一打算，倒向南屏这边走了过来，叫道：“我的老师，我的一日为师终身是父的老师。我小子是混蛋，做错了事，叫老师生气，现在我给您赔罪磕头。”

说着跪下咚咚叩了三个头，立起又道：“现在不敢再给您添气，我要走了，以后再不登你的门，再登你的门就砸折我的腿。我从此在外学好，几时能像个人，再来求老师教训。我走了，可是你看见我的财产都被丁大寿抢光了，这一出去，就得挨饿。你可怜我，再赏几个钱吧。”

南屏喝道：“少叫我老师，少跟我说话。我没有钱给你，方才已经叫你讹够了。”

白衍芝道：“大人不见小人怪，宰相肚里撑海船。凭您还跟我小子一般见识？我也不敢要多少，给点儿就得。要不然就这样，您只当我老子娘死了，没钱发葬，或者把我当作街上卧，尸首臭了三天，您发发善心跟高亲贵友敛敛凑凑，做件德行事吧。”

说着见南屏仍无允意，就又自行落价放盘道：“这样吧，您跟他们诸位敛敛，每位给两毛钱，我出去给诸位烧香供长生牌。”

白衍芝说着话，直把那臊臭的身子向人群中挨凑，恶味直向众人鼻中直冲，吓得众人纷纷后退。南屏恨怒交加，但没法应付。不由心中想到丁大寿未必及时赶到，白衍芝所求钱数，又不甚多，不如给他一些，免得座中宾客受窘。他已经将要屈服了，哪知温三七却不服气，忽然眉头一皱，得了计较，叫门房道："你快去看看，我听见门铃响。"

门房闻言会意，答应一声就往外跑。白衍芝也听见温三七的话，立刻悚然大惊，虽不知真假，但他怕丁大寿太甚了，竟一转身向外飞跑，比门房跑得更快，倏即抢到前面，一直奔出大门，左右张望，见并没有人影。回头见门房也已到了门口，就向他骂道："妈的真混账，哪有人影儿？我就知道是诈语。"

门房笑道："你知道为什么还往外跑？"

白衍芝瞪眼望着他，恨恨地道："赚我不成，哼哼，打算赚出我来，就算完事？别他妈的做梦。"

门房向旁一闪，举手相延道："我看也不能算完，你还里面请坐吧。"

白衍芝鼓着腮帮子，半晌没说出话，知道这门房是奚落自己。算着工夫，丁大寿要是来，必仍就快来了，自己既为虚声所吓，跑出大门，虽然明知受骗，可是若再进去，就准得被丁大寿堵上，岂非恭候倒运。但若不进去，又实觉心下难甘。仔细盘算，揆诸君子明哲保身之道和光棍不吃眼前亏的古训，仍以不进去为是，就向门房说道："你这小子别跟我来这套，爷们老虎不吃回头食，今儿算是认了。谁叫爷们还有约会，快到时候了，进去告诉你们主家，叫他别得意，我这算记上他了，至多十天半月，准备他的臭底儿抖露抖露，给你们门口凑个热闹。看南屏诗客的新闻一个子儿，卖报的挤破了大门，看他怎样跟咱磕头叫祖宗。"

门房笑道："我们主人有什么臭底儿？我看你只留神你自己的臊底儿吧，腾上来又吐了一地。"

白衍芝翻白眼瞪着门房，骂道："你不用狗仗人势，早晚连你这狗奴一块儿收拾。"

门房冷笑道："我不怕，你有什么拿手？脱不过借着报纸讹人，我没名没姓，一个穷命，说拼就拼，难道还怕你？你也抓不着我的碴儿。"

白衍芝道："怎么抓不着？我就说你主人好南风，有个门房从十四岁就跟着他，十分得宠，如今年岁大了，拨到门房，可仍仗着……"

话未说完，那门房已一跃而出，上面一个嘴巴，底下一脚，白衍芝被踢得撞到墙上，口中喊道："你可打了我！"叫着猛见由街的北端走过一人，影影绰绰，似像丁大寿。他立刻屏息无声，缩着脖子，向南飞跑而去。

那门房见他逃跑，也以为是丁大寿到来，等那个行人走近，才知不是。正在心中好笑，忽觉手上湿黏黏的，看时原来白衍芝嘴巴流的唾涎，弄了一手，气味臊臭刺鼻。不由气得乱骂道："打他的嘴巴，比抓破了猪尿泡还难闻。今儿倒霉，遇见屎蛋尿泥了。"

骂着进门去打水洗濯，费了半块肥皂，恶味方才消灭。忽然想想客厅中还有白衍芝的遗泽，需要收拾。才觉得这五元钱赚得很不合算，但也无可奈何，嗟天怨地地进去了，这且不提。

且说白衍芝跑出街口，方才喘息一下，缓缓前进。想到方才所受的凌辱和所失的金钱，既心疼，又后悔。若非贪嘴恋饭，这时已是腰缠数百元，可以到娼寮酒肆足乐一气了。只为一念不纯，竟落得一文不剩。今夜望着大千世界，可上哪里着落。白衍芝难过之余，大有"黄泉无客居，今夜宿谁家"之感。而且腹中的珍馐美味都已被丁大寿的美酒消除净尽，肚中与囊中一样空虚。不由仰天一叹，落下几滴穷途之泪，唱着霸王别姬的鼓词道："真乃是苍天有意奈何英雄……"他唱得确是对景，虽然自称英雄，太给英雄减色，但这就要一文钱难倒英雄汉，好汉无钱到处难了。当前最急之务，莫过于设法弄几个钱，以为食宿之计。因为方才受了重大磨折，必须休养，若再到戏院睡大板凳，实在经受不住了。但是平地抠饼的道儿虽然许多，却必须时地适宜，方能运用，并非遍地金钱，俯拾即是那样容易。左思右想，实在无计，不由异想天开，想到常听人说，在街上拾着财物；又上月某报上登着一位阔女伶，在家打牌，把戒指上嵌的小钻石失落，费了很大的事才得找着。在这大街上不断有贼人走路，难免失落东西。莫说小钻石，就是掉个小钱包，我拾着也好暂解目前之急。这本是穷人最普通的幻想病，第一爱看报上的数目字，尤其是像天文数字那样长的经济报告、财政表格和钞票的号码，看了就寻思自己若得了这样大的数目，何等满足？就是减去几个零，也不嫌少。第二走在马路上，抬头好看电灯和霓虹灯，寻思这一夜共需费若干，倘能过一天寒食，完全禁火，把电费捐助给我，在众商家仅所捐九牛一毛之微，在我却实收积土成山之势，岂不大妙。低头就爱看地下，希望有富人遗下金钱，或者银行银号学徒落下现款包儿，但是俏事可遇而不可求，街上哪一天都有人失落东西，但拾着的皆是出于无意。镇日在街上研究地质的人，却是竟无所遇。

白衍芝穷极生疯，走着满地乱看。经过某一巷口，忽见地上闪烁有光，不由心中一跳，方想着钻石，居然就遇见了。哪知弯腰一看，钻石又太多了，一块一块，遍地却映着路灯发光，原来竟是碎玻璃碴儿，不由自笑自骂，想疯心了。想无意中向墙根一看，忽见放着一只玻璃瓶，扁形身长，好似医院中盛药的物件。忽的心中一动，就伸手拾起，瞧了一瞧，竟还完整无缺，上面还贴着白纸表格，想是人家吃完了药，把空瓶抛弃，就望着那瓶子道："还算五行有救，我今儿的浇裹就朝你要了。"就握着空瓶，重向前走。仍注目瞧着地下，寻着一根小绳，系在瓶口，提着走到一家水铺门口，走进去向掌柜的讨一点儿水。哪知掌柜方和老婆吵了一架，竟撞了个钉子。

因为此公劳苦多年，到了半百年纪，才薄积蓄，饱暖思淫，竟央媒娶了个二十多岁的小寡妇。过门之后，这小寡妇因嫁与老汉，委屈了美貌青春，就在另一方面谋取补偿。除在穿衣吃饭原则之内，要穿好衣服，吃好饭食。在原则之外，还要讲究脂粉，讲究玩乐，常常要浓妆艳抹地出去，听小戏儿，斗小牌儿。掌柜娶个女人，消耗如此之大，自己钱财来处不易，积之如锱铢，怎忍用之如泥沙，就设法限制太太的费用。这下闹得太太离心离德，竟跟对门麻绳铺掌柜勾搭上了。掌柜闻知，虽然气愤，但转想那麻绳东家既享权利当尽义务，若能把太太的挑费担负了去替自己减轻，我就装聋子，任其来往也罢。哪知麻绳铺东家好像有些啬刻，并没尽什么义务。太太也好像有些偏向，并不要尽义务。其实麻绳铺主人也没少花钱，只是不归正项罢了。因为女人一有外遇，对元绪先生绝对不肯体贴，太太才犯不上替丈夫省俭，向情夫不讨衣饰，只要现钱，以便挥霍。至于物质上的需要，仍归本夫担任。这位以水为生的元绪，不知细情，却以为太太偏向情夫，抱着不受酬玩票主义，自然越想越不上算。就暗地留心，预备捉奸。一天竟然有志竟成，把二人堵在房内，经过一阵吵闹之后，就由太太主席，开了一次三角会议，用经济支配解决人事纠纷。以后太太的饮食，由本夫担任，零用由情夫担任，衣履首饰，却由两方全力互助，太太却归双方公有。每月若是大建三十日，就各占十五天，若是小建，就由本夫多估一日便宜，以示推尊原业主之意。定约之后，倒也风平浪静了一个时候。

但是世界上没有没流弊没隐患的条约，譬如什么九国公约凡尔赛和约，在缔结时本意是安定世界的，却不料后来反因条约上某一部的失算，反引起世界上的战争。这水铺中的三角条约，却失败在双方合供衣饰的一点。并没言明每做一件衣服，全由双方平均用资，只马虎着一件一件地做，由太太自己斟酌着向任何一方索要，但是这就隐伏下争执的根源了。譬如太太初一日做了一件麻葛大旗袍，十五又做了件白布短裤衩儿，到十七买了双绣花鞋，二十又买了条手帕，若是一对一件地出钱，就不能公平。因为旗袍需用十元以上，裤衩儿不过几角钱，鞋子要三四块，手帕却三两角。那太太偏爱新欢，常把轻松差事给他去当，而将重担分给本夫。元绪公过了些日，又觉得不上算了，就和太太交涉，要求均停支配。太太点头也答应了，但元绪公总是疑心自己吃亏，时常争多论少。太太很不高兴，越发偏向情夫，凡是情夫买的东西，都要浮开冒报，明明四角钱一尺的衣料，硬说一元二角。本夫买的东西，总是挑肥拣瘦，明是好的硬给说坏。元绪公忍气吞声，已非一日。

这一天太太又要做一件大褂，向本夫讨要。元绪公想起上一件是自己所做，就令她向情夫去讨。太太却说情夫已然给买了件首饰，用钱甚多，这次不能再向他讨。元绪公问首饰在哪里，太太说头一天买来戴上，第二天就丢了。元绪公不信，说她故意蒙哄。一句话把太太惹恼，又哭又闹，高喊着要请街坊邻居说理。你个穷小子，娶不起老婆，娶了老婆还叫别人养活一半，世上有这样的事吗？如今你更越便宜越不嫌便宜，简直要全推给别人，满都不管，承受跟老婆睡了。元绪公见她吵闹起来，就害了怕，这就是女人出手的能为，本来她先做出对不起丈夫的事，才弄成这个局。但竟能倒打一耙，倒果为因地把自己说成贞节烈女，把责任一切推在丈夫身上。好似她的偷人完全由于丈夫的逼迫，无计奈何。若是吵喊出来，丈夫便要百口难分，大遭公意责斥。因为夫妇间最大的前提，是丈夫养活老婆的全部责任，若是稍有欠缺，已有负男子的天职，若再忍着耻辱把养活女人的责任倚赖他人，更难容众口。何况这不尽责丈夫，还要逼得妻子不能忍受。再说男子终较女子稍顾脸面，下流女子到了这种分际，简直可以毫无畏忌，男子却有时还怕难堪。元绪公知道把街邻闹来，女人任何不要脸的话都可以说出，人们必不会偏向自己，只可急谋息事，立刻表示屈服。先把洋钱献出，又尽力央告，过了半天，才把太太哄好。太太便整装易衣，带钱出门，却找情人陪伴，游市场听蹦蹦儿去了。元绪公在她走后，守着水锅，掉了半天眼泪。又糊里糊涂地有几次忘收水钱，有两次买水的人用角票找钱，他把角票和应找的钱全递回人家手里，及至醒悟，已然无法追回，越发气闷难过。正在恨不得跳进水锅，把自己煮熟，白衍芝恰在这好时候来到，向他乞水，又怎能得到应允？

白衍芝受了呵斥，还不甘心，仍用好话对付，竟被这元绪公把他当作泄气的工具，给臭骂了一顿。白衍芝想跟他吵，苦于方受磨折，气力衰弱，只得暗叫晦气，退了出来。在街上又兜了一转，才在一处路南看见一只木架，上放小水缸，知道是慈善家施舍饮水的地方。就走过去，先用木匙喝了两口，解解口中的恶臭、心头的烦躁，随即把小瓶灌满了水，提在手里，重转向热闹的街头，来往走踱，等待行路匆忙的人。但等了半晌，可恨街上行人，全都雅步安详，好像都是绅士文人，粗豪的一个不见。虽又有小乞丐洋车夫被警察赶得乱跑，但这都不是白衍芝的目的物。想上电车去，趁上下拥挤之时从中取事，无奈看着电车，坐客十分稀少，自己身上没有购票的钱，上去先得被赶下来。等了半天，心中急躁。忽然急中生智，自思我何不反其道而行，又没人撞我，我可以去撞别人，硬咬定是他撞我，在他是口说无凭，在我却是物证，当然也能顺利成功的。想着就四下张望，忽见由南面走过一人，摇摇晃晃，似是醉汉。身上衣服颇为华丽，却全不合身体，袍子肥得可以装两个人，衣领奇阔，几乎连胸口都露出来，老赶气味十足，一看便知是外乡人，这正是白衍芝求之不得的可口的肥肉。就掉转身躯，向那人飞奔过去。到了近前，故意用力冲撞，两人身体一接触，白衍芝就把小瓶放手，落在地下。那小瓶落在地下，就摔成两半。白衍芝拉住那人叫道：“你撞了我，摔了我的东西，这可不成？你走路不长眼啊？”

白衍芝这行为原是从报上学的，报上在前三四年，登着这么一段新闻，当时在军人当政时代，某派最没纪律的军队驻扎北京，便在街上常发现这一类的事。一个兵士手提瓶罐之类，单拣人多地方行走，故意寻个衣服华美的人，和他相撞，把手中东西再抛地下摔碎，跟着就拉着人家索赔。常自称是某位军官的随从，奉主命买来药品，价钱甚为昂贵，如今摔碎，无法回去交代，非得赔偿不可。吵闹之下，连街头警察也不能判断他的真伪，结果终是被撞的人晦气，出资赔偿了事。白衍芝看报，单记这种奸盗拐骗的特别学问，存在心中，留得将来遇事应用。这时他穷极无计，就照抄旧文实行起来，指望讹诈几个钱，权度一夜生活。好容易等来一位，穿着华美而不合体的衣服，好像挂着老赶标致的人，他就饥不择食地撞了过去。及至撞到那人身上，才觉得就似撞在一块石碑上面，纹丝不动，心中已知有些不妙。撞已撞了，瓶子已松了手，势不能悬崖勒马，只好揪住那人，喊叫着撞坏了我的药瓶，要求赔偿。一面叫着，一面端详那人。只见他既瘦且高，身体像一根棍，脸上枯燥无肉，皮肤包在骨头上，作锈铁之色。但是双眸炯炯，十分凶悍。白衍芝今天可输了眼，一则只顾看上面，没看下面，二则不想这样瘦人，方才被撞，竟会屹立如山，并不稍动，当然不会是平常软弱之人，很可以知机善退，明哲保身。其实这瘦人也并非是什么奇材异能之士，身体的枯瘦硕健，只由久历风霜，惯受磨炼而来。若用侦探眼光观察，由他长衫里面的军装裤子就可知道是个军人，但却不是普通士兵，因为士兵穿不起这样华丽便服，也不是高级军官，因为在那时代，武人在营长以上，便另有一种轩昂气概、煊赫的声势，绝不会这样平平无奇。由此可以断定，他必是下级军官的连排长，若再确定身份，说排长或者屈尊，大约是个连长，就姑且算个连长。军人生活在戎马之间，一切都从简单，若是需要享受，都要临时预备。譬如驻防某处，就在某处现赁房子，现买什物，现娶太太，现过日子，到开拔就把家庭太太一并抛弃。开到乙处，再重新置办一套。所以某处有军队开到之后，当地必有许多姑娘寡妇，得到她的金龟夫婿，宜其室家。但到军队开拔，这些新任太太们，便又遭了抛弃，成为寡鹄孤鸿。满心还希望夫婿到了目的地，就派人接其前往，哪知军人的太太都是就地备办，不去他处转送。等到老死，也无音讯。错非特别有良心的军人，不忍太太空帏独守，绿鬓成霜，或是特别出色的太太，能使对方感到佳人难得，弃之可惜，才可以长久相随不舍。这种经济的办法，大约来源甚远，古已有之。由古时征人妇的怨词特别多，便可证明自古军人就爱在驻扎区立家，而妇人在军士气不扬的诗，又证明不许随营携带，当然被抛弃的随处皆是了。

至于前文这位连长先生，是否如此，尚不得而知。大概也是最近才开到天津，未及组织家庭，就走出来游逛。因为没有便衣，只可到新衣庄去买。想是因为军人性质太粗豪，新衣庄里人又太奸狡，所以他竟买得了完全和他身体相反的衣服。把至肥至短的衣服，穿在极高极瘦的身上，令人一见便知是买现成的，这是另一种特别的风格。白衍芝也穷神蒙眼，竟没看出来，揪住他一吵，那位连长很镇静地瞧瞧他，发出一种长骂舅子龟孙的乡音说道：“你这是干啥？”

白衍芝听他声音，心里又刮一阵凉风，但仍道：“你走路不长眼，撞掉我的药瓶，瓶都碎了。这是给我们老爷买的药水，才花十八块钱配的，你趁早赔我。”

那连长看看地下，哼了一声道：“好你个小舅子，谁不长眼？谁撞了谁？

小舅子你找谁赔?”

白衍芝骑虎难下，只得又喊道：“你撞碎我的东西，敢说不赔?”

那连长道：“不赔，不赔，就是不赔。”

白衍芝道：“不赔咱就打官司。”

那连长听了这句，就如同《庆顶珠》戏里，萧恩所谓听说打架如同小孩子着新鞋的情形，忽然很得意地一笑，倒揪住了白衍芝，叫道：“正好，就打官司。”说着就给白衍芝两个嘴巴。

白衍芝没讹到钱，反挨了打，自然喊叫起来道：“巡警巡警，打死人了!”

恰巧警士岗位相距不远，白衍芝本是特找这个适合地点，预备撞着人讹索，相持不下之时，可以利用警士解围，令对方赔钱了事，却没料到挨了打才叫警察。附近警士走了过来，白衍芝迎头喊道：“老总，他撞碎了我的药瓶，还打了我。”

那连长先不说话，弯下腰去。白衍芝也向地下瞧，立刻大惊，忙用脚去踢。无奈脚不及连长手快，已被他拾起来。原来白衍芝把小瓶掷地时，因为手法欠熟，只顾撞人，手上未及用力，而瓶落下，并未摔碎，而只分为两半。不知怎么倒巧劲儿，那瓶底竟坐在地上，里面还有一部分的水未曾倾洒。那连长早看到眼里，等他喊来警察，便把瓶底拿了起来，白衍芝想要踢翻已来不及，不由心中擂起鼓来。连长擎着瓶底说道：“你说我撞碎了你的药瓶，倒是不错。这瓶药水是多少钱买的，我可以赔。”

白衍芝已经气馁，但不得不硬着嘴说：“十八块买的，你不全赔，就赔一半也罢。”

那连长一笑，把瓶底递给警察道：“劳驾你去看看，若真是药水，我赔三十六块，若不是药水，我得跟他另说。”

那警士很为精干，早已看出白衍芝鬼头鬼脑，也明白是什么事了。就闻了闻，又伸舌试了试，向白衍芝道：“你这小子真倒霉，怎单玩这老套子，这已臭到万人肚里。”

那连长接口道：“小舅子，你玩这个，也该练熟了手再出来。怎不把瓶子摔碎，还留半瓶儿送自己的逆?告诉你小舅子，这一套是我们营里护兵伙夫先发明的，他们穷极了就来一下，可是现在早不使用了，你这是跟谁新学的高招儿?”

白衍芝听他完全说破，后悔欲绝，知道再硬顶下去，只有加重自己的罪恶。幸而他的膝盖筋骨特别灵活，立刻就跪下去，叫道："大爷您说得对，老总你说的是，我小子实在穷极无奈，才做这不要脸的事，谁想又瞎了眼，单撞在大爷身上。实在我小子混蛋，大爷们高高手儿，饶了我吧。"

那位连长听着，向警士道："怎样，这小子自己招了。"

警士道："听你的，你告他我就带案。"

白衍芝忙向连长磕头："大爷你饶命吧，我实不是常干这个的，今儿头一次。只为家里九十岁的老娘，已经饿了三天，我的老婆去年死了，剩下了个两岁的孩子，现在正出麻疹，憋得要死，只出不来，连两大枚买芦根的钱都没有。我小子实在没法，才想出这主意。大爷您可怜吧，我但凡有路儿，也不敢干这个。您大爷若把我交了警区，我一个死了也活该，只可怜家里一老一小，全要死了，大爷积德种德……"

那连长听着一笑道："这小舅子，这一套是哪本书上学来的？凡是做贼的被人捉住，家里都有八十岁老娘。"

那警士道："他倒变变样儿，老娘长了十岁，还外加个小孩子。"

说着又问怎么样，那连长道："我没工夫跟他麻烦，放他滚吧。"

白衍芝听了这句，以为他已饶恕自己了，正要叩头道谢，却不料那连长话方说完，右脚随着飞起，大约他是足球健将，脚上特别有力，一脚踢在白衍芝的股上，白衍芝还在跪着，向旁一倒，像只皮球似的直滚上便道。那位连长脚力真大，白衍芝竟被踢得飞上便道，半尺高的阶沿，直撞到墙根，又给撞回来，落到便道下面。这一下幸而踢在肉厚地方，若踢在肋上，准得折了骨头。但这样已经够白衍芝承受得了，他哎哟着呻吟欲绝，全身骨头节儿全似各自分了家，躺着不能动弹。那连长又走过来举足在他头踩了一下说道："小子，便宜你，下次再干这事先睁眼瞧瞧。"说完扬长而去。

白衍芝被他踩了一脸的泥，只有哎哟。那警士走过来道："你还不认便宜，趁早滚开，赖在这里还想讹谁不成。"

白衍芝哎哟半晌，才挣扎说道："疼死我了，老总，实在把我踢坏了，动不了起不来。"

警士道："起不来想怎样？我叫辆囚犯车架你上所子可好？你躺在高路上阻碍交通，一会儿查岗的过来，可就要倒大霉。"

白衍芝喘息说道："老总，我实在不能动，你叫我歇一会儿我就走。"

那警士也发生恻隐之心，喝道："不成，你在当道不能躺着，快挪到墙根去。”

白衍芝无奈，只得连滚带爬，更上一层楼，爬到墙根卧倒，警士方才走开。但看热闹的围满许多人，看着白衍芝不知是怎么回事，都围着他看，后来的莫名其妙，又包围了前来的人，愈来愈多。警士屡驱屡聚，只可根本解决，又赶白衍芝快走。白衍芝也缓过些了，只得挣着立起，扶墙摸壁，一步一哎呀地走开。挪到稍远处方要坐下，那警士又喝道：“你既能走得动，怎么装着玩？快给我滚开吧。”

白衍芝只得再向前走，幸而不远便有条小巷，他转了进去，坐在黑影中又休息了一会儿。心中寻思：今日可没法儿了，我将向何处存身，难道就在街头露宿？现在天气已寒，夜风甚厉，我这残伤上身，可真经不住风吹露侵，倘若病了，更是苦死。想着为难半晌，忽地想起自己还有个家，只为碧琏犯了盗案，自己恐受连累，才逃了出来，不敢回去。其实细想犯罪的事，父做父当，儿做儿当，夫做夫当，妻做妻当，又不是我的主使，怕什连累？何况碧琏所犯不过窃盗，并非大罪，即使官府曾传我讯问，这几天工夫传唤不着，也就冷下去了。想着就决心回家，且在大炕上眠息一夜，明日再悄悄出来，也不会被人看见。我还可以搜罗一点儿东西，带出来卖钱花用。主意既定，就想立起。但觉双腿疼得难受，心里也慌得难过，勉强立起来急忙又坐下去。知道离家甚远，走回去实不可能，身上又没有雇车的余资。暗自思量，这时得到一角两角钱，也是如天之福。但回想在南屏家时，对人讹索，一讹就是几十元，真如探囊取物，何其容易。现在困在街头，一两角的微资竟没法可想，又何其艰难？这是什么道理。想了想才悟到衣冠人物最要面子，书痴诗魔又多不通世情，所以善骗恶索，都可以得心应手，都不出以君子可欺以其方。市井中人，却能精明强干，他们还不知上哪儿找便宜去。由此看来，我现在所需要的车资，为数虽小，却也得向所谓文明人身上设法，在街上叩头哀告也是没用。想着又得一计，就仍坐着闭目合睛，摇头晃脑，好像诗翁集句，为求一字稳，捻断数根须似的。他是嘴巴尖，没有胡子，只可改为抓搔头发。大约诗人的聪明，都藏在毛发之中，所以吟诗的人，不是捻髭，就是挠头。倘若是个秃子，恐怕就向另一生毛部分着手。故而有人猜测，春天摸太太屁股的章诗人，大约是个通体秃子，因为他本具无有诗的来源，不得不别求于太太之身。至于所摸地方，大约还没写明白，只为求字面雅训，才改写距离不远的屁股罢了。白衍芝抓了半天头，抓了一回裤裆，居然名著成功。

心中一得了准儿，身体也好了，居然挣扎立起，徐徐转向另一条街上，倚墙等待。

这时正在午夜以前，电影场方在散场，戏院承演着好戏，妓院正是灯花时候，打茶围正换班出入，想住夜的全预备登场，卖夜宵的铺子，也渐渐上了座儿，洋车夫开始高抬市价。在这热闹时候，他瞧着许多人在面前经过，都不理会。等了半天，由对面酒楼里走出两个中年人来，衣服很是华丽，态度颇为文雅，又有点儿趾高气扬的样儿。白衍芝才赶上去，跟在后边，念念有词地道："大爷多福多寿，酒楼醉饱归来。欢颜说笑好开怀，也得可怜乞丐。小子时败运衰，街头念念堪哀。回想当年大有财，也曾酒楼高摆。只为兵灾水旱，落得无业无家。求亲告友无生路，只可人前叫花。可怜区区小子，并非久惯生涯。只求大爷行好吧，救命何须西天。"

念完又道白道："大爷行好，赏我两大子吧，可怜我也不是久惯讨饭的，当初也是做事的人。只为运气不好，才落到这步田地。今儿到这时候还没吃什么，您多积德，我一世不忘您的好处。"

那两人听见互相瞧了瞧，似乎诧异这乞丐居然满口西江月，就回头瞧他。内中一个胖子向他问道："这词儿可是你自己编的吗？"

白衍芝假装害臊道："见笑见笑，我自己编这两句，只当唱莲花落。"

另一个瘦子道："你知道这词儿叫什么名字？"

白衍芝道："这叫西江月，你别笑话。"

那胖子听乞丐居然吐属文雅，就又问道："你是哪儿的人，姓什么？"

白衍芝一听，立刻装出侉调道："我姓白，河南顺德人，只为家乡闹灾闹匪，我自己办的一处学校，因为学生都没有了，只可关门。接着两年荒旱，颗粒无收，家里产业已出去了一半。今年我的独生儿子被土匪绑了去，我变尽了家产，只赎回了尸首。我老婆心疼儿子，上吊死了，只剩我光杆一身。在家乡站不住，想起那个当年在吴大帅手下同屋做事的老朋友，现在听说当财政局秘书，就凑了盘川，赶到天津寻他。哪知我听说的是个谎信儿，到财政局一打听，根本没这个人。我又想莫非记错了局名，他不在财政局，也许在别的局，就各自撒开了打听，仍是没有影子。我盘川带来的本来很少，不几天就花尽了，被店里赶了出来。想回乡已回不去，回去也没活路，打算找件小事情糊口，可是两眼一片黑，上哪儿找事去？想拉洋车，厂子里因为我找不着保，也不叫拉。实在没法，只可讨饭度命，但有一线之路，谁肯……

咳……咳。”

那二人听着，上下端详着他，又互相以目示意，似乎很是惊讶，很是怜他，那胖子接口说道：“他还是位老夫子，办过学哪？又在吴大帅那边做过事，居然会……”

那瘦子接口道：“你在吴大帅手下当过什么职务？”

白衍芝信口开河道：“我原是在曹四爷署里文案处办事，有一天吴大帅向曹四爷要几个办文案的好手，四爷就给选派了四个老先生，内中并没有我。哪知四位老先生去了一个多月，都被休回来了，说全是废货，不够材料。曹四爷没法，只可叫我去了，吴大帅一见我就投机，留我在他跟前办事。因为我初到资格还浅，秘书处也没有缺，就派我做上校副官，代管文案，凡是机要公事，差不多全经过我手。有一天大帅要送给总统一副寿联，许多老夫子每人拟了一副，大帅看着都不中意，我一时胆大，也做了一副呈给大帅，大帅看了直挑大拇指，夸我是奇才，立时下命令叫我做秘书副主任。”

那胖子接口道：“原来你是吴大帅亲口封过的奇才，那副对子怎么写的，说给我们听听。”

白衍芝只顾信口开河，说得没了边际，这时被人一问，他又哪做过什么寿联，不由张口结舌。幸而他也真是个奇才，虽然并无其事，但被逼得太急了，狗急咬人，人急胡诌，居然诌出一联，假装思索着说：“好些年了，已经不甚记得，等我想想。上联如像是什么寿……对了，八言对，是八言对。上联是什么大庆，下联是什么什么遐龄，原文虽说不清，可还记得意思，上联说是总统是大人物，生日做寿，才称得起真正是大庆，下联说他福气大，还尽有活头儿，遐龄就是顶长的年头儿。”

那两人听着，又面面相觑，胖子咂巴嘴道：“大庆，遐龄，念着真顺，可不是好？”

瘦子点头道：“不错，是好，比咱们在巧仙班里看的那副对子还好。上联是什么我忘了，下联是什么春。他这个比那个好。”

胖子道：“不错，他这样的人居然会讨了饭，也怪可惜，我们帮他点吧。”

瘦子道：“好，我给他弄五毛。”

胖子道：“我也给五毛，你先拿块钱给他。”

瘦子道：“我没带零钱，还是二哥你先给了吧。”

胖子沉吟道：“我……我也……也都是大票，难道还为这种事去换钱？”

说着向衣袋里摸索了半天，才伸出手，叫了声，“瞧这巧劲儿，零钱只剩五分钱。”

那瘦子道：“等我摸摸，我……我……我也只剩二个铜板。”就把铜板递给胖子。

胖子用手指捏着五分小票二枚铜板，向白衍芝说道：“真赶巧了，我们都没零钱，其实我们都愿意帮你。这几分钱先拿去买个烧饼吧，改日遇上再多给你。”

白衍芝听着几乎把鼻子气歪，暗骂自己真是时败运低，遇见这两个说大话使小钱的小子。这两个人在相互之间，都要表露文雅懂事，又装出慷慨豪侠，还假充内行，好像爱才如命，假充做过官儿，所以听说投在吴大帅处做过事，全像把我当着老同僚似的，其实只是互相装蒜。所以到给钱的时候，谁都舍不得真给，谁都想叫对方代付，结果只合着搜索出一个烧饼钱给我。我费了许多心思，又跟他们费了许多唾沫，只落得不如乞丐收入，实在冤枉了。怎这样倒霉，偏遇见这两块装人物的假料，我若不接这点钱，恐怕他们说声对不起，收起钱就走，可真窝心。

白衍芝想着，又气又恨，就说道：“二位爷，多可怜些儿，你看天都这时候，街上走路的快没有了，你二位大爷跟我说了这么半天，总得多赏几个。”

白衍芝言外已露出讹他们的意思，暗示自己的乞讨光阴千金一刻，和娼妓的灯花时候差不多少，你们既耽误我时间，就该赔我金钱。若是不肯花钱，就该少说废话。那两人听了出来，不由都沉下脸，瘦子叫道：“就是这个，你爱要不要，还打算讹人啊？”

白衍芝说：“我怎敢讹人，你二位已经说出给五毛了。”

胖子说：“说出来没零钱又怎样？为打发要饭的，还现去砸银行的门去？”

白衍芝说：“这不是许多钱摊儿，哪间铺子换不出钱来？你若诚心换钱给我，把整票给我，我立刻就变成零的。”

瘦子大怒说：“你真大胆，叫我们把整票给你，我们都是一百块五十块的大票，你打算抢了跑哪，世上讨饭的可有这么说话的？”

白衍芝道：“我们穷人怎样也不好，只许你们拿穷人开心？”

胖子高叫道：“什么拿穷人开心？打发乞丐，给几分钱还少，你想要多少？”

白衍芝道：“我不想要多少，你们自己说的，拉出屎又坐回去，连我讨饭的也做不出来。”

胖子气得跳脚道：“你这臭叫花，要疯？我们说过每人给五毛，若说每人五万，你还去抄家哪？”

白衍芝撇嘴道：“我看你们二位，也只说说大话吧，你们也就带张嘴出来罢了。若说到家，还不定成了没有，就跟我们穷小子充人物。”

那两人听这挖苦话，可再斯文不得，胖子举手便打。白衍芝也忘了自己现是伸手将军，因为心中存满了郁气，忍耐不住，就对这二人发泄出来。只苦没有气力，就来个拼命招数，向那胖子弯腰低头一直撞去。胖子身体居然灵便，向旁一闪，白衍芝收脚不住，踉跄跄向前直冲，恰巧撞在一根水门汀电线杆上。他正在气苦非常，哪经得这一撞，立刻头脑昏涨，眼前一冒金星，竟昏倒地上。那二位文明人看见大惊，只疑闹了祸事，不敢停留，一溜烟跑了。白衍芝幸而倒在墙隅黑影里，并不妨碍交通。便有走路的人瞧见，以为是行乞的人路宿，并不注意，他倒得了休息。昏过去又继之以睡，直别残更将尽，悠悠醒转。睁开了眼摸摸头，渐渐想起方才之事，发了回恨，坐了起来。身上倒觉好些，只肚里空得难过，喉咙干渴。想了想，实没法儿，这街头既不可久居，天地之间，只有自己的家可以容留此身。虽然路远力微，但已无可奈何，就是爬也得爬回去。想着也不再计，就立起徐徐行走。他知道连坐车也绝无希望，死心塌地地自甘受苦，倒能走得动。也许是睡了一觉的好处，俗语说有志者事竟成，又说人们平常认为不可能的事，到了无可奈何时候，常常变为可能。譬如叫富人吃粗食物，平常是不可能的，但若连饿三天，就也能大嚼了。老弱的人走长远的路，是不可能的，但若遇着逃难，像前年西班牙囚人逃至法境，今年法国人逃至西境，携老扶幼，一日夜奔命百余里，在平常必以为累死半途。但至非逃不可之时，居然也活着到达了。白衍芝有志回家，除了走路别无办法，自己横心忍痛，居然一程一程地走过来。固然常常感觉不能支持，但想到半途无停歇，非勉强支持不可，于是他就借着这股硬逼来的勇气和力量，对付着回到家中。

初一进了胡同，望见家门，心里说不出地安慰。他此际别无他望，只盼进门入室，向炕上躺倒一睡，那滋味比成仙还要美快，任凭天塌地陷、发水着火，也不再动弹了。及至两腿把他曳到门口，他知道门是倒锁着，就把身体靠在门上，再取钥匙开锁。哪知他身体无力，自然把全部力量靠在门上，那门竟向里面开放了，他随着便跌进院内。因为出于不意，两手来不及支持，竟跌了个鼻青脸肿，疼得他连声呻吟。哪知这时竟听得房中有人高声问道：“谁呀？”白衍芝听说话的是碧琏声音，立刻连疼都忘了，心里不知是惊是喜，只觉扑扑乱跳，一时应不出声，也爬不起。正在着急，发出有音无字的呻吟，却听房中有人出来。白衍芝伏在地下，由窗内射出灯光看出正是碧琏。心中诧异，她已被捉入官，怎样就回了家？那碧琏走过也看出是白衍芝，却对他的伏地一起深为诧疑，就踢了他一脚道：“我疑惑你死在外面了，原来你还怕做外丧鬼，赶回来寿终正寝哪？”

白衍芝这时才说出话来：“哎哟，摔死我了，快拉我一把。”

碧琏道：“我拉你呀？我打了官司，你连问也不问，管也不管，倒自己出去闯丧。我这会还伺候你呀？你小子自家跌倒自家爬吧。”

白衍芝情知自己对不住她，只可呻吟央告，碧琏不理，哪知这时又从房中走出一人，叫道：“白先生回来了，怎么摔倒了？”说着就跑过来把他扶起。

碧琏说不要管他，那人又向白衍芝道：“你怎才回来，我直候了这么半天，快进屋里去吧。”

白衍芝见房里突然跑出男子，已觉诧异，又听他说候了许久，更是莫名其妙。这时已然快大天亮了，难道上门寻人会等个整夜？固然有碧琏陪伴，不致寂寞，但也未免太有耐性，叫我疑心，这人竟是谁呢？及至就灯亮儿一看，原来并不认识。只见这人约有三十多岁，黑脸厚唇，好像非洲黑人，身上穿着不可体的西服。由神气局面上看，好像是个假局面假摩登的穷人，更觉纳闷。

及至进到房中，碧琏似已闻着他身上气味，就叫道：“他都臭了，别进我的屋子，就放在堂屋里。”

那人依言，把白衍芝放在一张破椅上，碧琏道：“宋先生不要理他，还屋里坐吧。”

白衍芝方知那人姓宋，却不解他和自己素昧平生，何以与碧琏如此亲切，两位是新交还是旧识呢？想着见那人向碧琏摇摇头，自坐在旁边道：“我等了半夜，当然得跟白先生谈。白先生，我跟尊夫人是在警区遇见的，白先生鼎鼎大名，谁人不晓。我既知道你的夫人打了官司，自然不能袖手旁观，就一面替她跟区官说好话，央求先别送厅，一面跟告她的人了解，费了很大周折，才把两面都说好了，给告她的王家女人五十块钱，她们自请和息，区上也不再究。可是我办好了之后，到府上找你白先生去缴款取保，却不见你的影儿。

我也没法，只得四下张罗，跟别人借了五十元，又替找了保，才把尊夫人救出来。回家已是晚上了，我本想明天再来，无奈尊夫人定留我在这里，等你回来商量还钱的事。我只当不会等很大的工夫，哪知直等到现在，你才回来，又是这个样儿，莫非不舒服吗？那你就歇歇吧，咱们的事，明天再说也不迟。”

白衍芝听了，想这姓宋的是什么人，跟碧琏素不相识，竟肯替她奔走，替她借钱找保，担承偌大干系。他说因为久仰我的大名，我却有自知之明，大名连妓馆伙计都唬不住，难道会唬住素不相识的人，这未免太离奇了。但这是小事，最可怕的是五十元的问题。碧琏胡作非为，自己倒霉，自己受苦，本是理所当然。就是弄二年徒刑，我也无甚怜惜。虽然缺少女人陪伴，难免寂寞，但是我把供给她的钱，另去寻个女人，加以供给，也照样有乐儿。所以她进了警区，我也离了家门。本打算各走各路，永不相关了。哪知她竟会无事回来。她回来我也不反对，只是无端弄了这笔债到我头上，可真受不住。这该死姓宋小子，干嘛管闲事，把她救出来害我。我现在上哪里去弄这笔巨款？无奈当着碧琏，若说个不字，她就得跟我拼命。除了应承，更没有第二条路。可是应也一样麻烦，我实在没法啊。只后悔今日一念之差，想要回家休息，竟遭了这样大难。又想所以逼得回家，是由于没了钱，钱却是被丁大寿抢去，而所以被抢，却由于自己贪嘴，不由自怨自艾，恨不得把自己咬一口。

碧琏见白衍芝不语，就道：“你别装死儿，倒是怎样，快跟人家宋先生说个章程呀？”

白衍芝既不敢不认账，也只好推一时是一时，就喘息着道：“我难过得很，这会儿还顾不过命来，明天再说吧。”

碧琏骂道：“你真说得轻松，现在你咽了那口气就没有你的事，只带口气儿，就得还人家钱。”

那位宋先生倒是厚道，在旁说道：“白先生这会儿没精神，就明天说吧。”

碧琏道：“没有这么便宜，装死儿就能搪账，今儿非得……”说着忽然被宋先生在身后拍了一下，她似有所悟，改口说道：“不是我挤罗你，这是个理儿，垫钱不能隔夜。宋先生你若能等，就明天也成，我何苦做恶人呢。”

说着就拉住宋先生道：“那么你还上屋里歇着吧。”

宋先生客气说道：“要不我先回去，明儿再来。”

碧琏听了大发娇嗔，叫道："你哪儿去？老实给我待着。"

说到给字，两手猛把他一推，宋先生直跌入里间去了。碧琏随着进去，先把门帘拉严，又回头瞧瞧白衍芝。白衍芝见碧琏对这位宋先生情形可异，心中已有所悟。但只纳闷碧琏在被捉入警区的短短时期，跟此公如何有此萍水的遇合，如何结成急就的友谊，不由把诧异的眼光望着。碧琏回头看看白衍芝目光中充满了疑惑嫉妒悲恨种种感情，就大声叫道："你这死鬼，也不用这么看我，我知道又中了你的眼毒。哼哼，活该我打官司是死是活你连问都不问，难道还不许别人管我，定要害我死在狱里呀？人家既救了我，就算天大恩德。我不能像你那样忘恩负义，总得报答人家。可是我跟着你就穷断了筋，连一盅酒一杯茶都拿不出来，也只好拼着我这个不值钱的人吧。你还是不用生气，现在拿五十块钱送人家，再拿几十算作酬劳请客，人家立刻就走，你小子可往外拿呀。"

白衍芝被她骂得喘气不出，只得服软道："你无故生这种气，我说什么了？"

碧琏道："你不说我就够有气的，再敢说出来，早把你剁馅儿包了饺子。告诉你，人家宋先生并不是爱管闲事，实在因为早就跟我认识。当初我在班子混事时候，他去打过几个茶围，以后为跟老妈子生气，半道儿不去了，白花了钱，也没留过交情。今儿人家又救了我，还不补付补付人家呀。"

白衍芝心想：这可新鲜，原来他们还有未了之缘，要来个红楼补梦，可谓情场佳话。从良妓女对于旧时嫖客，都惯于唱这一出，无足深怪。只是当着本夫，似乎稍差。随又转念，我还自称什么本夫，当着这二位红楼补梦的情人跟前，我可退为槛外人吧。想着不由心中要哭，面上苦笑，也不敢再说话。

碧琏又指着他说道："你自己可老实待着，我知道你在外边必又做了什么不是人的事，被人家推到尿坑里了。闻闻这个味儿，我立刻赶你出去，算我不厚道，等到天亮趁早先上澡堂，把身子弄干净再回来。"

白衍芝哎哟一声道："你叫我去洗澡？先给我一点儿钱，我身上连钢碴儿都没有了。"

碧琏道："是啊，我知道，你但凡有一把买道儿的钱，也不回家。回家就跟我要钱，我倒有心倒贴养汉，可往哪儿挣钱去呀，妈的你可真不要脸。"

白衍芝知道再说也是无益，就仍闭住了口。碧琏又骂了一顿，才进屋里去。白衍芝听她一进屋，跟宋先生说话，口吻完全改变，又和气又柔媚，若有生人听着，准认为和才在堂屋里骂街的不是一个人，连白衍芝都觉得入耳销魂，不由深深羡慕那位宋先生的幸福。这幸福自己也曾享过，不过那已是多年前的事了。但这此公到底是何来历，仍是疑莫能明。正在寻思，忽听里间房门关了，房门一声呼隆，实有些刺耳伤心，但白衍芝却正可心意。西厢记上说，一桁窗纸，几眼疏棂，便是云山几万重。他这时也希望一扇门板，变成铜墙铁壁，好博个眼不见心不乱，耳不听心不烦。无奈这门不能阻住声浪，白衍芝怕听什么，偏有什么。只得把两张椅子搬在远处并在一起，当作床榻和衣睡下。因为搬动时放得稍重，响声惊动房内的碧琏，又被骂了一阵，白衍芝只得掩上耳朵，幸而他疲乏已极，不大工夫就算昏昏睡去。

到天亮以后，他忽被人推醒。睁眼看时，原来是那位宋先生。白衍芝出于不意，怔怔地坐起，猛觉身体疼痛，不由哎哟一声。那位宋先生穿着碧琏向来心爱的睡衣，坐在旁边向他点头微笑。白衍芝看着有点儿伤心惨目，揉着眼道："你干什么?"

那宋先生做出无可奈何的样儿道："对不住老兄，请你原谅，我实在不敢这样，无奈嫂夫人……一个劲儿不饶，我也没办法。"说着连连扼腕，不住咂嘴。

白衍芝听着周身十八万毛孔，都向外喷气。世上哪有立在第三者地位向本夫道歉的，这种客气似乎比打骂还难堪，自己对他道歉怎能接受，但不接受又将如何，只有望着他苦笑。那宋先生又道："我对白先生真是慕名已久，又想不到居然有缘相会，真是万幸。白先生是外场人物，宽宏大量，料想也不会恨我。咱们从此是一家人，胳膊折了往袖里弯，什么也不用说，兄弟准对得住你。"说着抓住了白衍芝的手握了握。

白衍芝对他咧了咧嘴道："老兄多照料吧。"

那宋先生道："没有说的，咱们不是外人。说实话，我这次到府上来，虽是嫂夫人所邀，可是我本心也想跟老兄交交。我现在也算吃着新闻界的饭，常到各机关区所跑跑。昨儿在区里看见嫂夫人，我们以先曾有个认识，自然不能看着不管。又问知案情不重，容易了解，就给说合着，把嫂夫人保出来，送她到府上一谈。她提起现在跟着老兄，我一听老兄的大名，立刻心里一动，因为我正找寻老兄这样有名的人呢。"

白衍芝被他的米汤灌得胸胀肚饱，但也觉出不是味儿，就说道："老兄过奖，太已过奖，我又有什么名。”

宋先生笑道：“岂止吾兄有名，嫂夫人也一样有名。你二位不是出过一部诗集吗，以前我在一家杂货铺里拜读过，觉得很好。”

白衍芝诧异道：“怎么在杂货铺里？”

宋先生道：“我在一家杂货铺里买纸烟，看见伙计正拿着几个小本儿，撕开了包小虾米。我顺手取过一本，见是诗集，便带走了。回家念了好几遍，想不到内里的女诗人，就是嫂夫人。嫂夫人在班子里排行叫老三啊，昨天她提起来，我才知道。还对她说笑话，白先生肚里真有点儿墨水儿，老三你嫁了他总一两年，就灌成女诗人了。这是闲话，咱们说正经的，老兄跟我可称得一见如故，嫂夫人更不用说。说句新名词，咱们从此就算三位一体，有福同享，有祸同当，有饭同吃，有马同骑。”

白衍芝听到这里，呻吟着随应附和地道：“咳，有马同骑，你说得对。”

宋先生也笑了笑道：“我这是顺口之言，你不要解音儿。我的意思想要咱三人合做一桩买卖，俗语说买卖好做，伙计难搭。咱们既然有了这种关系，搭起伴来自然可以同心合作，不愁不能团结了。”

白衍芝道：“老兄你快说吧，是什么事呢？”

宋先生道：“是这么一件事，有本地一家破落财主，先世也出过做官的，如今只剩下母子二人。儿子是位荒唐鬼儿，素日吃喝嫖赌，无所不为。却是有些偏才，喜欢动笔涂抹，常常写一段儿寄给报馆。只是写得太糟，难得登出来。他的母亲却是望子心切，又不知道报上投入是什么意思，每逢登出一次，就像儿子中了状元似的，邀集亲友大请其客，并且把报买几百份送人。这位少爷因为母亲素日把得很紧，不肯给他挥霍，就借这件事做讨钱法术。每逢他用钱时就跟我串通，请报馆编辑吃饭，随便弄篇东西，登在报上注上他的名字，他就拿报给母亲看。言说外边有许多名人，见了他的文章都极佩服，想跟他交友。这种名人极有身份，跟显官巨宦时有往来。倘若交结上了，日后得他们说句话，就能大阔特阔。所以必得联络，联络就得用钱。那老太太一听儿子有心向上，怎肯拦他上进之路，就把收藏严密的体己钱，拿出来给他花用。他拿了就花天酒地，挥霍完了，再烦报馆登出一篇。他又去向母亲说，本地有个文社，是许多名人组织，没学问的不能加入。现在社中见我的文章大为佩服，邀我加入。一进这社，后望无穷。因为全国大官大府，就连大总统的秘书长秘书，都从这社中选拔。老太太听了自然赞成，他就说初入社的社员，得先缴报名费若干，常年费若干，宴请同社的费用又是若干，而结果可几月的嫖赌不愁。就这样三番五次，弄了他母亲许多钱。现在已有一两年工夫，他的法术渐渐不灵。因为他每次都说得天花乱坠，却一点儿不见实效，只见大把洋钱送出去，不见一个钱拿进来，就不大肯给了。他居然聪明，又对他母亲说，现在某省省长某公，对他的才学十分赏识，想要用他做秘书长，却因他没有资格，不能服众。想给个科长科员，又可惜大材小用，所以劝他赶紧自己造就资格名誉。至于这资格名誉怎样造法，他却百变不离其宗，仍说到报馆，倘能进报馆做一主笔，资格名誉就全有了，岂止秘书长，连总统也做得过。不过报馆向来有章程，凡是做主笔的，必须先报效报馆一笔押金，数目总在千元以上，以后还得按月自备用费，总共得花万数块钱，就可以做一任主笔。做过一任，就有资格做大官了。老太太一听这数目，既然为难，又有些不信。那少爷便指出许多由新闻界出身成的伟大人的事，给她讲解。老太太虽然信了，却苦于拿不出许多现钱，就逼得说到变卖产业。那少爷本来就为得这一招，在外边早和人把出售房产的事计议停妥，连价钱也说好，只等老太太答应，便立契缴价。不过老太太却是谨慎，把两万多元的房价，只先给了一千几百元，做交付押金之用，以后按月经费，还要实报实销。所以那少爷要把这两万余元，陆续骗出来，只好先取得老太太的信用，想进报馆正式做主笔，不但不要薪水，还包办一版的稿件，不用报馆出钱。大明报经理老沈起初还为便宜，只要了一个必须办得像样的条件，就答应了。哪知过两日听到点儿风声，又变了卦，定要五百块保证金。那少爷没法，只可照付了。”

白衍芝听着笑道：“什么是老沈变卦，只怕是你老兄不饶，这五百保证金，大概你得分一半吧?”

那宋先生也笑道：“哪里话，我只落了二百不到，那老沈太狠了。现在这位少爷，就要接任做主笔了。向来大明报的副刊全是剪子浆子两样做成，并不用一点儿花费。可是老沈这次想借着这少爷，把报整理一下，就又要求他广邀名人著作，特别点出要有某人的小品、某人的戏评、某人的小说、某人的诗歌，这些都要花钱购求的，却须少爷自掏腰包。这缘故就因为老沈听说少爷每月还能从他母亲处得到一笔经费，所以替他开销一部，给自己提高报格，增加销路。”

白衍芝笑道：“这又是老兄替老沈出的主意。”

宋先生直认不讳地道："他的钱反正是送给妓馆赌场，乐得分他几个。这样一举三得，老沈的报得以振作，几位穷朋友得了分润，我也在里面捞摸几个花花。"

白衍芝道："老沈点的人等都是老兄给指定的吧？"

宋先生点头道："不错，都是我先想好的，择自己手里的人，才能好说话呀。大概都有些扣头，像丁郎的戏评，每月五十元，实际给他八块；屁公的小说，每月六十元，实际给他十块……"

白衍芝道："这一下你发财了。"

宋先生道："也说不上发财，反正经手三分肥，要不然谁管这闲事啊。可是也不能一概而论，咱们书归正传。我要对你提的，就是想约你并嫂夫人，也给他做个特约撰述，这是我对老兄一点儿小意思，每月拿他几十，给嫂夫人买脂粉也是好的。"

白衍芝笑道："这得要多么大的扣头呢？"

宋先生摇头道："不不，没有的话，咱们谁跟谁，我还能吃你？咱们也不必多要，老兄担任一篇笔记，嫂夫人担任一篇诗话，一共跟他要八十元。"

白衍芝道："我们哪会做笔记诗话呀。"

宋先生道："你怎这样外行，难道还不知这里面的虫豸呢。笔记就是陈谷子烂芝麻，能诌就诌，诌不上来就抄，乱书摊上有的是旧杂志旧报，花块儿八角钱买上一捆，够几年用的。嫂夫人的诗话，也是一样从旧书抄几段儿，自己编两段儿，还可借题捧捧自己，拣那去世的名人拉上几个，硬说有过关系、得过赏识，一下子就把看报人唬住的。何况你们还都有过著作，谁敢说个不字儿？老兄，咱们是心照不宣，我给你弄这笔收入，这叫赶野猪还愿，用大河水洗船。不过我若把这地位给了别人，总还可以弄个倒八扣，这一来算是为朋友牺牲了，老兄你也得对得住我这片心。"

白衍芝知道他说到正题了，心想他的希望当然全在碧琏身上，乐得送个爽人情，每月给她几文，虽然未必有实惠到我，但能供给碧琏的用度，省得她跟我吵打，也是便宜。至于他要实行公妻主义，意思显然可见。碧琏既然情愿，我又有什么法儿反抗？但求她不把我屏诸门外，就是万幸了。自己既没法拦阻，也乐得赶野猪还愿，用河水洗船了，就道："没说的，莫说你老兄还有这份好意，就是没有，也敞开儿乐。要是别位可不成。碧琏既跟了我，就属我管辖，旁人多看一眼也不成。现在谁叫是老兄你呢？你跟碧琏既然早有交情，这回又待她有好处，再说咱们哥两个又天生投缘。这种事从古就有，都是英雄好汉做的。自私自利的小气鬼，想做还做不出来。直到如今西藏和许多地方，照样还有一妻多夫的风俗，爱斯基摩人把老婆送给朋友，那才是人物做事。我现在只分给你一半，已经显得吝啬，有愧于爱斯基摩人呢。咱们就算一言为定，从此三人同心，其利断金，和和气气地一过日子，多么大乐儿呀。”

宋先生手握住白衍芝的手，用力摇着，右手挑大拇指道：“老兄真是看得到，想得开。就凭这一点儿心肠，将来准得大阔。我若不佩服你，我是个孙子。好，咱们就是一家人了，昨儿给嫂夫人垫的钱，也不用你还，你现在用钱不用，给你点儿?”

白衍芝见他如此慷慨，才说妥交易，便交定钱，十足显出是好主顾儿，本来不好意思立时要钱，但转想不要白不要，就笑嘻嘻地道：“你若方便，就给我点儿也好。明儿我富裕，你再花我的，好在咱们不分彼此，谁花都是一样，老兄你说对不对?”

宋先生咬着牙道：“对，对，自然是对。”说着就伸手向身上摸索了半天，才摸出一团角票，数了半天，才凑成一元钱，递给白衍芝道：“你不是要去洗澡吗，拿这个去吧。”

白衍芝大感失望，心想这小子也是说大话使小钱的东西。听他口气，好像出手必然可观，哪知竟只此戋戋。大约他只是一句虚话，并没想到我真不客气，否则他连说也不敢了。由此可联想到他所许的八十元巨款，恐怕也是口角空花。好在与我并无多大关系，且不管他。想着就把钱接过道：“谢谢你，我真得出去洗澡，老兄你歇着吧。”

宋先生道：“好，老兄请便，我歇会儿也就要出去，先把你们的事办妥，心里就贴实了。”说着摇摇摆摆，又走入内室去了。

白衍芝看看他，再看看手里的一元角票，不由有些心酸。自思这点钱算什么，算是租碧琏的定钱，未免太少。算是一夜的局钱也嫌太少，一元钱适当于最低级妓馆的价目，太觉侮辱碧琏的人格。这该算是赏伙计下钱儿吧，可是于手续上又不符合。最后方才明白，这算给更夫的小赏，再恰当没有。嫖客在妓馆住夜，早晨出来时，伙计老妈都已安歇，只有更夫代行监视之责，开门送出。嫖客因为劳动了他，常常赏赐几文，且不须太多，有几角即可。现在我接受宋先生的钱，大有更夫风味，何况夜间也实行尽了更夫职责，并非无功受禄。白衍芝想，不由咳声叹气，大有英雄末路之感。回想昨日在南屏诗客家中，弄钱何其容易，一转念头，一动舌头，一要滑头，立刻有洋钱到手。今日弄钱又何艰难，出租女人代做更夫的代价，才只区区一元，真是可叹。要想再吃昨日那样的甜头，恐怕不易。因为南屏已和丁大寿合手，自己再去，南屏定招了丁大寿代作护法，简直不必想了。只可先在这位宋先生的卵翼之下，苟图衣食，慢慢再想发展。就无精打采地走出去，到澡堂洗澡，代洗衣服。澡堂伙计因他衣服恶味差样，不肯代洗。白衍芝说些好话，又答应多给小费，伙计才拿去洗了。及至他把人垢剥磨光，衣服也是见水为净，穿在身上开发澡钱时，只给了两分钱小费。伙计拦他不依，他倒骂伙计侮辱他的人格，一个衣冠绅士，怎会身上有屎味尿臭，并且要求拿证据出来。那伙计当然不会留着洗衣服的臭水，衣服既洗净了，自不再臭，又哪拿得出证据，只得忍气吞声，倒受了白衍芝一顿排揎。白衍芝从昨夜至今，还是第一次得到顺气，得意洋洋地走出澡堂。

回到家中，见碧琏方才起床，那位宋先生已经走了。碧琏见他回来，也没说什么，拿出钱来叫白衍芝出去买来饭菜，交给那位李大嫂收拾，在表面上又恢复了往日度日的常态。碧琏倒是不跟白衍芝寻隙，也不跟他亲热，麻麻木木地过了半天。到了日暮时候，碧琏不断走出走进，向外探头探脑，白衍芝知她和宋先生必有约会，他也就快来了。自思今日自己大概又要执行更夫职务，但是明晨的一元外赏，却未必还能得到。至于宋先生所计的大批款项，更没指望，自己白赔了太太，还得睁眼旁观，这罪过真不好受。想要据理抗拒，无奈宋先生和碧琏欢情正好，潜势甚大，不可与争。想躲了出去，又苦于身无长物，并且一切敲诈赊借的门路，都已完全堵塞，出来恐怕连一餐也要为难。如今也只好忍气吞声，吃口闲茶淡饭。好在宋先生既享权利，自然该尽义务，起码得接任度日费用，终不能让我供养。但只这样，自己这碗饭也够难吃的了。想着忽见碧琏走过，向他说道："一会儿宋先生就要来。你吃完了饭，不要尽在屋里死赖，活动着点儿。"

白衍芝道："我没敢上里屋去啊。"

碧琏道："外间也不方便，宋先生脾气很古板的。昨儿你在外间，他就挺不得劲儿。"

白衍芝以为她要赶自己出门，就道："那么我归哪儿住呢？"

碧琏道："你可以往南面空屋。"

白衍芝道："南屋久没人住，破窑似的，怎么能睡？再说也没有被褥。"

碧琏道："你还想舒服啊，要不就上西屋李嫂那里，就她的现成被褥。"

白衍芝听了不由心中疑骇万分，觉得碧琏这回又把心变了。她向来无论对自己如何吵打，总还免不了对李嫂的嫉妒。除了她已经要跟别人走路，放任自己和李嫂重贺，就是个例子。这回必是她的心又落到宋先生身上，简直不要我了。我若赖着不动，也是白讨没趣，只可依她。等待宋先生金尽交疏，或是她的情移爱弛，我再接他的后任。但所难的是她叫我去就李嫂，我也想去就李嫂，只是李嫂已经寒透了心，只怕不肯接待我了。我很不必撞那钉子，吃那没味，还给碧琏留日后的口实，还是在南屋对付几天吧，就道："我不找李嫂，早说过不要沾她，至死也不能反悔。你给寻幅被子，我住南屋得了。"

碧琏笑了笑，还未说话，宋先生已施施然从外来，把二人叫到屋里，欣然说道："事情已办成了，你们二位已经是大明报的特约撰述。这儿有聘书，还有一个月薪水。"说着取出一张纸和一卷钞票，交给碧琏。碧琏喜溢颜色，抱住宋先生，偎着脸儿道："你办事真快，怎这样爽利呀？"

宋先生笑道："为你们二位，我真比自己的事还上心，还会不尽力而为？"

碧琏瞧着宋先生，似有万分热情急欲表现，但当着白衍芝不好意思的，就拿出两元给他，叫他去买肴馔，置酒庆功。白衍芝出去买来，叫李嫂整理好了，宋先生便做出主人身份，请白衍芝入座饮酒，一定延他上坐，宋先生和碧琏并坐在旁相陪。白衍芝受到表面的尊敬，却失去实际的地位，心中颇有时移世变之感。又对这席盛筵，坐在《让成都》戏里刘璋在饯行筵上，饮刘玄德敬酒的预觉。好似吃过了酒，接着就被放逐了。但宋先生却不似枭雄那样狠，倒肯在卧榻之下，容留旁人鼾睡。酒过三杯，宋先生以恳切的态度、委婉的言辞，向白衍芝和碧琏说道："你们的家庭，太欠整顿，以前没有恒业，自也难怪。如今既有了固定收入，乐得整理一下，使其合于科学管理方法，大家也得享受常态的优裕生活。兄弟不敏，愿借箸代筹。"

白衍芝只得表示愿安承教，宋先生就主张，第一先把南屋空间招租出赁。第二现在你们二人都是大明报的特约人员，大可以在门外贴上大明报白寓的招牌，仿给官界公馆的办法，将来自有好处。第三劝碧琏以女诗人的头衔，开馆招收女徒，教授诗文。白衍芝听着，知道他果然要喧宾夺主，代掌大权，心中虽然反对，却没说话。碧琏听着，对于第一第二两条，并无异议，对第三条却自谦起来，笑着说："你别拿我开心，我连斗大的字，还不认得一升。

以前他印的小本儿，硬说我是女湿人女滋人的，我也不懂怎么回事。只要蒙得出钱来，我也不管是什么人。如今叫我收徒弟，这不是要命？我教给人家什么？若要我拿出老本行，若给她们挂出拢客热客甩客，外带留住客，那倒可以。”

宋先生笑道：“你怎样这样想不开？我叫你收学生，就是个虚名。你挂出牌去，写明只收二十岁往上的学生，自然来的都是些太太小姐。你拣外面浮华的收下。有老古板样儿的真想学能为的，就给驳出去。收下几个也不用教什么，先交朋友联络感情，跟着就约她们打牌，女人很少不爱赌的，一赌上兴，谁还想念什么诗文。以后再由她因亲引亲，因友引友，慢慢人多起来，一天早晚拢几桌，比干什么都容易发财。这赌局还不怕官面抓，有报馆罩着，他们不敢。再说门口挂着诗文传习所的牌子，就有很多人出入，也不受人注意，你们看这法儿怎样？”

碧琏听了方自点头赞许，白衍芝已拍手喊起好来。宋先生见群情翕服，知道自己在这小领域中的领袖地位，很有稳固的可能，不由大为高兴。就在饭后吩咐白衍芝预备文房四宝，亲手书写了大明报白寓、诗文传习所和吉房招租的牌子，张贴出去。又向白衍芝说那位少爷编辑后日便开始任职，你们既拿了撰述的薪水，总得赶快弄点稿件送去。白衍芝问几时交卷，宋先生说：“最好今夜赶成点，明日送去。”

白衍芝搔头说：“手下无书可抄，可怎么办？”

宋先生道：“幸而天还不晚，市场里旧书摊尚未收市，你赶快买两本来，抄他几段，再把你们诗集上的诗抄他几首，也足可应急了。”

白衍芝道：“我们的诗集以前都曾在大明报上登过，怎能重登一回？”

宋先生道：“你又外行，报上材料哪有许多新的，都不过拆旧改新。我有位朋友存了许多旧报纸，每逢过年过节，或是什么纪念日，报馆里一征求应时文章，他就从旧报上抄下几十段，向各报分送，准保能登出来，准保能发利市。到明年还是重抄一遍，所以他每逢年节，必有一笔进项，向来也没破露过。因为时隔一年，看报的哪有好记力能说得出来？何况你们的诗，字儿既少，又没很多人注意，就是一年翻上十来回，也不会出乱子。因为大明报的人都注意剪发天足女招待、大爷玩老妈，六个男子跟一个大姑娘的新闻，有几个气迷心念那豆腐块的诗呢？”

白衍芝听了笑道：“还是老兄你有经验，是这里面的虫子，好，我就去办。”便向碧琏讨了一块钱，出门而去。

到了市场，向旧书摊上买了两本十多年前出版的香艳杂志、一本民权素丛刊，一共花去大洋四毛。又在破烂堆里拣了半天，居然寻出两种宝物，一种为槐花楼诗话，是嘉庆年间云南蒙自县人王达尊所作，一种名为大叶县志。这大叶县本是沿长江某省中不出名的小县，却以那首“麻皮实在贱，打泡三文钱，还饶一碗面”的歌谣而名传遐迩。白衍芝对这县名颇有印象，看见随手翻阅，敢情这是全部中的一本精华，恰巧载着文艺一门，把县里自古至今的名人诗人，选录了不少。这两本东西虽然残缺不全，但用来抄录，篡为己作，却准保没人能够认识。任凭如何淹博之士，也不曾遍读偏僻小县的县志和百年前远地无名诗人的作品。就用十枚铜板把两本宝书买下来，兴冲冲回到家中，给宋先生看。碧琏却说不必看了，我就要睡觉，你就拿到南屋抄去吧，可着把好的给我抄上。白衍芝只得应了一声，把一只小几和油灯文房四宝运到南屋，并由碧琏开恩，特赏一条薄被，供做坐卧两用之具，他就独对孤灯攻苦起来。先在香艳杂志里挑出一段专谈女子诗词的绣余诗话，把名字改作几生修到梅花斋诗话，署名也改做碧琏女士。至于讲话中提及人名，却不更改，只在上面添上个头。例如原无锡王爱真女士，就把无锡两字勾了，添写余姑母三字；原本是樊山某女弟子，就把樊山二字勾去，改作及门二字；原本上若有特别的诗词，照例都在旁边加着双圈，就痛快把原人名勾去，简单地改做余字。简直把一切美事，都替碧琏攫取过来，夺为己有。不但得了他人若干好诗句，收了若干隔着时代的女弟子，而且连着三亲六眷街坊邻居，以至于她家也有了诗婢，也有了风雅的老苍头，连她家里所买的瓷制女像，也曾在梦中对她作诗一首。白衍芝抄着甚为得意，但也有时抄糊涂了，原本是上时代某贵妇因丈夫居官被遣，充军西域，作了一首寄外的诗，凄词苦语，感人心脾。他因见尽着双圈，就也抄归碧琏名下，却忘记了自己是碧琏丈夫，这一来却自判充军不回了。又有一位才女因嫁夫伧鄙，自叹遇人不淑，作了几首伤感怨愤之诗。这女士想到过山东，所以有一首说到泰山上没字碑的人，埋怨造碑的人，不把女娲剩的补天石，拿去补恨，偏来造没字碑。这首做得十分巧妙，白衍芝也归入碧琏名下，却不料自己把没字碑给驮起来。

白衍芝抄完了碧琏的部分，再抄自己的。他真有运气，居然在杂志里又寻着好材料，是光绪末年一位显宦又兼名士的笔记，这位作者做过方面大员，做过出洋差使，晚年退隐山林，提撕风雅，和海内名公巨卿、诗人词客相互往还。所以笔记中除了谈论文学‘记载掌故外，还常常提起和同辈的友谊和朝局的关联。这在人家作者本是随笔记录，毫无可异，但白衍芝抄起来，可了不得了。这一段是美国总统格兰德和他怎样往还；那一段是他和李文忠公怎样密议国政；这一段他当庚子年在江苏做官，怎样反对东南互保之计；这一段是他做山西学政，拔取了多少人才。都抄完了以后，在前面写了衍斋笔记，底下注上白衍芝著。自己看着颇为得意，觉得看报的人看了这篇，定要对我白衍芝十分敬重，认为是个有身份有阅历有学问的名人，倘被当局贵人看见，就许特下聘书，请我去做官儿。

抄完了就吹灯，把一床薄被一材两用，半铺半盖地睡下。因为太不舒服，辗转未能入梦。偶想到对面房里云浓雨骤之情，越发感到枕冷衾寒之苦，但也只好暗自悲伤，忽听别院笙歌彻，自发其是知君恩暗里移的叹息，和借问承恩者，双娥几许长的疑问而已。

到了次日，早晨起来，等宋先生出房，便把抄的东西给他看。宋先生认为甚好，只是对白衍芝的笔记觉得有些年代上的疑问，恐怕被人看见，疑惑在白衍芝的署名上面，少写了遗著的遗字。白衍芝不好意思，就问可要重抄，宋先生道："将就着吧，好在吹牛是时髦事儿，而且也不犯法律。"说着就揣了起来。

这时碧琏也走出来，大家说了一会儿。吃过午饭，宋先生便说要去帮那少爷主笔办事，随即出门走了。白衍芝居然也得了碧琏二角钱的赏赐，出门游逛。到晚上回家吃饭，见宋先生还没回来，李嫂已经把饭做好了，碧琏却不发开饭的命令，白衍芝只得等着。由七点等到八点，等到九点，宋先生还不见来。白衍芝饥肠辘辘，实忍不住，才向碧琏问了声"咱们可要先吃吗"，碧琏便大怒骂道："你是饿死鬼托生的？这一会儿工夫就等不得，闹着要吃。请问这饭可是你挣来的？你凭什么吃头口儿？人家挣饭的人倒吃剩的呀？"

白衍芝被骂得闭口无言，只得忍饥再等，哪知宋先生竟好似失踪，直到夜半，仍然未来。碧琏才开了恩，叫把饭菜留下一半给宋先生，自己才和白衍芝吃了。饭过之后，白衍芝在屋中坐着，和碧琏相对无言。碧琏似乎全神注着外边，偶闻声息，便倾耳细听。白衍芝向她一看，碧琏感到受了奚落，就大怒把他赶出。

白衍芝回到南屋，心想宋先生今夜失约不来，碧琏难免凄凉之感，叫她独支冷夜寒更，尝受新欢乍别’孤衾独拥的滋味，也算给我解气。只是现放着我这候缺人员，她为何不叫我遇缺即补呢？莫非在碧琏眼中，我已成为忤胃的食物？好比好卫生的人，遇见馊腐之物，宁可挨饿，也不要吃吗？可是我怎样就变成这老讨厌了？白衍芝暗自纳闷，实在是不懂女人的心理。

女人心坎是窄狭的，绝不能同时容纳二人，气量也是窄小的，绝不能在和一个男子要好之时，还对别一个男子维持友好的态度。若是气量心胸能够稍为阔大，古往今来就可以少发生许多事情。例如潘金莲姘上了西门庆，就绝不肯对武大郎表示好感，稍加敷衍，势必把他害死才罢。潘金莲若能把对西门庆的爱情，匀出十分之一给武大，不但可以免却捉奸风波，连《狮子楼》这出戏也根本不会唱了。但是潘金莲宁可遭到剖心祭灵的命运，也不肯那样做。因为她心坎既被西门庆占据，绝没余地容纳武大。而且爱情和憎恶成正比例地相对发展，对西门庆爱情增加的度数，就是对武大憎恶增加的度数，自然把敷衍武大视为极苦的事，渐渐逼到非干清除运动不可了。再如《乌龙院》那出戏，唱到《杀惜》，人们看着都要替阎婆惜着急，又感觉她蠢然。你既是宋江的外室，结识他的徒弟已是不该，然而情之所钟，不能自已。漂亮的三郎，比黑矮的三郎，自然在女子眼中大有区别，择其善者而从之，阎婆惜的审美眼光，爱好心情，不但为千古看戏者所共谅，就是当时局中的宋三爷，也没存积极态度，想对她严厉制裁。若是阎婆惜应付得法，把宋三爷敷衍好了，便不能令其自行退让，办理移转过户手续，把乌龙院房产人口，全部赠给徒弟，也可以结成三角同盟，订立互惠条约，大家相安无事。又何致先送了婆惜的小命，又活捉张三的灵魂呢？但在阎婆惜的心里却不这样想，她岂特不愚不蠢，而且聪明伶俐。世上平庸的女子，都不敢也不配做淫邪的事，敢做配做的无不聪慧超特。不过天下事理是相对而循环的，愚蠢的极端，就是智慧，而聪明到了绝顶，就往往成为笨拙。俗语常说聪明人偏做糊涂的事，这并非聪明人忽然糊涂，因为事理只有正反两方，他太聪明了，思想超人一等，就常常想过了头，越过正的界限，而落到反的方面。阎婆惜的聪明，未尝不知使宋江善退是最好的办法，或使双方相安最最稳妥的途径。可是她因爱上张三，就被感情把理智蒙蔽了，利害生死，全已付之度外。莫说不肯容张三和宋三划疆而治，就是多对宋三说句话，也觉对不住张三，以至觉得乌龙院的椅子，叫宋三坐一下，也是直接对自己的侮辱。所以过来过去，定要弄到宋张不能并立的局面。而且自己代表张三，去和宋三不相并立，拼个你死我活，直到被宋三杀死，她也不会后悔的。这是女子照例的偏窄心理，向来很少例外。

好像一位老头儿，娶了个年轻的姨太太。姨太太和小下人有了相好，老头儿自知缺陷，不加管束任其所为，论理应该可以相安，那姨太太也该知道感激，但是实际不然。除非老头儿完全放弃权利，只供给姨太太一切享受，而不向她索讨报酬，由着她和小下人胡闹，或可平静无事。若是老头儿以为我对她如此宽厚，她应该对我感激图报，比平常更加体贴，因而到她房中住夜，所得到的结果，必与意料相反，姨太太绝不会给他好颜色好待遇。若是强求不已，也许能够得到，但那就许是有计划的行为，安心要送他老命了。倘若老头儿顽强不死，姨太太就要和小下人举行远足旅行了。即使到外面挨了饥寒，受了困苦，她也认命，绝不后悔与其今日，何如当日在家安居，优待老头儿一些呢。

诸如此类，可以证明女子不能同时敷衍两个男人，即使如碧琏这样风尘出身的妓女。妓女虽然自幼训练出人尽可夫，认钱不认人，黑白老少，一视同仁种种美德。但那只是在鞭笞震吓、生活压迫下所生不自然的现象。便在即时，她对客人也在心中分出等级，必有一个真心相爱，其余不是虚与委蛇，便是匿怨佯欢。所以妓女到赎身自主的时候，照例可以生意兴隆，然而乍得自由的妓女，几乎个个都要发生情感上的本能，大热其客，渐渐把很好的生意败落下来，弄得债台高筑，不能自拔。到再自行觉悟，仍恢复幼小时的行为，也就春风梦尾，好日无多。碧琏就因为以上种种原因，这时交结了宋先生，情热之下，对白衍芝更觉厌恶，不屑一加顾盼，不肯稍分杯羹，宁甘此夜枕冷衾寒，也不令白衍芝进御。白衍芝却因昨日抄诗，记得两句好诗，是“江关旅店红闺夜，小簟轻衾各自寒”。此际思索那两句诗，觉得碧琏太想不开，人家两个，一在江关旅店，一在红闺，相隔遥远，所以才“小簟轻衾各自寒”，现在碧琏和自己只有两窗之隔，若她心一活转，就可以一块儿热，又何苦各自寒呢？哪知碧琏那里已是宁甘独寒，不肯和他共热了。

这一夜过去，白衍芝早晨起床，在院里徘徊，想向碧琏房中朝参。却又恐怕她一夜积存的郁气，要向自己发泄，迟疑不前。过一会儿就听碧琏在房中呼唤李嫂，又过一会儿听碧琏召唤自己，白衍芝就走了进去。他心里以为碧琏迟郎不来，一定精神恹恹，像个春困懒妆的病美人儿。不料进房就见碧琏正在对镜理妆，并且将近妆成，蛾眉浅画，颊脂浓抹，把一夜失眠的青眼圈全掩饰了。又对镜左顾右盼，好似审查自己风姿，堪绝几代，可倾几城，而且可害几人。白衍芝心中诧异，宋先生不在这里，依照女为悦己者容的道理，她是为谁而容呢，难道是为我吗？即可以担保绝对不是。想着忽然明白，她仍是为宋先生。宋先生昨夜不来，今天总该来了，她这是披挂全副爱情甲胄，预备迎敌情人讨战。白衍芝既知道不是为自己，就不敢急意领略，低头问做什么，碧琏哼了一声道："你真是冷血动物，家里丢了一口人，你也不理会，可出去找找啊。"

白衍芝明白她所谓丢了一口人，就是指宋先生。现在发令叫自己去找，这差使好生窝心，但又不能说不去，就道："向哪儿找他呢？"

碧琏道："你好糊涂，他既帮那位少爷办事，一定在大明报馆。就不在那里，也可以打听得出来。你快去，找着他再一同回来吃饭。"

白衍芝知道这句话的反面，就是找不着他不要回来吃饭。白衍芝应了一声，还没说话，忽听外面大门叩得山响，碧琏霍然立起，喜动颜色道："来了。"

白衍芝知道她是说宋先生来了，就也下意识地学着她说道："来了。"

碧琏忽顿足骂道："你知道他来了，还不快去开。妈的发昏了？腿折了？脚烂了？"

白衍芝被骂之下，才知误了差使，急忙拔腿向外就跑，碧琏也不由地跟着走出。白衍芝跑到门口还未开门，就先做欢迎表示，以求联络同事的感情，博碧琏的欢心。大声叫道："宋大哥，你怎昨儿未来，真把我闷坏了，我正要找……"

他说着已把门开放，但口中"要找你"的"你"字还未说出，便已惊诧得咽住了。原来门外站的既不是他的宋大哥，也不是碧琏的心上人，而且还不是寻常的人，竟是一位穿黄色制服的警士。白衍芝似乎有一种天然厌恨法律的心理，连带对于执行法律的人也觉十分畏惧，固然他当时未干犯法律的事，也总怀着敌意，似觉世界上有这穿制服的人，于自己常有不便，而且脑中常存着自己早晚要落到这种人手里的预觉。故而这时一见门外立着警察，立觉毛发森严，膝盖有些发软，十个脚趾头在鞋中乱动，似乎要发动它们的本能，警告主人急速逃跑。幸而他心里还有准儿，自己问着自己，我可曾干过了什么？同时又告诉自己没干过什么，立刻胆大起来，立住不动，但还不知该说什么是好。碧琏在他后面也是怀着鬼胎，因为她才从警局释放出来，如今又见官人，只疑又出什么岔头，但终比白衍芝镇定，开口问道："老总，你找谁呀？”

那警士道：“我找姓白的。”

白衍芝悚然一惊道：“你找姓白的男是女呀？”

那警士道：“男女全找，你二位都姓白吧。”说着由身边取出个纸卷儿，给他们看。

那是把一张方纸，叠了十多层，成为长条，再把长条挽个扣儿，扣儿的表面写了几个字。白衍芝和碧琏探头瞧着，只见上面写着“衍芝碧琏二位同启”，不由都怔了。碧琏先问：“是谁来的呀？”

警士道：“是一个姓宋的烦我来的。”

碧琏一听立刻凑近一步问道：“他在哪儿呢？”

警士道：“他在警局里。”

碧琏道：“他在警局里干什么？”

警士道：“打官司呀。”

碧琏大惊道：“跟谁打官司？”

警士道：“跟他自个儿，我也不很清楚，大概他赌钱吃腥，被同赌的看破，吵起来打了官司。到区一搜他身上的假骰子，不想又搜出一大包海洛因、一包假钞票，还有七八只假造的各机关徽章，一封写好未发的讹诈信，这一下罪过可大了。他在押所里，烦我给你们送一封信，还有别的事，你们看信吧。”

碧琏面色如土，用手捣着白衍芝叫道：“你可快给我念呀。”

白衍芝才从警士手接过那纸卷儿，打开念道：“碧琏爱妹衍芝老兄同鉴：现在我因一时失神，被人控告，落在法网之中。料想此场官司，够我打的。不知何日方能与我爱妹贤兄相见矣，呜呼痛哉！现求二位总要给我帮忙，我虽有家庭，但久已断绝关系，可谓举目无亲。只盼你二人时常照应，并且在外给我托人。现在做工务处长的王大成先生，乃是我的故主。衍芝可去代送一信，言说他的旧仆人宋贵现因案被押警局，不日转送法院。求他念主仆之情，设法拯救。宋贵当来生变为儿女牛马，以报大恩。求你二位如有熟人，也要设法救我，出来之后，必有重报，叩恳之至。又我身上银钱全被搜去，当作赌资存案。现我手无分文，用钱之处甚多，若无钱非苦死不可也。故托熟识警士胡先生代为送信，并请爱妹交其二三十元，给我带来为盼。日后我必报答千万倍，千万千万。以后到法院再想法通信，更盼爱妹能来接见一次，以诉衷肠。套言不叙，宋桂舫泣上。”

白衍芝念到末尾，才知宋先生是仆人出身，而且他的大名宋桂舫，也是由宋贵二字里化出来的。再看他哀鸣乞救，外带要钱，把爱妹叫得震心，但不知爱妹如何应付。就怔怔地望着碧琏。

碧琏听完怔了一怔，向那警士问道：“你是胡先生啊？那宋桂舫这场官司，要有多么大罪过？”

那警士道：“那谁敢说？只看他自己打了。打好了也许只受三五年徒刑，打不好就许十年二十年。”

碧琏哦了一声道：“打好了也得三五年哪。”说着猛然现出厌恨之色道，“那小子也得受受这个，寻常做事就不地道，跟我们一不是亲二不是友，除了借钱不上门儿，再说我也不叫他登门。这回遭了官司，来给我们送信，简直扯不上火。大概他把亲友全得罪绝了，才这么明知没枣儿的树，也打三竿子。亏他有脸儿说得这么亲热，谁是他的爱妹，谁是他的仁兄，别扯妈的臊了。胡先生劳驾你回去告诉他，我们虽跟他没有一盅酒一杯茶的交情，可是他既遇了事求到这儿，我们自然得行好就行好，替他托人送信，都可以的，不过钱上实办不到，我们还自顾不暇呢。这年月过日子好像过年，早晨顾不到晚晌，哪有闲钱帮人？他张嘴二三十，我连破家烂业算上，也不够两三块。实办不到，您回去就跟他这么说吧。”

警士一听，摇头说道：“你别这样，总得帮帮他呀，他说跟你们是一等的交情。”

碧琏接口道：“没这么八宗事，别听他胡说。”

警士又道：“他说跟你们是一个人。”

碧琏又呸道：“一个人哪，他死了我还活着，我吃饱了他还得挨饿，别听他那一套。”

警士道：“你是白太太啊？白太太，你是圣明人，总得明白，他现在犯罪的人，还怕什么？还顾什么？既来求你，你若得罪了他，他顺口一咬，你们可就受不了。”

碧琏道：“你少说这个，我不做亏心事，不怕半夜鬼叫门。他尽管咬，只要别崩了牙。回去告诉他，奶奶承着。”

那警士道：“你别这么狠呀，少给拆兑点。”

碧琏道：“我没有可拆兑什么，就是没有。”

那警士见她口角甚紧，知道没什么希望，只可说出自己实际希望道：“你也总得敷点面儿，俗语说人生何处不相逢，再说我辛辛苦苦就替他白跑吗？他说过谢我双鞋穿，要不然大热天儿我就这样效劳吗？”

碧琏倒是漂亮，一听这话，立刻伸手向口袋取出五块钱道：“老总只管抛开他，您说什么都成，这五元请拿去喝茶。”

那警士接过，说声谢谢，又道：“回去跟他怎样说呢？”

碧琏道：“你可就说我们已经搬家，不在这儿住了。”

白衍芝接口道：“对了，我们也就快搬家。”

那警士道：“好，我就这么说吧。”

碧琏又虚让他喝茶，那警士谦谢告辞而去。

碧琏怔了半晌，忽然叹息一声，转身入内。白衍芝也随着进去，暗自喜心翻倒，口中自语道：“自此一别，不知何日得见，好不伤惨人也！”

他心中这一叫板，虽然没有唱词，但口中却已楞达楞格冬地哼起来，欣喜之意，暴露于不觉了。碧琏回头把一口浓唾，喷在他头发上，落下来挂在鼻尖，像流苏似的晃荡两下，才黏在他嘴巴上。白衍芝立刻取消他音乐上的爱好，赶紧做战事上的防备。因为恐怕她在落雨之后，再行雷击战术。哪知碧琏唾完之后，立又回身向里直走，进到房中，回手把门关上。白衍芝不得随入，只可由窗户向内偷看，只见碧琏伏在床上，头儿埋在枕间，肩头起伏，似在哭泣。白衍芝看着诧异，她为什么哭呢？难道是为那宋先生难过，但这和她方才行为不相符合呢。她若真爱宋先生，就该答应替他打点，帮他钱财。方才既那样绝情，为什么现在又为他哭泣。有现在这样哭泣，方才又怎那样冷酷呢？白衍芝想了半晌，方才恍然大悟，明白碧琏心中爱情，有着精神和物质的分明，她对宋先生确是爱的，但对洋钱也是爱的。她手中现时虽有几十元钱，还是由宋先生所赠，但到了她手中，就算主权已定。不过宋先生向她借用，她总不好拒绝。而所以反颜相拒的原因，就因为那警士说出宋先生起码要受三五年徒刑。她想到三五年是长久光阴，若把钱帮了他，直如掷在水中，得不到爱情的补偿，先受到物质的损失。莫说宋先生未必能活着出来，也许变成个痨病鬼老头儿，现时把有用的金钱，放给个病老头儿，到待五年或十年后收取爱情上的利息，不是太傻了吗？所以毅然决然地拒绝了。可是她那女人的心中，还有一半情字占据，无论这情生于爱或生于欲，终是比那一半专重物质的心，较为柔软。现在物质一边既战胜了，身上洋钱已保住了，这才感到爱情一边受了打击，觉得怪对不住情人。又想到情人的种种好处，从此竟不可复现了，于是全部心情，全为爱所充满，随即表现了女人最娇柔最慈善的本能，哭起来了。由此看来，碧琏还是多情，一个男子遇到这样多情妇人，实是幸福。那宋先生今天虽然没得她的实质助力，但有这一哭，也就足对得住他了。白衍芝心中虽这样想，但因情敌已除，也觉快意。只是自己本要倚赖宋先生安坐而食的，如今他陷入缧绁，这供给碧琏的重担，又要落到自己身上。以后碧琏花完了身边的钱，自己便要受到影响了，想着不由心下惘然。

但哪知不必待到日后，立时便已受到影响。碧琏关上门，在房中悲忆她的情人。白衍芝就在院中来回走踱，过了很大工夫，他肚里饿了。看看房内，碧琏保持原来状态，毫未移动。他也不敢惊动，由早晨等到晌午，碧琏不知是悲恫昏迷，还是到梦中和情人相会，竟仍不闻声息，不见动弹。白衍芝只得把裤带紧了两扣，安心再等，但不敢走动了，自坐在墙根，闲看天上流云，以为消遣。直熬到红日西沉，将近黄昏。白衍芝不住再去偷看，见房中黑暗暗的，毫无动静，不知碧琏是否仍在睡着。但想她已经睡了一天，似乎应该唤醒，否则若任她睡下去，到很晚才醒，那时铺户想都已关门，她想吃东西买不着，自己又要挨骂遭殃。但又转想若去唤她，就许撞在气头挨顿臭骂。正在犹疑，却听碧琏已在房中声唤，白衍芝急忙跑了进去。碧琏仍在躺着，发出娇慵的鼻音问什么时候了，白衍芝道："大概快八点了。"

碧琏道："晚上八点吗？我都睡昏了，怎过了这许多时候，你吃过饭了吗？"

白衍芝断了中气似的回答没有，碧琏很抱歉地道："哟，这怎么说的，你快去拿块钱去，想吃什么买什么。"

白衍芝颇觉受宠若惊，接了钱还客气着问你想吃什么，以示不敢擅权。碧琏道："你看着买，饿了一天，现在两顿并一顿，还不该吃些犒赏？快去尽钱买，不用剩，再给我带点酒来。"

白衍芝诺诺而出，临出门高喊李嫂给碧琏沏茶，碧琏在房中也不开灯，闷坐一会儿，心中思想：前天宋桂舫在这里替我打算许多家庭大计，我觉得以后变个样儿，受着两个男子供养，要过舒服日子了。哪知老天跟我作对，宋桂舫打了官司，我又没了指望。可是细想宋桂舫的主意很对，我总得把家庭整理整理，享些福儿。虽然老宋是完了，我也得挤着白衍芝给我干。宋先生所想的办法，叫白衍芝替我实行，倒也不错。

想着等白衍芝买了饭回来，二人对面同吃，碧琏还让白衍芝喝了两杯酒，酒后便开了会议。碧琏说道："咱们这日子也得想法子，前两天才得了一点儿指望，老宋又出了毛病，把咱们搁在旱岸上，报馆的事情算是完了，他出的道儿算断了一条。还有叫我开诗文学校的事，若没有他介绍，也永远开不成，这又断了一条。现在只有快把南屋赁出去，按日进几个钱，还是有望，不过也只能对付房东。你知道，咱们房钱欠下快一年了，也是房东老实，那个二十多岁小伙子，还那么腼腆，一来我就跟他套近乎，他就害臊红脸，常常连要钱的话说不出来，就自己跑了。看着好像他怕跟女子打交道，我就抓住他的毛病，叫他怕见我，不敢常来，才欠下这许多日子。可是想要给点甜头儿赖他一下，也办不到，那个人简直不开窍儿。我想能这么拖下去，也就罢了。哪知新近那个年轻的不来了，换了个五十多岁的老太婆是他大娘，母地方似的，我简直搪不开。上月月底来，我应着这个月半给她拆兑，她才走了，看情形是不给不成。我们只好赁出南屋，每月弄几块钱打点房东，咱们好仍旧白住，这是一档。还有咱们日子，你也得打主意，我本来疼你，才找来老宋，叫他担重担。你也得打个正经主意，弄笔靠准儿的进项，别总三天打鱼，两天晒网，吃早晨没晚晌的。我是死心塌地跟你过日子，才说这种话。你得明白，老宋的道儿是不错的，我也想开了，往后咱们得规矩做人家，我不盼你一水赚八百，八个月赚不来一水，只盼你按日子有准进项。哪怕少呢，我也可以抱本守拙地过，你想对不对？"

白衍芝怔了怔道："对呀，太对了。我何尝不想这样，无奈不易办到，我若能从正路规规矩矩地赚钱，又何致挤得胡作非为，挨骂受罪，外带装孙子。"

碧琏笑道："你别这样说，老宋说的不错，你只是天生懒种，外加狗食脾气，总觉费力做事，不如坑蒙拐骗来得容易。"

白衍芝听着，暗骂老宋好个混账东西，表面跟我呼兄唤弟，暗地在这两天已给我进了浸润之谮。若不是上天有眼，叫小子遭事下狱，再过些日，碧琏就要把我赶出去了。想着就道："咳，坑蒙拐骗就容易了？你坐在家里，等着我弄钱回来，可知道我在外边什么情形？每逢你有用项，我出去一趟，不管费多少时候，得到多大数目，反正准能弄钱回来，弄不回来你也不饶。可是你知道我弄来的每一块钱，里面有多少眼泪、有多少苦楚啊。到如今路儿越来越窄，以后简直没法办了。你只要能给也个正经赚钱的道儿，我累死也愿意干。”

碧琏道：“你是个男子汉，怎么自己没有点儿主意，倒叫我妇道人家给出道儿，莫说我是你老婆，就只当是你娘，也只能管你小时念书，不能管长大做事。唱戏有三娘教儿子上学，没有三娘教儿子出道儿谋事。世上的男子，一到二三十岁，会自己出去奔饭，反正各有各的道儿。就是没出息的，也只投亲靠友，没有叫老婆设法的。我又不是洋学生，能出去当女教员女什么员，除了再出去混事，赚钱养你，也不是不成，只要你不怕生气。”

白衔芝道：“咳咳，我何曾有这意思？不过叫你给我想个道儿，我怎样出去挣钱。”

碧琏沉吟道：“叫我想啊，你这回做点高在的。什么机关局所里找个事情，出来进去也可以装装人。你是老爷，我就是太太，那不是人干的吗？”

白衔芝摇头道：“那自然是人干的，可就不是我干的。”

碧琏道：“怎么说，你不是人？”

白衔芝心想太太今天屡次玩笑讨便宜，颇有见宠之意，大约今夜我不致在南屋受冷的，就笑道：“我怎么不是人？我是说那样的事不是我这种人干的。我一来没有资格，二来没有门路，三来……”

碧琏接口道：“你不是说在外面认识不少有身份的阔朋友吗？托他们荐个事还不成？”

白衔芝一听心里难过，自思我倒是认识几个阔朋友，可惜为着急功近利的缘故，不是借钱便是骗钱，闹得人家都把我当作瘟疫，畏避不及，谁还理我？口中却含糊应道：“我虽认得几个，无奈没有真交情。这年头人情太薄，谁没有个亲的厚的，我这没挨没靠的，就容易求人了？求也白求呀。”

碧琏道：“人跟人有交情，也是慢慢交的嘛，谁和谁一落生就是把兄弟呀？你不会用心交去吗？”

白衔芝心想我倒想交人家，人家可得愿意交我呀？就道：“不容易呀，这年头儿没真格的，哪能交得阔人？我虽认识几个，见面呼兄唤弟，好像不错，可是到办真事的时候，就不成了，没真交情真关系呀。”

碧琏道：“什么叫真交情真关系，你说说。”

白衔芝道：“我也说不上来，比如两个人久久惯连手做事，各人都知道各人的私弊，到一个得了好事，一定要拉另一个帮忙；又如同老朋友老同学，谁都愿意给谁帮忙，谁都知道谁的根底，大家自然都互相拉拢。这是大面儿上的，还有暗地的，种种说不上来的事。至于关系，往近里说，姐夫小舅，那是头等关系，以外再说到亲戚。还有没关系硬扯拉的，比如把自己妹子送给官儿，或是把自己老婆跟官儿睡两天，也照样能发生关系，跟着就能得差使。”

碧琏听到这里，忽然说道：“哦，对了，我听人说过，不错有这么个道儿，这倒不费事，乐得的呢。你既认识阔人，咱们何不也拉拢拉拢，发生点关系，反正拼着我受点委屈，巴结你做个官儿也倒不错。”

白衍芝听到碧琏忽然奇想天开，发生崇高的志向，愿做壮烈的牺牲，心里不胜佩服，但在佩服中却含着惊讶疑虑和恐惧种种成分。但面上只现出钦佩的神情，点头说道：“你想得真高，当然我也愿意向上巴结，弄个好差使，叫你风风光光地做个太太，也不枉跟我受苦一场，只是我自己知道未必有这种命。”

碧琏接口道：“你这一说，我倒想起来了。当初我在班子时候，有个客人好像姓田，这人有六十多岁，据说做过官，卖过药，当过大相士。他常常上我那儿花钱，只是有种讨厌的毛病，别的姑娘都不接他，只我不在乎那个。”

白衍芝听着一伸舌头笑道：“那个吗？”

碧琏也点头一笑道：“不错，就是那个。就因为那个，他去得很勤，花钱也冲。有一天夜里，他正……”说着又笑了笑才道，“他忽然抬头叫起来，我吓了一跳，就问怎么了，扭了脖子了，扎了鼻子了？他说全不是，只是看出我的贵相来。原来在一处错非他不会瞧见的地方，生着个通红的小痣，他批了半天，说这在相法上名叫蛟窟藏珠，只可惜稍为偏了几分，若能再正几分，就名叫龙穴悬珠，那就贵不可言。但只这蛟窟藏珠，已经是夫人的命，万不可小觑了它。当时我也没理会，可是后来看他给旁人相面，全都很灵，就也信了。我既有这个命，早晚都得应验。现在也许到了时候，仗着我的运气，催你官星发动。”

白衍芝道：“你有好命，我就沾光。不过你说的蛟窟藏珠，我怎么没看见过？”

碧琏道：“你不留神罢了，再说你又不懂相法，不比懂的人到处留心。”

白衍芝点头道：“对对，你说得对，就好像当初的人，都不爱跟当刽子手的交朋友，因为他看见人就打量人的脖颈，寻找刀口，看在哪里可以下刀。

平常人，自然没这样的。”

碧琏骂道：“你个挨刀的，怎么不说人话？”

白衍芝赔笑道：“我不过比方罢了。”

碧琏道：“你就单拣丧气的比方，再说我不踢出你去。”

白衍芝道：“得得，我再比方个好的。比如一间房子，挂着两张名人字画。喜欢字画的进去，一眼就瞧见了，必得仔细看个明白，连词句笔画颜色图章，都可以记得清清楚楚。若是个不懂局的老赶，就在房里连住一年，你若问他，他可以不知道房里有着字画，这比方好不好？”

碧琏笑道：“你就是不懂局的老赶，出进这房里六百多回，就始终没有看见。”

白衍芝道：“今儿我可得仔细看看这蛟窟藏珠是什么样儿，我的官运，就许全在这颗珠上，怎能不拜谒它？”说着忽一拍手道，“可惜可惜。”

碧琏问可惜什么，白衍芝道：“可惜了个好名字。老宋若不遭事，我就托他介绍，给大明报做篇小说，名字就叫蛟窟藏珠记，多么有趣呀。”

碧琏呸了一声道：“别说废话，我既有你太太的命，你还不得去当老爷，太太从哪儿来呀？不过人家太太，都是坐享现成，我这太太还得自己费些力气。就是方才你那话，咱们没财没势，只有巴结阔人，讨个进身的路。只凭你去交涉，自然没有把握，现在我是豁出去了。你不是认识阔人吗？不是只认识没真交情吗？那我就只派你干引赂差使，想法和他们拉拢。也不用费老大力气，只要把他们引进咱们家来，都算交给我，我就有法跟他们套出真交情。你自己躲在旁边，等着好运吧，你看我这主意怎样？”

白衍芝想，碧琏这主意倒是不错，倘若我真有当道阔人的朋友，却是大有希望，无奈我没有啊。现在满街上寻找阔人，或是到各机关局所门外等候官儿出来，不容他上汽车，揪住了就往家里拉，恐怕办不成功，先要进进警局。即使官儿从宽不究，人家也不肯随我前来啊。想着不由沉吟起来，半晌未语。碧琏看着他的神情，竟生了误会，猛然变脸骂道：“怎么着？你还不愿意呀？我这样一半为着自己，一半也为你呀，你还觉着不合算。我明白你那小心眼儿里有什么意思。不错，你想得也对，可是俗语说，嫁汉嫁汉，穿衣吃饭。你能管得我穿暖吃饱，我就归你包死个儿。好比拉洋车，主家能给包月的钱，车夫能养活家口，自然不想出去拉散座儿。”

白衍芝听着忙拦她道：“得得，我何曾说什么话，你这不是冤枉人？”

碧琏道："还用说话？你一怔神儿，我就知道你心里安着什么杂碎。"

白衍芝道："我实在没这么想，只是寻思去找哪个人来。"

碧琏哼了一声道："你不用遮说。反正你说出了话，你就得给我办去，快快去把你认识的阔朋友找来。越快越好，只你引进门，以后就瞧我的。"

白衍芝道："好，我去我去。可是咱们家里这样破烂，怎好让人家进来？"

碧琏道："你混蛋，你还在乎家里怎样？俗语说僻巷出高酒，喝高酒的才上僻巷来哪。你没听见那阔人常上山里村里去住，他们现放着大洋楼，为什么不享受呢？不是为着爱个野意儿嘛。你现在就是把咱们家收拾得干净漂亮，也总不及人家自己家里讲究，反不如这样倒好，他们看着新鲜有趣。只要我能引动人，比什么全强。哦，我还想起来了，还得先把我倒饬倒饬，一会儿你出去，带十块钱给我买鞋袜胭脂粉。还有我的两件皮袍和裤子，都送到染房起油刷色。"

白衍芝见她才出了主意，立刻就忙着实行，这种勇敢精神，倒是很可佩，只是我可怎么好。她收拾了现成炉灶，就忙着卖饭，我又上哪里去招徕大肚汉的照顾主儿？想着正在为难，碧琏又道："我说了就这么办，到明天一早儿，你就出去寻人，我在家里收拾我自己。不管怎样碰钉撞头，至迟三天，就得给我请进阔朋友来。若到时候还没有，我不剥了你的皮才怪。"

白衍芝道："这限期未免太紧了。就是我出去就遇着阔人儿，总不能像落马湖拉客似的拉进家来，必得慢慢交往，等到越来越深，才能寻个机会，请他到家里来坐。外面只做出跟他要好，所以出妻见子，穿房入屋。到他看中了你，有了野心，就要常来。你还得端着架子，假装好人……"

碧琏听到这里，呸一声道："放你妈的屁，我原是好人，为什么要假装。"

白衍芝忙道："是，是，是好人，自然是好人，我不过这样说。"

碧琏扑哧笑道："你说吧。"

白衍芝道："你越端着，他越入迷的。就在这入迷的当儿，他自己尽力巴结，变着法儿进贡。等到把他折磨够了，贡也收足了，实不可开交了，再给些甜头儿。反正你端得越足，他看你越高，才越肯用心花钱。绝不肯卖贱了，更不能起头儿被他看低了。"

碧琏笑道："你倒不是外行，别是从小儿常干这个吧？"

白衍芝道："别玩笑，说真的，所以我主张不能着急。不但是你，就连我也得装匀了，叫他看不出一点儿破绽。我们穷虽穷，可是好人，只仗这好人两个字，就足能讹人，你可得装匀了。”

碧琏道：“不用你说，我比你明白。”

白衍芝道：“你自然比我明白。不过这种事不但得会装，还得有把握，他们也许有些手段，会哄女人，若一时把持不稳，就许上了当。”

碧琏道：“去你的吧，我还会上当？不瞒你说，世上女人，十有八个爱俏的，我说话不昧心，倘然来个小白脸儿，我也许被他闹糊涂了，你想阔人会有小白脸儿吗？大概都是胡子拉碴的老头儿。我从小就讨厌老头儿，在班子里每逢头客，都用出号儿的竹杠敲打，敲跑了才心净。”

白衍芝心想你的出息有限，我是深知的。倘若我邀的客人，不必是俏皮小伙儿，只要品貌不错，你就会跟我变了心，所以非得寻个又老又丑的不可。只是现在欲求一个尚不可得，又怎能挑拣呢？想着就又和碧琏谈了回应付的方法，方才睡了。这一夜白衍芝也可算补了宋先生的遗缺，也可算官复原职，这且不提。

次日早晨，碧琏就把要买的东西要收拾的衣服都交代给他，又另外赏了大洋五元，作为交际之费，命他速去。临行重申前令，不许有误三日限期。白衍芝还请求宽限，碧琏道：“我因为宋先生所给的钱快要花光了，所以催你快办。你若能想法先给我弄笔钱来，我就不忙。”

白衍芝立刻不敢再响，接了钱就走，碧琏道：“你出去联络，用不着加夜工，晚上可早些回来，对我报告。”

白衍芝唯唯而出，离家先把衣服送到染坊，又去替碧琏买东西，一共花了七元多些，他预备从中赚上两元，给自己零用。但又怕回去被碧琏盘问，就把每样东西，都给加上两角三角，把数目凑够，牢记在心，才转去办理正事。但他左思右想，实在想不起可找的人。自己现在根本就没有朋友，更没说加个阔字。这天津地方，人是多的，无奈自己全不认识，有已经认识的，人家已深知自己万恶的行径，万不搭理。就按南屏诗客那一群人说，内中倒有几个有钱的，自己若不是急于弄钱，露出本相，若能装好人直到今天，就可以把吴宫秋温三七那班人，挑一个充数。他们便不甚阔，却还可以搪差使。如今他们那一条路算绝了，自己再去也白撞钉子，不如另换门路。只是就连一人影都没有，难道在街上看见广亮大门、高大楼房，就叩门请恩主人，请求交友吗？就凭我这身衣服，连人家下人也不如，一叩门就被当打秋风的给推出来。想着心中茫无着落，万分为难，只得在马路上溜达。他这差使，直好似在旷野寻金矿苗一样的不合理、没希望，但他还是非要得到不可。白衎芝就这样毫无目的、茫无着落地在外面闲荡了一天。每走到一座高楼朱户门口，就立住向里端详半晌。心想这一家准能趁几十万家私，那一家准能趁几百万，我若是能认识这里的主人，够多么好。若在路上看见一辆汽车，心里就想，倘若我和这车中人是朋友，叫住了邀他去吃顿饭馆，再请到家去，又何等爽利。无奈他只能脑中虚构事实，胡思乱想，也就在胡思乱想中过了一天。在外边吃了两顿饭，喝了两遍茶，熬到晚上，仍是毫无办法，眼看回家时限将到，只得先回去再做道理。但未回之先，得要编一套谎话，好敷衍碧琏。

他在街上费了很多脑筋，才把谎话编成，就回到家中，见了碧琏，不待询问，先自己说道："今天真赶得不巧，我认识的那位胡局长，上北京去了。王总理正忙着应酬他们总行来的上司，没工夫见我。马大爷因为拧了腿，进医院去住。只见着一位黄三爷，他又正在今日给太太做生日，贺客满门，留我坐席看戏，招待倒是亲热，可惜人多不得说话，我明儿还得再去。"

碧琏道："你说了半天，还是一点儿影儿没有，这样几时才邀得来人哟。"

白衎芝道："本来你定的日子太紧了，算不易办成功。"说着见碧琏面色一沉，急忙改口道，"不过我一定尽心想法，明后天准给邀一位来。"

碧琏道："你自己估量着。平日总说认识阔朋友，到我出了这个主意，你一听就转了轴儿，张口不易，闭口太难，今儿又是这个出了门，那个进了医院，简直故意推脱，不愿给我帮忙。本来谁也不愿意给自己老婆拉人儿，我也不勉强你。不过你要脸就得要个全脸，充男子汉就得充整个的男子汉。要抱住老婆，就得叫老婆称心如意。现在这一折腾，老宋给的钱，差不多完了，我立等钱用。至迟后天，你给弄一百块钱来，少一个钱毛都不成。"

白衎芝道："我又上哪里去弄这些钱，你这是何苦呢？反正我尽力邀人就是。"

碧琏道："不管那些，到后天你无论是人是钱，总得交一样儿，没有你就死在外面。"

白衎芝唯唯答应，从此这事又算紧了一步。到了次日，白衎芝出门走了一会儿，仍是想不出门路。他心里有些焦急，便又把念头转到那曾经一日为师的南屏诗客身上，硬着头皮登门求见。不料迎头被门房骂了一顿，赶了出来。白衎芝因为除此更无别路，就蹲在大门对面，等候南屏诗客出门。哪知由午前等到午后，午后蹲到黄昏，仍不见南屏诗客出门，而且也没有一个朋友来访。白衍芝是本打算见着南屏诗客，先痛哭流涕地递过一封悔过书，把他央告得心软了，便可重为座上之客，重跟他的朋友联络。或者向他打听温三七等人的住址，自己去登门拜访。只要把那好色的温三七引诱出来，拉到自己家里，便可暂且搪塞一时。否则也许有人来访南屏，自己可以拣熟识的拉住硬请顿小馆，便向家里拉，也是一条捷径，所以耐着心等候。及至到了晚上，仍不见有人出入。白衍芝方才纳闷，心想南屏交流甚广，怎会门庭如此冷落，要不是离家出游自己白等一天，枉费了光阴，岂不冤枉死了。白衍芝这样一想，便有些沉不住气，想向门房询问，无奈从白天就已经卑躬屈节地递过几回和气，都撞了钉子，再问也是照样。正在为难，忽从意外地得到消息。那位门房来了个朋友，一同坐着闲说，门房照例说起主家秘事，才给白衍芝指了明路。原来南屏已住到北京协和医院去了，何以住院，自然因为受了伤，至于何以受伤却是一桩笑柄，也是一段惨闻。

原来南屏在外有外室，太太久有耳闻。屡去剿袭，却因外宅门外设有门岗，由南屏军界友人派兵驻守，不许外人进入。太太曾屡次败于兵士枪托之下，狼狈而归。愤恨之余，只有把南屏煞气，但南屏因她抓不着真实证据，任凭如何锻炼折磨，只是矢口不认。太太虽也无可如何，但终不肯死心，拼着花钱购买线家，布置侦探，直至确定那外宅是南屏藏娇之所，只是受制于守门兵士，不能进去抓获证据，便一切不能进行。太太想了很多办法，都没成功。一次竟向法院控告南屏重婚，指明地点，请求提人质对。哪知南屏耳目甚灵，交游又广。一经消息，立把外室迁移，太太带法警前去拘人，只见了一座空宅，弄得毫无结果。跟着南屏再一托人说和，这场讼案就无形消灭。太太反落得打草惊蛇，只好重新设法打探。费了很久时间，才又把外宅新址寻着。太太这次就不肯莽撞了，沉心苦虑地别图制胜之法。先去到外宅左近观察形势，见仍有兵士守门，严禁出入，和旧时一样。但看到后面，却发现了个后门，这是旧址所没有的。太太发现这个漏洞，立刻得了主意，回去静待时机。

到了做寿的次日，全家因夜中劳乏，到早晨还在高眠，南屏也料着太太天亮才睡，不到中午不会醒，就熬着不睡，等人半夜俱都入梦，自己悄悄溜出，到外宅去寻好梦。哪知太太已留上了神，见他溜走了，就自己化装起来，扮作一个仆妇模样，手里提着竹篮，化装送东西的。以前她每次剿袭外宅，都带着几个跟人，以壮声势。这次也力矫前失，只自己单身前去。坐车到了外宅附近，就下了车，避着前门，由小巷转到后门，恰值开着，她就溜了进去。后门内是一道小院，迎面便是厨房，太太进去便回觅上楼的路。不料外宅的女仆正在厨房内预备点心，见有生人进来，就走出去。那女仆早受主人嘱咐，严紧门户。见她面生可疑，自然拦住询问找谁。太太说出南屏的姓，说是给某太太送东西来了，哪知这一来倒露出破绽。因为南屏为防备太太，在外宅不用自己的姓，而用姨太太的姓。女仆倒深知内情，一听她说出男主人的姓，便知有异，忙拦着道："不对，你走差了门了，这里姓王。"

太太既入宝山，怎得空回，就推开女仆，直奔楼梯跑去。女仆拼命拉她，太太气怒之下，又自己已守住楼梯，不怕南屏逃跑，就自己报名说："我是太太，来捉我们老爷，你是什么东西，趁早滚开。"

那女仆听了，更拉住她不放，并且狂喊进来人了。这都是预先教好的，这一吵嚷，楼上的南屏已听见了，由楼口向下一望，恰见太太和女仆互相揪扭，不由吓得魂飞魄散，通身乱抖，张皇四顾，想要逃跑。只要能跑出去，便可去叫那守门的兵进来，驱逐太太抓不着自己，也就无能抵抗了。但是逃跑的路只有楼梯，下去便要被她抓住，直是自投罗网。若不逃开，难道等待束手被擒。正在着急无计，怔怔地望着下面，只祷告神佛有灵、祖宗垂佑，暗给女仆助力，叫她大施神勇，打退太太。哪知下面战况适和他的希望相反，那女仆竟自打了败仗。若研究她的败战原因，很是简单，绝不需如研究现在欧战中法国战败原因，要由军事政治经济和国民性种种方面着眼，并且要由若干专家，搜集若干证据材料，等待若干年月，才能研究出真相。这女仆的战况，却是一目了然，败因也只有一个，就是她父母不该给她裹了一双小脚，这小脚虽是乡村式，并没什么好样儿，却有一支很长很细的脚尖儿，向来独伸巨擘，翘首青云，作将要发射的迫击炮昂头成四十五度角儿势，这两只脚尖，长日仰天，从不站地，可谓全身最娇嫩名贵的一部分。当她在家乡时，常常被她那带小辫的结发之夫、脸皮晒成檀木颜色的檀郎，用那被锄犁磨成胼胝的巨掌，勤和温存摩挲。就是到了都市佣工，也常在早晚余暇，自加把握。真是惯受爱怜，未经磨折。却不料这时成为致败之由，并且因为她的脚，害了南屏的腰，真是在她父母代为裹脚时，所不能梦见者也。

原来太太和这女仆互相揪扭，互相推挤，女仆的力气自然较大一些，而太太仗着一种急劲儿，恰和女仆打得平手。二人不过你推进一步，又退回一步，我退回一步，又推进一步，好似战争入了持久战，来往拉锯一样。女仆一面支持，一面叫喊，太太却是恐怕持久，被南屏由别路逃走，或是把守门的兵喊进来，心中一急，忽然一眼打上女仆的脚尖，立刻生出急智。就在推挤之际，向地下寻觅。恰巧旁边立着一块洗衣服的搓板，她忙使出大力，把女仆推出两步，然后猛一松手，使个败势，转身便走。女仆怕她上楼，又因曾被她打过两下，想要报仇，就追了过来。见太太转身低头而走，便向她扑过来，想一下把她推个马爬。哪知太太低头拾起那块搓板，便霍地回身，对准女仆的脚打下去。那女仆因扑得太猛，要躲避已来不及，被搓板的方角，恰巧碰在她瘦细的脚尖上，疼得她鬼叫一声向前扑倒，正落在太太身上，太太也被撞倒。那女仆抱着脚哟哟直叫，满地乱滚，好像《战宛城》的邹氏要施展乌龙抱柱的武功，大概受伤不轻。太太却是虽然跌倒，并未受伤，推开女仆，便自爬起，直向楼梯奔去。南屏在楼上看得明白，他这时好比将要亡国的末造君王，大势已去，眼看敌军攻入都城，把捍御之责付在一个大将身上，希望能够抵挡。无奈流寇势众，代州兵少，忠臣周遇吉阵亡，流冠长驱直入，又有太监献了城门，君王看着焰天烽火，知道再无指望，只有斩杀公主，打发皇儿，自己登煤山上吊了。然而南屏此际比崇祯帝还措手不及，楼下的敌军，更不容还转，打倒守将，就咚咚地上楼了。南屏更来不及像崇祯安排公主皇儿，也来不及像陈后主拉着妃子一同跳井，就要自己去蒙尘逃命。但是他并无出路，由楼梯下去，也和太太撞个正着，就只有窗户。无奈窗户离地甚高，他看着眼眩，不敢下跳，但太太脚步声已渐渐迫近了。

南屏其实便是坐待太太上来，也不过吵打一顿，至多头破血出，也不致有什么危险。然而他久处积威之下，有些想不开。好像被太太捉住就没命了，吓得发了糊涂。他的身体本已软瘫，但楼梯响一下，他就抖一下，及至声音将到上面，他突然抖得跳起来，不知怎么趁着劲儿，就纵身越过窗户，向外滚落。他身体到了窗外，方才后悔自己举动错误，被太太捉住，罪不至死，这一坠楼，却是性命难保。两害相权取其轻，我怎么竟取其重？倘若跌死，我的娇妾爱子，可怎么好呀？这些思想，只发生在半秒钟间，就好似跳河自尽的人，在喝进一口水之后，一切都想开了，什么都舍不得了，只想保住性命，就伸手乱抓，希望取得到之物，以至常常把救溺的人抓住一同淹死。南屏这时悬空下落，也是一样地后悔了，想要有谁拉住他，或是自己揪住一件东西，免得下落，但已来不及了。空把两手挥舞，口中狂呼哎呀，却已被地心吸力吸住，不吸到地面不能停止了。地下的女仆正抱着小脚尖儿乱滚，恰恰滚到墙窗之下，不料上面南屏正落下来，若是砸到她身上，定要重伤致命。幸而不该出祸，她滚到窗下，又向回滚，南屏才到了地面。南屏是直着下来，一只脚先落到地下，若是直触坚硬的砖地，不但腿骨碎折，而且内部也要受震伤。这也是巧劲儿，南屏这只失落的脚，恰巧踏在女仆臀部侧面，女仆被踢得滚出老远，南屏有这一踏，就缓了很大的劲头儿。好似由高处跳下，一脚蹬在活物件上，立足不稳，身后滑跌一样情形。他的身体悬空滑出三四尺，才落到地下，却是臀部先行着地，砸得咣的发出巨响。他由上面本是狂叫着落下来，一到地面，摔得咯的一下，随即绝声，身体抖动两下，就不动了。那女仆被踢到墙角，已听到南屏的呼号和坠地之声，心中觉道不好，立刻忘了脚疼，停住滚动，向这边一瞧。见南屏直挺挺躺着，吓得大叫一声老爷摔死了，就爬了过来。爬到近前，见南屏灰白如死的脸色和身下的鲜血，又吓得跑开。坐在数尺之外，抱着脚连哭带喊地闹起来。

那位太太到了楼上，初入室听见南屏的叫声，却梦想不到他会坠楼，还疑他在楼上室中，见自己到来吓得乱叫，就忙着搜寻。见是一间起居室的模样，空寂无人，便奔了旁边的门去。这间房放着两张床，上面各睡着一个孩子，便知是南屏的私生子。又从旁再转入一室，这才是一间正令她发生妒火的卧房。房中陈设甚是华丽，近窗处一张大床，床上睡着个年近花信的妇人，正由衾中坐起，将蒙眬睡眼向四下张望，她是被楼下嚣声惊醒了。原来南屏来时，因为时候太早，还没舍得惊动姨太太和儿女，先叫女仆煮茶做点心，打算都预备好了，再唤起姨太太一同享受。不料太太在这当儿来了，南屏坠楼，太太上楼，恰好两不相见。太太到楼上虽听见楼下哭叫之声，还以为女仆撒泼，并不理会，只专心寻觅丈夫。这时看见床上妇人，知道是南屏外室，但还不敢下手，想要捉住丈夫，再施展威风，才有万全的把握。就先不理那妇人，仍左冲右撞寻觅。无奈楼上只有四间房子，全有门可以互通，她自这屋撞进那屋，重转了一圈，又回到那间卧室。却见那妇人已下了床，匆匆披了一件旗袍，两眼直勾勾地向外走。

太太只当她已知道自己是谁，想要逃跑。就过去一把抓住，叫道："你往哪里去，你是南屏的小老婆。南屏藏在哪里，快就实话。"

那妇人好似没听见她的话，仍挣扎向外走，大太太怒叫道；"你敢跑？给我待着，快把南屏交出来。"

那妇人不知是怕，还是顾不得怕，竟顿足叫道：“你别拉我，外边摔死人了。”

太太愕然道：“你别使诈语，摔死人？摔死谁?”

那妇人惊急欲狂地喊道：“摔死谁？大概是南屏，你听呀。”

太太方要问听什么，但耳朵已生了作用，果然听窗外女仆声喊道：“太太快来，太太快来，老爷摔死了。”

太太听着初还以为女仆是喊叫自己，又不知所谓老爷是谁，继而悟到女仆叫的是这妇人，老爷必是南屏，却又不解怎么会摔死。正在一怔，这妇人已挣脱了手，向外跑去，太太急忙追赶。那妇人直奔楼梯而下，太太紧随在后，到了楼下小院，只见地下直挺挺躺着一个男子，那女仆坐在旁边号叫。那妇人一见南屏身上的血迹，就扑过去伏在他身上，痛哭起来。太太看着也吓得天旋地转，但不解南屏何以受伤。想了想才明白，必是南屏在楼上见自己到来，无路可逃，只可拼命由窗户下跃，不料竟摔死了。太太并不知南屏生死如何，只听着那女仆的叫号、那妇人的急痛，以为已经跌死了，不由一阵良心发现，想到南屏虽不是亲手推坠，但总是因自己到来，方才吓得跳楼。这就叫我虽不杀伯仁，伯仁由我而死。而且她对南屏终有夫妇之情，心中也觉悲悔。她本是挟着大大愤恨，来寻南屏，预备施展极端狠毒手段，就是杀死丈夫，撕裂外妇，枪毙孽子，焚毁香巢，也不足解恨于万一。但这时瞧见南屏已经死了，争夺的目标既失，对于情敌的仇恨，也倏觉减低。就好比两国争城以战，还未交锋，忽然发生地震，把所争的城，陷入地底，这两国还打个什么劲儿。又如两个人为争一只鸡，告到县衙，知县老爷判断简捷，把鸡送到内厨，预备老爷下酒，这两个仇人自然不会再争，或者当堂握手言和了。太太这时既不能跟已死的南屏拼命，而那妇人正在抱着南屏哀哭欲绝，虽明知她是南屏外室，也是自己多年积仇，但当这情景之下，也不好和她争斗，望着那一躺一坐、一死一活的人，只剩了发怔。怔了一会儿，忽然望着那妇人又生出妒嫉心，想南屏是我的丈夫，丈夫死了，哭也是我的权利，怎能任旁人侵占？就上前把那妇人推开，伏在南屏身上哭了起来。

但只哭了两声，已被那妇人叫住，太太瞪目骂道：“什么东西，你敢不叫我哭？他是我的男人，我一个人的男人。”

那妇人道：“我不是不叫你哭，是他还没死，哭会子当不了什么，还是先请大夫救治，别耽误着。”

太太听了喊道：“你怎么知道他没死，你怕给他偿命呀？我知道是你害的，万不饶你。”

说着也觉犹疑，伸手一摸南屏胸口，果然尚在起伏。再仔细瞧看，见他口角微微张阖，似有呻吟，只于没有声音，才知果然未死，没死哭什么呢。女人的顽固头脑，有着法定制度，以为规矩不可错误，即使夫妇仇深如海，一个死了，另一个总得哭上几声，才算交代过礼法。既是没死，当然无须哭他，就把已停的哭，重又继续，使了个尾声的腔儿，才算正式把哭停止。这也是太太的规矩，若不使这腔儿，就似未曾哭完。好比她听戏时，不见戏台出来谢台的官坐，就不承认散戏一样。那妇人见她本已停哭，忽然又哭一声，又止住了，不由大为惊愕，就道：“他不是还有气吗？我知道你是谁，也知道你干什么来的，现在他既被你吓得跳楼，受了这样重伤，咱们得先顾他。”

太太听着叫道：“用不着你管，我的男人，我自已会管，你是赶哪辆车的？”

那妇人倒是明白，沉住气又问她道：“不认谁管，反正先救他要紧。你既要管，就快想法请大夫呀。”

太太心中也明白丈夫既然没死，自该延医救治，但这主意是由这小老婆口中先说出来，自己若是应命如响，未免好像对她低了头，就不肯立时办理，仍向那妇人搅嘴道：“我自己会请大夫，你少管闲事。现在我先问你，你可是他的外宅小老婆，快跟我说实话。”

那妇人焦急万分地道：“你且不必问我，快救他吧，别的事以后再说。”

太太见她着急，知道是关心南屏，心想这小老婆跟这老东西倒是恩爱，不知老东西待她多么尽心，才这样情感情义感义的。想着不由妒念更炽，立刻奇想天开，因着小老婆对南屏的关切，更生出报复挟制之计，就哼了一声道：“你疼他呀？你怕他死呀？他死了你怕守寡呀？你忙着把他治好，好陪着你乐呀？哼哼，你怕我不怕，你忙我不忙，我本来就守着活寡，他死了我照样过日子，一点儿也不在乎。你别拿我当混蛋，我花钱费力把他治好了，给你享受，宁可看着他死。”

那妇人气得面色青白，颤声说道：“你若不给他治，就不用管。我自已给他治，反正不能耽误着。”

太太哼了声道：“放屁，我的男人，凭什么叫你管？”

那妇人道：“不叫我管，你可快给治呀？”

太太又连声反复着道："我的男人，我一个人的亲男人，用你给治？你是什么东西？"

那妇人道："不用我治，你可快给治呀？"

太太道："我给治，治好他给你受用？哼哼，我的男人，我叫他活，他不敢死，我叫他死，他不敢活，我叫他站着死，他不敢坐着咽气。告诉你，刀把在我手里拿着，就不给他治，你敢怎样？咱们对看着，等他断气，看谁心疼？我早就把他打在肚皮以外，有他也活着，没他也活着。你这贱货，还得他背着抱着，我就是瞧你，哈哈儿。"

那妇人听她胡搅蛮缠，不可理喻，而且口吻中间，直把南屏当作她亲生儿子，好似操着生杀之权，不由气得要死，直想跟她拼命。但看着南屏性命垂危，恐怕吵闹起来，更耽误了救治。只得捺着气说道："得了，太太，你不必跟我怄气。他眼看性命交关，你快发善心救救吧。我们大人孩子，不算回事，只要救活了他，叫我们滚蛋都成。再说你跟他结发夫妻，比我近得多呀。好太太，你就快着吧。"

这妇人说话口吻哀切，几乎是在哀求了。哪知太太看她这样，反觉快心，似乎自己借南屏做挟制工具，使小老婆低声下气，算得到初步的胜利，由此更可以折磨她了。因而不但无动于衷，倒气定神闲地说道："你不用来这套，我们是一夜夫妇百夜仇，比你一点儿也不近。"

那妇人又好话央告，太太更端起架子，佯佯不睬，好似南屏和她毫无关系，只是小老婆一人的丈夫。而她又和小老婆仇深似海，如今小老婆的丈夫要死，小老婆央告她代为诊治，她正要把这快心的景象，竭力延长，最好能看见南屏绝气，小老婆跟着自尽，才觉解恨，又怎肯慨发善心。但口中却仍说着他是我的男人，不是你的男人。那妇人央告半天，仍然无效，不由急了。但知吵打不是办法，就生出急智，跑出门去，先向商店中借电话，通知南屏军界好友，请他快来。又去唤来街头警察，控告大妇把丈夫从楼上推下跌伤，性命垂危，大妇还拦阻不叫医治。那警察跟着进院，看了一看。太太见小老婆叫来警察，大吃一惊，深悔自己失计，被她走了先步，就也喊着指控丈夫是小老婆扒跌受伤。

那警察说："不必跟我分辩，现在受伤的生死难保，只好先把他送到医院去治，你们有话到法庭上再说。"

说完就又去叫来一位同事，看守住两个妇人，他自去打电话报告警署，又叫医院开救护车来。太太这时才知事情闹大，不能由自己随意处理，也无权叫丈夫站着死或坐着死了。再想到万一小老婆咬定南屏是我所伤害，岂不要问成谋害亲夫之罪。太太看过蹦蹦《刁南楼》戏里杀夫淫妇骑木驴，猛然想起，立刻下部犯了神经病，用手捂着小肚子哭起来。这时那妇人跪到南屏面前，也哭起来，口中还数落着。太太听她语侵自己，虽当着官人不敢动武，也在哭声之中，夹着咒骂，以为报复。二人这样一往一复，互相应和，大有梆子戏《雪梅吊孝》两个女角同唱悲调的情形，所差只多加了念白。那女仆见已肇祸，也不哭了，只捏着脚尖，和警察一同做旁观，听她们对口歌唱。但可惜未得尽情欣赏，门外已乱起来。警署的解犯车、医院的救护车，全都到了，跟着南屏那位军界朋友，也坐着汽车而来。进门看见情形，大为惊骇。也不理太太，只把小老婆叫到一旁询问。小老婆自然把他当作救星似的，仔细诉说经过。但因痛恨太太，就给厚诬了一下，说太太到来，上楼和南屏争吵，南屏退到窗口，被她用力猛推，以致跌到楼下。那位军界朋友对太太本就印象奇劣，又听她居然下毒手推丈夫坠楼，由素日行为推想，不由不信。因而大生义愤，使出军人行径，过去一脚把太太踢翻，骂道："你害死男人，还在这里装哭，快滚开等偿命吧。"

太太向未见过这位朋友，还以为是个官员，听他也说自己害死丈夫，只吓得魂飞魄散，可怜一点儿泼辣能为都使不出来，只哭着喊冤。这时已来了许多警察，见这陌生人向女犯人动武，就上前喝阻。那位朋友取出名片给他们看，警察立刻行礼而退，不再干涉。

那位朋友向姨太太说道："这场事已经不能和了，现在只可先把南屏送医院救治。你也跟着去打官司，记住到堂上就这样实话实说，准可以叫那泼妇偿了命，她也该遭报应了。嫂夫人你尽管放心，我一定替你打点，你这家里我也派人来照顾，孩子不会受屈。南屏身上我更会尽心，你就放心好了，你是原告，只要到法院过一堂，我就保你出来。"

那姨太太深深道谢，直说全仗叔叔费心，南屏的性命和我们母子的生死祸福，都托给叔叔了。那位直性的朋友，横打鼻梁地表示担负全责。太太已听出这位朋友是南屏知交，论理自己以南屏嫡妻资格，应该受到他的尊敬和帮助，大概在朋友中间，都是互相承认正式夫人是朋友的配偶，加以重视，小老婆常是被轻藐的。想不到自己竟遇到相反的事，南屏这位有势力的朋友竟帮助了小老婆，而把自己当作仇敌，不由痛恨南屏交友不当，哭着骂道：

“你怎不睁眼，交的都是什么朋友？朋友会偏向小老婆，你这个活王八，不知道戴几年绿帽子了。”

她也不想自己恶名在外，人缘太坏，才招出这样结果，只管哭着数落，但哭也没用。南屏被抬上救护车，飞驶而去。太太和那姨太太，还有作证的女仆，也被赶上解犯车，直驶警署。至警署过堂讯问，可怜太太的凶悍本能，全都消失尽了。姨太太以原告地位，先申诉案情。自然仍照着原来的话，硬诉南屏是被太太推跌，另外还延出女仆作证。那女仆一则吃谁向谁，二则又和太太打过交手仗，怀着仇恨。她又听见姨太太对那军界朋友所说的话，故而不需串通，就说出同样的供词。及至问到太太，太太若依实供述，可令人相信。无奈妇人见识，以为姨太太诬诉自己，自己总得反咬她一下，就也说南屏被姨太太推跌。这一说自然不近情理，任何问官都要猜想她是反诬，那姨太太受着丈夫的偏爱，岂有反伤害之理？即使有意伤害，也尽可随时下手，怎会恰在正室剿袭外宅之时，做这犯罪行为，自坏长城，自掘坟墓，给正室快心？这不能想象的事，当然出于信口诬枉。问官听察之下，以为案情皎若列眉，更无疑议。但警署无权定谳，自然依照手续转送法院。法院接受之后，却得等待受伤人的结果，再行开审。南屏倘能稍愈，自要由他口中取供，倘若因伤身亡，太太就算情屈命不屈，必要依照姨太太控词和女仆证见定案。便不偿命，她这半世的光阴，也只能活动于有限的地域了。

幸而南屏到了医院，一经救治，当日便已神志清明。大夫检查以后，表示可以担保性命无忧。不过人是完全残废了，因为肢体上无论何处跌伤，都还有法补救，唯有尻骨折断，最没有希望。譬如在战争时代，断臂折腿的伤兵很多，只要医治好了，不特可以装假臂假腿，仍然能够行动做事，便不装假肢，人也还能活动。唯有在腰上或背上受伤，这人便能治愈，也要终身睡在床上，成为活死人了。因为后脊和腰部臀部接连的一串长骨，是全身的支柱，损坏一部，全身就算坍塌崩溃。南屏年纪已老，骨头变硬，又因为倾跌的姿势，甚为合宜，才未致丧命。却蹴断了腰部的骨，绝对不能治愈，这一来直和死差不多。然而大夫还不敢对他明说，南屏脑部和内脏所伤甚轻，很快地恢复知觉，自以为尚有痊愈之望，对太太还不甚怨恨。而且姨太太和那军界朋友说话之时，南屏尚在昏迷，并未闻他们诬陷太太的言语。清醒以后，虽知自己受伤是由于太太恐吓，不免切齿，却没想到要诉她谋害。所以过了两日，法院检察官到医院向他问供，南屏只实话实说，这一下倒证明姨太太的诬控，而解脱了太太的罪名，无形中帮助仇敌，反对所爱，真是他所梦想不到的。

法院既知南屏跳楼是一种失却理智的动作，虽然由于太太惊吓所致，太太并非有意要他如此，在法律上可以不负责任。这就等于债权人向债务人逼债，债务人无力偿还，因而自杀。若在旧时，死者家属必然把死尸送到债权人家里，控告他逼死人命，法律也要重惩债权人，以慰死者。但在现时法律，却以为债权人本有讨债的权力，债务人的死出于自动，只要债权人没有帮助自杀或其他违法的嫌疑，就可以不负责任。然而现在愚民还有的抱着旧观念，拼出性命来报复债主，结果常是白饶了一条性命。就如南屏这事，若在当年，便是问明只是因惊坠楼，不是太太伤害，问官也要追溯根源，说太太即使丈夫如此畏慎，必是平日凶悍成性，人情国法，两俱难容，起码也要受些苦刑。只为生在现代，就得了便宜。然而在书中时候，尚当过渡时期，法律虽更，司法的人还有力加以伸缩。

太太本可以无罪，但是南屏那位憨直的军界朋友，却是义愤填胸，又抱着旧思想，以为妇人悍恶至此，势须严惩以快人心。就运用势力，要转变法律，加太太以罪，叫她自省，好给南屏谋长治久安之计。眼看太太就要陷入缧绁，做牢狱中的上客，幸而有南屏别位亲友得知内情，出头代为周旋。倒向局外的军界朋友，去说好话，请他看在南屏面上，不要太抱不平，把太太宽恕了。那军界朋友趁此替姨太太要求条件，说南屏病愈之后，就彰明较著地和姨太太同居，并且姨太太所生儿子，也要发表为南屏亲生，享受一切应得权利，太太不得搅扰阻挠。以后关于家中财产，任南屏自由处理，太太更不得自恃正字资格，妄求优越待遇。就是这无理的条件，若是太太承认，他便设法向法院通融销案。若不承认，只有请她在狱中去养精蓄锐，等出来再行争夺。中间亲友到拘留所中见着太太，和她商量。太太自经患难，锋芒都消，变得脾气柔和。闻言居然百依百随，只求得脱罪害，就是出去给姨太太当女仆，她也甘心。于是立了证据，由中人带交那军界朋友。过几天果然把太太释放出来，但是并未销案，竟是正式判决。不过判罪甚轻，五月有期徒刑，缓刑二年。这也是那军界朋友对她的小小惩罚，使太太出狱常存戒心。其实却是多此一举，因为太太一遭经蛇咬，十年怕井绳，归家之后，就害了神经病。镇日战战兢兢，只恐有人再来捉她，藏在房里连大气也不敢喘，在表面上看像勇于改过了。但那位姨太太虽然官司获胜，打倒太太，夺得男人，无奈男人已经残废，再不能撩云拨雨，倒要她熬药煎汤。实际所争得的权利，只是物质上的，至于精神肉体上的幸福，都全似有若无、似实若虚了。

这是南屏家庭纷争的全部史迹，但白衍芝到他家蹲门之时，正值南屏受伤入了医院，太太遭嫌进了警署的时候。白衍芝既不知晓，门房又不屑告诉，才直等了半天。到了晚上，白衍芝以为南屏若是在家饭后或将出门，若在外面，饭后也必回家，自己机会将要到了，更坚心等下去。若不是门房来了朋友，谈论起南屏的事，使白衍芝得以窃听明白，他还不知要等到什么时候。当时他在门口把南屏家事窃听之后，才悟自己上了当，这天又白过了。可恨门房拿我开心，竟不说知，把我的有限光阴又虚度了一日，不由暗自咒骂，但骂也没用，还得想法。

他寻思半晌，又把希望落到门房身上，想要跟他递些和气，联络感情，打听温三七吴宫秋人等住址。他们既是南屏好友，下人当然知道。但是那门房已把他看成狗矢，鄙薄得不值一钱，上前说话，必然大吃没趣，徒劳无功，总得另想有效办法，才能济事。这时门房和他的朋友正在相对饮酒，一阵阵酒馔香气，扑到白衍芝鼻中。白衍芝忍饥已久，不由舌底流涎，肚中冒泡。恰巧街上走过一个卖溷鸡的小贩，白衍芝看见鸡肥鲜美，心中一转，现在若买这一只肥鸡，当作贿赂，献给门房佐酒，必然能转变他的情感，达到我的目的。自来行大事者不惜小费，我就买他一只也罢。但伸手向袋中一摸，所有的钱大概还不够买只鸡腿的，只得看着那小贩走去。过了一会儿又有个卖花生的小贩到来，白衍芝心想花生也是佐酒之物，自己也买得起，就叫住买了五个铜板的一包。自蹲在台阶上，把外壳剥去薄皮搓掉，重放在纸上，然后两手捧着，走进门去。未曾说话，先装出满脸笑容。但笑容才在他脸上呈现，骂声已由看门人嘴里出来，望着他骂道："什么东西敢往屋里乱闯？快滚出去。"

白衍芝躬身叫道："二爷，二爷，您喝酒哪。这里有点儿酒菜，孝敬您。"说着赶上一步，把花生郑重放在桌上。

那看门人看看花生，呸了一声道："这是什么，快拿出去，我用不着。你小子又安着什么贼心?"

白衍芝笑道："咳，咳，二爷，您别屈我小子这片孝心。东西太寒碜，谁教我小子太穷呢。我小子但凡有钱，早给您送满汉八八了。这叫千里送鹅毛，礼轻人意重。别看东西不值钱，您还得当燕菜鱼翅吃。二爷我一看见您喝酒，就跑出去，到东门里张把儿摊上，买来花生，那是本地头一份儿，您尝尝，准保又香又脆。”

那看门人摆手道：“拿走，拿走，我不稀罕。”

白衍芝又鞠躬说道：“凭二爷什么好东西没吃过，还稀罕这个，可是您别白了我小子的孝心哪。二爷吃几个吧，花生下酒，是补血助气、消食化痰的。”

说着又向那看门人的朋友道：“先生，你也尝尝，跟我们二爷干一杯，您别瞧二爷骂我，他老人家素日可比老家儿还疼我哪。”说着提起酒壶，各自满了一杯。

那看门人见他卑鄙谄谀的样儿，听着语无伦次的胡说，不由也笑了，骂道：“你这小子，真妈的什么玩意？我若当你老家儿，早就……”

白衍芝接口道：“早就把我成全好了，可惜我没那样福气。”

看门人道：“我也没那种德行。姓白的，你不用花说柳说。趁早实说，又安着什么心，用这一包花生果儿，想要套多么大的事。得得，你别尽自站在屋里，把我熏坏了。我也明白你的意思，实告诉你，我们主人已经进了医院，一半天回不来。你别白耽误工夫，趁早滚吧，这是我的好话。”

白衍芝道：“二爷，我已经听见你们主家的事了，现在不是要见他，是求您……”

看门人道：“还求我什么？你不是想见上头，求我给传报吗？现在已告诉你进了医院，你还想怎样？哦，再告诉你，我们太太也在警署里，你不用打算见师娘蒙钱。”

白衍芝道：“不是，二爷，我不见师娘，我只打听那位温三七和吴宫秋都住在哪儿。”

看门人愕然道：“你问他们干什么？”

白衍芝道：“我要给他们老几位请安。”

看门人大笑道：“你是东山无柴西山去，南河无鱼北河行。好小子，难得你怎么想来，我看你怪可怜的，就告诉你吧。吴宫秋上北京了，还没日子回来，温三七倒在天津，他家在临郊道南头儿桃园路上，门牌一百八十八号，找他倒是不难。”

白衍芝居然问出一条门路，心中大喜，忙向他道谢。看门人挥道：“走吧，别麻烦了，以后不许你再上门儿。这些日我们街坊邻居都闹丢东西，正查不着贼，我一句话就把你填了限。”

白衍芝赔笑道：“是是，那么我就快滚，别招二爷生气。”

说着转身跑了出来，就直奔临郊道而去。在路上实在饿得受不住，看见街头上的平民化露天饭店，正有许多车夫在那里聚餐。他被香气引诱，就凑过去坐在用扁担替代的坐具上，要了一碗豆腐脑儿、两只烧饼两只油条，狼吞虎咽地吃完，肚子还只半饱。但袋里的钱已不允他再吃，只得付了账立起，重向前走。好容易走到临郊道，这地方正是城市和郊野交界之区，不过这一带却是较为贵族化的住宅区域。因为近年市区发达，住宅区渐渐向郊野伸展出去，桃园路便是新伸展出的一部分，前面正临郊野。白衍芝由这条路上，察视住宅的门牌，向南直走，不料走到头儿，门牌号数只有四十余号，再向前就是一片长满乱草的坟地。白衍芝心中诧异，由墙角转过去，这面只是一道高墙，莫说门巷，连窗户也没有。他立住犹疑，心想这是什么道理，我明明记住那门房的话，确确是桃园路啊，莫非还有第二个？只可寻个人问问吧。但是这地方十分冷僻，竟看不见行人。

白衍芝四下张望，忽见数十步外丛草之后，隐约现出闪烁的火星，像似有人吸纸烟。就移步走过去。将到近前，便闻人声嘈嘈杂杂，许多人低声说话。白衍芝心想这荒凉地方，怎会有人开会议，莫非是不法之徒，也许是一群小窃，在这里分赃。我大可冒充官人，诈他们一下，弄些外快。就放轻脚步，伏下腰钻入草丛，隐住身体，向前窥视。才见草中有五六个人，围作一团，席地而坐。却因过于黑暗，看不清面目衣服。只有两人吸着纸烟，发出微光，瞧见每个人都是头发蓬蓬，身上小打扮。大家都由喉咙或鼻孔中发声说话，似在有所争辩。白衍芝听了半天，方才明白这是几位最低级的瘾君子，大家合股集资，买了一包俗名白面儿的海洛因，到这僻境来享受。由一个公正人按各人出资多少，加以分配。但他们都没真个出钱，只是这人出一件破背心，那人出一双破鞋，张三出一个戴破了的草帽，李四出几个由垃圾桶拾来的洋铁罐，都交给一个公正人，由公正人拿去，到小市换了钱，再买来白面儿，给大家吸用。再由公正人分提，各得一份，公正人也得一份。但他并没出钱力，只出人力，就像商业中的干股儿，也可以分红一样。不过这公正人似乎做事不大公平，把自己的一股分得忒多。当时有人发现，提出抗议，公众强制把他那股撤回半数，归为公积。但这半数的白面儿，也不过有几毫重，若变成镭锭，却也是震惊世界的巨量，可惜只是白面儿，就未免太少，仅敷一吸之用。若再按人数分配，就要到看不见的微小，而且没有显微镜和最精细的称量仪器，也实没法分匀。这点粉末又不能像银行中的公积金，可以记在账上，存入库中。就是勉强收存，留为公产，这几个也不能互相信任，没法推定保管委员。大家议论嘈杂，就是为着这点小事。白衍芝瞧着颇为失望，但仍听下去，以为无聊中的消遣。最后还是那个公正人出了个妙法，居然得着大家同意。就是用一张包纸烟的锡纸，包住了那一点儿粉末，用火柴燃着，那粉末就随着锡纸的燃烧，化为气体。大家团团立定，取着最适宜的姿势，趁那气体初向上升，还未播散的当儿，竭力运用呼吸器官吸收到肚里去。这样便可利益均沾，不致偏颇。即使不均，也因为气体没有形质，不能看见，可免于争竞了。公正人提议之后，大家赞成，只有一人站起说道："你们真是太小气，这点儿还值得争。你们来吧，没我的事。"

白衍芝听着，心想此公何其大方高雅，在这群人里，直是鸡鹜中出了凤凰。随见那人走开，离这边接近了些。这人身上穿得似乎较为整齐，和那群乞丐样儿的人颇为不同，走开便很萧闲地旁观着。那个公正人蹲在地下，用锡纸将粉末包好，叫声预备，那几个乞丐样儿的便立起来把他围住，各做骑马蹲裆之式，向前伸头延颈，把四五颗头儿都聚在一起，成为花瓣形。大约古时所谓良朋聚首，就是这样光景。那公正人蹲在众人中间，一手举着纸包，一手划着火柴，将纸包燃着，那锡纸见火即化，轰的成为一股轻烟，向上腾去。那几个正在待机的人，一见烟起，都把头儿猛伸过去，希望在一张口，把全部的烟都吞进去。大家都是一样心意，又同对着一个方向，在同一时间做同一举动，于是五只头颅都撞在一处，只听砰的一声，同时发出声响。就像军队演习，几个人同时放枪，若能动作齐一，不差毫厘，旁边的人听着许多枪只有一响。他们也是一样太齐整了，五只头同时相撞发声，跟着又同时喊疼，抱头呻吟着乱骂。这一下真个撞得不轻，人人都变得头角峥嵘了。那个未曾加入的人，在旁笑得打跌，拍手说道："你们这才叫自寻苦恼，白撞个头青蛋肿，还叫烟儿跑了，谁也没吸着一口。"

那几个人都抚摩着头上撞起的疙瘩没好气地骂道："你是阔大爷，你是财主，我们谁比得了你。"

那个人笑道："你们别骂我，我阔大爷在这儿装孙子呀？"

那公正人道："你不是有这种瘾嘛，愿意跟我们在一处，好拿穷人开心。"那人哈哈大笑。

白衍芝心中诧异，怎么在这地方会出了阔大爷，而且这阔大爷会跟乞丐合股吸白面儿，我可得考察考察。白衍芝也是利令智昏，因为奉了命寻觅阔大爷往家里拉，两日之久，遍寻无着，如今竟想不到在乱葬岗上，乞丐群中，会发现了。他听到这三个字，耳朵便大受刺激。这就好比馋嘴人，饿了三天，遍地去寻肉吃。却忽闻垃圾桶中有着肉香，他就不想桶中真能是否有肉，便有了肉又是否能吃，仍然向里面寻觅。白衍芝被阔字诱惑，也不想乞丐口中的阔大爷，能阔到何种程度，就注意起来。哪知再听下去，敢情所望不虚，那个被称为阔大爷的人，居然真阔，因为那公正人对他调侃说道："翁大少爷，你也该回趟家了，别尽跟我们穷磨。"

那个阔大爷翁大少答道："我早想回家拿钱，只怕我们仁丹。"

白衍芝听着，不知仁丹是何意义，正在猜想，恰巧那一群中也有个初次听到的人，从旁问道："仁丹是什么?"

那公正人代为解释道："是翁大少的爸爸，他爸爸嘴上两撇胡子，跟仁丹商标上画的一样，所以给他起那外号儿。"

说着又向那翁大少说道："你怕见他也得回去，总跟我们穷磨还成？快着回去弄点钱，请请我们。"

那翁大少道："请你们容易，无奈我那老仁丹厉害了，把我当贼防。你们没见过，我家里客厅书房摆的古董，总有上千件，顶不值钱的也值千儿八百，弄出一件就够玩些日子的。只可恨他近来全派下人看守住了，草刺儿也拿不出来。我回家去，不但弄不到什么，反倒得先挨顿骂，起码关十天八天，不许出门。等老头儿气消了，跟他要钱，至少给三十二十，老东西真啬刻，留着钱打金棺材发葬自己呢。他还偏心，只疼小儿子，我那兄弟成天坐汽车出入，替他办事，几十万的大款，常常经手，老东西只放心他，把我当贼，所以我真不愿回去。"

另一个人道："翁大爷，你再不回家弄钱，我们可供不起了。这几天你身上分文没有，吃抽都得帮凑。那个王三，因为你许着给他换季，先叫他给弄包白面抽，王三财迷蒙眼，自己又没有钱，就去偷东西，被人捉住，打得顺嘴淌血，送到警局，三五月不准出来，小命儿还许丧在里头。我们也跟他一样，每天东抓西骗，养着你翁大爷。你翁大爷许得天大地大，可是今儿推明天，明天推后天，只不回去弄钱。一晃儿半个多月了，我们都穷得只剩一条裤子，你翁大爷别叫我们白指望呀。"

那翁大少爷摇头笑道："你们太小气了，穷小子么，这还算回事？我是懒得去干，若诚心弄钱，三千五千，万儿八千，也是手到擒来。每人给你们几百，连娶媳妇出殡的钱全有。我早已打定主意，不过天生马虎脾气，想再在外面逛荡几天，再去动手。才花了你们几个小钱，总共还不值一壶醋呢，你们这就闲话淡舌了。"

那公正人道："大爷，我们不是穷嘛，若是有钱，供你几年也不要紧。现在我们都弄得没辙了，单指望你解渴，你只一天天地许过儿，总不办真事，别的全是老谣，我们供不动是真的呀。再说你大爷的话，越说越没准儿，方才说回家也弄不了几十块，还得关上许多日子，这会儿又说万儿八千，手到擒来了，叫我们信哪一句是好。"

那翁大少哈哈笑道："你们知道什么？我家里的好东西多了，老头儿派人看着，还有看不到的哪。我有位二姨妈去年死了，老头儿恐怕伤心，把死人住的房给锁起来，房里东西全都原样放着。我知道里面首饰皮货足值几万，早想进去偷一水，老头儿一时也看不出来。那房门的钥匙我早已配好了，就是因为懒，还没下手。过两天我回去就办，弄出两个戒指，就够花一气的。"

众人听了全红了眼，叫道："我的大爷，你既有这财路，为什么还叫我们守着干粮挨饿？等什么，今天就去干吧。"

翁大少道："不成，你们知道我的难处吗？我一回去，总得关这么十天半月，才能跟老头儿要钱，要到钱随时可以溜出来。这次回去，不为要钱，倒无须受他的制，今天回去拼挨顿骂，明天就溜出来也成。可是我为什么回去的，偷东西总得等机会下手，也许三天五天，十天八天，不得下手，我就得在家里困这些日子，别的不说，这些日的白面瘾怎么过呀？所以现在没回家以前，得先预备十天用的白面，藏在身上，才不致受罪，现在你们可能给我凑出十天的吗？"

众人听了，全都面面相观，默默无言。那翁大少哧哧的笑，半晌公正人才说道："我的大爷，你一天得十多块的白面儿，十天就是一百多，我们把人卖了，也凑不出来。"

翁大少道："是啊，我也知道你们办不到，可是我若回去，瘾上十天，岂不死了？现在在外面受穷，每天还能对付几口呀。你们等着，几时我弄出这笔白面钱来，就回家去，只看我从家里出来，你们就都有落儿了。"

说着又向众人道："你们待着，我去转个弯儿，上熟地方寻顿饭吃，也许能弄到几毛钱，大家过瘾。”

那公正人道：“你自己找饭落儿去了，我们呢?”

翁大少道：“这没法儿，我不能带你们去呀，夜里还在咱们那塌塌里见。”说着便举步向白衍芝这边走过来。

白衍芝急忙隐住身体，等他走过，再看那群乞丐样儿的人，全都惘然失色。一个说道：“他苦害完了我们，自己走了。”

一个道：“别这么说，他有钱时，咱们也常沾他的。”

另一个人道：“这块料家里倒是真阔，只是天生狗食，叫家里不当人看。可是人家拔根汗毛，也比咱们腰粗。只恨他总怕受罪，不敢回去弄钱，倒在外面苦害我们。现在我们只盯住他，逼他回家，这小子也许弄出点儿值钱东西，大家再分回肥。前者他不是弄出来一件什么盘子，卖了几百，咱们大家都跟着吃抽不少日子。”

那公正人道：“就为有这指望，要不然谁肯供着他呀?”

白衍芝自听到那翁大少的言语，心中早动，但还不敢深信。这时又听了众人背后议论，更断定那翁大少果是富人之子，并且将有大批钱财到手，才把心意决定。自思碧琏命我寻觅阔人，并无遇合，现在意外地遇到这位翁大少，虽然溷迹于吸毒乞丐群中，但确是个阔少。大约他是有着游荡的癖好，喜爱叫花式的自由，这种事倒是以前有过的，并不奇怪。何况他又已经在家中探出财路，将要回去下手，弄出金珠财宝，变钱和这群叫花一同享受。我何不从半空中捉住这飞来之凤，带回家中，叫碧琏施以笼络，再帮他一点儿钱购买白面儿，做回家偷窃的资本。到他偷出来东西，岂不全是我们的?而且从此可以常常怂恿他回家盗物，日久天长，岂不把他家财产都转移过来?即便没有那样希望，落他几千是不愁的。再说这种秧子哥儿，当然容易对付，只给碧琏一夜工夫，准能把他拨弄得随手儿转。他这种浪荡公子，当然比温三七吴宫秋等人容易对付，而且油水也厚，有了他就不必找别了。

想着就悄悄离开草丛，转向原路，迸蹑那翁大少而行。心中思索怎样和他攀谈，怎样引他到家。好在白衍芝的脑筋构造特别，对于正经事常感思路窘涩，不能运用灵活，对于欺诈说谎，却能鸢飞鱼跃的活动，奇思独辟，想出他人所不能想到的。这时他脑中打了几个转儿，便得了主意。跟着又走了一段路，到了分岔路口，才赶走几步，和他并肩，又把脚步加快，越到他前面，装作无意中向他微一顾视，又向前走，又回头瞧，如此回顾三次，才立住了，现出怀疑颜色，注视着翁大少叫道：“借问一声，你可姓翁吗?”

那翁大少怔了一怔，才点头道：“不错，我姓翁。”

白衍芝装作惊喜道：“果然不错，我有好些年没见大少爷了，看着面熟，只不敢认。又想大少爷出门必坐汽车，不会在道上走，所以更不敢认。不过越看越觉像得厉害，才忍不住冒问一声，想不到果然是大少爷。你们老太爷好啊，各位姨太太好啊。”

那翁大少望着他，只磁咕眼儿，怔了半天才道：“承问，承问。我的眼真拙，一时想不到你是谁?”

白衍芝笑道：“莫怪你不认识我，本来有七八年没见了。我最末次见你的时候，你还穿着学生制服呢。我一说你就明白，你那位前年去世的二姨娘是我的姨妹。自从她嫁到你府上，我就常去看她，跟府上有了来往，每逢喜寿大事，没一回不到。所以跟你大少爷也常见面儿。自从前七年我上库伦做生意，离开天津，才断了来往。直到今年春天，从外面回来，才知道我们那位姨妹已经去世。俗语说人在亲情在，人亡两不来。我自然不便再到府上探望了，不到今儿在路上遇见你，真是幸会。”

那翁大少听了，才很亲热地笑道：“我真眼拙，论起来你还是……还是……”

白衍芝接口道：“论起来我也算是舅舅辈儿，不过我不敢那么论。”

翁大少道：“既然是亲戚，怎能不按规矩论呢？你别客气，二姨娘活着待我太好，我哪能蔑了她的亲戚?”说着就叫了声舅舅。

白衍芝心想这翁大少居然不端架子，听了我的话就认舅舅，我的初步计划算成功了。就笑答道：“不敢当，大少爷你真好，居然还肯认我这穷舅舅，你这是上哪儿去?”

翁大少道：“我没事闲溜。”

白衍芝道：“今天难得相遇，大少爷你得上我家去认认门儿，日后好来往，顺便见见你的舅母。”

翁大少点头应道：“我自然得给舅母请安，你府上在哪儿?”

白衍芝见他冲口允诺，心想这位大少居然知礼念旧，倒是难得。又转想他哪是知礼念旧，分明是晚饭还没着落，忽然遇见个舅舅，向家中延请，这顿晚饭算是准可吃上了，怎能天予不取呢。自己虽明知他取巧，但有大欲存焉，也只得故作颟顸，就笑道：“我家并不甚远，你跟我走吧。”翁大少应着，随他同行。

白衍芝道：“大少爷，你可别笑我这穷舅舅，我这几年运气太坏了，到库伦做买卖，倒是赚了不少钱，打算可以发财回家了。哪知赶上年头儿，先被老毛子给硬分去一半，才许离开当地。走在路上，又被土匪劫夺一空，幸而你舅妈身上还藏着一点儿值钱东西，没被搜去，变卖了作盘缠，才得回到天津。几年辛苦，全算白费，反倒不如从前，成了穷人，直没脸儿见亲友了。我若不是知道大少爷心地厚道，不懂笑话人，我绝不敢往家里让。”

翁大少连说舅舅太客气了，咱们谁和谁，还过说这个。白衍芝听他说话深通人情，没有纨绔之气、势利之见。心想也许他天性特别久和下等人交往，因而通达世故，也未可知。当时就领他一直回家，无奈道儿甚远，翁大少走得气力不加，又犯了瘾，屡次询问可快到了，白衍芝只说没有多远。如此几次，翁大少可忍不住，只可以老贤甥的资格，向初次识面的舅舅开口说道：“舅舅可带着钱吗？”

白衍芝听着，便知他的意思，但故意问做什么，翁大少嗫嗫说道：“你有钱给我两块，买点东西，我身上的钱恰巧花净了。”

白衍芝道：“恰巧我身上也没带钱，等到家再说。我看老贤甥的气色，好像有两口瘾吧。”

翁大少点头道：“不瞒您说，我倒是有两口儿，是害病抽上的。”

白衍芝道：“好，到家我给你去买。”

说着又走了不远，便已到家，白衍芝领他进去，直入房中。碧琏正打扮齐整，在新收拾干净的房中坐着，等待阔人降临呢。忽见白衍芝领了个生人同来，急忙立起招待，却见来人和自己所想象的绝对相反。她所想的阔人，是四五十岁的油光脸胖子，或是瘦白细润的瘾士财主脸儿，身上穿得光光亮亮，手上戒指，钻石像黄豆，宝石像红梅，嘴里衔着加粗加大的雪茄，便不衔着，也是满身的上等雪茄味儿、香水味儿、樟木味儿。但这个来人却是大相径庭，身上是小打扮，上身是绸子短袄，旧得不成颜色，下身竟是蓝布袜子，脚下一双缎鞋，破得飞了花，而且头发蓬蓬，脸上挂着浮泥，好像起码三天未洗。碧琏看着，心想白衍芝莫非疯了，把个叫花子带了来，就沉下脸儿望着白衍芝。白衍芝忙使眼色，向她介绍道：“我给引见，这是你舅母，这位是咱们老贤甥翁大少。”说着又做注解道，“今儿真是想不到，跟老贤甥遇见。我跟你提过，他们翁府是有数儿的财主，咱们大姨妹，就是他的二姨娘。

咱们从外面回来，姨妹已经不在，所以没跟他府上来往，你也就没见过这位老贤甥。他是真人不可貌相，府里趁几十万的财主少爷，向来是这样扮相儿，简直是名士派，这才叫不在乎哪。”

说着哈哈大笑，让翁大少坐下，又向碧琏道：“我出去替老贤甥买点东西，你给他沏壶茶。”说着就向外走，叫碧琏跟着关门。

碧琏跟到院中，白衍芝道：“你给我几块钱，去买饭菜和白面儿请他，这得下本儿。”

碧琏道：“这是从哪儿寻来的花子，真是你外甥吗？”

白衍芝摇头，附在她耳上把原委仔细说了。碧琏沉吟道：“这事有点儿蹊跷，他可真是阔少爷？你不要瞎抓空儿，上了大当，弄成偷鸡不着蚀把米呀。”

白衍芝道：“不会的，那群人们把他说得有根有派，我又是偷听来的，他们并不知道，怎会故意骗人？再说这小子的话头儿也像，我敢保没错儿。你只拢住他，叫他回去偷一水，就许发了财。不过我们得花一笔钱，你手里的不够，咱们当卖折拼，也干得过，这是一本万利的事呀。”

碧琏听着，似尚犹疑，白衍芝道：“你快给钱，有我担保，别尽嘀咕，俗语说舍不得孩子套不得狼，有了宝马驹，不喂好东西，怎能拉金溺银哪。”

碧琏道：“好，我给你，可是套不着狼，你得赔我孩子。”

说着就取出五元票给他，白衍芝接过说道：“我走了，你好生陪着他，可是先得放尊重些，慢慢把他拢住了，再下手擒拿，别被人把你看轻。”

碧琏呸了一声道：“放屁，我就这么没出息，看见这个白面鬼儿，就……”

白衍芝答道：“别看是白面鬼儿，总还年轻，比大胖子老头儿不好吗？”

碧琏一口唾沫，喷在他脸上挂着。白衍芝笑着逃出门去，心里这份儿得意，就好似把翁大少当作金矿，碧琏当作矿工，自己发现金矿，矿工已在发掘，简直发财没跑了。何况这金矿比真正金矿还加保险，真正金矿位于山野之中，旁人知道，犯起挖金狂，照样也能夺去。自己这金矿却能藏在房中，不愁被人觊觎。而且并不用许多人工，不需巨大资本，只用一个女性掘金者，花上很少的钱，就可以尽量开采。世上本小利宽事半功倍的第一便宜，算被自己拣着了。白衍芝越想越高兴，走在路上，忍不住唱起梆子腔《桑园会》来，心里想此际碧琏在家保障金矿，作何情景，口中也恰唱完了一段，就接着念白道："我离家一十五载，不知她贞节如何。"念完又叫板要唱，但只唱出半句，就觉身体撞到一个人身上，同时一件坚硬的物件，打在头上，打得歌声戛然而止。抬头看时，原来正撞在一个警士身上，他本走在便道上，警士却在路中间值岗，怎能相撞？这也巧了，因为警士在值岗时间，虽然不吃饭，却不能不饮水，常把一只茶壶放在便道边上，等过往车辆稀少时，就偷闲去喝一口。这警士正在喝着，恰值白衍芝得意忘形，施施然长歌而来，撞到警士身上把水洒了，幸而还没撞碗。白衍芝在便道上撞人，虽不甚抵触警亭，但大声唱梆子腔，却是匪人行径，就挨了一棍。

白衍芝摸着头看看那警士，才知道惹了祸，忙道："对不住，老总。"

那警士道："对不住怎样？把我六块四一斤的好茶叶都糟蹋了。"

白衍芝道："我给你老买去。"

那警士还没说话，恰值有辆汽车飞驶而来，他急忙放下碗，要赶回岗位上指挥，不料没有放稳，落到地下摔碎，气得骂了一声，就跑回岗位去。白衍芝知道他必要向自己出气，急忘脚下明白，撒腿就跑。那警士本没想把他怎样，见他一跑，倒气坏了，无奈不好去追，只把脚顿着，口中喊我看你跑到哪里，白衍芝以为他追来跑得更快。这是小孩儿吓狗的方法，遇着了狗，弯身装做拾取砖头，狗看见就跑，跟着把脚连顿，狗听着以为是追了它去，更加飞跑，孩童常用这虚张声势而得到的胜利，大博笑乐。白衍芝这时竟做了被赶的狗，飞跑出很远，转过街头，才徐徐止步喘息。心想自己真是个倒运的人，只许愁苦，不许快乐，方才偶一高兴，就撞了钉子。看来古人所说乐不可极、欲不可纵的话，是不错的。我在这喝口冷水也沾牙的时候，还是小心些吧。等将来由翁大少身上发了大财，那时财星照命，自然因财生福，就满不怕了。

想着仍向前走，到了一条街上，进到黑暗小巷里，寻着一家毒物专卖所，叩门进去。看见房里四壁空空，只地下纵横放着几条木板和几块整砖，有十几个形容如鬼的瘾君子在板上坐着，或是躺着，用砖作枕。白衍芝知道这房子特给瘾君备下的吸用之所，所谓柜房还在里面。正要穿过人丛向里走，却见一个像是小伙计的人，由内室出来，向地下众人说道："众位天不早了，我们就要睡觉，你们也活动着吧。"

众人听着都不答言，那伙计又说了两遍，仍无人作声。白衍芝看地下的人，一半是乞丐模样，和翁大少那群朋友相似，一半却像中等以上的人，衣着颇为干净，不过太不整齐，有的只穿着小褂，有的全身都过着夏天，有的没有长衣，只在小褂外面套件坎肩。还有个二十多岁的女人，赤着上身躺在板上。看情形这些人的衣服，都变成气体，吸到肚里去了。那个伙计见众人不应，就又说道："你们都不想走呀，不走也得说话，我们掌柜的可不留闲人。谁在这里寻宿，得先买五毛钱的白面儿，不买的快走，别麻烦。"

说着又叫道："谁买谁买，快拿钱。"

这时地上一个人说道："得了，别五毛，咱们少点儿吧。"

那伙计连道不成，这时别的人也跟着央告，内中一个脱下小褂，交给伙计道："就是这件，还押不了三毛钱吗？"

那伙计接过道："这值不了三毛，我给你问问去。"

说着进了内室，须臾出来，手里已没有小褂，只拿着个白纸小包，递给那原主道："这是两毛钱的，拿去。掌柜的说今儿特别厚道，顶少两毛钱，方许住着。"

众人见有了先例，就这个脱套裤，那个脱坎肩，交给那个伙计，但没有一个出现钱的。一会儿征收完毕，有几个只剩下一条裤子，实没东西押当，就被赶了出去，其余都得着了一夜居留权。唯有那个女子仍旧躺着不动，那伙计推着她道："喂喂，你倒是怎样？总在这儿赖着，不想法儿可不成呀。"

原来那女子并未睡着，闻言有气无力地说道："我有什么法儿，你不是给送去信了吗。"

伙计道："白天就送去了。"

那女子道："那么就等着吧，你先上柜上给赊两包白面儿，再借几毛钱给买点吃的。"

伙计摇头道："我的二姑娘，你欠下这些钱，没还一个，又张口赊账，外带借钱。我们掌柜怎肯答应，你也不想想。"

那二姑娘道："反正我赖不了你们，早晚有人来赎我。"

伙计道："送信已经过了半天，还没有来人，知道他们来不来呀？若是不来可怎么办？"

二姑娘道："他们上回不是来了？"

伙计道："上回是上回，这回就许不来。"

正在说着，忽听门外一阵脚步声，走进两人，一个黑胖子，一个大个儿麻子，都是四五十岁，身穿长袍和坎肩。那黑胖子进门就喊："二姑娘在哪里？你又掉下去了，一回一回还有完哪？”

白衍芝一看，便认识这黑胖子是华声落子馆的掌柜高五，每天常守在柜台上，凡是常到落子馆的，都认识他。那个麻子却不知姓名，只知是落子馆中查票的人，自己以前每每不买票去听蹭，常被他发现，给赶出门外。有一次还被他打过一个嘴巴，所以印象甚深。

这时就见那二姑娘一听高五喊叫，忽然由地下爬起，摆手叫道：“五爷你来了，怎么这时才来？”

那高五听着，低头才瞧见她，大声笑道：“好样儿，二姑娘凉快呀，这是第六回了，你是玩熟了这一手呀。”

那二姑娘满不害羞，仰首说道：“有什么法儿，眼睁犯瘾嘛。”

白衍芝在她抬头时，才瞧见真面庞，认识她是位名妓，名叫胡三玉，向以善歌谭调著名，不过腔调都是由留声机片上学的，但也曾下过功夫，学得拐角转折，分毫不差。在落子馆上台，颇受听众欢迎。随后她又和票友来往，学了几出整戏，就在华声落子馆演压轴小戏。虽然她的唱腔差异甚大，凡是留声片上有的，她都唱得很好，没有的就是大路货，毫无精彩了。好在落子馆听众程度并不甚高，也就颇有叫座能力。落子馆三年来，都倚她为台柱。不过她染吸毒嗜好，淫业渐衰，只仗落子馆津贴生活。又加天性下流，她每逢在穷窘中稍有余资，就跑到白面馆儿，大过其瘾。但一进去就舍不得出来，必得把钱花净，把衣服押尽，还欠下许多的债。好在白面馆知道她是谁，也肯赊给她。落子馆失去主角，各处寻觅，及至在白面馆寻着，白面馆却因债务关系，不肯放行，必得由落子馆把债还清，她才得回去唱戏。如此有多次，落子馆每逢她失踪，因为营业关系，必然赶紧到白面馆寻找。但高五等已觉不堪其扰，暗地培植别人，替代她的台柱地位。所以这次胡三玉又困在白面馆，园子里有人庖代，暂不忙于找她。虽然新角技艺稍差，不能使听众完全满意，上座渐减，但尚可以支持几日，使高五匀出时间，对付胡三玉。对待的手段，就是暂且不去寻她，等她自来求救，好施要挟之计。胡三玉在白面馆过了几天，身上只剩了一条裤子。虽然还能赊得出来，但白面馆主人对待顾客，向来十分刻薄，也因为这种低级瘾士，品德太劣，叫人无法优待。故而积成轻视的习惯，赊账尤其艰难。即使知道她不会漂账，也必经数番央告，方才允许，还是不能如量赊与。胡三玉还得每天借钱买饭，挨的苦受的气难于尽述。她有时要走，无奈身上无衣，而且馆中要留做抵押，不肯叫走。盼着落子馆来接，又没有音信，急得没法，才烦伙计代为送信。高五等正等她去求救，但还挨延了半天，方才到来。见面先把她奚落一顿，却不提还账接她走的话。

胡三玉忍不住，就问："你们带钱来了吗？"

高五装做不解道："带钱做什么？"

胡三玉道："你怎装糊涂，带钱接我出去呀。"

高五哈哈笑道："二姑娘，别提接你，我们左一回右一回的，这是多少回了？花钱还是小事，生意都叫你给耽误坏了。你二姑娘倒会打如意算盘，还打算我们总上当呀？每回接出你去，先得还白面馆的账，还得把押的衣服赎出来，跟着你回了班子，我们等你上台，你就上不去了，不是被班子里大小债主困住，就是缺衣短鞋，连门都出不了，莫说上台。我们又得出钱替你还了账，再装扮得你像个人儿，你还不定又出什么题目，把我们折腾得吐了屎，才对付着上台。可是不到十天半月，你又把账拉严了，我们给做的衣服也全进了当铺。你再一犯瘾缺了买白面儿的钱，跟着就进了白面馆。请你算算，你就是能叫座，在我们一张票卖毛儿多钱的落子馆里，叫满座能落多少钱？我们接你一回就得花几百，你唱三个月也捞不回本儿。如今你唱半个月就墩了，我们得赔多少？何况连着若干回呢？我们可叫你给弄疼了，这回再不敢接你。不过你既叫人捎信，我们不能不来，来了圆圆面子，再给你留几块钱，谁叫咱们早先有交情呢。"说着从身上取出一二元钱钞票道，"二姑娘，留着花吧。不过这是咱们的私情，二姑娘你要讲公事，可请跟别的园子商量，我们不敢再讨罪受了。"说着将钱交给胡三玉，就要走开。

胡三玉听着已变了颜色，不肯接钱，向高五说道："五爷你别这样呀，咱们可是老交情，你竟看着我受罪？留三块钱算什么，算打发讨饭的呀？"

高五笑道："二姑娘，你可真阔，用洋钱打发讨饭的呀？得得，别说笑话，我们走了，改日再见。"

那胡三玉见他要走，急忙拉住衣襟叫道："五爷，你就这么走呀？真一点儿面子没有，把我扔下不管？"

高五摇头道："二姑娘这话错了。三番五次的，我办的是公事，不能总落包涵。我若有钱，就再送你三头二百的，也过得着，无奈我是心有余力不足呀。"

胡三玉道："你五爷谁不知道是财主，少跟我来这套句子，今儿我算赖上你了，你不能不管我。”

说着用手撕掠高五的衣服，并且将身体向他腿上挨撞，大有撒娇动赖之势。高五哈哈笑道：“二姑娘，我怎么不管你？岂止管你，还管得太多了，才受了你的害。到如今上千块钱的亏空，都在我身上背着，怎敢再管？这也是脚上燎泡，是你自己走的啊。”

胡三玉摇着身子，从鼻里发出声音道：“哽哽，你一定还得管我，不管不成。”

高五仍是摇头，胡三玉想是犯瘾已久，又是难过，又是着急，渐渐转为央告，因为她鼻涕眼泪一齐流下，想再矜持已不可能了。高五任她说尽好话，只抚摸下颏，沉吟不语，后来胡三玉实忍不住，发着像要哭的声音道：“五大爷，五祖宗，你还要我说什么？真就好意思的趁这筋节儿死拿我一把？”

高五这才开口道：“二姑娘，这话可该该罚，我怎么拿你呢？”

胡三玉又道：“你不管说什么，反正走不了，我宁可跟你并了骨，也不放你。”

高五笑道：“二姑娘，你太言重。我怎敢跟你并骨，你的骨头可值钱哪。人家都说抽白面的人，骨头还可以造白面儿，像你这样老瘾，一副骨殖还不得值个万儿八千，我的骨头配跟你摆在一块儿吗？”

胡三玉点头道：“好，到这时候你还拿我开心。”

高五道：“怎么开心，我说的实话。”

胡三玉道：“别胡说了，我早听人说过这种话。有一回我穷急了，曾跟白面馆掌柜商量，打算叫他先给我一笔钱，我给他立个字儿，等我死后，把骨头归他。我还没敢多要钱，只要了一千块，哪知掌柜的说一毛钱也不要，平常人骨头还可以冒充牛骨羊骨，运到外国去做肥田粉或别的东西，多少能值几文，唯独抽白面的骨头，颜色漆黑，充不了牛羊，扔在乱葬岗里，连狗都不啃。听听把我们骂得多苦，你还说值万儿八千呢？五爷，你就别管我的骨头，先救我这活人吧。只要这回救出我去，将来骨头归你，卖十万也没我的事。”

高五笑道：“到那时候，自然没你的事，只可惜我没处找照顾主儿。”说着眼珠一转，忽然蹲下坐在胡三玉身旁，正色说道：“别尽说闲白儿了，二姑娘，你要我救你，也得替我想情，以前一回一回的，真把我坑怕了。这回若是没有真正把握，我万万不敢再自己找蜡坐。”说着手拍屁股道，“旧伤没好，再来个重茬，那不要了我的命？所以这回你若不给我个把握，我可万不敢应你。”

胡三玉道：“给你什么把握，叫我立字儿？”

高五道：“用不着立字据，我有个主意，给我自己保险，也是为着成全你。你能答应，就接着商量，不答应就算拉倒。”

胡三玉道：“你安着什么心，就痛快说吧。”

高五道：“这回我救出你去，你得归我管。咱们算算，连前带后你共花了我多少钱，作为你使了我一笔押账。从此就挪到我开的小红班搭住，我按搭住姑娘一样待承，每天上台唱戏，还照样送你包银，你看这样好不好？”

胡三玉道：“为什么单叫我上你开的班子搭住呢？”

高五道：“我是一片好心，痛快说吧，为就近叫人看住你，以后学好，别再这样丢人现眼。”

胡三玉道：“难为你的好心，可是我就永远在小红班搭住，不能离开了。”

高五道：“只要你还了我的押账，就可随便走，我难道还霸住你？”

胡三玉低头寻思，情知高五没安好心，想将自己收归他的管下，作为摇钱之树。自己历年在落子馆忽唱忽歇，包银也无法计算，便是积欠若干，也已成为烂债。如今高五要这些烂债，重新清理，作为欠他个人的押账，这样变虚为实，自己太不合算。正在踌躇不肯答应，高五已又说道：“我只这一条道儿，你不答应就算我没说。其实老账总算起来，也不过一千多块钱。你连唱戏带接客，一个月怎样也进五六百，能省下一半，有三五个月，也就把账还清了，再说咱们什么交情，我还能难为你吗？”

胡三玉想是被他说动了，不由点了点头道：“我上小红班搭住也成，可是你得好好待承，叫我自由，不能当作有押账的姑娘一样看待。”

高五笑道：“那是自然，我敢拘管二姑娘吗？不过你得答应我以后永远不再上白面馆，也不再无故失踪。若是说了不算，可别怨我派人跟你，你得明白这是为你好。”

胡三玉用衣袖抹去鼻涕眼泪，道：“好吧，就依你。你先给我买两块钱白面，再给叫点儿吃的，咱们再说。我又饿又瘾，直难过一天了。”

高五听了，方向衣袋中一伸手，忽而眼珠一转，说道：“在这儿吃什么，跟我走，到小红班叫厨房好好给你做点好的，白面儿也买了带回去。”

说着就叫伙计给算账，连押的衣服一并回赎。伙计进内室去，须臾回来，言说一共二十几元。高五取出四十元钞票，吩咐除还账以外，全买白面。胡三玉听着立刻眉开眼笑，等伙计把押的衣服和白面儿，都送了来，高五把白面儿接在手里，衣服递给三玉，三玉穿着向高五央说先给一口抽，高五笑说别耽误工夫了，回班子消消停停享受，多么舒服。说着就催促三玉穿好衣服，和那同来的人一同走了。

白衍芝在旁看着，心想高五真个厉害，居然很轻易地把一株摇钱树收归己有。这胡三玉也是风尘老手，居然着了他的道儿，只为解决眼前毒瘾和债务，竟顾不得后来受害。胡三玉听了高五的鬼话，还以为只是暂时落入他的手里，日后还清押账，便可自拔。却没想她这样习于挥霍，不欠新债，已是难事，怎会还清旧债。而且高五也必用奸谋引诱，推她陷溺日深，永远拔不出脚，才好长久据为产业。看高五手段真是厉害，趁着胡三玉正在难中，又兼害瘾之际，逼她屈服，并且丝毫不肯放松，连预先给顿饭吃、赏口白面抽都不答应，为恐怕胡三玉食饱瘾足，便能运用思想，审计利害，或者有所反悔，故而把买得的白面儿握在手中，引她同行，好像用肉骨引狗一样，把三玉引到他的班中。必然先逼迫写立字据，三玉只求过瘾，无不依从。等到大局已定，三玉得着吃抽身上舒服，心里明白，觉悟上了大当，把握已落到人家手里，再想脱套儿万不能了。一个老辣的妓女，只为有了嗜好，居然自甘蹈入陷阱，可见这种毒品多么厉害，自己今日算亲见了一幕惨剧。

白衍芝正在想着，那伙计起初以为他是和高五一同来的，这时见高五已走，他还在门旁呆立，就问："你干什么？买白面儿吗？"

白衍芝听着，才想起自己买白面，点头道："我买三块钱的。"

伙计向他张手，白衍芝知道是要钱，就伸手向袋中一摸，不料袋中竟空空如也，心里立刻扑扑乱跳，想起那张钞票一直握在手里，并未放入袋中，急忙伸出两手瞧着，手上什么也没有，再向身上摸索，地下寻找，仍是踪影不见，急得满身冷汗。定心一想，才忆起钞票确在手中握着，必是撞着警士逃跑时，无意中丢失了。当时对那伙计瞪瞪眼儿，知道不能购买，只得转身走出。那伙计见他无言走出，气得骂道："什么东西，说买又不买，我看简直是个小偷儿，想趁乱慌捞点什么。小子你瞎眼了，跑到白面馆里来，连块砖也弄不了去。"

白衍芝听见也不答言，走到街上，自思这可要命，家里那位活宝，还在等待受用，我竟把钱丢了。回去向碧琏再讨，白挨顿骂还得踢出来，简直休作此想。可是我若不买东西回去，不但得罪财神爷，也无法向碧琏交代，难道从此就不回家吗？家还是小事，碧琏也可列为次要，只有新请到的财神，我从他身上希望发财致富，住洋楼坐汽车，以及种种向来想不到手的享用，都要从这矿内采受，如今怎能把他丢开，而原因只为失去五元钱，这才是因小失大呢。为今之计，只有竭我的心思才力，用平地抠饼的方法，在几分钟弄出五元钱来。凭我白衍芝，以前几百几千也曾弄过，现在总不致被这小数难住。当时在街上走着，苦心思索，过了半天，仍自无计，不由暗自焦躁，叫着自己的名字，白衍芝你近来倒了霉，莫非连心也穷掉了，怎今日连五元钱的道儿，也想不出来。这街上大铺小户，走路的老幼男女，哪里都存着钱，哪个人都带着钱，我只用法儿就可以抓到手里，可快些想法儿呀。他心里越急躁，越是没有主意。

也是天不绝人，走到一个地方，忽然一家住户街门开放，走出了两个人，都在三十多岁，呼兄唤弟，甚是亲热。白衍芝走在他们后面，无意中听着他们闲谈。

内中一个胖子道："张二哥，今儿我吃得真饱，二嫂子的手艺太高了，棒子饽饽贴得焦黄酥脆跟口儿甜，小鱼儿熬得有滋有味，简直聚和成也做不出来。这顿饭请知县都成，我吃得好舒服，可太饱了，连明天早饭都可以省下。"

另一个瘦长子道："兄弟，你嫂子是海下娘家，她当初没出门子就仗着熬鱼手艺，在村子里出了名。她们村长家里办喜事，都请她去帮忙。提起海下徐三姑的熬鱼，敢说半个天津卫都知道。去年她们村里有家财主聘姑娘，特意接她去专管厨房，忙了十多天，回来给我赚了好几十块钱，外带两只金戒指。"

那胖子道："嫂子真成，二哥真有福气。莫说她的手艺，就只待承人的意思，谁也比不了，二哥你早晚从嫂子身上发家。"

那黑长子道："谢你吉言，其实这倒不是假话。我从娶她以后，这十多年里，虽然没有大富大贵，可是仗着她有帮夫运，又能克勤克俭，这几年倒是混得不错，多少砸下点底儿了。"

那胖子好似深知这张二哥有誉妻癖，又顺口说好话道："那还用说，你们的小日子自然越过越好，再过几年二哥就可以抱胳膊忍了。那时陪着太太，守着孩子，一享福儿，还不就是活神仙。二嫂实在太好了，不怕你过意的话，咱们可是老朋友了，谁的底儿瞒不了谁。在你没成家以先，二哥你哪穿过囫囵裤子？如今也长袍马褂像个人儿似的了，没二嫂成吗？”

张二哥哈哈大笑道：“这话我不反对，本来全仗着她嘛。再告诉你，我们两口子的感情太好，外人说我怕婆儿，怕婆儿不丢人啊。其实我们是她敬我一尺，我敬她一丈，好换好儿，只是大主意常得她拿，可并非我怕她，是我糊涂、她明白，依她就顺理成章，依我就倒霉挖泥，日子长了，怎能不服她呢。她办事也叫人可服，就说她自己总不做衣服，我给制几件，也总舍不得穿，可是把我的衣服都制得周周全全，只说现在，天还没甚冷，她就把新棉袍给做好了。你没听见临出门时，她叫我换棉袍吗？我因为喝了几盅，身上发热，就没听她的话。你瞧，现在小风儿起来了，少时洗完澡回去，准得挨冻。真个好的话不能不听，不听就得撞钉子。”

那胖子笑道：“俗语说，不听老人言，饥荒在眼前。你可以改作不听太太言，饥荒在眼前。你若怕回家受冷，先回家换上棉袍再来。”

张二哥道：“叫你说得我就这么娇嫩，哪容易就冻病了，走吧。”说着仍向前走。

白衍芝在后面听得有趣，忽见他们走得渐快，也不再说了，方才醒悟我不是发痴，尽跟着他们做什么，还不快想法办我自己的事。但停步略一思索，忽然灵机大动，猛有所悟。白衍芝的脑筋真是出奇的敏捷，居然在转盼之间，竟把方才所听的闲话和自己的事，联到一处，使其发生了关系。可惜他不走正路，否则若是研究科学或是文学，准能看见飞机便悟出驾云之法，朝北海而暮苍梧；看见西洋好文章，便可造一部中国《浮士德》，风行世界。为他趋于邪僻，才辜负绝顶聪明，枉用很大心力，而所得不过几元钱的成就。这时他把张二哥的太太和张二哥的棉袍以及自己遗失的五元钱，加以通盘筹算，立刻得了主意，好似给自己现在所患的急病开了张药方，但这药方中君臣佐使的药位，都已齐备，还缺少一味药引。这药引虽然不关重要，可是缺了它便不能把药力引入患处，驱除病根。别号药味都可用脑力制造，无须购买，唯有这药引是实质的，必得先下真本儿。无奈身上连这点小本钱也没，他立着发愁，大有“万事俱备，只欠东风”的感慨。

不料耳中忽听得一声吆喝，由远处渐渐走近。白衍芝正立在一条巷口，看巷中一灯摇摇而来，走近看时，原来是卖糖葫芦的担子，心里一想这东西大可做药引。忙向钱袋中摸摸，还有铜元两枚，这还是在南屏诗客门房，买花生请客所剩下的，知道这数目连一颗山楂也买不到。随即凝神一想，跟着举目四寻，居然上天相助，瞥见地下垃圾杂陈，内中竟有一根细麻绳，他急忙拾起，握在手中。这时卖糖葫芦的已到了近前，他注目一瞧，只见这挑子颇为干净，两头儿都放满了糖葫芦，各色俱全，一只玻璃灯插在前面圆笼上，他拦着叫了声掌柜的，那卖糖葫芦小贩以为来了主顾，忙放下担儿，赔笑问您吃什么。白衍芝装作讲究零食的主儿，先问道："你这糖葫芦用的红果好吗？"

那小贩道："都是拣出来的大果子，你就吃吧。"

白衍芝道："是吗？现在没几份好糖葫芦了。丁伯玉一死，再吃不着好东西。那些大货庄卖的，更有名无实，还不如你们上街的肯用好材料。"

说时搭讪着先在前面圆笼上看了看，拿起一串端详端详，随即放下，又转身去看后面圆笼。这一来不但把脊背对着那小贩，而且正遮着灯光，那小贩听他说得考究，以为必是好吃的主儿，所以要仔细瞧看，一中了意，定要买些回去，就任他瞧看。哪知白衍芝背过身体，立刻暗地做了活儿，用很快的手法，向一堆糖葫芦缠绕过去，跟着假装抚摸，系了个扣儿。其实糖葫芦是很黏的，一缠住便互相附丽，不能脱离。这一堆约有六七串，都是红果的，那麻绳也是红的，在黑影里一点儿看不出来。他系好了，立刻放手，转过身来，向那小贩道："你的东西倒还不错，多少钱一串啊？"

那小贩道："十二个铜子一串。"

白衍芝道："要抽签儿呢？"

那小贩道："抽十四点儿，两个铜子一串，抽真假五儿一个铜子两串。"

白衍芝道："一个铜子两串，四个铜子八串。"

说着心中暗想，自己身上还有四个铜子儿，抽一下若能赢了，就可得到药引，我也就不必冒险行窃，若是输了，那可说不得，只可害这小贩一下了。就道："好，抽，你拿签子。"

那小贩道："这儿不成，得找个背影的地方。"

白衍芝心想正合我意，就跟着小贩，挑担退入巷中深处，放下担子，拿出签筒，二人同蹲在灯前，小贩摇了两下，白衍芝取出仅有的两只双枚铜板，只抽一下，真假五儿，说着伸手去摸签子，心中祷告天灵灵地灵灵，过往神灵相助，又摸索了半天，方抽出三根。将两根交于左手，放到背后，右手只拿一根，并不用眼看，只将大拇指肚儿在上面来回摩擦，觉得上面的点儿非常紧密，好像是天牌。及至露出一看，果然不错，大喜说道：“大王，大王再配个幺六儿。”随即由左手取过第二根，仍用拇指探索，又觉上面仍似出过天花的麻脸一样，摸着心想不是虎头，便仍是大王，这回大约有得双份的希望。及至拿起一看，原来又是大牌，乐得直要跳起来。但那小贩连脸都吓白了，眼看要被四枚铜子，换去几十倍代价的东西，今天只怕要白奔一天了，而且头一下便被赢去许多，多么窝心。但白衍芝却不管小贩惊痛欲绝，自己兴高采烈地叫道：“好家伙，对大王，对大王，这回赢定了，简直没跑儿，只要带幺的就得，还有对虎头，对金屏，对长三，还有三六，二四，二六，多半副签子，谁来都得，幺六来了得双份儿。”

他这里得意洋洋地说，小贩听得每一句都觉刺心。白衍芝心里打算，今儿活该我不做贼，八串葫芦算到手了，但他把末一支签取到面前，似要摸索，却又忽然变计，向小贩道：“你给查查吧。”小贩闻言，就把签子全由筒中倒出，握在手里，一根一根地查看。白衍芝在旁瞪大了眼睛瞧看，小贩且看且念，幺六有了，长三有了，一对金屏有了，查来查去，查到末了，忽然面色一变，把愁眉展放，现出笑容道：“都有了，您这牌……”说着稀溜了两声，才接着道，“没得。”

白衍芝听了，脸上原来的喜容已移到小贩的脸上，于是小贩本有的愁容，也似办了对调手续，移到白衍芝脸上，他瞪目说道：“不能吧，不能。”

小贩道：“眼瞧着全有了，您手里没有赢的。”

白衍芝道：“我不信，你再查查，每张什么。”

小贩不耐烦道：“得，您别耽误工夫了，快看吧。”

白衍芝看看他，只可将末一根签子举到面前，双手拿着，用拇指摩擦，感觉又是很麻，心中一跳，暗想不会有第三根天牌，既这样麻，好像是张虎头，就喊道：“你查错了，这不是……”说着用力作势，将签子向上抽出，手儿颤动着，颤一下签子抽出几分长，半晌才露出点儿，看出上半截是五点儿，不由叫道：“怎样，一定你查错了，这是虎头。”

小贩摇头道：“不能，准是大五。”

白衍芝道：“你倒愿意是大五，可得是呀？我敢保是虎头。”

小贩道：“看点儿才算，只说当得什么？”

白衍芝发怒道：“那还用你说，自然得看点儿，少说废话。”

小贩道：“我说的不是实理儿？怎么废话？”

二人这样互相拌嘴，几乎吵了起来，还是小贩忍气说道："你老请看吧，别耽误工夫了，我从上街还没开张，遇见你老是头号儿买卖，这一牌就耗了半点多钟。"

白衍芝哼了声道："你做买卖还怕耽误工夫，坐在家里不耽误工夫。"

小贩也看出他不是正经吃主儿，只可忍耐不再作声，白衍芝自已又哓哓两句，见小贩不再顶嘴，一个巴掌拍不响了，只可将签子再向上抽，顿足叫道："要六不要五，六……六……六……"

叫着一看，那签子上的点儿，好似变成五个黑球，直扑上来堵住他的嘴，再也作声不得。敢情怕什么来什么，怕大五单来大五，对天牌加梅花，四个六两个五，根本不成一副，算是确实验了。白衍芝把脚顿道："完了，算我倒霉，煮熟鸭子会飞了。"

小贩心想，你只输了四个铜子，又何致大喊倒霉，就把签筒又摇了摇，等他再抽。白衍芝摇头道："不抽了，我才想起，今儿早晨出门，遇见尼姑在河边撒尿，还会顺得了？再抽也是白送给你，咱们后天再见。"

那小贩听了，这一气几乎翻了白眼，耽搁了偌大工夫，受了许多惊恐、无限气恼，结果只换得四枚铜子，望着白衍芝，直想骂他一顿，但又恐怕惹事，只可愤愤说道："谁倒霉呀，我才倒霉，为四个铜子，把工夫全误了，你这是图什么？早知这样，我才不叫你抽，这不是拿人开心吗？"

白衍芝咦了一声道："你别说这话，一个小钱也是照顾你，四个铜子不值得伺候，误了你的工夫，请问谁给定的规矩？得多少钱才值得伺候，不算耽误工夫呀？你就该在灯上贴个条儿，少了几块钱几十块钱，免来照顾，干嘛说这闲话？你做过买卖吗？懂得做买卖规矩吗？真是怎么做的，小买卖儿。"

那小贩听他暗地骂人，不由怒火冲天，瞪起眼想要打他一顿出气。但转想自已两笼货物，还未售出一串，若跟他吵架，说不定要闹成官司，被抓到局里拘上两天，这挑货物全糟蹋了，还要受罚。再想到家中老小还等自已赚钱吃饭，就更把气馁了，忍怒看了白衍芝一眼，猛一转身，抄起扁担，放在肩上就走。白衍芝故意激怒了他，正等这个机会，一见他拾起扁担，就赶步到后面圆笼之旁，用手一摸，抓住方才拴的绳子，紧紧捏住。随即趁小贩挑担向上一起的当儿，就把手向上一提，几串糖葫芦立时脱离了圆笼，到他手里。虽然提时有些微振动，细小声音，但包含在挑担的大振动大声响之中，小贩并不觉察。而且心中正在有气，举动加快，挑起担儿，就大踏步走去，为着走得远些，便痛骂几句解气。白衍芝见他向巷外走去，自己也取了相反的方向，两下愈走愈远。他还怕小贩发现失窃，追来不饶，把脚步加疾，见弯就转，穿过几条街巷，才缓住步。看看手中糖葫芦，共是七串，就把黏住的绳解下，握在手里，将一串且走且吃，转向原路，将走到方才经过地方，寻着那位有誉妻癖的张二哥走出的门儿，上了台阶，便举手拍门。装作匆忙莽撞的形色，拍个不住。随即听见门内有妇人声叫道："谁呀，慢点儿，留神把门砸坏了。"

白衍芝喊道："这院里姓张吗?"

门内妇人答道："不错姓张，你找谁?"

白衍芝高声道："我是澡堂伙计，有位张二爷，叫我来找张二奶奶，送来点东西，还取点东西。"

说着就见大门开放，一个妇人探头出来，问道："取什么呀，我就是张二奶奶。"

白衍芝注目一看，只见这妇人约有三十多岁，圆圆的脸儿，两只黑亮的大眼，配着雪白皮肤，小嘴儿抿着，一见便知哭笑全都好看。满脸现着精明爽快，又有情趣。头上梳着盘头，鬓像刀裁似的齐整。身上穿着蓝布短袄，却很干净漂亮。虽是完全旧式，但是处处可爱，便是美国留学生，见了她也得刮目相看，倾心相爱，莫怪那张二哥好像着迷似的，见人就把老婆夸个不住，实在这位二嫂真值得夸，谁有这样老婆，也得自认是好命儿的。只看这外面容貌，就叫人可爱，暗地里准还有拿手的玩意儿，能叫男人死心塌地，从这眉眼上的风情就看得出来。再说她做事一定精明强干，旁人联络朋友，得请吃饭庄，花几十，还未必能叫人痛快。张二哥只把朋友请到家里，这位二嫂自己下厨，一顿饽饽熬鱼，或是三合馅饺子，用不了饭庄一件菜钱，只经她一张罗，朋友准得五体投地。若托谋事，可以把自己位置相让；若是借钱，可以当时脱下皮袍去。这真是贤内助，只可惜是旧式的，若是个摩登，男人从她身上，准保高官得做、骏马得骑。只是她既如此精干，今儿会上我的当吗？想着不由有些胆怵，但仍装着下等人粗鲁口吻道："你是张二奶奶呀，张二爷叫我来的，他在我们澡堂洗澡，说是在道上受了风，身上不大好过，叫我到家里取他那件新做的棉袍，还叫带两块钱去。"

张三奶奶听着自语道："混小子，不听我的话，果然冻着了。"说着又道，"还要钱干什么，他身上不是带着钱吗?"

白衍芝听着一惊，心想那张二哥若带着很多钱，如今还派人回家索取两元微资，实不合理，恐怕由这上要看出破绽，千里长堤，溃于一蚁之穴，也怨我没有细想，只顾为自己打算，防备那棉袍不值五元钱，就额外多骗两元，以为补助，哪知为这额外把正宗也闹没了。白衍芝一阵焦急，幸而他的坏主意和谎话修养甚深，储积甚富，眼珠一转，便已得计。正要假说张二爷将钱全遗失，但还没有出口，心中又是一转，暗道万说不得，这话更易引她生疑，我一时糊涂，几乎坏事。由情理着想，这种精明强干，而又和丈夫十分恩爱的人，财权在她手里，自不待言，而且她要防备丈夫在外沾花惹草，万不会叫他带很多钱出门，何况晚上醉后偕友出游，更是有嫌疑的节骨眼儿，她绝不会放松，既说出去洗澡，至多给带一两元钱，我就照这推测答复她，想着就道："那谁知道，张二爷是同着一位朋友去的，又遇见几位，大伙计儿抽签，张二爷得了十好几串，就叫我送六串回家，外带取衣服要钱。"说着把糖葫芦递过去。

张二奶奶似乎信了他的话，接过说道："准是把钱都抽了签儿，还要候别人的账，又犯了秧子脾气。我白说破了嘴，一出门就不是他了，回来再跟他算账。你等着，我给拿去。"

白衍芝听着大喜，以为大功成就了，不料张二奶奶看了看手中糖葫芦，又问道："这是澡堂里抽签儿得的？澡堂里怎还有卖东西的？"

白衍芝道："卖什么的全有，还有在那儿吃饭的哪。"

张二奶奶才不说话，自进去了。其实她枉自精明，还有些不到家，也吃亏在缺少阅历，未曾亲至澡堂参观，才受了蒙混。澡堂里并没有小贩做生意，顾客想吃什么，可以吩咐伙计出去购买，绝不似茶楼烟馆那样杂乱。而且便有小贩出入，凡是食物，都可以唤卖，唯有糖葫芦绝不可能，因为澡堂里温度甚高，糖一遇着高热，便化成水，还卖个什么劲儿？张二奶奶也是没有科学知识，才这样智者千虑，必有一失，居然上了白衍芝的当。进去一会儿，又走出来，手里托着一个包袱，递给白衍芝道："这里面是他的棉袍，还有一套贴身小衣，叫他就手儿换上，把脱下的仍用包袱儿裹好带回来，这儿是两块钱，你带好了。"

白衍芝伸手接过，口中唯唯答应，心里这份儿得意，不亚于大将百战成功。就好似前清洪杨之役，曾国荃围住金陵，苦战数年，到底攻破敌京，占领根本之地，建立底定之功。试想他骑着骏马，在诸将拥卫之下，长趋入城，立马宫殿之前，踌躇满志，那时是什么心境？现在的白衍芝就和他一样，所差的是当时的曾国荃神志安恬，还要在收复之区长住以资镇抚。此际的白衍芝，却反而心忙意乱，只抱着骗取之物，立刻就要奔逃。当时应了一声，转身便走。张二奶奶还在门口立着，等他走出丈许，张二奶奶忽然不放心起来，却并没想到被骗，还认定白衍芝确是澡堂伙计，但怕这伙计或者靠不住，把东西昧起来，想要问他的姓名，以备查考，就叫道："你回来，回来。"

白衍芝听她唤自己回去，哪能猜出她的意思，只疑是看出什么破绽，又要把东西转回，自己已然到手，怎能功败已成？同时心中忽慌，就放快了脚步，只作没听见，向前疾行。他这一跑，可把张二奶奶疑心完全勾起，就高叫："你回来，叫你哪，你怎么跑？糟了，我上了当。"叫着就出门追赶。白衍芝一听她说明上当，更如飞逃跑。张二奶奶想要追他，又看大门开着，家内无人恐怕离开有贼窃入，不赶又实不甘心，只追出丈许，就立住了，一面照顾着家门，一面运用她的尖脆喉咙，高声喊叫："有贼了，有强盗了，抢了我的东西了！"

她这一叫，路人听见全都围拢过来，张二奶奶对着第一个走过的人叫道："有贼抢了我，往那边跑了，你给赶赶。"

偏巧那个人是个独善其身的先生，只看热闹以为娱乐，不管闲事去冒危险，只对她发怔，好像是外国人，不懂张二奶奶国语。张二奶奶只得再喊，居然把警士也喊来了。张二奶奶好似得了救星，嘴似爆豆地说了两句，指望他快去追赶。不料警士是公事老手，询问不厌其详，先问她在哪里住，男人做什么事，又问明是偷、是骗，大概情形问明白了，再问这骗贼什么长相，穿的衣服，骗去的棉袍，什么里，什么面，新棉旧棉，骗去的钱是现洋，是钞票，钞票是哪家银行所发。都问完了，已急得张二奶奶满身汗出，满腔火燃，警士才又问明了骗贼逃的方向，安详雅步地追去。张二奶奶暗自顿足，心想经这耽误，那骗贼早已回到家里，睡过翻身觉了。

其实白衍芝还未回家，自从穿小巷逃走，跑出很远，知道不会被人追上了，才放慢脚步。绕着路儿，先去寻家当铺，把棉袍当了四元几角钱，合起多骗的两元，还多了一元几角，心中甚为得意。自思我白衍芝真是有鬼神不测之机，换个别人，谁能在这转瞬之间，就把损失补偿，并且加上利息。可惜时机不遇，只能小展才华，若有好机会，凭我这点心计，就一下发了大财。想着忽然忆起现在所谋的就是要发大财，家里还留着位财神，等待上供呢。

急忙去到另一处白面馆，买了三元钱的白面，又花了一元多钱，买了饭菜，再买了些糖果点心和纸烟，把脑中所能想到的供品，全购齐了，钱已花得所余无几，才取道回家。

到了家中叩门，碧琏出来开门，白衍芝悄问怎样，碧琏答道："不怎样，这会儿工夫还能怎样。这是不混话？你怎去了这大工夫？"

白衍芝没提丢钱的事，只答道："我也得走到了呀。"随即向里走。

碧琏拉住低声说道："这姓翁的可真是财主少爷吗？别不对吧？"

白衍芝道："怎么，怎么？"

碧琏道："你走了以后，我回到房里，冷鼻子闻得一阵穷腥气。就好似在街上闻到做小工当苦力的那种气味，他坐着也不老实，把皮鞋脱了，光脚蹬在炕上，龇牙咧嘴地揉弄脚鸡眼。不但臭得熏死人，再看那皮鞋，已破得不知是什么材料做的，鞋底垫着许多破报纸，报纸也透了孔，能看到地皮。袜子也剩了半截，把筒儿当了正身。衣服你是看见了，不用我说，他只要是少爷，穿得无论多么破烂，也该有点儿贵重的，他怎穷到底呢？"

白衍芝听着，虽然也有些疑惑，无奈已是先入为主，心想他这财主少爷，是我由旁人的口里听来，并非他自己所说，当然不会有错。何况事已至此，我若犹疑，碧琏定要闹起来，把事情弄得不可收拾。这就好比赌钱一样，既已把孤注压上，只有等开宝定胜负，想撤回也不成了。就向碧琏道："你不知道，他是天生狗少。大概从家中出来，穿得整整齐齐，把钱花完，自然要卖衣服，卖了好的买坏的穿，再卖坏的买破的穿，才弄得这乞丐模样。至于穷腥气，那是衣服上的。他买穷人衣服，自然把穷气味也带来了。你不用疑心，我准保没错儿。"

碧琏听了道："好吧，只要你有根就成。不过得供养他多少日子，才能叫他回去弄钱呢？"

白衍芝道："那倒没准儿，他回家弄钱还在其次，第一要他弄了钱来，肯给我们，那就在你的手段了。痛快说，要等你跟他真换了心，要了好，有了把握的时候，就可以办。"

碧琏道："你小子只会把我填限，我真倒运，还得跟这个贼东西……真叫人窝心，以后若弄不出大油水，我不揭了你的盖儿才怪。"白衍芝只可笑着点头。

碧琏又道："我的钱可没有了，你得另去想法，他的挑费很不小哪。"

白衍芝道："反正今天够了明天再说。"

两人就进到房中，那翁大少正躺在炕上犯瘾，见他们进来，方才坐起，两眼直瞪着白衍芝手中。白衍芝先把白面包儿给他，翁大少顾不得说话，把包儿打开，取支纸烟，揉落一节烟丝，把白面放入，就点火柴放起高射炮，一炮一炮，放个不住。白衍芝看着心疼，暗叫你知道我的钱是怎样来的，你满不在乎都给冒了青烟。

那翁大少放了五六炮，方才有了精神，向白衍芝道："谢谢老大哥，叫你花钱跑路。"

白衍芝道："提不到，提不到，谁叫咱们投缘呢。我这人就是好交，给朋友拼命也干，莫说这点事儿。"

翁大少听着，也对他说些交情话，当时两男一女，一同饮啖谈笑，十分欢畅。白衍芝心里希望碧琏和翁大少亲近，碧琏虽不断说笑，但身体却不肯挨近他。过了一会儿，天已半夜，白衍芝打着呵欠，说自己没出息，到时候就困，你们谈着，我要先睡了。翁大少以为他意在逐客，心里舍不得走，因为出了门就没处再找这管吃管抽又暖又饱的地方，竟赖着不动，倒叫白衍芝多谈会儿。白衍芝明白他的意思，就说："老弟，咱们已是换心朋友，和一家人一样，你就住在这里，不用走了，咱们明天再谈。"

翁大少客气了几句，也就默许了。本来初识面的朋友，论理不该留宿，主人既没有这么留的，客人也没有这么住的，但他们却是没理可讲。白衍芝是别有居心，翁大少是求之不得，于是徐孺就下了陈蕃之榻。白衍芝呵欠连天，自己走出，向南面空屋中去睡，好在他以前常常谦退为怀，每逢碧琏房中有人借住，他便到空房躲避，已经惯了，所以这时也不以为意，躺下就睡。哪知睡还未沉，忽觉身旁有人同卧，睁眼看时，竟是碧琏，不由一怔说道："你怎也来了？"

碧琏道："不来怎样，难道这就陪他睡？你不是说别叫他看轻了吗？"

白衍芝道："是啊，我不过想你多陪他会儿，先给个蜜糖抹在鼻头上，闻香不到口。"

碧琏道："我不能陪他，这小子不是东西，才来的时候，又瘾又饿，好像半死儿。如今居然饱暖生淫欲，从你走开，他就向我跟前凑合，贫嘴淡舌地简直成心调戏，我一气就躲开了。"

白衍芝听了，瞪着眼儿，似乎诧异她何以忽然如此贞节，又像抱怨她如此冷淡，得罪财神。虽没说话，碧琏已看出他的意思，摇头说道：“你小子还埋怨我啊？我本不是贞节烈女，也不算什么，何况又是你教我干的？可是他那身破衣服和那股子臭气，实在叫人受不住，我一闻就要呕心，只当给我一座金山，我先受不得这罪过。咱们痛快说，你若叫我拢住他，得先给他换换季，叫他洗个澡。”

白衍芝一听，难题又来了，心想利息还没看见影儿，本钱先下个没完没结，碧琏一点儿不肯将就，要给他换季，又要不少的钱，上哪里去弄呢。想着心中为难，但又怕冷碧琏的心，不敢明说，只得应着道：“好吧，我明儿去想法，你且忍着委屈，敷衍他些。”

碧琏道：“那也得明儿再说，今天我是不陪了。你没见他的样儿，好像知道你的心思，一点儿忌讳没有，简直要动手动脚。”

白衍芝道：“也怨你太漂亮了，他忍不住动心，好在咱们正指望他这样，不过太早了些。这也不错，等给他换了衣服，你一撒网，他自然落进里面，跟着就可以怂恿他回家弄钱去了。”

碧琏道：“但盼他能弄得出来，倘若到时我落不到什么，弄个赔本赚吆喝，我可跟你玩命。”

白衍芝漫应着道：“好吧，咱们往后看，我看不透璞中有玉，也不敢买这石头。”二人说着就睡下了。

白衍芝这还是第一次得到碧琏移尊就教，以前只有被碧琏驱逐，或者召幸，今日却得翠华降临到他这冷宫之中，真是异数。却得谢谢那翁大少的恩惠，碧琏若非避他，万不肯纡尊降贵的。当夜一宿无话。

次日早晨起来，白衍芝便叫碧琏先到北房去整理枕衾，以表亲切之意，自己出去购买点心食物，款待贵宾。不料碧琏进入上房，随即溜了出来，向白衍芝低语道：“差一点儿没失了盗，瞧瞧你这阔朋友，要给咱们抄家。”

白衍芝忙问怎么，碧琏道：“好家伙，我们若迟起五分钟，就算糟了。方才我进房里去，看见那小子正把被褥卷成个卷儿，用手按着，眼睛四下找寻，想是找绳子。见我进去，轰的红了脸。我还疑惑他是自己整理被褥，就客气说你不用管，我来吧。他嘴里含着汤圆似的说了句不知什么话，我忽然疑心，他叠被褥应该放在炕里，怎竟拉到炕边，而且这被褥卷儿也太大了，好像还有别的东西。当时就过去假装替他收拾，伸手一推，那卷儿并没捆着，他一放手，就松开了。敢情那里面还裹了许多衣服，还有零碎东西，连我的高底鞋也在里面，这明是那小子想要卷咱们的东西逃跑，不知怎么耽误晚了，也许没找着绳子，我若晚起一会儿，他就走了。当时我望着他的红脸，真想给他一顿嘴巴，可是又想起咱们已经下了本儿，若是跟他翻脸，岂不就算完了，所以想跟你商量商量再说。”

白衍芝搔头想了想道：“你沉住了气，对极了，他本不是什么好人，我们也知道他不是好人，本来想叫他回家去偷，好人还肯帮外人偷他自己家里吗？依我看，这种人是偷惯了，连他老子都偷，何况我们。我们不必介意这回事，只当没有，以后留神些就是。”

碧琏道：“养个贼在家里，我还能总看着他？一个错眼不见，就许又来个卷包会儿，再说看到何时是了呀？”

白衍芝道：“那就只可加紧快办了，你赶着拢住他，给些甜头儿。我再养他两天，就说明咱们手头没钱，接不上气，逼他回家去偷。”

碧琏道：“说来说去，罪过还落在我身上，你要赶忙，快给他弄衣服呀。”

白衍芝道：“你就委屈点儿，别逼我了，总共两天工夫，何必多费钱？只供吃喝抽，已经够我受的了。”

碧琏道：“我受不了这委屈，你不嫌就自己去伺候他。”

白衍芝道：“我若是女人，压根儿也不敢劳动你，谁叫我不成呢？”

白衍芝又央告半晌，碧琏方才让步，只要求白衍芝带他去理发洗澡，白衍芝答应了。又想到手中无钱，就更进一步，向碧琏哀求，要她把钱再借给些，或是给衣服去当。因为时机已迫，到外面凭空弄钱，太无把握，而供养财神，却是刻不容缓，只得先求碧琏匀借。碧琏听了，变脸不应，白衍芝说了许多好话，许了好些过儿，立誓说由翁大少身上得到财物，无论多少，全归碧琏享受，他绝不分润，便是发了财，也只向碧琏手中讨钱花，碧琏道：“这不是废话，本来得的东西，全该归我，我分得着吗？再说那小子是真少爷假少爷，还不敢保，便是真的，能从家里偷得出来偷不出来，也说不定，现在我先把本儿都赔进去，万一捞不回来，应该怎样？”

白衍芝本来由那翁大少的情形和碧琏的疑心，越来越觉没有把握，但是已然到了这地步，再想退却也不成了。何况又知道自己若说翁大少靠不住，碧琏就许立刻翻脸不饶，只得硬着头皮道：“不会的，我听得很明白，他家实在有钱。何况要偷的东西，又早摆在那里，并不是没影儿造谣，你放心，若是弄不来钱，唯我是问。”

碧琏道："到时候真弄不来，你也只干瞪眼儿，吃了你有什么用？再说我也没有钱了，东西说什么也不能动。"

白衍芝又苦苦央告，并且夸张翁大少家中所藏的珍饰，都是值大钱的宝贝，一偷出来，你立刻比公主还阔，干这大事，怎能惜小费。再说现在既预备赶快下手，眼看成功在即，便花费些也没多少，你别想不开。白衍芝说得好像曾经亲眼看见翁家可偷的宝物，大加渲染，以动碧琏的心，其实他也不过只听旁人闲谈，这时为求碧琏出钱，不得不弄这玄虚。他心里也明白，倘若事实不能相符，自己不死也得脱层皮，但也只好拼了出去，只当把性命押孤丁，赢了万物俱备，输了万事皆休，单看财神真假和自己点儿高低了。他所自觉微有把握的，就是认定坟地里那几个乞丐流氓信口闲谈，并不知有人窃听，万没有说谣欺人的理由。因而可知翁大少的来历必非虚伪，所怕的只是他不肯回家去偷，这一节有碧琏笼络怂恿，料可成功。至于他是否能偷得出来，那就难于断定，不过我既在他身上下了这样大注，到他实行时，也万不能放他独行，必须跟随监视，虽不帮他动手，也得替出主意，或打接应，仗着我满腹韬略，总可不致失败。只要弄上一件两件，值上三千两千，便好向碧琏交代了。白衍芝这样尽向好处想，才敢向碧琏大包大揽。碧琏听他说得结实妥靠，因而贪心大动，就咬不住牙了。居然把身上仅存的十元一张钞票，取了出来。白衍芝还怕不够用，又央告出一对小金耳环给他去当，但是约定不过五日，必须本利全归，否则有死有活。白衍芝听一句应一声，把钞票耳环带在身上，向碧琏附耳说了两句，就自走到上房。

那位翁大少见他到来，只恐是来兴问罪之师，脸上变颜变色。白衍芝仍保持昨日的态度，向他和容悦色地说长道短。翁大少方才放了心，立刻又生了心，坐在炕上，俯着墙，有气没力地对答。过了不大工夫，便上眼皮直砸下眼皮，连连呵欠，鼻涕眼泪也全来了。这样儿明是犯了瘾，但犯了瘾为什么不吸白面儿呢，他的神色动态，明画出一道问题，摆在好朋友白衍芝面前，要他解答。白衍芝却不消三猜两猜，一看就明白了。他只惊异这位翁少爷好大吸量，昨夜才给买来一包，只过了几点钟就吸尽了。固然常听人说，每天吸用百八十元的尽有，不为稀奇，但稀奇的是他街头流荡，和乞丐为伍，难道每天也能这样吸法？乞丐有这力量供给他吗？白衍芝想得却是外行，太不明白个中人的情形了。只要稍能自制，稍有心路的人，绝不会染上这种恶劣嗜好，既染上这嗜好，怎还能跟他讲量入为出、节用不匮的道理。像翁大少这样的人，都是活了今日，不知明日，有福能享，有罪也能受，多少钱也能花光，没有钱也能挨忍。好比一种虫子，当草树茂盛，每天可以吃比它身体重十倍的食物；到草木凋零，它也能闭嗉绝食，依然存活，那是上天特赋的本能。但像翁大少这类人，却是由特殊环境养成的习惯，白衍芝虽然集学坏之能事，但对于吸毒一道，还未领略，所以没有经验。当时看着翁大少诧异他日常如何生活，但也不问，只邀他到外面走走。翁大少道："我现在正犯着瘾，不能走路，老大哥你给弄点儿抽吧。"

白衍芝道："我就为陪你出去过瘾，再买点儿东西。"

翁大少听了，立刻精神大长，立了起来，但又似想起什么，迟疑一下问道："买完东西上哪儿去呢？"

白衍芝明白他是恐怕自己借题带他出门，便不令回来，将要失去食宿的佳境，才赖着舍不得走，便答道："买完东西你随我洗个澡，再回来吃饭。"

翁大少道："我向来讨厌洗澡，大哥你自己去吧，我在白面馆等你。"

白衍芝道："你就陪我走一回，洗澡是舒服事，怎么讨厌。"

翁大少道："不瞒你说，我这身衣服，到澡堂怎样往下脱。"

白衍芝心想你的衣服诚然不好脱，脱下也未必还穿得上，而且身上泥还不知有几分厚。想着又忆起碧琏厌恶他的情形，就咬着牙道："走吧，没关系，咱们出去看看，若有合适的我给你买身衣服。不过我这几天正手紧，只能给你对付一身旧货，等富裕了再制新的。"

翁大少听了，似乎大出意外，却又谦辞道："不必，我已破费你不少了，怎忍叫你再花钱，得了，不如留着……"说到这里，又把底下的话咽了回去。

白衍芝明白他要说留着钱给买白面儿，心想这种人大约生活目的只为这一件事，除了不吃饭恐怕饿死以外，连穿衣也看作无益的消费。这就是瘾君子不修边幅、不要脸面的缘故。就不理他的话茬儿，只自说道："老弟，不用客气，你既住在我家里，若是太不像样儿，别人也笑话我。你是名士派，包子有肉不在褶上，可是他们哪里懂得啊。"

说着拉了就走，出门先奔白面馆儿，买了两元白面，却只给他四分之一，其余自放入袋里。翁大少三四口便把他所给的吸完，仍自眼巴巴地望着白衍芝的衣袋。白衍芝满不理睬，问他吸完了没有，翁大少回答完了。这两字只是说已经把你给的吸尽了，言外仍要请益，白衍芝却把完了当作过足瘾解释，接着他说了句："那么，就走吧。"

翁大少无可奈何，随他走出，就直奔那条有名的破烂市。这破烂市并不像名字那样破烂，也有许多商店，不过所卖都是旧货，街上更有许多浮摊。白衍芝先在浮摊上看了看，有些衣服摆着，却不是破烂不完，就是灰色的旧军衣，知道这种旧军衣价格甚贱，想买一套，但方一问价，翁大少已表示反对，说这个穿上怎能见人。白衍芝心想你还懂得不能见人，这军衣虽不雅观，总比你身上的整洁许多，你怎白吃枣还嫌有核呢。但他哪里知道，翁大少自听他要给买衣服，未曾买到，已想到日后变卖换钱过瘾了。他对于这破烂市是旧游之地，深知各物价格，这旧军衣买时很贱，卖时更不值钱，自己白承他一回情，结果得不到实惠，岂不太冤，就直言反对。白衍芝也就不买了，却并非屈从他的意见，而是想到把他扮成个穷丘八，依然难引起碧琏的美感。于是变计进了一家小估衣铺，里面中服西装俱全，虽都敝旧，却收拾得平贴洁净，二人检视之下，依翁大少想要弄一套长袍裤袄，为着容易变钱，白衍芝却选着了一套西装，大约是三十年前的时新式样，通身瘦得笔管似的，材料也很名贵，据估衣铺里人说叫作绅士呢，在外国除了绅士不配穿用。再细看这套绅士服装，倒是毛织品，不过毛已磨得没了影儿，变成麻袋似的，但除却袖口已破和膝盖上有两块补丁外，还算是完好如新。当时就不顾翁大少的摆手摇头，自向肆人问价，肆人讨价五元，白衍芝从一元还起，一角一角地添，肆人却从五角减起，再五分五分地让，好像两人从对面走来，无论如何遥远，终有碰头之时。于是双方在二元八角的地方遇着了，就此付款成交。翁大少不高兴，也无可奈何，就借估衣铺的屋隅，把新的穿上，旧的换下，抱着出来。

白衍芝方要问他把旧衣作何安置，翁大少已奔了一座浮摊走去。那看摊的是个褴褛如丐的烂红眼老婆儿，头发秃得没有一根，在后脑海上黏上一块圆形黑布，在布上赘了个手枪形的假髻。看着已很滑稽，偏巧那块布已有一半和头皮不相款附，她又不知跟谁才怄过气，老年人一着恼，就好自言自语地点头儿，于是她那手枪式假髻就金鸡乱点头起来，一撅一撅的，好像要对谁瞄准儿。翁大少到她面前，叫了声大娘，那老婆儿抬头望着他，挤着红眼摆手道：“你这小子又来了，快滚，我不上你的当。”

翁大少笑着道：“大娘，你跟谁怄气，又跟我撒野火儿，我几时叫你上过当?”

那老婆儿道：“少说废话，你们男的没一个好人。”

翁大少道：“你怎么把男的都扯上了，这话可伤众哦。我明白，你又跟旁边摊儿上那怯山东怄气了，对不对？”

老婆儿哼了一声，翁大少道：“为什么，他抢了你的买卖吗？”

老婆儿凹着没牙的嘴，发出含混声音道：“那缺德山东儿，真该挨刀，昨儿有个娘儿们，拿着一顶老年头的大帽子来卖，我给了三十个子儿，那娘儿们都要卖了，可恨山东儿溜过来看，见那帽子的边上一圈毛儿是貂皮的，就跟娘儿们说他肯给五十子儿，我一气就说我给六十，山东儿又说给两毛，我气极了又添一毛，山东儿跟着添两毛，这样抢着往上添，直到三块六毛，我说出了口，山东儿不言语了，那娘儿们就卖给我。我怄气给了钱，山东儿才说他又看出帽子上的毛，不是真貂皮，买到手里，恐怕连一块钱也卖不出来，就没再添钱。我一听，明白他是成心发坏，教我上当，就过去跟他拼命。他好像别提多么怕我，直说好话，又肯出几角钱赔补我。我一定不饶，叫他给三块六毛钱，把帽子归他。吵了半天，他怕我拼命，才依着我给了钱，把帽子拿去，直喊倒霉。我心想你小子害人反害己，自作自受，这才叫我解恨。哪知今天他竟没出摊儿，我一打听，敢情那顶帽子真是貂皮的，他昨天晚上就卖了六十多块钱，所以今儿要乐一天，不出摊儿了。你瞧这该死的小子，多么可恨，把我啰唣个够，便宜还是他的。我起初不明白他是怎么个道儿，想了半天，才明白了。他明是看出帽子值钱，可是跟我争着买，价儿越添越大，就半道儿打住，叫我买到手里，他再念山音，说我上了当，料着我不识货，一听受了他的骗，必要把帽子退给他。我也实在倒霉，着了他的道儿，他安安稳稳把便宜货弄到手里，赚了大钱，这会儿不知在哪里吃喝玩乐，还骂我老婆子瞎眼。那该死的，剐千刀，九百九十九刀也不饶他。”

那老婆儿说着话，似乎忘了在告诉人，而变成自言自语，脑后的手枪，摇动得也加了速度。白衍芝听着，才听在这种最低的商业处所，居然也如此的人心诡诈善于商战，自己今天算又学了一招。翁大少却对老婆儿道：“大娘，你不用生气，我知道那山东儿是荒唐鬼儿，赚多了钱，也得花到四面钟三角地，花钱买一身花柳病，六百块也治不好。”

老婆儿听猛一点头，那手枪立刻变了高射炮，咬牙说道：“对对，烂死他，烂成一块块的。”

翁大少道：“那是一定，他准得报应，欺负老实人，老天爷有眼呀。”

那老婆儿似因得着他的同情，十分感激地道：“可不是，欺负我寡妇失倚的，准得报应。”

翁大少接口道：“不错，说不定他现在就被电车撞死了。俗语说，善有善报，恶有恶报，就像你这样厚道人，早晚准有好处。”

老婆儿叹气道：“还说好呢，我这不是受罪?”

翁大少道：“别看现时，就是今世享不了福，来世老天也得补报你。”

老婆儿念了声佛道：“但盼你的话应验，我可敢说没有坏心眼儿，不知怎么会又绝又寡，老来受苦。”

翁大少道：“还是老天加护，就为你好心眼儿，才不致受大罪。旁人到这年纪，若没有倚靠，早就饿死了，瞧你多么硬朗，一天自赚自吃，无忧无虑，也就不含糊了。”

说着又向白衍芝道：“你可不知道这位老太太，简直是位菩萨，别提多么心慈面软。就为心好，常常吃亏，可是人亏天补，这手去了那手来，是不是大娘？所以我最爱跟她打交道，她这人忠厚，又痛快，看见卖东西的人可怜，还是真肯多给钱。所以这地方的摊子，常常换主儿，只有这位大娘，二三十年总在这里，好比花草里的万年青一样，这才是吃亏常在。像那倒霉山东儿，别看骗人赚钱，今儿在这里，明天就许死了。”

翁大少说着，直好似已经眼见那山东儿已经丧了命似的，一种真挚的同情，溢于辞色。那老婆儿因他的话，也生了幻觉，好像自己所恨的人已得报应，心中大快，正在那红眼中现出笑意，忽见一团破烂衣服，递到面前。原来翁大少故意造这机会，等到米汤灌足，趁那老婆儿有些昏迷，才把要卖的破衣服递过。口中说道：“大娘，您看这两件值多少钱？这是我们这位朋友的，他家里孩子害病，没钱吃药，只可拿衣服出卖。我劝他不要到别处去上当，一直领到大娘这儿来。”

白衍芝听着，心想你卖衣服，怎么硬赖我孩子生病，好在我没有孩子，随你说吧。这时那老婆儿看看衣服，问道：“你要卖呀?”

翁大少道：“自然是卖，你看着多给点儿，我这朋友连饭都混不上，又赶上这逆事，实在可怜。”

那老婆儿看那衣服，至多值三毛钱，但因被翁大少哄糊涂了，又听他屡说他的朋友可怜，自然希望她实践方才行事厚道必有好报的话，不由心中一狠，就多给了二角，说道：“这衣服太破了，简直没一点儿好地方，既是你说着，给五毛吧。”

翁大少情知她给的不少，这价儿已很有赔钱的危险，但仍争道："太少了，再添些吧，他的孩子叫大夫开个药方，到药铺一问，竟要一块半钱，你别管东西值不值，只当做德给他凑够药钱吧。"

那老婆儿道："哪值得这些，我已经给过了头，别叫我赔大发了。"

翁大少道："大娘，我不是说过人亏天补嘛？你这儿多给几毛，那儿多赚几块。"

老婆儿道："我上哪里赚去？得了，再添一毛，看着你的面儿。"

翁大少道："你看着我，就给个整块儿，明天我准给你领个好主儿来，叫你发笔小财。"

老婆儿虽然被他哄住了，但仍是不愿吃亏，只添了一次，已经心疼了，翁大少说两句好话，接着捧她一顿，骂那山东儿一顿，闹得老婆儿没法，结果又添了两毛。翁大少蹲在摊边，摆弄那身衣服，似乎恋恋不舍，半晌又抱起来，似乎跟衣服道别，方跺脚说道："好，就这价儿吧，他不够买药，我给添好了。"

那老婆儿接过衣服，一面看着，一面掏钱，但越看衣服越觉不值，越掏不出钱越觉可惜，无奈已没法反悔，就且数钱且抱怨道："这衣服只配打夹纸，做鞋底，哪值八毛钱，啊，一毛，准得赔一半，啊，两毛了……一天也赚不出来，今天算给你们白忙了，啊，四毛了……"这样数到六毛，就停住道："够了，你拿去吧。"

翁大少知道她心中后悔，想要赖去两角。怎肯容她，就吵着定要补上。老婆儿无可奈何，又添了一张角票，再用十张分票补足一角，内中有一分已经破烂，翁大少要她给换，老婆儿好似借此稍解心疼，说什么也不肯换了，翁大少为这一分，还费了许多话，到后来实没办法，方才作罢，就和白衍芝走了。

到了离开较远，白衍芝才说你真有能为，居然把破衣服卖了这些钱。翁大少哈哈一笑，从怀中掏出两件东西道："岂止这些钱，还有这个呢。"

白衍芝见他手中拿的是一只没盖的锡酒壶、一个旧式盖碗铜托儿，初还不解由何而来，继而明白是从摊儿上偷来，就道："你怎么弄到的？"

翁大少笑道："我早看出摊上这两件东西好拿，就假装摆弄衣服，给她变个戏法儿，这两件足可以卖几毛。"

说着转了个弯儿，寻着摊子，就把那票的东西出卖。白衍芝趁他论价，自己思量，看这翁大少的情形，恐怕碧琏所虑的，要不幸而言中了，他若是个阔少，怎会跟破烂摊如此熟识？而且有钱儿，无论如何堕落，也总有大方的劲儿，怎会如此好刻下流？他所做的事，竟有我做不来的，哪里像个阔少？但是自己明明听到那乞丐诉说他的身世，怎会弄错，莫非他对乞丐吹牛，乞丐信以为真，无意又把我骗了？但是他对我向没乱说过夸口的话，并不像好吹的人，这真叫人难猜。不过现在即便知道不是阔少，我也已经把自己钻进圈儿里，不易撤脚了，只可再忍两天，到实行时，看他如何，再做道理。

白衍芝越想越觉犹疑，越犹疑越心虚，不由渐渐和碧琏生了同感，以为这阔少恐怕是假了。但又想万万假不得，倘若假了，自己就要不堪设想，只有希望他不假。虽然发现许多可疑之点，还是不能向碧琏说，只有再忍几日，再看命运。这种心理，就和著者当日所见一件事一样，在学校时有一位同学，自幼在继母虐待下长大，父亲性情又十分暴厉，常常为小事把他打个半死，因此脑筋受了损伤。幸而有他的一位舅父代为说情，许他上学，不过有约在先，他若用功上进，就巴结到中学卒业，若是不长进，就立命退学，去做牧猪奴。他倒很有志气，只希望学成自立谋生，脱离苦海般的家庭。但是小学勉强对付毕业，一入中学，那有病的脑筋，突然发生变态，成为极端鲁笨。因为上进心切，全校的用功学生以他为第一，时常通夜不寝，把功课读得烂熟，连代数课本都能像古文一样背诵。但是一逢考试，永不知解答题目，只把课本默写，不但答非所问，并且问一答十，有时题上所问在课本第五十页上，他却从第十面写起，还未抄到边际，试卷已然写满。诸如此类，此致每场考试，必然降班，回家必被父母暴打一顿，驱入田间工作，结果由他舅父说情，令他再试半年。假满开学，他仍是那样用功，仍是那样糊涂，结果仍经他的舅父又邀同许多亲友，代为说情，再给他一次机会，若仍留级，就任凭处置。其实学校规章，也没有第二个机会，留级仅许一次，再留便得退学了，他父亲却不过情面，只可允许。暑假后他重回学校，真是毕生命运，都要在这半年中判定，本身自然加倍用功。就是师长知道他的身世，也代为担心，都愿意尽力帮助他，使其不致留级。论理留级学生，只是温习曾读过一次的旧课，考试及格，绝非难事。无奈他的脑筋太坏了，到了季考，他的各种试卷，只是比上次抄得多了些，仍是照样的问一答十，问东答西。本来校长因为同情他，曾对各教员表示，给分务要从宽，宁可徇私，也须积德。别的学生，都是照章六十分及格，他若有三十分，就由学校外送三十，也要叫对付及格。但他的各种试卷，虽然满纸是字，实际等于曳白，连一分也得不到。校长知道实在没法造就，便是这次勉强度过，无奈来日方长，终是无以善其后，只可像挥泪斩马谡似的，挂牌叫他退学。他的同乡看榜以后，都去安慰他。不料他在出榜以前，便已失踪，大家恐出意外，尽力寻觅，把学校闹得天翻地覆。直寻了两天，才有人在地窖煤堆后面，把他寻着。一问藏躲的原因，原来他并不是要绝食自杀，也非羞愧避人，只是考试完毕之后，自知仍没有及格希望，学校一挂出榜，便等于宣告自己的死刑，于是便由不敢看榜。更变本加厉，连自己的房子也不敢住了。恐怕学校当局给送来什么通知，或是同学传来什么噩耗，竟自躲避到地窖中，暂时与人隔绝。其实他很知道事实俱在，恶运已在前途相候，绝躲不开，但仍要躲一时，是一时。好像一个人被缚在火药堆上，眼看引火线渐燃渐短，明知即将爆发，性命难逃，却仍希望燃得缓慢一些，苟延须臾，或是吓得闭上眼，逃避现时，虽然于事无补，但心理上总难免有这现象。他躲避着绝望的消息，好比在火药堆上闭眼，只待轰然一发，既不敢开着眼看那渐渐燃短的火线，也不敢中途睁眼，瞧那火线燃到什么程度。白衍芝也是一样心理，他已疑惑翁大少是假，只一张眼观察，便可洞明底里。但他知道倘若察明他是假的，反要遭受绝大困难，固然这困难终于不能避免，仍希望来得慢些，在短时间内且图苟安，也可留些迷离惝恍的希望，于是他就不敢睁眼了。世俗把蹋茸男子，利用老婆卖奸图财的，名为开眼忘八，白衍芝却是欲开眼而不敢，也可谓独开蹊径了。

当时看着翁大少把偷来的东西卖了四角多钱，就又同向前走，寻着个澡堂，进去洗澡，又特请翁大少理发修面，收拾得焕然一新，才付账出来。顺路买了些食物，回到家中，一同吃了午饭。饭后白衍芝又借个事故，自己出门，把碧琏的首饰典当了十多元钱，再买些食物和白面儿，约莫足敷两日之用，带回家中。见碧琏和翁大少正在相对谈笑，就向她假意报告，说方才出门跟朋友讨回所借的钱，不料那朋友恰巧出了远门，白跑一趟。碧琏本和他做好了活局子，闻言立时愁容满面，连说这怎么好，我们现在手无分文，只等那笔钱用，怎他就会走了，也不先给个信儿。我们房钱已经过了日子，还有许多别的用项，岂不要急死人。白衍芝就说你不要着急，还算五行有救，另有个朋友，邀我帮他运一批私货到北京去，只要平安到了地方，就谢我一百块钱，我怕危险，现在没法儿，只好拼着走一趟，已经跟他先借了一点儿钱，给家里买些吃的用的。我今天晚上就同他走，明天至迟过午回来。

碧琏道："你答应他了？"

白衍芝道："不答应人家就肯先借钱了？"

碧琏道："我可害怕，你不要去吧。"

白衍芝道："不去吃什么？你放心，我不会这样点儿低，头一回就遇上事。你在家跟翁老弟，好生待承他，可是白面儿得交给你，管着他抽。若交给他，恐怕半天就抽光了，接不上气，可怎么好。"

说着又向翁大少道："你等着我明天准回来，咱们痛痛快快乐两天。你用什么，跟你嫂子要，千万别客气。"说完也不容他们答话，装着十分匆忙，就向外走了。他袋中还留着三两元钱，自去外面闲荡，等待时候。

家里碧琏代表主人，陪伴这位好友，两人同在一室，说说笑笑。碧琏因翁大少已经澡身易衣，臭味大减，已不像以前那样讨厌。翁大少却是早已爱上了碧琏，又因他好像早已不接近女人了，吸毒的人大概生理上和常人差殊，性欲减低，但积日太久，就因压制而起反抗作用，偶一触发，更不可抑制。但碧琏那里，因守着白衍芝的叮嘱，要叫翁大少把自己看高，只静待对方发动，自己处在被动地位，故而先自矜持。翁大少虽然意马心猿，但因心中注重白衍芝的优待，恐怕失去这好地方，所以还不敢轻举妄动。两下相持，由午后直到黄昏，尽说些不相干的闲话。每过三四点钟，碧琏就取些白面儿发给翁大少，她并不知翁大少吸量如何，只记着白衍芝的话，每次仅给少许。翁大少实在不足过瘾，但又不好意思多讨，因此总觉有些缺欠。大凡吸毒的人，越是吸得不足，愈易惹动性感。试看戒烟的人，体质甚虚，人人都知一近女色，便要前功尽弃，然而十有八九，都失败在近上头，便可明白这特殊缘故。翁大少因吸得不能如量，身上酸懒，但心里反而兴奋，连带使某一局部也受到影响，发生不安定的状态。幸而他还有着顾虑，而且碧琏的大方态度，也有震慑的力量，倘然碧琏这时像小气妇女，对着男子现出羞涩的样儿，翁大少恐怕就要失去忍耐力。因为女子的害羞，虽然并非恶德，但在抱着野心的男子看来，常认为是意淫的表现，以为若不想到邪处，怎会害羞。其实在女子方面，害羞却并不全由发生可羞的念头，常有不知所以然，而无故红潮双颊，不敢抬头的。譬如有的女子，一见生人便要红脸，难道对各个人都发生邪念？何况还有见同性也害羞的呢。这当然由于不常见人的缘故，几曾见社交界的摩登女郎会见人红脸？不过以前社交不公开，男女接触太少，确常因为女子害羞，引起男子的邪心，以致发生许多风流事故。男女在无人处相遇，女子就忍不住害羞，固然害羞是她的自然流露，并没什么作用。但在男子眼中，就成为诱惑的媚态，并且感到害羞是和温柔懦弱在连带关系的，就大胆加以挑逗。女子更羞得六神无主，只顾害羞，竟不知抗拒，及至男子方得寸进尺，到了真正可羞的时候，女子见无可避免，想到这羞既已害在他手里，而女子照例只许向一个人这样害羞，于是只可归心认命，和他做包羞之计了。倘然上帝造人，没赋予女子这种生理变化，不含羞涩，每见男子，就大大方方地高谈阔论，大约不但风化上要有很大裨补，就是戏台上男女两性的戏，也要减少许多，花旦一行也许根本不会成立，《情史》那部书，也许不能做成，那么替旦角编戏的人，也无处搜寻材料了。碧琏这时就因为满不介意。好似把翁大少不当作男子，只如和妇伴晤对那样坦白大方。翁大少抓不着机会，引不起冲动，使不出决心，也就不敢有男子的行为。

直到吃过晚饭，碧琏觉得到了时候，就出去打了一盆热水，放在地下，这才初次做出害羞的态度，向翁大少笑道："大兄弟，你外间坐会儿，我有点儿事。"

翁大少听着，知道她不是洗澡，就是濯足，忙立起向外走，碧琏才关上门。翁大少坐在外间，听得房中初是衣裳窸窣，继而水声潺潺，心里感到无限神秘，自然忍不住就想窥视。才立起蹑步走到门口，只听房内碧琏作声相唤，翁大少吓了一跳，急忙退回几尺以外，才答应了一声，问什么事。碧琏咯咯笑道："我没事，只试试你在哪儿。我已经坐在盆里，才想起没撂下门帘，只关上门，门上还有老宽的缝儿呢。大兄弟，我知道你是规矩人，可别探头探脑的，老实坐着，我不定哪会儿叫你，你就得立刻答应。"

翁大少听着，心想你好损，明告诉房内有着美景，并且门上还有泄漏春光的缝隙，却使出这损招儿，不许我看。又一转想，感到她有着挑逗之意，要不然何不早放门帘，即使真个忘了，坐到盆里方才想起，也可以重立起来放下。既怕人窥视，怎连这点事都不肯费呢？你就懒得动，也可以悄不声地洗下去。我若压根儿未曾动心，自然不会偷看，若按着偷看的心，因为不知门上有缝，也许老实坐着，如今你明告诉我，可以偷看，我就起初没想偷看，也忍不住了。可是你引动了我的心，又使这损招儿制我。好像把喷香的好酒肥肉，放在馋人面前，叫他看守，馋人舌动涎流，只待你走开偷尝些儿，你却在走开时，才告诉酒是若干两，肉是若干块，数量分明，想喝汤也不能了，这不是成心啰唣吗。想着就听房内水声哗哗地响，由声音上猜测，好像并非红闺濯足，而是兰汤试浴。翁大少由耳管的感觉，震动神经，竟使眼中发生幻觉，好像在黑暗的门壁上现出一幅图画，至于图上画着什么，却因只在他个人眼中映现。好像富翁家里的私人电影院，独自闭门享受，旁人是不能看见的。但由他的动作，可以证明这幻影的图画绝大吸引力，因为他竟忘却碧琏的警告，面向着房门走了过去。还未走到门前，忽听碧琏在里面作声，心中一惊，就不敢再向前走，倒退了两步立住，才听出她并非呼唤自己，而是正是曼声低唱呢。

只听她唱道："三更三点明月下窗棂，小佳人斜卧牙床独对银灯。恨冤家不知何人把你恋住，又抛妈清清冷冷守尽残更。一回头扑的声把银灯吹灭，不用瞧看只听外面脚步儿声。你回来看见满屋漆黑，疑惑奴生气睡觉先给你一惊。你必然苦央告叫姐姐醒醒，我咬紧牙关一声不应。就是你下了跪叫得我不忍不醒，你也只听得见我喘气看不见我的笑容。狠住心横住劲警戒你下次，你害我等了一个钟点，我罚你跪上两个半点钟。怎奈这天太晚地下又冰凉挺硬，硌痛了冤家磕膝盖奴家心里疼。难道说为疼他就这样罢了，怕把他惯坏了我的气也不能平。皱皱眉细寻思我得了主意，一伸手把棉被铺在地流平。冤家回来你就在被上跪罢，舒舒服服的我敢跟你熬到大天明。到明天奴给你在棉裤磕膝盖上缝个海虎绒面儿大狐肷里子中间夹驼绒外绣兰花文竹（注，兰竹谐音拦足意取其禁胡行乱走也）的补绽垫，预备下回再怄气叫你跪个钉糟木烂也不心疼。"

碧琏唱的这段，不知是从哪儿学来，向来没听有人唱过，也未见于典册。而且腔调儿不似二黄梆子蹦蹦儿，也不像时调大鼓莲花落，大约是她自撰之词、自度之腔，却不知是何曲名。按内中词意，大可仿《绣兜肚》《绣荷包》之例，而名之为绣罚跪用的磕膝盖垫儿。不过名字太啰唆些，倘然日后有人学得，搬到台上去唱，写报签却是麻烦。

翁大少听得魂飘心荡，暗想这女人真迷惑人，唱得这段简直表现思春之意，她想谁呢？是想她丈夫吗？当然不是，也许是故意给我听。若果如此，我还怕什么。就又向前凑合，到了门前，悄悄由门缝中向里一看，果然和自己所幻想的景色，相差不多。碧琏已经脱去衣服，通身无条线，坐在地下，面向着门。因为盛水的盆稍小，不能容纳全身，就坐在一只小凳上，两只腿分搭在盆沿，正泼水洗濯前身。在灯光之下，照耀分明，她直是大敞门儿，纤毫毕现了。翁大少看着已经神魂颠倒，又见她忽然双足踏入盆中，立起身来，先用毛巾蘸水，由上身冲下去，哗哗地冲了半晌，又蹲下伸手向后，来个狗刨儿，水声更响，还怕不净，又用水冲洗，用手掏挖，用得力大，手指和鱼腹内接触，再加上水声，就是这样韵调。翁大少更觉昏迷如醉，简直忘了身在何处，又见碧琏坐了下去，徐徐搓着腿上柔肤，意态安详，口中又低哼起来。翁大少正在耳目不敷使用，却不料碧琏忽然抬起头来，提起娇脆的嗓音，叫了声大兄弟。翁大少正在神魂出窍，忘其所以，猛听碧琏相唤，忽然想起她的命令。其实在这时很可以不顾那些了，然而他一时不及细想，大惊之下，急忙向后倒退，想退出相当距离，再行答应。不料退得太急，脚下已自不稳，又不知被什么绊了一下，竟而向后跌倒，扑咚一声，只觉后脑撞在一件坚硬的东西上，其疼彻骨，腰上也被硌了一下，因为房中黑暗，也不知跌到哪里，又加摔得晕头转向，把方才引起的色情狂完全消灭。只记着碧琏的一声呼斥，想到自己违了她的命令，她听得自己跌倒，必知正在偷看，也许将要发怒问罪，当时忍着疼不敢呻吟。只听着房内声息。却不料碧琏已哈哈大笑起来，在笑中似含着无限乐趣。本来她已知道翁大少违命偷看，自受惩戒，快活了眼睛，苦害了身体，这是多么有趣的事，怎能不笑个淋漓尽致呢。翁大少听着，觉得她并没嗔怪，只在幸灾乐祸，自己痛定思痛，也忍不住随着她的笑声呻吟起来。房内外只隔着一道门，笑啼并作，互相呼应。碧琏笑了半天方才稍止，不知想起什么，又狂笑起来，直到笑岔了气，哎哟一阵，才咏咏的小做余波，扬声问道："大兄弟怎么了，在屋里会跌了跤？莫非站着打盹儿，会摔倒地下？"

翁大少也不作声，碧琏忽然变了口吻，大声说道；"我很明白你怎么摔倒的，你也太不规矩了，我真错把你当了好人，你哥哥不在家，许这样儿吗？合着我说没放下门帘，倒给你开了路儿。好，摔破脑袋，也是你自作自受，等你哥哥回来，我再当着面问你。"

说完就再没有话，只听水声微溅，接着又衣裳窸窣。翁大少被她闹得迷迷糊糊，更测不透她的意思，也不敢再窥探了。等一会儿碧琏开了门，端着盆把水倒了，又回到里面，坐在桌前对镜理妆。翁大少想要进去，又怕再惹她说话，但白面瘾又到了发作时候，不能不向她讨要，只可立在门外张望。碧琏慢条斯理地涂着脂粉，忽回头看见了他，就扑哧一笑道："你进来呀，别害怕，我逗你呢。俗语说，老嫂比母，小叔似儿，我就跟你生气也犯不上同他说，可是你太坏了。"

翁大少走进房里道："我实在是坐在凳打盹儿，听你一叫，不知怎么溜下来，说我坏我才冤呢。"

碧琏点头道："这么说你不坏，你是好人？好人，拿这包白面儿抽去吧，我擦完粉也要睡觉去了。"

翁大少接过她的恩赏，吸着说道："嫂嫂，您还是在这屋里睡，我上南屋去。"

碧琏道："那怎么可以，你是客啊。"

翁大少道："什么客不客，咱们已是一家人，哪有许多讲究。"

碧琏道："你到南屋看看去，怎能叫人住。"

翁大少道："我不能住，你怎么能住？"

碧琏道："我是主人，应该将就。"

翁大少道："我是兄弟，更应该将就。"

二人这样辩论了半晌，碧琏忽然笑道："我还忘了，昨儿我睡在南屋，还有你哥哥做伴，今天剩了一个人，却怪怕的，怎么好呢？"

翁大少听着，一句话到了嘴边，却不敢说出来，只望着碧琏。碧琏忽哦了一声道："我想起来了，你还在这屋里睡，我在外间现搭个铺，省得一个人在南屋害怕。"

翁大少道："那自然该你在屋里睡，我上外间搭铺。"

碧琏笑道："其实我在外间，也是害怕，门外头便是院里，这院子又不大安静，夜里也常有响声。"

说着好似想起什么，现出小胆易惊的可怜样儿，摆手道："好就依你吧，你去把南屋的铺盖拿来。"

翁大少应了一声，向外便走，碧琏连叫着你可快回来，那神情好似说咳嗽就犯喘，说害怕就哆嗦。翁大少到了南屋，把铺盖卷起，心中暗想：她在这时候竟无端害起怕来，大凡女子在害怕时候，最需要男子，不但忘了矜持，而且没有挑拣，就是至高无上清洁孤介的林黛玉，若走在大观园里，遇到那像鬼影的仙鹤或是锦鸡，吓糊涂了，无论旁边站着焦大或是鲍厨子，她也会紧抱不松手，万不会再嫌他是臭男子。如今碧琏无端地害怕起来，真乃天助我成功也。但在天助之时，我还须加一点儿自助，使其急速成功。想着挟了铺盖，忽然哟的一声喊叫，就飞跑进了上房，装作吓得要命，直入里间，把铺盖一抛，便喊吓死我了、吓死我了。碧琏见他这样，不知何故，但也被他的害怕样子吓得变了颜色，直向炕上藏躲，颤着声音问怎么了，翁大少吃吃地说：“我看见一……一个大大……”

碧琏听到这里，哎哟一声，直退到炕角，口中喊你还不快关上门，快关门。翁大少倒也听说，但他已吓得魂飞魄散，自然不敢走出外间，就近把里间的门关了。碧琏才松了点心，就问他到底看见什么，翁大少还未回答，好似怕有什么从门缝进来捉他，向里走了两步，碧琏需要他仗胆，似乎还嫌凑得不够近，又招手道：“你过来，坐在这儿。”

翁大少巴不得这一声，就坐在炕边。这时两下距离仅二尺了，翁大少才说：“我也没看真，也许眼离了，大概因为你方才说这院里不安静，我心里就有些毛咕。到南屋去拿了铺盖，不知怎么浑身发冷，起鸡皮疙瘩。临出来时，好像有人在我脖头后头吹了回冷气，我的汗毛都竖起来，一出南屋的门，觉得眼前有白光一晃，我猛一抬头，就见街门那边立着雪白的人，一张大白脸直摇晃……”

话未说完，碧琏已嗷的一叫，猛又向后退，好像要挤入墙内藏躲，哪知墙是硬的，她又退得太猛，撞在墙上，竟被弹回。向前一扑，恰扑在翁大少身上，她就趁势挨在他身旁，不肯离开，口中直叫：“我的妈，吓死我，你……你说，到底看见什么?”

翁大少道：“你别怕，我不是说也许眼离了，把这窗户照出去灯影，看作了……可是我看得好像挺真，那白脸有巴斗大，还有眉有眼的。”

碧琏接口道：“你不是眼离，以前你哥哥也见过一回，跟你说的差不多。我有时夜里睡醒一觉，常听院里有咯冬咯冬的声音，好像穿木底小鞋的女子走道儿。所以一到晚上，我一个人不敢出屋。”

碧琏说着话，好似恨不得藏入翁大少怀里，越挨越近，下颏就搭在他肩头上，一只手还拉着他胳膊。翁大少只觉耳根被嘘得发痒，胳膊被抠得发热，不由心中大动，就也伸手去摩挲她了玉臂。碧琏好像只顾害怕，身体都失了知觉，任他放肆。翁大少真是聪明，只管动作，并不用言语表示，在碧琏神经麻木之际，得寸进尺，步步进攻，直到碧琏不能再麻木下去，才恍然有似梦觉，变了脸叫道：“你这是怎么着，快给我滚出去。”又用手推他，但翁大少才一离开，碧琏又害怕起来，拉着叫你别走。翁大少重复坐下，更觉有了把握，碧琏似因怕他走开，不敢翻脸，只好任他轻薄。但是碧琏也是有血气的人，怎经得尽自偎倚厮磨，于是渐渐从声息上表现她生理和心理的变化，先听她啪啪地打翁大少的手，接着咒骂缺德，以后只剩下吃吃的笑，最末就声音混杂，辨不出是哭是笑，是说笑是喘气了。过了一会儿，灯光忽然熄灭，碧琏也不怕黑影里闹鬼了。从此以后，她就再无可述的事。

直到次日早晨，二人起身，碧琏好似十分高兴，除了对翁大少哧哧的笑，就是呸呸地唾，以至于打骂兼施，就是滚作一团，结为一体，这完全是闹鬼造出的成绩。直这么快乐了一天，两人也偶然谈到白衍芝，却都不愿他回来。但到了晚上，翁大少先乐不上来了，对于眼前碧琏的情爱，竟抵不住对白衍芝的相思。因为白面儿已经告罄，只有等白衍芝回来，方能补充给养。他起初还能敷衍着碧琏，把耳朵注到外面，再过一会儿，可再支持不住，呵欠连天，涕泗横流。碧琏还故意挑逗他，翁大少身上好似抽去骨头，心里也发慌，还得忍受碧琏的揉搓，他的罪过可就大了，只可央告她稍为安静些，碧琏竟嗔着说："你这人没长性，只一天工夫，你就讨厌我了。"

翁大少向她说自己正在发瘾，难过得很，你可能想法给我寻点儿抽。碧琏回答我可没地方弄去，只可等你哥哥回来。翁大少没法，只可忍着痛苦等待，但白衍芝直不见回来。天过午夜，眼见没了希望，碧琏就安排睡觉。可怜翁大少哪里睡得着，只觉心乱如麻，头重如铅，通身头骨都脱了关节，酸疼得四肢没处安放，躺在炕上，反复折腾，看那样儿，若熬到天明，就难免寿终正寝。还是碧琏恩爱情深，看着不忍，极口咒骂白衍芝混账，"你既出门，没准时候回来，就该多给预备点儿，现在断了粮，可怎么好。这还不比挨饿，我怎能看着你受罪，只可出去想法儿"。

说着就重新起床，翁大少问她做什么，碧琏道："我得出去给你买白面儿。"

翁大少一听，心里自觉感激，就问你上哪里去买、有钱吗？碧琏道："没钱也得想法，你只把白面馆的地方告诉我，就不用管了。"

翁大少想了想，说出个最近的地方。碧琏穿好衣服，就匆匆出门而去。翁大少见她半夜为自己奔波，十分不忍，但难过得要死，也没拦阻。在她走后，又想到她那样胆小易惊，昨夜连炕都不敢下，今天竟独自出门，可见真是跟我有劲，不由心中暗自辗转。在先他对碧琏本只当遇到一桩俏事，有便宜乐得拣着，这时因碧琏居然肯为他担惊受累，去买白面，不啻有了救命之恩，就因感生爱，深深地恋上她。但碧琏却是正要他如此，白衍芝买了白面儿，还有三包藏在她身上，故意假说已然告罄，送这套绝大恩情，笼络翁大少的心，以求从速达到目的。她出去在街上绕个圈儿，又在小食店吃了顿宵夜，方才回家。进到房中，把所存的三包白面递给翁大少，翁大少这时的快慰，简直难以形容，饿了五天的人看到食物，穷了半世的人乍获巨金，绵惙多年的病夫，忽得良药，独身到老的光棍，骗娶美妻，好像都不能比上他这时的心情。勉强作个比喻，只可比做一个人才和个美女结婚，享着艳福，忽然遇了意外灾祸，被土匪捉去，施用非刑处治，受尽痛苦，才要将他死，已经把刀放在颈上，忽见他的爱妻跃马而来，双手发枪，将土匪完全打死，救他回去重享福儿，只有这种事，才能比得上他的感激得意，以及出死入生由苦返乐的特殊心境。但他虽然如此，却顾不得表示，先将救命灵丹抢到手中，燃火连吸了几口，才好像死去还阳似的，得了活命，又喘了一会儿，才向碧琏道："你真待我太好了，我简直得给你磕头。只这点儿情义，一辈子也补不过来，我才知道你跟我这么好，可是我哪点儿对得起你。"说着直有感激涕零之势。

碧琏笑道："哪儿来的这些废话？咱们谁跟谁，我这人就是这种脾气，只要爱了你，把身上的肉，割下给你吃也愿意，就把我整个的人吃尽了，割到末后一块，我也不会喊疼，本心愿意嘛。"

翁大少听着，只觉他那方才回窍的魂儿，又滋的声由顶门冒出，在半空团团打转，就拥着她说道："你怎这样爱我，我一个白面鬼儿，哪点儿配得上你。"

碧琏拧了一下道："呸，胡说，你就是讨饭花子，我爱上就爱上了。这是缘分，若没缘分，就来个家财万贯的小白脸儿，我也不会看一眼。不瞒你说，我这些年，一直过着不顺心的日子。你哥哥人倒不错，无奈我天生跟他没缘。任他待我怎样好，我也知道感念，可是心中生不出半点情意，向来只把他当作老大哥似的，没有男女那点儿意思。痛快说，别看天天守着男人，其实跟守寡差不多。那天他把你带到家来，我也不知道为什么，一对面就动了心，不过怕你笑话，有意思也不敢透出来，弄得神魂颠倒，坐立不安。幸亏老天爷成全，叫他有事出门，才如了我的愿。"说着又举手戳着翁大少脑门道，"你小子也是假老实，大概跟我一样，也早有心了。"

翁大少把吸白面的纸烟从口中拔出，吻了她一下道："谁说不是，我一见你就认命了。"

碧琏撇嘴道："认命啊，还得并骨呢？告诉你，我这人是个死心眼儿，这是头一回把心扑到男子身上，算连命也交给你了，从今儿是一根线拴俩蚂蚱，飞不了你跑不了我。你可别当是平常的露水姻缘，三天五早晌地说散就散，咱们这一世算下去了。”

翁大少道：“我倒愿意，只是你有男人，怎能永远这样下去？”

碧琏微叹道：“你哥哥这才是引狼入室，为交朋友把老婆都交出去了。我心里真有些对他不过，若不是太爱你，也不忍做出这样事来。”

翁大少道：“你怕对不过他，还怎么跟我长久呢？”

碧琏道：“你听我说啊，咱们自然得要长久，我很知道从此离开你就不能活了，可是也不能像说书唱戏那种淫妇似的，有了别人，就把本夫抛了，或者狠心治死，我不是那种人。就让他待我不好，也不能做丧良心的事，何况他又待我太好呢。论起你哥哥心眼儿实在不错，跟我自不用提，就说待朋友也没含糊过，对你不就是个样儿？难道你忍心恩将仇报吗？所以我打算两面不伤，跟你永远厮守，也不离开他。这并不难，他天生的爱交朋友，热心肠儿总也不会冷的，你就住上十年，他绝没个嫌恶。再说他又爱在外面跑，不常在家，一点儿也不碍咱们的事。”

翁大少道：“我只怕日子长了，被他看出情形，我仍旧待不住。”

碧琏道：“你放心，他就看出来，也必装不知道，万没个吵闹的。”

翁大少道：“怎么呢？”

碧琏笑道：“他有对不住我的地方，方才不是说过，你还不明白吗？”

翁大少道：“我实在有些不明白，你说吧。”

碧琏吃吃笑着，附在他耳边说了几句。翁大少点头道：“原来这样，不过也是奇怪，八十岁的老头儿，对他的小姨太太也照样管得严紧，怎他会……”

碧琏道：“所以你哥哥是个讲理的明白人。他常常抱怨自己，不该少年过于荒唐，把身体凿丧到不能收拾，害得你没有生人的乐趣，这已经够亏心了。再想到老年时候，凄凄凉凉，连个儿女都没有，更是罪过。我自作自受也罢，你跟着受这苦楚，却是太冤。我听了他的话只可好言宽慰说，我不在乎那些，儿女是债主，没有更清静，他也只有苦笑。又有一回报上登着一段新闻，有个当初北京的内扇儿老公，已经五十多岁，居然娶了个大姑娘为妻。那姑娘不知怎么，和邻居小伙儿勾搭上了，被老公知道，捉奸打了官司，那姑娘在堂上直说那老公不配给人做丈夫，自己父母贪图钱，把女儿葬送终身，并非我的本愿。又把那老公的丑事宣布了许多，守着这样的人，如何能过下去，所以我做出这不才之事，实在挤出来的，不能按平常背夫通奸一样看法。这女子脸皮真厚，口齿也有劲，说得有情有理，以后官儿怎样断的，我不知道，只记得当时人们都可怜这个姑娘，说她不该判罪。你哥哥更骂那老公行事万恶，既然是个废人，就不该娶妻，就是忍不住冷清，做出错事，也该明白自己有着短处，凡事不能认真。便使查出老婆做出不好的事，也只可由着她去。说个比喻，倘然一个人娶妻是个石女，他能不纳妾吗？不出去嫖吗？那个石女敢拦他吗？只为中国男女不能平等，常常一样的事，男子应例在分，女子就是罪过。当时我便跟他说，你这是风凉话，议论旁人，谁也一样明白，只怕落到自己身上，就忍不住了。其实我这话只是指着平常人说，并没别的意思。不料他想邪了，就跟我说，这话不然，就是落到自己身上，也照样得讲理。我就跟老公一模一样，可绝不会像他那样糊涂，因为你太规矩，咱俩又厮抬厮敬，谈不到这种话。不过我心里常想，你脑筋也太顽固些，没有人生乐趣，仍肯这么苦熬苦守，其实就是活动活动心眼儿，也不算做坏事。这就好比一个人每天应该吃饭，但是应该管饭的人，竟没有饭给他吃，他不能等着饿死，自己想法儿装饱肚子，能算是错吗？我听了就笑道：'你也太宽宏大量了，世上男人若都像你，审判厅里就永没有打奸情官司的了。'他说不然，我专指着这样的人说，倘若丈夫并不残废，妻子还做坏事，那就和家里有饭，偏去人家偷嘴一样，自然该要根究，像我可凭什么根究呢？比如你现在或是将来，居然做出像那老公太太那种事，我准不管，不但不管，而且我若是跟你离婚，或者待你差了样儿，都算我言不应典。我必看得像没有那回事一样，夫妻还是夫妻，恩爱照样恩爱。"

碧琏说着哈哈大笑，又道："听听他这理儿，多么新鲜？当时我就说，难为你怎么想来，莫说世上没这种事，便是真有，一个槽上可怎么拴两个叫驴呀。他就说一个槽上照样能拴两个叫驴，只要两下处得好。这事全在我身上，若只想我的女人被人霸占，心中不忿，那就一时也不能容他。若是想我在女人身上有着缺陷，他是给补这缺陷的，替我帮忙的，应该承他的情，酬他的劳，哪里岂止能容下他，还得待如上宾，管吃管穿管零花呢。我听着几乎笑岔了气，他说你别笑，我说的实话，你不信就试试看，我若说得到做不到，你就指脸儿唾我。当时有过这么一回事，你想岂不是他许了我？可是我虽没试过，却知道他说的实是真心话。今天可算真应了典，我就依着他办了，他有言在先，还能反复吗？"

翁大少道："哦，敢情他有过话，不过我还怕他是一时顺嘴乱说，到真有了这种事，他又不依了。"

碧琏道："你放心，我跟他过了这些年，还摸不准脾气？准没错儿，你若心虚，就在他眼前稍为避讳点儿。"

翁大少道："自然得避着他，我怎敢自己惹祸，闹出事来，还是小事，若把咱俩分开了，不得见面，那不是要命吗？"

碧琏道："咱俩永远也分不开了，我宁抛了他，也不能抛你。不过他待咱们不错，咱们不能坏良心，但得不分开，还是凑合着。"

翁大少这时既过足瘾，又放了心，而且想到从此永远有好朋友供养，和情人厮守，可以无忧无虑地享受下去，不由心中欢喜。碧琏对翁大少这样包揽担保，翁大少自然在放心之中，又感到得意。男子受女子的保护，固是怯懦行为，但却是醉心之事，翁大少哪懂得羞耻，只觉从此可以在碧琏羽翼之下，长受白衍芝的豢养，永远不忧贫窘了。当时自然和碧琏有许多温存，又问她怎样购得白面儿，你太辛苦了，外面黑街暗道，不害怕吗？碧琏道："我只为你着急，哪还顾得害怕。也一直没想起害怕，要不是我怎敢出去，出去也不敢回来了。最难的是没有钱，我出门先去找个熟人，跟他借钱，哪知他也正在手紧，我没法儿，只得强借了几件衣服，出去典当。真是倒霉，奔到当铺门口，正赶上人家关门上板，我强往里挤，老西儿往外赶我，叫明儿再来。我说了许多好话，又假说家里儿子害病，折腾要死，已经请大夫开了方子，只等当了钱再去抓药，你们若不行好，我的儿子这一夜就许死了，这样说着，他们才对付着收了。"

翁大少道："真难为你，会编瞎话。"

碧琏笑道："这瞎话不用编，我不是实在有个儿子在家里折腾得要命，只等我买药来救他还阳吗？若弄不了来，我的儿子真就许小命玩完，那不坑死娘吗？"

翁大少道："我又成你的儿子了？"

碧琏道："你不愿意吗？"

翁大少道："我倒愿意，只怕你承受不住，到时候又自己矮下两辈儿去。"

碧琏红了脸，伸手打他，二人又滚做一团。翁大少过了瘾，精神充足，就跟她尽情厮磨调笑，二人更是如胶如漆，恨不得打成疙瘩炼成块，恩爱到不可开交。碧琏使出昔日在勾栏所学，平日连白衍芝享受不到的温柔解数都施展出来，弄得翁大少晕头转向。学着汉武帝的说话：吾老是乡矣！再不愿从恋友流连于白面馆也。

但他在温柔乡中享受太多，竟忘了碧琏由外面回来，未关街门。又加贪欢忘晓，次日早晨，到十点以后，还在梦中。醒来时蒙蒙眬眬，似听房中地下有人走动，以为碧琏先醒已下了地，但方一转侧，只觉身旁尚有个并卧的人。不由吃了一惊，急忙睁开了眼，先瞧见碧琏仍在侧身而睡，一只玉臂伸在自己枕下，再抬头向地下瞧，几乎吓掉了魂儿，原来白衍芝正在地下，倒背着手儿，来回地溜达呢。翁大少虽得过碧琏的保证，但在本夫面前，公然拥着人家老婆高卧，这就好似贼人虽有本领，但身带赃物，遇到本主之时，也要害怕。何况白衍芝又来得如此突然，他吓得眼似犁鸡，浑身抖战，几乎利了小水。想要缩身退入衾中，把脸遮上，但又觉不是法儿，而且连动弹的气也没有了，只可瞪着眼瞧着白衍芝。白衍芝这时正背身面墙，走倒头儿，将转身走回。翁大少不敢和他对面，忙又低下头，自觉脸上热辣辣的，料着立刻还要增加热度，白衍芝必过来给几个嘴巴。他也不想躲，只把手在衾中推着碧琏，希望她醒来或有解围之术。这时白衍芝走到近前，在炕前立定。翁大少全身紧张，似乎四肢百骸，都有挨打的恐慌，心里更敲着大鼓，砰砰作响。

不料白衍芝竟坐在炕边，开口说道："你才起啊。"

翁大少听到这四个字，入到耳中，传到脑府，好像经过一度翻译，变成许多句话，内里包含着讥笑责问，似说你居然乘我出门，做出这样的事，想是贪恋温柔，过于辛苦，才睡得忘了时候。翁大少把这种寻常的一句话，竟给译成极尖刻的言语，简直不敢答言。

白衍芝又道："怎么，你还没清醒？我有事跟碧琏说，你快叫她起来。"

说着又问有纸烟吗，翁大少急忙由枕边寻着纸烟，颤巍巍地递了过去。白衍芝接过，燃火柴吸了一支，就走了出去。翁大少看他的安详态度，心中更慌，自思他这必是稳住了收拾我，此去若非上厨房拿菜刀，就是上外面喊巡警，这可不是玩的，我得快想法逃走。急得乱挣，不由手上用力，将碧琏狠掐了一下。碧琏才有些惊醒，娇呻一声，又转身向他拥抱过来。翁大少急红了眼，对这温存举动、旖旎风光，一点儿不感刺激，反而觉得气恼，又重重打了她一下。碧琏哟的一叫，才睁开了眼，见他坐起着衣，就问你干什么。翁大少咬牙抖手地道："你还这么……他回来了。"

碧琏怔了一怔道："他……他……哦，你哥哥回来了。"

翁大少道："可不是？他已经把咱们这样儿看了个满眼，可怎么是好？"

碧琏声色不动，反拉住他的手，打个呵欠道："他在哪儿呢？"

翁大少道："怎你还没事人儿似的，他出去了，不是拿刀，就是叫巡警，一会儿就大祸临头。"说着用力甩脱碧琏的手道，"你快松手，我得快走，别叫他抓住。"

碧琏的手被甩脱，却又揽住他的腰道："瞧你这屄小子样儿，值得吗？他可告诉你是去拿刀叫巡警了？跑你娘的什么，给我老实待着。"

说着用力一曳，翁大少倒在枕上，碧琏将另一手拥住他，又恢复了鸳鸯交颈的姿势，脸儿也偎上来，翁大少心急如焚，魂惊欲断，挣扎着叫道："你这是……怎么倒……这不是成心……哎呀，我明白了，简直是活局子，安心毁我……"

话未说完，已被碧琏一口香唾，喷得满面乱洒杏花之雨，底下又踢了一脚，衾中横生空谷之声。只听她娇声骂道："别不害你妈的臊了，居然说这种混话，我们做活局子害你？害你什么？你趁什么？想把你这身臭骨头剁碎了喂狗呀？"

翁大少听了恍然大悟,。自己疑心得未免有些自高位置，本来除了一副臭皮囊，就是一条穷命，还怕人家暗算？也不想有什么值得暗算，真不怪碧琏给口唾沫。他这样一想，才放下一半心，还有一半恐怕白衍芝不饶，仍想离开碧琏身畔，免得火上浇油。无奈碧琏把他紧紧按住，又跟着叫道："喂，你在哪里呢？"

随闻白衍芝在外面答道："我在这里。"

碧琏道："你可进来呀。"

白衍芝应了一声，翁大少又害了怕，低声央告，你快放开我，碧琏只做不闻，翁大少迫急无奈，只得将身向下一缩，掩藏了羞脸。这就像胆小的人，半夜听见有贼进门，就缩身入衾，作为自己看不见贼，贼也就看不见自己，但只情形稍为不同而已。他在衾中将头钻在碧琏肋下，提防着万一白衍芝一刀剁来，或是一棍打来，有碧琏臂膊挡着，不致伤到要害。方才藏好，便听白衍芝走了进来，碧琏迎着问道："你怎么昨儿没回来，叫我们好担心？"

翁大少听她说我们二字，意中包含自己在内，不由暗叫糟糕，你怎这样不懂事，在这时候还把我拉扯得这么亲热，岂不明成心勾他的火儿，白衍芝趁这碴儿闹起来。哪知白衍芝岂止不闹，简直没理这个茬儿，只叹口气说道："别提了，我几乎回不来。一去倒还平安，回来时竟在北京站上出了事。我那朋友也是太大意，成百两私货都已经出手，只剩了十多两零头儿，其实满可以抛了，或是送人。谁想他仍带在身上，我连影儿也不知道。到了车站，不料冤家路窄，遇见个好公事的检察员，把他的私货翻出来，立刻抓进局里。因为我跟他在一起走，也给捉进去，押了半天，方才审问。幸而我那朋友真够味儿，瞪着眼说不认得我，在站外方才相遇，因为借火吃烟，才搭了话，一块儿走进站台。我见他往外摘我，自然也随着说。又幸而我们从天津起身时，就防着出事失脚，买了车票，各自带着一张。回来时虽没想到这层，竟也照样把车票分开带着。问官见我那朋友说得结实，我身上又没有东西，更寻不出同伙的凭据，也就不能攀扯。不过虽然这样，也多亏那问官是个好人，他对我额外开恩，说论理有错拿没错放，不过你既没同伙的嫌疑，受这拖累，未免太冤。出门在外的人，也许指身为业，我特别可怜你，就取保出去吧。我叩了头下来，由官人押着出去取保，可是我在北京哪有熟人，勉强拢着个认识的人，人家也不肯担这沉重，白跟了半天，也没找着。到底还是求那押我的官人，把我那朋友给我的酬劳，完全转敬了他，才由他替我胡乱找了个保，把我放了。我又在车站上冻了半夜，身上分文没有，只可央告一个货车上押货的人，容我上去，充作他的伙伴，对付着回到天津，已然这时候了，你看我多么倒霉。"说着咳声叹气。

翁大少听着，心想原来他是遭了意外的事，满心懊丧，才顾不得理会我，可是也未免奇怪些，平常人便是病到垂危，若瞧见自己老婆和别人恩爱，也要生气吵闹。因为老婆是关心的人，谁也不能有这份涵养，可是白衍芝怎竟视而不见呢？想着不由信了碧琏的话，认为白衍芝必是真个抱着放任主义，所以不加闻问，碧琏也必是有把握，才这样镇定不惊，看来今天我也许平安无事，并且从此走了明路，永远无须顾忌了。但他想到这里，心方稍安，跟着又发了愁，因为白衍芝所事失败，空手而归，经济上定要发生困难。别事尚可，最要紧是自己还等他回来过瘾，没钱可怎么好。

他这里正为自己发愁，碧琏那里沉了半天才道："真是运气，巧事都叫咱们赶上了，好在你摘清身子回来，还算便宜。不过白跑了一趟，一个钱没落着，现在家里还等米下锅，再说大兄弟的白面儿也早抽净了，总得想个法儿呀。"

白衍芝叹气道："我若有法可想，还不去干这险事，实在没一点儿路儿。可以指望的，只有两个朋友，又都出了门，现在就出去想法，也不过一星半点，咱们开门偌大挑货，当得什么？"

碧琏道："依你说就没有一点儿指望，要等着饿死了。"

说到这里就住了口，房中空气突变寂。翁大少知道他二人正在相对发愁，不由自己也担了心，恐怕他们真个想不出生活之计，自己这食客就要没有依靠了，只可倾耳听着，希望他俩有一个能想出办法。过了一会儿，就听白衍芝道："也不见得永远没法儿，咱们这几年过饥荒日子，绝处逢生的事不是常有嘛？只是现在挤住了脚，实在想不出道儿，就是能抓个三头两块，也解不了的。依我说不如暂时减轻挑费，你上哪位干姐妹家去住几天，我也上朋友铺子里吃几天白食，哪时弄着了钱，再接你回来。"

翁大少一听，心中大惊，暗想你们都走了，我往哪儿去呢，这可万使不得。好容易得到这安乐窝，这样快就失去了，而且碧琏和我正在情热，怎忍割舍。想着就听碧琏已替他抗议道："依你说，我们的家就算拆散了吗？"

白衍芝道："不是拆散，只于现时救急。我手无分文，又想不出来路，眼看连饭都没得吃，不这样可怎样？"

碧琏道："这样我们俩都身去口去，可是大兄弟往哪儿交代，是你把人家招来的啊。再说你也看见了，当初你跟我怎样说的，现在我照你的话做了，你居然立刻就给拆台，还是气不忿吃醋啊？有得这时吃醋，当初何必许我。"

白衍芝听了，似乎十分着急，指天誓日地说道："你别错想，我若有那种心，叫我天打雷劈，不得好死。"

碧琏道："你不是吃醋，为什么出这拆家主意？"

白衍芝道："我没有别的主意啊。我向来没一档事、一句话对你隐瞒。我的事情和财源，也全在你心里。你替我想想，可是有路儿不走，成心挤罗吗？我们吃亏就在太大意了，只想着有钱存在那里，随时都可以取来，却没想到管钱的人会出了门。他也太荒唐，不该临走时没个话儿，这一去顶少一个月，咱们等他回来，还不饿干了牙？可是又没别的路儿，才挤得我混出主意，你不赞成，咱们可以另想。"

碧琏似乎气平了许多，沉吟说道："实在也真难办，咱们挑费是大的，要对付个月期程，真不容易。便有朋友，在这年头儿谁肯大注儿往外借呢？咳，你也别着急，咱们慢慢地想，事缓则圆，你大概还饿着肚子吧，先把我的旗袍跟斗篷拿出去当点钱，且顾目前，以后再说。”

白衍芝道：“当了你穿什么？再说眼前一点儿指项没有，哪时才能赎出来呢？”

碧琏道：“别管那么远了，反正现在吃饭要紧。还有大兄弟的救命神丹，也一时不能缺少，你就快拿去吧。”

白衍芝把衣服卷好，用包袱裹上，又问当多少钱，碧琏道：“何必问我，咱们不是用钱吗，自然越多越好。”

白衍芝才慢腾腾走了。翁大少听他脚步声出了街门，才从衾中探头出来，见碧琏支头斜坐，愁容满面，目眶隐有泪儿掩映，怔怔地望着对面的墙。翁大少忍不住说道：“你们的话，我都听见了，这可怎么好呢？”

碧琏摇摇头道：“我这不是发愁，真难死个人，也没有赶得这么巧的。你哥哥这二年虽没做正经事，可还混得不错，过日子轻易没个为难，还多少有俩钱存在外头。谁想到得现在竟会走进绝路，一点儿法也没有了。我方才心想，难道老天爷成心跟咱们过不去？莫非你我只这两日的露水姻缘，缘分一过，就得拆散了吗？你看我们家里，不存隔宿的粮。屋里又这么四个旮旯儿，一不进钱，立刻住辘干畦，没一点儿辗缓腾挪。若是不能想出弄钱的道儿，挤来挤去，终必挤到你哥哥说的那条路上，我上姐妹家借住，他上朋友铺子赶饭，那可就把咱们拆了，就是勉强在家里对付凑合，我们有天大能力，也至多能奔出两顿饭，你那一天好几块钱的救命丹，也万没法办，终归非离开不可，这不是摘我的心嘛。”说着举手掩面，呜呜地哭起来。

翁大少既难舍她的恩爱，又想到自己将失倚赖，不由也陪着落泪，却是一筹莫展，也说不出话。

碧琏哭着，忽然似有所触，揪住翁大少手腕说道：“你就舍得离开我吗？咱们热辣辣就这么散了，你……”

翁大少抽咽着道：“我怎么舍得，死也舍不得。”

碧琏道：“你舍不得，也该帮着想个道儿。”

翁大少道：“我有什么道儿。”

碧琏见他只装颟顸，不由心中发恨，用力掐了他一下，翁大少哟的叫起来，碧琏道：“我想起来了，你哥哥说过，你家里是大财主，只为生性爱逍遥游荡，不肯受家里管束，才出来游荡的。你这翁少爷，回趟家不就可以弄出点钱来，不说替我们救急，咱们也省得生生拆开呀。”

翁大少听了，磁咕着眼儿不语，碧琏又道：“我知道你回家就得受气，还许被禁住不能出来，所以不愿意回去，可是现在你只当为我，总得豁出去，干一下，弄点钱来，若是怕进去出不来，可以跟你哥哥商量，叫他给想个法儿，你肯干吗?”

翁大少仍是不语，碧琏不由生了气，心想你只想白吃，如今叫你回家弄钱，居然给我个聋子玩鸟，满没听啼，这是什么意思？想着不由把心里存着的话，说出来道：“你怎么不说话呢？难道你跟我是假的，情愿拆开，也不肯替我想法儿？你不是没法儿呀，我记得有一回，你哥哥说闲话儿，跟我提起初遇见你那一天，你跟一群叫花子打伙抽白面儿，以后你抽完了，就跟一个叫花说，你是真正的阔少爷，只为家里管教，不愿回去，只可在外面叨扰别人。可是早晚必然报答他们，因为你父亲有位姨太太，已经死去很久，你父亲念她的恩情，就把她的房间锁起来，里面东西纹丝不动，连她活着时的珠宝衣饰，也全照旧摆着。你打算日后回家一趟，偷进那间屋里，把珠宝全偷出来，足能值上几万，给朋友分分，大家全发回小财，不是有这话吗。你既肯为朋友那么热心，怎到我这儿就犯不上了?”

翁大少听着大瞪两眼，似乎十分惊诧，吃吃说道：“你这话可窝我的心，现在为你死了都愿意，怎说犯不上?”

碧琏道：“你别只动嘴，我先问你，方才我说的事，可是有的？你哥哥告诉我的话可是真的?”

翁大少好像回想久远以前，已濒于遗忘界限的旧事，凝眸怔了半晌，方才答道：“不错，我是跟个街头朋友说过这话。因为他们供养我一阵子，我当时没法儿补报，就这么许着过儿。”

碧琏道：“哦，你许着人家，办了没有呢?”

翁大少道：“办什么？我不是跟着就被白大哥带到这儿住着，连门也没出嘛?”

碧琏道：“那么你叨扰了别人，只许个空过儿，就算完了，真好心眼儿。”

翁大少听出她的话，是别有用意，指东说西，由脸上发讪，同时心里也明白自己被白衍芝优待、被碧琏恋爱的缘故了。但还没想到他夫妇早已处心积虑，只以为他们因知自己是阔少爷，才如此要好，希望日后可以沾光。不过现在恰巧赶上时候，穷得没法，才不得不挤罗自己，碧琏的话，直如明说我曾受他们供养，此际他们遭了困难，我若不想法帮忙，简直忘恩负义。我也实愿意尽心竭力，只是把什么帮他们呢？若直说不能，她必不信，因为他们已由我那番说话，认定是大少爷了。若是把自己的底细对她实诉，虽然可以使她断了叫我弄钱的心，不再相逼，但又怕反倒恨了我。而且她现在满心希望我给弄钱，我一说明，她必万分失望，在气头上或竟后悔上了我的当了，一时翻脸赶我出门，也保不定。虽然她和我正在万分恩爱，未必那样绝情，但方才她的话头已不好听，叫人想着害怕。翁大少辗转思维，终因恋着碧琏，恐怕一说实话，便要玉软香温之境，变成风狂暴雨之天，弄得一失足成千古恨。就把心思一转，打算向碧琏施展欺骗腾挪的手段，暂维目前局面，能维持一时，便享受一时。到了山穷水尽，再作道理。

说了半天，这翁大少到底是何等样人，他是否真是阔少，如其不是，白衍芝所听到的乞丐谈话，何以说得那样真切？他们并不知白衍芝窃听，又何故造作谎言呢？其实这里面原因甚为简单，事情也很平凡，只因有一个乞丐犯财迷，才使白衍芝上了大当。翁大少却一直处在被动地位，并未曾生心骗人，而只于事机凑巧，有人自愿受骗，他也就却之不恭了。

原来那有名的财主翁家，并没有翁大少这一号。不过他倒真姓翁，而且受姓之源，也由于那财主翁家而起。若没有翁家，他还不定姓百家姓中哪一个字。至于他何以姓翁，而却与翁宅有没有关系，何以旁人不疑天下万千姓翁的人，而单把他认作翁家少爷呢？说起来并无奥妙，只因他的祖上数代，都是那财主翁家的仆人，在昔日还存留着奴随主姓风俗的时候，他的上辈已在翁家执役了，所以本姓为何，至今还不可考。而且他家的上辈，也向来无名，只由主人随意唤以翁大翁二。好在他家并没有修谱的必要，若修起来，辈辈都以数字为名，未免易于混淆。何况主人命名，总抱着经济主义，不肯用三四以上的数儿，只固定在大二之间。老辈翁大退休，儿子顶替，仍旧呼以翁大，除非遇到特别原因，才会出个翁二。

这位翁大少自从托生人世，就是命定的仆役预备。但他天性高傲，不愿操那种贱业，从小儿就放荡不羁，长大时更不服从家长管束，竭力争取自由。他父亲脑筋陈旧，坚守古训，认为农之子恒为农，士之子恒为士，仆之子仍做仆人。在他十几岁的时候，就给带到主人宅中，先在门房替各位仆人打杂差，慢慢学习规矩，再升做跑上房的小使。因为主人妇妾甚多，年长仆人出入不便，小孩儿虽是男子，却是知识未开，和太监的祸根已拔有着同样保险性，故而可以和宫中太监一样加以利用。

哪知他升到跑上房的差缺，宅中各房头儿忽然不安起来。这屋里丢了戒指，拷问丫头，那房里短了现钱，辞退女仆。以后渐渐查出是这位跑上房小使做的事，于是主人打着问他，为什么偷东西，他也说不出为什么。再问他偷去东西如何安置，他直供都送进当铺或是卖给打鼓儿的。再问他变了钱做何用途，他本没有用途，不过见了东西就想偷。偷到手变了钱以后，再想花费办法。有时买了许多食物，不敢拿回家，只可在外面吃，吃不完就随手丢给街头乞丐。有时去看戏，独自坐在包厢里，买若干糖果，送给案目。有时去下饭馆，要十几样菜，大请堂倌。最无聊时，就雇辆洋车坐着，无目的地闲走，付以很高的代价。还嫌钱花不完，再学主人坐汽车在市上兜风。简直毫无做贼的原因，而他定要做贼，可见天生下流根性，主人就把他赶了。

他回到自己家中，重受父母养活。但是结习难忘，仍不断偷取财物，到外面乱花。闹得家中长期戒严，除了吃饭用具以外，所有物件完全封锁起来。他没的可偷，自然不偷，于是反像日渐很好了。他父亲知道他已无望继承先业，只可令其改途，荐入一家油盐店学生意。他见着店中货物繁多，故态复萌，得手仍偷点东西藏起来。因为油盐店没有很值钱的货物，他偷了也不一定变钱花用，常常很慷慨地送给人。结果又被主人查出，寻他父亲交涉。他父亲既赔罪，又赔了钱，把他领回家中，监禁了年余。他无恶可作，又看着好似不作恶了。他父亲终是望子成龙，觉得把他长久锁在家里也不是办法，何况岁数一年大一年，也许可以改过了，就又设法给他谋事。但仍怕他万一结习难忘，重蹈覆辙，尤其到了财货丛积的店肆，更易见猎心喜，又觉技痒。就特别挖空心思，给他寻了个“不见可欲，使心不乱”的地方，就是一家小学校，托人荐他去做堂役。

这家学校设在一座庙里，前院东西配殿，作为讲堂。正殿照旧供奉佛像，承受香火。后院便是和尚的住处，儒释两教，并行不悖。日日书声梵呗共鸣，佛磬并铜铃齐响。因为教员不肯住庙，全和学生一样，朝至暮归，因而只有讲堂，并无宿室。所以这学校内除了几样桌椅以外，就是粉笔黑板，最贵重的东西也只一只大铜壶。就是妙手空空儿到来，也寻不着可偷之物。这是他父亲费尽苦心，特寻的保险地方。但是没料到有利便要有害，他虽然人到这清寒之境，不致引起盗心，但是每日工作太少，一到夕阳西下，师生一齐归去，只剩他一个人守着绝大院落，独居斗室。如何耐得寂寞，自然要出去游散，出游便得用钱，他的区区薪工怎能供给，于是反逼得非做贼不可。

虽然学校方面没有生发，幸而临附还有指佛吃饭的和尚。和尚既有庙产，又常出去念经挣钱，收入甚丰，私下生活比小康人家还要讲究。禅堂之中，百物俱备，就引起他的兴趣。又见和尚们生活得太舒服了，除了跟女性交际不能公开外，其余一切享受，都落在他眼里。和尚香积厨里养着一位由忠信堂饭庄退职的烹调名家，给做燕翅参唇的拿手好菜。常常由后院送过美馔浓香，似乎对他这吃咸菜大饼的清苦肠胃，表示骄傲。和尚们每日出去念经，穿着僧衣，虽讲究也到不了哪里，但回来私室燕居，宛然财翁势派。夏天这个纺那个纱的半僧半俗衣服，房中还设有冰箱，开着电扇，冬天则狐貂之裘、虎皮之褥，煤炉电炉，一应俱备。最可爱的是那位住持的私室里，还有一台高价收音机，每当茶余酒后，开了消遣。但和尚以山林寂灭之身，居然和摩登科学之物发生关系，未免过于不伦不类。好在当这二十世纪大时代中，人类都力图进化，和尚也是人类，怎能固步自封，甘心落伍，自然也要享受物质文明。

不过有人说这位住持的物质文明，是他仗佛法交换来的。据说有位青年守节的女檀越，因为空有财产，毫无快乐。感叹今世凄凉，自知前生造罪，欲谋来生幸福，须及今世修行。于是逢寺烧香，逢僧舍米。不知怎样和这位住持遇见，二人都发现了对方有着佛法上所谓前缘。于是住持就运广长舌，施大法力，对女檀越大讲其空空色色，色色空空，非空非色，即色即空，逢空有色，见色无空的绕口令大法，说得天飞花雨，石点顽头，说得女檀越似醉如痴，失魂落魄，因而一心皈依，做了个人的特种信徒。但那女檀越好善而不欲人知，一直把和住持的关系掩饰得极为严密，向来未到庙中来过，只是庙中却沾了她无限恩德。住持的一切享用之品，全由女檀越以敬师的善意，布施而来。大约这女檀越爱好摩登，所以这住持的生活起居，才和时代发生关系。但是女檀越的堤防虽严，无奈千里长堤终要溃于一蚁之穴，这蚁穴就是住持的嘴。他起初虽尽力忍耐，不使人知，只是事情过于得意，又加经年累岁，忍耐力渐次消失，何况还有许多钦羡他的同行，想要套问底蕴。于是终被酒的钥匙打开他严封的秘库，把收得好徒弟的事，宣布出来，可就防人之口，甚于防川了。没几天工夫，住持的艳史便流传众口，无人不知。

住持虽然后悔不及，但他还能补救。因为墙虽透风，所幸还有一层隐幕未曾揭开，就是女檀越系属何人，说法地在于何处，自己既未泄露，他人也无从探知。以后只严守这道关口，使人抓不到真凭实据，那就谣传终于谣传，不足为害了。住持果然特别加了小心，以后并没被人探出形踪，风声也渐平息下去。然而他享受过奢，旁人嫉妒仍不能免，于是他的房中一开收音机，或是穿了好衣服摇摆，就必有人背地给他歌颂功德。

翁大少由人们口中得知住持底细，不由痛恨和尚中竟有这等败类，于是发生了反对的意念。几为唐朝韩愈的继承人，但不似韩愈那样止于空谈，竟而实地做去。不过实行方法，在韩愈所谓“人其人，火其书，庐其居”以外，另创个偷其物的新例。

那住持每隔三两日，便要失踪半天。翁大少趁着他失踪时候，下手去偷东西，偷了便去变卖。那住持虽然发现失盗，但苦于有些被盗物件，不好列入清单，就未曾报官，只可自己谨慎。无奈防不胜防，翁大少技术巧妙，只拣他不可告人的东西偷取。在那住持没法可施中间，他已大得其法，陆续行窃，陆续变钱，因而也陆续学会进妓馆、进赌局，以至于学会了吸鸦片。

但那住持房中有犯清规之物已渐次偷尽，有的被收藏或是寄顿他处，翁大少渐感不能得心应手。觉得若偷平常物件，何必单偷他这有防备的，不如向别个和尚房中试试妙手。无奈别个和尚并无额外物件，他一时需钱太急，就偷了两件僧袍去当。这一下可巧了，那穷和尚舍命不舍财，竟一面报官，一面自行踩访。走遍了市中当铺，因为僧袍并非常见之物，很容易就寻着了。一根问典当的人，便把翁大少行窃证实。方要捉他，他先已闻知风声，脚底揩油跑了。不知到什么地方躲了些天才又回来，人并没有改变，只于把鸦片烟瘾改为白面瘾。

回到家中，被他父亲驱逐，只可流落在外，做些偷鸡摸狗的事。因为结识了许多乞丐，在外面苟延残喘。好在他所交结的乞丐多是吸毒朋友，大家颇能在互惠条件之下，做着互助行为。因为大家都穷，个人不能独资购买白面过瘾。譬如白面馆最低售价是两角，而他们每人仅有数分钱，就大家联合出资购买，买来或是按股均分，或是燃着同吸。有时赶上某一个人没钱，也可以得到同道的慷慨分赠，许其加入闻一鼻子，或吸一口儿。到这人有钱时，也要尽其报施公道，所以这一群中倒是很有义气。

翁大少就借着同道的义气，才得以维持瘾士生活，不致倒毙街头。但他有时叨扰旁人次数太多，久不酬报，惹得大家不满。将受驱逐的时候，情急无计，就跑到翁公馆去找他的父亲，任凭打骂，拼死要钱。他父亲既怕同人耻笑，又恐惊动主家，结果总得给他几文。他拿了就走，到穷急时再来。他父亲痛心疾首，并无办法，最后气得生出决心，就对翁大少表示，这是最末一次给钱，以后若是再来，定要把你送逆，并且告发吸毒之罪。翁大少拿了他父亲最后的赐予，心中也知道再无后望，从此得绝踪于翁公馆之门了。

哪知天不绝人，竟而机缘凑巧，有个同道的乞丐正走在翁公馆左近。看见他由门内出来，他的父亲在后追送，叫着："少爷，我可都跟你说明白了，你再来可自己估量着。"他父亲本来恨他入骨，才把少爷作为他的尊称。一则讥刺他的荒荡无行，一则表示跟他断绝关系。后面那两句，是警告他不得再来。那乞丐不知就里，只见翁大少大摇大摆从门内出来，又有个老仆模样的人，随着说这样的话，不由大为诧异。就跟着翁大少，向他询问。翁大少当时并没想吹牛，只漫应不答。那乞丐自己猜疑，以为翁大少既然姓翁，又向翁公馆出入，有仆人向他称呼少爷，认定必然有着渊源。就问他和翁公馆可是一家，翁大少不语。那乞丐反疑他因为自己堕落，不愿辱及家门，又絮问不已。翁大少仍不答言，告辞自去花用所得的钱。但那乞丐自以为发现秘事，就向同道人谈论。大家把这事辗转传说，渐渐失去真相，竟坐实翁大少是那翁公馆的子弟。

等到翁大少把钱花得将近完了，又回到朋友群中穷磨。大家对他不由生出敬意，纷纷盘问根底。翁大少看着众人情形，忽然想到可以利用他们的猜疑，得到意外的便宜。于是念头一转，就信口开河，自称确是翁宅大少，只为生性爱好游荡，宁可在外忍受贫苦，也不愿在家受礼法拘管。有时回家弄钱，常被囚拘不放，所以更不愿回去。上次因为穷极，只可回家一走。不知家里正预备要把我捆起来锁入空房，不叫再出来丢人。幸而有个老仆，拦住我告诉消息，我就没敢进门，又溜出来。接着又夸说家中富丽景况，大家听直了眼，想对他特别巴结，把食物相赠。到买白面的时候，他不出资，也没人计较。翁大少得了便宜，自觉得计，因众人乐于巴结，渐渐视为固然。常常受着供养，自己也不想法弄钱。但日子久了，那班人起初巴结他，只出于一种势利之见，好像结识了阔少，必有好处。及至发现只受损失，不见好处，就把心冷了。翁大少看得明白，知道长此以往，自己的优越地位便将失去。他们所以巴结自己，只由于一时兴奋，到回过味儿来，就要觉着不上算了。若要延续这种享受，必须给他们再进一些兴奋剂，使其都抱着将来希望，方能甘于现时吃亏。

主意打定，就对众人装作谈论家事，无意中提起家中有位姨娘去世数年，老头儿为纪念她，将生前所御珠宝衣服完全封存于住室之中，永不许他人进内的事。并且夸说那些遗物的价值，自己早已存心偷窃，将来必有一日冒险回家，弄将出来。其实他这假话并非完全虚伪，翁公馆确有这样一件事情。不过那被纪念的并非他的庶母，所谓老头儿也不是他的父亲，至于那封锁房间中的首饰衣服，他也并未目观，只得诸传闻，更不能晓得价值。不过那班人听着却都信以为真，人人盼着将来他把那些东西弄了出来，便可囊橐充盈。谁跟他相好，谁便得以分润。但朋友要预先交结，若到他有钱时再巴结，就挨不上个儿了，于是翁大少的生活又有了一个时期的安定。这班人真肯委屈自己肚子来供给他，有的买了白面必请他先行过瘾，有的竟把自己的整齐衣服给他穿用。翁大少给他们注射了兴奋药剂，又把局面维持了一个时候。但不久药力又减退，他只得把这件事常常提起，叫人们记忆着有些希望，便可不断对他供给。无奈这样口惠而实不到，仍是不能叫人满意的。于是就有人说，我们尽力供养他，已经过了许多日子，算算倒是为什么，若为想他好处，他的好处永远挂在嘴上，只说不办，我们供养到何时是了？

大家想想这话不错，便向翁大少说："我们力量已尽，你许着叫我们发财，也该动手了。"翁大少没法再拖延下去，只可变计地要求说："要想去偷东西，必须回家住一些时候，方能寻机会行事。不过我一回去，就得先被监禁起来，起码也要过十天半月，方可以托人讲情，得以自由行动。这十天半月里，家中万不给白面抽，岂不要瘾死吗？你们若要我去动手，就先给预备足用一月的白面，我带在身上有恃无恐，才敢回家。若是办不到，那就只可耐烦等着。我几时弄到一点儿外财，再去实行。"

人们听了，觉得他所说也是实情。若不携带粮草，回家一受监禁，真个性命有关。大家都是同道，深悉个中甘苦，怎好强人所难。但是给他凑一月粮草，实在非力量所及，人人都吃早晨没晚晌的，要凑几十元出来，岂非做梦？就都没说话。翁大少还恐怕冷了他们的心，又常常谈起自己正在设法弄一笔钱，几时到手，便可实行。你们不要灰心，终究有日办到。这样又维持了几日，但众人因希望甚远，终在缥缈之中。而目前损失却是事实，都有些担负不起。渐思设词逃避，个个向他告穷诉苦，虽然供给未全断绝，却也不能充足了。

翁大少正在无计可施，恰巧遇见白衍芝走到他们的露天俱乐部，听到乞丐的私语，竟误认翁大少是位阔少。本来世事无奇不有，白衍芝又久处下流社会，常见到这种甘心堕落的富家子弟。以前曾有个大盐商家的少爷，专在三不管交结走江湖的无赖，和他们同食同寝，供给他们挥霍。后来被家中捉了回去，将要活埋，不知怎么被他逃脱，居然跟无赖远走高飞了。但过了二年，在某租界中发现了一种男娼，就是变相的相公下处。被地面上访知，前去捉拿。捉着三个男扮女装的少年。一加审问，内中一个竟自称是某盐商的儿子。就给他家中送信，那位大盐商派人去看，果然是失踪的那位少爷。不由羞愤难当，一气害病身死。那位少年判罪之后，刑满出狱，就不知所终了。白衍芝曾亲眼见过那位少爷，所以听信乞丐说的话，认定翁大少来历可靠，大有生发。才把他带到家中，千方百计地逼到这个分际，叫他在碧琏的爱情压力之下，自动地实行以前对丐友们言而未行的约言，在白衍芝以为他已入牢笼，万无一失，碧琏也因信了白衍芝的话，以为自己做得时机成熟，只待翁大少如命行事，便可坐食佳果了，只无奈翁大少实际不是他们理想的角色，许多心血、无限牺牲，都要付诸虚化，成为笑语了。

但翁大少这时心中虽已明白白衍芝夫妇利用自己的心理和对付自己的设计，但不特毫无愤恨之意，反而自己抱歉不是真阔少，没法副他们的愿望，报碧琏的恩情。就和医生一样，空有割股之心，惜无返魂之药，只有徒唤奈何！但他这医生和普通的不同，既跟病家关系深切，又已收过包治费用，无形中担负上治愈他们穷病的责任。而且还被病人拉住不放，若不给好治，恐怕病人就要掐死他一同做鬼。便是再说回天无力，另请高明，退回包治费，也不能得到病人饶恕，何况他没法偿还那算不清的账呢？

翁大少只有瞪目发呆，听着碧琏的数落。碧琏骂他没良心、没情义，肯给那些要饭朋友弄钱，到我身上就不成了，敢情我还不如那群花子。可惜我这一腔子热血倒给你了，我并不是非得指着你，你来了才几天，我们这些年都怎么活来。我只气你太没良心，你爱管不管，好在我也知道你对我比冰还凉，没有什么恋得住你，你该走就走吧，我们也好出去讨饭。说着又哭，可戮死我的心，这才是养汉老婆叫狗占去便宜，声说不得，简直不如死了吧。

翁大少听她且哭且诉，觉得势头不妙。今天若没个切实办法，恐怕她跟我没完。听她口气，只认定我存心诿避，不肯相助，却还未疑我是冒牌。我现在若说出实话，固然可以叫她死心，可是必然恨我欺骗。在气头上，不知道要做出什么事来。翁大少只为害怕而又贪恋，就不敢坦白否认，也不敢承认。听着碧琏数落，心中焦灼欲绝。忽然念头一转，不由自己骂着自己，真好糊涂，既知道若真说不是大少，碧琏必不轻饶。若承认是大少，就得给她办事。这固然左右为难，但看现在情形，我再颟顸下去，是万万不能了。是真是假，总得承认一面。我若实说不是大少，立刻被赶出门，还是好的，只怕碧琏就许咬我两口，我怎么那么傻呢？不如一直冒充下去，给她给来个缓军之计，起码还可以多享受几天。便是他们定要逼我回家偷盗，我还可以用搪塞那群穷朋友的话，来对付他们。他们不能供给我的粮草，那就怨不上我，若是真给筹备十天半月的白面儿，我就带着了逃跑，总比空手出付出便宜。那样虽对不住碧琏，也顾不得了，谁叫她逼我呢。

想着主意已定，等碧琏说得告一段落，又指脸问他："你可说话呀，装哑巴也忍不过去，我非挤出你的话来不可。"

翁大少这才开口道："你叫我说什么？"

碧琏道："你可出的声儿，我叫你说痛快话，肯不肯救我一步。你怎么肯帮别人，到我身上就变了没事人儿，看我急死也不理会？"

翁大少道："你别冤枉我，我什么时候帮过别人？只不过说说罢了。"

碧琏道："说说还倒是有这份儿心哪，跟我连说也不说。"

翁大少叹气道："我可怎么说呢，你知道我多么为难？不错，我家里是有这么一间房子，房里是有值钱东西，我回去也偷得回来。我真为难死了，你还埋怨我，实在太不明白我的心。"

碧琏道："你的心怎样，有什么为难，痛快说啊。"

翁大少嗫嚅着道："我……我真不好说……论理你就该明白。"

碧琏道："我不明白。就是蛔虫，你尽自不张口，也不能进去看你的心。就快说吧。"

翁大少咳了一声道："我不开口，就为不能说啊，这话能对那群人说，怎能对你说？我的眼也不瞎，既看出你们的情形，怎……咳，真叫难……"

碧琏急得拧着他的嘴巴道："你就别难了，若再这么吞吞吐吐，我可骂街了。"

翁大少被拧得啾啾叫着道："你放手，我说。还是那句话，我回家去弄东西，是可以的。只是……咳，谁叫我有这缺德毛病，不带粮草不敢回去，我又不好意思跟你说。"

碧琏道："哦，你说是可以回去把东西弄出来，只要带些白面儿。恐怕被家锁住了，犯瘾受罪。这你为什么不痛快说，成心怄我。"

翁大少道："你想想，我怎能说。白大哥方才急得那样，出去当当买饭吃，眼看就要一家分散了，我怎能在这时候叫你们给买几十块钱白面儿？不是成心挤罗人吗？你们若有这力量，还不致着急呢。"

碧琏听了，立刻心中一块石头落地。自思这小子敢情为这个不言语，他倒是实心眼儿，把白衍芝的装作信以为真，就不敢提起他的需要。这半天我见他不作声，还疑是来历上有了问题。却原来他竟是对实行上感觉困难，真把事情全缠错了。想着不由把对翁大少的疑心完全消释，同时把希望又提了起来，就骂道："浑小子，你为这个发愁，就直说又怕什么？我们可以大家想主意，办不到就拉倒，谁还能怨你讹人？本来你有这个毛病，就不能不打算呀。只顾你闭口无言，倒把我闹迷了门，还当你没把我放在心上。我的脾气又急，若是为这个伤了咱们情义，不怪冤的吗？真你娘的想不开。"说着又拧了他一把，但这一拧却在指尖上带着风情，和以前大不相同，并且部位也有移动，于是翁大少觉得疼中带痒，也就不叫而笑了。

碧琏既得了希望，又恐方才的举动过于狠厉，惹他暗地思量。就在雷霆之后，重施雨露，用柔媚手段笼络着他，一面用语言套问他家中的情形和宝库的内容。翁大少只可仍旧信口开河，乱说一气，但还未说出大概，白衍芝由外面施施然进来。手里提着买来的午餐饭菜，进门放在桌上，又把一包白面递给碧琏。碧琏就问东西当了多少钱，白衍芝无精打采地道："老西儿太狠了。拿东西去当，就好像卖给他似的，给批个分文不值。什么成色太低，不及足的值钱。什么料子里有麻，不如布的结实。那还用他说？反正是成心杀价，恨不得白留下才好。总共那几件才给了十一块钱，多一个也不添，我赌气不当。哪知到第二家，比他还少给了一块钱，再到第三家，更矮下几毛去，只好仍回头一家去当。哪知老西儿说，你到别家当过了，都不如我给的多，才又回来，这时我也后悔给太多了。你要当，拿九块钱去，多了不要。你听听，不要气死人，还是我说了许多好话，才当了一张大票儿。买了些白面和饭菜，就花出去一半，剩下的至多再对付一天。"

碧琏道："你不要发愁，我们有了活路儿了。不但有路，还许能大抖一气。"

白衍芝一怔道："哪里来的路儿，天上掉馅饼啊？"

碧琏笑道："这也和掉馅饼差不多，本来想不到么。你走后大兄弟就跟我说了，他家里有的是金银财宝，不过向来怕被家里人捉住监禁，所以总怵头回去。现在见我们为难，他忍不下去，打算冒险回家一趟。”

白衍芝听着，还故作不解道：“他的家，他寓在哪里？”

碧琏道：“瞧你这记性？前几天你不是告诉过我，说曾听几个花子提起大兄弟是财主翁家的少爷，他有一个去世的姨娘，房里存着许多值钱东西吗？”

白衍芝道：“哦哦，不错，我因为不信那种事，所以当笑话跟你说，说过就忘了。若不是你提头儿，我还想不起来，那么大兄弟真是翁宅少爷了？”

碧琏道：“那还假得了吗？他真够朋友，自告奋勇，不过就是一件事为难，他回家得预备一点儿粮草，起码要几十块钱，你可有法想吗？”

白衍芝心想碧琏必是已把他说服了，答应回家行窃，这固然千好万好，但几十元钱现在既不易筹措，而且这翁小子奸猾难测，上次在破烂市已看出他善使花招来了。倘若他家中东西容易偷盗，何以他迟久不去下手，可见必有难处。现在他也许是被碧琏逼得不能不应，实际仍然畏难退缩，那就不定安什么主意。我倘若真凑几十元给他，他就带着逃跑不再见面，我又上哪里找他去？看来这事必得想个主意，不能大撒手儿把钱给他。不过他要求的也在情理，若没有足用的白面儿，大概他宁死也不敢回去。我想叫他回家行窃，这笔钱万不能省，可是又不放心，除非我跟定了他。只是他家里怎能容我进去呢，想着踌躇无计，只可答应着道：“大兄弟肯帮我们，真太好了。只是这笔钱没法办，等我慢慢打算，几时凑足了钱，再请大兄弟辛苦一趟。不是我说，你家里也太狠心了，他们洋楼汽车，像神仙似的享福，怎该单把你打到肚皮以外？就是你不务正，不长进，给家里现眼，可是你终是翁家正枝正叶，在股在份的呀。论理就是每月给千儿八百，供你在外面高乐，也是应该的。如今竟把你的权利都取消了，回家还那么惩治，真是可气。所以你就回去偷他们几万，也说得讲得，这是拿自己应得的份儿，不能算做贼啊。”

翁大少听着只可点头，心想你的高论确是有理，只可惜我并非正枝正叶。若去偷盗，不算做贼，难道是做强盗？倘若我真是翁家大少爷，还劳你说，我早已把本身应得的份儿讨到手里，移居到白面馆，尽量享受。不把财产抽尽，不会出来，你也没机会遇见我了。这时白衍芝又说将来大兄弟行事成功，大家将要怎样快活，又向碧琏调笑道：“那时你就抖起来了，大兄弟给你做几箱好衣服，也可以出去坐汽车，听大戏，吃大菜，享几年福，补补向来所受的苦。”

碧琏呸了一声道：“不劳你费心，他弄来钱，我们会享福。”

翁大少听着，也明白碧琏这是明给自己灌米汤，竟当着丈夫的面，表示和我结为一体了。但白衍芝却毫不在意，只说饿了，催碧琏去督着李嫂快做饭。碧琏走了出去，只对李嫂交派一下，就全委她办理，自己仍要回房休息。不料白衍芝已溜出来，进了南屋，站在门口向她招手。碧琏过去，二人同入里间，喁喁私语了半晌。结果碧琏接受白衍芝的意见，这一来翁大少可遭劫了。原来白衍芝叫碧琏向他探问翁宅内里情形，若是有法出入，就逼着翁大少做向导，由白衍芝亲自冒险，去跟他偷窃。这样既省得张罗钱，也可及早收功，只于危险甚大。好在翁大少是他们翁家的人，必然深知内情，便于行事。而且还有一种保险之处，就是万一事败，被获遭擒，他们看见自家的人，必然顾惜脸面，不敢声张。便是把翁大少抛开，要单独将白衍芝送官，白衍芝也可以咬出翁大少为要挟，使他们不敢不从宽释放。这是白衍芝聪明头脑所想出来的，他认为这样办法，有利无弊，至大落个徒劳无功，万不会反遭损失，才向碧琏竭力主张。碧琏也觉这办法好像老鼠偷吃玉瓶里的油一样，最失败只于偷不着油，主人顾惜他的玉瓶，绝不敢打，真比买了保险还稳当。若还不敢去偷，不是呆老鼠吗？白衍芝既得了碧琏的同意，就怂恿她去和翁大少商议，务必叫他依计行事。

碧琏应着回入北房，先和翁大少说闲话，探问翁宅情形。翁大少在那里跑过上房，自然熟悉，不用费思索，便说得头头是道。碧琏由他的话中，知道翁宅人口虽有二十多位，但房舍却有四五十间，而且除了三四个男仆以外，上头只有三个成年男子，其余却是妇孺。就道：“你们家房子可够旷的，又没有几个男子。你这人真没出息，我若是你，白天不得方便，夜里也要溜进去，见东西就拿出来，也出口气。凭什么他们受用，叫你在外面流落呀？”说着忽哦了一声道，“我想起来了，现在你这么干一下不好吗？”

翁大少问道：“怎么干？”

碧琏道：“我听你一说家里情形，你觉得未免打错了主意，简直出南门上西跑，成心绕远儿。何必明着回去受气受罪，简直抽冷子溜进去得了。你家房子那么多，不是没地方藏，等人们都睡了，你带上家伙，撬开那间存值钱东西的房门，来个卷包会，多么痛快。就是运气不好，叫家里捉着了，你是正支正派，他们得护着脸面，绝不能把你怎样。若是捉不着你，就发财了。”

翁大少听着默然不语，碧琏又道：“你看我这主意怎样？”

翁大少道：“我没这么大胆子，再说也没干过这种事。就能溜进去，那间房上着锁，我也干瞪眼儿。再说我家里若捉着我，就不送官，这顿打就够受的，打完还得给锁起来，永不能出世。”

碧琏道：“你真是厌种，没一点儿胆子，想喝鲜鱼汤，又怕烫了嘴，真难为你是男子汉。我若是你，哼哼，那还说什么呢。你既害怕，那么叫你哥哥跟着去，保你的驾。你只给引路，叫他动手。若是有了失闪，他给抵挡一阵，叫你跑开，这样还不稳当吗？”

翁大少听着碧琏的话，心中暗想，你真说得容易，白衍芝保我，谁又保他？他也许是个撬窗拨门的老行家，能把东西偷出来。可是说能保护我，那才叫哄小孩子。他有什么能为，只怕一行破露，先要拿腿逃跑。我这两条腿好像木头似的，准跑不开，被他们捉住。从我父亲那儿就得报官，主家治贼，父亲送逆，两下夹攻，小命儿准保玩完，你还当我父亲是主人哦。想着心中更是为难，但又不能说明苦衷，也不能央告别再挤罗，只可还给她个装颟顸不言语。碧琏心里早已打定主意，非得逼他答应不可。就仍啧啧不休地劝导怂恿，最后见翁大少总不搭茬儿，就改变做法，住口不说。过一会儿饭也做得了，端到屋里，白衍芝进来同吃，大家无话。饭后碧琏把白衍芝调出去，告诉他并没说服翁大少，必须另想办法，就附耳教给一条计策。

碧琏回到房中，和颜悦色和翁大少说话。又坐在他身旁，把盛白面的包儿打开，放在桌上，替他装入纸烟里面，让他抽着，同时表演恩爱动作。正在情致缠绵，忽见白衍芝走了进来，顿足叫道，“你去看看，又来了要命的事。”

碧琏问什么事，白衍芝道：“债主来了。街口米面铺的掌柜蹲在门外，我不该出去，被他抓住，一定要我还清欠账。今天若是不给，他就喊巡警归官司。我对付了半天，他一口咬八字，只是要钱。我只可答应他折兑钱，才放我进来，看来要搪不过去，你出去跟他说说。”

碧琏咳了一声道：“怎么单今儿来挤罗我们，这才叫越渴越吃盐。我出去瞧瞧，这米铺小子比谁都难惹，我真怵他。”

白衍芝道：“你到底比我强，总得想法能把他搪走。”

碧琏道：“你说得好容易，打算是杂货铺的老曹啊？像老曹敢情好办，咱们只纸烟就欠下他百多盒儿。他那一阵天天来要，我只给他个嬉皮笑脸，他昏了心，也跟我玩笑。我就故意逗他，逗得够了劲儿，他竟跟我动手脚。我抓住他的小辫，立刻翻了脸，打了两个嘴巴，要打官司。他吓傻了，央告了半天，我才开恩饶他。从那一回，他再没敢登门，想是忍了肚子疼了。这米铺掌柜是倔死爹的脸子，见了煮饽饽都不乐。我上回给他摆个道儿，他一点儿也不肯上套，简直是块木头，没缝儿下蛆，只可动真的了。”

说着就走了出去，过了半晌方才回来。白衍芝问怎样了，碧琏道：“我真遇着冻豆腐，办不动了。白白说了多少话，他不跟我交代，只说找你要钱。今儿没钱，他非打官司不可，叫巡警拉你出来。”

白衍芝道：“这怎么好，他还在外面等着吗？”

碧琏道：“我算好歹把他对付走了。”

白衍芝问：“怎么对付走的？”

碧琏道：“给钱啊，还有什么法儿？”

白衍芝叫道：“你给他钱了？拿什么给的？”

碧琏道：“就是方才当当来的钱，我全给他了。他还不依不饶，叫我费了好些话，才央告走的。”

白衍芝道：“你都给了他，咱们可怎么办？你太糊涂了，若是打算给钱，我又何必叫你出去。”

碧琏听了，立刻沉了脸儿，伸手一拍桌子，叫道：“浑话，不给钱他可得走呀……”

话未说完，猛听旁边有人喊道：“哎哟，糟了，全撒了。”

碧琏回头一看，原来自己一拍桌子，把盛白面的纸给带到地下，桌前起了一圈白雾。翁大少蹲下身喊着，伸手乱抓。碧琏暗自发笑，但装作失惊，口中叫着：“这是怎么说的，我没留神。”跟着也蹲下帮他去拾。无奈那白面数量既少，质地又细，一落下地，就散入空气之中，成为烟云。但地下也落了一层白霜，翁大少用手抓挠，抓到手里，变成黑色尘土。因为地下好几天没扫了，积尘比铜钱还厚，白面落在上面，虽看得见，但只极薄一层，不及尘土厚度的百分之一，所以一抓起来，就只见尘土，不见白面。翁大少在地下抓了半天，倒把白面全给混入土中，不见踪迹。这时若要叫白面还原，除非把尘土扫起，放在一处，跟着从阴间把去世的法国居里夫人请来，花数十万元买一份化学器具，请她用那从沥青中提炼镭的方法，把白面由尘土中轻提出来，除此以外，绝无别法了。

翁大少弄得十指乌黑，最后知道绝无希望，才立起身来，但仍望着地下，不住甩手跺脚。碧琏似乎十分心疼，说了许多怨自己的话。白衍芝口中啧啧作声，连说真可惜，好几块钱就这么完了。翁大少也无话可说，只得瞪着眼儿，坐着低头叹气。他知道白衍芝夫妇手头余款已罄，这是自己最后的粮草，竟会无意中给损失了，想再买恐怕不易，不由万分难过。他本来已吸过几口，差不多把瘾过足了。若是没有这件意外，他很可以舒服三两点钟。但因为这一失去，不知怎的竟又犯了瘾，似觉方才并未抽足。而且经这一阵焦急，把力量都销了，身上又酸起来，立刻感觉需要。这就是心理作用，譬如有饭吃的人，若赶上事忙，顾不得吃饭，就空了一天肚子，也许不觉难过。但是没饭的人，明明才吃饱早饭，因为心中盘算晚饭还没着落，就好似消化特别加快，一会儿就觉饥饿，没到晚饭时，已经感到心慌难忍了。翁大少就为这种缘故，当时便犯了瘾，心中慌乱，身上出汗，但没法要求白衍芝再给备办，只可坐着发愁。白衍芝夫妇也陪着发怔，三个人都好像练习因是子静坐法，各自低头不语。这景况一直继续下去，没一个人开口打破沉寂空气。内中只有翁大少一人有话要说，无奈说不出口，碧琏和白衍芝安心不说话。这样过了很大工夫，白衍芝夫妇过得容易，翁大少却过得艰难，时刻都在焦灼痛苦之中。直到天将黄昏，翁大少可忍不住了，通身上每一丝肉都在刺疼，好像受着鱼鳞细剐，每一条筋都在抽挛。好似得了烈性虎列拉的病，肚里五脏都在跳舞，好似有无数毒虫在里面钻动拨弄。虽然倚着板墙，咬牙忍耐，但禁不住身体抖动，震得板墙簌簌有声。

他这时百无所思，只想过瘾救命，只求能得一撮白面，就用性命交换，也在所不惜。大约嗜毒的人，最危险、最勇敢、最肯牺牲、最能做出无耻失志的事，引起旁人的绝大恶感，全在这种时候。因为这时只想解除痛苦，付出任何代价也在所不惜。报上常见的逼妻为娼、卖女做妾，以及种种人类所不能为不忍为的事，他全做得出来。所以嗜毒的人，本是慢性自杀，自害自己，于人无害，然而社会上人人痛恨不齿，就为这种原因。翁大少明白白衍芝夫妇正在困坐愁城，连吃饭还没法解决，自己势不能再要他们去买白面。便开口要求，事实上办不到，也是白讨无趣。但虽想得明白，无奈毒瘾不许他明白，越来越忍不住，就打算开口哀告。但当着白衍芝还有些不好意思，希望他能出去一会儿，好对那爱自己的碧琏说私话，央她设法。哪知白衍芝竟在屋中耗上了，由日暮到黄昏，由黄昏到上灯以后。所谓上灯，是指着别的人家，到这时早已上灯了，至于他们屋里却一直在黑暗之中，每个人都似塑在原坐地方，谁也不曾移动，更莫说立起点灯了。翁大少越盼白衍芝出去，而白衍芝越像木雕泥塑，简直定在那里。

翁大少忍无可忍，最后由痛苦中生出勇气和决心，就要开口直说。幸而他的坐处挨近碧琏，就伸手去拉她的衣服。连拉了几下，碧琏才如梦方醒地失惊说道："哟，你啊，你做什么？"

翁大少吃吃了半晌，并没说出话来。一半因为不易措辞，一半也有些故意装作。他以为碧琏必能由自己的情态上悟到欲作何言，无须明说。哪知碧琏此际不知是被心事拿的，还是正在做梦，头脑失聪，竟没领悟他的意思。只叹息道："你饿了吧，真是怎么说的，赶上这倒霉时候。我们两人挨饿也罢，不想叫你也跟着受了罪。你等等儿，我去看看，也许早饭还有剩下的，先弄热了，给你垫垫底儿吧。真个我们向来还没过这样日子，照这样下去，真得出去赶饭吃了。"说着就要立起。

翁大少忙道："不，不，我不饿，不是饿。"

白衍芝这时也有了活气，咳嗽一声道："你还不饿？现在都什么时候了，咱们只顾发愁，也忘了想法弄饭。"

说着向碧琏道："咱们总得先对付过今天去，没饭吃不成呀，你还是给找点当的吧。"

碧琏道："若有得可当，还用你说？这屋里都空了，连一块钱的当也找不出来。"

白衍芝道："找不出来也得找，哪么弄几角呢，凑合买斤大饼也成。"

碧琏道："你尽管找，只要有就拿去。"

白衍芝慢慢地点上了灯，就向屋中各处搜寻，因为碧琏把稍微值钱的东西都已藏起，白衍芝找了半天，只找了两件破衣服，拿着叹气说道："这破东西，当铺怕未必肯收，就收也给不了多少钱。"

碧琏道："你且拿去试试，能当一顿饭钱也好，先对付活过今天去呀。"

翁大少听着，心里满凉。初见碧琏叫白衍芝寻东西去当，还指望能寻出些稍值钱的。只要能当三两元，自己就可厚着脸央求代购粮草，不敢求多，能解暂时之苦，就算于愿已足。及至看到白衍芝手里的东西，立刻把希望打消，跟着更加深了难过的程度。白衍芝领命出门，碧琏才叹气说道："不管怎样，先对付过今天，当来钱买口饭，吃了睡觉。该死该活，明天再说吧。"

翁大少一听，觉得她实已把自己的苦楚付之度外了，她只打算着吃饭要紧，自己却不在乎吃饭，而自己所切需的，却不在她打算之中。少时白衍芝买了食物回来，他俩吃了便可高枕而卧，自己这一夜可怎么熬呀。想着就如同犯人闻听法官判决死刑，立刻意识到杀头之苦，可再耐不住了，失声哭道："你们吃了饭睡觉，我可怎么办？这一夜准得死了。你也不替我想想，我知道你们正穷得要命，本没脸说，可是我……我……"说着接不下去，只剩了抖战。

碧琏伸手抚着他的头儿，似乎十分怜惜，口中发出凄惨声音道："我不是不替你想，从白天到这会儿，把心都想疼了，还是一点儿法没有。咳，我的肉若能换钱，也肯割一块卖了，给你买白面过瘾。可惜换不来啊。咳，你真是我的要命鬼。莫说现在瞧着你难过，比自己受罪还苦，明天还不定怎样。若没法儿，咱们就算缘分满了，眼看得要分离。这才亲热了几天，真真摘我的心，割我的肠。早知这样，我起初宁死不跟你好了。"

翁大少这时好似身上有万千毒虫嚼食脏腑，哪还有心绪听她的情话，只悲声道："哪还有后事，现在我就活不过去，难道你就没一点儿法儿救救我吗？"

碧琏道："你这人说话叫我伤心，我但分有法想，还能看着你挣命？"

翁大少哭道："那我就非死不可了。"

碧琏咬牙道："我没法救你呀，看你受这罪，真还不如自己死了。咳，你活不成，我陪你一块儿死。"

翁大少本来以死相挟，只为逼她设法。不料她不拾这碴儿，反要同死，心中不由绝望。知道她实在无力相救了，又因折腾得不堪忍受，就道："我真要死了。向来还没受过这样罪，在外面虽然穷得没饭，可是白面总没断。今天头回尝这滋味，实在不如死了舒服。"

碧琏冲口说道："好，咱们就死。我实在不忍再看你，闭了眼反倒心静。你说怎么死吧，我活腻了，跟你搭伴儿走，也不枉做了这几天的露水夫妻。"

翁大少一听，她竟依了实催着自己同死。虽然舍不得这条性命，但因痛苦太甚，急图解除，要解除只有这一条路。就如同航海遭难的人，在小舟中漂流多日，饥渴难禁，眼看着大海中的盐水，明知喝了必然渴得更甚，死得更快，但渴极了只得喝了再说。这时碧琏又叫道："死就死吧，你说怎么死？快着，早死早心净，早脱苦，别等他回来又耽误工夫。咱们是上搭连吊，还是一块儿出去跳河？"

翁大少道："我走不动，不能出去。"

碧琏道："那么上吊。"

翁大少道："上吊多么憋得慌，顶好弄点白面儿吃，大烟也成。"

碧琏呸一声道："你发昏啊？有钱买白面大烟，还给你过瘾呢，就不吃它寻死了。"

翁大少怔了一下，实在难过得受不住，咬牙叫道："快着吧，我忍不住了。可是我不上吊，那太费事，也不舒服，你得想个脆快的，一闭眼一跺脚，就玩完才好。"

碧琏想了想道："哪有这么容易？哦，我想起来了，有人这么干过，别提多快了。"

翁大少问怎么办，碧琏道："我在柳家台住的时候，街坊就有这么个人出高招儿寻死。把房里电灯的泡儿摘下来，手里拿根铁丝，往电门里一探，立刻就过电死了。现在咱们也照这样办，弄根铁丝，两人都握着，不就完全了吗？"

翁大少点头道："好，快着。"

碧琏就伸手向炕边一摸，叫道："你瞧，真有鬼催着。这儿就放着一根铁丝，是拴绳晒衣服的。"

说着就拿出来，叫翁大少把灯炮取下。翁大少立着做了半天不成式样的体操，摇头说道："不成，我的胳膊抬不起来，还是你来办。"

碧琏无言，走过把灯泡取下，立刻房中漆黑，碧琏叫道："你过来，咱们走呀。"

翁大少抖战着凑过去，和她相抱而立，各伸一手，握住了铁丝。因为房中黑暗，看不见电灯所在，只好向上边碰撞。无奈两人都好似臂上无力，不能高抬，只抬到相当高度，就又垂下来。虽然摸黑儿瞎撞，便撞上十次，也未必恰触灯口。无奈性命所关，只一探着便算活不成了，所以二人都像有着默契似的，屡次都是稍伸即止，一次居然铁丝头儿碰着灯罩边上，微作声响，二人都吓得一叫，撒手把铁丝扔了。

翁大少心想这图什么，这样畏畏缩缩，嘀嘀咕咕，倒是肯不肯死呢？他这样怨着碧琏，却不想自己也和她一样。便开口道："你倒是怎样，到底……"

话未说完，猛听碧琏哇的声哭起来，不由大吃一惊。随觉碧琏扑地坐到地下，更抽抽搭搭地哭得越来越恸。翁大少茫然无措，心想她必是舍不得死，方才被我逼着，不得不说硬话，及至真干起来，便舍不得命了，可是又不得下台，才一哭了事。想着就道："你哭什么？得了，好死不如赖活着，你也不用死了，我自己打主意吧。"说着就弯下腰去扶她起来。

哪知手才触着她的肩头，猛觉一阵寒风，跟着啪的一声，被碧琏披头盖脸地打了一掌。翁大少哎哟一声，同时碧琏也止住哭声，咬牙骂道："你小子少说便宜话，当我是含糊了，放屁，我一点儿没含糊，死又算什么，这人们没把命放在心上。可有一样，我死得死个值。你小子狼心狗肺，我凭什么为你死？你别糊涂着，叫我陪着，你所作所为，配我这条命吗？"

翁大少不知她为何变说这样的话，大愕道："你这是什么意思？"

碧琏道："什么意思？你这是跟我相好，还是跟我有仇？我才醒悟过来，要不然差一点儿上了你的当。你是不愿意活了，拉个做伴的，就选上了我。"

翁大少更纳闷道："我不明白，你这是从何说起？"

碧琏道："你还装糊涂，我先问你，你是真爱我还是假爱？"

翁大少道："怎么是假爱，我直恨不得掏出心来给你瞧瞧。"

碧琏哼了一声，又道："那么你这时是真要死，还是假要死？"

翁大少道："自然真要死，这还有假的吗？假装有什么好处？"

碧琏道："这样说，你就豁出命了。"

翁大少又说了个自然，碧琏呸了一声道："滚你的吧。你真爱我，又真豁出了命，到这时候你居然就肯拉着我一块儿死？别说胡话了，我明白，露水姻缘，终是隔着层心。比如我是你心爱的老婆，大概就不这样办了。"

翁大少仍是茫然不解道："我不明白，你倒是……"

碧琏在黑影里一抡拳头，正捣在翁大少眼上，骂道："你还问我，没良心的，你若真心爱我，又豁出了命，还肯这么死呀？就是非死不可，也得死出个样儿来。俗语说，拼出一身剐，敢把娘娘拉下马。你既爱我，为什么这样老实着死？又拉着我？不会把你这条已拼出的命，拿去撞撞运气，撞不好至大也是死，撞好了还许发了财呢。"

翁大少听了，忽地恍然大悟，心想原来她是在这里等着我呢。但不知她是安心往这上面逼我，还是因为寻死才忽然想到这层，不过她已经占了理，叫我不好驳辩了。想着因为心中难过，不能思索答复的话，只可仍不作声。

碧琏又叫道："对呀，我这可明白过来了，今儿非得看看你是什么心肝不可。姓翁的，你痛快说，你叫我陪着死，我可没含糊。现在我想出这道儿，叫你死中求活，替我去干一下，你可肯干？其实也不是替我自己干，还是为咱们俩。弄好了咱俩就一块儿享福，弄不好你若没了命，我准死在你头里。你说怎样，干不干？”

翁大少正在脏腑翻覆，要呕吐又呕不出来，闭着气强耐，就仍没出声。碧琏又抓住他的腿，摇撼着道：“快说，要不干，咱俩还是抱着过电。本来我只有陪你死的份儿，想要叫你给我打条活路，那算妄想。对不对，我说到你心里去了。”

翁大少被她抓得疼痛难忍，再加原有的罪孽，直恨不得立时绝气失了知觉。但既有知觉，就忍受不住，竟由万种痛苦中，逼出绝望的呼号道：“你饶我吧，我也快了。这时候还……别逼我……哪个王八蛋不愿意去……去干。反正一个死……可可……我这时连……连命也顾不了，怎能去偷？现在有……两包白面，救……救活了我，我就拼命去干……”

碧琏绕了许多弯儿，费了半天功夫，好容易才逼翁大少说出这话，算是抓住把柄，怎肯放松，就急忙抵住问道：“你说什么？”

翁大少道：“我说只要能给我过瘾，我就去拼命。”

他说着暗觉得计，不知自己怎会冲口说出这样有劲的话。早若想起，岂不早就问住了她，省了许多麻烦。这样说叫她左右为难，想叫我去，就得给买白面，若没钱去买，就没法再跟我麻烦，这样堵住她的口，我就死也死个清净。她若能拆兑钱去买来白面，我就先过了瘾，度这一时的命，以后再说。

想着就听碧琏叹道：“咳，我还没想到层。你不过瘾，连路都走不了，怎能去做这种事。可是我没法给你……”

才说到这里，忽听外面一阵脚步声音由门外跑进来。碧琏明知是白衍芝，还喝问是谁，外面白衍芝答了声我，已走入房中。见黑暗无光，就叫道：“怎么灯泡坏了？”

碧琏道：“不是，我摘下来放在桌上，你给安好了吧。”

白衍芝本没出门，一直在窗外听着，一闻翁大少答应碧琏的话，便退出门外，再大踏步跑进来。这时摸着灯泡安好，房中重见光明。碧琏已立了起来，见白衍芝满面春风，却空着双手，就问：“你当了多少钱，可买了食物回来？”

白衍芝指着她道：“你真荒唐，差点儿便宜了老西儿。我到当铺，把两件衣服才向柜台递去，忽然无意中向那件小褂口袋里一摸，敢情有件东西藏着。

拿出一看，原来是你上月丢了的那根金簪子，不知怎么会在小褂口袋里头。”

碧琏听着叫道：“这真是怪事，上月我丢了那根簪子，把房里都给翻了个儿，也没找出来，怎会在小褂里？那小褂丢在一旁，久已没穿着。”

白衍芝道：“不管怎样，反正是在那里面摸着。我若不摸，那就不定便宜哪个老西儿了。他们得着，还会原物交回呀？”

碧琏道：“这可是五行有救，你摸出那个金簪子，可给当了？”

白衍芝道：“自然得当，你哪知道两件衣服，老西儿只给两毛钱。争了半天，还是一文不添，我只可把簪子也当了，一共得十块零七毛钱。”

碧琏道：“天爷保佑，咱们还算命不该绝，你给买的饭在哪里？”

白衍芝道：“我高兴得糊涂了，一直跑回来，竟忘了买饭，现在就去。”说着转身要跑。

碧琏叫住道：“等会儿，我也有事告诉你。大兄弟看咱们受窘可怜，他要回家去偷一票。只为犯着瘾，不能动弹。现在你既弄来钱，就快去买白面儿吧。多买些，叫大兄弟抽足了，好赶着今夜去办，别等明天钱花完了，又坐着等死。”

白衍芝听了，一挑大拇指道：“大兄弟心肠真热，我算没白交他。好，我去买，买五块钱抽饱了，好有精神。”说着就向外跑去。

白衍芝走后，碧琏对翁大少尽力温存，好似伺候病人似的，替他抚摩胸口，捶腰砸腿，口内又不住软语相慰，比哄小孩儿还耐烦。不住问着还难过吗，好些了吗，别着急了，就快买来了。翁大少已说不出话，也不能领略她的深情，只上气不接下气地呻吟，忽起忽落地抖战，这真是一种极重的罪刑。大约比昔日公堂罪犯受拶受打，还要加倍惨酷。然而人们对那种酷刑万分畏惧，所以不敢犯法，万一受着，连旁观的也要认为不人道，若干年来不断有人主张废止。到如今已是废止了，但哪知世上竟还有许多人仍以不得尝受酷刑滋味引为憾事。就自己去吸鸦片白面等毒品，使其上瘾，以求到某一时候，能够实受比酷刑还加十倍的痛苦。这是为什么？倘然不是出于探奇求知的特殊心理，那就不能不说是天生贱骨了。

不过翁大少这场刑罚，却并非出于自愿自取，而是碧琏奉送的。她在房里对翁大少抚爱温存，白衍芝却在窗外听着暗笑。白衍芝并未出门，因为他无须出门，一切应用的东西，早已预备好了，只待把翁大少逼得答应回家偷盗，才肯现将出来。不过既说了要出去购买，自不能不熬够时候。于是翁大少又多受几十分钟的冤枉罪，直到白衍芝觉得够回来的时候，才溜到门口，大步跑进来，直入房中，把一个大纸包，放在桌上道："天太晚了，没有什么可买，我只买了一只卤鸡、二十个烧饼，大家将就吃些吧。"

碧琏道，"你给大兄弟买的东西呢？"

白衍芝忙从怀里取出个小包递过，碧琏连忙打开，用纸烟装好，送到翁大少嘴边，又给燃出火。翁大少因为犯瘾过久，身体各部都在需要补充，就不能像平常那样态度从容姿势正确了。竟尔倒在炕上，实行放高射炮。而且胳膊腿一齐动作，忽伸忽缩，连手指足趾也不住抓挠，肩面一耸再耸，脖颈左摇右摇，同时腰肢款摆，胸腹起落，简直全身无一处不动，使那药力加速达到各个神经末梢。但这丑态百出的样儿，已把碧琏看得几乎笑断肚肠。心里暗骂好你妈的神气，把你祖上八辈的德行，全给现出来了。但仍竭力忍笑不发，忍气不露，只殷勤地替他装着。翁大少抽个不住，她也装个不住，好在她毫无吝惜，打算把所有的白面尽他抽完，一点儿不要留存。等于兵法上的破釜沉舟，使其不更徘徊眷顾，只有背水一战。

翁大少抽了一阵，身体上的动作渐渐减少，也就是痛苦渐渐减轻，出了痛苦的关口，进到舒服的边界。又在那里一梦聊为小太平，神仙此际懒飞升了。碧琏就推着他道，"好点了吧，起来吃点东西。"

翁大少猛由迷梦中惊醒，也觉得有些饥饿，就坐起和他们同吃。碧琏亲手拆开那只鸡，把鸡腿和胸脯都撕下来，一片片递到他口中。又叫白衍芝沏壶酽茶给他喝，喂几片肉，再喂一口烧饼，连茶也是送到嘴边。翁大少着实受了些温存趋奉，白衍芝看着都觉眼热，心想我和碧琏同居数载，还未享这样艳福，翁小子今儿可太美了。但翁大少虽然为白衍芝所美，他本心却觉不是滋味。本来爱人在一旁陪着吃喝，已然极受人间之乐事，何况还翠袖殷勤捧玉钟，纤手亲往嘴喂东西，大约古今来以他为艳福第一了。然而翁大少这时的感觉，直是相反。受着碧琏殷勤爱惜，他脑中回忆着若干年前所见的一幕情景：

那是在西关街上，看过红差，一名斩犯插着招子，坐在洋车上，前后有许多官人护送。那斩犯面不更色，还自高唱梆子腔。车走到一家酒馆门前，喊叫停住。官人竟不敢违拗，向他要了两样好菜、两壶好酒，吃喝完了再走。饭馆急忙做好送出，因为犯人双手绑着，不能自取，官人居然很耐心地一口一口喂着他，直到吃完，方才又走。到一处纸烟店前，又停住了，要一支最高的雪茄，官人替他讨了一支，给他递到口里，替燃着火柴。犯人吸了一口，就破口大骂纸烟店用次货哄他。官人只得又给讨支好的，照样伺候燃着，看他满了意，才继续前行。那官人虽然地位不高，但终比犯人强胜万倍，论理应该施用压力，加以严斥，为什么这样低心下气呢？当然是因为那斩犯已不是这世界上的人了，眼看就要身首异处，官人犯不上跟鬼怄气结冤。所以他需要什么，就应声备办，并且小心伺候，尽力将就。只求把他对付到了法场，执行了命令，交代过这桩差使，便算脱卸责任了。

碧琏这时伺候自己，简直和官人的对付死囚是一样意思。她耐性尽心，给自己吃饱抽足，也只为着哄自己去给她行窃弄钱，这一去和上法场怕没很大分别。倘被捉住，虽然罪不致死，无奈我是天然活不成的。她并不管我的死活，只要把我哄得死心塌地，甘愿出去行事，就算达到了目的。想着不由心中打转，觉得碧琏口中谈情说爱，实际只是处心积虑地逼我弄钱。以前还不甚明显，今天她这忽冷忽热的情形、忽喜忽怒的做作，我可看出来了。倘然我若真有法儿不受着险便能弄得来钱，明知她恩情言语是假，金钱主义是真，我也肯弄来给她，只当嫖姑娘花了。本来花真钱买假药，只找乐儿，不必往深里追究。碧琏倒很可人心，对我也真会上劲，花钱到她身上，并不算太冤。哪知翁宅门内是我怕去的地方，倘若别的贼前去偷盗被获，主人还许发善心给释放了。我若在那里被捉，便是主人不究，我那倒霉爹也要挂倒劲，把我往死里惩治，我怎敢冒这大险。可是碧琏百计千方地相逼，当然不达目的不止，这可怎么好。想着觉得眼前只有一条可走的路，更无他途，这条路就是借着回家行窃为由，出门便自逃跑，从此再不见面。

主意打定，不由心中凄惨，大生眷恋之情。但他已看出碧琏的居心，所以并非惆怅情缘打断，而是舍不得这安乐的地方。但情逼势迫，安乐已不容继续享受，那也只好算是人缘饭缘都已满了，咬牙忍个肚子疼，走我的吧。翁大少这样想着，虽已决计牺牲，但还希望着稍作推延，能在房中赖上一时，就多享受一时，一出去就要风栖露宿，流浪街头，那罪过是不好受的，尤其希望碧琏能够开恩，把实行期限到时日。

哪知碧琏见他已舒服够了，怎肯容情，竟推着他道：“你快起来吧，饭也饱了，瘾也足了，时候也到了，还等什么？再迟延就到天亮，白耽误一天，别的不说，你那白面儿又断了庄，可没第二根金簪子救命。”

翁大少坐起打个呵欠，心想这可没法逗留的指望，只可走吧。随点头道：

“我去，我去。”

碧琏道：“你早去早回，我做下点心等你，明儿咱们就是财主了。”

翁大少心想好样儿的财主，明天我是仍旧受罪，你们也只剩了骂街，别妄想吧。你预备点心，可惜我已没福同吃，请你贤夫妇自己享受，不过是否吃得下，我就不敢保了。翁大少虽觉舍不得安乐之窝、温柔之乡，又知道出得门去，便要受风露相侵、饥寒相逼，但无奈长安虽好，却非易居之地，锦城虽乐，又岂久恋之都。此处既不留人，只可另寻留人之处，就决意趁早走开，再拖延也等不出第二包白面儿了。当下应声说道：“好，我就走，你们在家里听好音吧。但盼我能满载而归，大家舒服几年。”说着哦了一声道，“我才想起来，你们给寻个口袋包袱什么的，我好包东西。”

翁大少这是临时想的主意，打算再骗点儿东西，好变卖花用。碧琏听了道：“那一定要的，已经预备好了，他手里拿的就是。”

翁大少看时，果见白衍芝手里提着一只空洋面袋和两个大包皮，就道：“够了，你还得给我点钱，预备得着东西，雇洋车运回来。”

碧琏道：“车钱也在他身上带着，你放心吧。”

翁大少说声好，那么我走了。说着向白衍芝伸手，等他把口袋和钱递过。只见白衍芝撩起长袍底襟，把手伸到衣底。翁大少知道他在裤上有只装钱的暗袋，就等他掏出钱来。哪知白衍芝竟把口袋包袱缠到腰上，再伸出手来，竟是空的。翁大少愕然说道：“你可快给我呀？”

白衍芝道：“在我身上不是一样？”

翁大少瞪目说道：“你……什么你……”

话未说完，碧琏已接口道：“跟你一同去，放在谁身上全是一样。这又何必谦让，带个口袋皮儿还会累着他。他陪着你去，不更妥当嘛。我叫他保着你，有活儿归他干，有危险归他受，他一定挡在头里，让你逃跑，这是我嘱咐好的。他被捉住，不过按贼办，打几个月官司就出来了，他也搪得住，不比你有着口瘾，受不得苦，是不是？你就放心跟他去吧。”

碧琏这几句话，大似晚娘口吻，把翁大少当作亲生儿子，保护唯恐不周。把白衍芝当作前房遗孽，欺侮无所不至，可谓极其偏心。而那身受差别待遇的两个儿子，当然不免一个欣悦一个愁恨了。但是白翁二位却是不然。白衍芝好像是块木头，听着碧琏的毫无感觉，翁大少对碧琏这份盛情，也并没领会，只在心中觉得失望焦急。因为他本想出门就溜走，却不料碧琏给特派了个监守官侍从员。这一办把原来计划全给推翻，眼见不能跑了。既不能跑，就得真个去到翁宅，实行偷窃。自己实在没胆量前去，而且事先也并没做一点儿筹划，这时前去硬撞，哪有把握，可不愁死人吗？想着暗恨碧琏多事，给自己添这难题。但他不想碧琏花了钱财，赔了身体，下的本不为不大，到这时怎能不小心看守，防他逃走呢？翁大少虽没想到这一层，但也觉得自己没法叫白衍芝不随着同去。若坚持自己独行，就难免被碧琏疑心。寻思无计，只得任凭他们，且等走出去再作道理。就道："白大哥一同去，更好极了，我们就走吧。"

白衍芝道："等等，咱们也得商量一下，进哪门出哪门，你把你家里的地势告诉我，研究怎样出入方便。"

翁大少只得把翁宅形势给描述一遍，他虽曾在翁宅久住，深知形势。但因存心敷衍，信口一说。哪知稍有不符，白衍芝竟会加以指正。翁大少才知白衍芝已经去踩过道儿，就不敢乱说了。白衍芝只叫他详述宅内门户位置方向，和藏有珠宝的房间所在，以及宅中人的起居习惯。翁大少一说明，白衍芝道："好了，我已经找好进门的道路，非常稳妥。只要进到里面，你领我到那房间的门口，便没你的事，只看我的。"

翁大少听他说得大有把握，便问："你打算怎样下手？听你的话，好像全预备停当，这一去准能手到捡来，并且连出入道儿也给踩好了。我不明白你什么时候干的活儿。"

白衍芝道："你且不用问，反正干这种事，没个打算成吗？"

翁大少听着，不由心中又犹疑起来。自思白衍芝这小子，游手好闲，并没正业。看他鬼鬼祟祟的样儿，也许真是个做贼的老手。他或者早已安心要偷翁宅一水，只为不知道值钱东西所在，想用我做向导，才请到家中养着，以备今日应用。也许他是因为认识了我，才引起偷翁宅的心，到底是何情由，这时也不暇细想了。只由他的安排态度，看出干这事并不外行，早已定好计划，好像只一实行，便能顺利成功。倘果如此，自己岂不可以借他成事，又何必跑呢？在先自己因为毫无把握，不敢前去送死，才打算抛下可爱的姘妇、舒服的住处，来个一去不回头，可是心里本舍不得啊。如今白衍芝既露出是个高手，已经早有安排，我对翁宅又是熟路，合作起来，未尝没有得手的希望，这种险是值得冒一下的。倘能饱载归来，当然我是头功。碧琏本来和白衍芝是挂名夫妻，自然把我补了实缺。从此坐拥美人，安享财富，抽不尽的白面，供我快乐。再把花不尽的钱，分一部做本儿，开一家烟馆或是白面馆，自东自伙，自作自吃，这一世是享用无穷了。这一世的享用，只由一夜的危险便可换来，我又何乐不为？固然失败了就不堪设想，令人可怕，但是胆小不得将军做，若是畏首畏尾，仍得受饥受苦。我这时逃跑，一出这门，就无家可归。明天还不知吃哪一方。倘若寻不着财路，两天没白面抽，也得死在路上，何如今夜拼上一拼！

翁大少想着，心里又活动起来，但仍多所顾虑，不敢决定。就想再向白衍芝探询，看他究竟有多大把握、何等安排。哪知才问了句你想从哪儿进去，碧琏已说："天不早了，你不是说得在两点以前，先到那里去等汽车吗？万一去晚了，人家汽车已经回来，岂不白跑一趟。你们快走吧，有话路上去说。"

白衍芝听了，便拉着翁大少同向外走。翁大少听着更是吃惊，不知她所谓赶时候等汽车是什么意思，但却悟到他夫妇必然早有计划了，越发想要明白底里。但料着再问也是白吃没趣，又见白衍芝已唯唯应着，催促快走，翁大少只得随着出门。心中盘算，看这情形，白衍芝必有成竹在胸，绝不是盲目冒险，去撞运气，自己大可以陪他一行。不过为了审慎计，还得从他口中问出个大概，以做最后决定。好在由这里到翁宅还有十几分钟的路，我在路上可以设法询问。若有确实把握，自无问题，若是发现什么不可靠的情形，只要没进翁宅的门，就还有逃跑的机会。

想着随白衍芝走出大门，到了巷外，就问白衍芝道："大哥，你几时到翁宅去的？我听你们的话，好似把道都探好了是不是？"

白衍芝笑道："不探好了，怎么进去？你说话留神，这不是在路上可以随便谈的。"

翁大少举目四顾，见街上甚为寂静，就道："这儿没人，你告诉我，打算怎样下手？"

白衍芝道："下手那得随机应变，我也没有见里面是什么情形，怎能定规？"

翁大少见问不出所以然，心中甚为着急，就又说道："那么进去的路，你说探好了。我虽然是宅里的人，里外门户熟得无可再熟，可是一直想不出怎样进去能不被人看见。"

白衍芝这才告诉道："你那脑筋差得远呢？我曾在翁宅门外蹲过两个半夜，才把道儿探出来。"

翁大少一听，心中诧异，你说曾在翁宅门外蹲过两夜，可是自己向没见他在夜间出门啊？但随即明白他必是在前两夜去看的，不过对我们说上北京替朋友办事，遭了危险，其实并没离开本地，只是到翁家附近踩探来了。由此更悟白衍芝的一切遭遇，完全出于虚构，他夫妇早已安下了心，摆这圈套，逼我导此行窃。想着就又问道："你踩好了到底怎么进去？我只知道有前门后门，后门永远上锁，前门也很严紧。那是我父……"他本要说是我父亲看门，所以我分外害怕，但方说出父字，猛悟失口，急忙改词挽救道："我父亲特别注意门户，一到晚上就叫上锁。有人叫门，下人先从小孔里张望，见是熟人，方才给开。稍生一点儿，就别想进去。除了前门以外，前后面花墙，虽然不高，上面全安着铁叉子，尖儿朝上。错了飞贼有飞檐走壁的功夫，你可成吗？"

白衍芝笑道："我没那种能为，可是另有好道儿。既不走门，也不爬墙，你听了一定服气我。先问你，你们翁家可有位青年的女子，常出门赌钱的吗？"

翁大少道："有一个，那是我们四姨太太……哦，我父亲的四姨太太，最得宠的。她顶好赌钱，赛马回力球逢有必到。"

白衍芝笑道："大约现在她的嗜好变了，把赌钱改了搭姘头，叫你父亲戴了绿帽子。"

翁大少道："你怎么知道？"

白衍芝道："我探听来的。你们家客舍全好，只有汽车房盖得不大讲究。论理应该盖在院子里面，汽车一直从大门开进去，又好看，又保险。你家偏把车房盖在外面，不知道为什么？"

翁大少道，"原本在里面，因为有一年放大院里花园，甬道改窄了，才在院角重盖了一间，临街开门。"

白衍芝道："车房盖在临街，才给了我们方便，要不然还没法进去呢。"

翁大少忙问怎么，白衍芝道："告诉你吧，我在宅门外蹲过两夜，都是十点以后去的。头一夜我蹲在你家宅子角上，也就是那汽车房的旁边。因为我一到那里，就看出车房是一条最方便的道路，只是还不知道里面的情形，得等机会调查。过一会儿忽见车房里亮了灯，跟着就听有人用钥匙开了门。我从外面看进去，见那车房很大，是长条房子，靠里面堆了许多破烂家具，靠外面停着一辆新汽车。那车夫开了门，先灭了电灯，就把车倒出来，停在大门外。他并没有下去开车房门，只按了几下喇叭，就见大门开了，走出来一位极漂亮的小太太，坐上车去，就开着走了。门内仆人只开了大门，就进去了，并没出来替开车的门。我心里思想，这门房不严紧，有多少贼都可以从车房进去。但又想也许车房是孤立的，和宅内并不相通。好在门开着，我就进去细看，把里面瞧了一过。敢情除了破烂家具以外，并没有床。我纳闷车夫睡在哪里，其势不会睡在车上，可是方才我没见那车夫由门外进去，只见他由门内出来，难道他竟在那破桌烂椅上起坐休息？汽车夫都有架子，万不肯如此自苦，何况房内也不像住着人的样儿。于是我料着这车房必还有通宅内的门。车夫住在别室，主人出门时，他才由捷径进车房来开车。当时就向墙上摸索，果然不出所料，在旁边有一扇小门，拉了拉竟锁得很紧，才明白这房里的情形和车夫的动作。车房有两道门，一道通着街上，一道小门通着宅里。车夫在家时，只锁大门，小门任他开着，每逢出去，他从住室出来穿过小门，进到车房，就把小门锁上，然后驾车出去，大门任其开着，为得回来时方便。车房内除了汽车，别无值钱东西，不怕人偷，而且小门上锁，也不怕有贼溜进内宅。到回来时，把车开进去，再锁上大门，小门就不锁了。我这样猜想着，还怕靠不住，就又溜出来，在对面新盖房子的苇席卷里藏着。直到早晨两点钟，那汽车才回来，那姨太太在门外下了车，居然跟车夫说了几句闲话，又取出几张钞票给他。那车夫嘻嘻笑笑，对主人没有一点儿规矩，接了钱还是没个谢字。姨太太也不恼，叫开门自进去了。那开门的仆人走出来，跟车夫说话。两人对问得多少，车夫说得了三十块钱，仆人说得了二十块钱，大概都是那姨太太赏的。仆人因所得不及车夫的多，很不高兴，就喃喃骂着：贱娘们又出去打野食了，老爷戴了绿帽子，一点儿不觉。还当她是出去上回力球场，难得也不诧异她每赌必输，永没个赢。车夫也跟着帮腔，说她把钱都贴了野汉子，那还不是输定了。你看出去一回，只咱们就得几十，情人儿不定要几千几百呢。两人说了半晌，我才听明白。敢情你那位姨娘太太新近姘上个唱花旦的票友儿，在外面赁了所小房子。每逢礼拜一二和礼拜五六这两天，就去聚会。对家里只说上回力球场去赌钱。跟车夫打通了，每次都给钱堵他的嘴。又因为出去瞒不了看门的，也得给贿赂。这笔钱就不在少，看来你家里财势真厚，只姨太太倒贴这笔正项和小费，一月就得几千。当时车夫跟仆人说了一会儿，仆人自进去了，车夫也将车开进车房。进去以后，他下了车，就开亮电灯，把大门关上加锁，我跟着就跳过去，从门缝往里瞧。只见车夫开了小门的锁，又熄了灯，就由小门走出去了，并没上锁。这更证实了我的理想不错，他既锁上外面小门了，这是第一天成绩。到第二天，我又去了，照样蹲了几点钟，见姨太太仍是准时出去，可没准时回来，比头一天晚了一点多钟。并没叫正门，叫车夫把车开进车房，从小门儿溜进去。那车夫一切动作仍是照常，我从他的习惯，就得着进门的法儿了。”

翁大少道：“什么法儿？那车房两道门，总有一道上锁，没有同时全开的时候。这怎么进去呢？难道你想抽冷打倒了那车夫，抢他的钥匙吗？”

白衍芝道：“用不着，那车房里不是堆着许多破烂家具吗，我们趁汽车开出去以后，就溜进车房，藏到家具后面。”

翁大少听了仍是不解，又问道：“进去后又怎样？小门仍是锁着，还是进不去。”

白衍芝笑道：“你真笨，这还想不出？汽车开出以后，车房开着大门，锁着小门，汽车回来，锁上大门，开着小门。这还不好办吗？我们等汽车出去，就溜进车房，藏在破家具后面。那里我看过了，尽可以藏两个人。等汽车回来，车夫锁上大门，就把我们锁在里面，他再开了小门，我们岂不随便进去吗？”

翁大少听了道：“你真有个琢磨劲儿，我算服了你，你可是怎么出来呢？”

白衍芝道：“我也早就看明白了，还是走车房。告诉你倘若你有朝一日承受祖产，当了那宅门的主人，对门户可得自己留神，交给下人是靠不住的。我看见那车夫把车开回以后，车门并不上锁，车房大门的钥匙也给留在锁上，并没有收起来。大约他觉得锁上大门就没事了，若叫我看，连汽车都容易偷。按我方才说的法子，先溜进去藏好，等车子回来，人们都睡了以后，就可开了大门，把车开走，管保他们连影儿也不知道。”

翁大少道：“那你今儿就可以照办哪。”

白衍芝道：“可惜我不会开车，再说这种大块赃，也没处销去。为什么干这傻事？你家好东西有的是，咱们乐得捡小巧的偷呢。”

翁大少听他说得成竹在胸，智珠在握，头头是道，井井有条，不由涌起希望的心，胆子也壮了起来，完全排除犹疑心理，决意随他去了。

二人说着话，走得分外快，而且也不觉远，不大工夫已然到了。翁大少见翁宅街门对面原是一片平房，现在已拆了落地重修，翻盖楼房。正在大兴土木，外面用苇席围着，正是绝好藏身之处，就和白衍芝钻了进去，循着墙和席的空隙，走到街角，正对翁宅车房处，方才站住，忽听背后有打鼾之声，翁大少吓了一跳。白衍芝低声道："不相干，这是看守材料的小工，睡得很死，不碍我们的事。"

翁大少道："咱们就在这儿站吗？"

白衍芝道："可不站着，你在地下坐会儿也成。等汽车出去，咱们进了车房，就舒服了。那里面宽绰，可以躺着打盹儿。"

翁大少道："我可是没那胆量，做贼敢在人家打盹？"说着就坐在地下，白衍芝仍倚墙而立，二人一上一下，都由席孔中向外窥望。过了半天，仍不见汽车出来。翁大少等得心急，又觉身上不大好过，渐渐打了呵欠。白衍芝忽然递给他一支纸烟，低声道："你吸烟就有精神了，这是我特给你预备的，你可把这头儿朝上，别给撒了。"翁大少知纸烟里有救命丹了，白衍芝的关切。当时白衍芝还给替燃着火，很小心不叫火柴发出声音，又用手遮住光线。翁大少在这时候心中颇为满足，才耐着性儿等候。

果然不大一会儿，车房里灯亮了，门开了，跟着车出来了，将车房一开放，那位四姨太太打扮花枝招展的，走了出来，上车便开走了。翁大少见那车房大门果然敞着不关，就道："这车夫真是懒到家了。便是里面没有东西，也不该敞着。他是欺翁老头，我们老头儿向来是不出门，所以这样随便。"

白衍芝道："本是这种混账人是多，吃谁恨谁，外带不管谁的事。这车夫因为这两回上下车的麻烦，就敞着门走了，虽然里面还有道门，总不如锁上妥当。何况还有破旧家具堆着，丢了也是主家损失。这就因为都是主家的，没他一点儿关系。倘然在他自己家里，那就该十二分经心了，他也不敞着门走了。这年头儿人心太坏了，所以怪不得粮米涨价。"

翁大少听着，心想你居然说车夫的心太坏，难道忘了自己干什么来。倘若车夫小心谨慎，把大门上锁，你可怎么进去。想着就说道："还不该谢谢他，怎么骂人家太没良心？我看咱们也该进去了。"

白衍芝道："其实不忙，他们再过两点钟也未必回来，你那位姨娘总得跟情人腻够了啊。不过咱们在这里也是一样站着，还不如进去舒服舒服。"

说着便和翁大少从席卷里走出，看看四外无人，便一溜烟跑进车房。两人到了里面，借着街上灯光，四下瞧望。那一堆家具的后面，颇有余地，可供人睡卧。若到有人来开灯时，预先向家具里藏进去，便可不被看见。翁大少低声说："这地方很好，我要卧会儿了。"就不管地上尘垢，坐了下去。

白衍芝先去拉拉旁边的小门儿，果然锁着，才回到翁大少身旁坐下道：“我指望那车夫万一今儿忘记锁门。原来他居然经心，没有漏空。”

翁大少方要说话，忽听外面靴声嘎嘎，急忙屏息不声。只见一个巡警从门外走过去，直到履声渐杳，他二人仍不敢说话，也没什么可说，都倚墙坐着，闭目打盹。但心里十分警醒，支起耳朵听着。过了一会儿，翁大少因为方才白衍芝曾给他白面抽，料着必然还有，就央告他再给一支，白衍芝道：“在这里可不成，那东西很有气味，再加烟气。万一有人进来，冷鼻子闻见，一起疑心要糟了。”

翁大少说：“汽车不会这样快回来，你就再给一点儿吧。我只这一回，绝不再要。”

白衍芝被他磨得没法，只得装了一支烟给他，翁大少吸完，仍旧枯坐等待。在这情形之下，时间过得特别长久，他的瘾也犯得特别勤。过一会儿工夫，他就想总有一点钟了，就觉身上不得劲儿，又忍不住向白衍芝讨要。但又过了很久，仍不见汽车回来，翁大少又忍不住了，只得背约再开口讨要，白衍芝跟他竞争半晌，到底仍依了他。他二人在黑暗中并不能知道时间，也没表可看。但翁大少背约讨了四回白面，可知时候过得很不少了，估量着最早也过了两点钟，无奈那汽车仍不见来。

白衍芝心中焦急，就说：“以前两次，都没出去偌大工夫。怎今天竟还不回来？莫非成心跟咱作对？”

翁大少道：“那谁知道，不过我觉着等了比一夜还长久，也许快要天亮了。就是汽车回来，也不能下手。不如回去，明天再来吧。”

白衍芝道：“那可不成，你知道今儿弄不着钱，明儿就得挨饿吗？我们非得在今儿捞一笔不可。你是不懂心理学，一个人若是忙着干什么事，就觉时候过得飞快。若是闲着，就看着太阳总不动弹，日子分外的长。你可害过失眠症吗？害这病的人，若是赌气不想睡了，那就轻易难得天亮。可是你若在明天早晨八点有事，希望赶快睡着，免得睡不够没精神，那就看着钟飞快跑呢。一会儿打了三点，你寻思便立刻睡着，也只能睡到五点钟，指望它走得慢些，哪知一霎就打了四点五点，你才着急只剩了三点钟，它跟着又给减去一点儿……”

正说着，忽听远远有了汽车的声音，急忙住口，拉着翁大少道：“来了来了，快藏起来。”

二人从地下跳起，藏到家具后面，屏息以待。果然汽车越来越近，到宅门口并未停止，直开进了车房。那车夫想是摸得熟了，居然在黑影中开进房内，并未触着墙壁。停住之后，那车夫先跳下来，把电灯开了，随即很快地关了大门，才回身来开车门。白翁二人在家具后面由缝隙向外窥望，见车内坐着那位姨太太，却只看见肩背，不见头部，好像正低俯着。不由诧异，今日破例开进车后，姨太太何以在车内伏身而坐，莫非睡着或是醉了，而且那车夫的匆忙情形，也和往日不同。正在看着纳闷，不料那车夫一开车门，猛听由里面发出低咽的哭声，同时鼻中闻着一阵恶臭的气味。随见那车夫把姨太太由车内架出来，她颤颤巍巍，好像身软难支，摇摇欲倒。臭气更来得浓了，好似由她身上发出。白衔芝注目一看，才看见她身上已经狼藉不堪，头面衣服都沾了黄黄黑黑的物质，由气味上就可以认出是什么了。更纳闷她莫非走路掉到粪坑里，但坐汽车的人，怎会有这失足的事？而且街上也没有粪坑，这真太怪了。又见那车夫把小门开了锁，扶姨太太走进去，白衔芝和翁大少相对发怔，想不通那姨太太何弄得这样狼狈，而且恰在今日发生，被我们看见。现在她和车夫虽已出去，电灯未熄，汽车内又污秽不堪，不知车夫是否还回来收拾，只得仍藏着等看情形。

果然不大工夫，那车夫又从小门回来，口中不住咒骂，后面还跟着那看门的仆人，却立在门外，不肯走入，只低叫“好臭、好臭，熏死人了”。车夫骂了一阵，才向仆人道：“臭有什么法儿，我也得收拾好，劳驾大哥，你帮帮忙吧。”

那仆人不肯，车夫竭力央告，又说：“你帮忙不会白帮，明儿准可以进笔外快。”

仆人道：“她今儿一个钱还没给呢。”

车夫道：“她遇了这事，在路上就叫我直开进车房，走小门进去，就为怕门房里人们看见，怎会给你钱呢？就连我的也没给呀，可是明儿准保给补上。”

仆人道：“给她出了力，她又要堵你的嘴，一定会给，可是我就许票了。”

车夫道：“你若帮忙，明儿我替你跟她要。”

仆人接口道：“这得多要，她有了这短儿，咱们可不能便宜她。”

车夫道：“那是自然，我闻了一路臭气，还替她刷洗汽车。明儿跟她大大开一笔账，她绝不敢驳回。”

仆人道：“那得分一半。”

车夫道：“你别这么狠，给帮忙就讹人哪？痛快说，咱们二八分账，我再另外给你要几十，不就得了。”

仆人答应着，二人就通力合作，先清除了车内污秽，才慢慢刷洗车位上的靠垫等物。仆人就问姨太太在外面怎样吃这大亏，车夫说道：“这种女人水性杨花，一时也忘不了做坏事。好像外面若没个野汉子，就活不下去似的。可是野汉子有时也不易找到合适的呀？每逢旧的走了或是散了，新的还没寻着，她就耐不住冷清，饥不择食地胡乱抓一个。也不管人品身份，权且应急，可是弄上了再想拆开，就不容易了。她的事全瞒不了我，在去年冬天，姘上了大舞台唱武生的高杏林，打得火热，几乎天天到旅馆去起腻。那时高杏林有个朋友，名叫朱士标，是个小流氓，常跟高杏林在一块儿。深知他们的事，也见过咱们这姨太太。到今年春天，高杏林合同唱满回上海去了，把姨太太闪了个不轻。朱士标得了机会，就赶着巴结。姨太太不喜欢他，先只躲着，以后不知怎么又跟他勾搭上了，那大概因为一时寻不着补缺的人，暂且用他解闷，好比骑马找马的意思，哪知这匹马骑上竟不好下来。

“到前两月她才遇见这票友小王，两下好得蜜里调油，立刻把朱士标抛开。朱士标怎肯甘心，自然还是缠扰。姨太太真是心变脸也变，再也不给他一点儿好气儿，简直不许上前，朱士标怎会不恨。可是他也并非好东西，一见人儿是飞了，抓不回来，就打算在财上找补一下。一天他在电影院里等着姨太太，张口要钱。姨太太真不开面儿，居然就驳了他，以后经不住朱士标连讹带磨，才答应给点儿钱。可是又说当时身上没带着，往后推了三天，但到日子竟来个不见面。朱士标在各处寻找，过了十多天，才又遇见。姨太太没法再推，说了许多不好听的话，才拿出钱来。朱士标接过一数，敢情只是八十块钱。他就变了脸，把钞票扔在地下，一言不答，转身走了。姨太太还觉得了便宜，只说你不要更好，我留着钱买肉喂狗。可是朱士标一走，我已看出事情不祥，恐怕要出孤丁。

“哪知过了十多天，并没遇着什么事，莫说姨太太忘记，连我也不理会。不料朱士标已经暗地安排，只等机会下手，哪一天都没断盯着她，到今天可等上了。你知道姨太太跟小王的小房子，是在安定路东首。那安定路又僻又长，从小房子向东走，不远就到御河路那片热闹地方，可是向西走，得经过一大段顶荒凉的马路，才可以到特一区有影院舞场的火爆地方。姨太太近来也跟小王打得火热，胆子越来越大了。也怨咱们老爷糊涂，大概是被她迷昏了心，才由她说什么是什么，一点儿不疑惑。以前她出门，至迟夜里两点必赶回家，虽然回力球十二点完场，她说跟小姐妹去吃宵夜，就又拖延两点钟。这几回又改了主意，硬说被小姐妹拉去打牌，竟延迟到三四点，所以尽有工夫跟小王乐了。今天十点钟我送她到小房子以后，也没进去在下房歇息，就在车上睡觉。天到两点，她出来才叫醒我，只当回家了，哪知后面还跟着小王，敢情还要上特一区雅兴舞场去玩。上了车，我就掉过头，向西开去，那条道又宽又静，正好开快车。谁想走没多远，就见前面正当路中间，有了两个小红灯，我当时还认是正翻修马路，或者收拾水管，才安上红灯，禁止通过。只是那灯好像太小了些，我以后才知那是手电筒上涂了红色，当时可怎能想到？就急忙刹车。因为开得太快，直到红灯近前，方才停住。可是那红灯忽然隐没了，我借着头灯的光，看看前面，道儿是好好的，也没有人，不由纳闷叫奇怪。小王和姨太太见突然停车，都问有什么事。我就把看见的情形告诉了，又说也许是前面有车，已经拐了弯儿，我的眼离了，没看清楚。小王倒是谨慎，对我说先别开了，快下去看看。我听了推开车门要下去，哪知后面车门也有了响声。我回头一看，敢情小王正从窗户探头瞧看，忽然从旁边便道上跳过两个人，把他揿住，硬给拉了出去。他还没容得喊，已经被人家塞住了嘴，直给架进街旁小黑胡同去了。姨太太跟小王真有情义，居然没吓坏了，跟着从车上跳下来，喊叫救人。哪知才喊出一句，从车后面又转过一个大汉子，手里好像拿着家伙，向姨太太断喝，你敢出声，就打死你。姨太太才吓得不敢作声，呆呆立着。那大汉一点点也退进那黑胡同去了。姨太太见他走开，胆子又大起来，向我说这可怎么好，准是绑票，把他架去了。说着跳上便道，向那黑胡同里张望。不料她才走近胡同口，猛听里面有人高声骂淫妇真不要脸，今儿叫你尝尝滋味。跟着就从黑影里泼出许多稀粪，全落到她身上，看情形准是有人提着整盆脏东西，掩在里面等着。姨太太没等他过来，竟迎着先去领受了。当时姨太太大叫一声，就跌倒在地，我忙跑过扶她，弄了两手臭粪，顾不得嫌脏了，只得先架她往回走。我本已听出黑影里说话的是朱士标，姨太太当然更听得清楚，所以急忙往回跑。到了车里，我问她怎样，可要喊巡警么。姨太太也不答言，只把沾满臭汁的大衣脱下，扔在地上，就钻进车里，口中连说快开快开，快走快走。我听了急忙上车，开车就走。当时姨太太也蒙住了，我问她上哪里，她说快回家去。其实上那小房子去洗刷一下，再回家多好呢。姨太太不住嘤嘤地哭，我知道她是心疼小王，不知他被朱士标等人架去，要吃多大苦子，不过她自己吃这亏也够窝心。我在车里坐着都熏得受不住，何况她平常香水香粉闻惯了的，弄了这一身恶臭，大概十天也洗不净。等快到家的时候，她才跟我说话，叫把这件事务必秘密，又吩咐从车房进去，别走大门。方才我架她进内宅，好像都走不动，直要跌脚，这回不别扭病了就是好事。"

仆人笑道："就死了还不是活该。这娘们太狂得不像样了，我只替她担心，这个屎蛋样儿，倘若被老爷看见，该说什么。"

车夫道："她自然躲着老爷，我想她上楼必然先奔澡房。"

白衍芝见他俩不慌不忙，也不嫌臭，在那里慢条斯理地且谈且刷，不由心中焦急。暗想你们尽自挨磨，将要到何时为止？我们的事全耽误了，一会儿就要天亮，这一夜不白费了吗？想着再看翁大少，见他不知是被臭气所熏还是犯了瘾，愁眉苦脸，好像受罪一样。只得暗地拍了他一下，叫且耐性忍着。翁大少转过脸，对他咧嘴，白衍芝也只有摇头。又过一会儿，那二人方才工作完毕，一个伸着腰喊累死了，一个吐着唾沫喊熏死了，又同骂这没羞娘们儿惹的臭的叫我们跟着吃挂落儿。白衍芝暗叫岂止你们，还有我们呢。随后那二人立了起来，把洗刷工具都运出去。

仆人道："我洗洗手，上厨房弄点水沏壶茶喝。"

车夫道："好，你多受累，我上屋里去等你。"说着都出去了，却并没熄灯，看样儿好像还要回来。

白衍芝低声叫苦道："我们今天是运气真背，赶上这意外的事，这一耽误眼看天就亮了，还干什么呢？再说亮着灯出去，不知道回来不回来。就是不回来，也还得会儿才能睡，院里有两个醒着的人，我们进去多么担心。真是倒霉，这一夜的罪受得好冤，你看该怎么样呢？"

翁大少方要回答，忽然张大了嘴，打了个很响的喷嚏。白衍芝大惊，忙掩住他的嘴道："你作死呀？这是什么地方，你怎……叫人听见……"

翁大少才说了句："我是犯了瘾又犯了病，向来一……"话未说完，喷嚏又来了，急忙自己捏住鼻子，没叫打出来。接着道："这是我向来的毛病，最怕受累，一受累就喘，一喘就把冷气吸进肚里，跟着就放屁，底下一个屁，上头准有一个喷嚏，若赶上犯瘾，那就是更打个没完。必得抽足了才治得好。你说这是……"说着哈的一吸气，把个喷嚏给憋了回去，还望着白衍芝，希望他听了自己病深赶快救治。哪知白衍芝眼珠一转，低声说道："快走。"就拉着翁大少由家具堆后跳出。跑到大门口，拉开门溜出，又把门给掩好，就向前疾奔。翁大少不知何故，只得跟着他跑。跑着喘个不住，喷嚏打个不住。白衍芝转过街角，才停跑徐行。

翁大少道："你、你为什么，莫非有人看见我们？"

白衍芝道："不是有人看见，你这小子真是坏事有余，在那地方居然……这才叫做贼的敲锣，给主人送信儿。莫说那车夫和下人还没睡，说不定就许一步闯进来。就是他们不来，任这夜静时候，你的声音也足能惊动四邻，我不跑还等什么？"

翁大少道："我、我这缺德毛病，真是可恨，不过能抽口儿就可以止住了。你那时若给我点儿……"

白衍芝没待他说完，已唾了一口道："你真是没出息的混虫，只惦着抽你那断命丹，也不想想在那时候怎还容工夫给你抽？再多打一个喷嚏就许被人家听见，出去一喊巡警，那还不成了瓮中捉鳖，我怎敢不快逃命呀？再说在那地方，我若给你白面儿抽，便能把你的缺德毛病治好了。可是万一那车夫和仆人走进来，准得闻见气味，一起疑心，咱们就遭了殃。你知道你抽的那东西什么气味，好比在六月三伏里死了个胖子，停在房里，一星期没装殓，浑身都生了蛆。你进门到跟前去闻闻，准保跟你抽的味儿一样。"

翁大少苦笑道："叫你说的，又何至于这样？再说那车房里已臭得够受，他们也闻不出别的味儿。"

白衍芝哦了一声道："倒怨我错了，咱们仍回那车房去，请你足抽一顿可好？"

翁大少道："我不过这么说，怎么回去呢？何况天也晚了，还有赶天亮做贼的吗？"

白衍芝顿足发恨骂道："我骂你那姨娘的八辈祖宗，该死贱货，把我害苦了。怎赶得这样巧，她偏捡今天闹这臭事。"

翁大少听他骂着，心想她何尝是我的姨娘，你骂她尽管骂她，何必定连上我，我跟着挨着冤枉骂，真是窝心。但又不能分辩，只可听着，但也并不能静听，因为他的喷嚏还接连不断。白衍芝骂了一路，他的喷嚏也打了一路，互相应和，时时惹起路旁人家的狗闻声狂吠。翁大少此际已骨软筋酥，好像挣命似的跟着他走，好容易到了家中。

大门并未关闭，一直进去，到了房中，翁大少倒在炕上，僵卧如死。碧琏迎着便问怎样，可得了手？翁大少不能说话，白衍芝顿足叫着倒霉，把经过情形说了，碧琏也恨恨地把翁大少的姨娘痛骂一顿。翁大少忍死等待，他想讨救命丹，又怕撞在二人气头上，必碰钉子，只得等他们消气再说。不料这贤夫妇骂起来没完，翁大少实不能忍，就说了话。碧琏居然从白衍芝身上取了包白面掷给他，翁大少接过便吸。

碧琏料着今夜必有结果，若不是得宝而归，便是二人都失机被捉。却绝没想到徒劳往返，心中十分失望，已没心绪敷衍翁大少了。因为碧琏原定计划，是等他二人得手归来，自己便把财物全部收入掌握，立刻跟翁大少翻脸，给他一点儿钱，硬行赶出，再不许他逗留。这时见他们无功而返，知道这一夜白费了功夫，翁大少却苟延了残喘，自己起码还得再供养他一天，真觉得讨厌了。

翁大少吸完了一小包白面，才稍微恢复，也帮他们把自己姨娘骂了几句，碧琏很不高兴地道："今儿算白跑了一趟，这可该怎么样呢？"

白衍芝道："有什么法儿，明儿再去吧。"

碧琏点头，口中连叫倒霉，但也没的可说，因为这次失败，是出于意外，对他二人都无可埋怨。白衍芝也不说话，对愣了半晌，碧琏才说道："我们睡觉吧，天不早了。"

翁大少本来倦乏已极，正巴不得这声，就道："对了，也只可睡觉，养足了精神，明天再干，反正明儿总不致再演出这种事。"

碧琏道："好，你就睡吧。"

白衍芝还摸不透碧琏的意思，以为她数日来都是和翁大少做伴，这时提议睡觉，也许是暗示叫自己走开。虽然她已打算得手之后，便将翁大少驱逐，显见是毫无爱情，但她的心是时时有变，也许要演一出临别纪念佳剧，以供日后回忆，自己快走开回南屋去吧。想着就要立起走出，碧琏竟止住他道："你还回南屋去睡吗？天已经亮了，还想睡舒服觉？你就在这炕上挤着睡吧。"

白衍芝是想不到得此殊遇，方悟碧琏并无他意，就应了一声，在炕尾倒下，翁大少睡在炕头，碧琏就躺在中间。这三人的位置，当然颇为离奇，但在这特别状态之下，本没有情理可讲。论理夫妇居室原不该混入第三者，即使遇到特殊情形，例如逃灾逃难，不得不收容外人，在位置上也该有个讲究，若来个女友同宿，应该太太睡在中间，若是男友投宿，自然丈夫睡在中间，以资防堵流弊，避免嫌疑。但这房中的情形，恰和上述相反，倒很像妓馆中借干铺的惯例。譬如一客一友，同借干铺，妓女总要睡在中间，以免冷落朋友。在那时候，客人绝不会因自己相知接近朋友，而发醋意，朋友也不会因倚玉偎香，而引起邪心。所以有人说妓馆是极有规矩之地，浪子是最有道德的人，就是由这地方立论的。

不过碧琏和翁白二人，尚不足语此。他们睡下之后，人人都够倦乏，并没过多少工夫，皆全酣然入梦。翁大少睡得最快，但睡了一个时候，忽然醒了，觉得喉咙干渴，想要下地饮水。无奈身体懒得动弹，神思也十分蒙眬，迷迷糊糊仍要睡去，忽听得耳边嗡嗡作声，好似群蚊飞舞，略一注意，便听出是有人喁喁私语了。他料着必是碧琏和白衍芝说话，本不想听，但因隐约中听到很刺耳的言语，好似说三天不给白面，就瘾死他，搭出去往路上一扔，劳动地面报个倒卧，也就完了。翁大少听出是碧琏的口吻，悚然一惊，立刻把睡意醒了多半，不由屏息倾耳，再听下去。

随闻白衍芝道："你不是说只要把他赶出去吗？"

碧琏道："我原本那样打算。从你们走后，我又仔细寻思，那样简直是慈心生祸害，非下狠手不成。"

白衍芝似乎调笑道："你真也舍得，别忘了一夜夫妻百夜恩，你们一晃也好几天了。"

碧琏似乎发恨道："别提这个，提起来更叫我有气。他那白面的臭气，已经够我受的，再加上讨厌的劲儿。咳，我不是告诉他说，你是个废人。他信以为真，觉得自己是个稀罕物儿，不定多么得我的爱了。好比我八天没吃饭，能得个窝头也是好的。其实他才是真正的废物，天天惹我呕心。若不是为着咱们的事，早就一脚踢出去了，你当我还怪爱他的哪？"

翁大少听着，只觉脊骨发冷。偷着张目看看，见碧琏和白衍芝正凑在一起相对而卧，虽然语声极低，但是声浪由碧琏肩上和枕头的空隙传将过来，听得很是清楚。心想我原来被碧琏恨到这样程度，幸而今天破例自己醒来，才明白他们的意思和自己的处境，若不然真个像她说的还当她怪爱我哪。

想着听白衍芝道："我明白，你是起心里讨厌他，却不得不敷衍，所以恨透了，想要报一下仇。"

碧琏道："我也不专为报仇，只是替咱们以后打算。你想想看，比如你们得手弄了许多值钱东西回来，他一定自觉是位功臣，安心长久吃下去了。那时一天还不得半两白面儿呀？就是弄来万两黄金，也必很快地被他耗净。咱们使心费力，担惊受怕，又为的什么呢？所以必得除开了他。可是若按原来打算，分给他一点儿钱，就赶出去。他并不是小孩子，怎会不识数儿，咱们多给他犯不上，少给他又不甘心。当时咱们俩吓唬着，也许很容易把他赶走，他当时也许答应不再上门，可是万靠不住。你知道抽大烟抽白面的人最没出息，就看那种人跟亲友伸讨，哪一次都发咒发誓，说得牙清口白，这是最末一回了。若再来，天把他怎样，地把他怎样。等到过几天把钱花光，就把赌誓的咒完全取消，仍旧前去缠磨。因为毒瘾发作，没钱便得瘾死，他为着性命，还顾得脸面吗？你想伸讨还是这样，这小子到了没钱时候，想起咱们这儿广有金银财宝，原有他的份儿，被咱们霸占了，那有个不来讹索的吗？那时他就许豁出去，若讨不到，宁可向官面告发，甘心受罪，也不叫咱们独吞。就是他做不出这狠事，咱们也得防着，永远提心吊胆，别想过安静日子了。我本不愿做这事，可是左思右想，实没法儿，只有对不住他了。”

白衍芝道：“你的主意不错，这样也不算缺德。头样他现在饥饱劳碌，再加上白面这点罪过，错非能够发财，若是这样苦熬下去，还不如死了舒服。再说抽白面的人，至多活不过三年，他也快到限期了。我们打发他早走几天，岂但不是罪孽，还许做功德。”

碧琏哧的一笑道：“你倒会说，这还是功德哪？”

白衍芝道：“怎么不是？我记得去年看过一回电影，是欧洲的片，有个兵被开花弹炸破肚子，血花流烂，万万不能活了。可是他还有气，能够说话，看见有位小军官走过，就央告他用手枪把自己打死。那小军官看他万无生理，觉得不必叫他多受痛苦，就答应了。哪知才要掏手枪，后面又有一队兵走过，他就不敢动手了。因为这样打死人，是犯罪的，只有背着人可以干。所以那伤兵就被人抬回送进医院，可是已没法救治，只有看着他鬼号，又受了两天罪才死。那小军官也在院中，听他号叫声音，十分难过。觉得自己若早能打死他，绝不致多受这些痛苦，直是自己所害。就跪向上帝忏悔，可是他终受不住那惨号声音，不知怎么刺激了神经，竟发疯了。你琢磨琢磨，这不跟咱们这件事一样吗？早早把他打发回去，不但除了害，还做了德。”

碧琏听着，便提高喉咙叫道：“对，对，咱们一点儿不亏心……”

白衍芝忙道：“你低点弦儿，留神把他惊醒。”

碧琏方才醒悟，爬起抬头看看翁大少，见他仍睡得好好儿的，就道：“没关系，他才是睡觉如小死，就给抬走也不知道。”

翁大少心想我往日睡觉，确如小死，今日却蒙上天保佑，叫我醒了，亲耳听听你这淫毒妇人的好主意，你们真是会说，一个做了德，一个不亏心。可是我这小命儿就在你们这善心上断送了。好个如意算盘，过河拆桥，可是你们得先过了河再说呀。如今先叫拆桥知道，你河可就过不去了。我再糊涂点儿，也明白这理儿。帮你们偷东西，就是送自己丧失性命，你们别妄想了，我还想多活几天，你们也多穷几天吧。

想着就听碧琏又道："我虽然想出这主意，可是还不知怎样办是好。他一个活生生的人，哪就容易瘾死，万一他瘾急了，发疯起来，咱们也不好搪啊？"

白衍芝笑道："这个容易，我去买点安眠药，给他吃下。也不用多吃，只够昏睡一天半天就成。估量药力快到，就再给吃下点儿，反正永远不叫他醒。有这么三两天，他摸不着抽，也就有八成死了。我们绝不伤他的命，只等他瘾够了劲儿，就说不出话，动不了身。那时不给安眠药，也只剩了发昏打盹儿，咱们趁个黑夜，把他架出去。往河边和租界的交界处一放，寻个墙根也叫他坐着，自然有人替我们收拾。这种事我看见多少了，在交界的地方，这种瘾士最多。有的害了病，有的穷急瘾发，有的是从白面馆给背出来，有的自己坐着等死，一天总有几个。比如说这边界上官人发现了个将死的白面客，因为太多了嫌麻烦，就趁人不见，悄悄地给拉到那边界内。那边界上的人见了，也许又给送回来，结果不定落在哪一边。可是拉来拉去，死得就算快了。我每在河边走过，总看见一两个这样的倒卧，等待检验抬埋。行路的人都见惯了，只要瞧到靠墙根坐着，或是在地上躺着一个枯瘦的人，就看看他身底下，若是还干净，必还有气，若是地下一片潮湿，那就开了后门，必已殡天了。我们到时候把他往那地方一送，就算归了大堆，找他的同道搭伴儿走。在人眼里不过又完了一个白面客，必当是从那附近的馆里出来的，做梦也想不到内中还有别的情由。你看多么简爽啊。"

碧琏道："可是还担心，把他带着气儿送出去，万一遇见善人，把他救活了呢？"

白衍芝笑道："你想得真宽，请问谁去救活他呢？"

碧琏道："这个难说，外面好心眼儿的人，还是有的。听书看戏，不是常有落难的人，被人搭救吗？荒村僻路，还常有人绝处逢生，莫说在这热闹地方。满街是人，有走路的看见，发发善心就许把他救了。”

白衍芝道：“你说的不错。可是我问你，报上常登有跳河遇救，服毒遇救，或是冬天冻僵，夏天中暑，倒在街上，都有善人行好，给救活了。可是你听见有某处发现个吸白面的，瘾发将死，被行人救活吗？方才我说的那个河边，每天总有几个死的，怎么没听说救活一个呢？依你的意思，应该有些善人，身上常带着几包白面，在河边巡逻。看见有要死的白面客，就把白面给他吸，救活了命，再给一笔钱供他长期过瘾，你想有这事吗？”

碧琏笑道：“我倒是没听说过。”

白衍芝道：“告诉你吧，无论哪一国的善人，都没有行这种善的。看见白面客，都会躲得老远，谁也不花钱救这种废人。因为没白面救不活他，便肯买白面救活了他，那除非永远供给不断，才算救人救彻，若不然他还是死。就真能长久供给，他也是活不长。在这年头儿，买大贵的白面救一个废人，还不如舍棒子面救好些灾民呢。”

碧琏笑道：“不错，还是你明白，本来谁肯救这种废料呢。”

白衍芝道：“这不能说是废料，得说死鬼。比如活人得病要死，可以有人救治，若已经死了，就变成了鬼。请问哪位大夫肯给鬼开方下药呢？就是把世上的药都给他吃了，鬼还是鬼，也并不能变成活人呀。”

碧琏道：“对，对，所以我们治死他，只算是害一个鬼，不算害人。好，你就预备着吧。今天晚上，无论如何非得进翁宅把东西偷来不可。大功一成，咱们就要他的小命。”

白衍芝道：“这不用忙，就容他多活两天，也没关系。”

碧琏道：“你别说得这么轻松，知道我多么讨厌他，只为着想从他身上发财，才耐着气忍受。若是得了手，我可再没耐性受他缠磨，你一定得给我快办。”

白衍芝道：“那么今天成了功，明天我就实行。”

碧琏打着呵欠道：“好，我可全交给你了，别犹疑马虎误了我的事。现在咱们睡觉吧，你养养精神，晚上好去办事。”白衍芝应了一声，二人就不再言语了。

翁大少身上好像披着层冰，毛发直竖地听着他们谈论。心中阴气森森，直不知道自己是否尚在活着。因为他俩口吻间已否认自己性命的存在，直当作死鬼看待了。到他俩睡着，翁大少的神志方才恢复，但仍有些迷茫，不知是气是恨，是惊是怕。想到自己和碧琏结下情缘，自以为遇着多情人，哪知竟是抱着刽子手睡觉。翁大少想着又气又恨，觉得此间不可再留，不如快走开吧。但因碧琏夫妇居心狠毒，自己只悄然躲走，未免太便宜他们。而且自己出去，也真没有办法。打算来个贼不走空，偷他们一票再走，也可解恨。但又想他们并没有钱，但有也带在身上，不易下手。寻想半晌，忽然得计，暗自筹划了一会儿，不由望着碧琏的后背，笑着点点头，便自睡了。

这一觉直睡到午后三点钟，才被碧琏唤醒。翁大少打着呵欠，向她伸手，碧琏也不言语，就把白面送过来，给大少吸着。心想你们昨天装得那样穷，连饭都没得吃，几乎把我瘾死。见我答应上翁家行窃，你们立刻又有了钱，把白面给预备了许多，直到今天，还供给不断。我便没听见你们二人的气话，也能看出你们故意作弄，没安好心了。我既然明白，乐得讹你们一下，好在在这“养兵千日，用兵一时”的当儿，怎样也得敷衍我。你们想着今夜再用我一次，明天就可以消灭了，只这半天工夫，必不敢得罪我，也只有这半天可以讹人了，就趁这时候享受吧。想着吸完一包白面，才坐起来，忽又躺下，喊着头晕难过，身上也酸疼得要命。碧琏听了，很关心地上前慰问，翁大少说必是夜里过了力受了风。我最怕这种病，一闹起来就三五天不能起床。

碧琏一听他有病，不由大为着急，心想你早不病，晚不病，偏在这要紧时候害病，这不是叫我受急？就问：“你以前害这病吃什么好的，可要请个先生看看？”

翁大少道：“吃药没用，我以前病过好几次，都连躺好几天，吃什么药也不见效。有一回得了个偏方，叫我买一只肥鸡和二斤肉，放在一起，加水白煮，煮熟以后就大米饭吃个饱饱儿的，再把热汤喝下，就盖上被子躺着。多多地抽白面儿，直抽得头晕了，自己睡着，出一身透汗，有半天工夫就好了。可是这半天里，每隔一点多钟，必得叫醒我抽一回，若过了时候，一犯瘾汗就回去，再也不易出来，又得耽误日子。”

碧琏听了这奇怪偏方，只望着白衍芝发怔。心想这是哪一国的法子，害病不吃药，倒用肥鸡大肉，还得白面足用，真没听说过。就道：“害病吃油腻，你能有胃口吗？依我说，发汗用冰糖绿豆熬汤，也灵验得很。”

翁大少呻吟着道：“可是治我这病不成。我听人讲究过，凡是抽白面的人，五脏都挂了一层硬皮，吃什么药也攻不进去。只有仍用白面去治，所以得多抽。鸡和肉好比是引子，到肚里立刻变成鲜血，引着白面走遍全身，可以开淤通窍，把风邪都赶出去。关窍一开，就能出透汗，病也跟着好了。其实也不一定总得这样费事，我也只在家里当少爷害病，才有钱这样治，近二年在外面流落，过着生病，也只可硬挺。好在并非大病，不碍命儿，至多睡上十天半月，也就慢慢好了。”说着又闭目呻吟起来，却从目缝中偷看碧琏夫妇的态度。

白衍芝心中急得冒火，恨不能把他痛打一顿，但为大局起见，只得忍耐。心中暗想我真是走背运，看他病得多是时候，好比唱《定军山》，“头通鼓把饭造，二通鼓紧战袍，三通鼓刀出鞘”，底下该是出阵去斩夏侯渊，哪知他又饶了句，四通鼓病倒了。这小子真该项上人头吃一刀，岂止吃一刀，妈的几千刀都不解恨。可是杀万刀也没用，我的大事总得要办啊，无奈他既病倒了，我总不能遣他带病出征，而且偷窃也不是病人能干的事。自古只闻薛礼病挑安殿宝，却未闻时迁带病偷鸡、带病盗甲。这可如何是好？若按他的偏方调治，这小子简直是借病讹人，都要大解其馋，大过其瘾，我才犯不上这样孝顺他。想着只把眼望着碧琏，碧琏却在心里另打着一副算盘，她倒有些信翁大少的话了，觉得也许奇医有这偏方，但也许故意装作，要讹我请客。不管怎么，反正总得赶着行事要紧，我就上他的当也只这一回。再说做大事不能惜小费，听他所说，倘然不照方医治，就真得缠绵十天半月。这十天半月我也得养着他啊，算起来比这治病的费用还许多上几倍。如今即使他是故意拿搪，我完全照办，他总不致照平常加十倍十五倍给我破费，而且也塞住了嘴。我完全依他的话，他就得出力办我的事，难道还能有什么花样？

想着就向白衍芝使个眼色，才问翁大少道：“你说的这偏方，真能灵验吗？”

翁大少道：“灵验极了，有半天工夫准好。”

碧琏道：“若是准能有效，我就豁出了，把裤子当了也给你治。不过你得替我想想，本来我就榨干了。再来这一下，可真上下精光，非讨饭不可了。你若估量着今夜好不了，不能出去干咱们的事，就别害我，给我留根救命毫毛，多活两天。”

翁大少心中暗笑，口中答道：“我以前都是一治就好，现在若赶着买去，照方办理，大概到晚上准能出门。就是出过汗，身上软些，只不头晕腿疼，我就能挣扎着去。”

碧琏说声好吧，就从身上脱下旗袍，又把房中所有能当的东西，全敛在一处，包了起来，交给白衍芝，嘱咐当了钱就买鸡肉和白面带回。

翁大少呻吟着道：“可得多买，若少了怕没用，倒费了钱。”

碧琏听着，暗自咬牙发恨，好小子你就讹人吧，这一顿好比当初斩犯的临决酒席，我跟你结了个缘儿，多花钱也预备了。就向白衍芝道：“你尽力去当，去跟老西儿说些好话，总得越多越好。”

白衍芝道：“你说这话，准是没当过当，说好话就能叫老西儿多给钱了？他们的心都是铁打的，说出神来，也别想多给一个钱儿。比如穷人得了病，花四毛买药就能救命，拿东西去当，老西儿只给三毛，你说多添一毛就能救命，他也满没听提。你就跪个钉糟木烂，家里人都死了臭了，也别指望他发善心。这也是种能耐，大概换个别省人就咬不住牙。所以穷人脑子里都有一张像片，就是老西儿说多了不要那副冷脸儿。从这上面，你就可以明白一件事。人们提起反乱的年头儿，常常带上当铺。什么庚子年抢当铺，正月十四抢当铺，还有编成曲儿的。为什么不说抢银行金店，银行金店不是更阔吗？这就因为抢哥儿们都是穷人，他们平常跟当铺太熟了，太仇了，所以一有机会，就先照顾他去。好在当铺也明白在穷人身上的人缘，在当初任何大商家都是浅门浅户的时候，他们早已发明高墙高柜台了。早晚我有一天发了财，必开当铺，随当主讨价，要多少给多少。而且伙计全用绸缎行的人，叫他们给拿出对待阔小姐的笑脸，来应酬当主，外带在栏柜外面，还开饭馆。凡来当当赎当的人，全都待饭，随来随待，每人四菜一汤，酒饭管够。”

碧琏骂道：“去你的吧，别放你妈的屁了。你小子是穷人，总恨当铺不厚道，才这样妄想。若到你有钱开当铺的时候，大概比老西儿还得狠一百倍。快滚吧，不管怎样，总得给我拿回足用的钱来。若是不够，我今儿宰了你卖肉，也得给大兄弟治病。”

白衍芝道：“你别这样说了，当铺不多给，我也没法儿啊，反正尽力挤着当就是。”说着走了出去，到了外面，先从碧琏的旗袍口袋里取出所藏的钞票，然后到当铺把衣服物件全当进去，只得了五元多钱，他也不争，就接钱走出。先到白面馆买了三元钱白面，又到杂货铺买了五分钱的糖霜、五分钱藕粉，寻个僻静处，把藕粉糖霜各匀出和白面同等的分量，然后掺和一处，把所剩的粉霜扔开，这一来白面就增加了三倍分量。白衍芝心中早打算好了，凭什么叫那小子享受？给他掺点杂质，落得省几个，他未必觉得出来，因为这种毒瘾有多半心理作用。

白衍芝记得以前有过一件事，是某某妓女，生性骄傲，时常怠慢客人。一次把个商店经理得罪苦了，那商人不肯甘心，设计害她。就花钱雇用一个年轻的流氓，教以秘计。那流氓就前去调戏那妓女，仗着年轻貌美，能说会道，再一施展温柔手段，竟使那妓女跟他情热起来，随即如胶似漆，打了连台。那流氓本有毒瘾，每当欢情浓致之际，就劝那妓女吸口白面，补助精神。那妓女秋娘泥夜，正苦疲劳，何况又受情郎怜惜，怎忍辜负好意，不由就上了当。起初还是待人相让，渐渐就自动讨索，最后竟感觉需要，到时候非吸不可。有时值流氓不在，竟自己花钱购买，背人偷吸了。那流氓见她已正式上瘾，知道大功告成，就去向商人报告，领了酬资，从此再不照面。那商人就对人说，仇恨已报，莫看那妓女现在还未露明受害，但将来的降级落魄，以至薄卷席埋，已由今日判定了。果然那妓女愈吸愈深，她每日所耗甚巨，而且容颜渐败，精神日颓，有工夫就上僻处偷吸，再没心绪应酬客人，生意自然跌落下去。幸而这时被她的养母察觉，大为震怒，把她痛责一顿。但是毒瘾已成，要立时戒除，已非易事。那养母也有主意，就仍许她吸用，只由自己代为购买，暗地在白面中加入一种糖粉。初时只加一半，以后渐渐增长糖粉分量，减少白面。那妓女居然并不知觉，过了没多日，已经把白面全减净，只剩下糖粉，她还是吸得津津有味。那养母因自己妙计收功，十分得意，不免向人夸张。但也自知谨慎，叮嘱人们不要被那妓女知道。人们也遵命令，对妓女并未稍泄，但对外人不免谈及。这消息又到那商人耳里，那商人真是心狠意毒，万恶不赦，居然要把可怜虫害到底，不容逃脱。就设个方法，叫人告诉那妓女受了养母的骗，所吸的并非白面，而是糖粉。说也奇怪，那妓女在未听这话以前，精神活泼，身体舒适，毫无难过。听了这话，立刻涕泗横流，筋骨酸痛，简直就要不能活了。不但养母再给糖粉，她吸了不能解瘾，就是给买来真白面，她也当作假的，吸了不生作用，结果由她自己去买了来吸过，方才安静。从此她再不肯假手他人，必须自行购买，无论养母，任何人也没法戒除了。以后未过一年，容貌全变，生意大衰。未过二年，就因债台高筑，降到低级娼门。接着每况愈下，三年后便在那并不三面靠水一面靠山，而却真个亚赛阎罗殿的落马湖中，香消玉殒了。

白衍芝曾听那个狠心商人亲口谈过这事，所以知道吸毒的人，总有几成疑心病。故而此际也给翁大少来个偷工减料，这一来先省了三分之二的钱，又买了一只寿终正寝的鸡和一块有十年的臭肉，置备齐全，才带回家去。

到了家中，将东西交给碧琏，报告说衣服东西只当了五块钱，老西儿说死也不多给。幸亏我在路上遇见朋友，跟他借了十块钱，才买了十二块钱白面，鸡和肉共花了三块多钱。这一报销，几乎赚了多半的虚账。碧琏见鸡瘦而肉败，知道白衍芝捣鬼，也没给翁大少看，就给煮在锅里，又把白面打开，分成十多个小包，自留下五六包，把其余的拿进去，交给翁大少道："这是十二块钱的，多亏你哥哥遇见朋友，另借了钱，才买这些。我不监着你了，可是你自己得估量着用，从现在直到明天早晨的粮草，全在这里。你若要想再吸白面，只有用从翁家偷出的钱买了。就榨干了我，也莫想再拿出一个大子来了。"

翁大少掂掂白面分量，觉得不少，就道："够了够了，我只把病治好，就俭省着用，总可以对付到明天。"

说着取一包吸了，即卧下养神。过了两点钟，鸡已煮熟，碧琏用大碗连鸡带肉都盛起来，翁大少蘸着酱油，大饱馋瘾。虽然鸡是病的，肉是臭的，但到煮熟，就看不出了。这就是讲卫生的人，不吃厨子做饭的缘故。因为有些坏良心的厨子，常用贱价买腐坏食料，给主人吃。用很多东西，在做熟之后，便难辨新陈好坏。再加上巧妙手艺掩饰，主人懵然不觉，吃出病来或是死了，厨师是不负责任的。翁大少也是多日未见这肥腻食物了，只顾吞咽，更无暇仔细品味。起初他馋瘾大张，真有目无全盘之势，打算把汤汁都给喝个一滴不留。无奈吃油腻东西，必须有特别胃口，他又有着嗜好，素日消化不良，肠胃不畅，结果竟是肚不从心，只吃了少一半，便觉得肚中胀满，再也塞不下去。只可望肴兴叹，说声饱了。碧琏道："饱了，你就赶快盖上被睡吧。剩下的还给你留着，晚上还来一顿。"

翁大少并不知道她是嫌恶不食，还以为是不敢擅用。听了正合心意，就上炕盖被子倒下，一口气吸了两包白面，才闭目享福。

白衍芝和碧琏另弄些吃了，两人对坐，用眼互相示意，咒骂翁大少。翁大少睡着稍一动弹，碧琏就说："你可好生睡呀，我把当裤子的钱给你治病，若见不出功效，咱们就全别活了。"

翁大少本来没病，而又不困。在炕上这一装作，倒像上了光棍架似的，很不舒服。何况每一动弹，就得受碧琏一顿数落，只得直挺挺地僵卧，享福倒变了受罪。熬过些时，已被棉被压出一身大汗，他才装作醒来，叫着："出汗了，好多了，你们看这方儿灵不灵。"

碧琏并不管灵不灵，只听他自言病好，就放下了心，知道夜里不致再推托了。翁大少下了地，自己夸赞偏方灵验，再不装作了，碧琏也安了心。白衍芝却觉省了事，他本猜着翁大少有意装乔，并非真病。不过依着碧琏之意，委曲求全，拼着花几个钱哄着他，好叫夜间前去效力。但还怕翁大少万一成心捣乱，吃过偏方，仍说没好，尽自拖延下去，白衍芝就不肯再容忍了，已想出对付办法。这时见翁大少居然很识风色，自言已经痊愈，他的高招也就无须使用。当时碧琏见翁大少霍然起来，觉得好似翁家的金钱宝贝都已落到自己手里一样，心中甚为欢喜，就和他们有说有笑起来。白衍芝见碧琏高兴，他不敢不笑脸相陪。翁大少却是知道这安乐日月，已告终止，而且为着逃命，已完全断了恋惜，心胸中反有海阔天空之慨。想着碧琏夫妇安心不善，为着偷窃翁家财物，才豢养自己。如今事尚未成，便暗使毒计，要剪草除根，简直是图财害命。我也对得住他们，他们明白上当，赔了夫人又折兵，不知懊丧到什么地方。再加这些日被我吃了个海净河干，玩得云翻雨覆，他们寻思着是何滋味，两口子又该怎样吵打，碧琏如何懊悔，白衍芝如何发烧，都可以悬揣而知，这也足可报复谋害之仇了，想着心中也颇为痛快。

三人虽各有心思，表面上倒同样的欢欣鼓舞，嬉笑谑浪起来。翁大少知道到了末日，以后再也摸不着，就好像穷嫖客用吃饭的钱嫖妓女，去了一次，就不知何年何月才能再凑足钱，重亲香泽。自然要抱定捞本主义，恨不得咬下妓女一块肉带走。他也是那样心情，就把碧琏当作妓女，尽情拥抱玩弄。碧琏心中虽恨，还不能不应酬。翁大少好像发疯，也不管白衍芝在旁，把碧琏啰唣得无可奈何。碧琏不好着急，以为他忽然犯性，好像二八月的狗一样，只可做个釜底抽薪之计，把白衍芝支出去，静静地安慰他一下。哪知白衍芝前脚出门，翁大少后脚也溜出去。碧琏方才诧异，不知他去干什么，又恐怕他跑了。等了半天，翁大少从外面回来。碧琏见他面上光洁，才知去理发修面。就问你怎无故地想去修饰门脸，翁大少笑说：“我胡子拉碴的，怕你讨厌。”碧琏骂了他一句，翁大少就跟轻薄起来，碧琏只有顺情哄着。她梦想不到，翁大少出去理发修面，是有作用，把剃下的短楂完全带回来，乘碧琏不备，移赠于她，作为临别纪念。这一着可谓缺德到家，碧琏也受害不小。至于细情，却无须多费笔墨，知道的可以想象而得，不知道的只可糊涂下去。好在这一事的不知，并不足为儒者之耻的。但由这一举，翁大少已把仇恨报了多半，而且还是一块石头击落两只鸟。碧琏遭了他的暗算，就成为一种隐疾，这病非医生所能治，而且医生也不肯管。那就只苦了做丈夫的白衍芝，鞠躬尽瘁，几乎落到死而后已。若非碧琏自己发现病源，赶快用独出心裁的偏方医治，她的小命也是岌岌乎危哉。这是后话，暂且不提。

当时翁大少和碧琏叙了会临别情意，过一会儿白衍芝回来，天已不早，三人吃了晚饭，又休息一会儿，待到夜半时候，碧琏催促他二人快去。翁大少和白衍芝就一同出门，直向翁宅走去。这次在路上却没话可说了，两人各自在心中盘算，怎样毒害对方，不过白衍芝所想的还在日后，翁大少却是要立时行事，都默默无言而走着。

到了翁宅，见对面的席卷仍在那里峙立恭候，就先钻了进去，仍由破孔向外张望。见车房门开着，知道姨太太尚未出门，只得耐心等候。但白衍芝想起昨夜的事，恐怕那姨太太昨夜才遭了打击，今夜也许不到小房子去。跟着又想起昨夜那车夫说姨太太的姘头已被流氓架去，她今日却去会谁，定然不出门了。想着心中着急，暗恨我怎早没想到，岂不要白跑一趟，就把这话悄悄对翁大少说了。翁大少坐在地下，吸着白面，听了白衍芝的话，竟好似没听见似的，一点儿也不着急，仍自消闲地过他的瘾。

白衍芝着急道：“你想怎样，我们准又白来一趟，这不糟糕吗?”

翁大少这才开口道：“听见了。”

白衍芝道：“听见了怎跟没事人一样?”

翁大少笑道：“你糊涂啊，简直一点儿度量没有。你想那姨太太今天要不出门，我却说她非出去不可。”

白衍芝道：“怎么呢?”

翁大少道：“你往后看啊，若是昨天平安无事，她也许今天一时发懒，或是为别的缘故，竟不出门。只因昨夜出了事情，她才非出去不可。你想一个女人对姘头怎样关心，她能在家里忍着闷着，不去小房子看看姘头回来没有?就是料着不能回来，她也要打听打听细底，是被谁架去，落在哪儿，好想法救他呀。所以我敢保她必然出去，你就放心等着吧。”

白衍芝听他所言实在有理，心中寻思，这小子敢情很有心路，比我还高。再回想那天在破烂市卖衣服的情形，更明白翁大少奸狡非常，有时比自己花招儿还多。现在又看出他的见识比我高超，可见以前把他当作无知的浪荡公子是完全错了。但不解他一个少爷如何肚里有许多坏杂碎，在翁宅那样阔家庭中，少爷除了对花钱一道具有专长，似乎不曾学得这些流氓伎俩。想必是在外流浪这一二年中，跟那群白面朋友学的，只这样已经令人可怕了。看来碧琏主意不错，此人必须剪除，否则今日偷盗成功，日后对他简直无法驾驭。白衍芝想着，心中暗觉得计，却不料翁大少那里也正在算计他，把办法已经想好，只待到时施行。过了一会儿，白衍芝正立着发愣，忽觉大腿被打了一下，吓了一跳，忙问什么。翁大少道："你看怎么？"

白衍芝由破孔向外一瞧，只见房中灯光忽明，跟着就见门儿开放。那车夫在门口伸了个懒腰，就走回去，把灯熄了。须臾就见车灯射出两条金光，直射到这边席卷上，跟着响了两声喇叭，车子便缓缓开出来。开到宅门口，恰见宅门开启，走出那位花枝招展的姨太太。昨夜的狼狈情态、臭恶气味，已完全不留痕迹，又成为一个崭新喷香的美人儿。那车夫并未下来，只在上面回手推开车门，姨太太走上去，便开走了。随闻宅门关闭之声，立刻门又归寂静。

翁大少道："你可服我这诸葛亮？"

白衍芝心想，你倒够得上诸葛亮，只可惜明日便星落秋风五丈原了。口中说道："你真妙算如神，我真佩服你，咱们该进去了。"

翁大少道："车房里你又不许我抽，在这儿舒服够了再去。"

白衍芝道："别耽误了，我想姨太太那个姘头昨晚被人架去，今儿未必就放回来。她到小房子没人做伴，必不久留，也许很快就回家。"

翁大少道："不然，娘儿们的事，没干脆的。她到小房子，见姘头没回家，总得先哭一阵，再跟老妈车夫说一阵，商量一阵，只这样就得两点钟。何况她还许要出去打听寻访，外带托人呢。"

白衍芝道："叫你一说，还不得天亮回来，我们又白来一趟。"

翁大少道："那谁敢保？反正回来早晚，在乎人家，咱们只好听天由命。"

白衍芝道："听天由命，也得先进车房去等。倘若她万一很快回来，咱们进不去，回家跟碧琏可怎样交代？她已经红了眼了。"

翁大少立起道："走走，你说得对，万一耽误真不得了，她还不把我咬两口？"

白衍芝道："岂止你呢，我也照样要命。"

翁大少道："你们恩爱夫妻，总好得多。是灰比土热，是火热似灰。你说对吗？"

白衍芝不解他何以在这时说出这话，做梦也想不到他是听见密语，借题大发牢骚。只想这小子不知犯什么毛病，信口胡说，也没理会，就道："哪有这些废话，快走吧。"

翁大少再不作声，跟他走出席卷，一溜烟跑进车房，仍藏在破烂家具后面，席地而坐，两人都不说话。过了半天，白衍芝才说道："今儿又不定等多大工夫，真是苦差，若天天这样，可把人急死了。"

翁大少笑道："我倒不着急，只要许我抽白面，一天来坐几点钟，也没什么。"

白衍芝道："好，今儿咱们得了手，你以后就天天来这儿过瘾。"

翁大少道："我倒愿意以后常来，只怕来不了。哼哼，以后还有我吗？"

白衍芝一怔道："怎么没你，这是什么意思？"

翁大少道："我怕小命儿要玩完。"

白衍芝听着心内一跳，口中说道："怎么，你会算卦，知道要玩完？那可别价，你还有福没享哪。"

翁大少道："别是有罪没受吧。告诉你，我心里直害怕，也许我归位快了。"

白衍芝更觉诧异，就问："你抽风啊，怎净说丧气话？"

翁大少道："不是我丧气，实在悬虚。你想想，咱们今天得了手还好，若失了风，被他们捉住，你是结实小伙子，弄二年监禁，满不在乎，出来还是你。我呢，一进监狱，半天没得抽，就给瘾坏了，半天折腾，半天发昏，再有半天，就要把我搭出去，往马路一放，算又是个倒卧，你想想这够多么可怕。简直说，咱们今天此事，你只拼着坐牢，我却拼着玩命呢。"

白衍芝听了，仍没悟到他言中有物，只以为是忽然害怕。暗骂这怂小子，到这时候就泄了气，真不够料。但不能不对他安慰鼓励，就道："你放心，我是干什么的？碧琏派咱们的差使，你下手偷盗，是个正差，我却只为保护你而来。她吩咐过了，宁可我被人捉住，也得叫你平安回家，若伤一根汗毛，拿我是问，你想我敢不用心保护你吗？莫说翁家只有限的几个人，我们毫无危险。就是万一有了意外，我拼着这条命也要挡住他们，让你逃出去。"

翁大少道："你可真是爱我，我得谢谢。"

白衍芝道："也别说爱你，我不爱你也得这样办。痛快说吧，你想想碧琏跟你是怎么情形，她简直一时离不开你。倘若把你丢在这里，我自己回去，她可能饶我？只怕那罪过比被人捉住送官，还加十倍难受。我为着自己，也得保你平安回去呀。”

翁大少想，你到这时还使美人计迷惑我呢？可惜我早明白了。你也许要保护我平安回去，一则怕我失脚攀扯你们，二则也要我回去赌受你们的死刑。小子你真把我当作罐里养的，好在今天只是今天了，我落得快乐嘴，拿你要笑一会儿，就道：“大哥，你提这个，我真心里抱愧。咱们不用遮遮掩掩，说真格的，你是待我太好，把我养在家里，供我吃穿还不算，还把大嫂也让我。这种义气，真是世上少有。换个别人，谁肯把自己老婆给别人搂着呢？若是出门在外也罢，你还在眼前看着，居然一点儿不在乎。难为你这宽宏大量，怎么学来的？”

白衍芝虽然寡廉鲜耻，但听着他的话，也觉刺耳震心，喘不出气。心想这小子真混账，居然得便宜卖乖。世上老婆姘人的尽有，就是姘头和本夫同居，由夫代执仆役事的也尽有，但姘头对本夫照例客客气气，含情都在不言中，从没有道歉的。因为此事无歉可道，无话可说。如今这小子居然跟我动这一套，简直叫我喘横气儿。我便是头等怂王八，也得给他一顿嘴巴。但转想现在正当用他之际，不可得罪，否则把他惹恼，抖手不干，我可怎么向碧琏交代？而且他又是快死的人了，我何必跟鬼置气？想着就答道：“兄弟，我这叫疼兄爱弟。朋友要紧，老婆不算回事，世上交朋友的得跟哥哥学。”

翁大少道：“大哥，你这义气，旁人可学不到，我敢保天下独一份儿。就凭你这心眼儿，铁石人也得感动。这几日我常寻思，你这样待我，我该怎样报答你呢？大哥，你想我该怎样报答你？”

白衍芝道：“咱们弟兄，谈不到报答。”

翁大少道：“不成，非报答不可。我的良心，但分还剩点渣儿，也得报答你。我已打好主意了，这回来偷东西，就是报答的头一步。若是上天保佑，叫咱们得了手，不管一万八千，三万五万，完全归你，我一个小钱不要。还从此离开你的家，绝不再打搅，叫你们清门静户过舒心日子，你说好不好？”

白衍芝听着，心想你果然这样，倒可以保住小命儿。只是你会有这心眼儿，我才不信，也只说说罢了。你离开我家，上哪里讨钱过瘾？再说现在我当当吃饭，你还赖着不走，到有了钱，你还不更稳吃三注，大炮也打不走，还会自己善退吗？想着就道：“你别这样说，为什么走呢？现在我过穷日子，还离不开你，到有钱享福，你倒要走。莫说碧琏舍不了，我也……”

翁大少接口道：“我很明白你们的心，只是我自觉下不去呀。说良心话，我去你家，嫂子只恋着我，未免就对你冷淡了。我离开，也好叫你多享点艳福。”

白衍芝听着，正在暗地咬牙痛骂，翁大少道：“大哥，可有一样，我得劝你，往后别再让别人顶我的缺了。这年头儿，人心不好，嫂子又太热心肠，见人就爱。像我这样的痨病鬼，她还当作心肝宝贝看待，若换漂亮小伙儿、结实大汉子，她还不摽死儿呀？再说像我这样的人，敢说世上少有。任凭她多么爱我，我可总顾着弟兄的好交情，说让就让，说退就退。若换个别人，就许把嫂子霸占了，两个人扭成一股儿，一脚踢出你去，到那时你后悔就晚了。所以我劝你千万留神，别为交朋友丢了老婆。嫂子像花朵似的，简直有说不尽的好处。我若有那样一个太太，准得买个保险柜把她装起来，旁人看一眼，我就动刀拼。大哥你是太厚道了，往后可不能这样，你想谁肯用老婆跟你交朋友呢。”

白衍芝被他说得好不是滋味，虽然脸皮厚似牛皮，也觉挂不住了。无奈又不好跟他争吵，而且他说的都是好话，更没有争吵的道理。只得把气忍了又忍，说道：“兄弟你说得对，我往后绝不这样傻了。不过兄弟你可不能离我，咱们既有了交情，就得把交情维持到底。”

翁大少道：“我明白你是真心待我，可是你越这样，我越不忍。世上的事，都是人家敬我一尺，我敬人家一丈，好心换好心，不能装颟顸头，不知意味。我只两肩膀扛个脑袋，跑到你家打扰，又吃又住又抽，闹得你们日子不日子，两口儿不两口儿。换个别人，莫说是我这麻秆儿胳膊，就是个大混混儿，拿着刀子霸占民妻，强吃强睡。那王八大哥就是当面不敢惹，暗地也不服这口气，说不定就使个坏招儿把他毁了。像我这样的，更不用说。你本来说声滚，我就得连胳膊带腿爬出来。可是你不那么办，还真心疼我，我要走，你都舍不得。这情意真叫我流眼泪。大哥，我不能不懂人事，你越不叫我走，我越不忍待着。谁也拦不住我，就是嫂子不舍，我宁可跟她翻脸绝情，也得对得住你。大哥，你往后瞧，就知道兄弟够朋友不够。”

白衍芝听着，起初气得要死，心想你把王八大哥都叫了出来，成心当面骂人。但听到后来，翁大少好似语出精诚，不由又诧异非常。心想，这小子真个要离我家，也许他命不该绝，有鬼神指点。但他游手好闲，又有毒瘾，现在只倚我生活。怎肯在帮我发财以后，倒自己走开，还说分文不取，这真叫人难信。但他若没这意思，何苦说这废话，说出来日后反悔，还得落个失信呢。想着越发莫名其妙，就道："兄弟，你的好意我领情了。可是咱们家的事，瞒不了你，什么都得你嫂做主。这时我说叫你走，也是白费，我说不许你走，也是白费，简直等回家你跟她商量去吧。"

翁大少道："不能跟她商量，我知道她从不肯放我，一商量倒给拴住了。说实话，我今儿出马偷盗，只为报你们的恩。叨扰这许多日，不能没个意思。所以我打算得手以后，无论有多少金银珠宝，完全都交给你带回。我却要半道儿下会，不到你家去了。"

白衍芝一听，想不到翁大少竟大有侠客作风，知恩报德，并且功成不受，飘然远行。这行为真是高人一筹，可钦可佩。将来若有人做武侠小说，大可把他作个书胆，起个绰号叫作白面侠，倒许能引人入胜。只可惜这侠客前半段行事太污秽卑鄙了些，但晚节也足以自盖了。想着就道："兄弟，这可不成。你半路走了，我回去怎样交代，她跟我要人呀？"

翁大少道："我教给你几句话，叫她恨上我，你就可以不落埋怨。回去你就提我说的，我有口瘾的人，身体本很衰弱，自己得要保重。她虽待我极好，我可不能久伺候她，小命儿要紧呀。你把这话传过去，她一定恨上我，骂我没良心，就不会埋怨你了。"

白衍芝梦想不到这话是一语双关，实际是说恐怕回去被他们害死，却把题目做在碧琏身上。猛觉恍然大悟，暗想原来他是为着这个，这一说我才信他是真心要离开了。本来碧琏如狼似虎，久著勇名。记得曾自己说，当初混事时节，一天去了三个大西洋，把全院姐妹都吓跑了，只剩她一个人接待。但她只能接待一个，另外还有两个，却是无有着落。姐妹都躲得老远，不敢回来，员多缺少，只得请他们耐性等候，挨次轮补。结果她在半天里办了三件交涉，赚了很多的钱。以后她屡次向人夸耀，认为毕生得意的事，至今提起来还面有得色。就像我这样的人，还苦疲于奔命，何况他这半死的瘾士？想来他必是领略够了，深知鸡肋不足当尊拳，小马不敢拉大车。自己还想保住小命，留待日后受罪，也不敢享这难消之福。由此看来，他说的全是实话，我倒疑错了，但岂知碧琏还不想叫你享这奇福。当初易实甫有句诗说"世间死法思量遍，上策无过近媚猪"，那种风流圆寂，你还不配，牡丹花下岂能埋你这有毒的臭骨头？她本预备叫你历尽苦毒，倒毙道途的，如今你能自己解脱，也未尝不好，我就饶你一命也罢。想着就道："兄弟你若为这个，我可就不好拦你了。本来你嫂子有时也没出息，不知疼爱人。兄弟你身体既不结实，又是位少爷出身，莫看你现在落魄，将来就许仍旧回来，做你们翁家的主人，家有天大的福分等你享受，犯得上这么作践吗，自然还是保重要紧。”

翁大少道：“我倒没想到将来享福，只是蝼蚁尚且贪生，为人岂不惜命，谁也愿意多活些年。至于你说嫂子没出息，我可反对。那不怪她，这是从老天初造人时，就给造定的事。和吃饭一样，比如你每顿吃两碗饭，我每顿吃六碗，并不算你局面，我没出息。因为这是各人天生的饭量啊。叫你吃三碗，就得撑出病来，叫我吃四碗，也要饿出病来。我怕饿成毛病，非得多吃不可，旁人看着就该说我没出息，其实冤啊。我有位亲戚的太太，身体极壮，丈夫却是烟鬼，自然一切不能满意。以后这位太太性情日渐怪僻得喜怒无端，哭笑无常，简直成了神经病。见人就恨，逢人便骂，而且变着方儿虐待她的丈夫，常常三五日不许丈夫安眠。丈夫每一合眼，她就摔家具扔壶碗，闹得日不聊生。家人都认她有了疯病，请大夫诊治。大夫检查以后，就说她确是神经受伤，不过现在心理的变态，是由于生理的原因，完全是丈夫所造成的恶果。倘能积健为雄，不亏厥职，绝没这种现象。但现在却是病根已种，病象已成，虽在医理上有治疗方法，无奈在道理上没治疗可能，因为既不能改换丈夫，又不能广置面首，只可看着她日渐加重，以至于死了。我那位亲戚也是个好人，和大哥你一样的宽宏大量。当时送走医生，也没说什么，跟着就自言有事，需赴汉口，得耽搁几月，随即收拾行装起程。却把个年轻力壮的包车夫留在宅里，改作打杂，伺候太太。那位亲戚出门一年，方才回来。到家见太太病竟大好，不但身体健康，而且知情知理，神经也完全恢复原状了。那位亲戚自觉无形中做了件功德，救了条性命，很是得意。哪知善人还有善报，又过了几年，太太居然给他生了两个儿子。到儿子长大，太太才因别的病去世，包车夫也害了脚疾，不能做事，回了老家。那亲戚到如今竟得两个儿子的孝养，做了老封翁，这不是行善得福么。他常对人提起这事，说太太当年的情形，换个别人，一定不肯那样做的。可是我却想她并没不好，只是害了病。而且这病是由我身上所起，我凭良心也得给她治。这就好比你有个孩子，因为营养不足，得了馋痨，见东西就抢吃，你能怨他没有出息，把他打死吗？要明白他是因为你不给饱饭吃，才得了这个病。你除了给他补药治病，再给食物将养，还有别的法吗？大哥，你听这理儿对不对？”

白衍芝听着，觉得也没法跟他生气，只得和他乱说道：“我也是抱着这种主意呀，要不然就会这样纵着？所以不愿放兄弟你去，也是这个缘故。你好比是位大夫，倘若你走了，还得另外找人，又多添回麻烦。”

翁大少笑道：“大哥，你可说出实话来了。我是大夫，给你们做了这些日的义务侍医，还没领过工钱呢。”说着又道，“这是笑话，讲什么工钱？你们每天的吃喝的待承，就算是工钱了。可是我可以不再知情了，大哥你说对不对？”

白衍芝道：“咱们弟兄，还说知情的。”

翁大少道：“自然说不到这个，不过……”

他才说到这里，忽然白衍芝伸手掩住他的口，低声道：“来了。”

翁大少听时，果然有汽车声音，远远而来，就屏息静待。跟着汽车渐渐驶近，到车房门口稍停，徐徐停住。那车夫照例本该先下来开电灯，再请主人下车。但今日却大变往例，他下来之后，在黑影中先关锁车房外门，便去拉开后面车门。高跟鞋一响，似乎姨太太跳下车来，但只响了一下，并未向前行走，就又变为静寂。在黑影中只闻有粗重喘息，跟着又有接吻之声。白衍芝和翁大少都觉一怔，感到这是今日新发现。

随闻那姨太太低声啐道：“你这出息，还不快放手，让我进去。”

车夫吃吃地笑道：“我真舍不了你。你等老家伙睡了觉，能上我屋里去吗？”

姨太太道：“别胡说，一会儿天就亮了，我怎能出得来？”

车夫呢声道：“我的小太太儿，我想你一年多，天天陪你出门，夜夜为你做梦。今儿好容易摸着你，真恨不得住在那里，十天不出屋子。可恨一点钟在这时候偏走得快，一霎眼又该回来了。往日你在楼上跟人高兴，我在外面苦等，一点钟比通夜还长呢，好亲亲，你再给我一个。”

姨太太道：“得得，别麻烦了，留神门房人撞见，他一定听见汽车回来了。你放手，这不是已经便宜了吗？往后日子比树叶还长，只要你不腻就成，明儿里我早早出来。”

那车夫还不肯放，由那怪声杂作，便可想见丑态百出，那姨太太像哄小孩似的才得脱身。随闻高跟鞋又响了，向侧门走去，车夫说声等我给你开门，随闻窸窣半晌，才咯的一响，把门开了。姨太太不知为何又哎哟一声，骂了句缺德挨刀。车夫咴的一笑，姨太太又低骂你作死呀，也不怕叫人听见。随闻高跟鞋声音渐渐走远，车夫还倚在门上不走，似乎回思过去情味。忽然像唱戏似的念白道：“这才是祖上阴功，父母德行，坟地风水，本身造化，叫我摸着这小娘们，可美死我了。想不到我小子还有这步好运，从今以后，我是妻财子禄，一概俱全，什么也不愁了。哈哈！她说早知道我这样，绝不滥交别人，只跟我好了。本来么，你也见识，他们都是汤儿菜，中看不中吃。要吃个肚儿圆，得下咱这四扒馆，吃一回就拉下你的主顾了。”说完又低声哼起梆腔来，学着当年孙桂秋的《玉堂春》，“哎哟哟小亲亲可就搂抱在怀中”，唱着徐徐走开，想是回他住室做好梦了。

白衍芝听他走远，才向翁大少道：“得，你令尊的绿帽子又加了一顶。你这位姨娘，真是一身不闲，逢彩必中，好烂桃儿咧。听这口气，是今天才跟车夫勾上的。昨天她姘头才被人给架去，想必是还没放回来。你姨娘就不肯再等，忙着叫车夫补了缺。这真是新鲜事，世上竟有这样不要脸的女人，连我都看不下去。若不是你的姨娘，我就得骂狠的。”

翁大少心想我哪儿来的姨娘，硬给按在头上，还是不能不认，真有冤难诉，有苦难言。就道：“你尽管骂，我才不介意呢。”

白衍芝道：“我骂她当得什么？咱们快办正事吧，这可得到机会，还不快动手吗？”

翁大少道：“别忙，女的才回来，车夫也未必立刻睡着，再等等。”

白衍芝依言又蹲了一会儿，二人才离开隐伏之处，由侧门溜入院中。翁大少熟识地势，在前引导，白衍芝在后面紧跟着。门内好像是花园，花木甚多，在夜中发出阵阵幽香。二人沿着矮树丛走了几步，穿过缺口，又越过一排鱼缸，再绕着花畦，转到一座藤萝架，翁大少立住了，摸着一张石磁，就坐在上面。白衍芝也跟着立住，附耳问道：“怎样？”

翁大少道：“等我查看查看，再往里面走。你以后不要问，只跟我走好了。”

白衍芝应了一声，等他重复走动，才又跟着。这次又转到墙根，循着墙走，似乎进入一条过道，既窄且长。走了半天，才出了过道，另到一座稍宽阔的院落。翁大少立住低声道：“这是后院，老妈子全住在后院，为着她们出入方便，后面楼门是不关的，咱们从这面进去最好。”说着又问，“你带着电筒吗？”

白衍芝道：“带着呢。”

翁大少道：“你给我，我在前面走，有时得照照道儿。”

白衍芝叮嘱用时留神，不要被人看见。翁大少接过去，也不作声，两个人一先一后，摸到楼门，就蹑足走入蹲身慢步，一步挪不了半寸，转了个弯儿，才摸着楼梯，循级走上。二人都极端谨慎，没发出一点儿声音。到了楼上，翁大少又拉住白衍芝，附耳说道："我们老头儿跟几位姨太太全在二楼，我们只过了这层，就不怕了。"

白衍芝又附在他耳上说道："那间有宝贝的房子，在哪儿呢？"

翁大少道："还在上面，以前本来都住三楼。自从我那位姨娘死了，大家全移到二楼，把三楼当作待客的住所了。可恨三楼楼梯还在前面，得经过这条甬道，两边屋子全住着人，你可留神。"

说完又蹑足前行。白衍芝提心吊胆在后跟着，好容易穿过甬道，又摸着楼梯，循级走到了三楼，翁大少才道："这可到地方了，据我所知，倘若没亲戚住着，这三楼必然没人，可以放心。"

白衍芝道："你也别太大意了。"

翁大少道："不要紧，便有人住着，也早睡着了。"

说着就开了电筒，照着地楼板行走。他暗地寻觅一个门儿，这门儿并非那藏宝室的门，而是一道通平台的门，因为三楼靠前面甬道尽端，有一块平台。由平台可以俯眺全院，家人也常在上面晒晾东西。这平台和甬道中间，隔着一道门，也可说是法国式长窗。翁大少知道这道门在夜间惯常下锁，以防歹人由平台进来，但钥匙却向例插在锁孔里，不拿下来。因为这只是一道门，仅防外贼进来，不防里面人出去的。翁大少先走到甬道尽端，用电筒一照那门，瞥见钥匙果仍插在锁孔中。心中暗喜，立刻熄了电筒，摸着那门上的钮，微一用力，门竟应手开了一道微缝。他急忙关上，心想现在下人真懒，竟忘了锁这门，倒替我省了事。

翁大少在黑暗中的动作，白衍芝毫无觉察。而且他虽也瞥见这道门，还疑里面是房间，并不知是平台。只以翁大少忽熄电筒，觉得一惊，方要问怎么了，有人吗。翁大少忽捅了他一下，转身离开那道门，循甬路向后走。又开了电筒，照着右面的房间，走到第一个门外，翁大少立住，伸手握住门，转动一下，又放了手。低声道："就是这间，里面藏着那位去世姨娘的珠宝首饰。这门大约有二三年没开过，钥匙在老头儿手里，你不是说能开吗？现在就施展手段吧，只要弄开，就是小财主了。"

白衍芝叫翁大少把电筒的光照射门上锁孔，蹲下端详一会儿，才道："这锁很普通，并不难开。"

翁大少道："你倒是开锁的内行，我记得你还带着百宝囊呢。"

白衍芝道："我交过一个走黑道的朋友，跟他讨教过，这几件小家伙也是跟他借的。"

说着把个布袋从身上掏出，放在地下，又道："你把电筒熄了，这在紧要关头，可要留神。我不用灯光，只摸索着就干了。"

翁大少依言，熄了电筒。白衍芝又叮嘱他："小心巡风，把耳朵伸长些，万一这三楼上住着人，不可不防。你只听见有一点儿声音，就拍我一下。我专心做活，听不到别处。"

翁大少心中暗想，不劳嘱咐，我一定如命办理，就微应着立在他身后静待。只闻白衍芝喘息有声，似乎蹲着很费气力，又有窸窸窣窣、吱吱扭扭之声，似乎扭着铁链，又似用着铁的器具，不过声音甚微，想见做得甚为谨慎。过了约有五七分钟，忽听白衍芝低声说好了，随觉房门微有声响，鼻中闻得阴霉尘土的气味，知道房门已被弄开。不由神经大震，知道到了千钧一发的时候。但白衍芝还在蹲着，似乎正收拾他的工具。猛向白衍芝肩上拍了一下，低头说道："不好，快走。"说着就拉着他向前面跑。

白衍芝冷孤丁吃了一大惊，任是如何聪明，在这时也要惊惶失措。而且他知道翁大少熟识形势，又担任把风职务。翁大少这一张皇，白衍芝以为必然有了事故，又信赖他的引导，自然跟着就跑。翁大少拉他到通平台的套门前面，猛然将门拉开，另一手就将白衍芝推了进去。白衍芝还以为他是领自己躲避，自然不会抗拒，及至到了门内，就听那门啪的关闭，又咯的一声，似乎锁上了。白衍芝还未起疑，只诧异翁大少把自己推进此门，他却躲向哪里，怎不同过来呢？接着便觉一阵凉风吹面，转脸看看，才知道是平台。不由咦了一声，再回头由门上玻璃窗向里瞧看，只见里面黑暗暗静悄悄，既不闻一点儿声息，也不见一个人影，翁大少竟失踪不见。白衍芝翻眼纳闷，又等了一会儿，仍不见甬道有何动静。不由暗叫奇怪，翁大少若是听见人上来，拉我躲避，他也应该避在一处，这台上地势很宽啊？他现在可躲在何处去呢？而且这半晌不见动静，想是虚惊。他为何还不出来，把我蹲在这里？想着既纳闷，又是着急，就伸手推推门，纹丝不动，猛悟已经锁上了，才感到翁大少行动有异。你叫我藏在这里，当然是怕着人看见，但推进来也就够了，何必把门上锁？若怕有人进来发现了我，你应该一同进来，把门从外面锁上才对，却为何从里面上锁，把我一人拘在这里，你是安着什么心？

白衍芝这时已对翁大少起疑，猜想他怀有歹意了，但还想不到因何如此。而且现在立在共同利害的地位，似乎不致有意外举动。不过已急得汗流遍体，心跳如同捣蒜。但在拘禁之中，无法可施，只有将脸紧贴在玻窗上，瞪着大眼，向黑暗的甬道中瞧着。这时忽觉眼前似有亮光一闪，方一注视，却又消逝不见，好似夏天暴雨时的闪电一样。白衍芝初疑是自己眼花，不料一转眼间，那亮光又发现了，仍是一瞥即逝。不过这次他可瞧明白了，那亮光只窄窄的一线，好像由什么缝隙透出，跟着又亮了两下，就再也不见了。白衍芝愣愣地瞪着眼儿，寻思这是哪里来的亮光？又寻思翁大少现在哪里？这两个问题在脑中一相接触，他立刻若有所悟，眼珠一转，随即大为醒悟。不由顿足自语道：糟了糟了，我上了他的鬼吹灯了。这小子一定正在那藏着珠宝的屋里做活呢？我把门给弄开，他不容我进去，就给来个虚惊。我当时梦想不到他安心弄鬼，只当真听见什么，就跟着他跑。那小子把我锁在这平台上，自己去做活儿，那门已经开了，还有什么遮挡，进去随便拾掇。

白衍芝倒是猜得不错，翁大少这时确是在那位亡故姨太太的室中搜括宝物呢。原来他因对翁宅门径厮熟，深知地理。所以早就打好了算盘，要使白衍芝落入陷阱，自己独得利益，以报复他夫妇相害之仇。白衍芝却是生人摸不着门，一切听他指导，才弄成这盲人瞎马的结果。翁大少的办法，本也十分简单，上到三层楼先去考查那通平台的窗门，见钥匙仍似当年一样插在锁孔，已算有八成得手了。随即领白衍芝到那收藏宝饰的门前，叫他开锁。白衍芝费了半天由黑道朋友学来的手艺，才把锁开了。翁大少一见通路已开，更不容他还转，立刻给个迅雷不及掩耳，猛然拉他逃避。可怜白衍芝连思索的机会也得不到，只当他真个听见有人前来，随着跑到通平台的门口。翁大少把他推进去，跟着将门锁上。白衍芝一个猛劲儿，进到门内，还以为是安全地带，及至发现被骗，已落入陷阱，无法自拔了。

翁大少安置了白衍芝，先在黑暗中稍立了一下，便溜进白衍芝方才辛苦打开的门内，到里面把门关上，开了电筒，各处搜寻。因为房中一切都保持那位姨太太生前原状，未加收拾，所以很多东西，都很容易寻着。例如妆台抽屉中放有许多戒指和珠链等物，再打开箱子，又寻见几副金镯、几只好表，以及珠花翠钏，为数甚多。而且那位姨太太大约生性爱财，箱中还存有各国新旧的金币，不但美元英镑，各种俱全，连西班牙荷兰等国的十八世纪古式金钱，也有几个。把他的几只口袋都装满了，压得弯腰，但是还有许多东西值得携带。箱中满满的衣服，想是紫貂玄狐舍利海龙水獭，直没一件不值钱的。他倒很知道现时皮货市价奇昂，弄出去便是成捆钞票，只苦于太笨重了，不似首饰轻便易携。还有物事柜中放的一套西餐用银器，也苦分量太重，瞪眼看了半天，终觉不忍舍弃。也是天凑人愿，居然寻着一只小旅行皮箱，打开来将原有东西倒出，挑选着把一只金水烟袋、四只盖碗下的金茶船，和餐具中的刀叉筷匙杯碟等，塞在里面。其余较大的，只可放弃。又见桌上摆着只镏金钟，他并不知是否真金，但看着辉煌耀目，觉得这房中绝无假货，也装起来。箱子还未装满，就又寻了一条整海龙、两张整水獭，垫在上下两面，再有空隙，就撕了几条好皮子的衣领塞住，以免摇动作声。

收拾完毕，把箱关上，他才自己劝着自己，不要再看了，若再瞧看，满屋东西都该带着，哪都舍不得抛下。那除非唤两辆载重汽车前来搬运，那当然是不可能的事。我就在这里看到天亮，也没法多带一件。反而恐怕出什么意外，不如快些离开此地。只这一点儿东西，足够我半世受用，还贪心不足怎的。想着就提了皮箱，又用电筒四下瞧了一下，才关熄了，轻轻走出房外，再把门关严。

方要离开，忽想到方才白衍芝弄开了门，就仓皇跑开，也许落下了他的器具，我大可带走，留为他日之用。就弯腰向地下摸索，哪知白衍芝把器具都带走了，并没摸着什么，反而因他衣袋中盛物太多，一弯腰竟掉落了两件，在地下响了两下。他心中一急，就开电筒照着，见是一只戒指、一只镯表，就拾起来重装入袋内，然后再向外走。想要循梯下楼，但因电筒一亮，白衍芝在平台上已隔窗看见了，更证实所料不差，翁大少确是由那间藏宝室出来，并且看见他手有所提携，更断定是尽其所有，饱载而行了。心中急得冒火，只隔着一层门，自己就干瞧着没办法。那时翁大少的电筒虽然亮亮即灭，甬道中仍复黑暗，但白衍芝的眼，已习惯于当前光度，借着窗外透入的微光，看得见翁大少的人影轮廓，正徐徐走过前来。白衍芝也明白他是要下楼自去，却不能不作妄想，希望他是前来释放自己。竟瞪圆眼睛看着，心跳得比平时快得加倍，但瞧那黑影走到近前，并不向自己这门前走来，反向靠近楼梯一面溜去。白衍芝这才完全明白，翁大少是安心要卖自己。今夜一切动作，都是经过思虑安排的，利用我开了那间藏宝室，就设计锁入这平台门内，自己去搜括珠宝，饱载而去，把我抛在这里，替他挡灾。想着怒愤欲绝，也不顾危险，就举手敲窗。翁大少已走到楼梯口，闻声就转身凑到了门前，先嘻嘻笑了两声，才把嘴凑到门缝，低声说道："大哥，你耐烦待会儿吧，我可不陪了。"

白衍芝怒眦欲裂，厉声低喊道："小子，你成心害我，丧了良心。快开门放我出去，咱们万事皆休。"

翁大少笑道："对不住，我是擒虎容易纵虎难，有得这时放你，压根儿还不锁你呢。你骂我没良心，倒是不错，我这良心是今儿早晨才丧的。你们两口儿商议的话，我全听见，一条命差点儿叫你们害了，现在只丧点良心，又算什么？"

白衍芝听了，知道遇到报复，遭了报应，不由身体乱抖，只得哀叫道："好兄弟，算我错，我该死，你饶我，开门放我出去。我绝不分你的东西，说谎天打雷劈。"

翁大少道："不用起誓，我还是对不住，咱们再见。你几时回家，给咱们那口子捎好儿。"说完便向楼梯走去。

白衍芝急得将要疯狂，大声叫道："你敢跑，我就喊起宅里的人，咱们一同打官司，你别想把我埋在这里，我跟你拼了。"

翁大少听了，又走回来，由门缝中说道："你喊哪，我不怕。等把人喊起来，我早溜出去了，这里都是熟路，拦不住我。可是你仍旧锁在笼里，叫人捉老实的，不信就试试看。告诉你，我早打算了，今夜这一举，就是报你们害我的仇。可是你们还曾养过我几天，不管怎么样安心，总得算是好处。宁可你们不仁，我不能不义。现在我把东西独吞，是给你们警诫，把你锁住，是跟你开个玩笑。不过我也不能没一点儿人心，自己吃肉，叫你们连汤也喝不着。再说跟你也没死过节儿，并不想叫你吃官司。可是你若要喊叫，那就自己想进监狱，我也没法。现在你沉住了气，我已替你安排好出路。你自己稍一用心，就可以逃出来。出来以后，千万别再进那间藏宝贝的屋子，那里值钱的我都搜净了，剩下的只有笨拙东西，我没法拿你自然也没法拿。最好老实溜出去，自然还得走汽车房，我在汽车顶上，给留些东西。虽然不会太多，也足够你两口儿用一年半载的，这算留个纪念。"

白衍芝道："那不成，你非放出我不可，要不然，你就能跑开，我宁甘被人捉住打官司，也要报仇。你小子别打算能逃脱罪名，永久享受，我准有法收拾你。你有了钱，更不能不抽白面儿。我只告诉官面，叫他们在各处白面馆儿，都下上卡子，你小子准得自投罗网。"

翁大少笑道："谢谢你，先把这损招儿说出来，叫我防备。其实你糊涂，人只怕没钱，我在穷时，自然得上白面馆，不去就得瘾死。可是一有了钱，就好办了，不但无须自己去，就是买盘机器，放在家中，自造自吃，也不是难事。哈哈，我又犯瘾了，恕不奉陪，要先走一步。话可全告诉你了，你自己估量着，随便怎样，想喊就喊，我满不介意。"说完转身便走。

白衔芝见他真走，急怒之下就叫："你敢走，我可喊了，我真喊了。"又用手捶门。但翁大少再不理睬，一直下楼而去。白衔芝一阵气极，决定跟他同归于尽，就要张口高喊有贼偷走你家东西了。但只喊出个有字，突然心中一转，竟发了馁，立刻把嘴闭住，捶窗的手也落下来，倒吸一口气，又叹了一声，自觉这样是不合算了，若莽撞下去，恐怕要后悔无穷了。

他这犹疑心理，完全是被翁大少给种在心中的。翁大少真好像个心理专家，把一篇话说给他听，随即扬长而去。白衔芝这时一寻思他的话，便不由得不生转念。他想到翁大少在这里轻车熟路，也许另有捷径可逃。便是没有，我喊叫宅中人起来，也得费些功夫，他由汽车房也尽可以出去。那时只剩下我一个，主人发现失去许多珍宝，自然要报告官面，官面绝不会因我喊叫，便肯认为自首，减等从宽释放，何况他们还许不信是我喊叫呢。总而言之，我必然承受翁大少所犯的全部罪案，虽然在我身上搜不出赃物，但主人确实丢了大宗东西，捉不着正犯，就得向我这倒霉的身上追问。一天翁大少不归案，我一天脱不开连累。便是捉住他，我这从犯罪名，也有在那里，起码也得二年徒刑，还不死在狱里？再说翁大少曾说已给我安排出路，又要给留几件东西，这话也许不假。他何苦害我吃官司？而且我被捉获，必供出他来，就给官面留下追缉线索。他当然会想到这层，不过为要独吞赃物，才把我锁起来。只要他能走开，自然也愿意我逃出的。至于所说给留几件东西，我想未必是谎话，他虽不愿我大批分赃，但现在他所得甚多，起码也值两万，随手丢下几件，自不在乎。何况还可以缓和我的感情，免得挟恨报复。现在我想要拼命，只为不甘受他玩弄，不忿被他独吞，但若退一步，想我现在便毫无所得，能保住平安无事，也算没什么吃亏。何况他还可以有点儿东西留下，他所得的必都是金银珠宝，在仓促中无法鉴定价值高低，也许恰巧把几件最值钱的留下。即或不然，也总能值几文，供我舒服些日。无论如何，也总比下狱便宜，他这样一想，便决定不再做皆亡之计，只为安全之图。而且在这寻思的当儿，翁大少已经走远，再想喊叫也没用了。

他就专心寻索出路，由那铁筋洋灰的短栏向下一望，只见黑沉沉的距地甚远。这在三层楼上，跳下去必然跌死，摸摸栏上以及左右，并没有什么可以供自己顺下的东西，知道出路不在这里。就又转身向门上摸索，仍关得牢牢的，没法开放。再向旁边的墙上寻觅，忽发现右面凹入的墙上，和门相距不到一尺，高度仅齐胸部的地方，钉有一根大钉，钉上绕着麻绳，他不由欣然自语道，在这里了。但摸摸那钉上所绕的绳子，并不甚多，放开来至多也不够一丈，当然抵不到距离平地的三分之一，显见是没用了，又觉嗒然若丧。随又思想这绳子是做什么用的，就用手向上摸去。才觉得另一端绷得很紧，再藉着微暗星光，向上观察，便明白这绳子是连在楼窗苇帘上的，大约为着遮蔽日影，窗上挂有苇帘，照例得用绳系住，上面再安一个滑车，以为拉放的机关。由此可知这段绳子另一端所接连的必然很长，若能全放下来，再加钉上所绕的一段，足够垂落平地的长度。只是那挂苇帘的窗子，相距甚远，没法上去解放，只得拉住那绳子绷紧垂部分，用力揪曳。无奈上面系得极为坚牢，而且每一拉动，就震动苇帘沙沙作响，他又害了怕。心想即使能将绳子揪下，那苇帘必也连带坠落。从三楼落下去，那声音足可惊醒宅中的人，就不敢再拉了。立住喘息一下，心中又想，莫非上了翁大少的当。这里并没什么出路，他只用缓军计稳住我，自己好走。把我禁住明显易见、不能藏躲的地方，若耗到天亮，人们起来，我这样高高在上，单摆浮搁，不但宅中人，就是路上的人，也会瞧见，那才叫无所逃于天地之间了。想着焦灼欲死，恨不得一脚跳下去，死个痛快，免得担惊害怕。但终于叹息着蹲下来，现出绝望等死的样儿，自己叨念道:姓翁的，害得我好苦。我有朝一日跟你遇见，定要吃你的肉，喝你的血。但恨了半天，也知道没用，这时翁大少已怀抱重器，成了财主。大约比得了头彩的人，还要快乐，我却困在这里等死。碧琏在家还等我回去呢，哪知我已然落到这般光景。她若知道，必不怜恤我，反要骂我没用。二人一同前来，那藏宝室的门还是我给弄开的，却怎么一个活人，会由他摆弄，上这样恶当，今儿我算是真栽到头儿了。更无别法，只有等着进狱里去。现在且寻点舒服睡上一觉，若能从此不醒，倒可以脱了苦了。就溜倒在平台上，枕肱而卧。但是心乱如麻，怎么睡着？忽然一阵心中焦躁，坐起摩拳擦掌，又跳起来，似乎想要撞头，又想高声号叫。这种情绪，在心理学上讲来，应该叫作禁闭狂。人在失了自由之时，即感到精神的压迫，发生极度郁勃。又不知以后将有何种遭遇，发生无形恐怖，因而激动到不能自持，就疯闹起来。例如监狱中常见的所谓笼啸，半夜里一个犯人梦中呼喊，全狱人都随而发吃地狂叫起来，就是禁闭狂之一种。

当时白衍芝正倚着那扇窗式的门，向上挣扎着立起。因为失了常态，所以动作也不循常规，他本可以扶墙角，或者运动四肢，自行起立。然而他躁急发狂，似想跟谁拼命，无奈眼前并没有人，于是身体所接触到的，他就较上劲儿，借着脊背和两肘，跟那扇门竭力摩擦着，支持身体上升。不料事逢凑巧，他将要直起的当儿，忽觉右肘所触的部分，似乎向后缩退，肘部也跟着陷入一个孔洞之中。他突出意外，立刻精神一振，把狂意倏而消失，霍地转过身去观察那门。前文说过，那门本是法国式长窗，但也算门的式样。因为门是全部木板，或是上截一部镶嵌玻璃，窗却该全部都嵌着玻璃，但这道门竟是上部四分之三作玻窗式，下部四分之一是木板，上面玻窗都是极厚重的玻璃。白衍芝这时回身一瞧，才见在离地三尺许的地方，也就是从下数起的第一排窗格，在右边竟陷了一个空洞，用手摸摸，才知道是一个特开的活门，可以启闭。心想这地方安个活门，是什么意思，继而触着墙角的绳钉，猛悟这活门是特为拉放苇帘之用。固然里面的人，很可以出门到平台上拉放，但若遇到下雨的时候，怕被淋湿。就可以推开这活门儿，伸出手来，只一拉松绳端的结扣，苇帘便可以落下了。里面的人既可以伸出来，我在外面也可以伸手进去，摸着钥匙，把门开放。但又担心钥匙是否在锁孔里，不要被翁大少拿走开，就伸手由活门中探进去，向下一摸，居然有物触手，果是钥匙。捏住一转，立刻把门活了，白衍芝这才喘出了一口气。想到翁在少并未说谎，他当然是早已知道这窗上有道活门，所以说早给安排出路，只是要我慢慢找寻。如今既证明这话不假，他的另一句也许是真。那么还有希望，快看他给留下什么东西吧。

想着就悄悄推门而出，到了里面。低头看看那门，自思方才也是一时蒙住，上截只一层玻璃，很容易打破，何致那样绝望。但转想当时自己并不知门内留有钥匙，而且打破玻璃声音太响，也未必敢于尝试。这算是神佛保佑，叫我无意中发现那小活门儿，否则还不定困到什么时候。若到天亮我察着这活门，宅中人也看见了我，有路已不能跑了。想着不胜庆幸，有如被判十年徒刑的人，在执行前逃脱一样。白衍芝暗自称幸，这是自己素日居心不坏，做事不奸不狠，老天爷才给路儿走。俗语说大难不死必有后福，从这事上看来，我日后必还有大发迹，别瞧翁小子在大发财源，决计不会长久。他把我坑了，坑人骗人不如人，这是在本的灵验话。我虽被他坑了，可是吃亏者常在，何况还有个人亏天补。老天爷看不下去，就许叫我另发注大财。白衍芝不知怎么把俗语都想起来，自己哄着自己，借以安慰失败的痛苦。但他却不想本身也是个贼，来偷别人东西。倒好像他自己的所有物，被翁大少给侵占了似的。

当下一面思量，一面摸索着下楼，因为电筒已被翁大少带走，只得小心翼翼地向下挪动，以免触着什么物件发出声响。下到二楼，又从甬道穿过，走到中间。忽见一间屋门由磨砂玻窗透出亮光，并且里面似有响动。知道有人醒着，不敢大意。先停住步，沉了沉气，才壮着胆子，屏息蹑足再向前走。哪知正走到房门前面，猛听得啪的一响，有女人声音高叫道："这会着你往哪儿跑，可捉住你了。"

白衍芝一听知道自己被发现，吓得打个冷战，骨软筋酥，暗叫一声完了。想跑又怕脚步声更惊醒别处的人，而且两腿哆嗦得几乎软瘫，只可扶着对面的墙，心中祷告，房中的人并非看见自己，所言也不是为自己而发。果然再听下去，那女人又做发狠声道："好大的臭虫，吃我吃的都成圆球儿了。"随又叫道，"喂喂，你醒醒，看这大臭虫。"

白衍芝才知道她所捉的是个臭虫，一颗心方才归回原位。暗叫声我的妈呀可吓死我，但又诧异这样豪阔的住宅，敢情也有臭虫。看来这种东西竟是对穷富平等待遇，毫无势利之见的。人们只赞颂阳光认为对人类一视同仁，所以某出新戏里，有句话白，是"唯有春阳最公道"。这时又闻一个男子做蒙眬声问什么事，又做厌恶声叫着你还不把它弄死。话犹未了，又锐声喊道："你这是怎么，把血溅了我一脸。"

那女人咯咯的笑道："谁知道它这么多血，一按就像炸了似的。"

那男子只闹着恶心，跳下床洗脸，口中喃喃埋怨着道："你何苦吵醒了我，难道不知道我害失眠症，天天得到天亮才睡。今儿好容易睡得早些，你还打搅。"

女人笑道："这失眠症是像吊死鬼一样，拿替身吧？大概总得拿上一个。天天你睡不着，我得陪着你。今儿失眠症饶了你，却把我找上了。这半天翻来覆去，只折饼儿，你倒睡得香甜，还打着挺响的鼾声。我已经有气，臭虫又来啰唣。我可不得吵醒你，也陪我会儿。"

男子道："真糟糕，我这一醒又不定几时才睡。睁着眼看屋顶，多么腻烦。”

女子笑道：“你不会不看屋顶。”

男子道：“不看屋顶看什么？”

女人呢声笑道：“看我呀，过来，我给你解闷儿。”

随闻男子呸了一声，女人吃吃笑起来。

白衍芝不愿再听，就又向前走去。心想这房中不知是否家主翁老头儿和那位四姨太太，即使是另一对男女，这女的也非正室太太，敢断定是个小婆儿。若是正室，万不会这样对待丈夫。丈夫害着失眠病，好容易得着安睡，竟忍吵醒了他胡缠。试问安着什么心，除非打算谋害他，否则绝无此事。若是小老婆那就无什么奇怪，这种人常把丈夫当作较长时期的嫖客，看着街上有钱男子，全有做嫖客的资格，补缺的多而又多。对一个男子的生死存亡，自不在意，哪会有爱惜的心呢？想着不由忆起自己家的碧琏，她虽不是姨太太，然而也和姨太太差不多。对待自己何尝懂得爱护，若有必须，只为她一时的高兴，毁了男人性命，也在所不惜的。看来以后我也该自己保重些，看开了些。向来碧琏另有所欢，我还生气，殊不知那正是替我减轻罪过。一顶绿头巾，正是延年益寿的妙药。只是现在翁大少已离我而去，来日方长，碧琏更是半夜拿臭虫的惯家，我的失眠症也快来了。这还得另外寻觅一位帮手，替我解决臭虫的问题，但这也不是易事，总慢慢儿来。

白衍芝只顾胡思乱想，倒忘了身在险地。他也深知这宅中人都是荒淫昏惰，便听见有贼，也未必有人敢出来捉拿。当时慢慢走到楼下，才遇着一些困难，他得在黑暗中寻觅路径。因为进来时只随着翁大少，未曾留意，这时出去，可着了慌。摸黑儿东撞西撞，才出了后楼门，又费了半天摸索，才寻着那条过道，穿到前院，在叶树花畦间摔了两跤，好容易寻得通车房的小门，才立住喘息。暗自谢天谢地，这可算逃脱了，但用手拉门，竟没有拉开，原来竟已上锁。拍拍锁孔，也不见钥匙，立刻又心慌起来，哪想翁大少难保在这末后还使促狭，把我锁在里面，不得出来，可太万恶了。但又想翁大少应该进了平屋，才能锁上这门，当然钥匙不能在外面。这道门也是半截玻璃，我实不得已，只好打破玻璃，伸进手去。想着用手一推，敢情这窗户的下面两格中，并没玻璃，很容易地探进手去，向下一摸，原来翁大少并没上促狭，止于小开玩笑，虽锁上大门，钥匙还留在锁孔，就一转而开，走入里房。

先不去旁处，直奔向汽车之下，伸手便向车顶上摸索。但因恐怕碰掉地下，不好寻找，就把手悬空轻轻移动，希望够着件大个的宝器。哪知在车顶上移动遍了，也没触着什么。才惊顾翁大少莫非说话骗我，但还不肯死心，又把手紧贴在车顶上，细细摸索。这才在一角摸着一只很细小的金耳环，摸了摸上面还有四个爪子，想是嵌有珠宝，但已取下去了，只剩小小一环，分两不够五分。白衍芝甚为失望，喃喃骂着，随又在另一角上摸着另一只耳环，凑成一对。又在车顶上前方，摸着一个小儿带的金钱，其薄如纸。再摸可就没有了，总计就三件东西，共重一钱以上，还不知是否真金。白衍芝气得喃喃骂着，翁大少真是浑账该死，你既发了大财，由手缝掉点渣也该有个千儿八百，怎只给留下这一星星，简直是成心耍笑。你便不给我，对碧琏总该有点儿意思。抛开旁的不论，只说她陪你睡了几夜，你现在发了财，一夜还她一副镯子也不算多。小子算坏了良心，将来准不得好死，我拭净了眼看你。骂着就向外走，那外门倒未上锁，一拉便开，

到了外面，忽听靴声噔噔，抬头见十步之外，有个警士正走向东去，幸而背向这面，未被看见。白衍芝吃了一惊，急忙又退入门内，从门缝看看外面。心想我怎这样冒失，也不瞧瞧，就向外闯，倘若早一步出来，岂不正被警士撞见。他一盘问，我答不上话来，他必叫开翁宅的门，报告有生人从他家出去，询问可曾失了东西。翁宅的人必然自行检查，发现大宗宝物失盗，我就算脱开斧头，撞是斧柄了。想着悚然生惧，就由门缝向外张望，等那警士走远，再行出来。在这等候之际，他看到对面的席卷，心中暗叹，方才和翁小子在那里面守候，还是一对穷鬼，哪知只过须臾工夫，他已变成富人，我却仍是照旧。看来人不可有良心，我若安歹心害他，或是防他，现在也许富人是我而不是他了。但他却梦想不到，这时若走进那席卷中看看，事情就可大有变化，起码也将现在所叹羡的富翁，分取几成过来，并且把方才所受的惊恐，取得报偿。

原来翁大少并没走，这时正在席卷中藏躲，而且正瞧着他呢。但白衍芝万不想翁大少偷得许多东西，还不急行逃跑，竟敢在附近徘徊，未免胆子大得令人难信。其实并非翁大少胆大，而是被一种力量催着，使他不能不做胆大的事。这就和色胆如天那句话一样，凡是逾东墙而搂人处子的，未必便是枭悍之辈，反多文懦的人。只为有一种生理上的力量从中发动，使其忘却惧怕。翁大少也是同样被一种生理力量逼迫，但色胆的生理力量属于先天，他的生理力量却属于后天，不用说，仍是烟瘾作祟了。他在楼上工作许久，提

着皮箱出来时，已觉瘾得难过，脚下迈不开步，手臂酸得难于提携。当时他尚未想出投奔之所，还得现在寻找，知道不能长久支持，只好就近先寻个地方过瘾。

他若不是提防着白衍芝将要下来，就许在汽车房开放高射炮了。为特加小心，才出门到席卷中。把箱子扔在地下，取出白天所留的白面儿吸着。一面由破缝瞧着汽车房的门，一面思索自己所遇的幸运和日后的享受。过了一会儿，见一个警士方才走过，白衍芝就自车房中走了出来，看见警士，又吓得退了回去。翁大少也被他吓了一跳，心想幸而白衍芝才出车房，便退回去，倘若他多走几步，也许就近躲入这席卷里，岂不和我撞个正着，我也算候个正着。那可大糟其糕，除了把赃物平分，更无别法，要不然他准和我拼了命。现在只得小心留神，等他走开，我再溜吧。于是就自席缝中窥定车房，白衍芝那儿却低头倾耳，向街道两端张望。好容易那警士走远，又由对面跑过一辆洋车，过去之后，就寂静无人。但不知哪里的狗叫将起来，一犬吠影，百犬吠声，又有别的狗跟着叫唤。白衍芝不知这狗叫的什么，也不知它们在街上或在宅院以内，但以为必是有所闻见，才这样乱叫，也许将有人走过来。这样一想，就更疑心生暗鬼，耳中总似听见有脚步声音，更不敢贸然走出。

翁大少那里也不知白衍芝为什么尽藏着不肯出来，心中焦急非常，但他绝不敢现形先走，只可隔了一条街道跟白衍芝耗着。这时天上又下起雨来，翁大少所立地方，前面有席遮蔽，顶上却是露天，小雨纷纷，落到他身上，倒觉颇为清爽。白衍芝在车房里却可不至淋着，这时路上无人，犬声也停止，本可以走了，但他一见雨下得很密，竟又待住避起雨来。他想宅中绝不会在这时发现失盗，我尽可多避会儿，便听见里面什么声息，临时也走得开。于是倒退一步，坐在汽车挡泥板上，怔了一会儿。又想到家里的碧琏一定正等得着急，我若忙着回去，不但淋个透湿，还得过回热堂。她本指望发财，如今被翁小子全卷走了，她必大失所望，抱怨我把事弄坏。不定怎样打骂，恐怕不死也脱层皮。我若另有地方投奔，就不回家去，躲避这场劫数。无奈没有别处可去，只有硬着头皮见她领刑了。算起来回家有罪可受，在这车房危险堪虞，走在道上大雨淋漓，我真是走入绝路了。都是翁小子害的，我有日捉着，准剐了你的肉，做炒肉丝、熘肉片，剁烂做四喜丸子。要不就弄只大锅，把你放进去，锅内加水，锅下烧柴，把小子清蒸了。

他这里骂着，却不料真有灵验，翁大少那儿居然正受着清蒸滋味呢。原来他在席卷后躲的地方，正挨着一堆生石灰，是工人昨天倒下，还未加水调和。这时一下雨，石灰经水，就冒出白烟，发出热气。雨下得越大，石灰的化学作用起得愈凶，席卷内满是白雾了。翁大少所藏的地方正在墙角，一边便是席卷尽头，一边便是石灰堆。过大石灰堆，便是出入的道口，有四五尺宽没有席卷遮蔽。他想躲开那石灰堆，必须越过那段暴露地带。这暴露地带，本是行军大忌，何况他明知敌人正在对面看着，若一看见自己，势必过来攻击，所以只得掩鼻忍着。无奈那石灰蒸的气体，越来越浓，他又不能长久闭塞关窍，停止呼吸，憋急了就得喘一下。因为工夫隔得大，每一喘息，就等于做一次深呼吸，如此数次，肺中便吸满了。又加刺鼻辣喉，他觉得要打喷嚏，急忙用手捏住鼻子，这一来只仗口呼吸，喉咙难过，肺部膨胀，竟咳嗽不止。他一着急，忙闭上口，手便把鼻子放松了，哪知方才放开，喷嚏又来了。他惊慌失措，忙又捏紧鼻孔，于是口又张开，咳嗽随而发动。翁大少顾了嘴顾不了鼻子，顾了喷嚏顾不了咳嗽。起先还能自行管制，使二者相间而作，便后来头晕心慌，手也失了作用，喷嚏咳嗽一时并作，而且越来越凶。翁大少急得要命，只怕被白衔芝听见，用两臂抱头，将口鼻全都掩住，拼着把自己憋死，不再出声。但他怎么能够，忍了没十秒钟，再忍不住，喷嚏更并声齐发。他知道糟了，在这石灰堆旁，咳嗽喷嚏永不能停止，只有冒险越过那暴露的缺口，到席棚另一端去。当时晕头转向，提着皮箱就往旁边奔去。哪知他心中迷乱，明明想着得越过那石灰堆，但跑时却忘了提脚，竟被碎灰块绊倒，正跌在石灰堆上。这一下可了不得，那石灰堆约有二尺多高，因为雨下不久，只上层数寸的石灰被淋湿而起变化，下层大部仍然干燥。他这一跌，把表皮一层给震落下去，底层的干石灰蓬然飞扬起来，翁大少更遭了殃。不比方才还只是气体，这时竟被石灰本体的粉末，向他的眼睛鼻孔耳孔和口里扑塞进去，这滋味可不好承受。他拼命挣扎，方才爬起，只觉呛得要命，发出一种奇怪的声音，喷嚏咳嗽加上哎呀哼哟，合成似断气般的绝耳，连作不已。所幸他的眼睛原本闭着，未致受伤。等挣扎着立起，眼睛微微睁开，知道自己这一路声音，踪迹已露，在这里再躲不住，若不快跑，白衔芝就要过来了。

哪知白衔芝在对面车房，虽然听见咳嗽声音发于席卷里面，还梦想不到会是翁大少。只很诧异地倾耳听着，并未想走过瞧看，因为他自己也还怕人瞧见呢。翁大少提防前面的白衔芝，却没想到危险发生在身边。席卷里面，本是一座正在建筑中的楼房。底下一层已然大致完成，只还未安门窗，二三层工作还在进行。白天很多匠人做活，夜间却只由建筑公司留个工人看守材料。那工人本该坐夜不睡的，但也习于偷懒，白天出去游逛，夜间上工正好睡觉。因为他知道材料都是笨重的，便有人来偷去些微少砖石木料，并不能值钱，若要大批地偷，除非用车装运。街上警察耳目之下，绝走不开，最笨的贼也不做这样事。留着人看守，本是太也多余。自己干这多余的差使，正好高枕而卧。他高卧的地方，正在街角一间房内。翁大少所藏之处，恰在他睡的房子窗之外，这种卖力气的人，当然能吃善睡，倒下便沉酣如死，所以翁大少起初的喷嚏并没把他惊醒。到跌倒以后，发出怪声，那小工正做着梦。梦见和伙计同去嫖娼，他拥着个健壮魁梧的大娘们。这娘们是熟人儿，向来对他十分冷淡，使他怀恨，这时居然坐在他身上纠缠。他得趣之间，正在胡乱摸索，却不知怎的，那女人忽怪叫起来。低头看时，自己的手竟变成五齿钉耙，把那女人的肚皮已经抓破，肠子像弹簧似的突了出来，只不见流血。但那女人忽由口中喷出血来，同时发出刺耳的怪声，他就被这怪声惊醒了。

这个梦若由心理学家研究起来，有着好几种成因。他屡受那妓女的冷淡，心中怀恨。虽然无法报复，但脑中已留下仇恨的意识，在梦中发泄出来。就和乞丐歆羡富人享受，梦中便做了富翁，小儿晚餐时没得所馋的苹果，梦中便进了果园大嚼一样道理。至于抓出那妓女的肚肠，一半由他胸中隐伏的人类残忍根性，一半由于白天在小戏园中看过一出《界牌关》，剧中托肠大战的残酷形象，还残留在脑中，给梦添了材料。那妓女号叫的怪声，却是临时由窗外翁大少的嚏嗽声音引起，那声音进到他耳中，使梦境受了影响。又好似常人衔着纸烟打盹，火灼嘴唇，就梦见口部生疮，在医院行割治手术。夏天在院中睡着，忽落暴雨，就梦见在河中划船，船翻落水，遍体淋漓，在那时候一定会惊醒的。

那工人自然也很快从梦中惊觉，猛然坐起，睁眼见一片黑暗，只墙上一道光线，是街灯由窗隙射进来的。他在睡前见过这一缕灯光，这时一看，便想起是睡在空楼里，连带也悟到是做了梦。但妓女的怪声，还在耳边。他诧异非常，不知是仍在梦中，还是已经醒觉。就在这时候，又闻怪声连作，他因暗中看得见前面窗户，觉得那些声音发于窗外。他听那声音，既不像人喊也不像狗叫，但听得出那声音中的焦急痛苦，好似什么生物做拼命的挣扎嘶唤。他大惊之下，由木板床上跳起，随手由地上拾起一根木棍，就走到窗前，向外看着。这时正值翁大少由石灰堆上爬起，他只见在黑影中涌着一团浓烟白雾，声音就发于雾中。又惊又怕，不知是什么东西，就下意识地发动了自卫的本能。将木棍举起，觑定那团白雾。随见那白雾渐渐淡了，里面现出一个雪白的东西，摇摇晃晃，不住发着嘶嘶嘎嘎之声。翁大少被石灰染成个白人，连头发上都挂满石灰，虽然还具有人的轮廓，但因四围烟雾弥漫，地下也是白灰，又在黑暗之中，那工人看不出是什么。只觉是个活物，好像大狗，却是直立着又加声音怪惨。他猛然想到鬼怪上面，害怕起来，呀的一叫，把手中木棍向那白物抛去，转身就向后跑。仗着路径熟悉，穿过几道门，就逃后巷去了。翁大少正在天昏地暗，猛然听得头上一声高叫，又受了一下打击，越发魂飞魄散，慌得走投无路。其实这时候，那工人已吓跑了，但他怎能知道。只疑楼内有许多人要来捉他，急要逃命。幸而手里还紧握着那皮箱的提梁，眼睛也勉强睁得开，不管对面平房里还有白衍芝在着，就跌跤爬滚地直向缺口撞出。

这时白衍芝在车房内，正因雨越下越大，咬牙骂行雨的龙君，骂倒运的自己。忽听得有一阵怪声，似乎发于近处，但被雨声混杂，听不清楚。他觉得这声音好像狗害了胃病，连呕带噏似的，正想这狗必是吃了不能尅化的东西。记得以前陈家有条老狗，被贼喂了毒药，就发着这样怪声。想着又闻一声高喊，他悚然一惊，但再听又没有了。就探头左右张望，想要寻觅喊声的来源。并没寻着，却见由东面街角转过一个行人，手中持伞，脚穿钉鞋，向这边走来。想是雨中清爽，引起高兴，口中哼着小曲，雨打伞上嘭嘭作响，嗍嗍有声，好像替他奏乐。在他后面影影绰绰好像还有个人，白衍芝急忙把头缩进去。哪知就在这时，猛听一阵急促的脚步声，随觉对面发出一片白光。他注目看时，只见由席卷中跳出一个白色东西，不知是人是鬼，还是什么动物，摇摇晃晃，跳跳窜窜的，还发着刺耳的怪叫。白衍芝吓得毛发森竖，几乎叫了起来。这地方的路灯虽不甚亮，但还可以看出翁大少那人形的轮廓，便是通身白色，至大认为是个穿白服的人，又何至如何害怕？这就因为翁大少身上沾的干石灰太多，不但每一跳动，便灰末纷飞，就只雨点打在身上，也会冒出白烟。于是周身便有云雾围绕，看不清他的身体。尤其他那头发，本来蓬乱，沾上灰末，变成白色，瞧着像一顶白帽。白衍芝不由得想到戏台上所见的白无常，吓得身体欲僵。

翁大少从席卷缺口跑出来，一时心慌，辨不清方向，先向对面踉跄撞过去。白衍芝见他往车房而来，吓得哆嗦着哽了一声，方要夺门而逃，幸而翁大少眼还能睁，听见声音，隐约看见对面便是车房，想起白衍芝正在里面，也大惊转身而逃，向街角跑去。才跑出两步，忽听前面有人嗷的叫起来。原来就是白衍芝所见那个持伞行路的人，正在唱得高兴，猛听对面有人跑来，抬头一看，只见一具白色怪物已到了近前，相距不过四五步，惊得一声喊叫，仰身扑地跌倒。翁大少一听迎面有人喊叫，抬头一看，因为那个行人已坐在地下，并未瞧着。倒看见在那人后面丈许多外，有穿雨衣的人，好像是警察，更惊悸亡魂，急忙转身又向回跑。

这一下可糟透了，他手里所提的皮箱，本没上锁，只用按簧卡着，并不坚牢。他这时转身太猛，脚踏在经雨的柏油路上，鞋底抓不住路，就发生了离地心力，滑得向旁一撑，好像溜冰外刃回转似的，几乎就向白衍芝的车房中撞了去。他竭力想收住脚，但更站不住了，就向前扑倒。他百忙中用手提皮箱一按地，只听砰的一声，他幸未跌倒，急忙挣扎站起又跑。但这回可跑不利落了，只听啷铛、乒乓、嘣叭，不住作响，并且那箱子也似乎加大了，可是分量却渐渐减轻了。翁大少跑着，也有些觉察，用眼一扫，敢情箱盖已然绷开，里面东西差不多都是重的，自然都滚出来，不过那箱盖底面尚上，箱中东西先滚到盖上，再落到地下，所以不致一覆而空。但那箱盖经不住重量，自然倾侧，东西也不能存留。在这数步之间，箱中东西已经落去五分之四，满地金光乱滚。翁大少一看几乎急晕，既不敢停步捡拾，更来不及关上箱盖，保留残存之物。他只得且跑用手拉那箱盖，无奈慌忙中手也失了灵活，反而给砸得越发倾斜，箱里东西全滚下去。

他心痛如割，眼痛如剜，头昏如木，脚软如绵，向前跑着，觉得箱子毫无分量，知道东西全落尽了，心里难过得直要撞墙碰死。忍不住回头看看，只见金珠宝钻，满地都是，由那车房之前，直逶迤到自己身边。同时又见那车门前，有两个蹲着捡拾，还有一个人远远跑来，高叫站住别走。翁大少看出那高叫的人就是穿雨衣的警士，心中更一惊，方要转头飞跑，却不料眼角一扫，正瞧见路旁相距不远，地下丢着一只金项圈和一只钻石手镯，在那里灼灼放光。他不由咬咬牙，就斜刺奔过去，因用力太猛，撞在墙上。猛觉头皮欲裂，他仍挣扎着去拾东西，但手中还握着箱子，急忙丢下，跟着用手一捞，只捞着那个项圈，方要再捞手镯，已听得脚步跑近，将到身边，同时警笛也吹起来。他吓得魂飞魄散，既不敢回头，也不及辨别脚步声和警笛的距离。

其实这时警笛发于丈许多外，而脚步声却已近在咫尺，可以知道跑来的并非警士。但他却把两种声音听混了，只当警士追来，吓得没命飞跑。跑出不远，就听后面扑通吧喳，原来追的人被箱子绊倒了。翁大少这才大着胆子，回头瞧了一下，只见那个追自己的人，被箱子绊倒了，已又爬起来。那警笛声音，仍在翁宅门口响着，似乎不是追来的人所发，他遥望还看得见地下宝物所放的光，心中说不出的难过。但这时又听远处也有警笛响亮，知道警士已互通消息，取得联络，眼看就要包围过来，就拼命快跑。但后面的人又紧追上来，翁大少怕得要命，不敢走大街，看见路旁小巷就钻进去，见弯便转。哪知后面的人跟定了他，不肯相舍。翁大少如何闪避，也抛不开，心中料着必是警察要捉住自己立功。他转想在自己出席卷时，只看见一个警士，他若追了我来，那个吹笛的又是何人，难道同时会有两个警士，莫非这个是席卷中打我的人？想着再一留神，后面的人跑路并不甚响，好似穿着布鞋，警士皮靴不会如此轻巧，由此可以断定不是警士，但是不相干的人何苦追我不舍呢？翁大少又怕又急，决定看明是谁，自己被他这样紧追，势将不能逃脱。若非警士，就豁出跟他拼一下。一面飞跑，一面回头了望，又将过一条街，一回头见后面的人正跑到路灯下面，看得明白，身上穿着便衣，而且身量模样似觉厮熟，略一寻思，立刻明白是白衍芝。翁大少在这时候，见是仇人，也并没添什么惧怕，只觉着诧异，他怎么追了我来？

原来白衍芝在车房内，看见席卷中跳出个白色怪物，吓得战栗欲逃。但那怪物又没进车房，改向西面跑去，方才稍觉安心。却不料那怪物走出不远，又转身跑回，在车房前面跌了一跤，接着便噼啪乱响，从他身旁落下许多东西。白衍芝看见地下金光乱滚，跟着又瞧出那怪物手中提着皮包，心中就明白那怪物是翁大少了。立刻抱怨贪婪的火，重又燃烧起来。他虽已看见西面来了行人，也忘了惧怕。对那怪物更不怕了，猛然就从车房跳出，初想抓住翁大少，但看他距离稍远，地下又丢着许多宝物，就不顾报仇，先行收拾。蹲下用手横抓，一时瞧不清是什么东西，只捡着放光的和黄色的拾取。但才拾起两件，便觉身旁不远，也有人帮着捡拾。白衍芝扭头一看，见是那个打伞的行人，似乎拾得比自己还快。因为他穿着高筒钉鞋，拾起几件，就向钉鞋筒里一塞，匀出手来再拾。白衍芝心中大怒，觉得他侵犯自己的权利，因为他已忘了这些都是翁宅东西，只想翁大少把自己应得的给拐走了，如今遭了报应，东西丢在街上，直是物归原主，旁人捡拾，便如抢劫一般。正要赶令走开，不料已有人代劳。忽听人喊站住别跑，原来那位警士已追到近前，看明情形。由那白色怪物的弃物奔跑，就明白必是窃盗，又看见白衍芝和那行人捡拾，就一面叫喝，一面取出警笛吹起来。白衍芝听见喝喊，转脸瞧见那个警士，立刻一阵胆战，随又闻响笛吹起，他起起就跑。手里已握着两件东西，且跑且向袋中塞去，心中万分愤恨。翁大少把皮箱震开，宝物遗落满地，直是上天惩罚他，偏向我，正好随着捡拾，来个物归原主。怎这样巧就来了警察，可坑苦了我。若晚来一分钟，我也可以多拾几件，如今眼看着一笔大财，又失去了。想着恨极欲狂，就把怨气重归到翁大少身上。望见他在前面不远，咬着牙拼命追去。他并没想翁大少身上已没有宝物，只当皮箱中尚有多余留，打算追上抢过，并且毒打他一顿，以报仇恨。再押解回去，叫碧琏加以处治。不料追了几步，竟被绊倒，他跌个不轻，看见地上皮箱开着空无一物，虽然失望，却也解恨。急忙爬起又追，他的运气居然不错，跌倒时手恰摸着一件东西，就抓起来，跑着一看，原来是个银盘，觉得很可以当作武器，追上翁大少便当顶劈下，不给劈成两片，也叫他头破出血。

追着见翁大少转入小巷，就紧跟进去。入巷几步，又听有脚步声由街上越巷而过，并没追进来。白衍芝心想必是警察追赶，却没瞧见我和翁大少穿入小巷内，只一直追下去了。就不再留神后面，只把心放在翁大少身上，定要追上他拼命。白衍芝却不知警士并没追赶，因为瞧见街上丢着许多宝物，恐怕离开被人拾去，却只鸣笛通知左近岗位截堵，他却紧守未离。白衍芝所闻的脚步声，却是那个打伞的行人。他虽被翁大少惊得跌倒，但随即看见街上宝物乱滚，一时红了眼，奔过捡拾，足拾了五七件，便被警士惊得跑了。他追着白衍芝，明明看见他转入小巷，本想跟入，又想应该分路奔逃，才容易走脱，就没进巷，仍向前跑，希望前面遇到别的岔路，再转进去。却不料因这一念之差，竟作了翁白二人的替身。

他向前跑着，并没寻着岔路，倒遇着一队骑自行车的巡警，正迎着笛声而来。见他慌张奔跑，就包围捉住，由身上搜出赃物，带着向翁宅那里走去。这时四面地方，已都有警士赶来，那吹笛警士，正诉说原委，叫他们追赶。见巡警押解一人到来，知道跑脱两个，再追也来不及，只得把街上宝物捡起，连那行人一同带回区所。那行人虽力辩并非贼盗，那先来的警士也识出他不是弃赃逃跑的白色怪物。但是他正在出事地点奔逃被获，又由身上搜出赃物，你如何极口呼冤，也不能湔洗，只好带到局所再说。

这人也就算情屈命不屈了，至于他以后经了多少次审讯，受了若干次刑罚，都是给翁白二人做了替死鬼。最可怜的是他对案情毫无所知，而官人却因得不到其他线索，捉不着真正犯人，只有向他严讯。他受尽五毒千灾，却终于没的可说。结果监狱年余，才被判了徒刑。可见人对于意外和不应得的便宜，是不该贪的。人在社会上，只有将本图利，以力搏财，才是正当稳妥的途径。若是非分之得、不义之财，里面常常隐伏祸患。只为一时贪心，弄出百倍损失，是很不合算的，像这人就是榜样。

再说翁大少和白衍芝穿入小巷，前后飞跑，却不知已有替死鬼代受其祸。翁大少听着警笛不绝，并且四面都有应声，心中更怕。既防前面有人拦截，又得留神后面白衍芝追赶。白衍芝却是眼睛跟定前面的翁大少，耳朵却听着后面是否有人追赶。二人都是心悬两方，虽然像赛百码似的跑得飞快，却不像人家赛跑的人全神只顾终点的目的地。他们并无目的，不知跑到何时为止。翁大少虽后悔不该进那席卷去过瘾，以至弄到这样不可收拾。但转念又觉欣幸．倘若没进席卷去过足了瘾，现在如何有力奔跑，岂不束手就擒。又想白衍芝相追不舍，自己若不急图脱身，等白面力量一泄，可就糟了。再加身上袋中，还带着不少首饰，越跑越觉加重，更恐不能持久。翁大少想着，心中发急，不由生了拼命的心，想要立住和他殴打，又想不能取胜，但看情形非得赶快解决不可。若出了这条长巷，到了街上，警察便没听见那边的笛声，看见二人追赶，也要拦截，自己仍是首当其冲。白衍芝也许这样存心，要把我赶到别的警察跟前，被获遭擒，他转头逃跑。翁大少觉得到了生死关头，跑着就低头寻觅，恰巧路旁有块半头砖，他俯身拾起，仍向前跑，但脚步却放慢了。白衍芝在后面，见翁大少跑着向前一栽，好似跌倒，但手一扶地，立稳又跑。可是因这一栽，跑的速度大减，脚步也不利落了。白衍芝大喜，更飞步赶上前去，相离不过五六尺，就见翁大少哎哟一声，身体向旁一倒，撞到右面墙上，虽未倒地，却已不能再跑。弯着腰儿，左手伸着扶墙，右手垂在下面，似乎腿部撞伤，正在摩摸。白衍芝看见，精神百倍向前一纵，伸手就抓，正抓在他的左肩，口中骂道："好小子，看你往哪儿跑。"叫着用力一拉，想要把他拉倒地下，加以痛殴。不料他才一拉，翁大少随着就转过了身。白衍芝想叫他倒地，是向怀里拉，翁大少却向旁扭转，左臂在白衍芝眼前闪过，跟着便见他右手扬起一块白色东西，向面上打来。白衍芝看见了，哎哟一声，没容得躲开，那东西便落到头上。只觉顶上轰的一声，眼前一阵发黑，金星乱冒，身体摇摇欲倒。翁大少见没有把他打倒，自知用力太小，就趁着他摇晃之间，又把砖捡起来，向他头上打去。只听砰的一声，好像打在土上，自知打得够重。果然白衍芝只鼻中哽的一声，便向前仰倒。翁大少低头一看，只见他头上鲜血涌出，似乎当顶砸个大窟窿。他第一下是用砖面平着落下，所以并未着重。第二下却是斜着落下，砖角正嵌进头顶。翁大少听得声音如筑木石，便知这一下八成把他打死了。再看鲜血涌出，又在暗中瞧不清楚，远处灯火射过的光，照在所流血上，他看着好像白色，只疑脑髓已流出来，倒吓得打个冷战，毛发森竖。丢下砖头，就向前跑，一直逃出巷外，自寻安身处所去了。

再说白衍芝这里，真得念翁大少抽白面的好处。本没多大力量，何况又跑乏了，虽然拼命打击，只把他打昏，并没伤重。头上破了二三分深的伤，血却流得不少。不过在奔跑之后，好在这里毫无知觉地安然休息，倒也是一种享受。但还得念那班警士的恩德，他们只捉住了那个行人，就只顾捡拾赃物，回区所交案。对于逃犯，却认为已经跑脱，并未向下追缉。这种公事上的疏忽，却使白衍芝得以幸免。否则若追缉起来，这巷中是必经之路，他在道旁躺着，身边又放着赃物，当然要被捉去。所以说他的运气还算不错。只是经过这一跌，原来塞入衣袋中的东西，又给滚了出来，落在地上。翁大少在打倒他时，只顾害怕，并没瞧见。

白衍芝在这里昏了很大工夫，才来了个有财运的人。是个卖五香茶鸡蛋的乡人，吆喝着由巷中经过，远远地看见地下似有人卧着，吃了一惊。初以为是个醉汉，忙走到近前，放下担子，凑近瞧看。先瞧见他头上有伤，更吓得哎哟一叫，乡人胆小，本想挑担就跑，但转念又动了善心，自思我何不摸摸他是死是活？若还有气，乐得救他一下，若没了气，我就快跑，免受连累。便又转身上前，低头伸手，才摸到白衍芝胸口，觉得仍在跳动，而且温热。心中才叨念着还活着吧，但同时眼光已看到白衍芝身边的东西。那几件东西因为落得极远，被身体遮住灯影，所以并没放光，若不离近了，还看不出来。那乡人一见金晃晃的东西，立刻由光色上认出必是宝物，心中贪欲大起，把善念给压下去。忙把手往旁移动，拾起地下几件东西，塞在腰里，很快地转身奔回，挑起担儿，便向原来的路退去。当然不再吆喝，也不想再做生意，一直跑回家去了。

白衍芝仍在躺着，仰面朝天，可惜不能一声叹。幸而小雨又落起来，在他追逐翁大少之时，雨已停住，这时又重下了蒙蒙小雨，白衍芝被淋了十多分钟，因着冷的雨滴和清凉的空气力量，才得悠悠醒转。手足先动了一阵，才睁开眼向上瞧着。只见昏茫一片，如在梦中，又觉头上疼痛，心中迷迷惘惘，自思我现在哪里。随又觉小雨纷纷，垂直下落，更诧异我怎睡在雨地里。又怔了一会儿，才恢复了记忆力，想起方才的事。抓住翁大少，被他翻身用件东西打来，以后便昏迷了。想着举手一摸头顶，缩回眼前一看，觉得湿黏黏的，知道是血。忙要挣扎坐起，却通身酸痛，无力自支，哎哟一声，仍旧躺下。但他这时已又把拾得的宝物记了起来，伸手向袋中一摸，里面竟是空空如也。心中惊惶欲绝，再向里一翻，才翻出一只小耳环，还是在汽车顶上所得，别物都已不见。他最着急的是那件跌跤拾得的宝镯，又已失去，心中一急，不知哪里来的气力，居然一个鲤鱼打挺，便坐起来了。坐起以后，向身边一看，同时用手乱摸，方知自己宝物全已丢失，必是翁大少打倒了自己，又把东西搜去。急得如受雷击，头脑俱昏，身体乱抖，头上伤痕和身上筋骨，都痛得要命。立刻站立，又向后倒去，头颅摔在地上，吭的一声，又昏过去了。他对别的还算小事，最是那件手镯。从拾起恍惚一看，便看出是金的，还镶有珠钻，亦深深印入脑筋，记住得了宝贝，也许价值巨万。直到被翁大少打倒醒来，仍未忘记。这时发现失踪，亦把他吓死了。幸而身体不胖，焉能实行脑充血，立时弃世西归，但也昏了过去，又加头痛得很重，一时不能苏醒，小雨霏霏下着，把他浇成落汤鸡，也无所觉。

又过一会儿，居然又有行人经过。也是穿钉鞋打伞，口中作歌而来。他唱的并不是歌，而是骂詈的词儿，词儿还十分新鲜，且走且骂："真是改良年头儿，新鲜事都叫我遇上了。窑姐儿添孩子，还请老娘婆。妈的爱巴狗儿，爹多疼的人也多。可是到底归谁，还有我一份儿呢。"

这人原来是个三等娼窑的伙计，今夜有个妓女怀孕足月，将要分娩。而妓女平日所交，和掌班、管账先生以及伙计，全有私情，恰巧就怀了孕。掌班有些家产，没有儿子，就和妓女约定，倘若生子，便娶她为妻，将儿子当作亲生，若是生女，就作为罢论。但那管账先生却表示了人弃我取的态度，说倘若生女，就归他养活，长大以后，可以接续淫业。这样好比投资一样，虽然得下十几年的本儿，结果可有收获。到那女孩子长大，他本身也就衰老不能再做事谋生，恰好得那女孩子卖淫供养。换句话说，等于预储养老金，不过把钱存在一个人身上而已。他们三方计议停妥，都算有了着落。哪知又出来一个伙计麻四，是有名的儿子迷。暗中不忿，常对人说，这孩子大家有功，大家有份，掌班怎能仗着势力独得。我暂时不跟他说话，等生产下来，若是儿子，我就抱起带走回老家去，谁敢拦我得豁出他的命。

那妓女腹中块肉，想必是大命人。货未出厂，便已有了许多定主。但其他伙计也有和那妓女有过关系，却因没有癖好，没有贪图，旁观者清，都笑那三人自找累赘。掌班想用杂种儿子承产继后，已经可笑，那管账先生想抱养女孩养老，希望未免渺茫。第一中途夭亡，岂不折了本儿。更莫说长大了不好生挣钱，反跟着小白脸逃跑，更要把你坑死了。至于麻四，本来连饭也混不上，若捡个儿子回家，把什么喂他，难道相守着挨饿？但是那三位当局者迷，不管他们议论，都下功夫看定了那妓女的肚子，只等落生。好像赌徒目注宝盒，待看是黑是红。好容易等到今夜，那妓女肚子疼起来，将要分娩，掌班兴高采烈，全神贯注，吩咐全院姑娘不许留客，已留的也给赶走，以求清静而免骚扰。否则恐怕送生娘娘嫌恶秽气冲犯，不肯光降。但妓女眼看临盆，掌班知道需要请人接生，以策万全。但他不懂请大夫，只知传统的稳婆，闹着请姥姥，却又要留守在家，不肯自去，转托那管账先生。先生也要看自己所押的宝，恐怕耽误，推辞不去，又转托麻四。麻四没等说话，先装肚疼，哎哎哟哟，和那妓女互相应和。掌班无奈，只得掏腰拿出大洋两元，央另一伙计姜三坐车前去。并且指定去请最有名的铜姥姥，为着手术高明，免得把那大命孩子弄得破边缺沿，损须掉尾。

姜三看在洋钱面上答应了，出门并不坐车，很潇闲地走着。他并没有一点儿希望，自然不忙。而且也舍不得破费这笔外快，安步当车，看情形走到姥姥家天也亮了，哪知路上又有了耽搁。他经过这条小巷，看见倒着个人，吓了一跳。走近看看，见头上有伤，知是被人所害，正要躲开，忽而心中一转，就伸手向白衍芝身上摸索。姜三和方才那卖蛋的行为似同实异，那卖蛋的是先有好心，却因摸他死活而发现了宝物，才起了盗心。姜三却是先生盗心，摸取东西，发现毫无所有，连带摸着身体温暖，尚在生存，才起了好心。想这人在雨地淋着，头上又有伤痕，工夫大了，必有危险，我何不救他一下。正要蹲下动手，恰巧白衍芝也正要缓醒过来，微微呻吟了一声。姜三趁势拉他坐起，又给揉搓胸背。白衍芝徐徐睁开眼儿，看见姜三还在迷惑，同时脑中想起过去的事，自己被翁大少打倒，失去身上宝物，急晕过去，现在面前又有了人，不知是谁，就觉着发怔。

姜三向他说道："你怎么躺在雨地里，头上又有那样的伤？你是被人害了，还是自己伤的？"

白衍芝惘惘地道："我是被人害了。有人劫夺我的东西，把我打成这样儿。"

姜三道："你知道是谁吗？还不快报告警察去。"

白衍芝摇头不语，姜三在旁看着，忽然问道："你姓什么？"

白衍芝道："我姓白。"

姜三道："白爷你忘了？我叫姜三，是小凤堂的伙计，当初你在我们胡同口干大明报馆的时候，不是常见吗？"

白衍芝方才想起，看着他说道："原来是姜三呀，我也真昏了，遇见老朋友，对着脸儿会没看出来。"

白衍芝何以对姜三这样亲热，叫作老朋友，原来内中还有段情由。只因白衍芝天性下流，不自尊重。在当初借着一件私生子问题，向一位富家老太太讹得一笔巨款，就到花街柳巷去挥霍。但他那时还未娶碧琏，行动自由，本可以到较高尚的地方寻乐，无奈他最怕拘束，若是上班子去嫖，既叫妓女看不起他，而且那地方多少得规矩一些，不能过于狂纵。他认为花钱受规矩，未免太冤。所以只向下等地方走动，为着可以和妓女打情骂俏，和龟奴称兄道弟，打闹无忌，才符合他的天性。妓女高兴，骂他三代宗亲，才是人生之乐。龟奴投缘，和他嬉皮笑脸，他才觉得够花钱老爷的谱儿。

于是有一时就撞到小凤堂，认识了个姑娘小脚玉宝，昏天黑地打了几日连台，和伙计们混熟了。一天夜里，他睡不着，出到院内乘凉。看见一空间屋里，有几个伙计，凑着赌牌九。他一阵赌兴大发，进去加入。伙计们起初不敢答应，他说了好些四海话，就跟着下了注。却不知这群伙计赌钱，本是冒着危险，因为地面对娼家禁赌甚严，逢赌必捉，而且地方杂乱，最易透风。伙计们已赌了三四夜，正是最危险的时候，也知道该收了。却到了夜间又觉手痒，大着胆子凑起来，白衍芝恰巧赶去加入。

赌到半夜，抓赌的果然来了。这是一个住夜客人给报告的，那客人常来花钱，却因天性吝啬，在小费上不肯大方，被伙计轻视，怀恨在心。因听所招呼的妓女说，夜间伙计赌钱，他暗地生心，当夜便要求住下。人静以后，先瞧见伙计们在空房成起局来，就借个题目出去一趟，寻一个在本区当弟兄的朋友，报告了情形，跟着回来睡觉。过了一点多钟，房上已有了人。原来伙计们锁着大门，防备甚严，所以警察由房上下来，直扑空房，瓮中捉鳖，把一干人都上了绳串，这才开大门扬长而去。带到区里，一加审问，大家都是娼窑伙计，只有白衍芝是个客人。区官一见白衍芝那份神气，先觉讨厌。他那时正穷人乍富，穿了一身湖色纺绸裤褂，配着黑丑的面目，腰上扎着大腰巾，头上是光亮大背头，这本是下等娼窑中俏皮的装束，天然带着匪气，白衍芝却更十足。再加他以客人身份，竟加入龟奴队中同赌，更断定是下流东西。就严讯谁是局家，问来问去，结果把局家罪名落到白衍芝头上，罚了他几十元钱，伙计们从轻发落。

释放以后，白衍芝觍不知耻，反觉得意。跟这班伙计反以难友相称，好似有了交情，尤其跟这姜三更是要好。白衍芝那时还常在大明报馆走动，姜三当他是个局面人，很是巴结，常常一块玩耍。白衍芝跟他交了一阵，才知道了这低级娼窑的内幕，敢情真是物以类聚。妓女几人人都有姘夫，而姘夫多是本院的伙计。她们对于任何好客人，也不过假意敷衍，而真情只有龟奴能够得到，大有利不外溢之意。白衍芝知道了内幕，才悟自己洋钱花得冤枉。原来他所识的妓女也有姘夫，而且特别高贵，是班子的伙计。本来伙计也分等级，论说伙计是伺候姑娘的，若是本院姑娘姘了本院伙计，等于失身厮仆。若是三等姑娘姘了三等伙计，才算门当户对。但白衍芝所识妓女，竟姘了班子伙计，等于嫁了阔人。那妓女很引以为自豪，但本院伙计相形见绌，就不免怀恨了。所以姜三和白衍芝相好，就把实情泄露。

白衍芝感觉上当，就想跳槽，但不知哪个姑娘没有疵病可以认识。幸而姜三是识途老马，就替他介绍丁碧琏。当时碧琏所搭住的娼窑，比那小凤堂稍高半级，姜三深知底蕴。告诉白衍芝，这碧琏是由班子降下来的人儿，好比大商店的剔庄货，到了街头布摊上，就成为名贵之品。而且早几天在店里价码是每尺一元几，到了摊上，就照码减半，会买的主儿，不该错过这便宜货色。这碧琏还比别个姑娘洁净，没有姘头的累赘。并非说她性格孤高，有异庸众，其实她所以混得降级，就因为搭姘头弄糟的。不过现在她前任姘头已散，后任尚未选定。现在正有许多市井英雄，在那里谋干，鹿死谁手，尚不可知。所以姜三特别关切白衍芝，劝他前去夺取锦标。

白衍芝听从姜三的话去挑识碧琏，就好比普通人买东西，得内行人指导，行市和私弊病全都了解于胸，自然不会上当。及至认识了碧琏，又得姜三吹嘘，大受优待。碧琏因他是由本行同业引荐，因着气类所感，比着普通客人备觉亲切，十分要好。又恰巧她和一个同院姐妹发生争执，气愤不出。白衍芝自告奋勇，在大明报上连把那妓女骂了十多天，极尽丑诋，把游客犯忌的事都想到了。将她说成身毒国的苗裔、三只手的传授、鸠盘茶的模型。报上一登出来，报贩拥满了门外，替她定了价格，高喊着名字，看某某一个子儿。那妓女受不住蔑嘲，又加营业日衰，只得忍气吞声，迁地为良策，由三不管移往侯家后去了。碧琏因赶走仇人，在心中大感快活，这院中大显颜色。得意之下，论功行赏，就跟白衍芝越发要好。白衍芝又使出一套旁人不肯干的独门功夫，把碧琏哄得难舍难离。于是姜三等便给撮合，亦叫他二人搭了姘头。跟着碧琏又笼住一个冤桶客人，相约还债从良。那客人替她还了账，碧琏跟他回家，只住了一天，便开小差跑了，并寻白衍芝来，就算嫁他同居，直到如今。

所以白衍芝和姜三有过一段友谊，见面甚为亲热。当时白衍芝问姜三因何至此，姜三把自己的事说了两句，又问他为何受伤。白衍芝不便把实情告诉，只说上了一个混账朋友的当，和他一同去办事，走到这里，那朋友把我打昏了抢了身上钱跑了。

姜三道："你可报警察去，别叫那东西逃跑。"

白衍芝摇头道："他走了总有半点钟，早没了影儿，报警也是白费，只可认吃亏，等日后遇见他再说。"

姜三听着，便知内中必有不可告人的情由，也不再问，便说："你的伤怎样，不上医院吗？"

白衍芝道："伤还不算太重，用不着上医院。你有工夫送我几步吧，我试试能走不能。"

姜三就问："你能走吗？"

白衍芝道："不走怎样？在这地方怎么寻着洋车，不过得劳驾你送一趟，我自己怕走不了。"

姜三想想自己的差使，本是笑话，窑姐儿养杂种，还用请稳婆，像下狗似的下出来得了。我本看不上他种混人胡闹，就给多耽误会儿也罢。她肚里若是个大命的，自然平安临盆，若是养不下来，闷死肚里，倒省了许多争执。不管那些，我先送白衍芝回家再说，想着就道："好吧，我送回家，你在哪儿住啊？"

白衍芝说了住址，姜三就把他扶起，看看头上，流出的血已被雨给洗得没了，虽在脸上添了一道道红痕，但伤口已隐约可见，就道："你这伤还不算重，可是雨淋着不大好，先包上点儿吧，你可有手巾？"

白衍芝摇头回答没有，姜三真够朋友，取出自己一条由姘头处得来的大丝巾，给白衍芝缠在头上。但嫌太薄，又在底下垫了一叠白纸。这叠白纸却来历不小。本是姜三伺候的姑娘每月一次的消耗品，用过了抛弃在垃圾堆上。姜三看着可惜，就把中间的污处剪掉，留下两端干净部分，藏在袋中，留作上厕之用，想不到竟给白衍芝遮盖伤口，做了药棉的代用品。白衍芝哪能知道这纸的来源，还感激姜三的热心爱护，称谢不已。

当时便搂着姜三脖颈，好像病薛礼似的，两人厮并着走去，在路上也不断说话。姜三问了碧琏情形，又问白衍芝的景况，白衍芝都含糊回答。

姜三又说："咱们一晃有三年没见了，上回我到大明报馆去，只疑你还在那里，不料没有见着。我还当着有你的事呢，敢情全班儿都换了。"

白衍芝听了愕然。他知道大明报馆已经关闭不少日子，就问道："你说的是什么时候，大明报馆不是关门了吗？"

姜三道："现在又开张了，我说的是前月的话。"

白衍芝道："又开了，谁干的？"

姜三答道："这也是件新鲜事儿。上月我看见我们胡同口有一家切面铺赔钱关了门，跟着房子就赁出去，门面油漆得崭新，等着一上牌匾，原来是大明报馆。我就想起你来，过几天进去一打听，并没寻着你，可看见那报馆的新经理还有几个做事的人，都是常在胡同走动的熟脸儿。还有一个人也坐在他们中间，说说笑笑。这个人可新鲜了，原来是我们对过宝红堂大金花的兄弟。我正看着纳闷，又见一个人走进去，就坐在一张桌后面，开抽屉取钱。这个人更怪了，原来是大金花的舅舅，在宝红堂当伙计的米秃子，居然穿上长袍，人模狗样地当上先生了。我跟他本是熟人，就上前叫了一声。哪知他竟端起架子，跟我装不认识，我就出来了。跟着寻了知道内情的一打听，才明白里面的事，差点儿笑断了我的肚肠。"

敢情那位新经理，还是本地一家土财主的少爷，姓罗行八。现在家道已然衰落，仗着典卖为生。他还不知好歹，尽在外面胡闹。只是念过几本书，有个书呆子的劲儿，成天跟着一群朋友打灯虎凑票房，倒没有什么太出圈儿的事，连窑子也不大逛，只是个冤桶，被坏朋友架着花钱罢了。那大金花原是班子人儿，在几年前从良，嫁给个颜料铺掌柜姓朱的。罗八是姓朱的外甥，常到舅舅家去，看上了这位小舅母，只是不敢进步。到去年大金花跟姓朱的散了，重新出来混世，因为热上了客，混落了丑，就降下一级，到了这里。

罗八在她降级以后，才访着踪迹，赶来花钱。大金花一看是外甥到了，就推辞不过。罗八费了好些口舌才央得大金花降低辈分，认他做花钱客人，可是总冷冷清清，不肯跟他要好。罗八变着方儿报效，热天整车送西瓜，冬天整吨送烟煤，也买不动金花的心。他不由纳了闷，托朋友留心考察，到底受了什么病。这些日子才知道金花正热着一个在报馆做事的小牛儿，打成疙瘩炼成块的顷刻难离，把别的客人全给冷淡得不再登门。

那罗八知道情敌作祟，就又去打听小牛儿的根底，知道只是个起码的外勤员，每月薪金甚微，只仗着大金花倒贴。罗八醋海翻波，不能忍耐，就去向大金花破坏小牛儿，把他贬得一文不值，大金花和小牛儿正在情热，如何听得进去，就反口相稽，故意怄气。罗八说小牛儿是穷光蛋，大金花回答我就爱穷光蛋。罗八说小牛儿是拆白党，大金花回答我偏爱拆白党，叫他卖了也情甘乐意。罗八又说报馆不是正经生意，干报馆的人更没出息，何况小牛儿又是小白脸，你热他不但上当还要丢人。大金花回答我看报馆是世上很好的营业，干报馆的都是人物。莫说小牛儿还是个人，就是条狗，从报馆出来，我也当作活宝。罗八听着，知道不能说了，只得丧气走开。

回到家中，他的脑筋一转，竟想到邪路上去，以为大金花的话未必是出于真心。她所以爱小牛儿，只是由于他所做的行业。干报馆的可以随意捧人骂人，具有特别势力。妓女向来是好虚荣的，大金花热小牛儿，和别个妓女姘官面儿混混儿是一样道理。罗八越想越对，却不知小牛儿所以得大金花的欢心，完全由于年轻貌美，又工内媚。罗八却不向那上面想，只断定小牛儿的胜利完全在他的职业。其实罗八也并非迷住心窍，却是出于无可奈何。因为小牛儿的长处是先天的，罗八绝对没法竞争，若那样承认，就只可退避了，因为他不肯甘心，才向容易弥补可以竞争的后天方面寻觅理由。

既断定小牛儿的制胜之具，就和朋友们商量办法。他的朋友都是帮嫖看赌的混账东西，就替他出主意。结果有一位高明人提议，说大金花既爱干报馆的人，我们就从这上面压他，弄点钱开家报馆，罗八爷自然做社长经理，小牛儿是个小外勤记者，两下一比，大金花还有不爬高枝儿的？自然就抛开小牛儿，热罗八爷了。罗八一听，觉得有理，就决定照办。不过因为财务有限，只可力从节省。好在目的只为争夺妓女，绝无政治文化艺术的高尚目的，能有间门面，每日印几张报就成。于是朋友们纷纷奔走，还是那位高明人首先寻得门路。

他知道在南市开设的大明报馆因为经理腥赌被捉入官，以致停顿数月。现在那经理虽已出狱，但还无力重张，据传有意出兑。高明人就寻了那经理去，细一打听，才知那大明报馆既无机器，也无生财家具，仅只出兑一个报名。兑了他也只于省却立案手续，但那位经理夸得这牌匾比金字还要贵重，原有若干家广告，又能领若干津贴，好像一接过来，便能发财似的。但既有这样好处，他为何不自己快些开张，这就和算命先生指示旁人怎样发财做官，他自己却甘心受穷一样地不可理解。但那位高明人并不听这一套，先迎头把他的西洋镜揭穿，才询问价目。那位经理开口要五千元，高明人只还到十分之一，再也不肯多添。那位经理对这价目已经满意，本来只一块三寸多长一寸多宽的木刻报头，就卖五百元，恐怕自从世界产生木材以来，也未遇如此高价。但他还想多沾光一些，磋磨许久。高明人就透出意思，说他倘能依从一个条件，便可多添二百，经理问什么条件，高明人叫他对外声言，兑价一千五百元，日后收条也照这数目书写，便可以实付七百元。经理知道高明人从中弄鬼，要自己帮同作弊，立刻由交易的对手变成图谋的私党，就以共事的资格，要求多分几成。言外带有挟制之意，暗示着若不允从，便要给他宣布秘密。哪知能人遇到高手，狐狸撞着猢狲。高明人哈哈一笑，说你跟我弄这诡诈，只是自己吃亏。无论我和买主儿相好，你的话说不进去，便能把我的秘密揭发了，也不过把这件交易作罢，我只于暂时少进几百元，日后还尽有机会找补，你却过去这个村，并没有这个店。想再用一块小木头换七八百块洋钱，恐怕遇不着这样冤桶。现在我还是搁下不办了，只等你给破坏吧。那位经理听了，知道自己失眼，把刺猬当作小猪，妄想捉猪吃肉，不料倒扎了手。只得掬着一副三花脸赔礼谢罪，说了无数好话，高明人方才顺风使舵，答应照原约办事，但还得理不让人，逼那经理给立了一张类似伏辩的字据，保证以后不得造言生事，对高明人的名誉有所损毁，才算了结。

那高明人回去见罗八报告，罗八久已被他弄于股掌之上，自然完全依议。就由高明人代拟预算，报馆兑费若干，开办费若干，以及其他种种，共计约需六千余元。这还是高明人知道他财力有限，恐怕弄得畏难而退，才竭力减低欲望，缩小范围。但罗八仍苦力不能及，结果又删减许多，罗八才咬着牙卖了一所房子，所得还是不够，他想再卖祖坟，却苦于地契不在手里，只可退思其次，把坟地里一部分树木出卖。既利用废物，救济生人的困窘，还替祖宗讲求卫生，除去遮蔽，多得些日光空气，这办法可谓存殁均咸，人鬼咸宜。好在他是乔木故家，墓地松柏不止于十年树木，而且为数甚多，只捡高大的剪伐，留着矮小的维持脸面，遮掩耳目。

虽然被承购商人欺骗，混账朋友中饱，所得的钱居然还很可观，合起卖房的款，已和预算相符。于是先交出一千五百元，买了大明报三字一块木头，跟着便在平康曲巷外面租房设立报馆，筹备开办。自然是罗八做了名位最高的社长，那位高明人做了操持实权的经理，另将一位惯做剪发天足文章、捧妓女女招待的朋友派做编辑，一位曾做过花会跑封的朋友聘做外勤，一位自称在某机关做过司书的苦朋友派做校对。

对内部安排稍有头绪，罗八便忍不住了。他费了千辛万苦开一报馆，所为何来？古语说富贵不还乡，如衣锦夜行。他这时做了报馆社长，若不使金花知道，也如把肥肉埋在饭里。所以要将馆址设在金花娼窑的巷口，也正是夸耀的意思。但还恐金花耳目或有未周，就亲自前去报告。

金花向来对罗八总端着舅母架子，听了他的报告，居然也有了笑容，夸奖两句，说你找个事儿干，倒是比闲着好。罗八听着，虽未得到预期的满意，但觉已得到向所未有的招待了，却不料金花的奖励，是要代价的。说完了随即荐人，把她的舅舅和兄弟提出来，叫罗八在报馆中安置。并且指定都要做先生阶级，不能像在妓院中一样当伺候人的伙计。罗八怎敢不答应？回去一商量，就把金花老舅派做司账，兄弟派做庶务，金花甚为满意。罗八就趁坡儿进步，成天到金花处打腻，更没心绪管理报馆的事。馆中职员也各自趁乱抓挠些钱，近水楼台的都到妓家去嫖，妓女们也到馆中玩耍，几乎成了变相的台基。

但馆务却自然还能进行，高明人因为罗八家中尚有产业，打算多吃几次，所以倒实心办事。把印刷地方接洽好了，又向官厅呈请复刊，也得了允许，出版已定了日期。到了出版前日，编辑们工作起来，干到夜间两点，方才完工。高明人以经理资格，一看样子，几乎气得鼻孔朝上。原来第一版要闻，本是剪拼大报，但竟把一段署名花国巡阅使的柳巷访问记，当作发刊词，排在头段。就是那位校对，也给他的房东登了一段虐待儿媳的新闻，以报新近增租五角大洋之仇。总而言之，篇篇有着作用，人人有着私心。高明人看着觉得太不像话，固然报纸负有针砭社会的权力，但也得有些分寸。尤其新闻，照例得在法院警厅有案可据的事，才可以登载。虽也不妨偶有例外，但全部这样毫无根据，自快恩仇，却未免过于胡闹。最可怕是全拖着待续的尾巴，很容易被人看出用意不良。这样三天下去，准得被官方取缔封门。

再看第三版副刊，更新鲜了，十分之八是妓女女招待舞女的起居注。某舞女某日到南市某鞋庄买高跟鞋，这是甲编辑的作品，因为他姐夫在那鞋庄做事。再一段是某女伶姘头一览表，人数共有八名，琴师跟包月车夫等等一并登录在内，这是同人的公愤作品。因为他们一天去访问某女伶，那女伶的家人见他们衣衫不整，气派欠高，已有些不屑招待，又加房中正有阔老斗打牌，就以闭门羹相飨。他们感觉尊严受损，气愤难消，就无中生有地败坏那女伶的名誉。除了这等妙作以外，还有许多短讯，都是捧姑娘的。最妙一段段都有剪发天足字样，好像在这时候，还人人梳盘头裹小脚，遇有剪发天足，便是稀世奇珍似的。至于形容词，更是千篇一律，千人一面，什么腰如杨柳，目转秋波，有闺阁风，无青楼习。这种文章，倒是源流甚远，中国自有报纸以来，便有余兴一栏，刊登风月之作，便是这种体裁词句。直到如今，居然还有人奉为高文典册，引用不绝，还是如此普遍，真也有趣。但这还无伤大雅，另有篇性史类的巨著，名叫西门庆的舞女术。内容简直无法形容，足以使少年变老、肥人变瘦、女子失眠、男人吃药，但反回来也可以使报馆被封、经理下狱。

高明人看着摇摇头，急忙下令停止印发，自己拿着样张，就找了罗八去。这时罗八正在大金花那里受气，他磨了许多日子，也未得到入幕之宾，这日实忍不住，竟正式提出要求。大金花看在他做了社长的面上，没像往日那样坚拒，却也未曾答应，只给了一线希望，叫他在夜间三点再来，倘若约定的客人不至，也可以用他补缺。罗八在十二点就去了，耐心等候许久，将近三点，忽见那位小牛儿来了。小牛儿本来有专利权的，金花曾和他约定不留他人，今日因小牛儿说有事未必能来，金花才敢叫罗八候补，不料他竟又来了，金花自然要对罗八爽约。罗八一见情敌露面，便知希望又渺，知道少时就有逐客令下来。

正在懊丧，高明人前来把样张给他看，询问如何办法。罗八无心及此，就说管他那些，就照样印好了。高明人说："这样印出去明天就许被官厅封门。"

罗八没好气地说：“封门更好，我花了许多钱，也没见着功效，到今儿还不能留住一夜，眼看要被赶走，还开这行子干什么。”

高明人听他心气要冷，知道是不得志于金花的缘故，心中急想挽回，就道：“你说金花不留你吗？那个好办，我可以叫你今夜洞房花烛。可是这报的事真是要紧，你不怕封门，可知道封了门，你这负责人也得捉进去。”

罗八一听，才吓慌了，忙问：“依你怎样？”

高明人道：“依我就暂且停办，把今天印的报全烧了，对外只说机器发生障碍，改期出版，赶着另寻好手编辑，再行出版。”

罗八道：“就依你主意办，可是我这儿怎样？小牛儿已经来了，一会儿金花准得又拿出舅母架子，叫伙计给雇车，对我说好孩子快回家吧，看你娘不放心，再拍拍肩膀，就把我赶走了。”

高明人道：“不要紧，这样吧，你替我走一趟，到报馆下令停印，我在这儿给你办事。”罗八又叮咛几句，才自己出去了。

高明人坐在床上，吸着纸烟。过一会儿，听外面脚步声，知道金花来了，遂忙躺下，用手抱着头遮着脸，假装睡着。他就向床上躺倒，用袖子遮住脸面，及至金花进来，因为这中等娼窑向来设备简陋，电灯烛数很小，黑淡不明，又加金花心里恍惚，见床上躺着个人，以为必是罗八，也没细看，就坐旁边，拍着他的腿，发出伤风鼻音道：“你怎么睡着了？天已不早，好孩子，回家去吧，别叫你老太太不放心。起来，我叫人给你雇车去。”

高明人听着，暗笑罗八虽然料事如神，连他的词儿都猜着八成，可是凭罗八怎会有这先知法术，必然是以前早听惯了。想着听金花又道：“你是怎么回事？别叫舅母生气，快起来走。再不起，我可拧你了。”

高明人忽觉腿上一疼，忍不住哎哟一声，坐起来道：“你要拧了我，还占便宜，混充舅母，咱们可得说说。”

金花这才看出不是罗八，吃了一惊，但和高明人早已很熟，就骂着问道：“你小子怎在这里，几时来的？真缺德，吓我一跳，罗八呢？”

高明人道：“罗八自己走了，省得你替他雇车。”

金花道：“真的吗？不对，他走了你怎么在这儿？”

高明人道：“我在这儿给他做代表呀。”

金花道：“代表？代什么表？”

高明人笑道：“代表住夜。”

金花呸了一声道："少放屁，你到底闹什么魔鬼？"

高明人道："闹鬼咱还不定谁闹鬼哪，你拿罗八傻小子耍着玩儿，叫他等了半夜，临了儿又往外赶，还充大辈儿，给孩子雇车，别叫他妈不放心，你真太会耍人了。罗八是迷住心窍，才受你这个气，我这旁观的，可瞧不下去，所以叫他回家，我自己跟你说说。你做事也得不即不离，别太狠过头儿，挤得狗急跳墙。"

金花听了，仍嬉皮笑脸地道："去你的，我们的事，你管不着。"

高明人道："我跟他是朋友，怎么管不着？"

金花道："你管又打算怎样？"

高明人道："也没别的，只要替他出口气。"

金花道："这气怎样出呢？"

高明人道："我把小牛儿收拾一下，叫他永不敢再进这门儿，看你还跟谁好？"

金花笑道："就是小牛儿不来，也轮不到他。人多着呢，至不济还有你。"

高明人笑道："怎么说到我身上来了？我可不敢巴结。"

金花本来眼力高强，早看出罗八朋友中只高明人厉害难惹。这时听他替罗八说话，知道若触怒了他，不但恐有后患，便只把罗八拦住，不叫再来报效，自己也有很大损失。但若依他的话，留罗八住夜，又觉于心不甘。于是念头一转，就打算笼络高明人，叫他跟自己合为一手，捉弄罗八。立刻对高明人施展媚术，坐在他身上说道："你还不觉乎哪，我早就跟你有心，只是你总跟罗八一块儿来一块儿走，我也没法透给你意思。现在你一人在这里，真是天赐其便。罗八既然已经回家，你就不用走了。"

高明人已明白她的心意，便问："我要不走，把小牛儿怎样安排？"

金花略一犹疑，才道："你要住下，我便叫他走。"

高明人道："好吧，这才看出你跟我有劲。我怎能不承你的情？你快打发他走吧，我是不走的了。"

金花本料着高明人不会答应住夜，才虚让一下，送个人情。以后尽可给他好处，今夜却实不能应酬，但没想高明人竟依了实。金花便为了难，心中踌躇，后悔作法自毙。无奈既说出来，还不能收回，只可答应着另想别法，便向高明人道："就是吧，你等着，我去想法儿打发他走。"说着走出房去。

高明人急忙由帘隙偷看，见她进了本屋，过了很大工夫，才又出来，跟一个伙计唧喳半晌。又进房去，领着小牛儿出来，送入旁边一间屋里，便向自己这里走来。高明人心想，金花敢情把我当作恶人，很是惧怕，居然叫小牛儿暂避委曲，来应酬我，这可算是很大的牺牲。不过由于怕我，说出话不敢不算，要换个别人，还许认为她真个相爱呢。但她没把小牛儿放走，还藏入别的房间，必然还有作用。大概她又预备留我小住半夜，至迟到天亮，便借个缘故，不是她妈得了暴病，便是她外婆被耗子咬掉大腿，假装自己将要出门，把我赶走，再叫小牛儿回老槽。

想着就退到床上。金花正走进来，向他说道："我已经叫他走了，你跟我上房里去吧。"

高明人便随她进了本屋，金花正要表演一次照例的亲热，高明人却料着罗八将要来了，忙说肚子饿了，要吃些东西。金花就叫进伙计，高明人要了几样酒菜，吩咐快叫送来。伙计出去，不大工夫，饭馆已把酒菜送到楼上。金花为表示要好，跟他同吃，便摆了两份杯箸，二人相对坐下。高明人耳朵只听着外面，果然才饮下一杯酒，便听外面伙计叫金花。金花出去，高明人随着由帘隙向外一瞧，见罗八立在院中。原来罗八由报馆回来，要进那原坐的房间，被伙计拦住，说里面没人。罗八愕然，便问："高二爷走了吗?"

伙计明知高明人进了金花房内，但因受了吩咐不敢说出，只得去叫金花出来。金花出房，一见罗八，方在吃惊。心想高明人说他已经回家，怎又来了？却不料高明人已由房内跑出，向罗八叫道："你来了，快进来。"就拉他进入房中。金花大为惊诧，罗八进到房内，看见桌摆着酒菜，不由怔了。高明人却笑道："你怎么谢我吧，我已经给你办好了。金花答应留你，把宵夜都预备了，等你来吃。"高明人不管金花怎样，只向罗八说："你看看，我办得还要多么周到，连宵夜都给预备好了。你们就喝个交杯盏儿，吃完一入洞房，我已把事情办好，可不陪了。"

罗八听了大喜，金花却气得发昏，知道上了高明人的当。无奈房中已摆上酒菜，高明人又这样说了，这酒菜就是住夜的标记。在这地方，只有住夜客人才吃消夜，绝没有无端破费的。既被罗八看见，自己纵然把他视若无物，也总不能说出是预备和高明人享用，没他的份。何况高明人已然表明叛离，自己怎能还为他白栽跟头。想来想去，无法可施，只得无语默认。便望着高明人咬牙切齿，恨不得把他吞了。

高明人只做不见，推罗八坐下吃酒，又道："你在这儿安享艳福吧，我还得回去照料。明天晌午，我来找你，咱们一块儿吃饭。”

又向金花道：“我把你外甥交给你了，你得拿着舅母样儿，好好儿照应着，别把孩子半道儿扔下不管。”

金花没好气地道：“这是什么话？”

高明人笑道：“你摸摸良心，他今儿能住在这里，可不容易。你别像她们似的使坏招儿，暗地串通伙友儿，硬告诉妈妈病了、姨娘死了，或是家里失火了，要不然就自己说要上娘娘宫烧头股香，变法儿把客人只赶走。”

又向罗八道：“明天你可一定在这里等我，我有要紧的事要跟你说。我想也不会这么巧，今天你住下，金花就会有事，非得赶你走。错非她另留下别的住客，成心赶你不离了。可是金花不是那种人啊，她是久干这个的，懂得规矩，绝不能欺侮客人。再说看着我的情面，别说不敢，也真不好意思，金花你说是不是？”

金花听他把自己预备施展的高招儿都给揭破了，当然再不能使用，看来只得委屈着陪罗八一夜，把小牛儿赶走了，否则这小子不定做出什么恶剧。想着暗地恨得牙痒，却又没法还言，只可听着。高明人说完便向外走，金花忍怒相送，口中说忙什么，再坐会儿，心里却狠狠咒他，出门便撞上汽车轧死，落入阴沟淹死。高明人拉着她走到门前，附耳说道：“我看旁边屋里那位牛郎，叫他回家吧，我出去给雇车来。”金花还没有答出话，他已扬长走出。

金花气得头晕，但他一走，就不怕罗八了。先到小牛儿房里，告诉这件事。正在且骂且说，忽听外面有人喊叫：“牛爷走不走？车已雇来了，在门口等着。”

金花走出一看，原来是个拉洋车的。气得金花跑过去问他喊什么，车夫说有位先生雇了我的车，叫我进来这样说。骂了那车夫一声，想要叫他滚开。但一转想，觉得自己已被钳制，无法腾挪，小牛儿留在这里，也是独守空房，不如趁势叫他走吧。自己且忍痛受气，对付过这一夜，再向罗八身上徐图泄愤。想着就不作声，自走回房里，对小牛儿先诉明苦衷，言说：“今儿不知哪里来的晦气，半腰里出来这高明人，帮着罗八。用他们干报馆的势力压我，我本不服这口气，但又不敢得罪。他们给我造谣言还是小事，那高明人最是贼溜鬼滑，什么事都做得出来。倘若暗算到你身上，叫我多么担心？所以我想今儿咱们先忍口气，你让个过儿，回家去，明天我必想法找场。罗八别当作占了上风，今儿就强迫着住下，我若叫他好受得了，算白混了这几年。”说着经劝带哄，才把小牛儿说点了头。金花便送他出门，看着上了高明人代雇的那辆车走了。金花见丈许外路灯影下，有人站立，料着必是高明人，窥察小牛儿是否肯走。倘若不走，他还要回来捣乱。心中恨骂好小子，你算把老娘制了个匍匐在地。不过且慢得意，我还有法报仇，虽然跟你没计奈何，罗八却落在我手里，他算注定倒霉了。

想着气愤愤走回院中，暗自打算主意。到了房门，已有了办法，立刻面现笑容，进房和罗八说说笑笑，大为优待。罗八直有点儿受宠若惊，心中感激高明人，居然有如此大力，把金花压服。我花了无数金钱，费了许多心力，所办不到的，他只三言两语便成功了。这样有能为的忠心朋友，我该怎样报他？明儿回家，再弄点钱，买几件衣料送他的太太，再给金花弄件狐皮大衣，酬谢她留夜之情。

罗八心里盘算着要给金花身上生皮长毛，金花心中也正盘算着要给罗八销肌蚀骨。陪着温存一会儿，便开了衣橱，从里面取出一个小纸包，捏在手里，走出到别个姐妹房内，偷着用水把包中的药送下肚内，再回到罗八跟前，陪他吃了些饭，把家伙撤下，便收拾就寝。罗八希望多日，好容易达到目的，而且要和小牛儿比试，怎会不努力图功，鞠躬尽瘁。但可惜所得结果，只加重金花的厌恶，到了恰当时机，金花就使出她本行秘传手术。这手法可以用厨房做菜比喻，烧鱼是整个烧的，但为要使佐料的味儿能进入鱼身之内，就在鱼上横切几道细缝，香味由那破缝沁入内层，传达全身。金花就仿效这样办法，也无用什么器具，只把手指甲在硬的物件上摩擦生电，趁着热儿，当作刀子在鱼上偷偷一划。那鱼并不觉察，但那被划地方，就受了伤创，随而再放入佐料盆中一浸。她吃下那包药，已使佐料中增加毒质，那鱼再不老实，泼刺跳跃，跟盆子相撞击。于是被划过的部分，便很自然地破裂，由那裂处便吸收佐料进去了。罗八受了摆布，并不知已遭其鱼之危，只在某一个时候，似觉被蚊子叮了一下，他也没甚理会。

一夜过去，到次日午时，高明人来寻，见罗八还高卧未起，金花也守在身边。高明人还自觉把金花完全制伏，得到胜利，甚为高兴。叫起来取笑一回，三人同吃了饭，高明人才拉罗八走了。回到报馆，商议另请编辑的事，并且馆中现款将罄，也要他回家设法。罗八把用人的事委托高明人，自己回家向母亲讨取旧存金饰，变钱使用。到家一说，未得他母亲允许，怄了半天气。他空手不能出门，就住在家中，和太太同房。到次日他母亲怕儿子抑郁成病，只得拿出两副金镯给他。罗八才欢喜出门，但不料走在路上，竟觉走不利落，下部隐有疼楚。及至坐车到了报馆，就变成礼多人不怪了，鞠躬如也的了。及至和高明人说了会儿话，便又独自去访金花，打了个茶围，再走出来，觉一步一趑，好生难过。急忙上僻处自己检查，也没看出什么。到了晚上，他又鼓着勇气，想打连台，不料被金花用很有力的理由拒绝。他因身上不大舒服，也没缠磨，便回了报馆。这时馆中因延期出版，又因高明人撤换编辑，惹起风波。许多帮闲的朋友都起哄走了。在他们以为是成心塌高明人的台，大家一起罢工，叫报馆无法出版，日后势必还得去请他们，那时再拿糖讹人。不料高明人正要他们自动全走，省得费一番驱除手续。所以馆中特别清静，罗八就和高明人对榻而眠。

一夜过去，到了次日罗八起床，脚方着地，就哎咳喊叫起来。高明人忙问怎么了，罗八自己也不知道，低头一看，才见局部红肿，并有残破。高明人一见他的神气，急忙过去一瞧，大吃一惊，顿足叫道："糟糕，这是我害了你，太大意了，只觉压服金花，叫你趁心。谁想那娘们儿这样阴狠，暗地会下了毒手。好东西，她能跟我使用这套？我万饶不了她。"

说着就跑出去，直奔金花院中，寻她交涉，金花见高明人气势汹汹，忙问何事，高明人冷笑道："你自己做的事，还不明白，咱们别提罗八对你那样孝顺，你不该太坏良心，就只冲着我，你也不该使这毒招儿。你也不是没耳朵，打听打听我是什么人，能吃这个亏。你别装糊涂，痛快说怎么办吧。"

金花听了，仍对他瞪眼装糊涂，只问什么事。高明人气愤愤地把罗八情形告诉了她，金花听了笑道："原来是为这个，这可不赖我，是他逼我留他的。你有什么不明白，我们这地方就块毒地，我们就是毒人儿，花钱的人都是来买毒的，谁买着谁买不着，那只看他们的运气。可是我对罗八，因为以前曾是亲戚，不愿叫他吃亏，才屡次驳回。谁想他竟把你请出来，逼得我没法儿，只可应酬一夜，所以昨天他又来，我就没留。你想想我这份儿好心，跟谁说不出去，你怪我就不对了。"

高明人道："你这话能骗旁人，骗不了我，若是人人都买了病走，你们早全饿死了。你若不是成心，罗八万没个受害。"

金花道："你知道我身上有多么重的病？医生叫我三个月不准接客，现在还没过两月呢。"

高明人道："你胡说，怎么小牛儿天天住在这里，一直好生生的？"

金花道："小牛儿跟我有那样交情，情愿遵守三月的病，住下也是规规矩矩，干干净净。你想罗八肯这样吗？我若叫他这样，你们必然又说我欺负他了。"

高明人道："你既然有病，怎么前天又要留我？"

金花笑道："前天你一开口，我就知道你替罗八说话，我自然不能驳你的情面，也不说破，以后果然罗八又回来了。凭你这样朋友，还会割罗八的靴？我不是没眼力的人呀。"

高明人又问："你怎不把实话告诉我，别叫罗八住下。"

金花道："那不是一样的事，你们本就疑心我讨厌罗八。我说实话，你也要当作瞎话，认我是推托，绝不肯信。"

高明人说了半天，并没把金花问住，只得赌气回去，先给罗八治病，请来医生瞧看。哪知正在这时，罗八家中有人前来，叫他回去。罗八扶病回家一看，原来他的太太也得了和他同样的病，罗八才悟到自己把金花的赐予，又转赠给太太了。虽然悔恨交迸，但也无法可施，只得把医生请到家中一同诊治。哪知太太的母亲闻讯来看，见女儿得了这可羞的病，当然是被姑爷所害，于是大兴问罪之师。罗八在家里待不住，只得回到馆中躲着。

他既有病在身，又加财源断绝，对馆务已无力进行，只向高明人讨办法。高明人看出便宜，想要把他这点产业图谋过去，自己生财。就变个方儿，把自己的钱借给罗八，假作向他人转借，定了很重的利息。其实这钱本是他从罗八身上骗去的，如今虽借给罗八，但一转手仍到他手里，因为他是经理，有权管理财政，罗八也全由他一人做主，不加查问。高明人打算这样借给他几次，便把所借的钱，都给开销净尽，然后反过脸来讨债，罗八当然没力量偿债，就可以把报馆接收过来，并且做他的长期债主。

高明人既安下谋产的心，当然期望这产业发达，于是他就设法延揽人才，招取广告，预备干成兴旺生意。不过他没有通文朋友，只可登报招考，不知当地怎么有这些闲人，这一间门面小报馆，一经招考，居然有五六百人报名。高明人自做主考委员，连考了四五天，结果考了两位编辑、一位校对，还有两位广告员，即日议定薪工，分派职务。人员上班做事，大有焕然一新之势。至于金花那两位亲戚，当然早赶跑了。高明人指挥着同人尽力工作，居然很快把报出版。在他以为报纸也像大米洋面一样的必需品，只要印出来，便有人看。不料万般不是力笨干，他虽然高明，可惜对这种专门职业，尚欠高明，手下又全是没经历的外行，枉费了极大心力，印出报来，竟没人要看。因为主事的人太已外行，弄得式样不是式样，材料不成材料。例如要闻是由大报上剪的，他们偏拣冗长麻木的剪。新闻虽有专门人采访，而且这人也很努力，常常竟日工作，但可惜没有脑筋。竟把机关中的公文法令，整个抄来登报，一篇就占满全版。副刊上因为提倡道德，就登了一篇圣迹图，因为提倡科学，就登了半版的飞机制造法，另外小说是一位编辑由书摊买了一部木版的《品花宝鉴》，因他自己尚未见过，就认为是海内孤本的异书，按日登载起来。这样的内容，已经应该失败。再加他们没有机器，由印刷局代印，偷工减料，该用五号字的文字，给改成四号字，可以放三个字的地位，只给放一个字，弄得版面稀疏冷落，好像出地上的荒草一样。若在三十年前，还许有人买张看看，这时人们眼光已高，谁还看这样报纸。头一天印了二千，剩下一千七百，还有二百五六十份是义务赠送的。第二日除了赠送，只销去三十几张。第三日居然大见进步，因为报贩都不肯代售，高明人急了，带领职员亲自上街喊卖，才销去一百多张。但大家已累得舌敝唇焦，风尘满面，高明人只得请他们洗澡吃饭，花费十余元。事后计算，深悔得不偿失，知道这样下去，将要不堪设想，就去向内行请教。才知道这种笔墨生涯，也算专门事业，只有学问没有经验，是弄不好的，便听那内行指教，另请了一位久干此行的落魄文人来做编辑。

那文人名叫钱不鸣，倒是个干小报的老手，以谈民生疾苦著名，棒子面的价格是他的专门题材。还会把聊斋编成白话，又善于做不调平仄的西江月，简直是多才多艺的才子。只为品行欠佳，多生了一只看不见的手，常把他人东西据为己有。又加说话讨厌、形容猥鄙，所以闹得没人愿用。凡是兴旺生意，绝不请他，只有倒了霉将要关门的报馆，欠薪绝粮，无人肯干，才会相到他身上。他也委曲求全地干，但是终究没有旋转乾坤的力量，仍得关门收市。这样有过几次，人们竟倒果为因，硬赖钱不鸣的运气太坏，天生的八败星，只要请了他去，便得关门。这就如病人已被许多名医治得病入膏肓，万无生理，最后又死马当活马，另请个倒运的医生诊视，一剂药下去，病人恰巧绝气，这治坏的责任，便算落在他头上，永远难于洗刷了。钱不鸣便是这样得到收市专家的绰号，再也没人领教。他又有两口烟瘾，穷极无路，就托人荐到茶馆去说聊斋评说，不想这碗饭更是难吃。他曾没有生意人的发头卖相，又未经过师傅，常要受人歧视。二来茶馆里有一班久惯听书的老头儿，虽没有学问，却已把各种书都听过多次，记得透熟。钱不鸣头天上台，便遇着一位内行盘道，他赶紧叩头认了师傅，才算闯过难关。哪知第二天又因为讲个典故，台下一位老头儿觉得和以前听过的不相符合，竟对他反驳起来。钱不鸣只照书注讲述，不知生意人还有许多花活，辩论半晌，台下听主儿一致认为他是学艺不高，纷然散去。钱不鸣含羞下台。第三日便被茶馆主人辞退，只得另寻生路。早晨卖报，下午在街上寻熟人讨小钱儿。

到这时忽然时来运转，被人荐给高明人，在街上把他寻着，说明聘请之意。又商定待遇办法，仿效梨园行拿加钱的路子，从他接手以后，每多销十张报，便分给他一厘钱，每一份一毫，十份一厘，一百份一分，千份一角，万份一元，若销到万万份，也能分得万元，足可致富。但除此以外，还供给一切需用。每天两顿羊肉包，晚饭烧酒二两，鸦片太贵，供给不起，只可改为烟灰，每日一钱。

钱不鸣满意接受，即日上任办事，果然出手不凡，在第一日便增加了五十多份。高明人破格奖励，给了一分钱，以后更日有进步，现在钱不鸣已能每天得到两角钱，和同人集股打茶围了，所以这大明报馆现在已经又算复活了。虽然在社会上无大声名，但也给南市一带的人一点儿冲动。尤其是娼窑中稍识几个字的伙计，在跟局候客之暇，有了消遣品，可以看哪家姑娘被上了报，大家添些谈料，并且还有用本地风俗改制，用天津土话翻成聊斋，可以消遣。

这姜三对大明报既然注意，现在遇到曾和报馆有关系的白衍芝，就在扶持归家途中，把这篇艰难缔造的报史对他述说了。白衍芝听着，想起那钱不鸣曾经相识，在二三年前，自己替一家卖药的铺子到某报刊去登广告，为着从中落两成扣头。不料到了那里，看见一个乞丐样儿的人，在门口哭泣。一问旁人，才知他是钱不鸣，原是馆中职员，因为同人屡次被窃，在他身上发现了赃物，便被辞退，并且把应付他的半月薪水扣留，作为失物者的赔款。他一定要那半月薪水，蹲在门口不走。白衍芝好管闲事，便从中斡旋，替他付了几个钱劝走了。以后在某处饭馆里，又和钱不鸣遇见，二人都要了一碗面汤。对面有个落魄的俄国人，也喝面汤，却用大块的朱古力糖就着。白衍芝一时嘴馋，乘其不备偷了块糖，被那俄国人看见，拉住不依。还是钱不鸣劝解，叫他把糖退还，并且候了一碗面汤的账，才得了事。

白衍芝想起以前两次交情，觉得以后大可前去拜访一下，跟他商量合作，也许能弄些生发。想着便又跟姜三说些闲话，徐徐走着。将到家中，又想起自己遭到绝大失败，连可以赎罪的东西也都失去，回家见了碧琏将要如何交代？而且自己一向利令智昏，认定翁大少是个金矿，碧琏眼光明亮，早就对我拦阻。是我竭力提倡，她才委屈敷衍，如今落到这般光景。虽然到底从翁宅偷出许多财宝，可以证明我看事并未甚错，但实际终因我失计上当，落了场空。无论怎样分辩，碧琏亦不会轻饶了。想着心中忧惧欲死，直想逃避不见碧琏的面。但头上伤痕疼痛，身体疲劳难支，回家中虽然挨打受骂，尚还可以将息，若躲避在外，就只能睡在马路上，权衡利害，仍得硬着头皮回家。但又怕碧琏当着姜三吵闹起来，把秘密泄露，惹他耻笑，就安心把他支走。及至行到家门，便立住向姜三道谢，说天太晚了，碧琏早已睡觉，我也不让你进去坐了。你认了门儿，改日务必来找我谈谈，吃顿便饭，姜三本不想进去，只说改天必来，就作别而去。

白衍芝在门口站了半天，才举手敲门，里面的碧琏似乎正在等候，闻声便出来开门。只见白衍芝一人，便问："他呢？事情怎样？"

白衍芝无言便向里走，碧琏拉住道："我问你事情得手没有，他怎没回来？"

白衍芝道："你关上门，进去再说。"

碧琏道："他可是在后面就来？我不用关门了。"

白衍芝说了句："快关，快关，不用等他，他永世也不来了。"便向里跑。

碧琏一听，伸手便要抓他，但没抓住，就把门砰的关上，追着叫道："你说什么？他怎么不来？"

叫着赶入房中，见白衍芝已倒在床上，满脸血渍，不由大惊道："你怎么了？到底遇着什么事，他可是被人捉住了？"

白衍芝有气无力，摆手说道："你看看我这里，只当积德，先别逼问我，等我喘口气，再慢慢地说。"

碧琏看了看他的伤痕，虽然心中发惨，但终抵不住贪心，仍向他问道："你先告诉我，得了手没有？偷出多少东西？"

白衍芝知道她在这紧要时候绝不肯稍缓须臾，就是自己已经绝气身亡，她也得叫回魂儿问个明白。只得叹气说道："还提东西？我的命都差点儿死了。好混账小子，我但有一口气，也不能饶他。"

碧琏听着，知道完全失败了，颓然跌在地下，叫道："你一点儿东西也没得着吗？叫我白指望……白赔人赔钱，就这么完了吗？”

白衍芝听着，明白雷劫到了头上，害怕无益，央告无用，只有挺身承受。就点头说道：“这回我算瞎了眼，上了当，吃了大亏，还连累你白赔了身体。我说什么也没用，只好由你处治，不过你看看我受的这伤。”

话未说完，衣领已被碧琏揪住，厉声喝道：“你伤了，你掉了脑袋算个屁？怎么着？我白赔了，我才不能白赔。你快说，到底怎样，若叫我吃了亏，咱们今儿就是今儿。”

白衍芝呻吟道：“我知这罪孽深重，由你处治吧。”

说着就把和翁大少同到翁宅以后，怎样被骗、怎样挨打的经过，都一一说了。碧琏听着，咬牙切齿，眼睛都要努出来，及至白衍芝说完，她还直勾着眼儿。见白衍芝不语，就道：“你说完了？合着连个小钱边儿也没弄回来，白叫我伺候了这些日，你就这样跟我交代？”

白衍芝道：“我瞎了眼，上那小子的当，已就被他跑了，还有什么可说？我实在对不住你，随你怎样打骂，我也认了。”

碧琏咬牙叫道：“打骂就解了我的恨哪？我今儿吃了你也……”说着伸手给他一个嘴巴，骂道，“你是死人呀？你的脑子都配了兔脑丸，你的眼睛瞎实着了，怎么一点儿情形看不出来？他给画个圈儿，你就往里跳。我就不信，怎么一个活人，会叫人赚进死胡同去。眼看着金银财宝都叫他拿去了，你难道是死人，不会拼着命把门撞开，还听着他隔门说俏皮话，看着他走？这还不算，你逃出去，藏在车房里，他就在对面席卷后头，隔着没有一丈，你怎不过去看看？若捉着他，不是整个把皮包抢过来了……”

碧琏这样数落着，好似不甚凶狠，但白衍芝所受的却不止于挨骂，因为碧琏每说一句，手就动作一下，不是拧，就是掐，还用指甲抓挠。白衍芝呦呦学做鹿鸣，在床上好像挣命似的躲避。但知碧琏正在气头儿上，不敢格拒，也不敢央求，只希望她力乏了停手。但碧琏怨毒攻心，助了许多气力，直把白衍芝头面身体都给拖了个稀烂，还不解恨。低头看看，见白衍芝是全身伤痕，更没有下手处，就上厨房取了只擀面杖，握在手中，向他叫道：“你伸出腿来，我打你可不许出声儿。”

白衍芝看了看她手中的短棍，知道要做细活，用法必在腿下脚上两侧突起的骨突，那地方偶然碰一下，便疼得异样难过，怎能经得敲打？就央告道：“你饶我吧，我已经体无完肤了。头上的伤，更疼得钻心，难道你真要我的命？”

碧琏柔声说道：“我也不想打你，可是你也替我想想，我吃了这样大亏，怎能忍得下去？你若不叫我出气，我必得气疯了，那就更没好儿。你不如忍着点儿，让我消消气再说。若论我这时的火儿，我得拿把刀来刺你。我是看你头上有伤，才强压着，你别不知意味。”

白衍芝一听，敢情她还留着情呢。好比罪犯应处极刑，承蒙皇恩减为杖流，怎能不感激恩典，若再央求免打，就是不知时务，说不定把官儿惹恼，仍处重刑，那么也只可忍让她消气吧。就做出光棍挨打的姿势，张臂抱头，闭眼咬牙，碧琏将木杖向他胫骨着力敲打，打完左腿，再打右腿，这罪过比什么都难过，白衍芝忍不住翻滚喊叫。碧琏把一块手帕塞住他的嘴，他每一闪躲，打得更重，白衍芝忍死挨着。好容易打完了，白衍芝已然目眶深陷，眼睛突出，脸上的颊骨都露出来，腮部深陷，简直失了本形。碧琏休息一会儿，任白衍芝呻吟央告，只作不闻，脸上也没有怒容，很和平地冷笑着，又连用十几种刑罚，也不必细表，大概凡是她曾听说过的，如昔年牢狱中所用种种非刑，和匪人对付肉票毒手，她都具体而仿效一下。却留着神叫白衍芝不致碍命，也不致晕过去。但白衍芝已经折腾得气息仅属，起初他是自知罪有应得，拼着受苦，以平碧琏的气，但到后来非刑迭出，他感觉碧琏太已残酷，知道性命有关，想要抗拒的时候，欲已挣扎得没了力气，只有瞑目受死。幸而碧琏并未打算害他，每种刑罚都是适可而止，看他翻了眼将要闭气，立刻停住。自己吸烟喝茶，歇足劲儿，白衍芝也恢复了精神，她才动手再试新刑。并且在动手时候，好像外科大夫对付病人似的，用柔和言语哄着，你忍耐一点儿，动这手术病就好了，白衍芝痛苦之中，还是哭笑不得。

碧琏直工作了一夜，才算功德完满，向白衍芝道：“完了，我的气虽没出尽，也只好便宜你了。你别怨恨我，只想想我听你的劝，伺候那翁小子这些日，受了什么委屈？还把手里一点儿体己钱都垫出去，连裤子也当了。只眼巴巴地等着发财，如今你竟空着手回来见我，我心里是什么滋味？就把你切成碎片，当羊肉涮着吃了，也不解恨。你别当我打完你就没了事，我的气便算出的，损失还没得找你赔呢？现在你先别养伤，明儿……至迟后天，你给我去找那翁小子，捉回他来算账，或者拿刀剁死他，打官司我给你送饭。若寻不着他，你就在十天里赔我钱，我也不多要，你叫我陪翁小子睡，一共睡了七天，一天三十块钱，还有借的钱和衣服，都得加倍还我。我别讹你，总共给我三百块好了。可是在十天里交齐，过了十天，我每天加一行利。你痛快说，答应不答应？若不答应，我也不折磨你，咱们就散了吧，你立刻滚出去。”

白衍芝这时已气息奄奄，只求安静将养，权作苟延。便叫他明日去和狮子博斗，他也答应，活到明天再说，现在实不能稍作动转了，又怎敢拒绝，惹她立时驱逐，当时且呻且应。碧琏见他这样，也不再说，就自睡下，养她耗失的精力。白衍芝辗转床褥，到午后方睡着，直到深夜醒来，更觉身上无肉不疼、无肢不木。但碧琏还说他装作，不许呻吟。白衍芝半死不活地又挨过一天，碧琏便要逼他出门去寻翁大少。但看他实在不能转动，只好宽恩展限。白衍芝虽得偃息在床，无奈碧琏常常骂着，难得安静，又加碧琏手头无钱，度日奇窘，每天都和打小鼓的打交道，卖件衣服呀或是家具，勉强糊口。她自己尚在受穷，白衍芝自然更得不到优待。每日两餐，只是两个馒头、一杯清水。刑余疲敝之身，得不到丝毫滋养，自然难于复原。而且碧琏每日值为难之际，便想起供应翁大少的损失和白衍芝眼看翁大少偷得的宝物，发恨生气，必得骂上一两点钟，方才告一段落。白衍芝便有极大涵养，也受不住这样痛苦。

过了三四天，他觉得与其在家受此活气，还不如到外面填身沟壑。决意出去寻觅机会，寻觅他人，先挣扎着起来，在地下试步，自觉可以对付着走路，就向碧琏说道：“我要出去了，这回的事，实在对不住你。只盼我出去能报了仇，弄着钱，回来向你赔罪。若是不能如愿，我也没脸见你，就在外面自己寻个收缘结果了。”

碧琏一听白衍芝的言语，好似风萧萧易水寒，壮士一去不复还的歌声，大有诀别之意。不由伤感落泪，对他温言抚慰。碧琏倒不是动了夫妇之情，而是恐怕真逼得他行了短见，自己一时上哪里去寻这样床前孝子？而且留他这口气，终得设法供养自己，遂又柔言婉语哄了他一阵。白衍芝想了想，这种日子，无论如何没有办法再挨下去，决意之下，就不听碧琏劝阻，定要出门。碧琏就把身上仅有的两角钱给他，白衍芝更是感激涕零。

出门到了街上，四望茫茫。天津偌大地方，上哪里去寻翁大少，寻思他在翁宅所偷东西，多在路上失落，当然做不成富家翁。不过他身上必然尚有所藏，暂时不致受窘，必然正在变卖赃品，到白面馆儿享受。我现在寻他，有两种地方，一是白面馆，一是收买赃物的商店。比如他手里有些金银珠翠，必不敢上大字号去求售，恐怕惹人疑惑，报案被捉。只有那种小押店，或是偏僻地方的当铺，他才敢去。我就在这范围里找寻，也许能够遇着。但并非一两天所能收功，现在我连吃饭还成问题，怎能旷日持久，空着肚子做这侦察的事？必须先设法弄一笔钱，叫碧琏得以度日，我自己也不愁饥馁，才可以耐心去干，只是哪儿去弄钱呢？

他走到街上，东瞧西望，看着每家商店，都是金钱满柜，每个行人，都有钞票在囊，只可惜都不给自己。倘若我会故事上的隐身术，走进商店，任意取捞，那是多大乐儿？又看着一家大百货店生意兴隆，不由幻想倘能把一小时里所卖的钱给我，我立刻就是富翁，于他们生意也无大损，可恨竟不发这善心。白衍芝虽然诡计多端，善于谋取人财，但必遇着机缘，有所凭借，若要像魔术家的空手取钱、平地抠饼，却是办不到。因为白做了半天妄想，于是一筹莫展，在街上徘徊许久。也是命不该绝，五行有救，居然遇着了机会。但这机会也必得白衍芝遇着，方能利用，若换个普通的人，依然干看着没法儿。便能想出办法，也必须爱惜羽毛，审计利害，而踌躇不敢进行。这就和大河捞鱼一样，人人知这河里有鱼，捞出便可换钱，但谁也不敢下去。必得把命看得比鱼贱，并且急待得钱度命的光脚汉子，才敢下河去捞呢。

白衍芝走着，忽见街旁便道上围着一圈闲人，人群中似有女人哭诉之声，他就挤进去看了看。忽见里面有个年近三十的女人，生得还有几分姿色，但已憔悴不堪。虽然头上剪发，身着旗袍，带有几分村气，不像城市中人。听她说话，虽然是山东口音，她口中连连叫着王光裕的名字，加以痛骂。并且絮絮叨叨，诉说身世苦况，向行人乞讨。白衍芝听了半天，早听明白这女人是个弃妇，王光裕是她丈夫。自十余年前出门闯荡，但还常回家探视，不断向家中寄钱。到近二年，忽然音信不通，她一打听，才知丈夫在天津做了官儿，并且另娶了太太。知道丈夫坏了良心，气得要死，想要来津寻找，无奈没有盘缠，又因向未出过门，自觉胆怯，只可先烦人捎信，请求救济。又过了许久，仍不得回音，她在家中连饭都没得吃，才横了心，变卖了一些薄产，得钱当作路费，来到天津。辗转打听，寻到丈夫住所。看见是一所楼房，甚为宏丽。上前叩门，仆人出来，她一提自己来寻丈夫王光裕，仆人很为诧异。进去了一会儿，再出来就变了脸，对她说主人并不认识你，你这妇人明是前来敲诈，说着就要驱逐。她气得要疯，但因那仆人凶横，不敢向里闯，只得在门口哭叫。哭了半天，并无结果，只得回她住的小店。次日又去守候，想见丈夫对他哀求。但终没见着，只看见了那位美貌年轻的新太太。她更伤心难过，拼命往里闯，仆人拦住，争吵起来。警士来到询问，她一诉理由，仆人也说主人自有太太，前年方才结婚，人所共知，这贫妇明是冒名讹诈。警士虽知内中必有缘故，但因王光裕已是局长身份，怎敢得罪巨室？便明知没理，也得袒护。何况这时正当一个大动乱时代以后，许多伟人都起自草莽，又加时势趋新，潮流日变，一旦乍阔的人，对于家中黄脸婆子自然看着不能顺眼。若在旧时代中，丈夫富贵，可以尽量纳妾，黄脸婆虽遭厌恶，还能维持大妇的位置。但在这新时代里，妻妾的制度已不能公开地存在，略为有些知识和身份的女子，谁也不愿承认为人做妾。而一般骤登龙门的新贵，在交际场中尤不能缺少一位合乎时代的贤内助来帮忙交际，于是只得设法弃旧换新。一班命苦的黄脸婆因此受时代的淘汰，而被弃若敝履了。也曾有一位庸中佼佼的贵人，竟不肯附合潮流，仍看重他的贫贱糟糠，而且每逢举行典礼，无论剪彩掷瓶，以及需要夫人主席的宴会，都请他那梳头缠足的旧式太太出马，人们看了，反觉肃然起敬。但这样的例外甚少，几乎每个半老的贵人，都有着年轻的摩登太太。这就应了妻子如衣服那句古语，一个人若换上新衣，不问可知是把旧衣脱掉了。人们只羡着新衣华美，谁还想到那被抛弃的旧衣呢？

白衍芝所遇的这个妇人，便是被新潮流淘汰的苦命人一分子，她因丈夫不肯相认，对警士诉说原委。警士侦询你既说王光裕是你丈夫，可有婚书和其他凭据。这妇人一听便怔了，她在结婚时当然曾有婚书，不过隔了多年，她既梦想不到会被丈夫遗弃并未加意保存，早已失去。警士见她拿不出证据，就变了脸，驱她走开。她一个乡妇怎敢抗拒，只有委屈从命。以后虽仍不断前去等候，终见不着丈夫的面。不久把盘费花光，店主不肯收留，便流落街头，向行人乞钱。常常诉及身世，就发疯似的哭号一阵。这时恰被白衍芝遇着，在旁听得明白，寻思一会儿，忽然悟出生财之道。就等着包围的人散去，向前和那妇人搭讪，说了许多同情的话。那妇人自到天津，所见只是白眼，所闻只是恶声，向未有人对她说过一句好话，如今竟意外地来了同情的人，自觉非常感动，把白衍芝当作世上唯一的好人。因为她在冤苦无诉之际，最需要的便是同情，世上最贵重的东西，便是最需要的。例如平时金钻最是值钱，到了荒年，或者一斗金钢钻，价值不如一张大饼。药物里人参极贵，但是害热病的人，宁可把大批人参换一块冰。所以赠给富人万廪千仓，所得的感激，不如送给乞丐一餐剩饭；对阔人万言谄谀，所得的感激，不如对苦人一言温慰。

白衍芝就因为这种道理，很快地得到那妇人的信赖，把身受的痛苦和她丈夫的一切根底都倾吐无遗。白衍芝装作义愤填膺，忿然作色，自言定要打抱不平，替她出气。但苦于外人没有名义代为出头，就叫那妇人认他做干妹夫。对人只说，自到天津便无钱住店，流落街头，幸而白衍芝的太太看她可怜，加以收留，并且认作干姊妹。一连叨扰多日，白家已无力再行供养，而且天气渐寒，她也没有衣服，将要冻死，只可出门求乞。有人相问，便如此说法，好叫白衍芝能以保护人和债主资格，参与她的事。

至于行乞，却另有办法，白衍芝用自己仅有的两角钱，买了两大张白纸，寻个地方，借笔墨在一张纸上大书“请看王光裕富贵弃妻”，一张纸上大书“被弃难妇王王氏”。每个字都用红色划上圆圈，并在空处用较小的字写明被弃原委。写好之后，便带那妇人去到河北大街铁桥附近之处。这地方行人稠密，机关林立，不但王光裕办公的局所近在咫尺，便是他的许多上司，也都相离不远，自然比在王光裕公馆附近只能叫他邻人看见，强得多了。白衍芝寻马路便道的热闹地方，令妇人把两张纸挂在身上，一前一后，便像罪犯游街的罪状标纸，跪在地下，只管啼笑，无须说话，白衍芝立在旁边等着。

在这冲要的路上，忽然发现如此奇怪情形状，自然引来很多好奇的观众包围瞧着。不大工夫，便挤成一个巨圈。白衍芝才开口演说，先指妇人讲述她的身世，接着再说她在街头流落，被自己女人收留，一直豢养了许多日子。自己是个穷人，无力担负这额外的开支，已经为她弄得当卖一空。现在她已知道没法叫丈夫收留，在天津也耗不住，只可先回家乡，寻找可以作证的人，再回来跟王光裕打官司。无奈没有盘缠，只得叩求仁人君子可怜，帮她几个钱。白衍芝翻来覆去地讲说，也有人给钱，只是零星有限。白衍芝所望虽不在此，但有了也乐得收下，他拾起了钱，稍稍歇息，便又从头演说起来。外面包围的人，便像循环开映的电影观客一样，来到了便听，听完了便走。也有从半截儿听起，等他再复叙到以前听过的节目，觉得首尾了然，便离开自执其事。所以旁听的人，常常变换，但也有些闲人，居然一直守在旁边，好像百听不厌。时候长了，包围的人太多，自然惹来维持交通的警士，加以驱逐。白衍芝也不抗拒，领着那妇人便走，另寻地方。却不远去，只离开这警士的管辖区域，便又演讲起来。再有警士干涉，他再移动，反正只在这一带打转。他直讲到天将向夕，也敛了有三两元钱，他也觉疲乏不支，心想今天恐怕达不到目的了，还得把这妇人安置个地方，以备明日再来。

正要向那妇人说话，不料在人群里有个长袍马褂的中年人在他讲完稍停之际，忽然走过，向白衍芝低声说了句请这边来说句话。白衍芝一看那人的形色，便知道自己所盼望的那话儿到了，心中暗自欣喜，但还不敢保准是善意恶意。虽然断定这人必是被自己招引而来，不过他是和平磋商，还是以官势相加，武力对待，却尚难说。但既要打虎，便不能怕被虎咬，只可满心忐忑，跟他穿出人群。

那人走进一条巷口，转个弯儿才立住回身，向白衍芝先问贵姓台甫。白衍芝撰了个假名回答，那人就直说出本意道："方才你说的话，我都听明白了。你跟这女人实在像你说的那样关系吗？"

白衍芝道："我何必说谎？这也是好心受了连累。在一月以前，我内人在街上遇见这妇人讨饭，问知是来寻丈夫的，因为可怜她，就收留在家里。我也知道王光裕是个做官的人，论他的身份，还会叫太太在外流落？认着不久必有办法，我们帮她点忙，总不会落空。哪知王光裕真个坏了良心，不肯相认。我们白养了她一个多月，把裤子全当了。如今实没法儿，只可领她出来跟善人讨钱。打算拼着十天半月，敛出个数儿，若是够打官司的，就请律师跟王光裕打官司，若是不够，就做盘费送她回家，去找她娘家人商量。再有富裕，就赔补我点儿，我被她累得快揭不开饭锅了。"

那人点点头道："你还打算带她在街上再干十天半月吗？"

白衍芝道："也许一年半载，总得敛够了钱，也给那王光裕传传名。"

那人道："先生，咱们说句私话，王光裕是我的朋友。咱们不管这妇人是不是他的太太，这样在街上败坏他，总不应该。"

白衍芝道："她若不是王光裕的原配太太，王光裕很可以捉住她打官司啊。"

那人道："你就不必说这个，王光裕若是抓她打官司，我又何必来找你呢？现在说痛快话，你跟这妇人既然非亲非故，只不过一时善心，收留下她。也许想王光裕能认她这太太，你可以得到好处，好比下本儿做买卖，如今是干赔了，所以牵她出来，捞捞本儿……"

白衍芝听着，忙要分辩，那人只向他摆手，又接着说道："我也不管你是什么意思，现在只问你一句，你能够把这妇人打发走，永不向王光裕缠扰吗?”

白衍芝听了，还未答出话来，那人又道:“这自然不是白干的。”

白衍芝沉吟道:“我现在打发她走，倒是容易，可是谁能保她不再来呀?”

那人道:“我能保，只要你答应给办，我就有法儿叫她永远不能缠扰。”

白衍芝望着他道:“我还不大明白你是什么……”

那人接口道:“咱们响鼓不用重敲，真人别说假话。我是王光裕朋友，想替他处治这个妇人，把她翦草除根，你若答应给办，自有谢承。”

白衍芝大吃一惊，吸口冷气道:“老爷子，你要害人命，我可不敢干。”

那人笑道:“为什么害人命?我自有好法儿。你若肯干，只费几句话，就可以成功，完事送你一百元钱。”

白衍芝道:“您也太精明了，这样大事，一百元就能了啦?请问王光裕亏心不亏，害怕不害?他现在每年有多少进项，莫说为这个把差使丢了，只论他的脸面，也比一百值得多。再说我跟这妇人在街上，每天也是能讨个十块八块，有十天就是这数儿，何必还帮你做缺德事呢?”

那人道:“你不用提王光裕，我自动替他办事，他并没托我。我找你商量，也只是咱们两人的交涉。你若给我帮忙，我就走你家条路儿，若是不给我帮忙，或是商量不成功，我还可以有别的办法。你别当抓住这妇人，就可以讹人了。我狠一狠心，就连她带你，一齐收拾。看你在官私两面，哪一面能打出我的手?你不认识我是谁，我也不必告诉我是谁，现在你只回答我一句，干不干吧?”

白衍芝对这一百元的酬谢，本已满意，又闻那人说得厉害，恐怕惹恼他，反倒弄巧成拙。就道:“先生，我不是不干，你也替我想想。我养她一两个月，岂止花了一百块钱，再说既打发她走，也得给她凑盘缠做衣服。”

那人道:“她那份儿，我另外给，不用你管。再给你添五十，怎样?不干就吹。”

白衍芝不敢坚持，只得见好便收，点头道:“先生，你怎说怎好。若是可怜我这穷人，再多给点儿，我念您好处。若不能再添，也只可算了。钱财事小，朋友事大，你就是一文不给，我也得照样效劳啊。”

那人沉下脸道:“得得，少动这套江湖口，咱们这是买卖交易，扯不上朋友。”

白衍芝应声道:“是，是，我不配，我高攀，您吩咐怎样办吧。”

那人附在他耳边，低语半晌，白衍芝不住点头，到那人说完，他才答说："您放心，我一定给办到，您说晚上在哪儿见，我好去找。"那人约在一家茶社见面，便自走了。

白衍芝回到那妇人身边，把她身上的纸取下，折叠起来道："咱们回去吧。"

那妇人问回哪里，白衍芝不答，拉她走开热闹地方，才道："你的运气不错，遇见善人了。方才跟我说话的人，就是善堂的代表。看你可怜，打算帮你些钱，回家乡去。现在他已回去商量，到晚上便可以送钱来了，我先领你寻个栈房住下，等收到了钱，就送你起身。"

那妇人听了，犹疑说道："怎么叫我回家，你不是许着帮我找王光裕，叫他收留我吗?"

白衍芝摇头道："好家伙，我们差点儿撞着大钉子，还想找王光裕呢？方才那个人告诉我说，王光裕现在势力大了，他的官儿虽然只是中等，可是他现在新娶的这位太太，却是一个旅长的小姐。你知道旅长手下带着好几万大兵，想杀谁就杀谁，没人不怕。王光裕好比招了驸马，你若恼了他，调几个兵抓你去枪毙了，只当捻个蚂蚁。现在他没这样办，总算有点儿良心。你难道非惹他干出来呀，我可不敢了。"

那妇人听着，自然绝望哭泣，白衍芝又用话开导，劝她断了和王光裕团圆的心，自己回老家，趁年轻另做打算。幸亏有人帮忙，还算运气，若不然，你就得困在外乡，或是被王光裕给收拾了，更没处诉冤。那妇人哪还有丝毫主意，只得任他拨弄。白衍芝领她到一家小店，租了每天两角的小房住下，又给买了点饭，一同吃了。耗到晚上，他便令妇人在店中等候，自己出门，到那约会的茶楼。那人已先在着，见他到来，便延座说道："我已经办好了字据，给那妇人的一百，给你的一百五，也全带来，你可曾对她说开了。"

白衍芝回答："已经把她说服，只等行事。"

那人便取出一张字据给他看，白衍芝见上面开首写着立伏辩人王大瓶，便问王大瓶是谁，那人道："王大瓶就是那个妇人，我们不能写作王门王氏，因为那样怕有弊病，看着像是王门之妇，王光裕便有可疑，这样只为她在母家的小名，比较妥当。"

白衍芝道："谁能知道她的小名呢？这两个字对吗?"

那人笑道："当然有人知道，不会错的。"

白衍芝心想我好糊涂，王光裕是她丈夫，怎会不知道呢？便又向下低声念道：“立伏辩人王大瓶，原籍三河县，在天津投亲不遇，流落无归。因访知乡人王光裕先生现已发迹，在津居官。不免生心讹诈，冒充原配夫人，到王寓搅闹。当经王光裕先生索看婚书媒证，王大瓶情虚认罪，供出冒名敲诈实情。当将送官究治，经大瓶苦苦哀求，王光裕先生念其乡妇无知，姑从宽恕。兹谨书立伏辩，承认以往罪过，并立誓永不再搅扰。若有反复，二罪并罚，绝无宽待。谨立伏辩为证。”

再看下去，另行写着立伏辩人王大瓶的名字，中证人李鸣五、尤小波，最后写着日子。看完便道：“好好，这字据写得有劲，她上了圈套，永世也别想翻身了。咱们谈了半天，还没领教，您是这上面的李先生还是尤先生？”

那人道：“你就不用管我是谁了，办完了拿钱去你的。以后再无须劳驾，从此你东我西，何必提名道姓？”

白衍芝撞了钉子，知道那人是对自己十分鄙薄，所以连姓名都不愿告诉。就讪讪地道：“那倒不是宁要知道您的名姓，只为少时见了那妇人，还得引见，我说您是什么先生呢？”

那人道：“你只说是善堂的代表好了，那种蠢人，只看见钱，还会管我是谁？现在你看明白，就去办理。可记住这张纸是收据，别说漏了。”

白衍芝连答我明白，就领着那人出了茶楼，回到小店，见了妇人，便喊着：“道喜道喜，你的好运来了。”又指着那人道，“这位先生是善堂的代表，看你可怜，回去一报告，善堂就出了一百块钱，叫他给你。”

妇人听着正在发怔，那人已取出一叠钞票，和那张伏辩一同放在桌上，道：“善堂给你这钱，原为行好。你可得立时回老家，不能再在天津流连，你可能答应？”

妇人已被白衍芝说明白了，闻言只有点头，那人又道：“你回家盘缠，用不了十分之一，剩下的还可以度些日，这是我特意成全你的。”

白衍芝听着，暗叫你且等等，她这一百元怎么能全部拿走，起码也得给我留下一半。若没我给出主意，逼得王光裕不能不托人来对付，她只怕一元也得不到。分我半数，还不应该？但这得等你走了，我再和她交涉，想着就道：“这是人家在你身上积德，你别忘了人家好处，现在你就把钱收下吧。哦，等着，这儿还有人家的公事手续，你得签字盖章。”

那妇人听不懂他的话，只瞪眼儿，白衍芝讲解道：“你收的这个钱，是善堂的公款，得给写张收据，人家回去好有交代。不过人家先生已带来印好的收据，无须现写，你只签名盖章好了。”

妇人怔怔地道：“什么叫签名盖章呀？”

白衍芝道：“签名就是你亲笔写上自己名字，盖章就是打上刻着你自己姓名的戳子。”

妇人一听，觉得全办不到，恐怕那人因此不肯付钱，颤声说道：“我哪有戳子？我也不会写字。”

那人咳了一声道：“真糟糕，你不签名盖章，我可怎么付钱？”

妇人向白衍芝道：“你能替我写一写吗？”

白衍芝心想我倒愿意替你，可惜给钱的不答应，就道：“这没有替的，等我问问先生，怎样通融一下。”

那妇人眼巴巴地望着那位假善堂代表，又望望桌上的钱。可怜她这文盲竟看不出纸上早已写好了她的名字，那人本知道她不认识字，只是故意挤罗，使她深信不疑罢了。那人逼到分际，才道：“若是我自己的钱，就连收据都可以不用，无奈这是公事公款，不能不照手续办。我们善堂里每月发薪，有的听差工人不会写字，就在收据上按个手模，不过那是在堂里，不会有弊。现在叫你也那样办，只怕上面挑剔。咳，我也只好通融一下，你不会写字有什么法儿呢，就按个手模得了。”

白衍芝知道他这样说法，是因为乡下人对于印手模一事，看得非常郑重。乡下除非卖妻鬻女、典房出地，才用着了盖手模脚模，恐怕径直说出，妇人要疑我有诈，所以千回百转，才落到正题。就拍手说道：“你还不谢谢先生，这是特别可怜你，只按个手模就给你钱，若按公事，你不会签字，这钱就算飞了。”

妇人也是贪着得钱，又被二人绕糊涂了，只想按上手模是替代签字，签字只是为着给钱，就没思及其他。听了白衍芝的话，忙向那人道谢。那人便叫白衍芝向柜房借来墨盒，瞧着那人在字据上印了两个清晰的指印，这才算大功告成。把字据收起，将一百元交给那人道：“你收下钱，可一定得走，明天我送你上车，若是不走，可得把钱退回。”妇人唯唯答应，那人说完便向外走。

白衍芝知道自己的酬金，就快到手，他不能当着那人交付，必得到外面再给，就装作相送，跟了出去。到了外面甬道，那人并不停留，又走出小店的门，那人仍像没事人一样，只向前走。白衍芝忍不住叫声先生，那人回头问做什么，白衍芝心想你怎装糊涂，就道："我们的事，你也该赏下来了。"

那人点头笑道："你若不提，我还差点儿忘了。"

白衍芝心里说，你倒好大的忘性。随见那人伸手由袋里取出钞票，递了过来。白衍芝接到手一摸，便觉有异，仔细看时，原来只有十元票两张。忙说道："先生你拿错了。"

那人问："怎么错了？"

白衍芝把手伸到他面前道："这只有二十元钱呀？"

那人道："不错，正是二十元。"

白衍芝瞪了眼儿道："怎么……您不是说许给我一百五十元吗？"

那人笑道："我不记得那样说过，只觉这二十元很不少了，你若嫌少，就还给我。"

白衍芝听了，又惊又气，知道他有心欺骗，就喊道："你这是什么话，跟我动这套可不成？"

那人道："怎么不成？不成你要怎样？我明人不做暗事，是成心不给你，你又有什么法儿？现在再架着那妇人，去街上吵闹，或是去告状，请你随便。我有这张字据在手，随时可以请你们进监狱去。"

白衍芝一听，暗地顿足，知道他已得着把柄，那妇人已完全失去利用价值。只悔自己不该大意，未曾先向他讨钱。不由气红了脸，就撸袖伸拳，想要跟他拼命。那人看见只笑了一笑道："你想动手吗，请回头看看。"

白衍芝回头一看，才见到丈许以外墙阴灯影之下，立有三四个彪形大汉，都向自己瞧着，似在待机而动。知道必是跟随那人来的，自己动武，定要吃亏。而且那人既替王光裕办事，想必是个有势力的人，现在自己已没了把柄，闹起来绝无便宜。想着不由把气完全馁了，只可改容央告道："先生，我不敢，不敢……凭您大人大物，怎会说话不算？一定是说着玩呢，其实我就白给你效劳，也是应该，不过您已然说出赏一百五十元，还会苦得了我这……"

那人冷笑着插口道："你不用动这套市井贫俗，我满没听提。告诉你实话，我许你的时候，并没想少给分文，是你自己把戏法儿变漏了。起初你说那妇人是你太太的干姐妹，在你家住过一个多月，我也觉着应该多给几个，补上你的损失。可是你在定规以后，竟把那妇人领到小店来。既然在你家住着，为什么不回去呢？你是一时失神，忘了以前怎样说的，竟露了破绽。我才明白你和这妇人素不相识，只在街上听她诉苦，觉得可以利用生财，才临时跟她弄这活局子的。”

白衍芝听着虽然自悔失神，但还不肯承认，忙要分辩，那人又摆手止住道：“你不必强辞遮盖，不止这一端，我从种种方面，都可看出你是说谎骗人。你既没有赔过钱，只这么平地抠饼，我给你二十元钱，还太多了。若再啰嗦，我就回去向那妇人盘问实情，她绝不会给你隐瞒。一问出来，正好合上她立的这张字据，就算你架挑她跟王光裕讹诈，你等着打官司吧。”

白衍芝听了，暗自寻思，知道闹不出他的手法，除了屈服，更无别法。否则他恫吓的话，虽未必能够实行，然而说翻了，他现有几个壮汉跟随，很可以现打不赊。罢罢，我光棍不吃眼前亏，就认回晦气也罢。好在那妇人手中，尚有百元，你既对我这样狠毒，可别怪我对她狠毒。少时闪开面儿，我定要反女变男地钱全骗过来，给个永不照面，也可以抵上这笔损失。想着，口中仍软语央求道：“先生，你何必跟苦人计较，我也不敢非要多少，只求你再赏几个，这实在太苦了。”

那人厉声道：“我一文不添，你再啰嗦，可是自讨没趣。那就先把这二十元还我，再说别的。”

白衍芝忙把钱塞到身上，哎声叹气地道：“得得，大爷您别生气，我不敢再麻烦了，您请吧。”说着就转身向里走。

那人喝道：“回来，你干什么去?”

白衍芝道：“我进去待会儿。”

那人道：“你别进去，这没你的事，快走你的。”

白衍芝嗫嚅着道：“怎么没我的事？我帮人得帮到底，您不是叫她明天回家吗？一个乡下妇人，自己怎么办得了？我得替她买票送上车去。”

那人笑道：“你别这样好心了，只求不剥削她，就算她的运气，还敢指望你帮忙？你小子肚子一响，我就知道要放什么颜色的屁，你在我这儿没得满意，要从那妇人身上捞捎，对不对?”说着叫了一声“李振奎”，便见那丈许外立的四个大汉之中，有一个应声走过，对那人行了个礼。那人吩咐道：“我派你在这儿守着，就跟店里掌柜说明，借柜房坐一夜也好。到明天早晨，把店里九号房的妇人送到车站，照料着买票上车。”

又指着白衍芝道：“你认准这个人。他若进店去跟那妇人纠缠，就把他打出来，或者揪住送附近警所，就提我叫办的好了。”

那大汉应声喳，又行个礼，退到小店门口，似乎立时便驻防警戒起来。

白衍芝见心意已被人看破，而且那人行事厉害，把自己道路完全堵塞，知道希望已绝。好比两军作战，对方已扼住形势要害，若再前进，必如楚霸王被困九里山、司马懿兵攻葫芦峪一样，绝对难讨公道。只好认头服输，全师而退。就搭讪着说道：“先生，你真是隔着门缝把人瞧扁了。我一片好心，倒变成恶意，这年头实没好人走的路儿。我算又得个经验，以后再管闲事，叫我不得好报。”

那人唾了他一口唾沫道：“你少装这份儿好人，顶好少管闲事，别人也少受点害，我早把你这好人瞧扁了，滚你的吧。”

白衍芝道：“你爱怎么说就怎样说，反正我问心无愧，上面有天看着哪。你别得便宜卖乖，少给钱还作践人，我现在不敢惹你，可是你得明白，砖头瓦块也绊得倒人，别这么……”

那人怒道：“怎样，你小子还不服呀，我立刻给你个厉害，看你这砖头瓦块怎样绊倒人。”

白衍芝见他发怒，似要招呼那几个大汉过来，知道不好，忙改口说道：“大爷您别着急，您是听错了。我只说我自己不够材料，简直砖头瓦块、鸡毛蒜皮，您穿新鞋犯不上踩狗屎，我这狗屎别熏着您，趁早避开。”说着就转身跑开。

那人被他这厚颜无耻的举动弄得啼笑俱非，只可哈哈笑着顿足臭骂。白衍芝听着也不回言，走出几十步，寻着一条小巷，才敢回过头反口还骂。他对于骂街，因在碧琏积年磨炼之下，已成为专门技艺，也可以说是艺术。一开口便能上追三代，下通九族，以及于本人的四肢百体，都用经济的词句、美妙的腔调，骂个淋漓尽致，那人如何是他敌手。那人大怒，喝令追他回来，白衍芝才很快钻入巷口，飞跑逃走。他也知道那人未必真要捉他，但若不快跑，捉着也必不能轻饶。就仍撒腿跑出很远，到了一个热闹地方，方才止步寻了个茶摊儿坐下，饮茶休息。

心中十分懊丧，这回事本预算可以得到二百块钱，本身酬劳一百五，再分那妇人半数五十，合起来立刻是一个小财主。若再狠狠心，把那妇人的钱全弄过来，也不算缺德。可是我自己用心所得，原该独吞，那妇人凭什么跟我分呢？想着愈悔自己心里迷着一窍，还做那好梦。如今好梦已然破了，倒便宜那妇人实落了大数儿，我这主谋的反所得有限，还不及原来希望的十分之一。只恨那个该死小子，太已可恶，会把我的秘密全给看出来，把我的路儿全行堵住。你少给我钱，还可说是自己省下，我要跟那妇人分肥，碍你何干？你苦苦拦我的财，这不是损人不利己吗？我不知前世在你身上缺了什么德，是杀了你爹，占了你姨，还是劈了你的祖先牌，才惹你今世跟我作对。但这事也怨我自己疏忽，把他当作好人，没有先要钱，后办事。把事办成，把柄到了他手里，就由着他了。看来这年头儿，做事万不能厚道，总要时时防火，夜夜防贼，就是我亲爹复活，我对他也不能放松一步。

他恨骂了半天，但结果白费了自己气力，只得废然而止，嗒然若丧。随又自己劝着自己，不必懊恼，一天工作，居然有二十元报酬，也算不菲。倘能日日如此，一日二十，一月六百，一年七千二，十年七万二，也足可发财而有余。但盼能常常遇到这样巧宗儿，如今且回家把进款贡献碧琏，博她一时欢喜，明天再作打算，想着就离开茶摊，回转家中。

在路上买了些食物，到了家门，见大门未关，就走了进去。一进房内，只见房中有个男子，正在碧琏拥抱说笑，情态甚为狎亵。白衍芝看着方觉热血上涌，但到那男子立起向他招呼，方看出竟是姜三，立刻怒气全平。他明白碧琏在风尘时必和姜三曾有交好，今日姜三也许是来访自己，因值外出，就顺便和碧琏稍叙旧情，也是没有关系的。好比到饭馆去吃饭，热腾腾摆上佳肴，完全属于食客所有，但怎保得厨师没先尝几口，跑堂的没偷吃一箸，无法考察，也不值追究，只可付诸既往不咎。至于以后也无可深虑，因为厨师跑堂，近水楼台，常有新肴可快朵颐，不会总向食客求分一脔。今日姜三只是偶然行为，根本无须理会。

白衍芝想开此理，就装作不见，碧琏和姜三也像没事人一样，大家欢然叙谈。先提了些别后情形，接着姜三又提起现时花会盛兴，许多妓女都因着迷，输得挨饿。因为下级娼窑不管伙食，所以妓女没钱买饭，便得饿着。又说有一个名叫金宝的，因为赌花会输得典卖一空，只穿着单衣，藏在房中，不能见客。又因时在严冬，妓女房中火炉，概归自备，她穷得没钱买煤，房中好似冰窖。便有热识客人，也都是劳工阶级，身上绝没皮袍大衣。常日工作于寒风之中，挣得几角钱前去买笑，不但为着寻欢，附带着还要取暖，怎肯陪她挨凉，于是金宝生意全无，数日不进一钱。窑主向来没有慈悲心，任她冻馁，还常常辱骂。金宝实挨不住，竟在一天夜里上吊死了。

这样的事很多，但也有得意的，一个小卿居然赢得一笔钱，但没告诉姘夫，偷着给热客做了身衣服。被姘夫知道争吵起来，被拧折了胳膊，至今未好。还有一个二红，赢了十多元钱，就买了几片肥牛肉，炖了解馋，一顿吃下多半。吃完了把剩下的藏在屋里，就去上厕，回来恰见一个同院姐妹偷她的肉，便揪打起来，从院里滚到街上，从街上又滚进警区。结果都挨了顿骂赶回，到家就得了气截胸风坎食的病，只两天人就没了。

跟着又讲些关于花会的奇迹，某人拜神求梦，请来了吊客，几乎吓死。某家妇人杀死一个亲生儿子，埋在空地下，日日向他求梦，竟为他得不少钱，但不久事泄受了官刑。又有某人用圆光术占卜，在暗室念咒，叫童子看他手心，现出什么形象，便按什么门儿去打，也常有所得。谈了一会儿，才把这个话题结束，另谈别事。

最后姜三提起那大明报馆，说编辑钱不鸣居然混上一件没补丁的长袍了。白衍芝听着，忽然心中一动，把姜三所说的两件事，联合起来，加上思想，竟而得了个奇想天开的主意。等姜三走后，才把自己所得的钱，献给碧琏。碧琏甚为欢喜，觉得白衍芝实是个有用之才，不论什么水尽山穷时候，他只一出门，总可以弄钱回来，贡献给我。这种丈夫，也算罢了，可见我以前的想法不错，就慰劳了两句。

白衍芝没敢实说在外面失败情形，恐怕碧琏知道自己本可得到巨款，却因受人玩弄，结果只落此戋戋，必然痛骂自己无能。本来把这二十元看作十全大补丸的，那时也要不满足了，我又何苦将功变罪，自寻苦恼。于是把真相隐瞒，只把经过前后告诉了，碧琏还很夸他机灵。白衍芝就说现在既已得到接济，明天就可以开始去找寻翁大少了。碧琏听了触起愤恨，就把翁大少痛骂了一顿，却不知白衍芝却是实有打算。他知道翁大少不易寻找，而且自己破费工夫，去守株待兔，也不合算。这样说话，只可敷衍碧琏，因为碧琏对翁大少实感创巨痛深。她这种女人，本不以贞节为事，但却得出于情愿。她对翁大少爷本不情愿，只为贪图后来大利，才委屈着心，以身作饵，并且还赔了钱，这是碧琏认为刻骨难忘的耻辱，非要报复不可的。白衍芝深知她的心理，所以不敢不装作上心报仇，但暗地却只无关己事。

到了次日午后，白衍芝出门直奔了大明报馆，去访钱不鸣。楼下有个听差模样的人，只告诉钱不鸣在楼上睡觉，却不代为通知，意思要他自己上去。白衍芝明白这听差必是藐视钱不鸣，不肯代为执役，就自行上楼。这楼上本来只两间房子，却用木板都截成鸽笼式的小室，分成十多间，行人的道路，阔只尺余。白衍芝好像入了游戏场的迷宫，转了两个弯，才寻着一间挂有编辑室木牌的房门，就推门想要走入。却不料板墙太薄，好像演新戏的简陋布景一样，推门连墙壁都跟着摇动。白衍芝只疑把人家房子推倒，惹祸不小，吓了一跳，忙缩手看时，原来墙壁是带弹性的，动了两动，便又停住，并没离原来的位置。白衍芝不敢再拉，只得重行敲门，连敲了十多下，还不闻里面答应。白衍芝心想钱不鸣必是睡着了，就又将一只手扳住板墙边沿，一手用力拉门，这次居然有了功效，房门应手而开。只闻得一股臭气味直冲出来，向里面看时，不由吓了一跳，只见在咫尺以内，有个深黑的人体赫然现露，不由倒退一步。注目再瞧，原来房内不过五六尺见方，满地丢着破旧报纸，满壁糊着破旧报纸。除了壁上有一条条红色的臭虫血，地下放着一只残破的痰盂，里面盛满发散臊气的黄色液体以外，更无别的杂色物件。只在迎面有一张用一块木板安四条腿造成的原始型写字台和一只小方凳，这当然是编辑部的办公用具了。但这时写字台竟做着别种兼差，原来正有人在上面睡着呢。不过这台很短，不足容身，就由小方凳帮忙，放在台端，上面叠了二尺多厚的废报纸，使与较比面稍高数寸，那人的头就在报纸上面当作软枕。

这一切景象尚不足使白衍芝吃惊，他所惊的是那台上的人体。愣然深黑，向内而卧，把黑而有光的裸体向着房门。白衍芝大为惊诧，心想怎么这里会有黑人。再细一看，敢情这位先生为着房中闷热，睡中把衣服都脱下去，后背和腿全露出来，所见的黑色只限于臀部，背上股上仍是黄色皮肤，才知不是黑人，倒像一辈古人。白衍芝不由想起昔日曾有人出灯谜，用坐于涂炭作面，射公子黑臀。心中非常诧异，这人怎会黑得如此奇怪，而且看着不像是天生来的，难道他有着奇异嗜好，特意如此装饰？想着就走近一步，探头瞧着，只见这人正是自己要寻的钱不鸣，更觉诧异，想不到今日无意中窥见他的贵相。就推着他叫了两声，那钱不鸣猛被惊醒，还不睁眼，只含糊叫着："别打搅，别啰唣。"

白衍芝又叫："不鸣兄，是小弟来拜访你。"

钱不鸣吃了一惊，抬头看见白衍芝，急快翻身起坐，哦了两声，似乎一时想不起他是谁。白衍芝只得报了名字，钱不鸣才想起来，怔怔地道："原来是白先生，久违久违，请坐请坐。"说着似看见地下没有座位，就想跑下台来。但同时也看见自己身体裸露，秘密已落入他的眼里，立刻红了脸，忙把衣服整好，将小方凳清理了，让白衍芝落座，自己旁立相陪。

其实他的秘密白衍芝绝不好意思询问，世上岂有这样不知理的人，请问老兄尊股何以如此黑亮圆光，但钱不鸣心中有病，不能自安，又恐白衍芝胡乱猜测，竟忸怩说道：“这报馆简直不像样儿，没一点儿规矩。你瞧排字房工人这样跟我玩笑，把油墨往身上乱抹，真正岂有此理。”

白衍芝听着几乎要笑了出来，心想自从有报馆以来，从未闻工人们跟着编辑大开玩笑。而且这玩笑也太恶毒了，恐怕没人能够忍受的。而钱不鸣这样宽容，大约必有别故，但也不便询问，只可在肚里闷着。

白衍芝确是猜得不错，原来那钱不鸣天性卑鄙，自从到这报馆，便和工人交往，常常拉他们同出游玩。起初工人看他是个编辑，自然特加敬重，又因情面关系，花钱看戏，总由工人抢着会钞。钱不鸣就利用他们重视的心理，讨取便宜，常是白吃白喝。但日久之后，工人进益有限，怎能尽白供应，而且他的无耻本色，已经现露。人家看出不是朋友，也不愿再交他了。但钱不鸣甜头已然吃惯，怎肯罢休，仍不断架人请客。有一次他在娼家住夜，竟要工人出资替凑住局钱。工人们实气得不能忍受，内中有个较为调皮的，就说现在大家全都囊中空如洗，请他暂且住下，等大家回去设法凑足了钱，明日再给送来。钱不鸣信以为真，就任大家走去，自己安心住下。到了次日，他望穿双眼，也不见有人给送钱来，急得要命，叫伙计到馆去寻。原因白天并不工作，一个人也寻不着，直到天夕娼窑掌班才特别通融，派两个伙计跟着他出来借钱。他到了馆中，仍没寻着可以通融钱财的人，又向附近邻居商店去借，也撞了钉子。结果只得剥下衣服，送到当铺，跟老西儿哀告半天，才当得几元钱。但只够住局正项，没有伙计例赏，钱不鸣又说了许多好话，才央得伙计骂着街走了。

钱不鸣受了这次窘辱，便和工人结下冤仇，常常利用编辑地位向工人寻疵索隙。无奈工人按部就班地做事，使他抓不住把柄，占不到上风。有一次他就由校对的兼差上面，想得主意，借口说报上的字常有错误，有时他已校出标明，而到印出之后，错误仍旧，可见是工人成心偷懒，疏忽职务。就定出章程，后再发现校出错误而不改正的，每字罚洋一角，若是反植倒空，以及错行杂乱等等，都罚洋五分。章程一立，工人着实被罚过几次。因此大家不忿，就想出报复办法，向钱不鸣和平交涉。说我们工人有错误该罚，你这编辑是有学问的人，当然没有错误，不过倘若写错了字，用错了字，或是稿件有错，你没校出来，是不是也该罚。钱不鸣虽知来意不善，却欺他们没有学问，觉得自己虽不会没有错误，但你们识字有限，我有错误，也不会看出来。便大着胆子，回答说："我有错自己也可受罚。"

工人说："你是编辑，身份比我们高，罚款自也得多，应该照十倍计算。"

钱不鸣不合一时负气，也答应了他们，大家定了罚约。他梦想不到工人中有两个很聪明的少年，只由看报便打下可观的文字根底，很能捉钱不鸣错儿。而且他们还另雇了一位老师，天天拿着报纸去领教，发现了钱不鸣的错误，便记下来，到晚间上班时和他交涉。

钱不鸣在第一日便被捉住五六处错儿，共该罚三四元。他起初抵赖不认，工人拉他去寻名家质证，钱不鸣才屈服了。但是出不起罚款，便给个老脸皮厚，对他们说："错是错了，不过人非圣贤，谁能没错？这也不算我丢人，罚款自然该给，无奈拿不出。你们要钱没有，要命倒现成。"

工人听了就说："我们被罚，却拿过现钱。如今轮到你，头次就撒了赖，那可不成。"

但又不能为这个打官司，就有个调皮的出主意，说钱先生跟我们抵赖，不怕丢脸，我们就给他遮上羞脸儿吧，随即拿来现成油墨，要替他打脸。钱不鸣连央带哄，那个调皮的工人就说钱先生不唱黑头，何必打脸儿，不如换个地方吧。钱不鸣不知就里，还以为是给讲情，却不料众人一声喝喊，已把他按倒，脱下裤子，给抹成个大黑臀。钱不鸣气得要死，想要报告社长，无奈自己有着错误，只怕报复不了，反而自暴其短，只得忍气自去澡堂洗浴。哪知进澡堂一脱衣服，立刻就被请出。无奈只好回家去洗，费了半天功夫和半斤口碱，才把黑油洗净。哪知到了次日晚上，工人又挑出他的错误，他仍是拿不出钱，结果仍依照旧例，把才洗净的尊臀重给涂黑。

钱不鸣实在没办法，好在他能屈能伸，就向工人卑辞求和。工人也不想过为已甚，就叫他把以前工人所出罚款，包赔出来，然后大家同意把原约作废。钱不鸣一时没钱可赔，就也拼了出去，再不洗濯，听其自然。工人再来涂沫，也不过加厚一层，日后积到相当厚度，还许可以刮下卖钱。好在不碍欲食行动，又深藏不露，无碍仪观。他这样一来，倒像得了消极的胜利。工人也不便太耗费公物，见他不洗，也就不涂。而且因知罚约失效，也不来挑错儿。但不鸣见他们过几日没有动静，以为事情已冷，就悄悄把油墨洗去。哪知当日就被发现，跟着就老剧重演，又遭一次涂炭。于是他为避免凌辱，反把油墨当作保护色，再不肯洗去了。他带着这样色彩已有数日，倒也没什么难过，只是被涂沫部分，毛孔闭塞，微觉不适。所以在闭门睡觉时，把下衣脱落，稍得疏爽，却不料被白衍芝发现。他又不能沉着自如，竟说出和人玩笑的话。

白衍芝心想这样玩笑未免太出范围，令人难信，便笑道："老兄书法是出名的，一定又给人写大字了。"

钱不鸣愕然不解，说道："写什么字，我并不……"

白衍芝道："我当日有位朋友，善写极大的字。每次写时先研下一缸墨汁，他脱下衣服，跳进缸里，沾了满身的墨。然后走到铺在地下的大幅纸上，把身体作笔，横竖撇捺，都仗着身体的翻掘爬滚，写得十分见功夫。而且凡是他的书法，向不署款，只在他字上的点儿里，印上一颗图章。因为他写字的点儿，是用屁股坐成的，而那点儿中间，必有一块白不上墨的空白。因此，他就在那地方按图章，仿效古时画家，署款在花木竹石的缝隙里的风格，很觉古雅。老兄必和他一派，写字时也是解衣磅礴以身为事的。"

钱不鸣听着，不知白衍芝是奚落他，心想这倒是个很好的借口，正要顺口答应，但转想又觉不对，按他的说话，是要拿身濡墨，而我只黑了一部分，难道写字只写个点儿，练习在雪白圆孔上打图章吗？这小子转弯骂人，我怎能还接腔儿。想着就打岔道："我们可算久违了，近来怎样得意。"

白衍芝道："托福托福，我最近才听说老兄在这里主持笔政，特来道喜，并且还有一点儿小贡献。"

钱不鸣道："岂敢岂敢，老兄有什么高见赐教，小弟当然欢迎。"

白衍芝道："老兄，咱们都是干这个的，你当然明白我的目的。小弟近来景况不佳，想求老兄帮忙，能在贵馆得一点儿进益。"

钱不鸣听了皱眉道："老兄，你是在想卖稿吗？实不相瞒，这里简直不大肯花这种钱。各版稿件，全是剪取大报。就是副刊，也只由小弟拼拼凑凑，说实了总共每月所出稿费，也不过十多块钱。你看上面三篇小说，一篇是小弟化名，每月给三元津贴。一篇是位花柳病为生的掌柜作的，他天生有这种发表欲性要求。我们给他登载，交换条件是出大价登长期广告。还有一篇是我们经理太太的娘家侄子作的，每月居然给六元半的稿费。这是经理为着亲戚关系，想成心捧那位侄子，想教成名的。只可惜那侄子材料太差，上月写到一个节目，是两位督军会见，同吃饭馆，要的是炸丸子、里脊丝、燕窝炒鱼翅，还有四两老白干，吃完一同到娼窑去挑姑娘睡觉，住局钱三元以外，还特赏伙计十元。姑娘见他们豪阔，特别上劲，还请吃煎饼果子，大作面儿。到第二天，两位督军使各出万元身价，把所挑姑娘带走了。这一段，已惹来百十封信骂街，可是没一点儿用，他还照样拿他的六块半。你看这样情形，能有什么法儿？就让你也是太太娘家侄子，也只这点好处。若是外人，六毛五也别打算。”

白衍芝道：“这里待人如此啬刻，老兄待遇方面，能养得住吗？”

钱不鸣道：“我还好，因为不是固定薪水，按销报多少分钱，还稍活动些。以前每销一份报，有我一毫钱，现在已涨到三毫了，因为他们非我不可。说实话这报只仗一种特长卖钱，这特长就是第二版上的色情世界专栏，每天由我写一篇纪事文字。表面算是新闻，实际都是假造的，尽说些教育青年人立不起腰的故事。什么八旬老妇被十名土匪轮奸，六岁小女孩被一恶汉蹂躏，什么骨肉成亲，兄妹出事，寡妇姘狗，少爷通驴，不管伦理，只寻奇奇怪怪的材料，用性史的笔法，写成血光流烂的东西。买报的人专为看这一段，销路好到极点。便是出百元千字的代价，请出头等文豪来写文章，也抵不上这个。所以经理对我特别看重，肯多分钱给我。”

白衍芝听了，暗觉爽然自失，心想他这报上已有了号召的中心，自己所居为奇货的意见，恐怕要价值大减，但也总得一试。就道：“老兄，我对贵馆的情形已明白了，不过我并非想要做那种文墨生活。却也和老兄一样，给贵报贡献一种有力量的专门著作，按日登载，从登的日子计算，倘若多销一份报，我也按成分钱。我这办法，是很有把握的，起码也能增加几千销路，请老兄代向贵馆吹嘘，我也不能白叫老兄费心，咱们可以商量个分账办法，二八三七都可。”

钱不鸣听了，便问是什么著作，白衍芝道：“我这是专从打花会身上着想。那班赌徒因为花会门数太多，没法揣测，只好求兆求梦，或是凭着神经作用，看到什么就猜什么。我就利用这种心理，在报上登一点儿特别东西。表面上算是文艺作品，暗地却派人在外宣传，说有位未卜先知的仙人，每天在报上做花会预测。和赛马预测一样，但因天机不可泄露，所以只可用图书或隐语发表，要聪明人自去猜测。这样一来，凡是花会迷必然都来购买，多销万儿八千，是很容易的。”

钱不鸣想了想，摇头道：“不成，你怎能准猜得着？倘若毫无影响，人们知道是骗人玩意，大家不肯再买，倒要弄成有损无益。”

白衍芝道："你还没研究明白这种赌迷的心理，只要给个题目，无论怎么不挨边儿，他们也会凭着奇想天开的脑筋，牵强附会，胡拉乱扯，硬给讲出道理来的。你记得有个笑话，说三个儿子上京赶考，向一个卜者询问谁能得中。那卜者对他们伸出一个指头，到三个学子考完回来，就向卜者致谢，称赞他的灵验。再过一年，又有三个学子求问，他也照样伸出一个指头，结果仍得到灵验的美言。后来卜者自己酒醉说破，他这一个指头，是占着八面风的，可以写作一齐中，一齐不中，一个得中，一个不中，种种解释。学子在揭榜以后，自会把事实来凑合一种相近的解释，结果总是灵验的。现在我也利用这种心理，每天登出一张图画和一首七字诗，这样可以供人猜想的范围，就很宽了。无论如何，总可以和当日所出的花会门类寻出一些关合，不过图要画得玄妙一些，得也要像乩坛上那种带仙气的玩意。这是我的特长，别人干不来的。因为我当初跟朋友办过乩坛，得着诀窍，讲究在二十八字里做得应有尽有，而又不着边际。不管问事问病，求助求事，都能拉扯得上。我常常胡编四句，用乩坛写出来，那个求问看了，惊得跳起来，吓得哭起来。有一次一个财主求乩，我请下吕祖，因为一时没有自撰的诗，就直抄千家诗里两首'云淡风清近午天'，不料他看了大惊失色，连连叩头，求仙家赦罪。先情情愿愿献出一笔钱，助坛香火。我当时也纳了闷，不知道什么缘故，过后才打听出来，敢情那首古诗恰巧用对了景，触着他的心事。他的原配太太在二年前去世，是被气死的。因为当他太太害病时候，他的十七岁小姨子来看姐姐的病，就住在他家。他见小姨子美丽活泼，就生了歹心。天天陪着玩耍，再不关心太太。太太看出情形，气得病上加病，又在一天发现了确实证据，太太病更着重，当夜便去世了。现在他的中馈，便是续弦的小姨子做主。他所以见着乩诗害怕，就因为他这小姨芳名月闲，'偷''闲'二字连在一起，在他目中便生了别的解释，只当是仙人点破他的罪恶了。你明白这种道理，就可能知道我的办法，是万无一失。在二十八个字和一张画上，准可以找出和三十二门花会每一门的关合。即使我们想不出怎样拉扯，那班惯会想入非非的赌迷也会替我们说出道理。这件事我们无妨试试看，请你和贵经理商量一下。并不要他先给我钱，只要他应答照办，就把稿件按日送过来。然后检查销路，原来能销多少，登上花会预测以后增加多少，就按这增加的数目，照成头分给我钱，你也可以从里面得到分润。"

钱不鸣想想这事于自己有益无损，万一他能成功，自己多少有所沾润，乐得帮他一下。就答应可以代为进言，但对分账要按二一添作五，白衍芝即执定最多三七，两人狡展了半晌，才以四六定议。

钱不鸣便走到另一间较大的鸽笼房间，也就是所谓的经理室里，见着高明人，把白衍芝的计划说了。高明人到底高明，一听便觉入耳，认为此计甚妙，当时便叫钱不鸣请白衍芝面谈。白衍芝见着高明人，使出他谄媚面谀的绝技，灌了许多米汤。最后说到正题，也经了半天磋商，才决议每多销一份，白衍芝可得一毫半的利益，并且许他有查问销款的权。

白衍芝办完这件交涉，也不知是胜利是失败，回家便用了半夜工夫，作出几份特别的诗。又从旧书的图画插画上描下几篇，有的是三国演义上的故事，有的是小学生课本上的简单静物，有的是旧报纸上面一样，不过另外还要添些点缀。例如在三英战吕布的图上，添个大鼻子外国人观戏，在一只牛旁添个梳髻的女人头，在一辆汽车上面，添画二龙戏珠。那些诗也是由几本无名诗人的残稿上，摘上许多单句，然后选择缀合，令其迷离惝恍，不知所云，却要合辙押韵。内中一首写得意的道："一树翠松一树桃，汉家终仗霍嫖姚。生公若问顽乃意，别样风流别样娇。"这种葫芦提的文章，真可说玄妙已极，莫说共合只有三十多门，就是拉到六合之外，芥子之中，南山之南，东海之东，也非难事，何况还有图画为辅？

他做成之后，次日便给送去。这次他就不经钱不鸣引领，越过这重关口，直接去见高明人。高明人看了他的作品，颇为赞赏。白衍芝又用了一套巴结功夫，和高明人更加深了友谊。高明人跟着便设法在外宣传，不过这宣传不能利用文字，因为赌博是犯法的，倘若在报上报告将判花会预测，那就有封门的可能，只得用口头宣传。好在高明人脑筋灵活，很快便想出有效办法，就是给报贩一点儿小利益，叫他先向购者报告，只一两天工夫，外面便有很多人知道了。跟着将图画刻成木板，择吉日刊登。

第一日成绩尚不大好，只多销了三百多份。第二日便一跃过了两千，因为有些聪明的花会迷，由图画上面发现与本日所出花会门符合之点。这日图画是洋人旁观三英战吕布，而当日花会出了日山。据人们研究以后，说吕布的吕字有两个口，日字也有两口，吕布被三英战败，战败便是打瘪，吕字一瘪，便缩而成日。还有洋人便是大鼻子，鼻子在相法上便是面上的山，这明明告诉是日山，真太灵验了。于是一传十，十传百，只一天就传遍了下等社会，大明报随即畅销起来。白衍芝第一回才得到几分钱，第二天便得到几角，第三天已过了块儿。虽然以后再没很大的增加，因为好赌花会的只有这些人，业已人手一张了。

白衍芝总算得到成功，便又觉得不大上算。第一，报馆仗自己得到许多利益，然而分给自己的未免太少。第二，是钱不鸣只在起首时稍费口舌引荐，竟长久坐享好处，把自己所得的份儿分去很多，实觉不忿。这两方直都需要设法解决，但是别人必然先向报馆要求改定办法，然后要求钱不鸣酌减分款的比例，或是请他不要再分。但白衍芝是聪明人，以为尚未到向报馆要求的时机，若冒昧行事，反恐失败。至于对钱不鸣的要求，无论不易得到他的允许，即便勉强达到目的，也必反目成仇，自己在根基未定之际，先结下个仇人，未免不智。

于是白衍芝便想个彻底办法，先从根本解决。因为他每天要到馆中算账，常和高明人见面。就积心处虑、百计千方地巴结，把自己当作下人，在馆中职工面前，竭力表现礼法，替高明人张气派。例如他在楼下坐着，一听楼梯有响声，便立起来。等高明人一露面儿，他又指挥他人起来，高喊着经理下来了。高明人一向外走，他抢着过去开门。高明人初入说话，要想坐下，眼睛一看椅子，他先奔过去用自己衣服，把椅子揩干净。这样日久，大凡人情总是好谀喜谄，高明人虽然聪明，也照样有这人类共通的弱点，自然对白衍芝发生好感。有时赶上开饭，就拉他同去吃顿饭，或是洗个澡。白衍芝巴结到成为朋友，越发使心弄智，把高明人哄得高兴。因为白衍芝说话，好像舌上蘸蜜，其甜无比，又会诙谐，常常甘心糟蹋自己，以博一笑。高明人渐渐觉得有他在旁边，一切都分外有趣，离开他就索然寡欢。于是每天都要白衍芝做几小时的陪伴，并且许他直入经理室的特权。

白衍芝到这时候，就利用机会渐渐给钱不鸣进谗，随时随地向高明人做不露痕迹的暗示，叫他知道钱不鸣品行学问上的种种劣点。凑巧钱不鸣又是不能自检的人，论学问虽然尚能应付他的职务，但因生性马虎，再加懒惰，于是给人疵议的地方就多了。再加他品行不端，又有嗜好，今日跟会计借钱吵嘴，明日为偷同人东西闹事。白衍芝要寻攻击他的材料，简直俯拾即是。高明人原也知道钱不鸣的为人，向来加以原谅。但在以前，钱不鸣有什么不好，被高明人知道了，也仅于知道他这一件事实，然后把他忘记而已。而有白衍芝在旁加了功夫，钱不鸣的过失，再落到高明人耳目之中，便不止是一件事实了。因为白衍芝的浸润，能给事实加上肥料，使其发育增大，而且坚固难化。高明人本来仅够宽容，这一发育，可就容不下，也不易忘了。但白衍芝挑拨以后，必继以劝解，不叫高明人有所发作。这样过了些日，高明人对钱不鸣感情日坏，厌恶渐深，钱不鸣每和高明人见面，常常受到很难堪的待遇。

他虽然没有什么气节，但也发觉情形不对，只不知这病根从何而起，还以为高明人近日或是会有什么拂意的事，脾气变暴。至于阴影里危机却毫不加意。因为他自恃过深，以为这报纸的生命，全在花花世界那一篇文字，除了自己，别人看不出来。高明人为他的生意，绝不敢动自己的手。但他完全想错，世界上没有一个人可以称为绝对重要，没有一件事绝对非谁不能做。譬如五谷是人类养命所必需，但若遇到荒年，生养断绝，人类仍能仗别的东西凑合。又如某人称为国家柱石，苍生属望，好像只有他才能治理，但他若一朝得病身亡，自然便有人出来代替，国家也依然存在，不会随他而覆亡。所以每个人都得明白，没有非谁不成的事。许多聪明人，都因自负过甚，尽力居奇。但到旁人忍受不住，请他走路的时候，他才看明虽然鸡蛋是做蛋糕的必需原料，然而鸡蛋真断了庄，人们也可以改做不用鸡蛋的面包，晓得无奇可居，但可惜已经晚了。

钱不鸣就因错看了自己的价值，虽知风色不对，却仍不知检点，还是我行我素，这更给白衍芝造出许多进谗机会。他一面破坏钱不鸣，一面还显露能力。白衍芝在高明人面前，把自己表现得够了程度，使他知道钱不鸣不是超人，自己也有同样能力。便又偷闲去和钱不鸣接近，时时刻刻对他大灌米汤，总说他对报馆功劳太高，而报馆对他报酬太少，未免太不公平。又批评高明人的啬刻与暴力，待钱不鸣太无礼貌，忘了他的命脉全在钱不鸣手里。倘若钱不鸣辞职不干，报馆就得关门，到那时他才知道厉害，大约就肯上门叩头谢罪，再加十倍报酬也愿意了。

白衍芝常常说这一套，钱不鸣天天听着，不由更生了不满之意。而且觉得自己真有挟制高明人的力量，应该照着白衍芝的办法，警教他一下，以争权利而显颜色。虽然还未决心发动，但既存了这种意思，自然就会一触即发。于是一天跟高明人闹事争执，在平常他总是低头忍受，这次竟像吃了壮药似的，反口相讥起来。高明人向未受过这样顶触，两下越说越僵。钱不鸣一跺脚说声大爷不伺候了，就出门径去。他料着在自己走后，馆中无人主持，明天就难出版。高明人势必寻自己赔礼，自己再一拿糖，准可以获得胜利，于是就到一个容易寻找的地方等候好音。却不料等了一夜，并不见有人相寻。到次日他清早便出去买报，满以为报贩必说报未出版。却不料一买即得，他心里已冷了一半。但还料着自己专写的花花世界一栏，必然无人能写，不是空白，便是用其他材料胡凑。更不料新闻里面，只见“花花世界”四个大字赫然入目，而且占了很大地方，题目也非常精彩，写的是现代武则天与驴头太子的销魂情史，后面有一行大字，是“一度春风廿四钟”。钱不鸣一看便怔住了，想这是谁的手笔，比我不在以下。再看正文，叙述描摹之处，直可以使少年人吃红色补丸，老年人犯腰酸腿疼，使烟花巷生意兴隆，卖药的欣然色喜。他看着觉得好似冰水浇头怀抱冰，知道有此能手，自己便算完了。但这人是谁呢，想了半天，也没想起。深悔自己弄巧成拙，事情已没法挽回了，只得回家把老婆煞气。

过了一天，他家的饭锅便揭不开，到第二天他的棉被便进了当铺。眼看到了山穷水尽，他猛然想起，报馆虽然断绝关系，他和白衍芝旧谊犹存，而且他由馆中所得酬金，自己还可按日分收，怎不前去追讨。就在白衍芝每日到馆分账的时候，前去寻找。他进门便问白先生可曾到来，馆役向他说白先生早已来了，现在楼上。钱不鸣问可在经理室，馆役答说在编辑室。钱不鸣恍然大悟，知道他接了自己的后场了。便走上楼去，见白衍芝正在伏案工作，就叫声“衍芝兄，大喜大喜”。白衍芝看见他来，也觉脸上发讪，连忙立起周旋，对他愁眉苦脸地道：“老兄来了。你看我这里受罪，万般不是外行做，我如何弄得了这个？只为高明人苦苦央告，我一想与其叫他另请别人，还不如我给不鸣兄看守这个位置。现在经理正在火头儿上，过几天他必回过味儿，还去请你回来。老东老伙老朋友，还有解不开的扣儿？可是若一请来外人，只怕事情就难办了，所以我在这儿替你把着。”

钱不鸣听着心想，你不用花言巧语，我全明白。你若是朋友，压根儿就不该接我的手，叫高明人立刻求我去，才是真个为我。便是迫于情面，不得不权代几日，也该敷衍了事才是。如今你拼命展才，处处要压过我去，这还能说替我把着？谁能保呢？想着就冷笑道：“谢谢老兄，你虽有好意，可惜我的心缘饭缘全满了。再说有你这样高才，我还往哪儿摆？你多受累吧。”说着就又提起分账的话，白衍芝却推脱说现在做了编辑，工作甚多，但高明人不许兼薪，只能拿编辑一份薪水，把原来花会预测的稿费给免了。自己已受损失，所以万万不能再把薪水分给钱不鸣。

钱不鸣认为绝没这种道理，就和他争执。闹了半晌，几乎揪打起来，被旁人劝开。恰巧高明人正在馆中，叫人来说，报馆重地，不许闲人吵闹，叫钱不鸣赶快出去，否则便要驱逐。钱不鸣无法，只得走去。白衔芝得意之下，越发趾高气扬，他的第一步计划已得成功，把钱不鸣挤走，不愁有人分利，还夺他的位置。论理很可以知足了，但他这种小人，向来是得陇望蜀，得寸进尺，有势必得使尽，遇事必得做尽，万不肯留余地。所以当钱不鸣走后，便以为举足轻重，舍我其谁，自觉正当得意之秋，席全胜之势，好比三国时庞统对刘玄德的话，此天以被川付主公，天予不取，反将受殃。这时高明人逐去钱不鸣，请自己主持报务，就如刘璋特请玄德入川相助，虽不必就便图之，但在利益方面，却是天予的良机，怎可失去。于是他在执掌编辑的第一个星期，便提出条件，和高明人谈判，要求在报酬方面，按比例加倍，在待遇方面，还要进一步教高明人进级称为社长，把经理名义让出给他。

高明人本是个精明过度的人，自驱逐钱不鸣以后，把全部责任都归白衔芝担任，但却没打算如数给他全部报酬，想只将钱不鸣应得的数目减半，作为他的津贴。及至接到白衔芝的条件，才知他野心极大，和自己所拟定的限度简直天地悬隔，自己对他想得的，还要剥削，他竟对自己所不肯给的数目，尚不满意，还妄求加倍。这已经绝无商量余地，何况他又用唐高宗灵武即位的办法，把老子推升为无权不做事的太上皇，自己说明称帝，这简直包藏祸心，意图篡夺。争利尚还可恕，谋产理实难容。于是打定主意，一面暗暗地布置，一面和他做玩笑式的磋商。例如白衔芝要求分账照三毫加倍，他却只允增加三毫的百分之五，倘若实行，恐怕会计没法算那太小的数目。再如白衔芝要求给经理，他只允许白衔芝做经理室的函信收发员。白衔芝被他怄得受不住，就给他写了一张哀的美敦书，问他是否能接受全部条件，限于次日午后，把回信送到自己家里。若是过时不复，就认为有意拒绝，自己就要和报馆断绝关系了。这封书送去以后，已在半夜。

白衔芝回到家中，也满以为高明人必然屈服，不是复书认可，便是亲身来磋商，哪知直等了一夜，并无音讯。次日又等了一天，还是望穿秋水，不见来人。他心里觉得奇怪，现在报馆颇有盈利，高明人万不肯使其败坏。钱不鸣走后，自己便是擎天玉柱、架海金梁，撑着全部命脉。若一罢工，绝对要使报纸受大影响。高明人并不糊涂，怎肯因小失大？何况当钱不鸣走时，有自己擎着，他才有恃无恐。现在我再搁浅，敢保绝寻不出替代的人。有学问的人固然很多，但要做我这专门玩意，就是状元也干不了。除却前来求我复职，还有什么法儿。白衍芝左思右想，觉得高明人万无第二条路可走，但是这一条路上又不见他到来，难道他正在一筹莫展，空坐着发愁吗？但发愁没用，明天总得出报，再一延迟，便赶不及，难道他怄上了气，宁可关门，也不向我屈服吗？

白衍芝心如辘转，在上灯以后，一分一秒他都认为是性命交关的时间。但只有坐看时光飞逝，一会儿八点了，九点了，十点十一点了，他的疑惑渐渐变为绝望，知道自己立在失败的边际。若在他人只有懊丧睡觉，但他却不肯那样消极。他的脑筋极活，皮面奇老，忽然想到高明人那面既无消息，自己又想不出所以然，虽眼看事已失败，但总不能坐以待亡，不如趁这时便去到报馆看看到底出了什么岔头。好在高明人尚未给我回复，关系并未断绝，我还算是馆中的人。借着去取留在那里的东西为由，前去打个转儿，也不算我丢脸。

于是他就坐车前往，到了报馆门前，只见里面灯光明亮，和往日一样，并无异状。同时耳中听得破机器的隆隆声音，似乎告诉他已在印报。当然报纸先要编成，然后付印，自然是编成了，可是是谁编的呢？白衍芝很明白，不管是谁，反正有人代表了编辑职务，否则机器不会响的，不由把心惊了一半。及至下车进门，楼下两个职员都用奇怪的眼光看着他，却没一个招呼。白衍芝由他们的态度和眼光上，更看出高明人必已宣布自己脱离报馆，所以他们认为自己不会再来，但自己竟而来了，他们才有这样惊诧的眼光。而且高明人也必曾表示自己的恶劣印象，他们才仰体上意，连招呼都不敢。当时白衍芝只觉头上轰的一声，脚下似有失足一落千丈的感觉，知道一步走错，满盘都空了。他若是个老人或者是胖人，很有瘫在地下绝气身亡的危险。好在他不老不胖，又有着久经磨炼的强固神经，但也一阵眼睛发咸，鼻头发酸，心里发空，膝盖发软，站着怔了一下。

那两个职员过后对人说，当时白衍芝面无人色，僵立如痴，身体微微抖战，直疑他要跌倒了。但只怔了一会儿，居然挣扎向外退去，才退到门口，忽然又转回了身，直向楼梯奔去。看那样儿，好像要去跟谁拼命，其实他并非跟谁拼命，而是自己拼命啦。他到了楼上，先奔那鸽笼式的编辑室，因为门儿开着，数步之外，便已瞥见里面坐着的人。白衍芝猛地顿足一叹，自己算是聪明一世，懵懂一时。枉用了无限心机，把天上地下全都虑到，却忘了身边之物、眼前的人，千里长堤，败于蚁穴之孔，真失败得好惨。原来房中端坐一人，并非别个，就是他前几天才设法赶走的钱不鸣先生，如今竟又回来了。

白衍芝一看见他，才悟自己日来周密思虑，巧妙计划，直如钻入牛角。自以为立有不败之地，高明人定寻不着替代的人，却忘了还有钱不鸣在。于是这件事，对高明人便变得十分简单。他接到自己要挟的信，从未像自己想象那样为难，也许立刻就想到钱不鸣，当然有恃无恐。自己既能做钱不鸣的事，钱不鸣自己当然也能做自己的事，而且自己这些日既能研究钱不鸣所做的花花世界，加以仿效，使他无可居奇，他必也在这些日研究我的花会预测，得其诀窍，使我失去专利。总而言之，他被挤走时我怎样替代他，现在我离开时，他也照样顶了我。而且钱不鸣正在穷急无路，高明人一唤他，必然闻呼立至。便为对我报仇，也不会不来。现在他算是争了气，转了脸，扬眉吐气又坐在那里，和前一星期自己坐在这里看见他来的情景，完全掉了个过儿。自己一步走差，造成这种局面，一升一降，转眼间互易地位，真要窝心死了。

白衍芝这时心里直说不出什么滋味，知道见着钱不鸣，必然受他一顿奚落，就想转身退去。但钱不鸣已看见他，竟立起招呼道："衍芝兄，来了，请里面坐。"

白衍芝只得厚着脸皮，走了进去，忽然念头一转，就装出笑容说道："不鸣兄，你看怎样，我对得起你吧？上回我说只要给你看守这个位子，现在总算话验前言。咱们在外面混的人，第一得对得住朋友。这件事完全兄弟一条妙计，从打你跟老高弄僵了，我从中说了多少好话，无奈老高拗性，只是不听，还非叫我接你的事。我一想，若是不接，他必另约别人，倒坏了事，就答应了他，可是没一时不想把你圆全回来。费尽心力，才想出这条妙计。干了几天，故意讹老高一下，要加倍给我钱。知道老高一听，必然发火，我就为着叫他发火，要不然还不这样老虎大张口啦。他一恨上我，势必前去找你，这里的事，除了你没人能接啊。这就是我的好主意，不但叫你官复原职，还要老高说好话请你回来，你脸上够多么光彩，如今总算成功了。你可不要把这话泄露出去，要知道上次我跟你吵嘴，也是计划的一部分，不鸣兄，我可不是跟你送人性，要交朋友照咱们这样交。"

钱不鸣听着，也只向他翻白眼儿。倘若这话出在别人口里，或者还有人信，出在白衍芝口里，钱不鸣也只有佩服他的脑筋灵活，善于应辩，连半句话也不肯信。但却不好直揭他的虚伪，就笑了一声道："这样说，我得谢谢老兄。"

白衍芝道："咱们老朋友，过得多，谈不到谢字。不过我为你尽了这样的力，你也得替我想想。我可是为你跟高明人闹僵了，你跟他闹僵的时候，我给设计说合，现在轮到了我，我可不是为自己的事，老兄你得也给我怎样说合一下。"

钱不鸣笑道："你找算叫我怎样说合呢？"

白衍芝道："你得设计叫我照旧办那花会预测，你知道那是我的饭碗，总得维持。"

钱不鸣道："你叫我跟高明人给你说好话吗？"

白衍芝道："自然要跟他说。可是你得小心，别把我方才告诉你的实情叫他知道。他一知道这是我为你摆的这道儿，一定赞成我够朋友。为维持朋友甘心自己吃亏受枉，也就明白我的要求涨钱并非真的，自然把对我的碴儿全解开了，可是对你就又要看轻了。我不愿那样，所以你要帮我，不必跟老高说。只故意地把你现在奉命代理的花会预测，做得乱七八糟，不成样儿，教销路日渐减少，老高会想起我来，和请你一样的再来请我，那就算你报答我了。"

钱不鸣听着，忍不住哈哈笑道："衍芝兄，真亏你想。论理你这样好心帮我的忙，我怎能不报答你？可有一样，咱们都是干这个的，谁也不愿栽跟头。你叫我成心把花会预测弄得不成样儿，好叫老高再去请你。那一来你自然顺了气儿，可是我岂不成了废物，往后还怎么吃呀？再说上次我辞职的时候，你把我的花花世界做得锦上添花，比我胜强百倍。如今你辞了职，我竟弄不上来你的花会预测，叫老高看着，我更不值钱了。当初老兄你若不展才，我这时一定遵命装笨，现在可实对不住你。你老兄不用着急，请安心再等两天，咱们交朋友有来有往，一还一报。兄弟我不是没心的人，你既为我费了大心机，我也要照方儿吃炒肉，过几天就向老高要求要求加倍分账，不应我就搁车。那时他一恨上我，必又想起你，自然再把你请来顶我，你看好不好？"

白衍芝听着，方悟自己白说了一套精致奇谎，他简直满没听提，反而借着我的话音儿，给了一顿不带脏字的痛骂。本来自己把事太做绝了，如今破绽全露，还把他当作傻子，加以欺哄，他又怎能相信，这时唾沫全白费了。白衍芝明知已经绝望，但还是不肯走，又赔笑说道："老兄既不赞成，也就罢了。不过关于花会预测的进账，咱仍得照旧明分。论理我已不是这里的人，事情又归老兄你做，本不该有这要求。我要你分账，是因为那是我声明的，有着专利的权。你仿效我的发明，应该给我纳税，也算赔偿损失。”

钱不鸣道：“这自然可以，不过你的发明品既然专利，必有实业部内政部的专利执照，请拿出看看，那就照办。”

白衔芝一听，知道自己又白说了，不由发恨道：“你这样说话太没良心，不鸣兄，咱们在外面闯荡的人，做事要留点余地，别太赶尽杀绝，将来知道谁用着谁？再说砖头瓦块也能绊倒人的，你要想明白些。”

钱不鸣道：“是，是，我就不明白，有老兄做榜样也能叫我明白。老兄学问阅历、说话行事，都是我佩服的，所以一切都跟老兄学样，料想必没错。”

白衔芝见他一味油滑，知道完全看破自己心意，尽情奚落，再和他说什么也无异与虎谋皮了。一阵气向上冲，就变脸道：“你小子不用得意，等着我的。你个臭叫花子，巴结上这碗饭，就自觉不错了。爷们还没看上眼，咱们走着瞧，我若不给你们封了门，叫你小子讨了饭，算我……”

钱不鸣笑着接口道：“算你怎样？算你有能为、有骨头。老兄就办去吧，只要把报馆封了门，我立刻就辞职讨饭去，给你顺气儿。”

白衔芝听着更怒，又痛骂不已。钱不鸣点头道：“我明白了，老兄这又是一计，和上回一样，故意叫老高知道咱俩吵打成仇，等我讹他时，就不疑心是活局了，径直去请你了。好的好的，你再高点调门，好叫他听见，岂不更好。”

白衔芝才知钱不鸣老奸巨滑，虽然不善活动，但消极的防守似乎比自己还为老辣。眼见一败涂地，更无余望了，只得依着他的话，转向身外，一直骂着出去。这样不止为着泄愤，而且可以遮羞。就和半夜走路的人，因怕鬼而唱歌壮胆是一样道理。他若默然无语地出去，在众目环视之下，那僵劲儿好不好受，所以且骂且走。及至走了几步，忽见前面立着一人，挡住去路。抬头一看，却是经理高明人，正在他的办公室门外叉腰而立，盛气相待。白衔芝吓了一跳，立刻闭口，心想他必是听见我对钱不鸣吵骂，要拦住责问，我应该怎样对付，才能转败为胜？

想着他已听高明人厉声喝道：“你是已经辞职的人，凭什么又来吵闹，成心搅我是怎样？”

白衔芝听了，猛然由他的话中得着破隙，就赔笑说道：“经理您说的什么话？我怎敢搅您，再借给我个胆子，我也不敢。您说我是已经辞职的人，这话儿可不对，我多早晚辞过职啊？现在我来上班，钱不鸣占住了编辑室，不叫我进去，我正要找您去说。”

高明人呸了一声道：“你别不要脸了。昨儿不是给我信，说今天午前没有满意答复，就跟报馆断绝关系。我一直没理你，就算承认你辞职了，或者说把你辞退也成，你还做什么来？这明是成心讹人，如今看讹不上了，又嬉皮笑脸地来磨。告诉你，这里已经有编辑了，你赶快出去，以后再进我这楼门，我就把你当小贼办。”

白衍芝赔笑道：“经理何必跟我生气？大人不见小人怪，我是一时发昏，惹您生气，您尽管打骂、尽管教训，我对人说，心里只佩服经理一个人，经理若能管教我，莫说我自己，就是我去世的先父，在九泉下也是感激的，咳，经理，谁叫我自幼失父，您就耽待我个少调失教吧。”

说着心中又生新主意，想要说自己因为丧父太早，所以分外羡慕那班被父亲抚爱以至于被父亲责打的人。每见邻人教子，就想那个儿子的福气，能得父亲教训，可恼自己想要受训而不可得，既没父亲，旁人又谁肯多管闲事？如今居然得到经理教训，不由便想起先父来了，只求您能常教训，我情愿认您做干老儿。说完假作哭泣，跟着就跪下叩头。高明人性好谄谀，也许竟肯把我收归膝下，那不但一天云雾全散，而且还能重把钱不鸣打败。即便他不肯答应，照样赶我出去，也没有额外的损失，只不过白费一个头、白赔一副泪而已。

白衍芝虽然想出这好方法，但他多少还有一点儿羞恶之心。所谓羞恶，只是对于钱不鸣，因为正在甬道中间，自己的表演，必然被他看见，未免过于难堪，就想另换个隐秘地方。向高明人说声“您请房里歇着”，便推着他要入经理室内。无奈高明人不肯后退，反而推开他，喝令走开。白衍芝本想抢到房中，再行说话，就又向里挤。高明人不知是什么意思，以为是和他自己支拒，就大叫道：“怎样，你要跟我打架。”叫着一脚踢去。

白衍芝哎呀一声，摔了个后座儿。恰巧这时有两个工人走了过来，高明人便喊：“你们来，替我打这小子。”

那两个工人闻声跑过，白衍芝缓着气叫道：“您可冤枉煞我，我怎敢跟您打架，我是要上房里跟您细谈。”

高明人道：“呸，我跟你有什么可说，既不是打架，就给我走。”

说着见两个工人到了近前，便向他们说：“你们把他拉出去，告诉下面，永远不许他进门。”说完转身入室，把门关上。

白衍芝忙立起来，拍了屁股，看着两个工人，哼了一声道：“你倒说得好听，不叫我进门，这报馆还不定是谁的哪？我托个人给你们封了门……”

一个工人在旁笑道：“白先生，你托人就赶着托去，别在这儿磨蹭。你听见他怎么交代了，别叫我们为难，快请吧。”

白衍芝知道再逗留也没好处，就说声：“叫他等着我的，别说废话，走着瞧。”就转身跑下楼来，两个工人一直送到门口，方才回去。

白衍芝到了街上，回头看看，恨不得放把火儿解恨，但可惜没那胆量，只得懊丧归家。在路上越想越难过，他不想自己弄巧成拙，罪由自取，反而怨恨高明人过于刁狡，不受挟制，实是万恶。钱不鸣尤其混账，甘心做高明人走狗，任其呼来叱去。但是空恨了半天，一点儿法儿没有。垂头丧气，回到家中。

碧琏一看他的神色，便知道大败而归。因为白衍芝这些日的行事，碧琏全都参与。便是这次对报馆的要挟，也有几成出于碧琏的鼓动。俗语说：家人贤妻，男子不出横祸。实是不错。例如丈夫和人怄气吵架，若是家中妻子贤贤惠，拦着把刀夺下，再劝解一场，便可使丈夫躲开凶灾之祸，若是愚悍的妻子，岂止不会解劝，而且还从她身上生事。白天和邻居吵几句嘴，晚上丈夫归来，她便逼丈夫持刀去替她出气，若是不去，她就哭喊上吊，结果也许逼得丈夫无法，只可去做自己所不愿的事，因而损失了性命或是自由。这种妻子，当然最为危险。但另有一种表面虽不致那样愚悍，而对丈夫的破坏力，也不在愚悍的以下。就是那种过于关切丈夫，时常做没道理的蛊惑的。譬如丈夫做着很有希望的事业，正可按部就班，日渐上进。但那过分精明的妻子，竟在半途替丈夫抱屈起来，日日在耳边絮聒。说他怎样不上算，怎样工作太多，报酬太少，怎样被上司刻薄，同人愚弄，怎样非他不成，缺他不可。丈夫天天听着，自然会渐渐骄盈，渐渐怠惰，已经暗地堕入危境。再加脑中印着妻子的话，总觉不合算，遇事必然动辄挟制，只要不能满意，势必拂袖而去，大爷不伺候了。他以为自己一不伺候，便要惹起大波澜，好比船行在大洋之中，船长忽然离去，船便不能再走。却不料满不是那回事，人家的船上尽多航海老手，竟照旧扬帆波浪而去，倒把船长给留在荒岛上。于是可怜大爷想再伺候也不成了，只可在家里陪老婆抱孩子，后悔又向谁说？及至过些日子，混得一餐不继、牛衣对泣的时候，那位原来替他不上算、对他无事生非的老婆，便又改口骂他没出息，恨他有饭不会吃了。世上男子这样受女人害的很多，当然只怨人耳软心活。

至于白衍芝这次的事，原本有着整个计划，碧琏虽然参赞，却非主动。不过白衍芝并未急于发动，想过个三五月，根基稳固再说。但他每日归家，把分得的账交给碧琏，不免说起本日销报若干，碧琏听着报上从加了花会预测，销路大增，这全是白衍芝的力量。而所得利益，不及十分之一，就沉不住气了。以为报馆藉白衍芝而得利，很可以大大讹他一下，还是不能延迟，否则迟一日便有一日损失，看着好处都进了别人腰里，岂不把人急死。就怂恿白衍芝急速发动，白衍芝经不住她的催逼，又被她说得气粗胆壮，以为万无一失，才贸然发动。却不料迎头撞了一个大钉子，闹得惨败而归。

到家满心气恼，虽不敢埋怨碧琏，但面上颜色已把他的遭遇告诉了碧琏。碧琏觉得事出意外，就问："你上哪里去了？可曾到报馆去哨探，是不是已经关门了？"

白衍芝没好气地道："人家凭什么关门？干得正热闹呢！"

碧琏愕然道："没关门？谁在那儿干？你不是说他们另外找不着人吗？"

白衍芝道："他们何曾另外找人？只把那个不要脸的钱不鸣叫回去，就把我给裁了。"

说着又将详细情形说了一遍，碧琏听着也瞪眼儿道："糟糕，我真没想到还有个钱不鸣。真糟，这一来咱们算是叫人家悄不声给下了。高明人真混账，咱们给他开了赚钱的道儿，竟这样过河拆桥。你好容易想出的主意，原本可以发财的，他竟容容易易地给承受过去。咱们打了井，他取水吃，那可不成。"

白衍芝道："不成又怎样？应了钱不鸣那句话，我又没呈请专利，能把他们怎样？"

碧琏道："什么叫专利不专利，我不懂。我是不服这口气，不吃这个亏。你别管，我去跟他们去说。"

白衍芝道："你怎么样？高明人那小子刁着呢，我办不到，你也未必。"

碧琏道："我自有法儿，总得争过这口气来。姓钱的小子别得意，哼哼，你看着。"

白衍芝一听碧琏要代为找场，好像小儿在外受人欺凌，回家诉苦，大人居然要代为出气一样。碧琏就叫他打来脸水，对镜理妆，修饰得脂香粉腻，玉润花娇，又换了一身新由当铺赎出的漂亮衣服。打扮完毕，便要出门。白衍芝看她的样儿，直好像要去赴席，哪里像去打架。但转念便明白，她此去的目的，是要得到胜利，而达到这目的手段，打架并不是最好的。也许碧琏另有别的手段，并不采取打架。若是决意打架，她当然要换上最破的衣服，好便于揪扭撒泼了，而且打架还分多种，有文打、武打、单打、群打，以及光棍架，儿童打架，妖精打架等等，各有各的方式。看她打扮得狐狸精似的，便可知是胸有成竹，已经决定她的新型打法了，大约一战成功，可操左券，就笑嘻嘻地送她出门。碧琏临行，吩咐白衍芝不必坐等，尽管睡觉。白衍芝听了，更觉安心。就关上门，自己毅然就榻，酣然入梦，果然安安稳稳，直睡了一夜。

到次日早晨，自己醒来，一直未受惊扰，他心里更有了把握。便忙着煮茶做饭，并且特买了两样好菜，以备慰劳碧琏。哪知等到晌午过后，才见碧琏回来。碧琏的态度，还和昨夜出门时一样，没有什么改变，面上也没有什么表情。白衍芝本希望她兴高采烈地回来，这时见她态度沉静，不知是否成功，心中甚为疑惑，但也不敢询问。过了半天，碧琏才无精打采地告诉他，事情已办完了，不能算胜利，也不算是失败。所得到的交涉结果是白衍芝和报馆仍不能恢复关系，只于花会预测的稿件，仍可由他供给，但无须再赶馆中上班。至于报酬，却由分账法改为工资制，每天现份大洋一元。另外还有按月二十元的津贴，却是给碧琏的，和白衍芝无关。原来碧琏现在已是大明报馆的特约撰述员了。

白衍芝听她诉说，只觉头脑发昏，他在碧琏走后，本断定有惊人的成功，起码也可以把钱不鸣逐走，使自己官复原职，或者更能进一步得到意外好处。若是高明人深沟高垒，坚闭固拒，碧琏打不进去，也必闹出个样儿，万想不到会这样含糊了事。她去了一夜，怎会有方才说的结果。若说她跟高明人已经折冲，却为何没达到原来目的，把编辑职位给争回来，把钱不鸣给打下去，而只得到这微细的成绩？总共每月五十元，还得把她饶上。而且她怎会成了特约撰述员呢？想着十分纳闷，就又婉言探问，碧琏只说高明人对她久已慕名，所以见面很是恭维，就约请帮忙。白衍芝心想，他怎会对你慕名，莫非又是个旧嫖客，便问：“他曾见过你吗？”

碧琏道：“他没见过我的面儿，可是见过咱们俩的那本骗人玩意儿。所以就称我是个诗人，非请帮忙不可。我想管他那些，多弄二十块钱是真的，就答应了。他跟我还特别有面儿，把头几个月的钱先付过来了。”说着摸摸衣袋，表示钱已进到袋中。

白衍芝听她说得毫不挂劲，好似与高明人已讲和了，把昨夜同仇敌忾的盛气，全都消失了，不由心中难过。料着碧琏必与高明人有了特别情形，她昨夜气势汹汹，今日回来竟变得如此冷静，好似有许多秘密，不能也不愿对我告诉。想必她和高明人打出交情，成了相识，或者连打也未打，便成了相识。碧琏也许被高明人哄住，两下要好起来，就忘了给我出气。倘果如此，我岂不无形中把碧琏贡献给高明人？只看今日的苗头，便已不善，万一碧琏重犯了水性杨花的旧毛病，跟高明人亲热起来，我这后悔药可上哪儿买去？白衍芝此际心情，大似周瑜听到“周郎妙计安天下，赔了夫人又折兵”的歌声。虽然他未曾折兵，还有二十元的进益，但他知道，倘若自己不幸而料中，那二十元就等于一种定钱，把她从自己手中定出去了，当时直要哭了出来。但不知他这次却把碧琏给冤枉了，碧琏实在并未像他所想那样不堪。虽然她也并非完全干净，确曾赔了身体，但还没变了本心。不过强中更有强中手，她未能打败高明人，反而被高明人钳住，以致弄得师出无功，得不偿失罢了。

原来碧琏寻了高明人去，见面之后，高明人才知道白衍芝有这样一位太太，又料着来意不善，就竭力对她敷衍。碧琏本打定擒贼擒王的主意，见他客气，立刻换了一副面相，施展媚术，加以诱惑。口里虽说因为白衍芝受了不公平的待遇，故而前来理直，但眉梢眼角时时顾盼传情。高明人一见便把她的为人和出身全看明白。心想这女人不是出于风尘，就是产于市井，一定不大好惹。她既把白衍芝立在共利害的一条战线上，前来主张权利，大约不得结果是不会善退。若和她正式交涉，恐怕她的要求很奢，一不满意，便要使出泼辣手段，很难应付，不如来个因人制宜。她既露出轻狂态度，对我诱惑，我就来个顺水推舟，跟她开回玩笑。这种女人，以前见得很多，大都没准脾气，贱性十足，对她恭敬，可以恭敬恼了。胡乱啰唣，倒可以生出交情。倘然我看得不错，也许能占到双料便宜，人也摸着，事就化解。即便我看错了，也不怕她讹上我。

高明人真是艺高人胆大，明知碧琏来意不善，她对自己表示亲近，比翻脸吵闹更为危险，更加难测，竟毫无顾虑，反而将计就计，相机进取。先对她大套交情，只用一句没有不好办的事，把正文掀过去，就改换话题，东拉西扯。白太太长，白太太短，白太太吃饭吃几碗。随着便说云，再说山，由大塔而及于旗杆。没话找话，什么爱听谁的戏，爱看哪种电影，爱打牌还是打扑克，碧琏只一开口回答，他立刻就无条件地附议。

碧琏说常听蹦蹦，他就说蹦蹦比皮黄还胜强百倍，他便是最好听蹦蹦的人，曾积有三十年的蹦蹦经验，畅谈当日分为几派，唐山来的金开芳如何好法，天津的李金顺花莲舫又是如何好法，李花二人有什么优点。又提起近年角色，分为刘翠霞白玉霜喜彩莲三派。但在十多年前，经是淹没不彰。最初花莲舫独霸天津，在蹦蹦根据地的同庆落子馆唱大轴的时候，白玉霜还名叫李桂珍，只是不出名的姑娘。在同庆部混事，偶尔登台，也只唱前场。直到花莲舫年老色衰，实在压不住场，只得退休。白玉霜升级抵她的缺，台下不肯承认，座客日稀。园主于是另向外埠邀请，第一次请来的便是刘翠霞。打炮之日，台下嫌她扮相不顺眼，声调不合味，人人摇头，只唱了三天，便掩旗鼓而去。继她之后，又来了个赵翠芬，仗着她的清脆喉咙、活泼作风，居然一炮打响，直唱了两三年，盛况不减。当时喜彩莲和她的姐姐同在天津，还不成个角色。谁知几年以后，当时得意的都已声销迹灭，而曾受挫折的刘翠霞、久受压抑的白玉霜以及碌碌无名的喜彩莲竟都乘时崛起，割据了唱蹦蹦的天下，谁又想得到呢？

碧琏若谈起电影，他就说曾和杨耐梅同桌打过牌，和胡蝶同池跳过舞，卓别林到中国时，曾同座吃过饭。诸如此类，叫碧琏感到这人颇为有趣，渐渐增加了亲热。但高明人并不肯止于闲谈，既博得她的好感，便跟步进腿，渐渐交浅言深起来。居然借白衍芝做引，先赞许他的神明，又可惜他不知上进，“在这薪桂米珠，生活日高之际，一个男子若不努力做事，家庭便很难维持。我深知这种道理，所以很想提拔他往上走，好混整了。哪知他只打坠咕噜儿，真是可惜。”

碧琏听着，很明白他的意思，所以任他菲薄白衍芝，也不辩白，只微微叹息，装作遇人不淑、自怜薄命的样儿。高明人见她不以为忤，跟着就替她抱屈。说嫂夫人这样人品，跟着白衍芝受穷，真叫人看不下去。随又现出调笑的态度，说倘若我是白衍芝，宁可把自己累死，也要多多挣钱，叫你享福儿。碧琏听他说出露骨的话，为要维持自己身份，自然大发娇嗔。高明人知道这是必经的阶段，毫不畏怯，只向她央告厮哄，等到把她哄得转怒变喜，事情已经有了王婆所说的九分光了。于是高明人便邀请她同去吃饭。特挑了一家饭店，在楼下中菜部用过酒饭，跟着便上楼辟室休息。碧琏也是被高明人哄高兴了，心中虽没忘自己的本来打算，但她在快乐中间，想起了一句外国格言：寻乐时专心寻乐，办公时专心办公，不要两相混淆，使公事影响了乐趣，乐趣妨碍了公事。而且碧琏也久未过这酒绿灯红的生活，就决意好好儿地享受这个良夜，到明日再和高明人交涉。高明人自然不会自己煞自己的风景，于是这一夜就在旖旎温馨中度过，两方一直保持着圆满的感情，连梦境也很甜蜜。

次日将近午时，方才醒来，二人梳洗完了，一同吃饭。碧琏知道饭后便要分手，正想开口问他打算对白衍芝怎样办法，不料高明人已迎头发话，先说报馆经济如何困难，自己接手已经赔了若干，最近方才稍见转机，但还十分拮据，因为过去亏空太大了。随又表示虽在窘境之中，却看着碧琏情面，无论如何也要给白衍芝想办法。不过白衍芝行为可怕，不敢再请他到馆中做事，以后只依旧供给稿件便可，每月送他二十元。

碧琏听着，觉得他这办法太滑头，而且距离自己希望过远。正要提起抗议，高明人已看出她颜色不好，跟着便说，他对碧琏还有点儿微意，因为以前曾看见过碧琏和白衍芝所出的诗集，早已佩服得五体投地。及至见了白衍芝，认为像那样俗厌的人，万万不会作诗，就疑惑那诗集中的作品，都是碧琏所作，不过分出一部分来，写上白衍芝的名字，替他贴金。今日一见碧琏这样温柔雅静，更断定自己所想的不错。所以甘冒不韪和碧琏亲近，也是由佩服而生爱慕，才情不自禁的。像碧琏这样才女，世上少有，能够得亲芳泽，实是一生忘不了的荣幸事情。但想到白衍芝，却不能不替碧琏抱彩凤随鸦地感慨。不过他自知比白衍芝强不了多少，所以不敢做分外的奢望，只希望碧琏能够把他当作最知己的亲人，将来遇有什么事，千万别忘了他。只要发个命令，他便赴汤蹈火，也在所不辞。倘然碧琏有朝一日和白衍芝离散，他也情愿和自己太太离婚，备做补缺的人，只于现在却不敢冒昧请求。因为他知道碧琏是个有情义的人，白衍芝愈是落魄，愈是不忍分离。他从碧琏所作的诗上面，早知道她有一颗坚定的心，不易动摇，所以现在不敢做过分的奢望，唯有希望将来。不过也不忍看着碧琏跟白衍芝受苦，只可就他力之所及，每月送碧琏二十元，做腻友的津贴。表面上却要请她以女诗人资格，做大明报撰述员。她高兴时便给写点东西，不高兴便终年不写一字也没关系，只要有这名义，便给报馆增加光彩了。

碧琏受着他这样谄谀，有些晕头转向，不由便因意满而心软了，这是高明人的高明手段。他深知无论什么人，全都怕捧，越是下等人，越受不住高抬。譬如一个市井无赖，想要和人吵架，但对方一本正经地对他周旋揖让，硬说他是局面人好朋友，待以上宾之礼。这市井无赖便渐渐自疑为上等人，手足无措，行动也局面起来，虽然明知受了笼统，也不好意思再现出本色了。碧琏这时被高明人捧以女诗人头衔，又夸她温柔雅静，简直给捧到天上。碧琏觉得既受他如此重视，自己再使出妓女泼妇行径，未免不好意思。而且已和他发生关系，一夜风光，多少也有些情感。在这相敬如宾之际，莫说破脸，连过分的话都没因由出口。何况高明人也没辜负这一夜情感，居然许以按月津贴。虽然为数不多，但他已告穷在先，在语气中表示，只这样已到了忠则尽命、孝当竭力的程度了。

碧琏既要保持自己女诗人的面子，不愿破坏他对自己的敬意和好印象，就做不出泼悍的面目。俗语说，尊拳不当笑面，何况高明人的面，还含有许多爱情，使碧琏时时回忆夜间旖旎风情，发生温柔的感觉。高明人又是一贯地力做多情，大说情话。碧莲在这和平的氛围，实在心中硬不了，怄不了气，更翻不了脸。虽然不满意，也只得屈就高明人的范围，对他好言相商，高明人立刻答应给白衍芝增加十元。但随即指天誓日，说自己力量仅能如此，再多一元也拿不出来了。碧琏想想虽觉并不上算，白衍芝还要替他工作，又饶上自己，才得到这区区的报酬，未免窝心。但看高明人意思坚决，再也不肯多出，自己若不答应，就得破脸吵打，结果也未必准能圆满，而且还失去这个新得的情人。高明人虽不能抓住碧莲的心，但也有使她可意的地方，又因碧琏寂寞已久，乍换个伴侣和环境，颇能引起兴趣。所以她为自己打算，舍不得断了这条路，觉得能留着偶然调剂口味也好。何况他所允许的钱，也对付着可够自己花用，犯不上为白衍芝的利益，跟他破脸，倒损失了自己的乐趣。便把腹中不合算的念头全都压了下去，算是无言默认。高明人还恐她再想到别的道儿，立刻取出三十元给她。并且说从此以后，每月这个日子，请碧琏亲身来访他一次，领取津贴，顺便欢叙一日。白衍芝却不必再来和他见面，以后若有什么事情，最好由碧琏代为传话。现在还要碧琏转告白衍芝，叫他用心做事，这三十元是工作的酬报，若是工作不力，便要取消。不比碧琏的津贴，是出他情愿，可以永远为例。

碧琏听着，虽觉不是滋味，但也没话可说。和高明人吃完了饭，便出了旅馆，各自归家。碧琏走在路上，越想越觉昏惑，不知自己这次交涉是胜是败。自己原来想要狠狠讹他一下，却怎么一见着高明人，软招儿硬招儿，全都使不出来了？我也不是不江湖，为什么就由他摆弄呢？但回想过去情形，似乎自己便不答应，也未必能得着更好的结果，也许我这样倒算对了。可是我所得的比妓女一夜住局钱并没多了多少，白衍芝还得替他做事，才得到这点钱。合着闹了半天，只巴结上两档差使。我是每月给他当一次老婆，白衍芝长期给他当奴隶，这图什么？我这算盘怎么打的呢？碧琏想着真有点儿糊涂，其实她为人本就毫无理性，高明人用这毫无理性的手段对付，所谓糊涂神进了糊涂庙，正算应付得宜。若是按着情理和她交涉，她就要无理可喻，不知出什么枝节了。这种事很难理解，只可引个比喻，常见陋巷蓬门下等妇女起的争吵，叫骂着各说各理，便是精明的法官，社会的学者，也听不清她们什么理由、什么原因。若果调解，恐怕闹得发昏，气得自杀，也得不着结果。但是邻家老婆，虽然昏聩糊涂，不会说句整话，却好用她那阶级中独有的习惯和特殊的办法，糊里糊涂地把事情解决了，双方当事人也能马马虎虎地服从。旁观的明白人，对这件事也许研究三年不得明白，即使弄明白了，改用更公平更合理的办法，加以仲裁，恐怕双方当事者反要认为不合。

碧琏也就是从另一种社会中生长出来的，头脑向来未曾清楚，心理也与常人差异。所以高明人用无理性的手段，对付这无理性的人，正是恰如其分。可是若被有理性的人看着，反觉莫名其妙。这就和狙公的故事一样，古书上说狙公养了许多狙，偶然食量不继，只得减食。就问群狙说，改为朝三暮四，就是早饭三成晚饭四成的意思，群狙听了大不满意，要吃狙公。狙公忙改口说，然而朝四暮三，群狙就很高兴地依从了。试想朝三暮四和朝四暮三有什么分别？但群狙竟有喜怒之差，它们心理岂是常人可解，而狙公应付办法，更非常人所能测度，然而对那群狙居然奏效。这就只可归诸一物降一物的俗例，不能讲理了。

闲话休提，只说碧琏此次虽未得酬大欲，却亦替白衍芝争回饭碗，自己也得笔外快。但此后每月总要和高明人见一两次面，高明人也并非怎样爱她，只不过利用她的力量，操纵着白衍芝，使其尽心工作，因此可见白衍芝的花会预测确是有很大力量。当时花会正盛，沉迷的人极多，大明报借此大得畅销，每月利润甚为可观。而高明人所给白衍芝的报酬，不过十分之一而已。他知道白衍芝不易对付，所以乘机拉拢碧琏，每月除津贴以外，还多少有所馈赠。例如衣料饰物之类，花钱不多，却把爱小的女人买得心服口服。白衍芝便想要出什么枝节，从碧琏这一关便给拦回去了，所以他夫妇倒和大明报馆维持了较长久的关系。

碧琏为保持自己身价，还不断叫白衍芝给抄几句旧诗，或是把多年前报纸文苑上的东西改头换面，送去登载。日子久了，居然引得一个老书呆爱慕上这女诗人。先步韵和她的诗，随又通信要求会见。碧琏见有人自投罗网，就和白衍芝定下圈套，自去和那书呆见面。她虽不会谈诗，却会谈情，把那书呆弄昏了，暂把旅馆当作骚坛，去做目下僧门的推敲，但是雅叙未终，竟遇到比催租还败兴的事。女诗人的本夫推门而入，结果把那书呆敲了个不轻，两人很富裕了一阵。

又有一次，邻家老婆虐待儿媳，儿媳一时心窄，就自缢身亡。碧琏闻知风声，知道那家颇为殷实，就把她由高明人索得的大明报徽章戴在肩头，充做女记者，前去访问。拿着纸簿铅笔，随问随写。虽然只画圈儿，却已把事主吓坏。因为事主畏罪，只想私自掩埋，不敢报官。见她把情形都问了去，知道必要登报，那一来就按不住了。于是当她装模作样之际，已有人过去赔笑搭话，拉到一旁，请求她不要登报，并且暗示要买她个临时的耳聋眼瞎，对这件事情只当未闻未见。这聋瞎的损失赔偿，需要若干代价，碧琏于是漫天要价，事主就地还钱，两下此减彼增，渐渐造出个适中数目。碧琏在那儿媳妇尸身旁边，收了一笔可观的款，就把纸笔藏起，一变记者资格，而加入事主一边，代为谋划。

据事主说，那儿媳母家只有残年父母，容易蒙哄。但是尸身这样奇惨之状，若被看见，也必要拼命告状，所以必须整理一下，再给她母家送信。但整理很不容易，只那被缢伸长的舌头，就无法收拾。便是请来殡仪馆的高手技师，也要束手无策。大家正在着急，就有事主的儿子请碧琏给想个办法。这儿子十分机灵，他恐怕碧琏失信变卦，要拉她进入局内。在言外暗示她既收了钱便是同谋，休戚相关。倘若事泄，她也难脱干系，便毫无猜忌地向她咨询。碧琏却是满没在意，居然回答说我有法子，能把这根舌头消灭，但问你们能给多少酬劳。事主答应出一百元，碧琏定要二百，一文不让。事主本希望把她拉进混水，就不惜破费，照数给她。碧琏真也有点儿能为，要了一把剪子，亲自动手，把尸身的舌头剪断，残剩部分给填入口中，然后再用力把口闭紧。居然就把惨状完全隐藏起来，由表面上再看不出了，但实际却更加几倍惨毒。倘若被人发现，更是不了。好在事主和碧琏都是一样没知识的人，识见和猫一样。猫排泄大便以后，常常用土盖上，便以为秽迹消灭，不致为人所见了。碧琏得了外财，心满意足，事主也觉形迹大半消灭，可蒙蔽儿媳母家，不致发生祸事，便有意外，好在已买下一个女记者成为同党，事情若闹明了，她既曾助过一剪之力，比事主罪过也轻不了许多。她为自己，也要尽力设法的。但碧琏起初却未设想及此，只是利令智昏，以为弄划到手，便可置身事外。谁知事主竟不放她走，定要挽留相助，并且露出一条线拴两个蚂蚱，飞不了你，跑不了我的意思。

碧琏想要发威，也发不起来，只可等待尸亲到场，预备做个调查人设法了结。及至那儿媳父母到了，因为已听得风声，又见女儿项有伤痕，更不必看到那隐藏的部分，便已证明确是横死。这一对老夫妇虽然无能，但遇到这种惨变，因为疼得要死，就应了“绵羊被迫拼命，比老虎还要危险”的俗语，定要报官兴讼。事主先已预备下许多亲友了事，无奈那老夫妇心意坚决，不肯应允，并且哭号着要往外跑，许多人纷纷拉劝。碧琏见事情要起来，才觉悟自己危险，知道只一报官，必然检验，自己妙手巧制的成绩，还会验不出来？只一验出来，事主跟我有多么好的感情，会给代为瞒着？莫说为着诿罪，必然拉扯，就只为我讹他们的仇恨，也必给来个皂王上天，这可如何是好。她这可后悔了，害怕了，恨不得把钱退回，求个脱然无累，但活计已做在那里，便退了钱也脱不干系了。于是在纷扰挽劝之间，她竟而越想越怕，一阵阵身冷魂销，竟不自觉地利了小水，把两脚两腿都湿透了，还是不能回家去换。倒成了有信用的朋友，一步两脚印儿，这就是无知的人，无事惹事，惹事怕事的榜样。

当时吵了半晌，还是有别个能人，把那老夫妇劝住。渐渐做到磋商条件的地步，那老夫妇提出的不外要事主用全部家产发丧，并且小姑做孝子打幡，婆母做儿媳抱罐。了事人百说百依，先把哭主稳住，居然办到买好棺木，在铺张之下，把死者盛殓起来，这一黄金入柜就算把罪恶遮盖了，碧琏一颗满天飞的心，才得归了原位。及至了事人劝得哭主老夫妇暂时回家休息，这才由本家儿和了事人重开会议，商量出殡办法。因为了事人虽对哭主完全答允条件，不过是临时瞒哄，以求盛殓起来，暂告段落。至于是否完全依从条件，还得和大家研究。从来虐待儿媳致死的，虽然哭主都有严厉要求，非得把罪魁祸首的婆母小姑揉搓到极不堪地步，以资泄愤。但实际真能那样办的，却是很少。一则婆母因身份所关，若给儿媳抱了罐，便算奇耻大辱，终身不能见人。一则小姑虽然悍恶，却是未嫁之身，若真个打着幡儿满街一跑，这名气可就大了。试问谁还敢娶这位打过幡儿的历史人物，势必终身难以出嫁。因这两层关系，却必誓死力争，不肯实行，结果便得由了事人勉为其难，施展巧妙手段。

这手段也几乎成为秘传公式了，就是对哭主尽量应承，尽量服从。在出殡以前，恪守信用，怎样许的便怎样办，不落一点儿挑儿，使哭主怒气渐平。直到出殡那天，临要出堂，哭主只待那婆母小姑履行打幡抱罐的条约，却不料这二人早躲得无影无踪。到将要起灵出堂，哭主正眼巴巴要看小姑出丑，了事人早预备好了，真能穿上重孝，由僻处闯出来奔到棺前，抢起丧盆就摔，拾起幡儿就扛起来，并且放声大哭，做足了孝子派头。这不但要照戏似的，做出个手眼身法步，而且必得出其不意，攻其不备，疾如风雨，出如脱兔，否则若还没容得摔盆扛幡，便被人家拦住，底下的戏便唱不好了。假若条件上还有婆母抱罐，就得第二个了事人，也照样把罐抱起，陪演妙剧。那哭主出于不意，看见了事人的行为，虽然仍要愤怒抗议，但是盆已摔破了，扛夫早已受了了事人运动，把棺材抬起要出堂了。因为风俗的限制，故不能买盆重摔，停棺退回。又加这时埋伏下许多善谈的人，围着一劝，至不济大家跪下央求。哭主到这场中，也就没法坚持，只好含糊退让了。所以这家哭主既不能依了事人所许条件，实行打幡抱罐，结果自然还得用以上说的办法，不过世上难有好事者，情愿吃了自己老米饭，替别人出力代劳。但是代做孝子，却大都嫌太丧气，不肯应承。

当时议定了办法，大家研究到时谁去扮小姑的角色，谁去扮婆母的角色。大家都面面相觑，虽没大出声，也是碧琏该不心净，她竟被人给选中了。这也是事主的机灵儿子的坏主意，他本不忿于受碧琏讹诈，暗地怀恨，先设法把她拉入局中。及至哭主到来，碧琏吓得一步两脚印的情形，被他看到眼里。明白碧琏色厉内荏，就和家人以及了事人商量，要折磨她一下，以泄愤恨。这时了事人都不愿替婆母小姑表演，互相推诿，便有人提议请碧琏担任小姑角色。碧琏当然不肯，事主儿子立刻大放厥词，劝她看开些，“我们现在已立在同患难的地位，应该互相帮助。你若不管，事情闹起来，还是免不了开棺检验，那时还不定谁的罪大。我家虽然死了人，可是她自己死的，不是谁勒死她，也没有给她拴扣儿。这年头儿不比当初，只要不是逼她自杀，帮她自杀，就没罪名，我们不过怕麻烦罢了。你别糊涂着，问真了你的干系比我们重得多，到验出尸身短了东西，一行追问，我们可就护不住你了。你想想，死是她自己死的，赖不上别人。那一剪子却是你干的，也拉不上别人。这场官司，简直就归你自个儿打了。现在我都说明白，你寻思着，这是谁的事？你爱管不管，我们还是不勉强。”

碧琏听了，虽知他是恫吓，但细审利害，自己实是担着极大罪名。到时候虽然可以赖是他们主使，但下手的终是自己。这已经够受了，倘若再把讹诈的事闹明白了，更不知有多大罪过。他们本家儿虽然只是吓唬我，不过这么一说，实际他们绝不愿破露。可是倘若真到不可开交，他们有我垫底，也许就豁出去。而且现在这许多了事人中间，只有我一个有着干系，还拿过本家的钱，他们怎会不把这好差使往我身上推，我这有干系拿过钱的不干，难道别个没干系没拿钱的倒肯干吗？看来是推不过了，罢罢，我只当为顾自己，忍口气应了也罢，只要把事了结，我还可平安享受所讹的钱。碧琏想着，才无奈何地答应勉为其难。这小姑一角，既已有人担任，婆母的代表，较为轻松，因为只要抱抱罐，并不需要表演，所以不费很多话，便觅得人选。计议既定，又经内行人教导演习，到时怎样做法，碧琏一一领会。

又过了十多日，念够了经，便定期发引。到了日子，碧琏又上了一回恶当。原来按前文所说，了事人代表小姑做孝子，也要看哭主方面的软硬情形，而定其做孝子的程度。除非哭主那面太难对付，了事人才穿上重孝，使哭主看他把自己作践到如此，于可愤可笑之中，觉得不好意思，才好说话。若遇见稍为和平的哭主，了事人就不穿孝，只把盆摔了，放声一哭，还他个孝子模样，算是死者有人摔盆，也就罢了。哭主便不愿意，有别个了事人围住一哄弄，也就只得让步，没孝子也把殡出去了。现在碧琏却是个外行，只由众人拨弄，又加本家儿安心要她泄愤，竟暗地安排停妥，叫她唱全本整出的好戏。这苦子真得个不小，到了出殡日期，许多了事人各执其事，有的照料灵堂，有的陪伴哭主，碧琏和那个扮婆母的人，早就隐在灵棚后面，穿好孝服。等时刻将到，那真婆母真小姑，也就暗地溜开。乐器一响，扛夫进来起棺，哭主一迭声叫等着，不见孝子，不许起棺。这时碧琏已被人由藏躲处推出，她这时也说不得不干，就依着演习步骤，用纯熟技巧，奔到灵前。这是预备好的，把盆幡都放在灵堂，不按俗例放在棺罩地方，碧琏抢过便摔了盆，放声大哭，跟着有茶房把幡给她，由这时便由两个茶房夹着扶住了。同时那个假婆母也露了面，跟着举哀。哭主看出模样不对，知道中了抽梁换柱之计，就大哭大闹，许多了事人包围过来，七嘴八舌一劝。那些管事也是一党，外面把炮放起，扛夫这就抬棺往外走，由了事人应付哭主。哭主见棺已移动，又被众人央劝，也就没了法儿。这时棺已出门，哭主并没意外举动，事情就算完了。那知假婆母冷不防溜开，便下去等领份儿了。碧琏却被茶房架在中间，不能逃避。而且也没一个人是她同党，替她照顾，对她讲说，她自己也不知道当这差使，该当到什么分际，也不知什么节骨眼儿可以下场。不过当初商量，只说要摔盆打幡，却没提到以后还要干什么。她以为摔过盆，打起幡儿一哭，就没事了。却不料茶房一左一右，把她架住，直架了出去。到街上棺罩前，行礼上罩，她以为这也是敷衍哭泣并不须表演，算是最后的一幕了。哪知还有第二个，却不料灵柩启行，茶房竟把她架在前面，实行送殡，她才知道受了捉弄。但已到了街上，在万千人耳目之下，做孝子的势不能提出抗议，而且也没人可以抗议。想要脱身自走，又受茶房紧紧拉住，想对他们争吵，又怕哭主在旁闹起来仍于自己不利，就在踌躇之间，已是越走越远，更失了时机。大街上万人攒挤，便拼命逃脱，又往哪里去？只得就这么跟下去了。

这家儿的事，本已传到外面，引得全城的人都来看小姑打幡婆母抱罐的喜剧。碧琏走着，就听路旁议论纷纷，这个说小姑真当了孝子，这还是头回开眼。有的说什么小姑，你看影亭上的照片，儿媳才十八九岁，这孝子好像三十了，准是大姑子。有的说不是还有婆婆抱罐儿吗，怎头顶白轿空着没人。有的说哪有婆婆真抱罐儿的，那不过一说，可是小姑真打幡的，也是只听也没看见，这回可开了眼。这小姑真是倒霉，一个姑娘家抛头露面，往后怎么见人？一辈子也别打算出门子，在家里窝着儿吧。有人说那不是活该，谁叫她欺负嫂子，我看还算便宜。这是在天津，若在外县，路上看的人都气不忿，拿砖石乱砍，要不就往上唾吐沫。碧琏听着众人议论，心中又气又恨。想不到有淘气小孩，听了旁人的话，居然照办，拾起小砖头向她身上乱砍。碧琏有苦难诉，气得哭起来，旁观的又有人说，看这小姑子还真哭呢，难道她心疼嫂子吗？又有人说什么心疼嫂子，她是良心发现了。又有人说什么良心发现，这差使当得多么窝心，还不得哭呀？我看着倒怪可怜，挺漂亮的人儿，受这个罪。我若是她嫂子家的人，绝舍不得这样作践她。就是罚她，也可以另想法儿，来个亲上作亲，多么有趣。碧琏听着，居然有这么个怜惜自己的同情者，就偷眼一看，见说话是个大麻子车夫，正龇着黄牙向自己笑。不由低下头暗叫晦气，看你那德行，用得着你可怜我？

话休絮烦，碧琏一直送到留灵处，队伍一散，她才得了自由。那促狭的本家儿还要叫她捧着灵牌，随回灵的行列，再辛苦一趟。碧琏可不肯依了，本家儿见她大有宁死不屈之势，好在已经捉弄尽兴，也就不再坚持，把她从实释放，碧琏才得下会归家。虽然多赚一身孝衣，但带回满心气苦，无可消释，进门又自己哭了一阵。白衍芝本知道她吃了苦回来，但看她不脱孝服，进门痛哭，觉得太已丧气。难道当孝子还没孝够，回家又找补一场，就上前劝慰。碧琏正寻不着泄气对象，见他自行投到，就不问青红皂白，像发疯似的把白衍芝打了一顿。白衍芝被打了个头青脸肿，还不知什么来由，只剩了瞪眼儿。碧琏看着他那懵懂样儿，不由大笑起来。

图书在版编目(CIP)数据

情海归帆 ：全3册／刘云若著. — 北京 ：中国文史出版社，2017.1
（民国通俗小说典藏文库·刘云若卷）
ISBN 978-7-5034-8446-9

Ⅰ. ①情… Ⅱ. ①刘… Ⅲ. ①长篇小说－中国－现代
Ⅳ. ①I246.5

中国版本图书馆CIP数据核字(2016)第264816号

责任编辑：马合省　卢祥秋
点　　校：袁　元

出版发行：中国文史出版社
网　　址：http://www.chinawenshi.net
社　　址：北京市西城区太平桥大街23号　邮编：100811
电　　话：010-66173572　66168268　66192736（发行部）
传　　真：010-66192703
印　　装：廊坊市海涛印刷有限公司
经　　销：全国新华书店
开　　本：720×1020　1/16
印　　张：70.75　　字数：1055千字
版　　次：2017年1月第1版
印　　次：2017年1月第1次印刷
定　　价：168.00元（上中下）